Manuel Vázquez Montalbán
Requiem für einen Genießer

Zu diesem Buch

In Barcelona wegen Mordes gesucht, bringt sich Pepe Carvalho vorsichtshalber auf der Fähre nach Genua in Sicherheit, um von dort aus gemeinsam mit seinem Arbeits- und Küchengehilfen Biscuter im unvermeidlichen fast dreißig Jahre alten Ford Fiesta die Welt zu umfahren. Gerade mal auf dem Weg nach Griechenland, sehen die beiden sich ihres Fahrzeugs entledigt, und die als Vergnügungstour geplante Reise wird zur gefährlichen Jagd um den Erdball. Verfolgt von einer Serie mysteriöser Anschläge, läßt das kuriose Paar Europa hinter sich, durchquert alle Kontinente, unzählige Restaurants unterschiedlichster kulinarischer Färbung und hinterläßt einen bleibenden Eindruck bei verschiedensten Damen mit ernsten, tödlichen und zweifelhaften Absichten. Mit mutiger Kritik, beißendem Sarkasmus und schwarzem Humor stellt Spaniens beliebtester Privatdetektiv sich höchsten Gefahren und steuert unaufhaltsam dem ungeheuerlichen Finale entgegen.

Manuel Vázquez Montalbán wurde 1939 in Barcelona geboren und starb 2003. Nach dem Studium der Geisteswissenschaften und Journalistik war er bei verschiedenen Zeitschriften als Redakteur tätig. Er gilt als einer der profiliertesten spanischen Autoren der Gegenwart und hat mit der Figur des Meisterdetektivs Pepe Carvalho einen Klassiker geschaffen.

Manuel Vázquez Montalbán
Requiem für einen Genießer

Ein Pepe-Carvalho-Roman

Aus dem Spanischen von
Mechthild Blumberg, Elisabeth Brock,
Maria Hoffmann-Dartevelle, Barbara Mesquita,
Theres Moser, Luis Ruby, Ursula Varchmin
und Petra Zickmann

Piper München Zürich

Von Manuel Vázquez Montalbán liegen in der Serie Piper vor:

Wenn Tote baden (3146)
Die Küche der läßlichen Sünden (3147)
Die Einsamkeit des Managers (3148)
Die Meere des Südens (3149)
Die Vögel von Bangkok (3577)
Die Rose von Alexandria (3622)
Quintett in Buenos Aires (3704)
Unmoralische Rezepte (3735)
Undercover in Madrid (3982)
Verloren im Labyrinth (4057)
Der letzte Bolero (4527)
Die Vögel von Bangkok / Die Rose von Alexandria (Doppelband, 4603)
Schuß aus dem Hinterhalt (4719)
Requiem für einen Genießer (4811)

FSC

Dieses Taschenbuch wurde auf FSC-zertifiziertem Papier gedruckt. FSC (Forest Stewardship Council) ist eine nichtstaatliche, gemeinnützige Organisation, die sich für eine ökologische und sozialverantwortliche Nutzung der Wälder unserer Erde einsetzt (vgl. Logo auf der Umschlagrückseite).

Ungekürzte Taschenbuchausgabe
Oktober 2006

Titel der spanischen Originalausgabe:
»Milenio Carvalho«, Editorial Planeta, S. A., Barcelona 2004

Umschlag / Bildredaktion: Büro Hamburg
Heike Dehning, Charlotte Wippermann,
Alke Bücking, Daniel Barthmann
Foto Umschlagvorderseite: Andre Lichtenberg / Getty Images
Foto Umschlagrückseite: Miguel R. Cabot
Satz: EDV-Fotosatz Huber / Verlagsservice G. Pfeifer, Germering
Papier: Munken Print von Arctic Paper Munkedals AB, Schweden
Druck und Bindung: Clausen & Bosse, Leck
Printed in Germany
ISBN-13: 978-3-492-24811-2
ISBN-10: 3-492-24811-X

www.piper.de

Für Lluís Bassets,
einen damals jungen Journalisten von Tele/eXpres,
dem ich 1974 in einem Interview prophezeite,
daß ich dieses Buch schreiben würde.

»Ach, der Fortschritt, was für ein Märchen!« fügte Bouvard hinzu, »und die Politik, ein schöner Mist!«

»Sie ist eben keine Wissenschaft«, erwiderte Pécuchet. »Die Kriegskunst ist ihr vorzuziehen. Da sieht man im voraus, was auf einen zukommt. Sollten wir uns nicht darauf verlegen?«

»Nein danke«, entgegnete Bouvard. »Mich widert das alles an. Verkaufen wir doch unser Bauernhaus und gehen ans Ende der Welt zu den Wilden!«

»Wie du willst!«

Und da sie auf weitere Ideen kamen, litten sie noch mehr.

GUSTAVE FLAUBERT
»Bouvard und Pécuchet«

Lifante ging durch den Kopf, daß Pérez i Ruidoms eigentlich zu ihm aufs Kommissariat hätte kommen müssen und nicht umgekehrt. Da konnte der Millionär noch so sehr Pate von Mont Pèlerin, einer Sekte von eher kosmischen als multinationalen Neoliberalen, sein und auch noch so ein Problem damit haben, die große Lincoln-Limousine in Bewegung zu setzen, eines der zehn Autos seines privaten Fuhrparks, mit dem er Freunde und Feinde demoralisierte. Der Inspektor fühlte sich unbehaglich, nicht nur wegen der halben Stunde Wartezeit vorab, sondern auch wegen der fünfzehn Minuten im Büro des Geschäftsmannes, der ihn zunächst freundlich bat, Platz zu nehmen, dann aber seine Anwesenheit vergaß, während er mit Malaysia oder Matadepera telefonierte, ganz zu schweigen von den drei aus Amsterdam eingegangenen Anrufen. Auch die Umgangsformen des reichen Pinkels waren eher abschreckend: Er sprach, bewegte sich, atmete athletisch aus dem Selbstverständnis heraus, die durchtrainierte Ausnahme in einer Welt von Gelähmten oder Behinderten zu sein, von körperlich Behinderten wie Blinden oder Polizisten. Endlich breitete er die in einem sündteuren Hemd steckenden Arme aus und schickte zwei seiner Sekretärinnen irgendwohin, um schließlich den anwesenden Polizisten ausführlich zu betrachten und ihm ein gar nicht athletisches, sondern eher entwaffnendes Lächeln zu schenken und einen Blick, mit dem er darum flehte, ihn wenigstens von einem Teil seiner Arbeit zu befreien.

»Herr Inspektor, manchmal beneide ich die Müßiggänger, denn sie sind die einzigen, die die Zeit haben, Großes und

Überraschendes hervorzubringen. Ich hatte seit sechs Uhr früh keine Sekunde zum Durchatmen.«

»Fitneß und schwimmen um wieviel Uhr?«

»Wie ich feststelle, kennen Sie meine gesündesten Gewohnheiten. Von meinem Schwimmbad samt Fitneßstudio bis zu meinem Büro sind es nur zwanzig Meter, und ich fahre nie in ein Hotel, das nicht über ein Hallenbad verfügt. Was wissen Sie von Pepe Carvalho?«

Lifante war auf diese plötzliche Frage nicht gefaßt und ließ zunächst einmal den Blick durch das imposante Büro voller Edelhölzer und Eisenskulpturen schweifen. Letztere konnten auch Lampen sein.

»Und Sie?«

Pérez i Ruidoms schmunzelte über die mit einer Gegenfrage beantwortete Frage und nahm eine Akte vom Schreibtisch, die er dem Polizisten reichte. Dann forderte er ihn mit einer Handbewegung auf, sie sich anzusehen. Doch Lifante beschloß, erst mal gar nichts zu tun und Pérez i Ruidoms wie einen Trottel mit Hallenbad zu behandeln, der trotz des Hallenbads immer noch ein Trottel war. Der Inspektor wartete ab, daß der Magnat die Karten auf den Tisch legte.

»Er ist ein Mörder.«

Als der Geschäftsmann diesen Satz aussprach, sah er Lifante so fest in die Augen als wollte er sagen: Sie sind verhaftet, und der Polizist ließ weiterhin seinen Blick durch den Raum schweifen.

»Sind das ausgeschaltete Lampen?«

»Die da drüben schon. Aber alle anderen sind Stahlskulpturen von Alfaro, Álvarez, Solano, Àngels Freixanet und Fajardo. Die von Chillida habe ich in einem meiner Häuser. Ich bin ein wahrer Fan von Chillida. Verzeihen Sie, daß ich nachhake, aber die Zeit wird knapp. Carvalho ist ein Mörder, das beweist diese Akte. Ich habe sogar Zeugen, die bereit sind auszusagen, Leute, die gesehen haben, wie er den berühmten Soziologen Jordi Anfrúns am Wellenbrecher getötet hat.«

»Der berühmte Soziologe«, murmelte Lifante, während er die Akte Anfrúns las, deren Inhalt sich in seinem Kopf abspulte wie die Texte vor den Augen eines Fernsehmoderators. Berühmter Soziologe. Noch so ein ausgeflippter Roter, der zum Theologen irgendeiner Religion und schließlich zum Vertrauensmann dieses Hallenbadschwimmers geworden war.

»Bis jetzt handelt es sich nur um einen Toten mehr, der in Barcelona gefunden wurde. Doch alles deutet auf Carvalho als Täter hin.«

»Carvalho hat sehr selten getötet, und die ihm zugeschriebenen Leichen pflegte er nicht mit einem Etikett zu versehen.«

Das Lächeln von Pérez i Ruidoms nahm wieder athletische Züge an.

»Dieser Mord weist allerdings ein solches auf, und ich werfe Ihnen nicht vor, das übersehen zu haben. Es war ein Mord aus Leidenschaft, ganz untypisch für Carvalho.«

»War er denn in Anfrúns verliebt?«

»Nein. Aber lesen Sie doch die Akte.«

Lifante machte nicht die geringsten Anstalten, die Akte zu lesen, und beließ es bei dem Spiel von Blicken und Schweigen, bis sein Gastgeber resigniert seufzte und über die Sprechanlage bat:

»Irasema, verbinden Sie mich bitte mit Julia.«

Irasema – dachte Lifante – so kann nur die Sekretärin oder Rezeptionsdame eines Geschäftsmannes mit privatem Swimmingpool heißen. Er trommelte mit den Fingern auf sein nächst gelegenes Knie und sagte schließlich:

»Ich verstehe immer noch nicht, warum Sie mich haben kommen lassen. Wenn Sie alle diese Beweise haben, können Sie den Fall doch vor Gericht bringen.«

»Ich möchte nicht als treibende Kraft des Prozesses auftreten. Das ist Sache der Polizei.«

Am anderen Ende der Leitung war inzwischen Julia, und Pérez i Ruidoms fragte sie geheimnisvoll:

»Ist alles bereit? Gut, gut.«

Er legte den Hörer auf und bat Lifante, ihm zu folgen.

»Wenn Sie so freundlich sein wollen ... Vielleicht liefert Ihnen der Film, den Sie gleich sehen werden, die nötigen Anhaltspunkte.«

Die Filmvorführung fand im Nebenraum statt, und dort erwartete sie Julia mit blondem Pferdeschwanz, Brille und zwei kleinen Brüsten, die sich exakt unter dem frühsommerlichen Pullover abzeichneten. Es war ein Vorführungssaal »von Hollywood aufwärts« fand Lifante, und kaum hatte er sich neben den Magnaten gesetzt, gingen die Lichter aus, und auf der Leinwand erschien der Titel: »Dossier Anfrúns.« Ein Mann spaziert mit dem Rücken zur Kamera über den Wellenbrecher und bleibt bei ein paar Felsen stehen, die zum Meer hinuntergehen. Plötzlich ertönt ein Schuß, und der Mann bricht zusammen. Die Kamera richtet sich auf den Körper, und als der nicht mehr zu sehen ist, bleibt an seiner Stelle der mit Kreide gezeichnete Umriß seines Zusammenbrechens zurück.

»Das ist der genaue Punkt, wo, und die Stellung, in der man Anfrúns fand. Mir sagte er, er hätte eine Verabredung mit Carvalho, und zu diesem Zeitpunkt waren dort viele Jogger unterwegs. Ich habe viel Zeit und Mühe aufgewendet und kann Ihnen zwei oder drei Zeugen vorführen, die den Mann beschreiben, der den Schuß abgab. Alle drei sind sich einig: Er sieht Carvalho sehr ähnlich.«

Auf der Leinwand nun die Zeugen: Sie haben ihre Rolle gelernt, sie stammeln sogar ganz gut.

»Sehen Sie, Lifante? Man muß Carvalho so schnell wie möglich festnehmen.«

»Er ist nicht hier.«

»Was heißt, er ist nicht hier?«

»Er ist auf Reisen gegangen. Er hat seine Zelte abgebrochen und sogar seinen Assistenten Biscuter mitgenommen. Er ist mit dem Auto unterwegs.«

»Grenzkontrollen?«

»In Frankreich wird der Name nicht registriert, an der Grenze zu Marokko und der zu Portugal genausowenig. An jeder anderen ist Carvalho schlau genug, einen anderen Namen anzugeben. Er kann nach Mallorca, nach Genua gereist sein …«

»Wie ich sehe, sind Sie ihm auf der Spur. Das wird seinen Grund haben.«

»Meine Vorgesetzten haben mich dazu aufgefordert. Ich nehme an, Sie haben entsprechend Druck ausgeübt.«

In dem Film, der im Hintergrund wie eine Ergänzung weiterläuft, ist die Kamera nun aufs Meer gerichtet, wo mehrere Frachtschiffe außerhalb des Hafens von Barcelona vor Anker liegen und wo Pérez i Ruidoms deutlich das Kielwasser der Fähre nach Genua auszumachen glaubt.

»Verschwenden Sie keinen weiteren Gedanken, Lifante. Unser Mann ist kurz vor Genua.«

Biscuter verbrachte die ganze Überfahrt am Handy oder im Gespräch mit der französischen Dame, die ihm irgendwie ähnlich war. Sie hatte sich als Madame Lissieux vorgestellt. Beide waren in eine Unterhaltung vertieft, die Carvalho recht mäeutisch schien, weil er immer antwortete, wie sie es erwartete. Ihre begeisterten überraschten Ausrufe waren so sehr Teil der Hintergrundgeräusche auf der Fähre von Barcelona nach Genua, daß Carvalho auf dem Deck nach Ruhe suchte und nur aus der Ferne das Hin und Her des durch Worte und Blicke und sogar durch eine gewisse physische Ähnlichkeit verbundenen Paares beobachtete. Vielleicht war auch Madame Lissieux eine Zangengeburt gewesen, obwohl sie ihre eingesunkenen Scheitelbeine mit einer aschblonden, nicht sehr vollen Mähne besser verdeckte.

Carvalho hatte sich als »Spezialist für Diminutive in der mittelalterlichen spanischen Literatur« vorgestellt, als ihn Madame Lissieux nach seinem Beruf fragte, und Biscuter bestätigte das, allerdings nicht ohne vorher erstaunt die Stirn zu runzeln. Es war das erste Mal, daß er Carvalho hinsichtlich seines Berufes lügen hörte, und er schrieb es dem Wunsch zu, richtige Ferien zu machen und rund um die Welt zu reisen, was eben mehr bedeutet als bloße geographische Kontrolle. Biscuter hatte bereits in Barcelona einen ausgeklügelten Plan vorgefertigter Fälschungen vorgelegt, doppelte Ausweise mit dem eigenen und einem fremden Namen sowie einige Dokumente, die ihnen als internationale Funktionäre viele Türen öffnen würden.

»Ich habe an die FAO und WHO gedacht, weil nichts unverdächtiger ist, als sich um das Essen und die Gesundheit der Leute zu kümmern.«

»Eine großartige Idee.«

»Wir müssen uns nur noch für die Namen entscheiden, dann bereite ich die doppelten Pässe vor. Die mit unseren richtigen Namen, José Carvalho und Josep Plegamans Betriu, und die anderen nach Ihrer Wahl.«

Carvalho dachte lange nach, verdaute, daß Biscuter Josep Plegamans Betriu hieß, betrachtete dann sich selbst und seinen Assistenten und beschloß:

»Bouvard und Pécuchet, Franzosen. Wir werden uns als Südfranzosen ausgeben, für den Fall, daß dir etwas Katalanisches herausrutscht. Dem Charakter nach gleiche ich eher Pécuchet, aber im Auftreten fühle ich mich mehr Bouvard. Ich werde dir gleich die vollständigen Namen nennen.«

Er nahm einen Flaubert-Band von La Pléyade zur Hand, den er nie verbrannt hatte, weil er zu teuer war, und rief sich in Erinnerung, daß Bouvard François Dionis Bartolomé Bouvard hieß und Pécuchet Just Roman Cirile.

»Belassen wir es bei François Bouvard und Just Pécuchet.«

Carvalho unterstützte voll und ganz die von Biscuter eingeleitete Konspiration und nutzte den internationalen, von Biscuter auf ihre verschiedenen Persönlichkeiten zurechtgeschneiderten Waffenschein sowie seinen flachen Bauch, um dort eine kleine Pistole zu verbergen. Sein Geld legte er großteils in Travellerschecks und Kreditkarten an – mit ihren wirklichen Namen und denen von Bouvard und Pécuchet, die allesamt von einem seltsamen holländischen Konto stammten, das es Biscuter zu eröffnen gelang, indem er seine gegenwärtigen kulinarischen Beziehungen sowie die alten aus dem Gefängnis zum Einsatz brachte. Sie reisten also unter verschiedenen Deckmänteln, und Biscuter schöpfte aus der Fülle seines kulinarischen Wissens, was Madame Lissieux entzückte. Er belegte seine Ausführungen mit bildhaften Schilderungen oder Kritik an dem an Bord gebotenen Buffet, das für seinen Geschmack ungemein durchschnittlich war. Dabei wäre es doch so interessant gewesen, die ganze Vielfalt der mediterranen Küche von Barcelona bis Genua aufzunehmen. »Die Heimat der unglaublichsten Pestos«, verkündete er und berief sich auf Paolo Lingua, Verfasser von *La cucina dei genovesi* und Garant für ein so schlichtes und zugleich üppiges Gericht wie *Bianco e nero d'agnelletto*, ein simples, geglücktes Aufeinandertreffen von so feinen Innereien wie Lungen, Leber und Gedärmen eines jungen Lamms. Nicht nur die Dame zeigte sich erstaunt vom gastronomischen Wissen Biscuters, sondern auch Carvalho, irrtümlich davon überzeugt, der absolute Herr über das zu sein, was sein Assistent wußte und lebte. Sein Erstaunen wuchs noch, als er in Biscuters Händen Bücher, Bücher und noch mehr Bücher über die Reiseziele sah, die sie sich theoretisch vorgenommen hatten, zuoberst eine Monographie über den genuesischen Friedhof von Staglieno, den ersten Ort, den es nach einem uralten Wunsch des Detektivs zu besuchen galt, da er sich für Gräber begeisterte, die nach dem Vorbild der Aufklärung gestaltet worden waren und wenig Sakramentales vermittelten. Die wiederholten gelehrten Kommentare Biscuters führten dazu, daß die Französin sich dem Trauerzug anschloß und augenblicklich klar wurde, daß der Friedhofsrundgang zu dritt stattfinden würde, so sehr Carvalho auch versuchte, Biscuter mit den Augen zu verstehen zu geben, daß er dem personellen Zuwachs nicht zustimmte. Da seine Wünsche nicht beachtet wurden, beschloß Carvalho, das rasch durchpflügte Meer zu betrachten und einmal mehr den ursprünglichen Ruf der Wellen wahrzunehmen, so als wurzelten in ihnen die beiden wesentlichen Metaphern: Leben und Tod. In welchen Wassern mochte wohl der biologische Entwurf des Menschen stattgefunden haben? Nicht daß Carvalho in metaphysischer oder trauriger Stimmung gewesen wäre, weil er nicht gegessen oder getrunken hätte, denn er hatte sämtliche möglichen und unmöglichen Cocktails aus dem Repertoire an Bord durchprobiert und Zeit gefunden, die fünf restlichen Stunden bis zur Ankunft der Fähre tief und fest zu schlafen. Er wurde durch die Schiffssirenen und das Trällern Biscuters geweckt, der ihre Gepäckstücke zusammensuchte, die nicht im Auto geblieben waren.

»Gerade genug Zeit fürs Frühstück, und Genua schon vor uns. Chef, ich wollte Sie um einen Gefallen bitten. Madame Lissieux hat die gleiche Route wie wir vor sich: Rom, Brindisi und schifft sich dann nach Griechenland ein. Könnten wir sie nicht im Auto mitnehmen?«

»Beide sind schon sehr klapprig.«

»Madame Lissieux?«

»Madame Lissieux und der Wagen.«

Biscuter verzog das Gesicht, und Carvalho gab mit den Augen seine Zustimmung. Wo zwei Schiffbrüchige auf der Landstraße Platz haben, gibt es auch noch Platz für einen dritten, aber nichts und niemand wird mich von einer Route abbringen, die auf dem Friedhof beginnt und sich bis zu dem zum Jenseits offenen Tor der Dardanellen und des Bosporus fortsetzt. Danach würde es vom restlichen Geld und der übriggebliebenen Lust abhängen, die allzu improvisierte Reise fortzusetzen. Carvalho bat um Information, wie er zum Friedhof von Staglieno fahren und danach die *Autostrada* nach Rom nehmen konnte. Es galt, sich vom Meer höher und höher zu schrauben bis zu dem Kamm, wo die schonungslos hineingeschnittene Autobahn ihren Weg nahm. »Und Genua?« fragte Biscuter. Genua, zumindest das an den Hafen grenzende alte Viertel, war ein mittelalterliches Labyrinth, wo sich die Fassaden der Gebäude beinahe berühren und manchmal Paläste dahinter liegen, im Verborgenen könnte man meinen, und von Kapitalismus und Feuchtigkeit zerstört. Madame Lissieux setzte sich auf den Rücksitz des Autos, preßte die knöchernen Knie zusammen und legte die gekreuzten Arme darauf, was ihr ermöglichte, das unerhebliche Gewicht ihres kleinen Gesichts und des nicht viel größeren Schädels abzustützen. Auch Biscuter schien sich schon auf das Bankett zu freuen, das ihm die Welt bescheren würde, als Carvalho schließlich von der Fähre fuhr und das verworrene Bild eines gewöhnlichen Hafens mit darübergelegten Autobahnen vor sich sah. Niemandem war der geplante Erkundungsweg durch Genua bekannt, aber Biscuter zog aus seiner in einem Köfferchen verstauten umfassenden Reisebibliothek das entsprechende Buch, den Stadtplan und alles, was nötig war, um zu dem Friedhof zu gelangen. Dort lag er, am

Fuß des Berges, wo sich die Ausfallstraße bis zu einem von Autos zugeparkten Platz hinaufschlängelte, die so früh am Morgen wohl kaum zu Friedhofsbesuchern gehörten. Gleich nachdem die Tore geöffnet worden waren, begab sich das vom Detektiv angeführte Trio hinein, geleitet von der von Carvalho im Off wahrgenommenen Stimme Biscuters, der die Vorzüge eines von Rationalisten und Romantikern geschaffenen Friedhofs pries.

»Der Friedhof von Staglieno wurde am 1. Januar 1851 eröffnet und folgt dem Modell der von Monumenten geprägten Friedhöfe, wie man sie in manchen europäischen Metropolen vorfindet.« Carvalho wußte, daß das aufgeklärte und von seiten der genuesischen Intelligenz nur spärlich religiös besetzte Denken diese Stadt der Toten beeinflußt hatte und daß diese im Verlauf des neunzehnten Jahrhunderts zum mächtigen Szenarium einer nekrophilen Oper herangewachsen war, bei der wichtige Architekten und Bildhauer ebenso ihre Hände im Spiel hatten wie beredte Bühnenbildner, die meisterhaft die Wege für private Trauer und öffentliche Rituale festlegten. »Mark Twain, Guy de Maupassant, Nietzsche, Hemingway, Waugh ...«, las Biscuter, »wandelten fasziniert auf den schmalen und breiten Wegen dieses Friedhofs, der schon Ende des neunzehnten Jahrhunderts als einer der signifikantesten in Europa galt.«

»Was heißt signifikant, Chef?«

»Beispielhaft, nehme ich an, bezeichnend«, schaltete sich Madame Lissieux ein und ermöglichte dadurch Carvalho, in Schweigen zu verharren, das jedoch durch eine sonore fremde Stimme unterbrochen wurde, nämlich durch die eines Herrn mit grauem Vollbart, der sich ihnen mit einem sympathischen Lächeln näherte.

»Verzeihen Sie meine Aufdringlichkeit. Mein Name ist Giuseppe Marino, ich hörte, wie Sie sich auf spanisch unterhielten, und ich bin fast Spanier, will heißen, fast Baske, denn dort habe ich viele Jahre gelebt, lange Zeit, und eine Baskin geheiratet, mit der ich nun nicht mehr verheiratet bin. Meine Verbindungen zu Spanien sind vielfältig und in manchen Fällen ungewöhnlich.

Waren Sie Franquisten? Ich möchte Ihnen nicht zu nahe treten.«

Alle schüttelten den Kopf, auch Madame Lissieux, und Giuseppe atmete erleichtert auf.

»Ich war im Widerstand gegen Franco. Ich habe im PCI von Togliatti und Berlinguer gekämpft, ebenso wie in der Kommunistischen Partei Euskadis, des Baskenlands, als das Franco-Regime in den letzten Zügen lag.«

Der Caballero zog die von ihm provozierte mögliche Überraschung ins Kalkül, die dann jedoch nur Biscuter zum Ausdruck brachte, indem er sagte:

»Mensch, was für ein Zufall!«

Der Herr reichte ihnen eine Visitenkarte, die ihn als Konservenhändler auswies, und bezog sich dann auf die Weite des Friedhofs, mit einer Geste, als wollte er ihn umfassen. Dabei machte er sich mit einem Seufzer Luft.

»Genua hat zumindest etwas Dauerhaftes aufzuweisen: den Friedhof. Ansonsten läßt das historische Gedächtnis arg zu wünschen übrig, einschließlich des doch relativ kurzzeitigen historischen Gedächtnisses, das es uns ermöglichen würde, die abstoßende Gegenwart eines Italien zu erklären, das von einem reaktionären Block regiert wird. Wissen Sie, daß der einzige klare Sieg der Partisanen gegen das Naziheer im Zweiten Weltkrieg hier in Genua errungen wurde? Das hier war einmal so etwas wie die Wiege der italienischen Linken, und was ist es jetzt? Exponent eines Italiens, das vom Traum Berlinguers zur Realität Berlusconis und der Postfaschisten überwechselte. Dieses Land befindet sich in einer schwer erklärbaren Phase der Rückbildung, bedenkt man das Niveau unseres politischen Bewußtseins in den siebziger Jahren, als wir Kommunisten als stärkste Partei in der Lage waren, den fortschrittlichsten Christdemokraten den historischen Pakt vorzuschlagen. Diese Aussicht zu verlieren war gleichzusetzen mit dem Verlust der säkularen, vom marxistischen Optimismus und dem Optimismus des fortgeschrittenen Kapitalismus begründeten Hoffnung. Nichts oder fast nichts ist von beidem übriggeblieben.

Der triumphierende Kapitalismus hat eine solche Angst, über sich selbst nachzudenken, sich zu identifizieren, daß er die Möglichkeit leugnet, das tatsächlich Existierende zu hinterfragen, eine neue Welt zu schaffen. Ein italienischer Schriftsteller hat dies einmal großartig formuliert, als er von der »Gegenwart als Inquisition« sprach. Die Rede ist von Leonardo Sciascia, von dem man nicht gerade sagen kann, daß er ein Marxist war.«

Vielleicht war es der umherschweifende, abwesende Blick Carvalhos, der den Redner von dem möglichen Vorhaben abbrachte, eine Diagnose der gegenwärtig stattfindenden kapitalistischen Entwicklung zu erstellen. Er bot sich nun als begleitender Führer des belesenen Biscuter an, der nun, unterstützt von den Ausführungen Marinos, einen systematischen Rundgang über den Friedhof begann.

»In gewissem Sinn ist ein Friedhof eine Rückforderung des demokratischen Charakters des Todes, doch entkommt er nicht dem moralischen Einfluß der jeweiligen Zeit oder dem, was allgemein als zur Schau gestelltes Prestige bezeichnet wird. Das hier ist die *Capilla del Suffragio*, die ihr Vorbild im römischen Pantheon hat.«

Die Statuen oder Stelen von Cevasco, Santo Varni, Iusola, Benetti, Rivalta, Orengo, Monteverde, Saccomanno, Moreno, das Grabmal Whites von 1905, das von De Paoli, dem Carvalho besonderes Augenmerk schenkte, berührt von der Grazie der Körper und dem Pathos ihrer Verzweiflung, neben der allgemeinen Bewunderung für die präexpressionistischen Skulpturen Orengas oder die »sachliche« Modernität (das Adjektiv kam von Madame Lissieux) des Grabmals von De Luca di Pietralata, das Alfieri 1961 geschaffen hatte. Biscuter war verzückt vor dem von Grassi für Giuseppe Mazzini, einen der Gründungsväter der Republik Italien, geschaffenen Pantheon stehengeblieben und zeigte sich auch von einem neugotischen Mausoleum, dem Grab Raggio, sehr angetan, das Luigi Rovelli erbaut hatte.

Carvalho sah auf die Uhr und mußte entsetzt feststellen, daß die nekrophilen Erbaulichkeiten sich über die Maßen ausgedehnt hatten. Es galt, Rom, den Papst und Brindisi zu entdecken, dazu die eine oder andere unvermeidliche Ruine und vielleicht unterwegs den Zweck, der sich hinter dieser so spontanen Reise verbarg, die einer Flucht nach vorne glich. Giuseppe Marino begleitete sie zum Ausgang des Friedhofs und bat sie höflich, eine Partie erstklassiger Konserven anzunehmen, die er als Musterware im Kofferraum seines Autos hatte.

»Kein Problem, Ihre Sardinen seien willkommen, denn die Reise wird lang sein und das Geld knapp«, bekannte Biscuter, woraufhin Marinos BMW neben Carvalhos fast dreißig Jahre alten Ford Fiesta fuhr, und mehrere Kisten mit Dosen voller Sardinen, Thunfisch und diversen Muscheln die freien Winkel des Wagens in die Konservenabteilung eines mobilen Supermarktes verwandelten.

Entsprechend dankte jeder von ihnen dem Italiener mit einem besonderen Händedruck für seine Liebenswürdigkeit, und Biscuter, der in der Umarmung an dem mächtigen Körper des Genuesen hing, rief dabei aus:

»Nur Mut. Genua wird wieder die Wiege des Widerstands sein, und wir werden siegen. Ich weiß nicht wann, aber wir werden siegen. *Avanti il popolo, a la riscossa, bandiera rossa!*«

Schon auf der Autobahn musterte Carvalho Biscuter aus den Augenwinkeln und raffte sich schließlich auf, ihn zu fragen:

»Wer wird siegen?«

»Das Volk.«

»Wen besiegen wir?«

»Den Klassenfeind. Auch wenn Sie es nie wahrgenommen haben, Chef, habe ich immer an den Klassenkampf geglaubt.«

»Und woher kennst du die Hymne der Kommunistischen Partei Italiens?«

»In meiner Jugend in Andorra wurde nichts anderes gesungen.«

Sie fanden Zeit, noch ein paar Panini in der Autobahnraststätte La Motta zu essen. Carvalho begrüßte diese Pause, denn der dichte Verkehr auf den italienischen Autobahnen hatte ihn erschöpft. Außerdem hegte er den Verdacht, daß die Fahrspuren viel schmaler als bei ähnlichen Straßen bemessen waren, denn die LKW zischten vorbei, so als wollten sie die Ohren des armen Ford Fiesta mitnehmen.

»Chef, Sie sind eben nicht daran gewöhnt, weite Strecken zu fahren.«

Obwohl Biscuter und Madame Lissieux sich anboten, ihn am Steuer abzulösen, weigerte sich Carvalho, so als hinge das nur noch kurze Leben des Autos ausschließlich an seiner Bedeutung als Besitzer. »Wie der Herr, so's Gescherr«, erwiderte er seinem Assistenten, der die Antwort gar nicht wahrnahm, weil er bereits wieder ins Gespräch mit der Französin mit Mädchennamen Mimieux und verheiratete und verwitwete Lissieux vertieft war. Sie sprach in diesem melodiösen Französisch, das einen kultivierten Menschen von einem anderen unterscheidet, der die verstümmelte oder verkürzte Melodie der Pariser Sprache pflegt oder die kehlige, wie ein Räuspern klingende Musik ländlicher Stimmen. Ein Operettenklang, der würdig die Erzählung ihrer Lebenserfahrungen und Ansichten unterstrich, die immer perfekt mit jenen Biscuters übereinstimmten, bei dem Carvalho eine bisher unbekannte Fähigkeit zu Dialog und Pragmatik entdeckte.

»In tausend Jahren wird die Hegemonie des Mannes auf der Erde vorbei sein, und dann wird die der Frauen kommen.«

Die Französin zeigte sich von der Aussage Biscuters begeistert, Carvalho jedoch war nicht bereit, einen so banalen Optimismus zu unterstützen.

»Nach dem Mann werden die Milben die Herrschaft antreten. Der letzte Kampf wird zwischen Frauen und Milben geführt werden, und die Milben werden gewinnen.«

Er nahm an, daß die Frau verärgert war, und fühlte sich erleichtert, fern des Gesprächs, das sie mit Biscuter auf dem Rücksitz des Autos führte. Zwei Lebewesen tauschten ihre Gedanken genau in dem Moment aus, als sie in einem uralten Auto zusammenkamen, das gerade eine gewagte Weltreise auf sich nahm. Italien zog an den Fenstern vorbei, ohne mehr zu sein als die flüchtigen Namen auf Schildern, denn wenn man die ganze Welt umrunden will, muß man auswählen und auf manches verzichten. »Eines Tages werde ich wiederkommen«. Würde Carvalho je Zeit finden, nach Italien zurückzukehren? Wir müssen in Rom zu Abend essen und am nächsten Tag den Auftritt des Papstes miterleben, bevor der Pole nach Castelgandolfo auf Urlaub fährt. Schließlich erklärte er laut, warum er gern im jüdischen Viertel oder im gegenüber des alten Schlachthofs gelegenen Restaurant Cecchino dal 1887 zu Abend essen wollte.

»Ich kenne ein Restaurant auf der Piazza del Popolo, das La Bolognese heißt oder hieß, denn es sind viele Jahre vergangen. Ich liebe diese Küche, vor allem den *Bollito*, den Fleischeintopf. Aber es ist Sommer, und so müssen wir heute zwischen den beiden hervorragendsten römischen Küchen wählen, zwischen der, die noch einen Hauch des Geschmackssinns des Ghettos vermittelt, oder der der Geschäftsleute, Viehhändler und Metzger, die sich um den alten Schlachthof sammeln. Ich habe mich für Cecchino dal 1887 entschieden und dort einen Tisch reserviert.«

Carvalho hatte zwei Zimmer in einer nahe an der Piazza Navona gelegenen Pension gebucht, bescheiden genug, um eine Nacht zu verbringen, ohne die Koffer auspacken zu müssen. Er kümmerte sich nicht weiter um die Probleme von Madame Lisieux, die in einem Hotel in der Villa Borghese untergebracht war, sich in erster Linie über den Verkehr in Rom entsetzt zeigte und ebenfalls zum Abendessen ins Cecchino kommen würde.

Biscuter wurde seiner Rolle als *chevalier servant* gerecht und begleitete die Französin zu ihrem Hotel, nachdem er mit Carvalho das Treffen im Restaurant vereinbart hatte. So konnte der Detektiv in Ruhe über die Piazza de Campo dei Fiori in Richtung Via Giulia schlendern, eine Straße, die ihn schon bei seinem mehr als dreißig Jahre zurückliegenden Besuch fasziniert hatte. Auf den ersten Blick glaubte man eine im Verfall begriffene Architektur vor Augen zu haben, doch alle diese ockerfarbenen labyrinthischen Häuser mit den bepflanzten Terrassen, die sich zum nahen Tiber und der Verheißung des Trastevere hin erstreckten, wurden von Neureichen bewohnt. Die Abreise am nächsten Tag war zu früh angesetzt, um noch auf dem Campo dei Fiori einkaufen zu können, einem Marktplatz, den die Statue des hingerichteten Giordano Bruno dominiert, obwohl sich der enthaltsame Märtyrer angesichts so vieler sinnlicher, zum Kauf angebotener Genüsse gewiß nicht wohl gefühlt hätte. Vielleicht hätte Carvalho aber doch Zeit, ein paar Säckchen gemischter Gewürzkräuter zu kaufen, die immer auch den entsprechenden Anteil von zerstoßenem *Peperoncino* hatten, ohne den sämtliche der vielfältigen Küchen zwischen Rom und dem grenzenlosen Süden der nötigen Tücke entbehrten. Sollte er die ganze Welt mit italienischen Kräutern im Gepäck bereisen oder besser auf überraschendere Gewürze warten? Vielleicht in Samarkand, dessen wahrhaftige oder unwahrscheinliche Existenz er unbedingt überprüfen mußte, ebenso wie die von Asmara oder Granada, die sich Geschichtenerzähler und Dichter stets als unerreichbar ausmalten. Der aus den Trattorien am Campo dei Fiori strömende Duft nach gratiniertem Käse und wildem Oregano war verführerisch, und er kämpfte gegen die Versuchung an, Biscuter und seine Dame zu versetzen, doch schließlich war nicht so sehr sein Pflichtbewußtsein ausschlaggebend wie die reiche Speisekarte des Cecchino dal 1887. Er nahm ein Taxi, um einen unbekümmerten Abend ohne eigenes Auto zu verbringen, und da lag schon die Treppe vor ihm, die in die Traumwelt einer römischen Küche führte, wo die Raffinesse Gerichte wie *Bucatini a la griglia, Abbacchio alla cacciatora,*

Gnocchi alla romana, Coda alla vaccinara oder das hervorragende *Fritto misto alla romana* hervorbringt, eine wahre Zeremonie der Vermischung, in der Hirn, Leber, Zucchini, Artischocken, Riccota sowie in Mehl getauchte Äpfel und Birnen eine trügerische Gleichförmigkeit erhielten, die von der reichen Textur und den ihnen eigenen Geschmacksnuancen ausgeglichen wurde. Sie begannen mit Frascati, um Roms populärstem Wein Respekt zu zollen, doch danach bestellte Carvalho einen Barolo, seinen italienischen Lieblingsrotwein. Das Restaurant war voll, und hinten, in einem abgesonderten Raum, fand eine Art Feier mit Rednern und Applaus statt, die von fünf Schildern beherrscht wurde: *Arcigola, Slow Food, Il lardo di Colonnata, Vacca Chianina* und *Biodiversità*, die Carvalho rätselhaft, aber einladend fand. Das Traumpaar, Biscuter und Madame Lissieux, hatte schon Platz genommen, es war demnach angebracht, das Menü auszuwählen und den diskreten Trubel der Feiernden außer acht zu lassen, obwohl sich Biscuter sehr dafür zu interessieren schien, was dort vorn geschah, und auch versucht hatte, etwas darüber herauszufinden.

»Einem Kellner zufolge handelt es sich um eine gastrosophische Sekte, die in der italienischen Linken, vor allem in der PCI, entstand und schließlich zu einer wichtigen Bewegung zur Verbesserung des Geschmacks geworden ist, die bodenständigen Produkte gegen die unverständlichen Agrarnormen des Gemeinsamen Markts zu schützen. Sie verteidigen nun etwas, was sie Artenvielfalt nennen.«

»*Bibamus atque amemus, mea Lesbia …*«, rief Carvalho auf Latein aus, völlig begeistert von den prächtigen Speisen und dem Ambiente. Nachdem er klargestellt hatte, soeben einige Verse von Catull zitiert zu haben, hob er sein Glas auf die Tischgesellschaft.

So als wäre es ein Zeichen gewesen, klirrten Löffel an die Gläser der Kreuzritter des *Slow Food*, und ein ergrauter, wenn auch glatzköpfiger heiliger Johannes der Täufer mit rosa Wangen, soweit sein Bart sie erkennen ließ, stand auf und kündete den Messias an:

»Unser Carlo Petrini hat uns etwas mitzuteilen.«

Die anderen bekräftigten im Chor den Wunsch, daß der Vorsitzende der Tafel das Wort ergreifen sollte, ein mit ironischem Blick prüfender, gestandener Reisender von der extremen Linken bis hin zur Verteidigung von Schweinespeck aus der Umgebung von Carrara, *Il lardo di Colonnata,* oder des *Chianina*-Rinds.

»Liebe Freunde: Nur für uns ist es nicht erstaunlich, daß wir die Möglichkeit haben, hier zusammenzutreffen, um einen weiteren Schritt zur Verteidigung unseres seit jeher besten tierischen Fetts, *Il lardo di Colonnata*, und der Rinderrasse *Chianina* zu tun, der in der Feinschmeckermesse in Turin seinen Höhepunkt findet. Offensichtlich werden unsere Forderungen als soziale Bewegung und Meinungsfront anerkannt, doch können sie nur gedeihen, wenn sie von einer breiten gesellschaftlichen Basis unterstützt werden. Unter den faschistischen Diktaturen kämpften die Demokraten für morastige Küstenstriche und Pflanzungen, menschengerechte Unterkünfte und Raum für die Tiere, Bürger- und Menschenrechte, um die demokratischen Grundlagen wiederherzustellen. Aber auch in der Demokratie macht es weiterhin Sinn zu kämpfen: gegen eine neue Diktatur, nämlich die des Marktes als intelligentes Element, das von einem Pack einflußreicher, strohdummer Politiker protegiert wird.

Darwin erklärte uns die Auswahl der Arten, und heute wird von einem linken und einem rechten Darwinismus gesprochen, je nachdem ob er als wissenschaftlicher Beitrag gegenüber der religiösen Version der Dialektik des Lebens betrachtet wird oder als Alibi, das den Sieg des Starken gegen den Schwachen als unvermeidlich rechtfertigt. Eines steht fest: In dem Teil des Erdballs, den wir Leser und Schreiber über *Slow Food* üblicherweise bewohnen, ist die Auswahl der Arten der inneren biologischen Logik jeder Spezies und auch der Logik des Marktes unterworfen, und nur die durch Wachheit oder Mitleid geweckte, mitleidige menschliche Intelligenz kann einem solchen Verhängnis die Stirn bieten. Angesichts der Spekulationen auf dem Immobiliensektor oder im industriellen Bereich gilt es einen Wald oder einen Fluß zu retten, und angesichts des Spiels um Gedeih oder Verderb der Arten muß manchmal das Überleben einiger gesichert werden, die durch ihre Fragilität oder durch den Markt aller Wahrheiten – von der wissenschaftlichen bis zur ernährungsberatenden – bedroht werden.

Wir Italiener sollten diejenigen Europäer sein, die sich ganz besonders bemühen, der Weisheit der Ernährung auf den Grund zu gehen, und die abgesehen von der hervorragenden Gastronomie oder dem vertieften Wissen um Weine und Blumenkohlarten die Kenntnis alles Eßbaren als einen wesentlichen Bestandteil der sogenannten materiellen Kultur betrachten. Italien ist das Land schlechthin, um die Herstellung und den Verzehr des ursprünglichen, duftenden Specks von Colonnata zu retten, Glanz der materiellen Kultur, der gleich neben einem anderen Glanz der absoluten Kultur produziert wird, dem von Carrara und des Marmors, der die besten Skulpturen und Bauwerke seit Menschengedenken ermöglicht hat, sowie eine Pflanze, die durch die Nachlässigkeit des Bauern und die Unkenntnis des angepaßten Konsumenten ernsthaft gefährdet ist. Und es ist auch Italien, das sich rühmen darf, sogar Menschenmassen mobilisiert zu haben, um eine Kuh, eine Rinderrasse zu retten, die durch die so absurden bürokratischen Regelungen des Gemeinsamen Marktes vom Aussterben bedroht ist. Majakowski war einer der bedeutendsten revolutionären sowjetischen Dichter und unterwarf sich der Rationierung. Es wurde bekannt, daß er einen Teil des wenigen ihm zugesprochenen Fleischs seinem Hund gab, und als er dafür vom Proletarischen Schriftstellerbund getadelt wurde, erwiderte er, daß seinen Hund zu retten gleichbedeutend wäre mit der Rettung des Lebens, also damit, sich für das Leben einzusetzen. Das heißt, er war dem Vermächtnis Bobbios fast siebzig Jahre voraus, demzufolge wir unsere Beziehung zu den Tieren überdenken müssen.

Das *Chianina*-Rind ist laut Experten eine der ältesten und bedeutendsten Rinderrassen Italiens. In seiner Heimat Valdichiana hat es sich zu einem kräftigen, wenn auch scheuen, und eleganten Tier entwickelt, das vom Aussterben bedroht war, als die Landwirtschaft mechanisiert wurde und man die Ochsen als Zugtiere nicht mehr brauchte. Das *Chianina*-Rind steht bei Kennern für eine hervorragende Fleischqualität; und obwohl das Tier gerettet wird, um gegessen zu werden, ist doch dieses Schicksal viel besser, als es ausgerottet oder von diesen hemmungslosen, ignoranten Fressern verschlungen zu sehen, in der Überzeugung, daß alle Proteine gleich sind, egal, wo sie herkommen. *Slow Food* startet eine Kampagne zum Schutz und für die vermehrte Zucht dieser aus den Bergen von Arezzo stammenden Rinder, die heute auch in der Toscana, Umbrien und Alto Lazio beheimatet sind. In dieser Errettungskampagne kommen notwendige ethnopatriotische Argumente ins Spiel, die von der Existenz dieses Rinds schon im dritten Jahrhundert vor Christus und seinem internationalen Prestige bis zum Zweiten Weltkrieg berichten, als sein Ruhm mit dem der hervorragendsten Rinder der Niederlande, Frankreichs oder Englands im Wettstreit lag. Eine lange Reise durch die Jahrhunderte, in denen das Tier vor den Pflug gespannt wurde, Milch produzierte und klaglos sein Fleisch zur Verfügung stellte, überzeugt davon, daß die Kühe dafür geboren werden, auch die allerbesten Kühe. Es ist sogar zu einem gewissen Rinderrassismus gekommen, als Experten dem *Chianina*-Rind einen wohlproportionierten Schädel mit zwei gut gesetzten Hörnern und eine ideale Statur attestierten, eine nahezu perfekt gezeichnete Rückenwölbung, eine exzellente Proportion zwischen Bug und Heck, einen außergewöhnlich tiefen Brustkorb und eine perfekte Verbindung zwischen Brustbein und Erde. Dazu kommt noch der ausladende Hintern, um die *Chianina* endgültig in eine Reihe mit den menschlichen Miss Universum zu stellen, was selbstverständlich als Metapher zu verstehen ist.

Als Aktivisten an der dem Fast Food entgegengesetzten Front entwickeln wir von *Slow Food* uns immer mehr zu einer Kontrollinstanz für sämtliche Nahrungsmittel. Und da Essen auch gelernt sein will, setzt *Slow Food* auf das Wissen als Hauptbedingung für die Nahrungsaufnahme. Arten zu retten ist nicht nur ein spielerisches Training oder eine mehr oder weniger narzißtische Aktion des Respekts für das Gedächtnis des Geschmacksinns, sondern auch eine Lebensphilosophie. Denn das Überleben einer Spezies zu gewährleisten trägt zur gesamten Lebenskultur bei. Der Zustrom, den diese Bewegung in Italien erfährt, ist mit keiner ähnlichen Initiative in Europa vergleichbar, obwohl in den letzten zwanzig Jahren die Sensibilität gegenüber der Tierhaltung zugenommen hat. Das jedoch verhindert immer noch nicht die Zucht der am meisten konsumierten Arten, die dahinvegetieren, zum Tod verurteilt wie in von den schlimmsten Nazis errichteten Konzentrationslagern. In einem Europa, in dem die Schweine und Hühner in Ställen gehalten werden, die an Buchenwald oder Mauthausen erinnern, darf man unsere Bemühung, das *Chianina*-Rind zu retten, nicht als ein Deckmäntelchen für unser schlechtes Gewissen verstehen, sondern als den Versuch, ein neues Bewußtsein zu schaffen. Das *Chianina*-Rind zu retten bedeutet uns selbst zu retten!«

Biscuter und Madame Lissieux applaudierten noch heftiger als die Anhänger des Caballero Petrini, und möglicherweise prostete ihnen deshalb der Präsident der fortschrittlichsten gastronomischen Bewegung der Welt mit einem Gläschen *Grappa Millésimé* von Angelo Conterno zu. Biscuter applaudierte weiterhin begeistert und zog dadurch die Aufmerksamkeit einiger Versammlungsmitglieder auf sich, die er dazu nutzte, um auf sie zuzugehen und ihnen zu sagen, daß sie, Spanier aus Barcelona, bereit seien, die Philosophie der Vereinigung zu übernehmen, die in diesen Zeiten der Globalisierung, da der Markt sich in den großen Diktator verwandelt, unentbehrlich sei. Die Gastrosophen staunten über die brillante Analyse von Carvalhos Knappen und schenkten ihm als Anerkennung zwei Bücher, *Il buon paese*, ein Inventar der besten Lebensmittel Italiens, und *Salumi d'Italia*, ein beinahe erschöpfendes Werk über die Fleisch- und Wurstwaren des Landes. Dieses Buch schien es Biscuter angetan zu haben, denn er drückte es an seine Brust mit dem heimlichen Versprechen, es während der ganzen Reise als Lieblingsbuch dabeizuhaben.

»Himmel, Arsch und Zwirn! Haben Sie das gehört, Chef? Dieses Land kann sich sehen lassen. In Spanien gibt es nichts dergleichen. Dort wird nur von Tierschutz geredet, wenn diese brutaler als üblich getötet werden oder sie uns auf blödsinnige Weise umbringen.«

»Mir fehlt der Glaube. Im Grunde sind diese Öko-Gastrosophen Anhänger einer Religion. Sie sind Optimisten und haben, auch wenn sie Materialisten sein mögen, die Zukunft als Religion. Sie glauben sich in der Lage, das *Chianina*-Rind vor der Gleichgültigkeit von Millionen Proteinvertilgern, denen die Herkunft der Proteine egal ist, ja sogar vor den Hamburger-Fabriken von McDonald's zu retten. Angesichts dieses Optimismus bleibe ich lieber bei meinem angeborenen Pessimismus. Mir widerstrebt das Schöpfungsprinzip, wie es alle Religionen darstellen, will heißen, als ein majestätischer und großzügiger Akt eines guten Gottes oder einer unbekannten höheren Intelligenz, die die Fäden in der Hand hält. Die Schöpfung ist eine ungeheuerliche Schlamperei, die nicht die geringste ethische Analyse aushält, weil sie auf der Notwendigkeit zu töten um zu essen basiert, wodurch jedes Lebewesen direkt oder indirekt zum Mörder wird. Eine reformistische Interpretation der Schlamperei würde zu dem Schluß führen, daß sechs Tage angesichts der Herausforderung zu wenig waren, und das Ausruhen am siebten eine eindeutige Fahrlässigkeit. Warum sollte man also mit diesem Bild vor Augen das *Chianina*-Rind retten wollen?«

»Erinnern Sie sich doch an das Beispiel von dem russischen Dichter, das der Chef dieser ganzen Sache zitiert hat. Verschwendete er die Fleischration, weil er sie einem Hund gab, oder pries er dadurch das Leben, das Recht zu leben?«

Auf dem Petersplatz hatten sich viele Gläubige eingefunden, und es wurde gemunkelt, der Papst hätte sich schon am üblichen Fenster gezeigt, aber so sehr Carvalho und seine Begleiter auch ihre Augen anstrengten, sie konnten ihn nicht entdecken. Da Carvalho ständig auf die Uhr sah, meinte Biscuter:

»*Slow Food, Slow Food* …«

»Biscuter, laß uns weder Begriffe noch Titel verwechseln. Diese Reise könnte ›Reise um die Welt in 80 Tagen‹ heißen, nicht aber ›Hundert Jahre Ferien‹. Wir haben Zeit im Überfluß, aber das Geld ist knapp, also müssen wir das Verhältnis von Zeit zu Geld im Auge zu behalten.«

Der Papst zeigte sich am Fenster, als sie schon kurz davor waren, in Richtung Süden aufzubrechen. Die Erscheinung von Johannes Paul II. wirkte wie schon seit Jahren dem Ende geweiht, wenn auch der Fensterrahmen dazu gemacht schien, seine Neigung zum Nichts hin aufzuhalten. Die Gläubigen applaudierten, einige jubelten ihm sogar allmählich lauter werdend zu, wodurch die Feier belebt wurde, und die Lautsprecher des Petersplatzes übertrugen endlich den verdienten päpstlichen Gruß in mehr Sprachen als sonst, weil afrikanische und asiatische Delegationen anwesend waren. Trotzdem konnte wohl kaum jede Volksgruppe verstehen, was ihr diese gestammelte, atemlose Rede mitteilte. Am Rand des Rundes des Petersplatzes warteten sie, den Rücken der mit Autobussen und Gläubigen überfüllten Via di Conciliazione zugewandt, daß der Papst auf seinem Papamobil erschien, um die Anwesenden zu segnen, und Carvalho versuchte irgendeine menschliche Regung hinter der unbeweglichen Fassade eines Gesichts ohne

Lächeln und Tränen auszumachen, in dem nur die gerunzelte Stirn Ausdruck des beharrlichen Lebenswillens oder der Verärgerung war, so viele Leute zu dieser Morgenstunde segnen zu müssen.

»Eine bemerkenswerte Persönlichkeit«, meinte Madame Lisieux.

»Ihm bleibt keine andere Wahl, sonst geht der ganze Laden den Bach runter. Auch er ist Teil des *Star System* und des Marketing. Die Konkurrenz auf dem Markt der Religionen wird immer härter, und für die Katholiken stellt sich das große Problem, einen anderen Darsteller wie diesen polnischen Papst, der ihnen dahinstirbt, zu finden.«

Die Französin lachte über den ketzerischen Scherz Carvalhos, der sich bereits entschlossen einen Weg durch die Menge bahnte, um zu dem weit entfernt auf einem bewachten Parkplatz stehenden, schon mit allem Gepäck beladenen Wagen zu eilen. Rom mit dem Auto zu verlassen ist für einen Ausländer gar nicht so leicht, wenn er nicht an alle von den Römern begangenen Übertretungen gewöhnt ist, die sie als Fahrer in einer Stadt voller Verkehrssünder und Gedenksteine überleben läßt. Danach mußte entschieden werden, ob sie Neapel besichtigten oder darauf verzichteten, um so zumindest Pompeji und Paestum besuchen zu können. Nein, für Herculaneum blieb keine Zeit, wenn sie zum geplanten Termin die Fähre in Brindisi erreichen wollten, doch was hatte Herculaneum, was nicht auch Pompeji bot, da doch beide Städte unter derselben Asche begraben worden waren? Wenn Carvalho auch die Pracht der Ruinenansammlung von Paestum nicht leugnen konnte, war er in Pompeji doch zunächst berührt: als nähme er die Angst der aus der Asche Geborgenen, ihrer Geschichte entblößten Schemen vor den Blicken der postkultivierten Touristen wahr, vor allem die der in den großen Latrinen Ausgegrabenen – arme Kerle, die ein blöder Vulkan bei der Verrichtung ihrer Notdurft überrascht hatte. Biscuter und die Französin sparten nicht mit Ausrufen angesichts der zahlreichen poetischen, administrativen oder nekrologischen Namen, mit der die verschiedenen Bereiche der von Asche verschütteten Stadt benannt worden waren und so wieder menschliche Dimensionen bekamen: Via dell' Abbondanza, Casa di Menandro, Casa di Proculus, di Assellina, Villa di Giulia Fenice, delle Nozze d'Argento, Casa dei Vettii, degli Amorini dorati, das Haus des Tragödiendichters, die Mysterienvilla mit ihrem Fresko über dionysische Initiationsriten, Atrien, Säulenhallen, Privatgemächer, die nun schutzlos Himmel und Erde preisgegeben waren und schon nicht mehr darauf warteten, unter vulkanischer Asche begraben zu werden, sondern auf ihre endgültige Zersetzung, darauf, ihr Ruinendasein aufzugeben und zu Staub zu werden, zu Erde, zu undifferenzierten Steinen, die endlich ihre restliche Erinnerung an ihr körperliches Dasein abstreifen und zu ihrer ursprünglichen Natur zurückkehren.

»Wie lange werden wir brauchen, um die Unnötigkeit der Ruinen zu erkennen?«

Madame Lissieux fand, daß die Ruinen die von ihnen angeblich reproduzierte Realität verfälschten, so als stellte sich die Geschichte immer in Schwarz-Weiß inmitten von Schutt dar, daß aber daher ihre Schönheit rührte. Die Ruinen seien Alternativen zu dem, was wirklich war.

»Monsieur Carvalho, die Schönheit der Ruinen hängt von ihrer Fähigkeit ab, sich zu verstellen. Die chinesischen Kommunisten demonstrierten während der Kulturrevolution gegen die Ruinen als Zeugen des Gedächtnisses der herrschenden Klasse, eines weiteren sozialen Kontrollsystems der Oligarchie. Aber ich glaube, der Einwand läßt sich leicht auf den Punkt bringen: Macht es Sinn, gegen die sture Weigerung dieser Steine zu kämpfen, wieder in der Bedeutungslosigkeit zu versinken?«

Die prachtvollen, Hera, Neptun oder Ceres geweihten Tempel von Paestum und insbesondere der des Poseidon riefen bei dem seltsamen Paar, das ihn begleitete, lautstarke Begeisterung hervor. Carvalho hingegen hatten mehr die auf den Latrinen vom Vulkanfeuer überraschten Pompejer beeindruckt als die mustergültig wiederhergestellten Zerstörungen von Paestum, die ihn zu dem ironischen Ausruf »Wie gut erhalten!« verleiteten, so als kommentierte er das steinerne Aussehen eines pensionierten Beamten. Aus dem Speicher seiner Bildung tauchten bruchstückhafte Botschaften über die beschworenen Götter auf, vor allem über Ceres, eine der ersten Göttinnen, die in sein Leben trat als Mutter der nackten, von Pluto entführten Proserpina, die trotz der repressiven Zeiten nach dem Spanischen Bürgerkrieg hüllenlos im *Diccionario Enciclopédico Sopena* abgebildet war. Madame Lissieux führte sie zum Museum, das ihrer Meinung nach unerhörte Schätze wie etwa die Wandmalereien des *Tombe du Plongeur* oder die Keramiken beherbergte. Carvalho wollte seine Begleiter nicht mit seinen festgefahrenen Theorien über Museen verärgern. Für ihn waren sie schwarze Löcher des menschlichen Wissens, die kein einziges Unglück verhindern konnten, was es überhaupt erst notwendig machte, Museen zu errichten. Die Distanz zwischen Biscuters freudiger Aufnahme und der seinen ließ sich vielleicht an all den Büchern ermessen, die Carvalho gelesen und verbrannt hatte. Biscuter hatte den Blick eines Unschuldigen, und Madame Lissieux den einer Komplizin.

In Eboli beschlossen sie, die Schnellstraße nach Bari zu nehmen und dann an der Adriaküste südwärts bis Brindisi zu fahren. Auf den Nebenstraßen rückte eine Landschaft voller Gewächshäuser und Gehege für die Mozzarella fabrizierenden Büffel näher, die jedoch nicht die patriotischen Rechte der *Chianina*-Rinder in Anspruch nehmen konnten, weil feststeht, daß der Mensch die seltenen Dinge mehr schätzt als die im Überfluß vorhandenen, mehr den Kaviar als die Sardinen. Madame Lissieux beklagte, Italien nicht mehr wie Goethe bereisen zu können, von einer noch unschuldigeren Sichtweise aus als der späterer Reisender der Romantik, weil für Goethe Italien nach dem Untergang seiner städtischen Kultur im sechzehnten Jahrhundert und einer von absoluten Monarchien auferlegten europäischen Ordnung eine versunkene Wirklichkeit darstellte. Biscuter sog das Wissen ein, das von den Lippen dieser Frau floß und manchmal auch bei Carvalho auf freundliche, wenn auch nicht rückhaltlose Anerkennung stieß.

»Sie sind wirklich sehr gut unterrichtet«, bemerkte Carvalho, worauf die Französin einen melancholischen Seufzer ausstieß und eine kurze Zusammenfassung ihres Bildungswegs skizzierte. Sie hatten es demnach mit einer nicht aus akademischen, sondern gesundheitlichen Gründen ausgeschiedenen Professorin der Universität von Vincennes zu tun.

»*L'amour*«, rief Lissieux aus, so als wollte sie sich in Edith Piaf verwandeln. Biscuter kannte die Geschichte schon, bestand aber darauf, daß sie auch Carvalho an ihren Ruinen teilhaben ließ. »Mein Mädchenname ist Mimieux, und dann habe ich Monsieur Lissieux geheiratet, einen berühmten Biologieprofessor, den ich als Studentin im Mai 1968 auf den Barrikaden kennenlernte.«

»Gewaltige Barrikaden. Die müssen ja schon so lang wie die Chinesische Mauer gewesen sein, denn ich bin keinem Katalanen oder Franzosen dieser Generation begegnet, der nicht seine Kräfte mit dem Kapitalismus und General De Gaulle auf den Barrikaden des französischen Mai gemessen hätte.«

»Barrikaden im allgemeinen. Wir beendeten unser Studium und heirateten. Danach lebten wir uns durch seinen Ehrgeiz und meinen Schuldkomplex zunehmend auseinander. Ich bin mit dem jüdisch-christlichen Schuldkomplex herangewachsen und dachte, daß alle Vorwürfe meines Mannes gerechtfertigt wären. Doch eines Tages erfuhr ich, daß er ein Doppelleben führte und mit einer Schweizer Biologin, zehn Jahre jünger als wir beide, ein Kind hatte. Mein Leben ging in die Brüche, ich zerbrach. Ich gab meinen Lehrstuhl auf und wurde aufgrund meiner langen Krankheit frühpensioniert. Außerdem starb mein untreuer Mann innerhalb von fünf Tagen an einem galoppierenden Krebs. Ich habe Jahre gebraucht, um damit fertigzuwerden, und es hat mir sehr geholfen, daß ich zu einer Reisenden geworden bin, ich bestehe darauf, zu einer Reisenden und nicht zu einer Touristin. Paul Bowles sagte, der Unterschied zwischen einem Reisenden und einem Touristen liege darin, daß der Tourist weiß, wann seine Reise beginnt und endet, der wahre Reisende jedoch nie: Er kennt den Ausgangspunkt, aber nicht das Ende.«

»So wie unsere Reise, Chef! Wir sind Reisende!«

Sie aßen in einer Taverne neben der Tankstelle von Altamura ein *Capocollo*, eine Auswahl verschiedener Würste, und mit magerem Fleisch, Oliven, Sardellen, Kapern, Tomaten und Gewürzkräutern gefüllte Auberginen. Dazu tranken sie einen bemühten, aber nicht vollendeten Wein der Region, der darin so manchen Symphonien oder bedeutenden Romanen wie zum Beispiel *Bouvard et Pécuchet* von Flaubert glich, der ja schon Teil ihres Lebens war.

Sie gingen zum Auto zurück, doch kaum waren sie auf der Straße, stellte Carvalho gleich in der ersten abschüssigen Kurve fest, daß die Bremsen nicht funktionierten.

»Ich bezweifle, daß wir so bis Bari kommen.«

Er versuchte, Ruhe zu bewahren, aber in den Köpfen seiner beiden Begleiter begannen die Alarmglocken zu schrillen.

»Und die Handbremse?«

Carvalho steuerte auf den Straßengraben zu und versuchte, die Handbremse zu ziehen, aber auch die hatte sich verabschiedet und war blöderweise unbrauchbar. Das den Hügel hinunterrollende Auto war nicht für dramatische Situationen geschaffen und glich einem betagten Alten, der an Geschwindigkeitsinkontinenz leidet und versucht, die Kurven zu nehmen, als wäre es das erste Mal.

»Wir müssen diesen Scheißkarren irgendwo bergaufwärts zum Stehen bringen. Macht euch auf ein Umkippen gefaßt. Das kann passieren, aber wenn, dann lieber bergauf.«

Kurz darauf sah Carvalho linkerhand einen Schotterweg, der die Straße mit einem lichten Wäldchen verband, und in den bog er ein. Den Anstieg und die bedrohliche Nähe der Bäume meisternd, verlor der Ford Fiesta an Geschwindigkeit, und Carvalho konnte schließlich nach rechts abbiegen und den Wagen auf einem Sandhügel zum Stillstand bringen. Sie krochen ganz langsam aus dem Auto, um keinerlei Vorwand zu einer Wiedererweckung zu geben, und kaum hatten sie Boden unter den Füßen, rief Lissieux ein Dutzend Mal »*Oh, là là*!« aus, während Biscuter auf katalanisch fluchte: »*Verdammt noch mal, Himmel, Arsch und Zwirn!*«

»Entweder finden wir eine Werkstatt, oder wir müssen per Anhalter bis Brindisi kommen.«

»Und wenn die Bremsen kaputt sind?«

»Wenn sie kaputt sind, bleibt uns nur noch das Trampen, und die Reise wird komplizierter. Wir werden die Welt zu Fuß umrunden.«

Der Mechaniker überprüfte die Bremsen und kroch mit einer Trauermiene unter dem Wagen hervor.

»Das Auto liegt in den letzten Zügen. Es ist nichts kaputtgegangen, aber die Bremsen waren gelockert; da hat sich eindeutig jemand dran zu schaffen gemacht. Hat es lang gedauert, bis Sie es bemerkt haben?«

»Nein, gleich beim Losfahren. Wenn jemand daran herummanipuliert hat, dann kann es nur gewesen sein, während wir beim Mittagessen waren. Handelt es sich wirklich um einen absichtlich herbeigeführten Schaden?«

»Sieht so aus. Wenn Sie Anzeige erstatten wollen, stelle ich Ihnen ein technisches Gutachten aus.«

»Ich zeige nie irgend etwas an, und heute schon gar nicht. Wir wollen schließlich noch die Fähre nach Patras erreichen.«

Wieder unterwegs, ohne daß Madame Lissieux und Biscuter von den beunruhigenden Enthüllungen des Mechanikers wußten, dachte Carvalho allein über die Gründe dieses Angriffs nach, und nachdem er die Möglichkeit eines Irrtums oder eines üblen Scherzes in Betracht gezogen hatte, tauchte im Hintergrund wie eine finstere Gottheit das Gesicht von Pérez i Ruidoms in Verkörperung der Sekte Mont Pèlerin auf, der weltweit Mörder auf die Suche nach demjenigen schickte, der ihn herausgefordert hatte, indem er ihm seinen Haussoziologen genommen hatte. Dieser Supermann hatte doch wohl wichtigere Sorgen, als sich an einer Randfigur wie Carvalho zu rächen, doch war das die einzig logische Erklärung dafür, daß die Bremsen des Autos manipuliert worden waren. Wenn er es nicht veranlaßt hatte, wer sollte es dann getan haben? Als sie in

Polignano a Mare die Adria erreichten, waren sie schon so spät dran, daß sie kein Erbarmen mit ihrem zusammengeflickten Auto hatten, so als wäre ihr Vorhaben, die Fähre nicht zu versäumen, das einzig mögliche Ziel, selbst auf Kosten des Vehikels, das sie überallhin bringen sollte. Küstenabwärts ging der Tag zur Neige, und an manchen Stränden und Häfen sahen sie Boote, die den Grund des ohnehin grünen Gewässers von Grünalgen säuberten.

Biscuter konsultierte beharrlich die Bücher, die aus einem Köfferchen ohne Boden zu kommen schienen, und verkündete, als sie Brindisi erreichten: »Hier hörte die Via Appia auf, und hier starb Vergil, als er von einer Reise nach Griechenland zurückkehrte.«

Sie konnten nicht anhalten, um das zu überprüfen, denn das Schiff war bereits im Begriff abzulegen.

»Zum Glück ist die Stadt nicht mehr das, was sie einmal war, als sie unter albanischem oder türkischem Einfluß stand, denn sonst wäre es eine Todsünde gewesen, vor allem diese so geschichtsträchtige Stadt nicht zu besichtigen.«

»Die geschichtsträchtigen Städte sind im allgemeinen nicht mehr das, was sie waren. Sie gleichen fast alle den geschichtslosen Städten. Hier in Italien sind zumindest prachtvolle historische Stadtkerne erhalten, aber Brindisi ist nur ein Ort auf der Durchreise nach Griechenland.«

Erneut auf der Fähre, hatte Carvalho den Eindruck, wieder am Anfang seiner Reise zu stehen, und als sie aus der tiefen Hafenbucht ausliefen, die in der historischen, gewollt touristischen Werbung als eine der weltweit sichersten gepriesen wird, verhieß ihnen das Adriatische Meer allmählich die Routen bis ans Ende der Welt, zur Meerenge des Bosporus hin, durch die die Argonauten unter Führung von Jason das Goldene Vlies zu erlangen versuchten und der Rest der Menschheit befürchtete, in die Ewige Finsternis zu stürzen. Dann wurde es tatsächlich dunkel, wenn auch nur vorübergehend, weil sich Wolken vor die Sonne schoben, und das Schiff steuerte vor einer grauen Landschaft das an der griechischen Küste gelegene Patras an, das Carvalho als möglichen Anlegeort ausgewählt hatte, während Biscuter lieber zuerst Korfu angesteuert hätte.

»Die Insel ist voller wilder Zypressen, und außerdem befindet sich dort ein Palast von Sissi, der österreichischen Kaiserin.«

Aber Patras lag ganz in der Nähe von Olympia, von wo sie die Autobahn nach Athen nehmen konnten. Allerdings bestand Carvalho auf einem Zwischenstop am Kanal von Korinth, den er von einer sehr lang zurückliegenden romantischen Reise in Erinnerung hatte, umhüllt vom Salbeiduft der griechischen Spieße, die an Ständen entlang eines Kanals serviert wurden, der ohne Licht nichtssagend wirkte, in der Sonne jedoch im schönsten Blau der Welt erstrahlte. Die ganze Küste von Bari bis Brindisi und bis hin nach Leukas war das Ziel illegaler Emigration aus Albanien, die so ewig lange existierte wie das Ungleichgewicht zwischen der Armut Italiens und der Albaniens, nun verstärkt durch die verzweifelte Flucht aus dem Elend des Postkommunismus oder des Präkapitalismus. Hinter Leukas bis hin zur Spitze von Reggio Calabria und Sizilien waren die Küsten für die Emigranten aus dem Maghreb oder aus Schwarzafrika ein Anlaufpunkt in diesem seltsamen Spiel von Flüchtlingen, die auf ihrer Flucht vor der Armut gegen die Mauern des reichen, gefräßigen Europa prallten. Biscuter stützte sich in der Erwartung, daß die albanischen Boote wie traurige graue Blumen auf dem Adriatischen Meer erschienen, mit den Ellbogen auf die Reling des Decks, denn er hatte irgendwo gelesen, daß dies die bevorzugte Route der Schlepper war. Doch der bedeckte Himmel verhüllte den Mond, und das Meer außerhalb des spärlich von der Fähre beleuchteten Bereichs war unergründlich dunkel. Kurz vor der Morgendämmerung kündete schließlich eine Sirene den Beginn des Spektakels an, und ein Scheinwerfer durchpflügte die Gewässer, bis er ein halbes Dutzend Boote aufspürte, die sich der italienischen Küste näherten. Sie waren voller Albaner, die versuchten, vor der Armut ins Nichts zu entfliehen, und das Licht ließ die Gestalten in den einzelnen Booten nicht nur gleichförmig erscheinen, sondern vertuschte auch den elenden Zustand ihrer

Körper sowie die in ihren besorgten Blicken ausgedrückte Angst, ob diese Helle nicht vielleicht von der Küstenwache stammte. Das Scheitern ist überall gleich, und diese Boote erwartete ein Wachdienst, der von diesem Augenblick an wußte, daß eine neue albanische Invasion bevorstand.

»Es sind nicht nur Albaner«, bemerkte ein Italiener, der für die *Soirées* an Deck der griechisch-italienischen Fähre einen Armani-Anzug trug und ein Glas Dry Martini mit einer Zitronenscheibe in der Hand hielt. »Es kommen auch Kurden, Pakistanis, Russen und Leute aus anderen asiatischen Ländern der ehemaligen Sowjetunion. Alles, was die diversen Schwarzmärkte in Istanbul nicht auffangen, versucht nach Italien zu kommen, in ein Europa, das sie für ein nahe gelegenes Amerika halten. Für diese armen Teufel ist Brindisi Manhattan.«

»*Italia é in crisi*«, rief mehrmals klagend ein Begleiter des Armani-Mannes aus, der nach der Mode des Sommerschlußverkaufs großer Warenhäuser gekleidet war, und öffnete leicht die Lippen für seinen – diesmal mit einer Olive versehenen – Dry Martini.

Die anwesenden Italiener verschränkten die Hände wie zum Gebet, dabei waren diese Hände Pflugspitzen, die den Weg für ihre Gedanken bahnten und diese zugleich zurückhielten – und dem Rhythmus einer heftigen Gestikulation folgten, die eine vergängliche, vielleicht nicht allzu tiefe Leidenschaft heraufbeschwor. »Wenn wir uns nicht gegen die neuen Barbaren verteidigen, was wird dann aus uns? Wir brauchen keine Barbaren von anderswo, wir haben schon genügend im eigenen Land.« Der Kommentar aus dem Mund eines offensichtlichen Norditalieners kam bei den wenigen Süditalienern schlecht an. »Welche Barbaren meinen Sie? Etwa uns Sizilianer?« Der ins Schußfeld Geratene wollte weder mit Ja noch mit Nein antworten, sondern rang anstelle der entsprechenden Erwiderung wortlos die Hände, aber mittlerweile hatten sich schon andere Fronten aufgetan, und an manchen versuchte das Wort *Mitgefühl* Positionen im Schützengraben der Unversöhnlichkeit zu festigen. »Sind nicht wir Italiener in alle Welt emigriert, um vor der Armut zu fliehen? Wie können wir anderen Menschen das Recht absprechen, das gleiche zu tun?« Biscuter war mit diesem Lager einverstanden und warf sich mit seinem besten Italienisch ins Gefecht, will heißen mit allen Infinitiven dieser Welt ausgestattet, so wie die Häuptlinge der Rothäute in den synchronisierten Western. Aber es gelang ihm, sich verständlich zu machen, und er avancierte zum Chef der Fraktion der Multi-Kulti-Befürworter, während Carvalho sich fragte, wo wohl so köstliche Martinis aufzutreiben wären, wie sie diese Italiener schlürften, die eine regelrechte Parlamentssitzung ausgelöst hatten. Er fragte einen von ihnen, den in Armani-Ausverkauf gekleideten, und der lud ihn mit einem Augenzwinkern ein, ihm in seine Kabine zu folgen. Dort hatte er alle nötigen alchemistischen Zutaten beisammen, doch verwendete er als Variante zum Aromatisieren der Eiswürfel statt Martini Bianco Nouilly Prat und goß schließlich über diese nur leicht parfümierten *Rocks* einen kräftigen Schuß Bombay-Gin, obwohl er die Hegemonie der Marke Bombay als eine modische Alternative in Frage stellte, die traditionelle Gins nicht wirklich ersetzen konnte.

»Olive oder Zitrone?«

»Um diese Zeit Zitrone, wie Ihr Begleiter.«

»Vernünftig. Ich bin aber ein Vielfraß, und ein Dry Martini, ohne am Schluß etwas zum Knabbern zu haben, stellt mich nicht wirklich zufrieden. Wir haben alle eine gewisse Unruhe in uns, ein Gefühl des Unbefriedigtseins. Italien steckt in der Krise. Ganz Italien steckt in der Krise und die ganze Welt.«

Er lud Carvalho ein, Platz zu nehmen, um den vollendeten Martini gebührend zu genießen, und als der unverhoffte Barkeeper Bewunderung in den Augen des Detektivs bemerkte, erzählte er ihm, daß er in Sizilien unter der Leitung eines italienischen Barkeepers, der in den Vereinigten Staaten, aber nicht in New York, nein, sondern in San Francisco, Baltimore, Newport gearbeitet hatte, das Mixen hervorragender Martinis gelernt hatte. Es war ein vielfach preisgekrönter Barmann gewesen, für den der Schlüssel in einem winzigen Schuß Wermut lag, der weniger als Aroma gedacht war, sondern dazu, den leichten Geschmack nach ... man könnte sagen ... Formalin der besten Ginsorten auszugleichen.

»Ich verabscheue puren Gin. Im Martini oder im Gimlet hingegen mag ich ihn sehr.«

Carvalho hielt dem seine eigene, wohlüberlegte Meinung zum Gin entgegen, dessen weltweiter Stellenwert seines Erachtens zweifelhaft war, geprägt von der ausschweifenden Erinnerung mehrerer Generationen, die sich mit Gin auf Eis bis zum Exzeß betrunken hatten. Gin war ein sehr weitverbreitetes, sehr jugendliches, sehr verführerisches Getränk, rief aber letztendlich in fast ganz Europa sowie in den Vereinigten Staaten Ekel hervor. Der Italiener nickte zustimmend und bot ihm einen weiteren Martini an, doch Carvalho dachte an all die vorbeugenden Medikamente, die er mit auf die Reise genommen hatte, hielt sich seine leidenden, um drei Uhr morgens von einer Reihe Dry Martinis angegriffenen Arterien vor Augen und lehnte ab.

»Auf Urlaub in Italien?«

»Nein. Wir befinden uns auf einer außergewöhnlichen Weltreise. Im Moment in einem uralten Ford Fiesta mit barcelonesischem Kennzeichen, der unter Deck steht.«

»Ein Ford Fiesta mit einem Kennzeichen aus Barcelona. Ein so gut wie unsichtbarer Wagen, oder?«

Sie kehrten an Deck zurück, wo die Diskussion auf ironische Anspielungen in bezug auf die Rolle der Europäischen Union bei der Verteidigung der Grenzen gegen die Invasion der Barbaren abgesackt war. Die Fortschrittlicheren sprachen davon, der unvermeidlichen Logik der Globalisierung einen neuen Sinn zu geben, und die Skeptischeren beschlossen, in ihre Kabinen zu gehen, um sich bis zur Ankunft in Patras ein paar Stunden Schlaf zu gönnen. Das taten auch Carvalho und Biscuter, die eine Kabine teilten, Madame Lissieux hingegen zog es vor, an Deck zu bleiben, für den Fall, daß sich das Phänomen der mit Flüchtlingen besetzten Motorboote wiederholte, oder einfach, um im heraufdämmernden Morgen zu erahnen, ob der neue Tag glücklicherweise »besser als der letzte« zu sein versprach, wie sie ohne weitere Erklärung bemerkte, obwohl Carvalho die Aussage dem Schrecken wegen der Bremsen oder einer metaphysischen Hemmungslosigkeit zuschrieb, die Frauen in den Wechseljahren häufig befällt.

Sie warteten beinahe eine Stunde am Kai von Patras auf das Erscheinen von Madame Lissieux, vergeblich und verzweifelt; Biscuter war bereits mehrmals die Strecke zwischen der Gangway und der Zollabfertigung abgelaufen, um nachzusehen, ob sie vielleicht schon vor ihnen das Schiff verlassen hatte. Bei der Suche nach ihr drangen sie in der Rangordnung bis zum Obermaat vor, nachdem sie bei dem Zuständigen für die Reinigung des Decks, auf dem sich die Kabine der Lissieux befand, begonnen hatten, einem falschen Chinesen, der sich als ehemaliger Staatsangehöriger der Sowjetunion entpuppte, als Exmajor der Roten Armee, und der in seiner Jugend Volleyballweltmeister gewesen war. Carvalho interessierten diese Angaben sehr, Biscuter hingegen hatte nur Ohren für Klänge, die ihm seine Freundin zurückbringen konnten, und brauchte lange, um das Offenkundige einzusehen.

»Sie ist fort. Vielleicht war sie wegen der Sache mit den Bremsen erschrocken und hat gedacht, es sei zu gefährlich, weiterhin mit uns zu reisen.«

»Was hat das denn mit den Bremsen zu tun?«

»Jemand hat sie gelöst.«

»Und dieser Jemand kann nicht derselbe sein, der auch Caroline von uns gelöst hat?«

Biscuter wußte, daß die Lissieux Caroline hieß, und so half ihm Carvalho beeindruckt bei der weiteren Suche, die sie zu einer konfusen Information über eine unbekannte Dame führte, die in Begleitung von zwei Männern in ein Auto gestiegen war. Das idealisierte, von Biscuters Lippen kommende Bild stimmte nicht mit der ungenauen Beschreibung des Kellners überein, der die Szene ohne besonderes Interesse beobachtet hatte, wohl aber ließ sich eine gewisse Ähnlichkeit nicht verleugnen. Biscuter bestand darauf, daß seine Freundin entführt worden war, doch drei Stunden später drängte ihn Carvalho, die Reise fortzusetzen. Andernfalls solle Biscuter, wenn es unbedingt sein müsse, allein in Erwartung möglicher Ereignisse in Patras bleiben, und in dem Fall würden sie sich dann in Athen wiedertreffen. Biscuter nahm den Vorschlag an und verabschiedete sich von dem nach Olympia aufbrechenden Carvalho, mit einer Traurigkeit, die eines weltbewegenden, von einer unvermeidbaren Tragödie verursachten Abschieds auf so berühmten Bahnhöfen wie Central Station oder Stazione Termini würdig gewesen wäre. Carvalho blieb allein mit seiner Unlust, ohne Antagonisten zu reisen und damit diesen fast immer vorhandenen stummen Widerstand gegen das zu verlieren, was die anderen beiden über alles äußerten, was sie sahen, so als gäbe nur diese unausgesprochene Auseinandersetzung der Fahrt ihren Sinn.

Er kam so müde in Olympia an, daß er fast eine Stunde im Auto schlief, erreichte aber die Ausgrabungen noch rechtzeitig und durchquerte sie wie ein Mittelstreckenläufer bei den Olympischen Spielen des fünften vorchristlichen Jahrhunderts. Der Zauber, der von kulturell unverzichtbaren Orten ausgeht, entspringt der Wirkung, den sie beim Eintreten in unsere Wahrnehmung auslösen, und Carvalho erinnerte sich ganz genau an den Moment, als Señorita Carmela der Geschichte Griechenlands eine Wendung gegeben hatte, indem sie ihm eine spielerische Dimension verlieh und erklärte, daß hier alle Sportarten ihren Ursprung hätten, die sie schon als Kinder interessieren. »Nein. Fußball nicht. Fußball wurde bei den damaligen Olympischen Spielen nicht gespielt.«

Wenn Señorita Carmela sich von den Gegebenheiten überfordert fühlte, blies sie sich die Haare aus dem Gesicht, und die Frage des kleinen Casas Millán hatte sie verwirrt. »Das Fußballspiel haben die Engländer erfunden.« Señorita Carmela mochte die Engländer nicht besonders, zum Teil wegen des Raubes von

Gibraltar und zum Teil, weil sie unmittelbar nach dem Bürgerkrieg aufgewachsen und somit der pangermanischen Verbundenheit der Franco-Zeit unterworfen war. In diesem schartigen Stadion von Olympia wäre ein Spiel zwischen Barcelona und Real Madrid wie eine symbolträchtige Parodie oder eine unverschämte Anmaßung erschienen. Olympia.

Die Schnellstraße nach Athen begann in die Polyphonie der griechischen Meere vorzudringen, die endlos zu sein schienen, da sowohl der kontinentalere Teil Griechenlands wie der Peloponnes als auch die mehreren tausend Inseln, aus denen das Land bestand, das Meer rechtfertigten, so als existierten sie bloß, um den sie umgebenden Wassern Sinn zu verleihen. Die Reisen in Carvalhos Jugend hatten fast alle das Vergnügen und die Freude über ein von jeglicher Eile befreites Leben gemeinsam, etwas fatalistisch, denn er hatte ein Griechenland kennengelernt, das unter einer schwachen Monarchie von einem Bürgerkriegsland zu einer Militärdiktatur geworden war. Und bei einer langen Wanderung auf den Berg Athos mit dem Maler Artimbau, bei der sie auf Popen und *Ouzo*-Brennereien gestoßen waren, hatte er die tatsächliche Beziehung zwischen den griechischen Begriffen von Zeit und Raum in ihrem ganzen Umfang erfaßt. Griechenland war ein weiteres Land, das nicht im richtigen Moment die industrielle Revolution erlebt hatte und wie Spanien noch immer von den Generälen und Popen abhing, von den Sängern und den Exilanten, die in Paris die blauviolette, geschwollene Blöße des vorgeladenen oder gefolterten Griechenland zur Schau stellten.

Nun war er allein mit seinem rollenden Louis-Vuitton-Köfferchen, einem bescheidenen, reduzierten Modell verglichen mit dem großen Vuitton-Koffer, der wie eine Truhe war und ohne den die Reichen früher nicht zu reisen pflegten. Sein kleiner Koffer hatte den berühmten Namen in den Vernietungen des Tragegriffs eingeprägt und bestätigte seinen Rang in der Welt. Carvalho hielt in Korinth an, um sich auf das Brückengeländer zu stützen, unter dem die Meerenge lag, aus dem Fels gehauen mit der geometrischen Präzision eines zyklopischen Steinmetzen, der an die Unfehlbarkeit seines einzigen Auges glaubte. Dann machte er sich zu den kleinen Buden auf, wo er vor Jahren mit Kräutern gewürzte Lammspießchen gegessen hatte, mußte aber feststellen, daß diese mittlerweile inmitten eines Touristenzentrums mit riesigen Cafés, Toiletten und Souvenirgeschäften lagen, wo das klassische Griechenland in oberflächlicher Serienproduktion feilgeboten wurde. Carvalho kaufte an die zehn Spießchen, denn sie enthielten nur wenig Fleisch, und setzte sich mit einer Flasche Domestica, einem schlichten Wein, der ihn an manche Reise in seiner Jugend erinnerte, als er mit noch weniger Geld unterwegs war als jetzt, ins Licht der untergehenden Sonne.

»Chef, ich habe mich den Tatsachen gebeugt.«

Carvalho hielt die Stimme Biscuters zunächst für eine Sinnestäuschung, die aus irgendeiner Windung seines schlechten Gewissens zu ihm drang, aber nein, da stand sein Gehilfe, mit Koffern beladen, und sein kleines Gesicht drückte allen Kummer dieser Welt aus.

»Sie scheint sich in Luft aufgelöst zu haben oder war nur ein Traum, keine wirkliche Erscheinung. Ich habe mit der Polizei geredet, und dann bin ich in einen *Superbus* gestiegen, der mich mit hundertdreißig Sachen hierhergebracht hat, und so kam ich rechtzeitig, um Ihrem Geruch nach Spießchen zu folgen, Chef, denn Sie haben diesen Duft wie eine Spur hinterlassen. Ich habe der Polizei alle mir bekannten Daten unserer Reise mitgeteilt, für den Fall, daß sie sie findet.«

»Reiserouten? Hotels?«

»Ich wußte nur die von Athen und Nauplia.«

»Das genügt ihnen.«

»Wem?«

»Denen, die sich an den Bremsen unseres Autos zu schaffen gemacht haben.«

Biscuter holte sich Spießchen und aß sie grübelnd auf der Brücke, während er versuchte, mit eigenen Augen das gewaltige Blau des Wassers zu erfassen. Aber es war schon zu dämmrig, und die Wasser des Kanals strahlten nicht ausreichend das letzte

Licht zurück, um ihre mineralische Schönheit zu entfalten. Er kehrte mit einer Gegenfrage als Antwort zu Carvalho zurück.

»Was können wir tun?«

»Nach Athen fahren, das Plaka-Viertel und die Akropolis besichtigen und danach so schnell wie möglich in Griechenland untertauchen.«

Carvalho hatte darüber hinaus aber noch etwas ausgeheckt, denn er lud Biscuter mit dem Gepäck am Portal eines Drei-Sterne-Hotels, in einer Gasse gelegen, ab, von der aus man schon das Plaka-Viertel erahnen konnte, und brachte das Auto in eine nahe Garage hinter dem Syntagmaplatz. Biscuter streifte durch die Gassen, beäugte Bars und Restaurants, vor allem die besonders schönen, die an den von Bäumen gesäumten Plätzen lagen und über denen der Geruch nach Kräutern und gegrilltem Lammfleisch hing. Er aß ziemlich lustlos das fast unvermeidliche Standardmenü, den Tomatensalat mit Feta, Tarama, riesige schwarze Oliven, *Dolmades*, *Brochettes* mit Schwertfisch und Garnelen oder mit Lammfleisch. Über den von kaufenden und essenden Touristen wimmelnden Straßen thronte der Parthenon, beherrschte die Nacht wie ein angestrahltes Riesenjuwel, ein Übermaß an Vergangenheit, das sogar Carvalho nicht unbeeindruckt ließ.

»Es wird ernst, Biscuter. Morgen müssen wir in aller Frühe auf den Parthenon hinauf, damit wir die Steine zu sehen bekommen und nicht die Hintern tausender cellulitisgeplagter Touristen, die zu den archäologischen Höhepunkten, dem Athenatempel und den Karyatiden hinaufwandern. Ich möchte auch fünf Minuten das Museum in Athen besuchen, Zeit genug, um die Bronzestatue Poseidons zu betrachten, die lebendig zu sein scheint, in Bewegung, wie gerade erst aus dem Meer gefischt, und einen Jungen auf einem Pferd, der die Bewegung ausdrückt, wie sie nur die Künstler der hellenistischen Zeit darzustellen vermochten. Ich muß dir gestehen, daß ich in jungen Jahren versucht war, Archäologie zu studieren, und schließlich war nur das mühselige dialektische Problem des Übergangs von Quantität zu Qualität, der wissenschaftliche Beweis für die

Korruption des monopolistischen Kapitalismus nach den Thesen von Sweezy und Baran oder die Notwendigkeit, anhand des im Untergrund publizierten *Handbuchs der Sowjetischen Akademie der Wissenschaften* politische Ökonomie zu studieren, wie es die Partei forderte, mächtiger als meine ursprüngliche Berufung zum Ruinenwächter.«

Auf dem Weg nach unten kauften sie Fischerhemden, dünne, weiß bestickte Kleidungsstücke für Touristen, die man nur in Griechenland und im Sommer tragen konnte und mit denen Carvalho versuchte, Biscuter zurückzuholen, der noch immer der flüchtigen Spur von Madame Lissieux nachhing.

»Sie ist entweder geflohen oder entführt worden.«

»Das kommt vor. Die Frauen verschwinden oder werden entführt.«

»Sie ist gegen ihren Willen entführt worden.«

Carvalho schüttelte den Kopf, konnte aber nichts erwidern. Später, im Zimmer, war es heiß, und die Klimaanlage verweigerte trotz der Kniffe Biscuters, der am Ende sogar eine Schnulze sang, ihren Dienst, und so war es vier Uhr morgens, als Biscuter sich an der Zimmerdecke das Gesicht seiner Freundin in Erinnerung zu rufen versuchte, und Carvalho den Sinn einer Reise.

Kaum wurden die Tore zum Parthenon-Gelände geöffnet, schafften es Carvalho und Biscuter als erste Besucher hineinzukommen, und sie erklommen die Stufen schnell genug, um zu verhindern, daß sich irgendein Hintern oder sonst etwas dem Entdecken dieses Wunders entgegenstellte. In ihrem Eifer, ganz vorn zu sein, absolvierten sie fast das ganze Programm eines üblichen Athen-Besuchers einschließlich der kleinen byzantinischen Kapellen, des Lykabettos, des alten Stadions oder des distanzierten Blickes auf eine Stadt im Umbau, die sich auf die Olympischen Spiele 2004 vorbereitete. Am Tag darauf sollte es weiter nach Delphi gehen, und Carvalho erklärte Biscuter die Notwendigkeit, ihre Route zu ändern, entweder hinauf zu den Meteora-Klöstern zu fahren oder aber früher als geplant hinunter nach Mykene, Epidauros und Nauplia. Die Überfahrt nach Mykonos bedeutete, nach Athen zurückzukehren, wenn auch nur um an Bord zu gehen und von Mykonos aus auf dem kürzesten Wege nach Istanbul und durch die schmale Meerenge der Dardanellen zum Bosporus zu gelangen, obwohl Carvalho vermutete, daß auch diese Strecke über Athen führte. Er bemühte sich, das Auto möglichst weit vom Hotel entfernt zu parken, damit niemand sie anhand des Wagens ausfindig machen konnte, denn es war mittlerweile zu einem Hindernis, einem Aushängeschild geworden, das sie verriet, wo auch immer sie waren.

»Das Schlimmste, was einem Paranoiker passieren kann, ist, tatsächlich verfolgt zu werden, aber werden wir denn wirklich verfolgt?«

Biscuter erfüllte nach bestem Gewissen das Athen-Programm: Er zeigte sich angesichts des Parthenon und des *Posei-*

don im Museum beeindruckt, aber sein wahres Interesse führte ihn zur Rezeption, wo er mögliche Nachrichten erhoffte. Es gab keine. Carvalho ergriff die Initiative und rief mit Biscuters Handy Charo in Barcelona an. Sie war schlecht auf ihn zu sprechen, weil er sich so lange nicht gemeldet hatte, und noch mehr, als er ihr sagte, sie solle doch bitte Inspektor Lifante aufsuchen. »Sag ihm, daß wir in Schwierigkeiten sind. Es ist, als folgte uns ein ungewollter Schatten auf einen Meter Distanz. Versuche herauszufinden, was er weiß.«

Charo legte grußlos auf, um Carvalho klarzumachen, wie wütend seine Rücksichtslosigkeit sie machte, zu der noch das schamlose Ausnutzen hinzukam, wofür er sich nicht einmal entschuldigte. Carvalho betrachtete das schmale und trostlose Profil von Biscuters hängendem Kopf und überlegte, ob er ihn aufmuntern sollte oder nicht, denn sie befanden sich in der ungewöhnlichen Lage, nicht nur Reisegefährten zu sein, sondern auch das Zimmer zu teilen, was mit jemandem unmöglich ist, der unübersehbar oder im stillen weint. Biscuter weinte im stillen, doch der Vorschlag, in ein griechisches Restaurant zu gehen, das noch von der Tourismusindustrie verschont geblieben war, schien ihn aufzumuntern. Einige der empfohlenen Restaurants wurden gerade umgebaut, so wie die gesamte Stadt sich angesichts der kommenden Olympischen Spiele ein Lifting verpassen zu wollen schien. Im Alezeia konnten die zwei Reisenden aber schließlich die Vielfalt und großartige Qualität der Küche des östlichen Mittelmeers genießen. Dreihundert Jahre türkischer Herrschaft, die auch in die Küchen vorgedrungen war, hatten hier ihre Spuren hinterlassen, obwohl die Griechen behaupten, daß die Türken ihnen bloß Rezepte geraubt hätten, unter anderem das für den türkischen Kaffee, der in Wahrheit griechischer Kaffee sei. Bemerkenswert das Tarama, Schaum oder Püree, je nachdem, wie viele Kartoffeln für die großartige Creme verwendet wurden. Eigentlich wurde sie mit Rogen, wenn möglich von der Meeräsche, zubereitet, aber Carvalho gelang es, etwas Ähnliches mit Kabeljaueiern aus der Dose zu fabrizieren. Dieses Tarama erinnerte ihn an das im Jüdischen

Viertel von Paris, das beste, das er jemals gegessen hatte, manchmal ganz kurz vor seiner Rückreise nach Spanien, wo das Tarama noch gut gekühlt ankam.

Es war ein Abendessen mit Rahmenprogramm, etwas, was Carvalho eigentlich verabscheute, jedoch hinnahm, weil Biscuter sich endlich zu zerstreuen schien, sogar die Fingerspitzen an die Lippen hob, um den Kellnern zu sagen, wie gut alles war.

»Hervorragend, hervorragend!« rief er auf katalanisch aus und deutete mit dem Finger auf eines der köstlichen Gerichte.

Seine Begeisterung galt darüber hinaus der jungen Sängerin, die langsam zur Eroberung des Raums ansetzte wie eine Königin vor dem Golfkrieg, und deren wichtige Miene verkündete, daß sie nun etwas Bedeutendes singen werde. Zwei Dry Martinis, zwei Flaschen roter Samos und mehrere Gläschen Ouzo aus der Flasche, die ihnen der Kellner auf den Tisch gestellt hatte, vermochten Herz und Hirn Carvalhos den ursprünglichen Wagemut zurückzugeben, so als sei er wieder vollkommen in der Lage, zu leben und zu fühlen. Die Sängerin, mit dunkelgelockter, schimmernder Mähne, grünen Augen und langem Hals, hatte eine schöne, nach Meer klingende Stimme, die sie gewiß auf hoher See im Wettstreit mit den Stürmen ausprobiert hatte. Und die Stimme kam aus ihrem bis zum Nabel reichenden Dekolleté hervor, zwischen zwei festen, auseinanderstrebenden Brüsten, deren Spitzen, vielleicht von der Musik oder vom Text gerührt, zitterten und ihre Rolle der Galeonsfigur unterstrichen. Carvalho war verblüfft, daß er sich noch immer von aus den Tiefen her verführerisch lockenden Frauen betören ließ, und widerstand der Versuchung unter dem Vorwand, daß in seinem Alter Ekstasen nicht mehr zulässig wären, nicht einmal die, die nur in seiner Phantasie stattfanden. Er hatte jedoch die Haltung eines Jägers eingenommen und verfolgte die Bewegungen der Sängerin in der Hoffnung, daß etwas für ihn abfiel, sei es auch nur ein flüchtiger Blick oder etwas von der Traurigkeit von dem Lied von Elitis, aus dem Theodorakis eine Elegie auf die Melancholie eines ganzen Volkes gemacht hatte, das immer zwischen zwei Besetzungen, zwei Bürgerkriegen, zwei

Staatsstreichen stand. Carvalho stellte fest, daß ihn ein schon lange nicht mehr verspürtes sexuelles Jagdfieber erfaßt hatte, und er spähte zu allen Tischen im Vertrauen, daß die Restaurants mit der Strategie getrennter Tische zumindest das Aufeinandertreffen aufregender Blicke förderten. Eine Blondine erwiderte seinen Blick mit Ironie, eine Dame aus Shanghai hingegen schien hypnotisiert und schließlich nervös ob der Verfolgung mit den Augen, was ihren blassen Lippen ein leichtes Lächeln abrang. Die offensichtlich griechischen Frauen waren anscheinend immun gegen Jagdversuche in kosmopolitischen Restaurants, und der restliche Harem bestand aus stämmigen amerikanischen oder deutschen Frauen, die entweder ihren Partner vom Parthenon zum wöchentlichen Koitus geleiteten oder als einsame, weil ledige oder geschiedene Frauen das gesamte Angebot wie eine zusätzliche Sinnesempfindung auf einer Reise genossen, die bestätigte, was sie in Büchern gelesen hatten. Ein Grüppchen belesener Amerikanerinnen besetzte einen Tisch und zeigte sich von dem Lied von Elitis und Theodorakis so gerührt, daß sie wohl der progressiven Fraktion der Yankee-Gesellschaft angehörten, obwohl die Gerührtheit auch von dem üppigen Essen und den geleerten Flaschen, die den Tisch wie Stalagmiten übersäten, herrühren konnte. Als der Moment für den Applaus gekommen war, erhob sich Carvalho und spendete der Sängerin in einem amerikanisch gefärbten Englisch kräftig Beifall, beschränkte sich nicht auf Bravo-Rufe oder Glückwünsche, sondern gab auch folgenden Satz zum besten:

»Danke für diese großartige Hymne auf die Freiheit!«

Carvalhos Initiative wurde von den Amerikanerinnen aufgegriffen, und über drei Tische hinweg begann sich eine Verbundenheit herauszukristallisieren. Die anderen Gäste wollten nicht zurückstehen, so daß sich alle erhoben und in den kräftigen Applaus einstimmten, während die Sängerin, die noch nie eine ähnliche Situation erlebt hatte, schluchzte, als müßte aller Schmerz aus ihr herausbrechen. Carvalho verließ seinen Tisch und ging weiterhin applaudierend zu den Amerikanerinnen hinüber, wobei er Biscuter durch ein Augenzwinkern zu verstehen gab, sich diesem Liebeswerben nicht anzuschließen. Die Frauen und Carvalho riefen sich lauthals, den allgemeinen Lärm übertönend, Kommentare zu:

»In Griechenland gibt es noch Hoffnung. In Griechenland gibt es noch ästhetische Hoffnung und grünäugige Sybillen mit dunklen, windzerzausten Mähnen.«

Carvalho hörte sich selbst in der Überzeugung, etwas kitschig geklungen zu haben, doch die Frauen nahmen seine Worte auf, so als handelte es sich um die Rede von Lincoln, die er in Disneyland gehört hatte, vorgetragen von einer Puppe, einer exakten Reproduktion dieses so irregeleiteten und überschätzten Präsidenten. Sie luden ihn ein, an ihrem Tisch Platz zu nehmen, und baten auch Biscuter hinzu, als ihn der Detektiv als Geschäftspartner bezeichnete. Die Frauen tauschten Blicke, die sich als Rollenverteilung interpretieren ließen, wobei die Blondine, die aussah wie Shelley Winters vor ihrer Gewichtszunahme, die dominierendste Persönlichkeit zu sein schien und Cavalho einen umgarnenden und abschätzenden Blick zuwarf.

»Spanier?«

»So sehr merkt man meinen Akzent?«

»Eher das Temperament als den Akzent. Ich heiße Leyla.«

Und sie streckte Carvalho ihre Hand entgegen. Sie wurden eingeladen, Bourbon oder Ginger Ale mit Pimm's zu trinken, was Carvalho nicht ablehnte; Biscuter jedoch verschluckte sich daran, als wäre es ein Desinfektionsmittel.

»Sind Sie auf Studien- oder Bildungsreise oder zur Selbstbestätigung unterwegs?«

»Weder noch. Wir gehören einer Vereinigung von Schwulen und Lesben aus Seattle an und organisieren jedes Jahr eine Reise in ein Land, in dem von jeher die Homosexualität als freie Wahl jedes einzelnen und nicht als Sünde betrachtet wurde, obwohl schon im alten Griechenland Prozesse wie der gegen Timarchos stattfanden, in dem männliche Prostitution im alten Griechenland dokumentiert ist. Ich empfehle Ihnen *Greek Homosexuality* von Dover.«

»So war es im klassischen Griechenland?«

Obwohl Carvalho sie nur oberhalb der Gürtellinie sehen konnte, war ganz klar, daß sich die Frauen unterhalb des Tisches die Hände rieben. Endlich waren sie auf einen sensiblen und unterlegenen Mann gestoßen, der aber fähig war, die schwule Interpretation des Mythos von Castor und Pollux zu verstehen, Leyla zufolge »eine ausgezeichnete, durch eine männliche Auslegung der Geschichte mißverstandene Metapher.«

»In Wirklichkeit waren sie ineinander verliebt und gingen durch Leben und Tod wie zwei losgelassene Schwuchteln. Ein Melodram. Ein wunderbares Melodram.«

Nicht nur Castor und Pollux standen für den schicksalhaften Bruch der sexuellen Beziehung und die Einverleibung des Lebendigen durch das Tote, sondern die Metapher der Homosexualität war in der ganzen griechischen Kultur präsent, mit einer viel größeren Ausdrucksfreiheit als im klassischen Rom, obwohl die Gedichte Catulls als Höhepunkt der homosexuellen Poesie galten, wie Mrs. Leyla Samuelsson, Professorin an der Universität von San Diego, bewies.

»Sogar Zeus war schwul, oder jedenfalls bisexuell, daher das Motiv der Entführung des Ganymedes, ein erotisches Geschenk an den Gott der Götter, oder diese Terracottastatue von Zeus, wie er Ganymedes trägt, die 470 vor Christus geschaffen und im zwanzigsten Jahrhundert Stück für Stück in Olympia gefunden wurde.«

Bis drei Uhr früh beglückten Mrs. Coleman und ihre Begleiterinnen Carvalho und Biscuter mit ihren Vorstellungen von einer neuen Wertehierarchie. Sie befürworteten eine ideologische Interpretation der Geschichte und der Kultur, nicht unter dem Gesichtspunkt der Klasse, wie sie der Marxismus vorgegeben hatte, sondern eine sexistische: Die Geschichte aus der Sicht der Opfer sexueller Gewalt, der Frauen zuerst, gefolgt von Schwulen und Lesben als unmittelbare Stufe zur Emanzipation. Und nach den Opfern sexueller Gewalt die Opfer des Rassismus und des Gesundheitswahns wie Juden, Komantschen, Mayas und Aidskranke. Das Gute stand demnach auf der Seite der Emanzipation, und das Schlechte verhielt sich ihr gegenüber feindlich oder unbeteiligt, so viele tatsächliche künstlerische oder sprachliche Verdienste es auch haben mochte.

»Picasso zum Beispiel war ein ekelhafter Macho, dessen Werke zerstört oder von denen nur die ausgewählt werden sollten, die schrecklich genug sind, um die Geschichte der sexuellen Unterdrückung zu veranschaulichen. Das gleiche gilt für den menschenverachtenden Pessimismus von Francis Bacon, auch wenn er homosexuell war, oder für die Schriftsteller, die ihre sexuellen Neigungen in Zeiten verbargen, als sie durch ein offenes Bekenntnis zu ihnen längst nicht mehr ihre Haut oder Marktanteile riskiert hätten.«

Wenn sich Mrs. Coleman auch für emanzipiert genug erklärte, um vögeln zu können, »mit einem Mann zu vögeln«, wie sie sagte, so wählte sie unter jungen Männern nach Potenz aus, unter spezieller Berücksichtigung der Größe oder Tauglichkeit des Gemächts, was Carvalho als eine abschreckende Warnung auffaßte. Sobald er Biscuter von einer hitzigen Diskussion mit den restlichen Damen über die Homosexualität in Hollywood, im Fußball und in der britischen Politik loseisen konnte, gab er vor, am nächsten Tag früh aufstehen zu müssen, um den Wagenlenker von Delphi zu besichtigen, und zog sich aus der letzten noch geöffneten Bar des Plaka-Viertels zurück.

»Betrachten Sie den Wagenlenker genau und denken Sie an den Blick seines Schöpfers.«

Coleman zwinkerte, und ein neugieriger Biscuter fragte, als sie weit genug weg waren:

»War denn der Wagenlenker von Delphi schwul, Chef?«

»Das werden wir morgen herauszufinden versuchen.«

Am nächsten Tag war für sie die mühsame Expedition zu den Schätzen Delphis und ihr glückliches Ende, die Ankunft im Stadion nach einem Aufstieg, mit dem sie sich eine olympische Goldmedaille verdient hätten, wie eine wundervolle Einleitung für den ersehnten Höhepunkt, den Anblick des Wagenlenkers. Das Glanzstück des modernisierten Museums war strategisch so plaziert, daß trotz des Verlustes von Wagen und Pferden dem unerschütterlichen Jüngling die Wirkung am Schluß vorbehalten war. Und so sehr Carvalho und Biscuter auch die Zierlichkeit der Figur und die Sanftheit des Ausdrucks als einen möglichen Hinweis auf ein tatsächlich oder vermutetes weibisches Künstlerauge zu deuten versuchten, überwältigte sie schließlich, wie ungeheuer gut erhalten die Skulptur war, ja sie waren eigentlich nicht Zeugen einer beispielhaften Bewahrung, sondern von so etwas wie einer Auferstehung in einer geschlechtslosen Ewigkeit.

Vor die Wahl gestellt, bei der einschläfernden Übertragung des Fußballspiels Korea-Spanien ihr Essen einzunehmen – dem aktuellen Höhepunkt der Berichterstattung über die Fußballweltmeisterschaften – oder Oliven zu kaufen, die der wunderbare Olivenhain versprach, der sich bis zum Meer und Ithea hin erstreckte, entschieden sie sich für letzteres. Also erwarben sie einen Behälter mit fünf Kilo Oliven, die mit ihnen die halbe Welt bereisen sollten, weniger schön geformt als die aus Kalamata, aber genauso fest, und weniger gleichförmig, nacheinander gereift und nacheinander geerntet. Biscuter ließ ihn wissen, daß Spanien am Ende im Elfmeterschießen verloren hatte, als Carvalho schon fast im Auto saß und ein seltsames Fieber verspürte, in den Wald und zum Meer zu kommen, das auf der anderen Seite des Peloponnes verheißungsvoll nach fritierten Tintenfischen und gegrillter Brasse roch.

»Der Olivenhain ist ein der Statue des Wagenlenkers ebenbürtiges Wunder.«

»Also auf mich machte der Jüngling, der Wagenlenker, keinen schwulen Eindruck, er wirkte traurig, und ich verstehe den Grund für diese Traurigkeit nicht, wo doch der Wagen und die Pferde zur Gänze vorhanden waren, als sie die Statue machten.«

»Mehr als Traurigkeit kommt hier ein gewisser Ernst zum Ausdruck. Die Statuen lernten erst etwas später zu lachen und zu weinen.«

Sie näherten sich der Bucht von Ithea und machten sich am Ortsrand auf die Suche nach einem Restaurant, wo man sie in den Kühlraum für die toten Fische führte, die verlockend und so frisch wie gemalt aussahen. Sie aßen die üblichen Vorspeisen, von Carvalho um grüne Paprikaschoten ergänzt, die mit Reis und einer Creme aus Frischkäse, Knoblauch, Peperoni und Öl gefüllt waren. Diese harmonierten großartig mit dem hervorragenden griechischen Brot und waren bestens dazu geeignet, den Magen auf die Textur einer genau richtig gegrillten Rotbrasse einzustimmen und danach auf die absoluteste aller Wassermelonen, die durch und durch griechische, die Carvalho an die Melonen seiner Kindheit erinnerte, als sich die ärmeren Viertel Barcelonas mit Ständen füllten, an denen Frauen Melonen verkauften. In den düsteren Jahren nach dem Bürgerkrieg kauften die Leute die Wassermelonen in Spalten und aßen sie auf der Straße, ein hemmungsloses Vergnügen und Vorspiel einer möglichen, aber in den damaligen Zeiten unvorstellbaren Zukunft im Konsumrausch. Die Gehsteige der ärmeren Viertel Barcelonas konnten zu einem wandelnden Schwarzmarkt werden, wo man Tabak aus eingesammelten Stummeln erwerben konnte, Lieder hörte, die irgendwelche Sänger mit einem Lautsprecher verbreiteten, wo man Kurpfuschern begegnete, die nach den Salben rochen, mit denen sie die Frostbeulen der Nachkriegszeit behandelten, oder aber Entdeckern synthetischer Wunder, wie etwa aus den Gräsern an den Flußufern hergestelltes Benzin oder aus Zichorie gemachter Kaffee.

»Ich werde nie mehr einen anderen Kaffee als den griechischen trinken.«

»Er schmeckt so wie der spanische Kaffee mit Satz vor der Einführung der italienischen Kaffeemaschinen.«

»Sie und ich, Chef, wir sind vor den italienischen Kaffeemaschinen geboren worden.«

»Fast alles ist später gekommen, außer den Meeren, den Stürmen und der Grausamkeit. Aber ich bin gelassen und glaube, daß die Befürchtungen der letzten Tage unbegründet sind.«

»Das höre ich gern. Denn wer kann schon eine Weltreise mit dem Tod im Nacken genießen?«

»Können schon. Es hat Weltreisen aller Art gegeben, sogar falsche.«

Sie fuhren wieder nach Delphi, um im Schutz des Parnass den Rückweg anzutreten. Biscuter schlief ein, als sie sich Theben näherten, und Carvalho mußte sein spärliches Repertoire an

Liedern vor sich hinträllern, um es nicht seinem Gehilfen gleichzutun. Schließlich hielt er den Wagen in der Einmündung eines Feldwegs an, unschlüssig, ob er ein Nickerchen machen oder sich die Beine vertreten sollte, entschied sich dann für den Schlaf und gab sich ihm so ausgiebig hin, daß es schon Abend wurde, als er endlich die Augen aufschlug und feststellte, daß Biscuter nach wie vor mit offenem Mund schlief und dabei ungeniert eine überraschende Vielfalt von Schnarchlauten von sich gab, ja, in Vokalen zu schnarchen schien. Carvalho stieg an einem Platz voller schon geschlossener Buden mit archäologischen Souvenirs aus dem Auto und versuchte diese organisierte Industrie vor sich selbst zu rechtfertigen, in der sich die heutigen Griechen auf banale Weise der Erhabenheit der alten Griechen bedienten. Vielleicht lag das daran, daß die alten Griechen Altes noch ganz neu erdenken und erschaffen konnten, während die heutigen Griechen immer wieder hatten feststellen müssen, wie die Zivilisation auf ganzer Linie gescheitert war, und es daher ihr volles Recht war, von der Vermarktung ihrer Vergangenheit zu leben. Das einundzwanzigste Jahrhundert war unfähig, Mythen hervorzubringen, es gab nicht einmal neue Rockstars, alle waren schon über sechzig oder standen kurz davor und hielten wie Schamanen allein aufgrund ihres Alters die Stellung. Als Carvalho ein junger Kommunist war, waren die Spuren und das Blut des griechischen Bürgerkriegs noch frisch, und er liebte die kommunistischen griechischen oder türkischen Dichter Ritsos oder Hikmet, Hikmet oder Ritsos, denn sie waren der Beweis, daß eine wirklich emanzipierte Philosophie sich über sämtliche nationalistische Klischees hinwegsetzte. Nun, da er nicht mehr jung und vielleicht auch nicht mehr Kommunist war, erschien ihm die gesamte Poesie des zwanzigsten Jahrhunderts wie eine Sammlung von Wiegenliedern für Fehlgeburten oder Grabreden für sinnlose Sehnsüchte, und vielleicht konnte es für ein so gescheitertes Jahrhundert nur Trost geben, wenn jemand auf die Idee käme, einen Erlebnispark mit all den Exzessen einer falschen Hundertjahrfeier zu eröffnen. In Wahrheit hatte das zwanzigste Jahrhundert mit der

Russischen Revolution begonnen und mit der Auflösung der Sowjetunion geendet, und danach hatte sich ein konfuses Raum-Zeit-Konstrukt breitgemacht, das unter dem Namen »Millenium« vermarktet wurde. Wir befinden uns noch immer inmitten dieses Phänomens, verwirrt, weil sich abgesehen von der Zerstörung des World Trade Centers die Jahrtausendwunder nicht eingestellt haben. Die Herren, die Könige und die Götter existieren weiterhin, obwohl uns der letzte Rest zur Mythifizierung abhanden gekommen ist und man nicht einmal mehr an die Sommerhits glauben kann, wie damals auf der zweiten Reise im Sommer 1975, als Griechenland gerade von den Militärs befreit war und Carvalho in sämtlichen Jukeboxes sämtlicher griechischer Inseln die Katharsis genoß, daß immer wieder die Lieder von Theodorakis gespielt wurden, den ganzen Sommer lang Theodorakis. Biscuter hatte zu schnarchen aufgehört und kehrte ins Leben zurück, indem er sich seine Äuglein rieb.

»Wo sind wir eigentlich?«

»In Griechenland, im Jahr I vor Enduring Freedom. Und knapp vor der Annektierung des Irak.«

Lifante hatte sich kurz und klar ausgedrückt: Er legte als Polizist und als Mensch Carvalho nahe, so bald wie möglich nach Barcelona zurückzukehren. Charo hatte ihm keine weiteren Worte entlocken können; der in seiner Freizeit der Semiologie zugetane Inspektor hatte seiner Besorgnis nur durch eine tadellos ausgeführte Geste Ausdruck verliehen.

»Er hat dir also gesagt, ich solle mich stellen, aber wem und warum?«

»Weiter nichts, Pepe, das war alles. Willst du sonst noch etwas?«

»Hast Du noch einen Freier in der Autonomen Landesregierung?«

»Immer denselben.«

»Kannst du ihn ausfragen? Wer Teil der Macht ist, hat auch immer Verbindungen, und dein *Chevalier servant* hat doch gewiß einen Machtstatus, selbst wenn er nur ein kleiner Beamter ist.«

Er wollte Charo die künftige Reiseroute nicht verraten, und am nächsten Tag begaben sie sich auf einem von alten Ruinen übersäten Weg nach Nauplia hinunter, bis sie das Theater von Epidauros erreichten. In Mykene formulierte Biscuter einen erinnerungswürdigen Satz: »Wie anstrengend ist es wohl, eine Ruine zu sein!«, und im düsteren Grabmal Agamemnons wollte er die Hand über das Gesicht einer vermeintlichen Statue gleiten lassen, das sich aber als das eines starren, aber wohl bayerischen Touristen erwies. Sie erreichten Epidauros, als das Theater schon im Begriff war, seine Tore für die Touristen zu schließen und für die Zuschauer von *Edipo Re* zu öffnen. Die Techniker kümmerten sich um Licht und Ton, während die letzten Besucher von der Mitte des Bühnenraums aus halblaut Dinge riefen, um sich zu überzeugen, daß sie tatsächlich von ihren in den letzten Reihen sitzenden Familienmitgliedern deutlich zu hören waren. »*Vaffanculo!*« rief ein Italiener seiner Frau zu.

Abseits des zu Ende gehenden Touristenspektakels oder der angekündeten griechischen Tragödie gaben sich Carvalho und Biscuter der Augenweide hin, die sich ihnen darbot, so als lebe ein beruhigender jahrhundertealter Zauber zwischen den Steinen und Pflanzen fort. Die Ruhe wurde nicht einmal durch die Bauarbeiten für einen geordneten Parkplatz gestört, der die im Sommer ausgedörrte Wiesenfläche ersetzen sollte, wo man früher, Carvalhos Erinnerung zufolge, die Autos abstellen konnte, um seiner Leidenschaft für so aufdringliche Ruinen wie die von Mykene zu frönen.

In der Stille der Abenddämmerung war ein Geräusch wie von einem Schuß zu hören, und bis Carvalho begriff, daß es tatsächlich ein Schuß war, fiel schon ein zweiter, der diesmal an der von Biscuter halbgeöffneten Wagentür abprallte. Carvalho stürzte sich auf Biscuter und warf ihn mit seinem Gewicht zu Boden, wobei ihre Köpfe wegen Carvalhos Ahnung und Biscuters Arglosigkeit verwirrter waren als ihrer Körper. Eine dritte Kugel prallte ebenfalls an der Karosserie ab, so daß Farbe und Metallsplitter stoben. Diesmal hatte Carvalho gesehen, woher die Schüsse kamen, nämlich aus dem umzäunten Ausgrabungsgelände der Thermen des alten Epidauros, und er glaubte noch die Leere wahrzunehmen, die ein fliehender Körper hinterlassen hatte. Aber die Schüsse konnten auch von jedem anderen Ort aus abgefeuert worden sein, und nicht nur die zu Zielscheiben Erwählten hatten den Angriff mitbekommen. Einige Touristen flohen in Richtung Theater, und die Getränkeverkäufer hatten sich auf die Böden ihrer Stände geworfen. Drei Minuten vergingen, und die genügten Carvalho, um die Warnung als beendet zu betrachten.

»Was heißt hier Warnung? Sie machen die Bremsen unseres Autos unbrauchbar und schießen auf uns in einer Kulturstätte, vor Zeugen, unter freiem Himmel, und Sie fassen das als Warnung auf?«

»Heutzutage werden diese Attentate immer perfekt ausgeführt. Wenn sie uns nicht erschossen haben, dann, weil sie nicht die Absicht hatten.«

»Was wollen sie also?«

Die Zeugen des Vorfalls kamen nach und nach zurück, wagten es jedoch nicht, Carvalho oder Biscuter anzusprechen, so als wären diese genauso gefährlich wie die Heckenschützen. Das Wort »Polizei« war auf deutsch, italienisch und vielleicht auch auf griechisch zu hören, doch Carvalho wollte das Ende der Kommentare nicht abwarten, sondern stieg in den Wagen, und als Biscuter Platz genommen hatte, startete er mit einem Lächeln auf den Lippen und einem leichten Winken als Abschied für die zurückbleibende Menge. Vielleicht dachten sie ja, daß es sich um Filmaufnahmen gehandelt hatte, jedenfalls war es keineswegs angebracht, daß sie ihnen die Polizei auf den Hals hetzten, nicht einmal um sie zu beschützen.

»Ein weiterer Wink, daß wir zurückkehren sollen? Wie der von Lifante?«

»Es ist ein Hinweis darauf, daß wir beobachtet und überwacht werden, aber wir wissen weder von wem noch warum.«

In Nauplia kamen sie in einem außerhalb gelegenen Hotel unter, dessen Swimmingpool ebenso spektakulär war wie die Schmuckverkäuferin, reines blondes Protein. Carvalho tauchte in das Schwimmbecken, als könnte das Wasser ihm beim Denken helfen, und in der Tat kamen ihm mehrere Möglichkeiten in den Sinn, ihre Pläne zu ändern, unter anderem die absurde Idee, auf der Stelle das Auto und die Koffer zu nehmen, Arkadien zu durchqueren, nach Patras zurückzukehren und von dort aus die Reise um die Welt erneut über Albanien, Jugoslawien, Rußland, Sibirien, die Halbinsel von Kamtschatka, Alaska, den Nordpol, Barcelona, Lifante oder Pérez i Ruidoms in Angriff zu nehmen. Oder vielleicht niemals mehr nach Barcelona zurückzukehren, den Ort zu finden, von dem man nie mehr fortgehen will, den Ort, von dem er von Jugend auf geträumt hatte.

»Wenn es sich um Angriffe zur Abschreckung handelt, wer sollte uns denn wovon abschrecken? Und was hat das Verschwinden von Madame Lissieux mit dem ganzen Durcheinander zu tun?«

»Wie auch immer, ich denke nicht daran, von meinem Plan abzurücken, die Welt zu umrunden. Das ist meine letzte Gelegenheit dazu.«

»Und ich gehe mit Ihnen, Chef. Es heißt, jeder sei mit einer Bestimmung geboren worden. Meine ist ganz klar: die Welt umrunden.«

»Wir müssen untertauchen. Identitäten und Auto wechseln. Ich weiß nicht, ob das Geld für beides reicht.«

»Machen Sie sich keine Sorge um das Geld. Es wäre wunderbar, wenn wir uns wie arabische Scheichs kleiden könnten und nicht wie die armen Schlucker aus diesen Ländern, die überall schlecht behandelt werden. Ich habe meine Ersparnisse.«

Wie konnte Biscuter zu Ersparnissen gekommen sein? Hatte er etwa so viel Geld von Carvalho erhalten oder ihm beim Einkauf etwas unterschlagen?

»Chef, Sie wissen nicht, was in meinem Leben geschieht, sobald Sie mir den Rücken zukehren und nach Vallvidrera hinauffahren, um ein Barcelona zu betrachten, das es schon nicht mehr gibt, an das nur Sie sich noch erinnern, als betrachteten Sie sich selbst aus der Ferne. Für Sie bin ich noch immer der ehemalige Dieb, der in Andorra Mercedes-Karossen klaute, um dann im Spanien der *Biscuter* und *Seiscientos* mit ihnen anzugeben. Aber seither sind vierzig Jahre vergangen; ich habe mich weiterentwickelt. Ich bin Gastprofessor für Suppen und Salate an der Hoffman-Schule, halte regelmäßig Vorträge für ältere Damen über das Verhältnis zwischen der Küche unserer Großmütter und der unserer Meister, unterhalte eine ziemlich ausführliche Korrespondenz mit Ferran Adrià, dem Genie der postmodernen Küche, schreibe Artikel über Gastronomie in verschiedenen Fachzeitschriften für Anhänger des katalanischen Volkstanzes *Sardana*, für Feuerwehrleute oder Taxifahrer, und arbeite als Koch, vor allem abends auf privaten Festen.

Ich habe beinahe dreißig Stammkunden, keine berühmten, aber zahlungskräftige, und verfüge über ein in proletarischen Gaststätten des Barrio Chino angeworbenes Team, in dem Marokkaner wunderbaren Couscous zubereiten und Pakistanis und Koreaner die exotische Note hineinbringen, mit halbindianischen Kellnerinnen aus Ecuador, die aus einem Hollywoodfilm der fünfziger Jahre entsprungen zu sein scheinen, alles unter meiner Leitung, weil es in der Küche die Rolle des Strategen zu entdecken gilt, die ebenso wichtig ist wie die des Kochs oder des Chefs, wie mir Ferran Adrià in einer seiner Antworten bestätigte. Sie werden bemerkt haben, daß ich manchmal das Handy benutze, und das tue ich, um mein Team zu koordinieren. Wir haben schon bis Anfang September Aufträge, und ich werde das Geschäft aus der Ferne leiten.«

Sie aßen im Hafen von Nauplia in einem Restaurant gegenüber der kleinen Insel mit dem Kastell zu Abend und fütterten während des Essens ständig Katzen, die sich eher durch ihren unterschiedlichen Dürregrad als durch Fleisch oder Farbe voneinander unterschieden. Vor allem hatte es ihnen eine ganz magere mit goldfarbenem Fell und mandelförmigen grünen Augen angetan, deren Miauen besonders herzzerreißend klang, fast wie eine Anklage gegen den ungerechten Unterschied zwischen einem domestizierten Menschen und einer ebenso domestizierten Katze. An irgendeinem Tisch saß möglicherweise der Mann, der in Epidauros auf sie geschossen hatte, und im Gespräch mit den Kellnern wiederholten Biscuter und Carvalho immer wieder, daß sie lange genug in Nauplia bleiben wollten, um den Golf von Argolis und vor allem Arkadien zu bereisen und festzustellen, ob dieses dem symbolischen, von Dichtern und Verfassern von Hirtenromanen wiedererschaffenen Arkadien glich. »Ich bin Literaturprofessor«, wiederholte der Detektiv mehrmals den Kellnern gegenüber, die sich angesichts seines Eifers, eine von imaginären, glücklichen Hirten und Schafherden bevölkerte Gegend zu durchqueren, erstaunt zeigten. Sie spazierten zuversichtlich die nicht enden wollende Strandpromenade entlang, wie ein betagtes Touristenpaar, das nicht mehr so leichtfüßig dahingeht, eine Komödie vor allem im Fall von Biscuter, der ein ausdauernder Wanderer war und ein großer Erklimmer von Treppen. Diese Fähigkeit hatte er in den ärmsten Vierteln Barcelonas erworben, die weder über Aufzüge noch über die geringste Logik hinsichtlich der Abstände zwischen den einzelnen Lichtschaltern verfügten. Sobald sie jedoch im Hotel angelangt waren, luden sie ihr Gepäck samt dem Olivenbehälter ein, schützten eine dringend nötige Abreise vor und machten sich auf den Weg nach Athen.

Sie überlegten, wie sie sich künftig nennen sollten, und Carvalho kam auf die Idee, die schon vorhandenen falschen Papiere um eine vorgebliche französische Nationalität zu bereichern und sich fortan, wie in Barcelona vereinbart, Bouvard und Pécuchet zu nennen, eine Hommage an das Buch, das er in jungen Jahren als Fabel auf das Scheitern der Vernunft bewundert hatte, als eine Satire auf die Anmaßung und die Verwirrung des Bewußtseins im neunzehnten Jahrhundert, die, wenn es nach ihnen ging, auch für das zwanzigste gelten konnte.

»Kein Jahrhundert war je so erbärmlich. Man wußte fast alles, um die Lebensbedingungen der Menschheit zu verbessern, und löste nicht einmal irgendein nennenswertes Defizit.«

Hatte er etwa das Buch von Flaubert verbrannt? Das in der Ausgabe von La Pléyade? Nein, das war ein zu teurer Band. Es handelte sich um einen unvollendeten Roman, und die Ausgabe, die Carvalho vor dreißig Jahren gelesen hatte, enthielt Anmerkungen dazu, wie Gustave Flaubert das Werk zu Ende bringen wollte. Der Gedanke an einen unvollendeten Roman hatte Carvalho viel mehr verstört als der an eine unfertige Symphonie, wie sie Mozart Prag gewidmet hatte. *Bouvard und Pécuchet* verdiente seine Einäscherung. Wie lange hatte er schon keine Bücher mehr verbrannt? In Wahrheit hatte er einige mitgenommen, um sie zu verbrennen, und hoffte, daß ihm auf der Reise entsprechende Neuerscheinungen unterkommen würden, aber im Augenblick war es unerläßlich, innezuhalten und ein Buch als ein Symbol seiner inneren Unruhe zu verbrennen. Warum nicht *Der Wind weht unsere Worte fort* von Doris Lessing, »ein Bericht über die Zerstörung Afghanistans«? In einer ihrer

Reden sagte Lessing, daß jeder dritte Afghane tot, im Exil oder in einem Flüchtlingslager sei, und diese Aussage stammte aus dem Jahr 1986, als die Sowjetunion in Afghanistan ihre imperialistischen Pläne begraben mußte und weder die Diktatur der Taliban noch der nur schlecht bemäntelte Heilige Krieg der Amerikaner begonnen hatte. Lessing war uns ein Buch über die von den Amerikanern herangezogenen Taliban schuldig, über die Invasion und die Zerstörung Afghanistans durch den Heiligen Krieg der Amerikaner unter dem zur Metapher gewordenen Motto »Enduring Freedom«. Er parkte das Auto am Straßenrand, zog das Buch unter den fünf oder sechs anderen aus seinem Gepäck heraus, zerriß es und legte es auf einen Haufen von Schlamm und Scherben, damit das Feuer nicht auf das Gestrüpp übergriff, und nicht ohne ihm zuvor noch die letzte Ehre zu erweisen, indem er auf einer willkürlich ausgewählten Seite las: »Es war so, als betrachtete ich ein kleines, warmes Gefängnis. Während ich mich in solchen Gedanken verlor, die den dort anwesenden afghanischen Frauen und Männern exzentrisch erscheinen würden, fuhren sie fort, vom Dschihad und den Russen zu sprechen.«

»Wir müssen durch Afghanistan reisen.«

»Das lassen sie uns nicht.«

»Wir werden durch Afghanistan reisen.«

Biscuter hatte die Verbrennung vom Auto aus verfolgt, ohne die geringste Lust, das Ritual auch nur durch das Heben einer Augenbraue oder eine Handbewegung zu mißbilligen. Er wollte so bald wie möglich schlafen und nahm gern Carvalhos Vorschlag an, zwei Zimmer in einem von Lastwagenfahrern frequentierten Motel zu nehmen, wo ein schläfriger Rezeptionist nicht bemerken würde, daß ihre Namen nicht mit denen in ihren Pässen übereinstimmten. Es kam noch besser: Er ließ sie das übliche Formular ausfüllen, fragte sie aber nicht nach ihren Papieren, so daß die Señores Bouvard und Pécuchet im einundzwanzigsten Jahrhundert wiederauferstanden und ihre elenden, von WC-Geruch erfüllten Zimmer bezogen, wo zuvor zwei Lastwagenfahrer ihrer seit Thessaloniki zurückgehaltenen Notdurft gründlich Luft gemacht hatten. Sie wechselten die Laken, aber unter dem Bett lagen noch das Zellophan einer Zigarettenpackung, die halbe Hülle von Schokokeksen und eine Socke, die ein Fuß in einem Moment dramatischer Schläfrigkeit abgestreift hatte.

»Fang an, dich darauf einzustellen, Pécuchet, wir werden noch in schlechteren Hotels unterkommen.«

»Monsieur Bouvard, Sie und ich haben im selben Gefängnis geschlafen, die Aridel-Matratzen stammten zweifellos von einer Plünderung des Kriegs von 1914 und schreckten sogar die Wanzen ab.«

Der beruhigende Gedanke, nicht die zu sein, die sie waren, ließ sie bis zum späten Vormittag schlafen, und gleich nachdem sie an der Theke griechischen Kaffee und Mohngebäck zu sich genommen hatten, bemühte sich Biscuter, seiner Stimme das nötige Gewicht zu geben, um die Ernsthaftigkeit der folgenden Rede zu unterstreichen.

»Chef, Sie kennen meine Vergangenheit und wissen, daß in meiner Jugend kein Auto vor mir sicher war und ich Experte in so manchen Händeln bin, die Ihnen widerstreben.«

»Worauf willst du hinaus?«

»Ich möchte das Problem mit dem Auto lösen, aber Sie müssen mir helfen oder zumindest keine Bedenken anbringen. Zunächst einmal stellt sich die Frage, ob Sie bereit sind, sich von Ihrem klapprigen Ford Fiesta zu trennen.«

»Für mich ist er wie maßgefertigte Schuhe. Aber ich muß zugeben, daß er zu einem gefährlichen Erkennungszeichen geworden ist.«

»In Ordnung. Verlassen wir dieses Hotel und fahren wir zu irgendeinem Gebrauchtwagenhändler, den Rest überlassen Sie mir. Geben Sie mir Ihren Paß, Monsieur Bouvard.«

Der Laden, an den sie gerieten, glich eher einem Schrottplatz, und Biscuter prüfte mit dem Kennerblick eines ehemaligen Autodiebs die Gebrauchtwagen, forderte dann Carvalho auf, die Straße zum Meer in Richtung des Golfs von Korinth zu nehmen und vor allem einen Weg zu suchen, der zu einem

Kliff hinaufführte, von dem man den Ford hinunterrollen konnte. Als sie den entsprechenden Platz gefunden hatten, prüfte ihn Biscuter, als ginge es dort um die alliierte Großlandung in der Normandie, und nickte schließlich entschieden mit dem Kopf.

»Bringen Sie mich nun zu dem Gebrauchtwagenhändler zurück, dann fahren Sie wieder hierher und warten auf mich. In der Zwischenzeit holen Sie alles aus dem Auto heraus, was wir brauchen.«

Abgesehen von dem Gepäck, einem Knirps, dem Werkzeugkoffer, einem Allzweckmesser und unbrauchbaren Peseta-Münzen, einem halben Päckchen Erfrischungstücher und einem mit zwanzigjährigem Knockando-Whisky gefüllten Flachmann hatte sein altes Auto nichts zu bieten, sein Gefährte auf allzu planmäßigen Reisen, abgesehen von der im Fall der *Rose von Alexandria*, als er mit ihm bis nach Águilas, südlich von Albacete, gefahren war. Da der Kofferraum schon offen war, schob er auch die Matte zur Seite, unter der sich der Reservereifen verbarg, doch der Reifen war nicht dort. An seiner Stelle befand sich ein Plastiksack voller Dosen mit Talkpuder, von denen jede einzelne ein strahlendes Kindergesicht zeigte. Carvalho riß, ohne zu zögern, den Sack auf, nahm eine angebliche Puderdose heraus, löste den Verschlußstreifen, streute ein wenig von dem weißen Pulver in eine Hand, schnupperte daran, kostete es mit der Zungenspitze und kam sofort zu dem Schluß, daß er in seinem Auto erstklassiges Kokain im Wert von Millionen Euro oder Dollar transportierte. Er stopfte den Sack in sein Versteck zurück und rekonstruierte die Reiseroute, um zu erahnen, wo man ihnen den Reifen gegen die Droge ausgetauscht hatte. Die Überfahrten auf den Fähren Barcelona-Genua oder Brindisi-Patras erschienen ihm als das wahrscheinlichste, doch konnte es ebenso im Parkhaus in Athen oder bei einer der vielen Gelegenheiten geschehen sein, als sie an einer Autobahnraststätte oder bei Ruinen angehalten hatten. Aber ein verworrener Gedanke versuchte Gestalt anzunehmen, so als hinge von ihm die Aufklärung des Mysteriums ab, eine Erinnerung, die sich aber nicht voll entfalten konnte, weil Biscuter neben ihm einen Ford Allrad Explorer mit deutschem Kennzeichen abbremste.

»Monsieur Pécuchet bietet Ihnen an, diesen auf Ihren Namen angemeldeten Wagen zu teilen, Señor Bouvard. Bleifreies Benzin, fünfundneunzig Oktan. Automatikgetriebe. Der Motor kann noch weitere hundertfünfzigtausend Kilometer durchhalten. Die Reise um die Welt ist geritzt.«

Carvalho forderte Biscuter auf, einen Blick in den Kofferraum des Ford Fiesta zu werfen, und angesichts der versteckten Fracht wußte Biscuter nicht so recht, ob er ausrufen sollte »Wir sind verloren« oder »Wir sind reich«. Schließlich fand er die richtigen Worte:

»Wir müssen das Auto und das Kokain loswerden, aber getrennt, denn wenn sie den Wagen mit dem Kokain darin finden, werden sie uns noch erbitterter verfolgen.«

»Sie haben uns wegen des Kokains verfolgt.«

»Möglich. Wir werden später noch darüber reden.«

Biscuter nahm die Drogen heraus und versteckte sie zwischen dem auf dem Boden stehenden Reisegepäck. Dann stieg er in den Ford Fiesta, startete ihn und stellte ihn an den Rand eines Steilhangs, an dessen Grund Klippen und Meerestiefen lauerten. Er löste die Bremsen, sprang heraus und bat Carvalho, ihm beim Anschieben zu helfen, nachdem er sich vergewissert hatte, daß sie allein waren. So taten sie es, und der Ford glitt zunächst etwas zögerlich den Abhang hinunter, dann öffneten sich seine Türen wie rettende Flügel, doch er überschlug sich unweigerlich mehrmals, bevor er schließlich auf die Felsen prallte und ins Wasser stürzte wie eine sterbende Amphibie in der Hoffnung, das Meer könnte seine Lähmung besiegen.

»Wir müssen die Drogen weit weg von hier loswerden, damit das Auto, sollte es nicht versinken, nicht mit ihnen in Verbindung gebracht werden kann. Wir verstauen sie zwischen uns beiden, und bei irgendeinem Problem bei einer Verkehrskontrolle werfen wir sie aus dem Fenster, denn schließlich wollen wir ja nicht mit dem Stoff erwischt werden.«

Sie fuhren wieder auf die Autobahn in Richtung Athen auf, und Biscuter bog irgendwann zu einem gegenüber der Insel Salamis gelegenen Industriekomplex ab. Auf einem Hügel entdeckten sie mehrere Schuttplätze, die ihnen ein großartiger Friedhof für das Kokain zu sein schienen, und auf einem landete der Sack, den sie danach unter dem ausreichenden Gewicht eines seltsamen, wohl aus Eisen und Rost entstandenen Staubes begruben. Biscuter atmete erleichtert auf.

»Wir sind reich! Wenn wir es uns erlauben können, Millionen Dollar wegzuwerfen, müssen wir reich sein. Denken wir einmal nach. Seit unserer Ankunft in Griechenland sind wir bedroht worden. Zuerst verschwindet Madame Lissieux, dann machen sie unsere Bremsen kaputt, und schließlich schießen sie auf uns.«

»Nein, das stimmt nicht. Das mit den Bremsen ist in Italien passiert, und da reiste Madame Lissieux noch mit uns.«

»Folgt uns also unser Feind schon seit Spanien? Hat er uns vielleicht das Kokain in den Kofferraum gesteckt und die Bremsen unseres Autos demoliert? Das paßt nicht zusammen.«

»Vielleicht haben wir mehrere Feinde. Die Sache mit den unbrauchbar gemachten Bremsen war eindeutig ein Versuch, uns umzubringen, mit den Schüssen wollten sie uns nur einschüchtern. Demnach ist der mögliche Schluß zu ziehen, daß der erste Feind schon von Barcelona an mit uns reiste und der zweite sich unterwegs in das Auto schmuggelte.«

»Wer? Und warum hat er es auf uns abgesehen?«

»Vielleicht ist es Madame Lissieux selbst.«

»Vergessen Sie nicht, Chef, daß sie im Auto war, als die Bremsen versagten.«

Carvalho wischte mit einer vagen Geste das Gesagte weg und bat Biscuter, nach Piräus zu fahren, um irgendein Schiff zu nehmen.

»Einfach so?«

»Ja, aufs Geratewohl. Wir müssen weiterzukommen und sollten uns nicht in kleinliche Obsessionen verstricken«, meinte Carvalho. Er wollte schon seit jeher den Bosporus durchqueren, zweifellos ein kulturell bedingter Wunschtraum. Doch im Gegensatz zu den Argonauten, die das Jenseits dieser engen Pforte fürchteten, wußte er bereits, daß hinter dem Bosporus das Schwarze Meer lag. Was hatte er am Schwarzen Meer verloren? Plötzlich lag die Erinnerung, die sich schon vorher angedeutet hatte, klar vor ihm: einer der Italiener in Armani-Kleidung, der ihn auf einen Dry Martini eingeladen und mit dem er später über das Auto gesprochen hatte. Carvalho höchstpersönlich hatte auf seinen Wagen inmitten all der anderen gezeigt, die im Laderaum darauf warteten, in Patras wieder loszubrausen. »Ein so gut wie unsichtbarer Wagen«, hatte der Armani-Mann gesagt, und genau das hatte ihn interessiert, die Unauffälligkeit eines über zwanzig Jahre alten Ford Fiesta. Wer würde dieses Auto schon bemerken? Aber wer hatte dann auf sie geschossen? Der Italiener war nicht wieder aufgetaucht.

»Er hat uns die Drogen ins Auto geschmuggelt, aber sie gehörten ihm nicht, und jemand hat versucht, uns einzuschüchtern, damit wir sie herausrücken.«

»Jetzt sind wir Bouvard und Pécuchet«, rief Biscuter aus, während er Carvalho zwei Pässe entgegenstreckte: Bouvard und Pécuchet, eine einwandfreie Fälschung, bei der nicht einmal der Stempel auf den Fotos fehlte. Carvalho steckte den auf Bouvard lautenden ein und stellte keine Fragen. Auch Biscuter nicht, als Carvalho in Piräus noch für dieselbe Nacht die Überfahrt nach Alexandria buchte.

Carvalho hatte die ausgewählte Seite von *Justine* vor sich: »Wir waren noch so weit von der Küste entfernt, daß wir sie erst nach zwei oder drei Stunden Schiffahrt hätten ausmachen können, als plötzlich mein Begleiter einen Schrei ausstieß und auf den Horizont deutete. Wir sahen am Himmel das umgekehrte Bild der Stadt in ihrer natürlichen Größe, leuchtend und bebend, so als wäre sie auf staubige Seide gemalt, aber dennoch mit sorgfältiger Genauigkeit. Er konnte sich klar und aus dem Gedächtnis heraus all ihre Einzelheiten in Erinnerung rufen, den Palast Ras el Tin, die Moschee Nebi Daniel und so fort. Das Spektakel war umwerfend, glich einem mit etwas Tau gemalten Meisterwerk. Das Bild blieb noch lange am Himmel, vielleicht fünfundzwanzig Minuten, bevor es sich langsam im Nebel des Horizonts auflöste. Eine Stunde später tauchte die wirkliche Stadt auf, ein immer größer werdender Klecks, bis sie schließlich die Ausmaße einer Fata Morgana annahm.«

Würden wir die Geschichte bestimmter Städte nicht kennen, hätten wir keine aprioristischen Vorstellungen von ihnen, und noch weniger, wenn wir auch die Literatur oder die Filme nicht kennen würden, für die sie Modell gestanden hatten. Zwischen dem Alexandria des wunderbaren Leuchtturms, des Hellenismus und der größten Bibliothek des Altertums und dem der Tetralogie von Durrell oder der Gedichte Kavafis hatte Carvalho sich die Silhouette einer eher mediterranen als ägyptischen Stadt erschaffen, ausgehend vom Stereotyp eines östlichen Mittelmeerraums, den sich seit dem Niedergang des türkischen Großreichs Griechen und Juden angeeignet hatten. Kaum im Hafen der wirklichen Stadt angekommen, war er beeindruckt von den Kilometern verfallener Fassaden entlang der Küste, die aussahen, als müßten sie für eine aus sich heraus zerstörte Stadt einstehen, eine für immer melancholische, deprimierte Stadt, die einen ähnlichen Eindruck vermittelte wie Tanger, aber bis ins höchste gesteigert. Es waren hunderte Gebäude der ehemals sogenannten *Grande Corniche*, von Durrell voller großer Cafés mit gestreiften Markisen beschrieben, die nun nicht mehr zu retten, abbruchreif schienen, zu zeitgenössischen Ruinen verdammt. Vielleicht würden sie in späteren Zeiten ja einmal ähnlicher Kommentare für würdig befunden wie die Gebäude, die heute schon als klassische Ruinen galten. Das Zentrum von Alexandria hatte das geschlossene Bild einer vom Rationalismus, ja, man könnte sagen, vom verarmten Kleinbürgertum geprägten Stadt bewahrt, und die Bezüge zum klassischen Alexandria waren ein bewußter Teil eines *Pasticcio*, das zu sehr von der Dekadenz des mediterranen Lebensgefühls geprägt war, das aber zugleich die orientalische Buntheit vermissen ließ. Und dann gab es da noch unübersehbar die krisengeschüttelte Industriestadt Alexandria, so schrecklich wie alle krisengeschüttelten Industriestädte. Carvalho fühlte sich unbehaglich.

»Ich kenne diese Stadt durch zwei, drei oder vier bildungsbedingte Ausschweifungen. Und sie schüchtert mich ein. Da ist einmal zunächst das alte Alexandria mit seinen Bibliotheken und dem zu Recht mystifizierten Glanz. Dann das Alexandria eines Dichters, der mir in meiner Jugend sehr gefiel, weil er doppelsinnig war und unter einem stillen, sexuell und historisch gelebten Verfolgungswahn litt. Er war homosexuell, der führende Dichter homosexueller Lyrik im zwanzigsten Jahrhundert. Sein Name ist Kavafis, und ich glaube, ich habe alle seine Bücher verbrannt. Dann gibt es da noch ein anderes, geradezu unanständig literarisches Alexandria, das der Tetralogie von Durrell, dem *Alexandria-Quartett* seinen Namen verleiht. Ich weiß nicht, ob es mir heute noch so gefallen würde wie damals, als ich es las. Vielleicht interessiert mich jetzt mehr das Werk seines Bruders, eines Kenners der griechischen Inseln und ihrer Küche. Und schließlich ist da noch ein katalanischer Ägyptologe, der mit seinen in Ägypten angesiedelten Romanen viel Aufsehen erregt hat: Terenci Moix. Er ist ein selbstmörderischer Kettenraucher, hat schon keine Lungen mehr, raucht aber weiterhin, als wollte er sie endgültig in Rauch auflösen. Ich glaube, sein Alexandria hat nicht viel mit der Wirklichkeit zu tun. Ich habe keines seiner Bücher verbrannt, aber jetzt hätte ich Lust, *El pes de la palla*, eine fragwürdige Erzählung über die Grenzen meines Viertels und über Onanie, zu Asche zu verwandeln. Ich kann keine zeitgenössische Dekadenz ertragen. Sehen wir uns die Katakomben an.«

Die alexandrinischen Katakomben waren ehrgeiziger angelegt als die in Rom und drei Stockwerke hoch. Im ersten und zweiten nachchristlichen Jahrhundert erbaut, bei sämtlichen kriegerischen Niederlagen der Stadt geplündert, entdeckte man doch in ihnen zu Beginn des zwanzigsten Jahrhunderts diese Verschmelzung der griechisch-römischen Kunst mit der ägyptischen, die Carvalho als Collage faszinierte, auch deshalb, weil sie dem Untergrund angehörten, einem bestimmten Untergrund der stets gescheiterten Konstruktion menschlichen Zusammenlebens. Die Mischung, die sich aus der pharaonischen Kunst aus griechischer Sicht ergab, war eine fast postmoderne, geschichtslose Synthese, so als hätte die Stadtverwaltung von Athen einen Architekten aus Las Vegas mit dem Bau der Katakomben beauftragt. Biscuter hingegen war bewegt, weil alles, was er sah, mit der Welt des Todes zu tun zu haben schien, mit allen Toden, die dieser Ort in sich barg.

Carvalho überließ Biscuter kommentarlos seinen Gefühlen. Sollte er doch jedes Mal, wenn er das Wort Sarkophag hörte, gerührt und bewegt sein, davon überzeugt, daß jene Katakomben viel mehr waren als ein leeres Grab.

Carvalho schlug vor, zu den Pyramiden zu fahren und nicht weiter die Knochen des ausgezeichneten alexandrinischen Kadavers zu erforschen. Auf dem Weg nach Kairo, auf offener Straße und etwa zwanzig Kilometer von Alexandria entfernt, überraschten sie vier bärtige, grauhaarige Männer, die trotz der

Sommerhitze Wollmützen trugen und ihnen Zeichen machten, anzuhalten. Einer von ihnen konnte ein wenig auf englisch radebrechen und bat Carvalho und Biscuter, sie zu einem heiligen Ort zu bringen, Wadi Natrun, bestehend aus einem koptischen Kloster und ein paar Kirchen, wo heilige Männer die Leidtragenden trösteten und mit ihrem gelebten Beispiel die Barmherzigkeit predigten. Carvalho verweigerte sich jeglichem religiösen Gewäsch, Biscuter hielt ihm jedoch mit zwingender Logik entgegen:

»Sie müssen dorthin kommen, und wir werden ihren Glauben nicht ändern.«

»Wenn wir ihnen sagen, daß wir nicht zum Überleben des religiösen Irrationalismus beitragen wollen, kapieren sie vielleicht, daß jede Religion purer und makabrer Irrationalismus ist.«

»Ich glaube nicht, daß sie einfach so ihre Überzeugungen aufgeben. Chef, Sie haben oft gesagt, daß man weder die Bank noch die Füllfeder, den Fußballklub oder die Religion wechselt.«

Nachdem sie einige Gepäckstücke verstaut hatten, stiegen die vier Reisenden in das Auto, und Biscuter wandte sich an sie, um ein Gespräch zu beginnen, ein unmögliches Unterfangen, da sie kein Wort spanisch verstanden und er kein Wort ägyptisch.

»*Parlez-vous français?*«

Carvalho mußte über die Idee seines Begleiters lachen.

»Warum hast du sie nicht gleich gefragt: *Aimez-vous Brahms?*«

Einer sprach jedoch tatsächlich französisch, weil er als Stauer im Hafen von Marseille gearbeitet hatte, und erzählte von der geschichtlichen Bedeutung des koptischen Klosters von Wadi-el-Rayan als ein Zeugnis der religiösen Pluralität in Ägypten angesichts der Versuchungen des Fundamentalismus.

»Warum sind Sie Kopten?«

»Weil unsere Väter es waren.«

Das war für sie ein so natürliches Argument wie das, ein sich fortpflanzender Zweibeiner zu sein, weil auch ihre Väter es gewesen waren, und Biscuter erging sich in Lobreden auf eine Religion, die sich einen so schönen Namen bewahrt hatte.

»Es ist eine afrikanische Religion«, schloß der ehemalige, anscheinend panafrikanische Stauer.

Als sie die ockerfarbenen Mauern erreichten, die Wadi Natrun umgaben, luden die Männer sie ein, sie zu begleiten, damit der Prior so liebenswerte und großzügige Fremde begrüßen könnte. Und noch bevor Carvalho einwenden konnte, daß sie so schnell wie möglich nach Kairo weiterfahren mußten, damit man ihnen nicht die Pyramiden vor der Nase zusperrte, hatte Biscuter die Einladung schon angenommen. Er sagte, heilige Männer flößten ihm Hochachtung ein, egal, woher sie kämen, denn er habe sie genau beobachtet, und sie glichen einander und sprächen stets im selben Tonfall, »so als würden sie sich und dich auf den Tod vorbereiten.«

Sie gingen unter den wohlwollenden Blicken und Gebärden einiger heiliger Männer bis zum allerheiligsten von allen, der sich hocherfreut zeigte, daß sie Spanier waren, also einem religiösen Volk angehörten in diesen Zeiten der Respektlosigkeit und des Materialismus, eines gefährlicheren Materialismus als jeder bisherige, weil er jegliche Art von Transzendenz ausschloß, sogar die Möglichkeit des Fortschritts und des Wunsches nach einer besseren Zukunft. Carvalho erschien die Rede des heiligen Mannes wie die eines koptischen Befreiungstheologen, eine ihm bislang unbekannte Variante emanzipierter Theologie, die seine Auffassung bestätigte, daß alle Religionen zu überleben versuchen, indem sie die Moderne verfälschen, weil ihnen sonst das Wasser bis zum Hals steht. Der Pfefferminztee war hervorragend. Sie tranken ihn auf einer von Pflanzen überwucherten Veranda, der Fortsetzung eines Gartens, dessen Grün nur den Wassern der Oasen entspringen konnte, und das von dem schimmernden Ocker aller Außenwände des Heiligtums noch verstärkt wurde. Das Kloster wirkte zerbrechlich wie eine Zufluchtstätte aus Luftziegeln und Wind im Vergleich zu den europäischen, die aus Stein waren und Reichtum verkörpern wollten. Sie wurden eingeladen, dort die Nacht zu verbringen, um sich besser kennenzulernen, aber diesmal war es Carvalho, der – offensichtlich angesteckt vom psalmodierenden Tonfall des Priors – sanft erwiderte:

»Sehr lang ist unser Weg. Lang genug, um über die tiefgreifenden Worte Eurer Eminenz nachdenken zu können.«

»Gut gesagt. Es gibt keinen besseren Gesprächspartner als das Schweigen, das unbekannte Wege uns offenbart.«

Nein, die Pyramiden waren schon nicht mehr geöffnet, ebensowenig die gewaltigen und etwas düsteren Moscheen Kairos, weshalb Carvalho, nachdem sie Koffer und Auto in einem Hotel nahe der Sphinx von Gizeh gelassen hatten, einer Autobusrundfahrt durch die Stadt der Toten zustimmte, der Zweitresidenz königlicher Leichen und zur einzigen Unterkunft armer Lebender, die sich daran gewöhnt hatten, im beißenden Geruch so viel angehäuften Todes zu leben. Obwohl sich der Fahrer als offizieller Fremdenführer ausgab, widmete er dem über die Lautsprecher des Busses übertragenen Fußballspiel mehr Aufmerksamkeit als der Wißbegierde seiner etwa zwanzig Fahrgäste. Bei diesen vorgeblichen Touristen, die in Wirklichkeit auf der Flucht vor sich selbst waren, handelte es sich allem Anschein nach um blasse Franzosen, abgesehen von zwei Logopädinnen aus Tarragona, die das ägyptologische Ritual vollzogen, als würde ihnen dafür ein vollkommener Ab-laß gewährt, welcher Art auch immer. Biscuter gab sich als Landsmann zu erkennen, indem er katalanisch mit ihnen sprach – eine Sprache, die sie ihren Worten zufolge bereits ebenso vermißten wie das *Pa amb tomàquet*, das Brot mit Tomatenmark, da sie schon einen Monat unterwegs waren –, stellte sich aber als Monsieur Pécuchet und seinen Reisegefährten als Bouvard vor, was die Lehrerinnen verwirrte, bis Carvalho ihnen erklärte, daß sie Franzosen aus dem Midi seien, die seit dem Zweiten Weltkrieg in Katalonien lebten.

»Wir unternehmen nie archäologische Reisen, außer wenn sich die Archäologie mit Geschichte und Leben verbinden läßt. Wir sind mehrmals mit den Neozapatisten in Chiapas gewesen oder mit Kommissionen zum Schutz der Menschenrechte in Guatemala und überlegen nun, nach Kolumbien zu gehen, in die Randbezirke Bogotás, um unser Wissen über die Legasthenie anzuwenden. Vergnügungsreisen interessieren uns nicht. Wir glauben an die Globalisierung, ja, aber nicht an die von den Globalisatoren entworfene, sondern an die, unter der die Globalisierten leiden. Was kann ein Besuch der Pyramiden zur Geschichte der Menschheit beitragen?«

»Vielleicht erinnert man sich dabei an ein Gedicht von Bertold Brecht, in dem dieser feststellt, daß zwar die Pyramiden erhalten sind, aber kein Haus der Arbeiter, die sie erbauten.«

»Wie schön gesagt und wie richtig! Wir haben die Pyramiden schon gesehen, aber ehrlich gesagt, die in Guatemala oder Chiapas sind aufregender, weil sie wie versteckt oder wie gerade zu neuem Leben erwacht wirken. Sie sind von sich aus Symbole der Unterdrückung. Außerdem riechen alle Pyramiden hier nach Pipi, vor allem wenn der Aufstieg sehr lang ist und manche nervös werden und sich anpinkeln, sobald sie oben angekommen sind. Die Stadt der Toten hingegen ist außergewöhnlich. Sie verkörpert gewissermaßen die Dualität des menschlichen Scheiterns: Tod und Elend.«

Die gegnerische Mannschaft hatte wohl ein Tor geschossen, denn der Buslenker ließ das Steuer los, verpaßte ihm einen Fausthieb und fluchte über etwas Unbestimmtes, dann drehte er sich zu seinen Fahrgästen um und erklärte ihnen absolut alle Gründe für seine Wut, bis er bemerkte, daß sie ihn nicht verstanden. Es mußte die noch vom Zorn des Busfahrers eingeschüchterte Reiseleiterin einschreiten und erklären, daß der Schiedsrichter ein ungültiges Tor gutgeheißen hatte und die beiden Mannschaften einen Supercup ausfochten. Mit leiserer Stimme sagte das Mädchen, daß man der in Führung liegenden Mannschaft mißtraute, weil viele Minister und Generaldirektoren zu ihren Anhängern zählten, sogar Mubarak höchstpersönlich hatte wiederholt seine Begeisterung für ihre Spielart zum Ausdruck gebracht.

»Es ist hier wie überall, Chef.«

»Was willst du damit sagen?«

»Nun, daß es immer eine offizielle, regierungsnahe Mannschaft gibt, die diese Situation ausnutzt. Wie in Spanien.«

Biscuter meinte das nicht ironisch, sondern bekräftigte eine Überzeugung, die er nicht einmal näher hätte erläutern müssen, denn eine der Legasthenie-Expertinnen aus Tarragona nickte ebenfalls zustimmend, sog von Biscuters Lippen das »wie in Spanien«, überzeugt, daß dem nichts mehr hinzuzufügen sei, und ihre Begleiterin griff zur Bestätigung für das soeben Gesagte auf Nietzsche zurück.

»Manche Völker sind dazu da, Geschichte zu machen, und andere, um sie zu erleiden.«

Die zwei Linguistinnen stimmten mit Biscuter überein, und es mußte nicht das Unaussprechliche erwähnt werden, da alle drei erbitterte Gegner von Real Madrid waren, sogar am Ort einer so flüchtigen Begegnung wie einem ägyptischen Bus, der in der Tschechoslowakei nicht etwa vor dem Fall der Mauer, sondern lange vor ihrer Errichtung fabriziert worden war. Die drei Seelen schwebten über den imaginären Gefilden verlorener Schlachten und bestätigten einander in allen Bereichen. »Fremdsein ist unmöglich«, sagte sich Carvalho und stellte schließlich die Frage: »Ist Fremdsein doch möglich?« Die positive Interpretation des Fremdseins war das Weltbürgertum, aber fünfzig Jahre, nachdem es in Mode gewesen war, sich mit seinen Federn zu schmücken, galt es als überholtes Gedankengut wie die Begeisterung, mit der man in den vierziger Jahren Boogie getanzt hatte, bis jemand einmal einen mit dem Titel schrieb: *Noch ein Boogie, was soll's.* Seine Begleiter kämpften gegen das Fremdsein, indem sie sich als Mitglieder des FC Barcelona fühlten, Todfeind von Real Madrid, was es ihnen erlaubte, sich dem Antiglobalisierungskreuzzug anzuschließen, ohne sich in einer Falte des Nichts zu verlieren. Aber das Ganze funktionierte wie der in der Religion verwendete Trostmechanismus angesichts des offenkundigen biologischen Schwindels. Für den FC Barcelona zu sein und gegen Real Madrid hatte ihnen nicht etwa die höchste Erkenntnis erspart, sondern ihre Folge: die allerklarste und demnach absolute Einsamkeit.

»Die Pyramiden sind dennoch Pflicht.«

»Einige muß man unbedingt sehen«, meinten die zwei Frauen in einem Anfall kultureller Bedeutsamkeit.

Carvalho interessierte mehr der Nil oder das Rote Meer oder der Sinai, denn die Pyramiden gehörten irgendwie zur Familie, von den wichtigsten kannte man sogar die Namen. Später sollte er sich an diesen ursprünglichen Gedanken erinnern, als sie die wichtigsten Pyramiden besichtigten, deren Namen er von Jugend an kannte, während sie Biscuter nur vage an das alte Ägypten erinnerten. Deshalb konnte er ungestraft bemerken, daß ihn im Tal der Könige am meisten die Unmenge ausgehungerter Hunde überrascht hatte, die nicht aus den Gräbern auferstanden, sondern vom Mitleid besonders der englischen Touristen angelockt worden waren, die ihnen ganze vom Hotelbuffet entwendete *Plumcakes* brachten, wenn nicht gar systematisch sämtliche ihrer Essensreste. Hatte sich Biscuter von der griechisch-lateinischen Kultur faszinieren lassen, die Teil seines schwachen kulturellen Allerweltsgedächtnisses war, so brauchte er viel länger, um sich auf die bewegenden Gespenster des ägyptischen Altertums einzulassen.

»Sie waren sehr geometrisch, nicht, Chef?«

Er zeigte sich schwer beeindruckt von Abu Simbel, einem plötzlich unvermutet hinter einer Wegbiegung auftauchenden Keulenschlag der Geschichte, und war begeistert von der kurzen Kreuzfahrt auf dem Nil von Assuan aus, vor allem von der Melancholie der fließenden Wasser. Er konnte sich des Eindrucks nicht erwehren, daß die grünen Ufer voller Kinder und vereinzelter Tiere ein nur für die Touristen auf dem Fluß entworfenes Szenario waren, so wie ihm Karnak und Luxor mit ihren besonders aufdringlichen Licht- und Tonspektakeln wie Bühnenbilder vorkamen; hingegen erschien ihm der falsche, spottbillige Safran echt, den die Touristen kauften, während sie davon träumten, gelben Reis zu kochen, was sie vielleicht nie tun würden. Die kulturellen Eindrücke, die auf Biscuter einströmten, waren Teil des Schauspiels der Reise oder, besser gesagt, der Schauspiele, denn sowohl Carvalho als auch die übrigen Reisenden warteten auf die Verkündung eines Mordes und darauf, daß Hercule Poirot auftauchte, um ihn aufzuklären. Das meistgesehene Video war der Film *Tod auf dem Nil* nach dem Roman von Agatha Christie mit Peter Ustinov in der Rolle des Poirot an Bord einer Fähre wie der ihren, wobei Film und Wirklichkeit sich durch den Masseneffekt unterschieden. Denn Ustinov und Konsorten schienen eine Luxuskreuzfahrt zu machen, während Carvalho den Eindruck hatte, auf einem unumgänglichen Schiff gelandet zu sein, trotz der offenkundigen Theatralik, die sich sogar im Verhalten der Kellner spiegelte. Diese trugen das Abendessen unter Begeisterungsrufen und Beduinenschreien auf, vielleicht, um das eher kärgliche und eintönige Menü an den Buffets wettzumachen, an denen alles als ägyptische Küche galt, was nicht herkömmlich italienisch war. Besser gesagt, heruntergekommene syrisch-libanesische Küche, wie die Hackfleischbällchen oder die *Brochettes*, wenn einen nicht die anthropologische Neugierde zu einem *Ful* verleitete, einem Gericht aus trockenen, eingeweichten Bohnen, oder einer *Meloukhia*, einer Gemüsesuppe, manchmal mit gekochtem Reis und Huhn. Sie kosteten auch die örtlichen Weine, wie den Roten Omar Khayyam oder den Rosé Rubis d'Egipte und kamen zu dem Schluß, daß im Gegensatz zu den beständigen, unverwüstlichen Weinen, die man überall trinken konnte, die anderen von einem schwer zu beschreibenden Gemütszustand abhingen. Es wäre wünschenswert gewesen, die Küche der Pharaonen auferstehen zu lassen, deren Rezepte Carvalho laut rezitierte, um Biscuter zu überraschen.

»Alexandrinische Saucen für gebratenen Fisch? Möchtest du ihre Zusammensetzung wissen? Mit *Garum* natürlich, weil ich annehme, daß es sich dabei um ein dem römischen Geschmack angepaßtes Rezept handelt. Und ein *Ful medames*, mit Bohnen, Kümmel, Öl, Petersilie, Zwiebel, Knoblauch, Pfeffer und Salz zubereitet? Ein etwas ärmliches Mahl, nehme ich an. Die restliche Küche des alten Ägypten war wenig verlockend, denn sie machten sich vor allem Gedanken darüber, was wohl nach dem Tod im Jenseits aufgetischt würde. Im *Totenbuch* werden Wünsche oder Versprechungen ausgedrückt wie der, im Reich der Toten keine Exkremente essen oder keinen Urin trinken zu müssen; es gab sogar Kaiser, die sich rühmten, Fleisch von Göttern verspeist zu haben, um sich ihrer Kraft zu bemächtigen. In einem kannibalischen Gesang, der Grabinschrift des König Unas, heißt es, daß dieser die Eingeweide erhängter Götter aß. Feinere Innereien, als sie uns heute auftischen.«

Ansonsten nährten sie die Landschaft und die Zeit, sowie das Gefühl der Sättigung, das sich im Lauf der archäologischen Besichtigungen einstellte, so als hätten sie Geschichte und Fluß seit jeher erwartet.

»Jedesmal, wenn ich so einen Fluß sehe, Chef, muß ich daran denken, wie schlecht es um unsere Flüsse in Spanien steht. Wir haben wenige, und die kümmern vor sich hin. Aber kaum überquerst du die Pyrenäen, ist alles anders, so als wäre das gesamte Wasser für die Franzosen. Haben Sie schon einmal einen so gewaltigen Strom wie diesen gesehen, Chef?«

Carvalho rief sich alle breiten Flüsse in Erinnerung, die er gesehen hatte, und schließlich waren es nicht der Sankt-Lorenz-Strom, der Amazonas oder der Mississippi, die an erster Stelle landeten, sondern ein eher unbedeutender irischer Fluß, der sich vielleicht auf der Halbinsel Connemara befand, zumindest war der Vorwand eine Reise nach Connemara und weiter bis zu den sagenumwobenen Araninseln gewesen, die am Ende wegen der heftigen Stürme nicht möglich war. So waren sie in einem Hotel untergekommen, das durch einen Besuch De Gaulles geschichtsträchtig geworden war und sich über die Mäander eines mächtigen Flusses wachend erhob, wo das Spiel von Licht und Schatten eine sanfte, in sich ruhende Zeit verhieß, Zeit zugunsten der Langsamkeit, die Schönheit einer Natur zu erleben, die die ihr innewohnende Grausamkeit mit Wasser verdeckte.

Fast alle Geschäfte in dieser Gegend von Irland trugen den Namen Joyce, doch war das keine Hommage an den Autor des *Ulysses*, sondern ein dort häufig vorkommender Name.

Die Rückkehr nach Kairo brachte Carvalho auf die Idee, eine Route zu nehmen, die sie an den ersehnten Bosporus führen würde, allerdings über Israel, Palästina, ein kleines Stück des Libanon und ein noch kleineres Syriens, um so schnell wie möglich die Türkei zu erreichen. Biscuter applaudierte begeistert. Eine harte Route, *heavy*, wiederholte er, um all den Ruinen und all der Gelehrsamkeit etwas entgegenzusetzen, und es nutzte gar nichts, daß Carvalho ihn darauf hinwies, daß sie literarische Schauplätze wie die biblischen sehen würden oder daß die Türkei über eine Mittelmeerküste verfügte, an der ein Gutteil der griechischen Ruinen fortdauerte. »Aber zunächst einmal Suez«, meinte Carvalho, denn er erinnerte sich an einen Film über die Errichtung des Suezkanals, den er als Kind im Kino Padró gesehen hatte und in dem Tyrone Power die Rolle des Ferdinand de Lesseps spielte. Wie würde sich wohl ein Junge im Vorkinoalter das Gesicht von Lesseps vorstellen?

»Wenn man eine historische Persönlichkeit im Kino sieht, wird man sie auf immer mit dem Schauspieler in Verbindung bringen, der sie verkörpert. Erinnern Sie sich nicht an den Maigret von Jean Gabin?«

»Maigret war keine historische, sondern eine literarische Figur.«

»Gut, ich nenne Ihnen ein anderes Beispiel: El Cid und Charlton Heston. Können Sie sich einen anderen Cid als Charlton Heston vorstellen? Oder eine andere Salome als Rita Hayworth?«

Nach der Schiffsreise flogen sie nach Kairo zurück. Das Auto erwartete sie halb versteckt – eine Entscheidung Carvalhos, um nicht durch den Wagen identifiziert werden zu können – auf einem behelfsmäßigen Parkplatz neben dem Flughafen, wo zwei Dutzend anderer Autos eher auf ihre Verschrottung als auf die Ankunft ihrer Besitzer zu warten schienen. Auf der Kühlerhaube planten sie ihre Route, ohne die Straßen zu kennen oder zu wissen, von wo an sie nicht mehr asphaltiert und nur mehr Sandpisten waren, obwohl sie darauf vertrauten, daß die Verbindung bis Suez durch den Handelsverkehr in gutem Zustand sein mußte. Sie war auch nicht schlecht, aber fast alle Hinweisschilder arabisch, und wenn Suez ein klares Ziel war, erreichbar, in Technicolor wie eine Filmkulisse, so erwartete sie danach die Wüste Sinai und die Möglichkeit, über Elat in den Süden Israels einzureisen, da der andauernde Kampf zwischen Palästinensern und Israelis im Gaza die Einreise im Norden erschwerte. Sobald Sinai in die Negevwüste übergeht, befindet man sich auf israelischem Staatsgebiet, und sie hatten beschlossen, Tel Aviv links liegenzulassen und mehr oder weniger der von der jordanischen Grenze, dem Toten Meer, Masada und Jerusalem gebildeten Achse bis hin nach Nazareth und dem See von Tiberias zu folgen, dann durch den Libanon weiterzufahren und schließlich gemächlicher durch die Türkei, in der Hoffnung, mit ruhigeren Gemütern die Dardanellen und das Tor zum Mysterium zu erreichen.

Tyrone Power war nicht in Suez, und die vernachlässigte Erdölroute hatte Prestige und Image eingebüßt wie der Panamakanal, der kaum noch einen Vorwand für zwei oder drei Staatsstreiche bot. Carvalho und Biscuter waren an der Cheops-Pyramide oder im Tal der Könige angesichts der archäologischen Überreste völlig fasziniert gewesen, und nun befanden sie sich vor einer neuen Ruine, der Ruine der Moderne, besser gesagt, vor der gealterten Moderne.

»Unser eigenes Altern. Wir sind mit den Mythen der Meerengen aufgewachsen. Welcher Junge fühlt sich heutzutage noch von diesem eher unbedeutenden Werk beeindruckt, verglichen mit dem, was er für modern hält?«

»Aber wir sind Reisende und haben ein Recht auf die Mythen«, meinte Biscuter, und Carvalho stimmte ihm zu. Die bevorstehende anstrengende Durchquerung des Sinai begann, ihn zu beunruhigen, und er bedauerte, daß die Götter der Vergangenheit die häßliche Angewohnheit hatten, in Wüsten zu erscheinen.

»Elvis Presley erschien zumindest in Las Vegas, und dem heutigen so medienwirksamen Papst von Rom würde es sicher nicht einfallen, in irgendeiner Wüste aufzutauchen.«

Der Straßenzustand von Elat zwang sie, im Auto zu übernachten, unter dem weiten Himmelszelt, das alle Wüsten bieten, im Bewußtsein, daß es das beste ist, was sie zu bieten haben. Biscuter fürchtete sich vor Skorpionen, doch Carvalho erinnerte ihn daran, daß man noch nie von einem Katalanen gehört hatte, der an einem Skorpionstich in der Wüste von Sinai gestorben wäre. Mit hinter dem Nacken verschränkten Händen erzählte ein begeisterter Biscuter Carvalho, wie glücklich seine Mutter gewesen wäre, hätte sie ihn auf einer so beeindruckenden Reise gesehen, sie, die nie über Lérida, La Seu d'Urgell, Andorra und Clot hinausgekommen war, bis auf einmal, als sie bis nach Aridel reiste, wo ihr Sohn im Gefängnis saß, weil er in Andorra einen BMW geklaut hatte. »Meine Mutter reiste viel in ihrer Phantasie, mein Vater hingegen war, obwohl er gar nicht gerne reiste, stets unterwegs auf der Suche nach seinem eigenen El Dorado, das sagte er zumindest.« Die Vergangenheit Biscuters war Carvalho unangenehm, weil sie ihm zeigte, wie wenig er von der Person wußte, mit der er in den letzten dreißig Jahren am meisten zusammengelebt hatte, und er war knapp davor, der Vertraulichkeit seines Gehilfen ein Geständnis entgegenzuhalten, von dem er glaubte, daß es ihn überraschen könne: »Biscuter, ich habe eine über vierzigjährige Tochter.« Aber das auch nur in Gedanken auszudrücken, klang ihm schon lächerlich, also beschränkte er sich darauf, in die wehmütige Erinnerung seines Gefährten einzustimmen:

»Meine Mutter reiste auch sehr gern. In ihrer Phantasie. Nur in ihrer Phantasie.«

Carvalho schlief ein, nachdem er mit den Versuchen seiner Mutter gerungen hatte, einen festen Platz unter der Himmelskuppel des Sinai einzunehmen, und nach einer Reihe brüchiger Bilder, die ihm die geistigen Augen feucht werden ließen, schloß er seine körperlichen Augen fest, damit nicht einmal ein Hauch von Nostalgie auf sie übergehen konnte. Er konnte sich des traurigen Gefühls nicht erwehren, daß er und Biscuter nichts weiter waren als Ameisen, die unter einem Sandkorn des Kosmos Schutz suchten, und daß ihre Mütter aus kosmischer Sicht nicht wichtiger waren als ganz gewöhnliche Ameisenmütter, die davon überzeugt waren, daß ihre Brut das schönste und intelligenteste Ungeziefer der Erde hervorbrachte. Am Morgen bot ihm Biscuter Kaffee aus der Thermoskanne an, die üblichen runden Brote, ein paar schwarze Oliven und drei Scheiben von der Wurst aus Vic, die die Reise würdevoll überstanden und nun durch die Kälte der Nacht in der Wüste noch gewonnen hatte. Erneut auf dem Weg nach Elat bereiteten ihnen drei arabische Wegweiser drei schmerzliche Zweifel, denn keiner schien ihnen Elat anzuzeigen, also konnten sie ebensogut nach Saudi-Arabien, Ismailia oder zum Roten Meer gelangen.

»Und wenn wir nach Mekka fahren?«

»Und der Bosporus?«

»Mal sehen, ob jemand vorbeikommt. Diese Straße dürfte hin und wieder von Autos oder Lastwagen benutzt werden.«

Minuten später sahen sie am Kamm der steinigen Wüste eine riesige Schafherde auftauchen, deren Hirte einer italienischen oder spanischen Weihnachtskrippe entsprungen zu sein schien. Sie gingen auf ihn zu und unterbreiteten ihm mit allerfreundlichstem Lächeln ihren Wunsch, nach Elat zu kommen. Sie sprachen jedoch den Namen der Stadt offenbar nicht richtig aus, woraufhin sie auf die Idee kamen, ihm den Ort auf der Landkarte zu zeigen, bis sie feststellten, daß er nicht lesen konnte. Plötzlich begann der Hirte englisch zu sprechen und berichtete von seiner Zeit als junger Soldat im Heer von Nasser während der schonungslosen Kämpfe von 1967.

»Ich diente im siebten Regiment unter dem Befehl von Offizieren, die noch unter englischer Besatzung ausgebildet worden waren, aber die Engländer hatten ihnen wenig beigebracht, denn sie rannten schneller davon als wir und kamen als erste nach Kairo.«

Wenn er lachte, bewegten sich aufmüpfig die vier Zähne, die er noch hatte. Er zeigte auf die Schafe und sagte, das seien seine. Es gebe keinen mächtigeren Viehhalter als ihn in diesem Teil des Sinai, und damit setze er die Tradition seiner Familie fort, denn sein Vater und sein Großvater seien Hirten gewesen, sein Sohn hingegen sei nicht Hirte, sondern Wissenschaftler an der Universität von Houston in den Vereinigten Staaten, auf welchem Gebiet wisse er nicht so genau.

»Wenn es uns Arabern gelingt, so viel Wissen zu erlangen wie die anderen, werden wir unbesiegbar sein, denn Allah ist mit uns. Sind Sie Juden?«

Das verneinten sie mehrmals, und als sie sagten, sie seien Spanier, zeigte sich der Hirte gerührt, weil er sich erinnerte, daß ihr Volk den Palästinensern gegenüber freundlich gesinnt war. Er reichte ihnen einen Ziegenlederbeutel mit Wasser, das natürlich nach Ziege *in sepulta* schmeckte, Biscuter und Carvalho jedoch so tranken, als wäre es die köstlichste Erfrischung der Welt. Dann erhob sich der Hirte mit einer gewissen Feierlichkeit, und in derselben Haltung prüfte er die drei möglichen Wege, bis er entschieden auf den mittleren zeigte.

»Elat erwartet euch am Ende dieser Straße. Es ist eine sehr moderne Stadt, die jüdische Siedler errichteten, um rassistische Propaganda für ihre uns Palästinenser weit überragenden Fähigkeiten zu machen. Diese verdammte Stadt ist ein Wahrzeichen, und eines Tages werden die Wogen des Meeres oder das Feuer des Himmels sie in Schlamm oder Asche verwandeln, wie es schon in den guten alten Zeiten geschah, zumindest in besseren Zeiten als diesen.«

Die vor ihnen liegende Straße war nicht besser als die vorige, und Elat wurde für sie zu einer Art Schimäre, einer dieser Städte, die verschwinden und erst nach Jahrhunderten wieder auftauchen. Carvalho beunruhigte der Kriegszustand zwischen Juden und Palästinensern, und er erinnerte sich, daß sie nicht

Pécuchet und Bouvard hießen und der israelische Geheimdienst als einer der besten der Welt galt.

»Ich glaube, wir sollten unsere wahre Identität wieder annehmen, denn ich traue deinem Paßfälscher ganz und gar nicht.«

»Der Paßfälscher bin ich, und bis jetzt ist nichts schiefgegangen. Warum sollten Sie auch wissen, Chef, daß mir seit Anfang der siebziger Jahre wegen schweren Raubs ein Haftbefehl nachhängt, was mich nie besonders gestört hat, weil mein falscher Paß mir alle Grenzen, zum Beispiel die nach Frankreich, öffnete. Natürlich ist es eine andere Geschichte, wenn wir auf einen frankophilen jüdischen Agenten stoßen, der Flauberts Roman gelesen hat und unser Spiel durchschaut.«

»Zum Beispiel.«

Biscuter hielt den Wagen an, nahm seinen Paß und den von Bouvard und versteckte sie in einer seltsamen Wölbung an der rechten Seite der Karosserie. Als er ans Steuer zurückkehrte, hatte er schon Papiere, die Carvalho als Privatforscher auswiesen und ihn als Assistenten in Nachforschungen und sozialen Diensten.

»Achten Sie darauf, Chef, daß weder in Ihrem noch in meinem Reisepaß das Einreisevisum für Israel erscheint, denn das würde bedeuten, daß man uns nicht in den Libanon oder Syrien hineinließe.«

Carvalho klatschte in die Luft, und Biscuter rief jubelnd aus: »Elat!«

Am Grenzübergang wurden sie als Europäer behandelt. Offensichtlich sahen sich die Grenzposten die Pässe genau an, denn einer von ihnen redete Biscuter auf spanisch an:

»In Madrid ist das Wetter immer schön.«

»Ja, in Madrid schon.«

Carvalho beobachtete, wie sie die Dokumente rasch durch ein hochempfindliches, getarntes Kopiergerät zogen, ohne eine gewissermaßen soldatische Freundlichkeit zu verlieren, so als wollten sie die Einreisenden daran erinnern, daß sie sich in einem Land befanden, wo über alle Statistiken hinaus gestorben und getötet wurde. Sie kamen der Bitte nach, die Pässe nicht zu· stempeln, weil sie vielleicht noch Syrien oder den Libanon besuchen wollten. Es war bloß ein flüchtiger khakifarbener Eindruck, denn als sie nach Elat kamen, überwältigte sie ein Gefühl der Harmonie, wic sic nicht einmal das bürgerliche Europa ausstrahlte, sondern man sie höchstens noch in einer amerikanischen Kleinstadt antreffen konnte, die als Ferienparadies errichtet worden war. Biscuter pfiff und meinte: »Das ist Las Vegas.«

Carvalho versuchte, diese so erstaunlich offene und einladende Stadt am Rande der Negevwüste zu verstehen, die sich zum Meer hin öffnete und überall ihre Hotels oder ihre mehr als dreihundert Sonnentage im Jahr sowie die Paradiese zu Wasser und zu Lande anpries, die den Touristen erwarteten. Rund um die Landebrücke und den sogenannten Nordstrand war ein kleines Venedig voller tiefblauer Kanäle entstanden; ihr Wasser und das Blau wirkten wie auf Bestellung oder durch die militante Anstrengung eines Gutteils der israelischen Ingenieure geschaffen, die fähig schienen, sich ein Land zu erfinden, und als wäre das Design dieser Stadt geschmackvoller, wichtiger als ihr Ursprung, verströmte sie ein französisches Flair, das auf den Plakaten und Schildern mancher Lokale erkennbar war.

»Sind wir wirklich nicht in Disneyland?«

»Wir sind an den Toren von Eden, an einem Ort, wo es vor fünfzig Jahren nur einen Kibbuz zionistischer Pioniere gab. Das interessanteste, was wir jetzt hier machen können, ist tauchen, oder wir pilgern nach Mekka. Zu deiner Rechten, Biscuter, über diesen Berg von so einzigartigen Farben, führt noch ein alter Weg zur heiligen Stadt. Ich bin nicht nach Israel gekommen, um zu baden, und habe auch nicht vor, nach Arabien zu reisen. Ich möchte so schnell wie möglich Jerusalem erreichen.«

Sie waren mehr als dreihundert Kilometer von einer der heiligsten Städte der Erde entfernt und mußten durch den Roten Canyon nach Beersheba. Carvalho saß am Steuer, damit Biscuter ausgiebig die spektakuläre Landschaft betrachten und lauthals loben konnte. Sie würde auf dem Weg zum Tal des Mondes sogar noch eindrucksvoller sein, einem von vielen Tälern des Mondes, die Carvalho in verschiedenen Gebieten ausfindig gemacht hatte, ein Tal des Mondes mehr auf dem Planeten Erde, der unter dem Komplex litt, daß ihm einschneidende Täler fehlten.

Bei der Einfahrt nach Beersheba trafen sie auf eine aus Männern und Frauen bestehende israelische Militärkontrolle, die Mädchen mit gelocktem Haar und üppigen Brüsten, großen Unisex-Pistolen und einem Fragebogen, den sie auswendig herunterleierten, während sie die Daten des Passes überprüften. Eine von ihnen legte besonderes Augenmerk auf das Auto, überprüfte die Papiere und machte ihrem Vorgesetzten gegenüber ein paar Anmerkungen. Der war es auch, der mit den Papieren in der Hand auf Carvalho und Biscuter zuging. Er salutierte und deutete auf das Auto.

»Wir haben widersprüchliche Daten über ihren Wagen. Der

Führerschein ist auf Ihren Namen ausgestellt, aber wir hatten dieses Fahrzeug, wie so viele andere, bereits jenseits von Ägypten registriert, und dort war es auf den Namen Bouvard und Pécuchet angemeldet.«

Carvalho lächelte nachsichtig.

»Entweder war es ein Irrtum Ihres Spionage-Satelliten oder ein Treffer Ihres Spions zu Fuß.«

»Wir überwachen die Autopapiere nicht per Satellit. Dennoch wurde im Handschuhfach dieses Ford ein auf Pécuchet und Bouvard ausgestellter Führerschein gefunden.«

»Das läßt sich ganz einfach erklären. Wir haben ihn als Gebrauchtwagen in Griechenland gekauft, einen Geländewagen für Straßen wie diese, und möglicherweise waren die Papiere der ehemaligen Besitzer noch im Auto.«

Biscuter nickte und diktierte Carvalho, was er ins Englische übersetzen mußte.

»Mein Gehilfe sagt mir, daß diese Papiere tatsächlich bis zur israelischen Grenze im Handschuhfach waren. Wir sind nur auf der Durchreise, wollen vielleicht die heiligen Stätten besuchen und dann in Richtung Bosporus weiterfahren.«

»Haben Sie eine feste Anschrift in Israel?«

»Nein.«

»Ein Handy?«

Biscuter zückte sein Mobiltelefon und nannte die Nummer, als ihn der Offizier dazu aufforderte, während die bewaffnete junge Frau sie aufschrieb.

»Sie können weiterreisen, aber lassen Sie das Handy eingeschaltet. Wir werden die von Ihnen angegebenen Daten überprüfen, und ich rate Ihnen, während Ihres Aufenthalts in Israel oder dem sogenannten Palästina nur sichere Orte zu besuchen.«

»Die gibt es?«

»Nein, nicht mehr. Aber vermeiden Sie vor allem Ramallah, die angebliche Hauptstadt Arafats. Wir besetzen sie immer wieder mit unseren Panzern, und bald wird kein Stein mehr auf dem anderen bleiben. Wenn Sie in Palästina sicher sein wollen, dann fahren Sie so schnell wie möglich wieder weg.«

Sie dachten nicht daran umzukehren, also mußten sie zwangsläufig nach Masada und ans Tote Meer, um nach Jerusalem zu gelangen. Dabei durchquerten sie ein Gebiet, wo den Raum die Palästinenser vorgaben und die Zeit die Israelis mit ihren Straßenkontrollen oder Panzern, ihren Industrieanlagen und Bewässerungssystemen, einer komplexen Infrastruktur wissenschaftlich-technischer Okkupation mit dem Wunsch nach Ewigkeit. Alle Namen der Heilsgeschichte fanden sich in der Banalität unbestimmbarer Städte verkörpert, die den Bildern, die sie sich von ihnen gemacht hatten, in nichts glichen, genausowenig wie das Tote Meer an einem zunehmend bewölkten Tag mit Dunst über den zähflüssig wirkenden Wassern. Einige Touristen tauchten in dieses dichte Naß, das ihnen eine gallertartige Schwimmfähigkeit bescherte, und Carvalho setzte Biscuter als Versuchskaninchen ein, bevor er ein nekrophiles Bad wagte.

»Es ist wie eine Sauce und riecht nach Schwefel«, rief ihm Biscuter zu, mit dem Wasser bis zum Bauch, und Carvalho stellte fest, daß er knapp davor stand, etwas zu tun, was er nie mehr wieder tun würde, nämlich in einem Meer zu baden, das Teil seiner tiefsten mythologischen Bildung war.

»Ich muß ein Bad nehmen. Sonst wäre es so, als würde ich mich nach jahrelanger Suche weigern, das Goldene Vlies oder den Heiligen Gral zu empfangen.«

Biscuter planschte etwas angewidert neben ihm.

»Das Mittelmeer ist viel besser, sogar bei der Vila Olímpica in Barcelona. Dieses hier ist ein vorgefertigtes Meer, Chef, da bin ich mir ganz sicher.«

Je mehr es durch Verdunstung starb, desto reicher war seine chemische und mythische Ausbeute, zunächst vor allem am westlichen Südufer, gefolgt von der Kosmetikindustrie und dem ausufernden Markt von Masada, der Festung, die die Widerstandskraft Israels und zugleich seine Niederlage versinnbildlichte. Seit den Zeiten von Moses war der Wasserspiegel um zweihundert Meter gesunken, und nun säumten das Meer Hotels für voluntaristische Pilger und Läden, wo Kosmetikprodukte aus den im Wasser und in allerlei Ablagerungen an den Ufern enthaltenen Substanzen verkauft wurden, scheinbar unerläßlich für die Behandlung oder Pflege der Haut, so als hätte sich die Kosmetikindustrie mehr als jede andere des geheimnisvollen Schmerzes des Toten Meers bemächtigt.

In den Ruinen von Masada, der etwa vierhundert Meter über dem Meeresspiegel errichteten Festung, erklärte eine blonde Reiseführerin mit so durchscheinender Haut, daß sich sämtliche Adern abzeichneten, einer Gruppe argentinischer Juden, daß jenes archäologische Denkmal für Widerstand und Niederlage den jüdischen Hang zum Verlieren bis hin zum Zweiten Weltkrieg symbolisierte sowie den Versuch, einen ebenso künstlichen wie theologischen Staat als Schilderhaus oder Vorhut der Großmächte im Schützengraben gegen die arabischen Staaten zu schaffen, die nach dem Zerfall des türkischen Reichs entstanden waren. Der Einfall der Römer im ersten Jahrhundert hatte kaum einen Stein auf dem anderen gelassen, und dennoch beeindruckte Masada, so als wäre es die Blackbox aller Niederlagen Israels.

Die Fremdenführerin kam aus Argentinien oder hatte dort Spanisch gelernt, denn manche epischen und lyrischen Beschreibungen der Verteidigung und Zerstörung der Festung klangen nach Tango. Carvalho zeigte sich ihr als Kenner von Buenos Aires, denn diese Blondine verlockte ihn mit ihrer Verheißung nach jungem Fleisch und Gefühlen, für die man nur eine gewisse Vertrautheit mit dem Fatalismus aufbringen mußte. Sie standen lange am Westtor, an dem Anstieg, von dem aus die Römer im ersten Jahrhundert christlicher Zeitrechnung die Festung angegriffen hatten.

»Und sie haben es ihnen gesagt, haben sie gewarnt. Von dort werden sie kommen, von dort werden sie eindringen.«

Carvalho lachte, und da Malena, die Reiseführerin, den Grund für seine Erheiterung wissen wollte, erklärte er ihr, daß sie wie El Zorro, ein argentinischer Komiker, geredet hatte, der seine mit komischen Mißgeschicken gespickten Monologe so einzuleiten pflegte: »Es wurde ihnen gesagt, sie wurden gewarnt.« Malena war zu jung, um die Komik von Pepe Iglesias, El Zorro, zu kennen, gab aber zu, Teile der mündlich überlieferten argentinischen Erzählkunst benutzt zu haben. Es stimmte, daß man es ihnen gesagt, daß man sie gewarnt hatte, aber das konnte die römische Belagerung ebensowenig verhindern wie die Flucht ermöglichen, und zehn Soldaten, zehn gerechte Juden, erhielten den Befehl, beinahe tausend in der Festung weilende Landsleute zu töten, um den Römern nur noch einen Friedhof zu übergeben. Es überlebten fünf Kinder und zehn Frauen, die laut genug verkündeten, was geschehen war, so daß Masada der beliebteste Pilgerort für israelische Pioniere ist und es sich das Heer zur Aufgabe gemacht hat, die Festung in einem Maß wiederherzustellen, daß man sie, obwohl sie weiterhin eine Ruine bleibt, zumindest erahnen kann.

»Die Ruinen sind viel berührender als ein Wiederaufbau des mutmaßlichen Originals«, schloß Malena.

»Das Volk Israel braucht seine Spuren und identifiziert sie nicht mit den christlichen; sie sind älter. Für viele Juden ist Jesus einer der Verantwortlichen für ihre Niederlage und Diaspora, weil er gegen den bestehenden Status quo zwischen den Römern und ihren Untertanen kämpfte. Vergleichbar mit einem Radikalen, der eine verheerende Antwort provoziert, wie die Terroristen, die eine maßlose und unanfechtbare Reaktion von Seiten der etablierten Macht hervorrufen.«

Nur wenige der Anwesenden konnten den Worten Malenas folgen, aus denen Carvalho ein Bekenntnis durchzuhören glaubte. Er ging zu ihr und fragte sie unter vier Augen:

»Peronistische Guerrillera oder Trotzkistin?«

Sie brach in Lachen aus, aber nicht vor allen, sondern nur für Carvalho, als wollte sie eine Vertraulichkeit nur für zwei schaffen.

»Und was, wenn ich sage beides?«

»Spannen Sie mich nicht auf die Folter. In meinem Alter ...«

»Mit der peronistischen Bewegung hatte ich kaum etwas zu tun. Die ERP hat mich jedoch sehr angezogen, aber das wurde mir gleich ausgeredet. Von meinen Lehrern, den Militärs und meinen Eltern in den siebziger Jahren. Von meinem Mann in den achtzigern.«

»Und jetzt?«

»Jetzt bin ich Borges-Fan. Der Mond von Buenos Aires ist auch der von Konstantinopel. Stimmt doch, oder?«

»Das ist mir gleichgültig.«

Malena lebte in Hebron, seit ihre Eltern 1978 auf der Flucht vor der argentinischen Diktatur nach Israel gekommen waren, und es war nicht nötig, nein, daß Carvalho sie nach Hause fuhr, aber sie genoß eine Unterhaltung, die sie für hinterlistig hielt, die für Carvalho aber nur Mittel zum Zweck war, um herauszufinden, ob dieses schlanke, blonde Mädchen irgendeine Neugierde für diesen Spanier empfand, diesen Gallego, wie alle Spanier für Argentinier heißen. Sie hatte aber einen Freund, einen russischen Stipendiaten, der vielleicht in den nächsten Tagen ein Auto brauchen würde, um in den Norden, weit in den Norden, nach Istanbul zu reisen.

»Unsere Route, Chef!«

Das Wort »Chef« von den Lippen Biscuters ließ die Argentinierin in die Defensive gehen, »ich bin sehr unter Zeitdruck«, sagte sie, weil sie am Nachmittag einen Termin in Hebron hätte, um mit dem Reisebüro die nächsten Touristenbesuche zu planen.

»Schade, daß Sie solche Eile haben, denn sonst hätten wir das mit Ihrem Freund besprechen können.«

»Er ist nicht mein Freund, sondern nur ein Freund. Morgen ist Sabbat, und da rührt keiner auch nur einen Finger. Wenn Sie wollen, treffen wir uns in Jerusalem. In welchem Hotel sind Sie?«

»Im teuersten der ganzen Reise: im King David.«

Der Name beeindruckte die Frau nicht und ebensowenig Biscuter, der weder über die vorgesehenen Hotels noch über die tatsächlichen finanziellen Mittel Carvalhos Bescheid wußte, und der Detektiv sah sich zu seiner Überraschung zu einer unbeholfenen, aber ehrlichen Erklärung für die Wahl dieses Luxushotels verpflichtet.

»Es handelt sich sozusagen um eine frühe Fixierung, denn ich erinnere mich, vor vielen, vielen Jahren in einer Zeitung über die Kämpfe um die israelische Staatsverfassung gelesen zu haben. Hier wurde ein schwedischer Graf, Bernadotte, glaube ich, der Vermittler der UNO, ermordet, und noch mehr erregte der Sprengstoffanschlag auf dieses Hotel mit so charismatischem Namen, dem eines singenden und dichtenden Königs, meine Aufmerksamkeit, ein Attentat einer jüdischen Terrorgruppe. Der Verantwortliche war ein junger Führer, der später den Friedensnobelpreis bekam.«

»Menachem Begin.«

»Genau. Er teilte sich den Preis mit Sadat, und das ist für mich eines der Dinge, die mir zeigen, daß die Geschichte eben doch eine Moral hat, im Gegensatz zu dem, was einige linke Puristen dachten, als ich mich zu einem Linken heranbildete. Die Geschichte ohne Moral. Nein, das stimmt einfach nicht. Was einen Terroristen von einem Friedensnobelpreisträger unterscheidet, ist die Kluft zwischen Niederlage und Sieg. Wenn der Terrorist verliert, bleibt er für immer ein elender Terrorist, gewinnt er hingegen, wird er zu einem Staatsmann, und – warum auch nicht – zu einem Friedensnobelpreisträger.«

»Das ist immer so gewesen, mein Herr. Es gibt keinen bewaffneten Kämpfer, der, objektiv gesehen, kein Krimineller wäre, wenn er jedoch siegt, wird er zu einem positiven Bestandteil der Gesellschaft. Ich bin Soziologin, verdiene mir aber meine Brötchen, indem ich den Symbolgehalt des Widerstands des jüdischen Volks gegen die Römer erläutere.«

»Verbleiben wir morgen im Hotel King David? Ich lade Sie und auch Ihren Freund zum Abendessen ein, dann können wir über die Reise nach Istanbul reden.«

»Ich will nicht, daß Sie Ihre Zeit vergeuden, und will Ihnen auch nichts vormachen. Mein Freund ist ziemlich seltsam, und er reist nach Istanbul auf der Suche nach einer Landsmännin, Studienkollegin oder so ähnlich, der es gerade schlecht geht.«

»Jeder Vorwand ist gut, um nach Istanbul zu fahren. Sie werden nicht dabei sein?«

»Ich werde morgen mit Ihnen zu Abend essen, Sie aber nicht nach Istanbul begleiten. Ich kann meine Arbeit nicht unterbrechen. Die Situation in diesem Land ist schwierig, aber ich habe Arbeit; Argentinien hingegen ist ein unmögliches Land. Sie wissen sicher, was dort passiert, mehr als zwanzig Prozent Arbeitslose, Einfrieren der Renten, der Konten, Kinder, die vor Hunger sterben im Land der Steaks und des Getreides. Ich bin als Mädchen von dort weggegangen und habe kaum familiäre Bande. Meine Eltern leben hier in dem Kibbuz, in dem wir damals gelandet sind.«

»Ein Mädchen aus dem Kibbuz. Sind Sie Zionistin?«

»Ich bin eine Überlebende, und morgen werden wir zusammen essen und reden, reden, reden ...«

Als sie dann auf dem Weg nach Jerusalem unter sich waren, hielt Biscuter einen Monolog über die blonde Argentinierin, eine durchscheinende, zerbrechliche Frau, eine von jenen, die Zärtlichkeit erwecken und die man am liebsten nach Hause mitnehmen würde, um sie in eine Spieldose zu stecken, die man manchmal öffnen würde, damit sie mit ihrem bleichen, goldenen Licht herauskäme. Carvalho folgte schweigend dem poetischen Schwärmen seines Begleiters, beunruhigt, weil Biscuter, obwohl sie seit nunmehr dreißig Jahren zusammenarbeiteten und sich seit vierzig Jahren kannten, noch immer ein Unbekannter war, dem er nicht sagen konnte: »Fassen Sie mir mal kurz Ihr Leben und Werk zusammen«, weil feststand, daß sie sich gegenseitig gut genug kannten, um nicht auf das Abc der Enthüllungen zurückzugreifen. Bislang wußte er, daß Biscuter in jungen Jahren Autos geklaut, wie er im Gefängnis von Aridel seine Strafe abgesessen hatte und durch das Eingreifen Carvalhos und anderer politischer Häftlinge einer Vergewaltigung entgangen war; seit 1974 war er sein Koch, Vertrauensmann, Laufbursche, Bewacher des Büros, bestenfalls Rezeptionist, und wenige Tage zuvor hatte Carvalho festgestellt, daß er weiser war als vermutet und reicher als sein Arbeitgeber, weil er in seinen Mußestunden, die in Wahrheit seine tätigsten waren, sich vielen anderen einträglichen Dingen widmete. Und da war er nun, verschossen in dieses blonde argentinische Fischchen voller Gräten und Charme, aber so flüchtig wie eine Sternschnuppe oder ein Glühwürmchen.

Jerusalem tauchte auf, eine rosafarbene Stadt durch den Kalkstein aus Judäa, aus dem seine Gebäude errichtet werden, und wegen der untergehenden Sonne, deren Licht auf all den archäologischen Schätzen lag, ein schöner Anblick, der die Lust anzukommen verstärkte. Dies wurde allerdings durch eine Straßenkontrolle des Militärs vereitelt, die angeblich wegen eines palästinensischen Selbstmordattentats in einem Kaffeehaus am Eingang zum jüdischen Viertel, dem David-Viertel, stattfand, vielleicht aber auch, weil die Juden immer alles Erdenkliche versuchten, um die Einreise nach Ramallah zu verhindern. Die Militärs kontrollierten jedes Gesicht, jeden Paß, jeden Kofferraum.

»Denk daran, Biscuter, daß wir nicht mehr Bouvard und Pécuchet sind.«

Er hatte Zeit, sich daran zu erinnern, denn es wurde bereits dunkel, als sie den Kontrollposten erreichten, und obwohl die gestellten Fragen rein formeller Art waren, stellten die Soldaten sie mit schier unerschöpflicher Ausdauer, so als würden die drei Stunden, während derer sie immer das gleiche wiederholten, sie nicht aus der Ruhe bringen, und auch nicht ihre Fähigkeit beeinträchtigen, jeden Reisenden aufs Neue zu verdächtigen, denn sie hatten sich in ihr Schicksal gefügt, von Feinden umgeben zu leben, so daß die Feinde schon die Regel waren. Sie fuhren am jüdischen Friedhof auf dem Ölberg vorbei nach Jerusalem hinein, danach kam das angekündigte Grabmahl der Propheten, der Garten von Gethsemane, das Grab der Heiligen Jungfrau Maria, der eigentliche Ölberg, und am Rockefeller-Museum bog die Straße nach links zur Altstadt ab, umrundete diese und mündete in die König-David-Straße, wo sich ihr Hotel befand, das Biscuter von den Architekten Abu Simbels oder Luxors errichtet zu sein schien.

»Was für ein Reichtum! Welche Pracht!«

Eine weitere Militärkontrolle war am Eingang des Hotels eingerichtet, wie sie später erfuhren nur vorübergehend und in unmittelbarem Zusammenhang mit dem letzten Attentat, obwohl das Hotel immer besonders überwacht wurde, weil es ein Treffpunkt für hochrangige Politiker war.

»Rabin besprach alle wichtigen Angelegenheiten in diesem Hotel«, informierte ihn der Rezeptionist auf spanisch mit argentinischem Akzent.

»Argentinier?«

»Nein, meine Familie stammt aus Georgien, Teil der ehemaligen UdSSR, aber wir hatten in Buenos Aires Verwandte aus der Linie Simonovich.«

Carvalho bestätigte, daß sie zwei Nächte bleiben würden und verlor Biscuter aus den Augen, der verzückt »diese Pracht« und immer wieder »all diese Pracht« des teuersten Hotels bestaunte, in dem er jemals gewesen war. Der Rezeptionist riet ihnen, nachts nicht auszugehen, es sei denn an relativ sichere Orte und immer in Begleitung eines israelischen Führers. Am Tag hingegen sei es möglich, die sogenannten »Heiligen Stätten« der Christen zu besuchen, da es ein stillschweigendes Übereinkommen gab, der religiösen Koexistenz nicht zu schaden, da die anderen Koexistenzen schon ausreichend Gründe für Attentate boten. Da die Gegend unsicher war, hatte der Tourismus derart nachgelassen, daß sie die einzigen Hotelgäste zu sein schienen. Carvalho hatte auf die politische Debatte verzichtet; er war seit mehr als vierzig Jahren bestens über die Lage informiert, angetrieben von einer Neugierde auf Israel, die eine Jugendliebe zu einer sephardischen Jüdin aus Barcelona entfacht hatte, und ebenso lang nahm er schon Anteil an der Lage der arabischen Bevölkerung, die sich durch internationale Strategien den Stärkeren unterworfen sah und in völliger Schutzlosigkeit und Unterentwicklung zusehen mußte, wie Israel einen künstlichen theologischen Staat errichtete, genährt aus dem Mut und der Emotion eines ethnischen jüdischen Bewußtseins, das sich über fast ein Jahrtausend der Diaspora hinweggerettet hatte.

»Das bringt nicht einmal Gott in Ordnung, Biscuter.«

»Welcher Gott?«

»Das ist der springende Punkt. Wenn sich die Götter einmischen, geht alles vor die Hunde. Sie waren drauf und dran, den Wein oder das Bier zu verderben, deshalb bevorzuge ich die vom Barkeeper gemixten Getränke. Cocktails sind die wahrhaft menschlichen Getränke, und übrigens hat kein Gott jemals ein Wunder mit einem Dry Martini oder einem Singapur Sling gewirkt, den wir im Verlauf unserer Reise um die Welt im Hotel Raffles in Singapur trinken werden. In die Geschichte des Weines oder des Bieres hingegen mischten sich die Götter irgendwann einmal ein, sogar um Inzeste zu begünstigen, wie sie die jüdisch-christliche Überlieferung festhält, Episoden, die ich immer für eine Urform der Pornofilme gehalten habe.«

Sie wagten es nicht, dem Rezeptionisten zuwiderzuhandeln, aber die Versuchung des nächtlichen Jerusalem war zu groß, also nahmen sie ein Auto mit Führer, der ebenfalls spanisch mit argentinischem Akzent sprach.

»Argentinier?« fragte Carvalho im Versuch, die Dinge zu vereinfachen.

»Nein, meine Familie stammt aus Smyrna, und ich habe an der Universität von Haifa Spanisch gelernt.«

»Und woher dann der argentinische Akzent?«

Scheinbar wurde der Führer zum ersten Mal auf seinen Akzent angesprochen und führte ihn auf eine unbekannte Kreuzung sprachlicher Substrate zurück. Vielleicht rührte der Akzent von den Zisch- und Reibelauten der Sprache seiner Eltern her, die einer seit den Zeiten der Diaspora in Smyrna angesiedelten Familie angehörten. Der Führer stellte sich als Oberst der Reserve des israelischen Heers vor, der aus gesundheitlichen Gründen nicht aktiv diente.

»Heute nacht werden wir verschiedene Routen nehmen und Fassaden, Mauern und Gärten sehen. Es ist kein guter Augenblick für die Besichtigung der Heiligen Stätten, und diese Stadt ist ein Labyrinth, vor allem das Zentrum, wo das christliche, das jüdische und das muslimische Viertel nebeneinander existieren.«

Sie fuhren durch eine nächtliche und wie verboten erscheinende Stadt, sahen die wichtigsten mythologischen Orte von außen, und der Führer umriß ihnen die Route für den kommenden Tag, wenn es hell wäre; doch selbst dann müsse man noch vorsichtig sein und hoffen, daß der Konflikt nicht direkt vor ihren Augen ausbrach.

»Wie läßt sich ein Selbstmordattentat voraussehen? Es sind oft Jugendliche, auch Frauen.«

Er kehrte zur verheißenen Beschreibung der Stadt zurück und tat dies sehr professionell. Er schilderte Jerusalem aus seiner Erinnerung und seiner Sicht, unabhängig vom Konflikt zwischen Israelis und Palästinensern. Nur einmal entschlüpfte ihm eine ideologische Wertung:

»Sehen Sie diese Gruppe von Moslems, die da im Kreis herumhocken? Sie könnten muslimische Kollaborateure sein, obwohl jeden Tag die Zahl der von palästinensischen Terroristen ermordeten Kollaborateure steigt. Oder vielleicht sind es nur Leute, denen heiß ist und die nichts zu tun haben. Diesen Leuten ist immer heiß, und sie wissen meist nicht, was sie tun sollen, außer wenn sie dir eine Bombe vor die Nase knallen oder sich selbst vor deinen Augen in die Luft jagen wollen.«

Als sie zum Hotel zurückkehrten, mußten sie warten, bis eine von Leibwächtern umringte Gruppe herauskam, in der sie Shimon Peres erkannten, den sozialistischen Politiker, der in Koalition mit Ariel Sharon – für die Palästinenser der Schlächter von Sabra und Chatila – regiert hatte. Biscuter erregte die Nähe zur Macht, und er forderte Carvalho auf, ihm von seinen diesbezüglichen Erfahrungen zu erzählen, sowohl aus seinen Zeiten als angeblicher CIA-Agent und Leibwächter Kennedys als auch aus den Zeiten danach, als in die Fälle, die er untersuchte, Reiche oder mächtige Politiker verwickelt waren. Zum Beispiel im Fall *Undercover in Madrid* oder im Fall *Mord im Zentralkomitee.*

»In Madrid ist es leichter, mit den Mächtigen in Berührung zu kommen. Wie sind sie?«

»Anders.«

»Besser?«

»Nein, aber sie haben Macht und verhalten sich dementsprechend. Sie verstehen es, andere zu beherrschen und auszunutzen.«

Am nächsten Tag waren einige der symbolträchtigen Gebäude zugänglich, und sie blieben lange an der Klagemauer stehen, während sie die unterschiedliche Kleidung der Juden musterten, die sich dort einem Klageritual hingaben, wobei manche fast ihre Stirn an der Mauer zertrümmerten und andere sich darauf beschränkten, den Hinterkopf bedächtig an die Mauer zu drücken. Vor Carvalhos geistigem Auge zogen die auf Knien zum Kloster der Jungfrau von Guadalupe pilgernden Mexikaner oder die spanischen Büßer vorbei, die bloßfüßig über die verbliebene Glut eines Scheiterhaufens liefen. Der Glaube drückt sich nur über das Irrationale aus und hält nicht der geringsten Annäherung an die Vernunft stand, es sei denn einer Annäherung durch Zynismus oder Selbstmitleid, Angst oder die Liebe zu sehr zerbrechlichen, unersetzbaren geliebten Wesen. Heutzutage kennen wir den Grund fast aller Dinge, und die Religion ist nicht länger ein Ersatz für das Wissen, sondern eine Gewohnheit und ein Marktprodukt, also Marketing. Es war verblüffend, daß im einundzwanzigsten Jahrhundert in Jerusalem weiterhin die, wie es in den Prospekten hieß, »drei großen monotheistischen Religionen« miteinander konkurrierten, ohne daß das neueste religiöse Angebot präsent war – Jerusalem als allgemein anerkannter Schauplatz für den Endkampf zwischen den traditionellen Religionen. Von der hebräischen religiösen Dramaturgie ging man wenige Meter weiter oben zur muslimischen, der Al-Aksa-Moschee über, die für Nichtmoslems verboten war, obwohl ihre schimmernde Kuppel ein Aufruf zu sein schien, den Juden und Christen von ihren Schützengräben aus betrachteten. Diesen Eindruck hatte man in Israel und Palästina ständig: Jede Religionsgemeinschaft schien mit Zähnen und Klauen ihre Stellung an der allen heiligen Kanzel zu verteidigen.

Einen Moment lang dachte er, das Eintauchen in den Souk würde eine Befreiung von seinem persönlichen touristischen Leidensweg bedeuten. Der Souk glich wie alle anderen Souks scheinbar obligatorisch einem Labyrinth, in dem der gleiche Safranersatz angeboten wurde, den er schon am Nil gekauft hatte. Alle Märkte gleichen einander, aber die an den Grenzen des osmanischen Großreichs und des arabischen Reichs waren mustergültig und bewahrten ein grundlegendes Erscheinungsbild, das für jemanden aus der Welt der großen Einkaufszentren gewöhnungsbedürftig war; vielleicht weniger für die Spanier seines Alters, die ähnliche Straßenmärkte kannten, sogar in einer Stadt wie Barcelona, die über ein anregendes Angebot an zweckmäßig gestalteten Märkten verfügte und sich noch des Flohmarkts auf der Plaza de las Glorias rühmen konnte, einem

Mischmasch von scheinbar unbrauchbaren und deshalb so schwierig aufzutreibenden Gegenständen. Aber auf den Märkten des alten arabischen und türkischen Raums ließ sich mit Erstaunen feststellen, daß die zahllosen, nach Warenangebot geordneten Marktstände Geschäfte machten, wenn auch in bescheidenem Umfang, ein Handelsritus, der mittelalterlich anmutete, möglicherweise aber vom ursprünglichen Markt, vom ersten Markt aller Märkte, stammte.

Biscuter bat um eine Pause, und sie aßen in einem typischen Restaurant im arabischen Viertel, denn die hebräische Küche hob sich Carvalho für sein abendliches Treffen mit Malena und ihrem russischen Freund auf. Die *Jerusalem Post* berichtete über die harten täglichen Angriffe der israelischen Armee auf der Jagd nach palästinensischen Terroristen, ein weiteres Mal gegen Gaza gerichtet, während gleichzeitig führende Militärs zugaben, daß die letzten Bombardierungen von Gaza auf einen Irrtum zurückzuführen waren: Sie hatten Kühlschränke mit Waffencontainern verwechselt.

»Wie ist das möglich, Chef, mit so einem Geheimdienst?«

»Niemand wird sie mehr aus der Logik der Bombardierungen herausreißen. Sie haben immer mehr Angst. Von der Intifada sind sie zu Selbstmordattentaten übergegangen, stell dir das Gefühl der Unsicherheit vor, das das Leben hier beherrscht, wenn du nur einen Kaffee in einer Bar trinkst oder in einen Autobus steigst. Irgend jemand hat einmal gesagt, das Schlimmste, was einem Paranoiker passieren kann, ist, tatsächlich verfolgt zu werden. Und es sind schon mehr als fünfzig Jahre seit der Gründung des Staates Israel vergangen. Schau dir die Angebote in den Katalogen an. Die Juden haben ein außergewöhnliches kulturelles und wissenschaftliches Leben entwickelt, eine Oase in diesem Teil der Welt. Gleichzeitig leben sie aber umzingelt vom Terrorismus und von sich selbst, von ihrer eigenen Angst, von dem, was sie ›Theologie der Sicherheit‹ nennen.«

»Die Europäische Union versichert, über einen Plan für die Errichtung eines palästinensischen Staates im Jahr 2005 zu verfügen, also in etwas mehr als zwei Jahren.« Carvalho zeigte Biscuter die Schlagzeile, und der wußte nicht, ob er lachen oder ernst dreinschauen sollte.

»Ich verstehe nichts von Politik, Chef, aber ich habe den Eindruck, daß man hier ein Faible für unlösbare Probleme hat, aber warum? Vielleicht versuchen sie, die Leute dahingehend zu erziehen, daß es kein Happy-End gibt. Nicht einmal im Film sieht man mehr ein echtes Happy-End. Erinnern Sie sich, Chef, daß vor vierzig Jahren alle Filme gut endeten, was jetzt nicht mehr so ist. Wer tötete Kennedy?«

Carvalho brauchte Zeit, um zu verstehen, daß Biscuter nicht die Schlechtigkeit an sich, sondern die ihr innewohnende Logik in Zweifel zog, oder zumindest die Fähigkeit von Menschen wie ihm, zu dieser Logik Zugang zu haben. Doch sie hatten schon die ersten der zahlreichen Gerichte vor sich, die sie in die lokale Küche einführen würden, die viel besser war als die ägyptische und ein Zeichen dafür, daß sie schon in der Nähe von Syrien und der Türkei waren. Die Namen waren wie die Hüter der Geheimnisse jedes Gerichts und von wunderschönem Wortlaut: *Felafel, Hummus, Mudammas, Muttabal betinjan, Kibbeh, Mjadarah, Shakrieh* … Diese Platte, die er mit Biscuter teilte, hieß *Shakrieh* und ins Englische übersetzt »Die Dankbare«. Was enthält ein Gericht, das sich selbst als »Die Dankbare« bezeichnet? Joghurt, Zwiebeln, Ei, Hackfleisch, Olivenöl, einen halben Löffel *Fulful bahar*, eine Gewürzmischung mit Zimt, Salz, Zitrone … Es war wie ein ganz schlichtes Gedicht im Kopf, aber mit magischen Auswirkungen auf den Gaumen, und bereitete auf die folgende Auswahl an gefülltem Gemüse vor, Köstlichkeiten wie Zucchini, Auberginen und den sogenannten »Scheich der Füllen«, ebenfalls eine Aubergine, aber mit Hackfleisch, Tomatensauce, Zwiebeln, dem unvermeidlichen *Fulful bahar*, Salz, Petersilie, Koriander, *Samneh* oder Butterschmalz, Olivenöl und der Sauce von einer oder mehreren Fleischsorten verfeinert.

»Die Aubergine, Biscuter, verkörpert das Mittelmeer. Sie ist das einzige Produkt, das den Mittelmeerraum verbindet und dieser Erfindung eines mediterranen Lebensgefühls Sinn verleiht. Ich stelle mir das als Fahne vor: eine aufgerichtete Aubergine vor einem mondbeschienenen Himmel.«

Nachdem sie ihr Mahl mit einer weiteren, diesmal aus Süßigkeiten bestehenden Auswahl beendet hatten, verharrte Carvalho wie eine Boa, die verdauen mußte, um nicht zu sterben. Biscuter wollte aber nicht nur wegen des Essens um die Welt reisen, weshalb er seinen Chef auf einen diesmal politischen Rundgang mitschleppte, der Darstellung des schwindenden jüdischen Widerstands vom ersten Jahrhundert der christlichen Zeitrechnung an bis zum ersten Jahrhundert des amerikanischen Imperiums, zweitausend Jahre Geschichte der Verfolgung und Paranoia des auserwähltesten aller Völker, zu besichtigen im Israelmuseum, auf dem Herzlberg oder dem Berg der Erinnerungen, im Holocaustmuseum oder auf dem Kinderfriedhof. Carvalho begleitete Biscuter auf diesem so außergewöhnlichen nachmittäglichen Rundgang mit dem seltsamen Gefühl, sich im Land des palästinensischen Terrorismus, des israelischen Staatsterrorismus und der gewollten Entfremdung von Anhängern verschiedener Religionen zu befinden, die gewiß ihren Besuch der heiligen Stätten dazu nutzten, für den Frieden zu beten. Dann würden sie gestärkt in ihre Heimat zurückkehren, bereit, weiterhin politische Parteien zu wählen, die Palästina vernichten würden, so als hätten die Großmächte eines Tages beschlossen, koste es was es wolle, heldenhaft bis zum letzten Juden oder bis zum letzten Palästinenser Widerstand zu leisten.

Er fragte, wo man das beste jüdische Essen bekäme, und der Rezeptionist verwies ihn auf einen Bereich des Hotels, wo ihm ein Spezialitätenbuffet zur Verfügung stehe. Carvalho erklärte entschieden, daß er Restaurants bevorzuge, da ein Hotel ein Ort der Durchreise sei, ein Restaurant jedoch eine Heimat sein könne. Der Mann ließ sich nicht länger bitten und empfahl ihm ein Restaurant, das seiner Meinung nach am getreusten und besten das gastronomische Gedächtnis des Volkes Israel widerspiegelte, das, wie Carvalho genau wußte, im Lauf der Diaspora Varianten aus allen Teilen der Welt miteinbezogen hatte, aber »gefiltert durch ein Bewußtsein des Geschmacks«, wie der Rezeptionist betonte. »Bewußtsein des Geschmacks«, wiederholte er, zufrieden mit seiner Formulierung.

Als ihn Malena anrief, konnte er ihr schon den Namen des Restaurants und die Adresse durchgeben: Mishkenot Shaananim, Yemin Moshe Nr. 23.

»Wie offenkundig ist es doch, daß Sie im King David wohnen. Dieses Restaurant ist das teuerste der Stadt.«

»Ich werde nie wieder nach Jerusalem kommen.«

Das Mishkenot wurde allerdings gerade renoviert, und so wurde die Phantasie des erfolglosen Gastes nur von der Lage, gegenüber dem Berg Sion, angeregt, den der Mond und die Mauern enthüllten, die die Geschichte stützten oder sie umschlossen, damit sie nicht entfliehen konnte. Er griff auf einen von Biscuters Reiseführern zurück, und sie gingen wieder in Richtung Hotel, weil in derselben Straße das Restaurant Tsriff jüdische Küche versprach, spezialisiert auf Gemüseaufläufe und mit einem den mittleren Preisen entsprechenden Ambiente. Die

Bedienung schien einen Master für intelligenten Menschen zugedachte Restaurants zu haben, und nachdem Carvalho Malena den Wechsel mitgeteilt hatte, vertiefte er sich in die Karte, um zu sehen, ob sie tatsächlich die ursprünglichen Gerichte Israels anbot. Er erinnerte sich an das Essen in einem jüdischen Restaurant in Paris, ganz in der Nähe der Synagoge, die ein ultrarechter Spanier in die Luft sprengte, und der Rue des Blancs Manteaux, Gegenstand eines Chansons von Juliette Gréco nach einem Text von Sartre. Namen einer Mythologie, die er nie überwunden hatte. Er hatte sich nie für einen anderen kulturellen Olymp aktiv eingesetzt: Sartre, Brassens, Merleau-Ponty, Prévert, Pavese, Calvino ... die erstaunliche Intelligenz, mit der Frankreich und Italien aus den Trümmern des Zweiten Weltkriegs hervorkamen. Und obwohl er viel von der naiven und zugleich gewagten Lyrik der sechziger Jahre hielt, wußte Carvalho immer, daß ihn nichts mehr so ergreifen und überraschen konnte wie Sartres Paris, das Rom Rossellinis oder jenes Gefängnis, in das der poetische Held Paveses zurückkehrt »jedesmal, wenn er in ein Stück Brot beißt«. Und danach ein langsames Aufbrauchen der kulturellen Ersparnisse, als sei es für ihn offenkundig, daß Wissen zwecklos ist und niemals dazu beiträgt, den Eindruck des Schwindels zu überwinden, der dem Scheitern, der Demütigung, dem Tod anhaftet. Die Melancholie seiner Gedanken stand im Gegensatz zum Wohlbefinden seines Körpers, gestärkt durch den Rotwein von Richon le Zion aus der Kellerei, die Rothschild Israel vermacht hatte. Der Detektiv hatte ihn bestellt, weil er es als seine Pflicht betrachtete, »das Brot des jeweiligen Landes zu essen und dessen Wein zu trinken«.

»Ein Satz von Marx.«

»Ich finde ihn sehr vernünftig.«

»Auch wenn er ihn vielleicht dem gängigen Denken seiner Zeit entnommen hat, denn man muß kein posthegelianischer Philosoph sein, um zu dem Schluß zu kommen, daß wir ein Land nur richtig kennenlernen, wenn wir seinen Wein trinken und sein Brot essen.«

»Was heißt posthegelianisch, Chef? Daß es nach Hegel kommt?«

»Alles und nichts und sämtliche möglichen Kombinationen: Alles von nichts und nichts von allem.«

»Also nichts.«

»Ja, höchstwahrscheinlich.«

Doch da erschienen schon Malena, ein wenig herausgeputzt, was sich vor allem durch ihre hohen Stöckelschuhe bemerkbar machte, und ihr Begleiter. Auf Biscuter wirkte er wie ein jugendlicher, schwindsüchtiger Geiger, der soeben seine Geige versetzt hatte, ein Eindruck, den er Carvalho erst mitteilen konnte, als sie wieder im Hotel waren. Seiner Rolle als angsterfüllter Böser aus irgendeinem Roman Dostojevskijs überdrüssig, sagte Samuel Sumbulovich, nachdem Malena ihn vorgestellt hatte, kein Wort und schien mehr an der Musik interessiert, die er über seinen Walkman hörte, ja, er war davon so begeistert, daß sein Körper mit der Musik mitschwang und seine Lippen sich bewegten, als wollten sie sich der Worte des Sängers bemächtigen. Es war Malena, die für Carvalho und den jungen Sumbulovich redete, unterstützt von Biscuter, der fröhlich drauflos plapperte und seine Fähigkeit wiedergefunden hatte, zu allem eine Meinung zu haben. Carvalho und Biscuter musterten erneut den jungen, todkranken Geiger, als Malena ihn als einen hervorragenden Biologen beschrieb, der demnächst wohl einen wichtigen Vertrag mit dem Staat Israel unterzeichnen würde, auch wenn Sumbulovich, der nach wie vor sein Lied hörte und zu den letzten Tönen des Sängers die Augen verdrehte und bewegt mit den Schultern zuckte, ja sogar ein wenig Speichel auf den Lippen hatte, gar nicht mehr danach aussah. Er bat Malena, sein Essen auszuwählen, und betrachtete neugierig seine Tischgenossen, besonders Biscuter, zweifellos eine biologische Einzigartigkeit. Malena wartete, bis sie die Vorspeisen gegessen hatten, dann deutete sie auf Samuel und murmelte kaum hörbar:

»Es scheint leicht, ist aber schwer. Warum nimmt Samuel nicht ein Flugzeug nach Istanbul, wenn die Reise so sehr eilt?

Hat er kein Geld? Nein, am Geld liegt es nicht, auch begeistert es ihn nicht, seine Ankunft in Istanbul zu verzögern, weil er eine romantische Fahrt mit zwei Reisenden, die noch die ganze Welt vor sich haben, vorzieht.«

Sie hielt inne, weil der Kellner den nächsten Gang servierte.

»Samuel kann Israel nicht ohne Sondergenehmigung verlassen. Er ist schon ein einigermaßen angesehener Wissenschaftler und arbeitet in einem höchst riskanten Bereich, dem der biologischen Waffen. Vielleicht wäre es in weniger konfliktreichen Zeiten vernünftiger gewesen, um die Genehmigung anzusuchen, aber wir befinden uns im Krieg, meine Herren, im Krieg, und in keinem beliebigen. Es herrscht solcher Haß, daß dieser Krieg zweifellos entscheidend sein wird, ich weiß nicht wofür, aber entscheidend.«

Carvalho und Biscuter sahen sich an und führten einen wortlosen Dialog, aus dem der Detektiv völlig frei seine Schlüsse zog.

»Soll heißen, Sie bitten uns, daß wir uns dieses jungen Musikliebhabers annehmen, ohne überhaupt die geringste Ahnung zu haben, wer wir sind. Wir könnten Agenten des Mossad, des CIA oder des Cesid, des spanischen Geheimdienstes, sein. Oder im Gegenteil. Wir könnten auch mit der Hamas verbündete ETA-Terroristen sein.«

Malena lächelte, als wollte sie Carvalhos Zweifel ausräumen.

»Nein, das sind Sie nicht. Sie sind zwei spanische Detektive aus Barcelona, etwas verdächtig, weil Sie sich eine Zeitlang auf Ihrer Reise Pécuchet und Bouvard nannten und das Auto auf diese Namen angemeldet hatten. Der israelische Geheimdienst hält sie für unbedeutende Flüchtlinge mit irgendeinem Problem in Spanien, aber sie erscheinen in keinem Netz, weder in dem eines Geheimdienstes noch in dem der Mafia.«

»Und woher wissen Sie das alles?«

Die etwas wütende Frage Biscuters rief eine gewisse Enttäuschung in den hellen Augen der Frau hervor, eine gegen sich selbst gerichtete Enttäuschung.

»Was denken Sie denn?«

»Gehören Sie dem israelischen Geheimdienst an?«

»Nicht wirklich, obwohl meine Berichte vom Mossad eingesehen werden können, da ich mit so vielen Touristen zu tun habe und mich in einem Umfeld bewege, in dem viele Geheimnisse offenbar werden. Vielleicht stellen Sie sich den Mossad wie eine Gruppe von Agenten nach dem Muster 007 vor, aber er ist mehr: ein Netz. Und in diesem Netz spielen zum Beispiel Angestellte in Hotels oder an anderen Orten, an denen Touristen ein- und ausgehen, eine wichtige Rolle. Ich sage Ihnen ganz offen, daß wir bei unserem Treffen in Masada überwacht wurden, und ich wurde gefragt, warum wir uns denn so gut verstanden hätten. Dann sagten sie mir, wer Sie beide sind.«

»Sie bitten uns also, Ihrem Freund zu helfen, heimlich nach Istanbul zu gelangen, obwohl die Augen des Mossad auf uns gerichtet sind und wir nicht wissen, ob sich in dieser Scheibe Lammsalami nicht ein Mikrophon verbirgt.«

»Nein, es gibt nicht genügend versteckte Mikrophone, auch glaube ich nicht, daß der Mossad die Augen auf Sie geheftet hat, denn es gibt schwerwiegendere Probleme, und Sie müßten Samuel hinter der libanesischen Grenze auflesen und nach Istanbul oder so nah wie möglich heranbringen.«

»An diesem Tag wird Ihr Freund Sumbulovich nicht zur Arbeit kommen, und dann werden sie sich in Bewegung setzen. Die Grenze zum Libanon existiert weder für den Mossad noch für die israelische Armee.«

»Die Grenze zum Libanon bietet immer mehr Schutz, je weiter man ins Land hineinfährt. Welchen Tag haben wir heute?«

»Donnerstag.«

»An welchem Tag glauben Sie, über den Libanon in die Türkei einzureisen?«

»Am Samstag.«

»Sabbat. Sagt Ihnen dieses Wort etwas? Am Sabbat arbeitet in Israel niemand, außer dem Mossad natürlich. Also Samuel genausowenig. Wenn alles gutgeht, kann er Montag oder Dienstag schon wieder zurück sein.«

»Wer wird ihn Montag oder Dienstag zurückbringen?«

»Das ist unsere Sache. So wie es unsere Sache ist, daß Sie von Israel aus die Grenze zum Libanon passieren können. Das ist politisch unmöglich, konspirativ jedoch machbar. Hier kommen wir ins Spiel. Wir werden Ihr Auto in eine Leuchtreklame der FAO verwandeln, und Sie werden über eine Sondergenehmigung der UNO verfügen, um die gesperrten Grenzen zu passieren.«

Trotz der Qualität des Weines hatten Carvalho und Biscuter zu kauen aufgehört und fragten sich, vom Essen abgelenkt, warum sie ein solches Risiko eingehen sollten. Ihr Auto war identifiziert, und sie wußten weder, ob sie von irgendwem verfolgt wurden, noch kannten sie Malenas tatsächliche Absichten, sollten diese andere sein als die ihnen bis jetzt erklärten.

»Reisen wir, oder sind wir Touristen, Biscuter?«

»Wir reisen, Chef, wir reisen.«

Als jedoch Carvalho den in seine geheime Musik versunkenen Sumbulovich betrachtete, der aussah, als wäre ihm alles andere völlig egal, und er sich eine mehr oder weniger lange Reise mit diesem Rockmusikempfänger in seinem Ford Explorer vor Augen führte, regte sich in ihm ein unsolidarisches Gefühl. Er setzte seinen letzten Widerstand entgegen:

»Unser Auto ist identifiziert.«

»Das läßt sich morgen lösen. Wohin fahren Sie?«

»Nach Bethlehem und Tiberias.«

»Wenn Sie fünf oder sechs Stunden auf Ihr Auto verzichten können, läßt sich die Sache in Bethlehem regeln.«

»Wer wird das regeln?«

Plötzlich schien Sumbulovich Interesse an dem Gespräch zu zeigen, das auch ihn betraf, denn er nahm die Kopfhörer ab und flüsterte Malena etwas ins Ohr, während er seinen Blick nicht von Carvalho wendete. Schließlich zeigte er entschieden mit einem Finger auf den Detektiv:

»Sie hassen mich. Sie vermitteln mir schlechte Schwingungen.«

»Sie sind gar nicht in der Lage, andere Schwingungen als die dieser Höllenmaschine zu empfangen, die für mich wie eine

Prothese für Elefantenmenschen ist. Haben Sie denn irgend etwas von dem mitbekommen, was hier geredet worden ist?«

Sumbulovich nahm die Kopfhörer und setzte sie Carvalho auf, ohne zu fragen, legte dann wieder die Kassette ein, und Carvalho hörte ein Lied, das er noch nie gehört hatte, von einem ihm unbekannten Sänger gesungen, aber mit einem notwendigen, ja, großartigen Text, der die Notwendigkeit ausdrückte zu kämpfen, wenn auch mit Melancholie:

Five to one, baby
One in five
No one here gets out alive
Now
You get yours, baby
I'll get mine
Gonna make it, baby
If we try

The old gets old and the young gets stronger
May take a week and it may take longer
They got the guns but we got the numbers
Gonna win
Yeah, we're takin' over
Come on

Your ballroom days are over, baby
Night is drawing near
Shadows of the evening crowl across the years
You walk across the floor with your flower in your hand
Tryin' to tell me no one understands
Trade in your hours for a handful of dimes
Gonna make it baby
In our prime

Get together one more time
Get together one more time.

»Was sagen Sie dazu?«

»Ein großartiger Song. Auch wenn ich nicht weiß, wie er heißt und wer der Sänger ist.«

»Es ist *Five to one* von Jim Morrison. Er singt ihn selbst. Hätte ich etwa Ihrer Unterhaltung folgen sollen, da ich doch die Möglichkeit hatte, diese wunderbare Musik zu hören?«

»Eins zu fünf oder fünf zu eins. Aber wer sind sie? Wer siegt über wen? Israelis, Palästinenser.«

»Israelis und Palästinenser werden vergehen, dieses Lied hingegen wird weiterhin notwendig bleiben.«

Zum Abschied von Jerusalem wollte Biscuter der Via Dolorosa folgen – dem Weg, den Jesus angeblich bis Golgatha gegangen war – zur Erinnerung an den Kreuzweg, den er in der Kindheit gezwungenermaßen unzählige Male in den Straßen von Lérida oder La Seo zurückgelegt hatte. Das war so oft gewesen, daß er sich an die einzelnen Stationen erinnerte und sie während der hypothetischen Strecke aussprach: »Jesus nimmt das schwere Kreuz auf seine Schultern; Jesus fällt zum ersten Mal unter dem Kreuz; Jesus begegnet seiner Mutter.« Und auch am Heiligen Grab hatte diese Erforschung zu Carvalhos Leidwesen kein Ende. Ihm war die religiöse Bildung lästig, die Biscuter an den Tag legte und die gewiß nicht aus seiner Kindheit stammte, sondern aus seinem mitgeschleppten bibliographischen Arsenal. Aber alle religiösen archäologischen Stätten waren leer, so als blieben die Touristen eher präventiv als zur Strafe fern, aus Furcht, daß schließlich der Krieg im Irak ausbrechen würde. Er wandelte durch das äthiopische Kloster, das das Heilige Grab beherbergt, als wäre er ein Laienbruder, aber im Grunde fühlte er sich eher als gebildeter denn als heiliger Reisender, denn seine Augen glitten ohne die geringste Gefühlsregung über das Grab aller Gräber.

»Wen haben sie hier wohl bestattet, Chef. Das ist ja ein mächtiges Grabmal für jemanden, der so arm war wie Jesus und umgeben von so geizigen Aposteln, die nie auch nur einen Heller zuviel ausgaben.«

Der Ölberg hingegen rührte Carvalho, nicht so sehr wegen der biblischen Konnotation, sondern durch die Präsenz des jüdischen Friedhofs mit seinen dichten Blöcken, so als wachte der Tod über den Wunsch der Leichen zu fliehen. Sie verließen Jerusalem Richtung Norden, und ihr Blick fiel unweigerlich noch einmal auf die rosa Linie am Himmel, der letzte Gruß einer Stadt, in der sich zu viele als Gräber verkleidete Höllen anhäuften. Sie mußten an einem weiteren israelischen Panzerzug vorbei, der nach Norden fuhr, so wie sie an den vorangegangenen Tagen Panzer nach Osten und Westen hatten fahren sehen, eine gewaltige rachsüchtige Raupe, die Auge um Auge und Zahn um Zahn die palästinensischen Attentate vergalt. Ein Selbstmordattentäter hatte in Tel Aviv eine Bombe explodieren lassen, und die fünf toten und fünfzig verletzten Israelis zogen zehn tote und hundert verletzte Palästinenser nach sich. »Eine Vermutung, Biscuter, nur eine Vermutung.«

»In diesem Land fühle ich mich ziemlich unbehaglich. Die Vergeltung und der Haß zwischen den Völkern ist maßlos, und es sieht so aus, als wollte er niemals enden. Sie müssen einander hassen, um sie selbst zu sein.«

Sie bogen nach Ramallah ab, um zu sehen, was von der symbolischen Herrschaft Arafats übriggeblieben war, und obwohl die Stadt nicht besetzt war, lagen die Regierungseinrichtungen in Trümmern, außer dem Gebäude, wo der Chef der Fatah-Bewegung seine belagerte und unterminierte Macht ausübte. Die Wände zwischen den angrenzenden Gebäuden waren verschwunden, und an ihrer Stelle wehten Vorhänge, hinter denen Soldaten und Maschinengewehre zu sehen waren, Soldaten einer schlecht informierten Truppe mit Waffen, die aus dem Speicher kriegerischer Erinnerungen zu stammen schienen. Sie konnten das Gelände der verstümmelten palästinensischen Macht betreten, umgeben von in Schutt verwandelten Gebäuden, und ein schwarzer Soldat erzählte ihnen, als er erfuhr, daß sie aus Barcelona kamen, daß er vor Jahren einmal dort gewesen war. »Mist, Scheiße, verflucht«, sagte der schwarze Palästinenser auf katalanisch, die Begrüßungsformeln, die ihm seine Freunde in Barcelona beigebracht hatten. Sie könnten sogar von Arafat empfangen werden, wenn sie bis zum Ende einer Audienz mit Mitgliedern einer NGO warten wollten, die ihm ihr Beileid oder ihre Solidarität bekundeten. Sie hatten jedoch Eile, nach Bethlehem zu kommen, um einerseits die Autopapiere im Sinne Malenas in Ordnung zu bringen und andererseits die Geburtskirche zu sehen, angeblich über dem Ort errichtet, wo Jesus geboren wurde, von einem Silberstern gekennzeichnet, so als wäre genau dort die jungfräuliche Plazenta Marias heruntergefallen. Sie überließen den Geländewagen einem Paar, das sich als Kontaktpersonen von Malena vorstellte, und besichtigten neuere Kirchen, die sich nicht eines solchen Stammbaums rühmen konnten, einer solchen Anhäufung von Heiligtümern, die aus der Route der Heiligen Stätten so etwas wie eine dokumentarische Zusammenfassung der Ursprünge der Christenheit machten, eine Art christlichen, von einem nordamerikanischen Juden entworfenen Erlebnispark.

»Ich habe nicht vor, noch einmal ein heiliges Land zu bereisen, Biscuter. Was für ein Kreuz!«

»Aber fast alle Länder sind heilig, weil keines darauf verzichtet, von Gott auserwählt zu sein, um eine wichtige Aufgabe zu erfüllen.«

Schon nach vier Stunden bekamen sie das Auto zurück. Es war in den üblichen UNO-Farben lackiert, sogar mit UNO-Erkennungszeichen, und mit einem Bündel gefälschter Papiere einschließlich eines von einem wichtigen Mitarbeiter der UNO unterzeichneten Passierscheins versehen. Sie hielten sich nur kurz in Nazareth auf, da Carvalho unbedingt vor Einbruch der Dunkelheit den See von Tiberias erreichen wollte. Dennoch wollte er sich die mythische Theatralik der Verkündigungskirche nicht entgehen lassen, wo der Engel Maria verkündet hatte, daß sie unbefleckte Mutter des Sohnes Gottes sein würde.

»Und wie können die wissen, daß es hier, genau hier war, Chef? Und warum wissen sie andererseits nicht, wer Kennedy ermordet hat? Offensichtlich stimmt da was nicht.«

Sie fuhren am Berg Tabor vorbei, »geologische Kühnheit, Ort so vieler biblischer Kämpfe«, wie die dünne Stimme Biscuters aus einem seiner unfehlbaren Reiseführer zitierte.

»Der Berg markierte die alte Grenze zwischen den Ländern der Stämme Sebulon, Issachar und Neftali. Auf seinem Gipfel befahl die Prophetin Debora Barak, ein zehntausend Krieger zählendes Heer zusammenzustellen, um Jabin, den König von Kanaan, zu bekämpfen, der seit zwanzig Jahren die Söhne Israels unterdrückte. Ihn erwähnt auch der Prophet Hosea, als er den Führern Israels Götzendienst vorwirft, und die christliche Tradition siedelt schließlich auf dem Berg Tabor die Verklärung Jesu an.«

Carvalho schüttelte, von der Bedeutung des Berges überwältigt, den Kopf und spekulierte über die offenbar zwischen Gebirge und Religion bestehende Beziehung.

»Nie wurde etwas Bedeutendes in einer Niederung verkündet. Weder eine Religion noch eine Nation.«

Sogar die Nationalismen wählen einen Berg als Ausgangspunkt, vielleicht weil er dem Himmel näher ist. Der spanische Nationalismus geht vom Berg Covadonga aus und der modernste katalanische Nationalismus vom Tagamanent, einem erloschenen Vulkan, von dessen Gipfel herab ein jugendlicher Pujol die Befreiung Kataloniens und den Besetzern ewigen Haß versprach. Biscuter folgte der Rede Carvalhos mit respektvollem Schweigen, das er nur manchmal für einen bedauernden Kommentar über das, was sie immer voneinander unterschciden würde, unterbrach.

»Sie haben studiert, Chef. Ich habe nur gelesen.«

Der See von Tiberias tauchte vor ihnen auf, gewillt, die Abenddämmerung hinauszuzögern, und Carvalho bedauerte die Dürftigkeit seines mythischen Bewußtseins, denn er schien ihm ein Ausflugsziel wie der See von Bañolas oder so etwas ähnliches zu sein, wo einheimische Touristen am Wochenende hinfahren, mit dem Kartoffelomelett in der Picknickdose oder um Lamm zu braten, das Ritual des Grillens von Lammkotelett zu wiederholen, das ebenso religiös ist wie jedes andere religiöse Ritual. Am See von Tiberias jedoch gebot Jesus Stürmen Einhalt, ging über das Wasser, wirkte das Wunder der Brot- und Fischvermehrung, heilte Kranke, predigte zu den Volksmengen, denn die Wasser bewahren die Erinnerung an alle Ursprünge und sind der Götter ureigenstes Gebiet.

Sie ließen Kapernaum und die Golanhöhen rechter Hand liegen und nahmen die Küstenstraße nach Akko oder Saint-Jean-d'Acre, je nachdem, auf welcher Seite einen der Kreuzzug erwischt hatte. Carvalho wäre gern in irgendeinem Ort an der Grenze zum Libanon wie etwa Rosh Hanikra geblieben, hielt es aber für klüger, in einer großen Stadt wie Akko zu übernachten, wo sie nicht weiter auffallen würden. Es war schon dunkel, als sie nach Saint-Jean hineinfuhren, und Carvalho bestand darauf, in das gegenüber der Moschee gelegene Tourismusbüro zu gehen, um zu sagen, daß sie aus dem Libanon kämen, nach Haifa und Tel Aviv weiterreisten und zu fragen, welches günstige, aber gepflegte Hotel sie ihnen empfehlen könnten. Er wiederholte mehrmals, daß sie spanische Urlauber seien, und sie baten begeistert um Information über Haifa und Tel Aviv, als wäre es ihr brennendster Wunsch, diese beiden Städte zu erreichen. Allerdings fand Carvalho, daß Biscuter seine Schauspielkunst ein wenig übertrieb. Seine Stimme klang fast wie die einer englischen Witwe in den Filmen Hitchcocks, die fragte, wann denn der Zug voller Leichen in London eintreffen würde. Es wurde ihnen empfohlen, in einem Kibbuz in der Nähe der Stadt, in Gesher Haziv, zu nächtigen und dort nicht im Guesthouse, sondern im Country-Club ein Zimmer zu nehmen, der billiger und ebenso komfortabel war. Sie fuhren dorthin, ohne Rücksicht auf Biscuters Versuchungen zu nehmen, der meinte, Saint-Jean-d'Acre sei einen Besuch wert, sich aber schließlich davon abbringen ließ, da die Sicherheitstheologie so etwas wie eine Ausgangssperre verhängte. In dem für die Gäste reservierten Teil des Kibbuz gab es einen sichtbaren und einen unsichtbaren Wachdienst, größtenteils bemerkenswerte, wohlgenährte Frauen mit Locken unter den Kepis. Für diese Aufgabe besonders geeignet wirkten die, die durch die Gärten und rund um den Swimmingpool streiften, wo Soldaten, Gärten und Pool in Nacht und heimeliges Licht getaucht waren. Auf die Frage des Geschäftsführers, woher sie kamen und wohin sie weiterfuhren, betonten sie noch einmal, aus der Türkei kommende spanische Reisende zu sein, die, nachdem sie die wunderbare griechische Türkei besucht hatten, nun das ebenso interessante moderne Israel sehen wollten, obwohl die Zeiten unruhig waren.

»Ja, das sind sie. Und ob sie das sind. Aber hier werden Sie nichts davon bemerken. Die palästinensischen Terroristen werden zwar manchmal an unvorhersehbaren öffentlichen Orten aktiv – gestern zum Beispiel mitten in Tel Aviv –, aber nie in Gebieten ohne Infrastruktur wie etwa Akko, das Sie Saint-Jean-d'Acre nennen, und seiner Umgebung. Dieser Kibbuz ist sicher. Sie würden es nie wagen, einen Kibbuz anzugreifen.«

Sie aßen einen Gemüseeintopf und eine kleine Auswahl an geräucherten Lamm- und Rinderwürsten, zu denen Biscuter unbedingt ein selbst zubereitetes *Pa amb tomàquet* essen wollte, denn er war schon zu viele Tage fern von Katalonien und verspürte Sehnsucht nach der Heimat des mit Tomaten eingeriebenen, mit Öl beträufelten und ein wenig Salz gewürzten Brots. »Entweder hat der Gaumen ein Gedächtnis oder es gibt ein Gedächtnis des Gaumens«, versuchte Carvalho darzulegen, »obwohl vielleicht alles aus einer Mischung von Gier und Nostalgie der Zungenzellen und der dunklen Höhle besteht, in der wir die Untat des Tötens und Essens zu verbergen suchen.« Es blieb ihm keine Zeit zum Philosophieren, denn als er auf die Terrasse trat, die zum Swimmingpool hinausging, erlebte er so etwas wie einen visuellen Lärm, der sich danach fast in visuelle Gewalt verwandelte, und als er dem Grund dafür nachging, fand er die Antwort an einem der Tische am Pool, wo vier Männer ausgiebig redeten und tranken. Er stieß Biscuter an, damit er aus dem Licht eines Scheinwerfers ging, der absichtlich auf ihn gerichtet zu sein schien, und zerrte ihn hinter die Büsche, wo sie vor den Blicken der anderen Gäste sicher waren.

»Hast du gesehen, wer an dem Tisch am Pool saß?«

»Dazu hatte ich keine Zeit.«

»Die Armanis.«

»Die kenne ich nicht.«

»Erinnere dich doch an die Fähre von Brindisi nach Patras. Diese Italiener, die wie in Armani-Uniform gekleidet schienen, einer von denen hat mir die Drogen ins Auto geschmuggelt, ganz sicher, denn wir haben uns über mein Auto unterhalten, ich habe es beschrieben, und er ist sicher in den Laderaum gegangen, um den Stoff hineinzupacken.«

»Und er ist uns bis hierher gefolgt?«

»Nicht unbedingt. Aber für alle Fälle, besser, wir gehen ins Bett und ziehen die Decke bis über die Ohren.«

Als sie auf dem Zimmer waren, schalteten sie das Licht aus und Carvalho kramte seine »Hinterlader-Pistole« hervor, wie Biscuter sie nannte, und legte sie unter das Kopfkissen. Sein Gefährte las in dieser Nacht nicht. Er atmete langsam, vielleicht um keinen Lärm zu machen oder weil nicht genug Luft in seinen kleinen Lungen Platz hatte. Mit weit aufgerissenen, zur Decke gerichteten Augen versuchte er einen logischen Zusammenhang zwischen den Ereignissen herzustellen, konnte ihn aber nicht finden.

»Es wäre wunderbar, sehr schön, aber es ist absurd anzunehmen, daß sie uns verfolgen.«

»Es ist hingegen nicht absurd anzunehmen, daß sie hier Geschäfte machen und ein Zusammentreffen mit ihnen keineswegs angenehm sein würde. Wir sind ihnen viel Stoff und Geld schuldig.«

»Und was, wenn sie ganz normale, durchschnittliche Leute sind und wir uns nur alles sinnloserweise eingebildet haben, ohne etwas zu wissen?«

»Traust du dich, in den Garten zu gehen, an sie heranzutreten und nach den Herren Armani oder Berlusconi zu fragen?«

»Natürlich nicht.«

Carvalho schlüpfte ins Bett und Biscuter wieder heraus.

»Schlafen Sie, Chef. Wir werden abwechselnd Wache halten. Ich übernehme die erste Schicht.«

»Biscuter, das hier ist kein Western. Und sie haben uns nicht gesehen, da bin ich mir sicher.«

Biscuter antwortete ihm nicht. Er hatte auf einem Stuhl in einem Winkel Platz genommen, von wo aus er die beiden Eingänge zum Zimmer, Balkon und Tür, sehen konnte, und fing an sich vorzustellen, was er tun würde, sollte der Feind von der einen oder der anderen Seite eindringen.

Der Notiz Malenas zufolge sollten sie die Grenze bei Rosh Hanikra passieren und im Libanon, bevor sie Naqoura erreichten, an der ersten Tankstelle halten. Dort würde Sumbulovich auf sie warten, »ein schwieriges Treffen«, dachte Carvalho, der die Erinnerung an einen in regelmäßigen Abständen von Israel heimgesuchten südlichen Libanon noch nicht abgelegt hatte, eine Invasion, die vor allem gegen die palästinensischen Flüchtlingslager gerichtet war, aus denen neue Krieger und Terroristen hervorgingen. Das Passieren der Grenze war aber keinesfalls touristisch, wie Carvalho angesichts der langsamen Abwicklung der Formalitäten und der telefonischen Rückfragen der Zollbeamten abschätzig anmerkte, die niemals den Namen Israel in den Mund nahmen, sondern mit »das Land nebenan« oder »die da unten« darauf Bezug nahmen. Die von Malena vorbereiteten Papiere taugten jedenfalls, und sie reisten von Israel in den Libanon ein, so als wäre es eine außergewöhnliche und zugleich eine ganz normale Sache. Und mit der gleichen beschlossenen Normalität war dort der Gast Sumbulovich, gekleidet wie an dem Abend ihres Treffens, mit demselben Tape an einem Ohr hängend und einem Pfadfinderrucksack. Er neigte zur Begrüßung nur den Kopf und hörte sich dann Carvalhos Zusammenfassung der Reiseroute an.

»Je nach Zustand der Straßen sind es fast drei Stunden bis zur syrischen Grenze und weitere drei bis zur türkischen. Wir haben keine Zeit für Besichtigungen, obwohl wir an Tyros, Sidon und Byblos vorbeikommen und ich in Syrien zumindest die Ruinen von Palmyra und das, was von der Säule von Simeon

Stylites übrig ist, zu sehen hoffe. Eine kleine Hommage an Buñuel. Wir befinden uns im Kernland der vorrömischen Zivilisationen.«

»Ich finde Jounieh interessanter, Chef.«

Biscuter drehte sich um und zwinkerte dem Russen zu, der aber nicht reagierte.

»Warum?«

»Es ist eines der wichtigsten Zentren für Spiel und Prostitution im Nahen Osten, und außerdem ißt man libanesisch.«

Carvalho saß am Steuer und beobachtete hin und wieder im Rückspiegel den immer noch in seine Musik vertieften Sumbulovich, bis schließlich der Fahrgast die Sache klären wollte, seine Kopfhörer abnahm und sie Carvalho aufsetzte. Der für seinen Geschmack zu laute Song schnitt ihm wie eine Messerklinge ins Hirn.

Riders on the storm
Riders on the storm
Into this house we're born
Into this world we're thrown
Like a dog without a bone
An actor out of a loan
Riders on the storm.

There's a killer on the road
His brain is squirming like a toad
Take a long holiday
Let your children play
If you give this man a ride
Sweet family will die
There's a killer on the road.

Girl you gotta love your man
Take him by the hand
Make him understand
The world on you depends

Our life will never end
Girl you gotta love your man.

Riders on the storm
Riders on the storm …

Carvalho setzte die Kopfhörer ab und wartete, daß der Russe sie ihm aus der Hand nahm.

»Mir gefiel der Song letztens besser. Vom selben Sänger, oder?«

Der Biologe nickte und machte diesmal nicht gleich wieder seine Ohren dicht, sondern legte die Kopfhörer neben sich und schien die Landschaft zu betrachten. In Wahrheit hatte er aber Lust zu reden, und Carvalho ahnte, daß sie in diesem Fall einen langen, nur zu Beginn interessanten Monolog zu hören bekämen, weshalb er zu pfeifen begann, um mit einem Geräusch das Mitteilungsbedürfnis des Russen einzudämmen. Doch es nutzte ihm nichts, denn Sumbulovich wurde, ohne seinen Blick von den küstennahen Zedernwäldern zu lösen, zur Stimme aus dem Off seiner eigenen Geschichte.

»Die Frau, die ich suche, heißt Irina Bulgakowa, wir gingen auf dasselbe Gymnasium, und danach war sie meine Studienkollegin an der Uni, später entschloß sie sich allerdings fürs Musikstudium, für die Geige. Wir waren Spielgefährten in der Pubertät und in jungen Jahren, politische Kämpfer an der Front für die Rückkehr des Zaren, womit wir uns gegen das stellten, was von der kommunistischen Diktatur übrigblieb, und dabei war es uns gleichgültig, ob Prinzessin Anastasia überlebt hatte oder nicht. Von so spielerischen, so phantastischen Forderungen aus konnte man gesellschaftlichen Einfluß ausüben, denn die sich auflösende Macht konnte nicht eingestehen, daß der Zar in der Lage wäre, wieder zu einem Feind zu werden. Irina war ein wunderbares, schönes, dunkelhaariges Mädchen mit grünen Augen und leicht asiatischen Gesichtszügen, was vielleicht auf ihre sibirische Großmutter zurückzuführen war, die noch immer mit ihr in den Appartements der Moskauer Universität zusammenlebte. Ihre Eltern waren hoch angesehene Universitätsprofessoren und Übersetzer und verfügten über zwei winzige Wohnungen, wirkliche Löcher, in denen sie mit einer vielköpfigen Familie, genauer gesagt mit acht Kindern und der sibirischen Großmutter lebten. Als Intellektuelle von internationalem Ruf reisten Irinas Eltern ins Ausland, sahen, wie ihresgleichen in den Vereinigten Staaten, England oder Deutschland lebte, und kehrten empört in ihr eigenes Land zurück, wo sie sich auf eine Warteliste setzen lassen mußten, damit der Scheibenwischer eines ohnehin schon auseinanderfallenden Autos ausgetauscht wurde. Zwei hervorragende Wissenschaftler fünf Jahre auf der Warteliste für einen Scheibenwischer, verstehen Sie? Als Gorbatschow die Reform in Angriff nahm, wußten wir, daß diese Geschichte zu Ende ging. Siebzig Jahre lang hatten die Moskauer den Punkt der Stadt verspottet, an dem sich so etwas wie der Grundstein für das große Denkmal der Revolution befand. Es war nie errichtet worden, würde nie errichtet werden.

Ich kämpfte mit Irina an allen Fronten gegen das, was vom kommunistischen Regime übrig war, vor allem auf der Seite Jelzins gegen den unentschlossenen Gorbatschow. Jemand hatte ein Plakat mit Gorbatschow als Orchesterdirigenten ohne Noten auf dem Pult gemalt. So kam er zu Fall. Da war Jelzin schon da, und, als hätten sie in geheimen Verstecken ausgeharrt, Abenteurer des Geldes und der Politik, Gangster, Mafiosi, die manchmal aus der Partei selbst, der KPdSU, kamen, deren Einfluß sie zu zerstören trachteten. Sie machten die Mechanismen der Sozialfürsorge kaputt, und außerdem war und ist das Land aufgrund einer schlechten, aufrüstungsorientierten Wirtschaftsplanung, die von den Amerikanern durch den Krieg der Sterne forciert worden war, ruiniert. Irina und ich schlossen 1994 unter schrecklichen Bedingungen unser Studium ab. Ihr Vater war in die Vereinigten Staaten gereist und hatte von dort aus verkündet, daß er nicht mehr zurückkehren würde, sich von seiner Frau, von seinen acht Kindern und von seiner sibirischen Schwiegermutter trennte, verstehen Sie? Mit dem lächerlichen

Einkommen der Mutter und der Pension der Großmutter konnten sie nicht leben oder mit einer Marktwirtschaft Schritt halten. Die Geschwister suchten Arbeit in einem Land, das von einer mehr oder weniger vorgegaukelten Vollbeschäftigung zu einer Arbeitslosenquote von dreißig Prozent überging. Ich konnte mich durchschlagen, weil ich allein lebte und mich auch nicht um das Überleben meiner Eltern in Odessa kümmern mußte, also bot ich Irina an, mit mir zusammenzuleben, um gemeinsam etwas besser durchzukommen. Eines Tages würden die Dinge wieder ins Lot kommen. Ich verfügte über gewisse Kenntnisse und stellte zu Hause Wodka her, den wir auf Märkten und auf der Straße verkauften. Irina spielte Geige auf verschiedenen Plätzen und in der U-Bahn, aber es gab kein Geld für Almosen, oder man begriff nicht, daß die Leute nach siebzig Jahren Kommunismus durch Betteln überleben mußten. Außerdem wußten sie nicht, wie man bettelte. Die Revolution hatte zumindest einen Kanon kollektiver Würde geschaffen, eine unglückliche Emanzipationsmoral, die es uns nicht einmal erlaubte, um Almosen zu bitten, wie es jeder arme Schlucker auf der ganzen Welt tut.

Irina und ich beschlossen, daß wir dieses beschissene Land verlassen mußten, um vielleicht eines Tages zurückzukehren, wenn es einen Zar gab und man endlich herausgefunden hatte, wer zum Teufel Prinzessin Anastasia war. Ich stammte aus einer jüdischen Familie, obwohl weder meine Eltern noch ich praktizierend waren, und durch Kontakte bekam ich provisorische Arbeit in Israel, konnte aber zunächst nicht erreichen, daß mich Irina begleitete. Wir schmiedeten verschiedenste Reisepläne, die sich alle nicht verwirklichen ließen, weil Irina ihr gesamtes Geld für den Unterhalt ihrer vielköpfigen Familie ausgab. Außerdem starb die Großmutter 1999 zu Winteranfang an einer Lungenentzündung, ohne daß sich ihr Wunsch erfüllte, das »Jahr der Lichter«, wie sie das Jahr 2000 nannte, noch zu erleben, wenn endgültig das Glück nicht nur vom Himmel auf die Erde kommen, sondern auch von der Erde aus zum Himmel aufsteigen würde, und Gott und der Teufel die Lateranverträge unterzeichneten, verstehen Sie? Die arme Alte hatte ein Wirrwarr von Geschichte und Ideologie im Kopf. Ich ließ Irina hundert Flaschen Wodka zurück, den ich unter großem Risiko in einem ehemals offiziellen Laboratorium destilliert hatte, das nun von jedem angemietet werden konnte. Wir vereinbarten, uns drei Monate später in Israel zu treffen. Sie könnte den Weg über Bulgarien bis zur Türkei nehmen, und ich würde sie, wenn nötig, dort abholen. Aber kaum war ich in Tel Aviv angekommen, kamen plötzlich keine Briefe und Telefonanrufe mehr von ihr, ich konnte keinen Kontakt zu ihrer Familie herstellen, alle Geschwister waren verstreut und die Mutter wer weiß wo. Die letzte Nachricht war, daß sie im Begriff war, sich auf den Weg zu machen, und plötzlich nichts, nichts, nichts, verstehen Sie?«

Auch wenn sie bloß den Kehrreim Sumbulovichs übernehmen wollten, nickten sie und meinten, ja, ja, sie verstünden es. Sumbulovich war verstummt. Carvalho und Biscuter sahen sich aus den Augenwinkeln an, so als wollten sie sich gegenseitig dazu auffordern, ihren Mitreisenden um eine Fortsetzung der Erzählung zu bitten. Sumbulovich schien in einen Brunnen aus Erinnerung und Melancholie versunken zu sein und spielte mit den Kopfhörern, so als wollte er sie jeden Moment wieder aufsetzen und sich von seinen Begleitern abkoppeln.

»Und?«

Dieses fragende »und« von Biscuter genügte, daß der melancholische Biologe sich räusperte und sich einen emotionalen Ruck gab.

»Vor zwei Wochen bekam ich indirekte Nachrichten von Irina über einen gemeinsamen Freund, der sie zufällig in Istanbul traf.«

Er versank wieder in Schweigen, und die Neugierde seiner Zuhörer hatte die Luft im Inneren des Ford Explorer bis zum Ersticken verdichtet.

»Irina lebte in Istanbul als Prostituierte. Irina ist eine Nutte.«

Die gespannte Erwartungshaltung verschwand. Biscuter tat so, als wollte er die hinter den Scheiben vorbeiziehenden Zedern fassen, und Carvalho konzentrierte sich auf die Straße mit ihren ständigen Schildern, die auf Beirut hinwiesen. Sumbulovichs Stimme drang aus der Tiefe seines Kummers hervor. Fast ein Flüstern.

»Aber sie sagte zu meinem Freund, daß sie sich nichts auf der Welt mehr wünschte, als mich zu sehen.«

Sumbulovich wollte wieder die endlose Aufnahme von Jim Morrison hören, schlief jedoch ein, mit offenem Mund, zerzaust, mit halb geöffneten Augen, wie es bei von Würmern geplagten Tieren vorkommt, und einem rhythmischen Atem, angesteckt von der Musik, die er den ganzen Tag lang hörte. Biscuter betrachtete ihn wohlwollend und ließ seinen unterdrückten mütterlichen Gefühlen freien Lauf, während Carvalho versuchte, irgendeine positive Bilanz aus dieser Erfahrung zu ziehen, denn man macht nicht die voraussichtlich letzte ehrgeizige Reise seines Lebens, um die Zeit damit zu verlieren, sich die Küste des Libanon so anzusehen wie irgendeinen Papierkram. An der Grenzkontrolle zu Syrien blieb ihnen nichts anderes übrig, als ihren Fahrgast aufzuwecken. Sie waren wieder internationale Funktionäre mit makellosen Pässen, weil man sie nämlich an der israelischen Grenze nicht gestempelt hatte, und auch Sumbulovich verfügte über UNO-Papiere, die ihn als jugoslawischen Staatsbürger auswiesen. Samuel – Carvalho und Biscuter nannten ihn schon beim Vornamen – ließ die Grenzformalitäten im Halbschlaf über sich ergehen. Sie waren genaugenommen nicht in offizieller Mission unterwegs, sondern auf der Reise zur türkischen Küste, wo sie angeblich die eindrucksvollsten griechischen Ausgrabungen der Welt sehen könnten. Der Kontrolleur konnte das nicht so ganz glauben. Türken und Griechen? Die Türkei ist die Türkei, und Griechenland ist Griechenland. Aber die Landkarten der Vergangenheit sind nicht die von heute, und der Kontrolleur gab zu, daß es möglich war, und schrieb sich den Namen Ephesos auf, um seinen Sohn zu fragen, der alles über Geschichte, Schlachten und Ruinen wußte.

»Ihr Sohn wird eine glänzende Zukunft haben.«

Der Kontrolleur zuckte mit den Schultern, während sein Blick widerstrebend die Ausmaße seines Kontrollhäuschens und seinen Machtbereich erfaßte.

»Hoffentlich eine bessere als ich.«

Später diskutierte Carvalho mit seinen Mitreisenden darüber, wie ungewöhnlich die soeben gemachte Erfahrung war. Es war kein an Grenzen üblicher Dialog gewesen, sondern der Kontrolleur hatte wie ein von seiner Arbeit ziemlich frustrierter Guardia Civil aus León geredet oder wie ein aus Mexiko stammender Gepäckträger auf dem Flughafen von Austin, der ahnte, daß er es nie schaffen würde, Präsident der Vereinigten Staaten oder wenigstens von General Motors oder von Coca-Cola zu sein.

»Das Klischee taugt nicht. Die Klischees, die wir von den syrischen Grenzkontrolleuren im Kopf hatten, haben sich in Luft aufgelöst.«

»Ich hatte gar kein Klischee im Kopf, Chef. Für mich ist ein Syrer wie ein Türke oder ein Inder: Sie befinden sich jenseits von Sizilien.«

»Ich war in Zusammenhang mit dem Fall Roldán kurz hier, hatte aber kaum Zeit, mir einen Eindruck zu verschaffen. Das Essen war jedenfalls hervorragend, nicht umsonst ist die Küche dieser Gegend als syrisch-libanesisch bekannt. Wir sollten etwas zu uns nehmen, das wenig Zeit kostet, einen Imbiß und Getränke. Warum besorgst du uns nicht etwas, Biscuter?«

Samuel Sumbulovich behauptete, keinen Hunger zu haben, doch Biscuter wies ihn höflich zurecht und erinnerte ihn daran, daß er allem, was ihn in Istanbul erwartete, mit einem gut gefüllten oder zumindest gefüllten Magen besser gewachsen sein würde. Sie hielten an der Kantine einer Tankstelle, die aus dem Boden wuchs, als bekäme sie die Flüssigkeit direkt aus einer Ölquelle, und Biscuter stieg aus, um etwas Eßbares aufzutreiben. Er kehrte mit einem Stannioltablett voller Reisbällchen, die er *Kebbes* nannte, und mit Fleisch gefüllten Teigtäschchen zurück, Ochsenfleisch, wie sie ihm auf französisch erklärt hatten. Aber zu trinken gab es weder Wein noch Bier, sondern einen Tamarindensirup, den Biscuter dem Dattelsirup vorgezogen hatte, und Gläser türkischen Kaffees, die in Carvalhos Augen der reinste Luxus waren. Und er beklagte sich über all die Hindernisse, auf die sie sowohl im Libanon als auch in Syrien gestoßen waren, um die Köstlichkeiten einer Küche zu genießen, die er flüchtig in Paris und Damaskus probiert hatte, lobte jedoch die *Mezze*, geniale Vorspeisen, oder die Marinaden.

»Vorzüglich, die mit Auberginen und Nüssen. Dieses Reis-*Kebbe*, das wir soeben zu uns nehmen, ist abgesehen von seiner zweifelhaften Qualität das einfachste unter allen *Kebbes* der Welt, wie das aus rohem Hackfleisch mit Weizen zubereitete. Ganz zu schweigen von dem mit Auberginen geschmorten Lamm.«

Samuel lauschte ihm zuerst mit Unbehagen, dann belustigt und schließlich so begeistert, daß er seinen mit jedem Mal erstaunteren Begleitern russische Gerichte vorzutragen begann, als handelte es sich um ein Gedicht:

Honigwein mit sauren Heidelbeeren
Preiselbeermarmelade
Brathering mit Eiern
Kascha *mit Schwarzweizengrieß*
Gefüllte Weinblätter
Gebratener Stör oder, falls nicht erhältlich,
aus der Dose mit Sauerrahm und Kartoffeln
Lachssteaks gefüllt nach Don-Art
Tomaten mit weißer Sauce und Rosinen
gesalzene Zazuska *mit Quark*
Zapezanka *in Milch gekocht, mit Äpfeln oder*
mit Sauerrahm zu Tode.

Der junge Mann fuhr fort, und Carvalho, der es müde war, ihn im Geiste zu übersetzen, während Biscuter nicht aus dem Staunen herauskam, unterbrach den Vortrag von Speisen, die ihn außerdem nicht interessierten, und forderte seine Mitreisenden auf, sich Gedanken um eine Route zu machen, die von der Dringlichkeit des Ewigen Juden geprägt war.

»Wenn Sie in der von Malena vorgegebenen Zeit zurückkehren sollen, müssen wir so bald wie möglich Istanbul erreichen.«

Es galt, sich zwischen der Route durchs Innenland, die gleich hinter der türkischen Grenze Yayladagi mit Ankara verband, und der Küstenroute zu entscheiden, die sie nach Antalya und von dort aus ohne Umweg über Ankara nach Istanbul bringen würde.

»Und der Bosporus, Chef? Die Dardanellen? Das Tor Jasons?«

»Alles zu seiner Zeit. Was meinen Sie?«

Samuel war für die Route Antalya-Istanbul. Die Straßen waren nicht schlecht, vermutlich alle asphaltiert, obwohl in der Türkei die sogenannten befestigten Schotterstraßen oder die Nebenstraßen aus gestampfter Erde überwogen. Antalya war eines der wichtigsten Touristenzentren des Landes, und dieser Umstand müßte sich in den Straßen widerspiegeln. Sie würden die Grenze bei Sonnenuntergang erreichen und hatten vor, bis Antalya nicht zu schlafen, um am nächsten Tag bis Istanbul zu kommen, damit sich die Pläne ihres Fahrgastes erfüllten. Die barsche Kontrolle der türkischen Polizei an der Grenze glich beinahe einem Verhör über die seltsame Besatzung eines UNO-Geländewagens, in dem ein Russe und zwei Franzosen, Bouvard und Pécuchet, unterwegs waren. Carvalho erklärte, daß ihre Familien schon seit der Zeit vor dem Krieg, als das Land noch als die Schweiz des Nahen Ostens galt, enge Beziehungen zum Libanon hatten und Herr Sumbulovich einer sephardischen Familie entstammte, die durch Rußland, das ehemalige Jugoslawien, Frankreich und Israel gezogen war. »Die Welt hat keine Grenzen«, meinte Biscuter auf französisch, doch die beiden Kontrolleure sahen ihn nicht einmal an, so als wäre es nicht der Mühe wert. Carvalho wußte um die Gepflogenheit der türkischen Polizei, jedes menschliche Wesen, ob Türke oder nicht, für verdächtig und mitschuldig am Untergang des Türkischen

Reiches zu halten, schließlich aber doch ein Auge zuzudrücken, weil sie unter anderem dafür bezahlt werden. Sie wurden durchgelassen, und Samuel legte ihnen nahe, nicht zu schnell zu fahren.

»Mit den Strafen für Ausländer sind sie unerbittlich. Und langsam beim Verhängen der Strafe, vor allen Dingen langsam.«

Das Wort »langsam« klang in dem Geländewagen eher nach einer Klage als nach einer Feststellung, und Carvalho versuchte zu beschleunigen, ohne die Geschwindigkeitsbeschränkung erheblich zu überschreiten, wobei er mit jedem Mal mehr bereute, sich auf diesen Gefallen eingelassen zu haben, der ihm die Unternehmungslust des Reisenden nahm und ihn zum Chauffeur im Dienst eines russisch-jüdischen Biologen und einer argentinischen Fremdenführerin machte, die Mitglied des Mossad war. Er sprach mit Biscuter über die wunderbaren Orte der türkischen Küste wie Kusadasi, Ephesos, Smyrna oder Troja, die sie, wenn sie nach Antalya abbogen, nicht mehr sehen würden. »Nein, nach Troja werden wir auf dem Weg zu den Dardanellen kommen.« Biscuter-Achill begann Pfeile in den von der Windschutzscheibe begrenzten Horizont zu schleudern, und Carvalho versuchte vergeblich, ihn darauf vorzubereiten, daß die mythische Stadt Troja unter der Erde vergraben lag, was zwar einen Anreiz für Archäologen darstellen mochte, den Reisenden jedoch im Zweifel ließ, wie denn so interessante Persönlichkeiten an der Landzunge Anatoliens leben und sterben konnten.

»Du wirst weder Helena noch Paris, auch nicht Hektor, Odysseus, Achill oder Agamemnon sehen, dessen Grab du schon in Mykene besichtigt hast.«

»Ich kenne die alle aus dem Kino, und wenn Sie Odysseus erwähnen, hole ich flugs Kirk Douglas aus der Truhe meiner Erinnerung und bin begeistert. Was für ein Odysseus! So versteht man, warum ihn Rossana Podestà und Silvana Mangano verführen wollten. *Die Fahrten des Odysseus* gefiel mir, weil der Film gut ausgeht. Odysseus gelingt es, nach Ithaka zurückzukehren, er tötet die zudringlichen Freier, die seine Frau belagern, und wird wieder König, sehr geliebt von seinem Sohn Telemach, einem Jungen mit vielen Fähigkeiten. Solche Dinge passieren heutzutage nicht mehr. König zu sein ist ein riesengroßer Mist, und du mußt das halbe Leben damit zubringen, Vorträge anzuhören oder Billardtische einzuweihen, und ich weiß, wovon ich rede.«

Sie erreichten Antalya, die Morgendämmerung im Rücken, hungrig und mit den durch die Stöße des Geländewagens zermalmten Knochen. In einem Motel stiegen sie ab, ohne in die Altstadt hineinzufahren, um nicht noch mehr Zeit und Geld zu vergeuden, so als richtete sich die Reise nach den Bedürfnissen Samuels. Sie aßen gleich in dem an der Straße nach Termessos gelegenen Motel zu Abend: Sandwiches mit Käse und Schinken. Dort entdeckte Carvalho den *Ayran*, ein mit Wasser gemixtes, herrlich frisches Joghurtgetränk, und versicherte, nichts anderes mehr trinken zu wollen, solange sie in der Türkei weilten. Als Sumbulovich schon auf sein Zimmer gegangen war, beklagte sich Biscuter mehrmals darüber, nicht besichtigen zu können, was man sehen mußte, wie zum Beispiel das alte Termessos und den es umgebenden Naturpark.

»Wirklich großartig, Chef.«

Und er zeigte seine Reiseführer und Prospekte als unnütze Zeugen vor.

»Wir können später zurückkehren. Eine Weltreise muß nicht unbedingt einer sich fortsetzenden Linie folgen. Das wäre eine zu primitive Regel.«

Es war heiß, vor allem in den billigen Motels, in jenem August mit nur wenigen hochsommerlichen Tagen und reichlich Regen in Europa, so als wollte der fehlende Schweiß die Körper auf die bevorstehende Katastrophe aufmerksam machen, die Ökologen bei der kürzlich in Südafrika stattgefundenen Konferenz angekündigt hatten. Vom kleinen Balkon seines Zimmers aus betrachtet, glich für Carvalho die hellbeleuchtete Straßenkreuzung jedem beliebigen Ort der Welt, der Licht brauchte und Eile hatte. Nur die Sprache auf den Schildern wies darauf hin, daß er nicht zu Hause war, ja nicht einmal in seiner mutmaßlichen Welt eines Reisenden aus dem Westen. Er war ein Flüchtling, gekreuzigt von vier Wegen, von denen er nur den über Eskisehir und Adapazari nach Istanbul führenden wählen konnte. Er schlief schlecht und ließ auf den Kissen die Spuren der erlittenen Qual und Hitze zurück, so daß er erleichtert war, als Biscuter an die Tür klopfte und damit den Anstoß gab, die Nacht als beendet zu betrachten. Aber Biscuter war nicht zufrieden.

»Er ist fort.«

»Wer ist fort?«

»Samuel Sumbulovich. Er ist nicht auf seinem Zimmer. Keine Spur von dem wenigen Gepäck, das er hatte, und an der Rezeption hat man mir gesagt, daß er heute morgen zum Flughafen aufgebrochen ist. Es gibt Flüge Antalaya-Istanbul.«

»Ist er allein abgereist?«

»An der Rezeption war er allein, und er ist allein ins Taxi gestiegen.«

Carvalho zuckte mit den Schultern, und während sie Marmeladen, Joghurts und *Ekmet*, das im ganzen östlichen Mittelmeerraum übliche, mit Sesam bestreute Weißbrot frühstückten, faßten sie erleichtert wieder ihre ursprüngliche Route ins Auge. Zunächst einmal galt es Antalya zu sehen, dann Termessos, Pamukkale, Ephesos, Smyrna, Troja, und schließlich würden sie sich bei den Dardanellen der schmalen Durchfahrt nähern, dem Zugang zum Marmarameer und der möglichen Einfahrt in den Bosporus; dahinter lag das Schwarze Meer, Samarkand, vor allem Samarkand, unverzichtbarer denn je.

»Wo liegt denn Samarkand, Chef?«

»Früher lag es zwischen dem Imperium des Großen Tamerlan und Hollywood, dessen Filmindustrie darauf versessen war, eine Stadt zu erfinden, die über Jahrhunderte hinweg einen verbindlichen Mythos darstellte. Eine der schönsten Städte an den Schützengräben Asiens, zu denen man reisen mußte, um Dschingis Khan zu sehen, wozu sich ein spanischer Botschafter namens Rui

González de Clavijo aufmachte. Nun ist es nur eine Stadt von vielen in einer dieser seltsamen Republiken, die unter den Laken der Krankenbahren der Sowjetunion hervorkrochen, an denen der historische Materialismus in seiner Endphase gepredigt wurde. Samarkand liegt in der Republik Usbekistan.«

»Mich begeistern diese Länder, die auf *tan* enden. Turkistan zum Beispiel.«

Im Zentrum der Altstadt von Antalya fiel Carvalho ein, daß Biscuter Malena anrufen sollte.

»Sie hat dir ihre Handy-Nummer gegeben.«

»Was haben wir abgemacht? Sollte die Reise nicht nun wieder unsere Sache sein?«

»Erinnere dich an das Verschwinden von Madame Lissieux. Hältst du es nach einer Erfahrung wie der mit dem Kokain und der anschließenden Verfolgung noch für plausibel, daß sie uns freiwillig verlassen hat? Und was, wenn sie jetzt den Jungen gezwungen haben, abzureisen?«

Biscuter kramte sein winziges Notizbuch hervor und mußte es dicht unter die Augen halten, um die Telefonnummer der argentinischen Jüdin zu entziffern. Zunächst hörte er die Geräuschkulisse, das Plappern der Touristen, die ihre Reiseführerin umringten, und schließlich die singende Stimme von Malena, die im offenen Raum widerhallte. Es bedurfte nur weniger Worte. Samuel war verschwunden. Er hatte sie in einem billigen Motel in Antalya im Stich gelassen, und alles deutete darauf hin, daß er zum Flughafen gefahren war.

»Vielleicht hatte er Eile«, verharmloste Biscuter das Problem.

»Die Zeit war einkalkuliert. Auch die Sicherheit zu reisen, ohne sich ausweisen zu müssen. Was haben Sie vor?«

Biscuter schilderte Malena ihren Plan, und sie bat darum, daß sie sich wieder meldeten und vor allem ihr Hotel in Istanbul bekanntgaben. Cavalho wußte es schon, und zum Erstaunen Biscuters war es das Hilton. Nachdem das Telefonat zu Ende war, ging Carvalho auf die Verblüffung seines Assistenten ein.

»Ich weiß, daß ins Hilton zu gehen meiner üblichen Haltung amerikanischen Hotels gegenüber widerspricht. Aber Istanbul ist eine anstrengende und in vielerlei Hinsicht asiatische Stadt. Ich möchte in einem gediegenen Hotel, aber keinem der Luxusklasse nächtigen: im Hilton. Zwei Tage. Danach kommt der Bosporus, der Norden der Türkei, das Kaspische Meer … die Unendlichkeit. Wer weiß, wo man in der Unendlichkeit schläft und ob es dort ein Frühstücksbüffet gibt. Ich liebe Frühstücksbüffets und Städte mit Strand.«

Aber der schönste Strand von Antalya lag zehn Kilometer entfernt, und Biscuter hatte ein dringendes paläourbanistisches Bedürfnis nach alten Stadtvierteln. In diesem Fall war die Altstadt wirklich sehenswert, von einem kannelierten Minarett bewacht, einem funktionellen historischen Bau in guter Gesellschaft einer Moschee mit einem abgeschnittenen Minarett. Das Viertel war zu sehr herausgeputzt und von Restaurants und Geschäften übersät, vor allem mit Läden, in denen Teppiche feilgeboten wurden, die denen aus Alicante so sehr glichen, daß Carvalho geschworen hätte, daß sie aus Alicante stammten. Biscuter unterstützte diese These, da ihm zu Ohren gekommen war, daß Freunde von Freunden von Freunden Teppiche im Nahen Osten gekauft hatten und bei ihrer Rückkehr nach Spanien entgeistert feststellten, daß sie Etiketts aus Onteniente, Provinz Alicante, trugen.

»Da besteht kein Zweifel, Biscuter: Es waren fliegende Teppiche.«

Es war schwierig, als Fußgänger den überall lauernden Teppichverkäufern auszuweichen, die über ein Netz von überzeugenden Jungen verfügten, die Touristen ohne Begleitung von einem Teppichgeschäft zum anderen verfolgten und in diesem Fall die fast unverhohlene neugierige Sympathie Biscuters hatten.

»Biscuter, lösche dieses selige Lächeln aus deinem Gesicht, sonst bekommen wir einen Teppich verpaßt.«

Um der Verfolgung zu entgehen, schlug Carvalho vor, so bald wie möglich Antalya zu verlassen und nach Termessos zu fahren, ein Ausflug, den sie sich nun leisten konnten und dem Biscuter begeistert zustimmte, als er las, daß man über drei

Stunden laufen müsse, um den Ort richtig auf sich wirken zu lassen. Biscuters Handy läutete, und er überprüfte etwas erschrocken, woher der Anruf kam. Etwas beruhigter begann er dann mit Malena zu sprechen und wiederholte laut, was sie sagte, damit Carvalho mitbekam, worum es ging.

»Wir sollten nicht zu spät in Istanbul ankommen. Die Sache mit Samuel kann Folgen haben. Möglicherweise bekommt der Junge Probleme.«

Carvalho handelte mit sich selbst zwei Tage Ferien aus, und am dritten würde er sich auf den Weg nach Istanbul machen.

»Sie fragt mich, ob es nicht früher sein kann, Chef.«

»Nein.«

Der Gehilfe war von der glatten Weigerung seines Chefs beeindruckt und vermittelte sie erleichtert mit den entsprechenden Erklärungen, so daß der Argentinierin nichts anderes übrigblieb, als sich damit abzufinden. Sie verabredeten sich drei Tage später im Hilton. »Mit ihr, ja, mit ihr«, versicherte Biscuter einem ungläubigen Carvalho, der sich einen Besuch von Masada ohne Malenas Anwesenheit als Übersetzerin für argentinische Postjuden und spanische Postsechziger, Opfer des obligatorischen Bibelstudiums in ihrer Kindheit, gar nicht vorstellen konnte.

»Es ist gut, großzügig zu sein, nicht aber, die eigene Freiheit den Launen der anderen zu opfern. Wir haben Wort gehalten, doch das Vögelchen ist aus dem Käfig entwischt. Aber schließlich sind wir alle erwachsen. Also sollen sie gefälligst warten.«

In Termessos betraten sie einen Park und folgten der Verheißung der alten Stadt, in den Bergen gestrandet wie ein sagenumwobenes Schiff, das man nach einer Stunde Fußweg erreichte, nachdem man das Auto auf dem Parkplatz abgestellt hatte. Es war eine Sache des Vertrauens, denn die Stadt auf dem Berg war in Nebel gehüllt, und der Weg verlangte den Füßen volle Konzentration ab. Biscuter ging beeindruckt vor sich hin, den Heiligen Gral fast schon in Händen, und Carvalho war hin- und hergerissen zwischen dem Wunsch zu staunen und dem, nicht zu ermüden. Im Moment überraschte ihn die Schlichtheit der

Ruinen, die eine vergangene Größe vermitteln konnten, ohne auch nur den Teil des Staatsbudgets in Anspruch zu nehmen, der für die Erhaltung von etwas so ätherischem wie dem einheimischen Kulturerbe vorgesehen war. Die Gräber und die Gewässer kennzeichneten die Spannung zwischen dem Tod und seinem Gegenteil, die verstreuten Grabstätten, der Aquädukt und die Zisternen waren Carvalhos bevorzugte Ruinen, während Biscuter über die Agora, durch die Tempel und vor allem das Theater streifte, so als hätte er Jahrhunderte auf diesen Besuch gewartet. Er nahm die theoretische Haltung des Hauptdarstellers in einem Monolog ein, und begann *A la taverna d'en Mallol* zu singen, laut genug, daß sich sämtliche Gesichter aus Orient und Okzident nach ihm umdrehten.

In der Taverne von Mallol
haben die Messer geblitzt,
in der Taverne von Mallol
waren es vier Männer
gegen einen wohl.

Sie erreichten wie vereinbart Pamukkale pünktlich um drei Uhr nachmittags und entschieden, morgens an den Strand zu gehen, wenn die Strände sich lohnten und das Wetter mitspielte. Die geographischen oder intellektuellen Landschaften, die Ruinen zum Beispiel, sollten dem Nachmittag vorbehalten sein. Es war Carvalho, der sich die Strände an der Küste nicht entgehen lassen wollte, während Biscuter auf seinem autodidaktischen Kreuzweg bestand, keinen einzigen gekennzeichneten Stein auszulassen. Im Augenblick war Pamukkale unumgänglich, denn es gab kein türkisches Tourismusplakat, auf dem nicht seine Kalkterrassen mit den gefüllten Wasserbecken zu sehen waren. Sie wirkten wie die erstaunliche Leistung irgendeines Architekten oder Wasserbauingenieurs und waren doch gänzlich aus den Thermalquellen entstanden, die die großen Wasserbecken nicht immer füllten, da sie von den zahlreichen Hotels in einer seit dem frühesten Altertum berühmten Gegend ausgebeutet werden. Die Rheumatiker badeten in den vielfarbigen, doppelt wunderbaren Wassern wegen ihres therapeutischen Effekts und weil sie fähig waren, ihre eigene Landschaft in Szene zu setzen.

Sie ließen Ephesos hinter sich, um in Kusadasi in einem Hotel der mittleren Preiskategorie zu nächtigen, dem Oskar, von einem französischen Ehepaar geleitet, das großes Interesse an den Suppenrezepten Biscuters zeigte. Dieser hingegen informierte sich über die *Mezes*, die türkischen Vorspeisen, die ein köstliches Essen einleiteten, wie die Hotelinhaberin betonte, obwohl im allgemeinen die libanesische und syrische Küche die Lorbeeren einheimsen. Am nächsten Tag stellten sie fest, daß die Stadt Benidorm oder jedem anderen Alptraum touristischer Strände glich und man Kilometer zurücklegen mußte, um Postkartenstrände wie den von Kustur zu erreichen und erneut auf das Mittelmeer zu treffen, was sie seit Griechenland zwangsläufig aufgeschoben hatten. Carvalhos Augen glänzten, als er im Hafen die Fähren sah, die Kusadasi mit Samos verbanden; von dort aus war es sehr einfach, nach Patmos zu kommen, wo der heilige Johannes die Apokalypse in Höhlen geschrieben hatte, die nun christlichen Touristen offenstanden, die hofften, an den Wänden Kratzspuren von den Nägeln des interessantesten und möglicherweise perversen Apostels zu finden.

»Samos, Ikaria und Patmos bilden ein Dreieck in der Ägäis, aber am meisten interessiert mich Patmos.«

Carvalho zögerte, das seit dem Beginn der Reise gehütete Geheimnis preiszugeben, fand aber schließlich den Moment passend.

»Ich war einmal zu so etwas wie Flitterwochen in Patmos.«

Biscuter antwortete nur mit einem Lächeln.

»Ich war gewissermaßen verheiratet, sogar kirchlich und mit allem Drumherum. Stell dir das einmal vor, im Spanien der fünfziger und sechziger Jahre. Meine Frau hieß Muriel und war Parteimitglied und Studienkollegin. Wir hatten keinen Céntimo. Unsere Familien ebensowenig, aber es ergab sich die Gelegenheit eines Parteitreffens in Athen. Von Athen ging es nach Patmos, danach mußte ich jedoch in den Irak zu einem Treffen der Kommunistischen Jugend. In einer Nacht waren Schüsse zu hören, Panzer, die durch die Stadt rollten, Flugzeuge im Tiefflug, und am nächsten Tag war Bagdad voll von Erhängten, sogar den König hatten sie aufgeknüpft. Trotz der Erhängten war es aber eine wunderbare Reise. Vor allem Patmos. Es waren die einzigen glücklichen Momente einer Ehe, die schon schlecht begonnen hatte, in einer Kirche im Pueblo Seco mit ein paar Angehörigen, ein paar linken Studenten und einer latenten Antipathie zwischen dem Pfarrer und mir. Als er mich fragte, ob ich Muriel heiraten wollte, antwortete ich: ›Ja.‹ Und er klappte geräuschvoll das Meßbuch zu und wies mich vor allen

Leuten zurecht: ›Sie wollten wohl sagen, Ja, Pater!‹ – ›Ja Pater!‹ Und schon war ich verheiratet. Es lohnte sich wegen Patmos.«

Biscuter betrachtete ihn mit gerunzelter Stirn, so als wüßte er nicht genau, welche Haltung er einnehmen sollte.

»Entschuldigung, Chef, aber das mit Ihrer Ehe wußte ich schon. Charo weiß es auch. Sie plaudern manchmal, wenn Sie trinken, und einmal erhielten Sie einen Brief von Ihrer Tochter und ließen ihn im Büro offen auf dem Schreibtisch liegen.«

»Ich kenne sie nicht. Ich habe sie seit ihrem dritten Lebensjahr nicht mehr wiedergesehen.«

Er wollte nicht weitere Geständnisse zu Leben und Werk anbringen, sondern wiederholte seinen dringlichen Wunsch, nach Patmos zu fahren. Biscuters Kalkulation zufolge bedeutete es, einen Tag zu opfern, aber er erklärte sich einverstanden, wenn sie den Nachmittag in Ephesos verbrachten. »Dort stehen supertolle römische Ruinen, weil hier alles griechisch-römisch war, bevor die Türken aus den Steppen Zentralasiens kamen.« Die von Biscuter vereinfachte Geschichte fand sich in den Ruinen von Ephesos als Peripherie der großen hellenistisch-römischen Hydra bestätigt. Die Johanneskirche erinnerte an Leben und Tod des Apostels in der Stadt, nachdem er die Apokalypse verfaßt hatte, und die Grotte der Siebenschläfer ließ sie schließlich die morbide Ungewißheit von Eindringlingen in im Laufe der Geschichte immer wieder heimgesuchten Grabstätten und Katakomben verspüren. Die Ausgrabung vereinte römische und byzantinische Funde in beunruhigendem Zustand, ein Ort, um sich einen ganzen Tag der Betrachtung der Steine, Säulen und Statuen zu widmen, Fragmenten einer von Gewalt und Zeit verschlungenen Schönheit. Und so als gälte es, die Rolle der Gewalt in Erinnerung zu rufen, strich eine Militärpatrouille im Tarnanzug, mit den Maschinengewehren im Anschlag, um den Brunnen von Sestilio Podio. Die Wachposten zwangen dem Ort die zeitgenössische Geschichte auf –, aber was hatten sie in den Ruinen von Ephesos verloren?

»Was überwachen die, Chef?« fragte Biscuter.

»Uns. Glaubst du denn nicht, daß wir verdächtig sind?«

»Sie und mich?«

»Und diese paar alten Italiener oder die japanische Familie, die so gekleidet ist, als befände sie sich in Uganda. Sie werden bezahlt, um in einer Welt Wache zu schieben, die sie nicht ganz unter Kontrolle haben. Bis vor kurzem wurden in diesem Land Menschen aus politischen Gründen erhängt, und wenn die Todesstrafe nun abgeschafft ist oder nicht zur Anwendung kommt, dann weil sie die Menschenrechte einhalten müssen, um sich der Europäischen Union eingliedern zu können, aber die Todesstrafe existiert. Vor fast einem Jahrhundert hörten sie auf, ein Imperium zu sein, und wissen immer noch nicht, was sie sind, aber der Staat weiß, daß er sie und uns überwachen muß.«

Am nächsten Tag beschlossen sie, früh aufzustehen, um so bald wie möglich nach Samos überzusetzen, zweieinhalb Stunden Schiffsreise entfernt, eine Rundfahrt über die Insel zu machen und dann ein kleines Flugzeug nach Patmos zu nehmen, wo Carvalho übernachten wollte, für den Fall, daß ihnen der heilige Johannes erschien. Er war gespannt, ob sich seine Erscheinung von vor mehr als vierzig Jahren bestätigen würde, als er und Muriel in dieser Hochzeitsnacht – beide jugendliche Verschwörer – in der Hafenkneipe sitzen blieben und nicht schlafen gingen, übersättigt von gutem und schlechtem Wein, *Retsina* und feinem oder billigem *Ouzo*, das war egal, Hauptsache, sie schwebten in der Gemeinschaft der Heiligen und warteten darauf, daß der heilige Johannes erschien. Das tat er auch im feuchtkühlen Morgengrau, als sie auf dem Weg zu der vom Heiligen bewohnten Höhle Bruchstücke der Apokalypse rezitierten: »Die Menschen warfen sich vor dem Drachen nieder, weil er seine Macht dem Tier gegeben hatte; und sie beteten den Drachen an, weil er dem Tier die Macht gab, und beteten das Tier an und sprachen: Wer ist dem Tier gleich, und wer kann wider es streiten? Und es ward ihm gegeben ein Maul, zu reden große Dinge und Lästerungen, und ward ihm gegeben, daß es mit ihm währte zweiundvierzig Monate lang. Und es tat sein Maul auf zur Lästerung wider Gott, zu lästern seinen Namen und sein Haus und die im Himmel wohnen. Und ihm ward gegeben, zu streiten wider die Heiligen und sie zu überwinden; und ihm ward gegeben Macht über alle Geschlechter und Völker und Sprachen und Nationen.«

Als der blutjunge Carvalho dieses ihm zugefallene Fragment der Offenbarung vorgetragen hatte, sah er, ebenso wie Muriel, die noch viel mehr dem historischen dialektischen Materialismus verhaftet war als er, den heiligen Johannes aus der Höhle heraustreten, sich strecken und etwas auf griechisch sagen, das nicht einmal die Griechen verstanden, die durch den Vortrag des Fremden aufgewacht und hinzugekommen waren. Der Heilige hatte gar nichts Liebenswürdiges an sich und lästerte so offensichtlich, daß Carvalho daran zu zweifeln begann, ob diese Stimme tatsächlich dem Heiligen gehörte oder aber einfach einem Bettler, den die laizistische Spiritualitätsbekundung von zwei jungen Roten geweckt hatte, einem halb im Untergrund lebenden Pärchen, das in die Heimat des kommunistischen Mythos Manolis Glezos und des Dichters Yannis Ritsos gepilgert war.

An all das dachte Carvalho, während sie in Kusadasi auf das Ablegen der Fähre warteten, und wenn es auch keine ganze Kompanie der VI. nordamerikanischen Flotte war, die mit ihm wartete, so doch Dutzende und Dutzende Amerikaner, die in den jungen Jahren von Doris Day, Sandra Dee und Troy Donahue jung gewesen waren und nun im Ruhestand einen Teil ihrer Rente im sicheren Teil des Mittelmeerraums ausgaben. Ihre Kleidung stammte aus dem letzten Ausverkauf am Ende der Saison, gelbe Schuhe, karierte flaschengrüne Sakkos im Prinz-Charles-Stil, das Gebiß war von Hamburgern mit Ketchup poliert, und sie lächelten, zufrieden, in einer neuen Besitzung an Land zu gehen, die noch Türkei hieß. Carvalho und Biscuter hatten ihre Plätze auf der Fähre eingenommen und befanden sich kurz vor Samos, als Biscuters Handy läutete und er den Anruf, von Carvalho abgewandt, entgegennahm, bis er feststellte, daß es Charo war. Er übergab ihm das Telefon, so daß die Frau die gleichen Klagen wiederholen konnte, die schon Biscuter über sich hatte ergehen lassen.

»Wenn ihr kein Geld habt, könnt ihr ruhig ein R-Gespräch anmelden. Aber es ist nicht in Ordnung, daß ihr was auch immer rund um die Welt treibt und nicht einmal aus Höflichkeit anruft, nicht einmal deshalb.«

»Ganz im Gegenteil. Versteh doch, daß es immer noch eine ernste Sache ist, die Welt zu umrunden. Da kann man nicht jeden zweiten Tag die Familie oder Freunde anrufen. Gibt es was Neues?«

»Was ist für dich etwas Neues inmitten der Dinge, die du gerade erlebst?«

»Etwas Neues, was mich und Barcelona betrifft.«

»Die Bullen geben nach wie vor keine Ruhe. Sie haben im Viertel rund um dein Büro und in Vallvidrera zahlreiche Fragen gestellt.«

»Was fragen sie?«

»Nichts Genaues. Es scheint Teil einer Akte zu sein, vielleicht bloße Routine. Um ihre Bezahlung zu rechtfertigen.«

Carvalho versprach, von jedem neuen Land aus anzurufen, auch wenn es nur einmal sein sollte, und hob sich die Warnungen Charos für Samos auf, wo er eigentlich nur darauf wartete, nach Patmos weiterzureisen, unberührt von dem Geschrei Biscuters, der über die Maßen entzückt war über alles, was er sah, einschließlich eines Exemplars von *El País* an einem Kiosk.

»Das nenne ich Zivilisation, Chef: griechischer Tabak, Kalamata-Oliven, Zeitungen aller Art, *El País*, Matrosenhemden wie in meiner Jugend ...«

Ein Abstecher nach Pythagorion war unverzichtbar, vielleicht weil Biscuter der Name geläufig war oder weil er sich dagegen sträubte, die Fülle von Samos in kurzer Zeit abzuhaken, und er hob die Pracht des Heraions hervor, als hätten seine Größe und der gute Erhaltungszustand bereits die Reise gerechtfertigt.

Er hatte im Xenia von Patmos reserviert, einem in Grikos gelegenen Hotel der staatlichen Tourismuskette, in dem er vor mehr als vierzig Jahren mit Muriel gewesen war. Die Insel war über den Hafen von Skala zu erreichen, und dort stand noch dieselbe Taverne, in der er mit Muriel so viel getrunken und gegessen hatte, sehr zum Erstaunen der damaligen Wirtin, einer alten Frau, die immer wieder ausrief, sie seien völlig verrückt, denn sie tranken, stritten und liebten sich im Übermaß. Nun aber beherrschte die Taverne nicht mehr ein paar verstreute Fischerhäuser und Pensionen für die Neuankömmlinge, sondern fügte sich nahtlos in das neue Stadtbild ein, entworfen für einen Tourismus, der sich noch in Grenzen hielt, weil Patmos abgelegen und zu nah an einem konfliktreichen östlichen Mittelmeer war. Carvalho empfand erst so etwas wie Rührung, als sie bei dem Hotel in Grikos ankamen. Dort war derselbe Strand, derselbe Wellenbrecher, dasselbe recht flache, von Algen bevölkerte Meer, das zu Ausflügen mit Ruder- oder Tretbooten auf der Suche nach anderen Buchten einlud, und vielleicht war auch jener Fischer noch dort, der einen riesigen Oktopus gefangen und ihn, als er schon tot war, gegen die Felsen geschlagen hatte, damit sein Fleisch weich wurde.

Sie badeten und nahmen danach ein Taxi, um das Agios-Ioannis-Kloster zu besichtigen, mit dem die Neubesiedelung der nach den Einfällen der Barbaren verlassenen Insel begonnen hatte. Weiter im Norden erreichten sie das Kloster der Apokalypse und betraten die heilige Grotte, in der angeblich der Apostel Johannes in seiner Verbannung zwischen 95 und 97 nach Christus seine wahnsinnige Vision niedergeschrieben hatte.

Und dort hatte eine lächelnde, betrunkene, schwarzhaarige Muriel gestanden, neben einem Carvalho, der rezitierte:

Erkältete Dirnen
im Hafen von Patmos.
Der Heilige Johannes
besorgt es sich
in den Höhlen von Patmos.

Ich beneide die Heiligen,
wenn ich sehe, wie die bloße
Luft sie erleichtert.

Carvalho zögerte, ob er in Erinnerung an eine glückliche Zeit in Skala zu Abend essen sollte oder lieber im Xenia, denn dort hatten Muriel und er mehrere Tage köstlicher Abgeschiedenheit erlebt. Am Ende entschied er sich für das Xenia und sagte es Biscuter, der offensichtlich gerade in eines seiner geheimen Telefongespräche mit den Partnern seiner kleinen Geschäfte in Barcelona verwickelt war. Manchmal allerdings sprach er mit noch leiserer Stimme auf französisch mit einem geheimnisvollen Partner und tauchte so in sein geheimes zweites oder drittes Leben ein, das er stets von Carvalho fernhielt, weil er scheinbar seine verschiedenen Lebensbereiche nicht vermischen wollte.

Kaum war er auf seinem Zimmer, verspürte Carvalho schon den unwiderstehlichen Drang aufzubrechen, als hätte ihm Patmos bereits alles geboten, und er ging zum Zimmer von Biscuter, den er in Unterhosen dabei überraschte, wie er vor einem Spiegel seine Muskeln trainierte.

»Würde es dir etwas ausmachen, wenn wir unsere Reise fortsetzten?«

»Wohin?«

»Zurück in die Türkei, zu den Dardanellen, nach Istanbul, Samarkand.«

Biscuter blickte aus dem Fenster, so als wollte er die prächtige Landschaft zu Hilfe rufen, um Carvalho verstehen zu können.

Andererseits sollten von seiner Seite keine Einwände kommen, denn ihm ging es um die Reise an sich, so sagte er es Carvalho, und Patmos war auch kein Ort, an den er zurückzukehren dachte. »Verstehen Sie, Chef? Sie sind in Ihrer Jugend viel gereist und können an die Orte zurückkehren. Ich nicht.«

Auf der Reise mit Muriel waren sie überrascht gewesen, wie sehr die Angestellte des Xenia der Königin Friederike von Griechenland ähnlich sah, und vierzig Jahre danach glich die Rezeptionistin einem Model aus den Seiten von *Vogue* oder *Cosmopolitan*. Sie hatte volles Verständnis dafür, daß die Gäste das Hotel schon ein paar Stunden nach ihrer Ankunft wieder verlassen wollten, vorausgesetzt, sie bezahlten die entsprechende Stornogebühr.

»Hat Ihnen etwas an der Insel nicht behagt, Chef? Vielleicht irgendeine Erinnerung?«

»Nein, gar nicht. Ich habe nur plötzlich gedacht, daß meine neuen Erfahrungen niemals so umfassend, so großartig sein werden wie die der ersten Reise. Und ich gebe zu, ich habe mich geirrt. Ich hätte nicht nach Patmos zurückkehren sollen.«

Aber weder auf dem winzigen Flughafen noch am Hafen gab es eine Möglichkeit, dem Wunsch der zwei Ausländer zu entsprechen, die Insel zu verlassen. Erst am nächsten Morgen würde sie ein kleines Flugzeug nach Samos bringen; von dort aus wollten sie die Fähre nach Kusadasi nehmen, wo sie ihr Auto gelassen hatten. Sie quartierten sich in einer Pension in Skala ein, und während Biscuter ein *Musaka* aß, führte sich Carvalho die Kalorien mit mehreren *Ouzos* zu, um sich zu betäuben und wie ein Stein zu schlafen.

Aber der Schlaf wollte sich nicht einstellen, weil ihn der Schnaps angeregt hatte und aus einem unbestimmten Winkel seines Selbst Erinnerungen hervorbrachte, die er nicht wagte, sich ins Gedächtnis zu rufen. Bruchstückhafte Bilder von der Reise mit Muriel, die in seinem Hinterkopf geblieben waren und nun auftauchten, nicht um ihm zu helfen, sondern um ihn zu deprimieren, ihn vermuten zu lassen, daß ihm später nichts Wichtiges passiert sein konnte, weil er plötzlich entdeckte, daß seine kurze Beziehung mit Muriel ein Teil seiner möglichen Sehnsüchte war. Carvalho war überrascht von der Erinnerung an das leichte Gefühl von Beklommenheit und Einsamkeit, als er den heiligen Berg Athos besuchte und Muriel in Sikia auf ihn wartete, weil der Zutritt jedem Wesen ohne Barthaare verboten war, Frauen willkürlich eingeschlossen, ohne Rücksicht auf mögliche Depilationen.

Statt Muriel begleitete ihn Artimbau, ein Maler aus Barcelona, den Carvalho unter den Fremden fand, die darauf warteten, auf den Berg Athos zu gelangen. Er war ein hervorragender Porträtist der Popen und gewandter Verteidiger seiner Malerei und der der anderen, besonders beißend gegenüber den Mafias, die neue ästhetische Kanons schufen. Vier Tage streifte er ohne Muriel und mit Artimbau, zu Fuß oder per Autostop in Lastwagen umher; sie schliefen in wunderschönen Klöstern, in denen jedoch das Ressentiment der Popen spürbar war, denn sie waren einst reich gewesen, unterstützt von den orthodoxen Staaten, und plötzlich, mit dem Ausbruch der Russischen Revolution und später des Zweiten Weltkriegs verarmt, als diese orthodoxen Staaten in die Klauen des atheistischen Kommunismus fielen und keine Religionen mehr unterstützten. Trotz ihres Verfalls waren die Klöster noch immer in der Lage, den besten *Ouzo* Griechenlands herzustellen, den sie dem fremden Pilger als Elixier ihrer Gastfreundschaft schenkten. Der Niedergang des Kommunismus hatte vielleicht den Klöstern ihren Glanz zurückgegeben, die eine von Priestern regierte Halbinsel säumten, von jenen beleibten Popen, manche mit Pferdeschwanz, die schwarze, vom vielen Waschen und der Sonne ausgebleichte Soutanen trugen und die Königin Friederike, den Prinzen Konstantin und die Prinzessinnen Irene und Sophia verehrten, deren Fotos alle Räume zierten, in denen sie den Pilgern ihren Schnaps kredenzten. Der junge Artimbau verdiente sich seinen Lebensunterhalt und die Reise, indem er an jedem passenden Ort – ob Taverne, Agora oder Theaterruine – Gitarre spielte und ein vorwiegend spanisches, mit einigen mexikanischen und französischen Zusätzen aufgeputztes

Repertoire zum besten gab. »Am meisten zieht das heitere Volkslied, die *Tonadilla*, und je mehr sie nach *Pasodoble* klingt, desto besser. Sie sind begeistert von der des Torero, die Piquer gesungen hat: ›Romanze der Tapferkeit ... Greife an, schöner Stier ...‹, und so weiter. Auch die mexikanischen *Corridos* sind beliebt, zum Beispiel der von Simón Blanco. Und da ich nicht Englisch kann, singe ich immer etwas auf französisch, *Milord* und *Les feuilles mortes*, das gibt mir ein kosmopolitisches Flair.«

Er hatte Artimbau Jahre später in Barcelona wiedergetroffen, als jener schon ein bekannter Maler war, der nicht mehr in Kneipen, Markthallen oder Theaterruinen singen mußte.

Muriel hatte in Sikia auf Carvalho gewartet. Eine Qualle hatte sie an der Brust gestreift – nach Meinung des Apothekers –, und auf der Brust waren zwei kleine Löcher zu sehen, die wie eine Bißwunde aussahen und die Carvalho eher einem Drachenfisch zuschrieb, wie er in den sanften Wellen am Sandstrand dahintreibt. Muriel hatte Fieber, es herrschte griechische Hitze in einem Hotel, in dem nur ein in einer besonders heißen Nacht geöffnetes Fenster für Abkühlung sorgte, und Carvalho zog es vor, sich in Unterhosen und nur vom Zirpen einer Grille begleitet auf einer kleinen Dachterrasse auszustrecken. Als er sich danach wieder dem Bett näherte, schlief Muriel und schwitzte, und er hatte zum ersten Mal den Eindruck, daß seine Frau ein fremder Körper mit einer eigenen Geschichte war, die ihm nicht angehörte.

Vierzig Jahre später war sogar die Pension von Skala mit so etwas wie einer Klimaanlage ausgestattet. Das Handy von Biscuter läutete, und der schlüpfte vom Bett ins Badezimmer, wo er sich einer breiten Auswahl einsilbiger französischer Worte bediente, um seinem Gesprächspartner zu antworten. Carvalho erstaunte die Geheimnistuerei, die Biscuter manchmal mit seinem Handy an den Tag legte, vor allem, wenn er gezwungenermaßen auf Französisch antwortete und den Eindruck vermittelte, das Gespräch so schnell wie möglich beenden zu wollen. Irgendwann einmal hatte er diese Anrufe als Pflege seiner in

Paris geknüpften Kontakte bezeichnet, wo er 1992 einen Intensivkurs für Suppen und Saucen absolviert hatte.

»Ich wäre sehr an einem anderen Kurs interessiert, Chef, zum Beispiel über Konditorei, denn das ist mein schwacher Punkt, Chef.«

Biscuter plauderte weiter vor sich hin, und Carvalho schien sein Schweigen zu genießen, obwohl ihn manchmal sein zunehmender Hang zur Absonderung und die Unlust, sich einzumischen, beunruhigte. Ja, er beobachtete, schaute, betrachtete wie immer, aber er war nicht mehr so leicht zu überraschen, hingegen störte es ihn oftmals zu hören, einfach zu hören, und vor allem die Stimmen, die er nicht herbeigerufen hatte. Unabhängig davon, was ihm diese Stimmen sagten, und selbst wenn sie interessante Anmerkungen oder Erlebnisse preisgaben, wollte er sie nicht hören, sondern empfand sie als Eindringlinge in seine geheiligte Zurückgezogenheit. Biscuter schlief im Reden ein, und Carvalho war hellwach. Er hatte Lust, sich auf die Suche nach der Taverne zu machen, wo Muriel und er so viel getrunken, gesungen und sich geküßt hatten und die alte Wirtin angesichts der dummen Zurschaustellung von Lebenslust und Begehren dieses so unerwarteten, spanischen jungen Paars gelacht und sie verrückt genannt hatte. Er konnte nicht schlafen, weil er in seinem Inneren den zwanzigjährigen Jungen spürte, der diesem zwanzigjährigen Mädchen nachhing, so als handelte es sich um wachsende Zysten des Geistes, so als könnte er sich selbst in einer anderen entscheidenden Lebensphase betrachten, und in einer weiteren, begrabenen Existenzen gleich, die seine eigene Archäologie ausmachten, die Orte, die er aus seiner Erfahrung oder Erinnerung ausgrub. Die Reise war zu spät gekommen. In meinem Alter, sagte er sich, lohnt es sich nicht, irgend etwas Erlebtes oder Befürchtetes zu bewahren, es gilt nur mehr, die Reisewege in die Haut zu ritzen, denn ein kluger Kopf hat einmal gesagt: Das Tiefste am Menschen ist die Haut.

Von den großartigen Steinen von Smyrna und Pergamon gesättigt, bat Carvalho Biscuter nach dem Besuch der Akropolis von Pergamon, Malena anzurufen, weil sie nun in Bursa übernachteten und schon am nächsten Tag in Istanbul sein würden. Er fuhr, so schnell er konnte, um vor der Dämmerung Troja zu erreichen, in der trügerischen Hoffnung, sämtliche begrabenen Städte zu sehen, eine unter der anderen gelegen, die wie durch ein Wunder aus der Erinnerung und der Archäologie ausgegraben wurden. Dieser Traum wurde jedoch enttäuscht, als er die aufgehäuften Steinbrocken sah, die für immer die schwer durchschaubare Helena, den leichtsinnigen Paris, die allzu tragische Andromache und die Sibylle Kassandra verschlungen hatten, die in seinen Augen immer ein blödes Luder gewesen war. Von der Vergangenheit zeugte nur eine Replik des trojanischen Pferdes, quasi als Ausstattung einer Superfilmproduktion. Die Mauern der einst uneinnehmbaren trojanischen Festungen glichen gerade noch den Begrenzungen von Terrassenbeeten, und wie einer von Biscuters Prospekten sagte, gab es in Troja nichts Besseres zu tun, als sich an die *Ilias* zu erinnern.

Und wenn schon Troja eine Enttäuschung gewesen war, bereitete ihnen die Einfahrt in die Meerenge der Dardanellen eine noch größere, denn sie glich von Çanakkale aus einem prächtigen strahlendblauen Weg, der in keiner Weise die Ängste der Argonauten rechtfertigte, läge nicht die gewaltige Last der Mythologie auf ihr. Um die früher als Hellespont bezeichnete Meerenge rankten sich phantastische Legenden wie die, daß die Göttin Helle sie erschuf, als sie von einem geflügelten Widder herabstürzte, oder die des jungen Leander, der ihre Wasser schwimmend durchquerte, um zu seiner Geliebten Hero zu gelangen und der eines Nachts bei diesem Unterfangen ertrank. Biscuter las laut das Abenteuer Lord Byrons vor, der trotz seines lahmen Beins die Meerenge durchschwamm, um mit dem gescheiterten Leander zu wetteifern. Wie in Troja war auch in der Meerenge der Dardanellen die über sie geschriebene Literatur das beste. An der Mündung ins Marmarameer wurde sie breiter, und in Bursa steuerten sie hocherfreut ein Hotel mit Thermalbad an, dessen Dachkuppel in einem Oberlicht aus buntem Glas endete. Sie zogen sich die Badehosen an und gaben sich den offensichtlich türkischen Freuden eines großen sechseckigen Marmorbeckens mit idealer Temperatur und wohlriechenden Dämpfen hin, das nur für sie allein gemacht zu sein schien, bis eine junge Frau mit einem Kind auftauchte, das sofort ins Wasser sprang, während seine Mutter ein Buch aufschlug und dadurch in herrliche Abgeschiedenheit versank. Sie war eine dunkelhaarige, dunkeläugige Frau mit lila lackierten Finger- und Zehennägeln und etwas Bauch – vielleicht wirkte es auch nur so wegen der Haltung und hübschen Brüste, die sich unter ihrem Badeanzug abzeichneten. Carvalho spürte den Stachel des Begehrens, was er hoffnungsvoll begrüßte, denn seit sie sich von Malena getrennt hatten, gehörten die Frauen wieder zur Landschaft oder erinnerten ihn unangenehm an seine sexuellen Unsicherheiten. Er schlug Biscuter ein Abendessen wie für zwei Gourmets im Exil vor, um die Köstlichkeiten der türkischen Küche zu genießen.

Sie umstreiften prächtige Moscheen, gefolgt von einem zimtfarbenen Hund, der Biscuters Beschützerinstinkt gewittert hatte. Dieser äußerte sich im Kauf von Milchbrötchen, die er – trotz der Einwände Carvalhos, Süßigkeiten riefen bei Hunden Diabetes hervor – dem Tier verfütterte, worauf Carvalho etwas Käse besorgte und so der Hund zum besten Imbiß seines Lebens kam, weshalb er beschloß, diese zwei netten Fremden nicht mehr zu verlassen, die manchmal schneller gingen oder sich in Portalen versteckten, um ihn abzuhängen. Doch der Geruch seiner Gönner mußte anziehend sein, denn der Hund verabschiedete sich erst an der Tür des Restaurants, vielleicht weil dort das durchgestrichene Bild eines Artgenossen hing. Das bekannte Restaurant hieß Jusuf, und während Carvalho in Begleitung eines gründlich informierten Biscuter, der während der ganzen Reise sein Wissen einbrachte, am *Simit* knabberte (wie die nicht wegzudenkenden Sesambrotkringel auf türkisch hießen), bestellte er die komplette Vorspeisenpalette, angeführt von *Dolmasi* und *Börek*, gefolgt von geräucherten Auberginen, *Tarama*, *Haydari*, Artischockenherzen oder *Lakerda*, hauchdünnen Scheiben geräucherten Thunfischs mit Zitrone, kaukasischem Huhn mit Haselnüssen und ging danach zu einem traditionellen Menü über, bestehend aus einer Linsensuppe mit Joghurt, Kebabs mit verschiedenem Fleisch und Gemüse, großartigen Bandnudeln mit Hackfleisch und Kräutern, um schließlich das Fest der Sinne mit *Asure* – auch als Pudding Noahs bekannt –, einem Nachtisch aus Trockenfrüchten zu krönen. Der Wein von Kavaklidere war gut, ebenso wie der *Raki*, das Äquivalent zum griechischen *Ouzo*, noch besser der Kaffee, den die Türken türkisch und die Griechen griechisch nennen, und sie waren mit all diesen herrlichen Genüssen beschäftigt, als Biscuter feuchte Augen bekam und meinte, er gäbe zehn Jahre seines Lebens dafür, wenn seine Mutter bei diesem Festmahl dabei sein könnte.

»Ich habe der armen Frau so viel Kummer bereitet. Sie hätte nie geglaubt, daß ich eines Tages so weit kommen würde. Im Moment bis nach Bursa, aber wenn nicht irgendein Unheil passiert, werde ich rund um die Welt fahren, und vielleicht wird mein Schicksal ganz oben am Firmament geschrieben werden.«

Carvalho schien das zu hoch für Biscuters Schicksal, aber er nickte ihm aufmunternd zu und füllte ihm sein Glas mit *Raki*.

»Chef, manchmal glaube ich, daß alles, was wir auf Erden tun können, schon getan und nicht gut getan ist. Wir sollten das Jenseits erforschen, ein materielles Jenseits. Was würden Sie von einer Diaspora im Himmel und sogar über den Himmel hinaus halten?«

»Wozu denn? Die Schlechtigkeit und das Unvermögen würde mit uns reisen.«

Biscuter grübelte auf dem gesamten Weg zum Hotel, erneut von dem zimtfarbenen Hund gefolgt, über diese Aussage nach. Carvalho hatte für alle Fälle zwei Lamm-*Kebabs* in die Tasche gesteckt, und der Hund fand bestätigt, daß er den besten Tierfreunden begegnet war, obwohl es sich seltsamerweise um Männer handelte. Aber es versperrten ihm die Hoteltür und ein Fußtritt des Portiers den Weg, der durch den sich schützend dazwischenstellenden Biscuter allerdings ohne Folgen blieb.

»Die Schlechtigkeit und das Unvermögen würden mit uns reisen, sollten wir die gleichen Sorgen und Ängste mitschleppen, die uns hier quälen.«

Biscuter dachte nach seiner Flucht in nebulöse, auswärtige Gefilde wieder an den Hund und schlug Carvalho vor, ihn mit auf die Reise zu nehmen. »Kannst du dir die Schwierigkeiten an jeder Grenze vorstellen? In jedem Land müßten wir einen Gesundheitspaß vorweisen.«

»Das dürfte leicht sein. Auf der ganzen Welt gibt es zu viele Hunde. Wenn sie hier schon zu viele sind, stellen Sie sich die Sache in Asien vor.«

»Wir sind in Asien«, warf Carvalho ein. »Und was, wenn das Auto verreckt und wir im Zug oder mit dem Autobus reisen müssen? Dann bliebe uns nichts anderes übrig, als ihn an einem für ihn viel schlechteren Ort als Bursa zurückzulassen. Hier kennt er wenigstens den Rundgang zwischen Hotels, Moscheen, Restaurants und wieder zu den Hotels zurück.«

Der reichliche Alkohol ließ sie erst später aufwachen als geplant, denn eigentlich wollten sie den Tag in Istanbul nutzen und erwarteten außerdem den Anruf Malenas, was es mit dem mysteriösen Verschwinden von Samuel Sumbulovich auf sich hatte. Sie erreichten Istanbul über die Autobahn von Ankara aus und überquerten den Bosporus auf der Suche nach den Kuppeln der verlockendsten Gebäude, obwohl sich ihr Hotel etwas vom Zentrum entfernt in Cumhuriyet Caddesi befand, auf einer Anhöhe mit Blick auf die Stelle, an der sich der Bosporus und das Marmarameer am Goldenen Horn vereinen. Über die Galata-Brücke gelangten sie ins Stadtzentrum, wo sich die historischen Leckerbissen von der Hagia Sophia bis zur Blauen Moschee oder dem Topkapi-Palast, dem Großen Bazar oder dem Galataturm befanden. Der Rezeptionist des Hotels machte ihnen mit Bleistift eine Liste von Orten, die ihnen ebenso unverzichtbar auf einer Weltreise wie bei einem Wochenendbesuch zu sein schienen.

»Vielleicht sind sie bei Wochenendreisen unverzichtbarer, denn wenn du um die Welt reist, ist das Wunderbare so vielfältig, daß du auf manches verzichten kannst. Diese Lücken füllst du dann später mit Hilfe von Dokumentarfilmen im Fernsehen oder mit Bildbänden.«

Biscuter ließ sich nicht von seiner Begeisterung abbringen und erwiderte Carvalhos Provokationen mit einem gutmütigen Lächeln.

»Ich will jedenfalls alles sehen, was uns der Rezeptionist empfohlen hat, Chef.«

Carvalho zuckte angesichts des Unvermeidlichen mit den Schultern, und obwohl er ironisierte, stimmte ihn das zunehmend unabhängige Urteilsvermögen Biscuters ein wenig traurig, war er doch ein paar Jahre zuvor unfähig gewesen, irgend etwas zu planen, was ihm nicht sein Chef vorschlug. Carvalho führte die Veränderung nicht auf einen herangewachsenen Biscuter, sondern auf seine eigene Schrumpfung zurück, denn er war beinahe unfähig, Grenzsituationen zu ertragen, oder reagierte wütend auf jeden Versuch, ihn zurückzudrängen. Biscuter schien die Abhängigkeitsverhältnisse verändert zu haben, so als wäre er aus der Pubertät erwacht und wollte nun sein eigenes Ich schaffen.

»Eigentlich wäre die Reise ganz normal gewesen, hätten wir nicht die Sabotage an unserem Auto, das Verschwinden von Madame Lissieux und im Gegenzug die Ladung Kokain in unserem Kofferraum erlebt. Später, in Israel, helfen wir einem angehenden russischen Biologen dabei, seinen Unterricht zu schwänzen, er verschwindet, und wir sehen in einem Hotel einen der Armani-Brüder von der Fähre von Brindisi nach Patras wieder. Aber wir sind nicht ganz von unserer Route um die Welt abgewichen, es wäre sogar möglich, daß wir sie in achtzig Tagen umrunden könnten, ein blöder Rekord unter so vielen anderen, die man aufstellen kann. Die Reise um die Welt sollte man in vierundzwanzig Stunden oder ein Leben lang machen oder mehrmals nach bestimmten Schwerpunkten. Zum Beispiel eine Weltreise, ohne auch nur eine einzige Ruine zu besichtigen, oder eine, bei der man nur in McDonald's ißt oder sich vorstellt, in einem ganz anderen Land zu sein. Überleg mal, Biscuter, das hier wäre nicht die Türkei, sondern Portugal oder Argentinien, und du filterst alles, was du siehst, hörst und weißt durch das Sieb deines Wissens über jene Länder. So würde der Bosporus zur Flußmündung des Tejo oder zu den Kanälen des Tigre in Buenos Aires, und wir warteten auf eine deutsche Fremdenführerin in den Ruinen von Misión oder bei dem Besuch von Fátima. Gibt es eine andere Möglichkeit, die Geographie zu verändern?«

»Die Geographie ist, was sie ist.« Biscuter war mit der Gabe gesegnet, offensichtliche Dinge zu sagen, fügte aber noch hinzu: »Wenn die Reise zu Ende ist, werden wir nicht die gleichen Schlüsse ziehen können, weil Sie von anderswo aufgebrochen sind als ich, obwohl wir scheinbar im selben Schiff denselben Hafen verlassen haben. Wir müssen auch nicht unbedingt im Finale zusammentreffen.«

»Und in der Finalität?«

»Kommen Sie mir nicht so gelehrt daher. Was meinen Sie mit Finalität?«

»Den Grund, weshalb du und ich diese Reise machen.«

Biscuter antwortete nicht sofort, aber seine glänzenden Augen verrieten, daß er die Frage vollkommen verstanden und schon eine Antwort auf den Lippen hatte, die er froh, ein Lachen unterdrückend, verkündete:

»Ich mache die Reise, um zu wachsen, Chef, und Sie, um sich zu verabschieden.«

Carvalho verdaute die Antwort, während Biscuter ihm vorschlug zu überprüfen, ob nicht eine Nachricht von Malena angelangt war, nachdem auf den Displays der Zimmertelefone nichts angezeigt war.

»Was halten Sie von Istanbul *la nuit*? Im Moment müssen wir nicht für Malena bereitstehen.«

»Ich glaube nicht, daß man diese Stadt zuerst nachts erkunden sollte.«

»Im Hotel werden geführte Stadtrundfahrten angeboten. Sie zeigen einem, wo's langgeht.«

Istanbul *la nuit*. Zusammenzählen oder abziehen. Eine Nacht mehr. Eine Nacht weniger.

Eine neue Nachricht von Malena erreichte sie zusammen mit einer Bandoneon-Musik zum Abschied in der Rezeption des Hotels. Sie riet ihnen, den Fall aufzugeben, weil er sehr undurchsichtig sei und sie selbst sich von dem distanziert habe, was vorgefallen war. Sie wünschte ihnen eine schöne Reise um die Welt und legte ihnen ans Herz, wieder nach Israel zu kommen, »bevor ihre Gesichter verwelkt waren und der Schnee der Zeit ihre Schläfen mit Silber überzog«, wie sie in klarer, scherzhafter Anspielung auf den Tango *Volver* schrieb. Sie hatten nicht viel Zeit, um den Vorschlag, die Sache sein zu lassen, zu verdauen, denn schon wurde die Abfahrt für die Exkursion *Istanbul by night* angekündigt. Der Reiseleiter war ein türkischer Rationalist, der schon vor dem Einsteigen in den Bus erklärte, daß er die großen Denkmäler dem Tageslicht überließ, den wenigen Frauen der Gruppe empfahl, sich nicht von ihren männlichen Begleitern zu trennen oder im Fall, daß sie allein wären, ihn als Beschützer zu betrachten. Danach teilte er seinen Reisenden mit, daß die Türkei von der Europäischen Union nicht als Mitgliedsstaat akzeptiert worden war.

»Sie sehen uns lieber als Asiaten.«

Drei Lateinamerikaner, fünf Russen und zwei US-Bürger drückten spöttisch ihr Beileid aus, während die in der Überzahl befindlichen EU-Europäer davon Abstand nahmen.

Diese nächtliche Exkursion würde sie, wie der Reiseleiter verhieß, »in die Seele einer Stadt eindringen lassen, die tagsüber ganz und gar körperlich war.« Carvalho ließ das psychosomatische Gefasel über sich ergehen, in der Gewißheit, daß er, sobald ihn Leute oder Dinge langweilten, im wohl bequemen Sitz des

Busses einschlafen könnte, in den sie noch nicht eingestiegen waren.

»Ich möchte nicht, daß Sie, meine Herren und vor allem meine Damen, sich betrogen fühlen. Abendessen mit Unterhaltungsprogramm, das ist so vorgesehen. Tänzerinnen und türkisches Freistilringen, Teppichläden und Souvenirgeschäfte, die erleuchteten Ufer des Bosporus, der monumentale Glanz, strahlend wie die Sonne, das Rotlichtviertel, dabei möchte ich den Frauen – in Begleitung oder nicht – allerdings anraten, fernzubleiben. Es ist besser, die Frauen ins Hotel zurückzubringen, damit dann nur wir Männer diesen Ausflug fortsetzen.«

Alle Frauen protestierten empört, und eine Deutsche mußte von ihrem Mann davon abgehalten werden, sich auf den Reiseleiter zu stürzen – ein heldenhaftes Eingreifen des Gatten, denn er bekam in der Folge alle Schläge seiner Frau ab, die ihn als Sympathisanten der türkischen Reaktion bezichtigte. Sie nannte andere Deutschen als Zeugen, die sie schon vor dem Chauvinismus der Türken gewarnt hatten, und war nicht bereit nachzugeben.

»Eines Tages müssen sie ihre erste Lektion bekommen. Ich fordere Polizeischutz. Wir werden das Rotlichtviertel von Polizisten flankiert besuchen!«

Der Reiseleiter war ein großer, kräftiger, etwas beleibter Mann, und nur seine lange Berufserfahrung ließ ihn angesichts der aus der Fassung geratenen Frau ein schüchternes Lächeln andeuten.

»Ich kann mich nicht an die Polizei wenden.«

»Warum nicht?«

»Weil das, sollte sie kommen, zu einem Präzedenzfall würde, und dann müßten sie das ganze Jahr über nachts Frauen wie Sie bewachen, die unbedingt das Rotlichtviertel besuchen wollen.«

»Das Rotlichtviertel ist mir völlig egal, es geht mir ums Prinzip. Was gibt es dort eigentlich zu sehen?«

Der Reiseleiter streckte seine Handflächen nach oben, bewegte den Kopf zuerst nach rechts, dann nach links, wie eine thailändische Tänzerin. Dann führte er den Tanz der Sieben

Schleier ohne Schleier vor und dankte Biscuter für den Applaus. Die ersten, die einer Rückzieher machten und schließlich auf die Exkursion verzichteten, waren die Deutschen, gefolgt von den Nordamerikanern, und schließlich zogen es auch die abenteuerlustigen Frauen vor, wieder in der Empfangshalle des Hotels abgesetzt zu werden. Nur noch sieben Männer blieben in dem Autobus, der fünfzig Plätze hatte, worauf der Reiseleiter versuchte, den Ausflug zu stornieren, doch ein Russe pflanzte sich vor ihm auf, um ihm aus großer Nähe etwas ins Gesicht zu sagen, und der Tonfall war so bedrohlich, daß der Reiseleiter die Augen senkte und allem zustimmte, was ihm der Russe über die Verpflichtung, den Vertrag einzuhalten, zuzischte, wenn er nicht Kopf und Kragen riskieren wollte. Sieben Männer ohne Vorurteile und irgendein Gefühl der Solidarität besetzten also das riesige Fahrzeug; sie waren froh, allein zu sein, so viel Platz zu haben und in Erwartung einer Nacht voller möglicher Abenteuer vom Gürtel abwärts und aufwärts. Nur der Reiseleiter fühlte sich niedergeschlagen und gedemütigt, und als er seinen Platz im Autobus eingenommen hatte, hieb er mit der Faust auf den Sitz der ersten Reihe und schrie auf Italienisch: »*Faccia di papone! Faccia di papone!*« Alle Anwesenden nahmen an, daß die Beschimpfung gegen die mutige Deutsche gerichtet war, die es gewagt hatte, ihn herauszufordern.

Schweigend erreichten sie das linke Ufer des Bosporus und folgten ihm, während die übliche Stimme des Reiseleiters aus dem Off ertönte, der die nun im Dunkeln liegende Schönheit der Gegend beschrieb, eine Schönheit, die sich, wie er sagte, steigerte, wenn man Istanbul in Richtung der Villenviertel verließ. Auf diesem Weg erreichte man das Schwarze Meer, eine Strecke, die sich bei Tageslicht lohnte, meinte er. Dann überquerten sie den Kanal über die Atatürk-Brücke und erreichten das Viertel, wo rund um den Galataturm das Nachtleben pulsierte und sie ein Restaurant mit Showeinlage erwartete. Der Reiseleiter wiederholte, worum es sich bei der Show handelte, zunächst um thailändischen Tanz, danach um die Prinzessin Scheherezade mit dem obligaten Bauchtanz.

Der Reiseleiter hatte mit dem Maître des Restaurants einen heftigen Wortwechsel, wahrscheinlich weil er so wenige Touristen ankarrte, und danach wurden sie zu einem seitlichen Tisch gebracht, von dem aus die Darbietung kaum zu sehen war, wenn man sich nicht nach rechts neigte und kunstvoll den Hals verrenkte. Zum Leidwesen Biscuters trat keine thailändische Tänzerin auf, wohl aber eine Bauchtänzerin, mit einem Bauch ausgestattet, der ein Eigenleben zu führen schien, ein schlecht gebändigtes Alter ego. Das Menü war eine Palette ärmlicher, aber doch eßbarer türkischer Gerichte, und der Bon schloß auch Sekt ein, der aus Rhodos kam und das einzig Griechische in dem Restaurant war. »Zu dem Preis hätte ich aber auch Krimsekt servieren lassen können«, rief der Reiseführer mit zunehmender Begeisterung aus. Dann lud er die Herren ein, am Fest teilzunehmen, zeigte ihnen, wie man sich in Trance versetzte und dann in die Mitte der Tanzfläche glitt, wo die Tänzerin versuchte, die Sprache ihres dunklen, mit einer großen grünen Perle im Nabel geschmückten Bauches zu beherrschen. Der Mann drehte sich ein paar Mal um die Frau, die ihn kaum eines Blickes würdigte, und wenn, dann konnte sie hinter einem oberflächlichen Lächeln ihr Unbehagen nicht verbergen, das noch größer wurde, als andere Nachtschwärmer seinem Beispiel folgten und als angebliche Tänzer um sie herumscharwenzelten. Das war eingeplant, denn zwei weitere Tänzerinnen tauchten auf, um das mögliche Risiko für ihre Kollegin zu zerstreuen, und Carvalho erinnerte es an einen üblichen Trick in den Stierkampfarenen. Man schickt zwei zahme Tiere hinein, um den Stier, der seine Rolle mit Bravour gespielt hat, zu umringen und wegzubringen. Der fremde Tänzer, der die größte Aufmerksamkeit auf sich zog, war Biscuter, der klein und muskulös wie ein Lurch zweifellos den Bauchtanz mit den akrobatischen Darbietungen der Tänzer des Armeechors der Sowjetunion verwechselte, denn er schleuderte aus der Hocke einmal das eine, dann das andere Bein in die Höhe und bedrohte manchmal das Gleichgewicht der anderen Tanzenden, die neben diesem durchscheinenden, schmalen Lurch wie Gäule wirkten.

Ein dumpfer Trommelwirbel kündigte eine neue Show an. Die Tänzerinnen und die Eindringlinge zogen sich zurück, dann ging das Licht aus, und im Saal machte sich gespannte Erwartung breit. Das Licht ging wieder an, und es erschienen zwei korpulente Kämpfer mit auf Hochglanz gebrachten Muskeln und Glatzen, langen zurechtgestutzten Schnurrbärten und Spitzbart, ganz dem Klischee der Tartaren entsprechend. Der Ansager stellte sie vor und rühmte sie als die besten Kämpfer von Beyoglu, dem Viertel von Istanbul, wo sie sich befanden. In der Folge erklärte er, dieser türkische Nahkampf sei so weit verbreitet, daß jedes Viertel und jede Stadt seine eigenen Champions habe. Ein erneuter Trommelwirbel kündigte den Kampfbeginn an, der Ansager zog sich zurück, und die beiden Ringer musterten sich kurz, um gleich darauf zum Angriff überzugehen, wobei sie bei ihren Schlägen eine gründlich studierte Technik anwandten, um den Gegner nicht zu sehr zu verletzen, eine Mischung zwischen dem unspektakulären, um nicht zu sagen langweiligen griechischen Ringkampf und dem amerikanischen Freistil. Carvalho beobachtete die Begeisterung, mit der Biscuter den Kampf verfolgte, und fühlte sich, in völlige Unlust versunken, nicht mehr in der Lage, an diesem oder an irgendeinem anderen Fest teilzunehmen.

»Ich brauche Vitamine«, sagte er laut, aber für sich.

Biscuter unterbrach seine begeisterte Betrachtung, musterte ihn und zog ein orangefarbenes Röhrchen aus seiner Jackentasche.

»Redoxon, Chef. Wenn Sie das regelmäßig nehmen, bringt es Sie wieder auf Vordermann. Es sind leicht zuführbare Vitamine, weil man sie als Brause trinkt, wie ein Erfrischungsgetränk.«

Dieser Mann war in der Tat eine wandelnde Truhe voller gefälschter Reisepässe und Vitamine.

»Das Redoxon-Frappé ist sensationell.«

Biscuter rief den Kellner und bat ihn um ein Glas mit zerstoßenem Eis, füllte es mit Wasser auf und gab die Tablette hinein, die sofort ihre magische Verwandlung zum Elixier vollzog und ihre konzentrierten Energien freiließ. »Jetzt verwandle ich mich in Mister Hyde oder in Doktor Jekyll«, das kam ihm immer in den Sinn, wenn er ein sprudelndes Getränk vor sich hatte, Teil seiner Kinoerinnerung, wo den Verwandlungen immer die Einnahme sprudelnder und rauchender Flüssigkeiten vorausgeht. Der Ansager lud jemandem aus dem Publikum auf, die Kämpfer herauszufordern, und Biscuter wollte schon aufspringen, doch Carvalho hielt ihn zurück und ließ ihn erst wieder los, als sich ein junger Italiener eine halbe Minute lang dem Kampf stellte, denn länger brauchte sein Gegner nicht, um ihn in einen zerbrechlichen Gegenstand zu verwandeln, den er auf den Arm nahm und zu dem Tisch zurückbrachte, an dem seine Frau saß.

Als sie die Nacht wiederhatte, verkündete der Reiseleiter, nun beginne ihr Ausflug ins Rotlichtviertel, das hinter dem Galataturm lag. Da der Bus in der Menschenmenge kaum vorankam, schlug der Führer vor, den Weg zu Fuß fortzusetzen, die Fotoapparate aber nicht mitzunehmen, denn die Bewohner dieses Viertels könnten schon bei deren bloßem Anblick gewalttätig werden.

»Sie wollen nicht fotografiert werden. Die meisten von ihnen sind polizeilich erfaßt.«

Um in die Straßen mit den Huren zu gelangen, mußten sie einzeln eine Polizeisperre passieren. Das Viertel war alt und bestand aus großen, baufälligen Häusern, deren Etagen eine Musterkollektion von mit mehr oder weniger Reizen geschmückten Prostituierten besetzte, von der möglicherweise Minderjährigen bis zu der mit Ammenbrüsten und Krampfadern ausgestatteten Frau, die wie eine lebende Statue an den Straßenecken der Bordellstadt stand. In jedem Puff hingen Preislisten aus, für die Männer, die Schlange standen, um herauszufinden, ob die angekündigte Show auch tatsächlich stattfand, und der eine oder andere verschwand plötzlich, wie aufgesaugt von einer dieser Frauen, die sie am Arm auf die andere Seite des Paradieses brachten.

»Die Prostitution ist legal«, meinte der Reiseführer mit einem Augenzwinkern.

Nicht einmal in den besten Zeiten der Calle Robadors oder der de las Tapias, heute vom postolympischen Barcelona pasteurisiert oder usurpiert, hatte Carvalho jemals eine derart anthropologische Darbietung gesehen, teils reines Spektakel, wie das einer fast nackten, hübschen Blondine, wohl eine Ausländerin, die zum Erstaunen der noch aufnahmefähigen fremden Besucher plötzlich zur Geige griff, um die schwingenden Csardas von Monti zu spielen. Carvalho und Biscuter sahen sich an und richteten dann ihre Blicke auf die geigenspielende Prostituierte. War sie vielleicht der Jugendtraum von Sumbulovich? Biscuter deutete aufgeregt auf eine Treppe, von der aus Dutzende Schaulustige den Handel mit Körpern und Fleisch betrachteten.

»Da ist Samuel!«

Er schien Samuel zu sein und verfolgte das Spiel der Geigerin mit den Händen in den Hosentaschen. Biscuter ging auf ihn zu und beging den Fehler, ihn anzusprechen. Der Mann mit den Händen in den Hosentaschen verschwand wie eine Figur aus einem chinesischen Schattenspiel, und als Carvalho auf die Geigerin zuging, um seine Zweifel zu zerstreuen, hatte auch sie samt Geige sich in den Rauchschwaden des Lokals aufgelöst.

Sie gaben dem Reiseführer Bescheid, daß sie auf einen Freund warteten und etwas Zeit zum Herumstreifen brauchen würden. Der Mann verabschiedete sie, wie es die Sultane in den englischen Filmen über Hindustan zu tun pflegten und brach in Lachen aus. Diese zwei wollten sich auf die Suche nach Huren machen und wußten nicht, wie sie es erklären sollten. Das mußten sie auch gar nicht. Sie strichen mehrmals vergeblich um die Gebäude, die dem Sex gewidmet waren: Keine Spur von Samuel, der Geigerin oder der Geige, und von dem Eindruck gelähmt, daß jeder, der sie beobachtete, glauben konnte, sie seien auf der Suche nach Huren oder Strichjungen, die es auch gab, in zwei Varianten – blonde, enthaarte Jünglinge oder Tartaren mit Schurrbart und zur Schau gestellten Muskeln –, kehrten sie schließlich zum Autobus zurück.

»Schon befriedigt!«

»In dem Etablissement, in dem wir waren, haben wir ein blondes, sehr schlankes, beinahe nacktes Mädchen gesehen. Das Mädchen, das Geige spielte. Sie kommen doch fast jede Nacht hierher, sind Sie dieser Frau schon bei anderer Gelegenheit begegnet?«

Der Mann zeigte sich argwöhnisch, doch Biscuter fand eine glaubwürdige Erklärung:

»Ihr Vater sucht sie. Es deutet vieles darauf hin, daß sie aus Rußland kommt und sich durch finanzielle Schwierigkeiten zur Prostitution gezwungen sah.«

»Die erlesensten Prostituierten von Istanbul sind Russinnen, manche kommen aus der Ukraine oder Jugoslawien, aber vor allem sind es Russinnen, allesamt sehr feine Mädchen mit abgeschlossenem Studium, die durch die wirtschaftlichen Veränderungen in ihrem Land hier gestrandet sind. Es war vorbei mit Väterchen Staat, und sie mußten ihr Glück anderswo suchen. Es würde sie erstaunen, wie viele Russinnen mit künstlerischer oder musikalischer Ausbildung sich der Prostitution widmen. Es ist nur ungewöhnlich, sie in einem Lokal wie diesem anzutreffen, denn normalerweise arbeiten sie in angesehenen Nachtclubs oder in Appartements der Mafia. Dieses Mädchen habe ich tatsächlich schon öfter gesehen, aber sie ist ein Lockvogel, will heißen: Wenn du zahlst, kannst du auch mit ihr vögeln, aber sie soll in erster Linie Anziehungspunkt sein.«

Samuel, die Geigerin, die mysteriöserweise abwesende Malena waren erwachsene Menschen, und sie mußten sich nicht für sie verantwortlich fühlen, bis die Entfernung oder der Tod sie schied. Sie widmeten den nächsten Tag der Basilika Hagia Sophia, der Blauen Moschee, dem Sultanspalast Topkapi, der Biscuter am meisten beeindruckte, wobei er seine Bewunderung gleichmäßig auf den Harem und die Schatzkammer verteilte, die so oft als Ausgangspunkt für Verfilmungen großer Diebesgeschichten gedient hatten. Carvalho war zufrieden, daß das Bild, das er sich anhand seiner Lektüre von der Hagia Sophia gemacht hatte, der tatsächlichen Kirche mit ihrem von einer sechsundfünfzig Meter hohen Kuppel gekrönten Hauptschiff entsprach. In den kleinen Kapellen wirkte die byzantinische Kunst auf ihn oft erdrückend, überbordend, doch in der Weite der Basilika, Symbol der östlichen Grenzen des Christentums, konnte er nicht nur die Möglichkeit religiöser Ergriffenheit erahnen, sondern auch an der Gemeinschaft reicher und unbesiegbarer Heiliger teilhaben. Es war so, als würde er plötzlich bemerken, daß Justinian und Theodora auf seiner Seite waren. Ebenso begeisterte ihn die Basilika-Zisterne, ein Wunder geschichtsträchtiger Gewässer, die ihm wie die Wasser sämtlicher Zisternen magisch erschienen, Kontrapunkt zum dunklen Loch der Brunnen.

Während Carvalho und Biscuter begierig nach Schatten und ein wenig Kühle durch den Großen Basar spazierten, kauften sie sich reichlich mit *Ayran* übergossene *Kebabs* und gönnten sich nach der Besichtigung der Wunder von Sultanahmet eine kleine Pause. Das Goldene Horn lag schon vor ihnen, so daß sie sich demnächst auf dem linken Ufer des Bosporus auf die Suche nach hervorragenden Restaurants machen konnten, wo – nach Aussage des bulgarischen Hotelportiers – das beste *Tarama* der Welt serviert würde. Doch zuvor fühlte Carvalho sich noch vom Duft des Gewürzbasars angezogen, der sich rund um die neue Moschee angesiedelt hatte, wo ursprünglich Nelken, Ingwer, Zimt, Pfefferschoten und Sternanis verkauft wurden, nun aber auch andere Waren. Nach dem Duft genossen sie den Anblick der Gewürze, die in vorderster Front in Tonschüsseln aufgehäuft waren, während sie im Hintergrund der Lager in Glasgefäßen in Regalen standen und hundert verschiedene Gerüche verströmten, wobei vielleicht die Pfeffernote und der Koriander vorherrschten, neben Safran, Kurkuma, Kümmel, Nelken, Kresse, Muskatnuß, Anis, schwarzem Pfeffer, Ingwer, Vanille, die die Verkäufer und Käufer umhüllten und die Europäer und Amerikaner überraschten, deren Gewürzhorizont nicht über Pfeffer, Senf und Ketchup hinausreichte.

Sie kauften Gewürze und Kräuter »fürs ganze Leben ein«, wie Biscuter seine Extravaganz rechtfertigte, und er war darüber so begeistert, daß Carvalho ihn drängen, fast stoßen mußte, den Basar zu verlassen, weil sie noch das linke Ufer des Bosporus erwartete. Je weiter sie die Stadt hinter sich ließen, desto freundlicher wurden die Ufer beiderseits des mythischen Kanals, bis sie die Bucht von Tarabya erreichten, wo prächtige Villen inmitten üppiger Vegetation davon zeugten, daß die Reichen oder die Staatspräsidenten dort ihr Refugium hatten, obwohl sie gewiß in Istanbul über einen Zweitwohnsitz verfügten. Die Schönheit dieser luxuriösen Umgebung hatte den Reformen des allgegenwärtigen Atatürk standgehalten, wäre aber wohl kaum dem Scheiterhaufen eines echten Klassenkampfes entronnen, und so hatten sämtliche Konterrevolutionen versucht, einzelne Leben zu retten, damit diese ein einzigartiges Leben führen konnten. Doch Carvalho und Biscuter genossen die beschauliche Reise ohne historische Gelüste, eine

Reise, die schon Jason auf der Suche nach dem Goldenen Vlies und die englische Flotte bei ihrem Versuch, die Russische Revolution zu ersticken, unternommen hatte. Sie waren einfache Betrachter der von Architekten, Stadtplanern und Gärtnern eingefügten Veränderungen in einer Landschaft, die das Mittelmeer bis in das eingeschlossene Schwarze Meer trug.

Sie machten Halt am Belgrader Wald, weil ihnen der bulgarische Rezeptionist gesagt hatte, es würde sich lohnen, die verfallenen Deiche, Staudämme und Aquädukte zu besichtigen, die mehr als tausend Jahre lang die Wasserversorgung Istanbuls gewährleistet hatten, darunter ein Staudamm, der auf die byzantinische Zeit zurückging. Kilyos bildete quasi den Eckpfeiler zum Schwarzen Meer, wo man keinerlei Schwärze wahrnahm, wohl aber die Pracht eines riesigen, von den Bewohnern der Hauptstadt bevorzugten Strands, der nur dreißig Kilometer entfernt lag. Auch das andere Ufer war verlockend, vor allem das Städtchen Polonezkoy, das seinen Namen den polnischen Truppen verdankt, die von ihm ausgezogen waren, um das Türkische Reich im Krimkrieg zu unterstützen, und das nun über zahlreiche Heilbäder verfügte, die sich bis zu den Thermen von Bursa erstreckten.

Carvalho und Biscuter kehrten nach Istanbul zurück und wußten beide, ohne ein Wort darüber zu verlieren, daß sie erneut das Rotlichtviertel aufsuchen würden, in der Hoffnung, in den Lokalen der »Straße der Frauen«, wie der Sexmarkt im Volksmund hieß, auf Samuel und Irina zu stoßen. Biscuter hatte eine Skizze der Route dabei. Etwa zweihundert Meter hinter dem Galataturm mußten sie durch Karakoy Caddesi und dann in eine Gasse abbiegen, die an der linken Seite von Iktisat Bankas entlangführt, zweihundert Meter weiter die zweite Straße rechts nehmen, und dort würden sie auf die Polizeisperre treffen, die den Zutritt zur Stadt der Bordelle gestattete oder verwehrte, einer Stadt, die wie ein Labyrinth aus Leistenbeugen wirkte und so wie für ihre Bestimmung geschaffen schien. Sie wußten nicht mehr genau, in welchem Etablissement sie Samuel und vermutlich Irina gesehen hatten, und mußten verschiedene abklappern, bis sie endlich das Mädchen wiedersahen, etwas mehr bekleidet und in Ruhestellung. Ihre Geige hielt sie in einer Hand, und mit der anderen streichelte sie das Haar von Samuel Sumbulovich, in den Augen Carvalhos eine Geste kalter Zärtlichkeit, umgeben von heißen Blicken, die sich zurückhaltend auf das wenige Fleisch dieses slawischen Leckerbissens richteten. Irina beugte sich vor, um Samuel etwas zu sagen, der in sich gekehrt wirkte und Ringe unter den Augen hatte, »verheult«, wie Biscuter feststellte, als sie näher gekommen waren, so nah, daß auch Samuel sie sehen konnte und erschrocken rasch ein paar Worte zu seiner Partnerin sagte. Die Geigerin schenkte ihnen einen hochmütigen Blick und verschwand mit der Geige unter dem entblößteren Arm, wobei eine kleine, wohlgeformte weiße Brust das Instrument liebkoste. Samuel erwartete sie mit herausfordender Miene, da er annahm, daß sie ihn angreifen würden und er sich verteidigen müßte. Aber seine beiden Reisegefährten begrüßten ihn herzlich und warfen ihm bloß vor, ihnen unnötige Sorgen bereitet zu haben.

»Es hätte schon genügt, uns zu sagen, daß wir so schnell wie möglich ankommen müssen.«

Samuel war schon wieder knapp davor, in Tränen auszubrechen, doch schließlich entschied er sich zu sprechen.

»Sie will nicht aufgeben. Ich habe ihr vorgeschlagen, in Israel oder wo auch immer neu anzufangen, aber sie hat nur gelacht. Was ich in einem Jahr verdiene, verdient sie in einem Monat, manchmal noch schneller, und in fünf Jahren wird sie frei über ihr Schicksal entscheiden können. Sie lebt allein in einem Haus mit Garten und hat ein Dienstmädchen.«

Er senkte die Stimme und zwang Carvalho und Biscuter, sich zu ihm hinüberzuneigen.

»In Wahrheit ist sie in den Fängen eines russisch-türkischen Mädchenhändlerrings. Und ich werde es nicht dulden.«

Samuel Verzweiflung schlug in Trotz um, und er klammerte sich an sie als letzte Hoffnung.

»Würden Sie mir helfen?«

»In allem, was nötig ist«, beeilte sich Biscuter zu sagen, doch

Carvalho hatte ihm bereits mit einem Blick sein Einverständnis gegeben.

»Könnten Sie uns vielleicht zu einer vereinbarten Stunde abholen und Ihre Reiseroute umkehren? Nach Griechenland zurückfahren? Dann würden sie und ich schon zurechtkommen.«

Biscuter antwortete nicht, sondern wartete, daß sich Carvalho äußerte.

»Kein Problem«, war alles, was er sagte, und aus Samuels Sorge wurde Argwohn.

»Aber warum? Wenn ich Ihnen gegenüber mißtrauisch bin, dann deshalb, weil ich so leicht auf Ihre Hilfe zählen kann.«

»Das ist verständlich. Aber ich habe zum Beispiel Dostojewskij gelesen, und Sie haben gewisse Züge des Hauptmanns im Roman *Die Brüder Karamasow*, und Ihr Mädchen Irina könnte eines jener sündigen, aber unschuldigen Geschöpfe sein, die die großen Leidenschaften der Figuren Dostojewskijs entfachen. Mein Solidaritätsgefühl sollte rational sein, ist aber vollkommen sentimental.«

Niemand schien Carvalho verstanden zu haben, Biscuter hingegen bastelte schon am Plan des Wiedertreffens und der Flucht. Es war besser, nicht mehr ins Hotel zu gehen, um keinen Verdacht zu erregen, sondern sie in einer Stunde abzuholen und zur griechischen Grenze aufzubrechen. Am nächsten Tag würden Carvalho und Biscuter nach Istanbul zurückkehren. Samuel ging offensichtlich begeistert weg, zumindest aus der Geste zu schließen, mit der er sich die Kopfhörer aufsetzte und den Klang seiner monographischen Kommunikation mit Morrison einstellte. Unterdessen schlugen Carvalho und Biscuter die Zeit tot, indem sie Preise und Körper verglichen, die Preise und das angebliche Alter, wobei sie in den Blicken der Frauen zu erraten versuchten, wieviel Licht und wieviel Blindheit sie in ihren Beruf einbrachten.

»Würdest du zu einer Hure gehen, Biscuter?«

»Ja, ich gehe manchmal, Chef. Was soll's. Das Fleisch ist schwach, und ich spaziere nicht wie Sie wie ein Filmheld durchs Leben.«

Carvalho war dabei, Biscuters Antwort zu verdauen, als dieser auf etwas hinwies, was hinter ihrem Rücken geschah. Er drehte sich um, und im Hausflur stand Malena, allein, den Rat außer acht lassend, daß Frauen dieses Viertel, wenn überhaupt, nur in Begleitung betreten sollten, aber sie hatte nichts mehr mit jener zierlichen Blondine gemein, die sich bemühte, den selbstzerstörerischen Fatalismus der Bewohner von Masada zu erklären.

Sie war sportlich gekleidet und kam mit unerwarteter Entschiedenheit und ernster Miene auf sie zu. Auch in ihren Augen lag kein Funken eines Lächelns, und sie kam nur zögernd der freundlichen Aufforderung Biscuters nach, über den Verlauf der Ereignisse zu reden.

»Wir haben keine Zeit zu verlieren. Samuel Sumbulovich befindet sich in großer Gefahr.«

Die Frau durchschritt entschlossen, sogar mit Hilfe der Ellbogen, die müde Truppe von Dirnen, und sie erreichten die Straße, um so schnell als möglich zur Polizeisperre zu kommen. Dort erwartete sie ein Lieferwagen.

»Wohin geht die Reise?«

»Samuel braucht uns.«

Biscuter zeigte sich darüber erstaunt, wie schnell Sumbulovich das Gebäude verlassen hatte, um sich in Gefahr zu begeben. In Istanbul mußte einem die Gefahr wohl im Nacken sitzen. Mit Gesten versuchte er Carvalho sein Erstaunen kundzutun, daß sie in einem Auto an einen wohl ums Eck gelegenen Ort fahren mußten. Er verfolgte die Strecke und hatte den Eindruck, daß sie ständig um ein Zentrum kreisten.

»*Roda el món i torna al Born* – Reise um die Welt und wieder zurück. Ach, wie lang reden wir schon nicht mehr katalanisch.«

Carvalho hatte nie mit Biscuter auf Katalanisch gesprochen, nahm aber den Hinweis wahr und auch, daß sie sich nur wenige Meter von ihrem Ausgangspunkt entfernt hatten. Der Wagen wurde von einem stämmigen, militärisch aussehenden Mann gelenkt, und neben ihm saß Malena, die ihre zwei Begleiter ausgiebig im Rückspiegel musterte.

»Sie sollten den Verlauf der Geschichte erfahren. Samuel hat sich nicht an den in Jerusalem geschmiedeten Plan gehalten. Er verließ Sie an der türkischen Grenze und flog nach Istanbul, um Kontakt mit Irina aufzunehmen, die Sie ja vermutlich schon zu Gesicht bekommen haben. Ich habe Ihnen gestern eine Nachricht zukommen lassen, um Sie dazu zu bewegen, sich nicht weiter um den Fall zu kümmern, und habe mich für alles bedankt, was Sie getan haben, und Punkt. Aber offensichtlich hatte ich mich nicht klar genug ausgedrückt, und nun stecken Sie so tief in der Geschichte drin, daß ich Ihnen die ganze Wahrheit schuldig bin. Nun gut. Irina war sehr gerührt, Samuel wiederzusehen, weigerte sich aber, mit ihm fortzugehen. Sie mag hier eine Hure sein, aber sie lebt besser als alle Konzertgeigerinnen ihrer Generation, die in jungen Jahren im Vertrauen auf den Staat ihre Ausbildung begonnen hatten. Aber nun ist es vorbei mit dieser staatlichen Fürsorge. Der Markt für Geigerinnen im neuen Rußland oder in jedem anderen Land der Ex-Sowjetunion ist gesättigt. Samuel akzeptierte die Entscheidung nicht. Er glaubt Irina in den Fängen der Mafia, und nicht von ihrem Wunsch nach einem besseren Leben getrieben. Vor kaum einer Stunde hat er Sie in ein Entführungskomplott hineingezogen, um Irina nach Griechenland zu bringen.«

»Halt. Er hat nie von einer Entführung gesprochen. Es war immer davon die Rede, daß sich Irina beim Verlassen des Bordells freiwillig auf die Flucht begeben würde.«

»Er hat Sie betrogen. Nun werden wir alle Karten auf den Tisch legen, und niemand wird sich mehr irren, es sei denn, er will es.«

Von einer Toreinfahrt aus erreichten sie Lichtzeichen, und der Fahrer hörte endlich auf, im Kreis herumzufahren. Die Straße lag im Dunkeln und war menschenleer, obwohl Carvalho Polizisten an den Straßenmündungen auszumachen glaubte, die den Raum begrenzten, in dem sie sich bewegten. Malena ging voran, und der Fahrer vervollständigte das Quartett, das im Gänsemarsch den Innenhof eines Gebäudes durchquerte, das irgendwann einmal als irgendeine Werkstatt gedient hatte und in dem nur noch verrostete Eisenskelette von besseren Zeiten zeugten. Über eine Treppe erreichten sie einen riesigen Raum, der die wenigen anwesenden Personen winzig erscheinen ließ: zwei offensichtliche Schlägertypen, die ihre Aufgabe mit Stolz zur Schau stellten, Samuel und zwei langschädelige, bärtige Individuen mit runden, schmal gefaßten Brillen, die von der Werbeabteilung des Mossad angefertigt zu sein schienen. Samuel seufzte erleichtert, als er sie kommen sah.

»Malena, so ein Glück! Sie haben mir eine Falle gestellt und wollen, daß ich verliere. Hilf mir, denn du kannst mir helfen!«

Malena forderte Carvalho und Biscuter auf, den Raum zu verlassen.

»Lassen Sie mich kurz mit ihm allein, es gilt einige Zweifel zu klären.«

Der stämmige Fahrer ging ihnen voran, und in einem danebenliegenden Raum fanden sie Irina im Pelzmantel und mit der Geige unter dem Arm. Der Mantel und die Geige schienen ihre ganze Ausstattung zu sein, ihre Wimperntusche war verschmiert, vielleicht weil sie geweint hatte, und sie führte Selbstgespräche, so als erzähle sie sich ihre soeben erlebte Geschichte. Sie verstummte, um ihre neuen Begleiter zu betrachten.

»Was haben Sie vor?«

Der Mann, der sie auf Englisch ansprach, fragte sie nicht wirklich, sondern nahm ihre Antwort schon voraus.

»In bezug auf was?«

»Auf Samuel natürlich.«

»Ich habe vor, das zu tun, was ich kann, und das bedeutet hierzubleiben. Ich habe das alles nicht durchgemacht, um in meinem besten Moment einfach abzuhauen. Samuel ist noch ein halbes Kind, und ich bin schon längst erwachsen.«

»Wir wären bereit, Ihnen zu helfen.«

»Wobei?«

»Bei der Flucht.«

»Vor wem?«

»Vor der Mafia, die Sie festhält.«

Irina wurde wütend und sprach nicht, sondern spuckte Carvalho ihre Worte ins Gesicht.

»Von wem ich weg will, ist von Samuel und allem, was er darstellt. Ich verabscheue, was er darstellt.«

»Haben Sie etwas gegen Biologen?«

»Nein, aber etwas gegen Verlierer.«

Eine offensichtlich erregte Malena betrat den Raum und wandte sich an Carvalho und Biscuter.

»Sie haben alles verkompliziert.«

»Sie haben uns da hineingezogen. Ich fühle mich keinesfalls zum Erretter eines Jim-Morrison-Süchtigen berufen.«

»Zuletzt habe ich Ihnen gesagt, daß Sie sich raushalten sollten, aber Sie haben nicht auf mich gehört.«

Die Argentinierin unterhielt sich kurz abseits mit der Geigerin, die zu schluchzen begann, aber rasch eine Hand auf den Mund preßte, um ihre Angst zu unterdrücken. Gleichzeitig fiel nebenan, wo sich Samuel befand, ein Schuß, und nichts und niemand konnte Carvalho davon abhalten hineinzustürmen. Dort lag der Körper des Biologen auf dem Rücken ausgestreckt in einer rasch größer werdenden Blutlache. Er hatte noch seine Kopfhörer eines Musikfanatikers aufgesetzt. Carvalho beugte sich über ihn und glaubte aus dem verrutschten Kopfhörer noch den Hauch einer Melodie zu hören. Er nahm ihm die Kopfhörer ab und stellte fest, daß nach wie vor Lieder ertönten, zumindest eines, das mehrmals hintereinander aufgenommen war und immer wieder von vorne begann. Die Leiche Samuels war noch warm, und er hatte wieder und wieder einen Song von Jim Morrison gehört, so als beschränkte sich seine gesamte Gefühlswelt auf diese Strophen:

She lives on Love Street
Lingers long on Love Street
She has a house and garden
I would like to see what happens.

She has robes and she has monkeys
Lazy diamonds studded flunkies.
She has wisdom and knows what to do
She has me and she has you.

I see you live on Love Street
There's the store where the creatures meet.
I wonder what they do in there
Summer Sunday and a year.
I guess I like it fine … so far.

Als die musikalische Nachricht zu Ende war, ließ Carvalho die gesamte Musikanlage, die wohl Teil des psychischen Gleichgewichts des verstorbenen Samuel Sumbulovich gewesen war, auf den leblosen Körper fallen.

»Es war ein Unfall. Niemand wollte ihn erschießen, sondern wir wollten ihn nach Israel zurückbringen, damit er Irina in Ruhe ließ.«

Die Stimme Malenas ertönte aus dem Off, und als er sich umwandte, sah er sie selbstsicher und gar nicht betrübt über Samuels Tod, so als wäre dieser Teil ihres Terminkalenders gewesen. Die Frau war in Begleitung von den beiden Schlägertypen, die wie türkische Ringkämpfer aussahen, und Biscuter befand sich am anderen Ende des Raums, so als wollte er mit dem, was vorgefallen war, oder dem, was noch vorfallen konnte, nichts zu tun haben. Malena trat auf Carvalho zu und legte ihm eine Hand auf die Schulter: »Tut mir leid.«

Und im selben Augenblick verpaßte ihm jemand hinter ihm einen tiefen Stich, so daß es ihm schwarz vor Augen wurde und er das Bewußtsein verlor. Es schien, als stünde die Welt auf dem Kopf, und sein Körper sackte zusammen.

Sein Ohr schmerzte. Das linke Ohrläppchen, um genau zu sein. Er glaubte, Fragmente verschiedener Himmel und abgehackte Gesprächsfetzen wahrzunehmen. Malenas dominierende Stimme drang wie aus dem Off hinter einigen Gestalten hervor, die ihm bekannt vorkamen. Der Mann im Armani-Anzug, von der Überfahrt von Brindisi nach Patras, der Dry Martini – dabei hatte er einen bittereren Geschmack auf der Zunge als nach Martini Dry; es war kein Dry Martini, nicht einmal Gin pur, vielleicht kam sein Kater gar nicht von einem Besäufnis, sondern von einer Narkose, und mit Grausen zog er die Möglichkeit in Erwägung, daß man ihm eine Niere oder, schlimmer noch, die Leber herausoperiert haben könnte. Sein erster Schrecken galt der Vorstellung, keine Leber mehr zu haben, der nächste dem Pechvogel, der Pepe Carvalhos malträtierte Leber erhalten haben mochte. Aber man hatte ihm die Leber nicht herausgenommen. Denn als ihn das Fahrzeug, in dem man ihn transportierte, der Qual eines unasphaltierten Feldwegs voller Schlaglöcher unterzog, tat ihm alles andere auch weh. Er riskierte die Frage:

»Wo sind wir? Wie geht's der Leber?«

Und als Malenas Stimme ihm antwortete, war sie nah, ganz nah. Es war ziemlich sicher ihre Stimme, aber was für ein Spiel spielte die blonde, ätherische Dame, jetzt plötzlich im Tarnanzug eines Militärkommandos?

Sie überquerten eine Grenze, was er der Tatsache entnahm, daß ihr Expeditionsleiter die Sprache wechselte, als er das Wort an jemanden richtete, der von draußen Fragen stellte. Ob der da draußen tatsächlich mit ihm redete, konnte er nicht ausmachen, jedenfalls erörterte er in einer schwer identifizierbaren Sprache offenbar ein Problem mit einem von Carvalhos Begleitern.

»Was sprechen diese Leute?«

Eine weitere Frage ohne Antwort. Wann immer es ihm gelang, eine vernünftige Frage zu formulieren, erntete er nichts als Schweigen. Viel mehr konnte er nicht tun: Aus Bildern und Halbsätzen folgerte er, daß sie die Türkei verlassen haben mußten und wahrscheinlich in Israel waren, falls sein Eindruck zutraf, daß Malena für den Mossad arbeitete. Doch war dieser Eindruck ebenso vergänglich wie Carvalhos lichte Augenblicke, denn erneut füllte ein riesiger Stein seinen Kopf, massiv und porös zugleich, wie ein Meteorit, ein anderes Gehirn, sie hatten ihm ein anderes Gehirn eingepflanzt, und vor dieser Erkenntnis flüchtete er in den Schlaf. Wie viele Stunden? Wie viele Länder? Für einen Moment dachte er, er wäre tot und bewegte sich darum auf einem absoluten Weg ohne Ränder, ohne Anfang noch Ende. Er stellte viele Fragen.

»Warum tut mir das Ohr weh? Wo sind wir?«

Nur auf eine erhielt er Antwort:

»In der Hölle.«

Die Stimme der Frau, vermutlich Malena, aber vielleicht klang ihm jede Frauenstimme bedrohlich und nach bösem Omen. Daß er ständig einnickte, wurde ihm bewußt, weil ihn immer wieder ein stechender Schmerz weckte, der ihn aus allen vier Himmelsrichtungen urplötzlich überfiel, als machte sich ein unsichtbares Tier einen Spaß daraus, nach ihm zu picken. Er hatte eine vage Erinnerung, Stunden am Tropf verbracht zu haben, durch eine Kanüle, die einen kleinen Hahn hatte und in einer seiner Venen steckte, an die neben einem Autofenster hängende Serumflasche angeschlossen. Er entsann sich nicht, feste Nahrung zu sich genommen zu haben, aber er wußte noch, daß er kacken mußte. Er war nicht allein dabei, jemand stützte ihn unter den Achseln, während er auf zwei aus dem urinstinkenden Fußboden ragenden Porzellantritten hockte und um sein Gleichgewicht kämpfte. Er hörte das Geräusch seiner eigenen Scheiße, als diese in ein Becken voll dunklem Wasser fiel, dunkelbraun möglicherweise, jedenfalls nicht schwarz oder dunkelgrün. Es hatte nach Latrine gerochen, aber nur ganz kurz, denn der einzige Geruch, den er jetzt intensiv wahrnahm, weckte Erinnerungen an Krankenhausaufenthalte, vielleicht war er in einem Krankenhaus. Er wollte sich aufrichten, um sich auf die Ellbogen zu stützen, hatte jedoch nicht die Kraft, vermochte nur den Hals nach rechts und links zu drehen und Ausschau zu halten, ob er Biscuter womöglich in einer ähnlichen Situation vorfände.

»Wo ist Biscuter?«

Ihm schien, als gäben sie ihm die Frage zurück: Wo ist Biscuter? Oder vielleicht hallte auch seine eigene Stimme wie ein Echo in ihm wider. Er erkannte, daß er seinem Verstand wieder ein Skelett geben, seinen Gedanken eine Wirbelsäule verschaffen und eine Reihe von Rätseln zurückverfolgen mußte, um seine Lage zu ergründen. Dies war nicht nur eine Frage des Willens, sondern auch der Zuversicht, des Vertrauens darauf, daß er, wenn es ihm gelänge, sein Selbst zu lokalisieren, weniger schwach sein würde. Plötzlich erinnerte er sich, Ölquellen gesehen zu haben. Nicht solche wie in den amerikanischen Filmen, diese schwarzweißen Bohrtürme aus *El Dorado*, vielleicht war der Titel auch etwas anders. Clark Gable? John Wayne? Oder keiner von beiden. Auch mit den Bohrtürmen in Technicolor aus *Giganten* hatten sie nichts gemein, sie waren eher wie Spielzeugbohrtürme in einer Spielzeuglandschaft. Unvermittelt wurden die Türme von Denkmälern abgelöst, allen voran eines, das fast den Horizont verdeckte. Wer war das? Diesmal antwortete ihm nicht Malenas Stimme, sondern die eines Mannes.

»Kirow, Kirow«, wiederholte der Mann, »Kirow.«

Warum wiederholte er diesen Namen unaufhörlich? Entweder weil Carvalho ihm unaufhörlich dieselbe Frage stellte oder weil er ihn täuschen, verwirren wollte, denn Carvalho würde jeden Augenblick darauf kommen, wer Kirow war, und damit wissen, wo er sich befand, sofern es sich tatsächlich um die Statue eines Mannes mit diesem klangvollen Familiennamen handelte. Wenn er sich ein bißchen anstrengte, würde ihm bestimmt einfallen, wer Kirow war, aber er durfte sich nicht auf ihr Spiel einlassen, denn das Beharren auf diesen Namen war nur ein Zeichen dafür, daß er ihm ins Hirn graviert werden sollte. Er schlief wieder ein, im Bewußtsein, daß er wieder einschlief und träumen würde, vielleicht schlief er sogar ein, um von Biscuter zu träumen, denn er hörte seine eigene Stimme nach dem Kerl rufen, und die Stimmen, die wie die Injektionen aus allen vier Himmelsrichtungen auf ihn einstürzten, riefen ebenfalls:

»Biscuter, Biscuter, Biscuter.«

Plötzlich erwachte er, gelangte zu dem Schluß, daß er wirklich wach war, nackt unter Laken, fast gasförmig vor Schwäche, in der Lage zu erkennen, daß er sich in einem kahlen, fest verrammelten Zimmer befand, in dem es außer ihm nur ein Eisenbett gab. Türen und Fensterläden waren geschlossen, wenn auch nicht dicht genug, um das Tageslicht auszusperren. Er fühlte sich an das Aufwachen im Gefängnis erinnert, geprägt vom Kreischen der Außenriegel, die ihm schrill seine Situation verdeutlichten, wenn die Wärter sie im Morgengrauen zum Appell öffneten. Nur roch es im Gefängnis nach Metall, besser gesagt, nach der Verbindung von Metall mit einem unverwüstlichen dunkelgrünen Anstrich, einer zweiten Haut des Stahlblechs, einer Haut, unter der es nur eine Seele aus Eisen geben konnte. Der Geruch dieses Zimmers hingegen hatte das Säuerliche von gesägtem Holz, vielleicht befand er sich über einem Sägewerk, oder, ganz im Gegenteil, er befand sich nicht über einem Sägewerk, doch wollte man ihn eben das glauben machen. Das linke Ohrläppchen tat ihm weh, und mit den Fingerspitzen stellte er fest, daß es von etwas Pflasterähnlichem geschützt war, unter dem sich wahrscheinlich eine Wunde verbarg. Er empfand Hunger und Brechreiz. Durst und Brechreiz. Zu seinem Erstaunen gelang es ihm, sich auf die Bettkante zu setzen, und schneidend kalt spürte er den Rahmen der Pritsche in seinen bloßen Kniekehlen. Er schaffte es sogar, die Füße auf den Boden zu stellen und aufzustehen, seine Nacktheit bestätigt zu finden, die furchtbare Schwere seiner Nacktheit, und sich beim Hinfallen dank eines kraftlosen Ellbogens und eines Arms, der ausgestreckt unter seinem Gewicht zu liegen kam, nicht den Kopf aufzuschlagen. Erst vom Boden aus entdeckte er, daß sich in einem Winkel an der Decke eine kleine Filmkamera bewegte, und sie mußte etwas registriert haben, denn es öffnete sich eine Tür, zwei oder drei Paar Beine, vielleicht auch vier, umringten ihn, beugten sich über ihn, hoben ihn hoch und legten ihn aufs Bett zurück. Er befürchtete einen neuen Angriff scheinbar aus dem Nirgendwo kommender Einstiche, aber es senkte sich nur Schweigen über ihn, dann eine Stimme, die jetzt ohne Zweifel russisch sprach und zusammenhängende Sätze hervorbrachte, in denen die Namen von Personen vorkamen, insbesondere der Name Malenas, und er spielte im stillen den Simultandolmetscher für eine Sprache, die er nicht kannte:

»Der scheint wieder bei sich zu sein.«

»Geben wir Malena Bescheid, nicht daß er wieder eindöst.«

»Ich finde, das dauert alles viel zu lange.«

»Es dauert so lange, wie Genossin Malena es für richtig hält.«

Nein. Genossin Malena konnten sie nicht gesagt haben, denn der Kommunismus war mit der UdSSR zu Ende gegangen, die da schon nicht einmal mehr die UdSSR war, also würden sie wohl kaum von der *Genossin* Malena gesprochen haben. Er hielt inne, weil er einsah, daß es Zeitverschwendung wäre, eine neue Interpretation zu ersinnen, und gestand sich ein, daß seine Schwäche ihn ängstigte, seine Unfähigkeit, sich im Bett aufzusetzen, seinen Wärtern ins Gesicht zu sehen und ihre Absichten zu ergründen. Einer nach dem anderen gingen sie hinaus. Sie ließen ihn wieder allein und außerdem die Tür sperrangelweit offen, als trauten sie ihm nicht die geringste Fluchtmöglichkeit zu. Er wartete einige Minuten, bis er wieder genügend Kraft oder Mut beisammen hatte, um seine aufrechte Haltung auf dem Fußboden wiederherzustellen, von dem er inzwischen wußte, daß er aus Holz war. Er zerrte an einem der Bettlaken, und überraschenderweise fruchteten seine Anstrengungen, so daß er sich hineinwickeln konnte. Verkleidet als alte Mumie oder alter römischer Senator oder alte Jungfer, bereit für die Märtyrerkrone, bewegte er sich auf die Tür zu und blieb auf der Schwelle stehen, in der Hoffnung, der leere Korridor verrate ihm das Geheimnis seiner geschlossenen Türen. Geschlossen bis auf eine, die nur angelehnt war. Er lugte durch den Spalt, entdeckte eine weitere Zelle, ähnlich seiner eigenen, und drückte leicht gegen die Tür, bis sein erweitertes Blickfeld ein Bett wie das seine und einen Mann umfaßte, der in langen Unterhosen dasaß und dem Wunder entgegenstarrte, das ihm das Eintreten dieses Gespenstes bescheren mochte. Der andere hob den Finger an die Lippen, stand auf und lief auf ihn zu, um ihn ins Zimmer zu holen und die Tür zu schließen. Kaum daß er mit dem Fremden in Flanellunterhosen allein war, fiel Carvalho der Moment ein, als die Gefangenen, die gerade von Kannibalen verschlungen werden sollten, ihren Retter Robinson Crusoe mit den Worten empfangen: »Christen, wir sind Christen, du darfst keine Christen essen!« Aber so konnte er schlecht anfangen, schließlich wußte er ja nicht einmal, welche Sprache sein Leidensgenosse sprach, bis dieser ihn auf englisch fragte:

»Wie spät ist es?«

Carvalho wies auf sein nacktes Handgelenk und erkannte an seiner eigenen Haut seine innere Erschöpfung, das Bedürfnis, sich auf das Bett zu setzen, den Platz mit seinem Gastgeber zu teilen, der ihn schwermütig und zugleich fordernd anblickte.

»Ziemlich ausweglos, die Lage. Ich bin schon tagelang hier. Irgend etwas, das anscheinend mit Ihnen zu tun hat, ist schiefgegangen. Einer ist ihnen entkommen, und jetzt haben sie Angst, was der da draußen anstellen könnte.«

»Biscuter?«

»Genau. Das ist der Name, den ich sie habe sagen hören.«

»Zum Glück weiß ich nicht, wo er steckt.«

»Sie halten Sie für zwei wichtige Geheimagenten.«

Die Stimme des Mannes war nicht mehr so weich, Carvalho meinte sogar einen leicht spöttischen Unterton herauszuhören, als hätte sich ein Störgeräusch in eine vorgesehene Kommunikationsfrequenz geschlichen, und sein Blick wanderte in die

Ecke des Zimmers, in der, auch hier, die Filmkamera hing. Er tat, als ginge er treuherzig auf seinen Gesprächspartner ein.

»Bin ich froh, daß ich Sie getroffen habe!«

»In meinem Zustand bin ich Ihnen sicher keine große Hilfe. Aber vielleicht finde ich eine Kontaktmöglichkeit nach draußen und kann Ihrem Partner eine Nachricht zukommen lassen. Wo könnte er denn sein? Welche Verbindungsleute oder Losungen haben Sie vereinbart? Mag sein, daß sich so eine Gelegenheit, Hilfe zu holen, nicht noch einmal bietet.«

Carvalho senkte die Stimme:

»Saroyan, 1958. Mein Herz ist im Hochland.«

Der Typ blinzelte, als befände sich das Aufnahmegerät für wichtige Informationen in seinen Augen. Doch da flog die Tür auf, und inmitten eines ausreichenden Aufgebots an Leibwächtern erschien Malena.

»Hör auf, das bringt nichts. Der Idiot hat alles durchschaut.«

Unmittelbare Gewalt stand nicht zu befürchten. Wie ein Kammerdiener gab einer der Leibwächter Carvalho seine Kleider und Schuhe zurück. Als Carvalho den Anwesenden den Rücken zukehrte, um sich anzuziehen, bemerkte er, daß auch der falsche Gefangene seine Kleidung wiederhatte und sich in aller Unbefangenheit auf russisch mit Malena unterhielt, als gebe er ihr eine Zusammenfassung der Situation. Malena nickte und machte ein paar nervöse Schritte auf Carvalho zu, als sie sah, daß er fertig angezogen war und tastend herauszufinden versuchte, was sich unter dem Pflaster an seinem Ohrläppchen verbarg. Malena trat dicht vor ihn und riß das Pflaster ab.

»Sie haben da ein Loch, für einen Ohrring voraussichtlich. Sie sind sehr schwach, werden sich aber bald besser fühlen. Denken Sie vor allem daran, daß das hier keine Ferienreise ist und Sie uns dafür, daß Sie mit heiler Haut davonkommen, etwas schuldig sind. Kennen Sie meinen Freund?«

Malena wies auf einen ihrer Begleiter, den Carvalho bisher nicht gesehen hatte. Kein Zweifel: Es war der Mann im Armani-Anzug von der Überfahrt Brindisi-Patras. Mit Mühe brachte er seine Stimme soweit unter Kontrolle, daß er sagen konnte:

»Dry Martini. Sie können sich nicht vorstellen, was ich für einen Dry Martini geben würde! Aber ohne Olive, nur mit einem winzigen Fitzelchen Zitronenschale.«

»So ist er am besten«, pflichtete ihm der Armani-Mann bei, während Carvalho sein durchbohrtes Ohrläppchen befingerte, als erhoffte er sich von diesem eine Erklärung.

Eine Suppe aus Gurken, Kohl und roter Bete, dazu Halbmonde aus Schweineschwarte, Schwarzbrot, Schmand oder Margarine. Wasser. Und auch eine Flasche Wodka, deren scheußlich-buntes Etikett Carvalho nach einem warnenden Würgereiz half, der Versuchung zu widerstehen. Aber das Essen war ihm gut bekommen, und er fühlte sich gewappnet für die Offenbarungen, die Malena für ihn bereithalten mochte. Sie saß ihm gegenüber im ersten Halbschatten außerhalb des Lichtscheins, den die in der Zimmermitte hängende Deckenlampe warf, neben sich den Armani-Mann und hinter sich drei oder vier Männer, die eher lässig als aufmerksam und nicht allzu muskelbepackt waren, aber so von ihrer Unbezwingbarkeit überzeugt, daß sie allein durch ihre Anwesenheit in diesem improvisierten Speisezimmer eine lähmende Wirkung ausübten.

»Sie werden sich fragen, warum wir Samuel umbringen mußten.«

Carvalho zuckte mit den Achseln.

»Wollen Sie es nicht wissen?«

»Wollen Sie es mir denn sagen?«

Malena sah Carvalho nur an, und der Italiener übernahm den Job des Nebendarstellers:

»Samuels Reise nach Istanbul diente einem doppelten Zweck: dem verstärkten Kontakt zu Irina im Hinblick auf ihre geplante Einbindung in unser Nachrichtennetzwerk und Sie beide unter Beobachtung zu halten, für den Fall, daß Sie uns den Weg zu Ihrem Beuteversteck weisen würden.«

Carvalhos verständnislose Grimasse brachte Malena zum Lachen.

»Sie wollen mir doch nicht weismachen, Sie hätten sich für hundert Millionen Euro Kokain reingezogen? Das mit Samuel ließ sich nicht vermeiden. Seinetwegen war bereits der Mossad hellhörig geworden, und Irina fühlte sich belästigt. Weder wollte sie ihr Leben ändern, noch wollten wir, daß sie es änderte. Samuel stellte eine Gefahr dar. Er hatte Liebeskummer, und er wußte ganz genau, daß die Liebe in manchen Branchen nur stört. Ich umreiße Ihnen die Lage, Ihre Lage, meine ich. Sie befinden sich in Baku, der Hauptstadt von Aserbaidschan, und ob Sie diese Stadt, die Ihnen überhaupt nicht gefallen wird, wieder verlassen werden oder nicht, liegt ganz bei Ihnen. Sie ist voller Denkmäler aserbaidschanischer Dichter, woraus sich klar ersehen läßt, daß das Volk seine Wurzeln bewahrt hat und nur zähneknirschend in der Sowjetunion geblieben ist.«

»Wie alle anderen auch. Lenin, Stalin, Chruschtschow, Breschnew, Gorbatschow, Jelzin. Sie alle sind nur Kommunisten geblieben, damit der KGB sie nicht verhaftet. Sogar die vom KGB hatten Angst, vom KGB verhaftet zu werden.«

»Das alles hilft uns jetzt einen Scheißdreck und Ihnen am allerwenigsten. Ich muß meinem Freund Bocardo helfen, und wir wollen wissen, wo der Stoff ist. Auch wäre es dringend nötig zu erfahren, wo Biscuter ist, obwohl wir ihn wahrscheinlich zusammen mit dem Kokain finden werden.«

Carvalhos Blick war jetzt ganz von der Unergründlichkeit des Mannes im Armani-Anzug in Bann gezogen, und ohne ihn aus den Augen zu lassen, erklärte er:

»Das haben wir auf eine Müllkippe vor der Insel Salamis geworfen, bevor wir nach Athen zurückgekehrt sind. Man hatte die Bremsen unseres Wagens demoliert und auch auf uns geschossen. Es war zu riskant, mit dem Kokain im Gepäck weiterzufahren, obwohl ich es mir, wenn ich mir über seinen tatsächlichen Wert im klaren gewesen wäre, vielleicht anders überlegt hätte. Ich verstehe nichts von Drogen, zur Zeit verstehe ich überhaupt sehr wenig. Ich hatte das Schmuggelgut auf eine Million Euro geschätzt.«

Der Italiener brach in ein künstliches, aber dröhnendes Gelächter aus, dann wurde er zornig, fuhr auf und wollte mit geballten Fäusten auf Carvalho losgehen. Malena gebot ihm energisch Einhalt.

»Laß das!«

»Aber merkst du denn nicht, daß dieser Dreckskerl uns auf den Arm nimmt, während sein Partner das Koks hat? Der verkauft es vermutlich gerade oder hat es schon verkauft.«

»Das hättest du erfahren. Eine solche Menge rutscht nicht alle Tage durch.«

Malena betrachtete Carvalho nachdenklich.

»Wer, glauben Sie, hat Ihre Bremsen zerstört und auf Sie geschossen?«

»Ich bin etwas konsterniert. Sie sind in alle Richtungen geschäftlich aktiv, Spionage, Prostitution, Drogen, und Sie scheinen koordiniert vorzugehen. Jeder von Ihnen, jeder Ihrer Partner, kann die Bremsen demoliert oder geschossen haben, um sich das Kokain zu schnappen, obwohl ich nicht begreife, warum Sie das nicht versucht haben, als wir in Patras aus dem Schiff gestiegen sind.«

»Die Französin hat uns aus dem Konzept gebracht, als sie in einem anderen Auto weggefahren ist, mit zwei Kerlen, die sie zu kennen schienen. Wir haben ein paar Gesten mißverstanden und gedacht, sie hätte die Ware bei sich. Erst als es schon zu spät war, haben wir unseren Irrtum erkannt und festgestellt, daß Madame Lissieux so etwas wie eine Nonne in Begleitung von Theologen war, zwei von diesen sogenannten Befreiungstheologen.«

Wortlos forderte Malena Bocardo auf, sie mit Carvalho allein zu lassen, und kaum daß sie unter vier Augen waren, atmete sie erleichtert auf.

»Bocardo ist ziemlich sauer auf Sie. Wenn Sie so weitermachen, wird er Sie nicht nach Samarkand lassen.«

Woher wußte sie, daß er nach Samarkand wollte? In welchem Augenblick der wenigen gemeinsam in Masada oder Jerusalem verbrachten Stunden mochte er ihr das gesagt haben?

»In Wahrheit geht Bocardo nicht nur Ihnen auf die Nerven, mir nämlich auch. Wir arbeiten in manchen Dingen zusammen, sind gelegentlich Teil desselben Netzwerks, tauschen Informationen aus. Aber Bocardo hat derzeit keinen leichten Stand. Er muß diese Ladung finden, sonst ist er ein toter Mann.«

»Die wird er nicht finden, es sei denn, bei dieser Müllhalde handelt es sich um eine Müllhalde zu Gedenkzwecken. Nein. Es waren endlose Abfallberge, und das Kokain ist wahrscheinlich begraben unter Tonnen von Schutt oder mit den Abfällen verbrannt worden.«

Carvalho suchte die Filmkamera in der üblichen Ecke, und da war sie auch.

»Keine Sorge, sie ist ausgeschaltet.«

»Und woran merke ich das?«

»Ich möchte Ihnen mitteilen, daß ich mit Biscuter gesprochen habe und wir uns so gut wie einig sind. Er behält Ihre, sagen wir, Entführung für sich, ebenso wie die Beseitigung Samuels, meine Verwicklung in die Sache und die meiner Gefährten, und ich bringe Sie dafür auf den Weg nach Samarkand. Etwas müssen Sie allerdings noch für mich tun. Auch ich habe im Moment keine so glückliche Hand und muß ja eine gewisse Rentabilität nachweisen. Ich lasse Sie also nach Samarkand aufbrechen, helfe Ihnen sogar, hier herauszukommen, und irgendwo auf Ihrem von mir vorgezeichneten Reiseweg treffen Sie auf Biscuter. Ende gut, alles gut.«

»Warum soviel Hilfestellung?«

»Von Samarkand aus wollen Sie weiter nach Afghanistan.«

»Wenn es sich machen läßt.«

»Durchaus. Warum nicht? Afghanistan ist jetzt ein freies Land. Und ich möchte, daß Sie für mich in dieses freie Land winzigkleine, hochtechnologisierte Informationen bringen, die in ein Ohrloch passen oder wie ein Ohrring oder ein Piercing am Ohr hängen.«

Endlich hatte er eine Erklärung für den Schmerz an seinem Ohrläppchen und fand die Vorstellung, sich als Piercingträger zu exhibitionieren, belustigend.

»Und wenn ich diese Informationen abgeliefert habe, sofern man mir nicht vorher das Ohr abreißt, machen Sie mir wieder die Bremsen kaputt, beschießen oder kidnappen mich.«

»Ich wiederhole, daß dies nicht auf unsere Initiative hin geschehen ist, auch wenn wir über die Vorfälle Bescheid wußten. Im Grunde haben Sie beide unwissentlich in einer Seifenoper mitgespielt: Wir erhalten die Mitteilung, daß einer unserer Barceloneser Kunden aus früheren Zeiten das Killerkommando angefordert hat, um zwei Verbrechern auf der Flucht einen Schrecken einzujagen. Uns ist das einerlei. Doch auf einmal kommt auch noch Bocardo und erzählt von dem Kokain und daß Sie beide schon fast in Jerusalem sind. Um Sie herum entsteht ein Geflecht, das drei Risse bekommt: Samuels unausweichlichen Tod, die Vernichtung des Kokains und Biscuters Flucht.«

Er konnte Bedingungen akzeptieren, sich jedoch nicht vorstellen, daß der Armani-Mann den Verlust von Kokain im Wert von hundert Millionen Euro hinnehmen würde.

»Machen Sie sich um Bocardo keine Gedanken. Uns bleiben nicht mehr viele Möglichkeiten, wenn wir Ihren Wunsch, nach Samarkand zu gelangen, erfüllen wollen. Zuerst müssen wir aus Aserbaidschan raus, und das ist ja nun nicht mehr Teil der Sowjetunion, sondern ein Konglomerat von Kaukasus-Republiken, die jede mit ihren eigenen Wirren kämpft und an den Iran, den Irak oder Afghanistan grenzt, also sich ständig am Rand der Katastrophe befindet. Wir werden ein Schiff über das Kaspische Meer nehmen, von Baku nach Krasnowodsk in Turkmenistan, dem früheren Turkestan, der unbekanntesten dieser neuen Republiken. Und auch wenn es angeblich keine Straßen geben soll, werden wir Sie irgendwie über die usbekische Grenze schaffen, und da haben Sie Ihr Samarkand. Der zweite Punkt ist, daß Usbekistan im Süden an Afghanistan stößt, nur ein kleines Stück gemeinsame Grenze hat, aber es gibt sie, und Sie müssen nach Afghanistan.«

Sie fragte nicht, ob er Lust hatte, nach Afghanistan zu gehen, sie schickte ihn hin.

»Wo ist Biscuter?«

»Nicht so hastig. Sehen Sie erst mal zu, daß Sie rauskriegen, wo Sie selber sind.«

»Wo denn?«

»In einem Lehrbetrieb für die Herstellung und Vermarktung von Kaviar.«

Also weder Metall noch Holz noch Sägespäne, sondern Salzlake und Konserven verströmten diesen sauren Geruch. Schlagartig füllten sich ihm die Nüstern mit dem Duft von Störeiern, und das Wasser lief ihm im Mund zusammen, als wäre der Kaviar in der Nähe und versuchte, ihn um jeden Preis zu einem Frevel zu verleiten. Während ihm noch die Gurken und die Dickmilch aufstießen, siechte auf einer Ecke des Tisches der Suppenteller dahin, in dem die einsamen Reste seines Essens schwammen.

»Kaviar! Sie könnten mir ein bißchen Kaviar geben. Wenn ich es über das Kaspische Meer schaffe, werde ich an keinem der beiden Ufer in den Genuß von Kaviar gekommen sein.«

Malena ließ sich von diesem Argument nicht erweichen.

»Hier gibt es für niemanden Kaviar. Solange die UdSSR noch die UdSSR war, wurden hier etwa tausend Tonnen jährlich produziert, jetzt nur noch etwa hundert, als ob dem Kaviar die Demokratie nicht bekäme. Die Bestände wurden geplündert, so daß man schließlich zu der Technik übergegangen ist, die Störe zu fangen, ihnen den Laichbeutel abzuschneiden, die Wunde zuzunähen und sie zurück ins Wasser zu werfen, damit sie sich möglicherweise wieder vermehren. Abgesehen davon ist die Menge nur annähernd bekannt, denn Produktion und Handel sind in den Händen der Mafia. Tatsache ist, daß jeden Tag mehr Kaviardöschen zu Spottpreisen auf den europäischen Schwarzmärkten auftauchen.«

»Und das hier ist ein Lehrbetrieb für Herstellung und Verkauf von Kaviar? Im Ernst?«

Malena erhob sich und forderte ihn auf, ihr zu folgen. Sie traten aus dem Eßzimmer, gefolgt von dem verblüfften Bocardo und den Leibwächtern. Das Essen hatte seinen Organismus in

Aufruhr versetzt, und er schwitzte am ganzen Leib, doch die Aussicht auf einen Spaziergang und einen Tapetenwechsel reizte ihn. Das Reich Malenas und ihrer Truppe war eine graue Lagerhalle, ausgestattet mit Schlafzellen und mehreren Gemeinschaftsräumen. Plötzlich standen sie vor einer Eisentür, die die Welt aussperrte oder sich ihr öffnete, und als ein Federmechanismus sie zur Seite gleiten ließ, führte eine normale Treppe mit breiten Stufen aus schön poliertem, trittdämpfendem Holz zurück in eine gewöhnliche Welt aus Treppen, Türen, Menschen, die Vorlesungen über Kaviar anhörten und diesen verkosteten. Während Carvalho noch blinzelte, stieß Malena eine Tür auf, die den Blick auf eine kleine Aula freigab, wo eine Art Derwisch in Straßenkleidung einer dreißigköpfigen Klasse Unterricht erteilte.

Einen Finger auf die Lippen gelegt, forderte Malena die anderen auf, sich schweigend hinzusetzen, und bat den Dozenten fortzufahren, worauf dieser seinen Vortrag an der Stelle wiederaufnahm, an der ihn das Eintreten der seltsamen Gruppe unterbrochen hatte. Er behandelte soeben die legale Produktion und würde später, wie er ankündigte, auch auf die illegale zu sprechen kommen. Die hundert legalen Tonnen würden in verschiedenen Staaten der ehemaligen Sowjetunion erwirtschaftet: siebzig Prozent in Rußland, siebzehn in Kasachstan, sechs in Turkmenistan und sechs in Aserbaidschan. Man befinde sich demnach in einem, was Kaviar anging, brachliegenden Land.

»Neben den Prostitutions- und Drogenorganisationen ist die Mafia, die sich dem Kaviarhandel widmet, die bedeutendste. Um dagegen anzugehen, will die Regierung wieder zurück zum Staatsmonopol. Nur für den Kaviar, versteht sich.«

Er lachte auf. Erst kurz, fast beiläufig. Aber dann erfaßte ihn ein Lachkrampf, daß ihm die Tränen kamen. Nachdem er sich wieder beruhigt hatte, ließ er den beklagenswerten, aber objektiven Tatbestand des illegalen Fischfangs durchblicken und fügte übertriebenerweise noch hinzu, daß der illegale den legalen um achthundert Prozent überstieg. Er ließ ihnen keine Zeit, diese Unmäßigkeit zu erfassen, denn er trat vor ein zerschlissenes Wachstuch mit Abbildungen aller Kaviarzonen der Welt und deutete mit dem Zeigestock darauf, während er seinen von häufigen Spuckefontänen befeuchteten Vortrag hielt. Er war ein Grundschullehrer in Sachen Kaviar und begann somit, den Kaviar als eine Delikatesse aus Störrogen zu definieren, obgleich auch Surrogate existierten, die aus dem Rogen anderer

Fischarten hergestellt würden. Carvalho klärte ihn auf, daß es auch Meerschneckenkaviar gebe, was er persönlich snobistisch finde und der außerdem widerwärtig schmecke, worin der *Potemkin*-Matrose ganz seiner Meinung war. Nachdem er dem Einwurf des Gastes beigepflichtet hatte, fuhr er unbeirrt mit seiner Lektion fort:

»Das Wort leitet sich von dem alttürkischen *jawiar* ab, und das Produkt war bereits im alten Ägypten bekannt und wird auch bei Aristoteles erwähnt, aber internationale Verbreitung erfährt es erst im neunzehnten Jahrhundert, vor allem nach der Russischen Revolution von 1917, als die exilierten russischen Aristokraten, insbesondere die Gebrüder Petrossian, es in Frankreich bekanntmachen. Schon vor dieser Vergesellschaftlichung des Kaviars spricht Rabelais in *Gargantua und Pantagruel* von der Delikatesse, wobei er schreibt, *an Fastentagen opferten die Gastrolater ihrem bauchmächtigen Gott Kaviar und gesalzenen Rogen*, und im zweiten Teil des *Don Quijote* wird ein Essen beschrieben, bei dem der Kaviar unter den aufgezählten Speisen ist: *Sie stellten auch ein schwarzes Gericht auf, das sie Kaviar benannten und das aus Eiern von Fischen besteht – ein großer Dursterwecker!* Die Wasserverschmutzung hat in kurzer Zeit sehr zugenommen, denn es ist noch nicht lange her, daß es im Guadalquivir in Spanien Störe gab, aus denen man einen ordentlichen Kaviar gewann. Kaviar wird als Aphrodisiakum mythifiziert und gilt unter ernährungswissenschaftlichen Aspekten als vitaminreiche, nahrhafte Vollkost. Trotz seines hohen Preises hat sich sein Konsum globalisiert und das Überleben der Störe gefährdet. Der Rogen des Störs aus dem Kaspischen Meer trägt dazu bei, daß in Rußland ein ausgezeichneter Kaviar hergestellt wird, wenngleich der iranische unter den angeblichen Gourmets des Westens als der edlere gilt, weil man diesem zu Zeiten des Kalten Krieges, die glücklicherweise der Vergangenheit angehören, aus politischen Gründen den Vorzug gegeben hat, um das sowjetische Kaviargeschäft zu schwächen. Der beste Kaviar wird mit äußerster Vorsicht manuell gewonnen und im Teilvakuum ohne andere

Konservierungsmittel als Salz und eine Prise Borax in Dosen verpackt. Die Eier werden einem sorgfältigen Selektionsprozeß nach Farbe, Beschaffenheit, Größe, Glanz und schließlich Geschmack unterzogen.«

Er nahm die Wachstuchkarte von der Wand, und darunter kam ein großes Plakat zum Vorschein, das die unterschiedlichen Kaviarsorten erklärte.

»Der Beluga, großkörnig und von grauer Farbe, je heller desto besser«, dozierte der alte Matrose. »Das ist der teuerste von allen, und man unterscheidet drei Kategorien: 000, 00 und 0. Letzterer ist der dunkelste. Die zweithöchste Kategorie ist der vom Ossietra oder Ossetra-Stör mit seinem feinen Nußgeschmack, der ebenfalls in drei Kategorien unterteilt wird: den goldfarbenen Gold Royal Kaviar, Typ A, von brauner bis gräulicher Farbe, den man in Europa am häufigsten findet, und Typ B, anthrazitgrau. Zu guter Letzt der Sevruga, die erschwinglichste Kaviarsorte, feinperlig, dunkel und von kräftigerem Geschmack. Dann gibt es auch noch gepreßten Kaviar, stark und salzig im Geschmack, der aus minderwertigen Körnern hergestellt wird.«

Carvalho langweilte die Veranstaltung, und er verstand weder das Spiel Malenas noch das des Mannes im Armani-Anzug, der irgendwann aus dem Saal verschwunden war. Der Detektiv mochte den Preßkaviar, nicht nur wegen seines niedrigeren Preises, sondern auch, weil er die Ehrlichkeit eines unverfälschten Geschmacks damit verband. Der Redner ließ sich jetzt über altbekannte Tatsachen aus, wie die, daß Kaviar für gewöhnlich in kleine runde Blechdosen abgefüllt wird und daß man ihn immer im Kühlschrank und auch dort nicht zu lange aufbewahren sollte.

»Was wäre die feine Küche ohne Kaviar?«

Frage ohne Antwort, Wortvakuum, das der *chevalier servant* füllte, indem er erklärte, daß die Spitzenköche zur Zubereitung vieler Gerichte Kaviar verwendeten, die Puristen dagegen die Ansicht verträten, man dürfe ihn nur eiskalt, pur, mit einem Löffelchen genießen. In Rußland esse man ihn zu *Blinis*, kleinen Pfannkuchen aus Buchweizenmehl, manchmal mit saurer Sahne und einem Spritzer Wodka. Auch Toast und Champagner seien gute Begleiter. Auf gar keinen Fall dürfe man ihn mit Zitrone beträufeln, da das Resultat ekelhaft sei, e-kel-haft! Der Laich anderer Fische – Lachs, Seehase, Meeräsche, Kabeljau – möge von gewissem gastronomischem Interesse sein, selbst in Gerichten wie der französischen *Poutargue* oder dem griechischen *Tarama*, aber mit Kaviar habe das nichts zu tun. »Das sind miese Imitationen, Billigersatz«, schnaubte der Mann, der in Sachen Kaviar die Klassentrennung zu befürworten schien.

»Als begleitendes Getränk empfiehlt sich Wodka, sofern der Kaviar nicht Auftakt eines Menüs ist, zu dem Wein gereicht wird. In diesem Fall würde der Wodka die anschließenden Weine erschlagen, weshalb ein *Brut* vorzuziehen wäre oder aber die Lösung des mexikanischen Gastronomen Dalmau Costa, der zum Kaviar einen gut gekühlten trockenen Sherry servierte.«

Carvalho hatte, seinen finanziellen Möglichkeiten entsprechend, Kaviar bisher nur in Maßen zu sich genommen, allerdings im Zuge seiner Ermittlungen zum *Mord im Zentralkomitee* bei einem seiner Essen mit den Erben des Kommunismus möglicherweise Leveder, Kutteln auf Madrider Art und Kaviar bestellt, ganz klar *pour épater le marxiste*, und sich mit seinem Tischgenossen sogar darüber unterhalten, wie man diese Köstlichkeit am besten genießt. »Bestreicht man den Toast nicht mit Butter?«, hatte dieser wissen wollen, und er hatte sinngemäß geantwortet, daß er dies bei einem lieblichen Kaviar für Blödsinn halte. Auch hatte er schon oft von einem prestigeträchtigen Tod in einem Relaxsessel geträumt, neben sich eine Flasche Weißwein in einem Eiskübel und ein Kanapee mit Kaviar oder *Morteruelo* in der Hand, unter Bäumen – was für Bäumen spielte keine Rolle – und in Erwartung, daß sich sein Bewußtsein von seinem Körper lösen und zu den Zweigen emporsteigen würde, um aus der Vogelperspektive dem Ungeschick seines eigenen Todes zuzusehen. Plötzlich hatte er eine Eingebung, womit er den hysterischen Professor aus dem Häuschen und sämtlichen Döschen bringen konnte:

»Das legt den Schluß nahe, daß Revolutionen dem Kaviar besser bekommen als die Demokratie, denn zu Zeiten des Kommunismus herrschte kein Mangel, und trotz der islamischen Revolution im Iran ist, was den Kaviar angeht, alles beim alten geblieben.«

Er sagte es laut, zum Entsetzen des Redners.

»Zu Zeiten des Kommunismus war gar nichts besser!«

»Der Kaviar schon, finde ich.«

»Nichts! Gar nichts!«

Der Vortragende geriet außer sich und blickte flehend in die Runde der Anwesenden, um nur keinen Zweifel aufkommen zu lassen, daß er dem Kommunismus hundert-, tausendfach abgeschworen hatte. Aber niemand achtete sonderlich auf ihn. Malena teilte Carvalho mit, daß sie in einer halben Stunde zum Schiff müßten, und diesem Plural entnahm Carvalho, daß auch sie und ihre Leibwächter bei der Fahrt über das Kaspische Meer mit von der Partie sein würden und wahrscheinlich auch der Armani-Mann, der den Erläuterungen zum Kaviar anfangs sehr aufmerksam gefolgt war und genickt hatte, wo immer der Monolog des Vortragskünstlers seine Zustimmung fand, dann aber auf ein Zeichen eines der Leibwächter hin verschwunden war. Der Redner bat sie, noch nicht zu gehen, und wandte sich an seine Schüler:

»Wir haben eine ausländische Delegation zu Gast, die sich sehr für die Regeneration des Kaviars interessiert, einem Hauptanliegen der neuen demokratischen Republiken, wie Sie ja wissen.«

Malena ging auf seinen beifallheischenden Ton nicht ein und erwiderte lediglich, auch auf englisch, daß Aserbaidschan eines der aufregendsten Länder der Welt sei und es mit Kaviar und Erdöl sehr weit bringen werde. Sie jedoch müßten sich wieder auf den Weg machen. Carvalho erwartete, daß der Armani-Mann vor der Tür zu ihnen stoßen würde, was dieser aber nicht tat, und mit einem inneren Auflachen erkannte er das Irrige seiner Ängste. Warum sollte der Mann im Armani-Anzug gefährlicher sein als Malena, die immerhin imstande war, Samuel umzubringen oder ihn selbst, wenn Biscuter nicht entwischt wäre und dadurch die gesamte Organisation in Gefahr gebracht hätte?

Sie setzten ihn in einen fast hermetisch geschlossenen Lieferwagen, doch konnte er durch eine Ritze Ölquellen vorüberziehen sehen, jene kurzen kompakten Bohrtürme, die er für Traumbilder gehalten hatte. Malena nahm in einem Winkel des dunklen Wagens Platz, und er wurde von zwei Leibwächtern flankiert. Er fand noch Zeit zu fragen, warum ihm der Name Kirow so bekannt vorkomme, als müsse er ihn in den letzten Tagen gehört haben, könne sich aber nicht erinnern, um wen es sich handelte.

»Das ist ein berühmter Revolutionär, den in den dreißiger Jahren einige als den künftigen Erben Stalins betrachteten, doch er wurde ermordet, und dies nahm der Diktator zum Vorwand für die Moskauer Prozesse. Es gab eine riesige Kirow-Statue in Baku, ich weiß nicht, ob sie heute noch steht. Er war hier aus der Gegend.«

Unvermittelt stand die Frau auf, und obwohl sie es zu verbergen suchte, sah Carvalho etwas Glänzendes, Spitzes in ihrer Hand. Er schnellte hoch wie von einer Sprungfeder getrieben, doch da hatte sie ihm die Spritze bereits in den Arm gestochen.

»Tut mir leid. Das ist die letzte.«

Er kam zu sich, inzwischen schon mit einiger Übung im Aufwachen, dem Überwinden des Schwächegefühls, dem allmählichen Kräftesammeln, um auf die Füße zu kommen und herauszufinden, wo er war. Ein Bullauge zeigte ihm das in der Abenddämmerung vorbeiziehende Meer. An der Tür war der Sichtschutz herabgelassen, aber sie ließ sich öffnen, und draußen umfing ihn eine salzige, stürmische Kälte mit mörderischer Gewalt. Er ging in die Kajüte zurück, suchte etwas Warmes zum Überziehen und hängte sich, als er nichts fand, schließlich eine Decke um. Dann stand er auf der Steuerbordseite an Deck eines Schiffs, das nach einem Patrouillenboot aussah, wenn auch nirgends Polizei- oder Militärabzeichen zu sehen waren und die Fahne, die der Wind fortzureißen versuchte, zu den zig Flaggen gehörte, die Carvalho nicht zuzuordnen wußte. Vielleicht die aserbaidschanische oder die turkmenische oder wie immer die Republik heißen mochte, zu der sie unterwegs waren. Brücken und Decks lagen verwaist, und ihn überfiel der Gedanke, der einzige Seefahrer auf diesem gewiß vom Autopiloten gesteuerten Schiff zu sein, das unweigerlich am nächsten Riff zerschellen mußte. War das Kaspische Meer überhaupt groß genug für Riffe? Es wurde dunkel, und somit war es nicht verwunderlich, daß die Gestalt, die auf das Achterdeck zuging, eine Taschenlampe oder etwas in der Art bei sich trug, deren Lichtkegel sich danach die Backbordseite entlangbewegte und vor einer Tür innehielt. Diese zu öffnen machte eine Bewegung erforderlich, die das Gesicht im Lampenschein aufleuchten ließ – es war einer von Malenas Gorillas –, und Carvalho schlich näher, um zu sehen, was er vorhatte.

Er trat durch eine Seitentür, hinter der sich die Treppe zum Laderaum oder zum Maschinenraum befand, und dort standen Malena und zwei weitere Leibwächter um einen Tisch herum, auf dem der Armani-Mann lag, halb in einem schwarzen Reißverschlußsack und umringt von gewaltigen Steinen und altem Eisenschrott wie von merkwürdigen Grabbeigaben. Denn der Armani-Mann war entweder tot oder Opfer einer Lähmung, was möglicherweise auch der mit der Taschenlampe zu ergründen suchte, indem er ihm mit dem Interesse eines Taxidermisten in die Augen und in den offenen Mund leuchtete.

»Alles klar?« fragte Malena.

Der mit der Lampe sagte ja, und sie zog den Reißverschluß bis obenhin zu, bis genau an den Punkt, wo aus dem Armani-Mann eine bestattungsreife Leiche wurde. Und um etwas in dieser Art handelte es sich offenbar, denn Malena trat beiseite, ihre Leibwächter schnallten den Sack mit Riemen an der auf dem Tisch liegenden Krankentrage fest und schickten sich an, diese an Deck zu schaffen. Mit einem Mal ging alles so schnell, daß Carvalho sich gerade noch rechtzeitig ein passendes Versteck suchen konnte, von dem aus er beobachtete, wie der verschnürte Körper des Armani-Mannes mühsam auf die Bordkante gehievt und ins Meer gestoßen wurde wie in einem Akt der Erlösung, den nur die Ohrfeige fragwürdig machte, die der Aufprall auf dem Wasser dem Leichnam verabreichte. Bahre und Körper hielten sich noch kurz an der Oberfläche, als prüften sie den Widerstand des Wassers, um einen Augenblick später unter dem gleichgültigen Blick der metaphorischen Totengräber vom Gewicht der Steine und Maschinenlager in die Tiefe gezogen zu werden. Carvalho kehrte in seine Kabine zurück, um der Ereignisse oder einer Erklärung derselben zu harren, und bald erschien auch Malena mit einem Lächeln, das ihr nur deshalb nicht von einem Ohr zum anderen reichte, weil ihr hübscher, jetzt geschminkter Mund dafür zu klein war.

»Auf dem Meer gibt es keine Hindernisse bis Krasnowodsk, und von da an hoffe ich auf eine fruchtbare Zusammenarbeit. Aber jetzt habe ich erst einmal eine Überraschung für Sie, die

Erfüllung eines Wunsches, den Sie ja nun schon wiederholt geäußert haben.«

Sie lud ihn ein, ihr über eine kleine Treppe zu einem Speisezimmer zu folgen, das oben direkt neben der Kommandobrücke lag und von dieser nur durch eine Glaswand getrennt war. Mitten auf einem festlich gedeckten Tisch stand eine Kilodose ausgezeichneten Kaviars, der, seiner hellen Farbe nach zu urteilen, den Vorlieben des Experten entsprochen haben dürfte. Auf einem Tablett Schwarzbrotscheiben und *Blinis*, Rahm und Butter in Schälchen und, strategisch verteilt, gehackte saure Gürkchen, Zwiebeln, harte Eier, sogar Kapern, zwei eisüberkrustete Flaschen Wodka, eine Schüssel Salzfisch, zwei Torten mit Waldfrüchten, ein Samowar, dem die Aromen der besten Teesorten entströmten, Kübel, aus denen Krimsektflaschen ragten, aufrechtgehalten von Eiswürfeln, in die sie bis zum Hals begraben waren, und noch zwei oder drei weitere in kyrillischer Schrift etikettierte Flaschen, deren hochprozentiger Inhalt, ob lokaler oder russischer Herkunft, in der gedämpften Beleuchtung nicht auszumachen war. Ganz Gastgeberin, wies Malena mit weitausholender Geste über die Delikatessen und wandte sich an Carvalho:

»Kaviar kann man mit dem Löffel essen. Im Kühlschrank ist noch mehr.«

Carvalhos Blick glitt über die Anwesenden, und als er sah, daß einige ihren Löffel bereits dem Dosenrand näherten, fragte er erstaunt:

»Warten wir denn nicht auf unseren italienischen Freund?«

»Der ist an Land geblieben. Im Grunde hatte er mit dieser Angelegenheit nichts mehr zu schaffen. Vermissen Sie ihn?«

»Nein, aber ich habe gewisse konservative Neigungen. Ich mag es, wenn das Gesicht und die Einstellung der Leute immer so bleiben wie bei meiner ersten Begegnung mit ihnen. Egal, wieviel Zeit vergangen ist. Und ich mag es, wenn am Schluß eines Abenteuers noch alle anfänglichen Bestandteile komplett sind. Ein gutes Abenteuer erkennt man daran, daß es keine Fragen offenläßt.«

»In einem Roman ist das hinzukriegen, aber in der Realität muß es nicht unbedingt so sein. So leid es mir tut, aber unser italienischer Freund wird für immer eine offene Frage bleiben.«

Malena hob ihr wodkagefülltes Glas zu einem stummen Toast, und alle anderen taten es ihr nach, selbst Carvalho, doch ehe sie die Gläser an die Lippen führen konnten, stieß einer der Gorillas einen Jubelschrei aus und deklamierte etwas, das sich nach einem Gedicht anhörte und stürmischen Beifall erntete. Malena neigte sich zu Carvalho und sagte:

»Er möchte auf uns alle trinken, auf eine ruhige Überfahrt und darauf, daß das Meer uns nicht für unsere üblen Taten strafen möge.«

»Ist das legaler Kaviar? Er gehört ja hoffentlich nicht zu den achthundert Prozent illegaler Fänge? Mir graust bei der Vorstellung, daß ausgerechnet der Kaviar in dieser Dose das Ergebnis einer Barbarei sein könnte, wie der, einem Stör bei lebendigem Leib die Eier rauszuschneiden, ihn wieder zuzunähen und zurück ins Meer zu werfen. Und das alles vermutlich ohne Narkose!«

»Sechs Millionen Juden, mein Volk, sind durch den Holocaust vernichtet worden, und wenn wir den Krieg gegen den Islam verlieren, wird man uns, Millionen von Juden, die heute in Israel leben, mit Fußtritten ins Mittelmeer befördern. Ein fanatischer Selbstmordattentäter kann zu einer lebenden Bombe in dem Kino werden, in das meine Tochter geht, oder in dem Bus, der sie zur Schule oder nach Hause fährt. Der Gedanke an den Schmerz, den die Störe erleiden könnten, ist mir zwar unangenehm, aber das Prinzip, daß Leben Leiden ist, habt schließlich ihr Christen geprägt!«

»Ich bin kein Christ. Dieses Prinzip geht auf Kempis zurück und resümiert die Volksverdummung durch eine Religiosität, die auf dem absoluten Glauben an die biohistorische Einsicht der Götter basiert. Daß das Leben Leiden ist, stellt für mich den Beweis für die Inexistenz der Götter dar. Selbst Kaviar ist ein Beweis für die Inexistenz eines Schöpfergottes. Es ist eine Sauerei, daß man einem armen Fisch die Eier herausreißen muß, um zu speisen wie ein Gott!«

Noch während er sprach, hatte er einen Spachtel ergriffen und bestrich ein Stück Schwarzbrot mit Kaviar.

»Nehmen Sie keine Butter oder Rahm dazu?«

»Zuerst will ich wissen, ob der Kaviar gut genug ist, um auf Schnickschnack verzichten zu können. Schwarzmarktware, nehme ich an.«

»Ein Schwarzmarktgeschenk.«

»Dann ist er weniger vertrauenswürdig als der andere. Gut. Er ist ziemlich gut, aber ich habe schon besseren gegessen. Seltsames Dreiergespann, Mossad, Kaviar und Kokainschmuggel.«

»Ich bin nicht eigentlich vom Mossad. Ich gehöre zu einer Art Generalstab für Sicherheitsfragen, und wer Politik aus dem Untergrund betreibt, muß sich das Terrain halt mit den Ratten teilen.«

Der Wodka war vorzüglich, der Sekt, der ihm die billigen Cavas seiner Jugend in Erinnerung rief, war allerdings warm und dem *Gramona*, den sein Vater bei der Weihnachtstombola seiner Firma zu ergattern pflegte, weit unterlegen. Zu guter Letzt hielt auch er eifrig löffelnd bei dem Wettschlemmen mit, dem sich alle mit solcher Begeisterung hingaben, daß eine zweite Dose geöffnet werden mußte, während in den Augen der Tafelnden die Verzückung glänzte, mit der sie diesen einmaligen Moment durchlebten. Malena aß mit aufmerksamer Zurückhaltung, unter der Prämisse, daß sie das Gelage nur kontrollieren konnte, wenn sie sich selbst mäßigte. Carvalho erwog die Möglichkeit, daß sich ein Stör auf ihre Route verirrt haben und in diesem Moment versuchen könnte, an das Fleisch des toten Armani-Mannes zu gelangen, angelockt vom Duft des so oft mit wunderbar ausgewogenen Martinis parfümierten Körpers.

Malenas Intonation klang ein wenig nach Tango, als sie sagte:

»Stör, Fisch aus der Familie der *Acipenseridae*, mit fettreicher, schuppenloser, von Knochenplatten bedeckter Haut und rüsselförmiger Schnauze. Aus seinem Laich wird Kaviar hergestellt und aus seiner Schwimmblase eine als Fischleim bezeichnete Gelatine gewonnen.«

Unvermittelt erhob sie sich und wies mit dem Finger auf Carvalho.

»In einer halben Stunde will ich Sie sprechen. Essen Sie, soviel Sie wollen, aber ehe wir Krasnowodsk erreichen, sollten Sie sich überlegen, wie Sie uns bezahlen, was Sie uns schulden.«

»Was schulde ich Ihnen denn?«

»Ihr Leben.«

»Zuerst will ich wissen, warum Sie mich nach Baku gebracht haben und warum Sie mir jetzt freie Bahn nach Samarkand geben.«

»In einer halben Stunde werden Sie alles erfahren.«

Vom Kaviar war er gesättigt, doch gelüstete es ihn weiter nach dem eisigen Wodka wie nach einem trügerischen Wasser, das seine Schleimhäute rebellisch machte und ihm trotz des Piercings, das ihm am Ohr hing, ein Gefühl des Wohlbehagens vermittelte. Das Essen und der Alkohol hatten eine allgemeine Verbrüderung zur Folge, und Carvalho mußte Familienfotos seiner Tischgenossen betrachten und sich Geschichten aus ihrem Leben anhören. Wieder wurden ihm jene Tage im Gefängnis von Aridel gegenwärtig, kurz nach dem Amtsantritt eines neuen Papstes, als die Häftlinge ihm Gründe und Konsequenzen ihrer Mordtaten schilderten, damit er, der Student, Gnadengesuche für sie formulierte, mit denen sie hofften, den Heiligen Vater, den Gott schützen möge, damit er lange lebe auf Erden, zu bewegen, sie dieser Segnung für würdig zu befinden. Er trat hinaus auf das Deck, und dort stand Malena, das Haar vom Wind zerzaust. Ihre kleine, aber wohlgerundete Gestalt war in Carvalhos Archiv für erotische Phantasien gespeichert, seit er sie kannte. Sie setzten sich in Bewegung und kamen zu einem Raum, der ebensogut das Schreibzimmer des Kapitäns gewesen sein konnte, in dem dieser verbissen an seinem Logbuch schrieb, als auch der Platz, an dem Dr. Fu Manchu seine Opfer empfing, bevor er sie durch eine Holzklappe im Boden in einen Brunnen voller Krokodile fallen ließ.

Sie waren allein und betrachteten einander prüfend und mit gegenseitiger Neugierde. Sie nickte und fing an zu lachen, wobei sie ihr goldenes, ihr luxuriös goldenes Haar von einer Seite zur anderen warf.

»Ich gebe zu, daß Sie beide mich durcheinandergebracht haben. Vor allem nach dem Bericht, den ich aus Spanien erhalten hatte, in dem Sie rundweg als Killer bezeichnet werden. Dazu kam dann der Hilferuf von der Drogenbande, und das ganze verkomplizierte sich noch durch die Querverbindung zu einer gewissen Madame Lissieux, laut CIA eine gefährliche Unruhestifterin mit Beziehungen zur internationalen Antiglobalisierungsbewegung. Ich wußte, daß Samuel nach Istanbul wollte, weil er blödsinnig in Irina verliebt war, aber als Wissenschaftler war er unentbehrlich für den Forschungsplan zur biochemischen Kriegsführung des israelischen Staates. Darum mußte man ihn bei seinem Wunsch nach einem kurzen heimlichen Besuch unterstützen und konnte zugleich herausfinden, was Ihre wahren Absichten waren. Ich empfand es als sehr aufschlußreich, daß Sie Samuel sofort helfen wollten. Warum diese Solidarität mit einem Unbekannten? Mit wie vielen Karten spielten Sie? Und die Frage ist immer noch dieselbe: Mit wie vielen und mit welchen Karten spielen Sie? Ihren Gehilfen zu unterschätzen war gewiß ein Fehler, und so ist er entkommen oder hat sich, besser gesagt, unmittelbar nach der Hinrichtung von Samuel in Luft aufgelöst.«

»Hinrichtung?«

»Samuel wäre nicht wiedergekommen und vom selben Moment an von allen feindlichen Geheimdiensten ins Visier genommen worden, und das in seinem besonders labilen Seelenzustand. Okay. Ihr Gehilfe hat uns einen bösen Streich gespielt, indem er uns die Kopie eines Kommuniqués zuschickte, das er für den Fall, daß wir Sie nicht freilassen, zu veröffentlichen drohte, und seine Bedingung war, daß Sie nach Samarkand kommen. Wir haben ihm eine andere Lösung vorgeschlagen: Sie dürfen nach Samarkand, und wir garantieren Ihnen unsererseits absolute Immunität, vorausgesetzt, Sie erledigen etwas für uns in Afghanistan.«

»Sie sprechen von sich im Plural. Wer ist wir?«

»Nennen wir es ein Ordnungsinstrument inmitten der internationalen Unordnung. Ein Zusammenwirken von Geheimdiensten und ihnen unterstellten Kräften, die im Gegenzug für eine gewisse Toleranz, was die Legalität angeht, ab und zu wertvolle Verbündete sein können.«

»Vermute ich richtig, daß der Italiener mit Ihrem Plan nicht einverstanden war?«

»Sie vermuten richtig. Bocardo war nicht einverstanden mit meinem Plan.«

»Weshalb er jeden Augenblick wieder auftauchen kann.«

»Ich versichere Ihnen, daß er nicht wieder auftaucht.«

Malena streckte die Hand aus, griff nach Carvalhos Piercing und löste eine winzige silberfarbene Scheibe daraus, die sie fasziniert betrachtete.

»Sobald Sie in Kabul ankommen, gehen Sie zu General Ibrahim Massuf und übergeben ihm diesen Chip. Als Schmuckstück ist es fad. Niemand wird Ihnen das Ohr abreißen, um an einen Ohrring zu kommen, der nach Messing aussieht und aus Messing ist, mit Ausnahme dieser Kleinigkeit. Treffpunkt in Kabul ist eine Enklave, die Biscuter kennt. Sobald wir Turkmenistan erreichen, ein Staat, so groß wie Deutschland mit weniger als einer Million Einwohnern, werden Sie wie jeder andere westliche Tourist das Land durchreisen, ein romantischer Tourist, der eilends die wüstenreichste aller asiatischen Republiken durchquert, um nach Samarkand in Usbekistan zu gelangen. Wie jeder andere westliche Tourist heißt, daß Sie Taxis mieten, die sehr billig sind, oder den Zug oder den Bus nehmen, die Straßen sind allerdings grauenhaft. Meiden Sie das Flugzeug, denn die Flughafenkontrollen können ebensogut gar nicht vorhanden wie auch entnervend sein, obgleich sie derzeit sicherlich eher entnervend sein dürften. Ich will keineswegs das Fälschertalent Ihres Partners in Zweifel ziehen, aber es könnte schiefgehen.«

Malena legte eine lederne Brieftasche mitten auf den Tisch und entnahm ihr Carvalhos Papiere und sein Geld. Frische Dollars, konservierte Dollars in Form von Reiseschecks, Euros, Kreditkarten, ein paar Tablettenschachteln.

»Damit Sie nicht um Ihre Gesundheit fürchten müssen, haben wir die pharmazeutischen Anweisungen Ihres Partners genau befolgt.«

Auch seinen Rollkoffer von Vuitton erhielt er zurück und als Geschenk des Hauses einen Persianermantel, den Malena ihm eigenhändig um die Schultern legte, als eben die ersten Lichter von Krasnowodsk zu sehen waren.

»Schon beim Anblick dieser Lichter fange ich an zu frieren.«

Das einzige, was noch fehlte, war seine Baretta, die Malena mit boshaftem Lächeln auf den Tisch legte.

»Die haben wir an sehr intimer Stelle gefunden.«

»Da kommt sie auch wieder hin.«

Malena trat dicht an ihn heran, streichelte mit einem Finger seinen Ohrring, faßte ihn dann bei der Hand und schlenderte mit ihm das Deck entlang auf das geschlossene Bordgeländer zu. Ihre Hand glitt an seinem Arm aufwärts, und Carvalho war zutiefst erleichtert, als er spürte, wie die pralle Wärme der schlanken Frau seinen Geschlechtstrieb zu neuem Leben erweckte.

»Warum kommen Sie nicht mit uns nach Kabul?«

»Aus dem gleichen Grund, aus dem Sie nicht mit mir nach Jerusalem gehen.«

»Man kann nie wissen.«

»Würden Sie denn mit mir nach Jerusalem kommen?«

Malena verhielt den Schritt, wandte sich dem Detektiv zu und sah ihm direkt in die Augen. Das Schiffshorn meldete die bevorstehende Ankunft, und aus der tiefen Finsternis der schwärzesten Nacht, die er je gesehen hatte, antwortete ein schläfriges Echo. Das Anlegemanöver ging schnell vonstatten, und beim Einrasten der Gangway in die Verankerungen auf dem Schiff legte Malena Carvalho die Hände auf die Schultern.

»Dort unten wartet ein Auto auf Sie. Sie brauchen mit niemandem zu reden, antworten Sie einfach auf alles mit ja, weil man Sie nur fragen wird, ob man Sie zum Bahnhof von Aschchabad bringen soll. Die Fahrkarte habe ich Ihnen in die Manteltasche gesteckt, und in Samarkand müssen Sie dann halt sehen, wie Sie weiterkommen.«

Das Manöver war beendet, die Küstenwache wartete darauf, daß der Passagier und einige Handelsgüter das Schiff verließen, Carvalho hatte bereits den Fuß auf die oberste Stufe gesetzt und schickte sich an, die Gangway hinunterzugehen, als er samten und melodisch Malenas Stimme vernahm:

»Gallego.«

An seinen Körper geschmiegt, küßte sie ihn und schob ihm die Zunge in den Mund, als bettelte sie um Asyl, politisches oder professionelles, während sie mit einer Hand seine Geschlechtsteile umfaßte, sanft drückte und sie dann freigab, wie man ein Täubchen fliegen läßt. Carvalho verstand es als ihr endgültiges und echtes Lebewohl.

Kaum hatte er den Fuß auf die Steinquader gesetzt, aus denen dieser Teil des Hafens von Krasnowodsk bestand, nahm ihm ein Mongole mit glattrasiertem Schädel den Koffer ab und legte ihn in den Kofferraum eines Lada aus Chruschtschows Zeiten. Vierzig Jahre. Das Ende der Chruschtschow-Ära, das zeitlich mit seiner ideologisch militanten Jugend zusammenfiel, lag fast vierzig Jahre zurück. Der Fahrer war erst später zur Welt gekommen, wahrscheinlich wußte er nicht und würde auch niemals erfahren, wer Chruschtschow war, weil die Geschichte der UdSSR nicht länger seine Geschichte war und er jetzt nur noch turkestanische beziehungsweise turkmenische Genome hatte. Dabei war er ein Mongole wie aus dem Bilderbuch, die Augen, zwei schmale Schlitzchen, und der Schnurrbart mit den lang herunterhängenden Spitzen gaben ihm unverkennbar das Aussehen eines direkten legitimen oder außerehelichen Nachfahren des großen Tamerlan höchstselbst. Er öffnete Carvalho die Tür zum Rücksitz des Wagens, dessen roter Plastikbezug so abgewetzt und alt war wie das ganze Gefährt. Carvalho beschloß, bis zum Sonnenaufgang zu schlafen, und machte es sich auf der Rückbank bequem, einen Reisebeutel unter dem gepiercten Ohr. Da fiel ihm plötzlich ein, daß sie ja die Zollformalitäten noch gar nicht hinter sich gebracht hatten, und als er sich aufsetzte und nach seinen Papieren kramen wollte, sah er, wie das Auto einfach an dem Wachhäuschen der Zollbeamten vorbeifuhr und diese es passieren ließen. Carvalho fühlte sich großartig als Mitglied einer Internationalen, die einfach die Grenze zu einem Land passieren konnte, keinem geringeren als dem, das er seit seiner Kindheit als Turkestan gekannt hatte, inzwischen aber Turkmenistan hieß, weil die Dritte Welt ihre Namen nach eigenem Gutdünken wählte, auch wenn dies dem Gedächtnis ihrer Kolonialherren widerstrebte. Pechschwarze Nacht ohne das kleinste Licht, weder am zugezogenen Himmel noch auf Erden, als ob es keine Dörfer entlang ihrer Route gäbe, zumindest keine beleuchteten. Sie fuhren wie durch eine gasförmige schwarze Masse ohne irgendein Licht außer den Scheinwerfern des Lada, doch die strapazierten Räder fanden ihren Weg über ausgewaschene oder gar nicht vorhandene Straßen, die steil bis in absurde Höhen anstiegen, um dann über sture Bergketten wieder talwärts zu führen. Obwohl sein Körper zu einer der Substanzen geworden zu sein schien, die der zum Cocktailshaker mutierte Lada zu mixen trachtete, schlief er ein. Eine Straßenkontrolle am Ortseingang von Geok-Tepe weckte ihn, doch sein Fahrer erledigte das ohne ein einziges Wort und überzeugte die vier Soldaten, die ihn aufgehalten hatten, indem er lediglich die Augenbrauen hochzog. Carvalhos Aufmerksamkeit wurde nun von der Landschaft in Anspruch genommen, denn zu seiner Linken begann sich eine ansehnliche Wüste auszubreiten, eine dieser Wüsten, von denen er schon in der Grundschule gehört hatte, besondere, einzigartige Trockengebiete, nicht so allgemein bekannt wie beispielsweise die Sahara, eher wie die Kalahari. Und rechts von ihm erstreckte sich die Karakum-Wüste, weiter nördlich dann die Kysylkum – Bruchstücke früher Geographiekenntnisse, ergänzt durch die nahen Flüsse, die er seit der Oberstufe beherrschte. Im Amudarja hätte er die Füße baden können, wenn er auch akzeptieren müßte, daß die einheimische Toponomastik ihn jetzt Amu Derya schrieb, und der Syrdarja konnte nicht sehr weit sein. Sein Erdkundebuch wußte Bescheid in der Welt und vermittelte dem künftigen Reisenden und Touristen sein Wissen. Reisender? Tourist? Seine Reise hatte noch immer denselben Zweck, nur trug er inzwischen einen Ohrring mit einer zweifellos zionistischen Botschaft, deren letztendliche Bedeutung sich seiner Kenntnis entzog.

»Wer weiß, ob ich nicht den Vierten Weltkrieg im Ohr trage«, warnte er seinen Fahrer.

Überrascht von der menschlichen Stimme, bremste dieser den Wagen und drehte sich beunruhigt zu ihm um, fuhr jedoch, als er Carvalhos Grinsen sah, schweigend weiter, wobei er sich durch mehrmaliges Hochziehen der Brauen zumindest mimisch ausführlich äußerte. Als eine größere Stadt in Sicht kam, hielt er an einer Abzweigung an, packte einen Rucksack aus, der neben ihm auf dem Beifahrersitz lag, und brachte eine Thermoskanne, Schwarzbrot, so etwas wie Butter oder Margarine, eingelegten Kürbis und ein Stück Hartwurst zum Vorschein. Er stieg aus, um so ausgiebig zu pinkeln, wie es den Proportionen seines Körpers entsprach, und setzte sich wieder ins Auto, wo er zwei Schnitten Brot mit Margarine bestrich, zwei Portionen Kürbis und zwei Scheiben Wurst abschnitt und zwei Tassen mit Tee füllte, der dampfend aus der Thermoskanne floß. Bevor er selbst etwas zu sich nahm, streckte er seine Pranke aus, legte ein Stück geschmiertes Brot, eine Scheibe Salami und ein Stück Kürbis darauf und hielt sie Carvalho hin wie ein Tablett. Dieser akzeptierte das Dargebotene als würdigen Epilog zu dem Kaviar vom Vorabend und lieber noch den gezuckerten Tee, der nicht nur nach Tee, sondern auch nach einer Kräuterbeimischung schmeckte. Er trank noch eine zweite Tasse und wartete, bis sein fast zahnloser Fahrer mühsam kauend das karge Mahl beendet hatte.

Dann setzten sie die Fahrt fort, über Asphaltstraßen, die streckenweise von Feldwegen aus Erde und Sand abgelöst wurden, eingeebnet von Planierraupen und lustlosen Straßenarbeitern, denen bewußt gewesen sein mußte, daß die Karakum nicht viele Touristen anlocken würde, obgleich sie sich in einem Land, das bis hierher nur aus Bergen und Wüsten bestand, immerhin einen Namen verdient hatte. In der Ferne schien die Landschaft milder und sogar grün zu werden, nach und nach nahm eine Oase Gestalt an, und an ihrem Rand schlängelte sich ein Kanal, der den sandigen Eingeweiden der Karakum zu entspringen und zum Kaspischen Meer zu fließen schien oder umgekehrt. Entweder spie das Kaspische Meer seine kaviar- und erdölreichen Gewässer in die Karakum, oder aber die

Kanäle dienten einem Netz einstmals kollektiver Bauernhöfe, über denen hie und da noch das Hammer-und-Sichel-Banner wehte. Es wurde hell, als sie nach Aschchabad einfuhren; eine Stadt, die mit ihrer entweder einem häßlichen Funktionalismus oder einem mit falschen Art-deco-Elementen kombinierten Neoklassizismus ergebenen Architektur das typisch sowjetische Klischee erfüllte, wo nach Jahren der Armut, denen Jahre der Nachlässigkeit vorausgingen, die meisten Bauwerke dem Verfall anheimgegeben waren – ein folgerichtiger Prozeß, den Carvalho nachvollziehen konnte, ohne daß er genau gewußt hätte, warum Turkmenistan eine unabhängige Republik war, wenngleich er sich zu erinnern glaubte, daß Stalin Republiken mit einer Wünschelrute geschaffen hatte, die in direkter Verbindung zu seinen Eiern oder den Eiern der Geschichte gestanden haben mußte. Auf den Feldern in Stadtnähe nahm das Treiben von Herden und Hirten zu, und in den Straßen begann dann die Bevölkerung vorbeizuziehen, eine Mischung aus Menschen von türkischem Aussehen, anderen mit eher mongolischen Zügen wie die seines Chauffeurs und ein paar blonden Russinnen, die in einem Panorama von Hauttönen, so ockerfarben wie der Boden, sofort ins Auge fielen. Gemäß dem Kanon für Prachtstraßen in leicht verwahrlosten Provinzhauptstädten säumten Platanen und Tannen die Boulevards, und Carvalho erblickte einige wenige überlebende Statuen von Helden des Sozialismus und exaltierte Bildnisse von Helden der Dichtkunst, geschaffen, jedes sprachliche Machwerk zu überdauern, und Minarette, die Minarette naher und ferner Moscheen, das Zeichen, daß er die Geographie und Geopolitik des Islam erreicht hatte.

Für eine Stadtrundfahrt blieb keine Zeit, der Fahrer setzte ihn am Bahnhof ab, half ihm, das Gepäck auszuladen, und klatschte beredt in die Hände, als befreite er sich damit vom Reisestaub und von seinem Begleiter. Allein auf dem Bahnhof einer so unvorstellbaren Stadt wie Aschchabad, fiel Carvalho wieder ein, daß die Strategin Malena ihm die Zugfahrscheine in eine Tasche des Persianermantels gesteckt hatte, und da waren sie auch, zwei Fahrkarten für zwei aufeinanderfolgende Strekken, eine bis nach Tschardschou an der Grenze zu Usbekistan und die andere nach Samarkand. Eine kurze Notiz legte ihm nahe, im Hotel Zeravshan in der Straße Charav Rachidof 65 abzusteigen, wo ein Zimmer für ihn reserviert sei und Anweisungen für seine Weiterreise nach Afghanistan auf ihn warteten.

Der Bahnsteig war voller Ziegen und kleiner Mädchen, die einen so grazil wie die anderen, erstere in Erwartung eines Viehwaggons und letztere unterwegs ins Abenteuer eines Schulausflugs, während sie hüpften, auf alles Bekletterbare kletterten, vergnügte Schreie ausstießen oder Lieder sangen, die Carvalho für russische hielt. Die leicht erkennbaren Lehrerinnen, die mit ihrer matronenhaften Taille dem allgemein üblichen Bild der russischen Frau entsprachen, redeten russisch mit ihnen und wirkten wie Außenseiter inmitten der ethnischen Vielfalt des Bahnhofs, wo türkischstämmiges Volk vorherrschte, darunter der eine oder andere Mongole nach dem Schnittmuster seines schweigsamen Fahrers. Wohl hätte sich sein Blick lieber an einer exotischen Szenerie geweidet, voll regionaler Trachten aus der Requisite irgendeines Films vom Dachboden seiner Erinnerung, in Wahrheit ähnelte dieser Bahnhof jedoch einem beliebigen spanischen Bahnhof seiner Jugend und unterschied sich von diesem nur durch die Verhaltensweisen und das modebedingte Erscheinungsbild einerseits und andererseits durch die keuschen Gewänder und das Benehmen einiger Frauen, die er sofort als islamisch adjektivierte.

Er fand seinen Sitzplatz in der zweiten Klasse, in einem Abteil für sechs Personen, in dem die beiden gegenüberliegenden Dreierreihen fast komplett waren, denn es fehlte nur noch Carvalho zur Vervollständigung des Sextetts, bestehend aus einer dieser mutmaßlich russischen Frauen, die er auf dem Bahnsteig gesehen hatte, zwei jungen Mädchen, offenkundig Schwestern, deren schwarze Augen machtvoll durch das Tschador-Fensterchen leuchteten, einem dunkelhaarigen Jugendlichen mit geröteten Augen und einem langweilig aussehenden Herrn, der das Haar von Scheitelbein zu Scheitelbein frisiert und das Gesicht voll prächtig glänzender Warzen hatte. Es war kaum noch Platz für Carvalhos Gepäck, doch die beiden Schwestern sprangen flink auf den Sitz und schoben ihre Sachen in dem über ihnen hängenden Gepäcknetz zusammen, um Raum für die des Zugestiegenen zu schaffen. Carvalho dankte ihnen auf englisch, und sie lachten synchron. Sein Sitzplatz war am Fenster, mit dem Rücken zur Lokomotive, gegenüber der molligen, sehr weißhäutigen Russin, die das Haar mit einem Kopftuch zurückgebunden hatte, einer vermutlich ortstypischen Handarbeit, und an einem Kettchen über der Brust eine Ikone trug. Mit Verwunderung erkannte er globalisierte Gesten wie die des Halbwüchsigen, der einen Ohrstöpsel anlegte, seinen Kassettenrekorder ein- und damit alles andere ausschaltete, oder den vergnügten Schwatz der beiden kichernden Mädchen in ihren hellblauen Stoffzelten, die offenbar genügend Kommunikation gestatteten, um einander zum Lachen zu bringen, oder die melancholische Versunkenheit der Russin oder die selbstzufriedene Aufmerksamkeit, die der Mann mit der intelligenten Frisur seiner Lektüre einer alten Ausgabe der *Financial Times* widmete. Der Anblick ausgerechnet dieser Zeitung in einem Zug von Aschchabad zur Grenze von Usbekistan schien Carvalho lärmender als die verborgenen Töne im Ohr des empfindsamen Jugendlichen, über den sich für einen kurzen Augenblick das Bild Samuel Sumbulovichs schob, wie er sämtliche Songs von Jim Morrison auswendig lernte.

Carvalho versuchte, seine Mitreisenden nicht weiter zu beachten und sich statt dessen der Landschaft zuzuwenden, die allerdings nichts Neues zu bieten schien oder zumindest keinen besonderen Genuß darstellte, so daß er in einen leichten Halbschlaf fiel, den gelegentlich ein Auflachen der Mädchen oder ein heftiges Rascheln der *Financial Times* durchdrang, deren Leser wohl mißfiel, was er las. Wie sollte die *Financial Times*, ganz unabhängig von der konkreten Wirtschaftslage, dem glatzköpfigen Passagier einer alten Eisenbahn durch Turkmenistan, der nie reich genug für ein eigenes Privatflugzeug sein würde, auch gute Nachrichten bringen? Er träumte von einem Sportflugzeug mit einem Piloten, der nach einem Rabbiner aussah, vielleicht ein orthodoxer Jude mit Korkenzieherlocken war. Der orthodoxe Jude hielt ihm seine Visitenkarte hin: Ralph Nadelreich. Das Flugzeug kam ihm bekannt vor, der Name auch, doch da weckte ihn die Russin, indem sie ihm leicht auf die Schulter klopfte.

Er brauchte eine Weile, bis er begriff, daß der Auslöser der Schaffner war, einer vom Schlag der lustigen Schaffner, der mit jedem witzelte und es auch mit Carvalho versuchte, bis dieser ihm auf englisch antwortete und mit der fremden Sprache das Signal der Verschiedenheit ertönte. Der Schaffner entwertete rasch Carvalhos Fahrschein, und als er wieder draußen war, warf der *Financial-Times*-Leser dem Detektiv den verschwörerisch zwinkernden Blick eines ehemaligen Berlitz-Schülers zu und vertiefte sich wieder in seine Lektüre, die, wie es aussah, von maßgeblicher Bedeutung für die nächsten Jahre seines Lebens war. Nach Minuten des Schweigens, in denen sich die Erkenntnis, daß man mit einem Ausländer reiste, erst einmal setzen mußte, neigte sich die Russin ihrem Gegenüber zu und fragte:

»Engländer? Amerikaner? Amerikaner. Sie sprechen amerikanisches Englisch, und die US-Soldaten und Fachleute in diesem Land werden immer mehr.«

»Nein. Weder Engländer noch Amerikaner.«

Er wußte nicht mehr, auf welchen Namen seine Fahrkarte ausgestellt war, und zog sie mit gespieltem Schrecken heraus, als befürchtete er, sie verloren zu haben. Bouvard. Er hieß Bouvard.

»Ich bin Franzose.«

»Sind Sie geschäftlich unterwegs?«

»Nein. Ich bin Schriftsteller und Professor für Literatur.«

»Französische Literatur, klar.«

»Nein, vergleichende Literaturwissenschaft, das heißt, wir vergleichen das literarische Werk verschiedener Länder miteinander.«

»Ich weiß, was vergleichende Literaturwissenschaft ist. Ich bin selbst Professorin, ursprünglich für Stilistik, aber die Senkung des Budgets für die Landesuniversität zwingt mich, russische Literatur zu lehren. Viele Stunden wöchentlich. Jetzt fahre ich nach Tschardschou, um einige Kurse zu überprüfen.«

Carvalho antwortete nur mit einem Lächeln und taxierte sie auf der Suche nach etwas, das sein erotisches Interesse wecken könnte. Ihr Gesicht war rundlich, aber hübsch, und sie war nicht fettleibig, eher drall. Sie spürte Carvalhos semantische Analyse und stand auf.

»Ich rauche auf dem Gang eine Zigarette.«

»Ich komme mit.«

Als sie das Abteil verlassen hatten, blickte sie erst nach rechts und links, ehe sie es wagte, die Scheibe ein Stück herunterzuschieben und eine Zigarette anzuzünden. Carvalho schloß sich mit einem Zigarillo an, den er in der Türkei erstanden hatte, und qualmte unbefangen, bis er die Frau den Kopf halb aus dem Fenster strecken und ihren Rauch außerhalb des Zuges ausblasen sah.

»Ist das Rauchen im Gang verboten?«

»Weiß ich nicht, nur vorsichtshalber. Außerdem hat man mir den Komplex des passivrauchermordenden Rauchers eingeimpft.«

Sie war eine der raren Blondinen, die er in seinem Waggon gesehen hatte, und er vermutete, daß sie in der Tat Russin war, die aufgrund ihres Berufs über eine gewisse Bildung verfügte oder zumindest danach strebte, und Sinn für Ethik hatte, was er aus der Mischung von Forschheit und schlechtem Gewissen schloß, mit der sie rauchte. Sie seufzte und stieß eine Rauchfahne zur Decke, dann lehnte sie eine Schulter gegen das Fenster und wandte sich Carvalho in unübersehbarer Traurigkeit zu.

»Das schlimmste an dieser Reise ist, daß ich immer wieder nach Aschchabad zurückmuß.«

»Sie mögen die Stadt nicht, was?«

»Ich kenne keine andere. Naja, ich war mal in Odessa und Moskau, aber nur zu Besuch oder zu kulturellen Anlässen.

Aber weder in Moskau noch in Odessa wäre ich gern geblieben.«

»Wo wären Sie denn gern?«

»Ich weiß es nicht. Meine mythischen Orte sind literarischer Natur, und ich möchte sie auch gar nicht wirklich kennenlernen, um nicht enttäuscht zu sein. Eines Tages werde ich an einen Ort kommen und wissen, daß dort mein Platz ist. Es kann mir auch passieren, daß sie mich aus Turkmenistan ausweisen, obwohl ich hier geboren bin und meine Familie sich schon vor dem Sozialismus hier niedergelassen hatte, Anfang des Jahrhunderts, als mein Großvater als Eisenbahningenieur anfing. Schon die Zaren haben ihre abweichlerischen oder in Ungnade gefallenen Offiziere hierher versetzt. Diese Gegend wurde quasi als Müllkippe angesehen. Erst der Kommunismus schaffte ein nationales Bewußtsein. Man hat einfach ein nationales Bewußtsein mehr erfunden, wie das ja im ganzen sowjetischen Asien gehandhabt wurde, während England und Frankreich in den sogenannten arabischen Ländern das gleiche taten. Hier lautete das Motto Nation und Sozialismus. Als es mit dem Sozialismus vorbei war, wurden die Menschen nationalistisch und religiös, überraschend religiös. Diese Religiosität ist eine Modeerscheinung, die etwas Snobistisches hat, und uns russischstämmigen Bürgern geht es wie den englischen Siedlern in Rhodesien. Sobald sie können, werden sie uns rauswerfen, im Moment brauchen sie uns aber noch, weil unser Ausbildungsniveau höher ist als ihres, allerdings kommen auch immer mehr Fachkräfte, die aus den sozialistischen Ländern, China und Pakistan geflohen sind, und Amerikaner, US-Soldaten, die hier einen Teil ihres eisernen Gürtels um den Irak, Iran, Syrien, Pakistan und China errichten wollen. Der Krieg gegen den Irak scheint unausweichlich. Sie sind täglich überzeugter von sich selbst, zahlenmäßig erreichen sie nicht mal eine Million, und schon verlangen sie, daß du turkmenisch sprichst, um überhaupt Arbeit zu bekommen.«

»Sprechen Sie turkmenisch?«

»Nein. Ich habe es über vierzig Jahre lang nicht gebraucht, genausowenig wie meine Familie seit ihrer Einwanderung

Anfang des zwanzigsten Jahrhunderts. Aber hinsichtlich dessen, was der Kommunismus repräsentiert hatte, und der islamischen Versuchung stellt die Türkei das Modell dar, an dem sich diese Scheißrepublik orientiert, genauso wie Kasachstan und sogar Aserbaidschan, obwohl letzteres geographisch gar nicht zu Asien gehört. Eines Tages wird man den Einsatz der Sowjetarmee gegen diese neuen Barbaren würdigen müssen.«

Tränen stiegen der blassen Frau in die Augen, als kämen Blitz und Regen dem Donner ihrer gepreßten Stimme zuvor, und sie gestand:

»Ich war mit einem sowjetischen Offizier verheiratet, der zur Nachhut der Afghanistan-Invasion gehörte. Wir waren noch sehr jung, es war eine schöne Liebe, doch nach Kriegsende ging er zurück nach Rußland, und nachdem wir uns ein paar Monate lang Briefe geschrieben hatten, die immer spärlicher wurden, hörte ich überhaupt nichts mehr von ihm. Auf die Idee, mich in Moskau auf die Suche nach ihm zu machen, kam ich allerdings auch nicht. Ich mag Moskau nicht, ich würde jeden anderen Ort vorziehen. Ich weiß nur nicht welchen.«

Sie rauchte ihre Zigarette zu Ende und steckte sich an der Glut der Kippe die nächste an. Verwirrt stellte Carvalho fest, daß ihn die Kontinuität der Raucherin erstaunte, eine Kontinuität, die ihm selbst zehn Jahre zuvor noch normal erschienen wäre, jetzt jedoch wie eine Überschreitung wirkte. Ihn grämte, daß auch er es unsinnig fand, kettenrauchend im Gang eines Zuges von Aschchabad nach Tschardschou zu stehen, als ob das menschliche Verhalten unsensibel gegen ungewöhnliche Szenarien wäre. Für die arme, lebenslang an diese Strecke gefesselte Madame Obratzowa – so stellte sie sich vor – war es das nicht.

»Immer wenn ich mich Tschardschou nähere ... Fühlen Sie nur!«

Sie nahm Carvalhos Hand und legte sie auf ihr Herz, das tatsächlich in wildem Rhythmus schlug. Zwischen Carvalhos Hand und Madame Obratzowas Herz befand sich eine große, aber kompakte Brust, und seine Finger vermochten sich einer kleinen Entdeckungsreise nicht zu enthalten, keiner sehr eingehenden, eher eines unbefangenen Maßnehmens, das er bei der kleinsten Abwehrreaktion der Frau sofort unterlassen hätte. Eine solche ereignete sich aber nicht. Ganz im Gegenteil. Mit einem Blick den Gang hinauf und hinunter versicherte sich Madame Obratzowa, daß sie allein waren, ergriff Carvalhos sündige Finger und zog ihn, bergauf, da die Gleise offenbar Gefälle hatten, in Richtung der Ausstiegsplattform, wo auch eine Toilette war. Sie prüfte, ob diese frei war und man zu zweit hineinpaßte, die Lippen bereits auf denen des überrumpelten Carvalho, die Zunge mit der seinen verhakt und bereitwillig Monsieur Bouvards Händen dargeboten, damit sie fortfuhren, ihre Brüste abzutasten, die, zunächst noch unter dem Filter ihres Pullovers, aus einem soliden, nach unten in ein Korsett übergehenden Büstenhalter quollen. Sie streifte selbst den Schlüpfer ab, schob das Mieder hoch, stützte die Hände auf die Toilettenschüssel und offerierte Carvalho die gesamte Pracht ihrer Hinterbacken, gespalten von der Vagina, die sich, eine lilafarbene, vollsaftige Wunde, verlangend im Takt der Hüften wiegte und darauf wartete, daß der für die Tageszeit und sein Alter unverhältnismäßig angeschwollene Penis Carvalhos zum Schuß ansetzte. Es wurde ein schneller, aber intensiver Geschlechtsakt, abgeschlossen mit einem höchst dankenswerten zwei- oder dreimaligen Aufstöhnen Madame Obratzowas, wenn auch zwischendurch jemand an die Tür klopfte und die Russin in so dramatischem Ton »Besetzt!« rief, daß der Störenfried auf der Suche nach einem weniger vehement verteidigten Klo den Gang hinunter flüchtete.

Sie brachten ihre Kleidung in Ordnung, traten, ohne einander anzusehen, hinaus, die Frau voran, hinter ihr Carvalho, um zum selben Platz am Gangfenster zurückzukehren, wo die Frau sofort wieder zu rauchen begann. Ein ums andere Mal stieß sie beglückt aus: »Wundervoll! Überraschungen sind das Größte! Das war die herrlichste Reise meines Lebens! Und für dich?« Carvalho fand keine Worte für den Aberwitz dessen, was zwischen ihnen vorgefallen war, jedoch auch nicht für das Erlebnis der Potenz und Lebenskraft und seine Dankbarkeit für das großherzige Geschenk der Fremden. Obwohl es so ein großherziges Geschenk vielleicht doch nicht gewesen war.

»Davon habe ich so oft geträumt! Eine magische Begegnung auf dieser Fahrt, der einzigen, die ich alle zwei Wochen mache, und auf einmal läßt dieses explosionsartige Gefühl der Liebe, des Glücks, des Schwebens, die Möglichkeit aufblitzen, diesem Hin und Her zu entfliehen, irgendwo anders hinzufahren ... Mit dir, zum Beispiel. Es wäre zu schön, wenn das heute der Aufbruch zu einer Flucht wäre!«

Es lag Angst in ihrem Gesicht, und plötzlich kam Carvalho der Gedanke, daß Madame Obratzowa die gleiche Szene in derselben Zugtoilette auf derselben Strecke womöglich schon häufiger erlebt hatte, immer in der Hoffnung, daß einer auf ihre Fluchtträume eingehe.

»Ich fahre nur bis Samarkand.«

»Himmel! Im Ernst?«

»Ja.«

Samarkand. Die bloße Erwähnung des Namens versetzte sie in Verzückung. Immer hatte sie sich danach gesehnt, einmal nach Samarkand zu kommen, einer Stadt, die sie zu ihren mythischen Orten zählte.

»Nimmst du mich mit nach Samarkand?«

Carvalho zog noch ein türkisches Zigarillo hervor und zündete es an.

»Nein, du sollst mir nicht sofort antworten. Denk den Rest der Fahrt darüber nach.«

Als sie wieder auf ihren Plätzen saßen, malte sich Carvalho das Wiedersehen mit seinem Assistenten aus, an seiner Seite die Obratzowa, die Biscuter mit seinem Faible für sentimentale Geschichten und unberechenbare, tiefe Leidenschaften gewiß freudig begrüßt hätte. Dann Afghanistan. Und anschließend der Abgrund Ostasiens, der Meeresboden des Pazifischen Ozeans, so gefahrvoll wie seine Oberfläche mit ihren Strudeln und Riffen. Und wer weiß, ob danach Amerika oder Afrika und ob dies dann der Weg nach Hause oder nur der zu neuen Entdeckungen war, die seine Heimkehr verhinderten. Während

Carvalho sich in Gedanken immer weiter von diesem Abteil entfernte, von der Zugstrecke Aschchabad-Samarkand, verwischten sich die Konturen der fluchtwilligen Russin, bis sie verschwunden waren, als wären sie vollständig in dieser Landschaft aufgegangen, der die Frau paradoxerweiser zu entkommen trachtete. Für einen Augenblick zwang ihr eindringlicher Blick ihn, an das zu denken, was geschehen war, und sich vorzustellen, was geschehen könnte. Früher oder später würde sie zur Toilette gehen, um sich vor der Ankunft ein wenig zurechtzumachen, und sobald sie dies tat, ergriff Carvalho seinen Vuitton-Koffer und suchte sich einen Platz in einem Wagen dritter Klasse mit harten Sitzen und dem Gestank nach dem Desinfektionsmittel, mit dem die Keime in Schach gehalten wurden. In dem Waggon befanden sich fast ausschließlich Türken, einige Mongolen und nur Gepäckstücke, wie er sie von seinen Bahnfahrten durch Spanien vor vierzig Jahren kannte, wenngleich ihn der eine oder andere Koffer einer Standardmarke wie Samsonite daran erinnerte, daß die Welt klein oder, besser gesagt, ein großer Markt war. Zum Glück bemerkte niemand, daß Carvalho einen Rollkoffer von Vuitton hinter sich herzog. Madame Obratzowa trat den Rest der Reise bis zur Grenze von Usbekistan nicht mehr in Erscheinung.

Carvalho blieb im Zug, bis dieser sich vollkommen geleert hatte, und sah durchs Fenster der Obratzowa nach, der bewußt war, daß der elende Ausländer, von dem sie verführt und verlassen worden war, sie beobachtete, als sie in sehr aufrechter Haltung hochmütig davonging, fast wie Alida Valli am Schluß von *Der dritte Mann*. Er brachte die Grenzformalitäten problemlos hinter sich, weil er sich als französischer Staatsbürger und Reisender erster Klasse ausweisen konnte, und bevor er den Anschlußzug von der Grenze bis nach Samarkand bestieg, trieb ihn der Hunger zu dem einzigen Restaurant, das als solches erkennbar war. Dort machte er sich über das einzige Gericht her, das die Speisekarte zu bieten hatte, eine Gemüsesuppe mit Hammel- und etwas Ziegenfleisch und Reisbällchen, wieder ein Beweis, daß bodenständige Völker sich bodenständig, wenn auch nicht sehr abwechslungsreich, ernährten. Zwar fanden die Gesetze des Zufalls und der Not auch auf die Eßgewohnheiten Anwendung, doch waren beide Extreme von dem geprägt, was das Land hergab. Die Schafe und Ziegen waren unübersehbar, aber wo waren die Reisfelder? Vermutlich in den Oasen, die in Szene zu setzen den Flüssen gerade Zeit bleibt, ehe die Sickergrube der Wüste sie aufsaugt, Wüsten wie die Karakum, von größerer Ausdehnung als Spanien von Barcelona nach La Coruña.

Ein Reiseprospekt, der in dem Restaurant auslag, pries die Reize der Stadt Buchara als denen Samarkands weit überlegen, aber was wußten Reiseprospekte schon von der ureigenen Mythologie, die dem Kulturerbe jedes einzelnen innewohnte? Sein Wunsch, Samarkand zu besuchen, ging möglicherweise auf einen Film im schönsten amerikanischen Technicolor zurück, *Dschingis Khan – Die goldene Horde*, mit der Westentaschenschauspielerin Ann Blyth in der Rolle der Prinzessin von Samarkand, letzteres ein Wunderwerk aus Pappmaché. Doch kannte er auch andere Samarkands aus Büchern über die Seidenstraße, Marco Polos Reisen oder die des Kastiliers Rui González de Clavijo, der für ihn nicht nur einen mittelalterlichen Reisenden darstellte, der, seiner Zeit voraus, zum Hof des Großen Khan gelangt war, sondern auch eine Schularbeit, für die er das Altspanische phonetisch hatte umschreiben müssen. Bemüht, sich Teile seiner mittelmäßigen Arbeit ins Gedächtnis zu rufen, stieg er in den Zug, noch immer argwöhnisch, ob die vor sich selbst und dem turkmenischen Nationalismus fliehende Russin sich nicht vielleicht auf seine nächste Teilstrecke gemogelt haben könnte, doch im Abteil saß nur ein offensichtlich nicht turkmenisches Ehepaar, groß, blond, rund wie Bier und sehr mißtrauisch, denn sie musterten seine Erscheinung gründlich, und Carvalho ertappte sie bei zwei verräterischen Gesten: Die Frau preßte ihre Handtasche an die Brust, und der Mann konnte gerade noch seine Hand zurückhalten, die nach der Geldbörse oder der Pistole greifen wollte. Carvalho hatte keine Lust auf flüchtige Zuggespräche und trat auf den Gang hinaus, wo er feststellte, daß sie den Amudarja überquert hatten und der Fluß jetzt gen Norden zog, um sich, nachdem er an der Verwandlung der Wüste gescheitert war, im Aralsee zu ertränken, obwohl alles Wasser der Welt nicht ausgereicht hätte, den Durst dieser Landschaft zu stillen, es sei denn, es fand eine plötzliche Falte, eine Leistenbeuge, für eine Oase von wundersamem, tiefem Grün.

Als sie Buchara erreichten, setzte er sich wieder ins Abteil zu dem russischen Paar, das sich zum Aussteigen bereitgemacht hatte und ihm immer noch hin und wieder prüfende Blicke zuwarf. Schließlich fragte ihn die Frau etwas auf russisch, und er antwortete erst auf englisch, dann auf französisch, worauf sich die Frau an diese Sprache klammerte wie eine Ertrinkende.

»Wir haben uns schon gedacht, daß Sie Ausländer sind. Vorsicht! Dies ist eines der gefährlichsten Länder Zentralasiens. Mit der sozialistischen Disziplin ist es vorbei, und alles ist von Gesindel überlaufen. Es wird viel auf die Tschetschenen geschimpft, aber die sind auch nicht schlimmer als die Usbeken.«

Die Frau wies auf ihre Tasche und zwinkerte ihm zu.

»Lassen Sie ja niemanden auch nur eine Münze in Ihrer Hand sehen, nicht die allerkleinste, weil dann Ihre Hand in Gefahr ist und die Münze natürlich auch.«

Ihr Mann sagte etwas auf russisch, und sie übersetzte:

»Was haben Sie in Usbekistan verloren?«

»Samarkand.«

Zuerst starrten sie ihn verdutzt an, dann brach der Mann in schallendes Gelächter aus, sie stimmte ein, und bevor sie das Abteil verließen, warnte sie ihn noch:

»Samarkand existiert nicht. Buchara und Taschkent existieren ein bißchen, ein kleines bißchen mehr. Wir sind hier in einem potentiell sehr reichen Land, das voll von Hungerleidern ist und von sämtlichen Kriegen bedroht wird, die man um das Erdöl entfesseln wird.«

Buchara war ein Versprechen von Minaretten und Sowjetbauten, jedoch bereute er nicht, sie nicht gesehen zu haben. Das Kontingent an mythischen Orten, das in ein Gehirn paßt, ist notgedrungen begrenzt, und nur ein einziges, sehr hohes Minarett mit verzierter Spitze weckte durch das Zugfenster sein Interesse, bis er durch den Touristenprospekt, den er aus dem Restaurant an der Grenze mitgenommen hatte, erfuhr, daß es als der Turm des Todes bekannt war. Das Faltblatt kündigte ein Dutzend unvergeßlicher Moscheen und Medresen oder *Madrasas* an, muslimische Schulen, in denen der geistige Schatz des islamischen Orients gehütet wurde. Er fuhr durch Gegenden unversehrter Nomadenbräuche oder primitiver Landwirtschaft, und wie überall wurde auch hier die heile Welt von der Religion und einer durch Armut und Drogen erzeugten Gewalt überschattet. Er mußte seine bilderstürmerischen Anwandlungen bezähmen, aufgrund derer er einem religiösen Monument, das in Trümmern lag, immer den Vorzug vor einem gegeben hatte, das noch in Gebrauch war – vorausgesetzt, es war schön.

Obwohl Biscuter die Leichtigkeit, mit der Carvalho in den letzten Monaten einnickte, als ein mögliches Diabetessymptom interpretierte, machte er selbst sich darüber keine Sorgen. »Sehen Sie Sternchen oder Lichtpunkte? Müssen Sie nicht ständig pinkeln? Essen Sie vielleicht zu jeder Tages- und Nachtzeit? Diabetes ist wie Krebs, wird aber völlig unterschätzt! Meine Mutter litt daran, und ihr Ende war furchtbar. Sie mußten ihr sogar einen Fuß abnehmen, weil er abgestorben war.« Wenn Carvalho etwas nicht ausstehen konnte, dann die Vorstellung, daß man ihm aus einem so süßen und zugleich so blödsinnigen Grund einen Fuß amputieren müßte.

Andere Reisende belegten die von dem mißtrauischen Russenpaar verlassenen Plätze: drei bücherbepackte Jungen, die nach Religionsschülern aussahen, denn sie sprachen ganz leise miteinander, als wollten sie nicht von ihren Göttern oder Dämonen gehört werden. Sie kannten keine andere Sprache als das Usbekische, und Carvalhos Fragen blieben unbeantwortet, eingraviert in die Fensterscheibe, die sie nicht in die weite Landschaft entfliegen ließ. Ermutigt durch diesen Zustand eines Stummen unter Tauben, unterzog er sie einer Befragung, die sie zum Glück nicht verstanden.

»Würdet ihr meine Vermutung bestätigen, daß ihr drei Heiligenlehrlinge seid?«

Carvalhos Ton legte zwar den Verdacht nahe, daß er sich über sie lustig machte, doch nahmen sie es hin, denn sie waren viel zu fromm und gottergeben, um die Möglichkeit einer Ironie auch nur in Betracht zu ziehen. Also lächelten sie wohlwollend über die seltsame Redeweise des Fremden, selbst als sie zu hören bekamen:

»Woher nehmt ihr die Überzeugung, daß euer heiliger Krieg heiliger ist als die teuflischen Kriege eurer Widersacher? Wenn schon Glaube – war dann der an den Rationalismus nicht ästhetischer und ethischer, auch wenn er bis an die Grenze zum Marxismus ging? Ist eure Religion nicht etwa archäologischer, weil sie unter dem Wüstensand und der Erdschicht eurer Armut unberührt geblieben ist?«

Aber diese Knaben wußten nichts, das sie nicht selbst erlebt hatten, und außerdem verstanden sie auch nicht, was Carvalho wissen wollte. Sie ahnten nicht einmal, daß er ihnen überhaupt Fragen stellte. Plötzlich standen die drei Laienbrüder auf, traten auf den Gang hinaus und begannen zu beten, das Gesicht nach Mekka gerichtet, was bei dem Gerüttel des Zuges schwer durchzuhalten war. Carvalho wandte ihnen ostentativ den Rücken zu, holte ein Buch aus seinem Koffer und betrachtete es mit der Wonne, mit der er alles zum Flammentod Verurteilte ansah, eines der wenigen Sachbücher, die er ausgewählt hatte. Es handelte sich um das Handbuch *Criteriología religiosa* eines seelenlosen Priesters mit Namen Tusquets, der sich in der Zeit nach dem Bürgerkrieg der amtlichen Erfassung von Freimaurern gewidmet hatte und gemäß der apriorischen Voraussetzung, daß es nur eine einzige wahre Religion gibt, alle anderen ablehnte. Er las einige unbarmherzige Bemerkungen des Inquisitors über die muslimische Religiosität, und da es objektiv nicht möglich war, das Buch kurz vor der Ankunft in Samarkand in einem Eisenbahnwaggon zu verbrennen, schlug er es auf, küßte es, wie Judas Christus nicht besser hätte küssen können, und versprach:

»Jetzt bist du fällig.«

Wahrscheinlich würde Biscuter ihn in Samarkand erwarten, doch wußte er weder wo noch wie. Vor allem traute er Malenas Arrangements ebensowenig wie sein Gehilfe ihnen getraut haben dürfte, ganz abgesehen davon, daß die Erlebnisse auf seiner Reise nicht zu seiner Beruhigung beigetragen hatten. Er nahm sein Gepäck auf und suchte sich einen Dritte-Klasse-Waggon ohne kniebeugende, gen Mekka starrende Moslems, und dort tummelte sich die ganze ethnische Vielfalt Zentralasiens, ausgerüstet mit Thermosflaschen, aus denen aromatischer Tee getrunken wurde. Alte, billige, abgelegte westliche Kleidungsstücke fanden sich neben einheimischen Trachten und nicht eindeutig zuzuordnenden Militäranzügen, als habe die Uniform der usbekischen Armee kein klar erkennbares Format oder laufe Gefahr, mit einem Operettenkostüm verwechselt zu werden. Er erspähte ein blutjunges Pärchen, das er für deutsch hielt, das, wie sich herausstellte, jedoch aus Holland kam. Die beiden sprachen englisch und fingen an zu lachen, als Carvalho sagte, er sei auf der Flucht vor den Gebeten dreier fanatischer junger Islamisten, offenbar Seminarszöglingen.

»Das müssen sie nicht unbedingt sein, aber seit man gemerkt hat, wie beeindruckt und erschrocken die Leute aus dem Westen auf den Islam reagieren, zieht man gern mal eine kleine Show ab wie die, die sie erlebt haben. Die wissen in Wahrheit fast überhaupt nichts über den Islam, obgleich sie ihn als die glorreichste aller möglichen Vergangenheiten und eine spirituelle Energie des Wandels und der Hegemonie empfinden. Was ihnen am Islam gefällt, ist das bißchen, was man ihnen erzählt hat, zum Beispiel, daß sie die Macht über die Frauen wiedererlangen können, weil moderne Frauen ihnen Angst einjagen. Die Sowjets haben an dieser Front viel Pulver verschossen, aber keinen neuen kulturellen Nährboden schaffen können. Die Tragödie all der Menschen, die diese ›befreiten‹ Sowjetrepubliken bevölkern, ist die, daß sie jetzt gar nichts mehr sind, noch weniger haben und Lenin durch Mohammed oder Kemal Atatürk, den Gründer der modernen Türkei, ersetzen wollen.«

»*Je connais*. Nur, wie können Sie so sicher sein, daß diese Leute den Islam glorifizieren, aber nichts darüber wissen?«

Sie tauschten einen Blick, so blond, so zart, von so empfindlicher, weil noch so junger Schönheit, und schließlich klärte das Mädchen Carvalho auf:

»Wir sind Islamisten. Wir haben an der Universität Leyden semitische Sprachen studiert und uns auf die Beziehung der bürgerlichen Gesellschaft zum Koran spezialisiert. Ich heiße Aisha und mein Mann Al Rashid.«

Carvalho konnte schlecht schon wieder den Platz wechseln, wollte sich aber auch nicht bezüglich einer raschen Konversion zum Islam beraten lassen. Er machte ein Gesicht tiefster meditativer Versunkenheit und sprach kein Wort mehr, bis die zunehmende Bebauung der Landschaft und eine gewisse erwartungsvolle Unruhe, die von den Passagieren Besitz ergriff, darauf hindeuteten, daß Samarkand nah war.

Das Hotel Zeravshan hätte schlimmer sein können, wofür Carvalho dankbar war. Zudem lag es neben einem Park mit einem großen See oder Teich in der Mitte, in einem Stadtviertel, so geometrisch, daß es nur russisch sein konnte, quasi eine Ankündigung dessen, was ihn erwartete, beziehungsweise, was er fürchtete, das ihn erwarten könnte: die schwierige Synthese zwischen der Stadt der Vergangenheit und der funktionellen Stadt, dem Samarkand des Großen Tamerlan und dem der sowjetischen Industrialisierung. Bevor er an die Rezeption trat, erfaßte er mit einem raschen Blick alle menschlichen Wesen in seinem Umfeld, nicht daß Biscuter sich unter ihnen befand, obwohl er unter den gegebenen Umständen natürlich mit irgendeiner Tarnaktion rechnete. Doch entweder hatte Biscuter sich körperlich und seelisch extrem verändert, oder er war nicht da. Noch immer wußte er nicht, ob Samarkand ein Ort der Wiedervereinigung oder des Wiederverpassens sein würde. Er fragte, ob eine Nachricht für ihn vorliege, und nachdem sein Ohrring einer Inspektion unterzogen worden war, als handelte es sich um eine unerwartet dramatische Ankündigung, händigte man ihm eine knappe Botschaft und einen Briefumschlag aus: *Chef, wenn Sie die Brücke der Freundschaft und damit die Grenze überquert haben, denken Sie an den Camí de la Budallera und machen Sie sich, wenn auch nur imaginär, auf die Suche danach. Regine geht es gut. Sie läßt Ihnen viele Grüße ausrichten. Pécuchet.* In dem Umschlag fand er eigenartige Papiere auf den Namen Bouvard, die ihn als von der FAO nach Afghanistan entsandten Experten auswiesen, beauftragt, die landwirtschaftlichen und ernährungstechnischen Folgen der amerikanischen Militärinvasion zu untersuchen.

Er war froh um sein handliches Reisegepäck, als er es nach oben wuchten mußte, kaum unterstützt von einem gemächlichen, alten Fahrstuhl, der auf jedem Stockwerk keuchte. Zum Glück waren es nur drei Etagen, so daß er weder Zeit hatte, in Panik zu geraten, noch Biscuters Nachricht vollständig zu entziffern. Die Brücke der Freundschaft bei Termes verband Usbekistan mit Afghanistan und war somit ein exakter, unverwechselbarer Anhaltspunkt. Sich den *Camí de la Budallera* vorzustellen, bedeutete, an den Scheideweg zu denken, von wo aus man den Park von Vallvidrera erreichte, direkt am Fuß des Sendeturms auf dem Tibidabo. Das besondere an diesem Park war das Gleichgewicht zwischen der üppigen natürlichen Vegetation und den kleinen programmatischen Veränderungen des Gärtners Rubió i Tudurí, der zu Beginn des Jahrhunderts in Katalonien großes Ansehen genoß. Mußte er nach einem zugleich wilden und rationalen Garten Ausschau halten? Nein. Die entscheidende Stelle der Parkanlage war ein Brunnen, *La Font de la Budallera*, sehr beliebt zu Zeiten, als die Brunnen nicht nur Namen trugen, sondern auch Wasser spendeten. Demnach mußte er also einen Brunnen finden, sobald er die Brücke der Freundschaft überquert hatte, die von den Sowjets so getauft worden war, weil sie sie im Afghanistan-Krieg für den Transport von Truppen und Waffen gebraucht hatten. »Wie fragt man nach einem Brunnen, kaum daß man die Grenze zu einem so unbekannten Land wie Afghanistan überschritten hat? Und zu guter Letzt: Regine. Wer war Regine? Warum teilte Biscuter ihm mit, daß es ihr gutgehe und sie ihn grüßen lasse? Worauf und mit was für seltsamen Leuten hatte er sich eingelassen seit seiner geglückten Flucht? Oder meinte er vielleicht Charo. Eigentlich konnte es sich um niemand anderen als Charo handeln, und Biscuter versuchte lediglich, jeden Hinweis auf die wahre Identität der Herren Bouvard und Pécuchet zu meiden. Er nannte kein konkretes Datum für das Treffen, doch war die Nachricht zwei Tage zuvor im Hotel hinterlegt worden. Er fühlte sich hin- und hergerissen zwischen seinem Bedürfnis nach einem beschaulichen Spaziergang durch die Stadt und dem Drang zu erfahren, woran er war, der nur durch ein Treffen mit Biscuter zu besänftigen sein würde, und beschloß darum, zwei Tage in der Residenzstadt Tamerlans zu bleiben und sich dann frühmorgens Richtung Süden aufzumachen, um so bald wie möglich mit Biscuter zusammenzutreffen, an der metaphorischen Budallera. Er duschte, um sich den Gestank nach Zug und Bratfett abzuspülen, dem Fett der Gerichte vermutlich, die einige Passagiere der dritten Klasse aus mitgebrachten Blechdosen gelöffelt hatten, alten Aluminiumbehältern, die sie entweder geerbt oder auf einem Flohmarkt erstanden hatten, wo die Hinterlassenschaft irgendeiner Militärintendantur verschleudert worden war, ganz zweifellos einer sowjetischen. Er wusch seine Unterwäsche und ein Hemd im Waschbecken mit einem Shampoo, das zu zaghaft mit seinem Schmutz umging, so daß er rubbeln mußte, wie er es bei seiner Großmutter und seiner Mutter am Waschplatz der Calle San Clemente gesehen hatte. Er hängte seine Sachen zum Trocknen über die Stange des Duschvorhangs, bemerkte, daß ihn fror, vergrub sich in seinem Persianermantel und ging wieder hinunter zur Rezeption, wo er nach einem intensiven Austausch über Tamerlan und die mythischen Städte enttäuscht zu dem Schluß gelangte, daß ein ausgedehnter Spaziergang über den Registan genügte, alles Versäumte nachzuholen. Auf einen Plan der ohne Rücksicht auf alte Viertel kompromißlos gerasterten Stadt zeichnete der Rezeptionist einen Kreis um das geometrische Zentrum. Dort befinde sich alles, und das Vernünftigste wäre, sich einer geführten Gruppe anzuschließen oder sich einen eigenen Führer zu nehmen, was Carvalho zunächst nach einem nicht ganz ernstgemeinten Vorschlag klang, als wäre der Rezeptionist damit schon bei Tausenden und Abertausenden von Samarkand-Touristen gescheitert.

»Was würde ein Privatführer kosten?«

»Wenn Sie ihm zwanzig Dollar geben, haben Sie einen Freund fürs Leben.«

Am besten sei es, zum Registan zu gehen und dort nach Herrn Felipoulos zu fragen, einem Reiseleiter aus Samarkand, wenngleich Nachkomme griechischer Einwanderer, die fünfzig Jahre lang die beste Hutmacherei der Stadt betrieben hatten. Ob in den Glanzzeiten der Familie Felipoulos in Samarkand viele Leute einen Hut getragen hätten? Viele. Sehr viele. »Immerhin befinden wir uns hier in der alten Hauptstadt Usbekistans, und bis zum Beitritt zur Sowjetunion trug jeder Herr in der Stadt Hut, und auch danach hielt noch eine ganze Generation von Hutträgern, wenn sie auch an sonst nichts festgehalten haben, zumindest an der Gewohnheit fest, sich den Kopf zu bedecken, quasi als Unterscheidungsmerkmal gegenüber den Menschen proletarischer Herkunft oder subalterner Ethnien.« Er bekam den Rat, ein Taxi zu nehmen oder das schöne Wetter zu genießen und den Universitäts-Boulevard zu Fuß zur Registan-Straße hinunterzugehen, die ihn direkt in den historischen Stadtkern von Samarkand führen würde.

Unterwegs dachte Carvalho über die Rolle einer Stadt als Sammelstelle für Alleinstehende, Familien oder jede andere Spielart des Zusammenlebens zwischen sich fortpflanzenden Zweibeinern nach. Es gibt langsam gealterte Städte, die sich im Zuge einer steten, aber gemächlichen inneren Logik langsam modernisiert haben. In London ist die Geschichte der Hauptstadt eines Imperiums ebenso erkennbar wie in Paris. Sogar in Barcelona erlaubt die Akkumulation von Architekturen jeweils die Glanzzeiten der Herrscherklasse nachzuvollziehen, die immer bestrebt war, die Stadt der Besiegten mit der Zeit verschwinden zu lassen. Auf dem Weg zum Registan wirkte Samarkand wie eine Stadt, die ihrer Aufgabe, die Wohnungsnot zu beheben, mit dem vom sowjetisch-sozialistischen Klassizismus vorgegebenen Mangel an Schönheitssinn nachgekommen war. Doch kaum daß Carvalho, versunken in diese Überlegungen, hinaustrat in die Pracht des Registan, fegte der Eindruck dessen, was vom Samarkand des Großen Tamerlan noch übrig war, jegliche Frustration hinweg: eine Orgie, pointillistisch und großflächig zugleich, Steinchen für Steinchen gefügte Mosaiken, eingedämmt in ihrem vielfarbigen Fluß durch Umfang und Masse der Medresen und Moscheen, wie ausgeschnitten vor einem blauen Himmel, der eigens dazu geschaffen schien, ihren Hintergrund zu bilden. Geblendet hielt er einen Moment inne und suchte einen Vergleich für sein Entzücken unter früheren Begeisterungsräuschen, wie sie ihn, so sehr er auch dagegen angekämpft haben mochte, etwa beim Anblick der Hagia Sophia, oder im Parthenon, vor der zahmen Sphinx von Gizeh oder in Abu Simbel an dem in Sandstein gehauenen Tor zur Erde überkommen hatten.

Er schätzte, wieviel Zeit ihm für einen ersten Rundgang blieb, und schaute zu der Gruppe gelangweilter Fremdenführer hinüber, die in einer Parkanlage vor dem Haupteingang auf Kundschaft warteten. Es gab kaum Touristen, und den wenigen, die es gab, war entweder schon ein Führer auf den Fersen, seit sie das Hotel verlassen hatten, oder sie waren besser informiert als jeder Reiseführer, jedenfalls gehörten sie zu den paar hundert Menschen, die es fertigbrachten, nach Samarkand zu reisen, während allen Anzeichen nach gleich nebenan im Irak eine Invasion der Amerikaner, ein Krieg drohte. Er erkundigte sich nach Felipoulos und wurde an einen Mann verwiesen, der aussah wie ein Hethiter, wenn man sich an die Selbstdarstellungen der Hethiter auf den Basreliefs hielt: Eine endlose Stirn ging in einen leicht konkaven Schädel über, ausgeglichen durch eine ebenfalls konkave Nase und große mandelförmige Augen. Die konkaven Formen im oberen Körperbereich des Herrn Felipoulos mit ihrer bräunlichen, ins Grünliche spielenden Tönung wurden von der konvexen Wölbung seines Leibes ergänzt, seines von dünnen Beinchen gestützten Bauches, der den entschieden bedeutendsten Teil seines Körpers darstellte. Herr Felipoulos zeigte sich sehr erfreut, von den Mitarbeitern eines so professionell geführten Hotels wie dem, in dem Carvalho seine Unterkunft genommen hatte, empfohlen worden zu sein, und ergriff sofort Besitz von seinem Klienten, indem er ihn mit ausgestreckten Armen aufforderte, den Blick von allem Monumentalen abzuwenden.

»Sehen Sie sich diesen Boden an. Stellen Sie sich diesen Platz ohne architektonische Wunderwerke vor. Wissen Sie, warum dieser Ort Registan heißt?«

Nein, das wußte Carvalho nicht, und der griechische Hethiter schloß mit großer Genugtuung seine großen Augen.

»Das Wort *registan* bedeutet Sandplatz und erinnert an den physikalischen Ursprung dieser Stelle. Hier sammelte sich der Flußsand, auf dem dann die großen Herrscher der Antike einige der schönsten Bauwerke der islamischen Welt errichteten.«

Herr Felipoulos schloß erneut die Augen, als horche er seinen eigenen Worten nach, dann schlug er sie wieder auf und bedachte Carvalho mit einem liebevollen Blick.

»Fünfundzwanzig Dollar plus Trinkgeld nach Belieben, ohne Zeitlimit, heute, morgen, übermorgen. Alles, was ich über das vergangene und das noch zu besichtigende Samarkand weiß, werde ich Ihnen zur Verfügung stellen. Es wird sich anfühlen wie eine Transplantation oder eine Transfusion. Die Transplantation meines Wissens und eine Transfusion meines Enthusiasmus.«

Carvalho war einverstanden, und der Fremdenführer nahm ihn voll überschwenglicher Freude beim Arm und führte ihn auf den Platz zu, während er einen Überblick über seine Geschichtskenntnisse lieferte. Als er beim Niedergang Samarkands angelangt war und die vielen Zerstörungsversuche aufzählte, die es hatte über sich ergehen lassen müssen, weinte er unübersehbare Tränen, so groß und mandelförmig wie seine Augen.

»All diese Schönheit wäre um ein Haar verschwunden, so wie die umliegende Stadt verschwunden ist, in der die Männer gelebt hatten, die sie einstmals erbauten. Jeder, der sich selbst erhöhen, größer sein wollte als der Große Tamerlan, hat sich an Samarkand ausgetobt. Schon im sechzehnten Jahrhundert war von Tamerlans Samarkand nicht mehr viel übrig, von dem Samarkand, das zwei berühmte Reisende noch erlebt hatten, der kastilische Botschafter Rui González de Clavijo und Marco Polo. Bei einigen der Werke, die Sie heute bewundern können, wie zum Beispiel diesen herrlichen Gärten, handelt es sich um

Rekonstruktionen, die insbesondere auf Betreiben der UdSSR entstanden sind, weil einige ihrer Kader fasziniert davon waren, das legendäre Samarkand in das Projekt für eine neue Weltordnung aufgenommen zu haben. General Frunze, unter dessen Befehl die Sowjetarmee 1917 die Stadt einnahm, hißte auf dem höchsten Punkt des Registan die rote Fahne. Dann kam die sowjetische Zivilisation: Fabriken, Lenin-Denkmäler, neue Stadtviertel und die Erhaltung dessen, was vom kulturellen Erbe noch vorhanden war. Sie dürfen nicht vergessen, daß es zwischen 1404 und 1841 angeblich nur zwei Europäern gelungen sein soll, Samarkand zu besuchen, die strahlendste Stadt auf der sogenannten Seidenstraße, regiert von strahlenden Fürsten. Merken Sie sich diese Namen: Tamerlan, sein Enkel Ulug Beg und Lenin. Die Sowjets haben keiner Vergangenheit jemals abgeschworen, gleichgültig, welchen Namen sie getragen haben mochte, nicht einmal Iwan dem Schrecklichen. War die Vergangenheit groß, machten sie sie zu ihrer eigenen. Wissen Sie, was eine Medrese ist?«

Carvalho war drauf und dran, ihn zu informieren, daß man im Spanischen *madraza* dazu sagte, doch hätte er dann erklären müssen, wie der Franzose Bouvard zu so fundierten Spanischkenntnissen kam.

»Eine Koranschule.«

»So etwas in der Art. Unverzichtbare Ergänzung der Moschee. Zwischen Moschee und Medrese gibt es eine geistliche Nabelschnur, und was Sie hier vor sich sehen, sind die herrlichsten Medresen der Welt. Tamerlan hatte sich auf Moscheen spezialisiert und Ulug Beg auf Medresen. Sehen Sie, diese hier ist ein sehr guter Einstieg: die Medrese von Ulug Beg.«

Felipoulos hatte rasch erkannt, daß Carvalho kurze, knappe Erklärungen bevorzugte, aber er war nun einmal aus einem anderen Holz geschnitzt und liebte es, in die Rolle der historischen Persönlichkeit zu schlüpfen, über die er referierte, indem er etwa die mutmaßliche Stimme Tamerlans bei der Bekanntgabe eines Erlasses nachahmte oder Marco Polo aus dem Off seinen Samarkand-Aufenthalt auf seinem Weg nach China kommentieren ließ. Felipoulos verkörperte jede Figur, gleich welchen Geschlechts, in gut auswendig gelernten oder schon oft wiederholten Monologen. So konnte sich Carvalho, je nachdem was der Führer ihm gerade vorführte, ein lebhaftes Bild dessen machen, was sich hinter den wunderschönen Mosaikfassaden in den Medresen von Ulug Beg, Schir Dor oder Tillja Kari abgespielt hatte, oder auch in der Moschee von Bibi Khanum, die Tamerlan mit Geldern aus der Plünderung des eroberten Delhi bauen ließ. Hier übernahm Felipoulos den Part eines der fünfundneunzig Elefanten, die, beladen mit Baumaterial, aus Indien hergeschafft worden waren, wobei er auf bemerkenswerte Weise mit seinem rechten Arm die majestätische Rüsselbewegung und mit dem Rest seines Körpers die Erschöpfung des Elefanten unter der Last zum Ausdruck brachte.

»Die ausnehmende Schönheit dieser Moschee hat auch der spanische Botschafter konstatiert. Clavijo bezeichnete sie als ›die edelste aller Moscheen‹.«

Es gab noch den Bazar, die Mausoleen, die Nekropole von Shah-i-Sinda, das Observatorium von Ulug Beg, dem Sternguckerfürsten, doch Carvalho hatte genug von Steinen und den schauspielerischen Darbietungen seines Führers. Er schlug vor, zusammen etwas essen zu gehen und dann zu entscheiden, ob sie die übrigen Sehenswürdigkeiten nicht auf den nächsten Tag verschieben sollten. Felipoulos zeigte sich höchst beglückt, als Carvalho ihn aufforderte, ein Restaurant auszusuchen, das die usbekische Küche würdig repräsentiere.

»Stellen Sie sich vor, ich wäre Rui González de Clavijo oder Marco Polo. In welches Lokal würden Sie die führen?«

»In das, zu dem ich Sie jetzt bringen werde: ins Kafe Karimbek Sayora, die beste Synthese aus usbekischer und russischer Küche! Natürlich sind wir hier nicht in Paris oder Rom, und das Speisenangebot in Hotels und Restaurants ist noch immer begrenzt. Zudem hat Samarkand nicht einmal vierhunderttausend Einwohner.«

Das Restaurant befand sich in der Nähe des Hotels in der Gagarin-Straße am Amir-Temur-Platz, und Carvalho freute sich schon auf eine ausgiebige Siesta nach dem Essen, um sich von der langen Reise in schrottreifen Zügen zu erholen. Das Menü erwies sich als kurz, nachdem Felipoulos klargestellt hatte, daß *Shashilik* das gleiche war wie das türkische *Kebab*, also *Brochettes* aus Lamm, Huhn oder Rind, und Schweinefleisch auf dem Speiseplan des muslimischen Samarkand nicht vorkam. Eine Neuheit stellten dagegen die mit ihren eigenen Eiern garnierten *Bedonas* dar, Schnepfen, obgleich Carvalho den Verzehr von Vögeln, die kleiner waren als ein mittelgroßes Huhn, nach Möglichkeit vermied. Mit Vögeln erging es ihm wie mit Lämmern und Zicklein, was er auf die sentimentale Erziehung zurückführte, die ihm seine Mutter in bezug auf Tiere, insbesondere die augenfällig wehrlosen, hatte angedeihen lassen.

Felipoulos aß nicht, vielmehr interpretierte er den Akt des Essens wie ein in sämtlichen Gastronomien bewanderter Schauspieler und sagte nicht nein, als Carvalho ihm Wein anbot, sofern dies nicht die Regeln seiner Religion verletze.

»Nein, nein. Vergessen Sie nicht, daß ich griechischer Abstammung bin!«

»Aus welchem Teil Griechenlands?«

»Mein Familie kommt von einer sehr kleinen Insel in der Nähe von Rhodos. Simi heißt sie. Kennen Sie sie?«

»Ich war vor vielen, vielen Jahren einmal dort.«

»Ich war noch nie dort. Ich kenne die Heimat meiner Großeltern und meines Vaters nicht, die bekannte Hutmacher waren und ein Geschäft in Rhodos und später eines in Bursa, in der Türkei, hatten. Jedes Jahr sage ich mir: Dimitrios, du wirst nicht in Frieden ruhen, wo immer du endest, solange du das Land deiner Vorfahren nicht kennst. Aber Reisen war schwierig, wegen der sowjetischen Bürokratie, und teuer, naja, teuer war es früher, ist es jetzt und wird es immer sein.«

Er senkte die Stimme, und als Carvalho näher an ihn heranrückte, um ihn besser zu verstehen, verriet er:

»Heutzutage reisen nur die Reichen, das heißt die Mafiosi. In allen ehemaligen Sowjetrepubliken gehört die neue wohlhabende Klasse entweder zur Mafia oder zur Gefolgschaft der kommunistischen Regierung, die rechtzeitig ihr Mäntelchen nach dem neuen Wind gehängt hat.«

»Aber Sie beherrschen mehrere Sprachen. Sie könnten doch versuchen, anderswo Arbeit zu finden.«

»Den Registan kenne ich in- und auswendig, hier weiß ich sogar, in welcher Tonlage Ulug Beg oder sein Großvater geseufzt haben. Wo sonst sollten meine Stärken zum Zuge kommen?«

Sie hatten die Wahl zwischen einer Flasche russischem und einer Flasche französischem Wein, einem völlig unbekannten Bordeaux. Nachdem er die Jahrgänge geprüft und an den Flaschenhälsen geschnuppert hatte, war Carvalho unschlüssig. Er hätte nicht mit Bestimmtheit sagen können, welcher der beiden Weine der schlechter konservierte war.

»Wir nehmen alle beide. Machen Sie sie auf!«

Der französische Wein war knapp davor, sich in einen exquisiten Essig zu verwandeln, der russische fast schon ein reinrassiger Sherry. Felipoulos teilte diese Ansicht nicht und machte sich zuerst über den Essig, dann über den Sherry her, bei letzterem unterstützt von Carvalho. Sie aßen Pistazieneis zum Dessert, und danach war Felipoulos zwar offensichtlich nicht mehr in der Lage, weiterhin seinen Pflichten nachzukommen, ließ sich aber trotzdem nicht davon abbringen, zum Registan zurückzukehren, auch wenn er Carvalho unterwegs am Hotel absetzen mußte. Er kassierte dreißig Dollar, die er mit einer feierlichen Verbeugung entgegennahm.

»Ich nehme an, Sie möchten morgen den Rest sehen. Hat es Ihnen gefallen?«

»Oh ja. Nur schade, daß der historische Teil so wenig Verbindung zur übrigen Stadt hat, so läuft man Gefahr, sich zwischen zwei künstlichen Welten entscheiden zu müssen. Was ist künstlicher, dieses Zentrum von Tamerlan und seinem Enkel oder die praktisch sowjetische Stadt?«

»Die eigentliche Stadt erfüllt ihren Zweck, der Registan den seinen, und aus Samarkand ist eine Geisterbeschwörung, ein Mythos geworden.«

Dieser Nutzenaufteilung vermochte Carvalho zuzustimmen, allerdings unter dem Vorbehalt, daß der alte Stadtkern womöglich von vornherein so angelegt worden war, um nach dem Ende der Tamerlan-Ära zu einer Touristenattraktion zu werden, so etwas wie einem Themenpark der Walt Disney Corporation, warum auch nicht?, wenngleich ja heutzutage allenthalben die Altstädte abgesperrt und zu historischen und kulturellen Sehenswürdigkeiten erklärt wurden. Vor dem Hotel stieg er aus, und Felipoulos fuhr in dem von Carvalho bezahlten Taxi weiter, nachdem sie eine vage Verabredung für den nächsten Tag getroffen hatten. Als Carvalho seinen Schlüssel entgegennahm, flüsterte der Rezeptionist ihm zu, es gebe Neuigkeiten und er solle besser mit dem Hoteldirektor sprechen. Jetzt nahm sich also die Hierarchie der Sache an! So leicht war ein Hoteldirektor nicht zu einem persönlichen Gespräch zu bewegen, und dieser – groß, mit graumelierter Mähne, leicht mongolischen Zügen und den eleganten Gebärden eines Orchesterdirigenten – ließ sich in Carvalhos Fall dazu herab, um ihm zu sagen, daß die Polizei sich nach ihm erkundigt habe und ein Inspektor in der

Bar auf ihn warte, es sich jedoch bestimmt nur um irgendeine Formalität handele. Carvalho betrat die Hotelbar, hielt gespannt Ausschau nach den unverwechselbaren Signalen, die von einem Polizisten in Zivil ausgingen, und täuschte sich nicht, als er sie an einem Mann ausmachte, dessen gelangweilter Gesichtsausdruck vermutlich auf das armselige Fläschchen Orangenlimonade auf seinem Tisch zurückzuführen war. Als Carvalho sich näherte, stand er auf und stellte sich als Wladimir Basar vor, Polizeibeamter der Abteilung für Migration, die im Grunde nur aus ihm und seinen Assistenten bestehe, die er liebe wie Brüder. Er betonte diese brüderliche Verbundenheit mehrfach und erwies sich als äußerst kurzsichtig, als er Carvalhos Papiere so dicht vor die Augen hielt, bis sie fast die Brille aus grünem Schildpatt streiften.

»Großartig, daß sich die FAO um uns kümmert!«

»Meine eigentliche Mission führt mich nach Afghanistan.«

»Das macht auch eher Sinn. Aber was tun Sie in Samarkand?«

»Ich bin zu meinem eigenen Vergnügen hier. Samarkand war meine ganze Studienzeit hindurch ein mythischer Ort für mich.«

»Uns liegen beunruhigende Informationen vor. Demnach sind Sie gar nicht Sie, und es wäre ratsam, Sie Interpol zu überstellen. Aber Interpol hat keinen Haftbefehl gegen Sie. Diese Nachricht scheint also eher einem Wunsch als einer Tatsache zu entsprechen. Ich habe zwei Möglichkeiten: Entweder ich tue, was man mir sagt, oder ich tue es nicht. Die Sache auf sich beruhen zu lassen birgt durchaus ein Risiko für mich, obwohl ich natürlich sagen könnte, ich hätte Sie nicht mehr angetroffen, als ich ins Hotel kam.«

»Ich fahre nach Afghanistan. Wenn Sie wollen, reise ich sofort ab, und damit wären beide Probleme gelöst.«

»Beide Probleme?«

»Ihres und meines.«

»Ich könnte Ihnen sogar beim Transport bis zur Grenze behilflich sein.«

»Das hätte sicherlich seinen Preis.«

»Natürlich, in diesem Land reist niemand umsonst. Aber Sie könnten mit mir fahren. Ich würde Sie begleiten.«

Carvalho bedeutete Basar, auf ihn zu warten, und war zehn Minuten später, nachdem er sich seines Gepäcks bemächtigt hatte, bereit, mit dem halbblinden Polizisten aufzubrechen. Der schritt voraus zu seinem Dienstwagen, wieder einem Lada, wenn auch etwas moderner als der, in dem Carvalho Turkmenistan durchquert hatte. Am Steuer saß einer von Mohammeds Gehilfen.

»Er gehört quasi zur Familie.«

Nichtsdestoweniger zog der Polizist, nachdem sie sich beide auf dem Rücksitz niedergelassen hatten, eine dicke Glasscheibe vor, die sie gegen die vorderen Plätze abschirmte. Er stieß einen Seufzer aus und nahm die Brille ab.

»Sie brauchen sich keinerlei Sorgen zu machen. Doktor Biscuter hat mich über alles informiert und alle Auslagen übernommen. Kompetenter Mann, Ihr Kollege!«

»Außerordentlich kompetent.«

»Er kam in mein Büro und setzte mich über die terroristische Verschwörung gegen Sie beide in Kenntnis. Sie müssen unbedingt nach Afghanistan, und die Leute von Bin Laden wollen Sie daran hindern. In Samarkand waren Sie in Lebensgefahr. Ich weiß nicht, ob Ihnen irgend etwas Ungewöhnliches aufgefallen ist. Was halten Sie von Felipoulos?«

Carvalhos Verblüffung wurde noch größer, als er Wladimir Basars kategorische Feststellung vernahm:

»Felipoulos ist ein Doppelagent.«

Der Lada hatte Samarkand bereits weit hinter sich gelassen, und Carvalho schätzte, daß er niemals dorthin zurückkehren würde – ein weiteres obsoletes Traumziel. Angestrengt versuchte er, ein paar Verszeilen von Pavese zusammenzubekommen, die ihn beeindruckt hatten, das Ende von *Die Meere des Südens*, wo ein Junge einen weitgereisten Seemann bittet, ihm seine Leidenschaft für die Südsee zu vermitteln, und dieser daraufhin jede Möglichkeit irdischer Mythologie in Abrede stellt.

Doch wenn ich zu ihm sage,
daß er zu den Glücklichen gehört, die das Morgenrot
über den schönsten Inseln der Erde erlebt haben,
lächelt er bei der Erinnerung und erwidert, daß für ihn
der Tag bei Sonnenaufgang schon zu alt gewesen sei.

Die Brücke der Freundschaft war während eines Krieges zerstört worden. In welchem, war unwichtig. Wahrscheinlich dem zwischen den Taliban und den Sowjetanhängern, aber vielleicht war es auch bei einer der polizeilichen Säuberungsaktionen geschehen, die die USA nach dem 11. September 2001 zu Abschreckungszwecken durchgeführt hatten. Eine Brücke echter Freundschaft war sie sowieso nie gewesen, der Name ging vielmehr auf die vollmundige Propagandaterminologie zurück, in der Sowjetrußland seinen Krieg gegen Afghanistan schönzureden versuchte. Die Rekonstruktionsbemühungen erlaubten einen langsamen Verkehr über den Oxus, wie der Amudarja bei der Lokalbevölkerung ab Termes hieß, der letzten Großstadt Usbekistans, einstiger Stützpunkt für den Einmarsch der UdSSR und inzwischen ein Zentrum für mehr oder weniger wohltätige Hilfsorganisationen und Umschlagplatz für den Handel mit allem, was in Zeiten der Knappheit ein schnelles Geschäft verspricht. Carvalhos Ausweis, der seine Zugehörigkeit zur FAO bescheinigte, bedurfte langer Erklärungen zu Art und Wesen der FAO, überflüssiger Erklärungen, nur provoziert durch die bürokratische Unsitte, die Bedeutung eines Landes daran zu messen, wie hindernisreich seine Grenzübertritte sind, und kaum daß Carvalho afghanischen Boden unter den Füßen hatte, gingen die Probleme noch einmal von vorn los, vielleicht sogar mit einem leicht spöttischen Unterton, als wollten die Zollbeamten und Polizisten zeigen, daß sie ihren Kollegen vom anderen Ufer in nichts nachstanden.

»Soviel ich gehört habe, soll es, gleich wenn man nach Afghanistan reinkommt, einen phantastischen Brunnen geben.«

Der Satz war zu schwierig, als daß der Grenzposten ihn hätte verstehen können, und der eigens hinzugezogene Offizier erwies sich als ahnungslos in Sachen Brunnen und konnte auch nicht gut englisch. Kaum auf der Straße, sah sich Carvalho jedoch sofort von sämtlichen Taxifahrern umringt, denen, als sie das Wort Brunnen hörten, ein Campingplatz einfiel, beziehungsweise ein ehemaliger Campingplatz, der seine Blüte in den sechziger, siebziger und noch bis in die achtziger Jahre hinein erlebt hatte. Er entschied sich für den erstbesten Taxifahrer, um sich der anderen zu entledigen, und stieg fünf Minuten später bei dem Eingangsbogen, wo früher einmal die Anmeldung des Campingplatzes gewesen war, aus dem Wagen. Der Fahrer wollte ihm den Weg zum Brunnen zeigen, doch erwies sich dies als unnötig, denn ein Mann, wie der Vertreter einer örtlichen Folkloretruppe von Kopf bis Fuß in die Landestracht gekleidet, trat zu ihnen, begrüßte den Taxifahrer steif und wandte sich an Carvalho:

»Monsieur Bouvard?«

Carvalho nickte, rang seine Fassungslosigkeit nieder und fragte, kaum daß das Taxi abgefahren war, zögernd:

»Biscuter, nehme ich an …?«

»Ganz recht, Chef!«

Biscuter entfernte einen Teil der Kopfbedeckung, die auch sein Gesicht verhüllte, faßte Carvalho, nachdem dieser ihn endgültig identifiziert hatte, beim Arm und zog ihn mit sich durch ein Spalier aus alten Autos, ausgeschlachteten Wohnwagen und teilweise organischen Abfallhalden zu einem grafittiübersäten Lieferwagen, auf dem vornehmlich die Initialen der FAO ins Auge fielen.

»Ich habe gar nicht so schnell mit Ihnen gerechnet.«

»Der Polizist hat mir deine Nachricht überbracht.«

Wie vor den Kopf geschlagen, blieb Biscuter stehen.

»Welche Nachricht? Was für ein Polizist?«

Carvalho berichtete ihm von der Begegnung im Hotel und der Fahrt zur Grenze, worauf Biscuter anfing, sich mit der Faust in die Fläche der anderen Hand zu boxen.

»Das hat diese Hexe gedeichselt!«

»Welche Hexe?«

»Diese vermaledeite Malena! Ich habe mit keinem Polizisten irgend etwas ausgemacht. Ich habe Ihnen lediglich die Nachricht im Hotel hinterlassen, als das mit dem FAO-Ausweis geregelt war. Rattenscharf, der Ohrring! Wieso tragen Sie auf einmal einen Ohrring? Ist das ein Gelübde oder fühlen Sie sich damit *up to date*?«

»Das erkläre ich dir später. In diesem Ohrring befindet sich unser Passierschein. Übrigens, wer ist eigentlich diese Regine, die du in deiner Nachricht erwähnt hast?«

»Die habe ich erfunden. Mir schien das zweckmäßig, als ob die Existenz dieser Regine ein gutes Licht auf uns werfen, uns normaler machen würde. Aber steigen wir lieber in den Wagen. Zumindest kann ich da drin sicher sein, daß uns niemand sieht oder belauscht. Vor allem, wundern Sie sich über nichts. Denken Sie an den Witz der Strafgefangenen und Rekruten in Spanien, den von der Inschrift über dem Kasernen- oder Gefängnistor, die da lautet: *Laß deine Eier draußen, sonst schneidet man sie dir ab*. Lassen wir also unsere Eier draußen aus Afghanistan, sonst schneidet man sie uns nämlich garantiert ab.«

Wieder blieb Biscuters Blick an Carvalhos Ohrschmuck hängen.

»Das war bestimmt diese Hexe!«

Er servierte Carvalho ein kaltes Bier und Küchlein aus Ziegenkäse als Aperitif zu seinem angemessen ausführlichen Bericht.

»Ich hatte das ganze kommen sehen, Chef, und mich ein bißchen abseits gehalten. Die haben ja auch gar keine Gefahr in mir gesehen, klein und mickrig, wie ich bin. Mit fast weiblicher Intuition sagte ich mir, daß die erste Spritze für Sie sein würde, machte zwei Sätze rückwärts, schlüpfte durch die Tür und fand mich eine Minute später unter Nutten aller Größen und Zuhältern von durchgängig elefantösem Format wieder. Es waren genügend Leute, um zwischen ihnen in Deckung zu gehen und abzuwarten, wie Malena und ihre Bande reagieren würden. Ich zog mich hinter die Bude zurück, nach einer halben Stunde kam

Malena mit drei Männern heraus, die ein Bündel trugen (das Bündel waren Sie), und dann stiegen alle in einen gepanzerten Lieferwagen. Wieder hatte ich eine fast weibliche, zweifellos glückliche Eingebung: Ich wählte Malenas Handynummer, und als sie antwortete, sagte ich, ich wüßte über alles Bescheid und wenn sie Ihnen auch nur ein Haar krümmte, ein einziges Haar, würde ich einen Mordszirkus veranstalten. Sie legte auf. Aber mein Verhalten fuchste sie, denn ich bin in aller Ruhe ins Hotel zurückgegangen, habe laut nach den Telefonnummern der Botschaft und ich weiß nicht wie vielen Organisationen von internationalem Rang gefragt, dann habe ich Charo angerufen und sie vorgewarnt, für den Fall, daß wir sie gebraucht hätten, um Radau zu schlagen, und danach wieder Malena, der ich ans Herz gelegt habe, sie möge doch Ihr Gepäck abholen lassen, nicht nur, weil ich weiß, wie sehr Sie an Ihrem Vuitton-Koffer hängen, sondern um sie in ernsthafte Verwirrung zu stürzen, verstehen Sie? Für gewöhnlich bittet man eine Entführerin ja nicht, das Gepäck des Entführten nachzuholen. Das hatte gesessen, *touché*, wie der Franzose sagt, und man hat mir eine Autorität zuerkannt, die ich gar nicht habe, wie Sie ja nur zu gut wissen. Sie kamen Ihre Sachen abholen, ohne zu ahnen, daß meine bereits in einem Taxi warteten, das dem Lieferwagen von Malenas Männern gefolgt ist, über die Bosporus-Brücke und dann Richtung Norden zu einem Ort am Schwarzen Meer, noch in der Türkei. Sie bogen zu einem kleinen Flugplatz ab, einem Sportflugplatz, wie mir schien, wo sie eine Fokker organisierten, einige Gepäckstücke hineinluden, darunter auch Ihren Vuitton, und abflogen. Von da an gab es nur noch Fragezeichen, und das größte von allen: wohin? Doch war Malena mittlerweile längst meine Telefonsklavin, und Gewißheit, ob ich gefährlich war oder nicht, hatte sie immer noch keine. Mir lag daran, sie unter Kontrolle zu haben, und auch für sie erwies sich unsere Verbindung als unverzichtbar. Ich gewann sogar den Eindruck, daß ihr bei dieser Entführung unbehaglich zumute war und sie sich von diesem Drogen-Italiener und nach der seltsamen Verfolgungsjagd, der wir seit Barcelona ausgesetzt waren, letztlich dazu gezwungen sah. Dieser hat Malena übrigens einen Titel gegeben: Mont Pèlerin. Kommt Ihnen das irgendwie bekannt vor? Wir hatten rund um die Welt etwas oder jemanden namens Mont Pèlerin auf den Fersen! Im Grunde war uns diese Verfolgung aber nur hilfreich. Sie machte uns zu gefährlichen Flüchtlingen, und als solcher konnte ich Malena damit drohen, die ganze Sache aufzudecken. Daraufhin schlug sie mir einen Deal vor: Sie läßt uns die Reise fortsetzen, wenn wir Stillschweigen bewahren und in Afghanistan einen Auftrag erledigen, den sie in Ihre Hände legen würde. Ich trau dem Weib nicht. Sie macht auf *Bleda*, auf schlappen, weichgekochten Mangoldstengel, wie wir in Katalonien sagen, aber das ist reine Fassade. Die Frau ist bewaffnet bis in die Unterhose!«

Biscuter hätte eigentlich wissen müssen, daß einige Frauen ihre gefährlichsten Waffen an dieser Stelle tragen, doch war jetzt nicht der geeignete Zeitpunkt für eine Diskussion über Dominanz in Beziehungen, und so legte Carvalho nur den Finger an seinen Ohrschmuck.

»Hier ist der springende Punkt!«

Er erklärte Biscuter, daß er diesen Chip einem der Kriegsherren aushändigen sollte, einem Verbündeten der Besatzungstruppen, und Biscuter verzog das Gesicht.

»Ich würde überhaupt niemandem irgend etwas aushändigen.«

»Biscuter, Malenas Leute töten mit zielgerichteten Einmannprojektilen. Einen gewissen Vertrauensbonus muß man ihnen nun mal einräumen. Die eine oder andere Spielregel sollte schon eingehalten werden.«

»Vergessen Sie nicht, wo wir sind! Hier ist man in vielen Dingen anderer Auffassung als bei uns, und die Leute sind in jahrelangen Kriegen schwer drangsaliert worden. Kriegen, die mit Opium und Haschisch finanziert waren, und mit Hilfe von Opium und Haschisch rüsten die neuen Herren derzeit weiter auf.«

Sie mußten sich entscheiden, ob sie die Straße von der Grenze aus nach Kabul nehmen, Malenas Auftrag erfüllen und anschließend ihre Reise um die Welt geradewegs fortsetzen wollten, Pakistan, Indien, oder ob sie in Afghanistan bleiben und in das vordringen sollten, was Biscuter mit hochtrabender Miene »die Tiefen des Landes« nannte. Kandahar, zum Beispiel.

»Da gibt es vor allem Burkas und Lahme. Unter den Burkas sind die Frauen, und die Lahmen haben fast alle durch Antipersonenminen, die von beiden Kriegsparteien gelegt wurden, ein Bein verloren. Es gibt einen Schwarzmarkt für Holzbeine und orthopädische Prothesen, das können Sie sich gar nicht vorstellen! Die Holzbeine sind einheimischer Herstellung, und die orthopädischen werden von den internationalen Hilfsorganisationen beschafft. Es gibt eine regelrechte Gaunerszene rund um die künstlichen Beine. Sehen Sie, da, zwei Burkas!«

Von der Seite des Platzes, auf dem einst Feriengäste gezeltet hatten, näherten sich zwei blaue, reich verzierte Burkas, wie zwei wandelnde Schilderhäuschen, unter denen zwei Frauen unbehelligt oder gedemütigt in die Welt blicken konnten. Vielleicht empfanden sie beides.

»Was Frauen angeht, geht es hier zu wie in der Steinzeit. Ich schlage vor, wir fahren nach Kabul und machen unterwegs einen Abstecher nach Bamiyan, wo die Taliban die Buddhastatuen in die Luft gesprengt haben. Machen Sie sich auf eine Strapaze gefaßt: Mit Ausnahme der vorrangig militärisch genutzten sind alle Straßen Schotterpisten oder kurz davor, welche zu werden. Aber vorher, Chef, muß ich Ihnen einen unentbehrlichen Neuzugang vorstellen: Er ist Fremdenführer und außerdem der Besitzer dieses Lieferwagens.«

Biscuter drehte auf der Fahrerseite die Scheibe herunter und schrie:

»Herat!«

Zwischen den Bäumen erschien ein junger Mann mit einer Art Motorradhelm auf dem Kopf, in einem bestickten Hemd, Uniformhosen und Militärstiefeln. Er kam auf das Auto zugerannt, und als er Carvalho sah, lächelte er ihn an und begrüßte ihn auf englisch.

»Er wird Herat genannt, weil er aus einer Stadt kommt, die so heißt. Mir ist er von einer Französischlehrerin empfohlen worden, die ich gleich nach meiner Ankunft kennengelernt habe. Er studiert auf Lehramt und möchte nach Kabul, wo er Verwandte hat, und wenn er dort nicht weiterkommt, nach Pakistan. Er spricht fünf oder sechs der hier geläufigen Dialekte und natürlich die sogenannte offizielle Landessprache, bei der von offiziell keine Rede sein kann. Die USA haben die Taliban zwar besiegt, kontrollieren aber nur einige strategische Punkte. Den Rest teilen sich die Kriegsherren, wie gehabt.«

Herat stellte sich Carvalho als künftiger Hollywoodstar vor. Er wolle Schauspieler werden, aber zunächst in New York eine sehr gute Schule absolvieren, das Actor's Studio, wo alle die nordamerikanischen Stars gelernt hätten, die er bewundere. Eines Tages würde er es nach Hollywood schaffen, auch wenn er vielleicht vorher noch für eine Weile nach Australien gehe, wo es ja auch eine ziemlich bedeutende Filmindustrie gebe.

»In Indien gibt es die zwar auch. Aber dort ist alles überaltert und verschlissen. Nicht so überaltert und verschlissen wie hier, aber beinahe. Außerdem können uns die Inder nicht leiden. Sie hassen alle Moslems, aber ganz besonders die Afghanen.«

Die Straße wurde zwischendurch immer wieder zu einem steinigen Feldweg, eine Qual für die Gelenke und einen feindlichen Angriff auf das Skelett stellte sie jedoch durchgängig dar, kaum aufgewogen durch die rauhe Schönheit einer Landschaft, die so gut wie verlassen war. Carvalho entsann sich seiner früheren Begeisterungsfähigkeit für Geographien und heuchelte Entzücken, der exotischsten Gegend, von der er in der Schule je gehört hatte, so nah zu sein, dem Hindukusch und dem Pamir-Hochplateau, »dem Dach der Welt«, wie es in den Randnoten seines Geographiebuchs hieß. Und dort, zu beiden Seiten des Weges oder verstreut zwischen Ackerland und einigen wenigen bewirtschafteten Feldern, waren sie, die Gestalten, die fünfzig Jahre zuvor den Verdacht oder die Hoffnung in ihm geweckt hatten, daß der Mensch das Maß aller Landschaften sei. Diese Reise hatte etwas von einer Pilgerfahrt, die dem Büßer die Folgen von religiösem Fanatismus gegen eine andere Religion deutlich machte, ein Disput, gegen den Carvalho nichts einzuwenden gehabt hätte, ginge er nicht mit der willkürlichen Zerstörung von Kunstwerken einher, die längst Bestandteil der Landschaft geworden waren. Als der Kleinbus an seinem Ziel im Herzen des Bamiyan-Tales angelangt war, fiel als erstes die nach der Sprengung einer riesenhaften Buddhastatue leer zurückgebliebene Höhle auf. Die Abwesenheit des Standbildes schmerzte, als hätte man der Erde brutal ein Auge herausgerissen, einen Bürgen der Zukunft vernichtet. In dem fruchtbaren Tal, durch das Kanäle und Bewässerungsgräben flossen, badeten Männer und kleine Jungen im Alter zwischen Kindheit und Tod, keine einzige Frau, beobachtet von Militärposten, die, bewaffnet mit Maschinengewehren und leichtem Geschütz, das Wenige, das sich bewegte, und alles, was sich nicht bewegte, ins Visier nahmen und über die archäologische Verwüstung und die Erfrischungsbäder in den grünen Gewässern gleichermaßen wachten. Die Kaltblütigkeit der Leute angesichts der Verstümmelungen von Erde und Gestein schlug in Liebenswürdigkeit um, als sie sich anboten, den Besuchern behaglichere Höhlen zu zeigen, die früheren Wohnstätten buddhistischer Mönche, wo noch Wandmalereien überdauerten und der eine oder andere gut unterrichtete Aufpasser anzutreffen war, der die gesamte Arithmetik der Zerstörung parat hatte.

»Die Taliban haben zweitausend Statuen und ebenso viele Basreliefs zerstört.«

»Mullah Omar war Initiator der Vernichtung all dieser Satanswerke.«

Herat hatte den Begriff ganz leidenschaftslos verwendet, als sei es ohne Belang für ihn, ob der Teufel die Hand im Spiel gehabt hatte oder nicht. Wenn die Taliban jedoch nicht alles Zerschlagbare zerschlagen hatten, dann nicht aus Mitgefühl oder geheimem Einverständnis, sondern weil sie sich für lange Zeit im Besitz der Macht wähnten und keine Lust hatten, herumzufahren und allzu abgelegene künstlerische oder diabolische Kulturgüter zu vernichten.

»Sie waren ein bißchen faul, und viele sind im Kampf gegen die Amerikaner zu Tode gekommen, aber viele haben sich auch vom CIA ihre Desertion vergolden lassen.«

Es war den Taliban ein leichtes gewesen, ins Museum von Kabul einzudringen und es gleich im doppelten Sinn in einen Friedhof der Vergangenheit zu verwandeln, indem sie in ihrer wilden Raserei über die Reste der griechischen wie der buddhistischen Kultur herfielen und den Eroberer Alexander den Großen ebenso verteufelten wie den abtrünnigen Prinzen Gautama. Die Übellaunigkeit, die Carvalho seit der Einreise nach Afghanistan nicht losließ, verschärfte sich noch, als schmerzte ihn jeder Schritt in diesem enthäuteten Land, auf diesem Boden, so erdfarben wie die Häuser, wo alle Modernität in Selbstzerstörung begriffen war, überflüssig geworden in einer von soviel Tod zur Ehrlichkeit gezwungenen Landschaft. Enthäutet und ausgebeint auch die Menschen, Überlebende aller nur denkbaren Kriege, an jeder Ecke Einbeinige und Einarmige, als erfüllten diese eine Pflicht, indem sie ihre Behinderung zum allgemeinen Entsetzen öffentlich zur Schau trugen, auffallend vor allem die Beinamputierten mit ihren Krücken Modell Rotes Kreuz oder ihren selbstgebastelten Gehhilfen, die, falls sie so lange halten sollten, Anthropologen und Touristen faszinieren würden, sobald die letzten Besatzungstruppen und sämtliche Roten Kreuze und Halbmonde das Land erst einmal verlassen hatten. Nach Herats Auffassung bedeutete dieser Tag den Anfang vom Ende. Das Hegemoniebestreben würde alle Stämme aufs neue in Bewegung setzen, und jeglicher Modernisierungsansatz im Sand versickern. Kein Liberalismus, kein Marxismus, nichts hatte die Logik von Selbstzerstörung und Selbstgerechtigkeit in einer Kultur der Gewalt durchbrechen können. Hie und da ragten überraschend Parabolantennen in die Landschaft, und Carvalho wies auf das Dach eines Hauses, dessen festungsähnlicher Baustil einer jahrhundertealten, einer Fremdherrschaft nach der anderen trotzenden Verteidigungstradition folgte.

»Mit diesen Antennen hält die moderne Zeit Einzug. In Spanien hat man vor vierzig Jahren in einigen Dörfern noch Mädchen im Minirock mit Steinen beworfen. Dann erreichte das Fernsehen den letzten Winkel und mit ihm der Minirock, die Oben-Ohne-Mode, Werbung für Kondome und die Antibabypille. Wenn Frauen busenfrei im Fernsehen auftreten können, dann ist es soweit, dann ist die moderne Zeit da.«

Biscuter machte Carvalho ein Zeichen, sich darüber nicht länger auszulassen. Die Miene des jungen Fremdenführers hatte sich verdüstert, doch erst nach weiteren fünf Kilometern Staub und Schlaglöcher sprach er aus, was ihm durch den Kopf ging:

»Für mich ist Modernität nicht die Nacktheit der Frauen, sondern fließendes Wasser, Anästhesie in den Krankenhäusern, Frieden. Die Frauen tragen seit ewigen Zeiten Burkas und werden sie weiter tragen. Sie können jetzt zur Schule gehen und außerhalb des Hauses arbeiten. Es finden kaum noch Steinigungen an Ehebrecherinnen statt, und wenn, dann mit kleineren Steinen.«

Biscuter informierte Carvalho auf katalanisch, daß der Junge verlobt sei, daß seine Braut ohne Burka nicht auf die Straße gehe, allerdings so oft es ging das Gesicht enthülle, da sie das Produkt sowjetischer Grundschulbildung sei, und daß es für Herat nichts Entsetzlicheres geben könne, als sich seine Braut an irgendeinem Strand oben ohne vorzustellen, also weit weg, da Afghanistan keinen eigenen Zugang zum Meer hat, sondern nur durch Pakistan, über einen Korridor nach Karachi. Dieser Korridor war mit Leichen übersät, weil jede der ehemaligen muslimischen Sowjetrepubliken vom Zugang zum Meer abhing und schon viel Blut deshalb geflossen war. Er entsann sich nicht mehr, ob der Ausspruch »Manche Völker sind dazu da, Geschichte zu machen, und andere, sie zu erleiden« von Nietzsche oder von Jerry Lewis stammte, jedenfalls paßte er auf dieses verfluchte Land. In Carvalhos Kopf flackerte plötzlich die Erinnerung an ein nettes Bild auf, das er Ende der sechziger oder Anfang der siebziger Jahre aus Afghanistan bekommen hatte. Eine liebenswerte Fotographie von Barceloneser Reisenden, die auf ihrem Weg nach Kathmandu oder Goa – wo das Haschisch gut und billig ist, wie sie sagten – Beistand in der charakteristischen Gastlichkeit der Nomaden- und Bauernvölker Afghanistans gefunden hatten. Auf dem Foto, umgeben von mehreren anderen, Martí Capdevila, mit dem er im Gefängnis gesessen hatte, und Ana Briongos, die später Bücher über ihre Reisen durch den Iran und Afghanistan schreiben sollte. Alle diese Berichte vermittelten den Eindruck des preiswerten Reiseverkehrs zu einem für Land und Leute besonders günstigen Zeitpunkt, so etwas wie einer Ruheperiode zwischen zwei Kriegen, bevor die Sowjetunion einmarschierte, um ein promarxistisches Regime zu stützen, das von Anfang an durch die teilweise von den USA und Pakistan finanzierte islamistische Reaktion bedrängt war.

»Wie ein Schutzwall gegen die materialistische und atheistische Macht sprossen die Medresen, Moscheen und muslimischen Gurus aus dem Boden. Allah ist groß, dessen bin ich gewiß. Aber nicht alles, was ihm dient, und nicht alle, die ihm dienen, sind das auch. Am Ende hat Pakistan die Taliban verraten. Pakistan ist kein sicherer Boden, es hat Komplexe, weil Indien es mit Argusaugen beobachtet und kein Monat vergeht, ohne daß es ein Attentat von Hindus gegen Moslems gibt oder umgekehrt. Zudem hat Indien die Atombombe.«

Herat träumte nicht von einer Zukunft beim Militär, sondern davon, der afghanische Omar Sharif zu werden, der tadschikische Omar Sharif, besser gesagt, denn er gehörte zu dem im Vergleich zu den Paschtunen oder Pathanen kleinen Volksstamm der Tadschiken. Die Paschtunen bevölkerten auch einen guten Teil Pakistans, und die von den Kolonialmächten festgelegten Landesgrenzen verschärften die Verwirrung zusätzlich.

»Wir Tadschiken bilden kleine Inseln in verschiedenen Gegenden Afghanistans. Kandahar und Umgebung könnte man als eine solche Insel bezeichnen. Der heldenhafte Ahmed Shah Massud, den die Taliban ermordet haben, war Tadschike, und er war ebenso gefürchtet von den Sowjets wie nachher von den Taliban. Sie müssen bedenken, daß Kabul nur über beschränkte Autorität verfügt. Da, wo ich herkomme, hat beispielsweise in vielen Bereichen die iranische Regierung das Sagen.«

Sie passierten einen Meilenstein, der die Nähe Kabuls ankündigte. Biscuter und Herat wechselten einen Blick, ein offenbar verabredetes Zeichen, denn der Tadschike stoppte den Wagen, stieg aus und spähte die Straße aus leicht festgefahrenem Staub hinauf und hinunter, als hielte er Ausschau nach einem geeigneten Ort für ein bestimmtes Vorhaben. Endlich setzte er sich wieder ins Auto, ließ den Motor an und bog in einen Weg ein, der sie vom Verkehr der Hauptstraße entfernte und von den Überresten eines vor der Sintflut vielleicht einmal bedeutenden Waldes gesäumt war. Zwischen den Bäumen hielten sie an, Biscuter und Herat luden Farbtöpfe und Pinsel aus und postierten sie seitlich neben dem Fahrzeug, wo die Graffiti und der Schriftzug FAO *(United Nations Food & Agriculture Organization)* prangten. Als erstes überpinselten sie die Initialen bis zur Unkenntlichkeit, anschließend überstrichen sie die Flecken in mehreren Farbschichten, warteten ab, bis diese trocken waren, und brachten zum Schluß die neue Aufschrift *Free World Corporation* an, eine Erfindung Biscuters.

»Die Firma gibt es nicht, aber der Name macht was her. Erstens ist er englisch. Zweitens paßt der Begriff *frei* zusammen mit *Welt* gut zu den offiziellen Mythen der aktuellen politischen Lage, und drittens *Corporation*, was nach kommerzieller oder industrieller Seriosität klingt, irgendwie nach *businessment*. Wenn uns jemand fragt, Chef, denken Sie daran, daß wir uns der Förderung des freien Handels widmen, dem Export von Produkten, die man nicht unbedingt braucht, Melonen, zum Beispiel. Lachen Sie nicht, die Afghanen behaupten, die besten Melonen der Welt zu haben. Wir müssen wie eine gleichermaßen wohltätige und gewinnorientierte Gesellschaft auftreten, eine der vielen, die um ein Stück vom Kuchen der neuen Regierung und um die ersehnte US-amerikanische Hilfe Schlange stehen.«

Biscuter entledigte sich der afghanischen Gewänder, die eine unannehmbare Völkermischung aus ihm gemacht hatten, und gewann, ein wenig zerknitterter als gewohnt, seine vertraute Erscheinung eines unschlüssigen Erforschers unwahrscheinlicher Länder zurück.

»Diese Klamotten sind ideal, solange du in unbestimmten Gegenden unterwegs bist, aber jetzt kommen wir nach Kabul, dem derzeit einzigen bestimmten Ort in ganz Afghanistan. Da sitzen die formalen Machthaber, da sind die Kasernen der Besatzungstruppen und sämtliche internationale Organisationen, die versuchen, das alles hier ein bißchen zu globalisieren. Stellen Sie sich mal vor, wir begegnen einem, der wirklich der FAO angehört! Zu einer *Free World Corporation* gehört jedenfalls kein Mensch.«

Das Schild an der Stadtgrenze von Kabul mit der Aufschrift »Sie betreten eine zerstörte Stadt« war unnötig, denn die Zerstörungen waren nicht zu übersehen, als gehörten sie zur Collage einer Stadt, die sich plötzlich in der Funktion der Hauptstadt einer inexistenten Nation und eines fiktiven Staates wiederfand und völlig überlaufen war. Herat sagte, in Kabul verhungerten viele Leute, vor allem unter den Rückkehrern aus Pakistan, Kindern und Alten, und trotzdem war Lebensfreude beinahe eine gesellschaftliche Pflicht. Überall in den Straßen, aus allen Fenstern ertönte Musik, und die Parabolantennen spähten und lauschten in alle vier Himmelsrichtungen.

»Ruinen und Parabolantennen«, bemerkte Carvalho.

Je näher sie dem Stadtzentrum kamen, desto lauter wurden die Klänge, der melodische Gesang von Schnulzensängern, und desto dichter die Geschäfte mit ihren wackligen Ladenschildern, die ihn an die alten Schilder aus seiner Kindheit im Spanien der Nachkriegszeit erinnerten. Frauen in Burkas, blau die schönsten. Viele Frauen in diesen Käfigen, aber auch Mädchen mit unverhülltem Gesicht und weißen Kopftüchern.

»Sie gehen in die Schule«, erklärte Herat wie zum Beweis, daß die Verhältnisse sich gebessert hatten. »Kabul ist voll von armen Leuten, Witwen und Versehrten. Die zugesagte internationale Hilfe ist nur zum Teil eingetroffen und wird in jeder Region gesondert verwaltet, nach Gutdünken der Feudalherren.«

Er zeigte ihnen einen Bazar, auf dem ausländische Waren gehandelt wurden, als sei es ein Terrain, das ihm selbst nicht zustand, wohl aber Carvalho und Biscuter.

Als Herat wieder zu ihnen zurückkam, schien er sehr aufgeregt und fröhlich, konnte sein Geheimnis allerdings nicht lange für sich behalten, sondern deutete auf Carvalho und stieß hervor: »Die Universität von Kabul gibt sich die Ehre, Sie einzuladen, einen Vortrag zum Thema ›Globalisierung und spanische Literatur‹ zu halten.«

Carvalho begriff nicht gleich, daß Herat in ihm nicht nur einen Reisegefährten, sondern offenbar einen Universitätsdozenten sah. Er ließ der Neuigkeit Zeit, sich zu setzen, und wechselte einen Blick mit Biscuter, der zwar perplex, aber auch sehr angetan wirkte.

»Ich hab mich wohl verhört!«

»Heute nachmittag war ich in der Universität oder was davon noch übrig ist, um mich mit Freunden zu treffen, die dort unterrichten, und als ich ihnen erzählt habe, daß ich mit zwei berühmten spanischen Gästen unterwegs bin, von denen einer Literaturexperte ist, haben sie mich angefleht, ob Sie nicht eine Vorlesung halten könnten.«

»Eines muß ich wohl erst einmal klarstellen, Herat. Ich bin Schriftsteller, also Künstler, kein Intellektueller, der literaturwissenschaftliche Theorien ausarbeitet. Ich bin Praktiker, kein Theoretiker.«

»Ich wußte Ihren Namen nicht mehr, und sie haben mir ein paar genannt, die ich mir hier aufgeschrieben habe: Goytisolo, Pérez Reverte, Almudena Grandes, Camilo José Cela, Javier Marías.«

»Zum einen habe ich den Verdacht, daß Almudena Grandes eine Frau ist, und zum anderen, nein, ich bin keiner davon.«

»Aber Sie sind ein bedeutender Schriftsteller, wie mir Ihr Freund gesagt hat, und Sie würden auch etwas dafür bekommen, nicht viel, denn die Zeiten sind hart und es ist nicht einmal Geld für Bücher da. Aber es gibt ein Stipendium speziell für Auftritte herausragender ausländischer Persönlichkeiten ...«

»Chef, Sie sind doch eine herausragende Persönlichkeit! Wieviel würden sie denn zahlen?«

»Allzu schlecht kann die Bezahlung nicht sein, sonst würden sich die Leute nicht darum reißen, Universitätsprofessor zu werden. Aber Ihren Namen muß ich wissen. Bouvard, wenn ich mich recht erinnere.«

»Das ist ein Pseudonym, mein richtiger Name ist Sánchez Dragó, und ich mag keine öffentlichen Veranstaltungen. Die machen mich nervös.«

»Es werden nur die Hispanisten anwesend sein, wie sie sich nennen. Ich rufe gleich dort an!«

Biscuter ließ nicht zu, daß Carvalho Herat aufhielt.

»Wieviel auch immer dabei herausspringt, wir können es gebrauchen. Außerdem verschafft uns ein solcher Auftritt eine gewisse Sicherheit.«

»Aber was zum Teufel soll ich denen denn erzählen?«

»Denken Sie an irgendeinen Aufsatz aus Ihrer Studienzeit.«

»Pedro Salinas, die Liebe bei Pedro Salinas, das Thema der Demütigung in der Geschichte des Hauptmannsohnes in *Die Brüder Karamasow* und auch eine Arbeit über Defoe.«

»Der war kein Spanier.«

»Aber der Autor von *Robinson Crusoe*.«

»Das wäre doch hübsch!«

»Und für die Afghanen so exotisch wie Pedro Salinas.«

»Sind Sie denn überhaupt nicht neugierig?«

Doch, das war er durchaus, und seine Neugierde wuchs, als sie zusammen mit Herat am Hauptgebäude der Universität eintrafen, wo sie von einer Gruppe Professoren in Empfang genommen wurden, darunter auch die des Fachbereichs Hispanistik, die sich höchst geehrt fühlten, daß eine so namhafte Persönlichkeit wie Sánchez Dragó bereit sei, in einer Universität zu sprechen, die sich mühsam von den Verwüstungen des Krieges erhole.

Ein anderer Professor korrigierte den ersten:

»Das ist nicht Sánchez Dragó, das ist Pérez Reverte.«

Der korrigierte Professor lächelte überheblich.

»Ich habe eine Videoserie über spanische Autoren, die das spanische Kultusministerium vor etwa fünfzehn Jahren herausgegeben hat, und würde Sánchez Dragó jederzeit und überall wiedererkennen.«

»Also, auf meinem Zettel steht Pérez Reverte.«

»Und auf meinem Antonio Muñoz Molina, Mitglied der Akademie.«

Den Hispanisten überfielen Zweifel.

»Haben wir uns vertan? Sind Sie Muñoz Molina?«

»Muñoz Molina könnte mein Sohn sein. In Wahrheit bin ich Juan Goytisolo und reise inkognito.«

»Goytisolo!«

Einer der Hispanisten geriet in Ekstase.

»Vor ein paar Tagen war in einem alten Fernsehfilm von einem Ihrer Bücher die Rede, in *Mannix*, einer amerikanischen Actionserie.«

»Mannix und ich waren eng befreundet. Ich hatte eher an ein Thema gedacht, mit dem sich Gemeinsamkeiten unserer historischen Erfahrungen herausarbeiten lassen, den durchschlagenden Effekt eines individualistischen Kanons beispielsweise, wie ihn der Mythos von *Robinson Crusoe* tradiert, und welchen Einfluß dieser auf den Kanon des Heldentums genommen hat, wie er von unseren jeweiligen Ursprungskulturen, der christlichen beziehungsweise der muslimischen, entworfen wurde.«

Eine leichte Unruhe erfaßte die Männer des Begrüßungskomitees, und einer gab Herat den vertraulichen Rat, Carvalho eine Vorsichtsmaßregel zu vermitteln. Die Universität stehe unter der Beobachtung von Spitzeln im Dienste der Besatzungstruppen und insbesondere der CIA. Der Rollenwechsel Carvalhos verwunderte Biscuter. Warum er denn beschlossen habe, nicht mehr Sánchez Dragó zu sein und statt dessen in die Gestalt eines sogenannten Goytisolo geschlüpft sei? Weil Sánchez Dragó im Fernsehen auftrete und über Bücher rede, den kenne alle Welt!

»Der ist ein Sexsymbol, und ich will Verwechslungen vermeiden. Goytisolo hingegen lebt in einem Dorf im marokkanischen Atlas und wird in amerikanischen Fernsehserien zitiert. Da ist die Wahrscheinlichkeit geringer. Weißt du denn, ob Goytisolo tatsächlich existiert?«

Die Hispanisten berieten sich untereinander, was ihnen zu dem Schriftsteller einfiel, den sie vorstellen sollten, und wenn sie sich auch einiger seiner Werke entsinnen konnten, waren sie mit der Literatur nach García Lorca eher wenig vertraut, wogegen sie über den *Siglo de Oro* und insbesondere die Einflüsse der mozarabischen Lyrik auf die Entwicklung der spanischen Poesie bis zur Durchsetzung des italienischen Versmaßes tiefgreifende Kenntnisse besaßen.

»Der berühmte Briefwechsel zwischen Navagero und Boscán, Sie wissen schon.«

Carvalho nickte mit gelehrter Miene, und der Zug setzte sich in Bewegung zu einem der Haupthörsäle, der bereits vollbesetzt war, nicht nur von Studenten der spanischen Sprache und Literatur, sondern auch von einigen Offizieren der in Afghanistan stationierten spanischen Truppen, die von der Vorlesung eines bedeutenden, zwar schwer identifizierbaren, aber doch wundersamerweise spanischen Professors erfahren hatten.

»Bücher! Bücher! Sie sollten uns Bücher schicken, weil man uns in absolute Armut gestürzt hat und wir uns in unserem Fach nicht auf dem laufenden halten können. Die Universität hatte viele spanische Werke, sogar von José María Gironella und Camilo José Cela, doch dann hat die Not unsere Regale leergefressen. Könnten Sie nicht etwas für uns tun, wenn Sie nach Spanien zurückkommen? Könnten die Verlage uns nicht eine gute Auswahl zu einem günstigeren Preis geben? Bedenken Sie, daß Afghanistan künftig eine Bastion des Westens in Asien darstellen und demzufolge Schauplatz großer Kulturkämpfe sein wird!«

Fast alle sprachen sich in dieser Richtung aus, und als die Gruppe sich am Podiumstisch vor einem Publikum niedergelassen hatte, das man als typisch für ein Land voller Soldaten, Beinamputierter, verschleierter Frauen und innerlich Exilierter bezeichnen könnte, trat Stille ein, bis der Dekan begann, »den berühmten Schriftsteller vorzustellen, der sich bereitgefunden hat, uns einen kulturellen Einschub in all dieser Barbarei zu gönnen. Goytisolo ist ein außergewöhnlicher, avantgardistischer Romanschriftsteller, dem es gelungen ist, durch den Spiegel zu treten, wenn wir davon ausgehen, daß der Roman der Realität einen Spiegel vorhält. Jedem, der *Makbara* gelesen hat, ist die Offenbarung zuteil geworden, daß hier ein großer Schriftsteller die Grenzen seines Genres überschritten und das ehrgeizige laokoontische Ziel einer Synthese der Künste erreicht hat.« Der Experte glänzte mit einem ebenso profunden wie umfassenden Wissen über das Werk Juan Goytisolos, und Carvalho war überzeugt, daß es nicht der Mangel an Stoff war, der ihn seine Einleitung auf eine Dreiviertelstunde beschränken ließ, sondern eher sein Höflichkeitssinn.

»Und nun übergebe ich das Wort an Juan Goytisolo mit seinem Thema ...«

»Worüber soll ich bloß reden?« Ohne die an sich selbst gerichtete Frage zu beantworten, stand er auf und deutete ins Publikum.

»Worüber soll ich reden?«

Die anfängliche Verunsicherung entlud sich in donnerndem Applaus.

»Zwischen unseren Völkern und unseren Kulturen gibt es so wenige Kommunikationsmöglichkeiten, daß man Veranstaltungen wie diese nutzen sollte, um der Rhetorik zu entfliehen und von Angesicht zu Angesicht über das zu reden, was uns wirklich am Herzen liegt. Ich spreche, worüber Sie wollen, und greife das erste Thema auf, das Sie mir vorschlagen.«

Die Anwesenden brauchten eine Weile, um Mut zu fassen, doch schließlich stand ein junger Mann auf, so zart, daß er fast durchscheinend wirkte, und sagte:

»Wie gut sind die Chancen, in Spanien Arbeit zu finden?«

Steif erhob sich der Oberhispanist und wies im sanftesten Ton der Welt die Frage als unangebracht zurück, da man nicht vergessen dürfe, daß Goytisolo schöpferisch tätig sei und kein Politiker oder Soziologe. Doch Carvalho unterbrach ihn mit ausholender Geste.

»Seien Sie unbesorgt. Ich werde auf eine vorgeblich soziologische Frage eine literarische Antwort geben. Sie fragen mich nach den Möglichkeiten, in Spanien Arbeit zu finden. Lassen Sie uns zunächst einmal die Begriffe klären. Arbeit als was? In Ihrem Beruf als Hispanist? Gibt es nicht. Sie haben nicht die geringste Chance, in Spanien einen Job zu finden, es sei denn, Sie nutzen Ihre Sprachkenntnisse für einen Einstieg in Politik oder Wirtschaft. Auf jeden Fall kann ein Hispanist in Spanien Kenntnisse sammeln, die sich anschließend, übertragen auf Ihr Land, auch in Ihrem Fachbereich anwenden lassen. Das beste, was ein Hispanist tun kann, ist allerdings umzusatteln, ebenso wie es das größte Geschenk für einen Afghanen ist, eine andere Nationalität zu erlangen, und nichts übertrifft die Ausgangssituation dessen, der überhaupt keine Staatsangehörigkeit besitzt. Alle meine späteren Romane setzen sich mit dem absoluten Exil auseinander, was perfekt Ihre Lage umschreibt. Sie befinden sich in einem solchen absoluten Exil. Wo sind Sie? In Afghanistan? Ja? Sind Sie sicher? Wenn Sie morgens auf die Straße treten und sich auf den Weg zur Universität oder sonstwohin machen, haben Sie das Gefühl, in Afghanistan zu sein oder in einem Entwurf für ein Afghanistan, das nicht Ihres ist? Auch wenn die Imperien dem Patriotismus und dem Sinn für das hegemonistisch Nationale später einen neuen Wert beimessen mußten, dürfen Sie nicht vergessen, daß der Grundstock für das literarische Handbuch moderner Verhaltensweisen nach den Wertmaßstäben des Bürgertums als aufstrebender Klasse auf einer Insel gelegt wurde, in der auf sich selbst zurückgeworfenen Einsamkeit eines Gestrandeten: Robinson. Die kapitalistische Philosophie der freien Initiative basiert auf dem Exil des Inselbewohners Robinson Crusoe. Und jetzt sind wir soweit, daß wir anfangen können, miteinander zu reden, und ich Ihre Eingangsfrage beantworten kann: Welche Möglichkeiten gibt es, in Spanien Arbeit zu finden?«

Tief beeindruckt drängte ihn Biscuter, zum Schluß zu kommen und der gespannten Erwartung seines Publikums endlich den Gnadenstoß zu versetzen.

»Überhaupt keine.«

Er hatte für den Vortrag nichts bekommen, da wegen der kurzfristigen Einladung keine offiziellen Unterschriften und Genehmigungen vorlagen, aber immerhin war ihm die Nachsendung eines bescheidenen Geldbetrages versprochen worden. Die Unruhe, die der Vortrag über Robinson Crusoe und die Globalisierung im Lichte von Mont Pèlerin hervorgerufen hatte, hatte das von Carvalho entfaltete kombinatorische Interesse in Collage-Technik nicht vollständig verlöschen lassen. Der Detektiv ruhte ausgestreckt auf dem Bett, während Biscuter neben ihm über Mont Pèlerin brütete. Die Mafia? Das Opus Dei? Erneuerte sich der Kapitalismus auf der Grundlage von Mafiaorganisationen und Sekten? Aus irgendeiner Hotelecke zwang ein Radio die Gäste, sich ein Sammelsurium von Liedern und Ansprachen ausschließlich männlicher Stimmen anzuhören. Frauen durften nicht im Radio singen, auch wenn nicht deutlich war, wann der Prophet ein solches Verbot ausgesprochen haben sollte.

Der Fußboden war vollständig mit Teppichen bedeckt, die wie Reliquien aus besseren Zeiten aussahen. Wahrscheinlich lagen sie schon seit hundert Jahren dort, oder sie stammten aus dem Nachlaß eines Hauses, das in einem der letzten Kriege zerstört worden war. Jedenfalls kam es Carvalho so vor, als wirbelte er beim Gehen Staub auf, und die verblichenen geometrischen Muster der Teppiche wurden zu einer abstrakten Skizze, einer dekonstruktivistischen Herausforderung des menschlichen Scharfblicks.

Sie mußten in der abgeblätterten Zimmerbadewanne Wasser horten, denn das Wasser konnte jederzeit ohne Vorwarnung abgestellt werden. Da sie Unterwäsche zu waschen hatten, blieb ihnen nichts anderes übrig, als nach einer der wenigen Reinigungen Kabuls Ausschau zu halten oder die gepanzerte Zimmerfrau dazu zu bewegen, sie von Hand in der kleinen Hotelwaschküche zu waschen. Das gesamte Angebot auf der Karte des Restaurants beschränkte sich auf zwei Gerichte, da bis Samstag für eine reichhaltigere Auswahl kein Fleisch zur Verfügung stehen würde. Sie begnügten sich mit einem Eintopf, der laut Herat sehr lecker und typisch für die afghanische Küche sein sollte und aus Linsen, Gemüse und Reis bestand. Carvalho hatte es eilig, General Ibrahim Massuf aufzusuchen, um die Last loszuwerden, die an seinem linken Ohr hing. Ohne den Grund für den Besuch zu wissen, gab Herat ihnen zu bedenken, daß es wichtig sei, die Schwachstellen des befehlshabenden Kommandanten zu kennen.

»Zunächst und zuallererst: Ist er Paschtune, Tadschike, Hazara, Usbeke, Aimak, Belutsche, Kirgise, Turkmene, Nuristani, Pamir …? Und damit habe ich noch nicht alle ethnischen Möglichkeiten aufgezählt. Dann muß man wissen, welche Position er in den dynastischen Auseinandersetzungen der siebziger Jahre gegenüber der UdSSR eingenommen hat. Anschließend, welche Rolle er im Kampf um die Nachfolge der Sowjets gespielt hat, wie seine Leute zu den Taliban standen und wann sie sich der gemeinsamen Front gegen sie angeschlossen haben. Hier hat es viele Fahnenwechsel gegeben, und ein jeder ist Kind seiner Geschichte. Einer meiner Cousins ist beim Militär. Er bekleidet einen mittleren Rang und kann uns bestimmt informieren.«

Herat wurde also beauftragt, bis spätestens zum nächsten Tag Nachforschungen über den General anzustellen, und Biscuter schlug vor, durch diese einzigartige Stadt zu schlendern, in der alles Neue alt wirkte und beinahe alles Alte zerstört war. Menschentrauben, in der Hauptsache Männer, sammelten sich um Waren aller Art. Die eine oder andere Frau zeigte ihren Körper ohne Burka, Kopf und Gesicht jedoch durch ein Tuch bedeckt; zu zweit tauchten plötzlich Frauen in Burkas auf, und manchmal zog eine von ihnen normal gekleidete kleine Jungen und Mädchen hinter sich her. Es gab kaum ein Ladenschild, das nicht vor Altersschwäche oder aus mangelnder Aktualität dem Untergang geweiht war, und die neuen gehorchten keinerlei ästhetischem Gesetz, sondern beschränkten sich darauf, irgend etwas bekanntzugeben. Biscuter dachte laut darüber nach, was zum Teufel man auf diesem Markt unter freiem Himmel wohl kaufen konnte. Als sie sich den Warenhaufen näherten, erblickten sie Reste aus ausgeschlachteten Häusern und sogar Tabakfasern aus Zigarettenstummeln, wie sie Carvalho seit seiner Kindheit in den Jahren nach dem Spanischen Bürgerkrieg nicht mehr gesehen hatte. Plötzlich blieb Biscuter wie angewurzelt stehen, als wäre er gegen irgend etwas Unsichtbares und offenbar Magisches gestoßen, was sich als gewöhnliches Plakat entpuppte, auf dem die französischen Truppen zu einem Kulturabend mit der Sängerin Line Margaux und der Band Hungry einluden, den Topstars des französischen Hard Rock. *Party zu Ehren der französischen Befreiungstruppen*, war auf dem Plakat zu lesen, *aus Anlaß des Besuchs des Verteidigungsministers in Kabul.* Carvalho schrieb das Interesse Biscuters dem französischsprachigen Text zu und stellte während des weiteren Spaziergangs fest, daß die Polizei- und Militärpräsenz hauptsächlich aus Einheimischen bestand. Die wenigen Patrouillen von UNO- oder US-Soldaten wirkten so, als sähen sie nichts und niemanden an und zeigten sich nur, um ihre Aufgabe zu erfüllen, die darin bestand, die Bevölkerung an ihre Situation überwachter Freiheit zu erinnern. Carvalho wollte wieder zum Hotel zurück, um, wie er sagte, seine Gedanken zu ordnen. Biscuter gab vor, sich die Füße vertreten zu wollen, und kündigte an, daß es spät werden könne und Carvalho sich keine Sorgen machen solle. Doch der Detektiv war beunruhigt, weil er die leise Irritation zwischen ihnen bemerkt hatte, die angesichts des Plakats mit der Ankündigung des französischen Fests zu Ehren der Besatzungstruppen und des Verteidigungsministers entstanden war. So ging also jeder seiner Wege, das heißt, Carvalho blieb im Hotel, legte sich aufs Bett und nickte ein. Es wurde schon dunkel, als er mit der bohrenden Frage aufschrak, wo Biscuter eigentlich steckte. Die Antwort war so simpel, daß er das Gefühl hatte, sie müsse falsch sein. Wenn die Ankündigung eines französischen Fests Biscuter in Ekstase versetzt hatte, mußte er logischerweise auf diesem Fest zu finden sein. Aber warum das Bedürfnis, allein dorthin zu gehen? Carvalho bestellte ein Taxi, das in Form eines Seats vorfuhr, der wahrscheinlich noch vor Francos Tod in Spanien hergestellt worden war, und bat darum, zum französischen Stützpunkt gefahren zu werden, wo das Fest stattfinden sollte. Sein Ansprechpartner war nicht nur der Taxifahrer, sondern außerdem eine Frau auf dem Beifahrersitz, die ein winziges Kind auf dem Schoß hielt. Der Taxifahrer deutete auf die Frau und das Kind und gab eine Erklärung, die Carvalho nicht verstand. Doch er nickte verständnisvoll, und als sie vor dem Eingang des französischen Stützpunkts angekommen waren, gab er ein gutes Trinkgeld, vielleicht, weil das Kind ihn auf der gesamten Fahrt aufmerksam angeschaut und angesichts seines exotischen westlichen Aussehens gelacht hatte, während der Detektiv ihm ungeschickt zugezwinkert und plump oder verschämt die Zunge herausstreckt hatte. Carvalho gab sich als Bouvard aus und wurde auf einen runden Hof eingelassen, dessen lehmiger Boden an einen Tennisplatz erinnerte. Klappstühle standen im Halbkreis rund um ein Podium voller Mikrophone und anderem musikalischem Equipment sowie einem riesigen Plakat mit der Aufschrift *A nous la liberté*. Im Vorprogramm erzählte jemand Soldatenwitze, die den spanischen Soldatenwitzen auffallend ähnlich waren, und Carvalho entdeckte Biscuter dicht bei einem Vorhang, der wohl die Bühne von den vermutlichen Künstlergarderoben trennte. Unmittelbar darauf erschien ein Ansager auf dem Podium und kündigte eine Reihe französischer Chansons an, die den Soldaten als Vorspeise vor dem harten Beitrag der Hungrys geboten werden sollten.

»Der Moment ist gekommen für den ersehnten Auftritt von … Line Margaux! Der Stimme des französischen Chansons, des unsterblichen französischen Chansons!«

Bevor sie die Treppe zur Bühne hinaufstieg, kam Line Margaux an Biscuter vorbei. Sie hielt einen kurzen Augenblick inne, gerade lange genug, daß der Vertreter der *Free World Corporation* ihre Hände fassen konnte, und hinterließ einen zarten Kuß auf seiner Wange. Im aggressiven Scheinwerferlicht der Bühne, in dem ihre überbordende Silhouette und ihre Gesichtszüge deutlich zu erkennen waren, sagte Madame Margaux, besser gesagt Madame Lissieux an, was sie singen würde.

»Es ist ein Lied von Barbara und ich hoffe, daß es euch gefällt, Jungs; es handelt von Rückkehr und davon, daß die verlorene Zeit niemals wiederkommt.«

Es war Madame Lissieux, die in Patras Verschwundene, die jetzt in Kabul war, was Biscuter gewußt hatte. Mit weißem Ausschnitt, weißen, sehr schlanken Armen und einem Kopf, der kleiner wirkte durch die zu einem Dutt zusammengebundenen Haare, würde sie ein Lied von Barbara singen mit einer Stimme, die der von Barbara ähnlich war: *Dis quand reviendras-tu?*

Voilà combien de jours, voilà combien de nuits,
voilà combien de temps que tu es reparti?
Tu m'as dit cette fois c'est le dernier voyage
pour nos cœurs déchirés c'est le dernier naufrage.
Au printemps tu verras, je serai de retour,
le printemps c'est joli pour se parler d'amour.
Nous irons voir ensemble les jardins refleuris
et déambulerons dans les rues de Paris.

Nach der letzten Zeile erhoben sich der Applaus, die Pfiffe, die Bravos, ausgelöst durch die Sehnsucht, Paris wiederzusehen, und die Leute klatschten jedesmal wieder, wenn der Refrain sie daran erinnerte, daß *tout le temps perdu / ne se rattrape plus*. Als hätten es diese Jungen mit Barett und rosigen Wangen in ihrem Alter nötig, der verlorenen Zeit nachzutrauern. Madame Lissieux oder Line Margaux zog sich zurück, und Biscuter heftete sich an ihre Fersen. Carvalho versuchte, den Auftritt der Hungrys zu ertragen, aber eine innere Stimme sagte ihm, daß er das nicht überleben würde. Er fragte sich, ob er auf Biscuter warten und ein Zusammentreffen provozieren oder zum Hotel zurückkehren sollte, um etwas zu essen und eine Erklärung abzuwarten. Jedenfalls wurde ihm plötzlich klar, daß das Gespenst von Madame Lissieux sie seit ihrem Verschwinden im Hafen von Patras begleitet hatte und daß Biscuter der Komplize ihres Verschwindens gewesen war. Im Hotel waren sie nur in der Lage, etwas Ähnliches wie einen Sandwich mit recht schmackhaftem, wenn auch vielleicht etwas zu salzigem Dörrfleisch anzubieten. Vom Bett aus hörte er die Schritte Biscuters, der vor der Tür stehen blieb, den Kopf ins Zimmer steckte und fragte:

»Alles in Ordnung, Chef?«

»Mehr oder weniger.«

»Ich bin kaputt und leg mich jetzt aufs Ohr. Bis morgen.«

Am nächsten Morgen quasselte Biscuter unaufhörlich, erwähnte jedoch mit keinem Sterbenswörtchen sein nächtliches Treffen mit der Seele oder der sterblichen Hülle von Madame Lissieux. Als er zwischen zwei Scheiben Toast mit Quark und Pflaumenmus endlich verstummte, verhinderte die Ankunft Herats mit Informationen über General Massuf ein mögliches Geständnis. Das Bild des Generals war im Grunde eine Collage aus allen seinen Metamorphosen. Er hatte auf jeder Seite und gegen jeden gekämpft, und jetzt gab es begründete Zweifel daran, daß er die Sache, die theoretisch von Karsai und der Übergangsregierung vertreten wurde, bedingungslos unterstützte.

»Er ist Paschtune, aber ich kann Informationen aus seinem Hauptquartier einholen, über Mittelsleute, deren Identität ich nicht preisgeben darf. Es wäre gefährlich, sowohl für die Leute als auch für Sie. Trotzdem sollten Sie Ihrem Wunsch nach einer Unterredung Ausdruck verleihen und ein überzeugendes Motiv angeben.«

»Wir bringen ihm ein Geschenk von Malena, das ist alles.«

Sie machten sich auf den Weg zu der Kaserne, in der Massuf residierte, wenn er sich nicht in seiner Heimatstadt Jalalabad nahe der pakistanischen Grenze aufhielt, und fuhren durch ein Kabul, das ihnen bisher verborgen geblieben war. Der Überlebenstrieb hatte Baracken oder halb zerfallene Häuser in Schneidereien, Barbierläden, Fahrradwerkstätten, Imbißbuden oder einfache Verkaufsstände verwandelt, an denen die verschiedensten gerösteten Körner und die farbenfrohesten Bonbons verkauft wurden – eine Art, den Hunger zu betrügen, der sich in jedem Gesicht erahnen ließ, insbesondere in denen der Alten, die am Tor der Moschee bettelten, und denen der Kinder in Begleitung ihrer Ziegen oder ihrer jüngeren Geschwister. Eine unerwartet halbnackte, mit roten Schleiern nur spärlich bedeckte Frau erschien an der Tür eines halb zerfallenen Hauses und verschwand wieder. Ein Bordell, das konnte nichts anderes sein als ein Bordell.

»Mein Vater war einmal vor vielen Jahren in Kabul, vor dem Konflikt mit den Sowjets, und fand die Stadt wunderschön, voller Monumente und Parks, ausländischer Botschaften, der Universität, luxuriöser Wohnviertel für die Reichen. Es ist, als hätte ein Erdbeben alles in Schutt und Asche gelegt. Ich muß immer an einen amerikanischen Film denken, in dem New York zerstört wird und der Held die Stadt nur wiedererkennt, weil aus den Trümmern noch das Gesicht der Freiheitsstatue herausragt. Vor der blauen Moschee gab es ein englisches Warenhaus, in dem man alles kaufen konnte; ich glaube, es hieß Marks & Spencer.«

Carvalho verglich Herats Beschwörung der Vergangenheit mit dem real existierenden Kabul und weigerte sich, zu analysieren oder Schlußfolgerungen zu ziehen. Die Zerstörungen waren da wie die Ruinen von Ephesus oder Paestum, und überflüssig schienen nur die Menschen, insbesondere die Erwachsenen, die sich vielleicht an eine andere Stadt erinnerten. Herat machte sie darauf aufmerksam, daß sie sich der Kaserne näherten und sich auf mehrere Militärkontrollen gefaßt machen sollten. Welchen Grund würden sie für die Unterredung angeben? Die *Free World Corporation*? Malena?

»Massuf ist nicht zu trauen. Als die Taliban die Stadt belagerten, die er verteidigen sollte, hat er nicht einen Schuß abgegeben. Er hat sie an den Feind verkauft und ist nach Pakistan geflüchtet, wo er wie ein König mit dem Geld gelebt hat, das sie ihm gezahlt haben.«

Sie würden also beide Gründe angeben. Der Vorsitzende und der Generalsekretär der NGO *Free World Corporation* …

»Nein, sagen Sie nichts von einer NGO. Sie hassen die NGOs; sie fühlen sich von ihnen ausspioniert und abgeurteilt.«

Vielleicht würde die einfache Erwähnung einer *Free World Corporation* reichen, obwohl Carvalho fand, daß der Name nach einer Scheinfirma des CIA aus den Zeiten der Dulles-Brüder klang.

»*Free World Corporation*, Chef, so wie Sie es aussprechen, Sie und Malena. Malena ist hier sicher eine Autorität.«

»Eine Agentin des Mossad?«

Herat begann zu lachen.

»Ob sie vom Mossad ist oder nicht, interessiert hier niemanden mehr. Hier bist du das wert, was du hast. Wenn diese Person General Massuf was zu verkaufen hat, werden Sie herzlich willkommen sein.«

Die erste Militärkontrolle beschränkte sich darauf, ihre Gesichter und die Ladefläche des Wagens zu inspizieren. Die zweite nahm die von Carvalho genannten Namen auf und gab sie telefonisch durch; die dritte erwartete sie direkt am Eingang des Amtssitzes von Massuf: vier Männer mit Kalaschnikows und Blicken voll tiefstem Mißtrauen. Sie wurden von Händen durchsucht, die auch in der Berührung von Hodensäcken und im halben Einführen eines Fingers in den Anus erfahren waren, und außerdem passierten sie einen Metalldetektor, der bei Carvalho wiederholt anschlug, bis die kleine Pistole als erste Ursache und der Ohrring als zweite erkannt war. Die Zöllner lachten und entließen sie in einen Gang, dessen Boden einmal mit Mosaik ausgelegt gewesen war und in dem jetzt zahlreiche Löcher Fußangeln bildeten, so daß Biscuter zweimal stolperte und zugab, schon als Kind sehr ungelenk gewesen zu sein. In einem Hof mit einem ausgetrockneten Brunnen war ein halbes Dutzend Soldaten versammelt, die zwar nicht vollständig uniformiert, aber bis an die Zähne bewaffnet waren, und in einem Türrahmen schnitt ihnen ein Offizier, der in jedem Heer dieser Welt hätte Feldwebel sein können, den Weg ab, hörte sich noch einmal alle Gründe für den Besuch an und bat Herat dann, sie ihm zu übersetzen.

»Tadschike?« fragte der Feldwebel den Übersetzer.

Herat nickte, und der Feldwebel spuckte zu seiner Linken weiträumig aus. Doch er öffnete die Tür, und da war General

Massuf im Aufzug eines englischen Marschalls der Kavallerie, mit Reiterstiefeln und Peitsche in der Hand, die ihm dazu diente, die Linie seines schmucken Schnurrbarts nachzuziehen, wobei sein hochroter Kopf entweder auf Bluthochdruck oder den Konsum wenig islamischer Alkoholika schließen ließ. Carvalho legte den Auftrag von Malena dar, der von vielen Grüßen und Erinnerungen an wundervolle gemeinsame Momente begleitet war, und beobachtete im Verlauf der Übersetzung Herats das zu einem Strahlen anwachsende Lächeln im Gesicht des Generals.

»Malena!« rief dieser mit entzückter Stimme, äußerte jedoch gleich darauf im Befehlston eine Forderung, die im Munde des Übersetzers zu einer freundlicheren Bitte wurde.

»Er bittet um das Geschenk von Malena.«

Carvalho nahm sich den Ohrring ab, entfernte die winzige runde Kapsel, in der sich die Botschaft – oder was immer es sein mochte – befand, und übergab sie einem offensichtlich überraschten Massuf, der sich jedoch rasch von seiner Verblüffung erholte. Er erhob sich und bot den Ankömmlingen ein Tablett mit Obst an, um das sämtliche Fliegen Kabuls kreisten und das nur bei Herat Begeisterung weckte, der sich als großer Liebhaber von Birnen und Äpfeln herausstellte. Der General strich geistesabwesend über die Kapsel und war Carvalho dankbar, als dieser die Unterredung beendete und sich entschuldigte, daß sie ihm, einem Mann mit so wichtigen Obliegenheiten, die Zeit gestohlen hatten. Massuf verabschiedete sie und forderte, kaum daß sie ihm den Rücken gekehrt hatten, brüllend die Präsenz von Assistenten ein, denen er zwischen Ausrufen der Bewunderung und Gelächter die Kapsel zeigte. »Schon wieder der Gang mit den Stolperfallen,« seufzte Biscuter, »für Landminenopfer ist der unpassierbar.«

»Wir fahren vorsichtshalber nicht sofort zum Hotel zurück.«

»Und das Gepäck?«

»Ich habe mir die Freiheit erlaubt, es an einem sicheren Ort zu deponieren.«

Die Unbestimmtheit war für Biscuter und Carvalho alles andere als entspannend, insbesondere, da Herat sich mit überhöhter Geschwindigkeit von der Kaserne entfernte und sie sich auf die Auswirkung der Schlaglöcher auf ihre Körper konzentrieren mußten. Ihr Führer hielt vor einem Lokal, das Ziggy hieß, und forderte sie auf, einen Tee oder etwas Ähnliches zu trinken, während er versuchen wollte, seine Kontaktperson ausfindig zu machen. Er telefonierte, und eine halbe Stunde später erschien ein junger Mann im gleichen Alter, der ihm sehr ähnlich sah, ein Verwandter vielleicht, und sie fingen ein Gespräch an, bei dem sich Herats Miene verfinsterte, sobald er zu seinen Auftraggebern hinübersah, die beobachteten, was er einfädelte. Entweder war es eine afghanische – so wie griechische oder türkische – Angewohnheit, in einem Tonfall miteinander zu sprechen, der sich wie Streit anhörte, oder die beiden stritten sich wirklich. Zur wirklichen Konfrontation kam es vorerst noch nicht, denn plötzlich ließ eine starke Explosion die Wände des Lokals erzittern, worauf sich einige Kellner und Gäste zu Boden warfen. Von der Straße waren hysterische Schreie zu hören, und Biscuter und Carvalho stürzten hinaus und erlebten die kopflose Flucht jeder Art von Fahrzeugen und menschlichen Körpern, unter denen sich auch Einbeinige befanden, die eine überraschende Schnelligkeit an den Tag legten. Links vom Ziggy stieg in nicht allzu weiter Ferne eine Rauchsäule auf und ein noch wachsendes Feuer beleuchtete den Himmel. Sirenen heulten, die von Krankenwagen oder der Feuerwehr stammen konnten, ohne daß die Fahrzeuge an ihnen vorbeifuhren, so daß Carvalho auf Klangeffekte schloß, die vielleicht aus unsichtbaren Lautsprechern übertragen wurden.

Auch Herat und sein Informant traten auf die Straße, beobachteten den Brand in der Ferne, und der Tonfall ihrer Diskussion wurde noch bedrohlicher. Da sah Carvalho ein Blitzen in der Hand des Unbekannten, und ein Messer schwang über Herat, jedoch so langsam, daß Herat den Todesarm abfangen und ihn mit beiden Händen festhalten konnte. Carvalho und Biscuter sprangen hinzu, um den Angreifer von seinem Vorsatz abzubringen. Dieser löste sich von Herat und stellte sich ihnen mit dem Messer in der Hand entgegen, ohne damit unter den

Anwesenden besonders viel Neugierde zu wecken, da diese mehr auf den ersten Krankenwagen achteten, der in Richtung Katastrophe unterwegs war. Der junge Mann schien seinen Rückzug zu decken und behielt Carvalho und Biscuter dabei im Auge, die die Verfolgung nicht auf die Spitze treiben und ihm die Möglichkeit zur Flucht geben wollten. Plötzlich stürzte er sich auf Herat und rammte ihm das Messer in den Arm. Dann lief er davon, ohne daß ihn jemand verfolgte, da Carvalho damit beschäftigt war, die Tiefe des Stichs zu untersuchen, der sofort heftig zu bluten begann. Er zog Herat das bestickte Wollhemd und das Unterhemd aus, das er zerriß, um einen Stoffstreifen zu erhalten; den Rest knüllte er zusammen und preßte ihn auf die Wunde am Oberarm. Den Streifen nutzte er als Preßverband und nahm dem Verletzten einen Gürtel aus geflochtenem Leder ab, um damit den Arm unterhalb der Achselhöhle abzubinden, während er ihn gleichzeitig aufforderte, ihn hochzuhalten. Dann lief Biscuter mit Herat zum Auto, und Carvalho versuchte herauszufinden, wo ein Krankenhaus oder etwas Ähnliches zu finden war. Er erhielt jedoch nur unbefriedigende Auskünfte, sowohl in Worten, die er sowieso nicht verstand, als auch in Gesten. Schließlich bot sich einer der Umstehenden an, sie zu begleiten, und stieg theatralisch auf das linke Trittbrett des Wagens, schob einen Arm durchs Fenster und schwenkte mit der anderen Hand ein weißes Tuch, das er sich vom Hals genommen hatte, damit keiner der Fahrt des Wagens in die Quere kam, in dem Herat fast bewußtlos geworden war und Biscuter ihn wachzuhalten versuchte, indem er ihm eine Flasche Wasser ins Gesicht schüttete. Sie kamen an einer schwer erkennbaren Krankenstation an und wurden mit dem Anblick der Verletzten konfrontiert, die gerade vom Ort der Explosion angeliefert wurden. Nichtsdestotrotz brüllte Biscuter *»Free World Corporation«*, und Herat gab eine energische Anordnung von sich, während Carvalho dem freiwilligen Begleiter einen Fünf-Dollar-Schein in die Hand drückte und der Verletzte in so etwas wie ein Feldlazarett geführt wurde, das jedoch offensichtlich ein ziviles Krankenhaus war.

Eine Explosion hatte General Massuf und zweien seiner Helfershelfer ein Ende bereitet sowie drei weitere schwer verletzt. In den Ohren von Biscuter und Carvalho war das keine gute Nachricht, da sie sie mit der Übergabe des Chips in Verbindung brachten. Aber was hatte das alles mit der Diskussion zwischen Herat und seinem Kontaktmann und der anschließenden Messerattacke zu tun? Eine unmittelbare Antwort war nicht zu bekommen. Herat dämmerte auf einer Bahre in einem Saal vor sich hin, den sich vierzig Kranke in Betten mit weiteren zehn auf Bahren entlang der Wände teilen mußten. Carvalho und Biscuter fragten nach dem behandelnden Arzt, Dr. Simpson. »Ist er Engländer?« »Nein, Australier.« Sie überraschten Simpson, als dieser gerade seine Hand unter das Wollhemd eines bis auf die Knochen abgemagerten Greises schob, der eher einem greisen Gerippe glich, und dem abnormen Klang in einem Winkel dieses Körpers lauschte. Er betrachtete den Alten mit einem gewissen Lächeln in den Augen, doch der Kranke sah ihn nicht an, sein Blick, in dem kein Leben mehr war, schien vielmehr an einem Bruchstück des Nichts oder einer unausweichlichen Erinnerung zu hängen. Der Arzt gab einige Anweisungen in einer dem Krankenpfleger verständlichen Sprache und wandte sich an Carvalho und Biscuter als Arbeitgeber Herats und Repräsentanten der *Free World Corporation*, für deren Bewegungsfreiheit in Afghanistan Herat zuständig war.

»Wir haben den Stich genäht. Er hat nicht viel Blut verloren, weil jemand eine einwandfreie Tamponade und Aderpresse angelegt hat.«

»Das war ich«, sagte Carvalho.

Simpson musterte ihn und sagte ihm schließlich, was er dachte:

»Sie sah aus, als käme sie von einem Experten. Einem Militärangehörigen, der die Technik in einem Fortbildungskurs der Armee gelernt hat.«

Carvalho zuckte mit den Schultern, was weder als Zustimmung noch als Ablehnung gedeutet werden konnte.

»Wie lange muß die Wunde im Krankenhaus gepflegt werden?«

»Nicht lange. Lassen Sie ihn für heute ausruhen. Morgen können Sie ihn mitnehmen, wenn Sie den Verbandwechsel selbst übernehmen. Wohin fahren Sie?«

»Eventuell nach Kandahar.«

Die Idee gefiel ihm gar nicht:

»Da müssen Sie aufpassen. General Massuf ist gerade einem Attentat erlegen – wie es scheint, war es eine ferngesteuerte Explosion. Aber Sie haben nicht nur die Militärs zu fürchten, hier wie überall. Nach Kandahar sind es fünfhundert Kilometer Staubstraße, das heißt mit viel Glück zwölf Stunden, und alle zehn Kilometer eine Räuberbande. Unter dem Vorwand, immer noch Taliban oder jetzt Terroristen zu verfolgen, ziehen sie dir das Fell über die Ohren. Im Vergleich zu Kabul ist Kandahar Steinzeit. Kabul ist ein Schaufenster, arm, aber trotzdem ein Schaufenster, das versucht, das Beste der jetzigen Situation zu zeigen. Aber das sind alles Äußerlichkeiten, die nichts mit dem Inhalt dieses Hexensabbats zu tun haben. Ich fasse Ihnen die Situation zusammen. Es gibt eine Regierung in Kabul, die es nicht schafft, ein Land zu regieren, das sich nicht als Land fühlt. Die Kriegsparteien, oder deutlicher, die Feudalherren kontrollieren ihre Gebiete und setzen ihre Zölle und ihre Gesetze durch. Die Ausländer sind nicht mehr der gute schweigsame Freund, der ihre Sprache nicht spricht, sondern entweder Besatzungssoldaten oder Dealer, die sich immer für schlauer halten als die Einheimischen. Wie es scheint, sind die Alliierten zufrieden, weil sie ihre Mission, die Taliban zu schlagen, erfüllt haben, wenn auch nicht vollständig, weil Bin Laden weiter frei herumläuft und der große Mullah Omar trotz seiner Einäugigkeit auf dem Motorrad fliehen konnte. Er setzt sich für den Aufbau eines islamischen, auf der Scharia gegründeten Gesellschaftssystems als Alternative zum Westen ein, eines vom Koran inspirierten Modells der Taliban. Der arme Mann. Die Nordamerikaner ziehen das neokapitalistische Modell vor, und so sind sie hier, aber zur Zeit tun sie so gut wie nichts und in Zukunft werden sie erst recht nichts tun. Sie rühren sich kaum aus ihrem Stützpunkt in Bagram weg. Die Taliban haben sich die Bärte abrasiert oder ihre künstlichen Bärte abgelegt und sind in der Menge untergetaucht. Einige von ihnen sind entführt und nach Guantánamo gebracht worden, um zu zeigen, daß die sogenannte *freie Welt* sich ebenfalls als Entführer betätigen und die Menschenrechte verletzen kann. Aber diese Geschichte von Guantánamo hat gerade erst begonnen und wird Teil der goldenen Legende dieses Volkes werden. Es wird sehr schwer zu beweisen sein, daß die nach Guantánamo Entführten keine Heiligen sind. Die einen stehen den anderen in nichts nach. Fast neunzig Prozent der Bevölkerung Afghanistans besteht aus Nomaden oder Bauern, und die Taliban waren zum großen Teil auch Bauern. Nur eine hauchdünne Schicht an Seßhaften bevölkert die Städte. Dieses Land gleicht keinem der Länder, die Sie oder ich kennen. Auf meinem Tisch liegen zum Beispiel Informationen über die Vergewaltigung einer Mitarbeiterin einer NGO. Die alte Gewohnheit, die Lkws der Taliban zu plündern, wird fortgeführt, auch wenn die Lkws jetzt nicht mehr den Taliban gehören. Karsai und andere Träumer bitten die ausländischen Mächte um mehr Soldaten zur Erhöhung der Sicherheit und Rückenstärkung der Staatsmacht. Nichts davon. Wenn die Ausländer durch die Straßen Kabuls patrouillieren, tun sie das, als wären sie im Wien von 1945. Gewalt? Niemand kann den Leuten hier was über Gewalt erzählen. Wir sollten nicht vergessen, daß das spanische und französische Wort für Mörder, *asesino* und *assassin*, sich von den *Assassinen* ableitet, jungen Männern, die mehr oder weniger aus dieser Gegend kamen, die sich mit Haschisch berauschten, um Kreuzritter zu töten, und die an der Seidenstraße eine ständige Bedrohung darstellten. Und die Bezeichnung für diese Banditen leitet sich vom Namen der Substanz ab, die ihre Muskelkraft und Gewalttätigkeit potenzierte, dem *Haschisch*. Ich erinnere mich an ein Buch, das mich vor dreißig oder fast vierzig Jahren beeindruckt hat, *Order of Assassins: The Psychology of Murder* von Colin Wilson. Wilson war einer der bekanntesten Autoren der späteren 68er Generation, jener *Angry young men* der fünfziger und sechziger Jahre. Erinnern Sie sich daran? Das Buch über den Mord begann mit einem Kapitel über diese Region hier; schon Marco Polo hat bemerkt, wie schnell man hier tötet, in einem riesigen Gebiet, das das alte persische Kaiserreich umfaßte und von der Grenze zu Indien bis zum Mittelmeer reichte. Genau von hier kommen das spanische und das französische Wort für Mörder. Und Haschisch und Opium sind weiterhin die Motoren der Macht, sowohl unter den alten als auch den zukünftigen Afghanen. Haben Sie nicht die unzähligen Felder mit Schlafmohn gesehen?«

Simpson verstand es, Spannung zu erzeugen, so als bestritte er eine ständige Pressekonferenz, unabhängig davon, wer sein Gegenüber war, und so ließ er die etymologische Nachricht über die Wörter *asesino* und *assassin* oder über die Lage der Schlafmohnfelder im Raum stehen und kam wieder auf Guantánamo zurück. Er versicherte ihnen, daß die Nachrichten aus Guantánamo im Flüsterton die Runde machten und daß es nicht die Gefangenen sein konnten, die sie aus dem Gefängnis durchsickern ließen, da sie von der Außenwelt praktisch abgeschnitten waren. Hier wurden sie von den Leuten kommentiert, als hätten sie Angst, nicht etwa davor, sie zu erzählen, sondern davor, daß sie wahr sein könnten. Wer ließ sie durchsickern? Die Amerikaner selbst. Sie waren daran interessiert, ihre Straflosigkeit zu demonstrieren, und nebenbei schufen sie die Grundlage für das, was als globaler Terrorismus im Dienste des Guten bezeichnet werden konnte.

»Sie verbreiten gern, daß sie die Gefangenen als Versuchskaninchen für den Willen brechende Drogen benutzen. Das ist der Beginn einer imperialen Pharmakokratie im Dienste der neuen Theologie der Sicherheit: Drogen gegen Demonstranten, Aufständische, aktive Rebellen. Obwohl diese Art von Drogen durch das Chemiewaffenabkommen von 1993 verboten worden ist, ist scheinbar alles erlaubt, seit die Zwillingstürme eingestürzt sind. Der zukünftige Klassenkampf findet zwischen Siegern und Besiegten aus einer wirtschaftlichen und sozialen Perspektive statt, und das System bereitet ein noch nicht gesehenes Komplott vor: Drogen für die Ungehorsamen und Gefängnisse für die Delinquenten.«

Simpson erklärte die Rolle von Kokain, Alkohol, Äther, Amphetaminen oder Methedrin, einer von der britischen Armee eingesetzten Mutdroge. Aber das vielleicht wichtigste Labor für diese Drogen im Dienste der Sicherheitstheologie war Südafrika während des *Apartheid*-Regimes gewesen.

»Sie sind soweit gegangen, die Herstellung von Bomben vorzuschlagen, die so intelligent sind, daß sie nur Schwarze töten.«

Aus dem Mund des Arztes kamen die Worte wie Gewehrfeuer und ebenso schnell: »Ketamin, Ghb (Gammahydroxybutyrat), das Bluthochdruck und Krämpfe hervorruft. Andere Waffen haben betäubende Wirkung. In diesem Bereich ist Buspiron führend, ein Mittel gegen Panikattacken im Gefängnis.«

Biscuter und Carvalho erinnerten sich gleichzeitig an Bromuro, den alten Schuhputzer und Informanten von Carvalho, der davon überzeugt war, daß die Franco-Regierung Brom unter die Nahrung ihrer Untertanen mischte, um die sexuelle Aggressivität, tatsächlich die sexuelle Freude und Freiheit, zu hemmen. Simpson erklärte, für diese pharmazeutischen und manchmal fast surrealistisch anmutenden Waffen sei das Labor für angewandte Forschung der Universität von Pennsylvania zuständig.

»Das *Sunshine Projekt* hat zum Ziel, die Effekte von Pfeffergas und Valium oder einem ähnlichen Beruhigungsmittel miteinander zu verbinden.«

»Sie sind ein hohes Tier bei der UNO und praktizierender Arzt, auch hier.«

»Richtig.«

»Was beobachten Sie angesichts dieses an Dante erinnernden Spektakels von Elend, Krankheit, Armut? Was für Berichte schreiben Sie zum Beispiel an die UNO?«

»Mein letzter Bericht begann so: Im von den Taliban befreiten und von der angeblich demokratischen Übergangsregierung Karsais geführten Afghanistan dienen die Krankenhäuser vor allem dazu, dort zu sterben, und in den medizinischen Fakultäten gibt es nur Leichen. Die Universität befindet sich am Rande des Zusammenbruchs und der Rebellion. Die Studenten haben keine Bücher, sie verhungern. Ich sage Ihnen: Wenn sogar die Studenten hungern, dann stellen Sie sich mal vor, wie groß der Hunger der niedrigeren sozialen Schichten sein muß. Wollen Sie den makabersten Teil des Krankenhauses sehen?«

Er deutete auf die Tür, die seinen privaten Wohnbereich von dem improvisierten Krankenhaus trennte. Diese öffnete sich in einen Raum, der eher einem Hangar glich und in dem neben rostigen Metallbetten, die durchhingen wie Bäuche, Matratzen unterschiedlichster Herkunft auf dem Boden lagen. Einige schienen aus einem lange zurückliegenden Weltkrieg zu stammen, andere waren durch die Kanäle der globalisierten Mildtätigkeit nach Afghanistan gelangt. Es waren die Matratzen, die die Globalisierer übrig hatten. Krankenhäuser zum Sterben.

»Wir sind in einem fast mittelalterlichen Krankenhaus und können kaum mehr als Transfusionen machen. Und schauen Sie sich das Dach an: Es ist aus Segeltuch. Wir hatten keine Zeit, es wieder herzurichten, und außerdem garantierte uns niemand, daß es nicht durch ein weiteres Bombardement wieder zerstört würde. Wenn Sie weinen wollen, gehen Sie auf die Entbindungsstation. Ein Kind, das nicht völlig problemlos zur Welt kommt, stirbt entweder oder trägt lebenslange Schäden davon. Gehen Sie hin und schauen Sie sich die Gesichter der Eltern an, wenn ihre Kinder geboren werden: kein Lächeln, keine Blume. Nur Resignation. Und wir sind in Kabul, der Hauptstadt. Im Rest des Landes bedeutet krank werden den sicheren Tod, so einfach ist das.«

»Und warum das alles?«

Simpson lachte über Biscuters Frage.

»Die Afghanen haben territoriales Pech. Ihr Land lag an der Seidenstraße und der Route von Asien nach Europa. Jetzt sind sie Teil der Strategie zur Kontrolle der restlichen Ölquellen in Irak, Iran, Saudi-Arabien, Aserbaidschan und den ehemals sowjetischen islamischen Republiken, und außerdem haben die Nordamerikaner ein ungefähres Bild ihres nächsten Feindes im letzten Kampf.«

»Dem Endkampf zwischen Sozialismus und Kapitalismus?«

»Zwischen was? Seien Sie nicht naiv. Dem Endkampf zwischen dem von den USA kontrollierten Kapitalismus und dem des ehemals kommunistischen China. Sehen Sie sich die nordamerikanische Durchdringungsstrategie seit dem elften September an. Sie sind dabei, um die südöstliche Flanke Chinas einen Vorhang zu ziehen, mit Rußland, den ehemals sowjetischen islamischen Republiken, Afghanistan und Pakistan, und sie werden das irakische Unternehmen erfolgreich zu Ende bringen.«

Er neigte den Kopf zu einer Abschiedsgeste.

»Fahren Sie nicht nach Kandahar, vor allem nicht mit dem Verletzten.«

Sobald Herat stehen und sich anziehen konnte, verließen sie das Krankenhaus, ohne daß irgend jemand eine Art Entlassungsschein sehen wollte. Herat sprach nicht; er war tieftraurig über den Streit mit seinem Cousin – ein erstes Eingeständnis der Verwandtschaft, die ihn mit seinem Angreifer verband.

»Daß General Massuf in die Luft fliegen würde, wußte niemand, aber mein Cousin fand heraus, daß der General einen Auftrag erhalten hatte, den er in dem Moment ausführen sollte, als Sie beide sich ihm vorstellten: Er sollte Sie beseitigen. Mein Cousin wurde nervös und hat mich sozusagen darum gebeten, Sie umzubringen, da sonst mit uns abgerechnet würde. In dem Augenblick ereignete sich die Explosion.«

Wahrscheinlich war der Chip ein Peilsender gewesen, was aber nur festgestellt werden konnte, wenn bewiesen wurde, daß Massuf durch eine ferngesteuerte Rakete ermordet worden war. Sie mußte ihm nicht von Malena aus Israel geschickt worden sein: Es reichte ein unbehelligter Hubschrauber am Himmel von Kabul oder wenige Kilometer hinter der Grenze zu Pakistan. Carvalho und Biscuter fühlten sich von Schwäche überwältigt, als wären sie aus Glas und drohten in Scherben zu zerschellen.

Herat hatte das Gepäck im Haus der Mutter seines Angreifers abgestellt und wußte nicht, ob dies der richtige Zeitpunkt war, es wieder abzuholen.

»Vielleicht hat mein Cousin es zerstört.«

Einen Vuitton-Koffer. Wie kann man einen Vuitton-Koffer zerstören, auch wenn es ein bescheidener Vuitton-Koffer mit Rädern ist, der Economy Class reist?

»Das mit dem Gepäck ist jetzt aber das dringendste. Stellt euch vor, sie bringen uns mit dem Anschlag auf den General in Verbindung und fangen an, uns zu suchen. Ich verlasse Kabul nicht ohne meinen Koffer.«

Herat vertraute darauf, daß seine Tante nichts von dem wußte, was zwischen ihm und seinem Cousin vorgefallen war, und bot ihnen an, sie seiner Familie vorzustellen, um etwas Unterstützung zu haben. Er bat sie, die Hauptstraßen zu meiden und sich den Außenbezirken in Richtung des an der pakistanischen Grenze gelegenen Jalalabad zu nähern. Biscuter fuhr, und Herat nutzte die Lichtkegel der wenigen Straßenlaternen an den Häusern, um nachzuschauen, ob die Wunde blutete. Sie parkten das Auto vor einem Gebäude, das so schief war wie der Turm von Pisa, allerdings viel niedriger, der früheren Residenz eines reichen Färbers aus Kabul, die nun in Wohnungen für drei Familien aufgeteilt war. Die Tür eines Raums, der gleichzeitig Empfang, Eß-, Wohnzimmer und Küche war, wurde von einer Frau mit riesigen Augen und Kopftuch geöffnet. Sie war so breit wie hoch und begrüßte Herat mit herzlicher Stimme, doch ihrem Blick war anzusehen, daß sie lieber weit weg gewesen wäre. Herat begrüßte die Frau zärtlich, deutete auf seine Freunde und bat um das Gepäck, das er bei ihr abgestellt hatte. Automatisch wies die Frau auf den Nebenraum, brach die Handbewegung zu spät ab und begann, mit lauter Stimme Namen zu rufen, während der mutmaßliche Ehemann, zwei verschleierte junge Mädchen und ein Heranwachsender mit großen Augen und angedeutetem oder aufgemaltem Schnurrbart aus dem Raum traten. Alle begrüßten Herat herzlich und die Ausländer höflich, während Tante und Neffe eine Unterhaltung begannen, die Herat ärgerlich werden ließ.

»Sie sagt, wir dürfen ihr Haus nicht wieder verlassen, ohne Tee getrunken und ihre Käseküchlein probiert zu haben.«

Es war gleichzeitig eine Klage und eine Frage. Carvalho beschloß, sein Leben um die Erfahrung zu bereichern, den Tee jener Frau zu trinken, die ihn an einige seiner längst verstorbenen galizischen Tanten erinnerte. »Solange du dich mit Leuten mit fast unmittelbar bäurischen Wurzeln abgibst, werden sie dich häufig an deine Tanten erinnern«, sagte sich Carvalho, durch die Situation gleichzeitig belustigt und beunruhigt. Er konnte die Spanne nicht bemessen, die in diesem Land zwischen einem messerstechenden Cousin und einer Tante lag, die trotz des Messerstichs gastfreundlich war, denn es war offensichtlich, daß die Frau von dem Vorfall wußte. Ihre Augen hefteten sich ab und zu auf Herats Arm, so als wolle sie ihre Zweifel verscheuchen, und es lag mehr Angst als Zuneigung in dem Tonfall, in dem sie mit ihrem Neffen sprach.

»Bist du gesund? Geht es dir gut? Die Gesundheit ist das wichtigste. Alles andere ist nebensächlich.«

Herat übersetzte ihnen den Monolog seiner Tante.

»Ich bin nur eine unwissende Frau, aber ich kenne mich mit Gesichtern aus, und deines ist das eines gesunden und guten Jungen, eines sehr guten Jungen.«

Die anderen Familienmitglieder schienen unbeweglich und schweigend das Wunder der Küchlein und des Tees zu erwarten, und es genügte ein Hochziehen der Augenbrauen seitens des Ehemanns, um die Frau hinter dem Vorhang verschwinden zu lassen, der jenen Empfangs-, Eß-, Wohn- und Küchenraum vom Rest der Welt trennte. Carvalho glaubte, aus dem Nebenraum Stimmen zu hören, und Herat hörte sie deutlich; er tat einige Schritte in die Richtung, wurde jedoch von seinen Cousinen aufgehalten, die sich in zwei maskierte Mauern mit flehendem Ausdruck verwandelt hatten. Plötzlich wurde der Vorhang energisch aufgezogen, und im Türrahmen erschien der weiterhin als Soldat gekleidete Cousin. Alle verstummten und schauten sich gegenseitig an, als verlangten sie nach einer Auflösung des Dramas, welcher auch immer, bis die beiden Cousins aufeinander zustürzten, sich umarmten, weinten, sich die Wangen streichelten; und die Hand des Messerstechers strich über die verwundete Stelle, während die Augen der Tante in Tränen schwammen, denn für soviel Wasser waren sie trotz ihrer Größe zu klein. Es war wie in einem indischen Film mit afghanischen Schauspielern. Auf die Entschuldigungen des Cousins hin zog Herat das Hemd aus und zeigte den Verband vor, den ihm Simpson gemacht hatte. Daß er ohne jeden Blutfleck war, beruhigte die Anwesenden. Die Mädchen behandelten die drei Ankömmlinge nun mit zärtlicher Aufmerksamkeit, auf dem Tisch standen der Tee und die Küchlein bereit, Carvalho reckte jedoch seinen Hals auf der Suche nach Lebenszeichen oder Hilferufen seines Koffers aus dem Nebenzimmer. In der Mitte von allem thronte die Tante, die Carvalho lächelnd aufforderte, das Nebenzimmer zu betreten: Dort stand sein Gepäck zwischen zwei Etagenbetten, in denen vermutlich die Mädchen und ihre Eltern schliefen. Als er in den Eß-, Empfangs-, Wohn- und Küchenraum zurückkam, tuschelten Herat und sein Cousin mit ernster Miene in einer Ecke. Biscuter verschlang ein Küchlein nach dem anderen, begleitet vom Kichern der Mädchen und dem freudigen Blick des Familienvaters, der bisher weder Stimme noch Absichten offenbart hatte. Als die Cousins ihre Unterredung beendet hatten, winkte Herat seine Arbeitgeber ins Nebenzimmer.

»Die Sache ist kompliziert; mein Cousin hat bestätigt, daß eine Suchkampagne gestartet worden ist, um Sie gefangenzunehmen. Sie werden für die Ereignisse mitverantwortlich gemacht; es heißt, daß das, was Sie Massuf übergeben haben, ein Peilsender für die Rakete war. Außerdem hat er diese erstaunliche und beängstigende Information bestätigt, daß Massuf die Anweisung hatte, Sie sofort nach Erhalt derselben festzunehmen und töten zu lassen, aber aus irgendeinem Grund hat er nicht sofort gehandelt. Von wem kann diese Anweisung gekommen sein?«

Carvalho und Biscuter nannten gleichzeitig den Namen Malenas.

»Tatsächlich hätte sie drei Fliegen mit einer Klappe geschlagen. Aber ich verstehe nicht, welchen Vorteil es haben soll, den General umzubringen.«

Herat zuckte mit den Schultern. In Kabul wurde im Schatten und aus dem Schatten heraus getötet, und dieses Morden rief nur Gleichgültigkeit in einem Volk hervor, das zwanzig Jahre

Krieg zwischen religiösen Lagern und Stämmen erlebt hatte und wundersamerweise lebendig daraus hervorgegangen war, wenn auch mit einem Arm oder einem Bein weniger. Sie schwiegen eine Weile, dann riet ihnen ihr Führer, nicht ins Hotel zurückzukehren und einige Tage abzuwarten, um zu sehen, wie eifrig ihre Verfolgung betrieben wurde, wahrscheinlich nicht sehr, das hing davon ab, wem der Mord wirklich zuzuschreiben war. Die dafür verwendete Technik ließ auf irgendein noch aktives Kommando der Taliban schließen, aber es war merkwürdig, daß es über so zielsichere Raketen verfügte.

»In einigen Gebieten sind die Strukturen der Taliban weiterhin intakt. Sie haben sich unter die normale Bevölkerung gemischt, was sie aber nicht daran hindert, ein organisiertes Netz aufrechtzuerhalten. Eines Tages werden sie zurückkommen oder es zumindest versuchen. Sie warten darauf, daß der nordamerikanische Imperialismus die Bombe des Islamismus in Zentralasien, im Kaukasus, in der Türkei, wo die Islamisten sicher bald die Regierung stellen werden, zur Explosion bringt. Der Krieg gegen den Irak kann für sie ein Zeichen sein.«

Wo konnten Carvalho und Biscuter sich verstecken und wie das Land verlassen?

»Wohin fahren Sie?«

»Zum Ganges«, antwortete Carvalho, bevor Biscuter sich einmischen konnte.

»Sie meinen nach Indien.«

»Nein, nein, Indien interessiert mich nicht die Bohne. Ich will weder Gurus sehen noch Schlangenbeschwörer, noch das visuell exportierte Elend, noch heilige Kühe, noch Hindu-Philosophen, die ich alle für Bauernfänger halte. Ich hasse diese Folklore oder Realität, so wie ich in Spanien den Stierkampf, das Stiertreiben von Pamplona, die Marienfeste von Rocío, Pilar und Montserrat hasse … All diese Marienfeste, genauso wie den Kardinal-Primas, wer immer es auch sei, und die gesamte Bischofskonferenz.«

Sehr viel Sinn lag nicht in dem, was er sagte, und da ihm das bewußt war, bekräftigte er:

»Zum Ganges. Ich will den Fluß entlang fahren und herausfinden, ob es wahr ist, daß er für die Leute heilig ist und sie von seinem Wasser trinken ohne Angst, sich eine schwere Magen-Darm-Infektion zuzuziehen.«

Die Situation stand nicht nach Scherzen, und so meinte auch Biscuter, es sei wohl das vernünftigste, sich einige Tage zu verstecken, bis ein Weg gefunden war, um den Ganges zu erreichen. Er wiederholte das Wort Ganges zweimal, um Carvalho zu beruhigen. Aber wenn sie das Land verließen, wie würden sie an das Honorar für den glänzenden akademischen Vortrag Carvalhos kommen? Herat holte seinen Cousin herbei, der ihm dienstbeflissen mit einer Miene folgte, ihm für alles und jedes zur Verfügung zu stehen, egal, was passierte.

»Ich bitte ihn, alles zu organisieren: den Transport an einen Ort, wo Sie sich drei, vier Tage verstecken können und die Fahrt durch Pakistan nach Indien.«

»Sicher, daß er uns helfen wird?«

Herat deutete auf seine Stichwunde.

»Den Angriff bezahlt er mir. Als ich die Haltung der Familie uns gegenüber sah, wurde mir klar, daß die Dinge zu unseren Gunsten stehen.«

Er wandte sich wieder an seinen Cousin und sagte ihnen dann, daß sie im Familienschlafzimmer übernachten könnten, zu dritt in den vier Etagenbetten.

»Und die Familie?«

»Hat zu tun.«

Die Tante kam mit einem Tablett voller Küchlein und einer Thermosflasche Tee mit Milch und Honig herein. Dann ließ sie sie allein und zog den Vorhang zu, der sie vom Eß-, Empfangs-, Wohn- und Küchenraum trennte.

Seine Matratze bestand aus verklumpter, schlecht verteilter Wolle und die von Biscuter war mit Blättern von Mais oder irgendeiner anderen Pflanze gefüllt und knisterte und wogte wie ein erotisches Wasserbett. Carvalho dachte an Matratzen seiner Kindheit nach Kriegsende im Barrio Chino von Barcelona oder im Haus in Montcada, in dem er mit seiner Mutter vierzehn Tage im August verbrachte, und seine Mutter für ihre Freundinnen, die Gastgeberinnen, nähte. Herat schlief den tiefen Schlaf des Genesenden, und Carvalho stellte fest, daß sie die einzigen Anwesenden waren, als er auf der Suche nach der Toilette ins Wohnzimmer trat. Es gab keine. Es standen auch keine Nachttöpfe unter den Etagenbetten, so daß er annahm, daß draußen ein Gemeinschaftsklo sein mußte, und das, welches er fand, erinnerte ihn an das Klo seines Elternhauses im Barrio Chino: eine Holzbank mit einem Loch in der Mitte und einem Holzdeckel. Er verrichtete seine Notdurft und achtete darauf, daß seine Schamteile nichts berührten. Er mußte die Pistole auf den Boden legen, in die Hocke gehen und mit Argusaugen die Treffsicherheit seiner geöffneten Schließmuskel kontrollieren, während er seine Ausscheidungen in die dunkle Tiefe irgendeines stillgelegten Brunnens schickte. Es war so, als machte er eine Zeitreise in die Vergangenheit, um ein Identitätsmerkmal wiederzufinden, das ihn seit der analen Phase, die die Kinder angeblich durchleben, zweifellos zu dem gemacht hatte, der er war. Als er sich wieder auf seine Pritsche legte, erklang Biscuters hilflose Stimme:

»Wo, Chef?«

»Es ist ein Gemeinschaftsklo. Sieht aus wie das in dem Haus, in dem ich aufgewachsen bin, oder wie die Klos, die wir in Pompeji gesehen haben. Ist dir bestimmt unangenehm.«

»Chef, ich hab auch schon in Baracken gelebt.«

Als Biscuter sich zur Verrichtung seiner Notdurft aufgemacht hatte, überkam Carvalho wieder die Unruhe darüber, daß er so wenig von seinem Assistenten wußte, nicht nur wegen der Baracken, sondern auch wegen der ständigen Telefonate, die dieser vermutlich mit Madame Lissieux führte, wie Carvalho angesichts der Tatsache annahm, daß Biscuter es geschafft hatte, sie mitten in Kabul zu einer Sängerin zu machen. Ihn schmerzten das fehlende Vertrauen, das sich in diesen Heimlichkeiten zeigte, sowie die Zweifel, die in allen Winkeln seines Hirns keimten, das bereits von der Anstrengung zermartert war, die innere Logik einer Reise zu verstehen, die bisher eher einer ständigen Verfolgungsjagd geglichen hatte. Er hörte, wie Biscuter zurückkam, und war gerade wieder eingeschlafen, als aus dem Nebenraum Stimmen erklangen. Herat sprang aus dem Bett und blieb abwartend stehen, bis er die Familienmitglieder erkannte.

»Wir müssen uns sofort anziehen.«

»Wir haben uns ja noch nicht mal ausgezogen.«

Sie standen alle im vielseitigen Eingangsraum, Herats Tante mit einer großen Plastiktüte in der Hand und die anderen mit Gesichtern, die von Müdigkeit und dem Wunsch gekennzeichnet waren, die Situation so schnell wie möglich hinter sich zu bringen. Herat umarmte einen nach dem anderen, insbesondere seinen Cousin, der ihn mit einem unverständlichen Monolog aufhielt, wobei er mehrmals Worte wiederholte, die Schlüsselworte zu sein schienen. Nach dem Abschied von seinen Verwandten lief Herat vor Biscuter und Carvalho die kurze Treppe auf die Straße hinunter. Dort stand der Lieferwagen und sah aus wie neu, dabei hatte er nur die Farbe von mehrfarbig zu tiefrot gewechselt – die Familie hatte ihn über Nacht gestrichen – und ein neues Nummernschild. Nachdem sie das Gepäck eingeladen hatten, bat Herat Carvalho darum, zu fahren, er würde ihm den Weg schon weisen, während Biscuter sich wieder als Afghane verkleiden und mit ein paar Kartons, halb als Versteck, halb als Kälteschutz, bedecken sollte, für den Fall, daß sie von irgendeiner Kontrolle angehalten würden.

»Biscuter, Sie sind mein Cousin. Sie sind stumm und haben eine schwere ansteckende Krankheit, Hepatitis zum Beispiel, und Sie, Carvalho, sind ein Ausländer, der die UNO über die aktuelle Situation des Landes informiert. Wir haben etwa dreißig Kilometer von hier in Richtung Peshawar, Pakistan, ein sicheres Haus gefunden, und danach wird es wohl leicht sein, das Land im Norden bis Rawalpindi zu durchqueren, um nach Indien, zum Ganges, zu kommen. Aber in Pakistan dürfen Sie auf keinen Fall gesehen werden. Sie müssen durch das Land fahren wie durch einen Tunnel, denn der ermordete General war vom Stamm der Pathanen, der dort alles kontrolliert, und die afghanischen Informationsdienste haben überall ihre Verbindungsleute. Fahren Sie, mir tut der Arm weh. Ich führe Sie, aber der Weg wird ziemlich hart werden.«

Biscuter war mit der Rollenverteilung nicht unbedingt einverstanden und argumentierte, daß es bisher niemandem gelungen sei, zu entkommen, indem er sich stumm stellte, und daß es auf der ganzen Welt bereits Millionen von Filmen gebe, in denen der Flüchtige sich stumm stellt, weil er die Landessprache nicht spricht.

»Aber Sie können sich nicht beide zusammen sehen lassen. Sie sind bestimmt als Paar ausgeschrieben worden.«

Zwischen den Pappkartons hörte Biscuter die ständigen Ratschläge Herats an Carvalho, während die erste Helligkeit über der ausgedörrten Gegend aufleuchtete, die auf allen vier Seiten von den scheinbar unvermeidlichen Bergen umschlossen war. Biscuter verbrachte die gesamte Fahrt damit, die ältesten *Zarzuelas* zu trällern, an die sich Carvalho erinnern konnte.

Ich hab die Nacht im Traum verbracht,
der Traum sprach mir von Liebe.
Der Liebe dieses Götterbilds,
dem nun mein Herz gehört.

Wenn er sich nicht mehr an den genauen Wortlaut erinnern konnte, setzte er irgendein anderes Wort ein, das gerade paßte.

Es kann keine Sirene sein,
die vergiftet hat mein Leben.
Es kann nicht sein, denn ich sah sie leiden,
ich sah sie lachen, ich sah sie weinen!

»Ich glaube nicht, daß das der richtige Text ist, und schrei nicht so, sonst hören uns die Patrouillen.«

»Bestimmt überwachen sie die pakistanische Grenze, deshalb fahren wir nicht direkt dorthin. Leider können Sie den Lieferwagen nicht bis nach Indien behalten, weil Sie ihn an der Grenze verzollen müßten und die Papiere nicht mit dem Nummernschild übereinstimmen, das wir angebracht haben. Am besten nehmen Sie in einigen Tagen einen der Überlandbusse, die auf diesen Straßen verkehren. Er wird sie zweitausend Dollar kosten.«

Biscuter tauchte plötzlich zwischen den Kartons auf.

»Wir kaufen für zweitausend Dollar einen Bus?«

»Nein. Der Bus fährt Sie nur durch Pakistan bis zum ersten Schienenbahnhof. Die zweitausend Dollar brauchen Sie, um die Mitreisenden zu bezahlen.«

Die Dunkelheit im Inneren des Wagens und seine liegende Haltung hinderten Biscuter daran, Carvalho auch nur einen fragenden Blick zuzuwerfen. Herat ahnte seine Verwirrung.

»Über Ihre Reisegefährten sprechen wir noch. Es ist lebenswichtig, die richtigen zu finden.«

Nachdem sie Jalalabad, die Oasenstadt, auf miserablen Wegen umfahren hatten, führte die Straße hinauf ins Gebirge – wie immer in Afghanistan –, wo sie auf der gesamten noch verbleibenden Strecke blieb. Herat wies Carvalho darauf hin, daß sie in einen Eukalyptuswald kommen würden, einen Wald aus diesen räuberischen Bäumen, die alles auffraßen, was um sie herum wuchs, und die in einer Phase des Optimismus für die Papierindustrie gepflanzt worden waren.

»In dieser Einöde gibt es allerdings nicht viel, was die Eukalyptusbäume auffressen könnten.«

»Die Leute hassen sie. Es sind verfluchte Bäume. *Ausländer* nannten sie die Taliban.«

Sie ließen den morastigen Weg hinter sich, um nun in einer Art Flußbett zu fahren, in dem seit der letzten Sintflut so gut wie niemand Spuren hinterlassen hatte. Trotz der Schönheit einer Landschaft, die bereits definitiv die Ausläufer des Hindukusch erklommen hatte, beunruhigte Carvalho die Unterkunft, die vor ihnen auftauchte, eine einfache Lehmhütte zum Unterstellen von Vieh, die eher wie eine kleine Höhle aussah, die nicht die Hirten, sondern der Berg geschaffen hatte.

»Hier gibt es nichts; die Bombardements haben nicht mal den Ziegen was zu fressen übriggelassen.«

Carvalho fuhr den Wagen direkt in den größeren Raum der Unterkunft hinein, und sie begaben sich in den kleineren, wo Strohsäcke auf dem Boden auf sie warteten, rund um einen kleinen Ofen, dessen Eisenrohr bis zum Dach reichte. An einer Seite der Hütte stand ein hoher Topf aus Lehm, auf den man sich setzen konnte und der sich als draußen zu entleerendes Klosett entpuppte. Herat öffnete die Plastiktüte und zog zwei riesige Brote heraus, außerdem so etwas wie einen Topf, zwei Käselaibe und verschiedene Tüten, die er vorsichtig auf ein halb verfallenes Speiseregal verteilte.

»Wir bleiben vier Tage, und niemand darf auf die Idee kommen, daß wir hier sind. Diese Hütte ist verlassen, und auch, wenn das Gebiet dünn besiedelt ist, bekommen die Leute hier alles mit, und wenn wir uns zuviel bewegen, finden sie uns sofort. Sollten normale Leute auftauchen, erzähle ich ihnen die Geschichte vom armen kranken Stummen und dem hohen Funktionär, der ihn nicht seinem Schicksal überlassen will. Sollten keine normalen Leute sondern Polizei oder Soldaten auftauchen, weiß ich nicht, was ich ihnen sagen soll. Es würde mich wundern, wenn sie kämen, aber sollten sie kommen …«

»Wenn sie kommen, müssen wir die Beine in die Hand nehmen oder die Pistolen ziehen, wenn wir welche hätten.« Carvalho spürte jetzt deutlich die Beretta in seiner Hose, aber er war nicht bereit, wild um sich zu schießen und dabei eine für alle, insbesondere für Herat, aussichtslose Situation zu schaffen.

»Sie haben bestimmt Hunger.«

»Je nachdem.« Aus dem Topf schöpfte Herat Reis, gemischt mit Fett, Pistazien und Nüssen, ein degeneriertes *Qabli*, sowie Spieße mit Fleischstückchen und dem unvermeidlichen Stück Fett in der Mitte; etwas Ähnliches wie *Kebab* oder zumindest damit verwandt.

»Von einem befreundeten Hirten kann ich Butter und Milch holen und auch ein bißchen Käse. Aber das Feuer zum Kochen sollten wir nur nachts anzünden. Durch diesen Schornstein darf nur im Dunkeln Rauch aufsteigen. Wir können nicht mit dem rechnen, was wir kaufen könnten. Vier Tage können wir durchhalten.«

Jeder, der schon einmal im Gefängnis war, kehrt dorthin zurück, sobald er seine Eier an der Tür des erstbesten Asyls zurückläßt. Das war es, was Carvalho am Vortag getan hatte, als er sich in der Behausung der Familie Herats gefangen fühlte, ohne jede Möglichkeit zur Flucht oder zur Gewalt.

Am dritten Tag konnte er das harte Brot mit Rahm und Honig nicht mehr ertragen, so daß er es vorzog, Magenprobleme vorzutäuschen und das Essen ganz aufzugeben. Fleischspieße waren keine mehr da, und die Tonne fetter Reis ohne irgendeine Beilage, die ihn appetitlich gemacht hätte, war zu einem gelblichen Brei geschrumpft. Auch die Zugabe von Milch und Zucker, mit der Biscuter verzweifelt versuchte, etwas Ähnliches wie Milchreis zu fabrizieren, verbesserte ihn nicht. Carvalho konnte in dieser Art von Situationen abschalten, seine Wünsche verdrängen, bis keine mehr da waren, und um zu überleben reichte es ihm, zu beobachten und regungslos zurückzublicken. Wohl schon zwanzig Mal hatten sie aus dem Munde Herats dessen Meinung über die Situation Afghanistans gehört, die, wie er sagte, trotz der ethnischen Differenzen von den meisten der Afghanen geteilt wurde. Sie sehnten die Taliban nicht zurück, aber auch von den Ausländern hatten sie nichts anderes als gräßliche orangefarbene Lebensmittellieferungen voller Dinge erhalten, die entweder nicht eßbar waren oder von denen sie nicht wußten, wie sie sie essen sollten. Abgesehen von Kabul, den Militärstützpunkten und dem Himmel, wo die Ausländer das Sagen hatten, war in Bodennähe alles wieder so wie vor den Taliban. Das zwischen Feudalherren aufgeteilte Land war sogar ärmer als je zuvor, und selbst Kabul war verelendet, eine Hauptstadt, die zu anderen Zeiten stolz auf ihren Lebensstandard und ihr Großstadtflair gewesen war. Und wie es mit den künstlichen Situationen so geht, würde, sobald sich die Ausländer zurückzögen, alles wieder so werden wie vorher, und dieses Vorher umfaßte die gesamte diffuse Geschichte eines

Landes, das räumlich wie zeitlich immer nur Durchgangsstation gewesen war, ein Schaukasten aller nur möglichen Völkerwanderungen.

»Es ist schade, daß Sie in Pakistan nicht herumfahren können, besonders im Norden von Kaschmir bis zum Himalaja. Der Karakorum ist faszinierend, und man kommt über eine Autostraße hin, die bis zum Nanga Parbat reicht, einem der höchsten Berge der Welt.«

Die Bedingungen ihrer Klausur erinnerten Carvalho an die Zustände im Polizeigewahrsam: vier in einer Zelle mit einer Kloschüssel, die Raum, Zeit und Sinne bestimmte und nur in den gezählten Stunden des Hofgangs aus dem Blickfeld verschwand. Wenn die Nacht hereingebrochen war, öffnete Herat die Türen, und sie liefen Wege entlang, die von der Autostraße aus nicht zu sehen waren, auch wenn sie nie irgendein Geräusch hörten, das ein Auto angekündigt hätte, sondern statt dessen Flugzeuge, Geschwader über Kabul oder in Richtung Kandahar als klare Machtdemonstration der Amerikaner. Im Morgengrauen des vierten Tages hörten sie das Geräusch eines sich nähernden Fahrzeugs, und vor ihren Augen tauchte ein Motorrad mit Seitenwagen auf, das aus irgendeinem Weltkrieg vor dem Zweiten stammen mußte, ein gelbes Tandem, das zwei mit Turbanen und Sonnenbrillen vermummte Gestalten transportierte. Der Augenblick war gekommen, zu packen und sich der Grenze zu nähern, um sie zu dritt auf dem Motorrad zu überqueren: ein Fahrer, Carvalho und Biscuter.

»Und du?«

Herat zuckte mit den Schultern. Seine Zeit würde schon noch kommen. Er mußte seine Wunde ausheilen lassen, und dann würde er eines Tages die Füße in ein Filmstudio setzen, um seine Karriere als tadschikischer Omar Sharif zu beginnen, aber nicht in Indien, einem Land, wo die Afghanen noch verhaßter waren als alle anderen Moslems. Vielleicht in Ägypten oder in Marokko, wo sie große Filmstudios mitten in die Wüste gesetzt hatten.

»Ouarzazate«, sagte Biscuter mit einer Präzision, die vor allem Carvalho überraschte.

Die Fluchtoperation hatte begonnen, aber Carvalho konnte es nicht lassen, Biscuter nach dem Ursprung seiner wundersamen Kenntnisse über die marokkanische Filmindustrie zu befragen. Das Motorrad fuhr vorneweg, gefolgt vom Lieferwagen in ausreichend großem Abstand, um die beiden Fahrzeuge nicht miteinander in Verbindung zu bringen.

»Das Gepäck wird nicht aufs Motorrad passen.«

»Es ist alles berechnet.«

Die Bergstraße stieg weiter an bis zum Khyber-Paß, wo sie die Motorradfahrer einholten, damit Herat als Stratege agieren konnte, der Carvalho mit einigen Stück Handgepäck auf den Rücksitz des Motorrads setzte und Biscuter in den Seitenwagen, wo er unter dem größeren Gepäck begraben wurde, als wäre er nur ein Vorwand. Herat bat sie um Geduld. Auf pakistanischem Boden erwartete sie ein Autobus voller Leute, die dafür bezahlt wurden, mit ihnen zu reisen, wie Statisten in einem Film.

»Dafür verwende ich das Geld, das Sie mir geben werden.«

Die Dollars gingen von Biscuters in Herats Hände über und schließlich in die des Motorradfahrers, der – so unwahrscheinlich es war – wie einer jener tschechischen Piloten aussah, die auf den Motorsport-Bildchen aus Carvalhos Kindheit abgebildet waren. Carvalho und Gepäckstücke wurden mit einem Kofferriemen auf dem Motorrad festgezurrt, um nicht beim ersten Schlingern herunterzufallen. Und Biscuter hatte, bevor er sich unter Koffern begraben ließ, noch Zeit für sein Testament.

»Sobald ich in Deckung bin oder ein Telefon finde, rufe ich diese Schlampe an und ziehe ihr das Fell über die Ohren.«

Carvalho nahm an, er meinte Malena, gegen die er selbst keinerlei Abneigung verspürte. Hindernisse gehören zu jeder Reise, und das Hindernis einer engelsblonden Staatsterroristin im Dienste des Mossad, die dazu fähig war, seine empfindlichen Körperteile mit zärtlichen Fingern zu streicheln, war jedem Zwischenfall vorzuziehen, der in den Wahrscheinlichkeitsberechnungen von Tourismusagenturen Eingang fand. Carvalho brauchte die halbe Wegstrecke, um sich davon zu überzeugen, daß er auf keinen Fall vom Motorrad fallen würde, denn sowohl der Fahrer als auch die Befestigung seines Körpers durch den Kofferriemen stellten sich als ausgezeichnet heraus. Motorrad und Seitenwagen kannten die schroffen Wege, die über die Grenze nach Pakistan führten, in ein Land, das nicht anders aussah als dasjenige, das sie verließen, und das laut Herat vom gleichen Volk, nämlich den Paschtunen bewohnt war, zumindest auf dem schmalen Streifen im Norden, der sie von Indien trennte. Nach einer Stunde Motorradfahrt waren ihre Glieder völlig verrenkt, aber sie befürchteten eine noch längere Tortur, als das Gefährt an der Mündung des Weges in etwas, was eine Straße sein sollte, anhielt, und sie einen uralten Autobus erblickten, in dem etwa zwanzig Personen reglos wie Pappkameraden einer albernen bis schauderhaften Kulisse saßen. Carvalho erschien sie albern, Biscuter, dessen schlechte Laune in den Tiefen des Seitenwagens, in denen man ihn begraben hatte, gewachsen war, fand sie einfach schauderhaft.

»Das ist das zweite Mal, daß ich in einen untergeordneten Beifahrer verwandelt wurde, aber auch das letzte. Sie wissen nicht, was ich unter diesem Gepäck durchgemacht habe. Ihr Vuitton-Koffer war genau unter meiner Nase, ich konnte ihn am Gestank erkennen. Diese Hersteller müssen ihre Koffer mit Schweiß getränkt haben.«

Der Motorradfahrer hielt ihnen die Bustür auf, und die Passagiere blieben völlig unbeteiligt, als sich der Detektiv und sein Assistent auf die ihnen zugewiesenen Plätze setzten, als wären sie unsichtbar: Biscuter drei Reihen vor Carvalho, der in der letzten Reihe neben der Tür Platz nahm. Ihnen wurden Fahrscheine in die Hand gedrückt, die sie zur Reise bis zur indischen Grenze berechtigten, und der Motorradfahrer stieg aus, ohne mit jemandem zu reden, nicht einmal mit dem Busfahrer. Der Bus brauchte eine Weile, bis er dem Befehl des Zündschlüssels folgte und sich in Gang setzte, und als der Lärm erträglich geworden war, drehte Biscuter sich zu Carvalho um und brüllte:

»Haben Sie es gemerkt? Sie wurden neben die Tür gesetzt, falls es nötig wird, zu fliehen, und ich habe wieder nur die Reste abgekriegt. Entweder haben diese Typen Klassenvorurteile oder ich sehe lebensmüde aus.«

Die Straße führte abwärts, und durch die unerwartet gute Federung wurden sie von einer harmonischen, sanften Fahrt überrascht, auch wenn der Eindruck vielleicht nur auf den Vergleich mit der Fahrt auf dem rüttelnden Motorrad zurückzuführen war. Carvalho sah von den Statisten nur die Hinterköpfe, die bei den Frauen mit Kopftüchern bedeckt waren. Der ein oder andere Mann hatte eine vertrocknet wirkende, alte Glatze, getüpfelt mit spärlichen schwarzen und weißen harten Haaren. Carvalho hatte kaum geschlafen und döste unruhig; ihm drehte sich der Kopf, und bei jedem Ruck erwachte er wieder, bis er die Lust an der Schlaflosigkeit verlor und sich in einem Traum wiederfand. Er saß in einem Lokal, das nach dem Raffles in Singapur aussah, wo er zwar nur einmal gewesen war, das sich aber jetzt als Kulisse für seinen Traum anbot. Einen Meter weiter lehnte ein großer blonder jüngerer Mann am Tresen, der aussah wie ein nordamerikanischer Auslandskorrespondent irgendeines asiatischen Krieges.

»Wie leicht es doch ist, Holländer zu sein! Das leichteste auf der Welt!«

»Ist es schwieriger, von hier zu sein?«

Was für ein Idiot. Er hatte gemeint, um wieviel leichter es doch war, Holländer als Afghane zu sein, und der Typ glaubte, er spräche über die Gäste des Raffles.

»Afghane zu sein ist eins der schwierigsten Schicksale dieser Welt.«

»Und aus Ruanda oder Burundi zu sein? Wie finden Sie das?«

»Sicher, sicher.«

»Das beste ist … es fällt mir nicht ein.«

»Von einer reichen Insel zu sein. Zum Beispiel aus Australien.«

Die Unterhaltung glitt in Richtung Todesstrafe ab. Gab es in Australien die Todesstrafe? Den anderen interessierte das nicht sehr, Carvalho jedoch schon, weil ihm der Nacken weh tat, und vielleicht wurde man in Australien ja gehenkt. Das Bremsen des Busses holte ihn aus seinem Traum, und er faßte sich an den Nacken, der ihm vom vielen Gerüttel schmerzte. Der Rest seines Körpers spannte sich in Erwartung einer durch das Bremsen angekündigten Gefahr an. Tausende von schwarzen, zottigen Ziegen blockierten die Straße, und der Hirt gab zwar vor, ihre Sprache zu sprechen, doch die Tiere folgten seinem hektischen Schnalzen nicht, das fast gequält klang, in die Enge getrieben durch das Geschrei und die theatralische Gestik des Busfahrers, der auf seine Armbanduhr deutete, als kündigte er ihm das Lebensende an. Langsam fanden die Tiere auf ihre Pfade und zu ihrer spärlichen Nahrung zurück, einer Vegetation, die nur sie selbst sehen konnten. Der Bus nahm seine Fahrt wieder auf, die jetzt durch eine üppige Oase und an einem Schild vorbeiführte, auf dem Islamabad angekündigt war, auch wenn der Bus der angezeigten Richtung nicht folgte und die Stadt umfuhr. Auf der linken Seite des Busses drängte sich ihnen plötzlich die aufgetürmte Erde auf, die begann, sich in den Himalaja zu verwandeln, ein geographischer Magnet, der Carvalhos Blick und Aufmerksamkeit gefangennahm. Rückendeckung erhielt er dabei von Biscuter, der die Disziplin verloren und sich neben ihn gesetzt hatte und der auf die Berge deutete.

»Da, Chef! Es ist der Wahnsinn, der Wahnsinn!«

Er reichte ihm ein Päckchen, das mit einem feinen Papier wie dem von Papiertaschentüchern umwickelt war.

»Sie haben fest geschlafen. Der Bus hat angehalten, und die Leute sind ausgestiegen, um ihren Geschäften nachzugehen. Ich habe Wasser und was zu essen besorgt. Teilchen, die nach Anis schmecken und mit so was wie Kürbismarmelade gefüllt sind.«

Carvalho biß hinein und sagte erstaunt:

»Ein *pastisset*. Wie ein *pastisset* oder wie die *flaons*, die mir Enric Fuster, mein Verwalter, immer aus Villores mitbringt.«

Biscuter lag etwas auf der Zunge, aber er sagte nichts.

»Was ist, Biscuter?«

»Diese Typen und diese Frauen sind total komisch: Sie sprechen nicht, noch nicht mal untereinander. Ich glaube, sie kennen sich gar nicht.«

»Vielleicht haben wir es endlich geschafft: eine Reise in einem Bus mit Taubstummen.«

»Oder mit Leichen.«

Die Typen am Straßenrand, an denen sie vorbeifuhren, waren den Afghanen so ähnlich, daß es ihnen schwerfiel, zu begreifen, daß sie das Land gewechselt hatten. Auch die Wege und der Himmel waren gleich, die Erosion und das Grün, das den Pandschab und den Himalaja ankündigte, bevor die Landschaft Richtung Indien und Gangestal abfiel. Allerdings war das Verhalten der Leute extrovertierter, und die Lastautos hatten bunte Holzaufbauten, auf denen geheimnisvolle Schriftzüge zu lesen waren. Absolut nicht geheimnisvoll waren dagegen die mit Passagieren voll beladenen Kleinbusse, in denen sich bis zu dreißig Personen auf einer Fläche zusammenzwängten, die für höchstens ein Dutzend vorgesehen war. Im Vergleich dazu fiel auf, über wieviel Platz sie selbst und ihre Reisegefährten verfügten, von denen nur ein Pärchen alter Leute sich zu kennen schien, das ab und zu ein paar Worte miteinander wechselte. Der Mann bestand darauf, der Frau seinen linken Unterarm zu zeigen, wo er eine merkwürdige, vielleicht entzündete Stelle entdeckt hatte.

Bei durchschnittlich fünfzig Stundenkilometern konnte es zwölf Stunden dauern, bis sie den Norden Pakistans an der schmalsten Stelle durchquert hatten und an ihrem unbekannten Ziel landen würden, begleitet von Wesen, die zwar nicht unsichtbar, aber nur äußerlich sichtbar und so wenig hinreichend wirklich waren wie die gedankenverlorene Landstraße, die nicht einmal unbequem war, sondern einfach nur lästig. Aber ihr Ziel war nun mal der Ganges, eine dieser Etappen, die sich auf der Reise von selbst ergeben hatten, denn abgesehen von der Fahrt nach Italien und der notwendigen Rückkehr nach Griechenland, in eine Landschaft, die mit der Jugend eines frisch verheirateten spanischen Kommunisten im Untergrund verbunden war, hatte Carvalho zunächst keine bevorzugte Route im Kopf. Alles andere wurde durch einen Satz von Samuel Beckett bekräftigt, den er vor langer Zeit gelesen hatte: *Man bewegt sich nicht, sondern man wird bewegt.* Er sagte ihn laut, und Biscuter interpretierte ihn als eine Beschwerde über den Bus.

»Sie sagen es, und außerdem fahren wir ins Blaue hinein.«

»So ist es.«

»Wohin fahren wir?«

»Zum Ganges.«

»Da lang?«

Biscuter deutete mehr oder weniger in die richtige Richtung, und Carvalho zuckte mit den Schultern. Sein Assistent war mit einem speziellen Pakistan-Reiseführer ausgestattet, in dem der Besuch von Orten empfohlen wurde, die sie nicht besuchen würden, weshalb er die flüchtige Durchfahrt mit Informationen über die Kleidung der Bevölkerung, wie den *Purdah*, den Schleier der Frau, oder das Kopftuch (*Dupatta*), das den westlichen Frauen empfohlen wurde, kompensierte. Die Strecke im Norden Pakistans erschien Carvalho als die längste von allen, und er griff auf die gerade erworbene Fähigkeit zurück, einzuschlafen, sobald ihm langweilig wurde, um die sture Suche des Busses nach der indischen Grenze zu unterstützen. Ein plötzliches Bremsen zwang ihn, aufzuwachen und das Gleichgewicht wiederzuerlangen. Biscuter war nach vorn zum Fahrer gegangen und kam zurück, um zu verkünden, daß es sich um eine Straßensperre handele, Militär oder so was in der Art – er kannte sich mit Uniformen nicht aus. Der Fahrer war nicht völlig stumm, denn er verhandelte mit Leuten in bizarren Uniformen, ohne sie jedoch vollständig überzeugen zu können, trotz des Trinkgeldes, das er zwischen die Visa und Passierscheine gelegt hatte. Der mächtigste Kontrolleur bestieg den Bus, begutachtete einen Passagier nach dem anderen und bemerkte die beiden Ausländer. Er machte eine wedelnde Handbewegung, aus der sie ableiteten, daß er ihre Papiere sehen wollte. Wieder waren Bouvard und Pécuchet der Weisheit oder Ignoranz des offensichtlichen Polizeibeamten ausgeliefert, der seine Hand aufs Herz legte und fragte:

»Geschäfte?«

»Ja, Lebensmittel.«

Der Beamte lächelte und verdrehte die Augen, während er das, was das Gepäck der Ausländer zu sein schien, nach Lebensmittelspuren absuchte.

»Wir haben keine Muster dabei.«

»Aber einen Katalog, Chef«, korrigierte Biscuter und zog zum Erstaunen Carvalhos einen Warenhauskatalog aus dem Jahr 1999 mit weihnachtlichen Präsentkörben aus dem Gepäck sowie die Bücher über italienische Wurstspezialitäten, die ihnen von den *Slow-Food*-Leuten in Rom geschenkt worden waren.

»Sagen Sie ihm, daß wir ihn ins Bild setzen werden.«

Was Carvalho auch tat, um dann gegenüber seinem Inquisitor die Vorzüge eines jeden Korbes anpreisen zu müssen. Der Mann war so begeistert, daß er zwei seiner Begleiter herbeirief, um ihnen dieses Panorama des Überflusses zu zeigen.

»Schenken Sie ihm den Katalog«, schlug Biscuter vor.

Carvalho erhob sich, nahm einem überraschten Polizisten den Katalog aus der Hand, um ihn mit höflichem Kopfnicken und den Worten zurückzugeben:

»Er gehört Ihnen. Es ist mir eine Ehre, Ihnen diese Freude machen zu können.«

Der Inquisitor war so gerührt wie glücklich, erwiderte die Verneigung und zog sich mit dem aufgeschlagenen Katalog zurück, um ihn gegenüber seinen Assistenten zu kommentieren. Keiner der Businsassen machte auch nur eine Bemerkung, nicht einmal, als der Weg freigegeben wurde und der Oberkontrolleur aus dem Straßengraben heraus den Katalog zu Ehren der zwei sympathischen Ausländer schwenkte.

»Wie kommst du dazu, einen Katalog mit Präsentkörben im Gepäck zu haben?«

»Man weiß nie.«

»Die nächste Reise machen wir mit dem Flieger oder dem Zug. Ich steige jedenfalls nicht mehr in einen Bus, selbst wenn es um mein Leben gehen sollte.«

Carvalho begann, Kilometer auf Kilometer einer Reise zu rekonstruieren, auf der er immer wieder festgestellt hatte, welche Vorzüge es hatte, Reisender statt Tourist zu sein. Vielleicht hatte er sich in der Strecke geirrt und war dabei, eine Reise um die Welt zu machen, die etwas zu südlich verlief. Eine Reise um die Welt weiter im Norden wäre weniger konfliktträchtig gewesen, denn es ist ja bekannt, daß sich fast alle Katastrophen im Süden ereignen, sowohl die geologischen als auch die menschlichen. Zwischen Träumen, Erinnerungen und Gedanken, die einen Kontrast bildeten zu den Argusaugen Biscuters, mit denen dieser alles beobachtete, was vor sich ging, bemerkte Carvalho, daß das Fahrzeug wieder anhielt. Sie standen jetzt offensichtlich nur wenige Meter vor der Grenze. Alle Insassen des Busses, der einem Raumschiff voller Taubstummer glich, stiegen aus. Als auch Carvalho und Biscuter aussteigen wollten, hielt der Fahrer sie zurück, indem er seinen Arm wie einen Schlagbaum senkte, und schloß dabei die Augen, als wollte er sie nicht sehen. Sobald sie den Bus für sich allein hatten, setzte er den Motor wieder in Gang und fuhr zur Grenze. Dort war er scheinbar bekannt, denn er tauschte Bemerkungen und Scherze mit den uniformierten Wächtern und den Grenzbeamten aus, die vor die Tür traten, weil sie vermutlich die gähnende Leere in ihrem Büro, die durch die großen Fenster zu sehen war, nicht mehr ertragen konnten. Nach Aufforderung durch einen Beamten zog der Fahrer einen Umschlag aus der Brusttasche und aus diesem mehrere Papiere, die er dem Beamten aushändigte, wobei er sich umwandte, um zu bedeuten, daß sie sich auf seine Passagiere bezogen. Seine Geste war dringlich geworden und sein ausgestreckter Arm versuchte, die Papiere so schnell wie möglich wiederzubekommen, doch der Polizist näherte sich dem Busfenster, aus dem die Köpfe der beiden Ausländer herausschauten.

»*French?*«

Sie nickten und sagten gleichzeitig:

»*Bouvard et Pécuchet.*«

»*Bouvard et Pécuchet*«, wiederholte der Polizist Silbe für Silbe, begann dann zu lachen, gab dem Fahrer die Visa zurück und ließ sie mit einer weiten, großzügigen Geste passieren, die sie noch mehrere Meter bis zur indischen Grenze begleitete, wo der Fahrer zweifellos weniger bekannt war, weil sie gezwungen wurden, aus dem Bus auszusteigen, der mit einer gewissen Gründlichkeit durchsucht wurde. Die Papiere aus dem Umschlag wurden mit den Gesichtern und Dokumenten von Carvalho und Biscuter verglichen. Die Pistole wurde beschnüffelt und der Waffenschein Wort für Wort durchgelesen. Man fragte, ob sie englisch sprächen, und als Carvalho dies bestätigte, fragte ihn der indische Beamte, was sie in Indien suchten.

»Den Ganges.«

Sie hielten seinem Blick stand, dann betrachtete der Beamte zum wiederholten Mal ein Papier, das entscheidend zu sein schien. Daraufhin autorisierte er ihre Durchfahrt mit einem langen Vortrag, der etwas herablassend wirkte und an den Fahrer gerichtet war, während die beiden Reisenden allein im Fahrzeug saßen. Bevor sich der Fahrer wieder ans Steuer setzte, übergab er ihnen die Umschläge, die ihnen über die Grenzen verholfen hatten. Monsieur Bouvard und Monsieur Pécuchet zogen die Papiere heraus, die ihre Durchreise legalisierten, einschließlich der Visa, die die Verwandten Herats innerhalb einer Nacht plus Morgengrauen besorgt hatten, und fanden auch eine Nachricht, die vermutlich Herat mit einigen Ratschlägen für die Weiterfahrt eingelegt hatte: »Am besten, Sie reisen im Zug durch Indien. Wenn der Fahrer Sie in Jammu abgesetzt hat, dem ersten Bahnhof Richtung Delhi, kaufen Sie sich einen Streckenplan. Wenn Sie dort keinen finden, suchen Sie ihn auf dem ersten größeren Bahnhof oder in Delhi selbst. Planen Sie damit Ihre Route am Ganges entlang. Sie kommen bestimmt nicht um Benares (Varanasi) herum und auch nicht um Patna und Kalkutta, das ja bereits am Mündungsdelta liegt. Wie Sie am besten nach Bangladesh kommen, weiß ich nicht. Aber vielleicht wollen Sie ja auch die Küste des Indischen Ozeans entlangfahren bis nach Sri Lanka. Ich empfehle Ihnen zwei Streckenpläne: *Trains at a Glance* oder, wenn Sie den nicht finden, *Indian Bradshaw*. Ich hoffe, die Fahrt mit den Reisegefährten aus unserer Tadschiken-Bruderschaft ist gut gegangen. Allah schütze Sie.«

Es war offensichtlich, daß man in der heutigen Welt nicht überleben konnte, ohne irgendeinem Verein wie der Tadschiken-Bruderschaft anzugehören, dessen von der Vorsehung gesandte Taubstumme bereit waren, ihre Stimme für irgendeine Sache herzugeben, ganz gleich, ob diese nun gut oder schlecht war. Obwohl sie den ganzen Bus jetzt für sich hatten, setzten sie sich nicht in die Nähe des Fahrers, der präzise Anweisungen befolgte. Es vergingen noch mehrere Stunden, bis sie den angegebenen Bahnhof gefunden hatten. Dort half der Fahrer ihnen, das Gepäck auszuladen, verabschiedete sich dann mit mehrfachem Kopfnicken und überließ sie ihrem Schicksal. Dieses bestand darin, sich zwischen den Menschenschlangen vor den Schaltern einen Weg zu bahnen und sich schließlich an einen Bahnangestellten zu wenden, dem sie ihr Glück und zehn Dollar in die Hände legten. Eine Viertelstunde später bestiegen sie in Jammu den Zug nach Delhi, das sie nicht vor dem nächsten Tag erreichen würden, wofür sie dankbar waren: Ihre Knochen schrien danach, sich auszustrecken, und wenn es nur im Liegewagen war, nachdem sie über einen Tag lang mehr durchgerüttelt worden waren als gelebt hatten. Während der Zug noch in Jammu stand, gingen sie auf die Toilette, wuschen sich über dem Handwaschbecken und zogen frische Socken und Unterwäsche an. Die schmutzige Wäsche wurde von Biscuter in dem winzigen Becken mit viel Geschick und einem Waschpulver gewaschen, das nicht das gleiche zu sein schien wie das, das die Reise begonnen hatte, obwohl es vom gleichen Multi hergestellt worden war.

»Ich kaufe nur Unilever.«

Er steckte die nassen Socken und die Unterwäsche in ein Handtuch, rollte dieses zusammen, um die Wäsche darin auszuwringen, und zog zwei Unterhosen und ein Unterhemd wieder heraus, denn Carvalho trug nur einen Slip, kein Hemd.

Dann klemmte er die Wäsche zwischen die Matratze der oberen Liege und den Fensterrahmen und versprühte anschließend eine halbe Flasche Eau de Cologne. Die Luft füllte sich mit einem Duft, den er *Agua de Sevilla* nannte, obwohl er die Flasche in Istanbul gekauft hatte. Sie verspürten das Bedürfnis, Afghanistan im Rückblick zu kommentieren und Vermutungen über Indien anzustellen, kamen aber, bevor sie einschliefen, nicht über ein paar launige Bemerkungen hinaus. Biscuter lag oben, weil er es seit den Zeiten seines Militärdienstes und der Gefängnisaufenthalte haßte, unten zu schlafen.

»Das sage ich nicht wegen Ihnen, Chef, aber wenn man unten schlief, wurde man von den Fürzen umgebracht, und manchmal pinkelten sie sogar auf dich drauf oder es fielen dir noch ekligere Sachen auf den Kopf. Ich wiederhole es: Das hat natürlich nichts mit Ihnen zu tun.«

Carvalho nahm das bißchen Klaustrophobie in Kauf, das ihm die Delle verursachte, die Biscuter auf der oberen Liege produzierte. Er war dankbar für das Gefühl, genügend Platz zu haben, um sich zu entspannen und in einen Traum zu gleiten, an den er sich am nächsten Tag kaum erinnern konnte, der aber von der ockerfarbenen afghanischen Einöde und von Kriegsversehrten bevölkert war, die sich hinkend näherten und entfernten, ohne daß wenigstens das überlebende Bein den Blick erfreut hätte. Diese Situation beunruhigte ihn irgendwie, denn er fühlte sich eine ganze Zeitlang unwohl, bis er kurz erwachte und erschrocken überprüfte, ob er noch beide Beine hatte. Am nächsten Morgen standen Biscuter und Carvalho mit dem Weckruf des Schaffners auf, der mehr mit seiner Zusatzfunktion als subventionierter Frühstückskellner beschäftigt war, als damit, die Fahrscheine zu kontrollieren. Es gab keine Auswahl: Kaffee oder Tee und das Standard-Sandwich der Eisenbahngesellschaft, belegt mit Cheddar und Senf, einer Tomatenscheibe und einem Salatblatt, es sei denn, sie versuchten, sich den Weg in den Speisewagen zu bahnen.

»Den Weg bahnen? Ist der Speisewagen so weit, oder sind Liegen runtergefallen?«

»Fahrgäste. Schauen Sie mal.«

Sie steckten den Kopf in den Gang, der nicht zu sehen war, weil er mit den Körpern von Menschen bedeckt war, die es geschafft hatten, sich die Strategie der Büchsensardinen zu eigen zu machen. Man konnte nicht einmal über sie hinwegsteigen, denn zwischen ihren Körpern war kein Millimeter mehr frei.

»Wenn Sie wollen, schmeiße ich sie raus.«

»Nein, nein, der Zug gehört Ihnen.«

Der Schaffner brachte eine Thermosflasche mit gezuckertem und mit Zimt aromatisiertem Kaffee, vier Sandwiches und zwei Tüten Pistazien. »Geschenk des Hauses«, sagte er. Als er kassiert und sich für das Trinkgeld bedankt hatte, fragten sich Carvalho und Biscuter, wie er es schaffen würde, über die Liegenden zu steigen, ohne auf sie zu treten. Er schaffte es nicht. Zwar simulierte er eine gewisse Vorsicht, doch seine in festen viereckigen Stiefeln steckenden Füße traten den eng aneinanderliegenden Passagieren mal in die rechte, mal in die linke Seite, wenn nicht auf die Brust, den Magen oder die Hoden, wie es einem orangegekleideten Mönch passierte, der sich kaum beschwerte. Diese Leute sahen anders aus als die Afghanen oder Pakistanis, ihre Haut war olivfarbener und ihre Glieder beweglicher, und ihre Arme fielen mit gewollter Anmut oder Nachlässigkeit von den fast immer spitzen Schultern herab. Alle hatten sie rundere Augen als die Afghanen oder Pakistanis, Augen, die groß und schwarz oder vom grauen Star vollständig getrübt waren.

So wie New York jedermann aus jedem Winkel der Erde bekannt zu sein scheint, versprach auch Delhi Geheimnisse unter der Oberfläche des Gemeinplatzes, daß es als Hauptstadt Indiens alle Widersprüche des Landes in sich vereinte. Zehn Millionen Einwohner und ihnen voran, als wären sie ihre Repräsentanten, Bettler und Mönche, Krüppel und zudringliche Kinder, Körper, die ihrem Schicksal, besser gesagt ihrem Tod, an den unvorhersehbarsten Ecken überlassen waren; Uniformen und Verhaltensweisen, die von der Kastenzugehörigkeit bestimmt waren, Frauen in Saris, die ihre runden, augenfälligen Brüste nicht besonders zu verbergen trachteten, Skelette von Asketen oder Verhungernden, farbenfrohe Nutten, Dealer verschiedener Drogen, ein Angebot an allem, was käuflich zu erwerben ist, Fahrradtaxis, Autos, die kaum Platz fanden, um sich fortzubewegen. Und der Fluß hieß noch nicht einmal Ganges, sondern Yamuna. Blumen, Blumen, Blumen, Figuren von Hindu-Gottheiten, die so aussahen, als wären sie von Karnevalswagen entwendet worden oder vielleicht aus einem hinduistischen Themenpark von Walt Disney, Gerüche und Geräusche, erstere wie ein Rauschen, letztere wie ein Flackern; auf die Bürgersteige gespuckte durchgekaute Betelblätter und ab und zu eine ebenso heilige wie träge Kuh, die die Blumenbeete abfraß, eine typisch indische Kuh, die wahrscheinlich auf der städtischen Gehaltsliste stand. Und in der Tat sog Carvalho wieder Düfte und Farben in sich auf wie in seiner Kindheit, entdeckte sie mit der Ungeduld dessen, der auf die Initiation wartet. Jedesmal, wenn er früher gefragt hatte, warum er nicht mehr die gleichen intensiven Sinneseindrücke hatte wie in seiner

Kindheit, hatte man ihm entgegnet, daß Spanien weniger stark roch als in den vierziger Jahren und daß das Verbleichen der Farben die Folge der durch das Kohlenmonoxid des Kraftverkehrs verschmutzten Atmosphäre sei. Außerdem würden die Augen müde, so viel zu sehen, so wie die Ohren übermäßiges Hören erschöpfe.

Auf dem *Connaught Place* in der Nähe des Hauptbahnhofs, der als Ausgangspunkt für jede Tour und für das Verständnis der Hauptstadt empfohlen wurde, versuchten Biscuter und Carvalho, den Abstand zwischen ihrem Hotel und den Epizentren der drei Rundgänge einzuschätzen, die ihnen der Empfangschef nahegelegt hatte: dem Delhi der Moguln, Neu Delhi und dem Süden der Stadt. Sie hielten sich an die Anweisungen und begannen mit dem Delhi der Moguln, von dem ihnen später, abends, als sie die geistigen Postkarten Revue passieren ließen, besonders das Rote Fort in Erinnerung geblieben war, so genannt wegen der Sandfarbe seiner Fassaden, dessen Gebäude den Glanz des Mogulnhofs ahnen ließen. Die Jama-Masjid-Moschee, als die größte Indiens gepriesen, war geschlossen, und die Phantasie Biscuters entzündete sich an den königlichen Bädern, dem Hammam, die innerhalb des Forts lagen, insbesondere, als er erfuhr, daß aus einem der drei Wasserspeier Rosenwasser sprudelte. Nach dieser Entdeckung bestand er darauf, eines Tages ein ähnliches Bad sein Eigen zu nennen, und natürlich einen Wasserspeier mit Rosenwasser, entweder im irdischen Leben oder im Himmel. Das alte Delhi drängte sich rund um die Moschee, und vor allem seine Märkte zogen die Ausländer an. Eine besondere Prüfung stellten die Gerüche des Geflügelmarktes dar, eine Mischung aus den Exkrementen der Tiere und dem frischen Blut, das aus ihren Hälsen rann, weil sie unter den Augen der Käufer geschlachtet wurden. Der Geruch nach Kot, Tod, aromatischen Kräutern und Gewürzen schwebte wie eine Wolke über jedem Rundgang durch Basare und Cafés, in denen man wie in einem Schaukasten Menschen und Dinge in scheinbar heillosem Durcheinander bewundern konnte. Zwischen den Einheimischen fielen die Touristen auf, die sich in Gruppen fortbewegten und von Führern zusammengehalten wurden, die versuchten, sie vor dem Überfall durch Bettler und zukünftige Fremdenführer zu schützen, im allgemeinen Kinder, die sich fotografieren ließen und anschließend als Patenkinder der Fotografinnen behandelt werden wollten. Carvalho und Biscuter kamen sogar an einer Gruppe von Spaniern vorbei, die sich über den Gestank beschwerten und ausriefen: »Wie furchtbar! Wie furchtbar! Hätte ich das gewußt, wäre ich zu Hause geblieben.«

»Hier ist ja Gott und die Welt.«

»Aber die einheimischen Reichen fehlen. Die wohnen bestimmt auf keimfreien Inseln.«

»Und sind wie alle Reichen: Sie halten nicht dem geringsten ethnischen Echtheitsnachweis stand.«

Für den Nachmittag nahmen sie sich Neu Delhi vor, von dem sie das Alte Fort und das Humayun-Mausoleum aussuchten, um sich endlich von einer ästhetischen Alternative zum islamischen Stil durchdringen zu lassen, der seit der Türkei alles beherrscht hatte. Am nächsten Tag wollten sie den Süden der Stadt erkunden, bevor sie eine von Biscuter geforderte Tour zum Taj Mahal machten.

»Sie geben zu, nur wegen des Flusses nach Indien gekommen zu sein. Also gut, ich bin wegen des Taj Mahal hergekommen, der eines der acht Weltwunder war, wenn ich mich recht entsinne.«

»Aber keines aus der Antike: Es wurde immerhin später erbaut als der Escorial.«

Sie nahmen ein Taxi, um nach Nizamuddin zu fahren, der Hauptattraktion des alten Delhi. Der Ort lag etwa sechs Kilometer entfernt und verdankte seinen Namen Nizamuddin Auliya, einem der verehrtesten Heiligen Indiens, dessen Macht darauf zurückzuführen war, daß er die göttliche Vorsehung veranlaßt hatte, einen Sultan aus dem Weg zu räumen, der zu ihm gesagt hatte: »In Neu Delhi ist nur Platz für einen von uns beiden.« Ein schwerer Baldachin übte Gerechtigkeit, als er dem Sultan auf den Kopf fiel und ihn ohne Rücksicht auf dynastische Hierarchien zerquetschte. Das Mausoleum des heiligen Sultansmörders war nicht das Original, sondern eine Reproduktion, die drei Jahrhunderte nach seinem Tod erbaut worden war. Das Mausoleum von Safdar Jang ließ Biscuter dann ausrufen: »Taj Mahal!«, aber er hatte sich getäuscht, und trotz des passiven Widerstands von Carvalho entwarf er daraufhin seinen Plan zur Besichtigung des sogenannten achten Weltwunders, wenn man von der Liste der Weltwunder des siebzehnten Jahrhunderts ausging. Er wollte vom direkten Weg zum Ganges abweichen, in Agra aussteigen, den Taj Mahal besichtigen und dann bis nach Kanpur fahren, wo sie auf den Ganges treffen und anschließend Benares besichtigen könnten.

»Außerdem liegt der Taj Mahal auch in der Nähe eines Flusses, des Yamuna, wo Sie doch soviel für Flüsse übrig haben.«

Sie übernachteten in einer Absteige direkt am Bahnhof und stiegen gleich nach Sonnenaufgang wieder in den Zug, diesmal in die zweite Klasse, um nach Agra zu fahren, das zweihundert Kilometer von Delhi entfernt lag. In Agra warnte Carvalho, daß seine Aufnahmefähigkeit, was Steine betraf, mit dem Taj Mahal für diesen Tag erschöpft sei. Biscuter akzeptierte die Bedingungen, ließ aber Carvalho nicht aus den Augen, um zu überprüfen, welchen Eindruck das Monument auf ihn machte. Während Carvalho mit einem gewissen Gleichmut dem Eindruck widerstand, den das Betreten der Gedenkstätte verursachte, berührte ihn am Ende des Gartens das Mausoleum zu Ehren der geliebten und gebärfreudigen Königin Mahal, die nach ihrer vierzehnten Geburt im Kindbett gestorben und von ihrem sie heiß und innig liebenden Ehemann auf diese Weise geehrt worden war. Der hatte keine Kosten gescheut, um das errichten zu lassen, was ein Dichter als das *herrlichste Denkmal der Liebe* und der weinerliche Rabindranath Tagore als *Marmorträne auf der Wange der Zeit* bezeichnet hatte. Es war aus hartem Stein erbaut worden, der aus europäischen Steinbrüchen stammen sollte, und sein auf den ersten Blick strahlendes Weiß schimmerte je nach Einfall des Tageslichts hellgrün, bläulich oder rosa – ein Effekt, den die Architekten beabsichtigt hatten, ebenso wie die Einbeziehung des Raumes, den das grazile Mausoleum füllte, und der Sonne, die mit dem Material spielte. Carvalho fühlte sich fast magnetisch vom Leuchten des Gebäudes angezogen, das eher wie eine Skulptur denn wie ein Bauwerk wirkte, und folgte Biscuter nicht in die Totenkrypta. Er blieb im Garten und ermaß das Theatralische der Kulisse und ihres Hauptdarstellers, des Mausoleums. Den Betrachtern aus dem siebzehnten Jahrhundert mußten angesichts dieses unvergleichlichen Wunderwerks die Münder vor Staunen offengestanden haben, denn auch heute, nach fast vier Jahrhunderten voller Vergleichsmöglichkeiten, war der Taj Mahal immer noch eines der Weltwunder, durch das der Touristenblick einen Sinn bekam, wie Carvalho der Zeitschriftenästhetik seines Assistenten zugestehen mußte.

Als Biscuter aus dem Inneren des Gebäudes wieder auftauchte, brachte er verläßliche Informationen mit, unter anderem über die Baukosten des Monuments, das errichtet wurde, als sich die Moguln-Dynastie auf der Höhe ihrer Macht befand, und das kalligraphische Koranverse aus Kandahar, eine aus Konstantinopel herbeigeschleifte Kuppel und die Gartenkunst des besten Künstlers Kaschmirs in sich vereinte. Sie warfen einen Blick auf die Moscheen, die das majestätische Mausoleum säumten, und Carvalho setzte sich, um darüber zu meditieren, wie die Schönheit bemessen werden konnte, die jeder Mensch in sich trägt. Er lehnte es ab, den ästhetischen Eindruck durch Informationen zu verstärken, auch wenn er davon ausging, daß der Taj Mahal, würde er heute als Mausoleum für die imperiale Bush-Familie gebaut, einfach nur kitschig wäre. Da er in Meditationen versunken blieb, erinnerte Biscuter ihn daran, daß sie vorhatten, zum Bahnhof zurückzukehren, das Gepäck zu holen und sich auf den Weg nach Kanpur und Benares zu machen, doch Carvalho blieb auf dem Rand einer Gartenmauer sitzen.

»Wir sind keine Touristen, Biscuter, sondern Reisende, und wenn wir uns normalerweise so beeilen, dann deshalb, weil wir entweder verfolgt werden oder weil mein Geld nicht für die absolute Freiheit einer endlosen Reise reicht.«

»Ich habe Ihnen bereits meine Ersparnisse angeboten.«

»Ich bin für diese Flucht verantwortlich. Aber ich will dieses sogenannte Denkmal der Liebe nicht verlassen, ohne über die Torheit des Kaisers Shah Jahan nachzudenken, der seine Frau in weniger als vierzehn Jahren vierzehn Mal geschwängert und ihr durch die vielen Geburten den Tod beschert hat. Seine Liebe wäre vernünftiger und dauerhafter gewesen, hätte er seine sexuellen Exzesse begrenzt. Allerdings finde ich die geringe religiöse Motivation dieses Prunkstücks großartig. Es ist ein Denkmal der Sehnsucht, der Liebe und der Sonne.«

»Der Sonne?«

»Der Sonne. Achte mal drauf, wie sich die Farbe der Steine und der Vegetation je nach Sonnenstand verändert! Man sollte den Taj Mahal nicht nur zu einer einzigen Tageszeit besichtigen. Ich würde gern die Farben der Dämmerung und des Einbruchs der Nacht sehen.«

»Von mir aus kein Problem. Wenn es Sie zufriedenstellt, bleiben wir solange, daß Sie auch noch die Farben des Morgengrauens sehen können.«

Die beiden blieben noch eine halbe Stunde, in der die Zahl der Besucher beständig zurückging, und als Carvalho vorschlug, aufzubrechen, hüpfte Biscuter an seiner Seite mehr als daß er ging und zählte die Wunder einer Reise auf, die ihnen einen so langen Leidensweg, vorbei an Ruinen und Monumenten, beschert hatte.

»Stellen Sie sich einmal vor, Chef, wie ich später meinen Freunden und Bekannten erzähle, worin das Besondere besteht, den Taj Mahal genau jetzt zu besichtigen, um sechs Uhr abends, um Punkt sechs Uhr Ortszeit. Überhaupt: Wieviel Uhr ist es jetzt wohl in Barcelona?«

»Zwölf Uhr mittags.«

»Die Welt ist voller Wunder ...«

Der nächste Zug nach Kanpur fuhr erst am darauffolgenden Tag, und Carvalho war es zu unbequem, sich noch einmal einer Reise auf der Landstraße auszusetzen. Sie beschlossen, im gleichen Hotel zu bleiben und den neuen Tag zu erwarten.

Biscuter war die ersten acht, oder vielleicht zehn Stunden der Reise von der Grenze Pakistans bis nach Delhi traurig gewesen, weil er an Herat denken mußte, dessen Furcht davor, Indien zu betreten, ihn geschmerzt hatte, eine Furcht, die in gewisser Weise die Machtlosigkeit angesichts seines Wunsches war, der Omar Sharif der Tadschiken zu werden. Jetzt, auf dem Weg nach Benares, erinnerte er sich, wie er den netten Kerl kennengelernt hatte, der ihn mit Afghanistan bekannt gemacht und dort begleitet hatte, bevor Carvalho und er sich wiedertrafen, und er äußerte seinen Eindruck, wie sehr doch die Bewohner unterentwickelter Länder den Spaniern seiner Kindheit und früheren Jugend glichen.

»Wir waren wirklich genauso, Chef! Klar, vor allem die armen Leute. Ersetzen Sie Allah durch das Herz Jesu, und es gibt keinen Unterschied.«

»Auch die Reichen sind unseren Reichen ähnlich.«

»Und die Privatdetektive unseren Privatdetektiven. Da bin ich sicher.«

Doch als sie Kanpur in Richtung Benares verließen, schien es so, als ob die Erregung des Flusses, der Wille, ihn auf seinem Lebensweg bis in sein Sterben zu begleiten, ihrer Zukunft den Stempel aufdrückte. Der Ganges tauchte auf und verschwand auf einer Strecke, die manchmal parallel, manchmal quer zum Fluß verlief, und Biscuter und Carvalho waren inzwischen erfahren darin, ihren Körper und ihren Lebensrhythmus der Dampfeisenbahn anzupassen, die wie ein Tier ihre Anwesenheit verkündete, Müdigkeit und Entschlossenheit äußerte und sie dazu zwang, die Rauschschwaden ihrer Atemzüge zu teilen, insbesondere in den Tunnels, in denen der Brandgeruch Carvalho an die Züge seiner Kindheit und Jugend erinnerte und an die Reise, die er als Kind von Barcelona nach Galicien gemacht hatte, um seine Großeltern väterlicherseits kennenzulernen. Das Fließen der Wasser vermischte sich mit dem Fluß seiner Erinnerungen, aus denen Situationen, Worte, Fakten auftauchten, die mit jener abenteuerlichen Reise durch ein verdorrtes Nachkriegsspanien verbunden waren, in dem es keine Elektroloks gab und ein Umsteigen die ganze Nacht dauern konnte. Die überfüllten Waggons der dritten Klasse wurden von Leuten heimgesucht, die als eine Art Grundsatzerklärung der Reiselust Kinder und Koffer durch die Fenster hineinhoben. Bildfetzen spanischer Flüsse, die fast immer ausgetrocknet waren, ließen seinen Blick im Balsam oder in der selbstmörderischen Verführung der Wasser versinken. Die Gerüche. Der Rauchgestank beherrschte alles, und die Vorgabe, in den langen Tunnels nicht zu atmen, war unmöglich durchzuhalten, was zu einer leichten, von den Erwachsenen geschürten Panik angesichts der Befürchtung führte, die Lunge könne versengt werden, und das zu Zeiten, in denen die Lungen ohnehin von der Tuberkulose bedroht waren. Die Toiletten in den Waggons waren mit Koffern und sogar mit Fahrgästen vollgestopft, die nur herauskamen, um anderen zu erlauben, sich hinter verschlossener Tür zu erleichtern. Dieses Privileg hatten aber nur die Erwachsenen; waren die Bedürftigen jünger als zwölf, hatten sie keine andere Wahl, als ihre Notduft mit geschlossenen Augen zu verrichten, in der Hoffnung, dadurch vielleicht nicht gesehen zu werden. Carvalho kam eine Begebenheit der Rückreise in den Sinn. Sein Vater war aus beruflichen Gründen schon früher zurückgefahren, und seine Mutter schaffte es, ihn auf den Kofferstapel in der Toilette zu setzen, neben einen jungen, aber bereits sehr erfahrenen Mann, der ihm nach dem Umsteigen in Miranda de Ebro Geschichten von Krieg und Wiedersehen erzählte, ohne zu verraten, auf welcher Seite er gekämpft hatte. Plötzlich teilte Pepe ihm etwas mit, was ihm ausdrücklich verboten worden war:

»Mein Vater war im Gefängnis.«

»Wann?«

»Nach dem Krieg.«

Ab diesem Augenblick senkte der merkwürdige Reisegefährte seine Stimme, so als hätte die Intensität der Helligkeit der durchfahrenen Landschaft abgenommen.

»Ich komme gerade aus dem Gefängnis. Erst mal fahre ich jetzt nach Barcelona zurück, aber sobald es geht, verschwinde ich aus diesem elenden Land und gehe nach Frankreich. Zum Beispiel nach Paris.«

Warum war sein Vater nicht nach Paris gegangen? Warum wohnten sie im *Barrio chino* von Barcelona und nicht in Paris? Er stellte diese Fragen seiner Mutter, als sie sich wiedergefunden hatten, sehr zur Verwunderung der guten Frau, die sich das Fluchtbedürfnis, das die Toiletten der spanischen Eisenbahngesellschaft hervorriefen, nicht recht erklären konnte. Die Toilette des Zuges nach Benares war sauber und roch nach Zotal, dem Desinfektionsmittel, das in den Kinos seiner Kindheit verwendet wurde. Es gab aber kein fließendes Wasser, weder aus dem Hahn des Waschbeckens noch aus dem Toilettenkasten, woraufhin Carvalho den Sinn des Eimers mit schwappendem Wasser neben der Tür verstand. Er mußte sich das Bedürfnis verkneifen, auf der Toilette zu bleiben und seine geistige Reise, umgeben von auferstandenen geliebten Wesen, fortzusetzen, anstatt wieder auf den Gang zu treten zu den vorbeifliegenden Landschaften und den von der Zugsirene angekündigten kleinen Bahnhöfen, an denen der Zug nicht hielt. Er zog den Zettel aus der Tasche, auf dem die Namen des empfohlenen Hotels in Benares und des Privatmanns Jalan Nawada standen, der in Patna seine »geräumige Villa mit breiter Aussichtsterrasse auf den Fluß« zur Miete anbot.

»Bereiten Sie sich auf Benares vor. Dort werden Sie den wahren indischen Geist erleben.«

Was sollte dieser indische Geist sein, von dem der Empfangschef eines mittelmäßigen Hotels in Delhi gesprochen hatte? Und noch dazu der »wahre« indische Geist. Vielleicht war damit auch nur dieses Recht auf Unterschied gemeint, das immer noch mit der Globalisierung der Kulturen und Verhaltensweisen konkurriert.

»Versuchen Sie, respektvoll in die Wasser des Ganges zu steigen, am besten am Harishchandra Ghat. *Ghats* sind die Zugänge zum Fluß, ein paar Stufen, die auch als Sitzplätze dienen für das Schauspiel des Flusses und der Menschen, der Menschen und des Flusses. Außerdem gibt es in Harishchandra ein Krematorium, so daß Sie einer Leichenverbrennung zusehen können.«

Bevor sie in den Bahnhof einfuhren, überquerte der Zug einen Zufluß des Ganges, den Varana, und in der *Varanasi City Railway Station* glaubten sie bereits, den Fluß zu riechen in einer Stadt, die sie sich wie einen Sumpf vorgestellt hatten. Sie schafften es, sich lebend für ein Taxi zu entscheiden und die Phalanx von Fahrern zu durchqueren, die versuchten, sie zurückzuhalten, zu trennen, zu zerstückeln, um die potentiellen Kunden zu multiplizieren. Auf der Strecke zum Drei-Sterne-Hotel in der *Durga Kund Road* sahen sie Prozessionen, die eher Demonstrationszügen glichen und in die linken Seitenstraßen in Richtung Ganges abbogen, in Richtung der *Ghats*, der Stufen wie von Amphitheatern zum großen Schauspiel der Kommunion mit den Flußheiligen. Das Hotel hatte keine Klimaanlage, aber ein eindrucksvolles Netz an Deckenventilatoren, das Carvalho begeisterte, weil es ihn an alte Schwarzweißfilme erinnerte, die in tropischen Ländern am Wendekreis des Krebses oder des Steinbocks spielten. Außerdem schienen sie mitten im feuchten mediterranen Sommer angekommen zu sein, und die Hitze brachte sie endgültig dazu, nach Kleidungsstücken aus leichter Baumwolle Ausschau zu halten. Biscuter war kurz davor, sich einen Handventilator zu kaufen, was er schließlich sein ließ, um nicht lächerlich zu wirken.

»Biscuter, was dir lächerlich vorkommt, ist hier absolut bedeutungslos.«

Sie machten sich auf den Weg zum Fluß, und nachdem sie die breiten Straßen der Hotels und Geschäfte hinter sich gelassen hatten, in denen von Burberry-Klamotten bis zu den seltsamsten Tinkturen alles verkauft wurde, von Affen bis zu Aphrodisiaka aus Schlangengift, betraten sie ein Gassengewirr, das zu einem *Ghat* hinabführte, der sich als das *Harishchandra Ghat* herausstellte. Sie reihten sich in die Schlange der Menschenmassen ein, die zu einem der Tore des Heiligen Flusses vorrückte, und sahen weiter hinten plötzlich den Glanz, den Glanz, der Benares den Beinamen »die Leuchtende« gegeben hatte. Der offene Raum des Flusses war wie eine Metapher des vollkommenen Lichts und enthüllte orangegekleidete Mönche, leicht verschleierte Frauen, Bettler mit den überraschendsten Wunden und Verkrüppelungen, Hunderttausende von Kindern, die sich als Führer anboten, Blumenverkäufer, die sich besonders glücklich preisen konnten, weil der Fluß täglich Tonnen von Chrysanthemen, Lilien und Rosen verschluckte, die seine erdigen, sauren Wasser nicht zu parfümieren vermochten, Wasser, die den Körpern gnädig waren, die auf den tiefsten Stufen saßen oder bis zur Taille im Wasser versunken waren und glaubten, an einer seltsamen kosmischen Ordnung teilzuhaben, die von den Fußsohlen der im Schlick des Flußbettes vergrabenen Füße aus in ihnen aufstieg. Und diese aufsteigende Energie verwandelte sich in ein Lodern, sobald sie in ihren Köpfen explodierte und Ekstase oder Konzentration hervorrief, bärtige Gesichter erleuchtete, die zu den hinduistischen Himmeln aufsahen, und Gesichter mit dunklen Augenlidern verschloß, als wollten sie sich im schlammigen Ocker des Flusses verbergen. Aus den Gassen kommend den *Harishchandra Ghat* hinunterzusteigen war wie ein Aufstieg in die oberen Kreise des Universums oder ersatzweise wie das Betreten eines Fußballplatzes der alten Art, zum Beispiel des Stadions von *Les Corts* aus Carvalhos Kindheit. Carvalho betrachtete die menschliche Flut, die zum Ganges hinabstieg, langsam, aber nicht passiv, so als hätte ein exakter Rhythmus die Gläubigen ergriffen, der bereits in ihren Genen heiliger Amphibien angelegt war, die den dunklen Ursprung des Lebens im Wasser zurückeroberten. Die Körper waren faszinierender als die Seelen, wie die tiefen, weichen

Augen der Alten, die von langem Hungern dem Tod entgegen schritten. Aber in dieser kollektiven, massiven Kommunion mit den Wassern gab es vor allem Vierzigjährige in der Trance einer Himmelfahrt, Frauen, die ihre Einkaufskörbe abgestellt hatten, um die Wasser des Ganges über ihre Warzen und ihre schmerzenden Füße fließen zu lassen, sowie bemehlte Gesichter als Ausdruck eucharistischer Freude. Auf einem Scheiterhaufen am Flußufer brannte ein menschlicher Körper im Leichentuch, und die Flammen verursachten einen Kampf der Aromen zwischen gebratenem Menschenfleisch und den Essenzen frischer Zweige und Blumen. Hundert Regenbogen aus hundert verschiedenen Farben bildeten eine angedeutete Brücke zwischen dem Scheiterhaufen und den Flußanbetern, und eine Witwe wollte sich in gespielter Verzweiflung ins Feuer stürzen, wurde jedoch von ihren Verwandten zurückgehalten, so daß dieses Schauspiel gefährlichen Mitleidens in einem gescheiterten, theatralischen Ja steckenblieb. Theatralisch waren die Gebete auf den Lippen, zusammengelegte Hände, geschlossene oder verdrehte Augen. Hier schaute man sich nicht an, und vielleicht stiegen Biscuter und Carvalho deshalb in Unterhose zum Wasser hinab, berührten es erst mit den Fußsohlen und tauchten dann bis zur Taille hinein, um die Wollust einer schnellen, aber intensiven Liebkosung zu spüren, so als wäre das Wasser magnetisiert, löschte das Gedächtnis aus und versetzte einen ins mögliche Verlangen.

Vom *Ghat* aus bestiegen sie ein Boot, auf dem ein Lautsprecher auf Tonband aufgenommene Erläuterungen zu den Unterschieden zwischen den verschiedenen Amphitheatern von sich gab, subtilere Identitätsmerkmale nannte als die der Existenz oder Nichtexistenz von Krematorien. Das Boot fuhr in der Flußmitte, »weit weg von den halb untergetauchten lebendigen und den oben schwimmenden Resten von toten Körpern«, wie neben ihm eine Stimme erklärte. Noch nie zuvor hatte Carvalho jemanden gesehen, der einem Oberst der britischen Armee derart glich. Haare in makellosem Silberton, wie gut gefärbt, ein Schnurrbart mit gezwirbelten emporspringenden Enden, die bemüht schienen, immer denselben Abstand zu den Wangen zu halten, ein sonnenverbranntes Gesicht, der Anzug eines englischen Naturforschers mit Gamaschen aus grobem geknöpftem Stoff, eine Peitsche in der einen, einen Fächer in der anderen Hand, und an seiner Seite eine Dame mit sehr, sehr weißer Haut, die so aussah, als wäre sie gerade von einem anstrengenden Streifzug durch den Schlußverkauf in der Oxford Street zurückgekehrt.

»Ich lüge nicht. Es gibt zwei oder drei Sorten von Scheiterhaufen. Die der oberen Kasten bestehen aus gutem und ausreichendem Holz, so daß die Leiche vollständig verbrennt. So wird nur Asche in den Fluß geworfen. Aber auf den ärmeren Scheiterhaufen verbrennen die Körper nie vollständig, so daß zusammen mit der Asche Arme und Beine im Fluß landen. Als Kind habe ich sogar einmal eine halbe Leiche auf dem Wasser treiben sehen.«

»Sind Sie in Indien geboren worden?«

»In gewissem Sinne ja. Mein Vater war Oberst in der Armee von George VI. und wohnte mit meiner Mutter in Delhi. Als ich geboren werden sollte, kehrte meine Mutter nach London zurück, um mich in der Familienvilla zur Welt zu bringen, der damals meine Großmutter Lady Roxana Bentley vorstand, eine große Frau, die einmal öffentlich die Simpson ohrfeigte, diese Geschiedene aus Nordamerika, die König Edward VII. verführt hat. Gleich nach meiner Geburt kehrte meine Mutter nach Indien zurück und bis zur Unabhängigkeit wuchs ich hier auf. Mein Vater blieb auch danach noch, um militärische Einrichtungen aufzulösen, so daß ich meine gesamte Jugend hier verbracht habe. Eine unwiederbringliche Erfahrung. Ich werde nie wieder soviel spüren wie damals, weil es nirgends soviel Sinnlichkeit gibt wie in Indien.«

»Sind Sie beim Militär?«

»Nein, ich bin Biologe.«

Da Carvalho auf den Anzug starrte, begann Mr. Robert Carrington zu lachen.

»Diesen Anzug trug mein Vater, wenn er in einer Mission oder auf Expedition unterwegs war. Natürlich ist er jetzt ohne Sterne und Orden. Mein Vater war sehr elegant und wurde manchmal vom Vizekönig Mountbatten, dem Vetter seiner Majestät, vorgeladen, um diesen in Kleidungsfragen zu beraten. Mountbatten sagte immer zu ihm: ›Robert (mein Vater hieß Robert wie ich), Sie sind immer so gut gekleidet, daß ich Sie beneide. Wie lange brauchen Sie, um sich anzukleiden?‹ – ›Eine Stunde, Sir‹, antwortete mein Vater, was nicht stimmte, denn zwischen Waschen und Ankleiden vergingen manchmal über zwei Stunden. Doch an jenem Tag hatte es nur eine Stunde gedauert und Mountbatten fiel fast in Ohnmacht: ›Eine Stunde! Ich ziehe mir irgendwas an und bin in fünf Minuten fertig!‹ Mein Vater wurde etwas ernst und sagte ihm schließlich: ›Das sieht man, Sir, das sieht man.‹«

Der Sohn des Oberst und Biologe lachte, und Carvalho meinte, den gleichen Witz bereits in Bezug auf andere Situationen und Persönlichkeiten gehört oder gelesen zu haben, vornehmlich im Zusammenhang mit dem ehemaligen spanischen König Alfonso XIII. und seinem Kammerdiener, einem adligen Militärangehörigen aus Katalonien. Carrington stellte ihnen seine Frau vor, eine ältliche Engländerin, deren hervorstechendste Merkmale ein breiter flacher Hut und die gleiche Anzahl Falten am Hals wie auf den Händen waren. Das Boot ließ das *Harishchandra-Ghat* hinter sich und fuhr am *Kedar-* und am *Dhobi-Ghat* vorbei, die im großen und ganzen nicht anders aussahen, aber sich durch eine größere Präsenz entweder des Körperlichen oder des Heiligen auszeichneten. Der *Dasashwamedh-Ghat* war laut Aussage des englischen Biologen der wichtigste wegen seiner religiösen Symbolik und weil sich dort der Tempel der Pockengöttin *Shitala* befand.

»Heilt sie die Pocken?«

»Nein, sie ist deren Ursache: Sie überträgt sie.«

An diesem *Ghat* reihten sich die natürlichen Sonnensegel aneinander, riesige Blätter, die die nassen Pilger von den Palmen eines nahe gelegenen Palmenhains gerissen hatten. Der Ruhm eines weiteren am Flußufer gelegenen Amphitheaters wurde von einem *Shiva*-Tempel begründet, dem Gott der Tiere geweiht, doch Carvalho fühlte sich vor allem vom Anblick zweier Elefanten angezogen, die bis zum Kniegelenk im lehmigen Wasser standen, das sie durch ihre Rüssel einsogen. Der falsche Oberst empfahl ihnen das *Manikarnika-Ghat* mit dem größten und am häufigsten genutzten Krematorium von Benares, so daß man dort beispielhaften Einäscherungen reicher Verstorbener ebenso beiwohnen konnte wie billigen, die dem Fluß anschließend mehr als nur Asche überließen. Am letzten *Ghat*, das *Shiva* gewidmet war, dem Gott mit den drei Augen, von denen insbesondere das mittlere auf der Stirn sehr aktiv ist und töten kann, als bestünde sein Blick aus Laserstrahlen, wandte sich Biscuter auf französisch an den englischen Biologen und sprach ihn mit »Sir« an, worauf dieser antwortete, er solle ihn »einfach Doktor nennen«. Biscuter erbat einen Überblick über die Stadt und einen Rat bezüglich dessen, was sie unbedingt sehen müßten, da das Laufen durch die Straßen Beine, Augen und Ohren strapaziere. Doktor Carrington tat es sehr leid, aber Benares bestand nun mal aus seinen Menschen, gemäß dem Motto des Thukydides, das Shakespeare übernommen hat.

»Die Menschen, wie das so ist in außergewöhnlichen Städten, und Menschen zu sehen, ohne mit ihnen kommunizieren zu können, beschränkt natürlich die Möglichkeiten, die das Schauspiel bietet.«

»Und das Essen? Kennen Sie ein interessantes Restaurant?«

Der Biologe dachte so lange darüber nach, daß seine Frau ihm zuvorkam und ihnen das Restaurant *Panikkar* empfahl, das nicht weit vom *Mandir-Ghat* entfernt lag und hervorragende *Raj*-Speisen anbot, eine Küche, die die indische Tradition und die verzweifelten Wünsche der Eroberer und insbesondere der englischen Verwalter miteinander verschmolzen hatte. Das Paar bedauerte, sie nicht begleiten zu können, denn es war am anderen Ende der Stadt verabredet. Aber es würde ihnen gern Tips geben, was sie sich ansehen sollten, das *Unerläßliche*, wobei das, was unerläßlich war, je nach dem Blickpunkt des Besuchers sehr unterschiedlich sein konnte.

»In der Altstadt gibt es beeindruckende Tempel wie den *Vishvanath*-Tempel, der Nicht-Hindus verboten ist, aber von den oberen Stockwerken oder Dachterrassen der nahe gelegenen Gebäude eingesehen werden kann. Das ist nicht schwierig: Man gibt einfach dem Pförtner des betreffenden Gebäudes ein Trinkgeld. Außerdem lohnt sich die *Jaana-Vpi*-Zisterne, die auch unter dem Namen »Schwimmbecken der Weisheit« bekannt ist und die nur den Brahmanen zur Verfügung steht, bevor sie die *Ghats* aufsuchen. In Richtung Norden sollten Sie nach Sarnath fahren, dem heiligen Ort des Buddhismus. Sie erreichen ihn mit dem Bus oder per Zug. Er liegt nur zehn Kilometer vom Zentrum von Benares entfernt. Dort stehen wundervolle *Stupas* und die *Aschoka*-Säule, und wenn Sie weiter nach Norden fahren, finden Sie noch mehr historische Ruinen. Auf dieser Fahrt kommen sie an den Aufenthaltsorten Buddhas vorbei, sogar am Baum der Erleuchtung, unter dessen Zweigen der frühere Prinz Gautama seine letzte, endgültige Erleuchtung hatte.«

In Biscuter rief die Überlagerung oder das Zusammenleben verschiedener Religionen Verwirrung hervor. Manchmal interpretierte er Hinduistisches als buddhistisch, und nur die islamischen Bauten konnte er klar zuordnen wegen der Schriftzeichen rund um den Namen Allahs, der Minarette und der hufeisenförmigen Bögen. Und die religiösen Lehren? Carvalho erläuterte ihm die Beziehung zwischen Brahmanismus und Hinduismus als die Verkörperung der abstrakten Vorstellung der lebensspendenden Energie in Göttern, über die Mythen und Parabeln erzählt werden können. Er verglich die Funktionalität dieser Religion mit der heidnischen Vielgötterei, wobei im Hinduismus die Spannung zwischen der neutralen Realität und dem Ich ein Vertrauensverhältnis erzeugte, das sehr viel tiefer ging als das der Griechen oder Römer zu ihren Göttern, die das Chaos erklärten und die Frage beantworteten, woher zum Teufel wir kommen und wohin zum Teufel wir gehen. Biscuter begeisterte die Funktion des Wortes »Teufel« als Bekräftigung solch grundsätzlicher Zweifel. Er hörte Carvalho fasziniert zu, erst recht, als ihm dieser den Buddhismus als essentiell laizistischen Verhaltenskodex und als Religion ohne Sendungsbewußtsein erklärte.

»Auf der Suche nach Antworten auf das irdische Leid und die Todesangst, die an der Wurzel aller Religionen liegt und sie überleben läßt, hat der Buddhismus den Brahmanismus überflügelt. Buddha geht vom Brahmanismus aus, lehnt aber dessen Verankerung in Angst und Leiden ab und verwandelt das Leben in eine innere Reise, einen Lehrweg der Tugend gegen das Leid.«

»Und woher wissen Sie soviel über den Buddhismus?«

»Ich erinnere mich an fast nichts mehr, aber es gab in meinem Leben einen Moment, in dem ich dachte, daß Buddhismus und Marxismus miteinander vereinbar wären. Die Predigt, die Buddha in Benares über die ›Vier edlen Wahrheiten‹ gehalten hat, gefiel mir sehr. Seit meiner Neigung, der buddhistischen Versuchung zu erliegen, ist aber schon viel Wasser den Ganges hinuntergeflossen, und noch viel mehr, seit Buddha unter diesem blöden Baum seine definitive Erleuchtung hatte. Man muß sich bewußt sein, daß alle Religionen wundersame Ereignisse bieten, die den Fortbestand der religiösen Entfremdung begünstigen, genauso, wie es im Fußball passiert. Wer erinnert sich nicht an die Tore von Pelé? Die Religionen benutzen Bäume der Erleuchtung, um ihren traurigen Ursprung als Wissensersatz zu veredeln, der heute zu psychosomatischen Geschäften geworden ist.«

»Was bedeutet psychosomatisch, Chef?«

»Auf Körper und Psyche, also Seele, Geist oder Intellekt bezogen.«

Am nächsten Tag machten sie die gesamte buddhistische Rundreise, und während Biscuter fasziniert die objektiven Ablagerungen einer religiösen Kultur besichtigte, betrachtete Carvalho diese Ablagerungen in sich selbst, wie sie sich in jenen Jahren in seinem Geist niedergeschlagen hatten, als die Ablehnung des faschistischen Nationalkatholizismus unter Franco ihn dazu gebracht hatte, nach möglichst atheistischen Religionen zu forschen. Vielleicht hatte seine erste noch intakte Erinnerung an den Buddha seine damalige Faszination ausgelöst: die Erzählung vom jungen Prinzen, der den Palast verläßt und plötzlich Krankheit, Tod und Betrug begegnet, den Symbolen aller weiteren Entdeckungen im Leben, dieser großen Niederlage.

Nach der Rückkehr aus Sarnath suchten sie in der Nähe des letzten am Vortag besichtigten *Ghat* das Restaurant Panikkar auf, das ihnen von dem Biologen und falschen Oberst als das mit der besten *Raj*-Küche empfohlen worden war, einer Küche, die Frucht der britischen Besatzung war. Wände, Stühle, Tische aus dunklem, altem Holz mit Schnitzereien von Affen und anderen Tieren sowie betenden menschlichen Wesen, Lampen aus Opal und in jedem der drei Speisesäle ein Ventilator, der aus einem Kolonialfilm der vierziger Jahre zu stammen schien, warum nicht aus *Nacht über Indien* oder *Der große Regen*? Etwa ein Dutzend Gäste, ein Drittel davon Einheimische und der Rest Ausländer, nahmen andächtig kulinarische Kreationen zu sich, die auf den Plakaten an der bronzefarbenen Eingangstür angepriesen wurden.

»Biscuter, hier ist der Beweis, daß Weltreiche auch positive Spuren hinterlassen, zum Beispiel in der Küche. Die mexikanische Schokoladen-Chili-Sauce *Mole Poblano*, um nur ein Beispiel zu nennen, wäre ohne die Anwesenheit der spanischen Vizekönige in Mexiko nicht möglich gewesen. Genauso hat die phantastische britische Isolierung mit der Küche des *Raj* eine Synthese zwischen europäischem und indischem Geschmack hervorgebracht.«

»Hoffentlich fangen wir uns keine Magenverstimmung ein! Mit dem Magen ist nicht zu spaßen, und unserer ist nicht unbedingt an sentimentale oder rationale Küche gewöhnt.«

»In einigen Dingen muß man Marxist bleiben. Marx hat gesagt, daß man ein Land erst kennt, wenn man seinen Wein getrunken und sein Brot gegessen hat.«

»Den Spruch kenne ich, Chef. Genial! Könnte von mir sein!«

Carvalho bestellte ein Überraschungsmenü, und zehn Minuten später bog sich ihr Tisch unter mehr als zwanzig Schälchen, beleuchtet von einer Glühbirne in einem mit Intarsien und farbiger Bemalung verzierten Kästchen, das insbesondere die Farben grün und rot wiederholte, die das Lokal dominierten. Kichererbsensuppe, ein *Mulligatawny* aus Lammfleisch, Fisch in CurrySauce, gebratene Flußaale, Garnelen in Curry-Kokos-Sauce, Enten-*Buffado*, Kalbfleisch in Ananas, *Sorpotel* oder gekochtes Schweinefleisch, *Kedgeree*, *Foogath* aus grünen Bohnen, gebratene Auberginen in *Mussala*-Sauce, Gurkensalat, Mangosalat, verschiedene Brotsorten wie *Chapati*, *Nan* und *Paratha* und ein gebratenes, blätterteigartiges Brot, das Biscuter begeisterte. Als Nachtisch wurden ihnen Madras-, Ingwer- und Kokos-Pudding sowie Mango in Brandy versprochen. Obwohl die Portionen klein waren, nahm das Menü den gesamten Tisch ein, so daß kaum noch Platz für die Gedecke blieb. Carvalho bestellte einen trockenen, gekühlten Weißwein, woher auch immer, und es wurde ihnen ein hervorragender Wein aus Neuseeland serviert sowie als Aperitif ein Punsch, der laut Aussage des Kellners das gesamte Geschmacksspektrum der Kolonien in sich vereinte: Brandy, Portwein, Wassersirup, Limonensirup, Soda, Arrak, Dattel-, Algen- oder Reisschnaps, geriebene Rinde, Mango und Eis. Ein gebeizter, aggressiver und exquisiter Punsch, der den Glauben Carvalhos bestätigte, daß die Cocktails wirklich nach Menschenmaß geschaffen worden waren, ohne daß irgendein Gott dic Finger im Spiel gehabt hätte. Begeistert ließen sie sich über die Gerichte aus, versuchten, Gemeinsamkeiten und Unterschiede zwischen dem indischen und dem kolonialen, ganz gleich ob englischen oder portugiesischen Anteil zu benennen, wobei Carvalho das *Sorpotel* wegen seines Verhältnisses von Provokation der Kolonialherren und ihrem ehrenvollen Andenken besonders lobte. Er erfragte die Zusammensetzung des Gerichts, das aus dem ausgesuchtesten Schweinefleisch sowie Schweine- oder Kalbsleber bestand und mit einer beeindruckenden Bandbreite an Gewürzen zubereitet worden war: Salz, Curcuma, getrockneter Tamarinde, Zwiebeln, Knoblauch, Ingwer, Koriander, Kümmel, Zimt, schwarzem Pfeffer, Nelken, Kardamom, rotem Pfeffer, Kokosessig und Zucker. Der Kellner war atemlos, nachdem er alle Zutaten aufgezählt hatte, und Carvalho wartete, bis er sich zurückgezogen hatte, um das Schälchen mit *Soportel* in die Höhe zu heben, als wollte er es weihen.

»Wahrlich, wahrlich, ich sage dir, Biscuter: Man muß ein Schwein sehr lieben oder fürchten, um ihm so viele Herrlichkeiten zur Verfeinerung seines Geschmacks und seines Aussehens beizufügen.«

Ein Mann mit Eierkopf und Blindenbrille, der jedoch muskulös und sehr groß war, beklatschte Carvalhos Kommentar von einem nahe gelegenen Tisch aus, erhob sich und ging auf die beiden zu, um sie zu begrüßen, und sie schüttelten sich die Hände, noch bevor er sich vorgestellt und sie auf spanisch mit gleichzeitig französischem und argentinischem Akzent angesprochen hatte.

»Verzeihen Sie, wenn ich mich in Ihr Leben und Ihre Mahlzeit einmische, aber ich spreche spanisch und habe Ihre Bemerkung über dieses Gericht aus Schweinefleisch gehört, die nicht treffender sein könnte. Der Kolonialherr übernimmt schließlich die Vorurteile des Kolonisierten, genauso wie der Gefängniswärter schließlich dem Gefangenen ähnlich sieht. Der englische oder portugiesische Kolonialherr hatte die Erinnerung an Schweinefleisch auf der Zunge, und er griff entweder auf eine Art Wildschwein zurück oder züchtete Schweine speziell für seine Küche, die aber mit einheimischen Gewürzen, Farben und Aromen verfeinert wurde. Sind Sie Spanier?«

Carvalho entfuhr die Bestätigung seiner spanischen Nationalität, und offensichtlich erleichtert darüber, einen Teil seiner selbst wiedererlangt zu haben, versicherte er, Pepe Carvalho zu heißen, während er es Biscuter überließ, sich vorzustellen oder nicht. Dieser entschied sich für ein Lächeln, das ihm stand wie ein Feigenblatt. Der Fremde zögerte keinen Moment, seine Identität preiszugeben:

»Mein Name ist Paganel, ich bin französischer Geograph, in letzter Zeit auf Religionsgeographie spezialisiert.«

»Ich wußte nicht, daß es einen solchen Zweig der Geographie gibt.«

»Es ist ein neues Konzept, das ich patentiert und an der französischen Universität durchgesetzt habe. Inzwischen spricht man sogar an einigen nordamerikanischen Universitäten von der Religionsgeographie Paganels. Mich interessieren nicht nur die heiligen Orte der Erde und die Tatsache, daß sie Jahrtausende überdauert haben, auch wenn sich die Religionen und Götter mit der Zeit gewandelt haben; mich interessiert auch die Religionssoziologie und das Verhältnis zwischen Politik und Religion. Ich bin Atheist. Und zwar nicht Gott, sondern meiner selbst sei Dank.«

Carvalho bot ihm an, sich an ihren Tisch zu setzen, und den Geographen überkam Rührung angesichts der Auswahl der Gerichte.

»Genial! Es ist offensichtlich, daß Sie keine Experten der *Raj*-Küche sind, aber Sie haben nach einem eigenen, sehr reichhaltigen kulinarischen Gedächtnis ausgewählt. Man merkt es an der meisterhaften Geschmackskombination. In diesem Fall also der Geschmack des Abenteuers!«

»Eigentlich haben wir dem Küchenchef freie Hand gelassen ...«

»Die *Raj*-Küche ist sehr reichhaltig. Ich komme extra nach Benares, um sie zu genießen, neben den beruflichen Gründen. Ich wohne nicht hier, sondern in Patna, also flußabwärts, aber weiter nördlich, denn der Ganges nähert sich auf dem Weg über Patna wieder der nepalesischen Grenze, bevor er die lange Strecke bis nach Kalkutta hinunterfließt. Weiter unten bildet er zusammen mit dem Brahmaputra das weite Bangladesh-Delta, eines der beeindruckendsten Wasserschauspiele der Welt. Essen Sie, essen Sie. Ich wollte gerade meine Zigarre anzünden, wenn es Sie nicht stört.«

Er saß an einer Ecke des Tischs, um das Hin und Her der Arme und Schälchen nicht zu behindern, und zündete sich eine merkwürdige Zigarre grober Machart an, die jedoch ziemlich gut zog.

»Man bekommt hier kubanischen und philippinischen Tabak, aber ich habe mich an diese Kanonenschläge gewöhnt, die ein uralter Zigarrenmeister aus Patna für mich wickelt, der den Beruf noch als Kind in einer alten kolonialen Tabakmanufaktur gelernt hat. Im übrigen fließen im *Soportel* alle religiösen und zivilisatorischen Vorurteile gegen gewisse Tiere, inklusive der Kuh, zusammen. Die Inder haben ein Wort erfunden, um das Schwein nicht Schwein zu nennen. Sie nannten es »englischer Hirsch«. Nur Lammfleisch wird von allen Göttern ohne Ekelgefühle gegessen. Das arme Tier. Ich nehme an, Sie würden gern wissen, wie ein gutes *Soportel* zubereitet wird.«

Biscuter zog einen Kugelschreiber aus der Tasche seiner Safarijacke und nahm als Notizzettel die Rückseite ihres Menüs, das ihnen ausgedruckt worden war.

»Das Schweinefleisch wird ohne Knochen, aber zusammen mit der Leber, dem Herzen, Salz und Curcuma in einem großen Topf angeschmort. Sobald es kocht, muß die Temperatur gesenkt werden, da es bei kleiner Flamme ungefähr eine Stunde köcheln soll. Dann wird das Fleisch aus seinem Saft genommen, das Fett weggeschnitten und aufbewahrt, das Fleisch gewürfelt, in eine Schüssel gelegt und mit seinem eigenen Saft übergossen.«

Paganel bestellte sich einen weiteren Punsch und holte Luft, um mit dem Rezept fortzufahren, und angesichts der Tragweite, die der Vorgang gewann, hörten Biscuter und Carvalho auf zu essen.

»Das Fett muß auch gewürfelt werden. Dann wird das Fruchtfleisch der Tamarinden zerkleinert und in warmem Wasser eingeweicht. Nach fünf Minuten müssen die Stückchen ausgedrückt werden, damit die Kerne herauskommen. Die Flüssigkeit wird aufbewahrt. Nur Geduld, ich habe erst angefangen. Der benutzte Topf wird gereinigt und mit Öl, gehackter Zwiebel und den Fettwürfeln wieder aufs Feuer gestellt. Wenn die Zwiebel glasig ist, kommen, bevor sie braun wird, Knoblauch,

Ingwer, Koriander, Kümmel, Zimt, schwarzer Pfeffer, Nelken, Kardamom, roter Pfeffer und Essig hinzu. Bei hoher Temperatur wird die Mischung eine Weile gerührt, um Flüssigkeit zu verlieren. Dann werden das gewürfelte Fleisch und der Fleischsaft hinzugefügt. Das ganze muß eine halbe Stunde auf kleiner Flamme kochen. Fünf Minuten, bevor der Topf vom Herd genommen wird, kommen Essig, das Tamarindenwasser und Zucker hinzu. Wenn dieses Frikassee erkaltet ist, muß es hermetisch verschlossen im Kühlschrank gelagert werden und dort mindestens zwei Tage ziehen. Idealerweise zieht es zwei Wochen, und es kann bis zu sechs Wochen im Kühlschrank aufbewahrt werden. Es ist sozusagen mariniert. Bevor es serviert wird, muß es nur noch aufgewärmt werden.«

In den Augen der Spanier war eine gewisse Furcht aufgeflackert, und Biscuter traute sich zu fragen:

»Und wie lange war das *Soportel*, das wir gerade gegessen haben, im Kühlschrank? Zwei Tage oder sechs Wochen?«

»War es lecker?«

»Sehr.«

»Dann bestimmt acht Wochen. Auf zwei Wochen mehr oder weniger kommt es nicht an.«

Sie saßen auf der Terrasse eines Cafés und betrachteten die Geschäftigkeit an einem der *Ghats* des Ganges, insbesondere die badenden Frauen, die im Fluß ihren Schleier abnahmen und ihre Brüste entblößten, damit das Wasser sie benetzte. Sowohl Biscuter als auch Carvalho hatten dankend eine der handgewickelten Zigarren akzeptiert, die – ebenso wie der Zigarrenmacher, den Paganel inzwischen schon zu einem fast Hundertjährigen gemacht hatte – immer älter zu werden schienen.

»Mögen Sie Indien?«

»Wir wollten nur den Ganges sehen, aber ab und zu kommt man nicht darum herum, seine Ziele zu erweitern. Wir haben den Taj Mahal besichtigt.«

»Gut, gut, Sie brauchen sich nicht zu entschuldigen. Man muß nicht extra nach Indien kommen, um den Taj Mahal zu sehen, aber wenn man schon mal hier ist, sollte man ihn nicht auslassen. Ich nehme an, Sie sind vom religiösen Schauspiel von Benares, von der Stadt und dem Fluß, beeindruckt.«

»Nein.«

Carvalho brauchte eine Weile, um eine Erklärung für sein Nein zu finden, die dem merkwürdigen Beruf des Franzosen angemessen war.

»Die Figuren von *Shiva* oder irgendeiner anderen Gottheit sind Teil einer Dekoration, nicht einer tiefen spirituellen Kommunion. Diese findet mit dem Fluß statt, dem Wasser, unter Einschluß aller Bedeutungen eines Elements, das bereits in sich selbst heilig ist. Wenn mich an dieser großen Darbietung der Religionen etwas neugierig macht, dann ist es das Tantrische wegen seines Bezugs zum streng Vitalen. Ich habe es geschafft, einen Ganges ohne Götter zu sehen, voll von Tausenden von Menschen im Zwischenraum zwischen den beiden grundlegenden Wahrheiten.«

»Dem Leben und dem Tod, nehme ich an.«

»Genau.«

»Sie sind Agnostiker oder sogar Atheist.«

»So ist es.«

Paganel hob die Arme, lächelte breit, seufzte, als müßte er ungesunde, geheime Lüfte ausatmen, und rief zur Verblüffung der Kellner und der Gäste an den Nachbartischen laut aus:

»Ich auch! Ich bin ausschließlich Anhänger der Geophilie, aber ohne den Glauben an irgendeinen Schutz durch die Vorsehung. Ich liebe die Erde, bin aber pessimistisch, weil sie alles ist, was wir haben, und weil der größte Feind der Erde die sogenannte Krone der Schöpfung ist: der Mensch.«

Von da an fühlten sie sich von dem Geographen adoptiert, und als sie ihm mitteilten, daß Patna die nächste Station ihres Kreuzweges und ihnen dort das kleine Familienhaus eines gewissen Jalan Nawada empfohlen worden sei, nahm Paganel den Zettel mit der Anschrift des Vermieters und riß ihn entzwei.

»Wenn Sie nach Patna kommen, seien Sie meine Gäste. Ich werde langsam taub, weil ich mit niemandem sprechen kann. Patna ist einer der Ausstrahlungsorte des Buddhismus, einer interessanten Alternative zu diesen Religionen voller Götter.«

Paganel vervollständigte seine Dienste, indem er sich ihnen als Führer durch das anbot, was Benares nach dem Schauspiel des Flusses noch zu bieten hatte. Abgesehen von dem einen oder anderen Tempel waren die Bauwerke neueren Datums, doch Benares war in Paganels Augen ein riesiges religiöses Theater, in dem die Häuser, wie monumental oder historisch sie auch sein mochten, nur als Kulisse für den Ritus des Flusses dienten. Als sie bereits in seinem Landrover in Richtung Patna unterwegs waren, bestand der Geograph darauf, ihnen von seinem Leben zu erzählen. Er lebte zeitweise in Patna, wo er die Schlußfolgerungen aus seinen Reisen durch die religiöse Geographie Indiens zog. Ihm blieben noch einige Monate, und seine Reiseroute war der Carvalhos und Biscuters genau entgegengesetzt. Er war aus dem Südosten Asiens gekommen, nachdem er im Norden Australiens die anregendste religiöse Enklave dieses Landes besucht hatte, das mitten im Reich der Natur im Herzen des gleichnamigen Nationalparks gelegene Kakadu.

»Die anthropomorphen Figuren der Höhlen von Ubirr gehören zu den interessantesten der Welt. Ihre Formen zeigen die für die symbolische Kunst typische Suche nach einer grundlegenden Geometrie. Vergleichbar zum Beispiel mit denen von Altamira in Spanien. Sie müssen bedenken, daß diese Höhlenmalereien eine vollständige Chronik von der unabhängigen Vergangenheit bis zur Ankunft der weißen Eroberer sind, die in Australien schrecklich war, von erbarmungsloser Grausamkeit. Es kamen wahre Wilde, die alles Eingeborene ausrotten wollten. Noch im zwanzigsten Jahrhundert hat die weiße Regierung den wenigen übrig gebliebenen Ureinwohnern die Kinder genommen, um die ethnische Entwurzelung auf die Spitze zu treiben. Heute ist alles unter Kontrolle. Die weiße Hegemonie ist unbestritten, aber wenigstens hat der neue Indigenismus, der sich auf der ganzen Welt regt, das Recht auf Protest wiederbelebt. Kakadu ist heute ein Reservat, in dem die Eingeborenen ihre Riten vor den Touristen praktizieren können, so als handelte es sich um eine anthropologische Show. Die Beziehung der australischen Ureinwohner zur Welt ist sehr interessant. Sie halten sich für die Wächter der Erde und der gesamten Schöpfung, die für sie in einer Traumzeit geschehen ist, die wir mit der Genesis vergleichen können. Die Geister, die die Welt erschufen, bewohnen weiterhin die Orte, an denen sie sich offenbart haben, und die Aufgabe der jeweiligen Menschen ist es, diese Orte vor Verunreinigungen aller Art zu schützen.«

Er war in Burma gewesen trotz der Risiken einer Reise durch ein Land, in dem seitens der Regierenden die elementarsten Menschenrechte mißachtet wurden.

»Meiden Sie Burma. Es ist ein wunderschönes Land, aber beherrscht durch die unappetitlichste militärische und oligarchische Kaste ganz Südostasiens.«

Bevor er nach China hinauffuhr, wollte Paganel einen Monat im abgeschiedenen Dolpo-Tal im nepalesischen Himalaja verbringen, das Ausländer bis vor etwa zehn Jahren nicht hatten betreten dürfen. Die Aussicht auf dieses neue Ziel begeisterte ihn so, daß er auf den Lenker klopfte, als wollte er den Wagen dazu bringen, sich seinem neuen Ziel so weit wie möglich zu nähern.

»Im Nationalpark Shey Phoksundo liegt ein wunderschöner See, der zu diesen Seen gehört, deren Wasser so dicht aussehen, als wären sie aus einer anderen Art von Materie. Es sind heilige und deshalb jungfräuliche Wasser. Das Tal gehört zu Nepal und ist nur den Nepalesen bekannt, die es respektieren als magischen Ort, wo die Buddhas, die Lämmer und der Mohn blau sind. Für die Buddhisten ist Dolpo die Wiege der *Bon*-Religion. Das Hakenkreuz in den *Bon*-Tempeln symbolisiert eine Umkehrung der Zeiten und die Zerstörung des Universums, die uns in eine andere, phantasierte Raumzeit transportiert. In Dolpo lebt der Schneeleopard, es gibt keine Straßen, keinen Strom, keine Telefone, keine Krankenhäuser ... Kommen Sie mit?«

»Ich ertrage keine Länder ohne elektrisches Licht.«

»Ich will den heiligen türkisfarbenen See von Phoksundo sehen, dessen Farbe der Legende nach auf eine verwickelte Geschichte von Göttinnen und Edelsteinen zurückgeht, Türkisen natürlich. Die Botaniker dagegen schreiben die Farbe der Gärung gewisser Algen zu. Der Buddhismus im Dolpo-Tal ist etwas Besonderes und widmet sich insbesondere der richtigen Interpretation der Wirklichkeit. Jede Ursache hat ihre Wirkung und umgekehrt. Jede negative Tat ruft negative Reaktionen hervor.«

Das Sendungsbewußtsein Paganels war bestechend, und in einem fortwährenden Redefluß erzählte der Geograph auf den ungefähr zweihundert Kilometern zwischen Benares und Patna von den vielen Jahren vergangener und von zukünftigen Reisen, denn nach jeder weiteren Reise um den Globus auf den Spuren der Religionen stieß er auf weitere Lücken in seinem Wissen und machte sich wieder auf den Weg. Das Erstaunliche war, daß jeder heilige Ort ursprünglich magisch, magnetisch gewesen war, und die aufeinander folgenden vorherrschenden Religionen diese ursprüngliche Eigenschaft instrumentalisiert hatten.

Das Haus des Geographen lag außerhalb Patnas mit Blick auf den Ganges, der dort den Gandak und die Ghaghara in sich aufnimmt und bereits ein vollständig entwickelter Fluß ist, bereit, hinabzufließen bis in den Golf von Bengalen, um dort zu sterben. Es war ein gut ausgestatteter Bungalow, der auch über eine Satellitenschüssel und somit über die Möglichkeit verfügte, Bilder aus der ganzen Welt zu empfangen, sogar aus Spanien, von wo ein hartnäckiges Dauerprogramm über die typischen galizischen Landsitze, die Pazos, sowie die andalusische Marienwallfahrt der *Virgen del Rocío* informierte. Aber das beste Schauspiel bot die Terrasse mit Blick auf den Ganges, auf der man sitzen und das Wasser betrachten konnte, wie es vorbeifloß oder auch plötzlich zurückgehalten wurde und sich an geheimnisvollen Widerständen kräuselte. Paganel bestand darauf, ihnen die unumgänglichen Reize der kleinen Stadt vorzuführen, die ein buddhistisches Rechteck bildete, zusammen mit den ebenfalls unumgänglichen Städten Gaya, Rajgir und Nalanda, vor deren Besuch seine Gäste jedoch zurückschreckten. Sie ließen sich nur auf eine Erkundung Patnas ein, Heimatstadt des wichtigsten Gurus der Sikhs. Dem Guru war ein wuchtiger Tempel erbaut worden, das Hauptgebäude der Stadt neben dem eiförmigen *Golghar*, einem Lebensmittelspeicher aus der Kolonialzeit, der inzwischen als Ausblick auf den Ganges genutzt wurde.

Den Ganges betrachten, Erinnerungen aufleben lassen, eine Zukunft fürchten, die eintreten könnte, wenn die Amerikaner, wie es in allen Nachrichten zu hören war, die Welt in eine Invasion des Irak hineinziehen würden, heroisch das Vorhaben Biscuters akzeptieren, zu Ehren Paganels ein *Oreiller à la belle aurore* zu kochen – mit diesen Beschäftigungen vergingen vier Tage.

Am Morgen des fünften Tages erlebten sie einen türenschlagenden und im dichtesten französischen Slang vor sich hin fluchenden Paganel, der außerdem einen Bücherstapel umstieß und kurz davor war, gegen einen sehr teuren Globus zu treten, den er in Murano erstanden hatte. Er bremste seine Fußspitze jedoch noch rechtzeitig ab, und die Größenordnung des möglichen Schadens wirkte auf den verärgerten Wissenschaftler wie ein Signal, seine Zerstörungswut nun zu beenden. Carvalho und Biscuter versuchten herauszufinden, inwieweit sie oder ihr bereits übermäßig langer Aufenthalt in seinem Hause den Wutanfall Paganels hervorgerufen haben konnten, und ihre erschrockene Miene verriet dem Gastgeber ihre Befürchtungen, so daß er sich ihnen versöhnlich näherte.

»Bitte entschuldigen Sie meinen Gefühlsausbruch. Er hat nichts mit Ihnen zu tun, eher mit meiner fehlenden Selbstkontrolle.«

Paganel war aufgebracht, weil er nicht genügend Fördermittel vom Opus Dei erhielt, seinem indirekten Auftraggeber, so daß er dabei war, die kartographische Schlacht gegen die Nordamerikaner, seine wahren Gegenspieler, zu verlieren. Vor einem Jahrhundert waren es die Engländer gewesen, die als Teil ihrer imperialen Strategie Karten gefälscht hatten.

»Solange, bis wir Franzosen gewissermaßen das *Institut Français* und den *Club Mediterranée* gründeten und es dadurch unmöglich wurde, die Welt zu fälschen. Jetzt findet die Schlacht auf anderer Ebene statt. Heute findet die Ausdehnung der Macht nicht mehr über Gebietsbesetzungen statt wie zur Zeit des Imperialismus im neunzehnten Jahrhundert, sondern über wirtschaftliche und strategische Abhängigkeiten im Rahmen der Globalisierung. Und es geht darum, wer Zugang zu Kultur und Informationstechniken hat und wer ausgeschlossen bleibt. Und hier spielt die audiovisuelle Kultur ebenso eine Rolle wie wieder mal die Religion.«

Paganel bediente sich einer kurzen verschiebbaren Leiter, um die höchsten Regalbretter seiner Bibliothek zu erreichen, und zog dort eine schwere Mappe heraus, die ihm fast entglitten wäre, wobei sich ihr Inhalt über den Boden verteilt hätte, so daß Carvalho und Biscuter sich schon als Sprungtuch bereitgestellt hatten. Mit Biscuters Hilfe konnte die Mappe auf den Tisch gelegt werden. Paganel öffnete sie, und es erschienen unzählige Karten, aus denen er eine einmal gefaltete, handgemalte und kolorierte Weltkarte auswählte. In der Pose eines zufriedenen Vaters, dem die Bedeutung seines Kindes bekannt ist, forderte er sie auf, sein Werk zu betrachten. Unter dem allgemeinen Titel *Weltatlas der Religionen* bildete die Karte die aktuelle Verbreitung der anerkannten Weltreligionen ab.

»Finden Sie sie aussagekräftig?«

Biscuter nickte, und Paganel runzelte die Stirn.

»Wie können sie einen pseudowissenschaftlichen Papierfetzen aussagekräftig finden, der sich auf vermeintliche Ursprungsbezeichnungen stützt? Das Gebiet von Mexiko bis Feuerland ist als katholisch gekennzeichnet, ohne daß deutlich würde, daß der Vatikan hier vierzig Millionen Gläubige an die verschiedenen protestantischen Sekten und afroamerikanischen Religionen verloren hat. Die farbige Abgrenzung sunnitischer und schiitischer Gebiete ist aufgrund der schiitischen Expansion infolge des iranischen Aufstiegs nicht mehr haltbar. Und kann das Judentum wirklich auf Israel beschränkt werden? Was ist mit den Juden in den Vereinigten Staaten, London, Argentinien oder Rußland? Auch die Vielfalt an Sekten verschiedenster Richtungen taucht nicht auf, wie auch die reale Macht der Religionen nicht erfaßt wird, was diejenigen interessiert, die mir diese Arbeit aufgetragen haben. Es ist jedenfalls unerläßlich, daß ich mit meinen Schlußfolgerungen denen der Nordamerikaner oder Engländer zuvorkomme, ganz zu schweigen von den Arbeiten, die Saudi-Arabien diesbezüglich in Auftrag gegeben hat.«

»Aber Daten sind Daten. Flüsse sind Flüsse. Fakten sind Fakten.«

Paganel schüttelte den Kopf und lächelte mißbilligend angesichts von Carvalhos Naivität.

»Falsch. Im neunzehnten Jahrhundert haben die Engländer auf den Karten ihr Weltreich vergrößert dargestellt, als Propagandainstrument gegenüber ihren Schülern und Studenten und als verdeckten Kulturkampf gegen die französischen Kartographen.«

»Die Franzosen haben wahrscheinlich das gleiche getan.«

»Wieder falsch. Frankreich hat nach der historischen Wahrheit gesucht seit den Zeiten des Übergangs von Louis XVI. bis zur Restauration von 1815, als Diderot die Enzyklopädie schrieb und Carème sich über Suppen und Saucen ausließ.«

Paganel betonte, daß seine ganze Arbeit gefährdet war, falls er die vereinbarte Förderung nicht erhielt.

»Die katholische Kirche hat Geldschwierigkeiten, und das Opus Dei gehört zu ihren reichen Fraktionen. Eine skrupellose Gruppierung zwar, aber ihre Leute haben mit offenen Karten gespielt, als ich sie darauf hinwies, daß ich Atheist sei und den Thesen Sartres anhänge, modifiziert in einigen Aspekten durch die Frankfurter Schule. ›Wir halten Sie für den derzeit bedeutendsten Geographen, und wir sind an der Wahrheit interessiert. Eine andere Frage ist, ob die Wahrheit verbreitet werden sollte oder nicht.‹ Mein Gegenüber war ein direkter Sprecher des Papstes, der Spanier Navarro Valls, zuständiger Leiter des Bereichs Medienstrategien und Mitglied des Opus Dei, der aussieht wie ein Galan aus einem Film von Éric Rohmer.«

Vom Fenster aus war der lange, langsame, breite Strom des braunen Ganges zu sehen, eines weiblichen Flusses nach Meinung der Hindus, der ab seiner Quelle im Himalaja Indien nährt und sein Fließen in einen Ritus der Hoffnung verwandelt, der manchmal Leben bringt und manchmal Tod. In Rishikesh, einer der heiligsten Städte, durch die der heiligste Fluß der Welt fließt, kommt die Göttin Ganga aus Shivas Haaren hervor, was die Weiblichkeit des Flusses unterstreicht. Er ließ Patna hinter sich, nachdem der Zufluß Ghaghara ihn verbreitert hatte, und floß gleichmütig dahin, unbeirrt von den Belanglosigkeiten, die sich an seinen Ufern abspielten, an denen im Abendrot nur noch hier und da Leichen verbrannt wurden oder sich schlecht bezahlte Geographen aufregten oder die Leute grundlegenden Groll unter ihrer dunklen Haut und der zweiten Haut ihrer Kaste verbargen, wie der kantige Mann, der blindwütig und mit einem schwarzen Stock in der Hand ein Mädchen verfolgte, das er ab und zu auf dem Kopf traf, wie sie durch eines der Fenster sehen konnten.

»Eine Ehebrecherin«, erklärte Paganel. »Verstehen Sie?«

»Nein«, sagten Biscuter und Carvalho gleichzeitig.

»Sie sind wie ich durch die liberale, freie Kultur geprägt, aber wir, die wir mit dem Nichts kommunizieren, sind in der Minderheit. Das menschliche Wesen wird grausam und selbstsüchtig geboren, denn nur so kann es überleben. Die Religionen haben die Unzulänglichkeiten in Tugenden verwandelt, und ich traue mich nicht zu behaupten, daß bewußte Atheisten glücklicher wären als getäuschte Gläubige. Erinnern Sie sich an Durkheims Definition von Religion?«

Biscuter und Carvalho durchforsteten all ihre Wissensbestände, fanden darin jedoch kein Religionskonzept nach Durkheim. Paganel lächelte siegesbewußt.

»*Eine Religion ist ein solidarisches System von Überzeugungen und Praktiken, die sich auf heilige Dinge beziehen.* Was halten Sie davon? Ich würde sagen, auf obszöne Weise evident, beschränkt auf die Beschreibung formalisierter Verhaltensweisen. Der reinste Soziologismus. Ich dagegen vertrete eher die Ansichten von Lukrez oder von Lenin. Wissen Sie, was Lukrez über die Religion gesagt hat? Nein? Für Lukrez war die Religion ein System von Drohungen und Versprechungen, das die Urängste der menschlichen Natur sprießen läßt, den Menschen drangsaliert und die Mutigen zur Revolte treibt, die siegreich ist, wenn die Rebellen mit den Waffen der Wissenschaft und der philosophischen Weisheit kämpfen. Die Weitsicht von Lukrez ist beeindruckend. Die große Neuigkeit seiner These besteht darin, daß dem religiösen Faktum jede Funktion genommen ist, wenn der Mensch sich von der Falschprogrammierung befreit. Das ist meine Situation. Außerdem glaube ich wie Marx, daß die Religion das Opium des Volkes ist.«

»Und warum widmet sich ein Agnostiker wie Sie der religiösen Kartographie?« Als Carvalho den Mut zu dieser Frage aufbrachte, stand Paganel schon bereit, um auszuführen:

»Als Geograph bin ich nicht nur Wissenschaftler, sondern jemand, der Realitäten konstatiert, sowohl materielle als auch die zwischenmenschlicher Beziehungen. Am Ende des neunzehnten Jahrhunderts haben die Anarchisten eine Welt ohne Kapitalisten, Könige und Götter vorausgesagt. Urteilen Sie selbst! Vielleicht sind die Könige weniger geworden, aber weder die Kapitalisten noch die Götter. Über die alten Weltreligionen hat sich ein Netz von Sekten gelegt, das von der Moon-Sekte bis zum argentinischen Fußballverband reicht, um nur eine der Privatkirchen der neuen Designerreligionen zu nennen.«

Biscuter hatten die Wasser des Ganges davongetragen und Carvalho die seiner eigenen *éducation sentimentale*, die von der düsteren, erstickenden religiösen Erziehung der spanischen Nachkriegszeit geprägt war, dem Nationalkatholizismus als ideologischem Instrument der Sieger, mit dem die Besiegten noch weiter verstümmelt wurden. Die Züge Paganels hellten sich auf, als Carvalho murmelte:

»Wissen bedeutet, sich verteidigen zu können.«

Der Satz begeisterte den Geographen, der mit zum Himmel erhobenen Armen und von Abendsonne und warnenden Winden geröteten Wangen seinen Glauben an die menschliche Intelligenz verkündete, damit wenigstens eine kleine Gruppe Weiser sich vor der Verschwörung aus Dummheit und Aberglauben retten konnte, die über die Welt hereingebrochen war. Carvalho sah keinen Grund zur Freude, da ihm der Satz vor langer Zeit, fast noch in seiner Jugend, gekommen war, parallel zu seiner Entdeckung, daß die Bewegung sich nicht im Gehen zeigt, sondern auf der Flucht.

»Aber sich zu verteidigen ist fast immer unnütz.«

Carvalho hatte mit sich selbst gesprochen, aber Paganel ließ ihn nicht. Er faßte ihn an den Schultern und zwang ihn, seinem Blick standzuhalten.

»Auch Sie sind religiös, denn Sie sind ein Fatalist. Die wahren freien Menschen können weder Fatalisten sein noch die Rolle der göttlichen Vorsehung durch die des Teufels ersetzen. Nicht einmal das essentielle Scheitern, der Tod, rechtfertigt den Fatalismus. Erst der vielfältige Kampf gegen den Tod bedeutet wirklich Ausübung und Hervorbringung von Freiheit in jener erhabenen Einfalt, von der Leibniz sprach, als er annahm, Gott habe sich in seiner Güte mitteilen wollen, indem er die beste aller Welten schuf. Nach der Unterscheidung von Cudworth zwischen dem körperlichen und dem göttlichen *Fatum* oder Fatalismus sind Sie dem körperlichen verfallen.«

Durch das Fenster sah Carvalho, daß das Verhältnis zwischen der Ehebrecherin und ihrem Besitzer sich verschärft hatte und die Frau auf dem Boden lag, während der Stock des Ehemannes auf der Suche nach den empfindlichsten Körperstellen auf und nieder ging. Carvalho betrachtete Paganel aus den Augenwinkeln, um festzustellen, wie dieser reagierte. Dessen Kommentar beschränkte sich jedoch darauf, das Gesicht zu einer Grimasse des Ekels zu verziehen. Wer war wohl der Grund dafür? Vielleicht beide? Ohne länger nachzudenken, öffnete Carvalho die Tür, die auf die hinteren Wege zum Fluß ging, und lief mit festem Schritt auf den Ort des Geschehens zu, wo er die blutende, stumme Frau vorfand und den Ehemann, der sie blutig schlug und dabei herumschrie, damit alle den Grund seines Verhaltens verstünden. Carvalho stellte sich in drei Meter Entfernung von der beunruhigenden Szene auf und rief mit kräftiger Stimme:

»Das reicht!«

Dann nutzte er die Überraschung des Schlägers, um die drei Meter zu überbrücken, die sie trennte, mit beiden Händen den erhobenen Stock zu packen und ihn dem Prügelnden zu entreißen, wobei er nicht wußte, ob er ihn so weit weg wie möglich schleudern oder lieber behalten sollte, falls die Dinge sich gegen ihn wenden würden. Jetzt jammerte der Ehemann und wandte sich in alle vier Himmelsrichtungen, um die ungerechte Behandlung zu verkünden, der er unterworfen wurde, wie Carvalho aus der Tatsache schloß, daß sich nun Bürger von Patna und Umgebung sammelten, um abwechselnd die liegende Frau, den betrogenen Ehemann und den Ausländer in Augenschein zu nehmen, der sich ungefragt in fremde Angelegenheiten eingemischt hatte.

Carvalho entschloß sich, die Initiative zu behalten, beugte sich zu der Liegenden herunter, die in einen hellblauen Sari gewickelt war wie in ein Leichentuch, half ihr auf und blickte in ein wunderschönes Gesicht mit zerschundenen Lippen, über das die Tränen alle möglichen Cremes und Schminke verteilt hatten. Er nahm sie am Arm und begleitete ihre zunächst zögerlichen, dann entschlosseneren Schritte in Richtung des Bungalows von Paganel, in dessen Tür Biscuter Wache schob, mit über seiner schmalen Brust verschränkten Armen und herausforderndem Blick auf die einheimische Meute, die der Strafexpedition des Ehemannes auf den Spuren seiner mißhandelten Frau und ihres Retters folgte.

»Hurensohn!« brüllte der vor Wut kochende Ehemann plötzlich in korrektestem englischen Slang, worauf seine Landsleute Fäuste und Stimmen erhoben und die Verfolgung Carvalhos und der Ehebrecherin aufnahmen.

Der Meute gelang es, Carvalho einzufangen, aber nicht das Mädchen, das mit flinkem Schritt durch den Spalt, den der Körper Biscuters gelassen hatte, ins Haus schlüpfte. Dieser eilte seinem Chef zu Hilfe, der auf den Lehmboden gefallen und von Füßen eingekreist war, die es auf seine Nieren und sogar sein Gesicht abgesehen hatten. Über ihm, größer als alle anderen, der Ehemann, der den Stock wieder in der Hand hatte und versuchte, damit den Kopf des Detektivs zu treffen. Biscuter stürzte sich im Hechtsprung auf die ungleiche Versammlung, und eine von den Körpern gebildete Lücke ließ ihn auf dem Boden landen, wenige Zentimeter von Carvalho entfernt. Ein Schuß krachte, von dem niemand wußte, woher er gekommen war, der jedoch sämtliche Hindus in die Flucht schlug. Aus der Staubwolke tauchte Carvalho mit der Pistole in der Hand auf, die er soeben aus ihrem Versteck gezogen hatte, sowie Biscuter mit der wiedererlangten Fähigkeit, die Ausmaße seiner Brust bis ins Unglaubliche zu erweitern. Sie kehrten in Paganels Haus zurück, wo sie auf den Karten studierenden Geographen stießen, den der jämmerliche Anblick der blut- und tränenüberströmten Frau, die in einer Zimmerecke hockte, offensichtlich unberührt ließ. Als er sah, wie sich Carvalho und Biscuter der Geschundenen näherten, um sie zu verarzten, warnte er:

»Ich verstehe Ihre Reaktion, die auch die meine gewesen wäre, wenn ich das Land nicht sehr viel besser kennen würde als Sie. Wenn Sie das tun, was ich ahne, erwerben Sie ein gewisses Eigentumsrecht an der Dame, und der Ehemann wird Ihnen nicht nur diese feige Meute auf den Hals hetzen, sondern auch noch die Polizei, die Justiz und so weiter und so fort. Prügelnde Ehemänner haben zwar keine gute Presse, werden aber womöglich besser behandelt als Ausländer, die ihre Nase in Dinge stecken, die sie nichts angehen.«

Biscuter war bereits dabei, seine Reiseapotheke zu plündern, aus der er Watte, Gaze, Wasserstoffperoxid und ein Beruhigungsmittel zog, von dem er annahm, daß es die Nerven der mißhandelten Frau entspannen würde. In dem Maße, in dem Biscuters Wattebäusche Blut und Hautfetzen entfernten, erschien das Gesicht einer wunderschönen Frau, die Carvalhos Brustbein erbeben ließ, diesen Ort, an dem er immer als erstes den Ruf der Erotik verspürt hatte, als wäre sein Brustbein stets etwas mehr als ein Knochen gewesen.

Doch auch Paganel war plötzlich gerührt. Er setzte die Brille ab, beugte sich zu der Frau hinunter, die ihm die Arme entgegenstreckte, und sie umarmten sich, so daß Carvalho Biscuter vorschlug, die beiden allein zu lassen und sich in den Nebenraum zurückzuziehen, der als Wohnzimmer diente. Von dort aus hörten sie das Getuschel des Pärchens, die zärtlichen Stimmen, die lauter und leiser wurden, und fast vernahmen sie, wie die langen, knochigen Hände Paganels das malträtierte Fleisch des Mädchens liebkosten, während der Tag sich dem Ende zuneigte. Die Nacht war bereits hereingebrochen, als die Tür aufging und ein brillenloser Paganel sich stotternd entschuldigte und ihnen eine Erklärung ankündigte.

»Sie müssen nichts erklären.«

»Ich schulde Ihnen eine Erklärung, auch wegen meiner Feigheit. Das Mädchen heißt Lalita und hat als meine Assistentin angefangen, da sie ihr Studium fast abgeschlossen hat. Jetzt ist sie meine Geliebte. Sie sind einer Ehebrecherin zu Hilfe geeilt, und den Ehebruch hat sie mit mir begangen. Ich dagegen habe mich starr vor Angst in meine Bücher und Studien vergraben, aus Furcht davor, daß der Ehemann und seine Verwandten das Haus in einen Scheiterhaufen verwandeln würden, was vor allem in diesen Zeiten wahrscheinlich ist, in denen allem Ausländischen ein derartiger Argwohn entgegengebracht wird.«

Das war das einzige, was Paganel für die nächsten Stunden über die Lippen brachte. Er ließ Biscuter ein Abendessen improvisieren, das er kaum anrührte, versunken in unruhige Grübeleien an der Seite seiner Gäste und seiner Ehebrecherin, der er nur wenig Beachtung schenkte. Erst spät in der Nacht, als die Frau auf einem Teppich eingeschlafen war, tauchte er aus seinen Gedanken wieder auf. Biscuter und Carvalho hatte das leidenschaftliche Rauchen des Geographen wach gehalten, das wirkte, als wollte er den Kessel seiner Gedanken mit Rauch und Nikotin anheizen.

»Wir müssen etwas unternehmen. Lalita muß so schnell wie möglich von hier verschwinden, sowohl zu ihrem Schutz als auch zum Schutz der in diesem Haus aufbewahrten Ergebnisse vieler Forschungsjahre. Ich bitte Sie, mir dabei zu helfen, sie von hier wegzuschaffen und die wichtigsten meiner Arbeiten in Sicherheit zu bringen. Am besten fahren Sie nach Kalkutta, wo es leicht sein wird, sie bei Freunden von mir zu verstecken. Und Sie nähern sich auf diese Weise weiter Ihrem Ziel einer Reise um die Welt. Ich werde mit den Autoritäten hier vor Ort hoffentlich zu einer Lösung kommen, da Lalita dann schon nicht mehr hier ist und ich vorgeben kann, ihren Aufenthaltsort nicht zu kennen.«

Der Morgen graute, als ein kleiner Umzugswagen vor Paganels Bungalow hielt und der Geograph zusammen mit Biscuter und Carvalho bis zu zwanzig Kartons mit Papierstapeln, Heften, Mappen und Büchern einlud, die die im Büro aufgetürmten Unterlagen um höchstens zehn Prozent und die vielen tausend

Bücher in den Regalen überhaupt nicht reduzierten. Zwischen den einzelnen Kartons verschwanden ein Schlafsack mit Lalita und einige Biscuter und Carvalho zugedachte Decken im Laderaum. Alles war gesagt und beschlossen. Paganel stand im Türrahmen des Hauseingangs und verabschiedete sie mit einer leichten Handbewegung und einem geheimen Blick der Dankbarkeit, der hinter seiner Kurzsichtigkeit und in den Schatten des Morgengrauens verborgen blieb.

Sechshundert Kilometer trennten sie von Kalkutta, und sie folgten dem Rat, sich so lange unter den Decken neben dem Schlafsack mit der darin vergrabenen Lalita zu verbergen, bis sie den Einzugsbereich Patnas verlassen und so den betrogenen Ehemann und seine Verwandten hinter sich gelassen hatten. Und was kam nach Kalkutta? Biscuter war dafür, weiter nach Bangladesh und Burma zu fahren, doch Carvalho weigerte sich, ein derart bedrohliches Land zu betreten.

»Ich wäre sehr gern noch einmal in das Goldene Dreieck gefahren, aber diesmal von Burma und nicht von Chiang Mai aus wie 1975 und 1982, aber ich bin Aufregungen leid. Statt dessen würde ich gern wie ein Tourist ein paar ruhige, gefahrlose Tage verbringen. In Thailand zum Beispiel, dem mythischen Siam, und dann nach Malaysia weiterfahren über die Strecke, die an Koh Samui vorbei führt, ein paar paradiesischen Inseln im Golf von Siam nahe einer der Routen Joseph Conrads, und schließlich gemütlich in Singapur ankommen, um dort diesen schauderhaften, aber literarisch unverzichtbaren Cocktail zu trinken, der Singapur Sling heißt.«

Um die Unterlagen zusammenzusuchen, die am dringendsten gerettet werden mußten, hatten sie die ganze Nacht nicht geschlafen, und nun holten sie auf den nächsten zweihundert Kilometern den versäumten Schlaf nach. Dann wachten sie auf, weil das Mädchen an ihren Decken zog und ihnen bedeutete, daß es mal raus müßte, und Carvalho kämpfte sich durch die Kartons zum Fahrer vor und bat ihn auf englisch, anzuhalten, weil sie ihre Notdurft verrichten mußten. Der Wagen fuhr aber noch fast eine halbe Stunde weiter, bis er an einer recht gut aussehenden Tankstelle hielt. Zuerst stieg die in den Schleier gehüllte Frau aus, gefolgt von einem der Fahrer, der vor der Toilettentür wachte, bis sie wieder herauskam, um von Carvalho und Biscuter abgelöst zu werden, die begierig den Geruch nach Tee und Süßem aufsogen, weil sie Hunger hatten. Die Fahrer erlaubten ihnen, frühstücken zu gehen, schlugen jedoch eine Einladung aus, die Carvalho und Biscuter nicht auf das Mädchen ausdehnten, da dieses sich wieder in sich zusammengerollt hatte, als hätte es plötzlich jedes Gedächtnis und jedes Verlangen verloren.

Sie tranken Jasmintee an der Theke und aßen süße Teilchen, die zweifelsohne mit Kürbis und Mehl zubereitet worden waren, das vielleicht von den Maisfeldern stammte, die sich bis zum Horizont erstreckten. Biscuter bestellte einen Pappbecher mit Tee und zwei Teilchen, die er zum Wagen trug, wo er an der Frau rüttelte und ihr das Frühstück in die Hand gab. So etwas wie das Lächeln einer Heranwachsenden, die von einem unerwarteten Feingefühl überrascht wird, brachte ihre Reisegefährtin plötzlich zu sich selbst zurück und ließ ihre Schönheit erkennen, die unter dem Morgengrauen und einer beinahe schlaflosen Nacht verborgen war. Das ungeschminkte Gesicht gab einen sanften Blick und die Sinnlichkeit der zerschlagenen Lippen frei. »Gott, was für eine Frau!« bemerkte Carvalho gegenüber Biscuter, während er sich genügend Raum verschaffte, um sich wieder hinzulegen.

»Stark, Chef. Ein starkes Mädchen.«

Bevor sie nach Kalkutta hineinfuhren, hielt der Wagen in einem Weiler, an dessen Straßenrand ein westliches Ehepaar wartete. Sie sprachen untereinander französisch und mit den Verantwortlichen des Unternehmens eine Mischung aus Englisch und Dialekt mit französischem Akzent. Ihre Reisegefährtin war anmutig aus dem Wagen gestiegen, und Carvalho und Biscuter sahen liegend zu, wie die menschliche Ware an das junge Paar übergeben wurde, das die flüchtige Ehebrecherin zu einem alten, auf dem Seitenstreifen geparkten Rover führte. Der Rest der menschlichen wie der papiernen Ware setzte die Reise gleich anschließend fort, und durch einen Spalt in der Plane über der Ladefläche des Kleinlasters meinte Biscuter das Wort *Kalkutta* zu lesen.

»Wir sind schon in Kalkutta.«

Und Carvalho hatte das Gefühl, die Stadt bräche über ihn herein.

»Riesig, chaotisch, schmutzig.« Carvalho wiederholte die Worte wie eine Litanei, während er durchs Fenster seines Hotelzimmers eine verheißungsvolle Sackgasse betrachtete, in der sich auf erodierten Dächern, die als Schutthalden dienten, ganze Berge von Müll häuften, organische und anorganische Reste; vielleicht waren es aber auch Ruinen und irdische Überbleibsel, die es, entsetzt vom menschlichen Elend, beim löblichen Versuch, als Abfall himmelwärts zu fliehen, nur bis dorthin geschafft hatten. Er hatte den Eindruck gehabt, daß alle Straßen von Heerscharen verkrüppelter Menschen, von Leprakranken und Blinden mit vom Star getrübten, grünlich-gelben Augen bevölkert waren. Allerdings milderte die Masse an geschwächten Menschen, zumindest hier in Kalkutta, keineswegs die Tragik, mochten sie dieses schauderhafte Leben auch freiwillig führen, es beherrschen und überwunden haben.

»Die sogenannte Britische Stadt ist recht hübsch, obwohl der Reinlichkeitsstandard auch da nicht überall gleich ist. Das ist Kalkuttas großes Problem. Ich hoffe, Sie sind nicht ernsthaft um Ihre Gesundheit besorgt. Über die Brücke nach Haora zu gehen würde ich Ihnen allerdings nicht empfehlen. Das ist die Hölle. In dieser Stadt gibt es nur Industrie und Elend; die Leute sterben auf dem Gehsteig, ihre Leichen werden oft erst am Tag darauf abgeholt.«

Die Worte des vielseitig einsetzbaren Hotelangestellten, der als Kofferträger, Liftboy, Kellner, Bügler fungierte, sämtliche anfallenden Reparaturarbeiten ausführte und für einen hypothetischen Zimmerservice zuständig war, hatten lediglich bewirkt, daß Carvalho seine Befürchtungen bestätigt sah, sowohl seine bereits mitgebrachten, als auch die auf der kurzen Fahrt zum Hotel, das Paganel ihnen gesucht hatte, neu erworbenen. Carvalho fühlte sich wie gelähmt und beschloß, sich nach seinem Gefühl zu richten. Kalkutta lag nicht an seiner geplanten Route, er war sich aber auch nicht sicher, ob er lieber in den Süden, nach Goa gefahren wäre, womit ihn Erinnerungen verbanden, die ihm viele Gleichaltrige, die in den sechziger und siebziger Jahren des zwanzigsten Jahrhunderts dort das Paradies gesucht hatten, vermittelt hatten, oder ob er lieber Nepal besucht hätte, um mit dreißigjähriger Verspätung nach Katmandu zu pilgern oder Shangrila zu suchen, die literarische Stadt, die ihm Hermann Hesse in der Blüte seiner Jugend nahegebracht hatte. Aber Kalkutta, nein. Nachdem er mit Biscuter einen kurzen Rundgang absolviert hatte, auf der Suche nach den obligatorischen Sehenswürdigkeiten, den großzügigen Plätzen des einstigen britischen Wohn- und Geschäftsviertels, wo es einen eindrucksvollen Park zu sehen gab, über dem sich ein ebenso eindrucksvolles Fort erhob, weigerte er sich, sein Zimmer zu verlassen.

»Vorsicht, wenn Sie zum New Market gehen. Sie können dort einen Tiger erwerben, eine Schachtel mit dressierten Flöhen oder ein Stück einer heiligen Stupa, sehr, sehr alt, natürlich gefälscht. Es gibt eine ganze Industrie zur Herstellung kleiner Tempelteile, Teilchen aller Tempel unserer sämtlichen Religionen, wobei buddhistische Stupas am gefragtesten sind. Der Markt ist ein Schauspiel. Aber passen Sie auf Ihre Brieftasche auf, schließlich sind fast alle Taschendiebe der Stadt auch vor Ort, wobei niemand weiß, wie viele Menschen in Kalkutta leben. Die offiziellen Zahlen sprechen von zwölf Millionen Einwohnern, wie viele es genau sind, besonders in Haora, weiß aber keiner. Tatsache ist, daß sich die Stadt die Freiräume ihres alten kolonialen Zentrums auf Kosten des Restes erhalten hat. Woanders gibt es keine. In einigen Straßen von Haora ist man immer wieder gezwungen, über die Toten hinwegzusteigen, die auf dem Gehsteig gestorben sind, nachdem sie auf dem Gehsteig gelebt haben.«

Sie besuchten den Markt, weil ein carvalhianischer Grundsatz lautet, daß man eine Stadt erst nach dem Besuch ihrer Märkte kennt, weil sie, besser als Kathedralen, imstande sind, Leben und Geschichte miteinander zu verbinden.

Vorher wollte Biscuter nur ganz kurz – Carvalho sollte die Dauer des Besuchs bestimmen – durchs Indische Museum bummeln, das älteste Museum Indiens, das ein paar einmalige Kunstwerke beherbergte, etwa die Balustrada, in rotem und goldfarbenem Sandstein ausgeführte Reliefs mit Szenen aus den früheren Leben Buddhas, Beispiele hochentwickelter indischer Bildhauerkunst, mit den unterschiedlichsten Stilelementen. Der Vorteil von Museen ist, daß sie zu Freiräumen werden, nachdem die Hürde der Fremdenführer genommen wurde, die Hürde einer Hundertschaft, die sich für unentbehrlich hält, die dir weismachen will, daß es um dein Überleben geht, die von einem Touristen abhängig ist, von einem einzigen nur, um eine weitere Woche zu überleben. Biscuter heuerte den Mann an, der ihm vom Leben oder von der Geschichte am meisten gezeichnet schien, und so wurden sie zwei Stunden lang von einer Stimme aus dem Off belehrt, einer Stimme, die, wie der Führer selbst sagte, einem alten, pensionierten Professor der Anthropologie der Universität von Kalkutta gehörte. Sie erklärte offensichtliche und nicht offensichtliche Dinge, und als Carvalho den Kopfhörer abnahm, blieben Biscuter und der Fremdenführer auf sich allein gestellt, ohne sich auf englisch verständigen zu können, in einer Sprache, die Biscuter nicht beherrschte.

Auf dem New Market ertrugen sie eine langen Schlange von Bettlern, die sich an ihre Fersen hefteten und manchmal ihre mageren Hände ausstreckten, um sie, ein Almosen fordernd, am Arm oder an den Hüften zu berühren. Neben Bittstellern jeden Alters gab es miteinander rivalisierende Fremdenführersippen, wobei sich die einen erboten, sie vor den anderen zu schützen, dann aber auch überreichlich Männer, die Geschäfte jeglicher Art anbahnen wollten. Diese scheuten sich nicht, ihnen den Arm um die Schultern zu legen oder sich ihnen in den Weg zu stellen, um sie zum Betreten ihrer Läden zu nötigen oder sie zu drängen, vor ihren Käfigen stehenzubleiben, in denen Kobras und junge Panther auf und ab glitten oder neugeborene Elefanten, die auf der Suche nach Bananen ihre Rüsselchen durch die Gitterstäbe streckten. Der den Tieren gewidmete Teil des Marktes glich insofern einem Schrumpfzoo, als sämtliche Tiere in Zwergenform gezeigt wurden, wobei der durchdringende Zoogeruch Biscuter und Carvalho bei ihren Begegnungen mit anderen überraschenden Angeboten begleitete: Berge von Gewürzen, die unvermeidlichen Schlangensalben zur Förderung karmischer Sexualität sowie Bekleidung verschiedenster Art, darunter auch seltene Beutestücke aus aufgelösten Armeebeständen, denn Biscuter entdeckte die recht gut erhaltene Uniform eines japanischen Offiziers aus dem Zweiten Weltkrieg, zumindest etwas, was er dafür hielt. Eine Duftwolke, Essenz aus Räucherwerk und Abfall, begleitete sie wie eine Aura, dazu kamen die Aromen der Gewürzpflanzen, besonders der omnipräsente, durchdringende Geruch von Koriander, dann, wenige Schritte weiter, eine neue Note: Fässer voller seltsamer Fische, die aussahen, als schwämmen sie noch lebend in der Salzlake, oder Bündel getrockneter Fische, die ihre weit aufgerissenen Mäuler dem Betrachter entgegenreckten.

Mit beleidigten Nasen und von allen Tönen Indiens klingenden Ohren, von Tönen, die zu einem einzigen TON verschmolzen waren, kamen sie zurück ins Hotel, um auszuruhen und mehr Raum für ihre Heldentaten zu haben. Sie hatten kaum die Schwelle des Lahore House überschritten, da informierte sie der Empfangschef, Kellner, Chauffeur, Bügler, Wäscher, daß das französische Konsulat angerufen und die Telefonnummer eines Monsieur Maristany hinterlassen hatte. Es sei sehr, sehr dringend. Monsieur Maristany sprach spanisch mit südfranzösischem Akzent, benutzte statt des Artikels »la« manchmal aber auch »sa«, als habe er viele Jahre auf den Balearen gelebt. Er bat Carvalho ohne Umschweife, sich zum Konsulat zu begeben, wo er ihm alles erklären wolle; im Moment sei er noch gezwungen, Diskretion zu wahren.

Schon machten sich Carvalho und Biscuter auf den Weg. Beim Konsulat angekommen, führte sie der Pförtner umgehend in ein Büro und sah dann aus dem Fenster, um die Umgebung auf unerwünschte Gegebenheiten zu prüfen. Er senkte die Lider, um zu signalisieren oder – besser gesagt – zu bestätigen, daß alles in Ordnung war, schloß die Tür hinter sich und ließ die beiden Besucher allein im Raum, wo ihnen lediglich ein *Larousse Illustré* in einer Ausgabe von 1975 Gesellschaft leistete, den Biscuter an sich riß, weil sein Bildungshunger und sein Drang, schließlich alles zu wissen, was Carvalho wußte, unstillbar waren. Da öffnete sich die Tür, und Professor Paganel erschien, stand lächelnd auf der Schwelle, mit ausgebreiteten Armen, in die sich Biscuter voller Begeisterung warf.

»Chef, sehen Sie nur, wer da ist. Der beste französische Geograph der Welt.«

Worauf sich Paganel des Lobes und des Lobredners entledigte, um Carvalho die Hand zu reichen. Als der Geograph den Türrahmen frei machte, kam ein weiterer Herr ins Bild, offenbar Monsieur Maristany, der die zufriedene Miene eines erfolgreichen Telefonverschwörers aufgesetzt hatte. Paganel machte sie miteinander bekannt, Konsul Maristany bat alle Anwesenden, Platz zu nehmen, und nach einem Augenblick der Stille räusperte sich der Geograph und sprach:

»Also gut. Rekonstruieren wir die Situation. Es kommt zum Zwischenfall mit dem Ehemann, der seine untreue Gattin tätlich angreift. Sie erfahren, daß ich es war, mit dem sie die Treue gebrochen hat, und unterstützen mich bei meinem Vorhaben, meine Bücher, meine Arbeiten und die mißhandelte junge Frau in Sicherheit zu bringen. Sie fahren nach Kalkutta, ich kehre nach Patna zurück. Kaum wieder daheim, bemerke ich, daß Gruppen von Männern ums Haus streichen und plötzlich, aus diesen Gruppen heraus, Steine gegen die Mauern und Fenster meines Bungalows fliegen, immer größere Steine. Dann erhebt sich großes Geschrei, ich schaue aus dem Fenster und sehe wilde, rohe, panische Gesichter, weshalb ich die Polizei anrufe, die nach fünf Stunden – nach fünf Stunden! – einen mit vier

Mann besetzten Jeep schickt; ich erkläre den Polizisten die Situation, worauf sie mich beschimpfen. Und die Frau? Die Frau muß sofort ihrem Mann zurückgegeben werden. Da wird mir klar, daß ich nun den Feind im Haus und vor dem Haus habe. Vergeblich behaupte ich, nicht zu wissen, wo sich die Frau aufhält, und vergesse dabei völlig, daß ich der Polizei bereits mitgeteilt habe, daß ich sie zu ihrer Sicherheit der Obhut zweier befreundeter Ausländer anvertraut und auch Ihre Namen genannt hatte, um meine Glaubwürdigkeit zu untermauern. Kaum hatte ich meine Aussage widerrufen und betont, Lalitas Aufenthaltsort nicht zu kennen, wurde mir klar, daß die Geschichte für mich sehr böse enden könnte. Da kam mir der Gedanke, den französischen Konsul in Kalkutta anzurufen, Monsieur Maristany nahm mit dem Botschafter in Delhi Rücksprache, zum Glück, und machte eine Staatsangelegenheit daraus, weshalb mich die Polizisten in den Jeep einladen und nach Kalkutta bringen mußten. Ich kletterte also in den Jeep, und schon wurden wir von sämtlichen Ehemännern der ganzen Gegend umringt – zumindest schien es mir so –, die anfingen, am Fahrzeug zu rütteln, bis einer der Polizisten die gleiche Idee hatte wie Sie, nämlich in die Luft zu schießen. Die Demonstranten zerstreuten sich, doch das war leider nicht das Ende. Sie ließen zwar den Jeep in Ruhe, hielten aber plötzlich Dutzende Fackeln in Händen – woher sie die so schnell nahmen, ist mir noch immer rätselhaft, es war, als hätten die Männer die riesigen Fackeln, bereits brennend, unter ihrer Kleidung versteckt mitgebracht –, rannten zu meinem Haus – die Szene war hell erleuchtet – und setzten es in Brand, ohne daß die Polizisten ein zweites Mal eingegriffen hätten. Im Gegenteil, sie nutzten die Gelegenheit, daß mein Haus in hellen Flammen stand, um den Jeep aus der Gefahrenzone zu bringen, und da bin ich nun. Da sind wir nun: Lalita ist bei mir.«

»Glückwunsch.«

»Danke, Biscuter, ich habe Sie jedoch nicht hierher gebeten, um beglückwünscht zu werden, sondern um Ihnen mitzuteilen, daß diese rasende Bande von Ihrer Existenz erfahren hat, weil ich sie den Polizisten, auf deren Verschwiegenheit ich nichts gebe, verraten habe. In diesem Land funktioniert das Sektenwesen, weil Sekten Überlebenshilfen sind, es gibt Netzwerke, die religiösen oder verwandtschaftlichen Ursprungs sind. Ich rate Ihnen, Kalkutta schnellstmöglich zu verlassen. Lalita wird in wenigen Stunden einen Frachter besteigen, der sie auf die Andamanen bringt, ich werde zu ihr stoßen, um dort in wenigen Tagen meine Ziele neu zu ordnen. Es wäre unklug, meine praktisch abgeschlossenen Arbeiten in Indien fortzusetzen, aber auch nicht ratsam, ins Dolpo hinaufzufahren. Der Schreck sitzt mir in den Gliedern, und Nepal liegt mir zu nahe. Es muß einige Zeit darüber verstreichen. Möchten Sie mitkommen auf die Andamanen, mit Lalita und mir? Die Inseln sind paradiesisch.«

»Wir haben das Gangesdelta noch nicht gesehen.«

Carvalhos Feststellung verhinderte, daß Biscuter begeistert zusagte.

»Überhaupt scheint ganz Asien immer paradiesischer zu werden«, behauptete Carvalho starrköpfig, »kaum liegt Europa hinter einem, sind die irdischen Paradiese nicht weit.«

Lalita erwartete sie in Maristanys Büro. Trotz des spärlichen Lichts waren die Reize dieser Frau deutlich zu erkennen: das zur Begrüßung Carvalhos und Biscuters von einem leichten Lächeln erhellte Gesicht, die schwarzen Augen, jedoch nicht rund, wie bei den Hindus weit verbreitet, das ovale Antlitz mit den ebenmäßigen, klassisch geschnittenen Zügen, zarte, etwas gewölbte Lippen, schwarzes, zu einem Nackenknoten geschlungenes Haar über einem langen, makellosen Hals, an dem keine Halswirbel hervorstachen, die den Anblick des schönsten weiblichen Halses verderben konnten. Sie trug eine pinkfarbene kurzärmlige Bluse unter ihrem Sari und hatte die schön geformten Arme einer wohlgenährten jungen Frau. Carvalho konnte den Blick nicht von ihr abwenden, bis ihm Biscuters leichter Stoß bedeutete, er solle aufhören zu gaffen und Paganel zuhören, der angefangen hatte, sich über seine künftigen Projekte auszulassen.

»Na schön. Eine gewisse Pause bei meinen Feldforschungen wird es mir gestatten, den Kampf gegen bestimmte, derzeit aktuelle Propheten aufzunehmen und die Religionen unter dem Blickwinkel der Konsumgesellschaft zu beleuchten. Mein erster Angriff wird Roger Garaudy gelten. Wissen Sie, wen ich meine? Er sollte als Kronprinz der französischen KP die intellektuelle Macht übernehmen und war mit der Rolle des Verteidigers der Orthodoxie gegen Lefèbvre betraut, bis er selbst unter die Häretiker ging und von anderen Kronprinzen bekämpft wurde, von den strikten Anhängern der Doktrin kommunistischer Chefideologen in Frankreich, Scève und Casanova unter anderen. Nun gut, plötzlich konvertiert der Autor von *Perspectives de l'homme*, einem glücklosen Versuch, den Marxismus mit anderen herrschenden Philosophien des zwanzigsten Jahrhunderts anzureichern, zum Islamismus, kaum zu glauben, was? Das war nicht gestern oder vorgestern, sondern vor dreißig Jahren. Ich habe große Lust, jetzt mit ihm abzurechnen. Angesichts des Alters, das Garaudy hatte, als er den Sprung vom Marxismus zum Islamismus vollführte, drängt sich eine Frage auf, die ich ihm gerne stellen würde: Wie kommt es, daß Sie eine Erleuchtung brauchten, um zu erkennen, was Ihnen heute völlig evident erscheint?«

Lalita wußte nicht, wer Garaudy war, würde es aber wohl oder übel erfahren, wenn sie das Zusammenleben mit diesem auf Religionen spezialisierten Geographen fortsetzte.

»Sie müssen *Für einen Islam des 20. Jahrhunderts* von Garaudy lesen. Eine Streitschrift, die eigentlich zu spät entstanden ist, weil das zwanzigste Jahrhundert laut Hobsbawm früher zu Ende ging als vorgesehen. Garaudy muß sich nicht nur mit einer Adaptation des Islamismus als Doktrin auseinandersetzen, die dem zivilen Leben sehr präzise Orientierungen an die Hand gibt, sondern mit der Tatsache, daß der Islamismus auf sehr schlichten theologischen Dogmen beruht: Gott besitzt alles, Gott regiert alles, Gott weiß alles. Von den beiden ersten theologischen Radikalismen ausgehend könnte man, mit viel gutem Willen, den Schluß ziehen, daß sie mit der Kritik des Privateigentums und der Rolle der Macht hier auf Erden koinzidieren. Das ist eine Sache des intellektuellen Verdauungsapparats jedes einzelnen. Doch vergessen wir nicht: Gott allein weiß es!«

Biscuter zeigte sich an der gedanklichen Tiefe der intellektuellen Kümmernisse Paganels sehr interessiert, Carvalho dagegen genoß die in sich ruhende Gelassenheit, mit der Lalita ihren eigenen Raum ausfüllte und dabei der Stimme ihres Partners in Sachen Ehebruch lauschte, als wäre sie eine Musik aus dem Off. Plötzlich ließ Paganel von seinen Attacken gegen Roger Garaudy ab und fragte mit reizendem Lächeln:

»Die Andamanen, was halten Sie davon? Kommen Sie mit?«

Von der Mythologie zur Flucht. Paganel breitete die Arme aus, als versuchte er, beide Themen zu umfangen.

»Wir haben andere Pläne. Unsere Route führt uns direkt nach Bangladesh, Birma, Thailand, Singapur, wo wir uns wohl entscheiden müssen, ob wir weiter nach Süden oder nach China fahren. Obwohl ich nicht recht weiß, warum mich dieses Land interessiert. Menschenmassen lösen bei mir Schwindelanfälle aus. Wenn mir schon in Indien schwindlig wurde, wie soll das erst in China werden.«

»Allah ist groß und hat dafür gesorgt, daß es selbst in China Wüsten und beschauliche Orte gibt.«

Biscuter nahm Carvalhos Entscheidung hin, bemerkte aber, als er in einem seiner Reiseführer blätterte, der die Schönheiten der Andamanen pries, daß diese Inseln reichlich damit gesegnet seien. Es gelang ihm, Carvalho kurz einige charakteristische Merkmale der Andamanen vorzulesen, ließ es aber damit genug sein. Bis zu dreihundert von Korallen umgebene Inseln, überall herrliche, fast menschenleere Strände wie auf den Malediven, das Mahatma-Gandhi-Meeresschutzgebiet, Malaysia und Sumatra in unmittelbarer Reichweite. Carvalho erwiderte lediglich, daß sie nicht auf Ferienreise seien und ihn die Aussicht nicht reize, ein Theologie- oder Antitheologieseminar, was aufs gleiche rauskam, über sich ergehen lassen zu müssen.

»Du, Biscuter, bist natürlich völlig frei in deiner Wahl.«

»Regen Sie sich nicht auf, Chef, bitte. Sie wissen doch, daß ich meine Wahl getroffen habe.«

Carvalho gestand sich nur ungern ein, daß für ihn die größte Beschwerlichkeit der Reise, sofern sie sich Paganel anschlossen, Lalitas Anwesenheit war, würde es doch bedeuten, immer in ihrer Nähe zu sein, ohne ihr nahezukommen, wofür er sich aber am Ende mit Hilfe einer Methode, derer er sich seit einigen Monaten bediente, die Absolution erteilte: »In meinem Alter darf und muß ich mich eben nehmen, wie ich bin.« Einige Tassen Tee später war Biscuter in ein intensives Gespräch mit Paganel vertieft, Lalita verharrte in ihrer zufriedenen Selbstversunkenheit, Carvalho dagegen drängte zum Aufbruch, weil er unbedingt das letzte Stück des Ganges bereisen und das nächste Ziel festlegen wollte.

»Wie kommen wir zum Delta? Zum äußersten Punkt des Deltas, meine ich.«

Biscuter hatte sich bereits kundig gemacht.

»Es gibt zwei Möglichkeiten: Wir fahren nach Bangladesh oder nähern uns der Mündung vom Meer her. Ich nehme an, daß südlich von Kalkutta Rundfahrten mit dem Schiff angeboten werden. Meine Reiseführer empfehlen den Landweg, der allerdings sehr anstrengend ist. Es gibt nur begrenzte Möglichkeiten, die Flüsse zu befahren. Es handelt sich nämlich um zwei Flüsse, den Ganges und den Brahmaputra.«

Da hatte Carvalho plötzlich eine Erleuchtung. Er wandte sich an Maristany:

»Sie können mir sicher sagen, ob es möglich ist, das Gangesdelta mit einem Hubschrauber zu überfliegen und in Bangladesh zu landen?«

Maristany sparte an Worten, nicht aber an Informationen, und notierte mit einem eindeutig goldenen Cartier: Air India 50 J. L. Nehru Road, Tel. 2472356-2427358, beim Flughafen, auch Telefon 5119031.

»Fragen Sie nach Zakir und berufen Sie sich dann auf mich. Er ist Eigentümer und zugleich Pilot eines vertrauenswürdigen Helikopters. Es ist allerdings kein leichter Flug, er fällt in die Kategorie Fernflüge.«

Beim Abschied umarmten sich die Männer, Lalita nahm die tiefen, tiefen, höflichen Verneigungen Biscuters und Carvalhos entgegen und hinterblieb in Erwartung eines Malers, des weltbesten Portraitmalers der weltbesten Weiblichkeit. Sie verabschiedeten sich voneinander, wie sie sich begrüßt hatten, und es war deutlich, daß Biscuter ungern schied, weil ihn Paganels Gelehrtheit faszinierte, mit dem er bereits ein kurzes Gespräch über die Katharer geführt hatte, die exotischste Religionsgemeinschaft in seinem Repertoire, über die er am meisten wußte. Den Detektiv dagegen hatte eine seltsame Unruhe erfaßt, die ihn schließlich bewog, den Konsul zu fragen, ob er direkt von hier aus Air India anrufen dürfe. Er wurde dreimal weiterverbunden, dann gelang es ihm, Zakir zu sprechen, der ihn darauf aufmerksam machte, daß es sich um ein langes, teures Unternehmen handle, das von den Windverhältnissen abhängig war, weil sie den Flug, wenn sie wirklich etwas vom Delta sehen wollten, mit dem Hubschrauber machen mußten, und daß sich über dem Delta manchmal Nebel bilde, der jede Sicht verhindere.

»Empfehlen Sie mir, auf die Reise zu verzichten und mir einen Fotoband über das Delta zu kaufen?«

»Nein. Mir gefällt diese Reise. Ich weise Sie nur darauf hin, daß der Preis der gleiche bleibt, auch wenn eine der genannten Widrigkeiten auftritt; ich habe deswegen schon öfter Schwierigkeiten gehabt.«

»Ich werde beim Einsteigen zahlen.«

Morgens um sechs Uhr wurden sie von Zakir am Flughafen von Kalkutta erwartet, im Bereich, der für Sonderflüge reserviert war. Er war so sehr als Flieger gekleidet, daß sein Gesicht kaum zu sehen war, doch seine Stimme klang fröhlich, und seine Körpersprache ließ auf beste Laune schließen. Der Anblick des Gepäcks, das seine Passagiere mit sich führten, überraschte ihn:

»Sie wollen in Bangladesh bleiben?«

»Nein, aber unmittelbar nach unserer Rückkehr den nächsten Flieger nach Chiang Mai nehmen.«

»Es gibt keinen Flug Kalkutta-Chiang Mai. Man muß immer über Bangkok fliegen.«

Sie stiegen in den Hubschrauber, Biscuter nahm, ohne sich mit Carvalho abzusprechen, neben dem Pilot Platz und breitete eine riesigen Landkarte auf den Knien aus, die Indien aus der Vogelschau zeigte. Auf diese Karte hatte er das Geviert der geplanten Reiseroute eingezeichnet, von Kalkutta aus nach Bangladesh bis zur Hauptstadt Dhaka, dann den Ganges entlang bis zu den Sundarbans, wo aus seinen zahlreichen Nebenarmen Mangrovenwälder wurden, die sich über den ganzen Süden Bangladeshs erstreckten; sie würden dieses Gebiet bis zur indischen Grenze überfliegen und wieder in Kalkutta landen. Zakir nickte zu allem zustimmend, gab allerdings zu bedenken, daß er den Hubschrauber wegen der Länge des Flugs in Dhaka auftanken und warten müsse, was einige Zeit in Anspruch nehme, »weil sie in Bangladesh noch langsamer sind als wir«. Im Flugpreis eingeschlossen war ein Mittagessen, bestehend aus Fleischpastetchen, Joghurt, Obst, Tee nach Belieben und einer Flasche Whisky. »Falls die Passagiere nicht aus gesundheitlichen oder religiösen Gründen Abstinenz halten«, erklärte der Pilot.

»Sind Sie Abstinenzler?«

»Nein«, rief Zakir vergnügt aus.

Der Whisky war notwendig, weil die Erde alle Feuchtigkeit dieser Welt abgab, weshalb ihnen die Nässe in Mark und Bein dringen würde, sobald sie weiter herunterflogen, um die Landschaft näher zu betrachten. Doch zuerst gab der Pilot Anweisungen zur Handhabung der Gurte, sagte ihnen, wie sie sich in dieser engen Maschine zu bewegen hatten, und erklärte die Geschichte des Helikopters, der in einem der Kriege zwischen Indien und Pakistan, bei einem Krieg um eben dieses Bangladesh, Schaden genommen hatte. Doch jetzt sei es eine gesunde Maschine, ein wenig alt schon, aber gesund.

Als sie dann in der Luft waren, wies Zakir auf den zu Indien gehörenden Teil des Deltas hin und den Beginn der Sundarbans, eines der größten Mangrovenwälder weltweit, der überwiegend in Bangladesh liegt.

»Wir werden bis nach Dhaka fliegen, damit Sie sehen, wo der Patma tatsächlich entsteht, so heißt der Fluß nämlich nach dem Zusammenfluß von Ganges und Brahmaputra. Nach der Vereinigung der beiden Flüsse transportieren die Wassermassen auf dem Weg zum Delta eine Million Tonnen Schwemmland pro Tag, doch ein riesiges Netz von Flüssen, Altwässern, Sümpfen hält das Wasser zurück, es zirkuliert im Labyrinth des Mangrovenwalds und wird immer wieder durch frisches ersetzt, weshalb dort Reis und Malaria gedeihen, auch die Cholera. Als Nicht-Einheimischer sollte man keinen Fuß in diese gefährliche Gegend setzen.«

Sie flogen direkt auf die Hauptstadt Dhaka zu und erlebten vom Hubschrauber aus, wie der Ganges schließlich zum Patma wurde und einen weniger wasserreichen Nebenfluß Richtung Khulna ausbildete, schließlich sahen sie die Mangrovenwälder und das Meer. Auf seinem Weg durch die Hauptstadt verbreiterte sich der Patma, als wollte er eine trichterförmige Flußmündung ausbilden, doch dann verteilte sich der größte Teil der Wassermassen in ein Netz von Stauseen und Mangrovenwäldern, und der Hauptstrom mündete bei Chittagong, einer Enklave Bangladeshs im Norden der malaysischen Halbinsel, ins Meer. Die Maschine stieg und sank, je nachdem, ob Zakir glaubte, eine interessante Stelle entdeckt zu haben, und so sahen sie die von Kokospalmen gesäumten Reisfelder, die einzigen kultivierten Flächen, weil die kilometerlangen Stauseen vor allem einen Dschungel bedienten, der, je weiter er sich ins Kerngebiet der Sundarbans ausbreitete, zu einem Regenwald wurde, mit Palmenhainen und einem Dickicht aus Malvengewächsen, wovon eine Art, die *Sundri*, der Gegend ihren Namen gegeben hatte. Zakir kam von seinem ursprünglichen Plan ab, in der Hauptstadt zu tanken, und entschied sich für Khulna, den wichtigsten Ort im Delta, flog also an einem Stück über Bangladesh hinweg zum Golf von Bengalen, wobei der Pilot die Dichte der Mangrovenwälder nutzte, um die am Wasser ruhenden Krokodile aufzuschrecken, sich aber auch bemühte, die sonstige Fauna der Gegend aufzuspüren: Büffel, Affen, Pythonschlagen und Kobras, besonders aber Tiger, die berühmten bengalischen Tiger.

»Schlangen werden wir nicht entdecken, außer Sie möchten landen, was allerdings hier, mitten im Dschungel, nicht ratsam ist. Aber Tiger sind durchaus möglich, ich hab' schon mal welche gesehen.«

Carvalho hätte ihn am liebsten gefragt, wie viele Tiger er vom Hubschrauber aus tatsächlich gesehen hatte, wollte dann aber nicht unhöflich sein und lauschte den Erzählungen Zakirs über die Beziehung des Tigers zu den Schlangen. Es waren traditionelle Geschichten, in denen der Tiger fast immer der Gute, die Schlange die Böse war und dem Menschen kaum Platz eingeräumt wurde, als wäre seine Rolle hier, inmitten einer erbarmungslosen Natur, wo nicht einmal das Wasser Ruhe und Sicherheit gewährte, allzu schwierig.

»Der Wasserspiegel steigt völlig unverhofft an, Überschwemmungen löschen die Landschaft aus, töten Mensch und Tier. Man kann nichts dagegen tun. Zu viel Wasser.«

Zu viel Wasser. Carvalho hatte nun die drei Stufen des Ganges gesehen, das vielversprechende Quellgebiet, die fromme Fülle in den Ebenen und jetzt, bevor er starb, die Verwandlung in einen erdigen Sumpf. Als könne er seinen sterbenden Zustand nicht akzeptieren, versuchte der Ganges hier, sich in tausend kleinere Flüsse aufzuteilen, eine Metapher für seine Todesangst. Und dennoch lag genau in diesem terminalen Feuchtzustand das Versprechen einer Wiederkehr, weil das, was hier verdunstet, im Himalaya auf wundersame Weise zu Wasser und Schnee wird und eine weitere Reise in den Tod auslöst. Keine bessere Metapher für das Leben als der Vergleich mit Wasser in steter Bewegung, angefangen bei dem stolzen Ursprung bis zu den vergeblichen Versuchen, sich in Sümpfe und Mangrovenwälder zu flüchten, die ein Ende im Meer letztlich aber nicht verhindern können. Sie landeten in Khulna, wo die Maschine betankt wurde und der Pilot den Vorschlag machte, ein kühles Plätzchen im Flughafen aufzusuchen, das sie unter einem Dach aus dichtem, von üppig blau blühenden Schlingpflanzen bedecktem Rohrgeflecht fanden, wo sie sich auf zwei Bänken niederließen und das Mitgebrachte verzehrten: die höchst lobenswerten Fleischpastetchen, punktgenau reife Mangos und Litschis, den großzügig mit Whisky angereicherten Tee, der Zakir anfangs sehr verblüffte, bis sie ihm erklärten, daß sie soeben den indischen Carajillo erfunden hatten und ein Probetäßchen anboten. Der Pilot trank dann tatsächlich fünf Tee mit Whisky, zum Schrecken seiner Fluggäste, die sich daraufhin beeilten, die Flasche unbemerkt zu leeren, um diesem Mann, ohne den sie Kalkutta nicht wiedersehen würden, zuvorzukommen.

Etwas schläfrig, von der feuchten Hitze in Schweiß gebadet, erlahmten ihre Worte und Gesten, und Carvalho unterhielt sich mit Biscuter über die Umwege, zu denen sie gezwungen waren, wenn sie nach Thailand reisen wollten. Es gab keine direkten Verbindungen nach Chiang Mai, weshalb sie Bangkok anfliegen und von dort aus den Transfer in den Norden, ins Goldene Dreieck bewerkstelligen mußten. Dann war ein flüchtiger Besuch in Bangkok geplant, wo Biscuter sehen wollte, wie es den Animierdamen der Stadt gelang, sich ohne Zuhilfenahme ihrer Hände einen Tischtennisball in die Vagina zu stecken und wieder herauszuholen. Anschließend mit dem Zug hinunter nach Malaysia und Singapur, mit Zwischenstopp an einem Hafen, wo Carvalho zwanzig Jahre zuvor nach einer harten Nacht in Gesellschaft eines italienischen Priesters und thailändischer Soldaten auf der Suche nach den vorletzten Kommunisten der Welt das Schiff nach Koh Samui bestiegen hatte.

»Zweite Aufgüsse waren noch nie gut, aber damals, bei dieser Begegnung in Koh Samui, empfing auch ich eine Lehre wie der Heilige Augustinus, der Adler von Hippo, als er einen Knaben sah, der versuchte, das Meer in ein kleines Sandloch zu füllen.«

»Kleine Kinder sind immer für eine Überraschung gut, man weiß nie, was in ihren Köpfen vorgeht. Einer meiner Neffen hat mal den Kopf zwischen zwei Balkonstäbe gesteckt und mußte unter Zuhilfenahme großer Mengen Seife befreit werden.«

Zakir schlief nicht, trotz seines erheblichen Whisky-Tee-Konsums, und als ihm Carvalho das mit Biscuter geführte Gespräch übersetzte, über die Notwendigkeit, zuerst nach Bangkok zu fliegen, wenn sie nach Chiang Mai und ins Goldene Dreieck wollen, wurde der Pilot nachdenklich und teilte ihnen schließlich mit:

»Es gibt eine andere Lösung. Ich kann Sie nicht mit dem Hubschrauber raufbringen, wegen der enormen Entfernung und weil dieses Gerät pensionsreif ist. Von Kalkutta aus starten aber manchmal Privatflugzeuge oder von Einzelpersonen angemietete Fokker, die nach Chiang Mai, ja, sogar bis Laos oder Hanoi fliegen, dann allerdings mit Zwischenstopps.«

»Sind diese Flüge sehr teuer?«

»Asiatische Preise für Asiaten. Dazu kommt, daß sie häufig besondere Kaufleute transportieren, gefährliche. Wem es aber gelingt, einen Platz in einem dieser Flugzeuge zu ergattern, der erreicht sein Ziel. Sie sind sehr sicher, sicherer als Helikopter und Jumbo-Jets, Sie verstehen?«

Kaum zurück im Hubschrauber, telefonierte Zakir mit dem Flughafen in Kalkutta und erkundigte sich nach möglichen Flügen Richtung Chiang Mai für denselben Abend oder den nächsten Morgen. Nach zahlreichen Irrungen und Wirrungen kam endlich ein konkretes Gespräch über einen konkreten Flug zustande: »Morgen früh, zehn Uhr, nach Chiang Mai«, eine Fokker, von einem thailändischen Kampfsportverband angemietet, vier freie Plätze, Preis dreihundert bis vierhundert Dollar pro Person.

»Wenn es dreihundert sind ...«

Am Ende waren es dreihundertfünfzig. Zakir schlug ihnen vor, die Nacht direkt am Flughafen zu verbringen, in einem der nahegelegenen Hotels, die es in allen Kategorien gab. Als er dann anfing, die Vorzüge und Nachteile der jeweiligen Hotels aufzuzählen, war Biscuter anzumerken, daß sein Gehirn eigene Lösungen suchte.

»Können wir nicht hier schlafen?«

»Hier?«

»Ja, hier, im Hubschrauber. Er bietet Platz für zwei Personen, gut, es ist ein wenig eng, aber es sind ja nur ein paar Stunden, weil wir spät ankommen und dann eine Kleinigkeit zu Abend essen werden. Was würde es kosten, hier zu schlafen, Chef?«

Diesmal war Zakir der Chef, ein etwas nervöser Chef, weil er nicht sicher war, ob ihm seine Vorgesetzten die Erlaubnis erteilen würden. Carvalho erinnerte sich jedoch, daß Maristany Zakir als Eigentümer des Hubschraubers bezeichnet hatte, er demnach also sein eigener Boß war.

»Sie müssen ja nichts erfahren.«

Wenn sie nichts erfahren, einverstanden, fünfzig Dollar. Dreißig. Fünfunddreißig und ein paar Whisky-Tees. Zakir willigte ein.

Die Fokker füllte sich mit thailändischer Muskelmasse, die vier freien Plätze wurden von Biscuter und Carvalho sowie einem offensichtlich chinesischen Ehepaar eingenommen. Für Biscuter begann ein Abenteuer, während es sich bei Carvalho, dreißig Jahre nach seiner ersten Begegnung mit diesem Land, um die Wiederholung seiner zweiten Thailandreise zwanzig Jahre zuvor handelte. Die Erinnerung an seine erste Reise war vor allem mit einem Kind verbunden, das in einem Dorf zwischen Chiang Mai und dem Goldenen Dreieck lebte, einem vierjährigen Jungen, der ein französisches Lied beherrschte: *Frère Jacques, frère Jacques, dormez-vous? Dormez-vous? Sonnent les matines, sonnent les matines, ding, dang, dong, ding, dang, dong ...* Er sang dieses Lied allen Touristengruppen und Reisenden vor und war, dank des Wiegenlieds, das ihm ein französischer Missionar beigebracht hatte, die Haupteinnahmequelle seiner Familie. Anschließend durften sie die Mohnfelder besuchen, bekamen sogar eine kuriose, mit einem trockenen Palmblatt umwickelte, leicht qualmende Zigarre, die noch intensivere Dämpfe versprach. Der Vietnamkrieg war noch nicht ganz zu Ende, und das Goldene Dreieck umfaßte einen großen Bereich, den sich Birma, Thailand und Laos teilten, ein Gebiet, das seit den Jahren des Bürgerkriegs zwischen Maoisten und Nationalisten von chinesischen, schwer zu beherrschenden Stämmen bevölkert war, die den Resten der chinesischen Armee Chiang Kai-scheks Zuflucht boten und die produktivsten Rauschgift-Anbaugebiete beherrschten. Niemand hinterfragte die Erzeugung, die Verarbeitung und den Handel mit Kokain, Heroin und Opium, weil alles in den Händen von Leuten lag, die im Vietnamkrieg auf der Seite der Vereinigten Staaten gestanden hatten, wobei mit der DEA, der Drug Enforcement Administration, eine nordamerikanische Überwachungsinstanz präsent war, die das zur Einfuhr in die Vereinigten Staaten bestimmte Mindestkontingent ausgehandelt hatte. Bei seiner zweiten Reise hatte er feststellen können, daß die Dörfer nach wie vor existierten, Menschen und Mohnfelder dagegen verschwunden waren. Der Krieg in Vietnam war inzwischen beendet und die Duldung des Rauschgiftanbaus, der sich in den Norden, fern der Touristenrouten, verlagert hatte, nicht länger zu rechtfertigen. Auch die Arbeitskräfte waren in den Norden hinaufgezogen und kamen nach der Ernte wieder zurück in ihre Schlafdörfer, wo er inzwischen kein Kind mehr antraf, das *Frère Jacques* sang; vielleicht war aus diesem Kind bereits einer der zahlreichen Arbeiter im illegalen Drogenhandel geworden. Carvalho wurde vom Goldenen Dreieck – oder Opium-Dreieck – angezogen, weil es, wie das Bermuda-Dreieck, ein Ort überraschender Schiffbrüche war. Zuallererst scheiterte die Doppelmoral des Antidrogenkampfs, wie er hier praktiziert wurde, an diesem Völkergemisch, das sich in der ländlichen Abgeschiedenheit seiner verbindenden Elemente deutlicher bewußt war als jeder theoretischen Abhängigkeit von Bangkok oder Birma. Für die Anthropologen waren die Miaos, die früher die südchinesische Provinz Yunnan bevölkert und bereits in prähistorischer Zeit Opium angebaut hatten, die interessanteste Volksgruppe. Aus ethnischen und politischen Motiven heraus verfolgt, hatten sich die Miaos über den Norden von Birma, Thailand und Laos verstreut, brachten ihr altes Wissen über den Opiumanbau mit und legten damit den Grundstein für das später sogenannte Goldene Dreieck, das heute fest in den Händen diverser, hauptsächlich jedoch thailändischer und birmanischer Generäle ist. Die Anthropologen versuchten, die Miaos zu einer der Touristenattraktionen dieses nur schwer zu fassenden Gebiets zu machen, eines Gebiets, in dem Omnibusse bis zu den Dörfern und Märkten der Kunsthandwerker vordrangen, die den eigentlichen Zweck dieser geographischen, historischen und drogenanbauenden Sackgasse verschleierten, wobei es keiner Regierung gelungen war, die Bergvölker unter Kontrolle zu bringen, weil sie die Gabe hatten, einfach zu verschwinden, wenn sie im Interesse der Politik plötzlich umgesiedelt werden sollten.

»Mit Blick auf den Tourismus wurde die Vorstellung genährt, es gäbe hier jugendliche Huren zu Tausenden, besonders auf Bangkok konzentriert, obwohl sie auch in jedem anderen Touristenzentrum anzutreffen sind. Ganz anders im Norden. Im Norden herrscht die vertraglich vereinbarte Korruption und alles, was damit einhergeht, das in Szene gesetzte Zusammenleben von Königen und Militärs, vor allem schnell zu Geld gekommenen Militärs. Das nordamerikanische Imperium brauchte treu ergebene Verbündete, egal zu welchem Preis. Roosevelt wurde einmal gesagt, General Somoza, sein starker Mann in Nicaragua, sei ein Hurensohn. »Ja,« antwortete Roosevelt, »aber er ist unser Hurensohn.«

Biscuter stimmte allen Äußerungen Carvalhos kopfnickend zu, vor allem, wenn sein Chef anfing, sich in Belehrungen zu ergehen, die ja im Reisepreis inbegriffen waren. Die thailändischen Sportler bewegten sich kaum, wohl um die Stabilität des Flugzeugs nicht zu gefährden. Zwei oder drei Funktionäre oder Trainer indes ließen eine Flasche Mekong, thailändischen Whisky, kreisen und boten den anderen Passagieren davon an, mit Ausnahme der Sportler, die ganz in ihrer Rolle als patriotische Muskelmänner aufgingen. Carvalho und Biscuter beteiligten sich an der Runde, das chinesische Ehepaar lehnte das Angebot allerdings mehr entschieden als liebenswürdig ab.

»In Chiang Mai werden wir uns möglichst kurz aufhalten. Ich würde gern überraschend im Norden auftauchen, Orte besuchen, die niemand besuchen darf.«

»Ich bin zu allem bereit, Chef.«

Der Leiter der athletischen Expedition schenkte ihnen zwei Freikarten für eine Vorführung ihrer thailändischen Kampfkünste, die am selben Tag, während des Abendessens, stattfinden sollte. Das Thai-Boxen schien Ähnlichkeiten mit einem Boxkampf aufzuweisen, es waren jedoch Fußtritte erlaubt und die Zuschauer durften Mekong trinken, wie sie aus der fast leeren Flasche, die der Trainer verlockend vor ihren Augen schwenkte, schließen konnten. Unter den Zeitungen, die in der Fokker verteilt wurden, gab es auch einige Exemplare der englische Ausgabe des japanischen Blatts *Asahi Shimbun*, das über die Pläne der Vereinigten Staaten und Großbritanniens hinsichtlich eines Krieges gegen den Irak berichtete, gegen ein Land der *Achse des Bösen*, einer weiteren Reinkarnation der Stadt des Teufels im Kampf gegen die Stadt Gottes im Sinne der religiösen Symbolsprache, derer sich die Vereinigten Staaten nach der Zerstörung des World Trade Centers in New York bedienten.

»Woran erinnern dich die Begriffe *Infinite Justice* oder *Enduring Freedom*?«

»Was heißt das?«

»*Unendliche Gerechtigkeit* und *Dauerhafte Freiheit*, das sind die beiden Namen, die Präsident Bush seinem Kampf gegen den internationalen Terrorismus gegeben hat.«

»An etwas Indianisches. Sie erinnern mich an etwas Indianisches, nicht an das Indien, das hinter uns liegt, vielmehr an die Indianer im Westen, im Wilden Westen. Ich stelle mir vor, wie der Häuptling der Apachen vom Anführer der Siebten Kavallerie unendliche Gerechtigkeit oder dauerhafte Freiheit erbittet.«

»Diese Metaphern sind mit den wahren Intentionen dieses Kriegs so künstlich verknüpft, daß sie völlig sinnentleert sind. Der Einsturz des World Trade Centers in New York bot dem System ein Alibi für die Zurschaustellung seiner ganzen Fähigkeit zu Panik und Brutalität. Aber stell dir vor, daß ein Krieg gegen den Irak beginnt, während wir unterwegs sind.«

»Nur gut, daß wir uns von dieser Gegend immer weiter entfernen.«

»Das ganze Erdenrund ist aber doch Terrain für so umfassende Ziele wie dauerhafte Freiheit oder unendliche Gerechtigkeit.«

»Zwei super Ideen, Chef. Ich verstehe nicht, was in den Köpfen der Nordamerikaner vorgeht, bei den guten Filmen, die sie gemacht haben und noch immer machen, und allen Sachen, die sie für die Gesundheit erfunden haben, und wie sie in Houston am offenen Herzen operieren und José Carreras in Seattle behandelt haben.«

Kaum im Hotel angekommen, im Chiang Mai Inn, wie bei den früheren Reisen auch, erwogen sie ihr weiteres Vorgehen, vor allem, ob sie die Fahrt in den Norden, in Carvalhos Land der Erinnerung, bereits am nächsten Tag antreten oder sich vorher ein paar Tage in der Stadt aufhalten sollten. Biscuter entfaltete die Informationsbroschüren des Hotels und bestand vorrangig auf dem Besuch eines von Elefanten bewohnten Ortes, der Heimat domestizierter Dickhäuter sozusagen, wo Elefanten jeden Alters lebten und Jungtiere den Touristen Bananen aus den Händen fraßen.

»Eigentlich schnappen sie sich die Bananen einfach. Wenn es auf der Welt einen flinken Dieb gibt, dann ist es ein Elefantenjunges mit einer Banane irgendwo in Sichtweite.«

Alle Reiseofferten in den Norden hatten Dörfer verschiedener Ethnien im Programm, Kunsthandwerk, Orchideen, Elefanten, und als Carvalho das Goldene Dreieck erwähnte, wurde mit dem Finger auf den am weitesten von Chiang Mai entfernten Ort gedeutet, den die Exkursion des jeweiligen Veranstalters einschloß.

»Kann man inzwischen sehen, wie die Drogen verarbeitet werden? Die Kokain- und Heroinküchen? Die Herstellung von Opium? Von Amphetaminen?«

Der Empfangschef hielt Carvalho zwar für verrückt, legte aber das förmliche Lächeln keinen Moment ab.

»Das alles ist hier genauso leicht zu besichtigen wie in Europa. Gibt es in Europa eine Amphetamin- oder Heroinroute für Touristen?«

»Nein. Sie haben recht, aber in Europa wird vor allem konsumiert, Sie hier produzieren.«

Die von Hotels und Reisebüros organisierten Exkursionen waren reglementiert: Die Touristen wurden sehr nah ans Kernland des Goldenen Dreiecks herangebracht, wo sie lediglich

Pflanzen wachsen sahen und ihre eigenen Schlüsse ziehen konnten. Um an Drogen zu kommen, war es nicht nötig, die Orte ihrer Herstellung aufzusuchen, das war in Chiang Mai leichter.

»Ich will keine Drogen nehmen. Mich interessiert kaum, was ich sehe, geschweige denn, was ich nicht sehen kann und mir vorstellen muß.«

»Eine andere Möglichkeit wäre, die Exkursion auf eigene Faust zu organisieren, mit einem mehr oder weniger korrupten Chauffeur, der sich ganz nach Ihren Wünschen richtet. Nur, daß Sie dann vielleicht nicht mehr zurückkommen.«

Sie überlegten hin und her, hielten dann den Gedanken, die Einladung zum Abendessen und zum Thai-Boxkampf anzunehmen, für die billigste Art, Bedenkzeit zu gewinnen. Carvalho hatte an seine erste Reise nach Chiang Mai kaum noch Erinnerungen, lediglich der Sängerknabe, der ein französisches Wiegenlied vorgetragen hatte und inzwischen vierunddreißig oder fünfunddreißig Jahre alt sein mußte, war ihm im Gedächtnis geblieben. Von seiner zweiten Reise wußte er noch weniger, vielleicht, weil sie im Anschluß an sein intensives Leben in Bangkok und die onanistische Reise nach Koh Samui stattgefunden hatte.

»Komisch. Die zweite Reise war ein totaler Reinfall. Ich war auf der Suche nach einer Frau, die ich im Grunde überhaupt nicht finden wollte, um mich vor der Pflicht, eine Mörderin zu stellen, zu drücken, eine unselige Lesbe, die es mit eigenen Händen besorgt hatte. Klingt, so gesagt, wie ein Sarkasmus. Die ganze Reise über war ich vollkommen fasziniert von den Vögeln, die zu Tausenden, zu Millionen in der Abenddämmerung über Bangkok fliegen, deren Namen ich dann erst kurz vor meiner Rückkehr nach Barcelona erfuhr. Weißt du, um welche Vögel es sich handelte?«

»Weiß ich, Chef, weil Sie es mir innerhalb der letzten zwanzig Jahre zweitausendmal erzählt haben. Aber erzählen Sie es ruhig noch einmal, das gefällt mir. Es gefällt mir, daß die Vögel, die Sie nicht identifizieren konnten, ganz gewöhnliche Vögel waren.«

»Schwalben, Biscuter, wie ich es sage, Schwalben.«

Dieser Satz markierte das Ende der Überraschungsfähigkeit. Nicht nur das Ende des Abenteuers, sondern auch das Ende der Überraschungen.

Im Zentrum eines Platzes, dessen Überdachung aus Holz und Stroh auf soliden Bambusrohrsäulen ruhte, wo den Farben der Blumen und der Frauenkleider schier unendliche Variationen gelangen, war ein Boxring aufgebaut. Sie konnten zusehen und dabei essen, weil alle Stühle, die neue Sitzflächen hatten und deshalb noch nach grünem Rohr dufteten, über Beistelltischchen verfügten, die Platz boten für einen Teller mit ausgewählten thailändischen Spezialitäten sowie ein Glas mit Strohhalm, das bis zum Rand mit einer eher fruchtigen als alkoholischen Sache gefüllt war. Carvalho erinnerte sich an die Aggressivität der thailändischen Küche, die mit der südchinesischen verwandt, jedoch sehr viel schärfer war und die einzelnen Geschmacksrichtungen intensiv betonte. Man konnte sich mit *Nam-pla*-Sauce bedienen, einer Würze, die dem echten römischen *Garum* am nächsten kam, einer aus verdorbenem Fisch gewonnenen, höchst intensiv schmeckenden Flüssigkeit. Auf dem Tablett stand eine Schale mit Reis, die von fünf kleineren Gefäßen umgeben war, die Lammcurry, in Gewürz eingelegte Gemüse, ein weiteres Curry aus Schweinekopf und süßsaure Tintenfische enthielten, letztere von einer Überdosis Ingwer erschlagen. Der intensive Geschmack der Speisen zwang zum Trinken, insbesondere zum Trinken von Bier, und anschließend einem eisgekühlten Mekong, der sanft aber entschieden die Neuronen eroberte, bis sie miteinander verschmolzen. Ihre Mitreisenden befanden sich bereits im Ring und begrüßten einander und die Zuschauer in aller Ausführlichkeit. Minuten später fingen sie an Fußtritte auszuteilen wie in einem sorgfältig einstudierten Ballett, wobei die Fäuste den Körperkontakt provozierten und die Beine ihren Part mit unerwarteter Entschlossenheit ausfüllten, mit Angriffslust und der festen Absicht, Verletzungen zuzufügen und Verachtung auszudrücken.

Die Hauptattraktion der Exkursionen in den Norden bestand darin, das nicht zu sehen zu bekommen, von dem man wußte, daß es da war, also in dem Besuch des sogenannten Goldenen Dreiecks oder Opiumdreiecks, einer ebenso nachweisbar vorhandenen wie unsichtbaren Region, deren Aura sich über die Grenzgebiete von Birma, Thailand und Laos erstreckte. Das Dreieck war der Inbegriff des Verbotenen, als wären Opium oder Heroin Gespenster, Träume oder Klischees. Der Tourist hatte für das morbide Erlebnis, das Opiumdreieck zu betreten, Geld bezahlt, Produzenten und Regierung dagegen hatten ein Abkommen getroffen, an das sich beide Seiten streng hielten: Kein Tourist sollte je eine einzige Mohnpflanze zu Gesicht bekommen, sich vielmehr vom Reiz dieser Reservate interessanter Volksgruppen, von den herrlichen Kunsthandwerkermärkten und der Schönheit einer tropischen Bergwelt einfangen lassen. Hinter jeder Korruption, hinter jeder Intrige standen Militärs, die das wahre Rückgrat des Königreichs Thailand bildeten, das sich »Land der freien Menschen« nannte, weil es nie von fremden Truppen besetzt und unterdrückt war, inzwischen aber sehr wohl unter der demographischen Entwicklung litt, der Tatsache nämlich, daß die chinesischstämmige Bevölkerung achtzig Prozent des Handels beherrschte, den Handel mit Opium und seinen Derivaten eingeschlossen.

An seinen ersten Besuch im Jahr 1972 oder 1973 konnte sich Carvalho sehr gut erinnern, als er durch Mohnfelder gefahren war und eine abgeschwächte Reklameversion der verbotenen Zigarre geraucht hatte, während der Miao-Knabe *Frère Jacques* sang und mit seinem Liedchen den Opiumfeldern sowie den damit verbundenen Verarbeitungs- und Handelswegen einen Hauch kindlicher Unschuld verlieh. Bei der Opiumernte arbeiteten die Familien zusammen, gemeinsam schnitten sie die Kapseln an, damit der Saft austreten konnte, kochten dann die Ernte in Wasser auf, um Verunreinigungen zu entfernen, und formten das Opium zu Ein-Kilo-Päckchen, die sie den Haw-Chinesen im Norden des Goldenen Dreiecks übergaben, die für alles Weitere zuständig waren. Bei Carvalhos erstem Besuch war ein Prozent der thailändischen Bevölkerung drogensüchtig; damals konnte er die schwierigen Lebensbedingungen, die Therapie und den Tod der Süchtigen in diesem unterentwickelten Land beobachten. Die hervorragenden Beziehungen zwischen der nordamerikanischen und der thailändischen Regierung führten zu einer Politik der Tolerierung des Goldenen Dreiecks, seiner Industrie und seines Handels, damit sich im Gegenzug, hieß es, die nordamerikanischen Offiziere, die in Vietnam kämpften, bei den Prostituierten in Bangkok oder Singapur eine Pause vom Kriegsgeschehen gönnen und die Frauen als Ruhekissen, als *repos du guerrier*, benutzen durften. Die Antidrogenpolizei der USA, die DEA, war stark genug, um den größten Teil der für den nordamerikanischen Markt bestimmten Ware aus dem Verkehr zu ziehen. Und was geschah mit dem Rest? Im Jahr 1972, aber auch 1982, waren die Hotels voll mit Agenten des CIA und der DEA, es war die spielerische Zeit freier Sexualität nach dem ersten Vietnamkrieg, als der real existierende Kommunismus von allen Seiten bedrängt und sein Sturz angezettelt wurde. Die nordamerikanischen Anti-Drogenexperten agierten im Goldenen Dreieck mit einer Mischung aus Dienstbeflissenheit und Faszination.

Das Hotel stellte ihnen einen Range Rover zur Verfügung, in dem ihr künftiger Chauffeur vor sich hin döste. Kaum hatte er, vom Empfangschef wachgerüttelt, die Augen aufgeschlagen, sprang der Vietnamese Bao Dai aus dem Gefährt und tuschelte mit dem Angestellten, überlaut allerdings, wohl wissend, daß sie nicht verstanden wurden. Der Empfangschef informierte die beiden, daß der Fahrer Bedenken wegen ihres Wunsches geäußert hatte, bis ins Mohnanbaugebiet vorzudringen, und der Zutritt zu den Verarbeitungsbetrieben völlig unmöglich sei. Das koste sie mit Sicherheit das Leben, niemand würde je erfahren, wer es ihnen genommen hatte, auch die Leichen verschwänden spurlos.

»Nur die Mohnfelder.«

Darauf Bao Dai:

»Das läßt sich nicht garantieren. Manchmal gibt es Probleme und dann werden alle Zufahrten kontrolliert.«

»Ich würde mich letztlich auch damit zufriedengeben, eine Person zu finden, die im Jahr 1972 ein Kind war und inzwischen vierunddreißig oder fünfunddreißig Jahre alt ist.«

Biscuter betonte, daß für ihn der Ex-Sängerknabe genauso zwingend sei wie die Elefanten, die nur fünfzig Kilometer von Chiang Mai entfernt in vollem Arbeitseinsatz oder beim vollen Reinigungsritual in einem Fluß beobachtet werden konnten, umringt von den Jungtieren und Händlern, die Elefantenfiguren aus Edelhölzern feilboten. »Aus Edelhölzern«, betonte Bao Dai. Dort gingen die Jungelefanten auf Jagd nach der touristischen Banane, wobei sie sich mit kindlicher Anmut und erwachsener Sicherheit zwischen den augenblicklich ihrer Bananen beraubten Touristengrüppchen bewegten. Entlang des Weges zum Flüßchen, in dem sich die Elefanten zwischen dem Be- und Entladen von Baumstämmen erfrischten, waren Verkaufsstände für Kunsthandwerk aufgebaut, und Biscuter wies mit erregt zitterndem Finger auf eine besonders gelungene und aus besonders kostbarem Holz geschnitzte Elefantenfigur. Er warf sich in die Schlacht um einen Preisnachlaß, bis er begriff, daß er es nicht mit der unerläßlichen Flexibilität der Einheimischen zu tun hatte, sondern mit einem seltsamen, etwa sechzigjährigen Paar westlicher Herkunft in Hippiekleidung, das aussah, als wäre es einem Reservat für gebildete Aussteiger der sechziger Jahre, dieses erstaunlichen Jahrzehnts, entsprungen oder gehöre einer unter Artenschutz stehenden Spezies an, um der Bevölkerung des einundzwanzigsten Jahrhunderts an ihrem Beispiel zu zeigen, wie die gebildeten Anarchisten voller Utopien aussahen, die versucht hatten, mit Hilfe von freier Liebe und durch das Sägen am patriarchalen Thron, und mochte es ein von Charles Eames persönlich entworfener sein, das System zu verändern. Da blickte die gealterte Ophelia des Kunsthandwerks, sozusagen von Seerosen bedeckt dem Tod im Wasser entronnen, ihren Partner an, und beide zusammen betrachteten Biscuter, als wollten sie ihn fragen, warum er sie wie Einheimische behandelte, ohne die hohe Qualität der Schnitzarbeit zu berücksichtigen. Biscuter stellte das Feilschen ein und akzeptierte den Preis, den diese Schnitzkünstler auf der Flucht vor den Schrecken ihrer Jugendzeit im zweiten Anlauf genannt hatten. Alle von Biscuter und Carvalho gekauften Bananen wurden von den Rüsseln geschickter Elefanten im Kleinkindalter und mit deutlicher Neigung zum Taschendiebstahl angesaugt, und Carvalho mußte Bao Dai zu Hilfe rufen, um Biscuter vor der versammelten Bande kindlicher Dickhäuter zu retten, die ihn ausrauben wollte und sich zweifellos ihr ganzes Leben an einen Spezialisten für französische Saucen und Suppen erinnern würde, der sie mit Bananen abgefüttert hatte, mit lauter Bananen der teuersten Sorte.

»In Surin, im Nordosten des Landes, finden im November Feste zu Ehren der Elefanten statt, da wird vom Rücken der Elefanten aus gekämpft. Sie könnten hier bleiben. Es ist ja nicht mehr lange hin.«

Sie überstanden das Elefantenfieber, obwohl Biscuter noch Stunden danach über die Möglichkeit oder Unmöglichkeit einer Adoption und Domestizierung eines solchen Tieres nachdachte, natürlich in einem Haus mit Garten oder, in ferner Zukunft, auf einem Planeten, wo das Konzept von Erde und Natur nicht länger auf der Ausbeutung tierischer oder menschlicher Arbeitskraft beruhte. Die Landschaft wurde nun von Wäldern voller majestätischer Hartholzlieferanten geprägt, deren Stämme auf Elefanten geladen und von Elefanten transportiert werden mußten. Am Horizont, oberhalb des Urwalds, zeichneten sich dann die Terrassenfelder ab, die Anbaugebiete der Bergbewohner für Tabak, Tee, Erdbeeren und *Lam Yai*, einer exquisiten Frucht, die ihnen der Chauffeur zu kosten gab. Bao Dais Hände beschrieben mit zärtlichen Gesten die fernen Hügel, wo Pfirsiche, Pflaumen und Äpfel wuchsen sowie Wildblumen in Hülle und Fülle, vor allem aber frei wachsende Orchideen oder ebenso freie Gladiolen in der freien Natur. Obwohl die Nationalstraße bis Chiang Rai führte, fast bis zum Dreiländereck Laos, Thailand und Birma, benutzte Bao Dai – woran erinnerte Carvalho dieser Name? – immer wieder Nebenstraßen und zwinkerte ihnen zu, als wolle er sie auf die Nähe der verbotenen Anbaugebiete hinweisen. Carvalho hatte Mühe, die Miao-Dörfer seiner früheren Reisen wiederzuerkennen, doch nicht, weil sie inzwischen einen kleinen Aufschwung genommen hatten, sondern weil die vielen, unvermittelt auf kleinen Lichtungen des bergigen Urwalds auftauchenden Dörfer alle ziemlich gleich aussahen.

»In diesen Dörfern arbeiten die besten Kunsthandwerker Thailands; aber behandeln Sie die Händler gut«, bat Bao Dai ängstlich. »Die Menschen hier unterscheiden sich von denen in Bangkok, die vom Tourismus und all dem anderen leben. Die Menschen hier sind ein wenig rassistisch, Miaos und Karen gleichermaßen; sie halten sich für das andere Gesicht Thailands.«

»Und was ist mit denen, die direkt oder indirekt vom Rauschgift leben?«

»Dieses Produkt wird am stärksten nachgefragt und am besten bezahlt. Niemand hat ihnen ja den Anbau einer anderen, ähnlich lukrativen Pflanze angeboten. Man hat es mit Baumwolle versucht, die es aber mit dem Schlafmohn nicht aufnehmen kann.«

Von Bao Dai geführt, aßen sie in einem kleinen Straßenrestaurant eine Reissuppe mit Ei- und Fleischeinlage, Fleischcurry mit ein paar Paprikaschoten als Beilage, die einem die Tränen in solchen Mengen in die Augen trieben wie sonst nur der Tod eines geliebten Menschen, sie genossen eine duftende Kokoscreme, mit Blumen servierten, eiskalten Tee, sowie den unvermeidlichen Mekong. Da entschlüpfte Biscuter ein Rülpser, er wölbte das Bäuchlein unter der schmalen Brust, beschrieb mit den Armen einen Rahmen um den Ausschnitt der Landschaft vor ihren Augen und rief:

»Ah, die Erde! Hoch lebe die Erde!«

Aus Sicht des Durchreisenden hatten sich die Dörfer in den letzten zwanzig Jahren kaum verändert. Die gleichen Frauen in landestypischer Tracht, die aus Blech oder Holz hergestellte Pfeifen zum Rauchen von Tabak oder Rauschgift feilboten, selbst hergestellte, billige Pfeifen mit flachen und Pfeifen mit tiefen Köpfen. Frauen, bildschöne Kinder, die Carvalho noch immer wie auf Emaille gemalt schienen, schwarze, kleine Schweine, die frei in den Straßen aus roter Erde herumliefen. Carvalho meinte, ein Dorf wiederzuerkennen, und fing an, die Leute zu fragen, ob sie vor Jahren, vor vielen Jahren, hier Mohn angebaut und ein kleines Kind gekannt hatten, das ein französisches Wiegenlied sang. Es war Biscuter, der die Melodie trällerte und damit mehr als einmal schallendes, fast anfallartiges Gelächter auslöste, bei den ältesten Dorfbewohnern aber auch so manche Erinnerung, weil es in deren Gedächtnis noch immer französische katholische Missionare gab, die damals aus Laos, Kambodscha oder Vietnam gekommen waren, inzwischen allerdings an Bedeutung verloren hatten und nicht mehr die wichtige Rolle spielten, die ihnen in den Übergangsjahren, den Sechzigern und frühen Siebzigern, zugefallen war. Unter den fremden Religionen hatten heute die Sekten der evangelischen Christen die meisten Anhänger, und nein, niemand erinnerte sich an ein Kind, das einst ein französisches Wiegenlied gesungen hatte. Plötzlich fiel Carvalho ein, daß bei seiner zweiten Reise ein anderes Kind, schon etwas größer vielleicht, *Sur le pont d'Avingnon* gesungen hatte, ein klarer Beweis dafür, daß entweder der Missionar oder der Kleine sein Repertoire verändert hatte. Bao Dai, Bao Dai.

»Sie tragen den Namen eines Herrschers, allerdings nicht den eines thailändischen, sondern eines vietnamesischen Herrschers. Bao Dai war der letzte König Vietnams vor der Ausbreitung des Kampfes der Vietcong gegen die Fremdherrschaft.«

Äußerst verwundert über Carvalhos Kenntnisse der südostasiatischen Geschichte, konnte Bao Dai einen anerkennenden Ausruf nicht unterdrücken.

»Mein Vater war ein Bewunderer Bao Dais, weil er nicht nur König, sondern ein moderner König war, ein von den Franzosen protegierter Erneuerer, dessen Position sich leider als zu schwach erwies, als sich die Franzosen zurückzogen. Er konnte den Krieg gegen die Vietcong und den nordamerikanischen Einfluß nicht verhindern.«

»Biscuter, das ist, als hätte dich dein Vater Alfons XIII. genannt, zu Ehren eines Königs, der zuerst von den Republikanern und dann von den Franquisten, die anfangs auf seiner Seite gestanden hatten, überrollt wurde.«

»Mein Vater war kein Anhänger von Alfons XIII. Obwohl ich ihn eigentlich gar nicht kenne. Nach dem Krieg haben wir uns in Andorra versteckt; er ging später nach Amerika, und wir haben nie wieder was von ihm gehört.«

Sie wollten ihren Besuch des letzten Dorfs soeben beenden, da rannte ihnen plötzlich ein Kind hinterher und redete den Chauffeur an, anfangs sehr ängstlich, dann aufgeregt, und schließlich teilte Bao Dai mit, daß dieser Junge der gesuchte sei. Es handelte sich hier offensichtlich um einen wundersamen Wachstumsstillstand oder um eine Lüge, oder Bao Dai hatte die Information nicht verstanden.

»Er behauptet, sein Onkel sei das Kind, das vor dreißig Jahren *Frère Jacques* gesungen hat. Er arbeitet in den Bergen und kommt alle drei Tage nach Hause. Heute erwarten sie ihn.«

Carvalho war so sehr daran interessiert, die Einflüsse französischer Wiegenlieder auf die Ureinwohner des Goldenen Dreiecks zu erkunden, daß er, ohne sich mit Biscuter abzusprechen, beschloß, so lange zu warten wie nötig, und setzte sich auf einen kleinen Erdhaufen, auf dem prachtvolle, kräftige Sojapflanzen gediehen. Biscuter widmete sich erneut der Andenkenjagd, betastete die feilgebotenen Waren, kaufte dann aber nur eine winzige, künstlich gealterte Pfeife aus Zinn, in der allem Anschein nach ein nicht allzu bekanntes Zeug geraucht worden war.

Bao Dai suchte eine Möglichkeit, die Nacht in der Gegend zu verbringen, falls seine Auftraggeber darauf bestanden, noch näher an das, »was man nicht sah und nicht sehen durfte«, heranzufahren. Er bemühte sich vergeblich, was er ihnen mit überaus poetischen Worten mitteilte, dabei aber auch klarstellte, daß sie nicht die ersten Fremden waren, die mit dem Ziel herkamen, die geheimen Drogenküchen, den Anbau, die Verteilungswege und Verteilungssysteme kennenzulernen. Erfolgreich war und lebend zurück kam nur, wer in Bangkok Genehmigungen bekommen hatte, gar mit kleinen Flugzeugen der Regierung zu den verbotenen Orten transportiert und von thailändischen Beamten oder Agenten der DEA begleitet wurde. Das kollektive Gedächtnis der letzten vierzig Jahre hatte so viele Verschwundene gespeichert, wie es Reisende gegeben hatte, die versuchten, den unsichtbaren Wall um das nicht weniger unsichtbare Rauschgiftimperium einzureißen.

»Vielleicht, wenn ich zwanzig Jahre jünger wäre, Chef.«

»Ich komme nie mehr hierher. Du möglicherweise schon, ich für mein Teil weiß, daß ich nie mehr hierherkomme.«

»Auch wenn Sie wiederkämen, Chef, blieben Sie doch im ungewissen. Wir bekommen nur zu sehen, was sie uns sehen lassen wollen. Haben Sie das nicht auch in Zusammenhang mit den Golfkriegen und dem Jugoslawienkrieg festgestellt? Nie ist ein Bild an die Öffentlichkeit gedrungen, das die Sieger in schlechtem Licht zeigte, nie waren die Helden des Reichs des Guten verletzt oder gar tot zu sehen. Dabei handelte es sich um Direktübertragungen, wie es hieß. Die Bomben auf den Irak sahen aus wie helle Punkte, die wirklichen Toten sah man nie.

Alle Zerstörungen der Jugoslawienkriege wurden der Schlechtigkeit der Serben zugeschrieben, es wurde nicht einmal gezeigt, welche Schäden die Bombardements der Nordamerikaner oder Engländer verursacht hatten. Ich erinnere mich noch genau an Ihre Kommentare, Chef. Sie waren nie ein James Bond und sind es bis heute nicht. Nur in James Bond-Filmen darf der Kerl, sogar zusammen mit seinem Freund, die Rauschgiftküchen betreten. Hier und heute bleibt nur die Wahl, entweder beim Versuch, die vermuteten Laboratorien zu sehen, umgebracht zu werden, ohne die Garantie, sie tatsächlich zu Gesicht zu bekommen, oder aber, nach Einschätzung der eigenen Kräfte und derer, die mit der Herstellung und dem Handel dieses Zeugs befaßt sind, die Finger davon zu lassen.«

Es dämmerte schon, die Nacht kündigte sich an, und die Sonne sandte ihre letzten Strahlen über die Berge, bevor sie versank, da sahen sie eine leichte Staubwolke, die mittelgroße Lastwagen auf ihrer Fahrt die Forststraßen hinab begleitete. Ein Gefährt blieb im Dorf, während die anderen ihren offensichtlich gewohnten Kurs fortsetzten. Vom Lastwagen, der angehalten hatte, stiegen etwa dreißig Männer ab, die zwar nicht alle den gleichen Gang hatten, aus der Ferne betrachtet aber alle gleich alt wirkten. Einer dieser Männer war der etwa Dreißigjährige, der als Kind ein französisches Lied gesungen hatte, damit ihm Touristen Trinkgeld gaben, auch Carvalho hatte das Kind dafür belohnt, das Kind mit dem porzellanfarbenen Gesicht unter einem bunten, sechseckigen Hut und den perfekt geformten Händchen, die ein Ruhekissen unter dem Kopf andeuteten.

Frère Jacques, frère Jacques,
dormez-vous? Dormez-vous?
Sonnent les matines,
sonnent les matines,
ding, dang, dong,
ding, dang, dong.

Doch von dem gesuchten entzückenden, der französischen Sprache zugeneigten Kind keine Spur, mochte Bao Dai auch noch so eifrig dorfauf dorfab erneut seine Fragen stellen: Er erntete meist nur Schweigen. Schließlich war die Nacht hereingebrochen wie eine undurchdringliche schwarze, sternlose Kuppel, und Bao Dai schaltete die Scheinwerfer des Range Rovers ein, um einen hellen Bereich zu schaffen und sich bemerkbar zu machen.

»Wir gehen, wenn er nicht innerhalb von …«

Doch er kam. Wurde von seinem Neffen angeschleppt, dem es gelang, die im Vergleich zum kräftigen, jedoch schlanken Körperbau des Bauern überproportional große Hand mit seinem Händchen festzuhalten und erfolgreich zu lenken. Der Mann kniff die schmalen Schlitze seiner Chinesenaugen noch ein wenig mehr zusammen, um seine Verblüffung zu signalisieren, und versuchte, das Kind daran zu hindern, weiter mit Bao Dai zu sprechen, indem er ihm sanft die Hand auf die Lippen legte. Der Chauffeur deutete auf die beiden Westler und sprach ihn mit überlauter Stimme an, erntete jedoch nur ein verächtlich wirkendes Schweigen. Biscuter stimmte das französische Wiegenlied an, worauf der Mann nachdenklich den Kopf in seine Richtung wandte.

»Sprechen Sie französisch?«

Er verstand die Frage nicht, die ihm Carvalho in französischer Sprache gestellt hatte, und Bao Dai übersetzte sie ihm: »Nein, nein, er kann es nicht.«

»Wie kommt es dann, daß er als vierjähriges Kind französisch singen konnte?«

Der Bauer wußte nicht so recht, ob er mit Schweigen oder Worten antworten sollte, wandte sich schließlich zögernd an Bao Dai, sah dabei aber seinen Besuchern direkt ins Gesicht. Man hatte ihn ein paar französische Lieder gelehrt, die französische Sprache nicht. Dafür war die Zeit zu knapp. Der Missionar ging weg, und er sang bis zu seinem zehnten Lebensjahr das Wiegenlied den Touristen vor. Dann war er zu groß, um Rührung und Trinkgelder auszulösen, und seine Mutter konnte nicht verhindern, daß ihn der Vater mit zur Feldarbeit nahm. Seine Vorfahren waren Bauern gewesen, und auch er würde Bauer sein. Carvalho fragte ihn, ob er noch andere französische Lieder kannte, worauf er sich bruchstückhaft an *Les sabots d'Hélène* und *Malbrough s'en va-t-en guèrre* erinnerte. Aber er verstand nicht, was er sang.

»Auch damals nicht? Haben Sie das Lied auch damals nicht verstanden? Wußten Sie nicht, daß Sie ein Wiegenlied sangen?«

Doch. Man hatte ihm gesagt, daß französische Kinder mit diesem Lied in den Schlaf gesungen werden. Was der Text bedeutete, daran konnte er sich nicht mehr erinnern, an die hübsche, zarte Melodie, ja, und daß sie ihm half, sich Frankreich vorzustellen und eine Welt, in der Kinder lebten, denen solche Lieder vorgesungen wurden. Später beschloß er, im Ort zu bleiben und nicht nach Chiang Mai, Bangkok oder sonstwohin auszuwandern.

»Fragen Sie ihn, wohin er gerne gegangen wäre.«

Die Antwort lag bereits auf seinen Lippen: nach Singapur oder Australien.

»Nicht in die Vereinigten Staaten? Nach Nordamerika?«

Da lachte er. Nordamerika sei an vielen Orten, außer in Thailand, und manchmal sei Nordamerika nicht einmal in Nordamerika. Von Biscuter gebeten, fragte Bao Dai den kleinen Jungen, ob er etwas Französisches singen könne, was er verneinte. Auch nichts Englisches, aber immerhin ein Lied im Dialekt seiner Muttersprache, den Bao Dai nicht sehr gut beherrschte. Dann sang das Kind, sang, dreißig Jahre nach seinem Onkel, in der von den Scheinwerfern des Range Rovers theatralisch ausgeleuchteten Nacht ein Liedchen. Es handelte wohl vom Regen, in dem die Blumen naß werden, nicht aber die Schnecke, in dem die Straßen naß werden, nicht aber die Schnecke, in dem die Kinder naß werden, nicht aber die Schnecke, weil die Schnecke schlau ist und ihr kleines Haus mit sich herumträgt. Das Kind bekam, solange es noch nicht wie sein Onkel auf den Mohnfeldern arbeitete, vermittelt, daß das innerste Ich, sei es das der Schnecken, sei es das der Kinder, beschützt wird, zumindest vor dem Regen. Carvalho gab dem kleinen Sänger ein Trinkgeld, was der Onkel dreimal zurückwies.

»Sagen Sie ihm, daß das Kind mit dem Geld den Grundstock für seine spätere Reise nach Singapur legen soll.«

Diesen Vorschlag akzeptierte der Onkel, Onkel und Neffe verabschiedeten sich und gingen den gleichen Weg zurück; sie sahen im Scheinwerferlicht das Kind an der Hand des Erwachsenen hüpfen, der vorwärtsstrebte wie ein Mann, der sein Ziel unter keinen Umständen verändern kann. Nachdem sie sich gegenseitig ihrer Müdigkeit versichert hatten, kamen Biscuter und Carvalho zu dem Schluß, daß sie eines Tages schon erfahren würden, was fünfzig bis hundert Kilometer weiter nördlich heimlich fabriziert wurde, ja, Biscuter setzte sogar auf das autonome katalanische Fernsehen als am besten geeignetes Medium zur umfassenden Aufklärung.

»Sie berichten nur allzugern von solchen Sachen. Ich werde dem Programmdirektor schreiben und ihm erzählen, was wir erlebt haben, mal sehen, ob er einen Film oder eine entsprechende Reportage in Auftrag gibt.«

Sie wollten schnell wieder nach Bangkok zurück, nachdem sie einen ganzen Tag mit den Elefanten zugebracht und ein Gefühl wiedergefunden hatten, das sich vor dreißig Jahren geregt und bereits damals den Kern des Scheiterns in sich getragen hatte: Zu groß war die Kluft zwischen der Wahrscheinlichkeit, daß ein talentiertes Miao-Kind zum Star des Pariser Olympia wurde, und der Wahrscheinlichkeit, daß es als Erwachsener heimlich Opium anbaute. Wie beispielsweise auch eine Kluft zwischen Mythos und Realität liegt, gab Biscuter zu bedenken.

»Das ist Ihnen doch bereits in Samarkand widerfahren, erinnern Sie sich?«

Sie sanken auf ihre Sitze und schliefen alsbald ein, trotz der mit tiefen Schlaglöchern übersäten, schlecht asphaltierten Landstraßen, die zur Hauptstraße führten. Als sie die Veränderung des Straßenbelags bemerkten, klammerten sie sich an den Schlaf wie an ein Klebeband, bis vor Carvalho eine Gestalt auftauchte, der er umgehend den Namen Charoen verlieh, weil so der thailändische Inspektor hieß, der ihm 1982 bei der Suche nach Teresa Marsé geholfen hatte. Zynisch und klug, ganz kritischer Staatsbeamter, ging der Charoen seiner Träume kaum auf Carvalho ein, als sei ihm seine Rückkehr nach Thailand überhaupt nicht genehm. Was er jetzt suche? Drogensüchtige? Korrupte Generäle? Kommunisten? Weiße, die der reichen Länder überdrüssig waren? Mafiabosse aus dem Goldenen Dreieck? Junge Thai-Prostituierte? Agenten der weltweit operierenden nordamerikanischen Besatzungsmacht? Zu den Katastrophen seiner letzten Reise war nur eine dazugekommen: die Aidskranken, die in ähnlichen Einrichtungen behandelt wurden wie vor zwanzig Jahren die Drogensüchtigen. Die Kommunisten waren inzwischen verschwunden, auch aus den Urwäldern an der Grenze zu Birma. Die Spezies der korrupten Generäle dagegen existierte noch, und so folgte ein Elend dem anderen. Vergeblich versuchte Carvalho, der Traumgestalt zu sagen, daß er diesmal nichts Wichtiges suchen mußte, er sich vielmehr den Luxus gestattet hatte, nach dem Verbleib eines Kindes zu forschen, das ihm Anfang der siebziger Jahre ein französisches Wiegenlied vorgesungen hatte. Charoen wandte ihm den Rücken zu, drehte sich dann aber jäh um und wollte ihn packen, wogegen sich Carvalho lediglich mit einem schwachen Faustschlag zu wehren vermochte, der in der Luft verpuffte. Der Polizist fuchtelte beschuldigend mit dem Finger herum: »Halb Thailand kämpft gegen das Heroin, die andere Hälfte fördert es, das fängt bei den höchsten Regierungsbeamten an und geht bis zum letzten Zwischenhändler. Der eine General steckt die Drogenhändler ins Gefängnis, der andere beherrscht den Drogenhandel und holt sie wieder heraus. Verstehen Sie?«

Carvalho erwachte, war verärgert über Charoen und sich selbst, bis er begriff, daß er alles nur geträumt hatte, und sah, daß sich im ersten blassen Morgenlicht die Vororte von Chiang Mai abzeichneten, die Buddha geweihten Tempel; welchem Buddha, ob dem aus Gold oder dem aus Smaragden, war herzlich egal. Carvalho hatte bereits auf seinen früheren Reisen festgestellt, daß ihn die Bauten der buddhistischen Religion in Thailand kaltließen, sofern ihr Zustand perfekt war und sie den üblichen sakralen Zwecken dienten. Er empfand die Bauwerke als aufdringlich und viel zu bunt; ihre Figurensprache war naiv, geradezu ausgelassen und erinnerte ihn, wie es auch die indische getan hatte, an Figuren aus Pappmaché, wie sie jeden 19. März in Valencia festlich verbrannt wurden. Einmal zu grauen Ruinen ohne jede Farbe zerfallen, waren die Tempel allerdings wunderschön.

Auch Biscuter erwachte und fragte ihn, was sie in Chiang Mai tun konnten, das sie nicht ebensogut in Bangkok tun konnten.

»Von Chiang Mai nach Bangkok fahren, zum Beispiel.«

»Logisch.«

»Es gibt hier Handwerkerviertel für Teakholztischler, für Silberschmiede, sehr gute, sehr asiatische. Wir können auch den Nachtmarkt besuchen, Lackarbeiten kaufen, Zigarren aus Birma, die aussehen wie die Selbstgedrehten, die wir als Kinder in der Nachkriegszeit in Spanien geraucht haben, sehr hübsches Kinderspielzeug aus Holz. Und Frauen mit fast weißer Hautfarbe, alle aus der Gegend um Lampang, kleine Nutten, die in Chiang Mai genau wie in Bangkok hoch geschätzt werden.«

Biscuter schwieg und bezahlte, im Hotel angekommen, Bao Dai aus seiner Tasche, obwohl Carvalho heftig protestierte.

»Ich lade Sie ein, auf ein Miao-Kind, das französische Wiegenlieder singt.«

In einem Winkel von Carvalhos Kopf saß noch ein Rest Schlaf, vielleicht auch nur an der Stelle zwischen den Augenbrauen. Wenn er jetzt nicht schlief, würde ihn die gesamte auf der Reise ins Goldene Dreieck angesammelte Melancholie und Traurigkeit überfallen und quälen. Biscuter dagegen wollte im Pool baden und frühstücken wie ein König, wie ein ausländischer König, und dann das erste Flugzeug nach Bangkok nehmen.

Schon 1982 war Carvalho im selben Hotel wie bei seiner ersten Reise nach Bangkok abgestiegen, und das Dusit Thani, das er damals entdeckt hatte, stand immer noch, nur war es jetzt dreißig Jahre älter, als zu der Zeit, als er die angenehmen, sauberen Zimmer entdeckt hatte, den Swimmingpool, der nur am Nachmittag in der Sonne lag, da die benachbarten höheren Gebäude nur wenige Strahlen durchließen, und das ausgezeichnete Frühstücksbüffet, je ein Restaurant mit internationaler, thailändischer und japanischer Küche, wobei die japanische bemerkenswert war. Vermutlich war der Portier nicht mehr derselbe wie vor zwanzig oder dreißig Jahren, aber er war immer noch wie ein asiatischer Peter Pan gekleidet, ein getreues Abbild des damaligen Portiers, und beobachtete aufmerksam das Treiben im mythischen Sündenbabel Bangkok. Dieses begegnete einem gleich vor dem Eingang des Hotels, auf der anderen Seite der Silom Road und der kleinen Straßen, die von dort in das früher übel beleumdete Viertel Patpong führten, inzwischen nur noch ein Schatten seiner selbst, längst vom Sex ohne Grenzen überrollt, der sich in fast allen Vierteln der Stadt ausgebreitet hatte. Auf der Fahrt vom Flughafen zum Dusit Thani war ihm wieder bewußt geworden, daß Autofahren in Bangkok ähnlich riskant ist wie Russisches Roulette, da die Fahrer es auf einen Zusammenstoß anlegen und sich erst in letzter Sekunde, bevor es zur Tragödie kommt, ausweichen. Die Taxis auf drei Rädern hießen hier Tuk-tuks und erinnerten Carvalho jedesmal an die dreirädrigen Karren – jedoch ohne Motor –, die im Spanien der Nachkriegszeit als Transportmittel dienten und deren Fahrweise man nur selbstmörderisch nennen konnte, wobei die Fahrer auch noch das Risiko zu hohen Blutdrucks und einer Erkrankung an Tuberkulose in Kauf nahmen. In seiner Erinnerung waren es keine sympathischen Vehikel, und er versuchte sie zu meiden, seit sie in Indien in Gebrauch genommen wurden, obwohl Biscuter von ihnen begeistert war; auf ihn wirkten sie wie ein rührendes Spielzeug, und allein schon aus Gründen der Gerechtigkeit – so meinte er – sei man verpflichtet, sie zu mieten, um dem Chauffeur sein Hundeleben zu ermöglichen. Außerdem verkörperten sie im Vergleich zum Transport mit den Kulis von früher, an ihre Fahrräder geschmiedete Zugtiere, bereits die Moderne. Biscuter trug Carvalho seine Mindestanforderungen an Bangkok vor: Pingpong-Ball, *Body-Body*-Massage, Markt, die schwimmende Stadt, die Bangkoks Ruf als »Venedig Asiens« begründet hatte, der Besuch der wichtigsten Tempel, Saphire und Rubine, zum Anschauen, nur zum Anschauen, denn das waren die Edelsteine, von denen er seit seiner Kindheit träumte. Auch Smaragde.

»Hier findest du Saphire aus Thailand und Rubine aus Birma. Wenn du Smaragde sehen willst, mußt du nach Kolumbien fahren.«

Sie gingen in das japanische Restaurant, und auf dem Weg dorthin lauerten ihnen bereits die Vermittler sämtlicher Transaktionen auf, die in dieser Stadt möglich waren, die Verkäufer von Edelsteinen waren wohl die aufdringlichsten. In der Silom Road dämmerte es schon, während das Hotel gegenüber noch in hellem Licht lag. In der nur schwach beleuchteten Straße wurden die verschiedensten Geschäfte im verborgenen getätigt; die Zwischenhändler stürzten sich mit ihren Angeboten auf jeden Ausländer, der sich dorthin wagte. Carvalho und Biscuter nahmen ein Taxi, und es wiederholte sich die immer gleiche Szene früherer Reisen, nur die Mitspieler waren jedesmal andere:

»Woher kommen Sie?«

»Aus Barcelona, in Spanien.«

In den siebziger Jahren hatte der Taxifahrer die Stadt sofort identifiziert: »Barcelona Cruyff! Cruyff! Dort spielt Cruyff!«

In den achtziger Jahren brach der Chauffeur in begeisterte »Barcelona, Maradona! Barcelona, Maradona!«-Rufe aus.

Für den jetzigen Chauffeur war der Name Barcelona mit nichts Außergewöhnlichem verbunden.

»Biscuter, mir wird langsam klar, in was für einer furchtbaren Krise der FC Barcelona steckt. Niemand bringt die Stadt mehr mit einem berühmten Fußballspieler in Verbindung. Wir sind niemand.«

Der Taxifahrer machte wie befohlen eine Rundfahrt, die als Einführung gedacht war, aber in der tiefen Dunkelheit konnte man wenig sehen. »Bangkok, la nuit!« Mit diesen Worten begann der Fahrer seine geschäftliche Offensive. Nein, er glaubte nicht, daß sie in Patpong finden würden, was sie suchten, weil das Viertel heruntergekommen war und die interessanten Veranstaltungen in andere Viertel gewechselt hatten.

»Mädchen? Jungen? Body-Body?«

»Pingpong-Ball«, faßte Biscuter kurz zusammen.

»Pingpong?«

Der Taxifahrer brauchte ein bißchen Zeit, um zu begreifen, was sie wollten, und das Gelächter, das ihn beinahe am Weiterfahren gehindert hätte, bewies, daß er sie schließlich richtig verstanden hatte.

Eine Fahrt mit vielen Umwegen begann, nach Carvalhos Meinung nur ein Versuch, die Taxiuhr zu füttern, bis sie in eine kleine Straße einbogen, die mit einer Schranke versperrt war. Nach dreimaligem Hupen öffnete sie sich, und das Taxi fuhr in einen Hof, der als Parkplatz diente; fast nur japanische Autos und einige kleine Busse standen dort. Verschiedene Türen versprachen den Abstieg in verschiedene Höllen, und nachdem er ein angemessenes Trinkgeld erhalten hatte, zeigte der Chauffeur auf die größte Tür:

»Pingpong.«

Am Eingang stand ein Wächter, der bei dem schwachen Licht wegen seiner dunklen Haut leicht zu übersehen war, und jenseits einer grünen Schwingtür, die die Farbenpracht der Tempel nachahmte, befand man sich plötzlich in einem großen Saal voll mit Hunderten von Leuten, die zum Teil in einer Reihe an dem langen Tresen standen und von leichtbekleideten Kellnerinnen in den Gewändern griechischer Vestalinnen bedient wurden. Andere bildeten einen Kreis um verschiedene kleine erleuchtete Podeste, auf denen nackte Mädchen mit den Schamlippen Pingpong spielten. Sie steckten den Ball in die Scheide, sogen ihn ein und ließen ihn dann auf den Boden springen, und es genügte die Bewegung einer kleinen Hand, um den Ball wieder in seine Höhle zu stecken und das Spiel von neuem zu beginnen. Die Expertinnen im vaginalen Pingpong spielten wie Go-Go-Girls, langsam, im Rhythmus einer Musik, wie sie beim Striptease üblich ist, und bewegten sich mit der Gleichgültigkeit von Profis, deren Sport nur scheinbar etwas mit Sex zu tun hat, weil nur wenige Zuschauer es wagten, an einen nichtsportlichen Gebrauch ihrer Vaginen zu denken, die hier als Ballfänger fungierten.

Die mehrheitlich westlichen Touristen, vor allem Franzosen und Italiener, wurden mit Angeboten überfallen, die über das unschuldige Pingpongspiel der sehr jungen Mädchen mit perlmutterfarbener Haut, manche mit rasierter Scham und geschminkten Augen, hinausgingen. Carvalho erinnerte sich an Szenen früherer Reisen, den sexuellen Voyeurismus als festen Bestandteil im Preis inbegriffen, als sei Thailand eine Art exotischer und zugleich preiswerter Müllabladeplatz für die sexuellen Phantasien der reichen Länder, die nie gegen ihre puritanische Erziehung verstoßen.

»Und die Massagen, Chef?«

Sie hatten die Hände voller Werbeprospekte, die die ausgefallensten Massagetechniken versprachen, und Carvalhos Blick fiel auf den Namen Atami, ein Vergnügungscenter, zu dem ihn eine Spur geführt hatte, der er auf der Suche nach Teresa Marsé und Archit, ihrem unglücklichen Thai-Gigolo, gefolgt war. Schließlich hatte er die *Body-Body*-Massage bestellt, die von den Schleppern unter geflüsterten Versprechungen mit lasziver Miene angeboten wurde, aber er war nur darauf eingegangen, weil er dachte, auf diese Weise den Aufenthaltsort der beiden zu erfahren. Biscuter und Carvalho stiegen in ein Taxi, das sie zu einer kleinen, mit der Petchburi Road verbundenen Straße brachte, deren einzige Beleuchtung in dem Schild des Atami in thailändischer Schrift bestand. Schon beim Eintreten fiel auf, daß sich das Publikum in passive Zuschauer, vermutlich Wächter, die hier für erotische und sexuelle Ordnung sorgten, und Kunden aufteilte, die vor einem riesigen Aquarium voller Mädchen standen. Jedes von ihnen war mit einer Nummer versehen, mit der sie ihr Geschlecht zu- und aufdeckten, eifrig, ohne Laszivität, eine Bewegung, nicht mehr. Man mußte sich nur vor den Glaskasten stellen, und schon hörte man eindringliches Flüstern, das Wunder versprach, und wurde zu den oberen Stockwerken mehr geschoben als geführt, wo man den Blumenreigen numerierter, halbnackter Mädchen ohne den Filter des Glasbehälters betrachten konnte. Auf Biscuter wirkten alle wie Minderjährige.

»Ich will eine Frau, kein Kind.«

Carvalho übersetzte seine Wünsche, und die fünf oder sechs Zuhälter in ihrer Nähe schienen aufgebracht.

»Kleine Mädchen? Nein! Kleine Mädchen auf keinen Fall! Frauen. Junge Frauen. Alles legal.«

Schließlich blieb Biscuter vor einer anderen Reihe von etwa einem Dutzend Mädchen stehen, betrachtete sie mit den Augen eines Kosmonauten, der soeben auf einem Planeten gelandet ist, an dessen Existenz er bisher gezweifelt hatte, und zeigte auf eine von ihnen.

»Die Perle von Lamphun!« rief ein Beschützer, und Carvalho erinnerte sich, daß die begehrtesten Mädchen aus Lamphun oder Pasang stammten und wie alle anderen aus kinderreichen Familien kamen, deren Töchter auf der Suche nach dem schnellen Geld in die Stadt gingen, um zum Lebensunterhalt der Familie beizutragen.

»Und Sie?«

»Und ich? Ich möchte im Moment nicht.«

»Möchten Sie mehrere? Sie beide und zwei oder drei oder vier oder fünf Mädchen, welche Sie wollen, oder Jungen, oder Jungen und Mädchen.«

Carvalho suchte eine Bank, setzte sich und gab Biscuter zu verstehen, daß er ihn seinem Schicksal überließ. Biscuter, der Assistent des Detektivs, schien auf die Anwesenheit seines Chefs keinen Wert zu legen, als führe er von nun an ein geheimnisvolles Eigenleben, und folgte einem Mädchen, das jetzt in einen weißen Bademantel gehüllt war, über einen von flackernden Neonlampen schwach erleuchteten Gang. Das Mädchen öffnete eine Tür und ließ Biscuter eintreten, dann schloß es die Tür hinter sich, und Carvalho blieb mit dem Eindruck zurück, daß jenes Zimmer gleich einer Büchse der Pandora für den stets unberechenbaren Biscuter die Erfüllung lang gehegter Träume bereithielt.

Eine Stunde später traten Carvalho und Biscuter wieder auf die Straße, ohne ein Wort gesprochen zu haben. Irgendwann würden sie anfangen zu reden, aber sie hatten keine Lust, über Biscuters Erfahrungen zu sprechen. Carvalho erinnerte sich an seine eigenen. Als sie das Zimmer betreten hatten, wirkte das Mädchen, jetzt mit bloßen Füßen, noch jünger. Der Raum wurde von einer wenig verführerischen Neonlampe erhellt, die aber die Haut noch weißer erscheinen ließ. Das Zimmer, aufgeteilt in einen Raum, in dem eine aufblasbare Matratze Platz hatte, und so etwas wie eine Naßzelle mit einer großen Badewanne, löste Fluchtgedanken aus. Das Mädchen hatte die Matratze neben die Wanne gelegt und litaneiartig die Frage wiederholt: »Fucking? Fucking?«

Ihre Stimme hatte wie die eines stark verschnupften Schulmädchens geklungen; sie hatte einen hübschen Körper, kleine Hände, mit denen sie Carvalho, der auf der Matratze lag, eine Thaimassage verabreichte. Dann führte sie den Mann zu der mit warmem Wasser gefüllten Wanne und rieb ihn mit einer Seife ein, die er anfangs für scharf gehalten hatte, die sich aber als mild und duftend erwies. Nachdem sie den Mann ganz eingeseift hatte, von den Zehenspitzen bis zu den Haaren und besonders den Penis und dessen Umgebung, machte sie das gleiche mit dem eigenen Körper, und nachdem sie Carvalho wieder auf die Matratze gebettet hatte, legte sie sich auf ihn und begann den *Body Body*. Das war eine Massage durch zwei eingeseifte nackte Körper, was Carvalho aber mehr wie ein Werbespot für irgendeine Seife wie zum Beispiel die Marke *Lux* vorkam, ihm als Mittel zur sexuellen Erregung jedoch ziemlich ungeeignet schien. Sie merkte, wie weit Wunsch und Realität auseinanderklafften, und nahm seinen Penis in die Hand, machte ein angeekeltes Gesicht und schlug vor, ihm für einen Spezialpreis – weil »der Penis ihren Ekel erregte«, wie sie sagte – einen zu blasen.

Er wurde aus seinen Erinnerungen gerissen, als sich endlich wieder die Stimme Biscuters hören ließ:

»Und Sie, Chef, nichts?«

»Nein. Aber beim letzten Mal, ja. Mir war einfach nicht danach. Vielleicht ein andermal.«

»Es ist seltsam, nur seltsam. Aber es gibt keine, wie soll ich sagen, Kommunikation, obwohl gesprochen wird. Vielleicht ist es wegen der Feuchtigkeit und der Seife, aber ich hatte nicht den Eindruck, mit einer wirklichen Frau zu vögeln. Es ist, als käme sie aus einer anderen Welt, hätte diese aber nicht wirklich verlassen.«

Am nächsten Morgen entschied sich Carvalho für ein Frühstück in bunten Farben aus tropischen Früchten und Spiegeleiern, ging zum Pool, um zu schwimmen, und wartete, bis Biscuter sich von den Exzessen der vorigen Nacht erholt hatte, um ihm eine Fahrt durch Bangkok auf dem Wasserweg vorzuschlagen. Er erinnerte sich an ein vietnamesisches Restaurant, das ihm der Polizist Charoen vor zwanzig Jahren empfohlen hatte, das Annam. Vielleicht hieß es ja noch so, obwohl es eher unwahrscheinlich war, daß es in einer Stadt wie Bangkok zwanzig Jahre überlebt hatte, wo von der alten Stadt gerade noch die Pfahlbauten am Hauptkanal übriggeblieben waren. Jemand hatte die unvermeidliche *Bangkok Post* und einen Werbeprospekt für ein atavistisches Schauspiel auf seinem Liegestuhl liegenlassen, einen Kampf zwischen Mungo und Kobra, ein Schauspiel, an das sich Carvalho nur mit Schrecken erinnerte, weil die Bisse des wütenden Mungos der Kobra Qualen zufügten, ohne daß irgend jemand von den Zuschauern Mitleid für sie empfand, da alle an die zahlreichen Opfer von Schlangenbissen in Thailand dachten, vor allem an die Kinder.

Biscuter schien innerlich und äußerlich ermattet, und es dauerte eine Weile, bis sie sich für eine Bootsexkursion entschieden, die zuerst flußaufwärts gehen sollte, um Biscuter zu zeigen, wie der Mekong, zuerst ein ländlicher Fluß mit an den Ufern weidenden Büffeln, Reisfeldern und Schöpfrädern, sich in ein Gewirr aus Wasserwegen, Kanälen und Pfahlhäusern verwandelt, im dem sich die Menschen im Abstand von wenigen Metern den Hintern waschen und die Zähne putzen. Langsam bekommt der Fluß ein städtisches Aussehen mit Holzhäusern auf Stelzen, Häusern mit nur einem Raum, in dem manchmal zwanzigköpfige Familien kochen, essen, vögeln und schlafen. Alles andere geschieht in dem trüben Wasser, auch das Einkaufen auf schwimmenden Märkten, weiter flußaufwärts auf dem Damnoen Saduak, in Bangkok selbst auf dem Dao Kanong. Vom Hauptkanal ausgehend verzweigt sich ein Netz von Kanälen und Kanälchen, und dort stellt der schmale Einbaum mit Außenbordmotor das Hauptverkehrsmittel dar, das auch für den Warentransport auf den schwimmenden Märkten dient. Es gibt sogar Boote, auf denen auf Kohlebecken, die mit Holzkohle aus Tamarindenholz geheizt werden, für Käufer wie Verkäufer Essen zubereitet wird, das winzige, schwarz gekleidete alte Frauen servieren, die ebenso geschickt mit dem Ruder umgehen wie mit dem Schürhaken und dem Kochlöffel. Wenn sie sich umschauten, sahen sie den Abfall auf dem Wasser schwimmen, sahen Mütter, die ihre Kinder abseiften, wie Wasser in Kochtöpfe geschöpft wurde, wie Leute sich der sorgfältigen Zahnpflege widmeten und die Zahnbürste ins Wasser tauchten und dann ausspuckten, wobei sie nur den Speichel zum Ausspülen verwendeten. Auf dem Hauptkanal überließ Carvalho sich dem Eindruck, außer dem Leben, das sich vor seinen Augen abspielte, wäre kein anderes möglich, die Erde, unsere irdische Wohnstätte, wäre ein Traum oder ein Trugbild, und die ganze Welt und alles Leben in dem Netz von Kanälen eingeschlossen, das sich vor ihm ausbreitete. Er erinnerte sich daran, wie er hier vor zwanzig Jahren mit einem Polizeiboot herumgefahren war, und es wurde ihm bewußt, daß es ihm nur mit Hilfe von Inspektor Charoen, dessen Bild plötzlich vor ihm aufstieg, gelingen würde, jenes Bangkok wiederzufinden, wo er damals etwas gesucht hatte, was ihm weniger konfus erschien als der Entschluß, die Reise um die Welt fortzusetzen. Charoen, Madame La Fleur, Jungle Kid: Sie markierten für ihn den Anfang des Jahrzehnts, in dem Ereignisse des zwanzigsten Jahrhunderts, von der Oktoberrevolution bis zum Ende des Kalten Krieges, ihren Sinn verloren hatten. Charoen als Polizist und Madame La Fleur und Jungle Kid als Kriminelle gehörten zur Logik jener

Zeiten und waren inzwischen sicher in modernerer Gestalt auferstanden, auf wenn sich die Situation in Thailand nicht geändert hatte und die farbenprächtigen, immer noch gut aussehenden Könige nach fünfzigjähriger Herrschaft weiterhin als Dekor für die Macht der Generäle, Edelsteinhändler, Drogenbarone und Menschenhändler fungierten.

»Was kann man sonst noch in Bangkok kaufen?«

»Du hast schon fast alles gesehen: Kunsthandwerk, Rubine, Saphire, besonders Saphire – kein Besucher Bangkoks verläßt die Stadt, ohne einen Saphir gekauft zu haben –, Nutten, Strichjungen, Heroin, Kokain, Opium. Was du noch nicht gesehen hast: die Seidenstoffe, sie sind von bester Qualität und billig. Bald sind wir am Großen Markt, der alle großen Märkte, die du je gesehen hast, in den Schatten stellt, die indischen Märkte inbegriffen.«

Nachdem sie die Rundfahrt durch die wichtigsten Kanäle beendet und dabei den einen oder anderen Abstecher gemacht hatten, um Biscuter einen Eindruck von dem komplizierten Labyrinth zu vermitteln, in dem das Wasser an manchen Stellen stillsteht und in Fäulnis übergeht, sagte Carvalho, er wolle zur Polizeizentrale fahren, um den Aufenthaltsort eines alten Bekannten in Erfahrung zu bringen, und Biscuter hatte nichts dagegen, ihn zu begleiten. Der Pförtner wußte nichts über Inspektor Charoen, »Uthain Charoen«, ergänzte Carvalho, der ihm den Namen aufschrieb, weil eine fehlerhafte Aussprache den Beamten leicht verwirren konnte. Auch zwei hohe Beamte in zwei verschiedenen Etagen konnten sich an Charoen weder erinnern noch ihnen etwas über seinen Aufenthaltsort sagen, aber schließlich fanden sie fast auf der obersten Ebene, zumindest der des Gebäudes, den Beweis der Existenz Charoens, auch wenn es ihm nicht besonders gut ging.

»Er ist in einem Altersheim für Beamte, nicht wegen seines Alters, sondern wegen eines Unfalls. Er bekam eine Kugel in den Rücken und ist fast vollständig gelähmt.«

Carvalho schrieb sich die Adresse des Heims auf, das sich im äußersten Westen der Stadt befand, und weil er sich noch nicht entschlossen hatte, hinzufahren oder nicht, nahm ihm Biscuter die Entscheidung ab und rief ein Taxi. Als sie im Taxi saßen, wartete er darauf, daß Carvalho dem Fahrer den Zettel mit der Adresse zeigte. Carvalho zögerte und hatte von neuem das Gefühl, bei diesem Besuch Thailands nur der Verpflichtung nachzukommen, seine Erinnerung mit der Realität zu vergleichen. Außerdem war gerade Hauptverkehrszeit, und der Verkehr wurde zu einem kollektiven Selbstmordversuch, an dem alle Fahrer teilnahmen, die nicht davor zurückschreckten, in vier Reihen nebeneinander auf Straßen zu fahren, die für zwei Spuren gemacht waren. Der Rhythmus wurde durch regelmäßige Stopps an den Ampeln bestimmt, wo Schwärme von Kindern und Jugendlichen, die sich mit dem Waschen der Windschutzscheiben ihr Geld verdienten, mit Zähnen und Klauen und Schlägen um das Recht kämpften, dem Fahrer einen Schwamm entgegenzuhalten. Schwämme und Zeitungen, und wenn es sich um eine größere Kreuzung handelte, auch Modeschmuck, verschiedenes Kunsthandwerk, Sexangebote und Edelsteine, um bei Grün wieder zu verschwinden und die Fahrer ihrem selbstmörderischen Tun zu überlassen.

»Ich sehe nicht hin«, sagte Biscuter und hielt sich die Hand vor die Augen.

»Das Schauspiel verlangt eine Betrachtung. Entgegen allen Vermutungen stoßen sie fast nie zusammen.«

Es war leicht, Charoen in dem Heim zu finden, wo eine nahezu militärische Ordnung herrschte, die jedoch nicht verhinderte, daß auf den Gängen einige Nachttöpfe herumstanden und darauf warteten, von ihrem Inhalt befreit zu werden. In diesem Kosmos geisterten Verwirrte herum; andere, die ihre Bewegungen nicht mehr kontrollieren konnten, bewegten sich in ihren Rollstühlen fort wie Kosmonauten ohne klare Orientierung. Nachdem sie einen langen breiten Gang durchschritten hatten, in den Dutzende von Kranken strömten, um sich dort niederzulassen und sich wieder von neuem zu verlieren, führte eine Treppe zu einem Park hinunter, wo einige Einzelgänger offenbar Zuflucht gesucht hatten, um ein gewisses Maß an Privatsphäre zu bewahren. Der

Pfleger wies auf einen Mann im Rollstuhl im Schatten eines riesigen blühenden Ombú, und als Carvalho ihn mit Hilfe von Gesten fragte, ob der Mann verstehen und sprechen könne, fing er an zu lachen und gab ihm ebenfalls durch Gesten zu verstehen, daß Charoen ununterbrochen redete. Als sie näher kamen, fanden sie bestätigt, daß Charoens Lippen sich unablässig bewegten, aber auch aus der Nähe konnten sie keinen Ton hören. Nur das Gehirn von Charoen sprach, die Lippen beschränkten sich darauf, tonlose Worte zu formen. Als sich Carvalho vor ihn hinstellte, betrachtete ihn der Polizist eine Weile erstaunt, obwohl es kleine Anzeichen gab, daß er ihn wiedererkannte.

»Ich bin Carvalho, der spanische Privatdetektiv, der vor zwanzig Jahren hier nach einer Teresa Marsé und ihrem Verlobten Archit gesucht hat, ja, Archit hieß er.«

Nachdem er einen Moment in seinen geistigen Archiven gestöbert hatte, sagte Charoen mehrmals ja und verwandelte die Zustimmung in eine Begrüßung. Er streckte Carvalho seine Hände hin, die dieser mit einer Herzlichkeit ergriff, die nicht ganz der Beziehung entsprach, die vor zwanzig Jahren zwischen ihnen bestanden hatte.

»Archit, Archit. Ich glaube, er ist tot. Teresa auch?«

»Nein.«

»Die Frauen überleben uns.«

»Es war die Zeit von Madame La Fleur und Jungle Kid, erinnern Sie sich?«

»Jungle Kid ist tot, aber Madame La Fleur lebt zurückgezogen und ist krank, aber sie lebt. Die Frauen überleben uns.«

Carvalho sprach von seinem Vorhaben, eine Reise um die Welt zu machen.

»Wovon nehmen Sie Abschied?«

Er hatte nichts von einem Abschied gesagt, aber Charoen hatte den Sinn seiner Reise erfaßt.

»Von allem und von nichts.«

»So ist es. Alles existiert nicht, nichts ebensowenig.«

Wenn er nicht auf eine Frage antworten mußte, fiel Charoen wieder in die Haltung des in Nachdenken versunkenen Gelähmten zurück, und seine Lippen formten alles nach, was ihm durch den Kopf ging.

»Und hier ist alles beim alten?«

»Alles ist beim alten geblieben«, bestätigte er überzeugt. »Alles ist ganz anders geworden.«

»Drogen sind weiterhin ein Problem.«

»Weil sie ein Geschäft sind und eine Lebensnotwendigkeit. Verstehen Sie? Drogen sind lebensnotwendig, und die Drogen zu bekämpfen ist ebenfalls lebensnotwendig. Entspricht das nicht dem Wesen der Beziehung zwischen Gut und Böse?«

»Wenden Sie dieses Prinzip auf alles an?«

»Auf alles. Damit Thailand funktioniert, ist es notwendig, daß korrupte Generäle an der Macht sind, weil korrupte Generäle keine Probleme machen.«

»Soll das heißen, daß Gangster wie Jungle Kid und Madame La Fleur noch immer ihr Unwesen treiben?«

»Nein. Der Stil hat sich geändert. Es gibt im allgemeinen keine großen Persönlichkeiten mehr. Heute wird das Verbrechen von gestaltlosen Teams gesteuert, und es organisiert sich als eine Macht, die in der Lage ist, ein Bündnis mit der offiziellen Macht einzugehen. Viel schlimmer wäre das Fehlen der Kontrolle oder der Anschein fehlender Kontrolle wie zu meiner Zeit. Sie haben mir eine Kugel in den Rücken verpaßt, aber ich hatte Glück. Ich bin nicht völlig gelähmt wie dieser amerikanische Schauspieler, der Superman gespielt hat. Manchmal, wenn ich im Fernsehen einen seiner Filme sehe, tröstet mich das. Er ist Nordamerikaner, aber er ist noch stärker behindert als ich.«

Carvalho fielen keine Fragen mehr ein, und Charoen verfiel wieder in seine Gedanken und sein lautloses Sprechen. Biscuter dagegen hatte das Gefühl, daß der Behinderte noch weiterreden wollte.

»Chef, fragen Sie ihn doch noch etwas.«

»Ich weiß nicht, was ich fragen soll. Ich kenne ihn nicht gut genug.«

»Nach seinem Leben. Ich weiß nicht, nach der Familie, nach der Zukunft.«

Carvalho versuchte eine logische Frage zu formulieren und sagte schließlich:

»Sie sind ein starker Mann. Ich bewundere die Tapferkeit, mit der Sie Ihren Zustand ertragen. Nur ein starker Mann kann damit fertigwerden.«

Charoen hörte auf zu denken und zu sprechen. Er sah Carvalho überrascht an und schien nicht gleich die richtigen Worte zu finden, fand sie aber schließlich doch.

»Von welchem Zustand sprechen Sie? Ich beziehe die höchste Rente. Ich bin Witwer, ich bekomme eine gute Pension, mit der ich meinem Enkel helfe, sein Medizinstudium zu finanzieren und sich auf eine Karriere in einem seriösen Land vorzubereiten. Aber verstehen Sie mich? Was wie eine Lösung aussieht, stellt ein Problem dar. Wo gibt es ein seriöses Land? Was ist überhaupt ein seriöses Land?«

Es war nicht möglich, Königin Sirikit oder ihren Gatten zu Gesicht zu bekommen – seit fast fünfzig Jahren die Sex-Symbole der asiatischen Königreiche –, und aus diesem Grund entschieden sie sich gegen eine Besichtigung des königlichen Palastes und des angrenzenden Tempels What Phra Kaeo, eines von Mauern umgebenen heiligen Areals. Nach Meinung Carvalhos mußte Biscuter jedoch unbedingt den großen Markt am Wochenende erleben, eine echte Bewährungsprobe – er übertraf das, was sie bisher gesehen hatten, um Längen: Es gab dort alles, vom Bilderrahmen bis zum Panther, von kleinen Flußkrebsen bis zu Elefanten und Blumen und Seide und Teppichen und Möbeln, es gab getrocknete Fische und Schlangen, Mungos in Käfigen und Kobras in geschlossenen Körben, Spielzeug für Kinder und Dolche für Banditen, Uniformen aller vergangenen und zukünftigen Kriege und gebrauchte Unterwäsche, Tigerbalsam gegen Rheuma und eine aus Insekten hergestellte Creme gegen lustlose Penisse, Flaschen mit salziger stinkender Fisch-Sauce neben einem fast kilometerlangen Wald von Korianderbüscheln, deren Duft die Tausende und Abertausende von Blumen und Hibiskusblüten übertrumpfte, sogar die aggressiveren Gewürze wie Ingwer und Nelken und auch das defensive Soja in dunklen Tonkrügen, bis zu zwanzig verschiedene Arten von Garnelen, manche exquisit, andere fast verfault, glasierte Enten oder Enten in Aspik, faule Eier und Büffelhoden, Kutteln und Schafköpfe, Schrauben, Stecker, Schuhe, Badeanzüge. Es gab Stände, an denen Essen verkauft wurde, umlagert von Gästen, die Reis und Garnelen mit Sojasprossen aus Schalen aßen, die sie dicht unter die Nase hielten, während sie die Speisen mit

Stäbchen, die sie in der anderen Hand hielten, geschickt bis an die Zungenspitze führten. Nirgendwo sonst auf der Welt hatte Carvalho mit soviel Eifer und Hingabe Leute essen und kaufen sehen wie auf den Straßen Thailands, und manchmal hatte er sich hinreißen lassen und an einem schmackhaften und billigen Festmahl teilgenommen, gegen den Rat sämtlicher Reiseführer und unter den vorwurfsvollen Blicken der pasteurisierten Mitreisenden.

»Chef, hier wird die Milch nicht pasteurisiert.«

»Jedesmal, wenn du auf diesen Markt kommst, findest du ein neues Produkt. Es wird behauptet, daß sogar Marschflugkörper hier verkauft werden, auch wenn man sie nicht zu sehen bekommt.«

Biscuter hatte sich an die Art gewöhnt, wie der Detektiv zu reisen pflegte, der die Sehenswürdigkeiten verschmähte, die sich den Touristen überall selbst bei einem kurzen Aufenthalt darboten. Carvalho hatte sein eigenes Konzept, eine Vorliebe für Verfall und Monumentales, und er fand es interessanter, in den Zug zu steigen, der Bangkok mit dem Süden verbindet und der weiter nach Malaysia und schließlich bis nach Singapur fährt, wo sie ein Cocktail erwartete, den Somerset Maugham auf die gleiche Weise entdeckt hatte wie Kolumbus Amerika. Es gab ihn an der Bar des Hotel Raffles, wie es den Daiquirí an der Bar des Floridita in Havanna gab, und Hemingway hatte lediglich auf den Zucker verzichtet, weil er Diabetiker war, und dafür die doppelte Menge Rum genommen.

»Inzwischen weißt du bereits, was dieses Land zur Weltkultur beigetragen hat, vom *Body-Body* bis zu den unsichtbaren Opiumplantagen, nicht zu vergessen einen bereits betagten König, der ein ziemlich guter Jazzmusiker ist. Einige Strände, Phuket oder Pattaya, stehen im Ruf eines Touristengrills wie Benidorm oder irgendein zugebauter Strand am Mittelmeer. Aber es gibt noch freie Natur, oder es gab sie zumindest, und ich würde gern mit dir nach Koh Samui fahren, ganz im Süden, am Golf von Siam, um noch einmal die gleiche Reise wie vor zwanzig Jahren zu machen und festzustellen, was sich verändert hat.«

Im Lauf von zwanzig Jahren war Koh Samui für Biscuter eine vertraute Größe geworden, ein Fenster zum Paradies, das Carvalho ihm geöffnet hatte, und er stieg voller Erwartungen in den Zug, der sie nach Surat Thani bringen sollte. Von dort wollten sie ein Taxi nach Ba Don nehmen, und nach dreistündiger Überfahrt würden sie dann Koh Samui erreichen. Der klimatisierte Schlafwagen war haargenau der gleiche wie der, in dem Carvalho 1982 gereist war, nur teilte er sich diesmal das Abteil mit Biscuter. Sie blieben sitzen, bis Bangkok allmählich aus ihren Blicken entschwand, sahen Vorstädte, die den Vorstädten auf der ganzen Welt glichen, Häuser, die gut erhalten waren, andere, die man dem Verfall überlassen hatte, Baracken, Kanäle gesäumt von durch die Feuchtigkeit ziemlich vermoderten Pfahlbauten; asiatische Lethargie schien Menschen und Fassaden erfaßt zu haben, Armut konkurrierte mit einer üppigen Vegetation, die schließlich den Sieg über die heruntergekommenen Menschen davontrug.

Bald sahen sie nur noch Landschaft, wenn auch durch die Scheiben etwas verzerrt. Carvalho wollte feststellen, ob der Zug wieder das Schauspiel eines lärmenden Durcheinanders bot, und was er vor sich sah, war die ihm bereits vertraute Mischung von Reichtum und Armut: fließendes Wasser in den Abteilen der ersten Klasse und irdene Bottiche mit einem Schöpflöffel in den Waggons dritter Klasse. Im Speisewagen waren Biscuter und er die einzigen Reisenden aus dem Westen, umgeben von arroganten, lärmenden, trinkfreudigen Asiaten, und das Essen in den anderen Waggons entsprach dem Kanon der Ernährung auf Reisen, Frischhalteboxen oder kleine Käse- und Schinkenhäppchen für blonde junge Menschen in Touristenkleidung. Sie aßen eine Kombination aus japanischen Vorspeisen, tranken Thai-Bier und den unvermeidlichen Mekong, einen Whisky, der Carvalho wie eine Mischung aus Whisky und Medizin erschien. Sie sagten dem Schaffner, daß sie um jeden Preis in Surat Thani aussteigen müßten, wenn sie ihr Ziel nicht verfehlen wollten, und während Biscuter mit einer dramatischen Geste seinen dicken Finger an den Hals legte, gab Carvalho dem Beamten genug Bath, um ihn gleich drei Tage wachzuhalten. Sie zogen sich aus und legten sich hin, obwohl Carvalho das Licht nicht ausmachte und die *Bangkok Post* eingehend studierte, die eine unmittelbar bevorstehende Intervention der USA im Irak ankündigte, eine Intervention, die vom Generalsekretär der Vereinten Nationen und einem Teil der europäischen Regierungen kritisiert wurde, ausgenommen Spanien, England und Italien, die ihrem nordamerikanischen Freund den Rücken stärken wollten.

»Was hat der denn im Irak verloren?« rief Carvalho aus, der an die nichtssagende Mimik des spanischen Regierungschefs dachte.

Was würde schließlich dabei herauskommen? Fast ausschließlich Iraker würden ihr Leben verlieren. Es gibt Völker, die zum Töten geboren werden, und andere, die geboren werden, um sich abschlachten zu lassen. Für diese Wahrheit gab es nicht nur genug Beweise, sondern man konnte sie sogar schon in seriösen Geschichtsbüchern nachlesen. Aber der Versuch, die eigene Empörung zu unterdrücken, hinderte ihn am Einschlafen, und dann empörte er sich darüber, daß er sich wie ein Idealist empörte, nackt im Abteil eines Schlafwagenabteils erster Klasse in einem thailändischen Zug liegend und von der verrückten Idee einer Weltreise besessen. Biscuter schnarchte, bis der Schaffner ihnen Bescheid gab. Ihr Körper verlangte noch nach Schlaf, und sie fühlten sich etwas desorientiert angesichts der tiefschwarzen Nacht, die durch die kleinen Fenster hereindrang, einer undurchdringlichen Nacht, in der nicht einmal die Vegetation zu erkennen war. An der Station Surat Thani stiegen nur sechs Reisende aus, es gab ein paar schwach beleuchtete Häuser, ein kleines Linientaxi, das zwei junge blonde Paare einlud, und mehrere Taxis, die sich nicht einmal die Mühe machten, sich um die beiden übriggebliebenen Reisenden zu streiten. Der Taxifahrer, für den sie sich entschieden, fragte nicht, wo sie hinfahren wollten, und war auch nicht erstaunt, als Carvalho ihm nach etwa sechs Kilometern mitteilte, daß sie nach Ba Don wollten.

»Schon gut. Um diese Zeit kann man nirgendwo anders hinfahren.«

Das Auto bewegte sich durch den Dschungel vorwärts wie durch einen Tunnel, und nach einer Stunde Fahrt erschien ein rötlicher Schimmer, der den Sonnenaufgang ankündigte. Bei Carvalhos letzter Reise hatte ein italienischer Missionar ihm Koh Samui als einen noch nicht von der Moderne bedrohten Ort beschrieben, der seine Rettung einigen wenigen fortschrittlichen Europäern und Nordamerikanern verdanke, die dort in den Sechzigern und Siebzigern gestrandet waren. Eine andere Bedrohung gehe von der beginnenden Bodenspekulation aus, die damals jedoch nur von einem Spanier mit Namen Martínez verkörpert wurde, der nach Meinung des Salesianers mit mehr als einer Thaifrau ein ausschweifendes Leben führte. Unterwegs war das Taxi von einer Militärpatrouille angehalten worden, da es vor zwanzig Jahren noch eine kommunistische Guerilla in dieser Gegend gab. Welcher Kommunist käme heute auf die Idee, in irgendeinem Teil der Welt einen Guerillakampf zu beginnen? Der italienische Missionar hatte damals zugegeben, daß es in Thailand mehr Kommunisten als Katholiken gab, und obwohl die Kommunisten heute eine aussterbende, kaum geschützte Spezies waren, hatten auch die Katholiken bessere Zeiten gesehen, vor allem, da sie mit erstaunlichem Starrsinn und völligem Mangel an Poesie an ihren veralteten Auffassungen festhielten.

»Merkwürdig, daß Sie mit dem Zug nach Koh Samui fahren. Es gibt einen Flughafen in Surat Thani und auch auf der Insel selbst eine Landepiste.«

Scheiße. Carvalho wiederholte das Wort dreimal, nicht weil er ein zweites Mal die gleiche lange, strapaziöse Reise wie 1982 gemacht hatte, sondern weil ihm plötzlich klar wurde, daß Koh Samui nicht mehr das sein konnte, was es vor zwanzig Jahren gewesen war. Biscuter hatte es sich mit im Nacken verschränkten Armen hinter dem Fahrersitz bequem gemacht und ließ die Beine baumeln, aber er schlief nicht. Mit Sicherheit dachte er an das, was ihm Carvalho von Koh Samui erzählt hatte, und wartete gespannt darauf, die Realität mit dem Mythos vergleichen zu können.

»Es sind immer Inseln, Chef.«

»Was?«

»Die Orte, die zu Mythen werden.«

»Bring mir den Beweis.«

»Sie haben es ja bereits in Griechenland gesehen, auf Lesbos, Ithaka, Kreta.«

»Aber Griechenland besteht ja fast nur aus Inseln. Selbst der Peloponnes ist eigentlich eine Insel.«

»Aber es gibt andere. Koh Samui, Ibiza, Bora Bora, Alcatraz ...«

Der Ton Biscuters erlaubte keinen Widerspruch, und Carvalho stimmte zu, daß fast alle Inseln mythische Orte seien, und brachte selbst ein Beispiel:

»Die Insel ohne Wiederkehr.«

»Australien.«

»Die Jungferninseln.«

»Das ist unfair, Chef. Seit wann sind die Jungferninseln ein mythischer Ort?«

Vor zwanzig Jahren war er fast um die gleiche Tageszeit angekommen, und der Hafen von Ba Don war ihm genauso verlassen erschienen, obwohl der Ort jetzt viel größer war und es ihm schwerfiel, die verschiedenen Kais, die neuen Zufahrten und Gebäude zu identifizieren. Aber dieselbe Bar wie 1982 hatte geöffnet, und eine Stunde später konnten sie über den Markt gehen, auf dem es auf einmal von Menschen wimmelte, wo es grüne Miesmuscheln, schwarze Austern, Abalonen, winzige Garnelen, Innereien vom Schwein und lange grüne Schoten gab, die an grüne Bohnen erinnerten. Sie nahmen einen Imbiß an einem der Stände auf Rädern, die Carvalho so faszinierten.

»Kannst du dir so etwas in Europa vorstellen? Verpflegung auf Guerilla-Art, etwas Gemeinschaftliches. Sie erinnern mich ein bißchen an Stände in Holland, wo man Brot und rohen Hering essen kann.«

Die Nacht war in Tag übergegangen, und Dutzende von Reisenden bildeten eine Schlange vor dem Häuschen, wo Karten für die Fähre verkauft wurden. Das Meer lag unbewegt da, und die Inseln in der Ferne ließen an Drachen denken, ihre grünen Rücken sahen aus wie Schuppen, und als die Fähre losfuhr, geriet Carvalho beinahe wieder in eine glückliche Stimmung, weil er auf Koh Samui, so erinnerte er sich, allein und glücklich gewesen war.

Bevor sie den Hafen von Ban Ang Thong erreichten, konnte man bereits weitere, noch im Nebel verborgene Inseln erahnen. Fast achtzig Inseln, von denen nur sechs bewohnt sind, bilden den Archipel von Koh Samui. 1982 hatte die Insel für den Tourismus – verglichen mit Stränden in Südthailand, die mehr den üblichen Standards entsprachen – noch wenig zu bieten außer Übernachtungs- und Bademöglichkeiten und Garnelen. Was dagegen zählte, waren die abgelegenen Strände, die denjenigen das Paradies auf Erden versprachen, die sich freiwillig ins Exil begeben hatten. Carvalho sah viel mehr Leute auf der Fähre als seinerzeit, und als sie anlegten, zeigte sich deutlich, daß die Hauptstadt gewachsen war und nicht mehr nur aus einer ziemlich trostlosen, schlecht asphaltierten Hauptstraße voller japanischer Motorräder der Marke Yamaha bestand, woran er sich noch gut erinnerte. Die Stadt hatte zweifellos einen Aufschwung erlebt, vielleicht nicht wie Hongkong oder Benidorm, die an ihrem Erfolg erstickten, aber sie war jetzt nicht mehr nur Durchgangsstation. Und als sie dem Taxichauffeur sagten, er solle sie ins Hotel Nara Lodge bringen, war der nicht mehr erstaunt wie der Taxifahrer bei der letzten Reise, als Carvalho der einzige Gast in dem fast verlassenen Strandhotel gewesen war, bis eine japanische Mutter mit ihren Kindern und einem Kindermädchen eintraf, die sich nur übers Wochenende dort einquartierten. Alles war leicht zu erreichen in Koh Samui, insbesondere die Wasserfälle von Na Muang, die in mehreren Stufen aus dreißig Metern Höhe in Wasserbecken von kaum zwanzig Metern Durchmesser herabstürzten. Beim Baden wurde man von ätherischen Substanzen umhüllt und kam sich vor wie der erste Mensch in freier Natur. Wasserfälle und riesige steinerne Phalli, Inseln in der Ferne und Strände, wo kleine weiße, fast durchsichtige Krebse spielten, indem sie sich in dem vom Wasser geglätteten Sand versteckten und ein paar Schritte weiter wieder herauskamen, als ob ihr Dasein darin bestünde, geheimnisvolle Gänge zu graben. Die offensichtliche Nutzlosigkeit ihres Tuns, das Verschwinden und erneute Erscheinen dieser Krebse erinnerten Carvalho an das Gespräch zwischen dem heiligen Augustinus und dem Kind, das versuchte, das Meer mit einem Eimerchen auszuschöpfen. Vergeblich der Versuch des Kindes und vergeblich das Treiben der Krebse von Koh Samui, so vergeblich wie der Versuch des Menschen, Gott zu verstehen. Eine gegen den Rationalismus gerichtete Legende, auf die die Religionen nicht verzichten können, die sich zum Schutz vor ihrer eigenen Unwissenheit Legenden erschaffen und sie als göttliche Offenbarungen ausgeben, unergründlich und geheimnisvoll.

Carvalho wußte nicht, ob die Ureinwohner der Inseln ihr bequemes Leben beibehalten hatten, das es ihnen ermöglichte, zwei Millionen Kokosnüsse nach Bangkok zu exportieren, ohne eine einzige zu pflücken. Denn diese Arbeit erledigten Hunderte von Affen, die nichts anderes taten, als auf die Palmen zu klettern und die Kokosnüsse zu ernten, vorläufiges Ergebnis einer Evolution von Amphibien und Reptilien zu Vierfüßlern mit dem Ehrgeiz, auf zwei Beinen zu gehen und, wer weiß, vielleicht sogar Senatoren zu werden. Das Nara Lodge war zwanzig Jahre zuvor ein Hotel mit guten Aussichten auf Erfolg gewesen, der anscheinend eingetreten war, denn jetzt waren sie nicht mehr die einzigen Gäste, das Hotel war fast voll, und die Landschaft schien nur auf einem schmalen Streifen Land, an dessen Rand sich ein riesiger Buddha erhob, unberührt. Unter den Palmen standen noch die nüchternen Pfahlbauten, die damals ein paar Weise aus dem Westen beherbergt hatten, die hier Zuflucht suchten nach den Niederlagen des Mai '68 und weiteren Niederlagen, die man ihnen in den siebziger Jahren des zwanzigsten Jahrhunderts zugefügt hatte. Heute wurden die Pfahlbauten von jüngeren, unschuldigen Leuten bewohnt, die eher aufgrund des

Überschusses, den ihre Familien erwirtschaftet hatten, oder dank des Bruttosozialprodukts ihrer Länder hierherkamen als aus Unzufriedenheit mit der Geschichte.

»Vielleicht ist die heutige Zeit nicht mehr besonders interessant, Biscuter. Was wir mit Sicherheit voraussagen können, ist, daß die USA den Irak plattmachen werden, um sich die strategische Kontrolle über die Erdölvorkommen im Mittleren Osten und an der südöstlichen Flanke Chinas zu sichern, und daß sie dabei wenig eigene Verluste erleiden und wir nie erfahren werden, wie viele Iraker sie getötet haben. Wen interessiert das schon? Die Würfel sind gefallen. Das Schicksal hat schon lange entschieden, aber zweihundert und mehr Jahre rationalistischer Hypothesen haben den Glauben entstehen lassen, man könnte etwas gegen das unumstößliche Gesetz unternehmen, das dem Stärkeren erlaubt, den Schwächeren zu schlucken, wie es schon für die Amöben gilt.«

Am Strand des Hotels ausgestreckt – für den nächsten Tag stand ein Ausflug mit einer Art Piratenboot zu einer besonders vielversprechenden kleinen Insel in Aussicht –, sahen sie zu, wie die Dämmerung den Buddha in violettes Licht tauchte, während die kleinen Krebse ununterbrochen Gänge bauten und wieder zerstörten. Hinter ihnen wurde die Musik immer lauter, die Tische füllten sich mit Gästen, und zu ihrer Rechten konnten sie beobachten, was die Bagger von Martínez und Konsorten angerichtet hatten. Sie hatten das Paradies in Parzellen aufgeteilt, die als fünfter oder sechster Wohnsitz für Leute gedacht waren, die sich den Traum vom Leben auf der Insel erfüllen wollten. Aber die Selbstzerstörung in Koh Samui hatte noch nicht ein solches Ausmaß erreicht, daß Carvalho seine Rückkehr bereut hätte.

Am nächsten Tag versuchten sie, der Legende des berühmten grünen fliegenden Fischs auf die Spur zu kommen, der jeden, der sich ihm nähert, vergiftet. Sie gelangten in dem Piratenboot zu der versprochenen sagenhaften Insel, eigentlich nur ein ungewöhnliches Riff mit überbordender Vegetation an den weißesten Stränden der Welt. Ausgiebiges Baden war nicht möglich, denn die Gefahr, der grüne Fisch könne irgendwo lauern, bestand weiterhin, und nicht nur er war eine Bedrohung, sondern auch andere Feinde von Leib und Seele wie der Hai. Also stürzte man sich nur kurz ins Wasser, schwamm hastig ein paar Züge und hielt dabei die Augen offen. Bei dieser Exkursion waren sie die einzigen Ausländer, und zu der üblichen aus drei Seeleuten bestehenden Mannschaft hatten sich wie vor zwanzig Jahren Verwandte hinzugesellt oder Leute, die zum Spaß mitfuhren. Und wie damals auch Fischer, mit der Angelschnur zwischen den Fingern, die gern einen Schluck Mekong tranken, den der Kapitän auf Kosten Biscuters ausschenkte. Biscuter hatte diese Insel zu seiner Insel auserkoren und diese Reise zu seiner Traumreise, und er steigerte sich in eine solche Begeisterung hinein, daß er die Inselbewohner dazu brachte, eine Strophe eines Lieds zu singen, das man in Spanien auf Busreisen anzustimmen pflegte.

Los estudiantes navarros,
chimpón, jódete, patrón.
Saca pan y vino,
Chorrizo y jamón.
¡y un porrón!

Die Studenten aus Navarra kommen
Wirt, jetzt hast du Arbeit genug.
Hol Brot und Wein,
Schinken und Wurst
und einen Krug.

Es gelang Biscuter zwar nicht, den Inselbewohnern auch noch die nächste Strophe beizubringen, aber er sang nach der Landung in Koh Samui immer weiter und trällerte auch noch vor sich hin, als sie im Hotel das Menü auswählten. Er schlief seinen Rausch aus und war immer noch in euphorischer Stimmung, als sie am Nachmittag zu den Wasserfällen aufbrachen. Später wollten sie in Lamai Beach herausfinden, ob die in den Himmel ragenden Phalli tatsächlich das Wunder vollbrachten, den Himmel zu befruchten.

Vom Na-Muang-Wasserfall ging es weiter zu den Hin-Lat-Wasserfällen, und an beiden Orten begegnete ihnen dieselbe Spezies, Globalisierungverkünder aus dem Westen. Sie entledigten sich noch nicht aller Kleider, obwohl einige Männer es wagten, nackt zu baden, während die Inselbewohnerinnen beim Baden ein langes Hemd trugen und sich den Körper über dem Stoff mit Seife einrieben. Manche Männer trugen Ohrringe, was aber nicht mehr die gleiche Bedeutung hatte wie vor zwanzig Jahren, als Ohrringe noch als Zeichen eines gewissen Rebellentums galten, während sie heute nur noch Ausdruck einer selbst in den besten Familien tolerierten, sich gern aggressiv gebärdenden Mode waren. Der Tag, an dem ein römischer Kardinal und ein persischer Ayatollah mit einem Nasenring aufträten, würde den Untergang der Heavy-Metal-Kultur besiegeln. Aber alle, die sich hier in den Wasserfällen tummelten, hatten ein Gespür für die Einzigartigkeit dieser Insel und fühlten sich als Insulaner, und vielleicht war der Ohrring auch ein Geschenk der Veranstalter. Anfangs nahm der Körper den Aufprall des Wassers wie einen Schmerz wahr. Das Baden im Pool unterhalb der stufenförmig abfallenden Becken, in die der Wasserfall sein jungfräuliches Wasser ergoß, war dagegen reiner Genuß, mit dem tosenden Wasserfall als Begleitmusik. Die leichte Frische des Wassers auf der Haut steigerte das Wohlbefinden ebenso wie der Anblick der leuchtend grünen Vegetation, die sie in Thailand überall umgab und die, wie Carvalho wußte, bis nach Malaysia reichte und in Indonesien schließlich alle Inseln mit einem dichten undurchdringlichen Teppich bedeckte. Sie aßen gegrillte Langusten und gebratenen Reis mit

Sojasprossen, Garnelen und Bambuskeimlingen und dazu eine stark gewürzte Paste, die Carvalho an den italienischen Senf erinnerte, den man in der Gegend von Mantua zum *Bollito* reichte, einem köstlichen Eintopf aus verschiedenen gekochten Fleischsorten.

»Was für eine unvergeßliche Reise war das doch mit Madame Lissieux, Chef!«

Als sie unter einem riesigen Sternenhimmel auf ihren Liegestühlen lagen, ein Glas Mekong mit Eis und in Zucker und Ingwer eingelegte Früchte neben sich, hoffte Carvalho, daß Biscuter diesen entspannten Augenblick nach dem Essen dazu nutzen würde, ihn über den neuesten Stand seiner Beziehung zu der Französin aufzuklären, obwohl es eigentlich schon zu spät war, um ihm von der geheimnisvollen Begegnung in Kabul zu erzählen. Außerdem wußte Carvalho, daß es Biscuter sehr viel schwerer fiel, ihn zu belügen, als ihm die ganze Wahrheit zu sagen, und so begann er zögerlich:

»Es kommt mir unwahrscheinlich vor, daß Madame Lissieux, da ihr doch gute Freunde wart, nicht versucht hat, mit dir Kontakt aufzunehmen und dir zu berichten, was passiert ist, oder zu fragen, wie es uns ergangen ist. Ich meine damit ein ganz konventionelles Verhalten, schließlich war die Señora kein Kind mehr und hatte verschiedene kleine bürgerliche Marotten, die man schwerer loswird als Pickel.«

Biscuter zögerte mit der Antwort.

»Die Wege des Lebens sind eben verschlungen, Chef, man trifft sich und verliert sich wieder aus den Augen. Wer hätte damals, als wir uns im Gefängnis von Aridel erstmals begegnet sind, geahnt, daß wir eines Tages hier am Strand im Golf von Siam sitzen und über den heiligen Augustinus und das Kind sprechen würden, das versuchte, das Meer in ein Sandloch zu füllen? Daß das unmöglich ist, liegt auf der Hand. Aber es gibt noch schwierigere Dinge, über die man nachdenken könnte. Die Abwesenheit und die Anwesenheit, zum Beispiel.«

»Im allgemeinen, oder meinst du die Abwesenheit und die Anwesenheit von Madame Lissieux?«

»Beides.«

»Das heißt, Madame Lissieux könnte hier sein, ganz unbemerkt. Du würdest sie sehen, ich nicht.«

»Oder umgekehrt. Heute morgen hat man uns erzählt, daß manchmal Piraten auftauchen und Touristenschiffe plündern und dann wieder in der Weite des Meeres oder im Dschungel verschwinden, ohne daß man je erfährt, wer sie sind und wohin sie ihre Beute bringen werden. Madame Lissieux ... Madame Lissieux ...«

»Was ist mit Madame Lissieux?«

»Sie hatte ihre Zeit, und vielleicht kommt sie wieder.«

»Das könnten wir von jeder beliebigen Person sagen. Es müßte nicht mal unbedingt eine Französin sein!«

»Oh là là!«

Mehr sagte Biscuter nicht, bevor er im Liegestuhl einschlief oder zumindest so tat, als wäre er eingeschlafen.

Sie verbrachten den nächsten Morgen am Strand bei den Krebsen und waren am frühen Nachmittag in Bhan Ang Thong, nahmen die Fähre, dann wieder ein Taxi und warteten um drei Uhr morgens auf den Zug, der sie nach Surat Thani brachte und der weiter zur Grenze von Malaysia fuhr, eine Fahrt ungefähr halb so lang wie die von Bangkok hierher. Koh Samui schien sein Gesicht kaum verändert zu haben, aber einige Symptome deuteten bereits darauf hin, daß es noch vor Ende des dritten Jahrtausends wie Hongkong aussehen würde. Welche Katastrophen würden im einundzwanzigsten Jahrhundert über die Erde hereinbrechen und was konnte im neuen Jahrtausend nicht alles geschehen! Bis zur Grenze Malaysias verlief die Reise ruhig, und Carvalho erinnerte sich, wie er jenes Land auf der Suche nach Teresa Marsé und Archit bis nach Penang durchquert hatte und an den seltsamen Tod der unbekannten Ausländerin, die in einem Winkel der Halbinsel gestorben war, ohne irgendeinen Beistand als den eines Franzosen, der manchen kleinen Krieg geführt hatte, ohne jemals siegreich gewesen zu sein. Nein, nein, es war nicht Teresa Marsé, aber Carvalho und der Franzose beerdigten sie mit besonderer Feierlichkeit, weil sie meinten, es dieser Frau schuldig zu sein, deren Leben immerhin so interessant gewesen war, daß es an jenem Ort endete.

Der Grenzübertritt und das damit verbundene Umsteigen waren ein größerer bürokratischer Akt, zu dem unter anderem eine so gründliche Untersuchung ihres spärlichen Gepäcks gehörte, als ob die malaysischen Zollbeamten den Auftrag hätten, möglichst viele Ausländer ins Gefängnis zu stecken.

Zwar hatten sie an der nordöstlichen Grenze Malaysias den Zug gewechselt, aber die Landschaft hatte sich nicht verändert. Es regnete wie so oft in diesem Land, und der Dschungel wurde immer dichter, je mehr sie sich Gemas näherten. Von dort ging es weiter bis nach Johor Baru, der mehr symbolischen Grenze zu Singapur, das nicht länger eine Insel war, da es mit der Malaiischen Halbinsel durch zwei Brücken verbunden war. Biscuter freute sich über seine Entdeckung, daß der Name Malaysia darauf zurückzuführen war, daß hier vorwiegend Malaien lebten, tatsächlich jedoch auch viele Indonesier und Bewohner der Philippinen Malaien waren, er sich also an einem bedeutsamen Ort befand, abgesehen davon, daß die Malaiische Halbinsel und die Insel Borneo in vielen Filmen über den Zweiten Weltkrieg vorkamen.

»Vergiß nicht die *Sandokan*-Romane von Salgari, Biscuter!«

»Irre! Chef, klar. Die Romane habe ich nicht gelesen, aber alle Folgen der Fernsehserie gesehen, die ist wirklich gelungen.«

»Die *Sandokan*-Romane sind nämlich malaiisch, obwohl der Autor Italiener ist. In Malaysia spielt auch *Lord Jim* von Conrad.«

»Von Conrad und mit Peter O'Toole, diesem merkwürdigen Schauspieler, der wie ein Schwuler aussah, jedenfalls blickte er drein wie ein Schwuler und bewegte sich auch so.«

»Das entsprach der damaligen Auffassung der Schauspielkunst.«

Zahlreiche der Westküste vorgelagerte Inselgruppen tauchten aus der Andamanensee auf, wo Paganel und seine Freundin vielleicht gerade ihre zweiten Flitterwochen verbrachten. Auf der verregneten Zugfahrt am lichten Tag war deutlich zu sehen, daß sich die Reisenden in zwei Gruppen aufteilten, in eine Mehrheit von Malaien und eine Gruppe von Chinesen, die wohlhabender zu sein schienen. Und obwohl die Malaien eigentlich Moslems waren, tranken sie Bier und dazu kleine Gläschen eines Likörs, der dem Mekong stark ähnelte, oder eben gleich Mekong. Der Regen schien darauf bedacht, zur Wiederaufforstung der Halbinsel, die zum Teil vom Abholzen des Waldes lebte, und zur Beseitigung der Giftwolken beizutragen, die sich nach den schrecklichen Bränden von 1997 in Indonesien entwickelt hatten und die Umwelt verpesteten. Biscuter sparte auch weiterhin nicht mit Informationen, die Carvalho halfen, sich an vieles zu erinnern, anderes meinte er schon einmal gehört zu haben, war sich seiner Sache aber nicht sicher. Biscuter war beeindruckt, als er las, daß in den Wäldern Malaysias Orang-Utans, Elefanten, Leoparden, Schildkröten und Krokodile lebten. Und die Geschichte des in Malaysia meistverehrten Hindugottes Ganesh erschütterte ihn tief: Der Sohn von Shiva und Parvati trägt als Folge der Eifersucht seines Vaters einen Elefantenkopf auf einem menschlichen Körper. Als Shiva nämlich von einer langen Reise zurückkehrte, fand er neben seiner Gattin Parvati ein schlafendes Kind, und da er glaubte, es müßte die Frucht eines Ehebruchs sein, schlug er ihm den Kopf ab. Müttern bleibt so leicht nichts verborgen, und als Parvati die Verstümmelung des kleinen Ganesh bemerkte, wies sie ihren Gatten darauf hin, daß göttliche Schwangerschaften entweder besonders kurz sind oder sehr lang dauern und er folglich seinen eigenen Sohn geköpft hatte. Parvati zwang Shiva, in den Wald zu laufen und dem ersten Tier, dem er begegnete, den Kopf abzuschlagen, um diesen seinem Sohn aufzusetzen. Shiva behauptete, er habe nur Elefanten gesehen, aber Carvalho und Biscuter kamen zu dem Schluß, daß er die Geschichte, die Parvati ihm aufgetischt hatte, nicht ganz glaubte und das Kind für seinen Groll büßen ließ.

»Und das lassen sich die Leute weismachen, Chef. In diesem Punkt sind die Religionen alle gleich.«

»Alle ohne Ausnahme. Und glaub nur nicht, daß es sich um ungereimtes Zeug aus vergangenen Zeiten handelt, unsere Priester sind im Begriff, den Gründer des Opus Dei seligzusprechen oder haben es schon getan, auch so ein Hornochse, wenn man sich anschaut, was der alles geschrieben hat. Und das einzige Wunder, das er vollbrachte, war, die Regierung Francos mit Ministern zu versorgen, die dem Opus angehörten und alle López hießen.«

In Johor Baru, der Stadt an der Grenze zwischen Malaysia und Singapur, rieten ihnen alle vernünftigen Leute, eine der beiden Brücken, die zur Insel hinüberführen, zu Fuß zu überqueren. Aber sie hatten so viele kleine Gepäckstücke zu schleppen, vor allem Biscuter, und auch Carvalho erschien es nicht verlockend, beim Überqueren der Brücke seinen postmodernen Vuitton hinter sich herzuziehen. Sie nahmen ein Taxi, und ohne zu zögern, gab Carvalho die Order:

»Zum Hotel Raffles.«

Carvalho bemerkte, wie der chinesische Taxichauffeur sie im Rückspiegel musterte, um festzustellen, ob sie als Gäste des Raffles in Frage kamen oder nicht, das Hotel war nämlich das Aushängeschild und der ganze Stolz der Stadt. Das abenteuerliche Gepäck Biscuters wollte nicht recht zum Raffles passen, und das von Carvalho war äußerst spärlich, obwohl es schon eher dem eines betuchten Reisenden entsprach. Sie mußten auf dem Weg in das zentral gelegene Viertel aus der Kolonialzeit die ganze Stadt durchqueren, in der eine imposante Reihe kühner Hochhauskonstruktionen die Zeugnisse der Vergangenheit eindrucksvoll untermalte. Mit ihren scharfen, hellen Umrissen bestimmten die Hochhäuser die Silhouette der saubersten aller Städte, wo das Wegwerfen einer leeren Zigarettenschachtel, eines Papierfetzens oder einer Kippe hart bestraft wurde und sogar zu einer Gefängnisstrafe führen konnte. Das Raffles hatte sich bewußt der Aufgabe verschrieben, den Mythos des Kolonialismus auf der Malaiischen Halbinsel und in den südlichen Meeren zu bewahren, und wirkte wie eine eigenständige Stadt, die sich gegen die Außenwelt abschottet. Mit seiner Fassade in strahlendem Weiß und ruhigen Brauntönen und den Pfeilern und Balkongeländern aus dunklem Schmiedeeisen war das Raffles mehr als ein Hotel. Hier schien eine bestimmte Etappe des Kolonialismus überlebt zu haben, in der noch die Kolonialherren und die Offiziere des British Empire im Hotel logiert hatten, in weißen Anzügen mit Tropenhelm, der ihre Haare zumindest vor dem mächtigen Luftstrom schützte, den Dutzende an der Decke angebrachte Ventilatoren erzeugten, unverzichtbare Requisiten für alle, die seit Somerset Maugham hier abstiegen.

»In diesem Hotel kosten einige Zimmer sechstausend Dollar.«

»Die müssen phantastisch sein.«

»Ein bißchen mythischer als die anderen; in einem Hotel, das selbst ein Mythos ist, dem Andenken an die Kolonialmacht, die die Stadt besonders stark geprägt hat.«

Carvalho zögerte. Sollte er die sechs gestreßten Angestellten an der Rezeption nach der Preisliste fragen oder lieber nicht? Schließlich verlangte er ein Doppelzimmer. Er war in Versuchung zu sagen, auch ein Zimmer ohne Blick aufs Meer käme in Frage, nicht, weil es etwa Zimmer mit Blick aufs Meer gab, sondern in der Hoffnung, man würde ihnen mit dem Preis entgegenkommen. Tausend Dollar für ein Doppelzimmer pro Tag, nur für einen Tag, Zeit genug, sich für die Arbeit auf der *Queen Guillermine* zu entscheiden, einen Singapur Sling zu trinken und durch die Straßen einer der reichsten Städte der Welt zu schlendern, wo es chinesische, arabische und malaiische Viertel mit jeweils eigenen Spezialitätenrestaurants gab, von denen die chinesischen Restaurants mit kantonesischer Küche besonders berühmt waren. Die Singapurer Zeitungen hingen bereits für sie an der Zimmertür, und Carvalho las in *The New Paper* eine kurze Meldung, die schon ein paar Tage zuvor in einer anderen Zeitung, *The Straits-Times Bashir*, erschienen war. Diese enthielt die versteckte Aufforderung, wie 1998 in Kenia und Tansania Lastautos mit Sprengstoff vor den diplomatischen Vertretungen der USA explodieren zu lassen. Angesichts der Gefahr von Terrorakten herrschte Panikstimmung in der ganzen Region, und die Amerikaner verhörten einen heimlichen Terroristen, Al-Faruq, um ihm Informationen über Südostasien zu entlocken. Schließlich befand man sich in Singapur, einem der Tigerstaaten des Neokapitalismus. Das Raffles war ein Abenteuer, in dem dank großer Sorgfalt die Vergangenheit noch einmal lebendig wurde, als hätte man die wichtigsten Merkmale ihrer Identität einbalsamiert und als könnte das längst zur Institution gewordene Hotel alle Katastrophen überdauern, was übrigens dem Prestige eines eher süßen Cocktails zu verdanken war – eines Damencocktails, wie Experten behaupteten –, der 1915 in der Bar des Hotels kreiert worden war und aus Gin, einigen Tropfen Angostura, Cointreau, Cognac und Fruchtsaft bestand. Bevor sie sich an der Bar niederließen, weihte Carvalho Biscuter in die Geheimnisse dieser Kathedrale der internationalen Hotellerie ein.

»Das Raffles ist kein Hotel; es ist ein Wallfahrtsort und eine Art Gedenkstätte.«

Sie traten vor das Hotel, um von dort den Kolonialstil der Fassade aus viktorianischer Zeit zu bewundern, und begaben sich dann wieder ins Innere, um zuerst in der Eingangshalle Station zu machen, wo sich die sogenannte Writer's Bar befand, deren Name auf die Berühmtheiten zurückgeht, die dort einst ihren Singapur Sling getrunken hatten, angefangen bei Somerset Maugham bis zum verrückten Rockstar Michael Jackson, von Conrad und Noel Coward bis zu Chaplin. Der internationale Ruf des Cocktails ist jedoch vor allem Somerset Maugham zu verdanken, der in den zwanziger und dreißiger Jahren durch seine in Asien angesiedelten Romane zur Kultfigur wurde. Carvalho erinnerte sich, ihn als Kind erlebt zu haben, wenn er auf der Leinwand erschien, um eine kurze Einführung zu den Verfilmungen seiner Romane zu geben, damals, im Kino Padró, das die Bombardements überlebt hatte. Die Sitze hatten Spermaflecken, hier konnte man sich von billigen Nutten einen runterholen lassen, von denen manche Krampfadern hatten und einige Kriegerwitwen waren. Gelassen, mit der Attitüde eines weltbekannten Schriftstellers, hielt Somerset seine Einführung. Carvalho sah sein Gesicht noch vor sich, ein Gesicht aus einer längst vergangenen Zeit, in der Romanschriftsteller wie Somerset Maugham, Galsworthy oder Vicki Baum Weltruhm erlangten.

»Die Literatur hat wunderbare Cocktails berühmt gemacht, wie den Martini, den Gimlet, den Manhattan, den Daiquirí, den Mojito, nicht zu vergessen den Whisky Sour, aber es haben sich auch Cocktails von fragwürdigem Ruf hineingeschmuggelt, wie der Singapur Sling, das Lieblingsgetränk überspannter Frauen mit Menstruationsbeschwerden, durchaus moderner Frauen in der damaligen Zeit, die nach einem Getränk für ihre heimlichen Trinkgelage suchten, als Ersatz für Pippermint, einen englischen Pfefferminzlikör, oder Kräuterschnaps. Man muß ihn unbedingt probieren.«

Sie bestellten an der Writer's Bar einen Singapur Sling, und Biscuter trank ihn verzückt, als wäre es ein Zaubertrank.

»Nicht schlecht.«

Carvalho fand dieses Urteil seines Reisegefährten etwas respektlos; er stand auf, und sie gingen durch die Eingangshalle zum Raffles Grill, einem französischen Restaurant, das zu den Mythen gehörte, die sich mit dem Raffles verbanden. Daher der Name »French Doors« für die Verbindung zum Palmenhof, wo Biscuter unbedingt noch einen Singapur Sling trinken mußte, »weil all diese Mythen auf einen Ungläubigen wie mich einen solchen Druck ausüben. Chef, das ist einfach zuviel für mich«. Von dort gelangten sie zu einem nicht überdachten Raum, als Lawn bekannt und als Treffpunkt im Freien gedacht. Links lagen ein Souvenirladen, das Raffles-Museum sowie das Café Empire, und im Nordosten des Gebäudekomplexes breitete sich das gesamte gastronomische Angebot in beeindruckender Fülle aus: das Express Room, ein auf exquisite Kanton-Küche spezialisiertes Restaurant, das Sea Street Deli, der Klon eines New Yorker Restaurants, das Doc Cheng's, eine Synthese aus westlicher und östlicher Küche. Aber Carvalho wies mit besonderem Nachdruck auf den für die Raffles Culinary Academy bestimmten Bereich hin, wo Biscuter später einmal seine mit so großer Begeisterung in Paris begonnenen Studien erweitern wollte.

»Aber haben Sie eine Ahnung, was es kostet, all das zu unterhalten?«

»Stell dir nur vor, was wir hier für eine Nacht bezahlen, Wirtschaftsflüchtlinge wie wir beide, denen man eines der schlechtesten Zimmer gegeben hat, und schon hast du einen Teil der Erklärung.«

Sie mußten der Zukunft ins Auge sehen. In der *Singapur Press* hatten sie eine Anzeige des Kreuzers *Queen Guillermine* gelesen, der für eine Kreuzfahrt nach Malaysia und Indonesien dringend Hilfspersonal suchte, und sie ließen sich zur Anlegestelle der großen Überseedampfer im Hafen bringen, wo auch die Fährschiffe anlegen, die Singapur mit den unmittelbar benachbarten Küsten Malaysias sowie mit Sumatra und Java verbinden. Vom Taxi aus erblickten sie den Kai, wo Touristen Segelboote chartern konnten, die wie Piratenboote aussahen. Dann erreichten sie das Center für Kreuzfahrtdampfer, wo auch das Passagierschiff ihrer Sehnsucht ankerte.

Wenige Meter von dem holländischen Schiff entfernt, an der Stelle, wo das Taxi sie abgesetzt hatte, beobachteten sie inmitten einer Menschenmenge eine Szene, die sie durch ihre Brutalität schockierte: Ein Riese versetzte einem zu Boden gestürzten blonden Mann Fußtritte, ohne auf die Schreie eines noch sehr kleinen Kindes mit blondem Haar und chinesischen Gesichtszügen zu achten, das vergeblich versuchte, den Mann zum Aufhören zu bewegen. Unvermittelt packte der Riese das Kind am Arm, warf es sich wie einen Sack über die Schulter, stieß gräßliche Flüche in einer unverständlichen Sprache aus – vermutlich in Chinesisch, denn er sah wie ein Chinese aus – und ging davon, ohne sich um die verzweifelten Schreie des am Boden liegenden Blonden zu kümmern. Niemand stellte sich dem Chinesen in den Weg, um ihn daran zu hindern, das Kind zu entführen, oder half dem übel zugerichteten Mann, der vergeblich versuchte, auf die Füße zu kommen und die Verfolgung seines Henkers aufzunehmen. Nur Carvalho und Biscuter waren der Ansicht, man müsse eingreifen. Sie setzten den Mann auf einen mächtigen Pfosten, an dem ein englisches Fährschiff vertäut war, und bemühten sich herauszufinden, was mit diesem verdreckten, übel zusammengeschlagenen Mann mit Dreitagebart, der nach billigem Fusel roch, los war. »Mein Sohn, mein Sohn!« rief er immer wieder, aber er konnte auf die Fragen seiner Samariter nicht ausreichend antworten, bis sich hinter ihnen eine Stimme vernehmen ließ:

»Vergeuden Sie Ihre Zeit nicht mit diesem Typen. Er ist das letzte.«

Da protestierte das erbärmliche Skelett, kam auf die Beine, stürzte sich auf den alten Sonderling und rief:

»Ich bin Kapitän Lauridsen und verlange Respekt.«

Der Alte spuckte aus und ging weiter seines Weges, während ihn der Kapitän, der auf einmal aufrecht in voller Größe dastand, mit wütenden Blicken verfolgte. Aber kurz darauf brach er wieder in ein heftiges, verzweifeltes Weinen aus. Sie hatten ihm seinen Sohn weggenommen. Sie hatten ihm alles genommen.

»Aber wer ist dieser Chinese? Ein Verwandter?«

Carvalho übersetzte ins Englische, und der Blonde in seinem erbärmlichen Zustand fiel Biscuter um den Hals.

»Nein. Ich schulde ihm Geld, und er rächt sich mit der Entführung des Kindes. Es ist alles, was mir geblieben ist. Meine Frau hat uns verlassen, sie ist in Pinang, sie ist Malaiin.«

»Eine malaiische Nutte«, informierte sie der üble Alte, der wieder auf der Bildfläche erschienen war, als wäre er der böse Geist von Kapitän Lauridsen. »Und er ist ein Spieler übelster Sorte und ein Säufer, den man hier eines Tages tot im Wasser finden wird.«

Eine Drohgebärde Carvalhos vertrieb den Alten, und Lauridsen erzählte ihnen die wahre Geschichte. Er schuldete dem Chinesen viel Geld und wußte nicht, wie er es auftreiben sollte.

»Aber Sie können sich an die Polizei wenden. Wegen Schulden kann man doch niemandem sein Kind wegnehmen.«

Als Lauridsen die Übersetzung hörte, mußte er gleichzeitig lachen und weinen. »Die Polizei!« Er hatte keine gute Beziehung zur Polizei, während der Chinese Polizist war, zumindest früher einmal.

»Wieviel Geld schulden Sie ihm?«

»Dreitausend Dollar.«

»Verdammt.«

»Er wird mir das Kind nicht zurückgeben, wenn ich nicht zahle.«

Sie stützten ihn beim Gehen, aber er brach immer wieder zusammen, weil er nach eigener Aussage wenig und schlecht gegessen hatte. Darum führten ihn seine beiden Begleiter zu einer Art Café, wo er einen Milchkaffee trank und etwas Gebäck aß. Carvalho blickte auf die *Queen Guillermine* dicht vor ihnen und auf das Elend des Kapitäns, das ihn an eine dramatische Erzählung mit dem Titel »Der Sohn des Kapitäns« erinnerte; oder aber er selbst hatte ihr diesen Titel in einer Seminararbeit an der Uni gegeben, in der er die Rolle des Mitleids bei Dostojewski und insbesondere die Person des Mitja Karamasow untersucht hatte. In der Geschichte ging es um einen Kapitän und seinen Sohn, ein Kind, das Zeuge der Demütigung seines Vaters wird.

»Wo hält er das Kind gefangen?«

»In seiner Höhle. In Chinatown, wo er sich sicher fühlt.«

»Und wo niemand ihn angreifen kann?«

»Wer könnte das wagen?«

Carvalho und Biscuter sahen sich an, und während Carvalhos Blick voller Zweifel war, war der Biscuters entschlossen.

»Fragen Sie ihn, Chef, wie er mit seinem Sohn von hier weggehen würde und wohin.«

Das tat Carvalho.

»Ich hatte einen schönen Plan, und meine Frau wollte mich dabei unterstützen, bis sie nach Pinang gegangen ist. In Australien könnte ich an einer Segelschule als Lehrer arbeiten. Ich würde Geld sparen und wieder nach Kopenhagen gehen. Aber in diesem Zustand kann ich nicht zurückkehren.«

»Zeigen Sie uns, wo der Chinese wohnt.«

Der Taxifahrer wollte einen so schmutzigen Penner zuerst gar nicht einsteigen lassen, dann erklärte er sich aber doch bereit, nach Chinatown zu fahren; das Trinkgeld siegte über seinen Abscheu. Carvalho musterte im Vorbeifahren Tausende von Geschäften, ließ schließlich vor einem Sportgeschäft halten und kam mit Radfahrerhandschuhen und einem Baseballschläger heraus, der seine Begleiter überraschte.

»Wollen Sie das Kind gegen einen Baseball-Schläger eintauschen?«

»Biscuter, überlaß das mir.«

Sie kamen zu einer Treppe mit ausgetretenen Stufen, eine Tür gab es nicht. Hier wohnte der Chinese. Der Kapitän blieb am Eingang stehen, und Biscuter und Carvalho stiegen die Treppe zur Wohnung hinauf, wo sie sogleich auf das erste Hindernis stießen: eine Tür. Sie klopften, und schließlich öffnete der Chinese, der gerade aus seinem Rausch erwacht zu sein schien und die unbekannten Besucher überrascht ansah. Biscuter zeigte ihm den Ausweis der FAO, der Chinese machte einige Schritte rückwärts, und schon standen sie mitten in der Wohnung. Beunruhigt hörten sie das Weinen eines Kindes. Die beiden Eindringlinge schoben den Chinesen beiseite und betraten den nächsten Raum, eine Küche mit einem Kohlenherd, wo sie das Mischlingskind nackt an einen Balken gefesselt fanden. Biscuter wies mit anklagender Gebärde auf das Kind, und der Entführer ging brüllend und mit erhobenen Armen auf ihn los. Genau in diesem Moment versetzte ihm Carvalho mit dem Baseballschläger einen heftigen Stoß, der ihn ins Nebenzimmer beförderte, wo er sich nun allein dem Detektiv gegenüber sah, der ihm mit dem Baseballschläger auf den drohend erhobenen Arm schlug, und als dieser einknickte, gab er ihm noch einen Stoß vor die Brust, genau dorthin, wo der Solarplexus sitzt, so daß dem Riesen die Luft wegblieb. Dann schwang Carvalho den Schläger und versetzte seinem Gegner einen Schlag auf den Kopf, woraufhin dieser wie ein Turm in sich zusammenstürzte: Er hatte das Bewußtsein noch nicht verloren, war aber ohne Orientierung, als ihn ein neuer Schlag traf, diesmal vor die Stirn. »Der Schläger schien mir besser als eine Pistole«, entschuldigte sich Carvalho, aber er fürchtete, zu weit gegangen zu sein. Er fühlte dem Besiegten am Hals den Puls, er lebte noch. Carvalho kehrte in die Küche zurück, wo Biscuter das Kind losgebunden hatte und es am Wasserhahn saubermachte.

»Er hat sich vor lauter Angst vollgeschissen, der arme Kleine.«

Der kleine blonde Chinese weinte, aber er fing an zu lachen, als Biscuter ihm sein Jackett überzog, in dem er wie ein winziger Laienbruder aussah, seine Augen, die gerade so über den Kragen herausguckten, hatten ihren verschreckten Ausdruck verloren. Er fiel seinem Vater um den Hals und bat Carvalho, möglichst schnell zu verschwinden, bevor der Chinese aufwachte. Noch in Chinatown fragte Carvalho Lauridsen:

»Was brauchen Sie für eine Reise nach Australien für sich und das Kind?«

»Etwas zum Anziehen für ihn. Ich muß ein paar Sachen und meinen Paß holen, einen Familienpaß, in dem er eingetragen ist.«

All das befand sich in einer Pension am Hafen, die der Kapitän nicht betreten konnte, weil er die Miete schuldig war, aber Cavalho ging als Mitglied der FAO hinein, um Nachforschungen über den schwierigen Fall des Kapitäns anzustellen. Die schienen nach Meinung der Besitzerin der Absteige mehr als angebracht, denn es gab wirklich keinen elenderen Schuft auf der Welt als ihn. Carvalho fand das Gesuchte, und als er wieder auf der Straße stand, fragte er Lauridsen, von wo aus die Flugzeuge nach Australien starteten. Sie fuhren im Taxi zum Flughafen von Changi, unterwegs zog der Kapitän seinen Sohn an, und bei der Ankunft gab Biscuter Carvalho Geld, das dankbar angenommen wurde. Er kaufte damit für Vater und Sohn ein One-Way-Ticket. Vom Gang der Ereignisse völlig überrumpelt, stellte der Kapitän keine Fragen, begann keine Diskussion, er verschwand im Waschraum des Flughafens und kam rasiert und mit einem frischen Hemd bekleidet wieder heraus. Es wurde nicht gesprochen, bis der Flug aufgerufen wurde. Sie begleiteten Lauridsen zur Paßkontrolle, Carvalho steckte ihm etwas Geld in die Tasche, und Biscuter versuchte dem kleinen blonden Chinesen einen Kuß auf die Wange zu drücken, den der Kleine heimlich wieder abwischte. Vater und Sohn passierten die Kontrolle, ebenso sprachlos wie ihre Begleiter, und als sie bereits auf der anderen Seite angekommen waren, setzte Kapitän Lauridsen das Kind auf den Boden und warf ihnen tausend Kußhände zu.

»Haben wir das gut gemacht, Chef? Dieser Typ kann ein Versager sein, und wir haben ihm jetzt den kleinen blonden Chinesen übergeben, also wirklich, Chef, ich habe vorher noch nie einen blonden Chinesen gesehen.«

»Da erwartet dich noch einiges.«

Sie mußten sich beeilen, wollten sie noch die *Queen Guillermine* erreichen, um sich den Job, der ihnen noch gar nicht sicher war, nicht entgehen zu lassen. Carvalho begnügte sich mit der Feststellung:

»Sein Vater wird ihn zumindest nicht in der Küche anbinden, und er wird dafür sorgen, daß er sich nicht vollscheißt.«

»Da bin ich sicher.«

»Mehr kann man in dem Alter nicht verlangen.«

Das Büro, das der holländischen Schiffskompanie zur Rekrutierung ihres Personals diente, befand sich in einem Schuppen am Hafen. Die Formulare, die man ausfüllen mußte, lagen auf hohen Pulten aus dunklem Teakholz-Imitat. Carvalho und Biscuter mußten entscheiden, ob sie die waren, die sie wirklich waren, oder ob sie weiter als Bouvard und Pécuchet auftreten wollten, wobei sie sich allerdings durch verschiedene Umstände in einer noch verzweifelteren Lage befanden als jene Romangestalten.

»Du mußt dich mit einem sehr kleinen Küchenrepertoire begnügen und wirst Probleme bekommen, wenn du weiter vorgibst, Franzose zu sein. Ich denke, wir sollten wieder das werden, was wir ungefähr sind.«

»Und das heißt?«

»Carvalho und Biscuter.«

Biscuter bot seine Dienste als Koch an. In dem erstaunlichen Curriculum Vitae, das er vorweisen konnte, fehlte nur, daß er für den Zaren des russischen Großreichs gekocht hatte. Carvalho entschied sich für eine Stelle im Bereich Public Relations, wo es um die Betreuung spanischsprachiger Passagiere ging. Zwei Dutzend Leute warteten in den beiden Büros – das eine für Küchenpersonal, das andere für Dolmetscher –, um sich rekrutieren zu lassen. Biscuter versuchte sein Glück und wies gleich darauf hin, daß er zwar kein Englisch spreche, es aber gut verstehen könne, sogar das nordamerikanische Englisch, und daß er seinen Beruf in Paris erlernt habe, wo er zum obersten Spezialisten für Saucen und Suppen aufgestiegen sei. Er sprach sein schönstes Französisch und zählte alle möglichen Saucen auf, erwähnte auch, daß er für eine größere Anzahl Menschen kochen könne, das habe er in der Korrekturanstalt von Aridel gelernt, wo er zum Souschef aufgestiegen sei.

»Korrekturanstalt?«

»Eine besondere Einrichtung für Leute mit Verhaltensstörungen.«

»Psychotiker?«

»Nein, Leute, die auf Abwege geraten sind.«

Der Mann, der ihn examinierte, verstand den Sinn des spanischen Wortes nicht, und Biscuter erklärte es ihm mit einem anderen spanischen Wort.

»Fehlgeleitete.«

Der Examinator griff das Wort auf:

»Meinen Sie in geographischer Hinsicht?«

»In jeder Hinsicht.«

»Bekamen die Fehlgeleiteten irgendeine besondere Diät?«

»Nein, aber man mußte viel Kühnheit und Phantasie aufwenden, um sie zufriedenzustellen.«

Der Examinator in Dienstuniform, etwas dicklich und fast kahlköpfig, was er zu verbergen versuchte, indem er eine letzte Haarsträhne von links nach rechts über seinen kahlen Scheitel drapiert hatte, verfügte nicht über eine ausreichende Anzahl an Neuronen, um zu verstehen, warum es Kühnheit und Phantasie erforderte, für die Fehlgeleiteten zu kochen.

»Das hängt mit dem Budget zusammen.«

»Wenig Geld?«

»Sehr, sehr wenig.«

»Dann handelte es sich vermutlich um eine wohltätige Einrichtung.«

»Völlig richtig. Der Staat erwies sich selbst eine Wohltat.«

Mit dem letzten Satz, der dem Examinator sehr zutreffend erschien, hatte Biscuter dessen Sympathie gewonnen, und er wurde gefragt, ob er mithelfen könne, die folgenden, in einer alphabetischen Liste aufgeführten Gerichte zuzubereiten, die auf der *Queen Guillermine* à la carte oder am Buffet zu haben waren. Fünfhundert Gerichte tanzten vor seinen Augen wie junge Fohlen, die bei einem geistigen Rodeo den Reiter immer wieder abwerfen. Aber Biscuter ließ sich seine Panik nicht anmerken, er lächelte herablassend und reichte die Karte zurück.

»Das koche ich mit links.«

»Wissen Sie, was eine *Rijsttafel* ist?«

»Das indonesische Nationalgericht, das man vor allem in Holland schätzt, weil sie dort eigentlich nur Hering kennen.«

Dem Examinator gefiel diese Antwort sehr gut, und später, als er schon die Zusage in der Tasche hatte, erklärte Biscuter Carvalho noch einmal seine Strategie.

»In gewisser Weise habe ich ihn umgarnt und ihm keine Zeit zum Nachdenken gelassen. Ich habe ihm meine Logik aufgezwungen. Und Sie?«

»Es hat auch gut geklappt. Mein Examinator war eine Dame zwischen vierzig und fünfzig oder zwischen dreißig und vierzig, schwer einzuschätzen bei Holländerinnen, die keine jungen Mädchen mehr sind. Eine hübsche Frau, sie hieß Magritte, hatte blonde Haare, aber nicht gefärbt, und rosige Haut, wie Gesicht und Ausschnitt erkennen ließen. Ich habe ihr erklärt, ich sei Kommunist gewesen, später Agent des CIA und hätte Kennedy ermordet, und sie hat sich fast totgelacht. Und als reichten diese Argumente nicht schon aus, habe ich mich in ausgezeichnetem Englisch und noch besserem nordamerikanischem Englisch mit ihr unterhalten und aufgezählt, welche Aufgaben einen Spezialisten für kommunikative Interaktion auf einem Luxusdampfer erwarten.«

»Einen Spezialisten für was?«

»Einen Spezialisten für kommunikative Interaktion. So bezeichnete einer der Theoretiker des Franco-Regimes, Don Gabriel Arias Salgado, die spanischen Journalisten. Ich wußte schon immer, daß mir diese Definition eines Tages von Nutzen sein würde.«

»Haben Sie das mit dem CIA und Kennedy wirklich gesagt?«

»Nein.«

»Und warum nicht?«

»Sie hat mich nicht danach gefragt.«

Der Arbeitsvertrag bezog sich auf eine einzige Fahrt, es ging darum, die Zeit bis zur Rückkehr des holländischen Personals aus den Ferien zu überbrücken. Sie arbeiteten in zwei so verschiedenen Bereichen wie der Küche einerseits und dem Deck oder den Salons oder außerhalb des Schiffs, wenn organisierte Ausflüge unternommen wurden, andererseits. Sie schliefen auch ziemlich weit voneinander entfernt, und vor allem hatten sie völlig unterschiedliche Arbeitszeiten. Während Biscuter fast rund um die Uhr im Einsatz war, gestaltete sich Carvalhos Dienst eher entspannt. Der deutlich sichtbare Klassenunterschied zwischen der manuellen Arbeit Biscuters und der relativ intellektuellen Arbeit Carvalhos wurde dadurch ausgeglichen, daß Biscuter fast das Doppelte verdiente.

»Wie ist es möglich, daß ein einfacher Koch mehr verdient als ein Spezialist für kommunikative Interaktion?«

»Wenn ich eine Antwort finde, lasse ich es Sie wissen.«

Es blieben ihnen noch drei Stunden bis zu ihrem Dienstantritt, aber sie nahmen kaum zehn Minuten in Anspruch. Sie hatten ihr ganzes Gepäck bei sich und wollten keinen einzigen Dollar mehr ausgeben, da sie von jetzt an ja versorgt waren und Ersatz für das viele Geld beschaffen mußten, das sie in die Zukunft des Kapitäns und seines Sohnes investiert hatten. »Wir müssen genau kalkulieren, ganz genau«, sagte Carvalho mit Nachdruck, er rechnete auch damit, Trinkgelder zu bekommen, wenn die Kunden mit seiner Arbeit zufrieden waren. An diesem Punkt seiner Überlegungen angekommen, hatte er nur Verachtung übrig für sich selbst, bei der Vorstellung, den Clown zu spielen, um zwanzig Euro oder zwanzig Dollar einzuheimsen. Biscuter war in einer geräumigen Kabine untergebracht, die er mit zehn anderen Köchen teilte. Carvalho hatte eine viel kleinere, für drei Personen gedacht, mit Schränken und winzigen Schreibtischen, die mit bunten Computern ausgestattet waren. Man gab ihnen noch einige Verhaltensregeln mit: Biscuter hatte seine Mahlzeiten vor den Essenszeiten der Reisenden einzunehmen, während es Carvalho bei Exkursionen freigestellt war, mit den Passagieren zu essen, er sich an Bord aber nicht an ihre Tische setzen durfte, es sei denn, sie bestanden darauf und empfanden es als Beleidigung, wenn er ablehnte. Ein guter Kommunikationsspezialist mußte auf alle Fragen des Kunden antworten können, abgesehen von Fragen, die die Rückerstattung der Reisekosten oder nicht funktionierende sanitäre Anlagen betrafen. »Du bist für alles zuständig, es sei denn, sie verschwinden oder sterben.«

Er mußte einen Katalog mit Produkten und Preisen studieren, die ihnen auf den zahlreichen Märkten begegnen würden, die auf dieser Reise auf dem Programm standen. Und er mußte auch die für die Touristen geltenden Verhaltensregeln kennen, die sich allerdings auf zwei reduzieren ließen: den Preis um nicht mehr als die Hälfte runterhandeln und immer bezahlen, denn einen Händler zu betrügen würde bedeuten, daß man in Indonesien eingelocht würde und die Reise nicht fortsetzen könnte. Vor jedem Landgang müßte Carvalho den Ablauf genau memorieren und auf die Fragen seiner Schützlinge vorbereitet sein. Außerdem hatte er die besonderen Sehenswürdigkeiten hervorzuheben, die die Natur, die Geschichte und der Fremdenverkehrsverband Indonesiens oder die Schiffskompanie zu bieten hatten. Es hatte ihn auch zu interessieren, ob die Touristen mit dem Service zufrieden waren, angefangen beim Essen bis hin zum Ritual des Eistees, der jedes Mal, wenn sie einen Hafen anliefen, aus einem riesigen Samowar serviert wurde, kommunikativer Spitzenreiter der Schiffskompanie.

Er prägte sich alles ein, so gut er konnte, und begab sich schließlich an Deck, um bei der Ankunft der Expedition dabei zu sein, allein schon wegen des psychologischen Vorteils, die Passagiere beim Einsteigen zu beobachten, wie sie aufgeregt die schwimmende Welt betraten, in der sie sich zwei Wochen lang bewegen würden. Per Lautsprecher wurden die Reisenden zu verschiedenen Treffpunkten gelotst, von wo sie zu ihren Kabinen begleitet wurden, und nachdem sie ihr Gepäck gecheckt hatten, mußten sie sich, nach Sprachen aufgeteilt, in verschiedenen Räumen, dem Restaurant, der Bar, dem Nachtclub oder dem Spielcasino, einfinden. Carvalhos Gruppe traf sich im Spielcasino, wo sich Spielautomaten, zwei Roulettetische und drei Tische für Kartenspiele befanden. Und dort ließ sich Carvalho mit einem Whisky Michel Couvreur nieder und wartete auf die Neuankömmlinge. Es trafen fünfunddreißig Spanischsprachige ein, darunter zwölf Lateinamerikaner, die sich aus drei untereinander befreundeten mexikanischen Familien und zwei argentinischen Jungunternehmern rekrutierten. Letztere erholten sich gerade von ihrer Bautätigkeit in Thailand. Die dreiundzwanzig Spanier ließen sich grob unterteilen in eine aus

Madrid stammende Gruppe, die schon mehrfach gemeinsam gereist war – die Mehrheit –, dann waren da ein homosexuelles Paar, Designer aus Katalonien, zwei junge, frisch verheiratete Paare, ebenfalls aus Katalonien, und drei Damen aus Alcarria, »de la Alcarria« wiederholten sie mehrmals mit Nachdruck, um zu vermeiden, daß jemand auf die Idee käme, sie für Leute aus Madrid oder Guadalajara zu halten.

»Also wir Spanier sind gegenüber den Katalanen in der Mehrheit, siebzehn zu sechs, es ist wirklich seltsam, daß ihr nur so wenige seid, denn auf solchen Reisen begegnet man euch gewöhnlich auf Schritt und Tritt«, ließ der Wortführer der Madrider verlauten.

Er war ein Architekt reifen Alters in Begleitung von drei weiteren Architekten und zwei Bankangestellten, gekleidet wie polynesische Tänzerinnen; sie trugen Hemden, Shorts und Turbane wie die Einheimischen aus gebatiktem Stoff, schämten sich ihres Aufzugs aber keineswegs. Vier verheiratete Damen, die reisten, um ihren Horizont zu erweitern, ein Mitglied eines berühmten Bankiergeschlechts, der die Reise unternommen hatte, um Streß abzubauen und sich damit abzufinden, daß er schleunigst in Pension gehen mußte, gerade noch rechtzeitig, bevor ihn seine eigenen Söhne hinauswarfen, ein bekannter Suppenfabrikant in Begleitung seiner fünften Frau, die sich wohl etwas auf ihren schlechten Charakter und die vielen Schönheitsoperationen einbildete. Noch dazu war sie eine Quasselstrippe, die einen in den Selbstmord treiben konnte, angeblich war sie per du mit der Herzogin von Alba wie auch mit den beiden Schwestern De Palacio, der Außenministerin und der Vertreterin Spaniens bei der EU in Brüssel, die sie zärtlich Pili und Mili nannte. Der Architekt, der den Wortführer gab, duzte Carvalho vom ersten Moment an, und der Detektiv überlegte, ob er ihm die Meinung sagen oder das Du als ein gutes Zeichen im Hinblick auf das zu erwartende Trinkgeld auffassen sollte, denn eine solche unbegründete Vertraulichkeit hatte ihren Preis. Vielleicht war dieser Architekt aber auch eine Art Mafioso, der Spekulationsgeschäfte mit Sozialwohnungen betrieb, einer von der Sorte, die schließlich sagen würden, daß sie nicht einen Euro mehr zahlen würden, daß der Service in den Reisekosten inbegriffen sei, also auch das Duzen und sonstige Extras. Die vier Architekten waren typische Kreuzfahrttouristen, und entsprechend gaben sie mit ihren früheren Reisen an: Panama, die Jungferninseln, die Ägäis, die norwegischen Fjorde und das Nordkap, die Umrundung der Balearen in einem Segelboot von fünfzehn Metern Länge, das nur allzusehr an den mythischen *Hurricane* von Lord Pleasance erinnerte. Auch die verheirateten Damen hatten mehrere Kreuzfahrten hinter sich, auf denen sie ihre Kenntnisse erweitert hatten, wobei sie besonders daran interessiert gewesen waren, möglichst viele Tempel und Tempeltänze zu sehen. Der alte Bankier konnte und wollte sich nicht mit seinem bevorstehenden Ruhestand abfinden, da er doch bis zum Ende der Francozeit und während des Übergangs zur Republik unersetzlich gewesen war. Und jetzt mußte er sich dafür entschuldigen, geboren worden zu sein, wie er seinen Reisegefährten gegenüber, die er gerade erst kennengelernt hatte, des öfteren bemerkte.

Carvalho hatte vorerst einmal genug von seinen Schützlingen gehört, und nachdem er ihnen die Zeiten für Abendessen und Frühstück noch einmal bestätigt hatte, wie auch die Schiffsreise zur falschen Insel Pinang am folgenden Tag, betrachtete er das Treffen als beendet.

»Warum ist Pinang eine falsche Insel?«

»Weil es mit dem Festland durch eine Brücke verbunden ist.«

Einer von den polynesisch gewandeten Angestellten war mit dieser Antwort nicht einverstanden.

»Was juckt mich das? Liegt Pinang etwa auf der anderen Seite der Welt?«

»Ich war vor zwanzig Jahren in Pinang. Aber ich kam von Malaysia, nachdem ich vorher auf der Insel Koh Samui gewesen war. Pinang schien mir in erster Linie ein Einkaufszentrum zu sein und all das zu verkörpern, was der Ausländer mit Malaysia verbindet. In der Zwischenzeit hat sich das vermutlich noch verstärkt.«

Die *Queen Guillermine* legte am Abend ab und segelte durch die Meerenge zwischen Malaysia und Sumatra nach Norden, als wollte sie durch ihre Präsenz die Gleichheit der beiden einander gegenüberliegenden Länder urkundlich beglaubigen. Sie sahen aus wie mit Samt überzogene Werke eines pointillistischen Malers, dessen Augen es ausgezeichnet verstanden hatten, jede einzelne Nuance der unendlich vielfältigen Skala von Grüntönen zu erfassen. Sie würden Pinang erst am nächsten Morgen erreichen, und Carvalho gab alle Hoffnung auf, Biscuter zu treffen, als er in seiner Kajüte eine Notiz fand: »Bin völlig gerädert, Chef, aber wir werden siegen!« Welchen Sieg meinte er? Den naheliegenden, der darin bestand, die Welt zu umrunden? Später, als Carvalho den Speisesaal betrat, wo das abendliche Büffet aufgebaut war, wurde ihm sofort klar, an welchen Sieg Biscuter gedacht hatte, weil sich unter den verschiedenen kulinarischen Angeboten – neben den indonesischen Spezialitäten mit der unvermeidlichen *Rijsttafel*, dem »Reistisch«, und ihren etwa zwanzig Beilagen, neben den chinesischen, indischen, internationalen Gerichten – auch zwei Tabletts mit echt katalanischem Tomatenweißbrot befanden, das als Krönung mit reichlich echtem Olivenöl begossen war. Wenn Biscuter nur wenige Stunden, nachdem er die Küche der *Queen Guillermine* betreten hatte, eine solche Spitzenleistung gelungen war, könnte in zwei, drei Tagen der Sieg vollkommen sein und es könnte ihm glücken, trotz der Hitze die Herstellung einer *Escudella amb carn d'olla*, der typisch katalanischen Fleischbrühe, samt des dazugehörigen Fleischkloßes, durchzusetzen. Das in eingetragener Partnerschaft lebende katalanische

Paar reagierte begeistert auf die Überraschung, eines seiner liebsten und unschuldigsten Zeichen katalanischer Identität zu entdecken, von Seiten der Madrider indes erhoben sich ein paar ironische Stimmen; es wurde aber auch anerkennend eingewandt, daß das Tomatenweißbrot so gut sei, daß es eigentlich von einem Spanier hätte erfunden werden müssen und nicht von einem Katalanen.

»Sind Katalanen vielleicht keine Spanier?« fragten die Damen aus der Alcarria beinahe im Chor.

Die Madrider spalteten sich in zwei Lager, die Katalanen dagegen widmeten sich unverdrossen dem Verzehr der Tomatenbrote, ohne sich an spitzfindigen Scharmützeln nationaler Natur zu beteiligen. Der reiche Suppenfabrikant ging im Smoking, seine Frau glich einem Model auf dem Laufsteg einer Pariser Modenschau, einer etwas altmodischen allerdings, vielleicht der Präsentation einer Balenciaga-Kollektion, womit sie sich in schöner Übereinstimmung mit der Bekleidung der anerkannten Elite der Kreuzfahrt befand, die jederzeit um die Wahrung förmlicher Distanz bemüht war. Mit Ausnahme der Damen aus der Alcarria, die behaupteten, Englisch lesen, aber nicht sprechen zu können, sprachen und verstanden fast alle Lateinamerikaner und Spanier Englisch. Carvalho hatte also kaum Arbeit, obwohl ihm die Spanischsprachigen dankbar waren, daß er sich in ihren Kreisen bewegte, weil seine Anwesenheit ihnen ein Gefühl von Sicherheit oder Dienstleistungsbereitschaft vermittelte. Die Lateinamerikaner beanspruchten ihn wenig, während ihm die spanische Abordnung Einzelheiten der Fahrtrouten und Speisepläne, ja, sogar Korrekturen derselben, abverlangte.

»Ich bitte um Verständnis, aber als kleine Gruppe können Sie die organisatorischen Vorgaben der Kreuzfahrt nicht beeinflussen.«

»Aber wenn wir zu den Sehenswürdigkeiten fahren, könnten wir doch auf eigene Kosten ein Auto mieten, anstatt uns in diese schrecklichen Omnibusse voller knallrotgesichtiger Yankees zu quetschen.«

Carvalho erkundigte sich beim Oberkommando. Es stünden nicht immer Taxis zur Verfügung, die Passagiere könnten aber welche benutzen, müßten sie allerdings selbst bezahlen und bereit sein, pünktlich zur festgesetzten Abfahrtszeit wieder an Bord zu erscheinen. Die Antwort stellte die Meuterer zufrieden, allerdings erhoben einige Anspruch auf einen, wenn auch noch so bescheidenen Nachlaß auf den Preis der Kreuzfahrt. Weil Carvalho einen Moment dachte, sie erlaubten sich einen Scherz auf seine Kosten, erklärte er sich selbstverständlich bereit, auch über einen Preisnachlaß zu verhandeln, wenn sie sich über Bord würfen und einen Teil der Strecke schwimmend zurücklegten. Die jungen Damen aus der Alcarria lachten, und die Aufrührer verstummten für eine halbe Stunde, um sich anschließend über die lange Zeit zu beklagen, die das Schiff für die Strecke Singapur-Pinang benötigte.

»Langsam hab ich den Verdacht, daß diese Kreuzfahrt künstlich verlängert wird. Schaut mal auf die Karte. Wie von Alicante nach Benidorm.«

»Du übertreibst, etwas weiter ist es schon.«

In Pinang kam erstmals der riesige, sehr hübsche, mit Eistee gefüllte Samowar zum Einsatz, der, am Fuße der Gangway plaziert, die Reisenden verabschiedete und bei ihrer Rückkehr aufs Schiff wieder begrüßte. Der Tee war ausgezeichnet, und es gab verschiedene Teesorten, sogar eine mit Vanillegeschmack, direkt von der Insel Mauritius, wie versichert wurde. In Pinang hatte man sich dem Kauf von Batik zu widmen, und das Reiseunternehmen hatte die Passagiere mit einem Informationsblatt ausgestattet, in dem nachzulesen war, daß Batik zwischen einem und einhundert Dollar pro Meter kosten konnte. Die Ausflugsgesellschaft blieb im Bereich der Geschäftsstraßen, in unmittelbarer Umgebung des Hafens, und Carvalho zählte vergeblich die wenigen Alternativen auf, die eine Stadt bot, die dank der Landgänge von Leuten wie ihnen erheblich gewachsen war. Es gab weder Strände mit einladendem Wasser noch bemerkenswerte Gebäude, sie konnten jedoch George Town aufsuchen, die Landeshauptstadt mit reicher Kolonialarchitektur, weil sich dort 1786 die Britische Ostindien-Kompanie niedergelassen hatte.

»Was für ein Unternehmen! Früher hat es eine große Rolle gespielt, und die Welt sähe ohne dieses Unternehmen heute ganz anders aus«, bemerkte der mächtige, vermutlich bald schon pensionierte Banker nostalgisch, eine Äußerung, die einem der jungen Mexikaner mißfiel.

»Diese Handelsgesellschaften waren widerliche Ausbeuter. Sie haben die Einheimischen massenhaft ermordet und sie, wenn erforderlich, unter Zwang dazu gebracht, Opium anzubauen. In der Zeit des Boxeraufstands nötigten diese Handelsgesellschaften und die westlichen Truppen die Chinesen zum Opiumhandel, wobei sie mehr als einen Chinesen mit dem Bajonett aufschlitzten, um festzustellen, ob er eine Dosis Rauschgift im Bauch hatte. Die Handelsgesellschaften bildeten die Grundlage für den imperialistischen Kapitalismus.«

»Ernesto« – Mehr sagte der Vater des jungen Mannes nicht, um ihn zum Schweigen zu bringen, woraufhin sich seine Lippen verschlossen, sein Lächeln sich jedoch angesichts der beunruhigten Miene des Bankers verstärkte.

»Was sagt dieser Junge hier? Habt ihr das gehört? Die Welt ist noch immer voll von Roten. Die sehen inzwischen anders aus, aber es gibt sie nach wie vor.«

Da erinnerte sich Carvalho an Spekulationen darüber, daß dieser reiche Alte, der kurz vor der Pensionierung stand, möglicherweise zum zivilen Arm des antidemokratischen Staatsstreichs von 1981 gehört hatte oder zumindest an seiner Finanzierung beteiligt gewesen war. Nun beklagte er sich über die Fliege an der Wand, weil er selbstverständlich davon ausging, daß Carvalho verpflichtet war, ihm zuzuhören.

»Wenn meine Eltern mir nicht feste christliche Glaubensgrundsätze mitgegeben hätten, würde ich das Leben für einen Betrug halten. Sicher, nach dem Tod kann der Himmel mein Lohn sein, der alles aufwiegt, und ich tue alles, um in den Himmel zu kommen. Trotzdem fühle ich mich jeden Tag mehr betrogen. Von den Mitmenschen, von mir selbst und manchmal sogar, er möge mir verzeihen, auch von Gott persönlich.«

Er erwartete beschwichtigende Worte, doch Carvalho beschränkte sich darauf, die Augenbrauen hochzuziehen.

»Haben auch Sie Zweifel?«

»Täglich.«

»Und wie überwinden Sie sie?«

»Indem ich aufhöre zu zweifeln.«

»Wie oft?«

»Täglich.«

»Dieser destruktive und zugleich konstruktive Spannungsbogen, einfach bewundernswert.«

»Vielleicht sind meine Zweifel weniger abstrakt oder transzendent als die Ihren.«

»Alle Zweifel sind abstrakt und transzendent, weil Gott, der Gewißheit ist, unserem Gehirn die Möglichkeit des Zweifelns mitgegeben hat.«

»›Mein Sohn, zweifle an deinen Zweifeln‹, sprach Gott zum Marqués de Marianao.«

»Tatsächlich? Das wußte ich nicht. Und warum zum Marqués de Marianao?«

»Schwer zu sagen. Denken Sie an die gleichnishafte Geschichte vom Heiligen Augustinus und dem Knaben, der versuchte, das Meer in das kleine Loch zu füllen, das er in den Sand gegraben hatte.«

»Ein hervorragendes Beispiel! Sie sind offensichtlich ein guter Gesprächspartner. Das wird eine wunderbare Reise.«

Wie hoch ist das Trinkgeld, das man einem vermutlich in einen Staatsstreich verwickelten Banker abknöpfen kann, der so alt ist, daß er den Tod vor Augen hat und ihn deshalb fürchtet? Dem Scheitern des Staatsstreichs nach zu urteilen, hatten sie ihm nicht viel abknöpfen können, ein gutes und zugleich schlechtes Zeichen, bedeutete es doch, daß er noch immer sehr reich war, sich aber womöglich den Fremdenführern der Kreuzfahrt gegenüber ebenso geizig zeigte wie damals den Putschisten. Der zweite Multimillionär war anders. Er war schweigsam und nicht gut zu Fuß, und seine Frau schien ihn auf einer Art mentaler Tragbahre mitzuführen. Anfangs forderte sie jedes Mal, wenn sie ein Geschäft betraten, einen Stuhl an. Doch dann delegierte sie diese Aufgabe an Carvalho, der zuerst nicht bereit war, sie zu übernehmen, später allerdings das mögliche Trinkgeld bedachte, das für die schlichte Bitte um einen Stuhl abfallen mochte, worauf er beschloß, den Wünschen dieser eingebildeten Dame zu entsprechen, dieser Freundin der Herzogin von Alba und von Pili und Mili, dem Sinnbild der mächtigsten Schwestern Spaniens. Der millionenschwere Suppenfabrikant erregte bereits in Pinang allgemeine Aufmerksamkeit, als er, nachdem seine Frau vor seinen Augen praktisch das ganze

Angebot Malaysias an Batikstoffen zum Meterpreis von einhundert Dollar aufgekauft hatte, eine wunderschöne Teakholzskulptur ins Auge faßte, die den Lebensbaum, das Gute und das Böse darstellte, nach dem Preis fragte und ihn akzeptierte – fünf Millionen Peseten, rechnete Carvalho um –, seine erste sichtbare Ausgabe für ein Stück, das erst in einem großen Raum richtig zur Geltung kommen würde. Die beiden Katalanen begleiteten den Kauf mit unverhohlenem Grinsen, das sie erst zu verbergen versuchten, als sie merkten, daß ihre Schadenfreude Carvalho nicht entging.

»Ein hervorragender Kauf.«

»Und sehr verdienstvoll.«

So viel Eintracht war übertrieben, mochten die beiden Designer auch noch so sehr in eingetragener Partnerschaft leben.

»Warum verdienstvoll?«

Der jüngere der beiden, der einen Bart nach Art der Musketiere, eine seidene Jeans und ein Seidenhemd trug, brach in Gelächter aus.

»Weil in Spanien kürzlich Listen aufgetaucht sind, mit den Summen, die gewisse Persönlichkeiten an Steuern zahlen; geheime Listen, weil solche Angaben nicht veröffentlicht werden dürfen, angeblich um nicht den ETA-Leuten und anderen möglichen Entführern Appetit zu machen. Ich glaube aber, daß die Reichen nicht bloßgestellt werden sollen. Nun, unser Freund Ventoso Parera hat dem Finanzamt jährliche Einkünfte gemeldet, die unter den meinen liegen.«

»Wie ist das möglich?«

»Mit Hilfe zweier, sich ergänzender Verfahren. Die Firma, für die er arbeitet, übernimmt alle seine Ausgaben, was nicht als Einkommen gilt; daneben verfügt er über ein Netz von Strohmännern, die für ihn Gehälter beziehen und dafür einen minimalen Anteil dieser Gehälter bekommen. Dazu kommen Schwarzgeld und Steuerparadiese. Wenn er mit dieser Teakholzskulptur nur den Anfang gemacht hat, könnte es eine denkwürdige Reise werden und bedeuten, daß die Inseln sozusagen abgeholzt werden.«

»Mir egal. Solange seine Frau nicht von mir verlangt, daß ich das Ding aufs Schiff transportiere.«

»Keine Sorge. Diese Skulptur und alle weiteren werden direkt nach Spanien geschickt, wo sie von irgendeiner Stiftung, einer Stiftung des Señor Ventoso Parera persönlich, in Empfang genommen werden. Ich kritisiere das nicht, beschränke mich lediglich darauf, zu bemerken, daß die Reichen intelligenter sind als die, die kein Geld haben.«

An diesem Abend bestand Biscuters Botschaft aus einem Dutzend Tortillas mit Zwiebeln, die so riesig waren, daß sie selbst unter den nichtspanischen Passagieren erwartungsvolles Gemunkel auslösten.

Beim Aufwachen stellte Carvalho fest, daß er Biscuter schmerzlich vermißte. Doch er hatte bei einer äußerst früh angesetzten Versammlung zu erscheinen, weil sie mit den wichtigsten Informationen über den kommenden Tag versorgt werden sollten. Malaysia lag nun hinter ihnen, das Schiff durchquerte die Meerenge von Sumatra, um nach Medan zu gelangen, wo die Batikstoffe bereits indonesisch waren, ebenso die Teakholzschnitzereien, und man in Kontakt kam mit einem Typ »ethnischer Produkte« – so die vortragende Holländerin, dieselbe, die das Vorstellungsgespräch mit ihm geführt hatte –, die nicht nur die kulturelle Vielfalt Indonesiens, vielmehr auch die Sumatras spiegelten, angefangen von zartesten *Songket*-Seidenstoffen, Stickereien, Holzschnitzereien, Marionetten, filigranen Silberarbeiten, bis zu Masken aus dem hinduistischen Kulturkreis, den Waffen der Krieger und Antiquitäten aus der holländischen Kolonialzeit. Ferner sollten sie den Reisenden raten, vorsichtig zu sein, weil Banda Aceh, das Gebiet höher im Norden, nach Unabhängigkeit strebte und dort häufig Aktionen der Guerilla stattfanden, die dem Tourismus gegenüber allerdings ein gewisses *fair play* einhielt. Sicher, die touristische Erschließung hatte zu einer bestimmten Gleichförmigkeit des Marktes geführt, es war jedoch noch immer möglich, das Besondere zu finden, was sie diesem erlesenen Publikum gegenüber betonen sollten. Eine törichte Bemerkung, befand Carvalho. Wo war denn das erlesene Publikum? Es handelte sich lediglich um Leute, die diese Reise bezahlen und ausreichend lesen und schreiben konnten, um Reiseschecks oder Kreditkartenbelege zu unterzeichnen. Das Schiff legte noch vor

Morgengrauen an, und die Touristen konnten auf Wunsch eine Exkursion zum Nationalpark Gunung Leuser unternehmen, eine Exkursion allerdings, die viele abschreckte, da sie zwölf Stunden in Anspruch nehmen würde, obschon die Schönheit des Zielortes garantiert war. Leute, die nicht den ganzen Tag unterwegs sein wollten, konnten Medan besichtigen, ein früheres Sumpfgebiet und jetzt eine der reichsten Städte Indonesiens mit sehenswerten architektonischen Zeugen ihrer kolonialen Vergangenheit wie zum Beispiel der Jalan Jendral A. Yani, einer wichtigen Straße, deren Geschäfte fest in chinesischer Hand waren. Dort war das herrschaftliche Haus des lokalen Multimillionärs und Heiligen Tjong A. Fie zu besichtigen, dessen beispielhafter Fall – er war in einem japanischen Konzentrationslager an Unterernährung gestorben – überall Erwähnung fand. Der Samowar, im Schutz eines kleinen Sonnenschirms, damit er kühl blieb, erfüllte treu seine protokollarische Funktion für die Reisenden. Die Kerntruppe der Madrider sowie die beiden heterosexuellen katalanischen Paare entschieden sich für die lange Fahrt zum Park, während sich die anderen Spanier aufmachten, die Zweimillionenstadt zu durchstreifen, und zwar im Gefolge des in eingetragener Partnerschaft lebenden Designerpaares, das in der Gruppe als besonders gut informiert galt, was die richtigen Einkäufe betraf. Außerdem hatten sie vor, im Meer zu baden oder im großen Pool der *Queen Guillermine*, umgeben von Cocktails, die so farbenfroh und fruchtig waren, daß sie eher Wunderwerken der Gärtnerkunst glichen. Die Lateinamerikaner hatten geschlossen und fast gleichzeitig entdeckt, daß für sie die Landschaft nicht so interessant war wie für die Europäer. »Bei uns gibt es schließlich auch Urwälder, am Amazonas, am Orinoco, und die großen Flüsse müssen wir auch nicht besichtigen. Der Paraná bildet ganz ähnliche Landschaften und dann erst die Wasserfälle von Iguaçu oder die Urwälder in Mittelamerika wie die Lacandona! Natürlich, es gibt immer deutliche Unterschiede, weshalb uns auch diese Reise gefällt, aber die liegen überwiegend im menschlichen und kulturellen Bereich.« So faßte einer der mexikanischen Familienväter sein Desinteresse an der Exkursion zusammen und begründete andererseits seine Neugier auf Begegnungen mit Kulturen, die, wie die amerikanischen, Synthese oder Zeugnis so vieler alter Kulturen und Zerstörungen sind.

Während die letzten Entscheidungen für bestimmte Touren getroffen wurden, stieg Carvalho in die Küche hinab, wo er Biscuter vor einer großen, leeren Tafel in einem nicht sehr freundlichen Gespräch mit dem italienischen Koch antraf. Herr Monti war empört, weil Biscuter eine *Fideuá* genannte Nudelsorte einzuführen gedachte, feinste Fadennudeln also, *Capello d'angelo*, wie Biscuter ins Italienische übersetzte, verärgert, weil diese Sorte in Italien nicht bekannt war oder anders bezeichnet wurde. Biscuter blätterte in den Büchern, die ihnen die Slow-Food-Leute in Rom geschenkt hatten, und suchte nach einem Beleg für die Berechtigung seines Ansinnens.

»Wer ist hier Küchenchef?« fragte Monti auf englisch die anderen Köche und Küchenhelfer, woraufhin alle mit einer gewissen Ironie auf ihn zeigten, was Biscuter als Unterstützung seiner These interpretierte und was ihn deutlich ermutigte.

»Chef! Ein Glück, daß Sie kommen. Ich versuche, diesem Kerl hier die Erlaubnis abzuringen, mindestens zweihundert Portionen *Fideuá*, herzustellen, und Sie sehen, was los ist: Er führt sich auf, als hätte ich ihm seinen Posten weggenommen.«

»Hast du ihm gesagt, daß die Holländer sehr gerne *Fideuá* essen? Daß sich Cruyff ausschließlich davon ernährt, wenn er in Katalonien ist? Weiß er schon, daß auch Van Gaal, der holländische Trainer des FC Barcelona, ein Fan der *Fideuá* ist?«

Monti verstand etwas spanisch und bat Carvalho, seine Behauptungen zu erläutern. Der Detektiv trat auf ihn zu, lächelte ihn an, reichte ihm die Hand und stellte sich als Chefübersetzer vor. Dann versicherte er ihm, daß ihm die Verantwortlichen der *Queen Guillermine* zu Dank verpflichtet seien, wenn er an seinem Büffet auch *Fideuá* anbieten würde, weil bislang noch jeder Holländer, der je in Spanien war, neben Paella und Jabugo-Schinken nach diesem Gericht verlangt hätte. Monti wiederholte »Jabugo-Schinken« voller Wonne, konzentrierte sich, ergriff dann die Initiative in dieser Sache, wies mit dem Finger auf Biscuter und befahl:

»Avanti, *Fideuá!*«

Biscuter ging, die notwendigen Zutaten zu bestellen, und ließ Carvalho allein, der sich daraufhin Schritt für Schritt vom Kampfplatz, zu dem die Küche geworden war, zurückzog. Er stellte fest, daß die spanischsprachige Gruppe so zersplittert war, daß er unmöglich allen zu Diensten sein konnte. Auf dem Schiff konnte er auch nicht bleiben, weil der ziellos umherwandernde Banker seine vorruheständlerische Seele auf allen Decks spazierenführte und Carvalho nicht dessen Klagemauer abgeben wollte. Also beschloß er, an Land zu gehen und den Rundgang des Tages, den die holländische Gesellschaft empfohlen hatte, in umgekehrter Richtung zu absolvieren. Dann kam ihm der Gedanke, in den Zoo zu gehen, was sich als vorteilhaft erwies, weil später die Reisenden, die in den Nationalpark gefahren waren, nur noch von Orang-Utans redeten, genauer gesagt von den Tieren, die sie in der Orang-Utan-Schutzstation in Bohorok gesehen hatten – »wunderbar, wunderbar« –, wie vor allem die Frauen immer wieder mit Nachdruck bemerkten, gepackt und gerührt von dem so menschlichen, so menschlichen, so überaus menschlichen Verhalten der Orang-Utans.

»Was sind wir? Affen?« fragte sich die am heftigsten bewegte Dame.

Der Aufenthalt in Banda Aceh verlief ruhiger. Jede Epoche hatte in der Stadt herrliche Spuren hinterlassen, als besondere Sehenswürdigkeit die Raya-Baiturrahman-Moschee, die Ende des neunzehnten Jahrhunderts ein Italiener erbaut hatte, der von der Architektur der Mogulzeit begeistert war, weshalb die Moschee dem Taj Mahal deutlich ähnelt. Die Holländer hatten bereits in Medan zur Vorsicht gemahnt und baten nun, in Banda Aceh, der Hauptstadt des nach Unabhängigkeit strebenden Landesteils, die Vorsichtsmaßnahmen zu verstärken, weil das Problem noch nicht zufriedenstellend gelöst sei.

»So ein gewalttätiges Volk!« beklagte sich die Gattin des Suppenfabrikanten.

»Wir haben bereits erlebt, wie sie sich in Timor gegenseitig umgebracht haben, dann die ganzen Unruhen hier im Landesinneren, mal mit den Chinesen, mal mit anderen Ethnien, dagegen sind unsere Probleme mit den Basken fast ein Witz.«

Carvalho wollte aufklären:

»In diesem Land ist viel getötet worden. In den letzten siebzig Jahren beispielsweise war es unter japanischer Besatzung, die mit harter Hand regierte, aber auch der Widerstand der Partisanen war hart. Schließlich gewannen die fortschrittlichsten Rebellen mit ihrem Anführer Sukarno die Oberhand, doch die Vereinigten Staaten betrachteten seinen Sieg mit Vorbehalt. Sie ermöglichten einen Staatsstreich. In den ersten zwei oder drei Tagen füllten sich die Flüsse mit Toten; bis zu fünfhunderttausend ermordete Kommunisten innerhalb von zwei, drei Tagen. Dann waren die Chinesen dran, die wegen ihres Talents, Reichtümer anzuhäufen, gefürchtet sind. Die liquidationslüsterne Militärjunta war noch bis vor kürzester Zeit an der Macht, und keiner wurde bislang für irgend etwas zur Rechenschaft gezogen.«

»Hier herrscht eine andere Auffassung vom Leben und vom Tod«, bemerkte der belesenste Architekt.

»Außerdem übertreiben die Kommunisten die Zahl ihrer Toten immer. Auch in Spanien war nach dem Bürgerkrieg von einer Million Toten die Rede. Von wegen. Wir hatten gar keine Zeit, so viele umzubringen, obwohl der Krieg drei Jahre dauerte und einige Kompanien wie die Hundertste und noch was – die meine nämlich – ihr möglichstes taten. Wir hatten einen berühmten Anführer, Bernabéu persönlich, mit zweiundvierzig Jahren der älteste Kämpfer von uns, mit Mumm für zweiundvierzig in den Knochen, und später Präsident vom Real Madrid der fünf Europapokale.«

Bei der eifrigen Befürwortung der Kommunistenliquidation stockte allen der Atem, auch denen, die seine Auffassung teilten, weshalb die Stille, die sich um den Banker im Vorruhestand ausbreitete, diesen zu einer Erklärung zwang:

»Töte, oder du wirst getötet, das ist in allen Kriegen gleich.«

Die Mutter des jungen Mexikaners, der schon einmal mit dem Banker zusammengestoßen war, hielt ihren Sohn zurück, indem sie ihm eine Hand auf den Arm legte und mit der anderen den Mund verschloß, was aussah, als spielte sie mit ihm. Der Liquidierer spanischer Roter hatte sich kaum zurückgezogen, da platzte der junge Mann heraus:

»Der Kerl ist ein Schuft, ein beschissener Faschist!«

Niemand sprang ihm zur Seite, selbst Carvalho nicht, obwohl sich der Junge, Zustimmung heischend, an ihn wandte. Carvalho ließ ihn einfach weiterreden und fiel ihm erst ins Wort, als der Junge ihn auf seine Rolle im Spanischen Bürgerkrieg ansprach.

»Zu welcher Partei haben Sie gehört?«

»Zur Partei der Un- oder Neugeborenen. Ich war ja noch im Bauch meiner Mutter.«

Der Junge konnte kaum glauben, daß Carvalho nicht alt genug war, um am Krieg teilgenommen zu haben.

»An der Universität hatte ich einen Professor, einen Philosophieprofessor, der war ihm Krieg. Sánchez Vázques, ein sehr guter Philosoph. Jetzt ist er im Ruhestand, wird aber in Mexiko noch immer sehr geschätzt. Er war Professor des Subkommandanten.«

»Welches Subkommandanten?«

»Des Subkommandanten Marcos, des ersten Sprechers der EZLN, des Ejército Zapatista de Liberación Nacional.«

Was bedeutete, Subkommandant dieses jungen Mannes in der zapatistischen Befreiungsbewegung, auch wenn seine Mutter ihn aus der Ferne verstohlen betrachtete und besorgt dachte, daß sich dieser Junge im Leben noch manche Beule holen würde, wenn er weiter gegen Windmühlen ankämpfte, vor allem aber gegen Banker, und mochten sie auch im Vorruhestand sein.

Je näher sie Nias kamen, desto deutlicher wurde spürbar, welche Erwartungen allein der Name der Insel auslöste, was auf Informationen verschiedener Werbeveranstaltungen für Kreuzfahrten sowie auf eine erklärende Ankündigung der Schiffahrtsgesellschaft zurückzuführen war. Danach waren mit Padang und Bengkulu noch zwei weitere Landgänge vorgesehen, bevor sie Jakarta und damit das Ende der eigentlichen Kreuzfahrt erreichten, weil die, die nach Bali weiterreisen wollten, ein Flugzeug nehmen würden. In Nias angekommen und mit kaltem Tee gebührend verabschiedet, teilte sich die Gesellschaft in Altersgruppen auf, wobei die jüngeren Leute das Angebot wahrnahmen, an hervorragend geeigneten, allerdings weit entfernten Stränden der Insel zu surfen, während die älteren Herrschaften, neugierig auf die verschiedenen Volksstämme, die Busse ins Landesinnere bestiegen. Es gab auch welche, die Pferdewägelchen, sogenannte *Dokars*, nahmen, weil sie sich davon eine direktere Erfahrung der anderen Raum-Zeit-Beziehung erhofften, derer sich die Insel rühmte. Carvalho stieg in den Bus, und dann zog ein fast unberührtes Land an ihm vorüber, in dem die Behausungen aus reinlichen Hütten ohne Möbel und einigen meernahen Pfahlbauten bestanden, die der Tourismus noch kaum verfälscht hatte. Wer bleiben wollte, konnte in diesen Hütten wohnen oder ein luxuriöses Touristenzentrum in Anspruch nehmen, das einzige auf der Insel. Fast alle Leute erlebten Nias als Bühne für ein einmaliges Volk und seine Geschichte, wobei der wichtigste Schauplatz im Süden der Insel lag, in Bawomataluwo, der Stadt, die zum Schutz vor den Angriffen der annexionslüsternen Holländer auf einem steinigen Vorgebirge errichtet worden war. Der Hauptplatz der Stadt bildete die natürliche Szenerie für die beiden eindrucksvollsten Vorführungen: Eine Attraktion war der Sprung vom höchsten Punkt des *Krimpton*-Felsens, den die sportliche männliche Jugend des Ortes vollführte, wobei sie beim Flug und beim anschließenden freien, perfekten Fall nicht nur die Sexualorgane, vielmehr den ganzen Körper in Gefahr brachte; das andere Spektakel waren die rituellen Tänze der Krieger, die ihre Bewegungen so distanziert und zurückhaltend vorführten, als wären sie im Actor's Studio von New York ausgebildet worden, dann aber plötzlich ihre Lanzen zückten, aufs Publikum zustürmten und die Lanzenspitzen erst einen halben Zentimeter vor den Touristen abbremsten, was bei einigen Panik auslöste; bei einer der Damen aus der Alcarria zum Beispiel, die zu schreien anfing, was Carvalho sehr gut nachvollziehen konnte. Der Krieger, der die Frau einen halben Zentimeter vor seiner Lanzenspitze hatte, einer der häßlichsten Einwohner der Insel, verharrte in dieser drohenden Haltung und bleckte dabei sein teils lückenhaftes, teils goldüberkrontes Gebiß solange, bis sich die anderen Damen aus der Alcarria schützend um ihre Freundin scharten. Da wandte sich der alte Lanzenträger gelassen ab und machte sich für weitere Tänze und Lanzenwürfe bereit. Das war schließlich seine Aufgabe hier.

»Ich hab' ihn kommen sehen ... als wollte er mich aufspießen ... als wollte er mich aufspießen ... Ein Touristenunfall. Es kann doch auch Touristenunfälle geben, oder?«

»Aufspießen, nie im Leben. Das wäre doch das Ende des Tourismus auf der Insel.«

Sie verzehrten ein improvisiertes Picknick, wobei die sehr reichlich vorhandene ErdnußSauce über Hühnchen, Grünzeug, Garnelen und Gemüter gekleckst wurde. Doch am Abend würde die *Fideuá* das Essen krönen, sie würden sich ein ums andere Mal den Teller füllen, was, wie Carvalho sich ausmalte, schließlich zur feierlichen Inthronisation Biscuters in der Küche führen und ihn für den ganzen Rest der Reise zum unangefochtenen gastronomischen Strategen machen würde. Dann allerdings schienen die Strecken, die das Schiff zurücklegte, ungeachtet der tatsächlichen Entfernungen, immer länger zu werden, wie um den Preis der Kreuzfahrt zu rechtfertigen, während die Reisenden dieser samtenen Vegetation voller einmaliger Grüntöne langsam überdrüssig wurden, aller grünen Farben, wie es in einem Lied von Raimon hieß, das Carvalho in den Sinn kam.

Die langen Stunden auf dem Schiff bedeuteten noch mehr tropische Cocktails, Ausflüge in den Spielsalon, ziemlich oberflächliche, flüchtige Abenteuer, wie zumindest aus dem Verhalten der spanischsprachigen Gäste, das Carvalho beobachten konnte, zu schließen war, Erfrischungen im Pool oder aber endlose Stunden vor dem Fernsehapparat und Videorecorder, wobei Streifen, die in dieser Gegend spielten, besonderes Interesse entgegengebracht wurde. So kam es, daß Carvalho in *Saint Jack* dem Raffles und dem Singapur Sling wiederbegegnete, weil Ben Gazzara in diesem Film die Rolle des scharfzüngigen Spitzels im Gefolge der in Vietnam stationierten nordamerikanischen Truppen spielte. Es gab jedoch weder einen Film über die internen Konflikte Indonesiens noch einen über den Unabhängigkeitskampf gegen die Holländer und Japaner, auch keinen über die Blutbäder, die im Kalten Krieg den Interessen des westlich gesinnten Arms der Armee gedient hatten. In den Nachrichten von CNN erschien ein alter und ausgesprochen schöner Kapitän Nemo, wie von einem in eingetragener Partnerschaft lebenden katalanischen Designerpaar entworfen, ein Nemo, der sich in Marseille an Bord eines u-bootähnlichen Objekts befand und seltsame Erklärungen über das Ende der menschlichen Vorherrschaft über die Erde abgab.

»Mein Geburtsname ist nicht Nemo, ich habe ihn nur gewählt, weil er mir in diesen Zeiten der lehrreichste schien.«

»Kann man dieses U-Boot benutzen?«

»Auf der Wasseroberfläche ja, das habe ich ausprobiert. Ich würde es aber nicht wagen, damit zu tauchen. Wer würde schon mit der *Nautilus* um die Welt reisen wollen wie in den Romanen von Jules Verne. Wir wollen eine Welt in Frage stellen, deren

Regeln, angefangen von den ökonomischen bis zu den militärischen, uns zwingen, wie Exilanten zu leben. Vielleicht ist es unumgänglich, das äußere Exil zu wählen, die Erde dem Gott des Bösen zu überlassen und einen Ort zu suchen, an dem der Gott des Guten herrschen kann.«

»Wenn Sie vom Gott des Bösen sprechen, meinen Sie dann Präsident Bush oder den irakischen Diktator Saddam Hussein?«

»Diese beiden unheilvollen Gestalten sind Marionetten des Gottes des Bösen, wobei ich daran erinnere, daß ich den Begriff Gott nicht im religiösen Sinn verwende, vielmehr in seiner hegemoniellen Bedeutung, und damit die wahren Inhaber der wirtschaftlichen, politischen und kulturellen Macht auf dieser Welt meine.«

»Kapitän Nemo, könnte man sagen, daß Ihr Reich nicht von dieser Welt ist?«

»Genau das ist es.«

Carvalho hatte genug davon und wollte soeben umschalten, als er plötzlich im begeisterten Publikum, das Nemo umgab, eine strahlende Madame Lissieux zu erkennen glaubte, allerdings direkt in der Sonne stehend, so daß er nicht mit Sicherheit sagen konnte, ob die Person tatsächlich Madame Lissieux oder lediglich ein Produkt carvalhianischer Sinnestäuschung war. Jetzt beherrschte Nemo wieder den Bildschirm, um sich zu verabschieden.

»Sie werden bald von uns hören. Fangen Sie an, Ihre Götter kritisch zu beobachten.«

Das kam ihm irgendwie bekannt vor, und die Möglichkeit, daß diese Gestalt wirklich Madame Lissieux gewesen war, erfüllte ihn mit Zorn und dem Wunsch, Biscuter darauf anzusprechen, obwohl der bestimmt in der Küche arbeitete und die seltsame Auferstehung Kapitän Nemos, der vor über einem Jahrhundert in seiner *Nautilus* gestorben war, nicht gesehen haben konnte. Er redete mit den anderen Reiseführer-Übersetzern über die Personen in diesem Bericht, doch lediglich der Deutsche erinnerte sich vage, etwas über eine Gruppe Verrückter gesehen oder gelesen zu haben, die den logischen Gedanken der Schöpfung zurückwies, und daran, daß Kapitän Nemo der Spitzname eines alten Anführers der ökologisch-pazifistischen Bewegung Deutschlands war, eines Generals im Ruhestand, der den Zweiten Weltkrieg als blutjunger Offizier Hitlers mitgemacht hatte.

»Wenn er gegen die Schöpfung ist, dann ist er noch irrer als die Umweltschützer.«

»Es gibt viele Arten Umweltschützer.«

Fünfundzwanzig Jahre zuvor, während seiner Ermittlungen im *Mord im Zentralkomitee*, war Carvalho auf die Existenz einer kleinen Gruppe kommunistischer Intellektueller gestoßen, die sich als Ökomarxisten bezeichnete und nur an ebendiesen Ökomarxismus glaubte; alles andere war für sie verfälschender Sprachgebrauch und unwahr. Beim Abendessen mehrten sich die Anzeichen, daß Biscuter den absoluten Sieg errungen hatte, nicht nur weil es ihm gelungen war, dem Büffet, dem letzten dieser Reise, weitere Gerichte anderer spanischer Regionen hinzuzufügen, nicht zuletzt phantastische Lammkeulen, mit Knoblauch gespickt und nur mit Hilfe von Ofenhitze und Wasser geschmort. Darüber hinaus war Sangría angekündigt, ein schreckliches Gebräu, für das eher die Spanienurlauber verantwortlich sind als die Spanier selbst, mochten diese auch noch so unvoreingenommen sein. Zuerst wurden die Lichter gelöscht, und auf der Leinwand erschien eine Szene aus *Julia und die Geister* von Fellini, in der ein spanischer Schauspieler, José Luis de Villalonga, die Herstellung einer Sangría erklärt, und zwar in dem gleichen geheimnisvollen Ton, in dem Nostradamus das Ende der Welt angekündigt oder das Einlegen von Kürbissen erläutert hatte. Als das Licht wieder anging, defilierte ein Dutzend Kellner mit gewaltigen Krügen voller Sangría, die Biscuter mit ein paar lokalen Ingredienzien angereichert hatte, durch die Reihen der Tischgesellschaft. Die wenig schönen tropischen Orangen beispielsweise waren durch eine Mischung aus Limetten, Pampelmusen und Mangostückchen ersetzt. Zudem war der Wein ein ausgezeichneter Cabernet aus Neuseeland, mit angedeuteter Schwere. Der hochprozentige Alkohol, der die schmelzenden Eisstückchen ausglich und die Süße der Früchte abmilderte, war mindestens ein französischer Cognac, möglicherweise ein Courvoisier, und auch der Zimt war ausgezeichnet, im Vollbesitz seines wunderbaren Aromas und nicht bereits durch langes Lagern fad und geschmacklos geworden. Alle zeigten sich höchst angetan von der Sangría, und die sachverständigsten Personen mutmaßten, wie es dem Hersteller gelungen sein mochte, dem Getränk jene Spur Kohlensäure zu verleihen, ohne das Gaumenfest zu verwässern.

»Das ist ein Geheimnis und sollte wohl auch besser ein Geheimnis bleiben. Ein Onkel von mir machte erstklassige Sangrías und kippte Fanta mit Orangengeschmack hinein. Tja, unglaublich.«

»Es mag in Anbetracht der vielen Sachen, die dem Wein hinzugefügt werden, zwar albern klingen, aber eine gute Sangría gelingt nur mit einem guten Wein.«

Carvalho wollte gerade in die Küche hinuntergehen, um Biscuter zu gratulieren, und sich bei der Gelegenheit zudem nach seinem möglichen Wissen um den auferstandenen Kapitän Nemo erkundigen, als sich zwischen den begeisterten Trinkern eine Gasse öffnete, durch die hintereinander der italienische Chefkoch, Biscuter und die vier Beiköche schritten. Der Kapitän bat um Applaus und hob das Verdienst der Schiffahrtsgesellschaft hervor, die sich, wohl wissend, daß eine Kreuzfahrt eine eigene, in sich geschlossene Welt ist, die innere Bezüge braucht, bemüht hatte, neue gastronomische Akzente zu setzen, »was dank der Kenntnisse unseres Küchenchefs, *il Signore*, Amadeo Monti und dank eines bemerkenswerten Neuzugangs, des großen Meisters der französischen, okzitanischen und andorranischen Küche, Monsieur Biscuters, gelungen ist.« Der Chef salutierte, seine Kollegen ebenfalls, dann endlich konnte Carvalho seinen Assistenten zur Seite nehmen, der wegen der Arbeit und Hitze, die er erdulden mußte, bedeutend dünner wirkte als üblich. Carvalho pries die Sangría und lobte Biscuters Kühnheit, die geschmacklichen Vorlieben der meisten Gäste völlig mißachtend, einen Lammbraten anzubieten.

»Neugierige Frage: Wie läßt sich der Kohlensäuregehalt der Sangría erklären?«

»Ich habe Schweppes verwendet, allerdings mit Mandarinenlikör aromatisiert.«

Carvalho zögerte, das Gespräch auf Kapitän Nemo zu bringen, und Biscuter wollte schon gehen, als er sich doch dazu entschloß:

»Ach, übrigens, die CNN hat eine Reportage aus Marseille gebracht, in der ein Kapitän vorkam, der sich Nemo nennt, und das merkwürdigste dabei war, daß ich meine, an seiner Seite oder in seinem Gefolge deine geliebte Madame Lissieux erkannt zu haben.«

Biscuter konzentrierte sich, seufzte, senkte seine fast durchsichtigen Lider und sagte:

»Sie haben Professor Hans Römberg gesehen, einen Weisen, der seine Aufgabe darin sieht, die Welt zu retten, und sich Kapitän Nemo nennt. Das mit Madame Lissieux ist durchaus möglich. Die beiden sind eng befreundet.«

Der stumme Abgang von der Bühne gelang ihm fast so perfekt wie die Sangría.

Unter den Passagieren, die Indonesien bereits von anderen Reisen her kannten, hatte sich die Meinung durchgesetzt, daß Sumatra, mochte es auch durchaus interessant sein, einem Vergleich mit Java, der am dichtesten bevölkerten Insel, nicht standhalten konnte. Es war üblich, Padang als Ausgangspunkt für Exkursionen in die Berge von Minang oder zu den Inseln der Westküste zu wählen, etwa nach Siberut, der nächst gelegenen. Die spanischen und lateinamerikanischen Herren priesen die Schönheit der Mädchen, die sie bei ihren Ausflügen gesehen hatten, und die erfreulichen Überraschungen, die ein gewisser Respekt vor der traditionellen Bauweise der Häuser noch immer ermöglichte, was sie bei ihrer Rückkehr von Bukittinggi, drei Stunden von Padang entfernt, oder von der Insel Siberut noch einmal betonten. Bei der ersten Exkursion hatten sie ein herrliches Tal besucht, bei der zweiten nicht nur eine Inselwelt, vielmehr eine isolierte Welt für sich.

»In manchen Dörfern ist die Zeit stehengeblieben.«

»Die Geschichte hält inne, geht einen Schritt zurück, manchmal schließt sie wieder auf und wiederholt sich«, philosophierte der Banker, immer bemüht, mit Carvalho einer Meinung zu sein.

»Erinnern Sie sich an die kürzlich von José Luis de Vilallonga gespielte Szene mit der Sangría? Zufälle gibt es! Ich bin zwei Jahre älter als er, trotzdem kämpften wir im Bürgerkrieg zusammen, weil sein Vater Wert darauf legte, daß der Junge am Krieg teilnahm und sich abhärtete. Der alte Herr war ein außergewöhnlicher Mann, ein Militär von Kopf bis Fuß, Aristokrat und Kammerherr von Alfonso XIII. persönlich. Er steckte seinen fünfzehn- oder sechzehnjährigen Sohn in ein Exekutionskommando, das Rote erschoß. Ja, der Krieg, der Krieg. Brutal bis zum äußersten, aber so ist das eben im Krieg. José Luis ging danach ins Exil, wurde Francogegner, sympathisierte sogar mit den Kommunisten, machte sich als Autor einen Namen, als Schauspieler und Liebhaber, als Liebhaber außergewöhnlicher Frauen. Eines Tages, Franco war schon tot, lud ich ihn auf meine Yacht zu einer kleinen Kreuzfahrt vor Kantabrien ein. Ich liebe das Meer, bin immer auf dem Wasser gewesen, sowie ich es ermöglichen konnte, war von niemandem abzuhalten. Nun gut, auf halber Strecke machte ich unter dem Vorwand eines Maschinenschadens in Santander Station und bat José Luis samt seiner damaligen Frau, einer Französin, nach Hause zu fahren oder sonstwohin, weil das Schiff nicht mehr weiterkönne. Wer nicht mehr weiterkonnte, war ich. Wir hatten über fast alle Themen ziemlich heftig gestritten, mit gewisser Leidenschaft, aber eines Tages sprachen wir vor der versammelten Mannschaft der Yacht auch über den Lauf der Geschichte; ob sie vergeht oder nicht, ob sie sich wiederholt oder nicht. Da machte Villalonga mich wütend. Er zeigte mit dem Finger auf mich, den Kapitän und Besitzer der Yacht, und sagte: ›Marx hatte recht: Was in der Geschichte in Form einer Tragödie aufgeführt wurde, wiederholt sich als Komödie, und du, mein Freund, verharrst inzwischen in der Komödie, für dich sind die Tragödien, die du ausgelöst oder gar selbst erlebt hast, beendet, du kannst dich noch so sehr um eine Wiederholung der Geschichte bemühen.‹ Ich bekam einen Wutanfall und hätte ihn am liebsten geohrfeigt. Nur weil seine Frau danebenstand, hielt ich mich zurück.«

Zum Glück, dachte Carvalho, hat dieser Mann weniger Leben vor sich als Geschichte hinter sich – und ging ihm für den Rest der Reise bis Jakarta sorgfältig aus dem Weg, besonders während des Stopps in Bengkulu, der als Pause von so viel Landschaft und all den Einkäufen gedacht war und einen gewissen Symbolwert hatte, weil sich hier der Kreis dieser Kreuzfahrt schloß. Sie hatte in Singapur begonnen, in der Stadt Raffles', und endete in gewisser Weise mit einem weiteren Bezug auf die imperialistischen und urbanen Abenteuer eines alten Bekannten, denn in Bengkulu hatte Sir Thomas Stamford Raffles einst das Oberkommando ausgeübt, und zwar auf eindrucksvolle Weise: Er förderte den Anbau von Kaffee und Zuckerrohr und weihte alles ein, was einweihbar war, widersetzte sich aber auch der Rückgabe Sumatras an die Holländer, die man auf höchster politischer Ebene, gegen seine Stimme, beschlossen hatte. In Bengkulu war es ihm gelungen, die Erinnerung an seine Person mit etwas Dauerhafterem zu verbinden als mit einem Hotel oder einem Cocktail, indem er, der Vorsitzende der Zoologischen Gesellschaft von London, als Entdecker der *Rafflesia gigante* in die Geschichte der Botanik eingegangen war. Die Pflanze war im Botanischen Garten von Bengkulu zu bewundern, und Carvalho zog ein zweites Mal den Hut vor der Gerechtigkeit des historischen Gedächtnisses, die es einem Vertreter des britischen Imperialismus gestattet hatte, Unsterblichkeit zu erringen, zum einen durch ein Hotel, in dem sein Andenken bewahrt wurde, zum anderen durch eine Blume, die etwas von einem Cocktail hatte. Neben der Rafflesia behielt Carvalho eine Zeitlang das Bild des Forts von Benteng Marlborough vor Augen, das 1762 von den Engländern errichtet und später mit kubischen Anbauten ergänzt worden war, wodurch es fast ein Denkmal für den Endsieg schien oder für den Sieg der Neandertaler über die Cromagnonmenschen oder den Sieg der eingeborenen Indonesier über die Marsbewohner und deren hartnäckige Invasionsversuche auf der Erde.

Je näher Jakarta kam, desto stärker wurde das Bedürfnis, die Einkäufe zu überprüfen und festzustellen, was noch einzukaufen war. Aus dem Spiel ausgeschieden war nicht nur der melancholische Banker, sondern auch der Fertigsuppenfabrikant, der stärker hinkte als zu Beginn der Kreuzfahrt und deshalb stärker von einer Frau abhängig war, die ihn mit einer Palisade aus Teakholzstatuen und gesellschaftlichen Verpflichtungen umgeben hatte, die unmittelbar nach ihrer Rückkehr anstanden; die dringendste war ein Kurzbesuch in Paris zum Kauf einer neuen Garderobe, da sie Spanien in bekleidungsmäßig schwierigen Monaten erreichen würden, in denen man bekanntlich nicht wußte, was man tragen sollte. »Was anziehen, wenn Weihnachten vorbei ist, bei dieser dummen Kälte im Januar und Februar?«

Die drei Damen aus der Alcarria nahmen Anteil am Problem, hatten jedoch keine Antworten parat, die den Erwartungen der Königin der Fertigsuppen entsprochen hätten, weil sie aus einer anderen Welt kamen und nur gelegentlich einen Schlußverkauf in Madrid wahrnahmen und dann auch nur ausgewählte Sonderangebote und selbstverständlich keine des Corte Inglés in Erwägung zogen. Die jüngeren Frauen schienen nicht die gleichen Probleme zu haben, legten sie zumindest nicht offen dar, und folgten dem ungleichen Wettstreit der Informationen wie ein Tennispublikum der zivilisiertesten Art.

»Für mich gibt es nur Paris und Balenciaga. Die anderen bieten viele Mätzchen, aber Balenciaga bleibt Balenciaga, die modernen spanischen Modemacher erscheinen mir noch zu unreif. Es fehlt ihnen dieser großzügige Schwung. Und das wird so bleiben. Hat man je eine Dame der besseren Gesellschaft Europas gesehen, die ihnen etwas abgekauft hätte?«

Ein nicht zu widerlegendes Argument, dem der halb gelähmte Gatte, sehr zufrieden mit der überzeugenden Redegewandtheit seiner Frau, gerne zustimmte. Sie waren in Bengkulu an Land gegangen, pflichtbewußt, weil die Kosten der Reise amortisiert werden mußten, doch die Landschaft erschien ihnen monoton, immer dieses Grün, dieses ewige Grün.

»Es wird langsam unanständig.«

»Auf der Insel Bintan soll es ein Thermalbad geben, das von den reichsten Touristen der Welt besucht wird, hat man uns gesagt.«

»Das wirklich erlesene Publikum weiß bald nicht mehr wohin. Alles wird zur Massenware.«

Die Elefanten hatten die Kreuzfahrtpassagiere sehr beeindruckt, weil sie diese Tiere bislang nur im Zusammenhang mit Afrika erlebt hatten und hier alles so anders war.

»Trauriger, würde ich sagen. Mich machen die Elefanten richtig traurig. Aber sie beunruhigen mich weniger als die Orang-

Utans, diese schrecklichen Tiere; und wenn sie intelligent sind, um so schrecklicher, weil sie dann allzusehr an Leute erinnern, die man kennt. Und manche Gorillas sind einigen der Angestellten meines Mannes wie aus dem Gesicht geschnitten!«

Das Gelächter war allgemein, und der Triumph der Balenciaga-Klientel hätte einen Tusch und eine Ehrenrunde in der Arena verdient, denn in eine solche hatte sich das von den Spaniern okkupierte Deck verwandelt, während die Lateinamerikaner das höher gelegene Deck bevorzugten und sich auf den Austausch protokollarischer Freundlichkeiten beschränkten, über den Atlantik hinweg, der sie von den Spaniern trennte. Eine der Damen aus der Alcarria wies mit dem Ellbogen zum Deck, auf dem sie die Mexikaner und Argentinier vermutete.

»Ich dachte, die wären alle ruiniert? Ist nicht ganz Südamerika ruiniert?«

»Etwas werden sie noch haben.«

»Es gibt wohl solche und solche.«

»Wenn man ruiniert ist, bleibt einem manchmal nur eine Weltreise«, bemerkte Carvalho und brachte damit einen mehrdimensionalen Gedanken ein, den allein der Suppenkönig unverzüglich aufgriff.

»Stimmt, stimmt genau. In Grenzsituationen ist es am besten, die Initiative zu ergreifen und nicht zu warten, bis einen die Ereignisse überrollen. Das war auch mein Gedanke, als ich vor ein paar Tagen mit Freunden über den mehr als wahrscheinlichen Krieg der USA gegen den Irak gesprochen habe. Warum? Wozu? Hat in dieser Runde jemand eine klare Antwort? Ich glaube sie zu kennen. Um zu verhindern, von der Situation nach den Attentaten vom September 2001 überwältigt zu werden, haben die Vereinigten Staaten beschlossen, selbst unfaßbare Grenzsituationen zu schaffen. Ich unterstütze sie.«

»Was soll das für ein Krieg sein, zwischen einer Handvoll Pechvögeln und der Armee eines Weltreichs? Mich kümmert das alles einen Dreck, weil der Irak am Arsch der Welt liegt. Kurz gesagt: Für mich ist dieser Krieg schlicht Angeberei.«

»Eine allzu schlichte Analyse.«

Fast alle spanischen Passagiere waren sich einig, daß der Krieg eine Dummheit sei, hielten es aber andererseits für schwer vorstellbar, daß die Vereinigten Staaten so verkommen waren, ohne triftige Gründe einzumarschieren und Iraker zu töten. Es gab jedoch einen weiteren Anlaß zur Sorge, der die Sorge um einen drohenden Krieg schnell in den Hintergrund drängte. Die Kreuzfahrt sah leider, leider keinen Besuch der Südspitze Sumatras vor, der Gegend um den Nationalpark Bukit Barisan Selatan oder Bandar Lampung. Die Gesellschaft hatte an alle Reisenden ein Informationsblatt verteilt, fast ein Abschiedsschreiben, das sie dazu ermuntern sollte, Dinge näher kennenzulernen, die eine Kreuzfahrt nur oberflächlich zeigen konnte. Die weiblichen Gäste sollten beispielsweise wissen, daß sie matriarchale Gesellschaften passiert hatten, etwa die Minangkabau, bei denen eine kuriose Arbeitsteilung herrschte. Viele Männer dieser Regionen bekleideten in der Verwaltung des Landes, in wissenschaftlichen oder kulturellen Bereichen hohe Posten, die Frauen jedoch bestimmten das Erbrecht. Die Großmütter regierten den Clan gemeinsam mit allen weiblichen Nachfahren und verfügten über den Grundbesitz. Die Männer hingegen wurden ermutigt, Reisen zu unternehmen, die Welt kennenzulernen und eigenen Besitz zu erwerben, unabhängig vom Matriarchat, das über Grund und Boden bestimmt. Deshalb waren die Männer so gute Händler und Geschäftsreisende.

Für Jakarta war eine Besichtigungstour von wenigen Stunden eingeplant, bis zum Abflug der Maschine nach Bali. Später auf dem Rückweg hätten sie mehr Zeit, um die Hauptstadt des

Landes zu erkunden. Alle hatten ihre Pläne, diejenigen, die über Amsterdam nach Spanien zurückkehren wollten, waren allerdings in der Mehrzahl, weil ihnen die ausführlichen Vorbereitungen auf Weihnachten drohend vor Augen standen.

»Ich werde den Meinen am Heiligen Abend eine *Rijsttafel* vorsetzen. Jawohl.«

»Gräßlich, schmeckt doch alles nach Erdnuß! Als exotisches Gericht keine schlechte Idee, aber hinterher fühlt man sich wie nach einem Nachmittag bei einem Stierkampf, bei dem man mehrere Tüten Erdnüsse, ErdnußSauce und Erdnußsuppe gegessen hat.«

Das letzte Abendmahl auf der *Queen Guillermine*, gleich nach der Ankunft in Jakarta, wurde mit provokanten und zugleich bedrohlichen Worten angekündigt: »*Rijsttafel* nach Art des Mittelmeers«.

Der »Reistisch«, in der Sprache Biscuters, bestand aus Reis, wie ihn die Indonesier und Chinesen kennen, als Hintergrundlandschaft und feinstoffliche Basis für die ergänzenden Genüsse. Hatte eine Vorzeige-*Rijsttafel* gewöhnlich über zwanzig verschiedene Beilagen, so war Biscuter auf fünfundzwanzig Schälchen gekommen, indem er unter anderem Gerichte aus dem Empordà abgewandelt hatte: Huhn mit Garnelen, Tintenfisch in eigener Tinte, winzige, mit Fleisch gefüllte Tintenfische, Kohltäschchen, gegrilltes Gemüse, Pilze mit Wursteinlage, Fisch nach Matrosenart, fein mit Fenchel gewürzte Fischsuppe, Fleischeintopf, Huhn mit Knoblauch, Frikassee, Kutteln mit Kichererbsen, Salate mit *Romesco*-Sauce, Stockfisch in Öl, Stockfisch an Knoblauch, Fleischklößchen mit Tintenfisch, Spinat mit Pinienkernen und Speckstreifen, mit Knoblauch und Paprikawürfeln angebratene Käsestückchen, gemischter Salat aus kleingeschnittener Roter Bete, Essiggürkchen, Kapern, gefüllte Oliven, Pilze und dünne Lammfleischscheiben mit süßsaurer Sauce, Lende süßsauer, in Champagner gedämpfte Austern, Seegurken an Knoblauch und Koriander, mit Wachteleiern und einem Löffelchen Kaviar gefüllte Baby-Artischocken, rohe, in Balsamico-Essig und Soja-Essig mit Ingwer eingelegte Thunfischstreifen und mit *Salvitjada*-Sauce angerichtete Zwiebelchen. Während das indonesische Gericht seinen dominierenden und zugleich variablen Geschmack aus der Erdnuß und ihrem Öl bezog, hatte Biscuter die Angelegenheit mediterranisiert, indem er die einsame Erdnuß durch eine fein gehackte Mischung aus Pinienkernen, Mandeln, Haselnüssen, Knoblauch, Petersilie und Peperoni oder getrocknete Paprika mit Wurst ersetzt hatte. Durch Verwendung bestimmter, ebenfalls im Mittelmeerraum gebräuchlicher Gewürzkräuter erzielte er geschmackliche Vielfalt ebenso wie durch Landweine und einfache Schnäpse, rote, weiße oder überständige Weine, Schaumweine, Cognac, Ouzo, italienische Öle, Sherry-Essig und Balsamico. Diese *Rijsttafel* war so originell, daß sie »*Rijsttafel Biscuter*« getauft wurde, wobei der Nachname, sehr eindeutig von Biscuters Hand, durchgestrichen und mit dem Wort *Millenium* überschrieben war. Sie wurde mit neuseeländischen Weißweinen, leichten französischen Rotweinen von der Loire und den unvermeidlichen deutsch-französischen Perlweinen, die zumindest auf dieser Kreuzfahrt die Vorherrschaft innehatten, serviert. Das Abendessen schwamm zudem auf einem Strom eisgekühlter Genever und holländischer Biere herbei, und über den großen kollektiven Kopf des Kreuzfahrtschiffs senkte sich der Deckel eines Dampfkochtopfs, in dem nur angenehme Gedanken schmorten, weil Biscuter hiermit das beste Abendessen seines Lebens und seiner gesamten Laufbahn gelungen war.

Sie fuhren in den äußerst weitläufigen Hafen von Jakarta ein, und je näher die Anlegestelle kam, desto zahlreicher wurden die kleinen, von Jugendlichen besetzten Pirogen. Dort warteten Knaben, die Münzen forderten und sich furchtlos ins Wasser warfen, um die Geldstücke herauszufischen, während diese schon auf den Grund sanken, ein Sport, den Passagieren von anderen Häfen her bekannt, wo er wohl leichter zu betreiben war. Die Operation der Umverteilung der Passagiere funktionierte dank der großen Geschicklichkeit der holländischen Verantwortlichen ausgezeichnet, das Gepäck und die Reisenden waren innerhalb einer Stunde an Land gebracht und in den jeweiligen Bussen verstaut. Als sich Carvalho und Biscuter trafen, gab es eine feste Umarmung von seiten des Assistenten und Glückwünsche von seiten des Detektivs für Biscuters Erfolg mit dem Abendessen des vergangenen Tages.

»Sie wollten mich behalten! Selbst der lästige Monti weinte beim Abschied! Seine Phantasie hat sich im Laufe der Jahre erschöpft, und ich besitze davon im Überfluß. Ich weiß nicht, wie mir geschieht, Chef, aber ich fühle mich rundum verjüngt.«

Sie hatten den vereinbarten Lohn kassiert, jetzt standen noch die drei Verlängerungstage in Bali an, dann wären sie wieder völlig auf sich gestellt. Selbst Carvalhos Dienste als Reiseführer wurden hinfällig, weil die Zweigstellen der Agentur in Jakarta und Bali bereits mit Übersetzern versorgt waren und die nach Sprachen geordneten Touristengruppen sich bereits aufgelöst hatten. Sie würden in Jakarta auch nicht übernachten, denn das Flugzeug nach Bali ging am selben Nachmittag, und so beschränkte sich der Aufenthalt in dieser Stadt auf einen vormittäglichen Kurzbesuch der wichtigsten zentralen Plätze, auf ein Mittagessen, das in einem riesigen indonesischen Restaurant geplant war, und den schnellen Transport zum Flughafen. Die Busse hielten an allen obligatorischen Orten an, trotzdem war es für die Ausflügler schwierig, zu den Zielen ihrer Stadtrundfahrt vorzudringen, weil die Fahrzeuge bei jedem Stop sofort von fliegenden Händlern umringt waren, die alle Schätze Indonesiens auf dem Leib trugen. Der Handel begann damit, daß sie das Denkmal der Freiheit durchs Wagenfenster anboten oder das der nationalen Glorie, was das gleiche war, je nachdem, wer den einzelnen Bus begleitete. Die vorgesehene Route führte sie jedenfalls immer wieder an dem Platz mit dem Nationaldenkmal vorbei. Die Wolkenkratzer wiesen Jakarta eindeutig als moderne Hauptstadt aus, der Schwerpunkt der Tour lag allerdings mehr auf der Besichtigung geschichtlicher Bauwerke und einem Bummel durch die Jalan Surabaya, eine enge Geschäftsstraße, in der alle Produkte feilgeboten wurden, die sie seit Singapur verfolgten. Anschließend fuhren sie in den neueren Teil der Stadt und kamen ganz zufällig an das Plaza Senayan, das neben einem Sportstadion lag und das sich als das größte Einkaufszentrum entpuppte, das nicht nur Biscuters, sondern auch Carvalhos Augen je gesehen hatten. Einige Reisende waren der Kauferei überdrüssig und äußerten dies, andere wollten ihre letzten Käufe in Bali tätigen, weshalb sie jetzt in den breiten Straßen herumstreiften, die ins Einkaufszentrum mündeten. Sie wurden jedoch von einem Frauenbataillon angegriffen, von Händlerinnen, die unter dem schweren Gewicht ihrer voller Versuchungen steckenden Bündel noch winziger wirkten. Und es hub das Schachern und Handeln an, was eine ernste, gefährliche Angelegenheit sein mußte, so leidenschaftlich und konzentriert wie die Kreuzfahrtgesellschaft die Sache betrieb. Carvalho und Biscuter waren die ersten, die sich wieder in die Ruhe des schäbigen Omnibusses zurückzogen; nach und nach erschienen die anderen Ausflügler. Als sie komplett waren, konnte die Fahrt jedoch nicht losgehen, weil eine Gruppe Straßenhändlerinnen auf den Chauffeur einschimpfte. Ein zehnminütiges Wortgefecht ließ Schlimmes vermuten, bis der verstörte Stadtführer schließlich mit schüchterner Stimme bekanntgab, daß sich eine der Händlerinnen über einen Betrug, besser gesagt, über ein Versehen beklage. Eine der Damen an Bord des Busses habe etwas mitgenommen und nicht bezahlt, ein Paar nicht sehr wertvolle Ohrringe.

»Sie soll aussteigen und der Frau sagen, daß ihr ein Versehen unterlaufen ist, dann fahren wir los«, schlug eine Französin vor und traf damit die Meinung der Mehrheit.

Doch die Angesprochene stieg nicht aus, bis schließlich die betrogene Händlerin einstieg und gebeten wurde, die Betrügerin zu identifizieren.

»Eine Schande ist das!« protestierte einer der Architekten aus Madrid. »Eine anständige Person tut so was nicht, aber ein zuverlässiges Reiseunternehmen auch nicht! Wir, die ehrlichen Leute, haben darunter zu leiden.«

Die Händlerin deutete zuerst auf eine der Damen aus der Alcarria, die daraufhin einen Schrei überzeugter Unschuld ausstieß, dann auf zwei weitere Mitfahrerinnen, ein Beweis für ihre Verwirrtheit, obwohl die drei Angesprochenen tatsächlich einander ähnelten; es waren ganz normale Frauen, die noch in keiner Weise auffällig geworden waren. Aus zehn Minuten wurde eine halbe Stunde. Die Appelle an die Ehre ertönten in spanischer, französischer, englischer und holländischer Sprache, der Mischung der Reisegesellschaft entsprechend, doch die Diebin blieb unentdeckt. Der nächste Schritt wäre die Einschaltung der Polizei, warnte nun der Stadtführer. Die war nicht allzu fern: Zwei Uniformierte hatten sich an der Eingangstür des Busses postiert. Schließlich wandte sich Carvalho an die Händlerin und fragte sie nach der geschuldeten Summe. Etwa dreißig Dollar. Carvalho nahm die Scheine aus seiner Brieftasche und gab sie ihr mit einem Augenzwinkern, das zwar nicht erwidert wurde, doch allgemeines Erstaunen und die sofortige Abfahrt des Busses auslöste, während die Händlerin wieder zur Lastenträgerin wurde. Schließlich und endlich trat Ruhe ein, und Carvalho spürte eine Hand auf seiner Schulter. Es war der Architekt, der gewisse Ähnlichkeit mit einem Bourbonenkönig im reiferen Alter hatte. Er blickte Carvalho mit todernster Miene an und reichte ihm die andere Hand.

»Sie sind ein Gentleman.«

In der Zeit zwischen dem letzten Teil der Rundfahrt und dem Abflug der Maschine nach Bali wurde Carvalho mehrmals für seine edle Tat gelobt; Biscuter lächelte nur in sich hinein, bemerkte dann aber:

»Es gibt viele Gelegenheitsdiebe und viele Irre. Sich so anzustellen, wegen dreißig Dollar …!«

»Mehr Irre als Gelegenheitsdiebe, das ist das Schlimme.«

Vom Flugzeugfenster aus sah man die weiche Oberflächenstruktur der völlig gleichmäßig bewachsenen Insel, eine perfekte Harmonie durch die Kombination der Farben mit dem Gefühl von Watte, was besonders auf die mit grünen Terrassenfeldern bedeckten Berge zutraf, wahre geologische und landwirtschaftliche Meisterwerke. Sie landeten in Denpasar und fast alle übriggebliebenen Kreuzfahrtpassagiere verteilten sich auf den Süden Balis, den großen Markt der Wunder. Es gab allerdings auch eine größere Gruppe, die mehrere Tage zu bleiben und in die unwegsamsten Teile der Insel, nämlich den Westen und Norden, vorzudringen beabsichtigte. Die katalanischen Designer taten sich dafür mit einigen Madrider Architekten zusammen. Der Banker und die beiden Tütensuppenpioniere waren verschwunden, allerdings konnte man später die Balenciaga-Kundin und ihren Gatten im Publikum einer Tanz- und Theatervorführung entdecken, die unmittelbar nach der Ankunft geboten wurde. Es handelte sich dabei um ein Fragment der getanzten Version des *Ramayana*, dargeboten in einem von Bambus und Teakholz beherrschten Raum, auf dem ein Strohdach saß wie ein aus kräftigen, beinahe muskulös wirkenden Strängen geflochtener Strohhut, in einem Raum, wo eine geduldig zusammengetragene Sammlung aller möglicher Farben und Gebärden gezeigt wurde. Die gleiche Geduld wurde auch den Zuschauern beim Genuß dieses subtilen Systems gestisch-mimischer Andeutungen abverlangt, vor allem, als die Tanzgruppe zum Chor der Affen im *Ramayana* wurde, die Darstellerinnen und Darsteller also mit großer Hingabe eine Affenherde mimten, zum ebenso großen, fast kollektiven Leidwesen der ausländischen Zuschauer, die mit Früchtecocktails, in Gefäßen aus frischem Bambusrohr serviert, beschwichtigt wurden.

Am Ende verließen die Passagiere fluchtartig den Ort und verteilten sich auf die jeweiligen Omnibusse; ihr Gepäck erwartete sie in den vereinbarten Hotels, das war ihnen versprochen worden. Über eine Landstraße, die durch eine von Terrassenfeldern fürchterlich zerhackte Hügellandschaft führte und in Kuta endete, erreichten sie schließlich ein Hotel, dem es gelungen war, sich am Rand eines ruhigen und von einem Korallenriff eingegrenzten Meeres zu etablieren, und das die architektonischen Ticks der einheimischen Bauweise reproduzierte. »Mir war es in dieser Küche zu eng, Chef. Wir sollten uns einen vergnügten Tag als reiche Touristen machen! Schließlich befinden wir uns im Touristenzentrum von Bali.«

Carvalho beschränkte sich auf ein Nicken, während er den Blick durchs Fenster über die üppig bestückten Blumenbeete schweifen ließ, bis er den Sand und das Meer vor dem Riff ausmachen konnte. Er mußte dreimal hinsehen, bis er seinen Augen traute. Der Banker im Ruhestand, allein, in Badehose, näherte sich vom Riff her dem Strand, als habe er endlich das Ziel seiner Reise gefunden. Die offensichtliche Muskelschwäche dieser großen Gestalt, zusammen mit der noch deutlicheren Unfähigkeit des Knochenapparats, den Körper die letzten Schritte voranzuschleppen, ließen Carvalho am Erfolg dieses Abenteuers zweifeln. Der Banker würde nie mehr irgendeinen Strand erreichen.

Biscuter bestieg ohne Zögern ein Dreirad-Taxi, und Carvalho tat es ihm gleich. Die Fahrer hatten versprochen, sie zu den herrlichsten Plätzen in der Umgebung Kutas zu bringen, wogegen die beiden, geblendet von den Wundern dieser Insel, nichts einzuwenden hatten, schien diese doch ihren Liebreiz gezielt einzusetzen, um auch den hartgesottensten Reisenden zu beeindrucken. Doch die vielgepriesenen herrlichsten Plätze erwiesen sich als die touristischen Anziehungspunkte der Jalan Legian, einer Straße wie jede andere ihrer Art an jedem anderen Ort der Welt, mit Stränden für diejenigen, die vor ihren eigenen Stränden flohen. Läden mit Batik und Teakholzarbeiten wie im übrigen Indonesien, Nachtclubs, Bars wie überall auf der Welt, Kunsthandlungen für Touristen mit den austauschbaren Werken naiver Kunst, die weltweit produziert werden, Restaurants, deren strahlende Beleuchtung die erdnußhaltigen Geheimnisse der *Rijsttafel* lüften sollte, und strategisch angeordnete Lampen, um auf die vermutliche Schönheit der verschiedenen, nur als Silhouetten erkennbaren Pflanzen hinzuweisen. Die Nacht allein und die schlichte Genugtuung, die Dreiradfahrzeuge bestiegen zu haben, waren Grund genug, auf weitere Rundfahrten zu verzichten und sich an einer Bar niederzulassen, die aus dicken Bambusrohren konstruiert und mit einem langweiligen Strohdach bedeckt war, einem jener immer gleichen Dächern aus steinhartem Stroh oder strohartigem Stein.

»Frisch auf zum fröhlichen Jagen! Elf Uhr, Chef, die Nacht gehört uns.«

Biscuter schritt zur Bambusbar, doch als er sich umwandte, um sich Carvalhos Einverständnisses zu vergewissern, verwandelte er sich in einen dunklen menschlichen Umriß vor dem Hintergrund einer Feuerlohe, begleitet von einem gewaltigen Lärm. Der Umriß wurde nicht nur von der Feuerlohe verfolgt, vielmehr flog er auf den niedergestürzten Carvalho zu, der die Arme mal über der Brust verschränkte, mal vors Gesicht schlug, zum einen wegen des Schmerzes am Brustbein, den die Druckwelle der Explosion ausgelöst hatte, zum anderen als Schutz vor einer Augenverletzung durch den Anblick des Brandherdes, der sich in einen glühenden Erdkern verwandelt hatte. Biscuter flog über Carvalho hinweg gegen eine Yahama, die anscheinend ohne Fahrer umherfuhr, während die Schreie der Schaulustigen, die sich an der Straße postiert hatten, die einzig mögliche menschliche Antwort auf die Ausbreitung der Flammen waren. Aus allen Himmelsrichtungen ging ein Regen unterschiedlichster Glasteile nieder, als stürzten sich Fenster in den Selbstmord, ein Regen, der einen zum Schutz vor Schnittverletzungen in eine fötale Position zwang. Als Carvalho wieder aufrecht stand, tat ihm zwar alles weh, er fand sich aber unverletzt. Biscuter hatte nur einen Schwindelanfall und eine nicht allzu tiefe Wunde am Nacken, in Ohrnähe, erlitten. Für die brennenden, manchmal bereits halbzerstörten Körper, die jetzt aus einem namenlosen, diskothekähnlichen Lokal zu fliehen versuchten, das einer Hölle glich, bildeten die Flammen eine unüberwindbare Wand. Und vom Feuer, das jede menschliche Stimme erstickte, strömte nun der Gestank angeschmorten Fleisches herüber, traf ihre Brust wie ein Schlag und verstärkte das beklemmende Gefühl der Ohnmacht. Das Feuer schien nicht beherrschbar zu sein, mochten einige Personen mit angeborenen Führungsqualitäten auch noch so sehr hin- und herrennen und Anweisungen erteilen, die niemand befolgen konnte; aus anderen Lokalen und Läden, auch aus einigen Autos, kamen zitternde Gestalten mit Feuerlöschern, die sich dem Brand eher zu ergeben schienen, als ihn zu bekämpfen. Nun taumelte das erste verkohlte Wesen aus den Flammen, die geeignetes Material fanden und deshalb immer höher schlugen, ein Wesen, das keinen Schrei mehr tun konnte und sich den

Zuschauern bedrohlich näherte, bis ein Polizist es durch einen Schlag mit einer Göttergestalt aus Teakholz, die mit einem großen Geschlechtsteil ausgerüstet war, zu Boden streckte und sich ein anderer der lebenden Fackel mit dem Feuerlöscher näherte, nicht um ein Leben zu retten, sondern vielmehr um eines auszulöschen, um den Anwesenden den Schock des grausamen Anblicks zu ersparen. Andere, schwächer brennende Menschenfackeln wurden zu Boden geschleudert und mit Handtüchern und Batiktüchern geschlagen, ja, überhäuft, um die Flammen zu ersticken. Nun war in der Menge vom bevorstehenden Einsatz der Feuerwehr die Rede, und eine ferne Sirene verkündete den Beginn des räumlichen und zeitlichen Tunnels, durch den die Feuerwehrleute anrückten, um sich vom eigenen Scheitern zu überzeugen. Die Feuerwehrmänner gingen traumwandlerisch bedächtig ans Werk, doch bald schickte der erste Schlauch in hohem Bogen einen glitzernden Wasserstrahl auf den brennenden Scheiterhaufen, einen Strahl, der Carvalho wie Luxus erschien, wie sinnlose Angeberei. Doch dann kamen weitere Schläuche zum Einsatz und ließen nicht nach, zwei Hubschrauber kreisten über dem brennenden Gebäude und warfen gespenstische Rauchschwaden ab, wohl um dem üblen Gebräu aus kochendem Menschenblut und bis zur Transsubstantiation verdorrtem Fleisch ein besonderes Gewürz hinzufügen. Die Halbleichen, denen es nun gelang, durch vereinzelte Lücken den Flammen zu entkommen, stürzten, um Hilfe schreiend oder einfach nur brüllend, auf den Asphalt; aus manchen Gesichtern waren Kugeln aus rohem Fleisch geworden, mit Augen, die zum Sehen nicht mehr taugten.

Die Krankenwagen trafen in dem Augenblick ein, in dem das Donnern, das die Flammen in ihrem Epizentrum ausgelöst hatten, verebbte, und bald entstand durch das Ritual der ärztlichen Versorgung und der Bergung der verletzten Körper, die teilweise sogar von einem Überlebenden des Ereignisses begleitet wurden, der Eindruck, das Ausmaß der Tragödie habe sich verringert, einer Tragödie, deren Ursache einige auf einen technischen Fehler zurückführten, andere – mit mehr Angst als

Abscheu in der Stimme – mit Worten wie »Attentat« oder »Terrorismus« beschrieben. Carvalho und Biscuter waren sich ohne Worte darüber einig, daß sich ihre Rolle auf die mitfühlender Zuschauer beschränkte, da sie weder über die körperliche Kraft noch über ausreichend Energie verfügten, um sich als Feuerwehrleute zu betätigen, sowie von der Nutzlosigkeit sprachlicher Äußerungen überzeugt, weshalb sie sich nicht in den lamentierenden Chor der versammelten Menschenmenge hineinziehen ließen, einer immer größer werdenden Schar, die von der Polizei aus dem Bereich, in dem sich die Feuerwehrleute und Krankenwagen bewegten, ferngehalten wurde.

Der Strand ist ganz in der Nähe, dachte Carvalho, auch jene wunderbare, mit allen Grüntönen der Welt gesegnete Hügellandschaft. Das Lächeln dieser Menschen stammt aus dem neunzehnten Jahrhundert. Sie haben es damals zum Empfang der ersten zahlungskräftigen Touristen aufgesetzt und bis heute nicht abgelegt. Ein natürliches, zugleich charmantes Lächeln. Biscuter war plötzlich selbst das Denken vergangen, und aus der Anwesenheit der Fernsehkameras schlossen sie, daß irgendwo Nachrichten ausgestrahlt wurden über das, was sich vor ihren Augen sozusagen blindlings abspielte. Sie entfernten sich von der Brandstelle und suchten im weiteren Umkreis nach einem öffentlichen Lokal mit Fernsehapparat. In einem Schnellimbiß ohne Gäste lehnte der Inhaber an der Kaffeemaschine und sah sich die Direktübertragung im Fernsehen an; er stellte keine Fragen, als sie ihn baten, auf einen englischsprachigen Kanal umzuschalten. Er suchte lediglich den CNN-Kanal, bot den Fremden auf der anderen Seite des Tresens, die auf dem Bildschirm sehen wollten, was sie gesehen hatten, nicht einmal ein Getränk an: Man sah Menschen, die, das Feuer im Rücken, rannten, wie nur Menschen in Filmen von Orson Welles rennen können. Die Szene erinnerte Carvalho, warum auch immer, an den Film *Im Zeichen des Bösen*, an die Szene in einer kleinen mexikanischen Stadt, Tijuana vielleicht, im Vordergrund die Hauptdarsteller, im Hintergrund fliehende Gestalten, Statisten, die nicht länger Statisten sein wollen, wie es diese menschlichen Fackeln versucht hatten, wobei inzwischen vielleicht nur noch Personen rannten, die nicht wußten, was sie tun oder brüllen sollten. Es handele sich um einen terroristischen

Anschlag, sagte ein gut informierter Kommentator, den das Fernsehen eingeladen hatte. Um ein Attentat der Jemaah Islamiyah, einer fundamental-islamistischen, der Al-Qaida Bin Ladens nahestehenden Gruppe. Die Flammen loderten noch, da warf der Experte bereits den beiden beteiligten Parteien vor, ihr Starrsinn sei für das alles verantwortlich, und erinnerte daran, daß ein Premierminister Malaysias auf einem nordamerikanischen Flughafen eine Leibesvisitation über sich ergehen lassen mußte, als wäre er der letzte *wetback*, der letzte illegale Einwanderer.

»Wir müssen diesem Irrsinn ein Ende setzen, sonst leben wir bald in einem permanenten Belagerungszustand, überall auf der Welt. Die Bevölkerung Balis ist zwar überwiegend hinduistisch, Indonesien ist jedoch das größte islamische Land der Erde. Bislang hatten hier offenbar die moderaten Moslems die Oberhand, die nun, angesichts des nordamerikanischen Vorgehens, geschwächt werden.«

Die Regierung war zu einer Krisensitzung unter Vorsitz der Präsidentin Megawati Sukarnoputri zusammengekommen, und nach dem Bild der Tochter Sukarnos erschien das Standfoto eines muslimischen Heiligen, den eine Stimme aus dem Off als Professor Abu Bakar Bashir vorstellte und als Guru bezeichnete, der nicht nur in Indonesien verehrt werde, insbesondere auf Java, sondern auch Beziehungen zu den muslimischen Zentren der Philippinen und Malaysias unterhalte. Er wurde bereits in der Vergangenheit als Kopf der Jemaah Islamiyah, also der extremistischen Moslemorganisation betrachtet, eine Verbindung, die ihm, obwohl er polizeilichen Verhören unterzogen wurde, nicht nachgewiesen werden konnte. Noch immer beherrschten Bilder vom Flammenmeer vor Ort die Nachrichten, Bilder, die in rhythmischer Folge berichteten, daß das Feuer tragischerweise noch nicht gelöscht war, es gab aber auch vermehrt Szenen, die zeigten, wie Verletzte versorgt oder in Krankenwagen gehoben wurden, auch die Ankunft in den Hospitälern wurde gefilmt, wo Ärzte und Krankenschwestern dahin und dorthin eilten, als handelte es sich trotz all dem

Durcheinander um ein gut einstudiertes Scheingefecht und als hielten sie sich buchstabengetreu an alle in den Kursen für Katastrophenhilfe erprobten Anweisungen.

»Überwiegend Australier. Es sind viele Australier darunter«, erklärte eine Krankenschwester, die gerade in großer Hast eine fahrbare Trage schob.

Auf dem Bildschirm erschien eine Planskizze des betroffenen Bereichs, der sein feuerfarbenes Zentrum in Kuta hatte, das jedoch um so kleiner wurde, je stärker man das Bild nach allen vier Seiten vergrößerte. Auch an anderen Orten des Landes hatte es Explosionen gegeben, insbesondere an solchen mit nordamerikanischer Präsenz, wobei diese Nachrichten noch nicht bestätigt waren. Die Regierung hatte zum Schutz aller multinationalen Einrichtungen Truppen abgeordnet, speziell für die Ölfelder nordamerikanischer Firmen, der Exxon auf Sumatra und der Gasförderstätten der französischen Firma Elf auf Borneo. Die Frau Präsidentin hatte bereits einen Schwall von Allgemeinplätzen geäußert, wobei die wichtigste Aussage lautete: »Diese Bombe ist eine Warnung an uns alle. Der Terrorismus ist eine reale Gefahr und eine potentielle Bedrohung für die Sicherheit unseres Landes.«

»Sie sind überall gleich«, murmelte Carvalho.

Biscuters fragende Miene veranlaßte ihn zu präzisieren:

»Die Regierenden. Sie sind vom gleichen Urtierchen reproduzierte und degenerierte Mutanten, überall.«

In dieser Nacht blieb auf Bali alles wach, besonders in der Touristengegend südlich der Hauptstadt Denpasar, in Kuta rund um die zehn Gebäude, die jetzt rauchende Ruinen waren und deren Mittelpunkt der in die Luft gesprengte Nachtclub von Sira bildete, wo die Explosion fast fünfhundert Quadratmeter verwüstet hatte. Es hatte knapp einhundertundneunzig Tote und über dreihundert Verletzte gegeben, unter den möglichen Opfern waren sieben australische Fußballspieler der Mannschaft aus Perth. Es waren mehrere australische Politiker nach Kuta eingeflogen worden, um die Anzahl der Leichen festzustellen – »einhundertdreizehn Landsleute befinden sich in den Krankenhäusern von Bali« –, und die Regierung war dabei, Flüge zu organisieren, um die Verletzten und Toten schnellstmöglich in ihre Heimatländer zu bringen. Alle Staatsmänner der Welt, einschließlich derer mit terroristischer Vergangenheit oder einem Militärputsch in ihrem politischen Lebenslauf, hatten sich bereits gegen das Attentat und dessen Botschaft ausgesprochen, wobei die Verlautbarungen Bushs und Putins besonders hart, die der anderen mehr oder weniger lyrisch oder rhetorisch ausfielen, das vom englischen Regierungschef Blair vorgebrachte Geschwätz allerdings besonders hervorstach. Er sei »entsetzt«. »Entsetzt« wiederholte Carvalho mehrmals in unterschiedlichen Tonlagen, wobei ihn das Entsetzen der Touristikleute am ehrlichsten dünkte, die sich noch nicht darüber einig waren, ob sich Bali in einem oder erst in zwei Jahren von diesem Schlag erholt haben würde. Die Presse betonte immer wieder, daß sich innerhalb von zwei Wochen vier Attentate ereignet hatten: auf Bali, auf den Philippinen, im

Jemen und in Kuwait, den Fall des finnischen Selbstmordattentäters nicht eingerechnet, bei dem es sich wohl schlicht um einen Trittbrettfahrer handelte. Die Vereinigten Staaten boten bereits die Rückführung ihrer Landsleute an, ungeachtet der geplanten Dauer von deren Ferienaufenthalt, was Biscuter dazu veranlaßte, bei der spanischen Botschaft in Jakarta anzurufen und zu fragen, ob Spanien ebenfalls einen Repatriierungsservice anbot.

»Reine Neugier, Chef«, beschwichtige Biscuter, als Carvalho anfing zu murren.

»Willst du etwa nach Spanien zurück?«

Der Anruf überraschte die Botschaftsleute. In den Überresten der Flammenhölle waren bislang keine spanischen Opfer gefunden worden, die spanischen Touristen konnten ihre Rückflüge unbesorgt abwarten.

»Es gibt keine Hinweise auf eine besondere Gefährdung von Spaniern durch den Terrorismus. Unter den Leichen waren keine spanischen Staatsbürger. Australier, Nordamerikaner, Koreaner, Griechen, Japaner oder auch Peruaner. Wir haben den Spaniern zu Hause aber bereits empfohlen, nicht hierherzureisen.«

Biscuter erging sich in Überlegungen über die Gefahr, als Spanier unversehens Opfer eines Anschlags zu werden, nur weil man am selben Strand wie die Nordamerikaner badete, beispielsweise. Doch seine Gesprächspartnerin von der Botschaft wurde seiner langsam überdrüssig, dankte ihm höflich für sein Interesse und legte auf. Nun hatte Biscuter guten Grund, wütend zu werden, auf die Terrasse zu treten und dem Meer, das fast wie ein großer Teich zwischen dem Sandstrand und den Riffen lag, eine Gardinenpredigt zu halten.

»Nicht das geringste Interesse daran, uns nach Hause zu bringen, Chef. Wie zu Francos Zeiten, finde ich. Je mehr Spanier Spanien verlassen, desto besser. Und was jetzt? Gehen wir baden? Oder ist Ihnen die Lust, baden zu gehen oder dieses explosive Paradies weiter zu bereisen, inzwischen vergangen?«

Carvalho blieb ihm die Antwort schuldig, gestand sich aber

ein, daß er seine Stimmung genau getroffen hatte, daß ihn die Landschaft inzwischen nicht mehr anzog und sein Körper auf Flucht eingestellt war, allerdings ohne zu wissen, wie und wohin.

»Wohin?«

»Nach Australien. Um die Antipoden zu besuchen und die Existenz des *Gemeinen Steinfresserchens* nachzuweisen.«

Biscuters naturwissenschaftlich klingendes Wort kam ihm irgendwie bekannt vor.

»Erinnern Sie sich an die Geschichte vom *Steinfresserchen*? Nein? Also, wenn man ein Loch durch die Erdkugel bohrt, zum Beispiel von Barcelona nach Australien, zu den Antipoden, und einen Stein hineinwirft, was passiert dann? Keine Ahnung? Nun, dieser Stein sollte, von Barcelona kommend, auf direktem Weg zum Beispiel Tasmanien erreichen. Was er aber nicht tut. Nie. Ein Stein nach dem anderen erreicht nicht sein Ziel. Was ist passiert? Man weiß es nicht. Also: Die Steine kommen nicht an, weil in dem Bohrloch, das Barcelona mit den Antipoden verbindet, auf halbem Weg ein Tier haust, das einen Stein nach dem anderem frißt, eben das *Gemeine Steinfresserchen*.«

Biscuter wühlte in seinen geheimen Papieren und zog die Presseausweise zweier Journalisten heraus, Mitglieder des Presseverbands von Barcelona, einer vor zwanzig Jahren aufgelösten Körperschaft. Er entfernte die Fotos, radierte die Unterschriften aus, ersetzte diese durch ihre eigenen und trug dann einen anderen Arbeitgeber ein, der sie im Jahr 1992 eingestellt hatte, eine eigenartige, in Barcelona herausgegebene Zeitschrift namens *El Meridional Intransigente*. Carvalho war keineswegs damit einverstanden, aus der Urkundenfälschung eine plumpe Parodie zu machen, sein Assistent argumentierte jedoch sehr ernsthaft damit, daß es einem Fremden unmöglich sei, den Namen zu verstehen, der doch sehr nach altehrwürdiger Tageszeitung klang, zumindest nach südländischem Pressewesen. Warum südländisch? Weil mit Spanien, mochte es dem Land recht sein oder nicht, die Vorstellung vom Süden verbunden und es deshalb völlig glaubwürdig sei, daß der Name ihrer Zeitung darauf Bezug nahm. Carvalho hatte Lust, diese Strategie eingehender zu diskutieren, doch da erschien der oft zitierte Abu Bakar Bashir auf dem Fernsehschirm, als islamischer Prophet gewandet, wohl um so jeden Zweifel an seinem prophetischen Wesen auszuräumen. Ruhig und unbewegt leugnete Bashir alle Verbindungen zu diesem Attentat, verurteilte es jedoch nicht.

»Alle, die bei diesem Brand umgekommen sind, werden zur Hölle fahren; es waren Ungläubige. Die palästinensischen Selbstmordattentäter dagegen, die gegen die Zionisten kämpfen, tun dies für den Islam und kommen in den Himmel.«

Carvalho hielt das Gehörte für eine Sünde wider die Vernunft, kam jedoch zu dem Schluß, daß die Sünden wider die Vernunft allesamt einen Niedergang erfahren hatten und daß das Gedankengut, das der muslimische Geistliche in bedächtigen Worten zum Ausdruck brachte, durch die simple Tatsache gerechtfertigt war, daß Millionen Menschen das Zeug glaubten und seine Äußerungen die Welt nur einmal mehr in Gläubige und Ungläubige aufgeteilt hatten. Der Markt des Fanatismus verschluckte den Propheten.

»Ekelhaft. Auf nach Australien oder sonstwohin.«

Eine Gruppe australischer Regierungsbeamter hatte zur Rückführung der Lebenden und der Toten ein Büro eingerichtet und gab regelmäßig Berichte heraus, um Nachrichten über die Entdeckung weiterer Leichen oder das unerwartete Auftauchen Überlebender zu verbreiten. Einige Korrespondenten verhandelten mit den Fluggesellschaften über die Möglichkeit, einen Krankentransport zu begleiten, weil sie die ganze Welt direkt an der emotional hoch aufgeladenen Situation dieser traurigen Rückführung Anteil nehmen lassen wollten. Biscuter belegte ihre Funktion als Korrespondenten einer andalusischen Tageszeitung, *El Meridional Intransigente*, mit einem schlichten Dokument und bekam zwei Plätze in einer Maschine, die am Abend nach Darwin flog, einer nur drei Flugstunden entfernten Stadt im Norden Australiens.

Die Herkules C130 waren den Schwerstverletzten und dem medizinischen Personal vorbehalten. Sie hatten also noch einen halben Tag für Bali. Da war es wohl am besten, dem Hotel und der morbiden Sklaverei, die die CNN-Nachrichtensendungen verbreiteten, zu entfliehen. Dreißigtausend Australier hatten in Melbourne gegen die Politik der USA und ihren angeblichen Antiterrorkampf protestiert; der Regierungschef versicherte, den Terrorismus bekämpfen zu wollen, wo immer er agiere, selbst im Ausland. Präsident Bush seinerseits verkündete, Al-Qaida bereite eine spektakuläre kriminelle Aktion vor, weshalb es unerläßlich sei, den Irak, jenes Reich des Bösen, anzugreifen. Die Alarmstufe liege, dem Warnsystem der nordamerikanischen Regierung zufolge, zwischen gelb und orange, also zwischen einfachem und höchstem Alarm. Alle schienen von der Schlagkraft des terroristischen Netzwerks in Asien überrascht zu sein, obschon man die Gefahr des in den USA selbst vorhandenen terroristischen Netzwerks inzwischen erkannt hatte.

»In Bali durch einen islamistischen Bombenanschlag sterben, Biscuter, was für ein Ende!«

Als gute Touristen meldeten sie sich für eine Fahrt zum Pura Luhur Uluwatu an, einem Tempel, der auf einem über hundert Meter hohen, steil zum Meer abfallenden Felsen stand. »Einer der sechs wichtigsten Tempel der Welt«, wie von frommen Balinesen behauptet wurde.

»Die thailändischen und indonesischen Tempel, ich sagte es bereits, wirken auf mich wie Dekorationen, wie extra für *Los Fallas*, das valencianische Volksfest, erbaut und angemalt, um dann verbrannt zu werden, besonders die neuen oder restaurierten Tempel sehen so aus, wohingegen die alten, in ihren unterschiedlichen Stadien des Zerfalls, ihre Würde aus der Erosion und ihrer Patina beziehen. Sie müssen aber vollkommen ausgebleicht sein.«

Das Schauspiel bestand aus dem sich tief unterhalb der Klippe ausbreitenden Meer und den Surfern, die die zu Dutzenden am Horizont auftauchenden Wellen durchpflügten und ihre grünen Bahnen zu einem goldfarbenen steinigen Strand zogen, ein anstrengender Sport, weshalb die beiden allein vom Zusehen Hunger bekamen und den Bus nach Denpasar nahmen, wo ihr Abflughafen lag.

Die Stadt war offensichtlich gut bestückt mit chinesischen Restaurants, und sie wählten das Makan Taliwang Baru, das »eine unvergleichliche Spezialität« anbot: Hühnchen Taliwang, dessen Anblick sie letztlich aber nicht überzeugte, weil es so sehr nach Huhn, nach nichts als Huhn, aussah, woraufhin sie sich für eine balinesische Spezialität entschieden, für *Bebek betutu*, sauer eingelegte und sehr langsam geschmorte Ente, ein scharf gewürztes Gericht, wie es für diese Insel typisch ist. Australische und neuseeländische Weine standen zur Auswahl, und sie beschlossen, etwas Neues auszuprobieren, einen Merlot aus Wellington, die Grundlage für einen exzellenten, eisgekühlten Sake.

Vollgegessen und etwas schläfrig, erreichten sie den Flughafen, wo ein Bereich für die Luftbrücke nach Australien reserviert war, und bestiegen, nachdem sie ihre Bordkarten vorgelegt hatten, eine große Militärmaschine, deren Typ sie nicht kannten. Die Sitzreihen waren parallel zueinander entlang der Seitenwände des Rumpfes angeordnet, so daß sich die Passagiere während des ganzen Fluges direkt ins Gesicht schauen konnten. Unter diesen waren viele Fotographen, erkennbar an ihren Kameras, und Kriegsberichterstatterinnen, die, ob Asiatinnen oder nicht, alle asiatisch gekleidet waren. Carvalho wurde von seinem Nachbarn rechter Hand sofort gegrüßt und in ein penetrantes Gespräch verwickelt.

»Frank Lotimer, *Philadelphia News.*«

»Monsieur Bouvard, *El Meridional Intransigente.*«

»Ein hervorragendes Blatt!«

»Sie kennen es?«

»Wer kennt *El Meridional Intransigente* nicht? Der Name ist in Journalistenkreisen doch ein Begriff.«

Die seltsame Rückfrage seines Pressekollegen hatte ihn wohl ehrlich verblüfft.

»*El Meridional Intransigente* wird in den Vereinigten Staaten viel gelesen.«

Carvalho neigte sich zu Biscuter hinüber, der an seiner linken Seite saß:

»Wir sind nicht die einzigen Schwindler in diesem Flugzeug. Der Passagier rechts von mir ist auch einer.«

»Wie haben Sie das festgestellt?«

»Er hat gesagt, unsere Zeitung, also *El Meridional Intransigente*, sei ein ausgezeichnetes und in den Vereinigten Staaten gern gelesenes Blatt.«

»Er ist doch hoffentlich kein Al-Qaida-Terrorist?«

Biscuter beugte sich nach vorn und schenkte dem gesprächigen Nordamerikaner sein schönstes Lächeln, der aber suchte inzwischen das Gespräch mit einer ihm gegenüber sitzenden

Korrespondentin, die ihre eindrucksvollen langen Beine übereinanderschlug, um den neugierigen Blick ihres Gegenübers wie mit einer Sense abzuschneiden. Biscuter zwinkerte ihr zu und signalisierte mit den Fingern ein O.K. Der Korrespondent der *Philadelphia News* reagierte mit einem lauten:

»Olé, olé, olé!«

Darwin war nur der bescheidene Anfang dessen, was sie in Australien erwartete: Bemühungen, die Herrschaftshäuser im gregorianischen Stil zu erhalten, moderne Bauten, die künftigen Sehenswürdigkeiten eines reichen, bevölkerungsarmen Landes, das Vordringen einer nur schwer domestizierbaren Natur sowie Ureinwohner, sehr wenige, die behandelt wurden, als ständen sie unter Artenschutz, und die zur Demonstration ihrer überlieferten Religiosität und ihrer Freude, den Status einer anthropologischen Musterkollektion erreicht zu haben, vorzugsweise weiß angemalt waren. Um freie Aborigines in der freien Natur zu erleben, bot sich vor allem der Kakadu-Nationalpark an, von Paganel sehr treffend als religiöses Zentrum bezeichnet. Dieser lag auf ihrem Weg, wenn sie sich entschieden, die fast viertausend Kilometer, die Darwin von der Südostküste trennen, auf dem Landweg zurückzulegen, die viertausend Kilometer nach Sydney und so weiter, dorthin, wo Australien auf dem Kopf steht. Im Moment logierten sie in einem Motel in unmittelbarer Nähe des Stadtzentrums, einem Gebäude wie von einem Hollywood-Kulissenbauer entworfen. Ein Motel wie aus dem Bilderbuch. Draußen war das Leben, also die Straßen und Geschäfte voller Chinesen, Thais, Malaien, der lebende Beweise der Behauptung, Darwin sei das Tor nach Asien. Doch in welche Richtung öffnete sich das Tor? Die Australier waren die Reichen, die wirklich Reichen des südlichen Pazifik, die ihr Geld in Südostasien ausgaben, als Touristen in Indonesien, auf Bali, und in Kauf nahmen, Opfer eines tourismushassenden Terrorismus zu werden und als Leichen nach Hause zurückzukehren. Dem Export der Touristen auf der einen stand auf der anderen Seite der Import von Arbeitskräften gegenüber, den Darwin, ja, ganz Australien betrieb. Die Stellenangebote der Lokalzeitungen nahmen viele Seiten ein, ebenso wie die Artikel gegen illegale Einwanderung aus allen armen Ländern Asiens und Polynesiens, aus Ländern, die Australien auf dem Kopf trug wie eine Krone bestehend aus billigen Ferien und billigen Arbeitskräften.

»Darwin ist für seine Casinos berühmt«, gab der Empfangschef des Motels bekannt, um die beiden zu verleiten, sich dem Ritual zu beugen und ihre Taschen am Roulettetisch zu leeren, doch sie wollten lieber an den Strand gehen und sich um die Fortsetzung des in Bali unterbrochenen Bräunungsvorgangs bemühen.

Es war ein vergeblicher Kampf gegen Quallen, gegen die lebendigen im Meer, aber auch gegen die toten, am Strand von Mindil angehäuften Quallen. Deshalb verschoben sie ihren Termin mit der Sonne auf die Rückkehr ins Motel und an dessen Pool, bummelten durch die Straßen und über einen kleinen Markt, um schließlich in einem italienischen Restaurant zu speisen, froh, dem endlosen Kreis der indonesischen Erdnußküche entkommen zu sein. Nach dem Saltimbocca fragten sie den Kellner, ob es leicht sei, in Australien Arbeit zu finden, als Koch etwa oder Leibwächter.

»Diese beiden Berufe haben die besten Chancen. Ich rate Ihnen jedoch, sich am Schwarzen Brett der Jugendherberge zu informieren, dort werden die erstaunlichsten Jobs angeboten.«

Es gab dort nicht nur erstaunliche Jobangebote, sondern auch Warnhinweise, die sich gegen bestimmte Geschäfte oder Produkte richteten. Das Schwarze Brett war so etwas wie eine maoistische Wandzeitung, eine *Dazibao*, die im Dienste der Pflege des optimistischen Kapitalismus stand und damit auch im Dienste des besten Tauschobjekts in der Geschichte des Kapitalismus', des Flüchtlings. Es fanden sich auch Verabredungen und Liebeserklärungen, was Carvalho zu der Bemerkung veranlaßte, daß die Flaschenpost des Schiffsbrüchigen offensichtlich viele Varianten besaß. Plötzlich aber konzentrierten sich ihre vier Augen auf die in englischer, spanischer und baskischer Sprache abgefaßte Nachricht eines gewissen Severo Oñate: »Alleinsegler benötigt für die Überquerung des Pazifik von Sydney nach Valparaíso zwei oder drei Reisegefährten. Segelschiff in sehr gutem Zustand, langjährige Erfahrung als Alleinsegler. Keine besonderen nautischen Kenntnisse erforderlich, mitzubringen sind jedoch große Geduld und Schlafresistenz. Start ab Sydney, unbedingt Anfang Oktober, nicht nach dem 15. Nähere Auskünfte in der Taverne Dimitrios beim Sydney Casino. Vormittags, nach Ritzos fragen.«

Sie redeten nicht darüber, doch Biscuter notierte sich die Angaben, dann setzten sie sich ins Café der Jugendherberge und konnten feststellen, daß auch hier Informationen ausgetauscht, Bekanntmachungen verlautbart und Verabredungen getroffen wurden, manchmal lauthals, von Tisch zu Tisch. Die erfahrenen Reisenden versuchten, sich gegenseitig zu übertreffen, und posaunten ihre Australienabenteuer hinaus.

»Chef, wir erleben hier einen Auszug aus einem Buch, nämlich aus *Boomerang* von Xavier Moret. Bevor wir losgefahren sind, habe ich einige Reisebeschreibungen gelesen, ein paar stecken noch in meiner Tasche. Das eben genannte Buch habe ich auch gelesen, und darin kommt eine Jugendherberge vor und die Art von Gesprächen, wie sie hier, vor unseren Ohren, geführt werden.«

»Bücher. Ich habe schon lange keines mehr verbrannt. Auch lange nicht mehr gekocht. Du hast auf der Kreuzfahrt Gelegenheit dazu gehabt. Eines Tages werde ich eines der zynischerweise als fundamental bezeichneten Bücher verbrennen.«

Nach dem Bier stand der Besuch eines Geschäfts auf Biscuters Plan, das sich schlicht und ergreifend Northern Territory General Store nannte und alles führte, was verkleidete oder echte Forschungsreisende benötigen, und Carvalho begleitete ihn.

»Von der Sicherheitsnadel bis zum Elefanten!« rief Biscuter, als er das Warenangebot dieses ganz der Abenteuerlust verschriebenen Warenhauses musterte.

Er bezog sich auf die Werbung eines traditionsreichen Kaufhauses in Barcelona, das weder eine Sicherheitsnadel noch einen Elefanten im Angebot hatte, doch fast alles, was größer als das eine und kleiner als das andere war. Aus diesem Kaufhaus in Darwin konnte man in seinem Jeep aus zweiter oder dritter Hand herauskommen und als Krokodiljäger gekleidet, mit dem unverzichtbaren Hut der über achtzig Jahre alten Marke Akruba, der bereits in der ganzen Welt herumgekommen ist, nämlich auf dem Kopf eines jeden australischen Schauspielers, der je eine Filmleinwand bevölkert hat, angefangen von Mel Gibson als *Mad Max* bis hin zu Paul Hogan in *Crocodile Dundee.* Sie erstanden zwei Hüte und betrachteten sich mit diesem Kopfschmuck in jedem einzelnen Schaufenster des Einkaufsviertels.

»Das wäre doch wirklich verdammt toll, Chef, und billig.«

»Was?«

»Den Pazifik mit diesem Basken und diesen Hüten zu überqueren. Dann wäre Schluß mit dem Touristendasein, endgültig Schluß. Wir wären Reisende und bekämen ein Schild um den Hals gehängt: ›Carvalho und Biscuter, auf unendlicher Reise‹.«

»Klingt wie der Titel eines nordamerikanischen Feldzugs. Wir sollen als Hilfskräfte eines Alleinseglers, zudem eines Basken, den Pazifik überqueren? Kannst du überhaupt schwimmen?«

»Schlecht, Chef, aber ich schlage mich durch.«

»Du schlägst dich durch, natürlich. Und wenn du unter eine zehn Meter hohe Welle gerätst? Weißt du, was es bedeutet, zwischen zehn Meter hohen Wellen zu schwimmen? Außerdem: Wie sollen wir im Wind, der auf hoher See bläst, unsere Hüte auf dem Kopf behalten?«

»Ein Wellengang dieser Art wäre wirklich ein großer Zufall. Überlegen Sie doch: Wann kommt so eine Gelegenheit wieder? Wann können Sie Valparaíso noch einmal mit einem Segelschiff erreichen, das von einem baskischen Kapitän namens Oñate gesteuert wird?«

»Ich würde auch nicht die Gelegenheit ergreifen, in die Antarktis oder die Arktis zum Nordpol zu reisen. Gut, ich habe diese Reise zwar nicht komplett durchgeplant, weiß aber zum Beispiel, daß ich weder New York noch Peking besuchen werde, liebend gerne dagegen Feuerland sehen würde und einen Ort namens Ushuaia, der von Sträflingen erbaut wurde. Als ich in Buenos Aires war, bin ich leider nicht dazu gekommen.«

»Valparaíso, Buenos Aires, Ushuaia.«

»Du machst es dir leicht. Durch das Aufzählen ihrer Namen allein kommt man nicht an diese Orte, wie Dinge durch ihre Benennung allein nicht in den eigenen Besitz übergehen.«

Carvalho legte den Weg die nächsten drei Häuserblocks weit schweigend zurück, dann schlug er vor, den Sonnenuntergang bei East Point zu beobachten, »den schönsten Sonnenuntergang der Welt«, wie die Reklame auf den vielen Plakatwänden behauptete. Manchmal war der Text nicht ganz so apodiktisch oder ausschließlich formuliert: »Die wohl schönsten Sonnenuntergänge gibt es in Kap Sunion/Griechenland und East Point/Australien. East Point liegt näher.«

»Wollen wir das mit den Korrespondenten von *El Meridional Intransigente* wirklich sein lassen? Immerhin verdanken wir ihnen den Flug nach Darwin.«

»Was sollen wir hier? Die Leichen der repatriierten Australier zählen?«

»Das war eine Spitzbüberei. Ich möchte nicht, daß aus unserem Reiseerlebnis, das von *In achtzig Tagen um die Welt* bereits so weit entfernt ist wie von *Don Quijote* oder *Bouvard et Pécuchet,* eine Geschichte mit dem Titel *Eine Spitzbubenreise um die Welt* wird, übrigens von jeher eines meiner Lieblingsbücher.«

Die Sonne über dem Meer verfärbte sich blaßlila, versank im Indischen Ozean und setzte dann ihre Bahn fort, weit, weiter, bis nach Spanien.

»Wir sind bei den Antipoden, Biscuter. Auf der gegenüberliegenden Seite der Erde, von zu Hause aus betrachtet. Es gibt diesen Ort tatsächlich. Und da wir bis zu den Antipoden vorgedrungen sind, du hast recht, warum den Pazifik nicht mit einem Segelschiff überqueren?«

»Ihre Darstellung klingt logisch, ist es aber nicht. Ich will schließlich nicht, daß wir ertrinken und Sie mir dann mit Reklamationen kommen.«

Zurück im Motel, baten sie den Empfangschef um eine Landkarte von Australien und bekamen die am besten geeignete vorgelegt, auf der alle touristischen Sehenswürdigkeiten des gesamten Kontinents verzeichnet waren, insbesondere jedoch die als Weltkulturerbe ausgewiesenen Bereiche, der Kakadu Nationalpark, das Große Barriereriff, die Shark Bay, das Rückzugsgebiet der großen Meeressäuger, der von vielen Aborigines bevölkerte und mit dem größten Monolithen der Welt gesegnete Uluru-Kata Tjuta Nationalpark, Tasmanien, die archäologischen Grabungen von Willandra Lakes und das tropische Feuchtgebiet von Queensland. Biscuters Finger hüpfte von einem Punkt zum anderen und verweilte länger an Orten, wo es Tiere gab. Der Koala hatte es ihm besonders angetan, Carvalho hingegen empfand ihn als äußerst trauriges Tier.

»Es gibt Tiere, denen anzusehen ist, daß sie begriffen haben, wie grausam die sogenannte Krone der Schöpfung sein kann. Dazu gehört der Koala. Biscuter, nach Australien kommen wir nie wieder.«

»Wir werden den Pazifik nie wieder als Alleinsegler überqueren können.«

»Angesichts der kurzen Zeit, die uns der Baske einräumt, müßten wir nach Sydney ein Flugzeug nehmen, und das macht mich wütend, weil es da unten so viel zu sehen gäbe.«

Das letzte Argument schien Biscuter beeindruckt zu haben, weshalb er verstummte, bis Carvalho tags darauf zwei Flugtickets nach Sydney präsentierte und ihm Tränen in die Augen schossen.

»Danke, Chef. Ich war noch nie Alleinsegler. Noch nie habe ich den Pazifik in einem Schiff überquert, das vermutlich ein Witz ist. Wir werden danach wie neugeboren sein, trotzdem verspreche ich, Ihnen eines nicht allzu fernen Tages ein noch spektakuläreres Auferstehungserlebnis zu verschaffen.«

Bevor sie zu einer letzten Runde durch Darwin aufbrachen, um anschließend zum Flughafen zu fahren, lehnte sich Biscuter aus dem Zimmerfenster, genoß den Anblick der drei blonden, braungebrannten Damen, die den Swimmingpool garnierten, und wurde dann auf zwei Autos aufmerksam, die an der Ausfahrt des Parkplatzes standen, allerdings mit nur türbreitem Abstand voneinander, so daß jedes Fahrzeug, das den Bereich des Motels verlassen wollte, zwischen diesen beiden Wachen durchfahren mußte. Außerdem saß in jedem Wagen die gleiche Anzahl von Leuten, nämlich vier, wobei sich die Personen auf den jeweiligen Beifahrersitzen bei offenen Seitenfenstern miteinander unterhielten. Nicht alle sahen aus wie Polizisten, aber alle waren es. Biscuter ging ins Zimmer nebenan und informierte Carvalho über die unerwartete Präsenz der Fahrzeuge und ihre identische Besatzung. Sie wechselten in Biscuters Zimmer, um die teils ruhig wartenden, teils gesprächigen acht Männer zu beobachten.

»Die sehen stark nach Polizei aus, wie einem Faltblatt für potentielle Berufsanwärter entsprungen. Der Typ muskulöser Dickhäuter ist dabei und der Typ flinker Kampfkunstexperte.«

»Warum sollten sie auf uns warten? Dafür gibt es keinen Grund.«

»Schauen wir vorsichtshalber an der Rezeption vorbei und checken die Lage.«

Biscuter voran, Carvalho in geringem Abstand hinterher, näherten sie sich langsam der Rezeption. Plötzlich hielt Biscuter inne und machte keinerlei Anstalten, den Weg fortzusetzen, weil er aus den Augenwinkeln beobachten konnte, daß sich der

Empfangschef sehr besorgt mit vier weiteren Männern unterhielt, um ein dickes Buch versammelt, das wohl dem Gästenachweis diente. Er legte den Rückwärtsgang ein und drängte auch Carvalho zurück.

»An der Rezeption sind noch mal vier. Sie diskutieren mit dem Empfangschef. Es muß noch mehr Autos geben. Prüfen wir das Gelände.«

Sollten sie auf den Gedanken kommen, durch den Hinterausgang zu fliehen, erwarteten sie dort zwei weitere Autos, ein leeres und eines mit der gleichen Besetzung wie die vor der Tür postierten Fahrzeuge.

»Sind wir umstellt?«

»Nicht ganz. Am Ende des Wegs, der zum Swimmingpool führt, ist eine Hecke, ziemlich hoch, aber nicht unüberwindlich.«

»Und das Gepäck? Wie schaffen wir das raus? Und dann müssen wir zum Flughafen kommen oder ein Land von fast viertausend Kilometern Länge mit dem Auto durchqueren.«

»Wir könnten einfach frech behaupten, daß wir nicht die Gesuchten sind.«

»Also zurück zu *El Meridional Intransigente*?

»Welche Namen haben wir bei der Abreise in Bali angegeben?«

»Bouvard und Pécuchet.«

»Und hier?«

»Nur meinen Namen, José Carvalho. Du bist in meinem Schlepptau reingekommen.«

»Daß von den sechzehn Polizisten keiner einen Schritt auf uns zu getan hat, wundert mich. Außerdem: Wer hat sie beauftragt? Der Mafioso von Mont Pèlerin? Die Kokain-Leute? Ein Anhänger Malenas? Ein Kommando aus Afghanistan auf der Suche nach den Mördern eines Generals? Chef, wo immer wir auftauchen, gibt es Schwierigkeiten.«

»Ein Fall fehlt noch. Möglicherweise hat der hintergangene Ehemann in Patna die Entführung seiner Gattin zur Anzeige gebracht und dabei unsere Namen genannt ... Wie haben wir uns als Entführer genannt? Ich habe es bereits vergessen.«

»Uns bleibt nichts anderes übrig: Wir müssen in unsere Zimmer zurück und uns einen Beobachtungsposten suchen, um festzustellen, ob sie es auf uns abgesehen haben.«

»Vorher holen wir das Gepäck raus. Meinen Vuitton-Koffer schenke ich denen nicht.«

Langsam, wie Menschen mit reinem Gewissen, zogen sie ihre Rollkoffer mit Biscuters aufgeschnalltem Handgepäck zum Swimmingpool vor ihren Appartements. Dort ließen sie sich nieder, zwei entspannte Reisende, die vor ihrer Weiterfahrt noch ein paar Stunden vertrödeln. Da sich von der Rezeption niemand blicken ließ, wollte Biscuter die Lage prüfen, doch er hatte noch keine zwei Schritte getan, als die vier Polizisten aus dem Büro stürzten, den überdachten Weg entlang rannten und sich links und rechts neben der Tür eines Appartements postierten. Da verließen auch die acht vom Haupteingang ihre Fahrzeuge, verteilten sich im Bereich des Swimmingpools und zwangen die wenigen Badegäste, sich bis zur Hecke zurückzuziehen oder auf den Boden zu werfen. Carvalho und Biscuter wurden regelrecht geschubst, bis sie mit dem Rücken dicht an der Hecke standen, von wo aus sie den Verlauf der Belagerung des Appartements abwarteten, des Appartements, das keines der ihren war. Mit lauten Stimmen wiesen die Polizisten die Bewohner an, die Tür zu öffnen und mit erhobenen Händen herauszukommen. Carvalho und Biscuter hörten aus dem Geschrei der Polizisten die Namen ganz deutlich heraus: »Herr Bouvard, Herr Pécuchet, Sie sind umzingelt. Machen sie keine Schwierigkeiten.«

»Sie haben sich in der Tür geirrt«, flüsterte Carvalho.

»Unmöglich. Der Empfangschef hat ihnen die Nummer des Appartements genannt.«

»Ich bin hier aber als José Carvalho registriert.«

Es blieb ihnen keine Zeit zur konkreten Analyse der konkreten Situation, weil einer der Polizisten die Tür eintrat und statt des erwarteten Moments vollkommener Stille und des erwarteten polizeilichen Ärgers ob des Fehlschlags zwei Schüsse einen der beiden Angreifer taumelnd niederstürzen ließen und den anderen dazu veranlaßten, sich übers Geländer zu werfen, um nicht getroffen zu werden. Aus dem Raum klangen noch mehr Schüsse, weshalb zwei der Beamten, die sich unter die Sonnenanbeter gemischt hatten, die Gäste aufforderten, den Bereich zu räumen. Das taten Carvalho und Biscuter, schoben ihr Gepäck bis auf die Straße und suchten ein Taxi; Carvalho hatte jedoch vor Verlassen des Motels noch einen der Polizisten gefragt, was los sei.

»Das sind Entführer. Wir haben eine Anzeige aus Indien erhalten.«

Für die Polizei waren sie die Entführer, logisch, da aber nicht sie auf die Beamten geschossen hatten, gab es offenbar andere Motive für den Schußwechsel. Carvalho und Biscuter zeigten sich an diesen Motiven jedoch nicht im geringsten interessiert und baten den Taxifahrer, sie zum Flughafen zu bringen. Biscuter rief vom Handy aus das soeben verlassene Motel an und beschwerte sich über die Unmöglichkeit, die Rechnung zu begleichen, weil die Rezeption von der Polizei besetzt gewesen war.

»Tut mir leid. Tut mir wirklich leid, meine Herren. Wie können wir die Sache regeln? Das Durcheinander wird nicht mehr lange dauern, glaube ich.«

»Wir müssen aber in einer halben Stunde am Flughafen sein.«

»Tut mir leid, tut mir leid. Dabei ist anscheinend alles ein Irrtum, weil die Angreifer gar nicht die von der Polizei gesuchten Personen waren.«

»Nun, sie haben sicher etwas angestellt, sonst hätten sie es wohl nicht auf einen Schußwechsel ankommen lassen. Gut, daß wir den Garten mit Hilfe eines sympathischen Polizisten rechtzeitig verlassen konnten. Bitte nennen Sie uns den Rechnungsbetrag, wir geben das Geld dann dem Taxifahrer, der bringt es Ihnen.«

»Eine ausgezeichnete Idee.«

Während der Empfangschef zusammenzählte oder multiplizierte, verhandelte Carvalho mit dem Taxifahrer, versprach ihm zuerst ein Trinkgeld und bat ihn dann, den Betrag im Motel abzuliefern. Schließlich nannte der Empfangschef die genaue Summe und fragte Carvalho nach der Lizenznummer des Taxis, woraufhin Carvalho dem Chauffeur das Telefon reichte. Während der mit dem Empfangschef verhandelte und Carvalho das nötige Geld zusammensuchte, wiederholte Biscuter ein ums andere mal:

»Wahnsinn, Chef, das ist doch absoluter Wahnsinn. Haben Sie bemerkt, was das für eine Verwirrung war?«

»Was ich bemerkt habe, ist, daß in einem australischen Motel seltsame Leute anzutreffen sind, wie vermutlich in jedem Motel. Stell dir folgende Szene vor: Es klopft an deiner Tür und du hörst: ›Polizei! Herr Pécuchet, leisten Sie keinen Widerstand.‹ Wie reagierst du?«

»Ich ergebe mich.«

»Ich mich auch. Es käme mir doch nicht in den Sinn zu schießen. Nicht wahr? Nächste Frage: Was mögen die falschen Herren Bouvard und Pécuchet wohl angestellt haben, wenn sie sich auf eine Schießerei mit den Polizisten einlassen? So schießt man nur aus Panik.«

Der Taxifahrer erwies sich als ebenso redselig wie der Empfangschef, das Gespräch der beiden war durchsetzt mit lauten Äußerungen der Überraschung, auch mit dem einen oder anderen Lacher, nicht zu vergessen mit einem halben Dutzend »Tut mir leid, tut mir wirklich sehr leid«. Schließlich legte er auf und drehte sich zu seinen Fahrgästen um:

»Sie haben Glück gehabt. Es hat einen richtigen Kampf gegeben. Beide Straftäter sind tot, zwei Polizisten schwer verletzt. Es waren äußerst gefährliche Verbrecher, Straßenräuber und Vergewaltiger. Sie wurden mit zwei anderen Männern verwechselt, indes, die Vorsehung ist weise, und siehe da, sie wurden wegen Taten anderer für ihre Taten bestraft. Tot, alle beide.«

Sie waren vier Stunden vor dem Aufruf ihres Flugs am Flughafen, und mit jeder Minute wurden ihre Glieder bleierner vor Müdigkeit. Fast vier Flugstunden trennten sie von Sydney sowie einige Unannehmlichkeiten: Einstieg erst nach Identifikation und gründlicher Leibesvisitation, seit dem Anschlag von

Bali verschärft, die Polizei hatte reichlich Zeit, sie aufzuspüren, dann Ankunft in Sydney, Flughafen, Hotel. Carvalho überwand seine anfänglichen Bedenken, sie setzten sich doch noch an die Bar, bestellten einen australischen Rotwein und etwas Solides zu essen. Das erste Angebot, ein mit Känguruhfleisch belegtes Sandwich, wiesen sie zurück, nicht so den Wein der Firma Brown Brothers, einen Cabernet Sauvignon aus Victoria, dem Gebiet um Melbourne. Sie bekamen schließlich heiße Frühlingsrollen vorgesetzt, süßsaure Häppchen mit Kohl und einem gedämpften, zuvor in eine Marinade aus Zitronensaft und Gewürzen eingelegten, sehr festfleischigen und recht wohlschmeckenden Fisch.

»Wir sollten nicht zu viel essen, weil sie uns im Flugzeug sicher auch etwas servieren werden. Australier sind reich, und reiche Länder bieten meist eine gute Bordverpflegung an. Na ja, früher mal. Heute sind die angebotenen Getränke besser als das Essen. Künftig werden die Zumutungen der Catering-Unternehmen und des Slow Food mehr Flugkatastrophen auslösen als die Überalterung der Fahrgestelle und die Übermüdung der Fluglotsen.«

Biscuter war melancholischer Stimmung, und weil Carvalho nicht nach der Ursache fragte, teilte er diese ungefragt mit:

»Was wohl aus diesem Mädchen geworden ist, dieser jungen Inderin?«

»Paganel wird an ihrer Seite sein.«

»Kein schlechter Kerl, aber wenn sie längere Zeit bei ihm bleibt, wird er dafür sorgen, daß sie zwischen den Blättern eines seiner tausend Bücher vertrocknet.«

»Täusche dich nicht, Biscuter. Paganel war ein eher sinnlicher als sensibler Mann.«

Sie suchten sich im Viertel hinter dem Darling Harbour ein Hotel, gingen, vom Gepäck befreit, sofort wieder auf die Straße und nahmen ein Taxi zur Taverne Dimitrios beim Sydney Casino, woraufhin sie ein ebenso indisch wie unsicher wirkender Taxifahrer durch halb Sydney kurvte, bevor er endlich das gewünschte Ziel erreichte. »Sydney ist eine sehr große Stadt«, rechtfertigte er sich, »sehr verschlungen, wegen der vielen Buchten.« Doch hier war sie, die Taverne Dimitrios, in griechischer Schreibweise beschildert und mit einem Lorbeer zu beiden Seiten der Tür verziert. Es waren ziemlich große Lorbeerbäume, die aus der Erde, nicht in Töpfen, wuchsen, ein Hinweis auf das hohe Alter der Taverne, das ganz der Jugend Ritzos' entgegenstand, eines Kellners, der auflachte, als er den Namen Oñate hörte, und ihn sofort anrief.

»In fünfzehn Minuten ist er hier.«

Sie bestellten einen griechischen Kaffee und erinnerten sich wehmütig an die gemütlichen Zeiten ihrer Reise, sofern die Reise je einen gemütlichen Augenblick gehabt hatte.

»Ich begreife immer noch nicht, warum uns Madame Lisieux verlassen hat. Du wirst dir doch nicht irgendeine Unverschämtheit erlaubt haben?«

»Nein, ich schwör's. Ich schwöre es Ihnen bei meiner Mutter.«

Wenn Biscuter etwas schwor und seine Mutter als Zeugin nannte, setzte er sein Leben, ja, sein ewiges Leben dafür ein. Er verriet allerdings nichts, weder über die geheimnisvolle Begegnung in Kabul noch über seine zahlreichen Telefongespräche mit ihr.

»Und ihr Fernsehauftritt mit diesem überaus seltsamen Kapitän Nemo?«

»Sie ist eben eine Frau mit sehr guten Verbindungen.«

Der Kaffee war kaum getrunken, als Carvalho einen Basken auf ihren Tisch zukommen sah, Oñate, ganz unverkennbar, wenn man davon ausging, daß die Mehrzahl der baskischen Männer dunkelhäutig und mit einer zu den Lippen gebogenen Nase sowie einem Kinn so ausladend wie ihre Mütze ausgestattet ist. Sie erkannten ihn jedoch vor allem deshalb, weil er mitten im australischen Herbst eine Baskenmütze trug und mit beiden Händen ihren Sitz überprüfte, als stünde er vor einem Spiegel. Seine Haut konnte kaum dunkler sein und kaum stärker von Kratern und Furchen zerklüftet, von tiefen Linien, die parallel zueinander oder kreuz und quer sein Gesicht durchzogen, dazu kamen alte, in der Sonne vernarbte Wunden, die auf der Haut dieses so tiefbraunen Gesichts als helle, bleibende Flecken auffielen. »Fünfundvierzig Jahre«, sagte Biscuter leise. Carvalho gab ihm fünfzig. Als er an ihrem Tisch stand, ergriff Carvalho die Initiative:

»Oñate, Señor Oñate.«

»Verdammt. Dieser Akzent. Iberer?«

»Spanier. Fast das gleiche.«

»Fast ist falsch. Iberer sein heißt, einer Ethnie angehören, Spanier sein, einer administrativen Pflicht nachkommen oder imperialistische Genugtuung empfinden oder beides zugleich. Für die Kanaren sind sie die Goten.«

Nach dieser Klarstellung der Dinge nahm der Seemann Platz. Sie erzählten ihm, daß sie seinen Aushang in Darwin gelesen hatten und quer durch Australien nach Sydney gekommen waren, um sich als Begleiter für die Pazifiküberquerung anzubieten. Oñate lachte schallend.

»Ja glauben Sie denn, daß es sich hier um eine Kreuzfahrt durch die Ägäis handelt, wie sie Königin Friederike von Griechenland unternahm?«

»Gute fünfzig«, murmelte Carvalho.

»Sie haben recht, Chef.«

»Was ist fünfzig? Wovon ist die Rede?«

»Wir haben Ihr Alter geschätzt, das mindestens fünfzig Jahre betragen muß, wenn Sie sich an die Ägäis-Kreuzfahrten der Königin Friederike erinnern.«

»Fünfzig nicht ganz, aber bald. Jedenfalls bin ich jünger als Sie, weshalb ich Sie als Schiffsjungen nicht gebrauchen kann. Was die Königin Friederike angeht, so habe ich eben ein gutes Gedächtnis, denn im Friseursalon meiner Mutter in San Sebastian lagen immer Zeitschriften aus, die von den Kreuzfahrten der Prinzessinnen durch die Ägäis berichteten, in den sechziger Jahren, vor dem Sturz der griechischen Monarchie. Kein Wunder also.«

Nein, segeln konnten sie nicht, waren aber bereit, sämtlichen Befehlen Folge zu leisten, würden sich auch in einigen Dingen nützlich machen können, zum Beispiel Toilette und Küche sauberhalten. Oñate beschloß, sie zu duzen.

»Glaubt ihr beide vielleicht, wir fahren mit einem Motorboot auf dem Teich des Retiro rum? Das Schiff hat fast zweihundert Quadratmeter Segelwerk, die kann ein Mann allein nicht bewältigen.«

Er betrachtete sie eingehend und fragte plötzlich:

»Wer von euch kocht?«

»Wir kochen beide.«

»Wißt ihr, daß die Ernährung auf solchen Touren karg ist, nur das Lebensnotwendige, verdammt noch mal, ich aber habe eine Kombüse voller Konserven, Fruchtsäften und Vitaminkonzentraten, dann rechne ich noch mit dem, was wir fischen.«

»Nichts spricht dagegen, mit gesalzenem Stockfisch zu reisen, zum Beispiel, und auf hoher See einen exzellenten Stockfisch auf Biskaya-Art oder in KnoblauchSauce zuzubereiten. Wenn wir die halbe Strecke geschafft haben, feiern wir mit einem *Pil-Pil*.«

Oñates Augen wurden ganz groß, als er Biscuter reden hörte.

»Habt ihr Zeit genug? Soviel, wie ich will? Gut, dann brauchen wir drei Tage, bis ihr Backbord von Steuerbord, das Bug vom Heck unterscheiden könnt und alle Begriffe für den Umgang mit den Segeln gelernt habt. Die Ziele setze ich allein fest, und um die Funkverbindungen kümmere ich mich auch allein. Drei Tage: von Sonnenaufgang zu Sonnenaufgang. Noch eine paar Fragen, ganz nebenbei: Wißt ihr, was ein Segelschiff ist? Wißt ihr, welche Klasse mein Segelschiff hat? Wißt ihr etwas über den Pazifik? Trinken wir einen, um zu vergessen, daß ihr nichts wißt. Ihr seid angeheuert.«

Oñate bestellte eine Flasche neuseeländischen Rotwein, der, wie er behauptete, besser sei als der australische.

»Jetzt kommt der schwierige Teil, weil die Kerle hier noch weniger wissen als ihr und mir Tapete servieren, wenn ich ein paar spanische Tapas bestelle, von *Montaditos* will ich gar nicht reden, als gäbe es hier kein Brot.«

Sie tranken den Rotwein, und Oñate orderte etwas zu essen, woraufhin man ihnen Käse und kleine Bällchen aus Känguruhfleisch auf den Tisch stellte, die der Baske allein verzehrte, überrascht, daß seine beiden soeben angeheuerten Partner nicht mithielten.

»Ich weigere mich, ein mir unbekanntes Tier zu essen. Wir essen sowieso schon zu viele.«

»Viel zu viele«, erklärte Biscuter solidarisch.

»Seid ihr im Tierschutzverein?«

Carvalho konzentrierte sich auf den Käse, ließ dann die Augen über den Tresen des Lokals wandern und entschied sich schließlich, Brot, Öl und Salz zu bestellen, sowie Tomaten, reife selbstverständlich, und damit ein Tomatenbrot zu improvisieren, das von Oñate sehr, von Biscuter etwas weniger gelobt wurde.

»Was euch Katalanen alles einfällt!« wiederholte der Baske ein ums andere Mal, beklagte sich aber gleichzeitig darüber, daß die Katalanen sich allzuviel von der Spanischen Zentralregierung gefallen ließen, die Hosen herunter- und sich, wenn nötig, in den Hintern ficken ließen, um ein paar miese Peseten zu sparen.

»Inzwischen sind es Euro.«

»Ich habe noch keinen Euro gesehen. Als ich zum letzten Mal in Spanien war, war die Währungsumstellung noch kein Thema.«

Sie zeigten ihm Euromünzen und -scheine.

»Verdammt, verdammt, verdammte Scheiße. Sieht aus wie richtiges Geld, wie soll ich sagen, europäischer irgendwie, weniger schäbig. Doch jetzt genug der Faxen, Kameraden, ans Werk! Wollt ihr das Schiff sehen? Ich zeige euch zuerst das Meer, dann das Schiff.«

Sie verließen die Taverne, gingen die Kais entlang, an Schuppen, Reparaturwerkstätten und Schiffsschrott vorbei bis ans Meer, das hier noch von der Stadt umzingelt war, und stiegen eine Treppe hinunter in ein kleines Schlauchboot. Oñate löste das Tau und warf den Motor an.

»Das hier ist ein anständiger Hafen, da kann man nicht direkt vor der Haustür anlegen. Das monumentale Gebäude dort drüben ist die Oper, der sonderbarste Bau von Sydney, in gewisser Hinsicht zusammen mit der Harbour Bridge, die wir bald sehen werden, das Wahrzeichen der Stadt. Das Schiff liegt ein wenig weiter draußen vor Anker, an der Akuna Bay, wir bewegen uns in einer sehr zerklüfteten, tiefen Bucht, voller Nebenbuchten und mit verdammt tollen Stränden. Ist aber nur eine kleine Pfütze, verglichen mit dem Pazifik. Wenn ihr nach Backbord schaut ... hierhin, verdammt und zugenäht, hierhin, könnt ihr nicht mal Backbord und Steuerbord auseinanderhalten? Also, backbord liegt der Pazifik. Wir befinden uns auf einem richtigen Ozean, Freunde. Er ist doppelt so groß wie der Atlantik, nimmt an seiner breitesten Stelle fast die Hälfte der Erdoberfläche ein. Allen Respekt. Der Pazifik ist, naturwissenschaftlich gesehen, wegen seiner vielseitigen Unterwasserlandschaft das interessanteste Meer: Gräben, langgestreckte Bergrücken und tausende Inseln aus Vulkangestein oder Korallen. Besonders phantastisch ist der Bergrücken, der die Grenze zwischen Ostpazifik und Westpazifik markiert, weil er sich alljährlich bis zu sechzehn Zentimeter verbreitert, inzwischen ist dieses Miststück schon vier Kilometer breit. Daß ihr aber nicht auf die Idee kommt, die Gegend zu besichtigen. Die liegt in einer Tiefe von drei Kilometern. Wir werden all diese Wunder mit dem Schiff überqueren und einige davon zu Gesicht bekommen. Glaubt nur nicht, daß man mit diesem Ozean keine Kohle machen kann oder hier nur Piraten Kohle machen, denn Piraten gibt es tatsächlich, wenn auch häufiger im Indischen Ozean. In der Tiefe lagern überreiche Manganvorkommen, die mit Baggerschiffen zu heben sind, weshalb ich einem meiner Schwager ein kleines Geschäft vorgeschlagen habe, das auch beinahe zustande gekommen wäre. Doch dann hat er sich ein Pöstchen bei einer Bank der spanienfreundlichen baskischen Oligarchie besorgt, und mit diesem Gesindel will ich nichts zu tun haben.«

Er glaubte, ihnen noch von weiteren Wundern berichten zu müssen, und erzählte begeistert von der Geburt vulkanischer Inseln, die wenige Monate danach bereits Pflanzen, Vögel und Fische aufwiesen, sowie von der Existenz hydrothermischer Schlote auf dem Meeresgrund, die heiße Wasserfontänen ausstießen. Dabei betonte er immer wieder, daß sie über all diese Wunder hinwegfahren würden, bis ihm schließlich entfuhr:

»Nur wie?«

Weder Carvalho noch Biscuter konnten diese Frage angemessen beantworten, weshalb sich der Baske gezwungen sah, eine weitere zu stellen:

»Verdammt, seid ihr stumm?«

Endlich kamen sie in die richtige Bucht, in der verschiedene Motorboote und Segelschiffe ankerten, und sie ließen suchend den Blick schweifen, um zu erraten, welches wohl Oñates Schiff war, bis dieser schließlich auf eines deutete:

»Das ist die *Idiazábal*!«

Als erstes nahm Carvalho wahr, daß das Schiff nur eine einzige Flagge trug, die grün-rot-weiße Nationalflagge der Basken, als nächstes die Tatsache, daß er im ganzen Leben noch keinem anderen Wasserfahrzeug begegnet war, das wie ein Käse hieß.

»Es heißt wie ein Käse.«

»Das ist eine lange Geschichte, die ihr nur versteht, wenn ihr ein baskisches Dorf namens Ordicia kennt, eine Schafskäseauktion, die dort stattfindet, und eine gewisse Yoyes, eine Ex-ETA-Frau, die von ihren ehemaligen Kameraden hingerichtet wurde, dort, in Ordicia. Ja, und am Tag des Dorffestes wird der Käse versteigert, und viele Besitzer nobler Restaurants steigern mit. Sie zahlen manchmal bis zu einer halben Million Piaster, Peseten also, für einen unscheinbaren Käse, der nicht mal ein Kilo wiegt. Ich war in dem Jahr, als es passierte, nicht in Ordicia … Nun gut, sie haben mir sehr unverblümt erklärt, was sich damals abgespielt hat, als ich nach zwanzig Jahren wieder dort aufgetaucht bin. Es war am Tag der Auktion. Die Dörfler bereiteten sich zudem auf zwei weitere Ereignisse vor, waren gespannt auf eine Veranstaltung zum Gedenken an die Ermordung von Yoyes, wie sie es nannten, und auf eine andere, die die damals stattgefundene Hinrichtung guthieß. Versteht ihr? Bürgerkrieg und *Idiazábal*. Ich kam zu dem Schluß, daß ich mich künftig überwiegend für den *Idiazábal* interessieren würde, und da habt ihr ihn.«

»Hielten Sie die Tötung von Yoyes für einen Mord oder eine Hinrichtung?«

»Ich hielt sie damals für eine unvermeidliche Hinrichtung, obwohl sie mich schmerzte. Heute interessiert mich nur noch das Meer. Die Route zwischen Sydney und Valparaíso, dann segle ich die Küste Amerikas entlang, halte auf Polynesien zu, erreiche auf einem ähnlichen Kurs wie dem nach Valparaíso die Philippinen und dann wieder runter nach Sydney. Eine Reise vier Seiten entlang. Ein ums andere Mal. Noch bin ich der Sache nicht überdrüssig.«

Die *Idiazábal* wurde ihnen als ursprünglich englisches Segelschiff vorgestellt, das während eines Sturms an der kantabrischen Küste gesunken und von der Familie Oñate wieder seetüchtig gemacht worden war, insbesondere von einem Schwager des Alleinseglers, einem »Strandschreiner«, der in Pasajes de San Juan über eine kleine Werft verfügte. Dort hatte er das Schiff mit äußerster Sorgfalt für den Häftling der Familie wieder instandgesetzt, damit der damit eines Tages über die Weltmeere segeln konnte.

»Der Häftling bin ich. Es rutscht mir manchmal raus, deshalb sage ich es euch gleich zu Beginn. Ich war fast einundzwanzig Jahre im Gefängnis. Hab' mich bereits in den siebziger Jahren der ETA angeschlossen, da war ich noch ein Junge, trotzdem wurde ich zur höchstmöglichen Gefängnisstrafe verurteilt, fast einundzwanzig Jahre hab' ich abgesessen. Mit zwanzig kam ich ins Gefängnis, mit vierzig wieder raus. Ein ganzes Leben.«

»Das Schiff hat eine Kiellänge von elf Metern, eine Breite von fast drei und einen Tiefgang von zwei Metern«, erklärte Oñate, »es hat eine Eisenverstärkung, die dem stärksten Wellengang gewachsen ist, und gleitet recht gut durch die Wellen.«

Sie sprangen aufs Deck und schon erteilte ihnen Oñate die ersten Lektionen: Backbord, Steuerbord, Bug und Heck. Das Großsegel. Masten, Barometer, Thermometer, Abpumpsystem, Windmesser, die wichtigsten Leinen, eine vereinfachte Version der weitgehend automatisierten Vorgänge des Segelhissens und -einholens. Das Steuerrad und die Möglichkeiten der automatischen Steuerung, falls wirklich einmal gleichzeitig Wetter und Wind günstig waren, und aus gesundheitlichen Gründen erforderlich. Sie gingen in die Kabine, Biscuter prüfte höchst interessiert den Spirituskocher und erbot sich, die restlichen Lebensmitteleinkäufe zu tätigen, für eine Fahrt, bei der es allenfalls um ein schlichtes Ziel ging: möglichst nicht zu ertrinken und den Rodeoritt auf dem Meer zu überstehen.

»Das herrliche Gefühl, daß diese Eierschale dem Aufruhr der Wellen standhält, wiegt alle Risiken auf. Wir werden etwa dreißig Tage auf See sein, wobei immer mit sieben Tagen eher schlechten Wetters zu rechnen ist, an denen das Meer und die *Idiazábal* alles dransetzen, uns den Arsch aufzureißen.«

In der Schlafkabine nebenan waren vier Plätze, je zwei nebeneinander, dazwischen ein Wandschirm. Oñate schob die Hände unter das Brett, auf dem die Matratze eines der bescheidenen Betten lag, zog einen gewaltigen Stoß bedrucktes Papier hervor und legte ihn auf den Tisch der Eßküche. Es waren *Pilot's Charts*, ein Atlas des Südpazifik, den Oñate nach wie vor als wertvolles Hilfsmittel zur groben Einschätzung der Strömungen und Windrichtungen betrachtete, obwohl das Ding schon zwanzig Jahre alt war und Wind und Wellen sich verändert hatten.

»Ich zumindest fahre noch immer das gleiche Rechteck ab: Sydney, Valparaíso, Baja California, Hawaii und zurück nach Sydney. Viermal schon. Einmal habe ich Kurs auf den Indischen Ozean genommen, da hat mich schreckliche Angst überfallen. Als würde ich in einen verbotenen Raum eindringen.«

Er schlug die Monate Oktober und November auf und studierte die Karten, wie ein General die Pläne des Feindes studieren würde.

»Auf unserem Kurs von Chile nach Neuguinea gibt es einen starken Gegenwind; ein anderer, günstiger Wind, der uns vor sich her schiebt, weht meist zwischen Australien und dem südlichsten Chile. Es gibt fast parallel verlaufende Meeresströmungen, aber Winde und Strömungen, besonders aber die Winde, können sich verändern, weshalb wir die aktuellen Wettervorhersagen beachten müssen. Es gibt beispielsweise Taifune oder Hurrikane, das ist das gleiche, die einem richtig Schiß machen können. Die treten besonders häufig im Norden auf; wir haben nur die Taifune zwischen Australien und etwas über Neuseeland hinaus zu fürchten. Im Moment ist aber kein Hurrikan angekündigt, weder an Backbord noch an Steuerbord. Wir müssen von Sydney aus die Nordküste Neuseelands entlangfahren*, an den Kermadec-Inseln vorbei, dann weiter bis zum Beginn des Ostpazifik und nach Valparaíso. Das ist die Strecke durch den Stillen Ozean mit den wenigsten Inseln, obschon Vorsicht geboten ist, weil hin und wieder doch das eine oder andere Vulkaninselchen entsteht und man leicht abgetrieben wird, woraufhin man sich dann entweder in der Antarktis oder vor Peru wiederfindet. Wir haben einen recht tüchtigen Hilfsmotor, mit begrenzter Kapazität, logischerweise, er faßt etwa tausend Liter. Ich benutze ihn nur in sehr verzweifelten Situationen und in manchen Häfen zum Anlegen.«

Drei Tage lang bemühte sich Oñate, den beiden die wichtigsten Begriffe der Seemannssprache einzutrichtern, damit sie sofort Bescheid wußten, wenn von einer Halse, einer Wante oder einem Giekbaum die Rede war, und ihnen die einfachsten Handgriffe und Segelmanöver beizubringen, bei denen er ihre Hilfe benötigte oder die sie gar selbständig ausführen mußten. Obwohl es sich um eine lange Strecke handelte und sie auf die Hilfe anderer Schiffe nicht allzufest bauen konnten, war das Radio ein wunderbares Instrument zur Erhöhung der Reisesicherheit, »wobei diese Sicherheit, genau betrachtet, Scheiße ist«, setzte Oñate hinzu. »Auf dem Pazifik kannst du dich retten, wenn du an einer Regatta teilnimmst, die mit entsprechenden Begleitbooten ausgestattet ist, wenn du aber allein auf dem Meer bist, gehst du schlichtweg zugrunde oder du bewährst dich als der von der größten Wassermasse der Welt umgebene Schiffsbrüchige.« Von den Teams seiner früheren Reisen erzähl-

* Uns ist bekannt, daß es der Autor nach eingehender Prüfung der Fakten für zweckmäßig erachtet hat, gewisse technische Aspekte der Seestrecke zwischen Australien und Chile zu verändern (*Anmerkung d. Herausgebers*).

te der Baske nicht allzuviel, schrieb jedoch manchmal die kurze Dauer des Kontakts zu seinen Mannschaften dem eigenen schlechten Charakter zu.

»Alleinsegler sind seltsame Leute, sehr seltsame. Wie Autisten. Wie einer meiner Neffen; der ist Autist und völlig unzugänglich. Ich bin auch ein wenig autistisch, früher aber war ich das nicht, früher war ich ein recht lustiger Kerl.«

Carvalho persönlich drängte zum Aufbruch, weil er seine Weltreise innerhalb einer bestimmten Zeitspanne absolvieren wollte, da sie andernfalls eine Reise ohne Wiederkehr würde. Er hatte kaum zu Ende gesprochen, da wandte sich Oñate an Biscuter mit der Frage, ob der Lebensmittelkauf bereits erledigt sei. Als dieser bejahte, sprang der Kapitän auf die Mole und begann, das Schiff startklar zu machen.

»Warum diese Eile, Chef? Wissen Sie denn noch, was ein Giekbaum ist, zum Beispiel?«

»Ich denke, dieses Ding fixiert das Segel von unten. Nun, egal, einmal draußen auf dem freien Meer, finden wir uns in kürzester Zeit zurecht, ich schwör' es dir.«

Der Kapitän kam zurück aufs Schiff und befahl ihnen, sich um das Einholen der Taue zu kümmern, während er zum Ablegen vom Pier den Motor anwarf, die Segel würden sie dann weiter draußen hissen, wenn die Bucht hinter ihnen lag. Carvalho und Biscuter gehorchten, obwohl sie von der Schönheit der Buchten und dem Anblick der Stadt fasziniert waren, die sich erst langsam entfernte, dann immer mehr schrumpfte, bis die ersten Stöße des Meeres sie darauf aufmerksam machten, daß die Stunde der Wahrheit geschlagen hatte. Biscuter kam jeder Aufforderung Oñates freudig nach, während Carvalho die Befehle zwar durchführte, dabei aber seine Neigung zur Passivität überwinden mußte. Er hatte die Reise im Grunde als Spielerei betrachtet und wurde nun zunehmend vom Berg dieser dreißig Tage, die vor ihnen lagen, erdrückt, den dreißig Tagen unablässiger Vorsicht, weil sie es mit einer schlafenden Bestie zu tun hatten, die jeden Augenblick aufwachen und sie verschlingen konnte. Sie besprachen die Nachtwachen und verteilten die

Aufgaben, wobei Biscuter die unter Deck anfallenden Arbeiten zu übernehmen, sich sowohl um das Kochen als auch um verstopfte Toiletten zu kümmern hatte, während Carvalho Oñate direkter zur Hand gehen, den Basken vor allen Dingen am Steuer ablösen sollte, wenn dieser in die Masten kletterte, um den Zustand der Segel zu überwachen. Die Ruhe der ersten Woche ermöglichte den drei Männern so etwas wie Plaudereien an Deck. Oñate begann mit harten Seefahrergeschichten, er erinnerte sich an die kleinsten Details, ebenso an die Namen historischer Segelschiffe, einschließlich der Werften, die die Schiffe gebaut hatten.

»Es gibt Segelschiffe die elf oder zwölf Meter lang sind, man stelle sich das vor, elf oder zwölf Meter, vor dem Ersten Weltkrieg, ja, sogar schon Anfang des Jahrhunderts konstruiert, Schiffe, die dank vieler Umbauten heute noch seetüchtig sind, an Regatten teilnehmen, dabei ihre Existenz aufs Spiel setzen und von Alleinseglern gelenkt werden.«

Wenn er keine Befehle gab oder die Segel überwachte, führte er Gespräche über Funk. Oñate war nie untätig, widmete sich jedoch am liebsten dem Fischfang, den er mit unterschiedlichen Methoden betrieb: Er benutzte ein Gewehr mit Harpune, wenn er einen Fischschwarm sah, einen Dreizack, wenn ihm ein einzelner Fisch vor die Augen kam, oder ein System, das aus einer Angelschnur mit vielen verschiedenen Ködern bestand. Wenn er glaubte, einen Fischschwarm unter sich zu haben, wurde er besonders aufgeregt und rannte im Karree: Heck, Steuerbord, Bug, Backbord, Heck. Das tat er ein ums andere Mal, mit einer Ausdauer, die Carvalho verwunderte, bis ihm ein Licht aufging und er sie mit der Manie des Basken, das Rechteck Sydney, Valparaíso, Baja California, Hawaii, Sydney abzufahren, in Verbindung brachte. Mit jedem Rechteck wiederholte Oñate die Strecken, die er in seinen Gefängniszellen abgelaufen war, wie es Carvalho in seiner Zeit als Gefangener auch getan hatte, und daher hatte er die Gewohnheit angenommen, rechteckige Rückzugsräume zu suchen, wo immer er sich gerade befinden mochte. Er sprach mit Biscuter darüber, der dieser Erklärung allerdings große Skepsis entgegenbrachte, weshalb er sie dem Kapitän selbst vorlegte:

»Ich habe beobachtet, daß Sie öfter das Schiff ablaufen und dabei ein Rechteck beschreiben, also einen Kurs verfolgen, der große Ähnlichkeit hat mit dem Kurs, den Sie im Pazifik halten: Sydney, Valparaíso, Baja California, Hawaii, Sydney. Könnte es sein, daß Sie sich überall Käfige bauen, auch auf dem Pazifik?«

»Gut möglich. In der Tat habe ich die größten Strecken meines Lebens in Gefängnissen zurückgelegt, in meiner Zelle oder im Hof für die militanten baskischen Separatisten. Die vier Seiten. Die vier Horizonte der Welt. Die vier vereitelten Horizonte der Welt. Was bin ich in euren Augen? Ein schlechter Kerl? Ein gefährlicher Kerl?«

Biscuter und Carvalho verneinten.

»Irrtum, der Schein trügt: Ich bin gefährlich. Sie haben mich in die ETA aufgenommen, weil ich, der *abertzale*, ein nationalistischer Separatist, an der Universität von Deusto Betriebswirtschaft studiert hatte und davon geprägt war, später dann vom Aufstand der Massen, von den Straßenkämpfen. Eines Tages sagten sie: ›Oñate, du mußt einen qualitativen Sprung machen, was deinen Kampf für die Unabhängigkeit von Euskadi und die Herrschaft des Sozialismus in unserem Land angeht.‹ Da schloß ich mich der ETA an. Ich lernte zu schießen, in einer organisierten Gruppe zu leben und zu töten, das Töten nicht als grausige oder von Haß motivierte Tat zu betrachten, vielmehr als eine Notwendigkeit. Der Tote war keine Person, sondern ein Hindernis, das ohne individualistische Sentimentalitäten beseitigt wurde, um dem höheren ethischen Ziel zu dienen: Euskadi. So kam es, daß ich eines schönen Tages den Schritten eines fast schon pensionierten Faschisten folgte, der zwar keine große Berühmtheit war, doch ohne jeden Zweifel ein Schwein, dessen Tod einigen Wirbel auslösen würde. Wir studierten den Verfolgungsbefehl. Ich zog meine neuen Sportschuhe an, tolle Adidas, die Sprungfedern zu haben schienen, steckte die Pistole in die Jackentasche und heftete mich dem Kerl an die Fersen, als er wie jeden Morgen aus seiner *Croissanterie* auf die Straße trat.

Zehn, mehr, vielleicht zwanzig Meter gingen wir in die gleiche Richtung, kurz vor einer Ecke zog ich die Pistole, zielte auf seinen Nacken, und als ich abdrückte, drehte der Mann den Kopf um – was ihn dazu bewog, weiß ich nicht –, worauf ich ihm das halbe Gesicht wegschoß, weil die Kugel hier, zwischen Mund und Nase, eindrang und wie ein Stöpsel an der Schläfe wieder herausflog. Ich erinnere mich nur noch an dieses Gesicht. Das zerstörte, kaputte Gesicht, und immer, wenn ich mich gefragt habe, ob es gut oder böse war, was ich getan hatte, habe ich mir die eine Antwort gegeben: Es war notwendig. Manchmal kann man nicht wählen zwischen Gut und Böse. Manchmal kann man nur das Unvermeidliche wählen.«

Biscuter überredete Oñate, Fisch, den sie nicht sogleich fritiert oder gebraten verzehrten, in Marinade eingelegt aufzubewahren, und der Seemann äußerte sich einmal mehr begeistert über die kulinarischen Künste dieses Spaniers.

»Es geht nichts über die Hand, die eine Kasserolle bewegt. Meine Großmutter kochte einfach himmlisch, und meine Mutter blieb unübertroffen in allen Arten der Zubereitung von Seehecht, vor allem der in San Sebastiàn üblichen Art.«

Hin und wieder schnappte Oñate Bruchstücke der Radionachrichten auf, wodurch sie erfuhren, daß ein Kommando tschetschenischer Rebellen ein Theater in Moskau besetzt hatte und die Zuschauer als Geiseln hielt.

»Die können mit dem Leben abschließen«, verkündete Oñate und fügte hinzu, Putin sei ein Hurensohn im Bund mit dem grenzübergreifenden Gewaltsystem der Globalisierung und werde nie zulassen, daß die Tschetschenen einen Kampf gewinnen.

Nach einigen Tagen wurde das Theater mit Giftgas bombardiert, viele Geiseln starben und die Rebellen, die nicht erstickten, wurden von staatlichen Spezialeinheiten niedergemacht.

»Das ganze einundzwanzigste Jahrhundert wird so verlaufen. Gewalt rebellischer Randgruppen an vielen verschiedenen Brennpunkten gegen die Gewalt der Globalisierer. Das ist der neue Klassenkampf.«

Carvalho sah davon ab, ihn zu fragen, ob ihm zum Thema *Hindernisse* etwas einfiele, vielleicht kämen ja der Staat oder die Staaten mit den Terroristen theoretisch überein, die Geiseln als schlimmste Hindernisse zu betrachten. Oñate schloß das

Thema Politik ab, bemerkte allerdings zuvor noch, daß sich der Zerfall des Systems beschleunige, jedoch nicht in dem Tempo, das man dem zwanzigsten Jahrhundert zugetraut hätte, daß es den Fall des finnischen Selbstmordattentäters gab, die fortgesetzten Aktionen der Palästinenser gegen Israel und seine Grenzsoldaten, den Anschlag auf Bali und jetzt den von Moskau. Daraufhin versank er in die Betrachtung des Meeres und beobachtete insbesondere die Schaumkronen auf den Wellen, die ihm die Windrichtung anzeigten.

»Der Wind bläst im Moment verdammt gut, einfach optimal.«

Die günstigen Winde hielten an, bis sie den Kermarec-Graben nördlich des letzten neuseeländischen Leuchtturms passiert hatten. Carvalho und Biscuter waren den ganzen Tag über mit der Ausführung der Befehle des Kapitäns beschäftigt, der darauf achtete, das Steuerruder so zu führen, daß der Schwung jeder einzelnen Welle ausgenutzt wurde, auch der kleinsten, völlig ungeeigneten Welle. Carvalho fühlte sich erschöpft, wohl wissend, daß er zu alt war, um auf den Großmast zu klettern, sollte ihm diese Kletterei einmal abverlangt werden; hatte sich aber inzwischen, nachdem er den heftigen Muskelkater der ersten Tage erfolgreich mit Aspirin bekämpft hatte, mit seinem Körper versöhnt und gelernt, in der großzügig bemessenen freien Zeit, die ihm Oñate einräumte, der die ungünstigsten Schichten selbst übernahm, zu schlafen. Da Oñate merkte, daß seine Lehrlinge mit der Zeit deutlich sicherer wurden, wagte er es, schlechtere Zeiten zu prophezeien, Tage mit Wellen, die nicht mehr nur langweilige sechs Meter hoch wären, sondern bis zu zwölf oder fünfzehn Meter, die dem Schiff nicht wie Wellen entgegentreten würden, sondern wie eine immense Kraft, die es ausstoßen oder auch verschlingen kann. Doch der Baske wollte diese nautischen Dinge dann doch nicht allzusehr dramatisieren und schloß schnell die Frage an:

»Und was macht der Stockfisch?«

»Er wässert. Eine Runde fehlt noch. Ich gehe nach folgendem System vor: wässern und häufiger Wasserwechsel. Die katalanischen *Bacallaners* haben dies perfektioniert, indem sie den Stockfisch zum Entsalzen in Marmorgefäße legen und fortlaufend Frischwasser zuführen. Wenig, aber fortlaufend. Übermorgen können wir Stockfisch in KnoblauchSauce essen.«

Inzwischen trug der Himmel Halbtrauer, eine Farbe zwischen grau und schwarz, weshalb Oñate, der die Wetterlage mehr gefühlsmäßig als durch Beobachtung einschätzte, mit einer Küstenwache Kontakt aufnahm, die sich als neuseeländische meldete und deren Sprecherin, nachdem man sich gegenseitig identifiziert hatte, die Position der *Idiazábal* studierte und dann stürmisches Wetter voraussagte. »Ein Taifun?« fragte der Kapitän, was die Frau aber nicht bestätigte. »Jedenfalls ein gewaltiger Sturm. Er wurde aber nicht als Zyklon eingestuft.«

Kaum vorhergesagt, stellte sich das schlechte Wetter auch schon ein, und zwar bereits am südlichsten Breitengrad, noch weit vor der ostpazifischen Schwelle. Die durchschnittliche Windstärke betrug vierzig Seemeilen, wobei einige Windstöße diese Marke überschritten; die Wellen waren höher als sechs Meter und türmten sich zu Wasserwänden auf, an denen das Schiff schreckensstarr entlangfuhr, als wollte es sich seine Zerbrechlichkeit nicht anmerken lassen. Das Wasser überschwemmte zwar das Deck des Seglers, schaffte es jedoch nicht bis in die darunterliegenden Räume, wofür anfangs das automatische Abpumpsystem sorgte. Oñate erinnerte sie laut rufend daran, daß das Wasser nicht in die unteren Räume des Segelschiffs eindringen dürfe und sie auf sein Zeichen hin sofort die Pumpen betätigten müßten, doch dann ließ der Wind nach und machte seine Warnungen überflüssig, was, wie Oñate feststellte, einmal mehr bewies, daß solche Stürme nie mehr als maximal fünfzig Meilen anhielten. Die Wellen allerdings blieben hoch und wurden von der Geschicklichkeit des Basken am Steuer gebändigt, der, mit der Zunge mal draußen zwischen den Lippen, mal drin im Mund, ein Lied brüllte, das sie bei anderen Gelegenheiten schon gehört hatten, das an diesem Tag aber nicht zu vernehmen war.

Oh hängt ihn auf,
oh hängt ihn auf,
oh hängt ihn auf,
den Kranz von Lorbeerbeeren,
ihn unsern Fürst,
ihn unsern Fürst,
ihn unsern Fürst,
den wollen wir verehren.

Als sich die Elemente etwas beruhigt hatten, stellte Oñate fest, daß die Wellen das Schiff noch immer allzusehr schaukelten und der Wind das Großsegel nicht ganz korrekt traf. Er holte es ein und setzte Gaffel- und Besansegel, um Tempo und Stabilität zu gewinnen. Der Himmel dräute wie ein dunkler Tunnel, der Regen schien eine Sintflut auslösen zu wollen. Plötzlich stürzte ein Wasserschwall auf das Schiff, in dessen Gefolge ein heftiger, hartnäckig anhaltender Platzregen niederging, der von Blitzen und Donnerschlägen begleitet wurde, was den Ozean in eine erstklassige Bühne für die Feuerwerke von Valencia verwandelte. Es waren aber keine Festtagsfeuerwerke, wie Carvalho und Biscuter von der sorgenumwölkten Stirn ihres Kapitäns ablasen. Den Regen mußten sie tatenlos hinnehmen, doch unvermittelt trat der Wind erneut mit solcher Kraft auf, daß das Schiff nach rechts krängte, über siebzig Grad, wie der Kapitän hinterher bekannte, der sich nun ans Steuer klammerte und brüllte, sie sollten sich sichern und mit Tauen an die Masten oder irgendein anderes feststehendes Schiffsteil binden. Er hatte seine Empfehlungen noch nicht zu Ende formuliert, da wurde er von einer Wasserhose in die Luft geschleudert wie eine Puppe, rutschte dann übers Deck bis zum Rand des Schiffes, während der Wind beharrlich versuchte, sich den Besan zu krallen und den Mast des eingeholten Großsegels zu zerbrechen.

Oñate blieb reglos liegen, und Biscuter sah von seinem Platz aus, daß sein Ölzeug zerrissen und er selbst wie betäubt war. Er kroch zu ihm hin, sorgfältig darauf bedacht, die Nabelschnur, die ihn mit dem Schiff verband, nicht zu kappen, und stellte fest, daß der Kapitän beinahe das Bewußtsein verloren hatte und ihn mit törichtem, verständnislosem Blick ansah, während seine Lippen die Strophen des Liedes vom aufgehängten Fürsten wiederholten. Es gelang Biscuter, ihn übers Deck zu zerren, hochzustemmen und in Sitzposition zu bringen, von wo aus sich der Baske ein Bild der Situation machen und dann zum Steuer stürzen konnte, um zwischen allerheftigsten Blitzen und gräßlichsten Donnerschlägen das Schiff wieder auf Kurs zu bringen. Die *Idiazábal* reagierte sofort und drehte den Bug wieder in Fahrtrichtung. Der Regen war so stark, daß er die Haut aufriß, so daß die Arme versuchten, das Gesicht vor dem unerbittlichen Geprassel zu schützen.

»Wie können wir Ihnen behilflich sein?«

»Fallt nicht ins Meer. Das genügt.«

Doch bald brauchte er ihre Hilfe, weil er den Zustand der am Mast anschlagenden Segel überprüfen wollte, woraufhin er jedoch nur Schäden am Giekbaum des Großsegels feststellte. Kurze Zeit später bat er die beiden seemännischen Laien inständig, mit allen Mitteln zu verhindern, daß Wasser ins Innere des Seglers drang. Wind und Regen dauerten an, Blitz und Donner ebenso, und keiner der zwei nautischen Anfänger wagte die Frage, wie lange solche Exzesse erfahrungsgemäß anzuhalten pflegen. Oñate griff nach einer Lederflasche, die in einem kleinen, verschlossenen Kästchen neben dem Steuer versteckt war, und drängte die beiden, einen aromatischen, sehr hochprozentigen Gin zu trinken, den der Baske einem australischen Schwarzbrenner verdankte, einem betagten, unvergleichliche Branntweine produzierenden Holländer. Mußten Carvalho und Biscuter anfangs Panik unterdrücken, so erfüllte sie jetzt das grenzenlose Vertrauen, daß nichts das Schiff zum Sinken bringen oder sie von Deck fegen würde. In diesem Zustand des Vertrauens befanden sie sich, als eine Riesenwelle dem Schiff einen Schlag versetzte, Biscuter durch die Luft flog und dann direkt ins Wasser fiel, weil sich der Knoten, mit dem er sich selbst an den Mast gebunden hatte, gelöst hatte. Carvalho eilte herbei, nahm ein Tau zur Hand und wollte es Biscuter hinterherwerfen, Oñate jedoch hielt ihn zurück:

»Warte, bis er wieder hochkommt! Dann wissen wir, wo er ist!«

Biscuter fühlte sich schwach und nicht imstande, sich durch kräftige Schwimmbewegungen wieder an die Oberfläche zu arbeiten. Außerdem behinderten ihn die schweren Regensachen, die ihm Oñate gegeben hatte. Er zog sie unter großen Schwierigkeiten aus, schon halb ertrunken, doch verzweifelt bemüht, seiner Angst Herr zu werden. Nachdem er sich vom Gewicht der Schutzkleidung befreit hatte, stieg er mit erstaunlicher Leichtigkeit nach oben, wobei er fürchtete, gegen den Kiel des Schiffes zu stoßen. Er spürte bereits die Nähe des Seglers und sah plötzlich, daß sich seine beiden Kameraden bemühten, ihm einen Rettungsring zuzuwerfen. Er traf neben seinem Kopf auf, und dank seines schlanken Körpers war es ihm ein leichtes, in den Ring zu schlüpfen, sich darin häuslich einzurichten, um ein der Situation völlig unangemessenes Gefühl von Geborgenheit und Glück zu empfinden. Oñate und Carvalho auf der *Idiazábal* zogen Rettungsring und Geretteten näher heran, und Sekunden später brach auf Deck ein triefend nasser Biscuter zusammen, mit vor Kälte klappernden Zähnen, weil die Wärme, die ihm die äußerste Kraftanstrengung beschert hatte, einer knochentiefen Kälte gewichen war. Oñate wickelte ihn in eine Decke.

»Schlepp ihn in die Kajüte. Gut abtrocknen, gut zudecken und dann wieder raufkommen, es gibt zu tun hier.«

Als sich Carvalho auf allen vieren kriechend, Biscuter vor sich her schiebend, entfernte, reichte ihm der Baske wortlos die wundertätige Lederflasche, dann, endlich vor Wasser und Regen geschützt, half er seinem Freund aus den Kleidern, breitete Decken über ihn, verabreichte ihm einen kräftigen Schluck dieses aromatischen Gins und begab sich wieder an Deck, wobei er sorgfältig die Luke schloß, durch die bislang nur wenig Wasser ins Innere des Segelschiffs gelangt war.

Da stand Oñate, zu voller Größe aufgerichtet, die Hände am lederbezogenen Steuerrad, das gelegentlich sich selbst überlassen war, wenn der Kapitän Regen, Wind, Wellen, Blitz und Donner mit eindeutigen Zeichen beider Hände seine Verachtung zu verstehen gab.

»Mistkerle! Ihr habt mich nicht unter die Erde gebracht, ihr bringt mich auch nicht unters Wasser!«

Er forderte Carvalho auf, das Steuer zu übernehmen, während er den Zustand der Segel überprüfen wollte.

»Und wenn sie reißen?«

»Wir haben einen Hilfsmotor, der uns aus der Patsche hilft, mindestens so lange, bis die verdammte Scheiße hier aufhört. Und wenn sie nicht aufhört, dann fahrt ihr eben zum Himmel und ich zur Hölle.«

Obwohl das Schiff kräftig schwankte, schritt der langbeinige Baske sicher voran, mit wachen Reflexen allerdings, um sich jederzeit an einem Vorsprung festhalten und das Wüten der Elemente ausgleichen zu können. Carvalho dachte an den Widersinn dieser Situation. Er war zu alt für ein Abenteuer, das er sich ein Leben lang, seit der ersten Lektüre von Seefahrer- und Robinsongeschichten, gewünscht hatte; dazu kam, daß ihm die Vorstellung vom Tod im Wasser wenig behagte – wenn auch nicht ganz so unbehaglich war wie die Vorstellung eines Feuertodes – und ihm der Gedanke nicht gefiel, sein Leben von einer undankbaren Substanz zerstört zu sehen, die auf den Überlebensinstinkt anderer Tiere zugeschnitten war. Zweifellos war die Entwicklung vom Fisch zur Amphibie, von der Amphibie zum Vierbeiner, vom Vierbeiner zum Zweibeiner und vom Zweibeiner zum Menschen das Resultat eines sehr, sehr langen Evolutionsprozesses, im Verlauf dessen einzigartige Mutanten entstanden waren. Für ihn, Carvalho, blieb keine Zeit, sich an das sauerstoffarme Unterwasserleben anzupassen, und es bestand auch keine Hoffnung, daß sich auf diesem pazifischen Längengrad das wunderbare Auftauchen einer geheimnisvollen Insel ereignete. Zudem war es in diesen Breiten unwahrscheinlich, sich in eine versunkene Stadt retten zu können, die von einer weißen, blonden und nackten, möglichst Ursula Andress oder Julia Adams ähnlich sehenden Göttin regiert wurde, dem schönsten vorstellbaren Wassergeschöpf, in einem Fluß schwimmend, demütig gefolgt von ihrem Verehrer, einem Wesen, das halb Mensch, halb Flußmonster war. Noch konnte er spotten, zitterte aber, weil sich die Kälte durch eine Lücke der Schutzkleidung in seinen Körper eingeschlichen hatte, womöglich durch die vom anhaltenden Wind und Regen arg mitgenommenen Augen. Die fielen ihm von selbst zu, und er mußte unter Aufbietung all seiner Kräfte den Schlaf abwehren, nach dem sein Körper verlangte. Auf einmal war Oñate aus seinem Blickfeld entschwunden, und er fürchtete, der Baske sei aus dem Mastenwerk ins Wasser gestürzt. Carvalho rief seinen Namen, doch der Schrei wurde von den wirren Geräuschen der Natur aufgenommen und zurückgeworfen, kein Lebenszeichen des Vermißten. Wenn Oñate nun verschwunden war? Ihr Abenteuer verdiente als größte denkbare Absurdität zweifellos einen Eintrag ins Guinness Buch der Rekorde: Ein spanischer Privatdetektiv und sein Assistent werden unverhofft zu Alleinseglern und überqueren nach dem Verschwinden des Schiffseigners, der als ehemaliges Mitglied der ETA zwanzig Jahre lang in einem spanischen Gefängnis eingesperrt war, den Ozean. Bestimmt würde es auch nicht an Leuten fehlen, die einer derartigen Reise taktische Gründe zuschrieben, womöglich den Aufbau einer Logistik für terroristische Aktivitäten auf der Achse Sydney–Valparaíso mit der Hilfe Bin Ladens. Die Luke wurde geöffnet, und Biscuter erschien wieder an Deck, lediglich mit der Ginflasche ausgestattet, um im herrschenden Wirrwarr Oñate und Carvalho zu lokalisieren. Biscuter marschierte, die warnenden Rufe des Detektivs ignorierend, in die andere Richtung und tauchte erst nach einigen Minuten wieder am Steuerrad auf, geschützt von einem langen Tau, dessen Verankerungspunkt sich in der Dunkelheit verlor. Ein Windstoß kippte das Schiff zur Seite und hätte Biscuter beinahe wieder ins Wasser geweht, doch er warf sich der Länge nach aufs Deck, um dem Sturm möglichst wenig Angriffsfläche zu bieten, und schaffte es, zum Steuer zu robben, wo Carvalho gegen die denkbar schlimmsten Übel, vor allem aber gegen den Schlaf ankämpfte.

»Hast du Oñate gesehen?«

»Er ist eingeschlafen und hat ein paar Verletzungen im Gesicht und an den Händen. Ich habe ihn an den Großmast gebunden, mit einem langen Tau, damit ihm Zeit bleibt zu reagieren, falls er ins Wasser fällt.«

»Biscuter, ich schlafe ein.«

Er reichte ihm den Gin.

»Damit geht es noch schneller.«

Biscuter zuckte die Achseln.

»Schlafen Sie, Chef, schlafen Sie. Genug gerüttelt und geschüttelt. Was zuviel ist, ist zuviel.«

Carvalho lachte noch über Biscuters kindliche Entrüstung, kurz darauf bemerkte er, wie seine erstarrten Lider samtweich wurden, stellte dann, im Halbschlaf, in den kurzen wachen Momenten, fest, daß er das Steuer nicht mehr in Händen hielt, sondern unter ein paar Decken lag und das Gefühl hatte, unbedingt etwas tun zu müssen, was, war ihm allerdings entfallen.

»Vogel- und wolkenloser Himmel«, informierte sich Carvalho, als er die Augen öffnete.

Von einem kalten Wind angetrieben, segelte die *Idiazábal* lustlos dahin. Ein Mittelding gab es nicht. Carvalho richtete sich auf. Oñate hielt das Steuer in den Händen, und Biscuter war ein aus der Küche aufsteigender Duft.

»Stockfisch auf Biskaya-Art.«

Wenig später tauchte er aus der Luke auf, in den Händen eine Tonschüssel mit flachem Boden und auf dem Gesicht ein Lächeln, das so breit war, wie sein schmales Gesicht es zuließ. Er hielt Oñate die elfenbeinerne Trophäe entgegen, dieser roch daran und stellte nur fest: »Das ist der Wahnsinn!« Dann verfolgte er mit den Augen die Schüssel, die in Biscuters Händen etwas zitterte.

»Die Schüssel, die Schüssel!«

Aber der Koch war bereits wachsam, stellte sie so auf den Boden, daß sie nicht wegrutschen konnte, stieg wieder in die Kabine hinunter und kehrte zurück mit einem Korb voller Teller, Besteck, Gläser und, wie er anmerkte, einer Flasche »australischem« Wein. Er bediente sich als erster und schlang seine Portion übertrieben hastig herunter, weil er Oñate am Steuer ablösen und seinen beiden Gefährten ein ruhigeres Essen ermöglichen wollte. Der verzückte Oñate kräuselte nur die Nase und sagte, es sei scharf, nicht sehr, aber es sei scharf, was Biscuter damit erklärte, daß er in Sydney nicht die richtige Sorte scharfen Paprika, sondern nur Peperoni gefunden habe.

»Nicht der Rede wert. Es schmeckt phantastisch.«

»Dieses Gericht wurde mit Handgelenken und Armen

gemacht, denn nur bei gleichmäßigem Rühren sondert die Haut des Stockfischs Sülze ab, so daß sich diese prachtvolle weiße, mit Knoblauch und in diesem Fall Peperoni gewürzte Schicht bildet.«

»Das ist der Wahnsinn!« schwärmte Oñate wieder, und die gastronomische Begeisterung der drei war so groß, daß Carvalho mit Biscuters bislang aufgeschobenem Geständnis rechnete, er habe im Gefängnis kochen gelernt, um dann sein eigenes hinterherzuschicken, er selbst habe den Koch an ebendiesem Ort kennengelernt.

Aber Biscuter verriet nichts von den gemeinsamen Hafterfahrungen, als wolle er jenen Bereich der Erinnerung ausschließlich dem Seemann überlassen, als gehöre das Gefängnis vor allem ihm, der zufrieden war, weil er einen legendären baskischen Eintopf gegessen hatte, und Lieder in baskischer Sprache sang, Bruchstücke, eine Art Potpourri, in dem Carvalho die Hymne der *Gudaris*, der baskischen Soldaten, und das Lied zu Ehren des heiligen Baums von Gernika wiedererkannte.

»Du kannst eben einen Fisch, ganz egal, welchen du nimmst, selbst den besten und folglich auch teuersten, nicht mit einem guten gesalzenen, gewässerten und auf zwanzigtausend wunderbare Arten zubereiteten Stockfisch vergleichen.«

»Diese Fischsorte, der gesalzene Stockfisch, ist etwas Besonderes, er gehört weder dem Tierreich noch dem Pflanzenreich an.«

Carvalho knüpfte an Biscuters Gedanken an.

»Eine wiederauferstandene Mumie.«

Der Baske musterte Carvalho entgeistert und versuchte herauszufinden, wie scherzhaft und entsprechend ironisch seine Feststellung in bezug auf Stockfischgerichte gemeint war und insbesondere auf die ihm heilige baskische Küche.

»Wie bitte? Eine Mumie? Wie kann man etwas als Mumie bezeichnen, mit dem man eine *Zurrukutuna*, eine Stockfischsuppe, einen Stockfisch in KnoblauchSauce oder einen Stockfisch-Eintopf auf Biskaya-Art machen kann. Verdammt, die Mumie möchte ich sehen!«

»Mumie im positivsten Sinne, Oñate. Achten Sie mal darauf, wie ein gesalzener Stockfisch im Laden aussieht. Wie eine Fischmumie mit verdächtigen, leicht vampirartigen Formen, und wenn man ihn dann wässert, bekommt er trotzdem fast wieder die Konsistenz eines frischen Fisches. Aber Achtung, man darf nicht vorschnell urteilen, denn im Grunde seines Wesens hat der Stockfisch den besten Geschmack des Salzes angenommen, und wenn man ihn kocht, ist er weder Fisch noch Fleisch, sondern nichts anderes als eine hervorragende wiederauferstandene Mumie.«

»Ein Hoch auf die Mumien!« rief als erster Oñate, eilig gefolgt von Biscuter, von Carvalho eher mit Zurückhaltung, denn der ärgerte sich etwas über sich selbst, nicht weil er zuviel, sondern weil er voller Inbrunst geredet hatte.

Nach dieser Unterhaltung angelte Oñate mit besonderem Eifer, um zu sehen, ob das Meer ihnen frische Nahrung bescherte, und um zu beweisen, daß keine der bekannten Fischsorten das übertraf, was Carvalho die gesalzene Mumie des Stockfischs nannte. Sie fingen mehr als ein Dutzend der Weißbrasse ähnliche Exemplare mit köstlichem weißem Fleisch, die sie gegrillt aßen. Den Rest kochte Biscuter mit Kartoffeln und einer scharfen Sauce, die er mit einer dieser fürchterlichen, in Sydney gekauften Peperoni würzte. Der Fischvorrat war gesichert durch die vom Koch zubereitete Marinadensammlung, fast alle mit magerem Fisch hergestellt, was Oñate überraschte, der überzeugt war, man könne nur fette Fische marinieren. Biscuter berief sich auf das Zeugnis maßgebender früherer Köche, sogar solcher von vor dem Ersten Weltkrieg, die zum Beispiel gerne marinierte Dorade empfohlen hätten.

»Dorade?«

»Dorade. Die Sache ist die, daß man dabei besonders mit Menge und Qualität der Essigsorten aufpassen muß. Zum Beispiel sind Champagneressige oder solche auf der Basis leichter Weißweine vorzuziehen, weil die roten Essige einem bei mageren Fischen das Fleischbouquet kaputtmachen. Das gleiche gilt für die Gewürzkräuter, Lorbeer hat zum Beispiel ein viel zu starkes Aroma für Marinaden, ich ziehe Thymian oder Estragon vor oder nehme beides zu gleichen Teilen. Außerdem empfiehlt es sich, einer Marinade aus magerem Fisch ein wenig Tomate und Speck beizugeben oder sogar eine Scheibe Apfelsine, allerdings nur, wenn diese Gerichte nicht in einer Umgebung wie der unsrigen zubereitet werden, wo Feuchtigkeit und Klimawechsel sie versauen können, ja, buchstäblich versauen, denn die Tomate oder auch andere pflanzliche Zutaten können faulen oder teilweise verderben.«

Mit offenem Mund lauschte Oñate den kulinarischen Weisheiten des Kochs, mit offenem Mund und dankbar, denn während er Carvalho bei körperlichen Arbeiten mißtraute und deshalb dazu neigte, fast die ganze Verantwortung allein zu übernehmen, war Biscuter auf dem Felde kulinarischer Strategien autark, und dafür war er ihm dankbar.

Nur selten bäumte sich das Meer bedrohlich auf, aber ruhig war die Fahrt, die sie in den östlichen Pazifik führte und die Osterinsel sowie die Juan-Fernández-Insel in ihre Reichweite rückte, auch nicht gerade. Keine der beiden Inseln interessierte sie, denn Oñate mußte innerhalb einer im voraus festgelegten Frist Valparaíso erreichen, um sich dort mit einer, wie er meinte, merkwürdigen Person in Verbindung zu setzen, die beabsichtige, ihn auf der Fahrt entlang der amerikanischen Küste und während der anschließenden Pazifiküberquerung bis zu den Philippinen zu begleiten. Sie werde nicht sein einziger Passagier sein, aber der ausgefallenste, denn es handele sich um einen sehr an der baskischen Frage interessierten Anthropologen, der eine höchst eigentümliche These vertrete zum Verhältnis zwischen dem baskischen Bewußtsein von Einzigartigkeit, von Verschiedenheit und dem von Inselvölkern, die trotz ihrer Anpassung an die zeitgenössischen Kommunikationsmethoden furchtlos dafür gekämpft hätten, sich ihre Eigentümlichkeiten und ihren geoemotionalen Argwohn zu bewahren. »Geoemotional, sagt er?« – »Ja, geoemotional, weil die Erde eine Emotion ist.«

»Wenn ihr noch nie in Valparaíso wart, wird die Stadt euch sehr gefallen, hoffe ich, denn mich begeistert sie, vor allem diese

Atmosphäre einer einst mächtigen, sehr mächtigen Küstenstadt, die mittlerweile heruntergekommen ist, und zwar nicht erst heute, sondern vor fast einem Jahrhundert. Bis zum Bau des Panamakanals hatte man auf dem Weg vom Atlantik zum Pazifik keine andere Möglichkeit als die, Kap Hoorn zu umrunden und in Valparaíso halt zu machen. Genau das tat vor 1912 mein Landsmann Elcano und auch jeder x-beliebige Ozeandampfer. In jenem Jahr aber geschah etwas, das für Valparaíso sehr schlimm war, viel schlimmer als Erdbeben, Seebeben, Plünderungen durch Piraten oder Kriege; es geschah nur das eine: die Eröffnung des Panamakanals. Valparaíso war nun nicht länger der Hafen, den alle großen Schiffe anlaufen mußten, die den Atlantik überquert hatten. Manchmal kommt die Stadt mir halbleer vor.«

»Wie Wien.«

»Warum Wien?«

»Weil Wien bis 1918 die Hauptstadt eines Reiches war, das sich über halb Europa beziehungsweise einen beträchtlichen Teil Europas erstreckte, und von da an nur noch die Hauptstadt einer kleinen Nation.«

»Weißt du, daß mir das gar nicht aufgefallen ist?«

Der letzte Sturm, dem es gelang, das Schiff in eine von Wellen hin- und hergeworfene Nußschale zu verwandeln, so daß man hätte meinen können, es werde jeden Augenblick zerquetscht, erhob sich wenige Meilen vor dem Punkt, an dem der von Oñate geplante Kurs senkrecht auf den Meridian der Osterinsel stieß. Sie banden sich mit einem Geschick an den Masten fest, das im Fall der beiden Gastsegler die Angst zum Ausdruck brachte, die sie während der Seenotübung erlebt hatten, bei der Biscuter im Wasser gelandet war. Oñate war genial, und die Sicherheit seiner Bewegungen, seiner Entscheidungen und Befehle überzeugte seine Passagiere sowohl davon, daß ihnen nichts passieren konnte, als auch davon, daß sie sich zum letzten Mal für ein derartiges Experiment hergaben. Über das Donnern der Wellen hinweg, die sich an der *Idiazábal* brachen, schrie Carvalho Biscuter zu:

»Wir sind nicht in dem Alter, unser Leben aufs Spiel zu setzen!«

»Die Reise kostet uns nichts, Chef!«

Im Morgengrauen schälten sie sich vorsichtig aus den durchnäßten Kleidern, als wären diese verletzt, und als die Sonne hoch aufstieg, waren sie alle drei fast nackt, um jeden möglichen Kontakt mit Feuchtigkeiten zu vermeiden, die sie störten wie eine fremde Berührung. Oñate rief Szenen schwierigerer Reisen in Erinnerung, von denen einige fast tollkühn gewesen waren, wie die der *Kontiki* oder eine merkwürdige und verrückte Unternehmung von Paul Theroux, der in einem zerlegbaren Kajak ausgedehnte Fahrten über den Pazifik unternommen hatte, in der Gegend von Neuseeland und Australien, zu den Trobriand-Inseln oder Salomoninseln, den Fidschi-Inseln, nach Tonga, Samoa, Tahiti und zur Osterinsel, einundfünfzig Inseln mit dem Kajak, Meganesien, Melanesien, Polynesien und schließlich Hawaii.

»Wie oft hat er denn den Ozean im Kajak überquert, um so ein großes Gebiet abzudecken?«

»Halt. Vielleicht habe ich mich falsch ausgedrückt. Der Kajak ist ein kleines Einmannboot und manchmal auch faltbar, so daß es in anderen Verkehrsmitteln mitgenommen werden kann. Mit dem Kajak ist dieser unglaubliche Reisende eigentlich nur durch die Inselgruppen gefahren, die großen Strecken hat er per Flugzeug oder Schiff zurückgelegt. Sonst wäre er ja mit einem kleinen Sportboot über den ganzen Pazifik gepaddelt. Aber auf seinen Fahrten geriet er in genau solche Stürme, wie wir sie erlebt haben, oder in jene riesigen Schluchten zwischen fast über einem zusammenbrechenden Wellen. Wenn du Theroux' Buch *Die glücklichen Inseln Ozeaniens* liest, wirst du feststellen, daß alles, was er unternommen hat, auf eine amüsante Wette mit sich selbst zurückgeht. Solche Typen gibt es. Das Buch ist unten. Wenn ihr es lesen wollt, es ist eine spanische Ausgabe.«

»Ich lese keine Bücher.«

»Er verbrennt sie.«

»Du verbrennst Bücher? Warum?«

»Vielleicht weil ich einem ähnlichen Drang folge wie dem, der Herrn Theroux dazu veranlaßt hat, im Kajak durch Meganesien zu fahren.«

»Wenn man das Buch liest, vergeht einem die Lust, die Osterinsel zu besuchen. Auch ich fand ihre ganze Geschichte düster und todtraurig, besonders die Greueltaten, die alle möglichen Kolonisatoren und Eroberer an den Inselbewohnern verübt haben. Sie entführten die Mädchen und zwangen den König höchstpersönlich, in den südamerikanischen Guano-Lagern zu arbeiten, bis er starb. Die sogenannten kolonisierenden Völker sind meistens Völkermörder. Aber alle Skulpturen der Insel sind außergewöhnlich, überwältigend, und sie wurden nicht von irgendeinem Marsmenschen gehauen. Ganz allein von den Inselbewohnern.«

Oñate erzählte, jedesmal, wenn er an der Juan-Fernández-Insel vorbeifahre, dort, wo vermutlich Robinson Schiffbruch erlitt, habe er das Gefühl, hier wäre die Reise zu Ende, trotz der vielen Meilen, die ihn noch von Valparaíso trennten.

»Aber es ist, als würde man das letzte Hindernis überwinden. Ich habe dann das Gefühl, begnadigt oder auf Bewährung entlassen worden zu sein. Denn diese Reise wird weitergehen. Ich kann nicht aufhören. Noch zwei, drei Wochen, vielleicht einen Monat, und ich fahre weiter nach Baja California.«

Seine Bemerkung weckte bei den beiden blinden Passagieren, wie der Seemann sie ab und zu nannte, unnützerweise den Wunsch, an Land zu gehen; ein unerfüllter Wunsch, da die Juan-Fernández-Insel entweder weiter hinaus auf den Pazifik getrieben war und sich von Chile entfernt hatte oder der gesamte amerikanische Kontinent seine Lage geändert hatte. Zwei, drei Tage mit fast vollen Segeln, laut Oñate jedoch gebremst von rauhen Strömungen inmitten eines sonderbaren, eher ungewöhnlichen Gegensatzes zwischen Wind und offenen Seewegen. Doch als sie am wenigsten damit rechneten, schrie Oñate:

»Land in Sicht!«

Und tatsächlich war der Horizont nicht mehr das Meer, sondern eine noch ferne Küstenlinie, die sie so stark hypnotisierte, daß sie den Blick nicht von ihr wandten, bis sie Konsistenz erlangte, Farbe, Vögel, schwimmende Pflanzenreste, und die Gerüche die Intensität des Meeres verloren und eine scheinbare Vielfalt aufwiesen, die vielleicht nur in ihrer Phantasie existierte.

»Schaut euch den Bergrücken an. Seht ihr die bunten Häuser? Es ist eine der schönsten Skylines der Erde. Nein, nein, ihr könnt die Häuser noch nicht sehen, das ist Phantasie oder Wunschdenken. Aber ich schwöre euch, da hinten ist Valparaíso.«

Oñate teilte über Funk seine Lage mit und fügte hinzu, er und seine beiden Kreuzfahrtgehilfen seien im Begriff, Valparaíso anzulaufen. Er wollte ihre Namen nennen, wußte sie aber nicht oder konnte sich nicht an sie erinnern.

»Carvalho. Pepe Carvalho und sein Gehilfe Biscuter, Jordi Biscuter.«

Er gab die Namen sofort weiter, und Biscuter stellte fest, daß sie zu Sklaven seiner Worte geworden waren. Er hatte ihre wahre Identität preisgegeben. Carvalho, den er darauf hinwies, fand das nicht weiter wichtig: »Wer kennt uns schon in der Funkstation? Niemand wird auf eine weitere Gruppe von Verrückten achten, die mit einem Segelboot den Pazifik überquert haben. Davon gibt es Tausende ...«

Wachsam verfolgten sie das Annäherungsmanöver, denn das Meer füllte sich mit Schiffen, die versuchten, den Hafen von Valparaíso zu verlassen oder in ihn einzufahren, und der Baske war in seine Kajüte gegangen, um sich zu rasieren, wie er sagte, doch fünfzehn Minuten später stand Kapitän Ahab persönlich vor ihnen, mit aufgeknöpftem Hemd, um sein Brusthaar zu präsentieren, darüber eine gut geschnittene Kapitänsuniform und auf dem Kopf die unvermeidliche Baskenmütze. Je näher sie dem Hafen kamen, um so mehr wurde die Bergkette, die die Stadt krönte, zu einer Palette von Häusern in bunten, vom Widerschein der Sonne gedämpften Farben. Der Gesichtsausdruck des Basken veränderte sich, und seine Sprache wurde konturloser, so als übte er eine weniger entschlossene Sprechweise ein und schlüpfte in die Figur eines müden Seehelden. Fünf Minuten später erriet Carvalho den Grund für eine derartige Veränderung, denn am beabsichtigten Landungsplatz der *Idiazábal* wurde der Pier eindeutig von einem übertrieben großen Publikum belagert, und so etwas wie Fernsehkameras tauchte in der

Menge und auf nahen Booten auf, bis Carvalho merkte, daß sie von einer Schaluppe aus gefilmt worden waren, die backbord ganz dicht neben ihnen herfuhr. Auch die Musik war nun deutlicher zu hören, ein baskisches Lied vom heiligen Baum von Gernika, gespielt von einer ganzen Musikkapelle, zweifellos der städtischen oder einer ähnlich namhaften Kapelle, was zeigte, daß Oñate nicht das erste Mal in Valparaíso empfangen wurde und es zudem in der Stadt eine baskische Kolonie gab, die die patriotisch-musikalischen Vorlieben des Alleinseglers teilte. Während sie sich einbildeten, sie wären Polynesier, die erfolgreich den Pazifik überquert hatten, erlebten Carvalho und Biscuter das Entdeckersyndrom, so als hätte Valparaíso bis zu ihrer Ankunft nicht existiert und als würden sie die Stadt im Namen des spanischen Königspaars Juan Carlos und Sofía oder der an der Regierungsspitze stehenden Eheleute José María Aznar und Ana Botella in Besitz nehmen. Und wie zur Vervollkommnung ihres kolonialistischen Enterns erfuhren sie, daß sie im Hafen vom spanischen Konsul erwartet wurden, der die hervorragende Leistung der drei Landsleute honorieren wollte, die den Pazifik, wie er sagte, in einen spanischen See verwandelt hätten. Oñate verzog das Gesicht, als er das Wort »spanisch« hörte.

»Werden Sie ihn zum Teufel schicken? Werden Sie konsequent sein? Ihnen zufolge ist er der Vertreter des Staates, der Euskadi unterdrückt.«

»Klar, er ist ein Scheißgote, aber ...«

Hastig und mit leiser Stimme erzählte er Carvalho, er habe vor, den Konsul um strategische und wirtschaftliche Unterstützung zu bitten, damit er seine Fahrt durch seinen mittels der vier Himmelsrichtungen abgesteckten ozeanischen Schlupfwinkel fortsetzen könne. Als die Journalisten ihn umzingelten, betonte Oñate aus Höflichkeit mehrmals, er teile das Verdienst seiner zweifachen Heldentat mit Pepe Carvalho und seinem Geschäftsführer, Herrn Biscuter, was Anlaß zu noch mehr Fotos und Filmaufnahmen der beiden Komparsen gab.

»Morgen werden wir auf der Titelseite der *New York Times* erscheinen, und übermorgen haben wir die Mafia, Mont Pèlerin, Malena und den Mossad, den CIA und die Paschtunen, den hinduistischen Ehemann und seine Verwandten, die australische Polizei und die Gangster am Hals, die mit den an unserer Stelle gestorbenen Verbrechern befreundet sind. Hoffen wir, daß die Meldung nur für die Lokalmedien interessant ist.«

Aber als sie die *Idiazábal* mitsamt ihrem Gepäck verließen, bat ein eifriger Journalist sie um ein Interview für die spanische Zeitung *El País*, um ein Interview oder besser um einen Bericht in der ersten Person über all das, was sie erlebt hatten.

»Und das, wo mir das Schreiben so schwerfällt.«

»Man wird Ihnen den Text schon korrigieren.«

»Werden wir im voraus bezahlt?«

»Ein Presseauftrag wird nie im voraus bezahlt. Sie könnten einen Vorschuß aushandeln.«

»Wieviel ungefähr?«

Der Korrespondent zuckte leicht irritiert mit den Schultern, und die beiden täuschten eine gewisse Eile vor: Sie würden ihm schon die Tür ihres Hotels öffnen, wenn sie erst dort wären. Oñate stand im Mittelpunkt der journalistischen Aufmerksamkeit, und die wollten sie nicht mit ihm teilen, weshalb sie den Basken seinem Schicksal eines Alleinseglers überließen, der im Profil vor den Blitzlichtern posierte, und herauszufinden versuchten, was man in Valparaíso tun mußte, um so schnell wie möglich aus der Stadt herauszukommen. Als erstes das Hotel finden, das der Baske ihnen als erschwinglich und ruhig empfohlen hatte: das Residencial Lily.

Am nächsten Morgen stellten sie fest, daß sie auf den Titelseiten aller chilenischen Tageszeitungen waren, zwar auf einem eher unbedeutenden Platz, der aber immerhin so bedeutend war, daß sie als Trio, gemeinsam mit Oñate, eine über drei Spalten laufende Schlagzeile und ein Foto mit Bildunterschrift als Einleitung zu der im Innenteil abgedruckten Reportage verdient hatten: »Drei Spanier entdecken Amerika neu.« Sie konnten sich weder zum Flughafen begeben, ohne Gefahr zu laufen, aufgespürt zu werden, noch trauten sie irgendeinem Verkehrsmittel, das nicht kontrolliert wurde, in einem Land, in dem Pinochet fast zwanzig Jahre lang regiert hatte und die Militärs nach preußischer Manier defilierten, ohne die sozialistische Regierung um Erlaubnis zu bitten. Entweder mußten sie Oñate weiter auf seiner zwanghaften Pazifik-Reise begleiten oder die Tage verstreichen lassen, bis sie in Vergessenheit geraten waren.

»Nicht übertreiben, Chef, wir haben schließlich bei der Einreise oder bei der Ankunft im Hotel keine uns betreffenden Fahndungsplakate gesehen.«

Carvalho akzeptierte Biscuters Optimismus, und sie bummelten durch die Straßen des steil ansteigenden Valparaíso, vom Hafen bis hinauf zu der bunten Häuserkette, die den Bergkamm schmückte, und auf der Rückseite wieder hinunter bis in die Ebene, in der die Landstraße nach Santiago wartete. Oñates schwärmerische Beschreibung entsprach der Wirklichkeit des heruntergekommenen Hafens, in dem große Überseedampfer auf ihren Meeresfahrten ankerten und wo in der Hoffnung auf eine Renaissance neue Handelswege und Geschäfte ausprobiert wurden. Da lag die *Jeanne*, das Schulschiff der chilenischen

Marine, und gerade war die *Queen Elizabeth II* ausgelaufen. Valparaíso war nach wie vor ein unumgänglicher Hafen für die Ozeandampfer, die sich auf die Fahrt rund um Kap Hoorn wagten und auf die Bequemlichkeit des Panamakanals verzichteten und die von Mal zu Mal verspieltere Vergnügungsreisen für reiche Senioren anboten. Pinochets Wirtschaftsexperten hatten Valparaíso die Auszeichnung Freihafen verliehen, die Stadt hatte sich auf eine Auferstehung eingestellt, die nicht wirklich eingetreten war, und immer noch wogen die achtzig Jahre des Verfalls nach der Einweihung des Panamakanals schwerer als die zwanzig Jahre eines Entwurfs neuer, das Ende des Jahrhunderts kennzeichnender Perspektiven. Bars und Hafenhotels schienen einer Stadt gedient zu haben, die nicht mehr existierte. Und als die beiden den farbenprächtigen Bergrücken hinauf- und auf der anderen Seite wieder hinuntergingen, erreichte die Alterung mächtiger, im neunzehnten Jahrhundert oder zu Beginn des zwanzigsten Jahrhunderts entstandener Bauten die Dramatik einer modernen Archäologie, moderne Ruinen, wie Carvalho sie nannte, zu sehen ganz besonders an der Corniche von Alexandria. Doch gerade dieser Hauch von Dekadenz verlieh der Stadt ihre eigentliche Anziehungskraft und wetteiferte mit der Möglichkeit, Valparaíso im Zuge des chilenischen Wirtschaftswachstums in eine Tigerhauptstadt des Neoliberalismus zu verwandeln, die von jenem südlichen Winkel der Erde aus den Wirtschaftstigern in Singapur die Reißzähne würde zeigen können, wie auf den Lokalseiten von *El Mercurio* in einem Leitartikel spekuliert wurde.

Sie kehrten in die Pension zurück, um ihre Abfahrt vorzubereiten, und nach wenigen Minuten, in denen sie die paar aus den Koffern und Taschen genommenen Sachen zusammengepackt hatten, klopfte es an der Tür ihres Doppelzimmers, und da stand Oñate, das Gesicht voller Schwellungen, blauer Flecke und Abschürfungen, kurz, das Opfer einer soeben bezogenen Tracht Prügel, zu der er sich erst äußerte, als sie ihm einen Sitzplatz anboten und er mit Hilfe eines Glases Wasser einen leichten Schwindelanfall überwunden hatte.

»Ihr müßt so schnell wie möglich abreisen. Sie suchen euch.«

»Die Polizei?«

»Ich hatte keine Zeit, sie zu fragen. Vier Typen, vier Muskelprotze. Sie sind heute morgen auf dem Schiff aufgetaucht und haben nach euch gesucht. Ich habe ihnen gesagt, ihr wärt schon irgendwo in Chile unterwegs, aber ich wüßte nicht wo, und sie haben mich nach Herzenslust vermöbelt. Solche Prügel habe ich nicht mehr bezogen, seit man mich damals verhaftet und die Polizei oder die Guardia Civil mir das verabreicht hat, was die Presse später ein »geschicktes Verhör« nannte. Aber ich habe aus dem Ganzen gelernt. Ich habe ihnen nicht gesagt, daß ich euch dieses Gästehaus empfohlen habe, und als ich wieder einigermaßen bei Sinnen war, bin ich auf Umwegen hierhergekommen, damit niemand mir folgen konnte. Und da bin ich.«

»Wenn es keine Polizisten waren, wer dann?«

»Killer. Ich glaube, es waren Auftragskiller. Die verprügeln oder töten, je nachdem, wer sie bezahlt.«

Es konnte sich um niemand anderes handeln als die von Mont Pèlerin, den langen Mafia-Arm von Pérez i Ruidoms, oder vielleicht immer noch um die Drogengeschichte, und auch Malena war nicht auszuschließen, wohl aber, Carvalhos Meinung nach, die Freunde oder Verwandten des hinduistischen Ehemannes.

»Nein, Malena glaube ich nicht.«

Biscuter wandte ein, der Mossad würde nicht mit Killern dieses Typs zusammenarbeiten. Ihm stünden doch überall Agenten zur Verfügung. Oñate schlug die Hände über dem Kopf zusammen, als er hörte, wer sie alles verfolgen könnte.

»Was für Leuten habe ich nur erlaubt, auf meine arme *Idiazábal* zu kommen?«

»Sie haben ja keine Ahnung. Und wir verschwinden so schnell wie möglich, sonst könnte es Ihnen noch bedeutend schlimmer ergehen.«

Oñate hatte schon Verbindung mit seinen neuen Reisebegleitern aufgenommen und wollte am nächsten Tag seine lange Pazifikreise fortsetzen.

»Werden Sie nie mehr nach Euskadi zurückkehren?«

»Man soll niemals nie sagen. Aber das mit Ordicia hat mich traumatisiert, und das Entsetzliche ist, daß ich nicht weiß, in welcher Beziehung.«

»Was ist in Ordicia passiert?«

»Das habe ich Ihnen am ersten oder zweiten Reisetag erzählt. Am selben Tag, am selben Morgen eine Demonstration zugunsten von Yoyes, einer von der ETA erschossenen ETA-Aktivistin, und eine gegen Yoyes, weil sie die ETA verlassen hatte, dazu noch ein Käse-Wettbewerb, bei dem von Hirten hergestellter Idiazábal-Käse versteigert wurde, den, wie ich annehme, ein gutes Restaurant gekauft hat. Danach ein fröhliches Festessen. Über zwanzig Jahre Gefängnis geben mir das Recht, weiter den Pazifik rauf- und runterzufahren; außerdem habe ich hier in der Gegend eine Freundin.«

»Wo?«

»Ich glaube, auf den Philippinen.«

Oñate riet ihnen, sich vom Hotel aus ein Taxi zu rufen und beim Einsteigen eine falsche Adresse anzugeben, dem Taxifahrer dann aber unterwegs zu sagen, er solle sie in einem Dorf an der Grenze herauslassen. »Ich würde sagen, irgendwo in der Nähe der Nationalstraße, aber nicht an einer der üblichen Stellen, denn es könnte sein, daß ihr überwacht werdet.« Der Baske verabschiedete sich, indem er Carvalho umarmte und von Biscuter so fest umarmt wurde, daß wieder all seine Knochen aus den Fugen gerieten und die Wunden in seinem Gesicht aufsprangen. Durch das Zimmerfenster sah Carvalho, wie Oñate die Straße überquerte und Richtung Hafen bergab lief. Sie hatten fast alles erledigt, sie packten fertig und verlangten eilig nach der Rechnung sowie nach einem Taxi, denn sie mußten so schnell wie möglich Santiago erreichen, und es gab keine andere Möglichkeit, als an der Landstraße einen Reisebus zu nehmen. Aber kaum daß sie im Taxi saßen, entdeckte Carvalho in der auf der Rückseite der Fahrerlehne angebrachten Tasche einen Stapel Broschüren, die einen Trödelmarkt nahe der Schnellstraße nach Santiago ankündigten.

»Wie ist dieser Markt?«

»Da kommen Leute aus Santiago und Viña del Mar hin. Sehr gut und sehr billig, sagt man.«

»Na, dann fahren Sie uns zum Trödelsupermarkt.«

»Sie werden es nicht bereuen. Ich habe mir dort ein Kristallradio gekauft, ein Prachtstück, so eines, wie mein Vater und meine Onkel es gebaut haben, als ich klein war.«

Wie sollten sie aus Chile verschwinden? Biscuter und Carvalho dachten beide das gleiche, aber jeder hatte seine eigene Antwort. Für Biscuter gab es keine andere Lösung als die, in eine Kleinstadt an der Grenze zu fahren, abzuwarten, bis man sie nicht mehr suchte, und dann die Grenze zu überqueren, zum Beispiel nach Peru. Wer suchte einen schon in Peru? Carvalho sah im Moment keine Möglichkeit, eine Grenzkontrolle zu passieren, wo sie unter ihrem richtigen Namen oder als Bouvard und Pécuchet registriert waren, als einen ihrer falschen Ausweise als Mitglieder internationaler Organisationen vorzuweisen, den der Gesellschaft der Sardana-Freunde, der Biscuter angehörte, inbegriffen.

»Der einzige Ausweis, den wir noch nicht benutzt haben.«

»Welchen meinen Sie, Chef?«

»Den von deinem Sardana-Verein.«

»Also, Katalanen gibt es hier seit dem Exil von 1939, und später sind weitere nachgekommen, weil sie in Spanien Hunger litten. Es wäre nicht schlecht, sich mit irgendeinem katalanischen Zentrum in Verbindung zu setzen.«

Mit den Koffern über den Markt zu laufen war sehr unbequem, also gingen sie zur nächsten Bar, tranken ein paar Tassen Kaffee und fragten, ob sie ihr Gepäck dort abstellen könnten, während sie sich etwas umsahen. Sie fanden zwar keine Kristallradios, dafür aber alte Radios mit Verkleidungen in Form einer gotischen Kirche oder eines Art-deco-Bauwerks mit ägyptischen Götterfiguren. Biscuter entdeckte sogar eines jener Radiogeräte, die mit Münzen funktionieren, wie er sie aus seiner Kindheit kannte. Es gab Tabakdosen, Opallampen, kleine Freiheitsstatuen, Komikheft- und Zeitschriftensammlungen, Bücher, Bücher und nochmals Bücher, Blasrohre, Nachbildungen der *Kontiki* und der Steinfiguren auf der Osterinsel, Segelboote mit historischen Namen. Zwischen den vielen Büchern hatte sich Biscuter ein Werk von Volodia Teitelboim über Pablo Neruda herausgegriffen und blätterte darin herum, bis Carvalho sich von dem Stand löste und einem anderen zuwandte, an dem es Schneider- und Modellpuppen gab.

»Ich wußte nicht, daß Neruda ins Exil gegangen ist, Chef.«

»Er mußte Chile verlassen, weil er Kommunist war.«

»Und hat die Grenze nach Argentinien zu Pferd überquert. Was für Zeiten!«

Da sah Carvalho vor seinem geistigen Auge ein Bild von ihm und Biscuter, wie sie beide zu Pferde die Grenze nach Argentinien überquerten, und er schnaubte einmal laut, als wäre er selbst ein Pferd. Und obwohl er sich voller Hingabe die auf dem Flohmarkt angebotenen Gegenstände anschaute, hinderte ihn die Vorstellung von dem heimlich hoch zu Roß das Land verlassenden Neruda, wie es nur Literatur-Nobelpreisträger zuwege bringen, an jeder anderen Überlegung. Biscuter spielte mit dem Gedanken, die Statuette einer Badenden aus der Vor-Bikini-Zeit mit einem witzigen Strandball unter dem Arm zu kaufen, doch Carvalhos Einwände hinsichtlich eines möglichen, wenn auch nicht wahrscheinlichen Übermaßes an Gepäck machten seine Kauflust zunichte.

»Kannst du dir vorstellen, wie sie uns verhaften und mit dieser Statuette in irgendeine Zelle stecken?«

»Wir könnten sagen, es wäre eine Verwandte.«

Sie kehrten zurück zu der Bar, in der sie ihre Koffer abgestellt hatten, und tranken noch einen Kaffee, diesmal begleitet von Carvalhos fast regelmäßig vergessener vorbeugender Tabletteneinnahme und zwei Aspirin, die Biscuter brauchte, um eine Migräne zu verscheuchen, die ihn seit ihrer Ankunft an Land umschlich. Carvalhos Kopf dagegen war klar und hatte sich, obwohl Biscuter es nicht bemerkte, aufgeheitert.

Carvalho fragte den Kellner, der wie der Besitzer des Lokals aussah, ob es in diesem Grenzort eine öffentliche Bibliothek gebe. Es gab keine im eigentlichen Sinne, dafür aber einen hochgebildeten Apotheker, dessen der Bar gegenüberliegende Apotheke geöffnet war und der eine Sammlung von mehr als zweitausend Büchern besaß, »zweitausend«, versicherte ihm der Wirt.

»Und ist der Apotheker ein Linker?«

»Naja, weder Linker noch Rechter, glaube ich. Apotheker eben«

Der Apotheker, ein hochgewachsener Mann mit leicht grünlicher Haut und weißen, bis in den Nacken reichenden Haaren, hörte sich Carvalhos Bitte an: Nerudas gesammelte Werke oder, falls nicht vorhanden, irgendein Text, in dem es um dessen Flucht aus Chile als verfolgter Kommunist Ende der vierziger Jahre des zwanzigsten Jahrhunderts ging.

»Ich glaube, er ist auf einem Pferd geflohen, und mich würde die Strecke interessieren, aus rein literarischer Neugier, nicht wegen irgendwelcher anderer Gemeinsamkeiten.«

»Ich verstehe, und ich kann Ihr Problem lösen.«

Der Apotheker verschwand hinter seinen Medikamentenwänden und kehrte mit mehreren, auf beiden Armen gestapelten Büchern zurück.

Ein Band der Gesammelten Werke von Neruda, sein Memoirenbuch *Ich bekenne, ich habe gelebt* und seine von Volodia Teitelboim verfaßte Biographie, die Biscuter schon auf dem Trödelmarkt durchgeblättert hatte. Jetzt nahm er sie zur Hand. Der Autor, so erklärte er Carvalho, war ein ehemaliger Generalsekretär der chilenischen Kommunisten, einer von denen, die Nerudas Flucht aus dem Land im Jahre 1948 vorbereitet hatten. Zu zweit gingen sie Teitelboims Ausführungen über Nerudas Überquerung der argentinischen Grenze durch, bei der der Dichter unter dem Decknamen Antonio Ruiz und als angeblicher Experte für Ornithologie gereist war, weshalb er sich im Vorfeld sehr für die Vogelwelt der betreffenden Gegend interessiert hatte. Demnach mußten sie nach Valdivia fahren, das etwa achthundert Kilometer südlich von Santiago lag, und dann zu Pferde die Andenkordillere und die argentinische Grenze überwinden, um das nah bei Bariloche gelegene San Martín de los Lagos zu erreichen.

»Diese Reise entsprach den Verkehrsverbindungen der vierziger Jahre. Seither sind sechzig Jahre vergangen, und von hier aus wäre es das Beste, die Grenze über die Autobahn, durch den Aconcagua-Tunnel, zu passieren, auf diese Weise gelangt man geradewegs nach Mendoza auf der argentinischen Seite.«

»Irgendwie würde ich gerne die Angst während einer heimlichen Grenzüberquerung erleben. Ich schreibe nämlich gerade einen Text über ›Dichtung und Untergrund‹. Aber es stimmt, achthundert Kilometer bis hinunter nach Valdivia würden einen zu großen Zeitverlust bedeuten.«

Der Apotheker amüsierte sich über die Abenteuerlust des Spaniers, dachte nach und schlug schließlich eine seiner Ansicht nach salomonische Lösung vor:

»Lassen Sie uns folgendes vereinbaren: Sie überqueren die Grenze zu Fuß oder, wenn Sie wollen, zu Pferde, und zwar ganz in der Nähe des Aconcagua-Tunnels, hier um die Ecke, in der Nähe des *Paso del Indio*, den seinerzeit General San Martín benutzte. Wenige Kilometer vor der Grenze verlassen Sie das Fahrzeug, das Sie befördert hat, und beenden die Reise zu Pferde oder zu Fuß, wie gesagt, auf geheimen Wegen, die jeder kennt. Machen Sie sich keine falschen Vorstellungen: Dadurch, daß man problemlos die Landstraße und den Tunnel benutzen kann und zwischen Chile und Argentinien heute gute Beziehungen bestehen, ist die Grenzüberquerung zu einer bequemen Sache geworden. Aber wenn Sie es sich schwermachen wollen, dann fahren Sie am besten von Valparaíso über die Landstraße nach Viña del Mar. Bevor Sie dort ankommen, müssen Sie nach rechts, Richtung Aconcagua abbiegen, da der Grenztunnel genau am Fuß des Berges beginnt. Wären Sie bereit, einen Maultiertreiber zu engagieren, der Bergführer ist und auch die Reitpferde mitbringt?«

»Ja, wir sind bereit. Wir sind nämlich zu zweit.«

»Dann organisiere ich das sehr gerne für Sie und bringe Sie sogar mit meinem Auto zum Treffpunkt mit dem Maultiertreiber und seinen Pferden. So befreie ich mich selbst eine Zeitlang davon, Pillen über Pillen zu verkaufen. Aber zuerst muß ich ein paar Erkundigungen über den Maultiertreiber einholen. Kommen Sie bitte in einer halben Stunde wieder.«

Carvalho befürchtete, die zeitliche Verzögerung sei womöglich eine Falle, und äußerte Biscuter gegenüber seine Bedenken.

»Wir flüchten doch vor diesem durchgeknallten Mont Pèlerin, vor Pérez i Ruidoms, und nicht vor der chilenischen Polizei.«

»Dieser durchgeknallte Mont Pèlerin, wie Du ihn nennst, hat überall seine Verbindungen.«

Die halbe Stunde verbrachten sie damit, ziellos ein zweites Mal über den an der Landstraße gelegenen kleinen Trödelmarkt unter freiem Himmel zu schlendern, und vom flachen Teil Valparaísos aus ließen sie den Blick liebevoll über das farbenprächtige Wunderwerk des den Pazifik überragenden Bergrückens schweifen. Dann gingen sie in eine Art Lebensmittelladen, und Carvalhos Hände griffen zielstrebig nach ein paar hellblauen Dosen mit der Aufschrift *Loco*. Chilenischer *Loco*, um genauer zu sein, und zu Biscuters Erstaunen nahm Carvalho ganze zehn Dosen davon und kaufte sie.

»Fleisch von *Locos*, von Verrückten?«

»Das Fleisch von Abalonen, Biscuter, für mich das köstlichste Meeresprodukt. Hier nennt man es *Loco*, verrückt, und man könnte sich glatt eine Zeitungsmeldung vorstellen wie: ›*Loco*-Fangverbot aufgehoben‹«.

Biscuter wartete mit dem Gepäck in einer Cafeteria, die so heruntergekommen war wie der Rest der Stadt. Von seinem Tischchen aus konnte er genau beobachten, wie Carvalho auf die Apotheke zuging, wie kurz darauf der Apotheker auftauchte, sein Geschäft mit einer metallenen Schiebetür schloß, Carvalho beim Arm faßte und mit ihm zu einem in unmittelbarer Nähe geparkten japanischen Auto ging. Als sie wie vereinbart eingestiegen waren, bat Carvalho seinen Gastgeber, er möge zur Bar fahren, in der sie ihr Gepäck zur Aufbewahrung gegeben hätten und sein Reisebegleiter warte. Der Apotheker staunte über den geringen Umfang des einen wie des anderen, denn Biscuters sprichwörtliche Schlankheit hatte sich durch die auf der

Reise, besonders während der Pazifiküberquerung verlorenen Kilos noch verstärkt, und das Gepäck war inzwischen auf den Louis-Vuitton-Koffer und die vielen rundlichen Beutel des Gehilfen geschrumpft.

»Es stehen Pferde für Sie bereit, falls Sie reiten können.«

»Heilige Jungfrau!« war alles, was Biscuter sagte, und Carvalho tat, als wäre er gar nicht gemeint.

»Die Geschichte, also wirklich, die Geschichte ...«, wiederholte der Apotheker mehrmals, von einem unerklärbaren Gedankensprung gefesselt.

»Ende der vierziger Jahre hat Neruda heimlich die argentinische Grenze überquert, weil er Kommunist war. Und wo sind die Kommunisten heute?«

Carvalho nickte zustimmend, was Rodolfo Dávalos – denn das, sagte der Apotheker, sei sein Name – dazu ermutigte, seine Theorie vom unmöglichen Untergang des Kommunismus zu erläutern, wenngleich er selbst weder Kommunist sei, noch sich den Kommunismus als Machtsystem wünsche.

»Wenn es Ungleichheit gibt, aber keine Kultur, gedeiht der Kommunismus nicht, doch wenn es Ungleichheit und Kultur gibt, lebt der Kommunismus wieder auf, er lebt schon jetzt wieder auf, in anderer Form, aber er lebt wieder auf. Im Januar findet in Porto Alegre ein Treffen der antikapitalistischen sozialen Bewegungen statt, schon das dritte, ein internationales Treffen, das immer mehr an Größe gewonnen hat. Zu diesem Treffen fahren ganze Kolonnen von Reisebussen voller Chilenen, und glauben Sie nicht, Porto Alegre liege hier um die Ecke.«

Sie erreichten die Ausläufer eines Gebirges, das im Norden schon den unsichtbaren, wolkenverhüllten Aconcagua erahnen ließ, und dreißig Kilometer weiter erwartete sie der berittene Bergführer, der zwei zusätzliche Pferde und ein Maultier für das Gepäck bei sich hatte.

»Einigen Sie sich auf den Preis. Zahlen Sie ihm die Hälfte von dem, was er verlangt, dann wird er vollauf zufrieden sein.«

Auf vielerlei Weise, mit Worten und Händen, bekundeten die beiden Gäste dem Apotheker ihre Dankbarkeit, Biscuter besonders mit den Händen, da er hartnäckig darauf bestand, eine Hand des Apothekers zwischen den seinen zu halten, während er ihm eindringlich klarmachte, für den Fall, daß er einmal nach Barcelona käme, habe er dort jederzeit Freunde und ein Haus. Mit der gleichen Leichtigkeit, mit der er lebenslange Freundschaft gelobt hatte, schwang sich Biscuter auf das ihm zugeteilte Pferd, während Carvalho den Preis der Expedition aushandelte, wobei sich die vom Apotheker empfohlene Vorgehensweise als voller Erfolg erwies. Zum Abschied winkten sie mit hoch erhobenem Arm, als sie bereits auf den Pferden saßen, ihr Gepäck auf das Maultier geladen hatten und Biscuter sich mit seinem eigenen Gewicht gut arrangiert hatte, während Carvalho bereits der Hintern weh tat. Doch mehr noch als der Hintern tat ihm eine sonderbare, seltsamerweise knöcherne Gegend weh, die er unmittelbar hinter den Hoden entdeckt hatte, wo der Reitsattel ihn daran erinnerte, daß er nie hatte reiten können, und das Schlimmste war, daß das Pferd dies vielleicht schon gemerkt hatte und versuchte, alle Wege einzuschlagen außer dem, den der Führer anzeigte. Der Mensch mußte das Tier nun ganz ernsthaft ermahnen, so daß diesem nichts anderes übrigblieb, als den Befehlen zu gehorchen, und so ritten sie eine Stunde bergauf und eine bergab, ein entnervender Ritt, bei dem Carvalho nicht genügend Hände hatte, um sich an den Zügeln oder der Nackenmähne des Tieres festzuhalten, wenn er bei einer der zahllosen Schräglagen eines steinigen, an Abhängen entlangführenden Pfades das Gleichgewicht zu verlieren drohte. Schließlich erreichten sie eine Art Ebene, und fast übergangslos tauchte eine wunderbare Landstraße auf, die sie wenig später aus einem Tunnel hervorkommen und in Richtung Mendoza weisen sahen.

»Bis hierher habe ich Sie gebracht, Freunde. Gehen Sie zu dem Gebäude dort drüben, von dort haben Sie Aussicht auf den Aconcagua, besonders wenn es nicht bewölkt ist wie heute und pausenlos Autos und Reisebusse vorbeifahren und Linienbusse, die die Leute aus Mendoza zur chilenischen Grenze bringen.«

Sie gingen los, ihre Koffer mehr tragend als rollend, und etwa dreihundert Meter weiter nahmen sie eine Rauchsäule wahr, die von jemanden zu stammen schien, der Pflanzenreste verbrannte oder kochte. Es roch nach Gegrilltem, und sie steuerten sogleich dort auf das Feuer zu, als hätten sie sich eine Portion Grillfleisch verdient, aber auch, weil sie wußten, daß man ihnen dort würde erklären können, wie sie nach Mendoza kamen. Das Feuer flackerte in einem rotschwarzen Grill neben einem Wohnmobil, unter der Aufsicht eines trotz seiner Freizeitkleidung ausgesprochen ordentlich wirkenden Mannes mit weißem Haar, einem hübsch geschwungenen Schnurrbart und intelligenten, forschenden Augen.

»Seien Sie gegrüßt.«

»Wir wollten Sie fragen, wie man nach Mendoza kommt.«

Der Mann musterte sie interessiert.

»Woher kommen Sie?«

Carvalho zeigte auf die Bergkette, dann stellte er sie vor:

»Bouvard und Pécuchet.«

Der Ausflügler lachte.

»Wie haben Sie denn das geschafft? Ihre Eltern waren bestimmt Flaubert-Leser, oder?«

Endlich trafen sie jemanden, der Flaubert gelesen hatte, jemanden, der ihnen seine Hand reichte und sein Grillfleisch anbot.

»Ich habe es nur geschafft, Osvaldo Bayer zu heißen. Ich bin Geschichtsprofessor oder so etwas und unterrichte in Deutschland und Argentinien. Ich lade Sie hiermit ein, meine Rinderrippen, meine bescheidenen Rinderrippen, mit mir zu teilen, und wenn Sie etwas Geduld haben, bringe ich Sie auch nach Mendoza. Es gibt eine Zeit fürs Grillen, eine andere für Mendoza und noch eine andere, um die Gesellschaft von niemand Geringerem als Bouvard und Pécuchet zu genießen.«

»Kommen Sie aus Chile?«

»Nein, ich komme aus dem Valle de la Luna im Norden Argentiniens, einer der geologisch schönsten Gegenden der Erde, wie man sie in ähnlicher Weise auch in den USA antrifft, jene Landschaften in Utah, die man oft in Western sieht. Ich mache eine seltsame Reise in Etappen, um mich von Argentinien zu verabschieden. Ich hätte mir gewünscht, sie wäre vollständiger, aber das Leben und das Universitätsjahr sitzen mir im Nacken. Ich wollte, ich wäre bis Ushuaia gekommen und hätte die Perito-Moreno-Gletscher gesehen, aber ich muß mich, zumindest für dieses Jahr, mit der Halbinsel Valdés als Abschluß meines Abenteuers begnügen. Sie lohnt sich.«

»Was gibt es dort?«

»Wale, Jungwale, Seelöwen, Pinguine und Melancholie. Wenn Sie kosmische Pessimisten sind, werden Sie begeistert sein.«

Gegrillte Rinderrippen und argentinische Blutwurst, *Dulce de leche* aus der Dose, eine Flasche Mendoza-Rotwein, Mate … Bayer war ein hervorragender Gastgeber, wenn auch immer kurz und bündig, jemand, der nie ein Wort zuviel sagt oder eine überflüssige Geste macht. Er war beeindruckt von den vielen verschiedenen Argentinien, die er trotz der Vereinheitlichung, um die sich die *Weißmacher* bemüht hatten, in Argentinien entdeckt hatte, und konnte diese auch eindrucksvoll beschreiben.

»Wir sind hier im mehr oder weniger ›weiß gewaschenen‹ Südamerika. Die Ureinwohner wurden vollständig ausgerottet. Zuerst kamen die Konquistadoren, dann ihre Nachfahren, die das Land physisch und metaphysisch besitzen wollten, und schließlich die Kolonisatoren des neunzehnten und frühen zwanzigsten Jahrhunderts, skrupellose, meist europäische Siedler, die die Ureinwohner ausrotteten, damit diese nie mehr die Ländereien von ihnen zurückfordern konnten, die sie ihnen weggenommen hatten. Die englischen Siedler besaßen zum Beispiel große Schafherden, und manchmal stahlen die Indios ihnen ein Schaf, ein unbedeutender Diebstahl, nur um satt zu werden. Tja, und die Siedler versprachen jedem eine Belohnung, der einen Eingeborenen tötete und ihnen die Ohren als Trophäen brachte. Die vielleicht traurigste Geschichte ist die von den uruguayischen Charrúas, die von Militärs und Siedlern umgebracht wurden; am Ende blieb noch eine Handvoll übrig, die man nach Europa schickte, um sie dort im Zirkus und in Theatern zur Schau zu stellen. Alle starben, bis auf einen. Ein Charrúa floh, aber niemand wußte wohin, man erfand sogar die romantische, sagenhafte Geschichte vom Charrúa, der eines Tages zurückkommen würde wie König Artus, um sein Volk neu zu begründen. Die Grausamkeit der spanischen Eroberung und die Kolonisation schufen die Grundlage einer Dialektik der Gewalt, die nie geendet und Völker und Menschen ins Elend gestürzt hat. Nur die Spekulanten des Neoliberalismus haben noch gefehlt, um aus diesem Land einen Schweizer Käse mit mehr Löchern als Käse zu machen, wo Kinder und Alte an Hunger sterben. Und das in einem Land, das Spitzenreiter der weltweiten Vieh- und Weizenproduktion ist. Hunger. Den Hunger wird der neue brasilianische Präsident Lula bekämpfen, und gegen den Hunger hat sich auch der noch glücklose Präsident dieses Landes, Duhalde, ausgesprochen. Hunger in Argentinien. Das ist, als würde man sich die Tropen unterm Schnee vorstellen oder den Nordpol als Strandbad des Planeten. Aber Buenos Aires ist ein einmaliges, fast künstliches Argentinien, genau wie die kleineren Städte oder wie Patagonien und Feuerland. Und Salta, El Valle de la Luna, Misiones, Iguaçu … Iguaçu ist der schönste Wasserfall der Welt, wir teilen ihn uns mit Brasilien. Und die Vielfalt der menschlichen, sozialen Typologie ist unglaublich. In Buenos Aires finden Sie auf kleinster Fläche die demonstrierenden Mütter der unter der Militärdiktatur Verschwundenen, die gegen ihre Verarmung protestierenden Rentner, die berühmtesten Cafés und Konditoreien und die Casa Rosada mit ihrer von Korruption durchsetzten politischen und wirtschaftlichen Macht, die zu den größten Boshaftigkeiten der Geschichte fähig ist.«

Schon war die Dunkelheit hereingebrochen, und Bayer bot ihnen sein Wohnmobil an. Dort seien noch zwei Pritschen frei, außerdem hätten sie die Möglichkeit, am nächsten Tag mit ihm bis Mendoza zu fahren, und »glauben Sie mir, die Halbinsel Valdés dürfen Sie sich nicht entgehen lassen, und wenn Sie zum Perito Moreno kommen, bitte ich Sie, auf mein Wohl anzustoßen. Das müssen Sie unbedingt tun«. Er beschrieb einen riesigen, lebendigen und zugleich einer langsamen Selbstzerstörung ausgesetzten Gletscher, von dem sowohl eisberggroße Brocken als auch kleinste Eiswürfel zum Kühlen von Whisky abbrachen.

»Es ist wunderbar, am Seeufer darauf zu warten, daß die kleinsten abgebrochenen Eisstückchen in Reichweite gelangen. Man muß eine Flasche Whisky und ein Trinkgefäß, möglichst ein richtiges Glas, bereithalten. Dann fischt man sich das schwimmende Eis aus dem Wasser, tut es in das Glas, gießt den Whisky drüber ... und stößt auf den alten Osvaldo Bayer an!«

Biscuter brachte fast eine Stunde damit zu, im Licht einer Butangaslampe die etwa zwanzig Bücher durchzublättern, die ordentlich nebeneinander in einem Metallregal aufgereiht standen; er studierte, wie er sagte, eine Karte von Südamerika, speziell von Argentinien, um abzuschätzen, auf welche Art man am ehesten frei und anonym reisen konnte. Er besah sich auch das Innere des Wohnmobils, Platz und Unbequemlichkeiten kalkulierend, die das Zusammenleben von drei Personen bis zur Halbinsel Valdés mit sich bringen würde, je nachdem, ob man zurück nach Buenos Aires fuhr oder entlang der Andenkordillere bis Neuquén und von dort nach Viedma und zur Halbinsel Valdés. Carvalho und Biscuter sahen einander an und nickten zustimmend wie zwei Damen in einer Opernloge, die einer glänzenden Arie, in der Regel der eines Tenors, lauschen. Doch Carvalho wartete darauf, daß sein Gehilfe die Möglichkeit ansprach, im Wohnmobil bis zum, wie Bayer sagte, melancholischen Schauspiel der Wale, Seelöwen und Pinguine auf der Halbinsel Valdés mitzufahren. Als sich die Landstraße Mendoza näherte, bremste Bayer an einer Abzweigung, an der man sich zwischen Buenos Aires, Neuquén und Bariloche entscheiden mußte.

»Ich fahre bis Neuquén, umgehe Bariloche und fahre dann weiter in Richtung Viedma und Valdés-Halbinsel. Sie haben zwei Möglichkeiten. Entweder lasse ich Sie in Mendoza raus, und Sie fahren auf eigene Faust weiter, oder Sie machen mir die Freude, mich auf einer zweitägigen Reise zu begleiten, die allerdings nicht immer über gute Straßen führen wird, denn ab und zu muß man Schotterwege, sogenannte *vías de ripio*, nehmen, und hierzulande sind die Entfernungen groß.«

»Was heißt denn *vías de ripio*?«

»Unasphaltierte Schotterwege, manche mit Dampfwalzen planiert, aber nicht alle.«

»Aber meint das spanische Wort *ripio* nicht einen ›paarweise gereimten Vers‹, also das, was man in der Poesie auch *pareado* nennt? Das einfachste und plumpeste Versmaß?«

»In der Tat. Als *ripio* bezeichnet man sogar ein einfaches Gedicht mit besonders simplen oder nutzlosen Reimen. Aber es ist durchaus korrekt, den Begriff auf eine Landstraße anzuwenden, denn das Wort kommt wahrscheinlich aus dem Lateinischen, vielleicht von *replere*, ›auffüllen‹, und wird für den Vorgang des Auffüllens von Löchern mit Ziegel- oder Steinsplittern benutzt. Obwohl es laut Corominas' und Pascuals etymologischem Wörterbuch mit dem griechischen Wort für ›Schutt‹ verwandt ist und einige es mit Wortbildungen aus dem Mozarabischen in Verbindung bringen, wie etwa *ripel*, was ›Kies‹ bedeutet. *Dar ripio* kann als ›helfen‹ verstanden werden; ähnliche Formen kommen übrigens auch in anderen romanischen Sprachen vor. Im Katalanischen gibt es zum Beispiel das Wort *reble*, das *ripio* entspricht, und auf Portugiesisch bedeutet *rebo* eindeutig ›Kieselstein‹. In Spanien hat es diese Bedeutung, glaube ich, verloren, vor allem, seit ihr reich geworden seid. *Ripio* wird dort weiterhin in der Poesie benutzt, aber nicht auf der Straße; eure Straßen sind inzwischen alle asphaltiert.«

»Mir wird ganz anders, wenn ich höre, Spanien sei ein reiches Land. Vielleicht weil ich es nicht gewohnt bin.«

»Na, dann eben reich im Vergleich zu Argentinien, das ist jetzt nicht so wichtig. Kommen Sie mit?«

»Wir teilen uns die Benzinkosten.«

»Kommt nicht in Frage.«

»Wir kümmern uns um die tägliche Verpflegung.«

»Das ist etwas anderes, denn kulinarische Phantasie ist nicht meine Stärke. Dagegen liegt mir sehr wohl daran, gut zu essen, wenn ich kann.«

»Wir fahren überall mit Ihnen hin. Nicht wahr, Chef?«

»Wenn wir Sie nicht stören.«

»Im Gegenteil. Wenn ich alleine reise, führe ich kilometerlang Selbstgespräche. Aber manchmal, nicht immer, ist es besser, mit anderen zu reden.«

Sie ließen Mendoza links liegen, und die Landstraße schmiegte sich eng an die Ausläufer der Andenkordillere.

»Wenn Sie noch nie in Bariloche waren«, meinte Bayer, »sollten Sie eigentlich nicht mit mir zur Halbinsel Valdés fahren, sondern sich diese Gegend ansehen, eine wunderschöne Gegend mit vielen Seen und Araukarienwäldern, alles schon sehr auf organisierten Tourismus eingestellt. Sie können sich sogar eine kleine Araukarie im Blumentopf mitnehmen, aber das ist fast immer Kindsmord, denn das Bäumchen ist nur schwer nach Europa zu verpflanzen. Als kleines Pflänzchen hat die Araukarie eine spitze Form, und mit der Zeit erreicht sie die Erhabenheit der mächtigsten aller Tannen; aber nur langsam, sie wächst ganz allmählich und steht dann über Jahrhunderte hinweg an ihrem Platz. Dort, wo wir entlangfahren, werden Sie hier und da welche sehen, aber in Bariloche ist sie die Königin. Später werden Sie ihr am Perito Moreno und bei Ushuaia wiederbegegnen. Sie könnten nach Bariloche fahren, danach zum Perito Moreno, von dort zur Halbinsel Valdés und dann nach Ushuaia fliegen, das am Beaglekanal liegt. Es ist die südlichste Stadt der Welt.«

Biscuter lehnte den Vorschlag ab. Für ihn stand bereits fest, daß sie der Route dieses Mannes folgen würden, der ganz offensichtlich ein Gelehrter war, worin, wußten sie nicht, wahrscheinlich in allem; und Carvalhos Gehilfe, den die eingehende Beschäftigung mit der Etymologie des Wortes *ripio* verblüfft zu haben schien, war voller Bewunderung.

»Außerdem«, argumentierte Biscuter, »hat Bouvard immer gesagt, es sei nicht ratsam, wunderschöne Dinge bis zur Sättigung zu betrachten, denn irgendwann komme der Moment, da man unfähig sei, all das Wunderschöne noch wahrzunehmen. Entweder Bariloche oder Perito Moreno. Wählen Sie, Señor Bayer.«

»Perito Moreno, lieber Pécuchet«, antwortete der Historiker lachend. »Wie sind Sie eigentlich auf die Idee gekommen, sich diese Namen zuzulegen? Man merkt daran, daß Sie beide Pessimisten sind, da Sie angenommen haben, in der heutigen Welt habe fast niemand *Bouvard und Pécuchet* gelesen oder zumindest seien die Namen im gebildeten Gedächtnis der überwältigenden Mehrheit nicht hängengeblieben. Außerdem ist der Roman unvollendet. In diesen Breiten sind zu viele Namen im Umlauf. Nicht einmal den wichtigsten mythologischen Sektoren, dem Kino und den Liedern, gelingt es, Mythen für den Alltagsgebrauch zu produzieren. Vor fünfzig Jahren hätte sich eine Geschichte wie die des Films *Thelma und Louise* als feste symbolische Bezugsgröße etabliert, und es hätte gereicht, *Thelma und Louise* zu sagen, um die Tragödie der Frau auf der Suche nach ihrer Identität jenseits des Ehejochs auszudrücken und um darzulegen, inwiefern diese Identitätssuche letztendlich die Ehrlichkeit des Selbstmords bedeutet. Denken Sie zurück an Humphrey Bogart. Wir stellen ihn uns immer im Trenchcoat vor, er ist durch und durch ein Mythos, der für vieles steht. Aber Bogart gehört dem Zeitalter der Unschuld der Massenkultur an, Thelma und Louise dagegen haben uns erwischt, als wir bereits von Botschaften gesättigt und zu Schlaubergern und Zynikern geworden waren.«

Wie dieser Mann denkt und spricht! Biscuter versuchte, die Anzahl seiner Ohren und die Intensität seines Schweigens zu verdoppeln. Carvalho dachte darüber nach, wie selbstmörderisch doch die Klarsicht und daß es offenbar unmöglich war, ohne die Hilfe des Selbstbetrugs oder unmittelbarer materieller Freuden – vorhergesehener wie unvorhergesehener – zu überleben, zum Beispiel der eines Aperitifs, eines sexuellen Abenteuers oder des Sonnenuntergangs in dem Augenblick, als sie das Rückgrat des Aconcagua hinter sich ließen und nach Neuquén fuhren. Bayer schlug vor, bei der letzten Stadt der ersten Etappe oder sogar noch davor anzuhalten, in einem Ort, wo sie einkaufen, aber auch das Wohnmobil ungehindert abstellen und so die Einschränkungen der offiziellen Campingplätze umgehen könnten.

»Einkaufen oder nicht einkaufen«, deklamierte Biscuter, »das ist hier die Frage, denn wenn ich einkaufen kann, mache ich euch ein tolles Abendessen, aber wenn ich nicht einkaufen kann, werde ich etwas improvisieren müssen mit dem, was Sie an Vorräten angesammelt haben.«

»Wenn ich Ihnen das aufzählen würde, würden Sie in Tränen ausbrechen.«

Sie stellten das Wohnmobil in einem Park in Neuquén ab, nahe der Stelle, wo der Río Negro und der Fluß zusammenflossen, der der Stadt ihren Namen gab, und zogen los, um Lebensmitteleinkäufe zu machen. Den Kopf der Expedition bildete ein äußerst aufgeregter Biscuter, der nach etwas suchte, was wie ein Lebensmittelladen spanischen Typs oder wie ein Supermarkt aussah. Er nutzte einen Moment, in dem Bayer vor einem Haushaltswarengeschäft stehenblieb und staunte, weil ein neuer deutscher Mixer bis nach Neuquén gelangt war, um Carvalho zuzuflüstern:»Der Typ ist ein Gelehrter. In dem Regal in seinem Wohnmobil habe ich mindestens fünf Bücher gesehen, die er selbst geschrieben hat. Machen Sie bloß keinen Witz übers Bücherverbrennen, das fände ich geschmacklos.«

»Oder liebenswürdig. Wovon handeln die Bücher?«

»Von Patagonien. *Blut und Patagonien* oder so.«

Als sie in einer Art Supermarkt waren, stieß Biscuter Jubelrufe aus, weil er Packungen mit entsalzenem und tiefgefrorenem Stockfisch entdeckt hatte, und versicherte, er brauche nur Kartoffeln, Eier, Oliven, Zwiebeln und Olivenöl, um ihnen ein denkwürdiges Gericht portugiesischen Ursprungs zuzubereiten. Das mit dem Olivenöl wurde eine teure Sache, wenn man bedachte, daß es in Viertelliterflaschen zum Preis von Chanel Nr. 5 verkauft wurde, aber Biscuter war zum Triumph entschlossen und kaufte sogar zehn Fläschchen. Bayer teilte er mit, er werde dessen Lebensmittelvorräte um das beste Öl der Welt aufstocken, das berühmte Siruana-Öl aus der Provinz Tarragona in Katalonien.

»Monsieur Pécuchet, warum verstehen Sie so viel von katalanischen Ölen?«

»Weil Katalonien in Frankreich und Spanien liegt und im Lauf der Geschichte zum Opfer der politischen Aufteilung zwischen den Königen beider Länder wurde.«

»Und dieser katalanische Akzent, den ich bei Ihnen heraushöre, wenn Sie Spanisch sprechen, wie sind Sie daran gekommen?«

»Ein Hobby. Ich spreche liebend gerne Spanisch mit katalanischem Akzent.«

»Erstaunlich!« meinte Bayer zu Carvalho, der antwortete:

»Wirklich erstaunlich. Monsieur Pécuchet ist eine Truhe ohne Boden, in die alle möglichen kulturellen Ablagerungen hineinpassen. Er ist zum Beispiel ein Spezialist für französische Suppen und Saucen und ein großer Kenner marginaler Doktrinen wie der Lehre der Katharer. Er weiß alles über sie.«

»Ein eigenartiges Christentum, das in der Auseinandersetzung mit dem institutionellen Konstantinismus Roms in Bulgarien entstand und sich schließlich als etwas mit dem heutigen progressiven Christentum Vergleichbares in Frankreich einnistete.«

»Schreiben Sie Bücher über Religion? Biscuter hat mir gesagt, er habe welche im Wohnmobil gesehen.«

»Nein, Bücher über argentinische Sozialgeschichte, aber darin kommt oft auch Religiöses vor. Viele Menschen töten oder sterben für einen offenbarten Glauben, der sie zu Propheten macht. Meine Arbeiten befassen sich mit einigen Figuren des Anarchismus und mit der Dialektik von Emanzipation und Repression im Patagonien des beginnenden zwanzigsten Jahrhunderts. Kürzlich habe ich einen Roman veröffentlicht, aber ich habe ihn nicht bei mir. Diesbezüglich bin ich sehr schüchtern.«

So sehr Biscuter auch den Hals nach einem charakteristischen Gebäude oder irgendeinem Schild reckte, auf dem die Sehenswürdigkeiten Neuquéns angepriesen wurden, er entdeckte nichts, und Bayer mußte ihm erklären, daß die Bedeutung der Stadt äußerlich nicht erkennbar sei. In erster Linie sei sie das Verwaltungszentrum der Region, außerdem ein unumgänglicher Kreuzungspunkt auf der Fahrt in die Anden oder nach Bariloche und in den Osten, Richtung Bahía Blanca, Viedma und Valdés-Halbinsel.

Kaum waren sie wieder am Wohnmobil angekommen, begann Biscuter sich zu gebärden wie ein Regisseur, der ein Werk aufführt, dessen einziger Schauspieler er selbst sein wird. Er bat um eine geeignete Feuerstelle, als bäte er eine Krankenschwester um ein Skalpell, und Bayer wies ihn darauf hin, daß sie kein Holzfeuer machen könnten; das sei generell in allen Wäldern verboten, woran er sich allerdings nicht halte, besonders aber in den an Stadtrandgebiete angrenzenden Wäldern, und daran halte er sich sehr wohl. Aber er habe einen Gasherd und zwei Pfannen, die eine, um Eier zu braten, und die andere für größere Gerichte. Biscuter konzentrierte sich darauf, die Kartoffeln zu schälen und sie, ebenso wie die Zwiebeln, in feine Streifen zu schneiden, probierte den Stockfisch, um zu testen, ob er richtig entsalzen war, und schnitt ihn in ähnlich kleine Stücke wie die Kartoffeln. Dann bestäubte er ihn mit Mehl und tauchte ihn in siedendes Öl, was Bayer – wie dieser bemerkte – an die Filme über das Mittelalter erinnerte, in denen unweigerlich irgendwann ein Topf mit siedendem Öl vorkam, das zur Verteidigung einer Burg gedacht war. Nachdem der Stockfisch goldbraun gebraten und abgetropft war, wanderten Kartoffeln und Zwiebeln in dasselbe Öl, und als diese sich in der heißen Flüssigkeit gekrümmt hatten, gab der Koch den Stockfisch, entsteinte grüne Oliven und zum Schluß noch ein geschlagenes Ei hinzu, das dank Öl und Zwiebeln in dem herrlichen, aus der übrigen Mischung entstandenen Sud kleine gelbe Flöckchen bildete. Der Argentinier blähte erregt die Nasenflügel. »Das verstehen Sie bestimmt, wenn Sie bedenken, daß ich entweder auf Diät bin oder in Deutschland esse. Und in Buenos Aires halte ich entweder auch Diät, oder aber ich führe mir die Unmengen an Protein der echten argentinischen Fleischkultur zu Gemüte.« Wieder gab es Wein aus Mendoza, und der Gastgeber bedauerte, daß jetzt nicht die ideale Zeit sei, nämlich März, um Äpfel aus Neuquén zu kaufen, die im ganzen Land den besten Ruf hätten. Er kochte Kaffee für Bouvard und Pécuchet, und er selbst hängte sich an seinen kleinen Matekürbis, als wäre das Metallröhrchen eher eine Nabelschnur als ein Saugstab.

Als Biscuter die von Bayer verfaßten Bücher aus dem Regal holte, nahm der Autor sie in die Hand.

»Vier Bände, die sich mit den sozialen Kämpfen in Patagonien befassen, Kämpfe, die in besonderer Weise die spezielle Entwicklung des hiesigen Klassenkampfes veranschaulichen, denn der ist in gewissem Sinn nie über ein großartiges Stadium primitiven Widerstandes oder über einen utopischen Sozialismus hinausgekommen und hat nie andere politische Phasen der Arbeiterbewegung erreicht. Gewerkschaftsbewegung, ja, das ja, *Gremialismo*, wie wir es nennen, doch die Rolle, die Sozialdemokraten oder Kommunisten in anderen Teilen der Welt gespielt haben, nein, hier haben sie nie diese Bedeutung erlangt. Die Kommunisten, ja, die waren gefürchtet und wurden verfolgt, aber wie in Brasilien und anderen lateinamerikanischen Ländern war der argentinische Kommunismus immer ein treuer, dogmatischer Schatten des Stalinismus. Der Peronimus hat alles vereinnahmt. Perón sagte, er bewundere Faschisten wie José Antonio Primo de Rivera und Revolutionäre wie Ché Guevara. Es gab und gibt leninistische Peronisten und faschistische Peronisten. Ich will Sie nicht ermüden. Meine Bücher handeln von einem rebellischen, massakrierten, erniedrigten und gekränkten Patagonien, das von Yrigoyens Regierung unter Einsatz von Militär und Polizei in Blut getränkt wurde, denn zu Beginn der zwanziger Jahre gab es hier ein paar sehr harte Landarbeiter-Streiks, die gewaltsam unterdrückt wurden. Ein argentinischer Schriftsteller, David Viñas (einer seiner Söhne gehört zu den Verschwundenen), hat genau diese Militärkaste porträtiert, in der man sich untereinander abgelöst hat bis zum Grauen des *Proceso*, des Kampfes der Militärregierung gegen die sogenannten ›Subversiven‹, und der Militärjuntas von Videla und Genossen. Dieses Buch ist mir sehr teuer: *Severino di Giovanni*, die verzweifelte Geschichte eines Anarchisten italienischen Ursprungs, der als solcher sowohl von Mussolini als auch von der Regierung Alvear verfolgt wurde, ja, von demselben Alvear, nach dem ein Hotel in Buenos Aires benannt wurde. Er war ein angesehener Mann. In diesem Land sind sogar die Ortsnamen grauenvoll. Viele bedeutende Seen, Flüsse, Berge und Parks tragen die Namen von Völkermördern. Besonders hier in dieser Gegend und bis hinunter nach Feuerland.«

Bayer füllte seinen Matekürbis erneut und nahm dazu einen Haufen Medikamente ein, wodurch sich Carvalho angesprochen fühlte und seine eigenen Tabletten herausholte, die halbversteckt in einer Plastiktüte lagen, einige so zerbröselt, daß sie nur noch Staub waren. Und als er nachzählte, bemerkte er, daß er auf der über sechsmonatigen Reise gerade einmal zehn Prozent davon eingenommen hatte.

»Ein Wohnmobil wie dieses fährt nicht sehr schnell, ganz bis zur Halbinsel Valdés schaffen wir es morgen nicht, die Strecke ist zu lang. Außerdem wäre es bei unserer Ankunft schon dunkel, und nachts sieht man die Pinguine nicht. Morgen werden wir nicht weit entfernt von der Halbinsel übernachten, in Puerto Madryn oder davor. Danach erwartet uns ein ökologischer Tag. Für mich wird es ein schrecklicher Tag sein. Die Brutalität der Menschen deprimiert mich, aber mehr noch die Verletzlichkeit der Tiere.«

Biscuter las beim Schein eines Gaslämpchens *Severino di Giovanni: El idealista de la violencia* von Osvaldo Bayer. Auf der Rückseite des Buchumschlags las er, wer sein Reisegefährte war. Ein Geschichtsprofessor, der anläßlich des Militärputsches aus Argentinien geflohen und dessen Haus überfallen und zerstört worden war; all seine Bücher waren gestohlen worden, so groß war der Haß auf den Verfasser von *La Patagonia rebelde* und den Autor mehrerer kritischer Drehbücher gewesen. Biscuters Augen füllten sich mit etwas, das offensichtlich Tränen waren, als er die Fotos von Severinos Frau und seinen Kindern Ilvo, Laura und Aurora sah, die fortwährend Opfer polizeilicher Hausdurchsuchungen gewesen waren oder auf die Hinrichtung ihres zum Tode verurteilten Mannes und Vaters gewartet hatten. »In den siebziger Jahren das verbotene Buch schlechthin«, warb die Notiz auf dem Buchrücken; und im Verlauf einer sprunghaften, beklommenen Lektüre ergriff Biscuter immer mehr Partei, und sein Haß auf General Uriburu, der Severino hatte hinrichten lassen, wurde ebenso stark wie das Mitleid mit der Frau des Anarchisten und seinen Kindern. Einen Auszug, der für ihn das unglückliche Ende nicht nur des Lebens, sondern auch der Geschichte veranschaulichte, las er mehrmals.

Noch im Morgengrauen wurden sie von Bayer geweckt. Sie tranken Kaffee und Mate und nahmen ein leichtes Frühstück zu sich. Biscuter hatte immer noch *Severino di Giovanni* in den Händen und bat Carvalho, sich einen Absatz anzuhören, nur den einen, der ihn so erschüttert hatte: »Danach fand das Land zu seinem gewohnten Rhythmus zurück. Zu seiner Normalität, zu dem, was es immer gewesen war und weiterhin sein würde. General Uriburu hatte ohne Zweifel an Ruhm gewonnen. Es war ihm gelungen, ein Exempel zu statuieren. So etwas findet immer Zustimmung und ist unvermeidlich, damit die Dinge wieder ins Lot kommen. Zu guter Letzt hatte man auf die Anhänger dieses so oft vernommenen Satzes gehört: ›In diesem Land muß man mal anfangen, ein paar Leute zu erschießen.‹ Denn jener erschossene italienische Rebell war die Mustergestalt des Gesellschaftsfeindes, antiargentinisch eingestellt, Atheist, unmoralisch – erinnert euch an seinen Ehebruch mit dem jungen Mädchen –, und hatte außerdem die Gewalt als Mittel gewählt, um seinen Widerstand auszudrücken. In ihm zeigt sich die Sünde in ihrem vollen Ausmaß. Es ist, als hätte Gott ihn gesandt, damit jene argentinische Gesellschaft wachsam blieb. Und die Gesellschaft fand eine Antwort. Sie riß den Bösen Dieb von Golgatha aus ihrer Mitte. Und es war sogar gut, daß dieser nicht bereute, daß er nicht noch im letzten Moment vor Gott und der Gesellschaft auf die Knie fiel. Daß er kein biblischer Dimas war. Er starb als Sünder.«

Laut Bayers Plan würden sie am Río Negro entlang bis Lamarque über die Landstraße fahren und von dort nach Süden bis Puerto Madryn; und zwischen dem Golfo Nuevo und der Halbinsel Valdés würde sie ein Schauspiel erwarten, das er das Alibi des Tierseins nannte. Für den eher wortkargen Schriftsteller wurde es Biscuters wegen eine unangenehme Reise, weil dieser ihn einem kulturellen Verhör unterzog, dem er sich stets freundlich stellte, wenn auch manchmal ironisch und defensiv. Biscuter war davon fasziniert, daß es einen König von Patagonien und Araukarien gegeben hatte, den Franzosen Orélie Antoine I., Freund der Araukaner oder Mapuche, der Mitte des neunzehnten Jahrhunderts zunächst versucht hatte, in Chile die Lebensbedingungen der Mapuche-Indianer zu verbessern, und, nachdem man ihn nach Frankreich verbannt hatte, zurückgekehrt war, diesmal nach Argentinien, und sich selbst feierlich zum König von Patagonien und Araukarien ernannt hatte.

»Jedenfalls war er ein starrköpfiger Mann. Er reiste nach Frankreich, um dort wirtschaftliche und politische Unterstützung zu suchen, und als er nach Argentinien kam, wurde er verhaftet und wieder in seine Heimat zurückgeschickt. In Frankreich behauptete er bis zu seinem Tod seine Rechte als Herrscher über Patagonien und Araukarien. Vor ein paar Jahren, fünfzehn oder zwanzig, ich erinnere mich nicht genau, wurde ein Film über ihn gedreht, *Der Film des Königs*, durch den viele Leute erfuhren, daß es einmal einen selbsternannten französischen König Patagoniens gegeben hat. Wie schön ist Patagonien! Ist es nicht eine Augenweide? Von den Anden bis zum Atlantik: ein Wunderwerk der Natur, obwohl man ab und zu auf verdammte Schotterstraßen stößt.«

Der Río Negro folgte derselben Route wie Bayers Wohnmobil auf dem Weg zur Küstenregion Patagoniens, und der Fahrer wies sie traurig darauf hin, daß es weiter südlich, Richtung Puerto Deseado, versteinerte Wälder gebe. »Sie müssen sich entscheiden. Ein ganzes Leben würde nicht ausreichen, um alles kennenzulernen, was Argentinien zu bieten hat.« In San Antonio Oeste erreichten sie die nordöstliche Ecke des San-Matías-Golfs, und die Monotonie der Pampa, die sie seit den Anden begleitet hatte, verwandelte sich in eine Ankündigung der bereits vorhergesagten Melancholie bei ihrer Begegnung mit dem Atlantik, alles war durchdrungen von einem pointillistischen, traurigen Licht. Sie machten Rast, so daß Biscuter aus den Überresten des portugiesischen Gerichts, das ihnen als Abendessen gedient hatte, eine prachtvolle Tortilla improvisieren konnte, außerdem aßen sie Ölsardinen aus der Reiseverpflegung des Professors und wieder *Dulce de leche*. Bayer erlebte einen stillen Abend, den er dem nahenden Ende seiner Reise zuschrieb und dem unwillkommenen Gefühl, ein umherirrender Argentinier in einem bankrotten Land zu sein, aus dem ein Großteil der Bevölkerung auswandern wollte.

»Ihr habt drüben in Europa den Mythos vom Onkel in Amerika geschaffen, damals, als ihr noch dachtet, Amerika wäre ein Eldorado. Heute ist an die Stelle des Onkels aus Amerika der Onkel aus Europa getreten, dieser Onkel, den jeder Argentinier gerne hätte. Wir müssen anhalten und den Tagesanbruch abwarten, um uns auf die Reise zu den Pinguinen, den Seelöwen, den Walen und ihren Jungen zu machen.«

Sie schlugen ihr Lager in Meeresnähe auf, noch vor Puerto Madryn, fast an der Kreuzung mit der Landstraße, die sie nach Puerto Pirámides auf der Halbinsel Valdés führen würde. In dieser Gegend gab es genügend Lichtungen, so daß Bayer ein Lagerfeuer machen konnte, einfach nur, um die Flammen zu beobachten wie ein zum Grübeln anregendes hypnotisches Mobile. Und trotz des Hochsommers waren ihre durch die atlantische Feuchtigkeit ausgekühlten Körper dankbar für die Wärme des Feuers. Biscuter büßte für seine Leselust der vergangenen Nacht, indem er einschlief, gehüllt in eine Baumwolldecke, die Bayer ihm gebracht hatte. Still saß Carvalho da, still auch Bayer; der Argentinier vielleicht in der Erwartung, sein Gegenüber werde sich ins Wohnmobil schlafen legen, so daß er mit dem Einsammeln der Sachen und dem Löschen des Feuers beginnen konnte. Schließlich war der erste, der sich zurückzog, Biscuter, dem sein eigenes Gähnen vorausging, dann Carvalho, und zurück blieb Bayer wie der Leiter einer Expedition, der die Überreste eines Schiffbruchs zusammensucht. An der Tür des Wohnmobils angekommen, glaubte Carvalho zu hören, wie der Historiker vor sich hin lachte und mehrmals laut wiederholte: »Bouvard und Pécuchet!«

Der Tag brach an, als sie den Kreuzweg des gefährdeten Tierseins antraten, eine Formulierung, die Bayer an jenem Morgen für die Beschreibung der Reservate auf der Halbinsel Valdés benutzte. Sie begannen mit einer am Meer gelegenen Pinguinkolonie, der ein niedriger Buschwald zur Verfügung stand, wo die Vögel ihre Jungen mit abschreckender Schwere ausbrüten und von Zeit zu Zeit Gemeinschaftsausflüge ans Meeresufer veranstalten konnten. Sie wirkten wie Verbände armer Butler, die unbeholfen bis zum Wasser watschelten, hineinsprangen und anschließend in geselligen Gruppen heimkehrten und dabei das Erlebte kommentierten. Die Touristen kamen sehr früh, darauf bedacht, nicht als solche erkannt zu werden, und waren den Tieren gegenüber sehr rücksichtsvoll, so als verstünden diese, daß man sie für die menschliche Vorherrschaft um Entschuldigung bat und im Gegenzug ihre Verbeugungen voreinander oder vor dem Anderssein annahm. Allerdings war die Pinguinkolonie auf der Halbinsel Valdés nicht die größte an der Küste; diese befand sich in Punta Tombo, südlich von Trelew, auf der Strecke nach Comodoro Rivadavia. Dafür gab es auf der Halbinsel große Seelöwen- und See-Elefanten-Kolonien, sowohl in Puerto Madryn als auch an der Nordwest- und Südwestspitze, wo unzählige Tiere an den

Stränden oder auf den Felsen an Land gegangen waren, dort die Leichtigkeit des Meeres verloren und sich mehr hüpfend als robbend über die Felskanten bis zum Strand begaben. Hier fanden sie sich zu Tausenden zusammen, und aus der Ferne konnte man die Titanenduelle zwischen den männlichen Tieren verfolgen, die sich um den gesamten Harem oder um eine Auserwählte stritten.

»Wie traurig sind die Pinguine und wie behäbig die Seelöwen und See-Elefanten! Bei Cabo San Lucas in Mexiko habe ich ganz flinke Seelöwen gesehen, und manchmal schien es, als würden sie sich wie Statuen auf den aus dem Meer aufragenden Felsen erheben. Diesen Tieren hier fällt es so schwer zu überleben, und trotzdem erschüttern uns nur Berichte darüber, wie Hersteller von Luxusmänteln die Robbenjungen töten. Geschützte Tierart, das ist die schlimmste Kennzeichnung für jedes schutzbedürftige Tier.«

Bayer waren die Populationszahlen von Seelöwen und Pinguinen nicht so wichtig angesichts der Hunderte von Exemplaren, die dort am Meeresufer lagen, als wären sie der Brückenkopf einer zum Scheitern verurteilten Invasion oder eine Truppe verhinderter Invasoren, die auf ihre Rückführung ins Meer warteten.

»Diese Szene ist älter als der Mensch, und eine ähnliche Spezies wie dieser See-Elefant hat sich so weit entwickelt, daß Tausende und Abertausende von Jahren später ein George Bush, der derzeitige Präsident der Vereinigten Staaten, aus ihr hervorging. Der ganze dramatische Hindernislauf der Auslese der Arten, und das ist das Ergebnis! Nicht daß die Anhänger der Evolutionstheorie oder Darwin selbst Rechte gewesen wären, nein, das, was wir die Schöpfung nennen, ist rechts, kaum hatten wir von einer Alternative geträumt, da waren die Barbaren schon wieder zurück und haben alles zerstört. Aber warten Sie, bis Sie die Wale sehen.«

In Puerto Pirámides bestiegen sie eine Fähre, und schon im Golfo Nuevo erkannten sie den ersten Wal und bald bis zu einem halben Dutzend beim Passieren der ungefähr zwischen

Punta Delgada und Punta Ninfas verlaufenden Meerenge; immer einen Wal und sein Junges, der Wal sehr an den sich nähernden Schiffsreisenden interessiert und daran, ihre Absichten zu erraten, und dicht bei ihm das Waljunge, das alle Bewegungen des Muttertiers nachahmte.

Bayer machte sie auf das Verhalten des ausgewachsenen Wals aufmerksam, der sich in Schiffsnähe aufhielt und sein Junges im Schutz des eigenen Körpers neben sich her schwimmen ließ, für den Fall, daß vom Schiff irgendein Angriff ausging. Nach einiger Zeit begann die Mutter beruhigt und vertrauensvoll zu spielen, und vollführte ungewöhnliche Sprünge, bei denen sie halb aus dem Wasser auftauchte oder sich um sich selbst drehte und dabei wahre Fontänen erzeugte, stets von ihrem Jungen begleitet, das jede der mütterlichen Bewegungen wiederholte. Sie befanden sich in einem der weltweit eingerichteten Walschutzgebiete zu einer Zeit universeller Fangbeschränkung, doch die Schönheit der Situation schien wie getrübt durch die von Bayer erwähnte Melancholie. Und während fast alle Reisenden Lust hatten, ein Waljunges zu adoptieren und bei sich zu Hause ins Aquarium zu stecken, zeigten die Japaner keinerlei Rührung. Für sie seien diese Tiere eben eher Spender von Walfleisch und -öl als der Inbegriff des *Élan vital*, »wie Bergson gesagt hätte«, schloß Bayer seine Erklärung.

»Behalten Sie sie im Gedächtnis als die größten Opfer des traurigsten Triptychons der Überlebenden der Evolution.«

»Aber mehr noch müßte doch der Leguan verzweifeln: ein ehemaliger Dinosaurier, der heute kaum mehr ist als eine Eidechse.«

Bayer wollte sich auf keine Diskussion mit dem hartnäckigen Biscuter einlassen, der imstande war, Gespräche über ein x-beliebiges Thema, und seien es Kirschbaumschädlinge, bis ins unendliche fortzusetzen, weil er so vieles nicht wisse, so seine Rechtfertigung, und das Wissen der anderen so bewundere. Falls sie Zeit hätten, wäre es lohnenswert, zum Pinguinreservat von Punta Tombo zu fahren, dort seien in einer der Wandersiedlungen bis zu einer halben Million Vögel gezählt worden.

»Denken Sie nur, die Pinguine dieser gesamten Gegend gehören einer besonderen Gattung an, bekannt als Magellanpinguin. Die Tiere haben den Vorteil, daß man sie nicht essen kann, ihr Fleisch schmeckt grauenhaft. Ernste Gefahr könnte für sie nur von einer kosmischen Hungersnot oder der krankhaften Neugier der Gourmets ausgehen.«

Bayer schaute auf seine Uhr und auf die Versammlung der Walpaare, so als erbäte er von der Zeit eine Gnadenfrist, um weiter ein Spiel beobachten zu können, das ihn rührte.

»Die Walmutter schützt mit ihrem Körper den des Sprößlings und ist sehr neugierig auf das, was die Menschen tun. Darum ist es so leicht, sie zu fangen, außer in einigen Ausnahmefällen wie dem des höchst penetranten Kapitän Ahab aus *Moby Dick*. Was Wassertiere betrifft, sind die Angelsachsen wirklich blöd. Entweder sie machen daraus einen Kampf unter Männern wie Hemingway in *Der alte Mann und das Meer* oder eine herkulische moralische Anstrengung wie Melville in *Moby Dick*.«

Ich habe eine weibliche oder kindliche Seite, Chef, denn Abschiede machen mich total fertig, und ich könnte losheulen.« Schon schimmerte es wie Tränen auf Biscuters Wangen. Bayers *Roulotte* hatte sie am Flughafen von Trelew abgesetzt, und, halb aus dem Fenster gelehnt, hatte der Fahrer sie an die Verpflichtung erinnert, einen Whisky on the rocks mit Gletschereis auf ihn zu trinken. Und während er nach Norden davonfuhr, streckte er seinen Unterarm aus dem Fenster, um den Abschied beziehungsweise das Zusammensein in die Länge zu ziehen. Er hatte seinen Begleitern die fünf kommentierten Bücher geschenkt und versprochen, ihnen ein weiteres zu schicken, *Exilio*, das er in Zusammenarbeit mit einem ihm zufolge sehr bedeutenden Dichter, Juan Gelman, geschrieben hatte. Sein Freund Gelman war vor ungefähr zwei Jahren wiedergeboren worden, als man ihm seine Enkelin zurückgab, die ihm die Diktatur nach der Ermordung ihrer Eltern weggenommen hatte. Carvalho und Biscuter mußten durch Patagonien in Richtung Feuerland weiterreisen und Río Gallegos als Ausgangspunkt für die Fahrt nach El Calafate und zum Perito-Moreno-Gletscher wählen, dann nach Río Gallegos zurückkehren und von dort aus nach Ushuaia fliegen, das im äußersten Süden Argentiniens lag und durch chilenisches Territorium, benannt nach Magellan, und die chilenische Antarktis vom Rest des Landes getrennt war. Ihre Ziele auf argentinischem Boden waren Orte, die Carvalho damals in Buenos Aires, in den Gesprächen zwischen Alma und ihren Freunden, immer wieder hatte auftauchen hören. Alle waren in einen Süden verliebt, den fast keiner je gesehen hatte. Das galt auch für die große Mehrheit der Bewohner von Buenos Aires, die eine zugleich kosmopolitische und chaldäische Einstellung hatten, universalistisch waren und andererseits davon überzeugt, die Welt endete an den Grenzen der Stadt Buenos Aires, genau wie die Chaldäer, die dachten, die Welt endete bei den letzten am Horizont sichtbaren Bergen. Vielleicht war das aber auch eine Verleumdung der armen Chaldäer, an die sich Carvalho nur aufgrund irgendeiner Anekdote mit geschichtlichem Informationswert aus den jämmerlichen Zeitschriften seiner Kindheit erinnerte.

Trotz der Entfernung zwischen Trelew und Río Gallegos bekamen die Fluggäste keine andere Verpflegung als Bonbons, nicht einmal einen Kaffee oder einen dieser unvermeidlichen Luftfahrt-Orangensäfte, die sich die Fluggesellschaften über böse O-Saft-Weltraumleitungen zukommen ließen. Die Zeitschriften *Clarín* und *Página 12* betonten hartnäckig, in welch schlechter Verfassung sich das Land befinde und wie wenig Präsident Duhalde als Hoffnungsträger überzeuge. Die Schlangen von Argentiniern vor den Botschaften, besonders vor der spanischen und italienischen, zeigten, wie viele in jene Länder zurückkehren wollten, aus denen ihre Väter einst auf der Suche nach dem Onkel in Amerika ausgewandert waren. Und jetzt war der Moment gekommen, nach dem Onkel in Europa zu suchen, wie Bayer es verkündet hatte. Biscuter fragte eine Stewardeß, ob die karge, aus ein paar Bonbons bestehende Verpflegung eine Folge der Wirtschaftskrise sei, und das Mädchen lachte.

»Ich glaube, es ist eher eine Folge der Wirtschaftskrise dieser Fluggesellschaft, einer Krise, die schon ungefähr fünfzig Jahre andauert. Auf diesem Flug gab es noch nie etwas anderes als Bonbons.«

In Río Gallegos stand ein kleiner Bus bereit, der sie ins dreihundert Kilometer entfernte El Calafate bringen sollte, »in vier bis fünf Stunden«, bemerkte der Busfahrer, »nicht eingerechnet die Pause, Sie verstehen, für alle Arten von Wassergeschäften, großen, kleinen, in Flaschen, mit und ohne Kohlensäure.« El Calafate war das Tor zur komplexen Bühnenmaschinerie des

Perito-Moreno-Schauspiels. Nach dem Mittagessen würden sie mit der Betrachtung des Gletschers beginnen können und am nächsten Tag eine Fahrt über die Seen unternehmen, die ihnen Eisberge und Whiskys on the rocks verhieß. Einstweilen schien sich der Weg in die Länge zu ziehen wegen der schönen Monotonie wüstenähnlicher Landstriche mit windigen Ebenen, vereinzelten Büschen und Strauchheiden, endlosen Schafherden auf dem Weg von oder zu Estancias, die der Landschaft Schlußstriche setzten, als begänne hier die private Freiheit des Landes. Von Zeit zu Zeit sah man Guanakos, die bei den europäischen Reisenden große Begeisterung auslösten, oder Strauße, allerdings gezüchtete, die mit der Geschwindigkeit äthiopischer Marathonsieger vorbeiliefen. Und so verstrich Kilometer um Kilometer, bis sie in einem Gasthaus Rast machten, das La Esperanza hieß, und wieder endlose Kilometer, bis plötzlich der Zauber des Wassers wiederkehrte, diesmal in Form des Lago Argentino und der unerbittlichen Weite grüner Wälder, die dem Eis die Vorherrschaft des Spektakulären streitig machten. Sie waren im Hotel Paso Verlika untergebracht, im Zentrum einer Stadt, deren einzige Aufgabe darin zu bestehen schien, den Vorhang zu heben für das Licht- und Klangschauspiel der Gletscher. Hier konnte man letzte Einkäufe tätigen, Gebirgskleidung betrachten, die kosmopolitischen Standards entsprach, oder die in der Casa Guerrero, Libertador 1251, hergestellte Schokolade probieren, die Carvalho zunächst zweifelhaft erschien, von der er allerdings zugeben mußte, daß sie hervorragend schmeckte. In demselben kleinen Bus, der sie bis hierher gebracht hatte, legten sie die Kilometer zurück, die sie noch von den Aussichtspunkten auf die beweglichen Eismassen im Los-Glaciares-Nationalpark trennten, jene sechshunderttausend Hektar, die den Lago Viedma und den Lago Argentino umfaßten, an deren Ufern die türkisblauen Eiskonstruktionen emporragten, ewiges Eis, das sich in einer leicht aufreißenden Front bewegt, Abbrüche, die sich in seltsam entrückten Tönen ankündigen, als hätte ihre Sprache etwas mit der Sprache unerwartet redseliger Tiere zu tun. Eine auf harmonische Weise geräuschvolle Natur schob sich mit nicht wahrnehmbarer Geschwindigkeit voran, es sei denn, der Gletscher war auseinandergebrochen, schwamm auf dem Seewasser und trieb echte Eiswürfel bis an die Ufer, wo die Reisenden sie in alle Arten von Gläsern füllten, um alle Arten von Alkohol damit zu kühlen. Knockando Whisky für Carvalho und Biscuter – drei richtige Gläser hatten sie sich aus dem Hotel mitgenommen – und für Osvaldo Bayer als steinernen Gast, der mit leichtem Stirnrunzeln, aber ergriffen zugeschaut hätte, wie Bouvard und Pécuchet ihren mit prähistorischen Eiswürfeln gekühlten Whisky herunterkippten.

Man hatte ihnen geraten, bis zum Perito-Moreno-Gletscher zu fahren, benannt nach dem großen Geographen Südargentiniens; und dort erlebten sie eine Eissymphonie von über dreißig Kilometern Länge, achtzig Metern Höhe über dem Meeresspiegel und fünf Kilometern Breite, deren Fläche – so hieß es in den Broschüren – die von Buenos Aires übertraf, aus Eis gehauene, blau-rosa gefärbte Steilwände, die Jahr für Jahr trotz der Eisabbrüche weiterwuchsen. Das große Donnern, auf das alle warteten, meldete ungefähr alle dreißig Jahre das Auseinanderbrechen des Gletschers infolge des Wasserdrucks, ein Mordskrach, der bis nach El Calafate zu hören war und der im errechneten Monat, im Februar 1992, nicht eingetreten war, so als wäre die Bestie aus Eis sich dessen bewußt gewesen, daß sie in einem am Rande des Zerfalls befindlichen Land zerbersten würde. Sie betrachteten die Gletscher von den breiten, wie Theaterränge gestalteten Plattformen aus oder während sie die Stege hinuntergingen, die die Illusion einer geradezu gefährlichen Nähe zu den bedrohlichen Eismassen vermittelten.

Sie kehrten zurück zum Hotel und verließen Seen und Gletscher für diesen Tag, um erst einmal im Restaurant El Refugio zu Abend zu essen, das angesichts einer hinreichend argentinisch-italienischen oder italienisch-argentinischen Küche eine eher dürftige Karte bot. In jener Nacht wechselte Carvalho hin und her zwischen Tiefschlaf und einem bläulich beleuchteten Zimmer, als wäre der Gletscher zugegen und kündigte sich mit den Geräuschen seines Zerbrechens an, ein lebendiger Eiskörper, der wie eine Erscheinung in seine Träume trat. Obwohl Carvalho es reichlich teuer fand, bestiegen sie schließlich das Schiff, das eine etwa achtstündige Fahrt über den Lago Argentino anbot, angelockt durch das Versprechen, unterwegs Eisberge in unglaublichen Blautönen umschiffen und die optische Täuschung des Schreckens der Titanic-Passagiere genießen zu können. Und tatsächlich tauchten die Eisberge auf, wunderschön in ihrem vom Weiß und Rosa unkontrollierter Wasser- und Himmelsspiegelungen durchzogenen Blau. Obwohl die Gletscher, die sie sahen und sogar aus nächster Nähe betrachteten, nicht die beeindruckende Erhabenheit des Perito-Moreno-Gletschers besaßen, wog die Tatsache, daß das Schiff kaum hundert Meter vor dem Spegazzini-Gletscher hielt, die quantitativen Unterschiede auf. Danach ankerte es in der Onelli-Bucht, und sie sprangen an Land zu einem gespenstischen Rundgang durch einen Wald aus toten oder sterbenden Lengas, die auf der von den Gletschern hinterlassenen dünnen Erdschicht zu stark gewachsen waren und zudem von einem Schmarotzerpilz, dem *Llao-Llao*, angegriffen wurden – ein beinahe nekrophiler Spaziergang, den Carvalho dem Sadismus der Tourismusplaner zuschrieb, die ihnen den Anblick eines geophysischen Todeskampfes bescheren wollten. Biscuter fragte, ob denn nichts unternommen würde, um zumindest die Wirkung des Schmarotzerpilzes einzudämmen, und die gebildete, aus Salta stammende Führerin antwortete ihm rätselhaft:

»Die Experten meinen, die Natur sei weise.«

Sie zeigte ihnen weitere Gletscher: den Onelli, den Bolado, den Agassiz, wahre Riesen, wenn auch weniger beeindruckend als der Perito Moreno, der unbestrittene Star jener Oper. Der Gletscher Upsala, der dreimal so groß war wie Buenos Aires, bestätigte einmal mehr die herausragende Bedeutung der argentinischen Hauptstadt, des ewigen Bezugspunkts, an dem alles gemessen wurde, sogar Gletscher, die womöglich vor den ersten Amöben entstanden waren. Doch wenn auch dreimal so groß wie Buenos Aires, die Calle Corrientes inbegriffen, so nimmt der Upsala im Gegensatz zum Perito Moreno ab, schwindet, zerfällt in Eiswürfel für mehr oder weniger gute Whiskys und setzt nicht wieder genug Eis an, um Überlebenschancen für die nächsten tausend, zweitausend, dreitausend Jahre zu haben, »vorausgesetzt, Biscuter, in tausend, zweitausend, dreitausend Jahren gibt es noch Menschen, um dies zu bezeugen.«

»Sie bleiben bei Ihrem biologischen Pessimismus.«

»Historischen Pessimismus. Wir können nichts tun, um Zerstörungen aufzuhalten. Denk an die Reise, die wir gemacht haben, und nicht nur durch Argentinien, wo wir vom Pinguin zum Gletscher, beides geschützte Arten, gereist sind. Der Mensch hingegen hat nicht den Rang einer geschützten Art, besonders wenn er in Afghanistan oder Äthiopien geboren wird oder, wer weiß, morgen auch im Irak. Sollten wir irgendwann zu dem zurückfinden, was wir Normalität genannt haben, um die Angst von uns fernzuhalten, wie werden wir dann die Logik der Zeiten und der Dinge betrachten? Wir haben fast die gleiche Unglücksserie erlebt wie ein romantischer Reisender aus dem neunzehnten Jahrhundert, aber wir haben es per Flugzeug getan, und du telefonierst den ganzen Tag, ich weiß nicht, mit wem und weswegen. Besonders das Weswegen erscheint mir rätselhaft. Daß jemand immer noch die Frage des Weswegen aufwirft, ist erstaunlich oder religiös. Und angesichts dieser Gletscher begreife ich Paganels feierliche Behauptung, er sei zwar Atheist, aber er glaube an die Geophilie, ein Gefühlsglaube, ein zarter Glaube, wie ihn fast alle Söhne von Witwen ihrer Mutter entgegenbringen.«

Noch mehr Gletscher hätten ein Alptraum werden können, so wie es für Carvalho die Besichtigung zu vieler Ruinen ohne Pause oder übergroßer Museen wie der Eremitage war, in der die Unmenge beeindruckender Gemälde nicht über die Knappheit an Wänden und Zeit zur Betrachtung der einzelnen Werke hinwegzutäuschen vermag. Die Rückkehr nach Río Gallegos bedeutete eine Verbilligung der Gefühle beim Betrachten der Landschaft; Guanakos und Strauße oder die verschnörkelten Eisentore entlegener Estancias vermochten kaum, die Erhabenheit der zur Ausdehnung oder zum Tode strebenden Gletscher zu ersetzen. Aber die Dia-Ansichtskarte vom Perito-Moreno-Gletscher wurde bereits von der von Ushuaia überlagert, der südlichsten Stadt der Welt nach Meinung der Argentinier, im Wettstreit mit Puerto Williams. Die Chilenen hielten mit dem Metermaß in der Hand dagegen; denn ihrer Meinung nach war Ushuaia nicht viel mehr als eine gefährlich nah am Beaglekanal gelegene Ansiedlung. Die Fahrt über den Lago Argentino und die Tatsache, daß sie nur hundert Meter vor dem Gletscher angehalten hatten, waren die Folge sämtlicher aufregender Leseabenteuer ihres Lebens gewesen, in denen Naturgeheimnisse vorkamen, die es dank kühner und gut vorbereiteter Männer zu entdecken gab, Männern wie Cyrus Smith, dem Held der *Geheimnisvollen Insel*; ein Gelehrter, der seinen Gefährten dank seines nützlichen Wissens um die Verwertbarkeit vorhandener Dinge zu überleben hilft und der bezüglich des Perito Moreno sicherlich eine hoffnungsfrohe Moralpredigt über die Zweckbestimmtheit der ältesten Eismassen gehalten hätte. Allerdings hatten alle positiven Helden ihrer Jugend auf betrügerische

Weise Unterstützung erhalten durch ihr Vertrauen in die Vorsehung, genau wie die Spieler der kroatischen Nationalmannschaft, denen Gott gestattet hatte, in der Weltmeisterschaft von 1998 vierte zu werden, wohingegen Gott den Spaniern alles vermasselt hatte, denn trotz Spaniens historischer Verdienste um die Verteidigung des universellen Katholizismus war das Land nicht über das Achtelfinale hinausgekommen. Wenn sich aber Cyrus Smith trotz alldem, was er über Physik, Chemie und Botanik weiß, der göttlichen Vorsehung anvertraut, so handelt es sich möglicherweise nur um einen rhetorischen Lapsus, einen Lapsus, den sich Kapitän Nemo, zweifellos der progressivste aller geoliterarischen Antihelden der imperialistischen Bourgeoisie des neunzehnten Jahrhunderts, nicht erlaubt hätte, Nemo, der unfähig war, auf die Vorsehung zu vertrauen, und vielleicht deswegen mit Selbstzerstörung bestraft wurde. Alle in Feuerland versammelten Einsamkeiten waren eine Folge der Macht des Andersseins gegenüber dem Menschen, und jetzt reisten sie nach Ushuaia, um zu überprüfen, ob das Ende der Welt existierte beziehungsweise ob es für die Argentinier und die Chilenen des ausgehenden neunzehnten Jahrhunderts existiert hatte, als diese begannen, die Südspitze Amerikas zu erforschen, zu plündern, weißzuwaschen und zu korrigieren, obwohl sie wußten, daß die angelsächsischen geographischen und wissenschaftlichen Expeditionen die Fragilität der Ureinwohner, der Besitzer jenes Ökosystems, längst offenbart hatten. Legende oder Wirklichkeit, Bayer hatte ihnen von den Teilnehmern an einer der englischen Beagle-Expeditionen erzählt, die junge Ureinwohner mit in die Heimat genommen hatten, um sie in der Hauptstadt des Empires zur Schau zu stellen. Keiner erfuhr, was mit den guten Wilden geschehen war, bis Jahre später eine andere britische Feuerland-Expedition in einem der Yamana-Führer einen Überlebenden jener Londonreise des Kolonialistenzirkus' wiedererkannte. Dieser sprach inzwischen perfekt Englisch und war sogar mit dem Teeritual vertraut, weshalb vermutet wird, daß der Indio eher integriert war als unterjocht. Vom Flugzeug aus war Ushuaia ein winziges Städtchen am Ufer des Beaglekanals, auf der zu Feuerland gehörigen Isla Grande, die sich Chilenen und Argentinier teilten, der Isla de Navarinos gegenüber gelegen, am Rand einer Gruppe versprengter südlicher, Kap Hoorn, der Pazifik- und der Antarktisroute vorgelagerter Inseln.

Kaum waren sie in Ushuaia angekommen, äußerte Biscuter zwei Wünsche: Er wolle das Ozonloch sehen, das nicht sehr weit sein könne, sowie überprüfen, ob es möglich sei, bis zur Antarktis zu gelangen, ein realisierbares Vorhaben, das eine sechstägige Schiffsreise bedeutete. Carvalho reduzierte das Ganze auf eine Budget- und Sicherheitsfrage, denn seiner Meinung nach gab es keinen Grund zur Eile, abgesehen von den schwindenden Ressourcen der Reisekasse, und von Biscuters Angebot, ihm seine Ersparnisse zur Verfügung zu stellen, wollte er nichts mehr wissen. Sie gingen in ihr Hotel, ins Canal Beagle, überzeugt davon, daß Ushuaia der Ausgangspunkt einer Antarktisreise sein werde, doch als Carvalho abends seine Überlegungen zur Reisestrategie zu äußern begann, unterbrach ihn Biscuter:

»Ich habe mir überlegt, Chef, daß diese Reise in die Antarktis eine ziemlich sinnlose Herumfahrerei wäre, im Grunde würden wir nur noch mehr Eis sehen, nicht mal das Ozonloch, hätten tagelang Seegang, und das alles nur, um noch eine Bucht oder noch einen Pinguin gezeigt zu bekommen, wo wir doch von Buchten und Pinguinen allmählich genug haben.«

Verblüfft schlußfolgerte Carvalho, irgend etwas müsse passiert sein, daß Biscuter so plötzlich seine Bestimmung im Leben änderte, und er dachte gerade in der Hotellobby darüber nach, als der Page einen Monsieur Biscuter ans Telefon bat, eine Anrede, die den Verlangten erröten ließ. Biscuter ging an den Apparat, entweder um eine Frage zu französischen Suppen und Saucen zu beantworten oder um sich mit der auf- und abtauchenden Madame Lissieux in Verbindung zu setzen, für Carvalho eine geisterhafte Reisebegleiterin, die sie nie wirklich verlassen hatte, so als wäre Biscuter ihre Verlängerung in Raum und Zeit. Später fragte er ihn nicht, wer ihn angerufen habe, obwohl er ihn auf ihrem ersten Gang durch Ushuaia bis zum Kanal, bei hellem Tageslicht trotz des sich neigenden Nachmittags, abwesend, zerstreut fand. Die Bucht war dicht bevölkert von Sportbooten, dazu die Katamarane für die Ausflüge über den Kanal zu den der Isla Aguirre vorgelagerten Inseln, kleinen Inseln, von Seelöwen überquellend, die, als glänzende Statuen verkleidet, fast reglos auf den Felsen lagen.

Einstweilen sah Ushuaia aus wie eine jener kleinen, widernatürlichen kommerziellen Städte, die man der Natur aufgezwängt hatte, damit die Reisenden Wanderstiefel, Skier, Feuerlandschokolade, Pullover, Modelle berühmter Schiffe, Sportkleidung und vermeintliches Kunsthandwerk verborgener Ureinwohner kaufen konnten. Die Stadt hatte ein paar unvermeidliche Kulturgüter vorzuweisen, besonders den Hafen, das Museum am Ende der Welt und das Gefängnis, das Carvalho und Biscuter magnetisch anzog, als sei es Teil ihrer emotionalen Erziehung. »Das Gefängnis dürfen Sie sich nicht entgehen lassen«, hatte Bayer verkündet. »Denken Sie daran, daß ein Großteil dessen, was Sie sehen und nicht sehen werden, von den Gefangenen in Zwangsarbeit errichtet wurde. Was nicht sie gebaut haben, das haben die Biber zu Werke gebracht, die wunderschönen Biber, die mit ihren beneidenswerten Zähnen den konventionellsten Experten zufolge das geschützte Waldgebiet rund um die Kanäle bedrohen. Stellen Sie sich die Gefangenen vor. Versuchen Sie, die Biber zu sehen.«

Sie hatten Zeit, ins Museum am Ende der Welt zu gehen, ein Versuch Ushuaias, sich an sich selbst und jene Zeit zu erinnern, als es noch nicht den Status eines Sicherheitsgefängnisses innehatte. Dort war der Bug des Schiffes *La Duchesse d'Albany* ausgestellt, standen Verkaufstresen aus Apotheken und Kolonialwarenläden, ausgestopfte einheimische Vögel aller Art, Erinnerungsstücke und Abbildungen der letzten Yamana-Indianer, die in dieser Gegend gelebt hatten, ein von einem gewissen Thomas Bridges, einem Estanciero, verfaßtes Englisch-Yamana-Wörterbuch, Postkarten, mit denen man prahlen konnte, am Ende der Welt gewesen zu sein; und sie bekamen sogar einen Stempel in den Paß gedrückt als Beweis für ihre Reise in diese finalen Breiten. Das Gefängnis, die Biber und die Seehunde wollten sie sich lieber für den nächsten Tag aufheben und sich zunächst in den Bann des Kanals und möglicher Schiffsreisen ziehen lassen.

»Der Kanal ist zur Hälfte chilenisch. Das heißt, das gegenüberliegende Ufer gehört zu Chile. Fährt man kanalaufwärts bis zum Meer, geht es weiter in Richtung Kap Hoorn, zur Isla de los Estados, und von dort, wo das offene Meer beginnt, zu den Malvinen«, las Biscuter aus einer Broschüre vor, die er in der Hand hielt. »Wußten Sie, Chef, daß es ein falsches Kap Hoorn gibt und das echte etwas tiefer liegt, auf der Isla Hornos, bei den Wollaston-Inseln? Nach unserer Pazifiküberquerung mit Oñate können Sie sich besser vorstellen, wie es wohl war, in diesen Breiten vom Atlantik zum Pazifik zu fahren. Es heißt, daß hier bisweilen fürchterliche, vom Atlantik kommende Winde zum Pazifik herüberwehen.«

Biscuter hatte einiges über die Yamana-Indianer in Erfahrung gebracht, die man lange Zeit für Menschenfresser gehalten hatte, bis bewiesen wurde, daß diese Unterstellung falsch war, eine Unterstellung, die von den Kolonisatoren zur Rechtfertigung ihrer Politik der Ausrottung benutzt worden war. Carvalho mußte sich die Geschichte vom Festmahl am Cabo Domingo anhören, das ein gewisser MacKlenan für die Indios gab, ein durch und durch schottischer Kolonisator, der in der Gegend als »Rotes Schwein« bekannt war. Als die Indios vollgegessen und betrunken waren, mähten der Schotte und etwa zehn Komplizen sie mit Schüssen nieder, um sie alle auszulöschen, und nur ganz wenigen gelang es, trotz ihres vollen Bauches und ihres Rausches zu fliehen. Es ist eines der deutlichsten Beispiele für den systematischen Völkermord an den Ureinwohnern, der die Aneignung der von den Kolonisatoren besetzten Ländereien rechtfertigen sollte, denn diese fürchteten, die Indios könnten das Land trotz ihres Nomadentums eines Tages von ihnen zurückfordern. Biscuter begann Freudensprünge zu vollführen, als er auf eine ausdrückliche Erwähnung der Geschichte vom englischsprachigen Indio stieß, die Bayer ihnen ganz ähnlich erzählt hatte.

»Das ist ja irre, Chef, das ist ja irre. Einer der englischen Seefahrer, Kapitän Fitz Roy, behauptete auf der ersten Reise der *Beagle*, die Yamanas hätten ihm ein Beiboot gestohlen, und nutzte die Gelegenheit, um vier Indios zu entführen, denen er englische Namen gab, Boat Memory, York Minster, Jemmy Button, Fuegia Basket, und die er mit nach England nahm. Gleich nach ihrer Ankunft starb Boat Memory an Pocken, die drei anderen wurden Ordensleuten übergeben, die ihnen verschiedene Berufe beibrachten, und das Mädchen, Fuegia, erhielt eine Haube, einen Ring und genügend Geld, um zwecks baldiger Heirat mit der Anschaffung einer Aussteuer zu beginnen. Das Hochzeitsgeschenk, Chef, das bekam sie von den Königen von England persönlich, die William und Adelheid hießen. Die Könige frohlockten, weil man ihnen gesagt hatte, die drei überlebenden Eingeborenen sprächen sehr gutes Englisch und seien ausgesprochen sympathisch, sie freuten sich sozusagen, daß man sie entführt hätte. Und jetzt halten Sie sich fest: Zwei Jahre später kehrt die *Beagle* nach Feuerland zurück und bringt die drei in Angelsachsen verwandelten Indios wieder nach Hause, sozusagen als gutes Beispiel für ihre Landsleute; und auch ein Priester ist dabei, der sich bei einer Indiogruppe niederläßt und mit der Missionierung beginnen will. Doch plötzlich verschwinden diese Indios. Die britannisierten Ureinwohner kehren zu ihrem Volk zurück, und hier weicht die Geschichte von dem ab, was man uns erzählt hat. Jemmy Button, der bedeutendste unter den »reumütigen« Wilden, der bereits wieder von den Yamanas aufgenommen worden ist, wird von Fitz Roy zum Tee eingeladen, ich nehme an, auf der *Beagle*. Und der Mann geht hin, spricht mit den Leuten wieder ein tadelloses Englisch, wie es sich für einen Jungen aus guter Gesellschaft gehört, verläßt dann aber wieder das Schiff und kehrt zu seinem Volk zurück. Welche Version gefällt Ihnen besser? Die eines Button, der gegen den Imperialismus kämpft, oder die eines Button, der als guter Wilder mit einem guten Kolonisator Tee trinkt?«

»Und dir?«

»Kommt drauf an. Vielleicht ist Button, indem er sich fürs Teetrinken entschieden hat, mit dem Leben davon gekommen und konnte aus diesem Grund achtundvierzig Jahre alt werden. Er starb in diesem Alter, und es hieß, die Yamanas seien langlebig.«

Gepeinigte Nomadenstämme, expansionistische argentinische Militärs, Geographen, Wissenschaftler, Goldsucher, europäische Kolonisatoren, Seehund- und Walfänger, Missionare verschiedener Orden und Estancieros gestalteten in Feuerland und rund um den Beaglekanal die Landschaft des ausgehenden neunzehnten Jahrhunderts. Ushuaias älteste Bauten waren eine als Casa de Hierro bekannte Missionsstation, die später abgerissen wurde, und eine Unterpräfektur, mit der das System einer von Buenos Aires ausgehenden politischen Kontrolle über Feuerland eingeführt wurde. Ende des Jahrhunderts bestand Ushuaia aus sechzehn sehr einfachen Häusern, fünf Geschäften, einer Schule mit wenigen Kindern, einer dampfbetriebenen Sägemühle, einem anglikanischen Missionar-Orden, der Unterpräfektur, der Bucht und achtzig Einwohnern, die den damaligen Dokumentaren zufolge »gähnend und abgeschieden sechshundert Meilen von Buenos Aires entfernt leben«. Alles änderte sich mit dem Bau einer Hochsicherheitsstrafanstalt für gemeingefährliche Häftlinge, die man in den Randgebieten des Landes verwahren wollte, wo sie keine andere Fluchtmöglichkeit hatten als die, in den Abgrund von Kap Hoorn zu stürzen. Das endgültige Gefängnis, heute ein Marinestützpunkt, ist zu Beginn des einundzwanzigsten Jahrhunderts nach wie vor das bedeutendste Gebäude der Stadt, und die Arbeit der Häftlinge bleibt der Faktor, der fast sämtliche landschaftlichen Veränderungen sowie die Infrastruktur Ushuaias erklärt.

In aller Frühe nahmen Carvalho und Biscuter den *Tren del Fin del Mundo*, einen Zug, der zum Gedenken an jenen konstruiert wurde, den einst die Sträflinge gebaut hatten, um in die Wälder zu fahren, dort Holz zu hacken und es nach Ushuaia zu bringen. Zum Feuerland-Nationalpark fuhr der Zug durch dichte Wälder, in denen die Biber zuerst an den Rinden der Bäume, dann an den geeignetsten Stämmen nagten und sie schließlich zu Fall brachten, um damit im Wasser Staudämme zu bauen. Mit ihren kleinen, aber hartnäckigen Zähnen formten diese Nagetiere, die fast so schön waren wie Eichhörnchen, die von ihren Bissen verletzte Natur neu. Der Zug sah aus wie eine Spielzeugeisenbahn und paßte gut in diese Sackgasse des Universums, in der die Sträflinge Wege gebahnt, Bauten errichtet, Bäume gefällt und verzweifelt versucht hatten, durch das Labyrinth aus Kanälen zu fliehen. So hatten sie schließlich im Bannkreis jener Ortschaft, der Nachhut der Welt, eine Art verschwommene Erinnerung hinterlassen, und während der Reise in einem Zug, der das Gedenken an die Gefangenen wachhielt und nie die unmittelbare Umgebung von Ushuaia verließ, fühlte man sich von dem besessen, was von den Seelen jener ewig verhinderten Flüchtlinge übriggeblieben war.

»Es ist, als steckten sie in mir, Chef.«

»Was? Wer?«

»Die Gefangenen. Es gab Zeiten, da hatte dieses Gefängnis mehr Insassen als Ushuaia Einwohner. In gewissem Sinne sind sie die Urheber von allem hier.«

»Seit Anbeginn der Welt wurde fast alles von Gefangenen geschaffen.«

Der Zug am Ende der Welt wurde von Dampflokomotiven gezogen, die aussahen wie Requisiten, ein weiteres Element jenes nostalgischen Dekors der Stadt, zu dem die sieben Kilometer lange Eisenbahnstrecke gehörte, die sie vom Feuerland-Nationalpark trennte. Sie führte an einer Mustersammlung von Lenga- und Sauerkirsch-Baumgruppen, an Zimtbäumen und Torfmoorböden vorbei, und die Landschaft war erfüllt von den Blüten der Berberitzen, von Schokoladenblumen, Glockenblumen, Matas Negras und der Präsenz jener Wesen, die nach der Ausrottung der Yamanas die Ureinwohner des Waldes waren:

Guanako, Rotfuchs, Biber, Kaninchen und die dicht am Boden oder im Fluß lebenden Fischotter, während Süßwasser- und Strandvögel im Gebüsch aufflogen. Die Mitreisenden waren Argentinier reiferen Alters, die ihr ganzes Leben gebraucht hatten, um an jenes Ende der Welt zu fahren, oder Ausländer, deren Anwesenheit ein Resultat der Verbindung von Geographie und Mythologie war oder die in *National Geographic* gelesen und sich daraufhin geschworen hatten, eines Tages nach Feuerland zu reisen. Diese wie jene waren leutselige, größtenteils schon ein wenig zum Altern und einige von ihnen zum Sterben verdammte Menschen.

Nachmittags mußten sie an Bord eines Katamarans gehen, um den Beaglekanal Richtung Atlantik entlangzufahren. Sie umschifften den Leuchtturm am Ende der Welt, um zur Seelöweninsel zu gelangen, dem Zufluchtsort der Seehunde, die wußten, daß sie Teil eines Schauspiels im Dienst der ökologischen Melancholie waren, oder auch zur Vogelinsel, dem Rastplatz von Kormoranen, Möwen, Seeschwalben, Albatrossen, Sturmschwalben und Skuas. Es regnete leicht, auf baskische Art, ein Nieselregen, der das ohnehin traurige Licht des Beaglekanals noch verschleierte. Und wie immer schlug Biscuter vor, ein paar Tage länger zu bleiben, nicht, um zur Antarktis zu fahren, sondern um die Pinguininseln Los Martillos oder das nur hundertfünfzig Kilometer entfernte Kap Hoorn aufzusuchen. Doch als Carvalho in sich hineinhorchte, ob es sich lohnte oder nicht, die Reise fortzusetzen, war Biscuters Stimmung schon umgeschlagen – nein, nein, nein, es lohne sich nicht, den Aufenthalt in Ushuaia zu verlängern, bei allem, was es in dieser Welt zu sehen gäbe und was sie nicht würden sehen können, selbst wenn sie zwanzigmal eine ähnliche Reise machten.

Sie kehrten nach Ushuaia zurück, und als seien die von Biscuter anberaumten Fristen zu dringenden Terminen geworden, schlug dieser vor, zur Strafanstalt zu laufen, um deren vermeintliche Ruine zu besichtigen, die sich als ein auf dem größten Teil der einstigen Haftanstalt errichteter Marinestützpunkt entpuppte. Die Anstalt verfügte zur archäologischen Darstellung ihrer

Funktion über eine vollständige Galerie mit Erdgeschoß, erstem Stock und Gefängniszellen und erschien so als ein Mittelding zwischen unterirdischem Kerker und modernem Hochsicherheitsgefängnis. Die Besucher gingen in die Zellen und kamen wieder heraus, stiegen die Metalleitern hoch, betrachteten von den Geländern des oberen Stockwerks aus das Kontrollzentrum, als befänden sie sich in einem besonders düsteren Teil irgendeiner Walt-Disney-Stadt, in einem südlichen Disneyland, in dem man der Kerkernostalgie einen Ort eingeräumt hatte. Aber als ehemalige Häftlinge riefen Biscuter und Carvalho sich das Ritual in Erinnerung, das das Leben jener Sträflinge bestimmt hatte, die fast alle zum Tode oder zu lebenslänglichem Zuchthaus verurteilt worden und fortan von der Natur als einer noch abschreckenderen Mauer als der Gefängnismauer umgeben waren.

In den leeren Flügeln mit den niedrig wirkenden Decken, als seien die Häftlinge von einst kleiner gewesen als die Touristen von heute, war noch die Aura der berühmtesten Gefangenen zu verspüren. Gespenster, die unter den touristischen Sehenswürdigkeiten aufgeführt waren. So zum Beispiel Cayetano Santos Godino, genannt *Petiso Orejudo*, »Kleines Langohr«, der schon mit acht Jahren ein Verbrecher war und mit sechzehn genügend Leute umgebracht hatte, um lebenslänglich zu bekommen; er verbrachte dreißig Jahre im Gefängnis von Ushuaia, bis er 1944 starb. Oder Saccomano, ein Opfer seiner Zerstreutheit, der im Morgengrauen von Buenos Aires eine Telefonistin auf dem Heimweg mit einer Prostituierten verwechselte, die man überfallen, töten und ihrer Beute berauben konnte, da anständige Frauen ja um diese Zeit nicht durch die Straßen liefen. Erwähnenswert waren auch die Lionelli-Brüder, die ihre Gläubiger ermordet hatten und imstande gewesen waren, im Keller ihres Restaurants in Mendoza die eine oder andere Leiche zu verstecken. Ein jämmerliches Triptychon bildeten der Sträfling Herns, besser bekannt als *Serruchito*, »Kleine Säge«, weil er den Körper seines Partners in Stücke zersägt hatte, Mateo Banks, *el Mistico*, »der Mystiker«, der acht Mitglieder seiner Familie umgebracht hatte, und *el Mexicano*, ein Verbrecher aus Tucumán,

Experte für Gefängnismeutereien, der schließlich in Ushuaia inhaftiert wurde, wo er fortfuhr, mit seiner herkulischen Statur und Korpulenz Aufstände anzuzetteln. Dem Mexikaner gelang es 1921, samt dreier Mitgefangener auszubrechen, doch wurde er am Tag darauf geschnappt und konnte einmal mehr seine Widerstandsfähigkeit gegenüber den Prügeln unter Beweis stellen, die er seine gesamte Gefangenschaft hindurch einstecken mußte, weil er die Gefängniswärter dazu reizte, sich ungestraft den Wunsch zu erfüllen, einen Herkules kurz und klein zu schlagen.

Aus all diesem Gefängnisruhm stach Simón Radowisky hervor, ein Anarchist ukrainischer Herkunft, der Falcón, den Polizeichef von Buenos Aires, ermordet hatte, einen unbarmherzigen Folterer und Unterdrücker der Arbeiteraufstände. Als junger, achtzehnjähriger Idealist hatte Radowisky in Buenos Aires eine Bombe auf den Polizisten Falcón geworfen, während dieser in einer Kutsche von einer Beerdigung auf dem Friedhof La Recoleta zurückkam. Aufgrund seines Alters konnte der Attentäter nicht erschossen, wohl aber zu lebenslanger Haft verurteilt werden, stets begleitet von dem Respekt und der Unterstützung der argentinischen und chilenischen Anarchisten, die ihm zu seiner kurzen Flucht aus Ushuaia im Jahr 1918 verhalfen, bei der er sich als Gefängniswärter verkleidete. Nach einundzwanzig Jahren Zuchthaus am Ende der Welt wurde er begnadigt. Bei seinem Abschied winkte er den Leuten zu, machte den Kindern Geschenke und wurde dazu eingeladen, in einem gerade beginnenden Fußballspiel den Ehrenanstoß auszuführen. Die Amnestie beinhaltete das Verbot einer Rückkehr nach Buenos Aires, und so ließ sich Radowisky nacheinander in Montevideo, Spanien, Frankreich und Mexiko nieder, wo er 1956 starb, als wäre er bis zuletzt der Spur der Niederlagen der Arbeiterklasse gefolgt. Inzwischen war der Fremdenführer von einer Gruppe von Franzosen vereinnahmt worden, und Carvalho ging in dem Moment an ihnen vorbei, als sie über all das informiert wurden, was die Gefangenen für Ushuaia getan hatten:

»Die Fahrt der Gefangenen in dem kleinen Zug, der sie zum Holzfällen in die Wälder brachte, war das tägliche Ereignis, das eine Art Vorher und Nachher markierte. Viele von ihnen waren im übrigen Handwerker, die bereits Fachkenntnisse besaßen oder sich diese hier erwarben, wodurch sie als Schreiner, Holzsäger, Drucker, Apothekergehilfe, Bäcker und Schlachter unverzichtbar wurden; und im Gefängnis entstand eine gut ausgestattete Bibliothek. Die Gefangenen waren die unentbehrlichen Arbeitskräfte bei der Errichtung einer Stadt, die in ganz Argentinien als Stadt der Gefangenen bekannt wurde, was Vor- und Nachteile hatte; denn einerseits war die Leistung der inhaftierten Arbeiterschaft zwar sehr rentabel, andererseits aber minderte der Ruf der Stadt das Interesse von Argentiniern und Ausländern, hier hinzuziehen und so die Region erblühen zu lassen. In den vierziger Jahren umfaßte die gesamte Einwohnerschaft Ushuaias, das heißt Gefangene, Beamte, Angehörige der Beamten, Soldaten und Zivilbevölkerung, nur knapp tausendzweihundert Argentinier. Dies war auch teilweise der Grund für die Schließung des Gefängnisses im Jahr 1947, aber bis heute ist es das architektonisch bemerkenswerteste Gebäude und bemerkenswert zudem als Museum zur Wahrung eines sehr traurigen Andenkens.«

Carvalho gefiel der letzte Satz des Fremdenführers, und in gewissem Sinne half er ihm, das Gefühl von Abwesenheit und die Melancholie zu verstehen, die er seit ihrer Ankunft in Ushuaia empfand. Es fehlten all die Gefangenenjahrgänge, die ein halbes Jahrhundert lang das Leben an einem der äußersten Zipfel der Welt ermöglicht hatten. Und als sich Carvalho an dic Biographien jener gewöhnlichen Häftlinge erinnerte, mit denen er unter Franco in zwei Gefängnissen gesessen hatte – in La Modelo in Barcelona und im Gefängnis von Aridel –, kamen sie ihm vor wie ein Abklatsch vieler Sträflingsgeschichten aus Ushuaia, und es schien ihm, als verlaufe die Wandlung vom gesellschaftlichen Verlierer zum Verbrecher überall nach sehr ähnlichem Muster.

»Hier muß man die ›Große Seespinne nach Feuerlandart‹ probieren, die laut Rezept an das baskische *Txangurro* erinnert.«

»Gefangene und Seespinnen werden fast überall gleich behandelt.«

Während Biscuter das Rezept rezitierte, erkundigte sich Carvalho, wo man Fleisch und Meeresfrüchte essen könne beziehungsweise Gerichte auf der Basis von Meerestieren, die hier gefangen würden. Biscuter zufolge wurde die Füllung aus Butter, Mehl, zwei Tassen Seespinnenfleisch, Milch, gehackter Petersilie, Senf und einem halben Löffel Meerrettich hergestellt.

»Ich habe das Gefühl, in dieses Gericht hat sich ein Japaner eingeschlichen.«

»Lies weiter.«

»Das war's. Diese Füllung wird gekocht und mit Paniermehl in die leere Schale der Seespinne gegeben.«

Man empfahl ihnen das Restaurant Tía Elvira, aber es war voll; erst als Biscuter die FAO-Ausweise vorzeigte, wurde nahe der Küche noch ein Tisch für sie bereitgestellt.

»Wir führen eine Untersuchung über Meereskost durch, und überall hat man uns geraten, unbedingt auch die feuerländische Küche auszuprobieren.«

Im Restaurant war die Seespinne nach »Tía Elvira-Art« zubereitet worden und ähnelte dem Rezept, das Biscuter vorgelesen hatte. Durchs Fenster blickten sie auf das Museumsgebäude und auf ein graues, sehr solide gebautes Haus. Der Oberkellner bemerkte Carvalhos Neugier.

»Diese beiden Gebäude sind schon alt, vor dem Zweiten Weltkrieg erbaut, glaube ich. Sie wurden von den Gefangenen errichtet. Sicher wissen Sie bereits, daß Ushuaia als Stadt der Gefangenen bekannt ist.«

Carvalho erhob sein Glas mit argentinischem Wein und stieß mit Biscuter an:

»Zum Gedenken an jene Unglückseligen, die heute zu Lockvögeln für die Touristen geworden sind.«

Nach der langen Reise von Ushuaia zum Flughafen Jorge Newbery in Buenos Aires – dreitausendzweihundert Kilometer ohne eine andere Verpflegung als saure Drops – überfiel sie auf der Fahrt durch die Hauptstadt zum Hotel Bauen, Ecke Corrientes und Callao, ein Gefühl, das mit Hunger nichts zu tun hatte. Obwohl sie sofort auf die Straße stürzten, weil Carvalho es eilig hatte, eine Stadt zurückzuerobern, nach der er süchtig geworden war, merkte er, daß das Erlebnis des Patagonien- und Feuerlandaufenthalts wie eine klebrige Schmiere an ihm haftete. Es dauerte einen Tag, bis die Traurigkeit, die auf der Halbinsel Valdés und in Ushuaia seinen Blick getrübt hatte wie die Substanz des Südens, mit der die Welt sich von sich selbst verabschiedete, von ihm wich. Als es Abend wurde, war er soweit wiederhergestellt, daß er für Biscuter als Führer durch jenes Buenos Aires fungieren konnte, das ihm Alma während seiner Nachforschungen zu *Quintett in Buenos Aires* gezeigt hatte. Und sie sahen all die Leute in den Buchhandlungen und den Theatern, aber es war nicht zu leugnen, daß die Meldung vom Hungertod der Kinder in Tucumán einen bitteren Zug auf den Gesichtern der Einwohner von Buenos Aires hinterlassen hatte, die sich plötzlich wie Äthiopier am Rande des schwarzen Lochs der Hungersnöte stehen sahen. Zwischen Borges und den Hungersnöten, zwischen der Buchhandlung Gandhi und den Hungersnöten lag Buenos Aires, die Königin des Plata, *Mein Geliebtes Buenos Aires*, *Der Glanz von Buenos Aires*, wie es in zwei berühmten Tangos besungen wurde, Abraham Buenosaires. Vierjährige Kinder bettelten an jeder Ecke und baten sogar die Taxifahrer um Almosen. Carvalho wollte erneut ein erstklassiges Restaurant in San Telmo aufsuchen, um Biscuter in die Rituale von Grillfleisch mit Chimichurri-Sauce einzuführen, doch sie aßen mit einer gewissen Lustlosigkeit, und Carvalho glückte die Abwandlung einer Sentenz von Sartre über die Freiheit, die er auf den Bereich von Hunger und Essen übertrug: »Meine Freiheit ist ohne die Freiheit der anderen nichts wert«, hatte der französische Philosoph irgendwann einmal gesagt. In der Presse mehrten sich die scharfen Vorwürfe gegen einen räuberisch-ausländischen, besonders spanischen Investitionseifer und dessen Mitschuld an der argentinischen Krise, als deren Hauptverantwortliche eine korrupte politische Klasse und ein vaterlandsloser argentinischer Kapitalismus galten. Später, an der Kreuzung von Callao und Corrientes, boten ihnen die Nachtschwärmer, eher Zaungäste als Kunden der alternativen Buchläden, Bürgersteigbewohner, den optischen Eindruck, alles gehe so weiter wie früher, als sich diese Menschen als Herren der Stadt, das heißt ihres Lebens, gefühlt hatten. Sie gingen in die Vorstellung von Cecilia Rosetto, in der die Showfrau die Vorzüge glossierte, jahrelang die eigene Staatsangehörigkeit mit Opfern und Henkern, den Militärs und Verschwundenen geteilt zu haben, um dann unversehens zu entdecken, daß die eigentliche Trennung zwischen *Dieben und Verzweifelten* verlief. So lautete der Titel des Monologs, und die außerordentliche Komik der Schauspielerin entlockte den Zuschauern Lacher und wehmütiges Einverständnis, bis zum Schlußapplaus, den die Rosetto nutzte, um das Publikum direkt anzusprechen:

»Vielen Dank, daß Sie zu dieser letzten Vorstellung von *Diebe und Verzweifelte* gekommen sind. Als Opfer der Globalisierung wie alle oder fast alle von Ihnen fliege ich morgen nach Spanien auf der Suche nach meinem Onkel in Europa, der einzigen Hoffnung, die uns Argentiniern bleibt, nachdem wir so lange die Onkel aus Amerika waren. Ich hoffe, daß ich in Spanien werde singen, tanzen, lachen und weinen können, aber Sie sollen wissen, daß ich von dort aus für uns alle singen, tanzen, lachen und weinen werde, für uns Argentinier, besonders für die Tausende und Abertausende von Argentiniern, die weder dieses Leben noch diese Geschichte verdient haben.«

Einige Zuschauer weinten, fast alle applaudierten, obwohl einige riefen:

»Du gehst, und was ist mit den anderen?«

Die Frage verfolgte Carvalho noch, als er in dem Hotel, das in nicht besonders ansprechenden Brauntönen gestrichen war, aber geräumige Zimmer und noch bezahlbare Preise vorzuweisen hatte, einzuschlafen versuchte. Alle Uhrzeiten der Welt rebellierten in seinem Kopf, und er hatte seine Augen gerade erst geschlossen, als Biscuter ihn weckte, weil er den Tigre, das Fluß- oder Seengebiet bei Buenos Aires, kennenlernen wollte, von dem er so viel geredet hatte.

»Heute ist aber Demonstrationstag. Ich weiß nicht, ob die Mütter der Plaza de Mayo demonstrieren, die die Reinkarnation ihrer verschwundenen, das heißt, von den Militärs umgebrachten Kinder fordern, oder die Rentner, die sich vor dem Parlament versammeln, weil sie hoffen, dadurch weit weg von ihrem eigenen Elend zu sterben. Beide Demos sind sehenswert als Psychodramen der Niederlage.«

Sie konnten ja vormittags zum Tigre fahren – falls Carvalho die verheerenden Auswirkungen eines sonderbaren Gefühls von Zeitlosigkeit überwand, das ihm den Schlaf geraubt hatte, eines Gefühls, als litte er unter Jetlag – und rechtzeitig zurückkehren, um die Rentner im Unterhemd zu sehen, die gebräunt waren von der Sonne, die schon so häufig auf ihre nutzlosen Proteste herabgeschienen hatte. El Tigre gehörte nicht zum Buenos-Aires-Pflichtprogramm, wohl aber zum Welt-Pflichtprogramm, denn nur selten hatte Carvalho eine solche Diskrepanz in der Schönheit des Verhältnisses Mensch-Natur erlebt: Der allmächtige, plötzlich einem Labyrinth gleichende Paraná war besprenkelt mit einer Gruppe von Häusern im englischen Stil und vereinzelten heruntergekommenen Gebäuden, zu denen man nur mit dem Boot gelangte und die fast alle bedroht waren von der Selbstaufgabe eines verarmten Landes und der allseitigen Ausbreitung von Wasser und Urwald.

»Eigentlich kann man den Tigre nur vom Boot oder Hubschrauber aus wirklich genießen.«

Sie mieteten sich ein Motorboot mit Fahrer, der die Hauptkanäle entlangfuhr und in die Seitenkanäle hineinschaute, sogar in einen schmalen Wasserweg einbog, der sich bereits in eine Vorahnung von Urwald verwandelte. Wem auch immer die Häuser gehörten, sie genossen die unberührbare Aura der Verlassenheit, vielleicht war das die Spiritualität, die am besten zu ihnen paßte, schiffbrüchige Häuser in einer ausufernden Natur, Meilen um Meilen meerwärts fließender Kanäle, alle strahlenförmig ausgehend vom Zentrum, einem ursprünglich rein englischen Club, wohl weil die Hälfte aller Argentinier trotz der Streitigkeiten um die Malvinen im Grunde lieber Engländer wären und dabei doch zugleich gern Argentinier bleiben würden. Dort im Tigre, bei der Erinnerung an einen früheren Ausflug dieser Art, wahrscheinlich mit Alma oder angeregt durch Alma und ihre Freunde, kam es Carvalho in den Sinn, Kontakt mit ihr aufzunehmen, um nach sechs Jahren irgend etwas, was genau, wußte er nicht, aufzuholen, vielleicht um zumindest teilweise zu erfahren, was aus ihr geworden war, aus ihr, ihrem Ex-Mann und Carvalhos Cousin, Gefährten im Scheitern und Gerettetwerden, aus ihrer wiedergefundenen Tochter und dem finsteren Capitán der rechtsextremistischen Gruppierung *Los incontrolados*, den Freunden. Nach einer eilig eingenommenen Mahlzeit fuhren sie zurück nach Buenos Aires, wo die allwöchentliche Demonstration der Rentner, die jahrelang gegen ihre mageren Renten protestiert hatten und es nun aus Angst davor taten, ganz zu verschwinden, sich in gasförmige Körper aufzulösen, vor dem Parlament zum Stillstand gekommen war. Trotz eines schon so lange währenden Kampfes war immer noch Raum für die megaphonverstärkten Parolen und Aufrufe, die aus einem halbverrosteten Lieferwagen drangen, von dem Carvalho nur vermuten konnte, daß er keine Räder hatte, weil die Menge der alten Leute ihn daran hinderte, den Wagen ganz zu sehen.

»*Compañeros*, nachdem wir jahrelang gegen die Not gekämpft haben, dagegen, im Alter einer mehr oder weniger langsamen Vernichtung zu erliegen, kämpfen wir heute gegen den tagtäglichen Hunger. Man bat uns, Ruhe zu bewahren, bis eine Lösung gefunden sei, wir gaben Ruhe, aber eine Lösung hat man nicht gefunden. Zu den heutigen Dieben gesellen sich die immergleichen Diebe und bilden gemeinsam mit den Dieben von morgen eine kompakte Front. Wir haben nur die Macht der Vernunft, doch wir müssen gesellschaftliche Macht erlangen, um so einem ungerechten Wirtschaftssystem, das uns benachteiligt und uns keine wirkliche Freiheit gestattet, ein Ende zu bereiten. Duhalde! Angeblich stehst du an der Spitze der Argentinischen Republik, aber was liegt unter dir? Unser Hunger und die Bemühungen darum, daß nicht ein Peso von denen verlorengeht, die die Ewiggleichen horten, ein Peso von all denen, die sie noch immer hier aufbewahren, denn die, die sie ins Ausland geschafft haben, sind ohnehin verloren. Widersetzen wir uns nicht nur mit Worten, mit Klagen. Laßt uns Basiskomitees bilden, die zu einer alternativen politisch-sozialen Kraft werden können.«

Carvalho wunderte sich, daß die Rede mehr Applaus als skeptische Gesichter erntete, obwohl es davon zu Biscuters Entrüstung reichlich gab. Dieser wiederholte eine hinlänglich bekannte Weisheit:

»Des Arbeiters ärgster Feind ist der Arbeiter, und des Armen ärgster Feind der Arme.«

»Einen Nagel treibt man mit dem anderen aus.«

»So verstehe ich das nicht. Diese Leute haben genügend Erfahrung, um zu begreifen, daß sie sich entweder jetzt auf die Hinterbeine stellen müssen oder wieder mal verarscht werden.«

Carvalho beschrieb ihm, wie die Demonstration der Mütter der Verschwundenen ablief, die gegenüber vom Präsidentenpalast, der Casa Rosada, stattfand, in derselben Avenida de Mayo, die in den Platz vor dem Parlament mündete, aber weiter südlich, fast am Fluß, in der Nähe eines neugestalteten Hafens, der erneut den Widerspruch dieses Landes zwischen seinem Wissensüberschuß und seinen potentiellen Reichtümern auf der einen und seinem realen Zustand eines ausgesaugten Volkes auf der anderen Seite deutlich machte. Um ihm dies vor Augen zu führen, zeigte er Biscuter viele der verschiedenen Gesichter von Buenos Aires, von Barracas und La Boca, von Caminito, dem *kleinen Weg, den die Zeit verwischt hat*, wie es in einem Tango heißt, bis nach Palermo und in das nördliche Wohnviertel Olivos. Auch in das von der Avenida Rivadavia gespaltene Buenos Aires brachte er ihn, San Telmo aber sparte er sich für den Sonntag auf, als wäre es ein untergegangenes Viertel, das nur an den Wochenenden wieder auftauchte. Während Biscuter die Fähigkeit der Rentner zur Diagnose und zum Protest angesichts des Elends bewundert hatte, verwirrten ihn die Einkaufszentren mit ihren kühnen Angeboten und weil sie voll waren, vor allem mit Zaungästen.

»Das mit den Müttern ist bestimmt schön.«

»Stell dir einen Kreis aus allmählich älter werdenden Frauen vor, die als Erkennungsmerkmal ein Kopftuch tragen und nur wenige Meter vor dem Palast der Macht ihre Runden drehen, vor jenem Gebäude, in dem das Verschwinden ihrer Kinder und die einem grauenvollen Tod vorausgegangenen noch grauenvolleren Folterungen legitimiert wurden. Manche von ihnen suchen nach fast dreißig Jahren immer noch nach ihren von den Militärs und Paramilitärs geraubten Enkeln. Denk an die Enkelin von Juan Gelman, von der uns Bayer erzählt hat. Es gibt noch eine andere Organisation, die sich gezielt mit den damals entführten Babys befaßt: die Großmütter der Plaza de Mayo. All diese Militärs, die damals den Massenmord der Linken an der Südspitze Lateinamerikas ermöglicht haben, wurden von den Vereinigten Staaten unterstützt und waren Bewunderer Francos.«

Er war bei seinen Erklärungen zu sehr in die Politik abgeglitten, und vielleicht hatte Biscuter sich deshalb trotz seiner Erschütterung in die Defensive begeben.

»Dieser Kampf wird so lange währen wie die Beharrlichkeit der Frauen, und die sind schon alt.«

»In fünfzig Jahren werden die Touristen zur Plaza de Mayo kommen und die dort entstandene Lücke besichtigen. Eine

Gedenktafel. Möglicherweise sogar ein Denkmal, wenn die Barbaren nicht endgültig gesiegt haben.«

Biscuter wollte in einem Restaurant in Puerto Madero zu Abend essen, und beim Menü italienischen Stils teilte Carvalho ihm seine Absicht mit, Alma anzurufen, und überließ seinem Assistenten die Entscheidung, ob er der Begegnung beiwohnen wolle oder nicht.

»Chef, ich komme als Zuhörer mit. Sie können sich ja nicht vorstellen, was ich alles auf dieser beinahe halbjährigen Reise gelernt habe. Eines Tages werde ich Ihnen meine Schlußfolgerungen mitteilen, aber ich kann Ihnen jetzt schon sagen, daß dieser Tag nicht mehr fern und mit der Frage der Auferstehung des Fleisches verbunden ist, aber ohne Priester und ohne Götter.«

»Wenn du in den Himmel kommst, reservier mir einen Platz in der am wenigsten langweiligen Ecke.«

»Wahrlich, wahrlich, ich sage Ihnen, Sie werden an meiner Seite sitzen, möglicherweise sogar zu meiner Rechten.«

Trotz der Krise hatte sich Buenos Aires sein Netz imposanter Cafés bewahrt, Cafés in jenem ursprünglichen Sinn, den das Wort vor der Erfindung der Cafeterias einmal hatte. Alma verabredete sich gleich neben dem Hotel Bauen mit ihnen, in einem Art-deco-Lokal, in das sich Carvalho schon während seines langen Aufenthalts anläßlich der Suche nach seinem verschwundenen Cousin verliebt hatte, und dort warteten sie auf Almas Erscheinen, vollkommen unschlüssig, ob sie ein herkömmliches Frühstück zu sich nehmen oder sich von einer Karte mit Naschereien fürs Gemüt, mit ausgewähltem Feingebäck und aromatischen Pralinen verführen lassen sollten. Carvalho war gerade dabei, sich zu entscheiden, als sich die Tür öffnete und Alma eintrat – sechs Jahre älter, um einige Kilos fülliger im Vergleich zur beinahe mädchenhaften Figur, die sie mit gut vierzig Jahren noch gehabt hatte, das Gesicht vielleicht weniger rätselhaft, die Backenknochen in rundliche Wangen gebettet, unverändert samtene Augen, honigfarbenes Haar, Lippen wie eine Frucht, rundlichere Arme, ein tieferes Dekolleté für zwei enger zusammenliegende oder einfach breitere Brüste, derselbe schöne Gang, als schaffte oder eroberte sie sich eigene Räume – und schließlich am Tisch stand vor einem halb erhobenen Carvalho und einem Biscuter in strammer Haltung.

»Ist das Biscuter?«

»Weder er noch ich konnten es vermeiden.«

Almas Lachen hatte die gleiche Melodie wie ihr Tonfall, und als sie schon saßen und schweigend nach dem richtigen Satz suchten, um sechs Jahre nach ihrem Abschied wieder eine

Unterhaltung anzuknüpfen, war sie es, die angesichts des Unvermeidlichen seufzte und sagte:

»Ich bin Großmutter!«

Biscuter bedachte die Neuigkeit mit Beifall, weil er das Leben im allgemeinen mochte, aber Carvalho war doch etwas gerührt, da er die Beteiligten kannte, und dachte an die verschwundene Tochter, die plötzlich vor ihrer Mutter und vor einem unbeteiligten Vater Gestalt annimmt und die sich jetzt schwängern läßt und ihren Sprößling in Almas Armen und ihrer schmerzenden Erinnerung ablegt.

»Gibt es einen Vater, oder war die Gentechnologie im Spiel?«

»Die Gentechnologie! *Hijo de la gran chingada!*«

Manchmal entfuhren ihr Ausdrücke, die sie sich während ihres Exils in Mexiko angeeignet hatte, aber sie kehrte sofort nach Buenos Aires zurück.

»Du Spinner, eine so wunderschöne Tochter, und die soll ein Labor nötig haben? Der Vater ist dieser ernsthafte, fortschrittliche junge Mann, mit dem sie ging.«

»Und Dein Ex-Mann?«

»Der ist verrückt nach seiner Enkelin, einem Mädchen, aber er hat nicht viel Zeit für sie. Würdest du ihn heute sehen, du würdest ihn nicht wiedererkennen. Er ist zur Vernunft gekommen, als er das Mädchen wiedergefunden hat, er hat die Forschung aufgegeben und ist jetzt praktizierender Arzt, weil er sagt, dadurch sei er den wirklichen Menschen näher. Wetten, du errätst nicht, wo er ist?«

»In irgendeinem Elendsviertel, nehme ich an.«

»Stimmt beinahe. Er ist inzwischen eine Kapazität in Ernährungsfragen und arbeitet als Arzt in Brasilien, vor allem als Spezialist für Diabetes, aber auch als Organisator therapeutischer Initiativen. Er hat es in Argentinien nicht mehr ausgehalten, jetzt erst recht nicht mehr, da es fast niemand mehr hier aushält. Seit Lula vor kurzem die Präsidentschaftswahlen gewonnen hat, macht er sich sehr große Hoffnungen, Lula ist ein Linker und hat versprochen, den Hunger zu bekämpfen.«

Vor Carvalhos innerem Auge tauchten zwei Sequenzen seines visuellen Gedächtnisses auf. Die erste war das Ende von *So wie wir waren*: Der Erfolgsschriftsteller Robert Redford und seine Ex-Frau Barbara Streisand sehen sich nach Jahren wieder, sie mit einem Plakat in der Hand, weil der Kampf für sie nicht vorbei ist und sie noch dieselbe ist wie früher. Die andere Szene stammte aus einem amerikanischen Dokumentarfilm über die Lincoln-Brigade, jene Nordamerikaner, die als Freiwillige am spanischen Krieg gegen Franco teilgenommen hatten. Der Jüngste von ihnen war jetzt achtzig Jahre alt, und trotzdem verkündeten sie vor der Kamera, sie engagierten sich in verschiedenen Organisationen für alle vermeintlich verlorenen Sachen. Beispielsweise gegen den Golfkrieg – zum Zeitpunkt der Reportage der Maßstab für Gut und Böse. Er fragte Alma, ob auch sie sich engagiere, zum Beispiel gegen Aids.

»Aids? Das ist in Argentinien eher ein kleines Übel, verglichen mit der Untergangspsychose, mit Krankheit und Not bis hin zum Hunger. Zwischen dem doppelten oder dreifachen Argentinien, das du vor sechs Jahren verlassen hast, und dem heutigen hat eine qualitative Veränderung stattgefunden. Wir wissen jetzt, daß sie uns vernichtet haben und daß wir diesen Ewiggleichen gegenüber nur unseren Zorn haben und die Möglichkeit, sie zu erschrecken. Sie zu erschrecken, bis sie wieder anfangen, uns umzubringen. Nein, das ist jetzt keine Montonero-Nostalgie. Ich arbeite mittlerweile in diesen Basiskomitees, die überall entstanden sind, um Druck auf die Regierungspolitik auszuüben und diese zu kontrollieren, und ich unterstütze die Hilfsprogramme zur Milderung der neuen Armut. Ihr könnt euch nicht vorstellen, wie stark das Bürgertum in diesem Land geschrumpft ist, und die Leute sind nicht etwa auf Proletariatsniveau gesunken, nein, sie sind direkt ins Lumpenproletariat, ins verdammte Lumpenproletariat abgerutscht. Aus den gutbürgerlichen Wohnvierteln in die Elendsviertel, weil sie Mieten und Dienstleistungen nicht mehr bezahlen konnten, oder sie müssen ihre Wohnung verkaufen, um trotz der kargen Rente über die Runden zu kommen. Stellt euch in eurem Spanien vor, in diesem, aus unserer Sicht, neureichen Spanien, daß Tausende von Familien, die in einem gesetzten, ruhigen Madrid oder Barcelona gelebt haben, plötzlich nichts mehr zu essen haben und nicht mehr wissen, wo sie unterkommen sollen. Erst war es die sogenannte Arbeiteraristokratie, die ihr Steak und ihr Haus verloren hat, und jetzt sind es die Mittelschichten, die vor die Hunde gehen, ja, *Gallego*, die manchmal vor die Hunde gehen, ohne es verdient zu haben. Aber viele von ihnen haben den Mund gehalten, als die Diktatur uns zermalmt hat, und jetzt büßen sie dafür.«

»Ich glaube, es ist das zweite Mal auf dieser Reise, daß ich mich an ein Gedicht von Brecht erinnere. Aber nicht an dasselbe.«

»Mensch, hast du dich verändert! Vom Bücherverbrennen zur Erinnerung an Brecht.«

»An dieses Gedicht von dem sorglosen Deutschen, der mitbekommt, wie die Nazis Kommunisten, Juden, überhaupt alle Progressiven verhaften, und sich nicht betroffen fühlt, bis er eines Tages selbst abgeholt wird.«

»Verbrennt er immer noch Bücher?« fragte Alma Biscuter, um ihn ins Gespräch einzubeziehen.

»Ja, ja, immer noch. Er weiß, daß ich es nicht mag, wenn er sie verbrennt, aber er macht es immer noch, ja, ja.«

»Inzwischen sind das nur Phrasen. Mittlerweile verbrenne ich sie ohne logische Begründung. Manchmal kaufe ich mir sogar welche, um sie zu verbrennen, aber ohne Leidenschaft.«

»Bücher zu verbrennen ist eine nutzlose Leidenschaft.«

»Da spricht die Literaturprofessorin.«

»Ich unterrichte zwar immer noch, aber ich widme fast meine gesamte Zeit der politischen Arbeit. Zur Zeit bin ich in der Gruppe aktiv, die das Treffen von Porto Alegre Ende Januar organisiert und koordiniert, du weißt schon, eine Art Senat, der den multinationalen Kapitalismus und sein Verständnis von Leben, Geschichte und Tod kritisiert. Falls nicht vorher noch irgendein Krieg ausbricht, entweder der Irak- oder der Koreakrieg. Dieser Wahnsinnige, dieser geistig Zurückgebliebene und

Spielball der Rüstungslobby wird uns alle in einen Krieg mitreißen, falls die Rechnung des Spekulationskapitalismus nicht aufgeht.«

Sie wetterte so leidenschaftlich wie bei einer politischen Versammlung gegen den Imperator, und Carvalho bedauerte, daß ihm der Antrieb fehlte mitzumachen, eine Gemeinschaft der Heiligen zu bilden. Seiner Meinung nach war die neue Weltordnung, der George Bush ein Gesicht gab, die Bestätigung der dem System innewohnenden Kriminalität. Aber ob man das dachte oder daran glaubte, berührte die Strategie der Gewinner überhaupt nicht. Und er hatte nicht das Bedürfnis, irgendeiner Front beizutreten, er wollte sich nur vor der Verfolgung durch die Frauen- oder Drogenhändler, die Würgeengel des Mossad, die hintergangenen hinduistischen Ehemänner, vor dem internationalen Komplott von Mont Pèlerin und den afghanischen Militärs in Sicherheit bringen.

»Bist du immer noch ein Voyeur? Bist du hergekommen, um irgendeinen Fall zu lösen?«

»Wir machen eine Weltreise.«

»Ehrlich? Als wärt ihr zwei reiche Aussteiger?«

»Sagen wir, wir reisen um die Welt, weil uns nichts anderes eingefallen ist und wir auch keine Lust und kein Geld für irgend etwas anderes haben. Wir sind vom europäischen Beinahe-Sommer zum südlichen Sommer übergewechselt, nur in Afghanistan haben wir gefroren.«

Alma blieb am Wort »Afghanistan« hängen. Alles, was sie darüber wußte, verdankte sie der argentinischen Ausgabe von *Le Monde Diplomatique*, aber sie wußte nichts über den dortigen Alltag. Und vor Carvalhos innerem Auge tauchte wieder der nicht abreißende Zug der Hinkenden und Einarmigen auf, die zu wandelnden Gitterlogen mutierten Frauen, die Zerstörungen, alles, was es in Kabul einmal gegeben hatte und jetzt nicht mehr gab, die Lücken dort, wo die riesigen Buddhas gestanden hatten und jetzt die Kampfflugzeuge und Bomber der sogenannten Alliierten standen, der bei den Menschen latent vorhandene, von Rache genährte Islamismus, die Rückkehr zur feudalen Logik von Kriegsherren und sich in Stammeshöhlen flüchtenden Untertanen, der verzweifelte Schutz, den eine Familie wie die von Herat bieten konnte, die fähig war, sich in eine zum Überleben ausgebildete Zelle zu verwandeln.

»Aber es gab auch universellere, gewöhnlichere Wünsche und Ohnmächte. Zum Beispiel den Jungen, der Filmschauspieler werden wollte, ein afghanischer Omar Sharif, der sich aber nicht traute, nach Indien zu gehen und den Beruf zu erlernen, weil er dort nicht mehr zu einer islamischen Mehrheit gehören würde. Religion. Religion, Fanatismus und nordamerikanisches Imperium. Überall. Als wäre das Zeitalter der Vernunft zu Ende.«

Alma bot ihm nicht an, das Gespräch auf ihre Gefährten von früher zu bringen.

»Und deine Freunde?«

»Die sehe ich nie. Der Schauspieler ist irgendwo in Spanien, sieht zu, ob er dort Arbeit findet, und die anderen sind mit ihrem eigenen Kram beschäftigt. Weißt du, ich habe sie kaum mehr wiedergesehen, seitdem du abgereist bist. Das war damals wie eine Sättigung, wie ein zu heftiges Ende oder ein zu heftiger Anfang.«

»Und der Capitán und seine Mariachi?«

Bei der bloßen Erwähnung des Capitán bewölkte sich Almas Stirn und ihr Blick schweifte ab zwischen die Tassen und Croissantreste.

»Der ist irgendwo unterwegs. In Spanien, habe ich gehört. Seine Frau hat ein schlimmes Ende gefunden, in einer Psychiatrie. Meine Tochter besucht sie von Zeit zu Zeit, für sie war sie wie eine Mutter. Da hast du's. Am Ende empfindet man sogar Mitleid mit den Henkern. Was die Bande des Capitán betrifft, die hat sich aufgelöst. Den Dicken haben sie in Paraguay oder irgendwo dort umgebracht, und die anderen stecken wahrscheinlich in irgendeiner Mafia. Davon gibt es genug.«

Alma wollte am nächsten Tag wegen der Abschlußvorbereitungen zur Infrastruktur der argentinischen Delegation nach Porto Alegre reisen.

»Das wird himmlisch, das wird himmlisch, denn es ist das erste Jahr der linken Regierung in Brasilien: Lula, ein echtes Symbol für Lateinamerika. Das ist so, als wären Marcelino Camacho oder Nicolás Redondo in Spanien Regierungschefs geworden.«

»Für mich bleibt es ein Rätsel, wie die Linken regieren wollen, ohne den Rechten auch nur einen Peso abzuknöpfen, denn andernfalls wird man der Linken den Kopf abschneiden, und wenn sich etwas ändert, nur damit sich gar nichts ändert, wird die Linke die Macht verlieren und außerdem nicht länger eine Hoffnung sein.«

»*Gallego!* Was für eine Logik! Ja und dann? Wieder der bewaffnete Kampf? Als junges Mädchen war ich dabei, und was hat es gebracht? Es müssen neue Machtpositionen geschaffen werden. Der gesellschaftliche Druck auf die immer gleichen faktischen Mächte muß erhöht und deren Möglichkeiten, auf Armee und Polizei zurückzugreifen, müssen unterbunden werden.«

Carvalho hob die Arme, als kapituliere er, und schlug vor, auf die Begegnung anzustoßen.

»Mit Milchkaffee?«

»Nein, mit einer Mimosa.«

Er bestellte eine Flasche Sekt, argentinischen, denn warum nicht, und frisch gepreßten Orangensaft, mischte beides zu gleichen Teilen, und sie schlossen sich Almas Trinkspruch an.

»Auf die Hoffnung.«

Weder nahm Carvalho Almas Angebot an, sie nach Porto Alegre zu begleiten, noch sie das seine, mit nach Iguaçu zu fahren. Sie stammte aus gutem, sogar reichem Hause, war aber nie in Iguaçu oder Ushuaia gewesen.

»Ich muß nach Porto Alegre. Ja, wirklich, ich muß dort hin. Iguaçu und danach?«

»Wir müssen den Kreuzweg fortsetzen. Entweder weiter rauf durch Amerika und von dort aus nach Europa oder rüber nach Afrika und von dort aus rauf nach Europa.«

»Nach Hause.«

»Das weiß ich nicht. Ich weiß nicht, ob ich wieder nach Hause zurückkann. Aber nach Barcelona kehre ich zurück, denn dort hat unsere Weltreise begonnen, und dort muß sie enden. Und Adriana? Und Adriana?«

»Die schwebt in höheren Sphären. Sie ist überall begehrt. Im Moment ist sie *die* Mode-Tangosängerin.«

»Wenn du sie siehst …«

»Natürlich.«

»Heute abend essen wir an der Costanera, wenn du kommen willst …«

»Ich muß auf meine Enkelin aufpassen. Das kann ich nicht mehr absagen.«

»Macht nichts. Wir werden dort sein. In demselben Lokal, in das du mich beim ersten Mal mitgenommen hast.«

Als sie sich beim Abschied die Hände hielten, erinnerte er sich wieder daran, wie Alma sich anfühlte, auch an ihren Körper und ihre Wärme, als sie sich langsam umarmten, als hätten sie das ganze Leben Zeit dafür.

»*Gallego*, diesmal hast du nicht für mich gekocht. Ich sehne mich nach deinem Reis mit Stockfisch. Paß sehr gut auf dich auf. Biscuter, passen Sie gut auf ihn auf.«

»Keine Sorge, ich werde tun, was ich kann.«

Alma entfernte sich durch die Calle Corrientes in Richtung Avenida de Mayo, und Biscuter respektierte den Wunsch nach Ruhe und Stille, den Carvalhos starrer Körper verströmte. Er tauchte aus seiner Geistesabwesenheit auf und schlug eine Reihe verschiedener Stadttouren vor, zu denen die Besichtigung von San Telmo gehörte sowie der Besuch eines Fußballspiels zwischen Boca und River, ein Freundschaftsspiel für einen guten Zweck, und das Abendessen an der Costanera. Danach würden sie nur noch entscheiden müssen, ob sie bleiben oder sich eine Reise nach Misiones und Iguaçu gönnen wollten. Biscuter errechnete den Zeitunterschied zu Europa und kündigte an, um zwölf Uhr mittags argentinischer Zeit unbedingt telefonieren zu müssen, ohne daß von Carvalhos Seite die leiseste Frage kam, mit wem oder warum. Womöglich rief er niemanden an und hatte sich während der ganzen Reise eine nicht existierende Beziehung ausgedacht, als sei das Mittel die Botschaft. Aber Madame Lissieux war in Kabul wiederaufgetaucht, und zwar als offensichtliche Komplizin Biscuters, in Kabul, einem Ort, der sich nicht gerade für ein Wiederauftauchen eignete, es sei denn, man wäre bereit, Lieder von Barbara für die französischen Besatzungstruppen zu singen. Es war ein sonniger und daher menschengefüllter Morgen, im Norden gab es ein Gauchofest mit folkloristischen Lassokugeln, Pferden, Fähnchen und Rindern, und im offenbar ältesten Stadtteil von Buenos Aires, San Telmo, fand ein Trödelmarkt unter freiem Himmel statt, und in den Geschäften, im Erdgeschoß oder in Erdgeschoß und erstem Stock, wurden Bücher und Blumen verkauft, während in den Antiquitätenläden schon die Reste des ungeheuren Reichtums veräußert wurden, den die Stadt zu Beginn des zwanzigsten Jahrhunderts besessen hatte; was in Europa Avantgarde war, wurde importiert, ohne daß es sich lange zu halten brauchte. Und neben diesem offensichtlichen

Ausverkauf das Gardel-Café, dekoriert wie zu Tangozeiten, was sich auf der Straße in einem wie für eine Tanzvorführung verkleideten Paar widerspiegelte: Netzstrumpfhosen, Halstuch und ein Hut, der so seitlich geneigt war wie der Blick des Mannes mit den axtförmigen Koteletten, der Tango, von einem fast greisen Mann gesungen, der unter dem Arm Liedersammlungen von Gardel, Libertad Lamarque, Hugo del Carril, El Polaco, Rivero und Nacha Guevara trug.

Sie aßen heiße *Empanadas*, argentinische Blutwurst, gegrillte Rindsdärme und eilten dann zum Fußballfeld von Boca, das eigentlich eher aussah wie Dresden nach der Bombardierung während des Zweiten Weltkriegs: Schutt, Müll und Schrott rund um das Stadion von Boca, in dem die übereinandermontierten Tribünen Klippen bildeten, von denen die Beine der Zuschauer herunterbaumelten wie die an einer Mauerkante sitzender Selbstmörder. Der normale Spielbetrieb war ausgesetzt worden, aber hier ging es um ein von Maradona organisiertes Wohltätigkeitsspiel, mit dem Geld gegen den Hunger gesammelt werden sollte. So hatten sich Boca und River und deren Fans eingefunden, diejenigen von Boca fast leibhaftige Klone von Maradona, mit quadratmetergroßen Ghettoblastern auf den Schultern, und die von River getarnt wie Spione in einem gefährlichen Land, außerdem Polizisten, als müßte das Leben irgendeines problembeladenen Königs geschützt werden, Polizisten, in deren Mienen man die mentale Vorbereitung auf Gummigeschoßsalven lesen konnte und das Bewußtsein von Gefahr angesichts der Vorhut wilder Publikumsmassen.

Den Ehrenanstoß vollzog das, was von Maradona übriggeblieben war, und das war viel, da der Fußballer nicht nur auseinandergegangen war, sondern sich geradezu verdoppelt hatte, und es überraschte, daß er trotzdem nur zwei Beine besaß, dieselben wie immer, kurze, aber unfehlbare Beine. Carvalho und Biscuter wußten, daß er herzkrank war, und fragten sich, wie er all seine Exzesse überlebt hatte. Ein paar Zuschauer schnappten ihre Bemerkungen auf, und einer hatte die richtige Antwort parat:

»Fidel Castro hat ihn geheilt. Er hat zu ihm gesagt: ›Hör mal, Junge, entweder du hörst auf, dich mit Koks und Alkohol zuzudröhnen, oder ich schick dich nach Sibirien.‹ Und hier ist er.«

Nach dem schlechten und rauhen Spiel wollte Biscuter die auf der ganzen Welt am engsten mit dem Tango verbundene Straße sehen, und sie gingen zum Caminito, wo er sich vor Staunen, aber mehr noch vor Begeisterung kaum halten konnte.

»Also, das ist ja wirklich toll, Chef, daß man aus einer so ärmlichen kleinen Straße eine der berühmtesten der Welt machen kann. Was für schöne Farben!«

Ein Taxi fuhr sie am Hafen und am trübsten aller trüben Gewässer entlang bis zur Costanera Alta, wo es nach verbranntem Fleisch und Gewürzen roch. Biscuter erinnerte die Atmosphäre an die Ausflugslokale in La Barceloneta oder Les Planes, und so hatte er einen Vorwand, um Theorien über das Verschwinden des volkstümlichen Barcelona und dessen Ersatz durch etwas anderes aufzustellen, »durch etwas anderes, ich weiß nicht, was genau, Chef, ja, was eigentlich? Denn natürlich gibt es Restaurants, jede Menge, am Meer oder in La Barceloneta oder im Neuen Hafen des Olympischen Viertels, aber es ist nicht mehr dasselbe.«

»Dem Ganzen fehlt es an Schäbigkeit. Früher hatte es etwas Schäbiges an sich, und das war gut. Vielleicht weil es für uns einen schäbigen Teil von Barcelona verkörperte, und dieser Teil existiert nicht mehr oder ist ausgewandert oder man hat ihn pasteurisiert.«

Biscuter dachte über die Unmengen von Reinigungsapparaten und Desinfektionsmitteln nach, die man bräuchte, um den ungeheuer breiten Fluß wieder zu einem Strandbad von Buenos Aires zu machen und ihn unbefangen betrachten zu können. Für Sekundenbruchteile spürten sie eine Gegenwart an ihrem Tisch. Es war nicht der Kellner, sondern eine gut gekleidete, lächelnde Person, die, als sie merkte, wie lange Carvalho brauchte, um sie zu erkennen, ihm die Sache erleichterte.

»Entschuldigen Sie, ich bin Biedma. Erinnern Sie sich noch an mich? Alma sagte mir, Sie würden hier zu Abend essen, und hat mich einigermaßen gut informiert.«

Da stand also der Beinahe-Minister Biedma, der Beinahe-Ex-Minister Biedma. Er hatte bereits gegessen, wollte aber gerne an jene komplizierte und zugleich bereichernde Beziehung aus den Zeiten des Capitán und des Wiederauftauchens von Almas verschwundener Tochter anknüpfen.

»Heute ist Sonntag, ein schlechter Tag, um alte Freundschaften aufzufrischen. Aber selbst ein Jahr oder fünf Jahre helfen da nicht, denn die meisten Freunde sind nicht hier. Sie schwirren durch die Außenbereiche, auf der Flucht vor der Neuen Argentinität. Erinnern Sie sich an diesen ziemlich faschistischen Slogan? Die Neue Argentinität!«

Er hatte sich aus der Politik zurückgezogen und besaß eine *Consulting*-Firma, mit der es bergab ging wie mit der Aussicht auf Geschäfte allgemein im derzeitigen Argentinien, die aber verglichen mit anderen saniert war.

»Da sehen Sie's. Mir kommen meine revolutionäre Vergangenheit und meine jüngste konterrevolutionäre Vergangenheit in Präsident Menems Diensten zugute. Ein derartiges Wertechaos kann es nur in Argentinien geben. Also Sie, Carvalho, Sie sind beliebt, und man erinnert sich an Sie, vielleicht wegen der Kraft, die die damalige Zeit besaß. Erlauben Sie, daß ich Sie zum Abendessen einlade? Darf ich den Gastgeber spielen? Ich nehme einen Whisky, falls sie meine Sorte haben, einen Talkien ohne Eis.«

Den hatte man, und die beiden Gäste des Beinahe-Ex-Ministers schlossen sich diesem an.

»Ich war sehr gespannt darauf, wie Sie, Carvalho, das alles beurteilen, was uns passiert ist. Hat es Sie überrascht?«

»Eigentlich nicht. Ich erinnere mich, daß, als ich hier war, einer von Menems Ministern erklärt hat, wenn ›wir Argentinier‹ – er sagte es im Plural – uns zwei Jahre lang nicht schamlos bedienen würden, könnten wir das reichste Volk Amerikas werden.«

»Stimmt.«

»Und an die Worte eines gebildeten Bürgermeisters von Buenos Aires, der, glaube ich, sogar Doktor der Literaturwissenschaft war und versicherte, er habe selbst die Bürgersteige mitgehen lassen.«

»Stimmt, aber das war noch nicht alles.«

»Und dann fällt euch nichts Besseres ein, als mit Hilfe des spanischen Kapitalismus zu privatisieren.«

»Stimmt, stimmt. Aber das ist keine ausreichende Erklärung. Hier ist es zu einer Art Selbstaufgabe gekommen, zu einer kollektiven Unverfrorenheit, und argentinisch zu sein bedeutet nur noch, sich als Fan der Fußballnationalmannschaft oder als Anhänger der Zurückeroberung der Malvinen zu fühlen. Als wäre dieses Land immer noch ein von außen überschwemmtes Land, ein Land der Neuankömmlinge, die sich nicht immer sicher sind, ob sie bleiben werden. Haben Sie die Schlangen vor der spanischen, italienischen oder israelischen Botschaft gesehen? Wie bei einer Volksabstimmung. Und zum Glück glauben die Leute polnischer Herkunft noch nicht, es würde ihnen besser gehen, wenn sie nach Polen zurückkehrten, und die Chinesen wissen nicht, woran sie sich halten sollen bezüglich der Unterschiede zwischen dem Kapitalismus in Kontinentalchina und dem in Taiwan, sonst stünden sie nämlich vor genau diesen Botschaften Schlange.«

Danach durchleuchtete er seine Generation kämpferischer Montoneros und Trotzkisten dreißig Jahre nach Kampfbeginn:

»Wir leben zwischen Erschöpfung und Anonymität, in einer Art neuem Untergrund, wie in einer geistigen Katakombe, verkleidet als gedächtnis- und wunschlose Überlebende. Manchmal denke ich: ›Du hast einen Schuldkomplex‹, doch dann weise ich ihn von mir, denn das letzte, was ein Opfer des *Proceso* machen darf, ist, seine Mitschuld einzugestehen. Außerdem ist die Situation neu. Die Armee hat keine Moral mehr, und der argentinische Kapitalismus versteckt sich in den reichsten Winkeln von Buenos Aires, um sein verräterisches und vaterlandsloses Gesicht nicht zeigen zu müssen. Lenin hätte gesagt, das sei der Augenblick, um loszuschlagen, den Staat zu überfallen und die Veränderung zu gestalten. Aber schauen wir uns doch um. Schauen wir uns selbst an und betrachten wir verblüfft das, was wir Globalisierung nennen, das, was so stark einem Riesendurcheinander ähnelt, einem ›Negerpicknick‹, wie wir es nennen, was allerdings ein falsches Bild ist, denn ich bezweifle, daß damit den Schwarzen in rassistischer Manier Kannibalismus vorgeworfen werden soll, ich neige eher zu der Annahme, daß wir diejenigen sind, die die Schwarzen verspeisen. Was für eine Veränderung? In welche Richtung? Waren Sie es nicht, der damals beim Grillen mit Mario Firmenich halb im Suff meinte, das Problem beim Aufbau einer neuen Internationale sei die Frage, wo man das Faxgerät hinstellt?«

Auf dem Flug nach Iguaçu sprach Biscuter in einem fort bewundernd über Biedma, wie gut er sich auszudrücken verstehe, wie sehr sich das Dunkel durch seine Erläuterungen erhellt oder die Helligkeit sich manchmal verdunkelt habe. Carvalho wollte sich darauf beschränken, die Ansichtskarte von den Wasserfällen, die er im Geiste vor sich sah, auszuschmücken, die Frische des herabstürzenden Wassers zu spüren und so schnell wie möglich mit seiner Beute wieder zu verschwinden, wie jemand, der auf der Jagd ist nach berühmten Wasserfällen, dem Taj Mahal oder dem Pazifik an einem Tornadotag.

»Sie haben kein Sitzfleisch. Kaum sind Sie irgendwo angekommen, wollen Sie schon wieder gehen.«

»Meine Mutter war genauso. Wenn sie jemanden besuchte, setzte sie sich immer auf die Stuhlkante, so als wolle sie jeden Moment wieder aufbrechen, als sei es ihr lästig, zu lange an einem Ort zu bleiben.«

»Das nennt man auf katalanisch *ser el cul d'en Jaumet*, ›der Hintern des kleinen Jaume sein‹.«

Vielmehr reizte es ihn, wenn er erst einmal die Wasserfälle gesammelt hätte, das zu besichtigen, was von den jesuitischen Missionen übriggeblieben war, jenem Versuch, eine den Ureinwohnern gemäße Stadt Gottes zu errichten, zu einer Zeit, da die Jesuiten die Vorkämpfer einer Erneuerung des Katholizismus waren. Außerdem lockte ihn Ciudad del Este, der Blick auf die Wasserfälle von Paraguay, von einem Grenzort aus, wo man das sehen konnte, was in jedem Freihafen verkauft wurde, darunter haufenweise gefälschte Marken, wo der Drogen- oder Waffenhandel jedoch nur schwer auszumachen war. Das Wasser begann metaphorisch den Himmel in einen Sumpf zu verwandeln und ihre Augen zu trüben, als das Flugzeug das Zusammentreffen von Iguaçu und Paraná überflog. Da ihr Hotel auf brasilianischer Seite lag, heizte der Aperitif derartiger Höhenaussichten ihren Tatendrang an, so daß sie eilig ihre Koffer abstellten und zum ersten freien Hubschrauber rannten, der ihnen die Wasserfälle etwa so nahe bringen sollte, wie es das 3-D-Kino oder das Todd-AO-System eines der hunderttausend Ehemänner von Elisabeth Taylor vermocht hätte. Diszipliniert breitete sich das Wasser innerhalb eines bestimmten Bereichs aus und stürzte dann aus einer Höhe von bis zu achtzig Metern und verteilt über eine fast drei Kilometer lange Front mit der Präzision der Beine einer Rock-'n'-Roll-Tänzerin auf der Bühne des RKO Radio New York in die Tiefe. Carvalho erinnerte sich an eine Nachmittagsszene im RKO, an einen butterweichen, als Madame Récamier verkleideten Liberace am Klavier und die Rock-'n'-Roll-Tänzerinnen zwischen Raffinesse und unabwendbarem Geklapper, und so erlangten die erdigen Wassermassen Duftschaumniveau, ohne ihr durchschlagendes Gewicht beim Aufprall auf dem Boden des Abgrunds zu verlieren. Diese aus unmittelbarer Nähe betrachtete gigantische Wassershow machte sie zu den alleinigen Protagonisten des Schauspiels, ohne Stimmungskanonen wie Jean Peters oder Marilyn Monroe in *Niagara*, dem Film, der versucht hatte, den möglichen magnetischen Zauber des Wassers auf der plötzlichen Suche nach dem Meeresspiegel zunichte zu machen. Das Kino hatte die beeindruckendsten Wasserfälle der Welt zu *special effects* der Natur gemacht, und die leibhaftigen Iguaçu-Fälle versetzten die zwei Betrachter wieder in eine ähnliche Unruhe wie damals, als das Meer erbarmungslos mit der *Idiazábal* gespielt hatte.

Als der Überflug beendet war, bei dem sie am Rande des Wasserfalls fast senkrecht auf das in die Tiefe stürzende Wasser hatten hinunterschauen können, bestiegen sie, in dichte Regenjacken gehüllt, ein Motorboot und fuhren diesmal flußaufwärts auf die Wasserwand zu, ähnlich wie am Perito Moreno, wo man sie dicht an die bebenden Geheimnisse des Eisgiganten herangefahren hatte. Ihre Nasen waren von einer schlammigen Feuchtigkeit verstopft, die aus den braunen Wassermassen aufstieg, dort, wo diese sich beruhigt hatten und nicht länger Sprung, Wildbach oder Schaum waren. Und auch als sie wieder die Pfade rings um das Wasserspektakel entlangliefen, hielt sich der Geruch wie etwas beinahe Kompaktes, das richtiggehend in die Landschaft eingedrungen war. Sie badeten im Swimmingpool des Hotels, und Carvalho war überrascht, daß Biscuter um die in den Geschäftspassagen untergebrachten Läden herumstrich, besonders um den von Stern, einen in Lateinamerika und speziell in Brasilien allgegenwärtigen Juwelier. Eine Uhr aus Gold und Lapislazuli zog Biscuter ganz besonders an, wie ein flackerndes Feuer, das ihn zwang, vor dem Schaufenster zu verharren, für den Fall, daß es anschwoll, abnahm oder der Brandherd sich ausbreitete.

»Das ist die schönste Uhr, die ich je gesehen habe. Aber die kostet mindestens eine Million ... Nein, nein, fragen Sie nicht nach dem Preis!«

Doch Carvalho hatte bereits den Laden betreten und erkundigte sich nach dem Preis – fast fünftausend Dollar –, für Brasilianer in Raten zahlbar, aber auch sie hätten die Möglichkeit, in drei oder vier Raten per Kreditkarte zu bezahlen. »Nie und nimmer«, sagte Biscuter auf katalanisch zu Carvalho und nahm die Uhr in die Hand, verwirrt von der Idee, dieser Gegenstand könne die Zeit tatsächlich messen.

»Das ist natürlich eine Damenuhr.«

»Was für einen Unterschied gibt es heutzutage noch zwischen dem, was der Herr, und dem, was die Dame trägt?«

Der Einwurf der Verkäuferin ließ Biscuter erröten.

»Nein, nein. Ich dachte an eine Frau, aber ich habe noch eine zu lange Reise vor mir, um sie mit einer solchen Uhr im Gepäck zu bestreiten.«

»Wir können sie Ihnen schicken, wohin Sie wollen, auch wenn es dort, wo Sie sind, keine Zweigstelle von Stern gibt. Woher kommen Sie denn?«

»Aus Barcelona.«

»Salut i força al canut!«

Das Mädchen hatte mit allergrößter Natürlichkeit geäußert, sie wünsche Ihnen Gesundheit und daß ihr Phallus sich kraftvoll aufrichten möge, weshalb die beiden nicht mit der Wimper zuckten und es als ein Loblied auf das Land ihrer Kindheit verstanden, doch kaum hatten sie den Laden verlassen, da sagte Biscuter, er werde wieder hineingehen und dem Mädchen erklären, was das, was sie gesagt hätte, bedeutete.

»Irgendein Scheißkatalane, der hier vorbeigekommen ist, hat ihr gesagt, das sei eine besonders vornehme Höflichkeitsfloskel wie ›zu Ihren Diensten‹ oder ›Ich küsse Ihnen die Füße‹. Ich weiß noch, wie ich in meiner Jugend in Andorra einigen erst kürzlich angekommenen Kellnerinnen, die sich Sorgen machten, weil sie noch kein Katalanisch konnten, erklärt habe, das Beste, was sie einem katalanischen Gast erwidern könnten, sei: ›*Tens una cara de cul brut que fa fàstic* – Du hast ein beschissenes, ekelerregendes Arschgesicht.‹ Und sie bissen an. Und wie sie anbissen! Mensch, so ein hübsches Mädchen, sie sah aus wie ein Fotomodell, blond.«

»Gefärbt.«

»Aber sehr gut gefärbt.«

Carvalho ging nicht weiter in Richtung Restaurant, sondern wartete darauf, daß Biscuter seinen Wunsch erfüllte, die Jungfrau aufzuklären, der aber traute sich nicht, und so gingen sie in den Speiseraum, in dem sie lustlos zu Abend aßen, da die Karte weder brasilianisch noch argentinisch, dafür aber frankophon war, denn die Namen der Gerichte standen auf französisch dort. Am nächsten Tag erwartete sie der geplante Ausflug zu den Jesuitenorden rund um Posadas, die Begegnung mit leicht deplazierten Ruinen aus dem siebzehnten und achtzehnten Jahrhundert, die ausschließlich der Erinnerung der Eroberer, der Kolonisatoren und der Einwanderer angehörten, für die Ureinwohner, die ihre eigenen Ruinen viel früher geschaffen hatten, aber fast anekdotisch wirkten. Was von den jesuitischen Orden übriggeblieben war, beeindruckte durch die damit verbundene Macht, »Macht« im modernen Sinne des Wortes, das Aufbau und Zerstörung der kolonialen Phantasiewelt jener fortschrittlichen Priester beinhaltete sowie den Argwohn der Siedler, denen man Ländereien zugewiesen hatte und die ihrerseits die Vorrechte der in den Orden arbeitenden Eingeborenen mißbilligten sowie deren Allianz mit den faktischen Mächten der spanischen Monarchie und des Vatikans hinsichtlich dessen, was sie für ein unkontrollierbares abenteuerliches Experiment hielten. Die Ruinen waren entweder vom Urwald überwuchert, wie in Santa Ana, oder relativ unbedeutend, wie in Loreto, jene von San Ignacio dagegen verbreiteten eine gewisse Atmosphäre und waren eine echte Erfahrung. Diese Ruinen waren nach dem Zweiten Weltkrieg restauriert und von der UNESCO zum Welterbe der Menschheit deklariert worden, ein Ort, an dem es Ureinwohnern und Jesuiten gelungen war, ein Jahrhundert lang eine bestimmte Produktions- und Glaubensform miteinander in Einklang zu bringen, bevor das Experiment zerstört und der Jesuitenorden zunächst in Amerika verboten wurde und dessen Angehörige schließlich von Karl III. aus Spanien vertrieben worden waren.

»Also waren diese Priester progressiv, nicht wahr, Chef?«

»Zu Anfang waren sie für das sechzehnte Jahrhundert das, was die *Guerrilleros de Cristo Rey* in der Franco-Zeit waren – eine rechtsextreme Gruppierung. Sie kämpften für die Verbreitung der Gegenreformation und betrachteten sich als Soldaten Christi. Aber sie waren klug und paßten sich der Logik der jeweiligen Orte und Umstände an. In Spanien waren es finstere Gesellen, bis einige von ihnen die Theologie der Befreiung und sogar Freud und Marx entdeckten. Aber da verfügte die Kirche bereits über ihre fundamentalistische Reservearmee, das Opus Dei. Das wird möglicherweise keine anderen Ruinen als die von ihm kontrollierten Banken und Universitäten hinterlassen. Das Opus Dei ist eine gnadenlose Siegersekte.«

Anhand der Ruinen von San Ignacio konnte man die Struktur des Ordens, die Wohnstätten der Einheimischen, die Orte der Arbeit und der Religionsausübung rekonstruieren. Sie ließen einen ähnlichen Raum in der Zeit erahnen, wie es in Griechenland in der Umgebung von Epidaurus und seinem Theater der Fall war. Neben den Königen von Spanien und dem Vatikan hatten auch die Tropen jenen Versuch der Rationalisierung einer spirituellen Vereinnahmung bekämpft, und der Urwald drohte nicht nur, die Steine zu verschlingen, vielmehr waren einige Baumrinden bereits über zerfressene Säulen gewachsen. Was dereinst Verwahrlosung und Urwald gemeinsam nicht zerstören konnten, hatten die aus der Unabhängigkeit hervorgegangenen nationalen Armeen übernommen, und so wurde der Missionsorden von San Ignacio von paraguayischen Truppen bis zur Unkenntlichkeit zerstört, bevor man ihn nach seiner Wiederentdeckung im Jahr 1897 zu restaurieren begann. Die in der zu Argentinien und Brasilien gehörenden Region Misiones ansässigen Guarani-Indianer wurden nahezu ausgerottet, überlebten aber in Paraguay dank des dort vorherrschenden Mestizentums.

Der Fremdenführer schilderte das Leben des Jesuitenordens teils auf der Grundlage der historischen Wirklichkeit, teils notgedrungen mit Bezug auf die Realität jenes Films, in dem Robert de Niro die Hauptrolle gespielt hatte; denn die Touristen brachten alles, was sie vor Augen hatten, mit dem in Verbindung, was sie im Kino gesehen hatten, und fühlten sich ein wenig betrogen, weil die Orden sehr weit von den Iguaçu-Wasserfällen entfernt waren, während sie im Film gleich nebenan zu liegen schienen. Die Leistung des Fremdenführers, der sich als Professor der Anthropologie vorgestellt hatte, bestand letztendlich in einer Anpassung des Films an die Wirklichkeit, beziehungsweise der Wirklichkeit an den Film. Zu sehen gab es mehr als die Ruinen oder den wiederkehrenden Paraná, hier schon zu einem beachtlichen Fluß angeschwollen, der Buenos Aires entgegenstrebte, wo er allerdings nach seinem labyrinthischen Verlauf durch den Tigre zu einem modrigen Gewässer werden und so im Río de la Plata als Meer enden würde. Biscuter erlebte die Besichtigung wie eine Reise entlang des Ufers eines gewöhnlichen Flusses, der später zum Amazonas werden würde, oder, bescheidener, wie seine Fahrt zu den Quellen des Llobregat, den er später als Kloake ins Mittelmeer hatte münden sehen.

»Die Dimensionen sind andere, aber die Regel ist dieselbe. Sind die Wasserfälle verschmutzt, Chef?«

»Wir sind gerade noch rechtzeitig gekommen. Ich glaube nicht. Aber was die nahe Zukunft betrifft, kann ich es dir nicht garantieren. Laß uns das Eis, die Flüsse, die Matefelder, die Orchideen, die Abalonen und die Wasserfälle voller Mitleid betrachten, Biscuter, denn es ist klar, daß sie nicht ewig währen.«

Die Landstraße führte an Feldern vorbei, auf denen Tee oder Mate angebaut wurde, und fast alle im Bus mitreisenden argentinischen Männer holten ihre kleinen ausgehöhlten Kürbisse aus der Jackentasche oder dem Reisegepäck, dazu die Thermosflasche mit heißem Wasser, mit dem sie das Wundergift erzeugten, sowie das silberne Trinkröhrchen, und während sie zu den Iguaçu-Fällen zurückkehrten, sogen sie vielleicht eine Landschaft in sich auf, die nur sie alleine sahen.

Und sie reisten nach Ciudad del Este weiter, trotz der nicht besonders anregenden Touristenprospekte mit ihren allgemeinen Informationen über eine Stadt, die früher zu Ehren des damaligen Diktators von Paraguay Puerto Presidente Stroessner geheißen hatte. Heute präsentierte sich der Ort als furchtbarer, in seiner Regellosigkeit widersprüchlicher Umschlagplatz, als Teil eines weltweiten Netzes von Handelsstädten für zollfreie Waren. In einer der Broschüren wurde empfohlen, nach Ladenschluß nicht in der Stadt zu verweilen, da es dann häufig zu Raubüberfällen komme. Außerdem hatte ein Großteil derjenigen, die in den Geschäften arbeiteten, seinen Wohnsitz in Foz do Iguaçu und nahm dann die Busse heimwärts in Beschlag, als handelte es sich um die U-Bahn von Tokio. Sie fühlten sich von einer anderen Ciudad del Este angezogen, der Stadt der gefälschten internationalen Markenprodukte, der Umtriebe von Waffenhändlern, Drogenhändlern, Mädchenhändlern, die traditionell Beziehungen zu hochrangigen paraguayischen Militärs unterhielten. Dichtgedrängte Stände, Läden und Warenhäuser säumten Straßen, die Schlammlöcher waren, wenn nicht Freiluftkloaken – objektives Korrelat zu den Verpackungen der besten Marken, die der menschlichen Haut zur Verfügung standen, ob es sich nun um Parfüm handelte oder um Kleidung. Biscuter sah sich nach Düften um, die er aus der spanischen oder französischen Fernsehwerbung kannte, suggestiven Namen wie Fahrenheit oder Egoïste. In Spanien waren diese seiner Meinung nach sündhaft teuer, hier aber spottbillig, genauso wie die Armanimäntel, die Kürschnerwaren aus dem Fell von Babyrobben und jungen Nilpferden, die ganzen Schinken aus Westfalen und die deutschen

Küchenmaschinen. Carvalho gelang es, Biscuter den Kauf eines Pelzmantels auszureden, mochte dieser auch von Armani sein. Erstens bezweifelte er, daß der Mantel überhaupt von Armani war, zweitens war keiner in Biscuters Größe vorrätig, und drittens würde die Reise sie kaum an Orte führen, wo der Mantel von irgendeinem Nutzen wäre oder wo sie Gelegenheit hätten, das Kleidungsstück an die Maße seines Besitzers anpassen zu lassen. Zwei Fläschchen Fahrenheit und weitere zwei Egoïste dagegen landeten in Biscuters unersättlichem Rucksack. Carvalho ließ sich nicht dazu überreden, es ihm gleichzutun, und schließlich schaffte er es, seinen Begleiter aus den würfelförmigen, seelenlosen Warenhäusern hinauszulenken, selbst wenn sie noch so voll von Edelmarken waren. Statt dessen schlenderten sie nun durch die Straßen, deren Asphalt die verschiedensten Mängel aufwies, wenn sie nicht gar verschlammt und von allerlei Dreckströmen überschwemmt waren. Die Lokale glichen eher Bars als Cafés, und in einem dieser Etablissements bestellte Carvalho einen Cachaça und Biscuter einen Caipirinha, zwei Möglichkeiten, Brasilien zu betreten, ohne Ciudad del Este verlassen zu müssen. Dabei machten sie sich die Gelassenheit der anderen Gäste zueigen, Leute, die aufgrund der örtlichen Eigenheiten hier gestrandet waren. Kaum ein Tourist drängte sich in die Hierarchie von Paraguayern oder Heimatlosen, alle menschlichen Formen harmonierten offenkundig mit den Farben und Materialien des Lokals, röhrenförmigen Stühlen und einer Einrichtung wie aus den archäologischen Ruinen des Plastiklaminats. In jener gewissermaßen prähistorischen Höhle bestanden die Stalaktiten aus Insektenfallen, die mit gewöhnlichen Fliegen, aber auch mit wahren Sammlerstücken übersät waren. An den Wänden hingen Kalender mit regionalen oder anonymen Schönheiten sowie diverse Plakate: ein Stierkampf von 1979 und zwei Werbeplakate mit touristischen Motiven aus Asunción und dem Chaco.

In stillschweigender Übereinkunft stellten sich beide auf den Aufbruch ein. Hier gab es nichts Einladendes, keinen äußeren Anlaß, weitere Angebote zur Kenntnis zu nehmen: Anscheinend stellte ihr Auftreten für die Händler ein relativ unattraktives Zeichensystem dar. Zurück auf der Straße, wurden sie dann doch wieder aus Kaufhäusern oder Ledergeschäften heraus angesprochen, die angeblich die besten Waren von ganz Amerika führten, von höherer Qualität als die argentinischen, uruguayischen oder brasilianischen. Am vereinbarten Treffpunkt war keine Spur von ihrem Taxi, oder aber sie hatten sich im Ort getäuscht, jedenfalls fanden sie sich inmitten einer Stampede von Fahrzeugen wieder, die die Grenzbrücke in die eine oder andere Richtung überqueren wollten.

»Und jetzt?«

So als hätten sie eine Amerikakarte in Reichweite des Zeigefingers, Ciudad del Este im Rücken und vor sich die Aufgabe, die Welt zu umrunden, standen sie am ersten Pfeiler des *Puente de la Amistad*, einer weiteren Freundschaftsbrücke, aber egal, die sie wieder auf brasilianisches Territorium führen konnte.

»Erstmal das Gepäck. Wir müssen unser Gepäck zurückbekommen.«

Biscuter zeichnete auf einer Südamerikakarte die Route gen Norden nach, bis zum Amazonas und nach Manaus. Dann deutete er auf den Weg nach Osten Richtung São Paulo, Rio de Janeiro, Bahia, Salvador da Bahia.

»Oh, Bahia ... hiá!« sang Biscuter zu Ehren Carmen Mirandas oder der *Drei Musketiere* von Walt Disney, doch sein Körper verspürte den Ruf des Wassers, und so sprach er sich entweder für Mato Grosso aus, wo man den Wasserpark von São Lourenço besuchen konnte, oder für den weiter nördlich gelegenen Nationalpark Araguaia.

»Da gibt's doch nur Wasser und sonst nichts.«

»Das ist eben noch ungezähmte Natur.«

»Und warum fahren wir nicht durch Paraguay und weiter nordwärts nach Peru und Ecuador?«

Biscuter zögerte mit seiner Antwort, als fände er nicht die richtigen Worte. Schließlich sagte er:

»Weil ich, wenn möglich, Mitte Dezember und auf jeden Fall vor Weihnachten in Afrika sein muß.«

Carvalho wollte sich weder wundern noch ärgern.

»Deine Verabredungen haben immer wieder ein erstaunliches Timing, und ich bin wirklich neugierig zu erfahren, was du in Afrika verloren hast. Ich nehme an, an irgendeinem konkreten Ort in Afrika.«

»Ich dachte, ich hätte es Ihnen gegenüber schon einmal erwähnt. Dieser konkrete Ort ist Ouarzazate, im Tal des Draa. Das ist ein Fluß, der aus dem Atlas kommt, in Südmarokko. Viel mehr kann ich Ihnen nicht verraten, Chef, aber Sie sollten mir diesbezüglich vertrauen. Denn wenn Sie mir sagen würden, daß Sie wissen, wo es hingehen soll, würde ich ohne Diskussion mitkommen. Aber Sie wissen ja nicht, wohin.«

»Stimmt. Ich weiß nicht einmal, ob ich dich nach Ouarzazate begleiten soll, wo, wenn ich mich recht entsinne, das marokkanische Hollywood liegt.«

»Ganz genau.«

»Du hast wohl einen Filmvertrag?«

»Lachen Sie nicht, Chef, aber es geht in diese Richtung. Sie werden staunen, wenn Sie erst alles erfahren, das wird eine richtige Überraschung für Sie, und Überraschungen sind heutzutage selten.«

Sie gingen auf dem Gehweg und wollten die Freundschaftsbrücke zu Fuß überqueren, die unter dem Verkehr und bedingt durch einen plötzlichen Ausbruch von Eifer seitens des paraguayischen Zolls schier zusammenbrach, da kam es Carvalho vor, als rufe ihn jemand. Als sein Name zum dritten Mal erklang, machte ihn Biscuter auf einen Motorradfahrer aufmerksam, sozusagen in Trauermontur, der seinen Helm ein Stück vom Kopf gezogen hatte, um sich bemerkbar zu machen.

»Carvalho!«

Es dauerte eine Sekunde, bis er das Bild wieder vor Augen hatte, sechs Jahre zuvor in Buenos Aires, als eine Leibwache aus Motorradfahrern in schwarzer, mit silbern glänzenden Nieten besetzter Kluft den finsteren Capitán umschwärmt hatte. Das Motorrad näherte sich dem Gehsteig, Carvalho legte die Hand an die Pistole, die sich unter seinem Gürtel abzeichnete, und warnte Biscuter:

»Vorsicht mit dem Kerl.«

Der Motorradfahrer schloß zu ihnen auf, nahm den Helm ab, und sichtbar wurde der trapezförmige, angegraute Schädel eines Mannes mit tiefen Augenringen und hängenden, traurigen Lippen. Er zog sich den rechten Handschuh aus und hielt Carvalho die Hand hin.

»Sie kennen mein Gesicht nicht, aber wir sind uns vor vielen Jahren in Buenos Aires begegnet, bei dieser Sache mit dem Capitán und den Verschwundenen. Tragen Sie mir das nicht nach. Ich war nur ein Befehlsempfänger. Ich habe Sie beide in Ciudad del Este herumlaufen sehen und wußte nicht, ob ich mich zu erkennen geben soll. Aber es wäre doch verdammt noch mal schade, einen Teil meiner Geschichte so einfach zu ignorieren, und ich fühle mich hier wie im Exil. Ich und die anderen Männer des Capitán, wir haben's nicht leicht gehabt. Der Dicke ist mit gebrochenem Herzen hier auf der Brücke geblieben. Der Capitán ist irgendwo in Europa, Gott weiß, was er da macht, und der Rest ... Wir schlagen uns an verschiedenen Orten Amerikas durch, so gut wir können, halten uns mit nicht gerade tollen Jobs über Wasser, als Streikbrecher oder Söldner im Dienst von Landbesitzern. Ich habe erlebt, wie aus Männern von echtem Schrot und Korn, Motorradrittern, die dem argentinischen Stolz gedient hatten, Wächter auf den Kaffeeplantagen von Guatemala wurden. Ich bin hier, andere sind in Venezuela oder Brasilien. Nach Argentinien zurück können wir nicht, da müßten wir für das bezahlen, was der Capitán angestellt hat. Kommen Sie aus Buenos Aires? Wie haben Sie die Stadt vorgefunden, hübsch? Haben Sie Señorita Alma gesehen?«

Er fragte sie nach Alma, als handelte es sich um eine frühere Freundin, dabei hatte dieser Mann wahrscheinlich an den Entführungen und Qualen Anteil gehabt, die sie hatte erdulden müssen. Es war sogar denkbar, daß er auf sie uriniert hatte, während sie halbnackt am Boden lag, doch schon hatte Carvalho ihm unwillkürlich die Hand geschüttelt, und im Tonfall dieses Killers nahm er eine gewisse Wärme wahr, als ob er tatsächlich Teil seiner liebsten Erinnerungen wäre.

»Und warum reisen Sie schon ab? Hat Ihnen Ciudad del Este nicht gefallen? Nicht alles hier ist so wie das, was Sie gesehen haben. Es gibt bessere Wohnviertel, und in einem davon habe ich mein Häuschen, mit meiner Frau und meinen Töchterchen; die Kleinen sind Zwillinge, vor drei Jahren geboren. Warum kommen Sie nicht zum Abendessen zu uns? Es wäre eine Ehre für uns, Señor Carvalho. Wenn alte Soldaten aus Deutschland und Nordamerika zusammentreffen, trinken sie einen und tauschen einfach Erinnerungen an die Zeit aus, als sie Feinde waren, aber noch jung.«

Biscuter war ganz gerührt. Carvalho, argwöhnisch, aber amüsiert, wägte das Angebot des Killers gegen die Schwierigkeiten ab, die im Chaos versinkende Grenzbrücke hinter sich zu lassen, was der Motorradfahrer mit einem zufriedenen Lächeln quittierte. Er warf einen Blick in die Runde und erspähte einen paraguayischen Grenzbeamten, der auf dem Heimweg war.

»Patricio!«

Der Grenzbeamte sah sich um und kam zu dem Schluß, daß weder neben noch hinter ihm ein Patricio stand.

»Ich heiße nicht Patricio. Mein Name ist Solvente.«

»Ach ja, Solvente. Ich bin Medina Campos, der Hauptmann Medina Campos, und meine Freunde hier müssen umgehend zurück nach Ciudad del Este. Sie brauchen einen Wagen und Geleitschutz.«

Solvente schlug die Hacken zusammen, hielt energisch ein Auto an, das Richtung Paraguay fuhr, und nötigte den Fahrer, Carvalho und Biscuter als Fahrgäste bei sich aufzunehmen. Der vermeintliche Hauptmann Medina Campos setzte den Helm auf, richtete das Motorrad aus wie einen Rammbock, um dem Wagen, in dem seine Gäste saßen, den Weg zu bahnen, warf dem allgemeinen Verkehrslärm eine schrille Sirene entgegen und setzte sich damit durch. Auch den schwierigen Parcours zwischen Autos und Bussen, die fast aneinanderklebten, um die Bahn für diesen Notfall freizugeben, brachte er erfolgreich hinter sich. In Ciudad del Este angekommen, wies er den Autofahrer an, ihm zu folgen, und sie fuhren durch ein kleines Tal voller Häuschen mit winzigen Gärten, hinter denen ein reißender Bach floß. Dort stand das grüne Holzhaus des Hauptmanns Medina Campos, und vor ihm standen nun Carvalho und Biscuter und waren zwischen Gehen und Bleiben hin- und hergerissen.

»Entschuldigen Sie, daß ich den Hauptmann markiert habe, aber anders kommt man hier nicht weit. Ein Leutnant macht nicht mehr viel her und ein Unteroffizier schon gar nicht.«

Er ging auf das Haus zu und rief: »Dulce, Dulce de Leche – meine Süße«, und alsbald trat eine junge schwangere Guaraní aus der Tür, an jeder Hand ein kleines Mädchen hinter sich herziehend und mit einem Lächeln, in dem drei Zähne fehlten.

»Was tun wir hier, Chef?«

»Schon wieder die Versuchung der Antipoden.«

Die süße Dulce, Dulce de Leche, improvisierte ein Abendessen aus gebratenen Bohnen, gegrillten Schweinsrippchen und Papaya mit Limonensaft, sehr zur Zufriedenheit der Gäste, nachdem diese zunächst eine Flasche Caipirinha hatten leeren müssen, die den Limonensaft bereits enthielt. Es genügte, einige kleine Eisplaneten ins Glas zu werfen, und die Flasche ersetzte den Barmann, der ganze Cocktail war vorgefertigt. Die Frau aß nicht mit ihnen, sondern setzte sich diszipliniert und aufmerksam mit ihren Mädchen vor den Fernseher, während sich der falsche Hauptmann Medina Campos allmählich mit Caipirinhas und Nostalgie vollsog und in einem Anfall von Redseligkeit seine jugendlichen Heldentaten auftischte, erst als Busfahrer in Rosario, dann in Buenos Aires und schließlich am Ort seiner Bestimmung in der Leibwache des Capitán.

»Er war einer der mächtigsten Männer von Argentinien. Er hat uns nach seinem Bilde geformt, und als er fortging, standen wir vor dem Nichts, ich meine nicht materiell, sondern so richtig vor dem Nichts, also, wir wußten gar nicht mehr, wozu wir eigentlich gut sein sollten. Wir erfüllten, wie er es ausdrückte, eine aseptische, prophylaktische Funktion. Die Gesundheit unseres Vaterlands hing davon ab, die Gesundheit des Vaterlands der braven Argentinier, die bereit waren, ihr Leben für die Neue Argentinität einzusetzen. Ich bekomme schon eine Gänsehaut, wenn ich nur an seine flammenden Reden denke, an seine trockene, harte Stimme. Da gab es keine Widerrede. Und wir führten bereitwillig die härtesten, manchmal auch die schmutzigsten Tätigkeiten aus, nur weil er, unser Capitán, das von uns erwartete.«

Fünfmal stieß er gar auf das Wohl des Capitán an, und für Carvalho bekam der Caipirinha allmählich einen bitteren Nachgeschmack. Die Trinksprüche klangen in seinen Ohren nicht mehr wie eine Ironie, sondern wie eine Schweinerei der Geschichte, denn der wirkliche Capitán war ein Dreckschwein, und ihr Gastgeber, der falsche Hauptmann, ebenfalls. Doch aus dem alkoholisierten Wortschwall des Mannes traten nach und nach Wahrheiten über die paramilitärischen Söldner von ganz Lateinamerika zutage.

»Bis vor wenigen Wochen haben wir noch überlegt, wie wir diese Versammlung in Porto Alegre aufmischen könnten, wo die Roten von überall her eintreffen, die neuen und alten Roten der ganzen Welt. Dieses Sozialforum Ende Januar, diese Globalisierungsgegner, mir ist das ja scheißegal, ob Globalisierer oder Globalisierungsgegner, aber ich war schon immer gegen die Roten, und die in Porto Alegre, das sind richtig rote Socken. Aber daraus wurde nichts. Momentan ist nichts mit Porto Alegre, weil dann der neue Präsident von Brasilien, Lula, gerade sein Amt angetreten haben wird, und es ist noch nicht der richtige Zeitpunkt, um ihn zu destabilisieren. Man muß abwarten, daß er sich selbst ins Knie schießt, weil der ein Roter ist, so rot wie es nur geht, auch wenn er jetzt ganz anders tut.«

Der falsche Hauptmann holte eine Landkarte von Gesamtamerika, übersät mit Anmerkungen und Strichen, als würde ein Plan zur Besetzung des Kontinents von Mexiko abwärts ausgeheckt. Mit Filzstift markierte er eine Verbindung zwischen Brasilien, Venezuela und Kuba.

»Lula, Chávez und Fidel Castro. Und da heißt es, es gäbe keine Bolschewiken mehr? Und ob es die gibt! Da haben wir dieses Bolschewikentrio, das schon wieder Amerika in Brand stecken will, wie damals, als wir ihnen allesamt eine Abreibung verpassen und die Leichen über dem Rio de la Plata abwerfen mußten, aus dem Flugzeug raus.

Kameraden von mir sind in Venezuela, um diesem als Bolívar verkleideten Bolschewikengeneral die Hölle heiß zu machen, und bald werden wir auch in Brasilien auftauchen, und da können sie mit mir rechnen, weil ich sehr gut weiß, was da drüben läuft. Schade, schade.«

Medina Campos standen die Tränen in den Augen, und er strich sich mit den Händen über den Leib.

»Das ist nicht mehr der Körper, den ich einmal hatte. Wie alt schätzen Sie mich? Nein, zerbrechen Sie sich nicht den Kopf. Sechzig. Sechzig Jahre alt und Vater von zwei dreijährigen Mädchen. Was soll aus ihnen werden, wenn mir etwas zustößt?«

»Haben Sie denn keine Versicherung oder einen Pensionsfonds?«

Erst hingen Biscuters Worte wie weiße Lilien über dem Erstaunen des Söldners, doch nach einer Weile nahm er das Gesagte auf und deutete begeistert mit dem Zeigefinger auf seinen Gast.

»Sie denken mit. Nein, wir haben keine Versicherungen oder Pensionsfonds, außer es schließt einer selber so was ab. Es gibt nur eine Art blindes Vertrauen, daß sich die Kameraden um die Hinterbliebenen kümmern werden, wenn einer in Ausübung seiner Pflicht fällt. Aber das ist nicht immer der Fall, und jetzt noch weniger, da alles viel kälter zugeht, professioneller, und der Kontinent voll von Söldnern ist, die gerade aus Jugoslawien oder der UdSSR kommen. Die sind ja nicht einmal alt genug, um Erinnerungen zu haben, stellen Sie sich das einmal vor, nicht einmal dazu sind die alt genug. Aber genau das, Erinnerungen zu haben, das unterscheidet den Menschen vom Tier.«

Biscuter war schon drauf und dran, sich nach möglichen Versicherungsformen für den Schlächter zu erkundigen, da unterbrach ihn Carvalho, indem er ihm einen warnenden Blick zuwarf, und deutete auf die Uhr.

»Bleiben Sie doch über Nacht! Erweisen Sie mir diese Ehre! Das Haus ist ja nicht sehr groß, aber die Mädchen können bei uns schlafen.«

Carvalho hatte sich bereits erhoben, er lächelte zwar, bat aber auch energisch darum, ein Taxi zu rufen. Auch der Hauptmann hatte sich in der Zwischenzeit schwankend aufgerichtet und stützte sich mit seinen Pranken auf je eine Schulter von Carvalho und von Biscuter.

»Von wegen Taxi. Unter Kameraden regelt man das anders.«

Er trat auf die schmale Veranda seines Hauses hinaus und schrie aus vollem Halse den Namen Belisario, bis im Haus gegenüber das Licht anging und Belisario heraustrat, in heller Aufregung und knallbunter Unterwäsche.

»Hol dein Motorrad raus, wir müssen meine Freunde heimfahren.«

Vergebens die Proteste Carvalhos. Biscuter saß hinter Belisario auf und er hinter Medina, an den Rücken der Fahrer geschmiegt, die keine weitere Kleidung trugen als Unterhemd und Unterhose im Fall Belisarios sowie Fallschirmjägerhosen im Fall des falschen Hauptmanns. Carvalho mußte sich an seinen Fahrer klammern, denn es gab zahlreiche Schlaglöcher und nicht selten gerieten sie ins Schlingern, während Medina das Lied *Alma, corazón y vida* anstimmte.

Seele, um dich zu erobern,
Ein Herz, um dich zu lieben,
Und ein langes Leben neben diiiiir.

Am Eingang zum Hotel versuchte Medina noch, eine spontane Diskussionsrunde zum Thema »Freundschaft über geopolitische und ideologische Grenzen hinweg« abzuhalten, und als der überhastete Rückzug seiner Gäste ihm das nicht gestattete, überschüttete er sie mit den schwergewichtigen Umarmungen eines sechzigjährigen Athleten. Biscuter bekam kaum noch Luft, und Carvalho war beeindruckt, vor allem weil die großkalibrige Pistole, die der Söldner in der Hose versteckt hatte, sich um einiges stärker bemerkbar machte als die Pistole, die in Carvalhos Unterhose steckte. Ungerührt sah sich Belisario an, was er für einen faschistisch-brüderlichen Abschied hielt, und machte sich, als er feststellen durfte, daß Medina Campos die Umarmungen ausgegangen waren, beschwingt davon. In ihren Zimmern angekommen, konnten Carvalho und Biscuter das

Stottern von Medinas Motorrad hören, das sich der Rückkehr widersetzte, und durch das halb geöffnete Fenster sahen sie den Fahrer in sich versunken, als verdaue er noch die Caipirinhas oder seinen eigenen Wortschwall. Dann gab er Gas, als ginge ihm die Zeit aus, und fuhr auf seinen Horizont von Häuschen und Zwillingen zu. Da lief Carvalho hinüber zu Biscuter.

»Morgen müssen wir so früh wie möglich aufbrechen. Dieser Schweinehund wird morgen aus seinem Solidaritätsschlaf aufwachen, und dann wird ihm klar, daß er Faschist ist und wir nicht. Diese Kerle sind gefährlicher als Mungos und Kobras zusammen.«

»Aber der Mann war doch ganz gerührt.«

»Das ist es ja. Diese Kerle denken und töten aus dem Bauch heraus. Ich habe sie während meines Aufenthalts in Buenos Aires erlebt, und sie kennen kein Pardon.«

Der Caipirinha-Exzeß ließ Carvalto für anderthalb Stunden in tiefen Schlaf fallen, war jedoch auch dafür verantwortlich, daß er daraufhin verkatert aufwachte und nicht mehr einschlafen konnte. Im Fernsehen lief eine über zehn Jahre alte brasilianische Morgenserie. Dann stieß er zum Glück auf den Nachrichtenüberblick von Televisión Exterior de España. Es ging hauptsächlich um die Gründe des Präsidenten Aznar, bezüglich des absehbaren Irakkriegs den Schulterschluß mit Bush zu üben, ohne auch nur im mindesten einsehen zu wollen, daß die Ergebnisse der UNO-Experten einen Freispruch bedeuteten. Der Irak stellte eine Gefahr dar, mochte die UNO sagen, was sie wollte. Einen Augenblick verfolgte Carvalho den historischen Voluntarismus, den der Regierungschef seines Landes an den Tag legte, dann aber machte er sich klar, daß sein persönliches historisches Projekt nichts mit dem Irakkrieg zu tun hatte – ihn beschäftigte die Frage, wie er seine Reise um die Welt vollenden konnte, mit welchem Geld und auf welchem Weg. Um sechs Uhr morgens mit dem Nachgeschmack der Caipirinhas in der Kehle Rechnungen anzustellen nötigte ihn dazu, sämtliche Wasserflaschen und sonstige Erfrischungsgetränke aus der Hotelbar zu leeren, und je mehr er seinen Durst löschte, desto bedrohlicher fielen seine Kalkulationen aus. Er hatte fast keine Travellerschecks mehr, und wenngleich er noch mit der Kreditkarte Geld abheben konnte, so würde er damit doch seinen Aufenthaltsort preisgeben. Die Abhebungen würden seine Reiseroute markieren. Systematisch auf Biscuters Geld zurückzugreifen fand er wenig moralisch und vor allem unter seiner Würde, so daß ihm nur noch die Möglichkeit blieb,

Charo um ein Darlehen auf das Ersparte zu bitten, das er noch besaß. Der Gedanke, Charo wegen Geldfragen anzurufen, behagte ihm gar nicht; aber Biscuter damit zu behelligen gefiel ihm noch weniger.

Er zog die Badehose an und sprang in den geräumigen Pool mit dem kleinen Wasserfall, der aus einem Betonbecken herunterstürzte. Unter dem Strahl blieb er stehen, in der Hoffnung, das Wasser könne vielleicht sein Gehirn von Alkohol und Vorsichtsmaßnahmen reinigen. Nachdem er zwei oder drei Bahnen geschwommen war, überkam Carvalho das angenehme Gefühl eines Körpers, der sich in seinem Element befindet, des Hautkontakts mit der Frische des Wassers unter dem Morgenhimmel – und das bei einer warmen Brise –, und in diesem Wohlbefinden begab er sich als erster Gast in den Speisesaal des Hotels und ans Frühstücksbuffet.

Bei sich hatte er Landkarten, einen Kugelschreiber und Schreibpapier. Er ging Routen und Optionen durch und entschloß sich, mit Biscuter zu besprechen, ob sie bis Manaus nach Norden reisen oder an die Atlantikküste fahren und von dort aus nach Afrika übersetzen sollten. Der Monat Dezember zeigte in jedem Kalender seine Festtage an, und Biscuters Kinodebüt in Ouarzazate mochte an Weihnachten selbst stattfinden, womöglich in der Rolle der Jungfrau Maria oder als Jesuskind in der Krippe in irgendeinem italienischen Fernsehfilm. Wenn ihr Weg zur Küste führen sollte, mußten sie über São Paulo fahren und ihre weiteren Reiseziele von Biscuters Terminplan abhängig machen. Und wohin sollte es nach dem marokkanischen Hollywood gehen? Er rief seinen Begleiter aus dem Speisesaal an, und als dieser auftauchte, ganz erschlagen von den inneren Stürmen der geradezu literweise konsumierten Caipirinhas, unterbreitete er ihm den Vorschlag, nach Osten weiterzureisen. Dabei sprach er auch die finanzielle Lage an: Sie brauchten Rücklagen, falls etwas Unerwartetes passierte, und um diese Rücklagen konnte man nur Charo bitten. Biscuter zog einen Haufen Papiere und Dokumente aus seiner gelben Safarijacke, suchte ein Schriftstück heraus und legte es Carvalho vor.

»Chef, das ist die Bilanz beziehungsweise der Auszug, oder wie das heißt, von meinem Konto auf der Rambla, nur von dem auf der Rambla.«

Einschließlich der letzten Ausgaben und Zahlungseingänge vom Mai verfügte Biscuter über zweihunderttausend Euro. Carvalho bestand darauf, daß Biscuter einen Schuldschein zu Lasten des Fonds annahm, den er noch bei der Sparkasse von Vallvidrera hatte, und eine Viertelstunde später ging ein handschriftliches Dokument folgenden Wortlauts in Biscuters Besitz über:

Don José Carvalho Tourón leiht sich von Don Josep Plegamans Betriu, alias Biscuter, die Summe von dreitausend Euro, die für Aufwendungen im Zusammenhang mit der Weltumrundung einzusetzen ist.

Foz do Iguaçu, am 3. Dezember 2002.

Nachdem die Zimmerrechnung beglichen war, händigte ihnen der Rezeptionist ein Päckchen aus, das der Hauptmann Medina Campos eine Stunde zuvor für sie abgegeben hatte. Carvalho schlug vor, es vor Besteigen des Linienbusses zu öffnen – es könnte ja eine Zeitbombe enthalten und noch Unschuldigere als sie selbst könnten getötet werden. Als die Schachtel jedoch offen war, zeigte sich, daß sie zwei Flaschen Caipirinha enthielt. Carvalho verspürte einen Stich im Magen und einen im Herzen. Menschen sind nicht nur gefährliche, sondern auch widersprüchliche Wesen. Von Foz do Iguaçu hatten sie etwas über tausend Kilometer nach São Paulo zurückzulegen, also fünfzehn oder sechzehn Stunden Fahrt, wenn man die beiden planmäßigen Stopps mitrechnete, eine Pinkelpause und einen längeren Halt zur Nahrungsaufnahme. Die zweite Station war Curitiba, das ihn vage an eine Fußballmannschaft aus seiner Jugend erinnerte. Dort konnten Reisende in andere Busse Richtung Küste umsteigen, genauer gesagt nach Paranaguá, die Kaffeemetropole mit Altstadtkern, von der aus man Ausflüge zu den Inseln unternehmen konnte, die die Bucht umschlossen. Auch von Ponta Grossa aus gab es ein mögliches Ausflugsziel, den Nationalpark von Ilha Velha, was bei Biscuter einige Reisephantasien weckte. Ihn lockte das Versprechen eines geologischen Parks, eines Orts voller Skulpturen, die die Natur geschaffen hatte, und bis zu einhundert Meter hohen Höhlen, die durch eine unterirdische Lagune namens Dourada miteinander verbunden waren.

»Aber du wirst in Marokko erwartet.«

»Man kann nicht alles sehen. Ein paar Dinge muß man sich

für das nächste Mal lassen. Eines Tages werden wir auf eine ähnliche Reise gehen und neue Sehenswürdigkeiten besichtigen.«

Carvalho freilich verabschiedete sich von den Orten ohne Melancholie, doch für immer. Ihm war klar, daß er nie mehr sehen und erleben würde, was er jetzt sah und erlebte. Sie fuhren ein Stück durch den Park von Iguaçu und begannen dann den Staat Paraná zu durchqueren. Zum Zeitvertreib gab es zwei Spielfilme, einen vor der Mittagspause und einen am Nachmittag, sowie einen Dokumentarfilm, der einen Rückblick auf die brasilianische Präsidentschaftswahl und die ersten Amtsbesuche des neuen Staatschefs Lula bot. Es folgte die Plage aggressiver Komikeinlagen, die sich gerade in Flugzeugen, Zügen und Linienbussen ausbreitete. Diesmal handelte es sich um einen aufdringlichen Menschen mit unter der Jacke verborgenem Gartenschlauch, der Passanten naßspritzte. Immerhin war es Sommer, und er befand sich in einer mittel- oder nordeuropäischen Stadt, so daß lediglich ein junger Mann aufgrund der Wasserattacke die Fassung verlor und mit irgendeinem nicht klar erkennbaren, massiven zylindrischen Gegenstand auf den Witzbold losging. Der Spielfilm kam aus den USA und handelte von einer FBI-Agentin, die sich in einen Schönheitswettbewerb einschleicht, weil dort angeblich ein Attentat geplant ist. Es war einer der schwachsinnigsten Filme, die Carvalho jemals gesehen hatte, an sich schon ein ausreichender Grund für einen Krieg des Irak gegen die Vereinigten Staaten, bei dem die Iraker in Hollywood keinen Stein auf dem anderen lassen sollten. Verärgert über diese Zeitverschwendung und mit dem Eindruck, die Hauptdarstellerin Sandra Bullock sei flach wie ein Bügelbrett, starrte er bei jedem weiteren audiovisuellen Angebot nur hartnäckig aus dem Fenster. Dort sah er, wie die Natur allmählich das übermäßige Grün und die vielen Gewässer von Iguaçu und Misiones durch Kaffeeplantagen, Getreide- und Maisfelder und den einen oder anderen Araukarienwald ersetzte. Abgesehen vom Nationalpark Ilha Velha und der Stadt Curitiba selbst hatte der Staat Paraná nur an der Küste noch etwas zu bieten, bevor diese in den Staat São Paulo überging.

Sie aßen in einer Raststätte hinter Guarapuava zu Mittag, einer Mischung aus Grillrestaurant und der »a-kilo« genannten Spielart von Selbstbedienungsrestaurant, bei der man sein Essen nach Gewicht bezahlt. Eine halbe Stunde kauten sie auf wohlschmeckendem, wenn auch etwas zähem Fleisch herum, aßen dazu Schinken- und Käse-Empanadas und sogenannte *Salgados*, allerlei Fritiertes. Nachmittags lief ein besserer Film als der vom Vormittag. Es ging um den Voyeurismus zweier Leute, die von ihren jeweiligen Partnern verlassen werden und fortan beobachten, wie es den beiden Undankbaren ergeht, die mittlerweile ein Loft und das Bett teilen. Carvalho tat sich den Film in voller Länge an und leerte dann zwei Dosen Guaraná. Das linderte sein von den Ausschweifungen des Vorabends verursachtes Sodbrennen und verhalf ihm zu einem Nickerchen, bevor er schließlich in einen tiefen Schlaf fiel. Nur manchmal schreckte er durch ein Schwanken des Fahrzeugs auf, als befürchte er, jemand könne ihn auf eine andere Reiseroute und in ein anderes Land versetzt haben.

Nachdem sie Schluchten von Wolkenkratzern passiert hatten, deren Fassaden trübe waren von der Luftverschmutzung und dem Dunst eines feuchten Tages, fuhren sie um elf Uhr abends im Busbahnhof von São Paulo ein. Um die Ecke befand sich ein Taxistand, doch sie kamen erst gegen Mitternacht im Hotel an: Noch immer waren die Straßen von São Paulo überfüllt und aufgrund der Strombeschränkungen nur halb beleuchtet.

»Ich muß sagen, ich kann mir nicht unbedingt vorstellen, mich in Rio als Tourist zu verkleiden und in Copacabana oder Ipanema auf Mädchenjagd zu gehen. Vielleicht noch eher, an den Proben in einer Sambaschule teilzunehmen, aber ich interessiere mich immer weniger für die Klischees eines Landes, selbst wenn es so grundlegende Klischees sind wie der Samba.«

»Sie sind auf dieser Reise zu sehr unter Druck, Chef. Sie sollten sich mal die Freiheit nehmen, etwas zu sehen und zu fühlen, wenn Sie nicht gerade von all den Leuten verfolgt werden, die Ihnen zur Zeit auf den Fersen sind. Das ist ja auch nicht normal.«

»Dazu bin ich zu zielorientiert. Meine Erziehung sieht eine Existenz mit schlüssigen Resultaten vor, und deshalb muß ich eine Weltumrundung, wenn ich sie schon angefangen habe, auch fast auf den Meter genau dort zu Ende bringen, von wo ich aufgebrochen bin. Nur wann? Niemand zwingt mich, in achtzig Tagen fertig zu sein oder in achtzig Stunden, und daß ich keine achtzig Jahre habe, ist klar. Aber meine Hirnmuskeln haben's eilig. Was willst du in São Paulo? Ins Museum gehen? Die Museen sind noch das Interessanteste, was sie hier haben, denn eine Altstadt gibt es praktisch nicht. Hier hat der moderne Ausbau der Stadt alles niedergewalzt, und die Umweltverschmutzung ist auf dem Niveau von Mexiko-City.«

»Es gibt etwas, was sich in fast allen Städten anbietet, Chef: daß man wieder wegfährt.«

Nach São Paulo gekommen zu sein, nur, um wieder abzureisen, kam Carvalho idiotisch vor, und so faßte er für den nächsten Tag diszipliniert eine Stadttour ins Auge und dann die Weiterfahrt nach Parati, das zwischen São Paulo und Rio de Janeiro gelegene Seebad mit einem Stadtbild aus dem achtzehnten Jahrhundert.

»Da kannst du an Bord eines Piratenschiffs gehen, zwischen Inseln hin- und hersegeln, von Deck aus ins Meer springen. Niemand wird uns Vorschriften machen. Die Straßen sind voller kleiner Handwerkerläden, auch Cachaça aus der Region wird angeboten, und nach Meinung der Experten ist er sehr gut.«

Das Hotel lag am Rand des Stadtkerns, und sie spazierten durch die kümmerlichen Reste einer Altstadt: Kirchen, ein paar Klöster, die Kathedrale. Auf der Avenida Paulista kamen sie an den so renommierten Museen und am Siqueira-Campos-Park vorbei und bestätigten vielleicht nur ihren vorgefaßten Eindruck von einer Stadt, die New York sein wollte, trotz der Patina aus Kohlenmonoxid und den Engpässen bei der Stromversorgung. Plötzlich zeigte Biscuter auf die gegenüberliegende Straßenseite. Zunächst konnte Carvalho nicht erkennen, was seinen Begleiter so interessierte. Schließlich bemerkte er das Plakat und las: »Afrika ist nicht fern. São Paulo-Bamako, der Solidaritätsflug. Diskussion über die fortschreitende Zerstörung Afrikas. Frei Betto und Hochwürden Gideon Byamugisha. Morgen, acht Uhr abends.« Sie standen am Eingang der Kirche, die zu einem Dominikanerkloster gehörte, und unter dem Plakat mit der Ankündigung für morgen, also heute, stand die Rede eines der Podiumsteilnehmer, Hochwürden Gideon Byamugishas: »Als ich dem Bischof mitteilte, daß ich die schreckliche Krankheit in mir trage, entließ er mich nicht etwa, wie ich erwartet hatte. Nein, er fiel auf die Knie und betete für mich und sagte mir, mir sei eine besondere Mission innerhalb der Kirche zuteil geworden. Wir müssen HIV und Aids in den Alltag der Kirche integrieren. Die religiösen Führer sollten nicht nur außerehelichen Sex verurteilen, sondern auch ungeschützten Sex. Dies möchte ich euch Brasilianern ans Herz legen, wie ich es zuvor schon in Afrika empfohlen habe. Einige religiöse Würdenträger schämen sich, das Thema Aids anzusprechen, aber wenn wir erfolgreich sein wollen, müssen wir uns eingestehen, daß es innerhalb unserer Gemeinschaft ein hohes Maß an sexueller Aktivität gibt. Auch außerehelicher Sex muß sicher sein. Ich predige eine Kultur, in der Safer Sex einfach, akzeptabel und etwas ganz Alltägliches ist.«

Biscuter stand mit offenem Mund da, während ihm Carvalho die Rede übersetzte. Der ugandische Priester empfahl den Gebrauch von Kondomen, weil er selbst HIV-positiv und ein verheirateter Mann war.

»Aber dürfen Dominikaner denn heiraten?«

»Nein, kirchlich nicht. Noch nicht. Er muß Protestant sein. Aber sie haben ihn in dieser katholischen Kirche aufgenommen, um zu hören, was er zu sagen hat.«

Biscuter las das Kleingedruckte unter der Einladung und bat Carvalho um Bestätigung:

»Steht hier nicht etwas über eine Brücke ›Brasilien-Afrika‹, und daß man sich für die Reise der Hoffnung einschreiben soll?«

»Du sagst es.«

Carvalho wollte gar nicht wissen, was Biscuter jetzt dachte. Die Neuronen seines Gehilfen aber suchten nach den geeignetsten Worten, um einen Wunsch vorzubringen, ohne daß dieser abgewiesen würde.

»Wir hätten nichts zu verlieren, wenn wir dort hingingen.«

»Als was?«

»Als Forscher der WHO, ich auf dem Gebiet der Ernährungswissenschaft und Sie auf dem der Solidarität.«

»Solidarität zwischen Brasilianern und Afrikanern?«

»Lassen Sie mich nur machen, Chef.«

Sie betraten die Kirche mit der Behutsamkeit der Ungläubigen und in der Erwartung, sie leer vorzufinden, doch sie war asymmetrisch besetzt, als hätten sich alle Gläubigen um eine Kapelle im rechten Seitenschiff geschart. Irgend etwas Bedeutsames ging dort vor sich, und auf dem Weg hinüber zur Apsis machte Biscuter volle drei Kniebeugen, wobei er sich jeweils bekreuzigte. Er war überzeugt, daß das Lichtlein vor dem Allerheiligsten ihm diese seltsame Gymnastik abverlange. Carvalho beschränkte sich darauf, denselben Weg gesenkten Hauptes zurückzulegen. Als sie bei der umlagerten Kapelle anlangten, sahen sie, daß dort eine Art Tauffeier stattfand, denn sie erblickten ein Neugeborenes in den Armen einer schwarzen Matrone und drei weißgewandete Priester in der Kapelle. Geleitet wurde die Zeremonie von dem mittleren der drei, einem Pater mit kindlichen Gesichtszügen und leicht angegrautem Haar. Ebendieser stand gerade im Begriff, das Taufwasser über die Stirn des Neugeborenen zu gießen, und dabei sprach er mit klarer Stimme:

»Maria da Solidariedade, ich taufe dich hiermit, auf daß du dich der Sache aller Verdammten auf Erden und der Hoffnung aller anschließen mögest, die das Himmelreich anstreben.«

Die Verwandten des Mädchens sangen ein paar Psalmen, und dann segnete der Priester alle Anwesenden und forderte sie dazu auf, den Friedensgruß auszutauschen, indem sie ihre Hände in das geweihte Wasser tauchten und dann ihren Nachbarn reichten, ein Ritual, das in Carvalhos oder Biscuters kirchlichen Erinnerungen nicht zu finden war. Doch auch sie schüttelten ihren rechten und linken Nachbarn die Hand, Biscuter mit übertriebener Begeisterung im Gesicht: Er erwartete, daß nun die Taufpaten kandierte Mandeln und sonstige Süßigkeiten unters Volk werfen würden, und sang sogar leise, doch für Carvalho hörbar auf katalanisch vor sich hin:

Werft Nüsse,
denn die sind wurmig,
werft Süßigkeiten,
denn die sind schimmlig,
und wenn ihr sie nicht wegwerft ...
wird das Kind sterben!

»Dieses Lied habe ich schon immer ziemlich brutal gefunden. Mit einer Tauffeier hat das nicht viel zu tun.«

»Aber es funktioniert immer. Wenn man das nach einer Taufe an der Kirchenpforte gesungen hat, regnete es zuckersüße Mandeln.«

Biscuter trat an einen der Priesterkomparsen heran, der sich bereits von der Tauffeier entfernt hatte, und bat ihn um Informationen zu jener afrobrasilianischen Brücke, wurde aber an den Täufer verwiesen.

»Frei Betto wird Ihnen mehr dazu sagen können, oder sonst Senhorita Recamier in der Sakristei. Er ist nämlich sehr beschäftigt.«

Frei Betto, der sich mit den Verwandten des getauften Mädchens unterhielt, legte Biscuter einen Arm um die Schultern, so daß dieser ihm sein Anliegen zuflüstern konnte. Das tat er in so rudimentärem Portugiesisch, daß der Dominikaner ihn anhielt, doch lieber auf Spanisch weiterzusprechen, denn er verstehe diese Sprache ausgezeichnet und spreche sie sogar selbst mit seinen mexikanischen und kubanischen Freunden.

»Erlauben Sie, daß ich mich vorstelle. Ich bin Experte der WHO für die Beziehung zwischen Ernährung und Gesundheit und zur Zeit auf Forschungsreise durch diverse Problemregionen der Welt. Mein Begleiter hier ist der Spezialist für therapeutisches Sozialverhalten, Dr. Pepe Carvalho. Wir haben mit großem Interesse von der Brücke nach Afrika erfahren, die Sie gerade vorbereiten, ich nehme an, es geht um eine Reise dorthin. Und wir sind daran stark interessiert, weil wir uns Ihnen vielleicht anschließen könnten.«

Der Mönch nickte rhythmisch, eine Geste, die er sich offenbar in der Einsamkeit des Beichtstuhls angewöhnt hatte, wenn er den Sünden lauschte. Als Biscuter geendet hatte, schloß er die Augen und wandte seinen Blick dann wieder der Welt zu. Er breitete die Arme aus, und ein Lächeln ließ sein Gesicht erstrahlen.

»Eine wunderbare Fügung. Als Hochwürden Gideon und ich heute morgen im Kloster frühstückten, haben wir noch bedauert und gleichzeitig gutgeheißen, daß die Reise keinerlei offizielle Unterstützung genießt und daher auch nicht aus Sicht einer falsch verstandenen Globalisierung manipuliert werden kann. Doch wenn Sie beide sich uns aus privatem Interesse anschließen, werden Sie die Expedition mit Ihrem Wissen bereichern und Ihrerseits bereichert werden durch das Erlebnis einer Reise voller Hoffnung. Und ich verwende das Wort Hoffnung hier im doppelten Sinne dieser Tugend, die nicht nur eine geistliche, sondern auch eine weltliche ist.«

Carvalho schaltete sich mit der Frage ein, wann die Reise beginnen und wo sie sich einschreiben sollten. Welche Route sei denn geplant?

»Weder Hochwürden noch ich können teilnehmen, aber ein heiliger und weiser Mann, Farak Nair, wird die Expedition leiten, ein Hygieniker aus Uganda. Die Reise ist etwas umständlich, aus Kostengründen, weil sie nicht das Budget dieser guten Leute sprengen darf. São Paulo, Rio, Dakar, Bamako, die Hauptstadt von Mali, dann Timbuktu, wo das Treffen stattfinden soll. Gratis können wir Sie nicht mitnehmen, es war schon schwierig, einigen sehr armen Teilnehmern die Fahrt zu ermöglichen.«

»Ich bitte Sie, Pater, dafür haben wir Verständnis.«

»Neben der Sakristei befindet sich so etwas wie ein Einschreibungsbüro.«

»Wir wissen, Sie sind sehr beschäftigt, wir möchten Ihnen nicht Ihre Zeit rauben.«

»Im Gegenteil: Sie schenken doch mir Ihre Zeit.«

»Zu Mittag würden wir Ihnen zur Verfügung stehen.«

»Wenn Sie Genußmenschen sind, rate ich Ihnen von der Klosterküche ab.«

»Wir würden uns freuen, Sie als unseren Gast begrüßen zu dürfen«, schlug Carvalho zur Freude des Mönchs vor. Als sie wieder allein waren, gestand Biscuter, daß eine Mahlzeit im Refektorium für ihn durchaus ihren Reiz gehabt hätte, da er dies noch nie erlebt habe.

»Ich glaube, da wird beim Essen vorgelesen.«

»Ich weiß aus Erfahrung: Kirchenmänner essen gerne außerhalb von Klöstern oder vergleichbaren Orten der Nahrungsaufnahme. Die Zeiten, daß arme Leute nur dann wie die Kardinäle speisten, wenn sie ins Kloster eintraten, sind vorbei.«

Recamier Gonçalves Egito, zu Ihren Diensten, leitete das Einschreibungsbüro kompetent und mit der Gewichtigkeit von einhundert Kilogramm. Sie erfaßte sofort, daß sie bedeutende internationale Funktionsträger vor sich hatte, die das Projekt unterstützen, in das Frei Betto und Hochwürden Gideon so viel Mühe investiert hatten, »gleichsam eine Brücke« – so ließ Recamier verlauten –, »die Ökumene und Solidarität verbindet«. Kurz, die Globalisierung, wie sie aus Sicht der Befreiungstheologie zu begreifen war. Fünfhundert Euro pro Kopf, Hin- und Rückreise, ein Last-Minute-Flug zum Schleuderpreis.

»Aber wir benötigen gar keinen Rückflug. Unsere Mission führt uns weiter durch Afrika und noch darüber hinaus.«

Mit einem Lächeln nahm die Gonçalves Egito diesen Einwand Biscuters zur Kenntnis, auf den sie schon vorbereitet war: Auch die afrikanischen Teilnehmer an der Expedition würden in Afrika bleiben, wenngleich einige von ihnen mit einem Hin- und Rückflugticket nach Brasilien gekommen waren.

»In einem Fall wie dem Ihren bin ich befugt, einen Preisnachlaß von zwanzig Prozent zu gewähren.«

»Nun bräuchten wir noch Ihren Rat, Madame Recamier, und zwar in einer dem Anschein nach nebensächlichen, aber sehr delikaten Frage. Wir möchten Frei Betto gerne zum Mittagessen einladen, um mehr über seine christlichen Projekte zu erfahren. Welches wäre dafür ein geeignetes Lokal? Wir kennen seine Vorlieben nicht und sind fremd in São Paulo.«

Der Frau stiegen die Tränen in die Augen, so dankbar war sie über diese Respektsbekundung gegenüber dem Dominikaner, und sie empfahl ihnen das Sertão, ein traditionell-brasilianisches Restaurant, dessen Küche sehr gut zu Frei Bettos einfachem Geschmack passe. Sein Gaumen sei durch die Schule der volkstümlichen Kochkunst seiner Mutter gegangen, die keinen geringeren als Fidel Castro bekocht habe. Das Sertão befand sich relativ nahe bei der Kirche, es fehlte noch eine Stunde bis zu der in Lateinamerika üblichen Essenszeit, und so machten sie sich auf den Weg, um das Lokal in Augenschein zu nehmen und einen Tisch zu reservieren. Recamier trugen sie auf, den Mönch sowie etwaige Begleiter zu informieren. »Kommen Sie selbst mit, wenn Sie möchten.« Recamier mußte über Biscuters Angebot lachen und erhob sich aus ihrem Stuhl, um ihn ihre hundert Kilo begutachten zu lassen, die sie eher wie in einer Sambaschule bewegte als wie in einer Sakristei.

»Und wie würde mein Körper mich für das Essen büßen lassen? Ich esse den ganzen Tag über nur ein Diätpaket und bestenfalls am Abend etwas gekochten Schinken und Käse.«

»Wie ungleich alles verteilt ist«, beschwerte sich Biscuter bei Carvalho, als sie auf der Straße waren. »Ich kann für vier essen und habe seit dem Militärdienst kein Gramm zugenommen, genaugenommen, seit ich das Rauchen aufgegeben und im ersten halben Jahr ein klein bißchen zugelegt habe. Dieses arme Mädchen mit den hübschen Augen dagegen, Sie haben es ja gesehen, begnügt sich mit einem Riegel Biomanan pro Tag.«

»Ja, irgendeiner von den Befreiungstheologen in ihrer Umgebung sollte ein Wunder bewirken. Ein praktischeres Wunder gibt es doch gar nicht, als Dicke auf ihr Idealgewicht zu bringen. Selbst von einem so pragmatischen Heiligen wie Josemaría Escrivá de Balaguer, dem Gründer der Opus Dei GmbH, ist nichts Vergleichbares bekannt.«

Aus dem Restaurant duftete es schon, und auf der Karte standen die charakteristischsten Gerichte der brasilianischen Küche, zuvorderst die *Feijoada*, ein *Pot au feu*, von dessen Bodenständigkeit und kräftigem Geschmack Carvalho ganz begeistert war.

»Es handelt sich um eine Art Eintopf aus schwarzen Bohnen unter Verwendung von getrocknetem Fleisch und allen Teilen des Schweins, die am Herrentisch nicht gegessen und den Sklaven überlassen wurden. Du kannst es dir vorstellen: Schweinsfüße, Schwänze, Innereien. Ein Gericht, das uns schwer im Magen liegen kann.«

»Legen wir das in Gottes Hände.«

Einstweilen wanderten die Hände Frei Bettos über die Speisekarte, und er erklärte die Gerichte seinem Ehrengast, dem hochgewachsenen, mageren, aidskranken Gideon Byamugisha, Anführer der rechtlosen Kranken aus Afrika. Frei Betto erläuterte, daß viele der von den Sklaven verbreiteten Gerichte aus Afrika stammten, andere wiederum seien aus der Verschmelzung verschiedener Kulturen entstanden, so die sehr interessante bahianische Küche. Auch der portugiesische Einfluß und die für den gesamten Süden Lateinamerikas prägende Kultur des gegrillten Fleisches sei nicht zu unterschätzen. Sie wählten einige Gerichte aus Bahia, darunter auf besonderen Rat des Mönchs ein *Quitande*, wie er sagte, ein gutes Beispiel für die schwierigen Entstehungsbedingungen der volkstümlichen Küche, als deren Grundlage aufgrund der Problematik der Haltbarkeit immer schwarze Bohnen und getrocknetes Fleisch oder getrockneter Fisch dienten.

»Es handelt sich dabei um eines der seltensten Gerichte, das man in Restaurants nur gelegentlich bekommt. Schwarze Bohnen, Zwiebeln, getrocknete Garnelen, Mandeln, Dendé-Öl, Koriander, Knoblauch, Ingwer und Salz. Entscheidend ist, wie bei so vielen brasilianischen Gerichten, das Dendé-Öl, dessen Geschmack sich stark von dem anderer Öle unterscheidet. Meine Mutter hat immer gesagt, die brasilianische Küche sei zu einem guten Teil auf das Dendé-Öl angewiesen.«

»Ich habe gehört, Ihre Mutter hat für Fidel Castro gekocht.«

»Vor fast zwanzig Jahren veröffentlichte ich mein Buch *Fidel und die Religion*, und so ergab sich eine gute persönliche Beziehung zu Castro, die bis in die Küche führte. Er hält einiges auf seine Kochkünste.«

»Berechtigterweise?«

»Ich werde es sicher nicht in Abrede stellen.«

Gideon saß schweigend da, weil er die von seinen Tischgenossen verwendete Sprache nicht beherrschte, und sprach selbst erst, als Frei Betto ihm berichtete, er habe es hier mit internationalen Funktionären zu tun. Da musterte Hochwürden ihre Gesichter und stellte dann fest, er sei ihnen nie in Afrika begegnet. Aber Afrika sei ja auch sehr groß, und der Teil Afrikas, der an Aids, HIV oder Ebola leide, werde ebenfalls Tag für Tag größer.

»Afrika sind wir noch einen Besuch schuldig. Wir kommen gerade aus Asien und der Pazifikregion, wo wir äußerst prekäre Ernährungsbedingungen feststellen mußten.«

Frei Betto brach in Gelächter aus.

»Keine Frage, Sie sind wirklich internationale Funktionäre. Wenn die Leute nichts oder wenig zu essen haben, sprechen Sie von ›äußerst prekären Ernährungsbedingungen‹. Der Kapitalismus hat die kulturelle Schlacht, die auf den Kalten Krieg folgte, für sich entschieden, indem er eine zunehmende sprachliche Sinnentleerung praktizierte. Schon das Wort ›Globalisierung‹ ist ein scheinbar neutraler Ausdruck für eine wirtschaftliche Sachlage, die von global stattfindender Produktion und entsprechendem Warenaustausch bestimmt wird. Aber es steckt noch mehr dahinter. Denn diese vermeintlich banale Aussage erklärt die einen zu Globalisierern und die anderen zu Globalisierten.«

Nach dem Mahl saßen sie noch lange zusammen und sprachen teilweise sogar über Theologie, denn der brasilianische Ordensmann legte großen Wert darauf, auch als gläubiger Mensch wahrgenommen zu werden. Er mochte zwar Christus näherstehen als Gottvater oder dem Heiligen Geist, doch eine wahre Emanzipation des Menschen gab es nicht ohne einen Zugang zur Gnade. Diese konnte sich durchaus von derjenigen unterscheiden, die in den Köpfen traditionell-konservativer Theologen entstanden war. Zu Fuß liefen sie zur Kirche zurück, die Priester etwas schneller, die WHO-Vertreter ein wenig gemächlicher. Carvalho hatte noch immer Bedenken, die Afrikareise auf diese Art durchzuführen, auch wenn es noch so billig war, nicht weil ihr Auftreten als internationale Beobachter etwas Betrügerisches hatte, sondern wegen des Maßes an Moralität und Religiosität, das sie während der Reise würden über sich ergehen lassen müssen.

»Und wie wollen wir uns nach der Ankunft von der Gruppe trennen?«

»Wir haben doch Zeit. Es besteht kein Grund, sich sofort selbständig zu machen.«

»Was tun wir denn in Afrika? Unternehmen wir eine Fotosafari? Eine fünfwöchige Ballonfahrt? Oder wollen wir uns den Schnee auf dem Kilimandscharo ansehen, bevor er wegschmilzt? Nein, nichts dergleichen. Wir werden Aidskranke besuchen, und du gibst ihnen Ernährungstips.«

Biscuter entgegnete, Frei Bettos Angebot erlaube ihnen nicht nur eine kostengünstigere Reise, es gebe ihnen auch einen dankenswerten ethischen Hintergrund dafür. Schließlich trügen sie mit dem Geld, das sie für die Tickets bezahlten, zum Gelingen der Expedition bei, und ihre Anwesenheit sei eine zusätzliche Bestätigung für den guten Willen der Organisatoren. Biscuter zeigte sich begeistert von der Aussicht auf eine Erfahrung, die – eines Tages würden sie das begreifen – zu einem Wendepunkt in ihrem Leben werden konnte. Carvalho mochte ihm bezüglich dieser Vorahnungen nicht beipflichten, war jedoch auch entschlossen, nicht nach seinen Telefonanrufen oder seinen Terminen im marokkanischen Hollywood zu fragen. Also gingen sie in das Aidshilfebüro, das Madame Recamier Gonçalves Egito in der Sakristei der Dominikaner improvisiert hatte, und schrieben sich als Missionare der Hoffnung ein. So lautete das Werbeetikett für die Reise, das selbst Vertreter einer internationalen Organisation wie der WHO übernehmen mußten. Carvalho schimpfte in einem fort über die religiöse Bedeutung des Wortes Missionar und alle anderen dummen religiösen Metaphern, die ihnen die katholische Kirche zeitlebens aufgedrängt hatte. Auf dem Flug in die senegalesische Hauptstadt Dakar würden sie den Atlantik überqueren, bevor sie nach Bamako weiterreisten, in die Hauptstadt Malis, eine Region, die von Aids bedroht, aber noch nicht so stark befallen war wie Ost- und Zentralafrika oder die Republik Südafrika. Mali war, wie ihnen der im Büro anwesende Doktor Farak Nair erklärte, ein Land, in dem prophylaktische Maßnahmen durchgesetzt werden mußten. Nair war ein Prophet wie aus dem Bilderbuch, der auch aus einem nordamerikanischen Film zum Thema hätte stammen können. Man hatte ihm als Arzt, Afrikaner, Missionar und Heiligem die Leitung der Expedition anvertraut, und er besaß die Fähigkeit, sich stets eine faltenfreie Aura zu bewahren. Diese umgab jede seiner leichtfüßigen Bewegungen und wurde unterstrichen von einer weißen Baumwolltunika, über der sein schwarzes Gesicht wie ein Neumond schwebte, kontrastiert von einer mächtigen Sonnenbrille, in deren Gestell falsche Edelsteine blitzten.

»Zudem werden wir erreichen, daß Delegationen aus Nordafrika zu dem Treffen kommen, und zwar nicht nur aus souveränen Staaten. Neben Gesandtschaften aus Marokko, Algerien, Ägypten oder Tunesien werden nämlich auch Vertreter der Polisario-Front teilnehmen. Und das ohne marokkanische Gegenwehr, denn der Kampf für die Gesundheit ist in einem umstrittenen Territorium auch ein Kampf für die Zukunft.«

Sie gingen hinüber ins überfüllte Kirchenschiff und bereiteten sich darauf vor, die Reden von Frei Betto, Hochwürden Gideon Byamugisha und schließlich Farak Nair zu hören, wobei letzterer sich laut Programm darauf beschränken sollte, einige praktische Reiseinformationen zu verkünden. Der Brasilianer stellte eingangs die beiden anderen Männer als große Werkzeuge der Hoffnung in einem Kontinent vor, der angesichts der bewußten Gleichgültigkeit, die die Herren der Globalisierung an den Tag legten, von allen möglichen Katastrophen gebeutelt wurde. Gideon Byamugisha sagte, Aids gebe es nicht nur in Afrika, sondern überall. Es sei ein Symptom dafür, daß die globale Familie ganz grundlegende Schwierigkeiten habe.

»Es geht dabei nicht nur um eine Krankheit: Wir haben hier ein Symptom für das Versagen der Zivilisation. Die Armut hat dazu beigetragen, daß es sich verbreitet und im ärmsten Teil unserer Gesellschaften festgesetzt hat. In Uganda, meinem Land, wissen wir nicht, wie viele von den zweiundzwanzig Millionen Einwohnern an Aids leiden, weil unter den Betroffenen die Angst herrscht, sich als solche zu erkennen zu geben. Sie fürchten, an den Rand der Gesellschaft gedrängt und von den anderen gemieden zu werden. Heute wissen wir, daß wir die Krankheit aufhalten können, wenn nur genug Einsatz, Offenheit und der Wille zu Erneuerung und freiem Denken da sind. Insbesondere wenn das moralische Diktat der Notwendigkeit gegen die Interessen der ökonomischen oder pharmazeutischen Hegemonie durchgesetzt wird.«

Für den Ugander sollte alles damit beginnen, daß die zerstörten Beziehungen zwischen Kranken und Gesunden wiederhergestellt wurden. Mali war als Ort der Begegnung ausgewählt worden, weil das Treffen sich so auf die Prävention konzentrieren konnte, da sich Aids um so langsamer ausbreitete, je näher man der Sahara kam.

»Als könne eine Sanduhr der Zeit mehr entgegensetzen. Zeit – da wären wir bei einem wichtigen Stichwort für diejenigen von uns, die wissen, daß wir nicht mehr allzuviel davon haben.«

Die Gewichtigkeit von Gideons Ausführungen wurde durch Farak Nairs Ansprache relativiert, die rein informativen Charakter hatte: Treffpunkt zu der und der Stunde am Flughafen, der lange Flug nach Dakar, eine noch unklare Weiterfahrt nach Bamako, die Notwendigkeit, etwas Verpflegung mitzunehmen, weil ein so billiger Charterflug kein Catering seitens der Fluggesellschaft vorsah. Wasser, Erfrischungsgetränke, Kaffee, Süßigkeiten – das sollte es geben. Kaum hatte Biscuter diese Nachricht vernommen, sprang er auf und lief zur Kanzel, die der Leiter der Expedition gerade verlassen wollte. Carvalho sah seinen Assistenten wild gestikulieren und Farak Nair ein überraschtes Gesicht machen, dann mischte sich Frei Betto ins Gespräch, und schließlich kamen sie anscheinend zu einem für Biscuter befriedigenden Ergebnis. Dieser sah sich jedenfalls strahlend nach Carvalho um und ging dann zu ihm.

»Chef, ich habe mich verpflichtet, heute abend in der Klosterküche eigenhändig die Verpflegung zuzubereiten und die Kosten für ein preiswertes Essen für dreihundert Personen zu übernehmen. Sie können gern in der Stadt eine Runde drehen, aber wenn Sie bei dem Spaß mitmachen wollen, es werden noch Küchenhelfer gesucht.«

Biscuter, der Sehnsucht nach seiner Rolle als Küchenchef der Queen Guillermine hatte, fühlte sich nun wieder gebraucht. Doch für Carvalho hatte diese Aussicht, die ihn zu sehr an die freiwilligen Einsätze seiner Jugendzeit erinnerte, nichts Verführerisches. Er hätte sich dort wie ein Eindringling gefühlt und zog es daher vor, sich einem solidarischen Ausflug in die Favelas von São Paulo anzuschließen, die zwar weniger bekannt sind als jene von Rio de Janeiro, aber real existieren und ein so fundamentaler Bestandteil des Stadtbilds sind, daß man sich dieses kaum, ja, im Grunde gar nicht ohne Favelas vorstellen kann. Für einen Spanier freilich, der die auf den Bürgerkrieg folgende lange Nachkriegszeit in einer Großstadt verbracht hatte, hatten die Favelas nicht viel Überraschendes: Sie erinnerten ihn an die endlosen Slumviertel, die es in seiner eigenen Heimat bis in die siebziger Jahre hinein gegeben hatte. In Barcelona hatten einige Reservate gar bis zu den Olympischen Spielen von 1992 überlebt. Exotisch waren die Favelas von São Paulo durch die Musik, die aus den Verschlägen heraustönte, wobei mit allem improvisiert wurde, was Klang erzeugte; durch die Vegetation, die mit den Schritten der Menschen kämpfte, die auf steilen, engen und ungepflasterten Treppen anstelle von Straßen gingen; oder durch die Farben der Menschen, ihre Hautfarbe und die Farbe der Luft, die sie bewegten – in ihrem Gang war Farbe, in ihrem Tanz. Und von den Hügeln blickten sie hinunter auf die normgerechte Stadt, über die sie tagtäglich ihre Verzweiflung ausgossen, nicht nur als Diebe oder Bettler, sondern auch als billige Arbeitskräfte für die härtesten Tätigkeiten. Dennoch erschienen Carvalho die Elendsviertel Barcelonas – auf dem Montjuic, im Can-Valero-Viertel oder am Bogatell von Poble Nou –, in seiner Erinnerung zumindest, noch ärmlicher als jene von São Paulo, vielleicht weil die brasilianische Farbe und das Rhythmusgefühl der Armen ihr Unglück wie die Kulisse eines Spielfilms erscheinen ließen. Sowohl Frei Betto als auch Farak Nair verfügten über konkrete Adressen, wo sie ihrer christlichen Sendung nachgingen und wo Familien mit Aidskranken oder psychisch Kranken lebten, denen sie Therapiebesuche abstatteten. Einigen konnten sie eine Behandlung in einem Krankenhaus zusagen, anderen übergaben sie einen Umschlag mit wenigem, aber dringend benötigtem Geld. Plötzlich zogen fünfzig Jahre Geschichte und Leben vor Carvalhos innerem Auge vorüber, und er sah sich selbst als Kind, obligatorischer Begleiter der Priester, die in der Zeit vor dem Eucharistischen Kongreß von Barcelona den heiligen Glauben predigten: Besuche bei den ärmsten Familien seines armen Viertels, bei den Alten, denen ihr Alter die größten Probleme bereitete, und bei den Jungen, denen es am dreckigsten ging. Damals war das Ritual des Beistands noch von religiöser Starre geprägt, und der Priester nahm keine Rücksicht darauf, woran jene Verlierer am Rande der Gesellschaft glaubten oder nicht. Frei Betto und Farak Nair hingegen sprachen nur über Glaubensfragen, wenn ihre geistliche Kundschaft es wünschte, und sie bemühten sich um eine wenig übernatürliche Ausdrucksweise, wobei sie selten auf die Rolle von Jesus Christus bei der Verbreitung der Hoffnung eingingen, niemals aber auf die Gottes.

Als sie wieder ins Kloster zurückkehrten, bot sich ihnen die Küche wie ein Schauspiel in Technicolor dar, in dem ein Biscuter in Badehose die Hauptrolle spielte, der im Begriff war, fünfhundert Portionen Huhn mit chinesischen Pilzen sowie *Fideuá* mit Garnelen in Alubehälter zu verpacken. Diese wurden von einer Produktionsstraße fröhlicher Mulattinnen umgehend mit Fordscher Präzision eingepackt, wobei sie unablässig brasilianische Hits des zwanzigsten Jahrhunderts sangen oder summten, von *Oh, Bahia hiá ...* über die Lieder aus *Orfeu Negro* bis hin zu Astrud Gilberto. Während die mulattischen Freiwilligen Biscuter bei der Verpackung der Hauptmahlzeiten zuarbeiteten, widmeten sich sehr blasse, blonde und sommersprossige Damen von mysteriöser genetischer Herkunft den letzten Portionen Obstsalat und Schokoladenkuchen, um einer Expedition von über dreihundert solidarischen Pilgern zu ihren kranken afrikanischen Brüdern ein angemessenes Dessert zur Verfügung zu stellen. Die blonden oder unzureichend ergrauten Damen sangen nur, wenn die Mulattinnen verstummten, als wüßten sie, daß ihnen bei diesem Fest, auf dem sie eher Teil der Solidarlandschaft waren als die Solidarität selbst, nur eine Statistenrolle zukam. Biscuter aber hielt sie zum Mitsingen an und lief wie ein ausgemergelter Faun zu ihnen hinüber, und dabei versuchte er mit seiner schrecklichen Stimme, die der eines Hähnchens glich, dem gerade der Hals umgedreht wird, neue Lieder anzustimmen oder mitzusingen. Zudem konnte ihn nichts von der irrigen Meinung abbringen, die Wanderlieder, die er seit seiner Kindheit und Jugend in diversen Besserungsanstalten auswendig konnte, bildeten auch Teil eines weltweit verbreiteten Repertoires von Festgesängen.

Und man warf sie in den Abgrund,
und man warf sie in den Abgrund,
und man warf sie in den Abgrund,
und man warf sie in den Abgrund –
war das schon der erste Teil?
Doch der zweite ist viel besser,
doch der zweite ist viel besser,
und der zweite folgt sogleich:
Und man zog sie aus dem Abgrund,
und man zog sie aus dem Abgrund,
und man zog sie aus dem Abgrund,
und man zog sie aus dem Abgrund.
Das war's mit dem zweiten Teil …

Die beiden Charterflüge starteten mit einer halben Stunde Abstand auf eine der kürzesten Strecken über den Südatlantik nach Afrika, São Paulo-Dakar. Anschließend würden sie nach fast einem Tag Aufenthalt in der Hauptstadt Senegals nach Bamako weiterfliegen. Frei Betto verabschiedete die Expedition direkt am Flugzeug, sagte noch ein paar Worte über den Kampf gegen die Beschränktheit des Menschen und schloß sich der Aussage des neu gewählten brasilianischen Präsidenten Lula an: Der Kampf gegen Hunger und Krankheit sei eine Schlacht gegen den Tod. So kehrten Carvalho und Biscuter nach Afrika zurück, dieses Mal nach Zentralafrika. Der halbtägige Aufenthalt im Senegal förderte in Carvalhos gebildetem Gedächtnis einige Sequenzen aus dem französischen Spielfilm *Treffpunkt Rio* mit der von ihm verehrten Michèle Morgan in der Hauptrolle zutage, an ihrer Seite Jean Cocteaus treue Nymphe Jean Marais, der Vorgänger Rock Hudsons als Prototyp des vermeintlich heterosexuellen männlichen Helden. Ein Schwarzweißfilm im Padró-Kino, vielleicht Anfang der fünfziger Jahre, Dakar, die Fliegerei, als läge der Schatten von Saint-Exupérys frühen Flugzeugen über der Bilderwelt, die man mit der senegalesischen Hauptstadt assoziierte. Aus seiner Studienzeit war ihm das mit den frankoafrikanischen Dichtern Aimé Césaire und Léopold Senghor verbundene Konzept der Négritude in Erinnerung geblieben; letzterer hatte es zum bis ins Mark frankophilen Präsidenten der Republik Senegal gebracht, ein geistreicher Mann. So hatte er einmal auf die Frage geantwortet, ob er die senegalesische Küche kenne: »Gut genug, um die französische Küche vorzuziehen.« Eines der Highlights ihrer Reise war das von Biscuter ersonnene Mahl, zelebriert unter dem Beifall jener Versammlung von Missionaren und Medizinern sowie dem einen oder anderen Soziologen, der sich für nachbiblische Plagen interessierte. Biscuter spielte zudem die Rolle des Gastgebers, zumindest auf seinem Flug, doch erwirkte er auch die Erlaubnis des Kapitäns, über Funkverbindung Instruktionen an den anderen Charterflug zu senden. So gelangte er bereits über dem Atlantik zu dem Schluß, daß sein Menü ein Erfolg war. Etwas hatte sich bei Biscuter in den sechs langen Monaten Reise getan, denn auf die Fragen der Passagiere, wie es möglich sei, daß er – bei dem Fraß, den es normalerweise auf Flugreisen gebe – etwas so Einfaches und Köstliches aufgeboten habe, antwortete der König des Catering:

»Weil alles, was wir heute gegessen haben, mit Liebe zubereitet wurde.«

Um Biscuters Werbespruch, den er aus einem Spot für Fertigsuppe haben mochte, vergessen zu können, genehmigte Carvalho sich vier Cachaças auf Eis. So gelang es ihm zu schlafen, bis die Stewardessen die Fensterrollos öffneten, damit das Morgenlicht für die richtige Frühstückslaune sorgte: Es gab Obstsalat aus tropischen Früchten, ein Omelett, bestreut mit Stückchen eines seltsamen geräucherten Schinkens, sowie Schokoladenkuchen. Hätte der Flug fünf Monate gedauert und Biscuter eine solche Verköstigung garantiert, Carvalho hätte die Mühen der Reise gerne in Kauf genommen und ebenso den Singsang, in den die Propheten von Zeit zu Zeit verfielen, denn, das mußte er doch verstehen, wie sollten einhundertfünfzig Propheten auf dem Luftweg den Atlantik überqueren, ohne dann und wann irgendeinen Blödsinn zu singen. Außerdem glich das Flugzeug dank der besonderen Zusammenstellung seiner heiligen Besatzung mehr einem Linienbus zwischen zwei Wallfahrtsorten als einer Düsenmaschine zwischen São Paulo und Dakar. Farak Nair wechselte ständig den Sitzplatz, um sich mit den Mitreisenden bekannt zu machen, und als Carvalho an der Reihe war, musterte er ihn voller Zuneigung und aus nächster Nähe, wie es Kurzsichtige zu tun pflegen:

»Das alles läßt sich gut an, und ich bedauere, daß ich nicht schon früher mit Ihnen sprechen konnte. Mein Plan ist, sobald wir in Bamako ankommen, eine Flußreise auf dem Niger zu organisieren, so daß wir dort verschiedene Dörfer besuchen können, in denen die Krankheit unterschiedliche Stadien erreicht hat. Ziel dieser ersten Expedition ist Timbuktu, wo auch ein kleiner Kongreß stattfinden soll. Es erwarten uns dort Freunde aus ganz Afrika, die Bruder Gideon zusammengerufen hat, der, wie Sie wissen, im anderen Flugzeug reist. Ich weiß nicht, ob Ihnen die Geographie von Mali vertraut ist, aber man spricht hier vom ›Nigerbecken‹, es beginnt bei einem Flußabschnitt von Mopti, das in Mali liegt, und reicht bis zu dem Staat, der wie der Fluß selbst Niger heißt. Die Gegend bietet gewissermaßen ein Bad in allen Problemen Afrikas, von den menschlichen bis zu den geographischen, wenn Mensch und Geographie in Afrika überhaupt zu trennen sind. Kennen Sie Mali?«

»Nein.«

Farak Nairs Augen weiteten sich, um mit einem Blick all die Schönheit auszudrücken, die er vermitteln wollte.

»Es ist ein ganz außerordentlich schönes, auf eine extreme Weise prachtvolles Land, wo der Niger am Rand der Sahara entlangfließt, als merkte er nicht, daß es sich dabei um eine Wüste handelt, und wo das menschliche Auge alle Facetten der elementarsten, überwältigendsten Architektur der Erde erblicken kann. So kommt es einem nämlich vor, als hätte die Erde selbst versucht, Wohnstatt und Kunstwerk zu werden.«

»Vielleicht habe ich das schon einmal in irgendeinem Film gesehen.«

»In Mali hat diese Architektur eine phantastische Kraft, doch sie ähnelt auch jener, die man in Marokko südlich des Atlasgebirges und in der Sahara antreffen kann. Es gibt dort unbeschreibliche Kasbahs und mit Lehm verputzte Häuser aus luftgetrockneten Ziegeln, die zuweilen wahre Paläste oder großräumige Zentren des familiären Lebens sind. In Dakar haben wir nur einen Tag Aufenthalt. Leider ist die Stadt ja vor allem dafür bekannt, Ziel der Rallye Paris-Dakar zu sein. Werden Sie beide an der Fahrt auf dem Niger teilnehmen? Wenigstens bis Timbuktu? Heutzutage ist das sogar eine touristische Route auf Pinassen mit Außenbordmotoren, Verpflegung inklusive, mit Übernachtungen an den interessantesten Orten. Ich weiß noch nicht, was ich persönlich nach diesem Abschnitt tun werde, ob ich die Reise auf dem Fluß fortsetze oder auf ein anderes Transportmittel umsteige. Für mich hat die Bootsfahrt etwas Symbolisches, weil alle Flüsse aus einem Quell entspringen und ins Meer münden, also vom Ursprung bis ans Ende führen, das hoffentlich das Paradies ist. Aber dann gibt es ja noch den konkreten Fluß. Jeder Körper, der in einen Fluß steigt, nimmt diesen in seiner Einzigartigkeit wahr. Haben Sie schon den rituellen Bädern im Ganges beigewohnt?«

»Ja.«

»Dort ist das besonders deutlich zu sehen. Der Niger wiederum ist ein sehr gut befahrbarer Fluß ohne Stufen oder Wasserfälle.«

Erst als sie Dakar erreichten, wurde Carvalho der irreparable Schaden bewußt, den der Film mit Michèle Morgan und Jean Marais bei ihm angerichtet hatte, denn nichts von der Wirklichkeit, die ihn umgab, war schwarzweiß, aber auch jene Mischung von Verwestlichung und Afrikanismus war nicht mehr aktuell. Ein Teil der Stadt war durch eine dauerhaft französische Prägung gekennzeichnet, die das bleibende Band mit der ehemaligen Kolonialmacht widerspiegelte. Der Rest war Afrika, mit der Besonderheit, daß es sich hier um einen großen Knotenpunkt handelte. Carvalho fühlte sich in Dakar nicht so ganz wohl, weil er im Herzen noch der Möglichkeit nachhing, die Route aus *Fünf Wochen im Ballon* zurückzulegen, und zwar im Ballon, doch Sansibar war zu weit weg und Biscuter hatte in Marokko seinen unaufschiebbaren Termin. Obwohl das ja vielleicht der Moment war, sich zu trennen und sich eines Tages an einem unvorhersehbaren Ort wiederzufinden, zum Beispiel in dem Büro an der Rambla de Santa Mónica.

»Chef, wußten Sie, daß hier das Land der Mandingos war und ist? Erinnern Sie sich noch an *Roots*, diese Fernsehserie über den Sklavenhandel und die Nachkommen von Kunta Kinte?«

»Nur vage.«

»Also, Kunta Kinte war ein Mandingo, das waren nämlich die hochwertigsten Sklaven. Sie lebten über Senegal, Gambia und Guinea verteilt, hatten Reiche gegründet und besaßen Goldminen. Sie sollen ansehnliche, kräftige Exemplare gewesen sein – schauen Sie, was da steht, die schreiben Exemplare, als wäre von Zugpferden die Rede.«

In der Presse wurde ausgiebig für die Modenschauen der Damenwäsche-Designerin Nafy Tour geworben, die zum Stolz der ganzen Nation nach Europa exportierte und es geschafft hatte, eine Art Tropenhelm zum letzten Schrei der Hutmode für Damen zu machen. In der Reportage fielen auch andere Namen international bekannter Designer, dazu als Kontrapunkt die Bemerkung, der Senegal sei weiterhin eine Hochburg Afrikas in Sachen Klitorisbeschneidung bei jungen Mädchen. Dessous und Klitorisdektomie, das war die wahre globalisierte Moderne. Das schillerndste Nachtleben von Afrika und die Schäbigkeit der im Hafen vor Anker liegenden Schiffe, die dort unter dem Verdacht festgehalten wurden, in den neuen Sklavenhandel verwickelt zu sein, der die unsicheren Arbeitsmärkte Afrikas bediente oder nach Europa führte. In den Stunden, die sie noch in der Stadt verbringen sollten, bestand die Option eines Ausflugs nordwärts zum Nationalpark Langue de Barbarie oder südwärts in den nicht weniger ausgedehnten Nationalpark Sine Saloum an der Grenze zu Gambia. Sie beschlossen statt dessen, durch Dakar zu spazieren, sich die Medina und die Märkte und dann den Hafen anzusehen, um von dort aus zum Flughafen zurückzukehren, wo sie das Flugzeug nach Bamako besteigen würden. Wurden die großen Marktplätze von Indien oder Thailand vor allem durch die Sinnlichkeit ihrer Düfte und die Vielfalt der angebotenen Produkte gekennzeichnet – über allem der intensive Geruch von Koriander –, so hinterließ die erste Begegnung mit den Märkten Afrikas, besonders dem von Tilène inmitten der Medina, den Eindruck eines alles beherrschenden Chaos', das jede andere Form der Annäherung überlagerte, obwohl dieses Chaos unter den Sonnenschirmen oder Dächern aus Eternit, die die Schönheit der Menschen und Waren beleidigten, perfekt organisiert sein mochte. Jeder afrikanische Markt bietet das gleiche Bild von ausgebleichten Stoff- oder Strohdächern, rissigen Eternitplatten, Frauen in farbig bedruckten Kleidern, das Haar in knallbunten Tüchern zusammengebunden, und Verkäufern, die in der Lage sind, fünfzig Handtücher auf dem Kopf zu stapeln. Ob offene Märkte oder Markthalle, dem Ganzen haftete etwas Nomadenhaftes an, und Carvalho erschienen die Märkte wie eine Übertreibung jener Straßenmärkte im Barcelona seiner Kindheit, als einige Ecken der Stadt auf dem Höhepunkt der Nachbürgerkriegszeit sich so theatralisch und zugleich karg darboten wie ein Markt in einem armen Land. Die Gehsteige auf dem Paralelo zum Beispiel mit ihren aus Zigarettenkippen gewonnenen Tabakkrümeln, den Salben gegen Frostbeulen, die niemals wieder gesehen wurden, den Ölen wie rosa Butter, feuerspeienden oder schwertschluckenden Verkäufern von Rasiermessern oder Elektrokabeln aus ausgeschlachteten Gebäuden, Kartenlegern, Roulettespielen in Keksdosen, dazu die Gesichter eines Proletariats aus Zuwanderern und Bürgerkriegsflüchtlingen. Man sah Gesichter, die nur unzureichend europäisch wirkten, mit der Zeit jedoch immer mehr Ähnlichkeit mit Schweizer Orchesterlehrern oder japanischen Nuklearingenieuren annehmen sollten. Dann drangen die Gerüche nach allen erdenklichen Gewürzen auf ihn ein und die Explosion aller Blumen Afrikas, die farbenfroh bedruckten Frauenkleider oder die Aufdringlichkeit, mit der die mit magischen Kräften versehenen Heilmittel feilgeboten wurden, in der Regel von Schamanen, die dünn und faltig waren wie die Gesundheit selbst, außerdem wundervolle Silberamulette, die ganze Bandbreite von Tuaregkreuzen aus Mali und der Sahara, die Biscuter allesamt faszinierten: Jedes Schmuckstück lebte mehr von seiner Schönheit als von der Kostbarkeit des Metalls, aus dem es geschaffen war. Noch herrschte wenig Wettbewerb um den reichlich vorhandenen

Stauraum in ihrem Gepäck, und so erwarben sie mehrere Stükke, deren animistischen Symbolgehalt ihnen der Verkäufer jeweils einzeln erklärte. Es glückte ihnen, den Tilène-Markt zu verlassen, ohne daß einer der drei Versuche, Biscuter seine Tasche zu entreißen, Erfolg gehabt hätte. Schließlich hatte man sie davor gewarnt, daß die Diebe vom Markt auf diese Weise ihr Glück versuchten. Allerdings erwiesen sich deren Kollegen vom Sandagamarkt als weitaus lästiger und geschickter. Bei diesem handelte es sich um einen gewissermaßen unterirdischen Markt, überdacht, mit Rollos und außen von der üppigen Vegetation und den Dächern aus Eternit beschattet. Carvalho kam es vor, als sähe er eine Wand mit den Konterfeis gesuchter Banditen vor sich. Als er näher trat, stellte er fest, daß die kahlgeschorenen Köpfe großenteils den Nacken zeigten, nicht das Gesicht. Perplex stand er da, bis Biscuter ihn anstieß. Neben ihm im Freien übte ein Barbier sein Handwerk aus, und was sie gerade betrachteten, waren die Beweise seines Könnens. Der Barbier lächelte sie an und zeigte mit seiner rasiermesserbewehrten Maschine auf die Köpfe der beiden Ausländer, zur Belustigung seines Kunden oder Opfers, das auf einem hohen Hocker vor ihm saß.

Einen anderen Marktplatz, den Kermel, der vor und in einem renovierten Kolonialgebäude lag, verließen sie mit nichts anderem als Blumen vor den Augen: Blumen an den Verkaufsständen, auf den Armen und Köpfen der Frauen, und ihre Ohren dröhnten noch von den gesammelten Tönen von Trommeln und Pauken. Weiter ging es zur Corniche, die sich an Dakars Meeresfront entlangschlängelt. Dort stellten im Village Artisanal fünfhundert senegalesische Kunsthandwerker aus, was ihre Geschicklichkeit aus Krokodilsleder und Ebenholz, Malachit und Bronze hervorzubringen wußte. Und obwohl dies ein offizieller Handelsplatz war, gehörte das Feilschen zum Schauspiel dazu, vor allem, wenn sich ein westlicher Käufer daran versuchte. Die Einheimischen verhandelten leise und mit vielsagendem Mienenspiel. Auf dem Fischmarkt, der an das Village Artisanal angrenzte, trafen sie auf den Ursprung der Unmengen an Meeresgetier, das aus dem afrikanischen Atlantik nach Spanien importiert wurde: Dort fanden sich wie die Mitglieder einer liebgewonnenen Familie Seehechte, Sepien, Rotbarben, Kalamare, Langusten, zu einem guten Teil von der Insel Gorea, die sich nunmehr in eine Hochburg des Tourismus verwandelt hatte und bestrebt war, vor dem Jahr 3000 das afrikanische Saint-Tropez zu werden – ehemals der Hauptumschlagplatz des Sklavenhandels, auf dem aus ganz Westafrika die Sklavenkarawanen eintrafen, unter Beteiligung von Spaniern und Katalanen.

Im Hafen angekommen, sahen sie die Linienschiffe, die die Hauptstadt mit Ziguinchor, der Hauptstadt der Casamance verbanden, und einige Kinder gaben ihnen Werbeprospekte für ein besonderes Schiff, die *African Queen*, die von Djifer aus den Saloum hinauffuhr, ohne daß die Passagiere einen der afrikanischen Flußmythen erdulden mußten. Das Schiff fächelte sich mit der Klimaanlage Luft zu, die Kellner trugen Fliege und der Kapitän einen Waffenrock mit Tressen und Ordensbändern. Hatte der Name *African Queen* ihnen die unbeschreibliche Reise von Katharine Hepburn und Humphrey Bogart auf einem afrikanischen Fluß in Erinnerung gerufen, der von einem deutschen Kriegsschiff bewacht wurde, so blieben Biscuters Augen nun am Namen eines der drei Schiffe hängen, die neben den Linienbooten nach Casamance vor Anker lagen. Offenbar standen sie unter Bewachung, denn am Fuß der Gangway waren je zwei senegalesische Soldaten zu sehen. Der Name war kein anderer als *Rose von Alexandria* – auf Spanisch.

Die jungen Soldaten hatten nicht die geringste Ahnung, warum die Boote im Hafen bewacht wurden, ohne Sondererlaubnis durfte niemand an Bord gehen. Doch sie erklärten ihnen den Weg zu einer zweihundert Meter entfernten Hafenkneipe, wo häufig die drei Besatzungsmitglieder anzutreffen seien, die vor Ort geblieben waren, um die Rechte der Reederei zu vertreten. In der Bar Corniche hielt sich ein Dutzend Gäste auf, keiner davon in Seemannskluft. Doch dann erblickte Carvalho einen knapp sechzigjährigen Mann, der jemandem ähnlich sah, dessen Bild nicht gleich aus der Mottenkiste seiner Erinnerung auftauchen wollte. Zuerst fiel ihm ein Name ein, Ginés, und diesen brachte er mit dem Schiffsnamen *Rose von Alexandria* in Verbindung. Sie nahmen in der Nähe des Tisches Platz, wo einsam der zur Hälfte identifizierte Mann saß. Carvalho sagte ohne Musik zwei Verse aus der *Rose von Alexandria* auf:

Du bist wie die Rose von Alexandria
tiefrot in der Nacht und weiß bei Tage.

Dann gedachte er leise, aber für Biscuter hörbar jenes Mordes an einer Frau, die bei Tag ehrbar verheiratet, nachts freilich ein Luder gewesen und deren Leiche vor etwa zwanzig Jahren zerstückelt aufgefunden worden war. Sie war das Opfer eines Verbrechens aus Leidenschaft, verübt von ihrem Liebhaber, dem jungen, hitzigen Schiffsoffizier Ginés Larios Pérez.

»Und Sie sagen, der sieht dem Kerl da ähnlich?«

»Er erinnert mich an ihn, und wir sind nur zweihundert Meter von der *Rose von Alexandria* entfernt.«

»Was hat das denn damit zu tun?«

»So hieß das Schiff, auf dem Ginés Larios zur See fuhr, und er wurde in Barcelona festgenommen, als er von Bord ging. Aber selbst wenn der Name der gleiche ist, das Boot, das wir da gesehen haben, hat wenig mit dem riesigen Frachter gemeinsam, den ich damals in Barcelona sah, als ich der Festnahme des Mordverdächtigen beiwohnte. Ich glaube, er wurde für etliche Jahre hinter Gitter geschickt, aber es sind ja seitdem auch etliche Jahre vergangen. Als ich Ginés die Gangway herunterkommen sah, mußte ich an ein paar Verse von García Lorca aus *Dichter in New York* denken. So etwas wie: ›Die Nacht nimmt kein Ende, wenn ihre Last auf den Kranken ruht‹, außerdem schrieb er noch: ›Und es gibt Schiffe, die Zuschauer brauchen, um friedlich unterzugehn!‹ So kam es mir auch bei diesem Mann vor: Er brauchte Zuschauer, um untergehen zu können.«

»Und wie sollen wir herausfinden, ob er es ist?«

Carvalho wandte sich zum Nebentisch um, wo der einsame Mann mit der Gabel in einem Berg Reis und unkenntlichen Beigaben herumstocherte, ohne sich an den ersten Bissen zu wagen. Da bemerkte er, daß er beobachtet wurde, und erstarrte zur Statue, die Gabel auf Halbmast.

»Ginés? Ginés Larios Pérez?«

Nicht der Name schien ihn zu treffen, sondern die Anrede durch einen Fremden. Er erlangte die Kontrolle über seine Gabel zurück und legte sie neben den Teller.

»Sie kennen mich?«

»Vom Hörensagen. Ich glaube, ich habe Sie nur einmal gesehen.«

»Und Sie heißen?«

»Mein Name wird Ihnen nichts sagen: Carvalho, Pepe Carvalho.«

»Wo sind wir uns denn begegnet?«

»In Barcelona. In Umständen, die Ihnen vielleicht nicht angenehm waren. Das war am Fuß der Gangway eines Schiffes, das den Namen *Rose von Alexandria* trug.«

Der Mann blickte sich um, als überlege er, wie er das Lokal verlassen könne oder woher ihn andere Worte erreichen mochten.

»Tut mir leid. Ich will Sie nicht belästigen, aber wir haben im Hafen ein Schiff gleichen Namens gesehen, ein anderes allerdings. Ganz schöner Zufall.«

Nun griff er doch zur Gabel und nahm die erste Ladung Essen in Angriff, die er zum Mund führte. Dann aß er weiter, als sei das sein einziges Interesse. Mit einigen Stücken Brot wischte er die Sauce vom Teller und trank in einem Zug eine Halbe Bier, Marke Flag, so die Aufschrift auf dem gerillten Glas. Dann wandte er sich an Carvalho, der neugierig den Teller musterte, den man ihm mittlerweile serviert hatte.

»Schmeckt gut. Es sieht etwas komisch aus, aber es schmeckt. Es heißt *Thiebou Yap* und wird mit Fleisch zubereitet, aber auch mit etwas getrocknetem Fisch, der dem Gericht den ranzigen Nachgeschmack verleiht. Außerdem sind Tomaten, Kohl, Karotten, Auberginen, Paprika, Zwiebeln und Rüben darin, und zubereitet wird das Ganze in Erdnußöl.«

»Meine Nase ist seit einem Aufenthalt in Indonesien besonders empfindlich für Erdnußöl.«

Biscuter forderte den Seemann auf, sich zu ihnen zu setzen. Carvalho schloß sich der Aufforderung an, und Ginés Larios Pérez erhob sich, um bei den Neuankömmlingen Platz zu nehmen.

»Die *Rose von Alexandria*. Schon immer hat mir der Name des Schiffes gefallen, aber ich erfuhr, daß es vor sieben oder acht Jahren ausgeschlachtet wurde, nachdem es zuletzt als Frachter irgendwo hinter dem Bosporus im Schwarzen Meer herumgeschippert war. Tatsächlich war es bereits an eine griechische Reederei verkauft worden, als ich damals in Barcelona von Bord ging. Vor fünf Jahren erwarb ich diesen kleinen Frachter zum Transport von getrocknetem Fisch und anderen Produkten, obwohl ich gelegentlich auch Passagiere an Bord nehme, für kurze Fahrten nach Gambia oder Mauretanien oder südwärts, nach Guinea, aber nie bis zum Golf von Guinea, das ist für ein so altes Schiff wie meines zu weit. Es heißt *Rose von Alexandria*, so habe ich es getauft.«

»Ich habe bemerkt, daß das Schiff zusammen mit anderen vom Militär bewacht wird. Ist etwas vorgefallen?«

Er lachte kurz und freudlos auf.

»Die Nachricht, daß zwischen verschiedenen westafrikanischen Häfen Handel mit Sklaven, Frauen und Kindern getrieben wird, hat für Unruhe gesorgt, und deshalb wird alles unter die Lupe genommen, was hier durchkommt und irgendwann Frauen und Kinder befördert hat.«

»Das haben Sie getan?«

»Auf legale Weise. Ja. Die Papiere der Leute waren in Ordnung, und was aus ihnen wird, wenn sie in Gambia, Mauretanien, Marokko, in Spanien oder Frankreich ankommen, kann ich nicht wissen. Verstehen Sie? So mancher nimmt sie illegal an Bord, und wenn eine Inspektion droht, ab ins Wasser mit ihnen.«

Biscuter war der letzte Bissen *Thiebou Yap* im Hals steckengeblieben. Der Mann wischte seine Worte mit einer Handbewegung weg, als lägen sie noch in der Luft.

»Wir sind hier in Afrika. Hier wird anders gelebt und gestorben. Die Lebenserwartung beträgt maximal fünfzig Jahre, und es macht sich immer mehr Pessimismus breit. Als wäre hier alles dazu verdammt, vom Wüstensand verschluckt zu werden oder schrecklichen Krankheiten und Hungersnöten zum Opfer zu fallen. Wenn einer an Bord eines Schiffes geht, dann, weil er hier raus will. Sind das dann Sklaven? Ist das Sklavenhandel?«

Carvalho und Biscuter kauten schweigend vor sich hin. Ginés bestellte sich noch ein Bier und beobachtete prüfend die Lust oder Unlust, mit der seine Tischgenossen den aromatischen, klebrigen Brei herunterschluckten.

»Gut, was?«

»Man kann's essen.«

»Also ist es gut.«

Der Seemann stand auf und wandte sich direkt an Carvalho.

»Was hatten Sie damals im Hafen verloren, als Sie mein Schiff, die *Rose von Alexandria*, beobachteten?«

»Ich habe auf Sie gewartet. Ich war Privatdetektiv, na ja, vielleicht bin ich das noch immer.«

»Privatdetektiv?«

»Privatdetektiv. Ich wußte, daß Sie nach Barcelona kommen und daß die Polizei dort auf Sie warten würde.«

»Ich bin fünf Jahre im Gefängnis gewesen und fast zehn Jahre lang in psychiatrischen Anstalten, das waren mehr oder weniger auch Gefängnisse. Dann kam ich raus, kratzte zusammen, was mir meine Eltern hinterlassen hatten. Habe fast alles verkauft und mir dieses Schiff zugelegt.«

Er faßte sich an die Schläfe und verließ das Corniche, ohne sich nochmals umzudrehen.

»Meine Fresse, Chef! Das ist starker Tobak. Also, der Kerl hat seine Geliebte umgebracht und zerstückelt.«

»Ja, so war das ungefähr. Wie er die Leiche losgeworden ist, war ziemlich unappetitlich, aber es ergab sich aus einer Liebesgeschichte, in die der Mörder all seine Unschuld gelegt hatte und sie, das Opfer, all ihren Kummer und ihre Enttäuschung. Ein bedauerliches Zusammentreffen. Eine schöne, etwas rachsüchtige Frau und ein guter, aber jähzorniger Mann. Du kennst ja die Mischung.«

»Aber nicht sie hat ihn umgebracht, sondern umgekehrt.«

»Offensichtlich ja.«

»Und Sie glauben, daß er jetzt im Sklavenhandel mitmischt?«

Carvalho trank noch ein Bier, denn das Essen hatte ihm den Magen, die Speiseröhre, den Rachen mit Durst gefüllt. Vielleicht war der Anteil an getrocknetem Fisch zu hoch gewesen. Aber gut war es, und er fachsimpelte mit Biscuter über die bodenständige Küche, die Afrika zu bieten hatte. Schon jetzt freute er sich auf die Speisen aus dem Tajinetopf, die sie von der Sahara nordwärts und insbesondere in Marokko würden genießen können. Er zeichnete auf ein Stück Papier, wie der Ofen und der Tajinetopf mit seinem konischen Deckel aussahen, und erklärte, hier liege der Ursprung der spanischen Schmortöpfe, ein Resultat jener acht Jahrhunderte, in denen Mauren und Christen zusammengelebt hatten. Als sie die Rechnung verlangten, stellte sich heraus, daß sie eingeladen worden waren. »Der ausländische Kapitän«, sagte der Kellner, »hat für Sie gezahlt.« Beim Verlassen der Bar überlegten sie kurz, ob sie zur *Rose von Alexandria* zurückkehren oder gleich ein Taxi zum Flughafen nehmen sollten. Sie gingen zum Schiff und sahen den Kapitän an Deck, auf das Geländer gestützt. Er rauchte, offenbar in sich versunken, als betrachtete er alle Gefängnisse in seinem Inneren und in der Welt. Kein Wort wurde gewechselt, aus ihrem anfänglichen Impuls, sich bei ihm für die Einladung zu bedanken, wurde nichts. Biscuter winkte das erstbeste Taxi herbei, und hinter ihnen schrumpfte die Gestalt von Ginés Larios Pérez, als wäre sie ein immer nebensächlicherer Vorwand für den Rückspiegel.

Farak Nair war offensichtlich fasziniert von Mali, und kaum hatten sie den Boden von Bamako betreten und den förmlichen Empfang durch die örtlichen Amtsträger und an dem Projekt beteiligten NGOs hinter sich, trat an die Stelle seines freundlichen und zugleich protokollarischen Auftretens eine Leidenschaft für alles, was er sagte und berührte. Die Mehrheit der Reisegruppe verteilte sich über die Stadt, um erste Kontakte mit den Zieleinrichtungen ihres solidarischen Unterfangens aufzunehmen, insbesondere die Ärzte und Pfleger, die an verschiedene Orte Malis sowie Burkina Fasos reisen sollten, jenes fast unbekannten Staates, der an Mali, die Elfenbeinküste, Niger, Ghana, Togo und Benin angrenzt. Gideon brach nach Timbuktu auf, um die Vorbereitungen für das dortige Treffen voranzutreiben, und Farak Nair verblieb an der Spitze der spektakulärsten und öffentlichkeitswirksamsten Expedition, einer Hilfsreise auf dem Niger über Ségou, Mopti und Niafounké nach Timbuktu. Mit Nair machten sich fünfzig Freiwillige auf den Weg, die meisten davon Ausländer. Sie sollten sich über die tatsächliche Sachlage in der Region informieren, wo Aids im Gegensatz zu anderen Gegenden Äquatorialafrikas oder zu Südafrika noch nicht so weit um sich gegriffen hatte. Unter den Namen dieser fünfzig Experten fanden sich auch die von Bouvard und Pécuchet, und Nair bemühte sich ganz besonders darum, Biscuter zur Mitreise zu bewegen. Schließlich sei Ernährung ein ganz wesentliches Thema im Zusammenhang mit den zu behandelnden Krankheiten. Biscuter erhob Einwände: Er müsse spätestens zehn Tage vor Weihnachten in Marokko sein.

»Aber das schaffen wir doch bis dahin. Ich garantiere Ihnen, Sie oder, besser gesagt, Sie beide werden zum gewünschten Zeitpunkt in Marokko ankommen, es sei denn, Präsident Bush zieht uns in einen Irakkrieg hinein. Dann wird alles komplizierter. Und ich verspreche Ihnen eine Überraschung, ein Geheimnis, das ich in diesem Augenblick lüften darf: Eine Delegation der Polisario-Front würde es sehr gerne sehen, daß Sie einige ihrer Gesundheitseinrichtungen besuchen, und man würde Ihnen die Einreise nach Marokko ermöglichen. Und zwar, so unglaublich das klingen mag, ganz ohne Risiko, denn die Sahara kümmert sich nicht um Grenzziehungen.«

Die Abfahrt nach Timbuktu war für den frühen Abend vorgesehen. Angesteckt von Nairs Aufregung und unschlüssig, wie sie sich entscheiden sollten, liefen Carvalho und Biscuter durch die Hauptstadt von Mali, wenn auch vorgewarnt hinsichtlich dessen, was sie in Bamako erwarten mochte.

»Die Stadt wurde von den französischen Siedlern geplant und lief aufgrund des raschen Wachstums der einheimischen Bevölkerung bald über. Das Beste an der Reise ist der Fluß. Nigeraufwärts werden Sie nach und nach das wahre Mali sehen. Hier in der Hauptstadt gibt es Beamte und Anophelesmücken. Besuchen Sie die Medina Koura, aber gehen Sie möglichst in der Gruppe, ich werde Ihnen ein oder zwei Fremdenführer besorgen. Passen Sie auf Taschen und Koffer auf. Die Diebe hier sind viel geschickter als in Dakar. Ansonsten könnten Sie auch zu Fuß die alte Nigerbrücke überqueren.«

Sie spazierten an lehmverputzten Adobehäusern vorbei durch ein Viertel, das von zöpfeflechtenden Frauen, Webern und Verkäufern von Masken und Ikonen geprägt wurde, die wie Votivbilder zu Hunderten an den Fassaden der Geschäfte hingen. Einen guten Teil des Weges sprachen sie über ihre vermeintliche Entscheidungsfreiheit. Auf eigene Faust in Bamako zu bleiben wäre Unsinn, es sei denn, sie verlangsamten ihre Reise oder trennten sich. Dann könnte Carvalho nach Gutdünken verfahren und Biscuter den Zwängen seiner mysteriösen Verpflichtungen in Marokko folgen. Carvalho fühlte sich außerordentlich nutzlos, gleichsam auf der Durchreise zwischen dem Nichts und der Unendlichkeit. Als er zum sechsten Mal eher antriebslos als fasziniert stehenblieb, um die Sonne am anderen Ende der Nigerbrücke untergehen zu sehen, und sich ihm ein zugleich friedliches und fesselndes Flußpanorama bot, beschloß er, daß dies das letzte Abendrot war, das er hier erleben würde. Also nötigte er Biscuter, in aller Hast zur Anlegestelle aufzubrechen, wo sie von Nair mit offenen Armen empfangen wurden. Sie bestanden auf der Notwendigkeit, bis nach Timbuktu zu fahren, aber von dort aus rechtzeitig nach Marokko weiterzureisen. Nair führte sie vor eine Afrikakarte, die im Speisesaal der Barkasse auf dem Tisch lag. Bis Timbuktu verlief die Reise nigerabwärts, und von Timbuktu nach Tindouf, das in der algerischen Sahara, aber an der Grenze zum marokkanischen Teil und zur Westsahara lag, würde sie eine algerische Fokker bringen. Dort würden sich die Gesundheitsexperten von der Polisario-Front um sie kümmern, und zwei Tage später wären sie in Marokko.

»In Marokko. Ganz sicher.«

Nair beteuerte, daß es sich bei der Fahrt den Niger hinab nicht um eine Laune von ihm handelte. Vielmehr sei der Fluß in Mali ein fast unumgänglicher Transportweg, und außerdem müsse untersucht werden, wieweit sich Aids in den Dörfern am Fluß oder in jenen Gegenden ausgebreitet habe, wo die Feuchtigkeit des Flusses menschliche Ansiedlungen begünstigte. Man hatte sogar drei große Motorboote gechartert, damit die fünfzig Expeditionsteilnehmer bequem unterkommen konnten, und Nair bot Biscuter einen Platz an der Spitze der Kombüse an. Carvalho könne als europäischer Beobachter das dramatische Schauspiel der Aidsepidemie verfolgen, die nicht unter den Plagen Ägyptens gewesen sei, unter den Grausamkeiten dieses Jahrhunderts jedoch einen herausragenden Platz einnehmen werde. Wenn Nair ›Jahrhundert‹ sagte, zog er das Wort in die Länge, als schleppte er es an den Rand eines Abgrunds, den nur er sehen konnte. Carvalho hatte seine Haltung geändert und trat Biscuter gegenüber für die Reise ein.

»Ein Vorteil von Flüssen ist, daß es dort keine Zyklone gibt.«

Sie kamen auf das Thema zu sprechen, wieviel noch fehlte, um den ursprünglichen Zweck der Reise, die Weltumrundung, zu erfüllen, und Biscuter brachte sein neues Ziel vor:

»Es ist unbedingt erforderlich, daß ich nach Ouarzazate fahre, Chef.«

»Wo liegt das überhaupt?«

»Grob gesagt in Südmarokko, mitten in der Wüste und auf dem Weg nach Marrakesch. Aber sie haben dort das marokkanische Hollywood errichtet und viele Großproduktionen abgedreht, einige sogar aus Nordamerika.«

»Du steigst also ins Filmgeschäft ein wie unser afghanischer Führer Herat.«

»Das nicht. Wenn die Zeit reif ist, dann erzähle ich Ihnen von einem fabelhaften Projekt.«

Vielleicht wollte sich Biscuter in Ouarzazate ja mit der regelmäßig auftauchenden Madame Lissieux treffen oder mit einem koreanischen Produzenten, der ihm die Hauptrolle in einem Film über unerschrockene Köche anbieten würde.

»Klasse wäre es, Chef, wenn wir vor meiner unumgänglichen Reise nach Marokko ein paar Tage in der Wüste verbringen könnten. Ich brauche das, um den Kopf frei zu kriegen. Sobald uns die von der Polisario-Front in Marokko absetzen. In der Wüste gibt es keine Grenzen.«

Für den Augenblick galt es, ein wenig Papierkram für die Fahrt flußabwärts zu erledigen – sie mußten ein Dokument vorweisen, das ihre Impfung gegen Malaria bestätigte. Als der Zeitpunkt des Ablegens feststand, machte Carvalho einen kurzen Spaziergang am Nigerufer entlang, als bereite er sich darauf vor, den Fluß kennenzulernen, und wolle die Seele des mythischen Gewässers beschwören, die ihn seit seiner Kindheit begleitete, wie die Seele des Kongo, des Amazonas, des Mississippi, des Nils oder des Ganges. Der Fluß war zahm geworden auf seinem Weg durch Bamako und lag um fünf Uhr morgens vor ihnen wie im Halbschlaf, so daß die Forschungsreisenden nur leise miteinander sprachen, während sie in den Booten Platz nahmen, vor sich Kaffeekannen und Tabletts mit Kürbiskuchen und grünen Mangoscheiben. Das alles hatte Biscuter als von Farak Nair persönlich eingesetzter Küchenmeister hergerichtet. Des weiteren verfügten die Passagiere über einen reichhaltigen Vorrat an Insektenschutzmitteln gegen die Moskitos. Diese waren zwar nicht gerade mit Parfümduft vergleichbar, erinnerten aber auch nicht allzusehr an die Ausdünstungen der Desinfektionsmittel in den öffentlichen Toiletten von Bamako. Alle rieben sich mit diesem so überaus heilbringenden Elixier ein, und die nächsten Stunden hatten sie nichts in der Nase als einen Wettstreit zwischen den fauligen Pflanzenresten, die der Fluß mit sich führte, und dem aromatischen Antimoskitoschild, den sie selbst auf der Haut trugen. Als sie die Anlegestelle für die Linienschiffe hinter sich gelassen hatten, die die Hauptstadt mit dem Nigerbecken, hauptsächlich bis Timbuktu, verbanden, erblickten sie die Ufer voller neuer lehmverputzter

Adobehäuser. Es sah aus, als sprössen die Häuser direkt aus dem Boden, und wenn die Gebäude die Dimensionen einer Schule, einer Markthalle oder Moschee erreichten, so schienen sie einfach noch höher gewachsen, wie das Ergebnis einer übermäßigen geologischen Befruchtung. Dann war da nur noch der Fluß, Herr über die Landschaft, und vor allem am linken Ufer beschränkte er sich nicht auf einen Streifen üppiger Vegetation wie etwa der Nil, der an einer Pflanzenkulisse vorbeigleitet. An diesem linken Ufer wurden Ocker-, Rot- und Gelbtöne sichtbar, wie sie für ein Trockengebiet typisch sind. Nahe Timbuktu würden sie in Dünen und Wüstensand übergehen, so hatte jedenfalls Nair die Geologie jener drei klar voneinander unterscheidbaren Teile Malis beschrieben: die Wüste im Norden, die vom Nigerbecken geformte Region und das waldreiche Südmali. Sie fühlten sich, als wären sie Abenteurer auf einer romantischen Reise, einem Reisebericht aus dem neunzehnten Jahrhundert entstiegen, Betrachter vorsintflutlicher Barkassen, kleiner Dampfboote und kohlenbeheizter Schiffe, die demnach ebenfalls mit Dampf betrieben wurden, in Diensten einer der regulären Linien, der Pinassen mit Außenbordmotor, die westlichen Reisenden zur Verfügung standen. Nair hörte sich Carvalhos Meinungen zur Beziehung zwischen Erde und Häusern an und wies ihn darauf hin, daß er noch gar nichts gesehen habe. Er empfahl ihm vor der Ankunft in Timbuktu einen Ausflug nach Djenné, um die dortige Moschee zu besichtigen, doch werde es während der gesamten Fahrt an visuellen Reizen nicht fehlen, weder in Mopti noch in Timbuktu.

»Bei Mopti wird der Niger zum See, und es öffnet sich ein seltsames Geflecht von Wasserwegen, das wir das Nigerdelta nennen. Es handelt sich aber um kein Mündungsdelta, eher um ein Binnendelta.«

Carvalho schnappte Gesprächsfetzen der Experten auf, während sich Biscuter in höchsten Sphären bewegte, Notizen machte, in recht brauchbarem Französisch seine Meinung kundtat und ihm gelegentlich verschwörerisch zuzwinkerte. Auf einem Plakat, das auf der einen Seite des Hauptsalons hing, stand zu lesen, Mali habe acht Millionen Einwohner mit einer durchschnittlichen Lebenserwartung von dreiundfünfzig Jahren, eine Kindersterblichkeitsrate von achtzehn Prozent und 0,09 Ärzte pro tausend Einwohner. Es gab türlose Kajüten, und sie würden recht bequem schlafen können, sich auf dem geräumigen Deck auch einmal in eine ruhige Ecke zurückziehen, alle zusammen an einem Tisch mit Erdnußöl zubereitete Speisen zu sich nehmen und vor allem das Dahingleiten über die beinahe seeglatten Wasser genießen. Allerdings stieg die Geschwindigkeit der Strömung bei der Anfahrt auf Ségou, die ehemalige Hauptstadt des Bambarareichs, eine Ansammlung von Häusern in Ocker und Rot, nicht immer schlicht, denn unverhofft erschien der eine oder andere repräsentative Bau mit großem Innenhof, Bewässerungskanälen und smaragd- bis flaschengrünen Pflanzen. An den Fassaden der wichtigen Gebäude befanden sich rhythmisch angeordnete Einlegearbeiten – Nair sprach von »Fetischen« –, die eine mysteriöse Wirkung auf den Betrachter ausübten. Sie waren wie Botschaften, die das Offensichtliche durchbrachen, und unmöglich zu entziffern, als hätte man sie in den Sandstein der Fassade eingearbeitet, um bewegliche Schatten zu erzeugen. In Ségou erlebten sie zum ersten Mal das Spektakel der drei Krankenhausbesuche, die auf der Fahrt den Niger hinunter geplant waren. An der Anlegestelle wurden sie von einer Abordnung Lokalpolitiker empfangen, dazu von einem Arzt mit einer Liste der Krankenhäuser oder der Schulen und kirchlichen Einrichtungen, in denen die Kranken untergebracht waren, die sich noch selbst versorgen konnten. Farak Nair riß die Sache an sich wie ein Athlet, der in jeder Disziplin der erste ist, der mehr weiß als jeder andere und die tiefste Zuneigung zu den abstoßendsten Patienten empfindet. Gleichzeitig deutete er auf Tiere und nannte deren Namen, ebenso die von Bäumen, und fast immer lag er richtig, es handelte sich nämlich fast ausnahmslos um Mangobäume.

Hatte Farak Nair sich in der Öffentlichkeit mit aller Welt ausgetauscht, wobei er auf exakte Informationen aus einem Notizheft zurückgriff und eine profunde Kenntnis der Krankheit bewies, so übertraf er sich selbst, wenn sie in eine private Behausung kamen. Diese waren oft dunkle Löcher, praktisch ohne Möbel, durch dicke Adobe- und Lehmmauern vor der Sonne geschützt, und der Kranke glich einem Solidaritäts-, ja, wenn ihn die Mutter pflegte, fast einem Kultobjekt. In seiner tragischen Hauptrolle hing der einzelne Kranke an Nairs Lippen, als wäre dieser der heilbringende Fremde, der Dramaturg und daher der einzige, von dem vielleicht ein glückliches Ende zu erwarten war. Anstatt wundersame Krankenhausbehandlungen zu versprechen, schwor der Wissenschaftler auf eine unverzügliche und zuverlässige Behandlung mit den pharmazeutischen Cocktails zur Eindämmung der Krankheit, die Afrika erst so spät erreicht hatten. Auch predigte er den Gebrauch von Präservativen als einzigem Mittel, das gegebenenfalls Lust und Tod zu trennen vermöge. Manche Kranken waren nur noch Haut und Knochen, so daß ihre Mütter sie auf dem Arm trugen, und zwar nicht nur, um sie waschen oder füttern zu können oder um mit ihnen an die frische Luft zu gehen, sondern auch, wenn sie einkaufen oder zum Waschen an den Fluß gingen. Manchmal trugen sie den Sohn, Bruder oder Ehemann in einem improvisierten Rucksack für Babys. Sowohl in der Öffentlichkeit als auch in den Privatwohnungen herrschte die Devise: »Brich das Schweigen«, denn es war ein gängiges Argument, daß der Kampf gegen die moderne Plage an dem Tag begann, an dem der Kranke akzeptierte, daß er krank war, an dem er den Namen der Krankheit hinnahm und sich mit denen in Verbindung setzte, die ihn heilen konnten.

»Drüben in Tansania, Uganda oder in der Republik Südafrika sind die Krankheitsursachen komplexer, aber in diesem Teil Afrikas ist die Krankheit weniger verbreitet, und fast immer erfolgt die Ansteckung innerhalb der Ehe, obwohl auch Drogenkonsum eine Rolle spielen kann und in selteneren Fällen Homosexualität. Auch wenn letztere als großer Ursprung der Epidemie dargestellt worden ist, vor allem durch religiöse Eiferer. Man wollte Aids als Strafe Gottes sehen, als Bestrafung der Exzesse in dieser Zeit der Sünde.«

Sie wurden von etwa zweihundert Jugendlichen mit Musik und Liedern verabschiedet, die weiße T-Shirts mit Schriftzügen wie »Missionare der Hoffnung« oder »Brich das Schweigen« trugen. Entgegen Nairs Meinung schlug der Kapitän vor, nicht an einer geeigneten Stelle am Ufer zu übernachten, sondern die Nacht durchzufahren und im Morgengrauen am Ausgangspunkt des Ausflugs nach Djenné anzukommen, der nicht ganz über Land erfolgen, aber doch weniger wasserreich sein würde. Der Leiter der Forschungsreise hatte ja versprochen, Carvalho und Biscuter eines der überwältigendsten Beispiele für die typische, in sich versunkene Architektur aus Lehm und Adobe zu zeigen, die Bauten hervorbrachte, die Jahrhunderte zu überdauern vermochten, Moscheen, so alt wie die von Konstantinopel.

»Aber es ist eine Architektur, die ständiger Restaurierungsarbeiten bedarf, weil beispielsweise die Ecken wesentlich anfälliger sind als bei Steinbauten. Die beeindruckende Moschee von Djenné wurde 1907 vollständig erneuert.«

Jedes der Boote verfügte über Radio und Telefon, aber auch über einen Tam-tam-Spezialisten, der sich mit den Dörfern und einfachen Siedlungen an den Ufern verständigen und den Reisenden Kommunikationsformen zeigen konnte, die älter waren als die gesprochene Sprache. Die Tam-tam-Trommel war Instrument einer allgemein gebräuchlichen Sprache, ebenso einige visuelle Zeichen wie die Anzahl von Knoten am Gürtel, die feste Botschaften übermittelte. Nach einem Tag gemeinsamer Reise trauten sich bereits einige Reisende, allen voran die Brasilianer, das straffe Leder unter Gelächter und Anweisung des Experten mit ihren Handflächen zu bearbeiten. Natürlich dauerte es nicht lange, und Biscuter versuchte, auf der Tam-tan einen Mambo zu spielen, doch nur Carvalho begriff, daß er annäherungsweise einen berühmten *Baião* von Silvana Mangano wiedergab: »Ich will tanzen zu einem neuen Takt ...« Die restlichen Forschungsreisenden aber grübelten, was ihnen dieses so gewissenhafte Männlein wohl mitteilen wollte, das sich den ganzen Tag Notizen machte und mit Nair über die Beziehung zwischen Notwendigkeit und Lust bei der Festsetzung von Eßgewohnheiten diskutierte, selbst für Aidskranke. Carvalho mußte verblüfft feststellen, daß Biscuter seine These über die Grausamkeit der Schöpfung übernommen hatte. Sie gründete sich auf die Tatsache, daß das Leben den Tod erfordert, daß alle Lebewesen sich von anderen Lebewesen ernähren.

»Notwendigkeit und Lust und also auch Kultur. Kultur als Maske.«

»Kultur als Maske«, wiederholte Biscuter für den faszinierten Farak Nair ein ums andere Mal, und der Rest der Expedition war hingerissen von den Ausführungen, die kein soziologisches oder medizinisches Konzept darstellten. Am Ufer erwarteten Geländewagen die Reisenden, die zu einem Zufluß des Niger, dem Bani, gebracht werden mußten, an dem Djenné lag. Ein Großteil des Weges führte nicht über asphaltierte Straßen, sondern über Schotterpisten, und am Ende würden sie die heilige Stadt in Kanus erreichen. Carvalho überlegte voller Zweifel, ob es tatsächlich keine andere Transportmöglichkeit gab oder ob die Kanus nur die Option waren, die dem offensichtlichen Ästheten Nair am besten gefiel. Jedenfalls gab er, als die Stadt näher kam und er einen ersten Blick darauf werfen konnte, dem Organisator des Ausflugs recht. Es handelte sich um eine der schönsten Städte, die er jemals gesehen hatte, in der die Architektur mit der Berglandschaft verschmolz, ja, selbst Landschaft war, nur an die Bedürfnisse des Menschen angepaßt – ein Fortschritt gegenüber dem Wohnen in Höhlen und der Beweis einer außergewöhnlichen Kunstfertigkeit, die Adobeziegel und Lehm zum Denkmal erhob, als hätte der Fluß seinen Schlamm zur Verfügung gestellt, um die Stadt der Menschen zu ermöglichen. Ohne gesundheitspolitische Aufgaben erwies sich Nair als unübertrefflicher Führer durch das Djenné, das er liebte, und sie hatten das Glück, auf einen Trupp Maurer zu stoßen, die gerade Erosionsschäden an Fassaden und Häuserecken reparierten, ohne weitere Hilfsmittel als eine Spachtel und ein Auge mit der Präzision eines Senklots zu gebrauchen. »Dort zum Beispiel stand die Moschee«, erklärte der Führer durch die sudanesische Architektur, ein Begriff, der sich nicht auf den Staat Sudan beschränkt, sondern eine ausgedehnte Region, unter Einschluß des ehemaligen Staatenbundes Mali und der südlichen Sahara, bezeichnet. Einhundert Holzsäulen trugen mit Engelsgeduld das Gewicht von Lehmziegeln und Putz, die einen mit gotischen Kathedralen vergleichbaren Innenraum bildeten, dazu eine Terrasse, die nunmehr als Aussichtsplattform auf die Stadt und die umliegende Savanne mit ihren Wasserläufen diente, aus denen sich der Bani speist, um weiter südlich in den Niger zu münden. Vor dem Sakralbau befand sich ein offener Markt, ein buntes Gewirr von Gewändern und Waren, aus dem man eine Farbenlehre hätte ableiten können, ein wichtiger Kontrapunkt zur bisherigen Reise durch Afrika. Besondere Aufmerksamkeit widmeten sie dem Haus von Pama Sinatoa, einer Bogolan-Künstlerin, die sie mit ihrer gesamten Familie empfing und auf die obligatorische Terrasse hinaufführte, von wo aus die innige Beziehung zwischen Architektur und Landschaft erkennbar wurde, die ihnen schon während ihrer gesamten Reise durch Mali aufgefallen war. Ein anderes Gebäude war vom jemenitischen Baustil beeinflußt; es hatte eine hohe Fassade und reich verzierte Fenster und gehörte einem hochangesehenen Marabut. Zu diesen schwer aus ihrem Kontext zu lösenden Wundern gelangte man durch verschlungene Gassen voller Handwerkerläden, darunter eine große Töpferei, was Biscuter schier das Herz brach, hätte er doch am liebsten sämtliche Waren gekauft und mitgenommen.

»Du brauchst nur zu warten, bis im Corte Inglés von Barcelona ›Maliwochen‹ stattfinden, dann findest du dort Töpferwaren und Erdnußöl, soviel du willst.«

»Das ist nicht das gleiche.«

Nachdem sie sich den Markt angesehen hatten, sagte Nair, man könne als nächstes das »Grabmal des Mädchens, das zum Wohle der Stadt lebendig begraben wurde« besichtigen. Er warnte sie jedoch, indem er hinzufügte, der Titel sei schon das aufregendste an dieser Sehenswürdigkeit. Das Grab selbst sei Firlefanz. Sie hatten genug von der Stadt gesehen, und niemand legte Wert auf eine solche nekrophile Erfahrung. Auf dem Rückweg prägte sich Carvalho das Stadtbild von Djenné ein, den Markt im Schatten der Moschee, ähnlich den alten europäischen Märkten, die im Schatten der Kathedralen zu finden gewesen waren, dazu die auffälligsten Gebäude. Dabei wurde ihm bewußt, daß ihn diese Bilder nun ein Leben lang begleiten würden und ebenso der Wunsch, an diesen Ort zurückzukehren, ein Wunsch, der im gleichen Maße zunahm wie seine Kenntnis von Mali, trotz der Zwiespältigkeit und in gewisser Weise Falschheit seines Aufenthalts. Im restlichen Verlauf ihrer medizinischen Kampagne gingen ihm die Todkranken – ausgezehrte Menschen, wie man sie schon zu oft im *National Geographic* gesehen hatte – nicht so nahe wie der Widerschein ihrer Lage in den traurigen Gesichtern der Angehörigen. Trauer, Ohnmacht, andere Male Beharrlichkeit, Wut oder das, was Farak Nair *Hoffnung* nannte, waren dort zu lesen. Erwachsene kauerten vor Waschschüsseln, während sie von Krankenpflegern oder Verwandten gewaschen wurden; manchmal wurden sie in denselben Karren geschoben, die auch der Feldarbeit dienten. Medikamente, die exakt wie mit der Pipette abgemessen wurden, dann und wann Freude, gelegentlich auch der Tod, wie in Mopti, als kurz nach ihrer Ankunft vier Aidskranke zu Grabe getragen wurden, rechteckige Gräber, mit Spaten und wirkungsvolleren Hacken aus der fast roten Erde geschaufelt. Der Bani floß nahe beim Sofitel Kanaga in den Niger, und die Wasser schwollen so mächtig an, daß Mopti auch »das afrikanische Venedig« genannt wurde, ein Ort, der nicht unwesentlich dazu beitrug, den Horizont der Forschungsreisenden zu erweitern. Dort verbrachten sie mehrere Stunden hin- und hergerissen zwischen der sinnlichen Anziehungskraft der Stadt und dem medizinischen Kreuzweg Nairs. »Stadt des Fischs«, so lautete hier ein Werbeslogan, aber wenn man dies dann in einer Szene konkretisiert sah, wo einem im Profil gezeigten Sterbenskranken etwas gebratener Fisch gereicht wurde, wirkte das wie Sarkasmus. Schlimmer noch waren einige behelfsmäßige Kliniken, wo der Bettenmangel dazu führte, daß manche Patienten auf zusätzlichen Matratzen auf dem Boden liegen mußten, in eine Wolke aus Desinfektionsmitteln gehüllt, mit denen man der Fliegen und Moskitos Herr zu werden versuchte. Fünf HIV-infizierte Kinder lagen nur eine Handbreit von ihrem sterbenden Vater entfernt. Sie sahen den Schrecken in den Augen einiger und die flinken Gesten eines Mädchens, das, eigentlich schon eine Leiche, sein dünnes Haar noch mit einem Kamm in Form zu bringen versuchte. Haufenweise Patienten, die von ihren Angehörigen getragen wurden, und Farak Nair, der sich weigerte, vom Tod oder von der Hoffnung im religiösen Sinne zu sprechen, und sich entschlossen gegen jedes Zugeständnis an heidnische Beschwörungsrituale oder Wunderheiler aussprach, obwohl sie ihn, wie er mehrmals betonte, als beiläufiger »Trost« nicht störten.

»Was euch jedoch heilen kann, das ist die Hygiene und das hier.«

Und er hielt mit der einen Hand eine Schachtel Medikamente hoch, mit der anderen eine Mangofrucht.

Von dem Erleben fremder und eigener Schwäche ganz erfüllt, fanden sie noch Zeit für eine Kurzbesichtigung von Mopti, einer Stadt, die auf der Verbindung dreier Inseln mit Hilfe von Deichen beruht, die als Brücken über das ausgedehnte Wasser fungieren. Stadt der Werften für den Bedarf der Flußschiffahrt, Stadt der Schmiede und Schiffszimmerleute, Erben einer althergebrachten Handwerkskunst. Nair gab ihnen eine Stunde frei, um den Süßwasserfischmarkt oder den Gewürzmarkt zu besuchen oder auf Pirogen den Eingang des Binnendeltas abzufahren, das sich zwischen Mopti und Timbuktu erstreckt, wo sich der Niger auf dem breiten Gebiet einer fruchtbaren Ebene in Seen und Kanäle aufspaltet. Biscuter und Carvalho gelang es, alle drei Möglichkeiten wahrzunehmen, und sie verglichen die Aussichten, die ihnen der erneuerte Niger bot, mit dem, was sie auf ihrer Nil-Kreuzfahrt erlebt hatten. Freilich fehlte noch das Zusammentreffen des Flusses mit der richtigen Wüste auf ihrem weiteren Weg nach Timbuktu. Zurück auf der Barkasse, sagte ihnen Nair, daß die Reise leider keine weiteren Ausflüge erlaube, so entgehe ihnen die Schönheit der Dogonregion, ganze Dörfer, die von Klippen hinabhingen oder an der Erde klebten, als handelte es sich um deren Ausscheidungen, »die Sitten des tiefsten, von Touristen und Kreuzwegen fast unberührten Afrika«, fügte er ironisch hinzu.

Auf den weiteren Etappen wurden die mittlerweile bekannten Hilfsrituale vollzogen, und als sie in Timbuktu an Land gingen, wußten sie bereits, daß sie eine mythische Stadt betraten, einen Handelsplatz, wo einst Karawanen zusammentrafen, Geschichte und Schönheit im Gepäck, daß diese Stadt inzwischen jedoch hinter der Entwicklung von Djenné oder Mopti zurückgeblieben war. Als Ort, wo sich Fluß und Wüste begegnen, hatte Timbuktu eine der ältesten Lehmmoscheen zu bieten, die Moschee von Sankoré aus dem fünfzehnten Jahrhundert. Sie vermochte allerdings nicht, den Eindruck zu überbieten, den die Moschee von Djenné hinterlassen hatte, obwohl Carvalho fand, daß sie noch eher menschliches Maß besaß. Hier war mit Salz gehandelt worden, das man mit Gold aufwog, als man das Salz der Erde hoch schätzte oder anderen Brot und Salz verweigerte, Salz, das aus furchtbaren Minen gewonnen wurde, wo die Sklavenhaltung den Profit von Besitzern und Menschenhändlern garantierte. Auch Andalusier waren unter der Führung von Yuder Pachá bis Timbuktu gelangt, einem Mann aus Cuevas de Almanzora in der Provinz Almería, der aus dem maurischen Teil Spaniens verbannt worden war und später zum Kaid von Marrakesch aufsteigen sollte. Diese andalusischen Mauren durchquerten die Sahara, um Timbuktu zu erobern und seine Legende als Hauptstadt der Sahara und Malis zu begründen, wo vom Ende des sechzehnten bis ins siebzehnte Jahrhundert hinein die bedeutendsten Architekten und Handwerker tätig sein sollten. Dies alles konnte man in einem von der Stadtverwaltung herausgegebenen Faltblatt nachlesen. Ortskundige Begleiter brachten die Reisenden der Flußexpedition zu jenem Zelt, wo der Kongreß stattfinden würde, und verteilten sie auf diverse Unterkünfte, angefangen bei den Hotels, die schon größtenteils von früher eingetroffenen Kongreßteilnehmern besetzt waren, bis hin zu den annehmbarsten Privatwohnungen der einheimischen Freiwilligen. Die Diskussionsteilnehmer legten großen Optimismus an den Tag, was den Kampf gegen Aids betraf, zeigten sich jedoch bezüglich der Zukunft Timbuktus sehr pessimistisch.

»Der Niger steigt bei Hochwasser nicht mehr so wie früher, und wenn das Hochwasser zurückgeht, nimmt der Fluß die fruchtbare, feuchte Erde mit, die Grundlage des Reichtums dieser Region. Für andere Städte in Mali sieht es besser aus.«

Andere dagegen verurteilten das allzu verbreitete Wehklagen. Ihrer Meinung nach war Timbuktu eine Stadt voller Jammerlappen, denn in den letzten Jahren war das Hochwasser regelmäßig gekommen, und doch hatte die Stadt ihren früheren Platz als Malis Wirtschaftsmetropole nicht zurückgewonnen.

»Nein, das Hochwasser ist nicht mehr, was es einmal war.«

Die Hochwasserdiskussion der Einheimischen zog sich derart in die Länge, daß Nair es vorzog, zum Zelt hinüberzugehen, wo er von den bereits unter Gideons Führung eingetroffenen Teilnehmern stürmisch begrüßt wurde. Dieser machte einen kränklicheren Eindruck, nicht ob einer Blässe, die man in seinem tiefschwarzen Gesicht kaum hätte feststellen können, sondern wegen seiner von Mal zu Mal gelber erscheinenden Augen, die noch tiefer in den Höhlen lagen als zuvor. Zunächst sollte der Kongreß mit einem Tam-tan-Trommelfest beginnen, an dem die Trommler aus den Booten sowie Tänzer aus Timbuktu mitwirkten, was die Brasilianer auf der Stelle das Tanzbein schwingen ließ. Schließlich verspürten sie Heimweh nach den Sambaschulen, die zu dieser Jahreszeit mit ihren Vorbereitungen begannen. Die Musik der Afrikaner schien die Wurzeln oder die Fortsetzung von Jazz, Reggae und Rock zu bedeuten, und es waren in jedem Fall, ob Ursprung oder Kontinuität, ansteckende Rhythmen, als ob das Fest von nun an in all ihren Bewegungen mitschwänge. Das Programm, das Carvalho und

Biscuter erhielten, sah jedoch mehrere Vorträge vor: Biscuter sollte über »Krankheit, Glück und Ernährung« sprechen, Carvalho am kommenden Tag über »Die Globalisierung und die internationale Mißordnung«. Dieser Titel verblüffte ihn und trieb ihn an den Rand der völligen geistigen Blockade.

»Was, zum Teufel, soll ich denen darüber erzählen?«

»In Kabul haben Sie sich doch sehr wacker geschlagen, Chef.«

»Willst du, daß ich einen Vortrag über Literatur und Diminutive halte?«

»Etwas müssen Sie sich jedenfalls einfallen lassen.«

Zuallererst wandte sich Carvalho an Farak Nair und hob dabei die leeren Hände: Wie sollte man ohne jegliches wissenschaftliche Material einen Vortrag vor einem so fachkundigen Publikum halten? »Die Teilnehmer sind Experten auf den Gebieten Gesundheit und Solidarität, aber es fehlt ihnen vielleicht die Kenntnis großer Zusammenhänge, wie Sie sie ihnen vermitteln können.« Biscuter nickte zustimmend, zu Carvalhos Ärger, der einsam und stumm stehenblieb, als Nair mit einem Lächeln, das keinen Widerspruch zuließ, hinzufügte:

»Wir alle werden ihnen helfen. Es geht hier nicht um Vorträge, wir führen Gespräche miteinander. Vergessen Sie eine wesentliche Sache nicht: den Kontakt mit der Polisario-Front, der eventuell heute abend zustande kommt. Vielleicht nutzen wir das Abendessen für einen kurzen vertraulichen Austausch. Einstweilen können Sie Ihren morgigen Auftritt vorbereiten. In diesem Teil Afrikas sind die Stunden zwischen Mittag und dem frühen Nachmittag schrecklich drückend, da kann man noch so gut akklimatisiert sein, man bringt nicht viel zuwege. Aber man muß das Tageslicht nutzen: Es gibt keine öffentliche Stromversorgung.«

Das Leben begann offenbar ab sechs Uhr abends, denn die Kinos warben für tägliche Doppelvorstellungen um achtzehn Uhr dreißig und zwanzig Uhr dreißig, mit alten, abgenutzten Filmplakaten, die den Eindruck erweckten, es würden ständig dieselben Filme gezeigt oder aber die Plakate reisten von Kino zu Kino, von Dorf zu Dorf mit. Es waren hauptsächlich Ankündigungen von Actionfilmen – ohne Pistole und Blondine kam die Ikonographie nicht aus. Um sechs sollten die Arbeitssitzungen beginnen, anschließend war Abendessen, und dann sollten einheimische Frauen die Theorie und Praxis ihrer mündlichen Erzähltradition vorstellen. Von dieser Aussicht waren die Brasilianer sehr angetan, da diese Form der Überlieferung von Geschichten auch in weiten Teilen Lateinamerikas weiterbestand. Während der Sitzungen nahm Biscuter auf einem Klappstuhl in der ersten Reihe Platz, Carvalho folgte den Vorträgen nur mit halbem Ohr. Allmählich konstatierte er, daß es sich hier weniger um einen wissenschaftlichen Kongreß handelte als um Bewußtseinsbildung, und da spielten die Emotionen eine größere Rolle als die Inhalte. Sie aßen in einem Holzverschlag, der neben dem Zelt stand, ein Reisgericht mit feinen Hühnerstreifen sowie getrocknetem und dann wieder gewässertem Fisch – ein überraschendes Gericht in der Nähe eines Flusses, der schwunghaften Fischhandel hätte erwarten lassen.

»Das Problem sind Aufbewahrung und Haltbarkeit. Es gibt hier keine Kühlhäuser. Sie müssen diese Einschränkungen entschuldigen, dennoch kann man in Timbuktu gut essen. Es gibt sogar ein *Mechoui* aus Kamelfleisch, das eine pantagruelische Köstlichkeit darstellt: Ein junges Kamel wird mit einem Schaf gefüllt, das seinerseits ein Huhn enthält, und im Inneren des Huhns findet eine Taube Platz, die wiederum mit Datteln, Pinienkernen und eingelegtem Obst gefüllt ist. Lassen Sie sich nicht stören, wenn die Leute mit den Händen essen. Für die Kongreßteilnehmer gibt es Plastikbesteck.«

Biscuter hatte ganz große Augen bekommen, ein wahres Wunder, wenn man berücksichtigte, wie klein diese eigentlich waren, und machte sich sofort Notizen über die Zubereitung des Kamel-*Mechoui*. Das Gericht erinnerte ihn an ein Rezept, von dem ihm Carvalho einmal erzählt hatte, das aber noch anspruchsvoller war. Alles begann mit einer Kuh, die mit einem Schwein zu füllen war, und so weiter und so fort, bis man sozusagen eine Babuschkapuppe voller Proteine und verschiedener

Geschmacksrichtungen erhielt. Sie tranken Hirsebier und aromatisierten Kaffee, dann führte Nair sie in eine Ecke, wo sie drei hochgewachsene junge Männer mit schütteren Bärten und in Tuareggewändern erwarteten, die ihnen als Vertreter der Polisario-Front vorgestellt wurden. Den Männern lag am Herzen, daß zwei so hochrangige Experten aus internationalen Organisationen die schwierige gesundheitliche Versorgungslage der Saharauis kennenlernten, die aus der von Marokko besetzten Westsahara geflohen waren und in einer Gegend im Inneren ihres – ihrer Ansicht nach – widerrechtlich annektierten Landes leben mußten, obwohl sie zuweilen auch von Algerien zur Verfügung gestellte Teile der Wüste aufsuchten. Tindouf war eine algerische Stadt, die in einem Grenzdreieck zwischen Algerien, Marokko und der Westsahara lag. Bis dorthin würden sie mit einer algerischen Sondermaschine fliegen können, eben jener, mit der die Polisarios nach Timbuktu gereist waren. Innerhalb einer halben Stunde berichteten sie alles über die Ernährungs- und Gesundheitsprobleme, unter denen ein Volk litt, das seit 1975 für seine Unabhängigkeit gekämpft hatte, als mit dem »Grünen Marsch« die marokkanische Besetzung erfolgt war und sich Spanien, bis dahin Kolonialmacht, aus der Region zurückgezogen hatte.

»Es ist uns sehr daran gelegen, daß Sie unsere neue Augenklinik besichtigen. Sie wird von einem spanischen Arzt geleitet, der hin und wieder zu uns kommt, und von einer philanthropischen Gesellschaft aus Spanien finanziert.«

Biscuter übernahm die Verhandlungen. Sie würden sich zwei Tage lang den Polisarios widmen können, dann aber mußten sie die Grenze nach Marokko überqueren, wo sie wie gewöhnliche Touristen aus dem Westen ein wenig Wüstenleben genießen wollten, um am Ende in die Filmstadt Ouarzazate zu reisen. Man versicherte ihnen, diesbezüglich gebe es keine Probleme; es brauche nur ein marokkanischer Veranstalter kontaktiert zu werden, und man werde sie dann an den entsprechenden Ort begleiten.

Biscuter und Carvalho hatten ein Doppelzimmer im Camp Bouctou, dreihundert Meter vom Sofitel-Hotel entfernt, das für seine exzellenten, sündhaft teuren Biersorten bekannt war. Moskitonetz, Ventilator, besseres Essen als das bisherige, eine plötzliche Brise aus der Wüste, über der es dunkel geworden war, so daß man den weiten Sternenhimmel betrachten konnte – das alles lud zum Spazierengehen ein, obwohl die einzige Beleuchtung die war, die von den Hotelgebäuden ausging. Sie schlenderten bis zum Sofitel, um die berühmten Biere aus Holland, Tschechien und Belgien zu kosten. Dafür nahmen sie die etwas megalomane Wirkung eines Luxushotels am Rande der Wüste in Kauf.

»Als könnten gleich Deborah Kerr und Stewart Granger auftauchen, direkt von den Dreharbeiten zu *König Salomons Diamanten*!«

»Die Filmwelt hat die Einheimischen alles andere als ernst genommen.«

Biscuter war hin und weg von dem Swimmingpool.

»Im Dezember schwimmen gehen! Das heißt wirklich Macht haben.«

Es war schon spät, und es badeten nur vier Personen, zwei dem Anschein nach nordamerikanische Pärchen, allesamt hochgewachsen, allesamt blond, obwohl das natürlich auch gefärbt sein konnte, die Körper erhitzt von den Bourbons nach dem Essen. Ehe man sich's versah, befand sich Biscuter schon im Wasser, und Carvalho bemerkte, daß er seine spärliche Kleidung unter den Liegestuhl gelegt hatte.

»Ich nehme an, du badest in Unterhose.«

»So nackt, wie ich aus Abrahams Wurstkessel kam, Chef. Tut das gut!«

Carvalho versuchte, sich so unauffällig zu entkleiden wie sein Begleiter, stellte sich jedoch derart ungeschickt an, daß er beinahe in Unterhose, Socken und Segeltuchschuhen im Pool gelandet wäre. Am Beckenrand entledigte er sich seiner restlichen Kleidung und stieg in den Teil des Pools, wo er noch stehen konnte, um dann ins Zentrum des riesigen Beckens zu schwimmen. Biscuter hatte sich keinen Zentimeter von der Leiter entfernt, und als Carvalho ihm zurief, er solle sich doch weiter ins

Becken hineinwagen, antwortete er auf katalanisch, damit ihn niemand verstehen konnte:

»*És que no se nedar*, Sie haben doch schon im Pazifik gesehen, daß ich nicht schwimmen kann!«

Das hätte er genausogut auf Spanisch sagen können, doch Biscuter fühlte sich hinter der katalanischen Aussprache sicher, was so blieb, bis sich das amerikanische Kleeblatt auflöste und eine der Frauen fragte:

»*Que sou catalans* – seid ihr Katalanen? Wir auch. Wir drehen gerade eine Runde durch Afrika.«

Sie gaben sich als Einwohner von Palafrugell zu erkennen, aus der Provinz Girona, und sagten, sie nutzten jedes Jahr den Dezember, Weihnachten und den Dreikönigstag, zu einer interessanten Reise.

»Und wohin fahrt ihr weiter?«

»Nach Norden.«

»Da kommen wir gerade her. Schon klasse. Aber alles Wüste. Woher seid ihr?«

»Aus Barcelona.«

»So so, aus Can Fanga, der ›Schlammstadt‹.«

»Ist Ihnen schon einmal aufgefallen, daß nach dem Braten auf offenem Feuer das Kochen im Topf, dem *Pot au feu*, als älteste Zubereitungsform gelten darf und daß gegrilltes wie geschmortes Fleisch einen bedeutenden Platz im gastronomischen Gedächtnis aller Völker einnimmt?«

Biscuter wartete die Wirkung dieses ersten Satzes seines großen Vortrags ab, um zu sehen, mit welchem Publikum er es zu tun hatte. Eine unbedarfte und in Fragen des Essens und Trinkens, abgesehen von ernährungswissenschaftlichen Aspekten, wenig gebildete Zuhörerschaft lauschte wohlwollend den kritischen Ausführungen des Experten über die Ignoranz, die die Ernährung von Kranken bestimmte.

»Die ersten Opfer einer repressiven Diätetik sind die Dicken, die Fettleibigen, weil die Ärzte eine Strafmoral predigen und nur selten wissen, wie sich ein wohlschmeckendes Mahl mit geringem Fettgehalt zubereiten läßt. Wenn besagte Repression sich schon gegen den Typ Patient richtet, auf dessen Ernährung von Haus aus ein besonderes Augenmerk gerichtet wird, so können wir uns ausmalen, wie wenig bei anderen Patienten Wert auf eine schmackhafte Ernährung gelegt wird.«

Biscuter ließ zwei Afrikakarten auf eine Leinwand projizieren. Auf einer der Karten waren die Hungergebiete farbig markiert, auf der anderen die Verbreitung von Aids. Mit einem überlangen Zeigestab, den er mit verblüffender Könnerschaft handhabte – ja, er vollführte damit sogar spielerische Volten, als wäre der Stab für ihn das alltäglichste Instrument –, erhob er Anklage gegen das falsche Bewußtsein in dem Teil der Welt, der vom Hunger verschont ist und Afrikas Übel als unlösbar abtut, doch dem Pessimismus die Stirn bietet, sobald Krankheiten oder andere Übel die sogenannte zivilisierte Welt bedrohen.

»Und warum?«

Es war mucksmäuschenstill.

»Weil Gesundheit und Ernährung in der zivilisierten Welt ein hervorragend funktionierender Markt sind, während in Afrika alles darauf hindeutet, daß breite Hilfsmaßnahmen erforderlich sind. Mit der Unmenge Geld, die es auf der Welt gibt, und all dem Wissen der Gelehrten wäre ein Gutteil der Schwierigkeiten, an denen Hunderte von Millionen Menschen leiden, schnell zu beheben.«

Nachdem er so den philosophischen Grundstein gelegt hatte – Carvalho war so baff, daß er nicht einmal rufen konnte: »Theoretiker! Du bist ein Theoretiker!« –, verlas Biscuter ein kurzes Informationsblatt über die Ernährung von Aidskranken, wobei er sich über die repressivsten Aspekte lustig machte, die alles zu eliminieren trachteten, was »meine Freunde und Lehrer aus der Slow-Food-Bewegung als das Gedächtnis des Gaumens bezeichnen würden«. Und dabei hielt er die Bücher hoch, die er seit Rom im Gepäck hatte.

»Bleiben wir in Timbuktu und analysieren wir, was hier das Gedächtnis des Gaumens oder den Gaumen des Gedächtnisses aller Kranken oder potentiell Kranken ausmacht: Hirse, Reis, Grieß, Kaffernkorn, Eier, Gemüse, Tomaten, Fisch, Fleisch, Gewürze, Getreide, das gemahlen oder ganzkörnig verzehrt wird, Saucen, so wie jene, die beim *Alabadja* Verwendung findet, einem wundervollen Gericht mit Fleisch und Erdnußbutter. Von diesem köstlichen und doch einfachen Gericht bis hin zum prunkvollen *Mechoui* aus gefülltem Kamel sollten sich die Ernährungsgewohnheiten ausnahmslos über die gesamte Bandbreite der tatsächlichen oder erträumten Nahrung erstrecken, denn alle Krankheiten, insbesondere aber diese hier, richten sich gegen das Prinzip der Identität. Sie zerstören die Identität und den Stolz des Daseins. Kann es eine bessere Medizin geben als die Erinnerung und unter deren mannigfachen Formen das Gedächtnis des Gaumens?«

So rief Biscuter die Gastronomen und Wissenschaftler aus aller Welt dazu auf, ihre Diätpläne durch eine Kultur des Genusses oder des Trostes zu bereichern und ihnen so den repressiven Charakter zu nehmen. Er nannte ein Dutzend hochangesehener Köche und warf ihnen vor, sich auf das Gebiet der Tiefkühl- und Fertiggerichte begeben zu haben.

»Aber wer hat sich bisher auf das Gebiet einer Küche der Solidarität vorgewagt?«

Auf den Gesichtern der Anwesenden zeichnete sich ebendiese Frage ab, und da sie ohne Antwort blieb, brachen sie in stürmischen Beifall aus, was Biscuter das Herz wärmte und den Willen der Teilnehmer stärkte, die nun die brillantesten Sätze des Redners wiederholten und weiter applaudierten. Auf Seiten einiger brasilianischer Soziologen kam es sogar zu dem Versuch, den *Samba da Portela* zum besten zu geben. Biscuter hatte sein Pulver bereits verschossen, er hatte alles gesagt, was sein kulinarisches Gedächtnis hergab, und daraus eine Theorie der Krankenernährung und insbesondere der von Aidskranken abgeleitet. Da er sich darüber im klaren war, daß sein Vortrag nicht mehr als eine halbe Stunde gedauert hatte, erhob er sich auf imaginäre Absätze, wies mit dem Zeigestab auf die Anwesenden und forderte diese auf:

»Jetzt können Sie mir Fragen stellen. Es ist nun der Moment der Fragen gekommen, aber nicht nur der Fragen an mich, in diesem Zelt hier, sondern auch der Fragen, die Sie sich selbst zu stellen haben!«

Der donnernde Beifall der Teilnehmer, die sich mittlerweile erhoben hatten, der gerührte Blick Farak Nairs, der Biscuter umarmte, und der Schuldkomplex, der sich eines Großteils der Anwesenden bemächtigt hatte, leiteten ein intensives Gespräch ein, dem sich der Vortragende stellte, indem er sich in eben der Pose am Tisch niederließ, in der Goethe von seinem berühmtesten Porträtisten verewigt worden war: der des Denkers, der das Gewicht seines überfüllten Kopfes mit gerade einmal zwei Fingern zu tragen vermag, die eher ruhend als stützend an der Schläfe liegen. Biscuter schien auf alles eine Antwort zu haben und war nur ein wenig perplex, als Gideon ihn fragte, ob am heutigen Scheideweg der Globalisierung der Kanon der Ernährungsgewohnheiten im Zusammenhang mit den Bedürfnissen, die sich aus der Krankheit ergaben, nicht Gefahr laufe, sich zu *globalisieren*, anstelle das Recht auf Differenz zu untermauern. Carvalho sah seine Chance gekommen und meldete sich mutig und entschlossen zu Wort. Er stellte sich vor und wies darauf hin, daß er zwar am nächsten Tag selbst und gerade zu Globalisierungsfragen habe sprechen wollen, jedoch aufgrund eines unerwarteten Zwischenfalls nicht als Redner werde auftreten können.

»Doch heute kann ich mich mit dem hervorragenden Vortrag meines Landsmanns solidarisch erklären und ein paar kurze Worte zum Thema Globalisierung anbringen.«

Er warf einen festen, etwas ironischen Blick ins Publikum, und als der Moment des Schweigens sich fast zu einer halben Minute ausgedehnt hatte, sprach er so deutlich, wie er nur konnte:

»Was ist die Globalisierung?«

Stille.

»Ein Sachverhalt?«

Stille.

»Eine Ideologie? Wenn es sich um einen Sachverhalt handelt, nun denn, stellen wir uns den Tatsachen. Aber Vorsicht, wenn es sich um eine Ideologie handelt! Diese Ideologie könnte eine Verfälschung der realen Beziehungen sein zwischen … Globalisierern und Globalisierten!«

»Die dialektische Spannung zwischen Globalisierern und Globalisierten«, wiederholte Carvalho mehrmals, als litte er an einer Obsession, bis ein junger brasilianischer Freiwilliger aufstand und nicht speziell zu Carvalho, sondern in den Raum gewandt fragte:

»Benutzen wir Wörter wie Globalisierung nicht vielleicht, um die Sprache zu entdramatisieren und zu enthistorisieren? Was meinen wir, wenn wir von Nord und Süd, von Zentrum und Peripherie reden?«

»Können Sie das erläutern?« forderte ihn Biscuter auf, der formal noch immer der Diskussionsleiter war.

»Für mich ist die Globalisierung ein Euphemismus, der die tatsächliche Sachlage verschleiert, die Entwicklungsphase, in die der kapitalistische Imperialismus eingetreten ist, das, was man beschwichtigend den multinationalen Kapitalismus nennt.«

Andere Stimmen verliehen ihrer Meinung Ausdruck, die vielleicht nicht konträr war, aber doch von dem Gedanken abwich, der Imperialismus sei nicht durch eine neue Synthese abgelöst worden, sondern werde lediglich übertüncht. Niemand kam auf das Thema Ernährung zurück, die Diskussion lag nun in Carvalhos Händen, der die Debatte mit minimalem Aufwand leitete, hauptsächlich indem er zuhörte. Er nickte zustimmend oder schüttelte den Kopf, er gab Wortmeldungen statt und antwortete mit unergründlichem Schweigen auf Fragen, die präzise Antworten von ihm verlangten.

»Sind Sie sicher, daß Sie mir eine Frage stellen, die Sie sich in Ihrem Inneren nicht schon selbst beantwortet haben?«

Das zog immer: Alle Fragesteller hatten ihre Fragen innerlich schon selbst beantwortet.

»Sie beide werden mir fehlen«, sagte Nair in einer Diskussionspause. »Sie geben einer Tagung großartige Impulse. Sie verfügen über die Gabe des Widerspruchs oder der Mäeutik, das heißt, Sie stellen Fragen, die das Gegenteil zutage fördern oder das, was der jeweilige Diskussionspartner benötigt, um glänzen zu können oder um mit seiner Antwort einen positiven Beitrag zu leisten.«

Die Vertreter der Polisario-Front hatten für nach dem Abendessen eine Besprechung anberaumt, und so mußte Biscuter zu seinem Bedauern darauf verzichten, nochmals so nackt, wie er Abrahams Wurstkessel entstiegen war, in den Pool des Sofitel zu springen, dort womöglich die Katalanen anzutreffen und ihnen die unter Landsleuten üblichen Fragen zu stellen: Wie läuft es für Barça? Wo steht der Club in der Champions League oder in der Spanischen Liga? Bis zu zehn Reisende würden die drei Polisarios in der algerischen Fokker nach Tindouf begleiten, und mit Ausnahme Carvalhos und Biscuters handelte es sich bei den Passagieren um Ärzte: Drei von ihnen waren Augenärzte und zwei Spezialisten für Krampfadern, die beabsichtigten, eine Zeitlang in diversen medizinischen Einrichtungen der Polisario-Front zu behandeln. Nair war sehr traurig über die Kürze ihres Beisammenseins, er umarmte Biscuter sehr herzlich und sagte zu Carvalho, er gehöre zu den Menschen, die ihn seit jeher beeindruckten:

»Zu denjenigen, die so viel wissen, daß sie es gar nicht auszusprechen brauchen. Ihre Taten genügen.«

Carvalho musterte den Wissenschaftler, um zu sehen, ob dessen Blick etwa Spott in seinen Worten verriet, doch es war ein offener, herzlicher Blick, der Vertrauen zu wecken wußte. Und das war ja auch nicht anders zu erwarten bei einem Mann, der aus fast nichts Netze knüpfte, in denen so mancher große Fang landete.

»Ich bin meinerseits von Ihrem Glauben daran beeindruckt, ein Treffen von brasilianischen und malischen Freiwilligen könne sogar den bevorstehenden Krieg der USA gegen den Irak verhindern.«

Nair wurde sehr ernst und stieß die Worte vor seinem Abgang hervor, als wären sie schwer wie Beton:

»Der Tag wird kommen, an dem wir Imperien stoppen können.«

Die Fokker flog in einer Höhe, die es ihnen erlaubte, alle Musterungen zu erkennen, die eine Wüste kennzeichnen, die Struktur der Steine und Dünen, Gelbtöne von fast weiß bis malvenfarben, Oasenflecken, die voller Leben schienen, Zeltdörfer, Siedlungen von Nomaden, die von Tierzucht und Handel lebten. Ein Polisario kniete sich auf den Vordersitz und wandte sich zu Carvalho und Biscuter um, um ihnen wie ein Reiseführer die Codes der Wüste zu erklären, irdische Zeichen als ein Kommunikationssystem, das man aus dem Flugzeug heraus wahrnehmen konnte. Die *Sebcha* genannten Salzablagerungen, die *Hammadas*, nackte Felslandschaften, die durch röhrenförmige Klippen begrenzt wurden, oder die *Ergs*, Sandwüsten, Dünenkämme mit Korridoren dazwischen, manchmal so ausgedehnt, daß daraus die Bezeichnung einer ganzen Region wurde, so der Westliche und Östliche Große Erg in Algerien. Bei Tarhmanant erreichten sie die algerische Wüste und erkannten auf einmal geheimnisvolle Kreise im Sand, mysteriöse Formen, die dann als von Dünen oder runden Gesteinsformationen geschützte Palmenhaine erkennbar wurden, Verteidigungslinien gegen die drückende Desertifikation.

»Oasen, salzhaltige Mulden, Brunnen, wo Hirten und Händler zusammentreffen, zu Fuß, auf Kamelen oder im Geländewagen, einige Ölquellen, Dünen, Bergkämme, die am Blick des Betrachters kratzen, Dünen, Dünen, Dünen, wenn nicht eine Mischung aus Sand und Kieselsteinen, der *Erg*, von dem ich Ihnen vorher erzählt habe. Aber wenn wir gelandet sind, werden Sie Leben sehen. Bewohnte Zelte, wo man Sie freundlich mit Milch, Wasser und Datteln empfangen wird, von oben kaum sichtbare Zeltlager, weil sie von der gleichen Farbe sind wie das Land; Menschen, die wandern oder auf Kamelen reiten oder im Jeep umherziehen, auf Wegen, die nicht gekennzeichnet sind, den Autobahnen der Wüste, die nur die Saharauis zu deuten wissen, weil das hier ihr Stammland ist. Wir werden auf diesen Autobahnen weite Strecken zurücklegen, und Sie werden niemals die Freiheit vergessen, die man empfindet, wenn man sich zwischen vier unbegrenzten Horizonten bewegt. Zwischen den vier Kardinalpunkten.«

In Tindouf war kaum Militär präsent, zumindest nicht am Landeplatz der Fokker, wo sie von einem Vertreter der Polisario-Front und vier Jeeps in Empfang genommen wurden, die sie in ein Auffanglager bringen sollten. Das Lager glich einer rechteckigen Festung mit einem Hangar in der Mitte, der von den Schlafgebäuden umgrenzt wurde. Carvalho und Biscuter ließen ihr Gepäck in einem Doppelzimmer und gingen hinüber zum Hangar, wo man sie über das ausgedehnte Programm informierte. Sie sollten verschiedene Einblicke in die Lage der Polisario-Front und ihren Kampf für die Unabhängigkeit der Westsahara erhalten, einen Kampf gegen die expansionistischen Bestrebungen Marokkos und die realen Bedingungen seiner Annexionspolitik, einer politischen, militärischen und administrativen Besatzung, die gegen die einschlägigen UN-Resolutionen verstieß. Die Worte des Redners wurden durch Videobilder untermalt, die die Lebensbedingungen des saharauischen Volkes in den von der Polisario-Front befreiten Territorien oder im Exil auf algerischem Staatsgebiet zeigten. Auch die Widersprüchlichkeit der demokratischen europäischen Politiker kam zur Sprache, vor allem die der Spanier, die einst die Sache der Polisarios vehement unterstützt hatten und nun mit der Position Marokkos und seines Alliierten, der Vereinigten Staaten von Amerika, liebäugelten. Spannend waren Fernsehbilder von einem sehr jungen Felipe González vor seiner Wahl zum Staatschef, der zu einer umfassenden Solidarisierung Spaniens mit der Sache der Saharauis aufrief. Der zweitägige Besuch schloß auch eine Fahrt in das von der Polisario-Front beherrschte Gebiet ein, den Kontakt mit Saharaui-Lagern, eine Vorführung marokkanischer Gefangener, die Inspektion der medizinischen Einrichtungen, allen voran der eben errichteten Augenklinik sowie der Stationen, wo Aidspatienten behandelt wurden. Des weiteren stand ein Solidaritätsfest inmitten der Wüste auf dem Programm. Schließlich würden sich die Wege von Besuchern und Gastgebern trennen, ob sie nun nach Mali zurückkehrten, bei den Polisarios blieben oder an andere Orte weiterreisten. Um eine Kompetenz zu beweisen, die über das Militärische hinausging, organisierte einer der jungen Polisario-Anführer die Weiterreise von Carvalho und Biscuter: das Überqueren der Grenze und die Kontaktaufnahme mit einem Reisebüro, das von Zagora aus den weiteren Aufenthalt in Marokko regulär gestalten sollte, ohne zu wissen, daß die Polisario-Front als erster *Tour Operator* beteiligt war. Der Junge hatte Humor, und zwei Stunden später fragten sich Carvalho und Biscuter, warum das eigentlich so war. Wie konnte man sich den Humor bewahren, wenn man zu einem Volk gehörte, das in Lagern lebte, überwiegend im Exil, bedroht von der marokkanischen Militärgewalt, auf internationaler Ebene nur unzureichend in seinen Interessen vertreten. Und das nach beinahe dreißig Jahren Vertreibung aus den eigenen Gebieten, nachdem die vorigen Kolonialherren, die Spanier, sich zurückgezogen hatten. Auf ihren Jeepfahrten über unsichtbare, ungreifbare Wüstenautobahnen erlebten Carvalho und Biscuter die Euphorie, in einer Unendlichkeit zu leben, die weder von der Erde noch vom Himmel begrenzt wird. Etwas Menschliches bekam der Ort allenfalls durch das Rollen der Jeeps oder die Fortbewegung weit entfernter, kurzer Karawanen oder durch die Ziegen- und Schafherden, die fast immer in der Umgebung von in den Sand oder Stein gegrabenen Brunnen gehalten wurden. Menschlich war auch die Anwesenheit der Wüstenbewohner, die weit weg am Boden kauerten und ihre Eingeweide entleerten, vielleicht ein Bild für Touristen, das die Figur des *cagón*, des Scheißers, in Szene setzte, wie man sie von spanischen oder italienischen Krippen kannte, eine Figur, die in Katalonien *caganer* heißt und für die symbolische

Darstellung der Geburt einer Religion so unentbehrlich ist wie das Jesuskind selbst. Leben und Eschatologie erfuhren in der Wüste und in den Reihen eines provisorischen Heeres die seltsame Unterbrechung für das Essen, unter dem Schutz von Sträuchern und einer Art kleinem Sonnensegel, das die sengende Wintersonne abhielt, während Carvalhos und Biscuters Reiseführer um einen Ofen herumstanden und mit Sardinen aus der Dose eine Paella zubereiteten. Es war die Geschichte eines Angriffs auf die Geschmacksnerven, den die beiden über sich ergehen lassen mußten, da sie schließlich ihre besten Solidaritätsgewänder anhatten. Sie würgten jenen salzigen und zugleich säuerlichen Reisbrei herunter, weil sie hungrig waren und auch weil sie über ein Gehirn verfügten, das für alle Formen des Eßbaren und nicht Eßbaren auf dieser Welt aufgeschlossen war, obwohl in diesem Fall nicht die Form, sondern die Konsistenz das Problem war, wäre doch jedem Italiener dieses Gericht als eine Polentavariante mit nicht näher zu bestimmender Fischpaste erschienen. Die Milch schmeckte nach alter Ziege, weil sie in Schläuchen aus Ziegenleder aufbewahrt wurde, das Wasser ebenso, lediglich die Datteln schmeckten nach Datteln, jedenfalls nach den Spuren, die davon in Carvalhos und Biscuters kulinarischem Gedächtnis vorhanden waren. Doch die Beflissenheit, Freundlichkeit und solidarische Verbundenheit ihrer Führer waren so groß, daß sie die Mahlzeit mit Genuß teilten und tranken, als wäre ein Ziegenaroma das, was zu Milch und Wasser am besten paßt. Selbst wenn sie an eine Wasserstelle kamen, wo die jungen Polisarios mit den Hirten plauderten, die das Vieh tränkten oder sich selbst satt tranken, wurde das Wasser nur langsam das Ziegenbouquet los, das jene Schlucke zuvor mit sich gebracht hatten. In den Zelten erfolgten wieder neue Einladungen zur gleichen Milch, zum gleichen Wasser, wie in einem politisch aufgeladenen touristischen Reiseprogramm, wobei herrliche Kriegerfrauen als Gastgeberinnen auftraten, über einem aufgewühlten Meer von vielfältigen und doch einheitlichen Teppichen. Manchmal stießen an den Brunnen so verschiedene Gruppen aufeinander wie Soldaten, Hirten und

Kaufleute, die ihren Treffpunkt in ein Forum des Informationsaustauschs verwandelten. Sie alle vereinte die Wüste als unausweichlicher Lebensraum, eine Umgebung, die einen dazu verleiten konnte, an die Freiheit auf Erden zu glauben, was in jenem Fall allerdings durch den mehr oder weniger symbolisch ausgetragenen Konflikt zwischen der Polisario-Front und dem Königreich von Marokko eingeschränkt wurde. In diesem Zusammenhang waren einige leichte Artillerieteile nicht zu übersehen, wie sie im Krieg zum Einsatz kamen, und gleiches galt für Gefangene unbestimmbaren Alters, die demnach während eines Zeitraums von fünfundzwanzig Jahren zusammengekommen sein mochten, immer innerhalb eines gewissermaßen konventionellen Kanons dessen, was man unter Kriegsgefangenen versteht.

An der Grenze zwischen Abenddämmerung und Dunkelheit vollführten die fünf Jeeps ein freies Rennen in der freien Wüste, den Kommentaren der Gäste nach zu urteilen eines der wunderbarsten Schauspiele, denen sie jemals beigewohnt hatten, und so sah das auch Carvalho, der das Gefühl einer Befreiung von der Abhängigkeit zwischen Raum und Zeit teilte, hier, wo die Erde bis auf den Horizont keine Grenzen kannte, so daß man den Druck der Zeit zwischen zwei Endpunkten verlor. Es war wie ein Segeln durch einen Raum ohne Entfernungen, als könnten die Körper jene Ortlosigkeit nutzen, um zu träumen, zu phantasieren, zu erinnern, in einer Unendlichkeit der Sinne. Als die Nacht hereingebrochen war, erreichten sie ein Zeltdorf, wo sie von den kehligen rituellen Begrüßungsrufen der Frauen empfangen wurden, und dort befand sich das erste Notkrankenhaus der Nomaden, eine Mehrzweckeinrichtung, allerdings mit Sprechzeiten und Instrumenten, die speziell der Ophtalmologie gewidmet waren. Es stand unter der Leitung von Doktor Borja Corcóstegui und wurde finanziert von der Stiftung *Ulls del Món*, »Augen der Welt«, der der katalanische Politiker Doktor Rafael Ribó vorstand.

Die Information über *Ulls del Món*, eine Hilfsorganisation, die bereits in Chiapas, Bolivien und Moçambique tätig war und hier »Augen der Sahara« genannt wurde, nahm einen Großteil der Sitzung ein, an der zwei Ärzte von der Polisario-Front sowie einige Krankenschwestern teilnahmen. Im Jahr 2002 hatte es einen Austausch zwischen acht Abordnungen von Medizinern gegeben, und es waren Ausbildungsprogramme für Krankenpfleger, Optometristen und Techniker entwickelt worden, die teils in Tindouf, teils in Spanien stattfanden. Die Arbeitsweise in den Lagern war folgende: Während ein Ophtalmologe operierte, hielten andere in den *Wilayas*, den Verwaltungsbezirken, oder in offiziellen Gesundheitseinrichtungen Sprechstunden ab. Es hatten sich herausragende Fortschritte bei der Behandlung von grauem Star eingestellt, und über eintausendsiebenhundert Patienten waren zu den Sprechstunden gekommen. Gleichzeitig war darauf hingearbeitet worden, die ambulanten Kliniken in den *Wilayas* in Diagnosezentren zu verwandeln; und die ambulanten Einrichtungen waren mittlerweile nahezu vollständig ausgestattet. Auch der Bedarf an Kontaktlinsen und Brillengestellen war so gut wie gedeckt.

»Nun planen wir eine Kampagne gegen das Trachom.«

Sie erhielten einige Daten über die Aktivitäten von *Ulls del Món* in Moçambique, besonders nachdrücklich wurde aber auf die liberalisierende Funktion hingewiesen, die die Organisation auf die saharauische Bevölkerung ausübte. Die Namen von Ärztinnen und Ärzten, Krankenschwestern und Pflegern sprudelten aus dem Mund des Redners hervor, als spräche er von Freunden, und Biscuter war begeistert von so viel Solidarität.

»Was bringt die Menschen dazu, sich solidarisch zu verhalten, Chef?«

»Darüber habe ich mir auch schon ein paar Gedanken gemacht. Unter den Anhängern gewisser doppelzüngiger Religionen könnte das Motiv in Gottes Auftrag liegen, der von den Glaubenden verlangt, so gut zu sein, wie er es nicht gewesen ist. Unter Nicht-Gläubigen vielleicht eine Mischung aus Klarsicht und Angst. Klarsicht, die eigene Gebrechlichkeit zu erkennen, und Angst, sie zu erleiden. Das macht dann die anderen zu Gleichen.«

»Und was ist mit dem Mitgefühl?«

»Ich habe dir gerade beschrieben, was ich unter Mitgefühl verstehe.«

Gesundheitliche Präventivmaßnahmen wie die erwähnten hatten sehr schwerwiegende Probleme gelöst, weil das vom Wüstensand abstrahlende Sonnenlicht die Bewohner der Wüste zu potentiellen Blinden machte, die über keinerlei Mittel zur Heilung verfügten.

»Nicht alle von uns Arabern, wie man uns in Europa nennt, können sich leisten, in die großen Augenkliniken von Barcelona oder Mailand zu reisen, um einen einfachen grauen Star operieren oder ein Glaukom diagnostizieren und behandeln zu lassen. Was für ein Bild haben Sie von uns? Nein, sparen Sie sich die Mühe, ich werde es Ihnen sagen, und zwar ohne Häme oder polemische Absicht. Wir sind für Sie entweder reiche Ölscheichs, die in Europa ganze Hotels mieten, um eine Magenverstimmung auszukurieren, oder aber Schiffbrüchige aus Nußschalen, die im selben Europa ihre Grundbedürfnisse stillen wollen und dann als Taschendiebe durch die Metropolen Spaniens und Italiens ziehen. Wir sind mehr als das. Aber natürlich gibt es die skandalös Reichen und jene, die Hungers sterben.«

Im Verlauf des Gesprächs standen Kommentare zur heuchlerischen Unkontrolliertheit der Migrationsströme gen Norden, nach Europa, im Vordergrund.

»Man muß sich doch fragen, ob dies nicht im Interesse der Staaten liegt, die ihre eigenen Bevölkerungskonflikte loswerden, indem sie sie nach Europa exportieren. Die objektiven Bedürfnisse von Völkern, die nach Norden blicken, weil sie in ihrer Umgebung keinen Ausweg sehen, sind das eine. Daß die Regierungen sich diesen Migrationsdruck zunutze machen, ist etwas ganz anderes. Vor allem die Regierung von Marokko, das unter anderem über die unkontrollierte Auswanderung Druck auf die spanische Regierung auszuüben vermag, besonders aufgrund der früheren antimarokkanischen Haltung der Spanier in der Saharafrage.«

»Afrika ist sehr schlecht kolonialisiert worden, schlecht entkolonialisiert, schlecht regiert und schlecht in das eingegliedert, was Ökonomen die internationale Wirtschaftsordnung nennen.«

Der jüngste der am Gespräch teilnehmenden Führer untermauerte seine Position mit Statistiken und schrieb den derzeit herrschenden Mangel am Notwendigsten, den die meisten afrikanischen Staaten durchlitten, der Raubökonomie der Großmächte zu.

»Gewiß, wir werden schlecht regiert, manchmal von skrupellosen Abenteurern, aber noch schlimmer sind die Kapitalisten aus dem Ausland, die uns auf dem Umweg über die Auslandsschulden neu versklaven wollen.«

Prompt wurde ihnen ein besonderes Abendessen angekündigt, vielleicht als Entschädigung für die durch das Schuldgefühl erlittenen seelischen Qualen. Man konnte es auch als Solidaritätsfest auffassen: ein gebratenes Lamm, Musik und Tänze der Wüste, der Aufmarsch mehrerer Paare tiefschwarzer Augen von Jungen und Mädchen, die sich den Fremden näherten, erfüllt von ihrer Rolle als kleine Außenminister einer Sache, die nichts kannte als Wüstendurchquerungen und Wüsten. Zu dem Treffen gehörte auch ein Besuch bei den von Doktor Corcóstegui oder seinen Kollegen von der Stiftung operierten Patienten. Vor den Ausländern erschienen an die fünfzig Saharauis beiderlei Geschlechts, die mit den Fingern die Lider weiteten, um mehr von der bereits geheilten Augenpartie zu zeigen. Einige schwenkten die Gestelle ihrer neuen Brillen, derweil die Frauen weiter ihr Freuden- und Begrüßungsgeschrei als Hintergrundmusik ertönen ließen. Die Fremden wollten Genaueres über die Stiftung wissen, die dieses Wunder bewirkt hatte, und zeigten großes Interesse an den verschiedenen in Chiapas, Moçambique und Bolivien eröffneten Einrichtungen.

Abseits vom Dorf waren Zelte für die Gäste aufgeschlagen worden, mit einem Waschbecken, Wasserkrügen und Gläsern darin und der Unermeßlichkeit des Sandes als Toilette. Am Nachmittag hatten sie beim bloßen Anblick der ihnen zur Verfügung stehenden Decken noch gelächelt, doch als die Nacht hereinbrach, war allein schon die visuelle Berührung mit der Wolle ein Trost. Es kühlte so weit ab, daß alle den einzigen im Gepäck mitgeführten Pullover benötigten. Der Lammbraten jedoch ließ ewig auf sich warten, und schließlich überwältigten sie die Kälte und das Morgengrauen. Die Augen hatten sich an der jedesmal neuen Schönheit des sternenübersäten, zum Greifen nahen Himmelsgewölbes sattgesehen, doch der Magen war noch leer und meldete sich, geweckt von den Düften, die vom Lagerfeuer zu ihnen herüberwehten. Sie suchten Zuflucht in den Zelten, die bequem bis zu acht Bewohner aufnahmen, und zu guter Letzt kamen die Stücke gebratenen Lammfleisches mit Kräutern, die mit Wasser und Milch aus einem Schlauch begossen worden waren, die intensiver nach Ziege schmeckten als das gegrillte Fleisch nach Lamm. Doch man hatte beschlossen, daß es ein Fest sei und die Gelegenheit, sich für den logistischen Kraftakt zu entschädigen, den das Organisieren eines Konferenz- und Grillraumes in der Wüste darstellte. Als sie bereits warm in Decken gehüllt und in sanftem Halbschlaf dalagen, vermeinte Carvalho die Bewegung von etwas Lebendigem wahrzunehmen, das sich an ihn schmiegte, und ohne die Taschenlampe anzuknipsen, sprach er Biscuter darauf an.

»Anscheinend gibt es hier Ratten.«

»Das sind Katzen, Chef. Bei mir schlafen drei.«

Ebensoviele hatten die Wärme von Carvalhos Körper gesucht, und als er das Zelt verließ, um in den Sand zu urinieren, zählte er an die fünfzig Katzen, die auf der Suche nach ihrem Abendessen zwischen den Überresten des Fests umherliefen. Dreister waren jene, die Unterschlupf in den Nomadenzelten gesucht hatten und am nächsten Morgen verschwunden waren, als wäre das Erlebte nur eingebildete Felidomachie gewesen. Doch die Führer erklärten ihnen, die Gesellschaft der Katzen sei ganz normal, da die kälteempfindlichen Tiere, die die nächtlichen Temperaturschwankungen in der Wüste nur schlecht vertrügen, Wärme suchten, auch die der Menschen.

»Die Leute hier behandeln sie gut.«

Carvalho äußerte den Wunsch, in einen der Jeeps zu steigen und neuerlich unabwendbare Strecken zu Lande auf der Suche nach ambulanten und stationären Krankenlagern in Angriff zu nehmen, die die Reise rechtfertigten. Biscuter fragte sich voller Sorge, ob die geplante Einreise nach Marokko auch wie vereinbart zustandekommen würde, aber die lächelnde Geduld der Führer überzeugte ihn letztlich davon, daß alles in guten Händen war. Es gab nicht allzu viele Aidskranke zum Vorzeigen, dafür aber eine Reihe von Vorsorgemaßnahmen für Schnelldiagnosen und ein äußerst spärliches Pflegebudget. Die drei Kranken, die man ihnen vorführte, verbargen ihre körperlichen Symptome unter übertrieben weiten Djellabas und verkündeten anders als die Kranken, die sie in Mali gesehen hatten, nicht die Botschaft von Verfall und Tod. Wenn sie sich nicht bewegten, glichen sie zuweilen mit ihren hervorspringenden Wangenknochen, den tiefliegenden Augen und den über einem zahnlosen Kiefer geschlossenen Mündern vor der Zeit in Leichentücher gehüllten Toten. Immer wieder tauchten vereinzelte Nomadenzelte auf, und stets gab es in ihrem Inneren eine herbe Frau, die ihnen Gastfreundschaft, Milch, Wasser und Datteln anbot, wahre Wunderdinge inmitten dieser vollkommenen Wüste. Obgleich es sich nicht um eine politisch motivierte Reise handelte, machten die Polisarios keinen Bogen um die Befestigungen, die an ihren Krieg gegen die marokkanischen Invasoren und an die Schwierigkeiten erinnerten, sich auf einem zwischen Marokko, Algerien oder der Westsahara schwer abzugrenzenden Gebiet niederzulassen. Ehe sie sich in einige irgendwo in der Unendlichkeit des Sandes aufgeschlagene Zelte zurückzogen, hielten sie eine Versammlung ab und wurden noch einmal über den Kampf der Polisario für die gerechte Sache und über die Schwierigkeiten unterrichtet, denen sich ihre von Marokko und seinen Verbündeten immer wieder torpedierten Forderungen ausgesetzt sahen, insbesondere aufgrund der Marokko durch die nordamerikanische Unterstützung gewährten Sicherheit und der aalglatten Positionen Spaniens.

»Wir wissen, daß das spanische Volk unsere Freiheitsbestrebungen unterstützt, doch die spanischen Regierungen, egal, welcher politischer Couleur, fürchten stets die Konfrontation mit Marokko.«

Carvalho und Biscuter mußten als potentielle Gastgeber einer Gruppe saharauischer Kinder auftreten, die im darauffolgenden Sommer an die kühlsten und feuchtesten Orte Kataloniens und des Baskenlandes verschickt werden würden, um Flüsse, Seen, fließendes Wasser zu besichtigen, jenes Element, das sie am meisten faszinierte, glaubten sie doch, Wasser sei der wahre Schatz der Erde. Keines dieser Kinder sprach Spanisch, und auch ihre Eltern beherrschten diese Sprache fast dreißig Jahre nach dem Ende der Kolonialzeit kaum noch. Carvalho und Biscuter hatten vergessen, ob sie sie selbst oder Bouvard und Pécuchet waren und ob sie sich angesichts der Erinnerung an eine Vergangenheit, in der die Westsahara spanische Kolonie gewesen war, nun betroffen fühlen sollten oder nicht.

»Ich habe den Eindruck, wir sind als Bouvard und Pécuchet aus Brasilien abgereist.«

»Das glaube ich nicht, aber für diese Leute ist es so oder so einerlei, ob wir nun Carvalho und Biscuter, Bouvard und Pécuchet oder Bud Abott und Lou Costello sind.«

Der Umstand, daß sie miteinander Spanisch sprachen, hatte zur Folge, daß man ihnen die Ältesten aus der Diaspora herbeiholte, die noch unter spanischer Herrschaft geboren und aufgewachsen waren. Einige hatten sogar niedere Ränge bei der Miliz bekleidet, so wie ein achtzigjähriger Gefreiter des Kolonialheeres in El Aaiún, der seinen Ausweis eines spanischen Staatsbürgers aus jener Zeit vorzeigte, als aus den letzten spanischen Kolonien in Afrika Provinzen des franquistischen Staates geworden waren.

»Freunde, der Gefreite Arafat grüßt euch, die ihr solidarisch seid mit der großen Sache der Unabhängigkeit unseres Volkes vom marokkanischen Imperialismus.«

Nach dieser Begrüßung verlangte der bald neunzigjährige Saharaui, Carvalho und Biscuter sollten sich seine Augen anschauen; den Einwand der Führer, diese Fremden seien keine Augenärzte, sondern Freunde, ließ er nicht gelten. Starrsinnig deutete der Alte auf seine Augen, die krank waren, seit er an der Front von Teruel, wo er in ganz jungen Jahren unter dem Befehl Francos im Spanischen Bürgerkrieg gedient hatte, eine Explosion miterlebt hatte.

»Der Grund ist das Alter und keine Krankheit.«

»Vor dieser Explosion hatte ich Augen wie ein Falke, und nun bin ich fast blind.«

Zu den Vorfahren dieser Menschen gehörten auch die Kolonialherren, nur hatten sie das Pech gehabt, von einer heruntergekommenen, armen und von eigenen, inneren Problemen aufgeriebenen Submacht kolonisiert worden zu sein. In dieser Nacht wurden Carvalho und Biscuter, immer begleitet von einem Führer, in ein kleineres Zelt umquartiert, da sie in aller Frühe in Richtung marokkanische Grenze aufbrechen und vermeiden wollten, die Expeditionsgefährten zu wecken oder hochzuscheuchen.

Auf einer Landkarte von militärischer Genauigkeit wurde die Strecke eingezeichnet, der sie bis Zagora folgen sollten, wo sie sich mit einem regulären marokkanischen Fremdenverkehrsdienst in Verbindung setzen würden, der von ihrem Ausgangspunkt auf dem Staatsgebiet Algeriens oder vielmehr der Polisario nichts wußte.

»Sie haben mit ein paar marokkanischen Freunden eine Tour unternommen und beschlossen, ab Zagora auf eigene Faust weiterzufahren. Zwei Übernachtungen in der Wüste, auf dem Weg nach Ouarzazate der Besuch einiger Kasbahs und dann die übliche Route: Marrakesch, Essaouira, Casablanca, Rabat, Tanger. Wir haben für Sie pro Ort einen Tag festgesetzt, und das Reisebüro hat sich um alle Unterkünfte gekümmert. Das Fahrzeug, das Sie hinbringen wird, ist ein Jeep mit offiziellem marokkanischem Kennzeichen und völlig legalen, ordnungsgemäßen Papieren. Wir haben an das Reisebüro für seine Dienste bereits einige Vorauszahlungen geleistet, und wir wären Ihnen dankbar, wenn Sie diese begleichen könnten.«

Carvalho erschien die restliche Reise durch Marokko nicht eben billig, doch jetzt war nicht der Augenblick, darüber zu diskutieren, zumal sie auch nicht alleine im Zelt waren, sondern es mit dem Führer teilten. Es war noch nicht ganz hell, als sie geweckt und zum Pfefferminztee eingeladen wurden. Der ihnen vertrauteste Führer verabschiedete sie besonders herzlich, so als ginge mit ihnen ein unverzichtbarer Bestandteil seines Lebens; in dem sie erwartenden Jeep saßen zwei junge Fahrer, die sie noch nie gesehen hatten.

»Sie werden keinerlei Probleme haben. Bei einer von einer Million Fahrten dieser Art könnten Sie von einer marokkanischen Patrouille angehalten werden. Lassen Sie die Genossen nur machen; sie wissen sich schon zu helfen. Und berufen Sie sich darauf, daß Sie Ausländer sind.«

Kaum waren sie auf marokkanischem Boden, da tauchten, wo immer es eine spärliche Wasserlache gab, menschliche Siedlungen auf, und in den Oasen sammelten sich Nomaden und kleine, von Kindern und Heranwachsenden gehütete Schaf- und Kamelherden. Wie groß die Entfernung zwischen dem Jeep und den kleinen Hirten auch sein mochte, sobald die Kinder den Wagen erblickten, rannten sie unweigerlich los, ganz gleich, ob Jungen oder Mädchen, und selbst Jugendliche, als wollten sie olympische Rekorde aufstellen. Sie wußten genau, daß sie das Fahrzeug niemals erreichen würden, doch war es ihnen ein Bedürfnis, sich von der Landschaft abzuheben und in den Augen der Fremden menschliche Einzigartigkeit zu erlangen.

»Warum laufen die so?«

»Es ist, als ob sie einen Traum erlebten. Als ob sie uns einholen und gen Norden fahren könnten.«

In Ouarzazate, dem sehnsüchtigen Ziel Biscuters, vereinigten sich die Täler des Dades und des Draa, des Flüßchens, das durch Zagora fließt und das sie vorübergehend verlassen würden, um in dem von beiden Tälern gebildeten Winkel zu rasten. Der Rest lag nun bei ihnen, sie konnten den Rhythmus der Reise selbst bestimmen. Die Oasen brachten verwachsenes, durstendes Grün in allen Schattierungen von smaragd bis blau hervor, als wollte die Vegetation die Wasserflächen vergrößern. Inmitten der Dünen ragten noch bescheidene Kasbahs empor, die sie an die bereits in Mali wahrgenommene Kraftanstrengung der Erde, Architektur zu werden, erinnerten; und sie erwarteten, ihre größeren Schwestern im Tal des Dades auf dem Weg nach Ouarzazate zu sehen. Als sie nach Zagora gelangten, trafen sie in einer Herberge auf die Repräsentanten des Reisebüros, den Führer, einen in Blau und so perfekt und prunkvoll wie ein Tuareg von der Stange gekleideten jungen Mann, daß er den potentiellen Statisten der Filmstudios von Ouarzazate ähnelte, und einen ebenfalls jungen, indes blonden Fahrer, der wie ein Großteil der Bevölkerung jener Atlasregion Berber war. Als erstes schlug man ihnen vor, ein Kamel zu besteigen und über die Dünen zu reiten, ein Ansinnen, das ihnen so lange behagte, bis sie zu einem Kameltreiber kamen und Carvalho beklommen die moralische Empörung der liegenden Tiere bemerkte, die zu bereits eingekehrter Ruhestunde auf die Beine gezwungen werden sollten, um Touristen spazierenzutragen. Carvalho verzichtete auf die Besteigung seines erzürnten Reittiers, doch Biscuter kletterte so gewandt wie schon die gesamte Reise über auf die Höcker des Tieres und mimte eine Stunde lang Düne um Düne den Lawrence von Arabien, mit wehem Hinterteil, wie er hinterher mitteilte, denn nichts schmerzt die Knochen des Allerwertesten so sehr wie der Höcker eines Kamels, und nichts ist so gefährlich wie ein Dünenabstieg auf dem Rücken eines Tieres, das so erschrockene Augen und so ungeschickte Beine hat.

»Das Kamel ist ein echtes Scheißvieh, Chef, es tut jeden Schritt, als wolle es einen daran erinnern, daß man ihm eine schwere Last ist und daß es keine Entschuldigung dafür gibt, es bestiegen zu haben. Und in unserem Fall erst recht nicht.«

Als sie wieder im Jeep saßen, bot sich die grenzenlose Weite des Landes malvenfarben in der Abenddämmerung dar. Mehr als eine Stunde lang fuhren sie über Sand und Schotter, bis sie plötzlich in eine Wüste wie aus einer Filmkulisse gerieten, die auf Lawrence von Arabien oder Ali Baba und die vierzig Räuber zu warten schien, der Inbegriff der Wüste selbst. Dort stand ein großer Landrover, dem wohl jene vier Männer entstiegen waren, die das Lager für sie aufschlugen. Ein rosa Zelt mit Moskitonetz und Baldachin darin, ein runder Tisch mit Decke und Bestecken, in einigen Metern Entfernung eine ebenfalls rosa Kabine, über die sich eine mit Wasser gefüllte Gießkanne neigte, und nicht weit davon entfernt ein nicht minder rosarot verhüllter Abort und eine im Sand ausgehobene, aseptische Grube. Nachdem das Team ihnen diesen *living room* für in die Wüstenei geratene englische Ladies aufgebaut hatte, betätigte es sich nun rings um ein Lagerfeuer, von dem der Duft nach Couscous oder Ähnlichem aufstieg. In einer *Tajine* kochten mit Kurkuma und den aromatischen Kräutern der Oasen gewürztes Lammfleisch und Gemüse, doch zuvor erwartete die Reisenden eine Grießsuppe und anschließend Süßigkeiten aus Datteln und Honig, Pfefferminztee und beinahe kaltes Wasser ohne Ziegengeschmack, Wasser wie mindestens aus einem Drei-Sterne-Restaurant.

»Wüste oder Fälschung?«

»Jedenfalls eine mögliche Wüste.«

Sie schliefen wie ein junges Paar, das seine Flitterwochen in einem rosa Nomadenzelt verbringt, und als sie aufwachten, gab es in der improvisierten Dusche bereits heißes Wasser für sie und ein kontinentales Frühstück mit zweifellos hausgemachter Marmelade und dem unvermeidlichen, wiewohl ersehnten Pfefferminztee. Einen Vuittonkoffer durch den Sand zu schleppen erschien Carvalho noch am ehesten vergleichbar mit der Szene aus *Modesty Blaise*, in der Dirk Bogarde einen ruchlosen, genußsüchtigen Kerl spielt, dessen Leib im Sand eingegraben und dessen Kopf der Sonne aus allen vier Himmelsrichtungen ausgesetzt ist, der aber nicht nach Wasser verlangt, wie es die in der Wüste Gestrandeten normalerweise tun, sondern nach Champagner. Wieder im Jeep, fuhren sie erneut über die grenzenlos freien Autobahnen und näherten sich allmählich den Straßen der befestigten Kasbahs. In diesen wahrhaften Lehmburgen mit ihren dicken Mauern erwarteten sie die Ziegen des Hauses, Pfefferminztee, eine Schau von Lebensformen und Gerätschaften aus einer Zeit vor jeder Erinnerung. Stets lagen die Kasbahs in der Nähe von ein wenig Grün, wenn es auch nur ein Hauch von Landschaft war, der Überrest eines Palmenhains, die aus dem Inneren hervorlugende Vegetation, angeordnet wie in den wasserberieselten, blühenden, grünen Patios der anerkannt arabischen, im gesamten andalusischen Spanien verbreiteten Architektur. Nachdem sie ihr Wüstensoll absolviert und einen Abstecher zu den kolossalen Hotels von Ouarzazate gemacht hatten, versprachen ihnen die Führer familiäre Unterkünfte in zu diesem Zweck genutzten alten Stadtvillen, die von außen hermetisch geschlossenen Kuben glichen, sich dafür in ihrem Inneren jedoch gleichsam damaszenisch zu vielfarbigen gekachelten Patios mit Pflanzengrün und kleinen Bassins hin öffneten. Da gab es zum einen die *Riads*, bedeutende offene Wohnhäuser, die nun für öffentliche Amtsstuben restauriert wurden, zum anderen die kubischen Häuser der Medina, in deren Innerem sich luxuriöse Patios verbargen. Einen ganzen Tag lang Kasbahs und Ksour auf der Straße der Kasbahs, von Pfefferminztee zu Pfefferminztee, Essen im Gasthaus einer Ortschaft, das wirkte, als sei es halb von den Almoraviden, halb von Ausstattern für Wildwestfilme erbaut worden, und abermals das Rollen durch die Wüste zurück zu dem rosafarbenen Zelt, der Dusche aus der Gießkanne und dem Klosett für zartbesaitete Jugendliche aus gutem Hause, denen es psychologische Schwierigkeiten bereitete, frei heraus in die Freiheit der Wüste zu scheißen. Sie lernten die Kasbahs von den Ksour zu unterscheiden, wobei erstere als Familienwohnhäuser und zweitere als Befestigungsanlagen und Mütter oder Erbinnen der steinernen Burgen ersonnen worden waren. Nicht alles war vorhersehbar in dieser Wüste und lief nach Plan, so auch nicht, daß der sonst allgegenwärtige marokkanische König, sein in fast jedem öffentlichen Raum obligatorisches Bildnis, plötzlich verschwunden war. Hier im Sand entzog man sich dieser politischen oder moralischen Verpflichtung, denn es wäre wohl niemandem in den Sinn gekommen, in der Unendlichkeit Bilder von Königen aufzuhängen. Die optische Omnipräsenz des Königs erinnerte Carvalho an die Zeit unmittelbar nach dem Spanischen Bürgerkrieg, als General Franco und der halbgare Faschistenführer José António an den exemplarischsten Wänden auftauchten und sogar mit wasserfester Farbe auf die Hausfassaden gepinselt wurden. Die Präsenz des jungen Königs warf ein helles Licht auf die Auserlesenheit der Monarchie selbst, die allenthalben königliche Paläste von größerer Ausdehnung als die der alten Medinas besaß, so als manifestierte sich Macht und Hoheit dadurch, daß ein einzelner Mensch mehr Lebensraum hatte als seine sämtlichen Untertanen zusammen. »Sie werden schon sehen, Sie werden schon sehen«, versprachen die schlichten Führer, hartnäckig darum bemüht, ihnen die Kulissen von Ouarzazate, Marrakesch und der von König Hassan II. mit dem Scherflein aller Marokkaner erbauten blauen Moschee von Casablanca a priori zu verkaufen.

»Ein freiwilliges Scherflein?«

»Das erforderliche.«

Tagsüber hatten sie abermals das Spektakel der Jungen und Mädchen erlebt, die in den Oasen und an den Ufern des Dades das Vieh hüteten. Egal, ob Nomaden oder seßhaft, hoffnungsfroh liefen sie auf den Jeep zu, als könnten sie sich von der Landschaft abheben, und von der Erklärung für diesen phantastischen Lauf gelangte der *blaue Mann* zur Beschreibung eines anderen Schauspiels, das sich ankündigte, wenn in den marokkanischen Städten der Abend hereinbrach und die Straßen sich allmählich mit jungen Leuten bevölkerten, die mit der Seele von Ausbrechern gen Norden, nach Amerika oder Europa schauten.

»Für uns ist es das gleiche. Ihr lebt allesamt in Amerika.«

Der Führer hatte das andalusische Spanien bereist, denn zuweilen boten sich ihm Exkursionen mit reichen Ortsansässigen, die vorübergehend das zunächst durch die Schuld der Katholischen Könige und dann mit der Vertreibung der Mozaraber noch endgültiger verlorene Spanien zurückerobern wollten. Die jungen Männer ließen kein Sterbenswörtchen über den Islamismus verlauten. Sie taten auch nicht ihre Meinung zu seinen Monarchien, seinen Moscheen oder zu einem übermächtigen Islam kund, der eines Tages die Welt von den Philippinen bis Brasilien, von Brasilien bis Afrika und von Afrika bis nach ganz Zentralasien, bis Pakistan und Indonesien umspannen würde. Ganz Profis, äußerten sie sich leidenschaftslos, doch wanderten ihre Augen in alle vier Himmelsrichtungen; sie wußten, daß die Träume von Reconquista und Hegemonie vielleicht eines Tages in Erfüllung gehen oder aber für immer im Sand einer sich ausbreitenden Wüste begraben werden würden. Der Fahrer, ein Berber, hatte magische Momente in den Filmstudios von Ouarzazate erlebt.

»Einmal, als in den Studios ein Film gedreht wurde, hatte ich die Aufgabe, jeden Tag Brad Pitt zur Arbeit zu fahren.«

Carvalho bat um Erklärung, wer derjenige sei, der sich um solches Glück verdient gemacht habe, und erhielt von Biscuter hinlänglich Auskunft:

»Unglaublich, daß Sie nicht wissen, wer Brad Pitt ist, Chef. Das ist so ein Schönling mit Milchgesicht, aber er teilt kolossale und immer leicht neurotische Schläge aus. Das Sexsymbol des heutigen Kinos.«

»Noch mehr als Gregory Peck?«

Der Name Gregory Peck klang wie ein altmodisches Tonsignal, das den Tuareg und den Berber in Erstaunen versetzte.

»Kümmern Sie sich nicht um ihn, er macht Witze. Gregory Peck war bereits beim Film, als Teile von Marokko noch spanisches Protektorat waren.«

Dem Berber zufolge war Pitt ein sehr sympathischer Kerl, der versprochen hatte, ihm zu helfen, falls er eines Tages in den Vereinigten Staaten arbeiten und dort Jeeps durch die Wüsten kutschieren wollte.

»Es gibt dort nämlich lauter Wüsten.«

Der Berber zählte eine Liste nordamerikanischer Wüsten auf, die ausreichten, um dort seinen Beruf auszuüben, und die den Vorteil hatten, daß er sie dank der Wildwestfilme fast alle schon im voraus kannte; durch diese hatte er gelernt, daß die Wüsten einander überall ähneln. Die Ankunft im rosaroten nächtlichen Wüstencamp beendete die Unterhaltung. Biscuter war bereits voller Ungeduld, nach Ouarzazate zu kommen, weshalb er hektisch auf die Uhr schaute, so als hänge das Näherrücken der Ankunft von diesen Blicken ab. Lustlos aß er die obligatorische *Tajine* und nahm ein Transistorradio zur Hand, auf dem es ihm gelang, den staatlichen spanischen Rundfunk einzustellen.

Zufällig lief gerade eine Sportübertragung, in der über die geballte Krise beim FC Barcelona berichtet wurde, geballt und paradox zugleich, weil sich die Mannschaft in der Europaliga hervorragend plaziert hatte, in der spanischen Liga hingegen von Desaster zu Desaster marschierte.

»Im Irak gibt es bald Krieg, und Barça ist Schlußlicht.«

»Ein schreckliches Jahr.«

»Und trotzdem warten wir voller Ungeduld darauf, daß der Reifen repariert wird.«

»Was soll denn das jetzt heißen, Biscuter?«

»Es ist dieses Gedicht, das Sie manchmal aufsagen. Ein Mann hat eine Reifenpanne, glaube ich. Er weiß nicht, woher er kommt. Ihm gefällt nicht, wohin er geht. Weshalb also wartet er ungeduldig darauf, daß der Reifen gewechselt wird?«

»Und warum hast du es so eilig, nach Ouarzazate zu kommen?«

Doch Biscuter tat so, als wäre er plötzlich eingeschlafen, und gab keine Antwort.

Bevor es jedoch nach Ouarzazate hineinging, wurden sie zur Kasbah von El Glaoui geführt, einem mit einer Französin verheirateten Feudalherren, der in den Jahren der Unabhängigkeitskämpfe, als Frankreich und das franquistische Spanien Mohammed V. vorübergehend in die Verbannung getrieben hatten, eine politische Figur von entscheidender Bedeutung gewesen war. Die Kasbah von Taourirt gehörte dieser feudalen Familie seit dem dreizehnten Jahrhundert, war heute restauriert und zeugte so vom Glanz ihrer Residenz, die über die noch immer bewohnte Medina ihrer Untertanen herrschte. Zu Ehren seiner Ehefrau hatte El Glaoui versucht, einige private Gemächer mit französisch anmutender, versaillehafter Pracht einzurichten; das Ergebnis war eine kühle, dichtgedrängte Melange, drei oder vier von der obsiegenden Logik der Kasbah eingepferchte Nebenräume.

Der südliche Atlas war eine Region der Expansion und der Verteidigung gewesen, die mit heutzutage auch touristisch genutzten Militäranlagen aus der Vergangenheit übersät war und zwei unabdingbare Zentren besaß: Ouarzazate an der Schnittstelle der Straßen des Dades- und des Draa-Tales und Marrakesch. Trotzdem hielt der blaue Führer Ouarzazates Berühmtheit für übertrieben. Seiner Ansicht nach war sie auf die hinter Mauern gelegenen Filmstudios der Atlas Corporation zurückzuführen, die sich seit 1984 rasant entwickelten, obgleich Ouarzazate eigentlich bereits seit den denkwürdigen Dreharbeiten von 1963, als es als Kulisse für *Lawrence von Arabien* herhielt, an Atmosphäre eingebüßt hatte. Der Führer besorgte ihnen eine Liste der wichtigsten Streifen; »Kunst- und

Dokumentarfilme«, lautete das Urteil Biscuters beim Blick auf die Titel, die ihm nichts sagten. Der Beitrag bedeutender europäischer oder amerikanischer Regisseure war indes völlig vernachlässigbar im Vergleich zu der vielfachen Nutzung der Atlas Corporation für die Produktion gewöhnlicherer Filme aus Marokko, aber auch aus anderen afrikanischen Ländern ohne die geringste filmische Infrastruktur.

Sie wurden in ein Hotel gebracht, das wie die Kulisse eines Films über Kalifen und Wesire anmutete, so als wäre Pappstein auf Pappstein gesetzt worden, ein Zwischending aus Ägyptologie und den Monumentalfilmproduktionen von Cecil B. De Mille, arabisch-weiße Architektur, ermöglicht durch irgendein biologisch abbaubares Shampoo, flankiert von der Herrlichkeit des vielleicht größten Swimmingpools in Afrika, einer Provokation an jenem sonnigen Tag, auch wenn sie sich nicht in den Tropen befanden, sondern auf einen Breitengrad oberhalb der Kanarischen Inseln und Agadirs, und kalte Winde zu ihnen herüberwehten, manche vom Atlas, andere aus der Sahara selbst. Baden oder nicht baden, zögerte Biscuter, und als er sich endlich dazu durchgerungen hatte, die Badehose anzuziehen, erinnerte Carvalho ihn, da Biscuter seinen Konflikt ganz im geheimen ausgetragen hatte, an all das, was an diesem Ort zu erledigen sei und was womöglich mit Hollywood zu tun habe. Ernst kehrte in das Gesicht Biscuters zurück, und er überlegte, wie an das Gelände der Atlas Corporation heranzukommen sei, das drei Kilometer außerhalb der Stadt an der Landstraße nach Marrakesch lag. Branchenfremde durften die Studios, umgeben von Mauern und monumentalen Statuen, die ihren Auftritt wohl schon gehabt hatten, nicht betreten, doch Biscuter kämpfte so sehr um eine Entschädigung für die Enttäuschung, noch nie in Hollywood gewesen zu sein, daß die Führer die eigenen Leute vom Reisebüro und Außenstehende mobilisierten und sie schließlich die Erlaubnis erhielten, das Gelände in Begleitung eines Verantwortlichen zu besuchen, sofern dadurch keine Dreharbeiten gestört wurden. Die Tore taten sich auf, und gemeinsam mit vier Sicherheitswächtern erschien die Führerin, ein junges marokkanisches Mädchen, die sie auf englisch ansprach und die gesamte Tour über nicht von ihrer Seite wich. Also mußte Carvalho den Dolmetscher für einen erhabenen Biscuter spielen, der sich die Manieren eines zuweilen erstaunten, meist jedoch mit der inneren Gesetzmäßigkeit eines großen Filmstudios wohlvertrauten katalanischen Filmpotentaten zulegte. An diesem Morgen wurden parallel vier Filme gedreht: eine ägyptische Produktion – fast schon ein Monumentalfilm – über die jungen Offiziere, die den Nasserismus ermöglicht hatten, zwei marokkanische Sittenfilme – »über hervorragende Sitten«, wie die Führerin hinzusetzte –, die verschiedenste Probleme behandelten. In dem einen ging es um die Schwierigkeiten einer Familie, die ihr Oberhaupt verloren hatte, weil der Vater zum Arbeiten ins Ausland gegangen war, im zweiten um die zunächst kulturellen, später sozialen Differenzen zwischen einem studierenden Sohn und seinen Eltern, die in ihrem alten Leben verharrten. Schließlich gab es noch eine nordamerikanische Produktionsfirma, die erste Schritte zu einem Film unternahm, der auf den Heldentaten eines einsamen US-Kommandos in der Wüste Kuwaits basierte, von Irakern umzingelt, die entschlossen waren, alle möglichen Arten von biochemischen Waffen gegen die Amerikaner einzusetzen. Diese vierte Produktion befand sich noch in der logistischen Vorphase, und so konnten sie die Statisten beobachten, die die Rolle der abwesenden Hauptdarsteller spielten und, mit dem Tode ringend, in einem aus einer künstlichen Düne ausgehobenen Schützengraben zappelten, derweil sie darauf warteten, daß die Luftwaffe das Gegenmittel für die soeben unter ihnen verbreitete Epidemie abwarf. Die beiden marokkanischen Produktionen wurde in Innenräumen gedreht; die Schauspieler hier gebärdeten sich höchst dramatisch, entsprechend den grundlegenden Problemen, die erörtert und von einer menschlichen Perspektive aus behandelt wurden. »Menschlich«, wiederholte die Moderatorin mit Nachdruck, »denn es geht nicht darum, die Leute zu beunruhigen, sondern ihnen gemäß der jüngsten Vorgaben der Regierung zur Kultur zu helfen, sich zu bessern, ohne hierbei grundlegenden Problemen auszuweichen.«

»Fragen Sie sie, ob der Familienvater, der fortgeht, ein Holzboot benutzt oder nicht und ob er nach Spanien oder woandershin geht.«

Der Führerin gefiel diese Frage nicht; sie verließ das Englische und wandte sich in tadellosem Spanisch an Biscuter.

»Was für ein Holzboot meinen Sie? Wir wollen hier keine Bootprobleme.«

»Aber Sie haben doch gesagt, daß Sie einen Film über reale Probleme drehen wollen.«

»Das Problem ist nicht, daß der Vater im Boot verschwindet, sondern daß er überhaupt weggeht.«

»Da haben Sie völlig recht.«

Während des restlichen Rundgangs war die Führerin im übrigen freundlich und schwor, sie liebe Spanien mehr als viele Spanier, weil für sie ein Besuch Granadas gleichbedeutend sei mit einer Reise nach Mekka oder Fes. Sie war davon überzeugt, daß ihre Familie von den vertriebenen Mozarabern abstammte, die im sechzehnten Jahrhundert die Alpujarra verlassen mußten, und jedesmal, wenn sie die Alpujarra besuchte, bekam sie einen Weinkrampf. Biscuter war erschüttert und versuchte spontan, dem Mädchen einen Arm um die Schulter zu legen. Es blieb bei dem Versuch, denn die Frau war größer als er und wich zudem erschrocken zurück, wobei sie nach rechts und links überprüfte, ob irgend jemand die dreiste Geste des Ausländers beobachtet habe. Unverrichteter Dinge mußten sie das Gebäude verlassen, und Biscuter blieb still und diskret in Selbstgespräche vertieft in der Tür stehen.

»Hat dich der Besuch so sehr beeindruckt?«

»Nein, aber ich bin jedesmal fix und fertig, wenn ich die Diskrepanz zwischen dem feststelle, was man tut, und dem, was man tun sollte.«

»Kopf hoch. Das ist sehr tiefgründig.«

»Meinen Sie, daß man, so wie es um die Welt bestellt ist, derart überflüssige Filme drehen muß? Woher nehmen die nur den Stoff für all diese Streifen, von denen sie uns erzählt hat?«

»Stell nicht so hohe Ansprüche an eine Kultur der Notwendigkeit. Womöglich erschießen sie dich demnächst noch.«

Biscuter erkundigte sich nach einer Wohnsiedlung, die in der Nähe der Studios gebaut wurde, und schließlich brachte man sie zu einem ebenfalls in Richtung Marrakesch gelegenen freien Gelände. Dort, in einer von der jahrhundertelangen Suche nach Lehm herrührenden Ausschachtung, tauchte ein erstaunliches Sammelsurium von Fertighäusern auf, die den Stil der ortstypischen, lehmverkleideten Häuser zu imitieren suchten. Am Eingang befand sich das Schild »Die große Erforschung« mit dem Untertitel »Vielleicht steht die Lösung in den Sternen«. Die Bewohner dieses gescheiterten Besiedlungsversuchs wirkten jedoch nicht wie Marokkaner, sie waren bestenfalls so gekleidet, als wären sie eine soeben eingetroffene Expedition von nordamerikanischen Professoren und Professorinnen im Forschungsjahr. Biscuter ging in das Informationsbüro. Er nannte seinen wahren Namen und wurde in einen Raum geführt, aus dem er eine Viertelstunde später wieder heraustrat, um Carvalho darauf aufmerksam zu machen, daß er den ganzen Tag über beschäftigt sein werde. Er solle tun, wonach ihm der Sinn stehe, und nach Herzenslust den Wagen nutzen. Carvalho hatte nichts dagegen einzuwenden, stieg in den Jeep und bat seine Begleiter, ihn zu der schönsten Kasbah der Welt zu fahren. Sie fingen an zu lachen und fuhren zum Ksar von Ait Benhaddou, einer befestigten Stadt, die außerhalb ihrer Mauern ebenso schön anzusehen war wie die historischen Gebäude darinnen. Carvalho betrat die Stadt durch das einzige Tor, und nachdem er eine halbe Stunde darin umhergelaufen war, empfand er seine Anwesenheit dort als eigentümlich, wie die eines steinernen Gastes, so als wäre er selbst Erdreich, das emporragte aus einem früheren Tod.

Im Hotel wartete eine Nachricht von Biscuter auf ihn: Er würde spät kommen und beim ersten Morgengrauen nach Frankreich abreisen. »Lassen Sie uns bald reden, obwohl es morgen früh schwierig werden dürfte.« Er machte seine Ankündigung wahr und packte von fünf Uhr morgens an seine abenteuerlichen Koffer zu Ende, derweil Carvalho vorgab zu schlafen; er ließ ihn gewähren, als merkte er nichts. Ehe Biscuter aufbrach, schrieb er etwas auf ein Blatt aus der Schreibmappe des pharaonischen Hotels, blieb alsdann einen Moment neben seinem scheinbar schlafenden Chef stehen und verließ dann wortlos das Zimmer. Carvalho versuchte weiterzudösen, womöglich gar zu schlafen, doch schließlich sprang er aus dem Bett, von der Morgendämmerung geweckt, und begab sich auf die Suche nach einem Glas kaltem Wasser und dem Zettel, den sein bisheriger Reisegefährte für ihn zurückgelassen hatte: »Chef, ich werde mich in zwei Tagen mit Ihnen im Hotel Ville de France in Tanger in Verbindung setzen. So können Sie Marrakesch besuchen.«

Er nutzte die unfreiwillige Schlaflosigkeit, um den Fahrer und den Fremdenführer umzubestellen, und bat sie, die Ankunft in Marrakesch vorzuverlegen und den geplanten Halt in El Jadida zu streichen, damit er am nächsten Tag in Tanger eintreffen könne. Er war der erste beim Frühstück im Hotel und sah, daß das Restaurant von einem Dutzend hartnäckiger Katzen belagert wurde, die charakterlich denen aus der Wüste glichen. Er teilte mit ihnen die Croissants, weil sie offenbar normales Brot, nicht aber Croissants, gekochten Schinken und Käse verschmähten. Da sie Ait Benhaddou bereits tags zuvor besucht hatten, legten sie die Fahrt nach Marrakesch in einem Stück zurück. Die Stadt am Fuße des Atlas empfing sie mit dem Anblick des Minaretts der Koutoubia, das über die Mauern ragte wie die Giralda von Sevilla oder die Türme der in Granada noch erhaltenen arabischen Architektur. Gleich nach der Ankunft liefen sie die Befestigungsmauern entlang, damit Carvalho Farbe und Anordnung der Stadt in sich aufnehmen konnte. Man gewährte ihm jedoch nicht allzu lange Zerstreuung, und so fand er sich schon bald auf dem noch spärlich bevölkerten Djemaa-el-Fna-Platz zwischen der Medina und den Markthallen wieder, dem zentralen Schauplatz der Theatralik Marrakeschs, auf den die Terrassen legendärer Kaffeehäuser wie die des France, des Glacier oder des Argana hinausgingen. Ohne Menschen blieb die Berühmtheit des Platzes unverständlich, weswegen Carvalho bald darauf in dem vorgesehenen Hotel abstieg, einem großen, alten kubischen Haus in der Medina, das sich unvermittelt zu einem überwältigenden gekachelten Innenhof mit Pflanzen und einem kleinen Brunnen hin öffnete, der für den Fall, daß es regnete, von einem beweglichen, transparenten Glasdach überdeckt war. Es erwartete ihn ein riesiges Zimmer voller alter Möbel, die vermutlich aus noch älteren, noch größeren Zimmern stammten, sowie schon auf der Straße die Begrüßung und der Empfang durch die Besitzer, Franzosen oder frankophone Schweizer, die scheinbar einem romantischen Reisebericht des neunzehnten Jahrhunderts entsprungen waren und es geschafft hatten, hier bis ins einundzwanzigste Jahrhundert zu überleben. Sie streiften durch die Souks der Medina; besonders lange hielten sie sich bei einem Gebäude auf, in dem die Färber in Erdbottichen ihre Färbemittel herstellten, die in den tiefsten Schattierungen zu bewundern waren und die Handwerker bis zur Hüfte kolorierten. Hatten die Farben in den Färbereien fast stoffliche Konsistenz, so schienen es die Gerüche in den Gerbereien darauf abgesehen zu haben, die Nasen der Besucher zu drangsalieren; die gegerbte Haut der Arbeiter hatten sie bereits zerfressen. Es wiederholte sich das unendliche Defilee tausender Taschen und Koffer aus Plastik, das er bereits in den Souks des Senegal bestaunt hatte, ebenso wie die endlosen Reihen der Stände mit Gewürzen oder mit je nach Größe, Farbe und Textur sich in Tonbecken oder Tonschüsseln türmenden Oliven – eine wahre Olivenpracht, die Carvalho bereits auf den Märkten Griechenlands und des östlichen Mittelmeerraumes wahrgenommen hatte. Er wurde förmlich überfallen von den Verkäufern echten Safrans und fliegender Teppiche, stets untermalt vom obligatorischen Pfefferminztee als Beigabe und von der Unterstützung eines besonderen Führers, eines Warenexperten, den das Reisebüro ihm zur Verfügung gestellt hatte. Er machte davon nur spärlichen Gebrauch, denn er wollte nichts kaufen und versuchte, sich dies auch anmerken zu lassen, was die Verkäufer jedoch nicht davon abhielt, sich zu unverhältnismäßiger Penetranz zu versteigen. Vielleicht war dies eine Pflicht, die sie nicht je nach Interesse oder Desinteresse des vermeintlichen Käufers abstufen durften, als seien sie nach dem Imperativ der Beharrlichkeit erzogen worden.

Er bat um Erlösung von den festen Souks, bis nach der Siesta das Wunder von Djemaa-el-Fna geschähe. Und so verwandten sie den Vormittag für einen Besuch der Paläste, der Moschee und ihres kosmischen Minaretts, der Medresen, der kleineren Moscheen und der königlichen Gärten sowie zu einem kurzen Ausflug nach Menara, einem Palais inmitten von Gärten, die rings um einen Wasserspeicher angelegt waren, mit dem Atlasgebirge im Rücken. Die Bewohner der Stadt nutzten den Ort, um am Wochenende die verkapselte Erinnerung an ihre Beziehung zur Natur wiederzufinden, als Wiederbelebung einer nachlassenden Sinnlichkeit. Seit sie in Dakar gewesen waren, reifte in Carvalho die Gewißheit heran, daß er wieder riechen und sehen würde wie vor fünfzig Jahren, wobei er nicht wußte, ob er als Kind oder Jugendlicher besser hatte riechen und sehen können, oder ob es sich dabei im Grunde eher um eine Frage der Beziehung zwischen Geschichte und Geographie handelte. Vielleicht hatte die Stadt seiner Kindheit, das Land seiner Kindheit, damals ja Farben und Gerüche besessen, die Afrika näher waren als Europa. Der Führer sprach zu ihm von Almohaden und Andalusiern, und beide Worte erinnerten ihn an den Abiturunterricht, ja, an ganz konkrete Referate, bei denen er die Namen sämtlicher Almohadenkönige aufzusagen imstande gewesen war, die den Autor des Lehrbuches, Santiago Andrés Zapatero, interessiert hatten:

»Geschichte ist die Wissenschaft der Tatsachen, die zum Leben der Menschheit durch ihre Entwicklung hindurch gehören und die zudem deren ursächliche Gründe erklärt.«

»Was haben Sie gesagt?«

»Ich dachte gerade an eine Definition von Geschichte. Nicht weiter wichtig.«

Mit sicherem Gespür hatte der Führer bemerkt, worauf Carvalho bei ihren Spaziergängen versessen war und daß ihn vor allem die Stände anzogen, an denen Kasserollen und Tonkocher verkauft wurden, *Tajinen*, worin das geschmorte Fleisch zubereitet wird, das man zum Couscous reicht. Genau wie die gleichsam ungefilterten Farben und Gerüche halfen diese Kochgeräte Carvalho, sich die Küche seiner Kindheit in jener winzigen Wohnung im Barrio Chino in Barcelona in Erinnerung zu rufen; ohne Strom und ohne Gas, gekocht wurde mit Kohle auf einem tönernen Öfchen, darüber hingen die Kasserollen einer südländischen Küche, die sich nicht allzusehr von der als typisch marokkanisch geltenden unterschied.

»Kaufen Sie doch einen, wenn er Ihnen gefällt.«

»Und wie soll ich damit reisen? Im Auto geht es ja noch, aber was ist, wenn ich ins Flugzeug steige?«

»Sie können ihn sich schicken lassen.«

»Wohin?«

»Zu sich nach Hause.«

Welches Zuhause? Er zuckte mit den Schultern und versuchte von nun an, nichts anzuschauen, das er hätte kaufen mögen, entschlossen, für die Dauer seines einsamen Mittagessens Ferien zu machen. Er aß in einem von dem Führer empfohlenen Restaurant, dem El Djar Mounia, das sich in dem Palast eines Sohnes von El Glaoui befand und in dem man die beste *B'stilla* mit Tauben der Stadt bekam, ebenso wie alle möglichen anderen Demonstrationen der marokkanischen Küche, die man sich nur wünschen konnte. Anschließend hielt er Mittagsruhe und hinterließ den Auftrag, ihn zu wecken, sobald der Djemaa-el-Fna-Platz bereit sei. Um fünf Uhr nachmittags holte der Führer ihn ab und machte ihn darauf aufmerksam, daß der Platz besonders eindrucksvoll sei, wenn die reiche Welt Urlaub hier mache, also um den Sommer herum, aber der Sommer sei nicht zu empfehlen.

»... nicht für Sie«, hatte der Mann ausgrenzend hinzugefügt.

Der Platz war bereits überfüllt von Flaneuren, die zuvor gefehlt hatten und zugleich die Darsteller des Spektakels und seine Zuschauer waren. Zwischen den Märkten unter freiem Himmel im Afrika nördlich der Sahara und diesem hier lag der Einfluß einer machtvollen Kultur der Theatralisierung, die dem Djemaa-el-Fna ein raffiniertes Gepräge verliehen hatte. Die größten Spezialisten für den Verkauf von Salben betrieben hier ihr Geschäft, Beschwörer offenkundig arglistiger Schlangen, Schwertschlucker und Feuerspeier, Hüter von Tierjungen aller Art, vor allem von Affen, die, vertraut mit der Gesetzmäßigkeit der Belohnung, an Lebendem und Totem emporkletterten.

»Das hier ist das größte Spektakel der Welt«, präsentierte der einheimische Führer den Markt ebenso emphatisch wie Bob Fosse die Tochter Judy Garlands in *Cabaret*.

»Mir kommen die Souks und die Medina von Fes insgesamt authentischer, bedeutender vor. Das ist das wahre Marokko. Aber Marrakesch hat auf der Route des imaginären Marokko seinen Platz eingenommen, und hier ist es. Die Zeiten ändern sich. Auf diesem Platz wurden vor hundert Jahren noch Verbrecher hingerichtet, um dem Volk als Beispiel zu dienen.«

»In Spanien tat man das gleiche.«

Orangensaft *in situ*, Stände, an denen unterschiedliche Zuckersorten und Gemüse verkauft wurden, Erdnüsse, Salben und Elixiere für die Gesundheit oder die Liebe, Musiker, Wahrsager, Kartenlegerinnen, Leserinnen aller nur erdenklichen Hände, in Rot gekleidete Wasserverkäufer mit konischen schwarzen Hüten, Schlangen, Füchse, diverses Kleingetier, das nichts von dem Grauen ahnte, das es einflößte, Restauratoren von allem, was sich restaurieren ließ, Acetylenlampen und lila Affen, ganze Dörfer von Töpferwerkstätten und Spieler von Schlaginstrumenten und Flöten, Bettler von grauenhaftem Aussehen, Krüppel, denen alle Körperteile, mit Ausnahme des Kopfes, fehlten, fliegende Händler mit gekochten Schnecken, maurischen Spießchen, *Brochettes* vom Lamm oder *Harira*, dampfender Linsensuppe, authentischen Schafwollschals aus der Wüste, Hochgebirgspullovern für alle erdenklichen Arten von Winter, Verkäufer von Zahnprothesen und Amuletten, Akrobaten, Schlangenmenschen, Marionettenspieler, Schlangenbeschwörer, die auf der *Ghaita* spielten und das Reptil auf die Schultern der unvorbereiteten Schaulustigen gleiten ließen, Geschichtenerzähler, Schreiber für Analphabeten oder Neugierige, Gaslampen, wenn es Nacht wird auf dem Verrückten Platz, wie er auch genannt wird.

»Alle Darsteller, die Sie beobachten können, einschließlich derer, die Ihnen ganz und gar merkwürdig vorkommen, sind Menschen von hier oder aus der näheren Umgebung. Sie machen den Platz zu ihrem Arbeitsort, zum Markt ihres Gewerbes, ob sie nun mit Schlangen handeln, mit Glasperlen oder mit Plastik- und Elektrospielzeug für Kinder. Haben Sie Münzen bei sich?«

»Nicht viele.«

»Wechseln Sie welche ein. Eines der Vergnügen auf diesem Platz besteht nämlich darin, Geldstücke zu verschenken, gleichviel ob an Landstreicher oder Bettler.«

Carvalho versah sich mit zwei Handvoll Münzen und ging sie verteilen, bis er sie verbraucht, die Hände erneut begeistert gefüllt und abermals geleert hatte.

»Lassen Sie sich in Ihrer Euphorie nicht hinreißen. Sie haben schon genug verteilt.«

Carvalho lud seinen Begleiter auf die Terrasse des Café de France ein und gelangte zu dem Schluß, daß in Marokko so viel Pfefferminztee getrunken wird, weil der Alkohol nirgends, außer in Restaurants mit Sondergenehmigung, wirklich präsent ist.

»Schauen Sie, er ist es!«

Carvalho sah, daß der erstaunte Blick seines Führers einem gertenschlanken Mann um die Sechzig galt, dessen Augen und Kiefer scharf und der Welt sehr viel stärker entgegengereckt waren als der Rest seines Körpers. Er trug Jeans und eine Art grober Tropenjacke, und er war zu Fuß unterwegs und offensichtlich in Begleitung lokaler Persönlichkeiten, denn die Leute machten ihnen Platz und deckten ihnen wachsam und stolz den Rücken.

»Wer ist das?«

»Kennen Sie ihn nicht? Das ist ein Landsmann von Ihnen. Juan Goytisolo, ein spanischer Schriftsteller, der in Marrakesch in der Medina lebt. Er ist mit einer Gruppe von Intellektuellen und Honoratioren unterwegs. Goytisolo ist so etwas wie ein Botschafter des Volkes, des marokkanischen und des spanischen. Es sind keine Zeiten guter Beziehungen zwischen Spanien und Marokko. Haben Sie das mit der Isla de Perejil mitbekommen? Nein? Das spanische Militär hat eine unbewohnte marokkanische Insel vor Melilla besetzt. Ein Akt kolonialer Provokation. Ein Akt des politischen Rassismus. Zum Glück halten Männer wie Goytisolo die Brücke zwischen den beiden Völkern aufrecht.«

Carvalho bat darum, der Delegation zu folgen, in der sich einige Spanier befanden, und als sie Goytisolo näher kamen, der als Führer fungierte, hörten sie dessen Erläuterungen über den Wert, den das Wasser bei jenen, die die Spanier despektierlich als Mauren bezeichneten, besessen hatte.

»Schon zu Zeiten der Reconquista, als die spanischen Rückeroberer wie die Schweine herumliefen, wusch sich die moslemische Bevölkerung jeden Tag«, bemerkte Goytisolo mit ganz leichtem französischem Akzent, und niemand widersprach.

»Sie sind seiner Meinung. Diese Spanier geben ihm recht«, faßte der Führer zusammen.

»Es sind ja auch Linke, und alle Linken sind Selbstmörder, in Wort und Werk, im Denken, Unterlassen und im Erinnern.«

Carvalho wollte die Strecke von Marrakesch nach Tanger unbedingt in einem Stück zurücklegen und die vielgepriesene Schönheit der Küste bewundern. Und so bat er darum, nach Safi gebracht zu werden. Hinter Safi geriet er in einen Orkan, der das Auto zur Seite neigte und an den Stränden des Atlantiks Steilwände aus Sand aufwehte, vor allem auf der Höhe von El Jadida, wo der Obst- und Gemüseanbau unter Plastik kilometerweit ins Küstenland vorgedrungen war. Er genehmigte sich einen Abstecher nach Casablanca, nicht etwa als Hommage an Humphrey Bogart und Ingrid Bergman, sondern um sich die blaue Moschee, den Escorial Hassans II., in ihrer ganzen Monumentalität anzuschauen. Ihre besondere Schönheit liegt in der Art, wie sie gewissermaßen über dem Wasser schwebt, und in dem zweihundert Meter hohen Wachtminarett. Die Führer sagten ihr Mängel nach – angeblich befand sie sich teilweise in ruinösem Zustand –, was man der voluminösen Pracht, mit der sie über dem Meer aufragte, jedoch nicht anmerkte. Im Morgengrauen traf er, fast erblindet durch Staub, Licht und Wind, in Tanger ein und war kaum noch bei Sinnen, als er sich von dem Tuareg und dem berbischen Fahrer verabschiedete. Er gab ihnen ein Trinkgeld und legte sich angezogen aufs Bett im Ville de France. So verharrte er, bis das Klingeln des Telefons ihn weckte; es dauerte eine Weile, ehe er realisierte, wo er sich befand und daß am anderen Ende der Leitung Biscuter war.

»Haben Sie noch die Nummer meines Handys?« fragte dieser, ohne seinen Namen zu nennen.

»Ich glaube, ich habe sie irgendwo aufgeschrieben.«

»Rufen Sie mich in einer halben Stunde von einer öffentlichen Telefonzelle aus an. Nehmen Sie Stift und Papier mit.«

Carvalho duschte, zog sich an und ging auf der Suche nach einer Telefonzelle oder einer Kneipe mit dem Hinweis »Fernsprecher« die abschüssige Straße vom Hotel hinab. Kurz vor den Rampen, die zum Meer hinunterführten, hatte er Glück, und nachdem er sich mit dem Mann hinter dem Tresen darüber verständigt hatte, welche Sorte Münzen er in den Telefonschlitz werfen sollte, setzte er sich mit Biscuter in Verbindung.

»Zuerst müssen Sie heute bei einem gewissen Natan Levi Miró in der Rue d'Italie 40 zu Abend essen. Man hat mir gesagt, das sei gegenüber des Gartens von Mendoubia oder so ähnlich. Wenn Sie hingehen, nutzen Sie die Gelegenheit und erklären Sie ihm, daß Sie unbedingt nach Spanien gelangen müssen, ohne in ein Flugzeug, ein Auto oder einen Bus zu steigen, das heißt, ohne offiziell die Grenze zu überqueren. Er wird Ihnen dabei behilflich sein. Wenn Sie erst einmal in Spanien sind, sollten Sie es schnell wieder vergessen und am 24. Dezember gegen sechs Uhr abends zur Burg von Carcassonne in Südfrankreich kommen. Es ist nicht ratsam, direkt von Tanger nach Frankreich zu reisen; ich habe gehört, daß diese Strecke sehr schlecht ist und stark überwacht wird. Ich werde vor den Kassenschaltern der Burg stehen. Wenn Sie keine Landkarte haben und nicht wissen, wo Carcassonne liegt, zeichnen Sie sich die Strecke ungefähr auf einen Zettel. Grenze, Carcassonne, hinein durch das Haupttor der Stadtmauer, die Geschäftsstraße hoch bis zum Burgtor. Dort werde ich stehen. Alles andere überlassen Sie mir.«

»Was soll ich dir überlassen?«

»Vertrauen Sie mir. Nur soviel vorweg: Sie werden eine der aufregendsten Erfahrungen Ihres Lebens machen. Eine jener Erfahrungen, die den Wechsel von einem Jahrtausend zum nächsten begründen.«

»Das heißt, für dich hat das neue Jahrtausend noch gar nicht angefangen.«

»Es wird in der Nacht des 24. Dezember 2002 beginnen, Chef. Sie wissen ja, ich neige nicht zu Übertreibungen, außer wenn es ums Kochen geht. Ich lade Sie zu einem Ereignis ein, das die Geschichte der Menschheit verändern wird.«

»Ein Glück, daß es noch Menschen gibt, die die Geschichte der Menschheit verändern wollen.«

Er fand, er müsse noch einmal über alles nachdenken, sagte jedoch:

»Bis Heiligabend, Biscuter.«

»Genau. Besser hätten Sie's nicht formulieren können.«

Sein allersehnlichster Wunsch war es, Chefchaouen zu besuchen, nicht nur der Schönheit der blauweißen Stadt wegen, von der man ihm berichtet hatte, sondern auch wegen der unguten Erinnerung an einen Text, den Franco, beeindruckt von der Stadt, während seiner Zeit als Offizier des spanischen Besatzungsheeres in Marokko geschrieben hatte. Was konnte diesen undurchschaubaren Schlächterlehrling schon beeindruckt haben? Direkt vom Hotel aus heuerte er ein Taxi mit Fahrer an und sagte lediglich:

»Chefchaouen.«

Doch der Taxifahrer war zugleich Fremdenführer und wollte dies auch unter Beweis stellen. So wurde aus der Reise eine höchst anschauliche Fahrt, von der er mit einem Mastertitel über Chefchaouen zurückkehren sollte, »der andalusischen Stadt *par excellence*«, wie der Taxifahrer ein ums andere Mal erklärte, »denn sie wurde im sechzehnten Jahrhundert von aus Spanien vertriebenen Andalusiern erbaut.«

»Hoch in den Bergen gelegen, folgt sie mit ihrer halbmondförmigen Anordnung und ihren Stadtmauern dem Vorbild der arabischen Städte in Andalusien. Bis 1920 war Christen der Zugang zur Stadt verboten.«

An irgendeinem Punkt der Strecke waren sie nicht mehr weit von Tetuan entfernt; es galt nun, sich zu entscheiden, denn von der Kreuzung an führte der Weg hinunter nach Chefchaouen. Nachdem er den Wagen abgestellt hatte, schickte der Führer Carvalho einen Pfad hinauf, der entlang eines Flusses verlief, an dem Frauen Wäsche wuschen. Carvalho war sich im Zweifel darüber, ob das ein üblicher Brauch war oder ob es sich nicht vielmehr um eine wohlinszenierte Darbietung für Touristen handelte; das jedenfalls legte die Faszination nahe, die diese vortrefflichen Waschfrauen auf den Reisenden ausübten. Der Aufstieg endete hoch oben bei einer Brücke über den Fluß, die zur Medina führte, einer beeindruckenden Darbietung von Wänden und Böden, Häusern und Straßen in Blau und Weiß, blauer als alles Blau und weißer als alles Weiß, das er je gesehen hatte; als würde die Kasbah allwöchentlich neu in reinen, noch nicht einmal vom Dezemberlicht getrübten Farben getüncht. Besonders schön waren die Öfen, zu denen die Frauen die zu Hause gekneteten Brotlaibe oder auch andere Gerichte brachten, die dort gebacken werden mußten, und schön war auch, wie sie selbst oder eine Nachbarin sie dort wieder abholten und verteilten, indem sie sie einfach vor der Haustür ablegten. Die blauweißen Straßen verwandelten diesen Teil der Stadt in ein lebendiges Landschaftsbild, und Carvalho verstand, weshalb Franco, dieser Diktatorenlehrling, dieser schwächliche junge Offizier, dieser unverschämte Galicier, der nichts gekannt hatte außer El Ferrol, Toledo und Melilla oder Ceuta, von Chefchaouen so überwältigt gewesen war.

Der Führer empfahl ihm, nach marokkanischer Sitte zu essen und Lamm und alles Nötige einzukaufen, um auf einer der Kochstellen bei den Metzgereien eine anständige *Tajine* zubereiten zu lassen und diese anschließend im Freien an einem der Holztische neben der Landstraße zu verspeisen. Carvalho bezahlte das von dem Führer ausgesuchte Stück Fleisch ebenso wie das dazugehörige Grünzeug; dann übergaben sie alles dem Koch und wiesen ihm den Tisch, an dem sie auf das Festmahl warten würden. Zwar seien für die Zubereitung einer ordentlichen *Tajine* sieben Stunden vonnöten, erklärte der Führer, doch habe er die zartesten Stücke vom Lamm ausgewählt, und in weniger als zwei Stunden würden sie ein, wie er versicherte, vorzügliches Gericht kosten können. Carvalho erzählte ihm nicht, wieviele *Tajines* und wieviel Couscous schon durch seinen Bauch gewandert waren, doch als vor ihren Augen schließlich der konische Deckel vom Topf gehoben wurde, kam darin ein köstliches geschmortes Lamm mit Gurken, Möhren, Pinienkernen, Mandeln, Pflaumen und kandierten Zitronen zum Vorschein. Kandierte Zitronen waren der Schlüssel zum Geheimnis dieses herrlichen Eintopfs, und Carvalho notierte sich das Rezept für ihre Konservierung. Es war ganz leicht; eines Tages würde er nach Vallvidrera zurückkehren, und dann würde er es seiner Großmutter Paca zu Ehren zubereiten, die aus Cartagena stammte und eine große Anhängerin des Kochens im Tontopf gewesen war.

Zurück in Tanger, kam ihm die Befürchtung, das Abendessen werde womöglich in einer Neuauflage des Mittagmahls bestehen, und so verschaffte er ihm Platz, indem er einen ausgiebigen Streifzug unternahm. Teils ging er zu Fuß, teils fuhr er im Taxi; mit dem Fahrer hatte er bereits die *Tajine* und Betrachtungen darüber geteilt, warum die Marokkaner in die Diaspora gingen, insbesondere die jungen Leute, die imstande waren, beim Überqueren der Straße von Gibraltar ihr Leben aufs Spiel zu setzen. Tarik, so hieß der Fahrer, zeigte ihm die Gruppen von Heranwachsenden und Jugendlichen, die sich die Zeit mit Nichtstun vertrieben. Sie verschwendeten ihre gesamte Lebenskraft damit, fortwährend zum Kap Spartel zu pilgern oder in der Medina oder der Kasbah umherzustreifen; höchstens schafften sie es einmal bis zum Kap Malabata und lungerten nutzlos in den Herkulesgrotten oder im Hafen herum, den Blick starr aufs Meer gerichtet, das gleichzeitig Fluchtweg und Hoffnung darstellte. Vom Charf-Hügel blickte man auf die Stadt und ihre Umgebung; auch sie schaute unverwandt nach Norden, wo drohend die spanische Küste lag. Er setzte sich ins Café Hafa, auf der Suche nach der Leere, die bedeutende Besucher und Reisende dort hinterlassen hatten: Bowles höchstpersönlich und Burroughs, Truman Capote, Jean Genet – sie alle waren präsent in der Erinnerung, wie die Engel der Verkündigung und der Homosexualität des Nordens.

Ohne zu wissen, warum und wozu, fand er sich im Haus von Natan Levi Miró ein, der offenkundig Jude war, davon war Carvalho überzeugt. Ein Diener, gekleidet wie ein Lakai aus einem amerikanischen Film über Tanger, führte ihn in einen Salon, dessen Boden ganz und gar von Teppichen bedeckt war. An den Wänden hingen französische Gemälde, die entweder sehr gute Nachahmungen von Degas und Matisse oder aber echte Gemälde von Degas und Matisse waren. Levi Miró war hochgewachsen, aber von sanftem Wesen, und hatte langes, dichtes Silberhaar und blaue Augen, die sein gastfreundliches Lächeln unterstrichen. Er stellte Monsieur Bouvard dem Dutzend geladener Gäste vor, vier Männern und acht Frauen, die fast allesamt Lehrerinnen am Instituto Cervantes waren, und wies sie darauf hin, daß der Besucher ein angesehener Professor für katalanische Literatur aus Montpellier sei; und das, obwohl er Franzose, um genau zu sein, französischer Katalane war. Beim Vorstellen der Gäste schenkte er Mohamed Choukri besondere Aufmerksamkeit.

»Einer der größten Schriftsteller Marokkos, wenn nicht der größte überhaupt.«

Carvalho konnte sich nicht erinnern, je ein Buch von ihm verbrannt zu haben, aber er traute sich nicht zu fragen, ob er ins Spanische übersetzt worden sei und bei welchen französischen Verlagen seine Bücher erschienen. Choukri war im Rifgebirge, in Tetuan und in Tanger erzogen worden, als es dort noch international zuging, und sprach ein korrektes Spanisch im Dienste eines Humors, der scharf wie ein Almohadenkrummsäbel war und mit dem er Göttliches wie Menschliches, vor allem marokkanischer Provenienz, aber auch Planetarisches und Außerplanetarisches niedermachte. Der Gastgeber nahm Carvalho beiseite und erinnerte ihn, den Literaten, daran, wie hart es für Choukri gewesen sei, dorthin zu gelangen, wo er jetzt stehe.

»*Das nackte Brot* ist eines seiner bewegendsten Bücher, in dem er von all seinem Hunger und all seinen Erniedrigungen erzählt. Der Wein, der Alkohol, die Nutten haben diesen großen Schriftsteller gegerbt, den Bowles, er ruhe in Frieden, sehr bewunderte.«

Natan Levi verriet ihm, Choukri habe an diesem Abend zu Ehren von Monsieur Bouvard eines der am schwierigsten zuzubereitenden Couscous-Gerichte gekocht, bekannt als tunesischer Couscous, bei dem der Grieß mit einem exzellenten Eintopf aus Ochsenrippen, Markknochen, Zwiebeln, Möhren, weißen Rüben, Kohl, Sellerie, Tomaten, Knoblauch, Petersilie, rotem Pfeffer, gemahlenem Harissa, Meersalz, Blutwürsten und Gemüseklößchen serviert wird, für die Kartoffeln, Auberginen, Zucchini, Artischocken, Hackfleisch, Ei und Mehl erforderlich sind. Die Blutwürste, erklärte Choukri, würden aus Rinderabfällen hergestellt, vornehmlich also Herz, Leber, Gedärm, Pansen, Gewürzen, Petersilie, Pfefferminze, Knoblauch, Pfeffer und Salz.

Nach dem Essen wollte Choukri von Bouvard dann wissen, ob er den flammenden Islamismus bemerkt habe, der Ausländern zufolge nun auch in Marokko um sich zu greifen beginne. Carvalho sagte, in Marokko direkt nicht, dafür aber auf dem Weg durch Asien, wo Bin Laden allerorten als mythischer Held präsent sei; er redete sich damit heraus, nicht gläubig zu sein, weder Christ noch Islamist, nicht einmal Mormone, und er habe Marokko nur oberflächlich kennengelernt. Die Antwort gefiel Choukri, der sein Mißbehagen darüber zum Ausdruck brachte, daß für den Bau der großen blauen Moschee von Hassan II. ein Teil der Einkünfte aller Marokkaner beschlagnahmt worden war, auch jener Menschen, denen Luxusmoscheen nicht eben am Herzen lagen. Obwohl Carvalho in Choukri eine Zwillingsseele erkannte oder genau aus diesem Grund, beschloß er, eines seiner Werke zu erwerben und es zu verbrennen.

»Vom Schriftsteller zum Literaturgelehrten: Welche Schriftsteller katalanischer Sprache, sei es aus dem französischen, sei es aus dem spanischen Katalonien, wären es wert, von einem marokkanischem Leser, der sich in der Materie nicht auskennt, gelesen zu werden?«

Abermals umfing Carvalho ein kollektives, liebenswürdig abwartendes, kulturbeflissenes Schweigen, so wie an jenem unvergeßlichen Abend in Kabul.

»Ich verbrenne lieber Bücher, als daß ich sie empfehle.«

Nur Choukri nahm die Antwort ernst und klatschte Beifall. Die anderen lachten.

»Aber ich werde versuchen, einem so hervorragenden Couscous-Koch gegenüber höflich zu sein. Allerdings kommt es auf den Standpunkt an, darauf, ob man es von Nordkatalonien aus oder von Südkatalonien betrachtet.

»Ich bin ganz Ihrer Meinung«, kam ihm eine der Lehrerinnen des Instituto Cervantes zu Hilfe, die lächelnd zugab, aus Reus zu stammen. Carvalho unterzog sie einer Prüfung, als wäre sie eine seiner Schülerinnen.

»Sie sind dran. Sie kennen den großen Schriftsteller Choukri so gut, welche zeitgenössischen katalanischsprachigen Schriftsteller würden Sie ihm anraten?«

Die Lehrerin wurde ernst und sagte, ohne zu überlegen:

»Zum Einstieg die unverzichtbare Triade: Moncada, Monzó, Isabel Clara Simó, als Dreierkombinationskanon.«

»Genau, ein Kombinationskanon.«

Doch damit hatte die Frau das Wort und die Wortführerschaft an sich gerissen, und aus ihrem Mund strömten nun so viele Schriftstellernamen, daß man eine große Enzyklopädie damit hätte füllen können: Montserrat Roig, Coca, Maria de la Pau Janer, Sergi Pàmies, Palol ... Carvalho widmete sich dem Springbank-Whisky, den der Gastgeber Gläubigen wie Ungläubigen vorgesetzt hatte. Choukri durfte zwar nicht trinken, weil der Arzt es so verordnet hatte, aber er beobachtete genüßlich jeden Schluck und jedes Schweigen Carvalhos und sandte ihm ein radikal solidarisches Augenzwinkern. Früher oder später erkennen die Geschöpfe der Fiktion einander eben. Ein Diener kam herein und teilte dem Gastgeber mit, der angemeldete Besuch sei eingetroffen. Natan Levi Miró wollte diesen nicht warten lassen; er stand auf und verließ den Raum lange genug, daß die Gruppe allmählich ihrer selbst müde wurde und Carvalho beschloß, sich die Beine zu vertreten und auf die Toilette zu gehen. Als er an Levi Mirós Büro vorüberkam, konnte er durch den Spalt der angelehnten Tür den späten, aber sehnlichst erwarteten Besucher erkennen: Es war Kapitän Nemo, der ehemalige Nazi-Offizier, Umweltschützer und vielleicht Ökomarxist Hans Römberg. Nunmehr wieder Eigentümer der *Nautilus*.

Nachdem alle gegangen waren, ließ Natan zwar weiterhin nichts über den Besuch des Kapitän Nemo verlauten, zauberte indes aus den Tiefen des Hauses einen bis dahin unbeachteten Gast hervor: den jungen Hixem. So jedenfalls präsentierte er ihn und schlug daraufhin vor, einen Spaziergang zum Hafen zu unternehmen. »Zur Lokalisierung der Außenwelt«, fügte er ironisch hinzu.

Im Auto dann, das von Hixem gelenkt wurde, erzählte er Carvalho, von einer guten Freundin aus Frankreich habe er eine Nachricht erhalten, in der diese ihn gebeten habe, Monsieur Bouvard dabei behilflich zu sein, risikolos und ohne Grenzübertritte nach Europa zu gelangen.

»Von meiner Freundin habe ich erfahren, daß Sie Experte für die Literatur der romanischen Länder sind, vor allem für den Gebrauch der Diminutivformen im Siglo de Oro. Wir planen jetzt die Operation ›Puivert‹, und die erfordert unsere Solidarität, besonders in Momenten wie diesen.«

Das Wort »Puivert« sagte Carvalho nichts; er pflichtete Natan trotzdem bei. Dieser senkte jetzt die Stimme, damit Hixem nicht hörte, was er nun erklärte.

»Mit dem Bootschleusergeschäft habe ich nichts zu tun, aber ich habe mich an einen guten, wenngleich etwas eigenwilligen Freund, an Hixem, gewandt, dem Sie völlig vertrauen können. Reden Sie nicht allzuviel mit ihm, vor allem kein Sterbenswort über Puivert.«

Kein Sterbenswort über Nemo und kein Sterbenswort über Puivert, nicht im Auto und auch nicht, als sie bereits im Hafen waren und er in einen Winkel geführt wurde, wo offenkundige Holzboote warteten, die offenkundig zu einem Vorstoß auf die Meerenge bestimmt waren. Carvalho ging neben Natan Levi Miró den Kai entlang; in einem Meter Entfernung folgte ihnen jener, der von sich behauptete, Hixem zu heißen. Carvalho wies auf ein Schiff, das in etwa seiner Vorstellung von einem Holzboot entsprach, doch sowohl Natan als auch der von seinem Chef konsultierte Hixem erklärten, daß der Vorschlag des Detektivs sie nicht überzeuge. Nein, Carvalhos Absicht, ein Holzboot mit fünfundzwanzig Passagieren zu besteigen, überzeugte sie nicht. Sie musterten ihn, aber nicht so, wie man einen alten Desperado mustert, sondern so, wie man einen älteren Herrn in Augenschein nimmt, der aus dem Bullenalter heraus ist, der eher anspruchsvoll wirkt und aussieht, als lebe er in derart gesicherten Verhältnissen, daß man nicht versteht, weshalb er ein Holzboot benötigen sollte, um nach Spanien zu gelangen.

»Wir dürfen nicht das Risiko eingehen, Sie in einem Boot fahren zu lassen. Es könnte rauhe See geben«, meinte Natan.

»Ich kann schwimmen.«

»Sie mögen ein noch so guter Schwimmer sein, wenn es rauhe See gibt, ertrinken Sie.«

»Und was ist mit den fünfundzwanzig, die damit fahren werden? Ist das nicht das gleiche?«

»Nein, die sind jünger, und niemand wird nach ihren Leichen fragen. Bei Ihnen ist das anders, und das ist gefährlich für unsere Arbeit. Ich glaube, ich kann Ihnen eine Alternative anbieten, die zudem nichts kostet, obwohl Sie aussehen, als könnten Sie bezahlen.«

»Vielen Dank.«

»Nehmen Sie es als Beweis dafür, daß die Kultur der Gastfreundschaft bei den armen Völkern überlebt hat.«

»Schade, daß wir kein U-Boot wie die Nautilus und auch keinen Kapitän wie den alten Nemo zur Verfügung haben.«

Natan Levi Miró tat so, als hätte er nicht verstanden. Sie gingen den Steg zurück bis zur Mitte des Hafens und begaben sich dann dorthin, wo die Sportschiffe lagen. Hixem deutete auf ein

Motorboot namens *Djamila*, das bereitstand, um Carvalho nach Spanien überzusetzen.

»Es hat einen doppelten Boden, falls eine Patrouille kommt. Es sei denn, Sie haben spanische Papiere.«

»Ich habe welche, aber es wäre mir lieber, den doppelten Boden zu benutzen.«

Das schien seinem Skipper offenbar das Logischste zu sein, denn der nahm es kommentarlos hin; trotzdem konnte er sich als Ergänzung zu Natans Gelächter eines leichten Grinsens nicht enthalten.

»Sie mögen es gerne spannend, was, mein Freund? Die Reise hätte Sie vier- oder fünftausend Dollar gekostet, denn dies ist die sicherste Route von allen«, mischte Hixem sich ein. »Um neun Uhr abends hier. Bringen Sie warme Kleidung mit, diese Windstille ist trügerisch, wir haben schließlich schon Dezember. Wenn wir in Spanien ankommen, wird dort ein organisierter Transport auf Sie warten; wir werden dafür sorgen, daß Sie auf die eine oder andere Weise nach Sevilla kommen.«

»Ich habe Gepäck. Das könnte Verdacht erregen.«

»Dann treffen wir uns in Ihrem Hotel. Wir holen Sie mit einem besonderen Taxidienst ab, und wenn wir Sie an Bord bringen, wird Ihr Gepäck wie alles mögliche aussehen, nur nicht wie Gepäck. Gehen Sie packen.«

Carvalho lehnte Natans Angebot, ihn ins Hotel zu bringen, ab und äußerte den Wunsch, durch die Straßen von Tanger zu bummeln.

»Sie werden durch den toten Leib einer Stadt schreiten, die zu einem Mythos geworden ist.«

»Ich bin schon durch den toten Leib von Alexandria geschritten.«

Natan zuckte mit den Schultern und setzte ihn, kaum hatten sie das Hafengelände verlassen, irgendwo am Straßenrand ab. »Gute Reise«, wünschte er ihm aus seinem BMW 731. Auf der Suche nach den letzten Impressionen eines Verfalls, den er sich besonders melancholisch vorgestellt hatte, schlenderte Carvalho durch Tanger. Liebhaber der Stadt, einer zu Protektoratszeiten offenen internationalen Stadt und mithin Refugium für viele Flüchtlinge des Franco-Regimes, hatten sie ihm so beschrieben. Alles wirkte heruntergekommen wie zum Beweis dafür, daß mit der Unabhängigkeit andere Prioritäten gesetzt worden waren und daß Tanger einen gewissen Preis dafür gezahlt hatte, in der Vergangenheit die Vorzeigestadt eines utopischen Marokkos gewesen zu sein. Neben den Exilspaniern hatten sich hier auch Abenteurer eingefunden, Kaufleute mit unterschiedlichen Interessen und amerikanische Schriftsteller, die als Schriftsteller hervorragend, als Homosexuelle indes verunsichert waren und auf dem einheimischem Markt nach billigem Fleisch suchten. Vielleicht war die Stadt nun an einem Punkt angelangt, an dem es keine Umkehr mehr gab, was ihren vergangenen künstlichen Kosmopolitismus betraf, vielleicht war sie nur einen Schritt davon entfernt, von jenem Islam infiziert zu werden, der die Utopie eines neuen, zumindest theologischen Imperiums von Pakistan bis Marokko zu verantworten hatte. Er würde es nicht mehr miterleben, aber vielleicht würden die Europäer in dem Maße, wie ihre Angst vor einer Belagerung durch den Islam wuchs, künftig ihre grausamen Repressionen gegen diesen verstärken. Die Presse sprach von der Notwendigkeit einer Alternative, eines moderaten Islamismus, der überall im Maghreb und bei den Mächtigen in der Türkei auf dem Vormarsch war, so als gehorchten die politischen Beobachter dem zugleich territorialen, menschlichen und religiösen Muster eines Prozesses der Emanzipation und des Willens zur Hegemonie. Wer würde in dreißig oder vierzig Jahren der Gouverneur eines südspanischen Ortes sein, der der islamischen Invasion die Tür öffnen würde, und mit welchen Maßnahmen würde sich ein Europa verteidigen, das von den muslimischen Einwanderern abhängig war, um seine Straßen und seine Kanalisation sauberzuhalten, und das zu einem Gutteil von Polizisten und Soldaten abhängig war, die sich aus dem Heer der Immigranten rekrutierten? Was Carvalho ärgerte, war der religiöse Preis für den Vermischungsprozeß, die Substitution der institutionell-messianischen Pellagra des Christentums in all ihren Ausprägungen durch die institutionell-messianische Pellagra des Islams.

Die Rückkehr ins Hotel wie ein von der dunklen Nacht Tangers zutiefst verängstigter Tourist bedeutete die psychologische Überwindung seiner falschen Rolle und die entschiedene Erklärung: »Ich gehe.« Nur wenige Menschen verlassen ein Hotel, ohne auch nur eine Nacht darin geschlafen zu haben, und bitten darum, man möge ihnen das Gepäck heruntertragen, weil etwas Privates dazwischengekommen sei und man weiterreisen müsse. Natürlich nach Paris. Der Mann am Empfang war über seine Abreise so betrübt, daß er tief Luft holen mußte, um seine Gelassenheit zurückzugewinnen.

»Denken Sie an uns, falls Sie eines Tages nach Tanger zurückkehren möchten.«

»Darauf können Sie sich verlassen.«

Sein Gepäck und der daraus hervorgesuchte Persianermantel wurden nach unten getragen. Das Taxi ließ so lange auf sich warten, daß er Zeit genug hatte, die Schäden zu überprüfen, die eine Weltreise an einem Vuitton der neuen Generation anrichten kann, einem kleinen, eleganten Koffer fürs Flugzeug, der nie und nimmer mit den Schrankkoffern dieser Pariser Gepäckhersteller aus dem neunzehnten Jahrhundert konkurrieren kann, Schrankkoffern, in denen die Kleider des Mannes, seiner Frau und selbst die Nacktheit eines Liebhabers Platz gefunden hatten, sofern er in einem Zimmer der unausweichlichen Kette von Ritz-Hotels überrascht worden war. Geöffnet wirkten diese Schrankkoffer wie Wohnungen, und für ihren Transport bedurfte es einer ganzen Reihe von Dienern und Trägern. Heutzutage hingegen stand den Menschen der Sinn nach funktionalen Koffern und Köfferchen, die von dem Prestige einer mit der Zeit verlorengegangenen Größe lebten. Das von Natan geschickte Taxi setzte ihn nicht am herkömmlichen Kai ab, sondern im Bereich des Sporthafens, wo die Boote nach einer Reparatur zur Reinigung oder zur ästhetischen Rekonvaleszenz lagen. Die Verlassenheit des Kais hatte fast etwas Angst- und Kälteeinflößendes, weshalb Carvalho den Mantel, den Malena ihm geschenkt hatte, wie ein zynisches Leichentuch überzog. Sobald er an Bord war, wachte er darüber, daß der Taxifahrer das Gepäck persönlich an Deck brachte, das nunmehr in zwei großen schwarzen Leinenfutteralen steckte, die in den Tiefen einer Yacht von wenig mehr als fünfzehn Metern Länge verstaut wurden. Die Expeditionsgesellschaft wurde durch zwölf illegale Auswanderer vervollständigt, und drei vermeintliche Seeleute kümmerten sich um das Auslaufen des einfachen Bootes, das Carvalho eine Mallorquina der obersten Größenklasse zu sein schien. Sie durften in einer Art Besucher- oder Eßraum reisen, doch beim geringsten Zeichen eines der Matrosen hatten sie durch eine Falltür in den doppelten Boden des Schiffes hinunterzusteigen, wo sie ausgestreckt liegenbleiben sollten, da sie nicht einmal in der Hocke hineinpaßten. Es gab keine schwangeren, jungen schwarzen Mädchen und auch keine, an deren schimmernder Brust ein kleines Geschöpf hing, so wie bei den dramatischen Überfahrten mit Holzbooten, auf denen sich die Passagiere als illegale Auswanderer verrieten. Vielleicht reichte es, wenn sie schwiegen, um ruhig ins Gelobte Land zu gelangen, was Carvalho voller Sarkasmus aussprach, handelte es sich doch um sein eigenes Land. Sein eigenes Land. Der Sinn für Territorialpatriotismus ging ihm zwar völlig ab, dennoch fühlte er sich als Mitglied einer Gemeinschaft menschlicher, nicht eben fortpflanzungsfreudiger Zweibeiner, die hellsichtig die Meinung teilten, daß man Heimat nicht verdient, sondern daß man sie hat wie eine angeborene Mißbildung oder eine schöne Augenfarbe. Vier junge Schwarze mit Studentenbrillen, ein heterosexuelles marokkanisches Pärchen sowie ein weiteres, bestehend aus einem Mann mittleren Alters und einem Jüngelchen, das mit dem Körper eines Tänzers ausgestattet war, danach zu urteilen, wie es ihn bewegte und wie es kunstvoll mit seinen Armen durch die Luft wedelte. Die übrigen Mitglieder der Truppe waren drei stattliche Frauen, eine Mutter mit ihren zwei Töchtern, die, sobald sie in Spanien an Land gingen, zu einander ergänzenden Bauchtanzaufführungen, der der Jugend und der der reiferen Jugend, imstande wären.

Der Mann mittleren Alters, der den graziösen jungen Mann begleitete, empfand die fremden Blicke ein wenig als Anklage und erklärte daher auf arabisch, französisch und spanisch, er sei der erste Stierkampfagent im gesamten Maghreb und begleite seinen Schützling auf einer Reise nach Spanien, wo dieser eine Stierkampflaufbahn einschlagen würde.

»Sie werden noch von meinem Schützling hören.«

»Chiquito de Agadir. Das wird mein Name sein, der auf den Plakaten der besten Stierkampfarenen in Spanien, Südfrankreich und Amerika stehen wird. Toreros werden gebraucht. Spanien ist zu reich, als daß die jungen Männer dort Stierkämpfer werden wollten.«

»Er verfügt über die Geschicklichkeit eines Antonio Ordóñez, bewegt die Arme und den Körper und mißt die Entfernung wie er, und über einen Sinn für Provokation wie El Cordobés, ich meine den alten Cordobés. Seine besondere Spezialität ist die Muleta, aber er tötet auch sehr gut, trotz der Schwierigkeiten, die wir in Marokko mit dem Töten von Jungstieren gehabt haben. Es ist unmöglich. Man muß sie kaufen, und wenn die Verkäufer erfahren, wofür man sie kauft, verlangen sie den Preis in Gold.«

Chiquito de Agadir verdrehte die Augen und machte eine Armbewegung, als grüßte er die Menge in der Runde, die ihm stehend applaudierte.

»Niemand hat je solche Schwünge mit der Capa zustandegebracht, wie ich es kann. Den Stierkampf hat man im Blut.«

Das war ein zweifaches Bekenntnis, das nur Carvalho verstand, denn die übrigen starrten die beiden an, als wären sie soeben aus einem Irrenhaus für Stierkämpfer ausgebrochen. Die Veranstaltung hatte indes die längste Zeit gedauert, denn ein ungehobelter Matrose kam hereingestürzt und stieß sie vorwärts, damit sie sich durch die Falltür zwängten und auf einem Boden ausstreckten, dessen unsichtbare hölzerne Querrippen sich ihnen in den Rücken bohrten. Die Klappe wurde geschlossen, und Carvalho erlebte, wie die Verbindung zwischen Raum und Zeit und der Außenwelt abbrach und eine Grabesatmosphäre entstand. Es war genau wie in einem Grab, so als absolvierten die zwölf Personen eine Manöverübung im Lebendigbegrabensein. Während das Geräusch einer Sirene lauter wurde, drosselte das Schiff die Fahrt, und durch die feinen Ritzen des Verstecks blitzten die Scheinwerfer des mutmaßlichen Patrouillenbootes. Es waren zwar keine Stimmen zu vernehmen, dafür aber kurz darauf Fußgetrappel, Schritte über ihren Körpern, als suchten Fußsohlen mit Finderinstinkt nach ihnen und könnten sie allein durch die Berührung des Bodens aufspüren. Carvalho lag rücklings da wie eine Sardine in einer Zwölferdose, zu seiner Rechten Chiquito de Agadir und zu seiner Linken die Mutter des potentiellen Bauchtanztrios. Die Frau roch nach sämtlichen Veilchen der Welt, doch konnte ihr Duft den des jungen Mannes nicht übertrumpfen, der kurz zuvor einem Bad in billigem, eher für Stiere als für Stierkämpfer geeignetem Aftershave entstiegen sein mußte. Die Schritte wurden schwächer, entfernten sich. Verschwanden. Doch niemand öffnete die Klappe. Man hatte sie bereits gewarnt, daß die Reise für den Fall einer Begegnung mit der spanischen Küstenwache länger dauern würde, da sie die Küste entlangschippern müßten, ohne die geringste Absicht zu bekunden, an Land zu gehen. Für wie lange? Carvalho hatte das Gefühl, nicht mehr richtig atmen zu können, er mußte pinkeln, und die jähe Angst wuchs in ihm heran, das Eingesperrtsein nicht länger ertragen zu können, eine Angst, der er nicht einfach mit Ironie entgegenwirken konnte; er hätte es vielleicht gekonnt, wenn sie sich nicht in Panik verwandelt hätte, eine Panik, von der ihm bereits der Schweiß in Strömen die Stirn herunterlief.

Die Sichel des abnehmenden Mondes war kaum mehr zu sehen, doch es war nicht das Licht, das fehlte, denn die Sonne ging bereits zielstrebig auf. Sie tauchte das ruhige Meer in eine zarte Helligkeit. In der Ferne waren die Silhouette eines Strandes und einige Riffe zu sehen. Das große Schlauchboot nahm unverzüglich, flach im Wasser liegend und kaum schaukelnd, zuerst die Gepäckstücke auf, die in der Mitte aufgestapelt wurden, und dann einen nach dem anderen die dreizehn Passagiere, die Auswanderer und ein Mitglied der Besatzung, nämlich Hixem. Zunächst hatten sie mit dem Fernrohr das Ufer und eine Hochebene dahinter erspäht. Die naturgemäße Einsamkeit des erwachenden Tages war das Zeichen zum Ausbooten. Kaum eine Meile von der Küste entfernt, waren die einzigen Hindernisse die grauen, in der unwägbaren Helligkeit fast schwarzen Riffe. Ohne die geringste Bedrohung vom Strand wirkte die Expedition schon bald wie ein Angelausflug in Begleitung dreier potentieller Bauchtänzerinnen, etwas gewagt im Dezember, obwohl Hixem ihnen immer wieder versicherte, daß sie in einer Gegend mit fast schon subtropischem Mikroklima an Land gehen würden, wo sie in Ruhe auf die Verbindung in eine größere Stadt warten könnten. Dort würde es leichter sein, sich unters Volk zu mischen.

»Aber man hat uns gesagt, diese größere Stadt sei Sevilla, und uns liegt daran, auf einem der Landgüter vor Sevilla zu bleiben, genauer gesagt, auf einem Landgut, wo ein alter Stierkämpfer mutige Jungen mit Wohlwollen betrachtet, woher auch immer sie kommen. Er ist sogar Pate eines rumänischen Stierkämpfers.«

Chiquito de Agadirs redseliger Manager beklagte sich mit leiser Stimme auf französisch; ihm war durchaus bewußt, daß es, wenn sie erst an Land wären, alleine von ihnen abhinge, wie sie zu dem Landgut ihres Glücks gelangten. Hixem versicherte ihm, sie seien ihrem Ziel noch näher als ursprünglich geplant, da sie sich auf ihrer Route über die Meerenge weiter nach links hatten halten müssen und die Küste, die sie sehen konnten, näher an der Landstraße nach Sevilla lag als vorauszusehen gewesen war. Das Schlauchboot wich den Riffen aus, als ob es sie auswendig kannte, und landete auf dem dunklen Sand des Strandes. Hixem ging der Expedition voran über den Sandstreifen und forderte die anderen auf, sich dicht an dem steilen Abhang zu halten und zu warten, bis ihnen jemand zu Hilfe käme. Er riet ihnen, sich nicht mitten auf dem Strand zu zeigen. Je näher an der Böschung, desto besser. Dann stieg er wieder in das Schlauchboot und kehrte zurück zur *Djamila*. Den jüngeren Bauchtänzerinnen war so kalt, daß sie mit den Zähnen klapperten, und Carvalho reichte ihnen seinen Persianermantel, unter den die beiden zu schlüpfen versuchten, wobei sie zugleich ein zweimaliges glückliches Lächeln erglänzen ließen. Der Manager und sein Schützling übten Spanisch, besonders bemüht darum, Worte wie *cuchillo, lechuga, gazpacho, luna, agua, muerte, suerte* richtig auszusprechen. An die fünfzig hatten sie auf dem Zettel eines karierten Blocks notiert. Auf einmal bemerkten sie, wie sich im Gebüsch über ihren Köpfen etwas bewegte, und kurz darauf sprang ein Mordskerl mit grinsendem Gesicht und voller Entschlossenheit vor ihnen herunter. Er wies auf die drei Tänzerinnen und führte sie einen Weg hinauf; die übrigen bat er um Ruhe und Geduld. Die Mädchen wollten Carvalho den Mantel zurückgeben, doch der lehnte ab und erwiderte auf englisch, in Europa dürfe man nur dann als Bauchtänzerin auftreten, wenn man zuvor Lammfellmäntel getragen habe. Sie verstanden die Ironie erst, als sie schon im Gehen begriffen waren. Ihr Lachanfall war derart heftig, daß sie beinahe hinfielen und ihre Mutter sie ermahnen und der Dünneren den Mantel wieder über die

Schultern ziehen mußte. Es dauerte nicht lange, und ein zweiter Verbindungsmann erschien, diesmal ein junger blonder Kerl, der auf Carvalho, den Manager und Chiquito de Agadir deutete und sie dazu aufforderte, ihm denselben Weg entlang zu folgen. Sogleich fiel ihr Blick auf eine gerodete Fläche, die sich bis zu einer alten Nebenstraße hinauf erstreckte; wenige Meter weiter oben erahnte man bereits die Hauptstraße, auf der Lastwagen verkehrten. Ein Mercedes-Geländewagen, den Schildern an der Karosserie nach als Schultransport zurechtgemacht, empfing die drei Männer, die sich mit dem offerierten Thermoskannenkaffee und Brioches stärkten, die geradewegs aus dem Ofen zu kommen schienen.

»Sagen Sie, Kollege, ist in dem Brot auch kein Swein?«

Der Fahrer stutzte, bis Carvalho ihm Swein als Schwein übersetzte.

»Wieso sollte in dem Brot Schwein sein?«

Beruhigt aßen Chiquito und sein Mentor jeweils zwei Brioches; und nachdem sie diese hinuntergeschlungen hatten, vernahmen sie überrascht, wie Carvalho sich auf spanisch an sie wandte:

»In Brioches ist nichts vom Schwein. Anders verhält es sich mit Croissants; in Spanien dürfen sie mit Schweineschmalz hergestellt werden.«

»Mit Sweinesmalz?« fragte Chiquito de Agadir und machte ein angewidertes Gesicht.

»Wenn Sie ein großer Torero werden wollen, müssen Sie Pata-Negra-Schinken essen und Manzanilla oder wenigstens Sherry trinken, feinen Sherry. Kein Torero in Spanien kann sich diesem Ritual entziehen.«

Chiquito de Agadir tat so, als müßte er sich übergeben, bis sein Manager ihn ermahnte, nicht länger den Clown zu spielen, außerdem sei Schinken streng genommen gar kein Schweinefleisch, sondern etwas anderes.

»Was denn?«

»Etwas anderes.«

Gestärkt von dem heißen Kaffee und den drei Brioches, die er vertilgt hatte, vergnügte Carvalho sich fürs erste damit, die Landschaft zu betrachten, die sie von dem fortführte, was er als die Küste von Barbate vermutete, da die Straßenschilder bereits Richtung Cádiz und Sevilla wiesen.

»Könnten Sie so freundlich sein und uns in Las Cabezas de San Juan absetzen? Bevor man in die Ortschaft hineinfährt, müssen wir einen Privatweg finden, der genau am Ortseingang von Las Cabezas de San Juan liegt, Sie werden sehen.«

An eben diesem vereinbarten geostrategischen Punkt schlief Carvalho mit einem Gefühl von Unbequemlichkeit oder auch nur mangelnder Bequemlichkeit im Unterbewußtsein ein. Malena fragte ihn, wo der Mantel sei, und er gab zur Antwort, er sei wahrscheinlich ins Meer gefallen. »Und du hast ihn nicht einer anderen gegeben?« Malenas helle unschuldige Augen hatten sich in grausame Steine verwandelt, die Blitze der Empörung aussandten. Sie trug ein Kostüm aus den fünfziger Jahren, genau wie die Modepuppen, die seine Mutter für ihre Arbeit als Damenschneiderin gekauft hatte, und Carvalho streckte ihr die Arme entgegen. Doch Malena entzog sich der Berührung, indem sie zurückwich, ohne dabei ihre Körperhaltung zu ändern. Sie wich zurück oder wurde von einer äußeren Kraft zurückgezogen, der sie sich nicht widersetzte und die er nicht mindern und noch nicht einmal lokalisieren konnte. Da bedauerte er, daß er den Mantel den Tänzerinnen geschenkt hatte. Und wenn sie gar keine Tänzerinnen gewesen waren? Das erste Mal wurde er davon wach, daß der Wagen bremste, und auf der Schnellstraße nach Sevilla wurde er ein zweites Mal geweckt, diesmal vom sanften Schütteln des Managers.

»Wir gehen.«

»Viel Glück.«

»Mögen Sie Stiere?«

»Stiere schon.«

Er brauchte einige Sekunden, um wieder Herr seines Verstandes und seiner Worte zu werden.

»Die Stierkämpfer dagegen sind mir gleichgültig. Was wir hier als Stierkampffiesta bezeichnen ist für mich als Grausamkeit getarnter Schwachsinn oder mit Schwachsinn kaschierte Grausamkeit.«

Sie hatten nicht verstanden und gelangten zu dem Schluß, daß er keiner der ihren war; der Manager rief:

»*Olé!*«

Durchs Fenster konnte Carvalho zum letzten Mal den leichtfüßigen Gang Chiquito de Agadirs sehen und an seiner Seite den Kofferträgermanager, der das gesamte Gepäck schleppte und sich zudem darum kümmerte, den schnellsten Weg zu jenem Hof zu finden, in den sie ihre ganze Hoffnung setzten.

»Und Sie?«

»Wie kommt man ohne Flugzeug auf dem direktesten Weg nach Frankreich?«

»Das kann ich Ihnen nicht sagen. Alles, was nördlich von Sevilla liegt, kenne ich nicht. Für mich ist es das gleiche wie Sibirien oder Afghanistan.«

»Gibt es Krieg?«

»Was für einen Krieg?«

»Im Irak?«

»Ich glaube schon, oder vielleicht auch nicht, ich sehe wenig fern. Tagsüber schlafe ich, und nachts arbeite ich, wie Sie gesehen haben.«

Krieg ist, wenn man ihn sehen kann. Für den Fahrer war der Krieg lediglich eine Eventualität, die er nicht zu überprüfen brauchte.

»Aber die Sache mit Frankreich kann ich telefonisch für Sie herausfinden. Nicht übers Handy, das könnte abgehört werden, sondern von einer Zelle aus, wenn ich tanke.«

Er stoppte den Wagen auf der Höhe von Dos Hermanas; ein Blick von ihm reichte, um Carvalho zu verstehen zu geben, daß er sich nicht zeigen durfte. Sie standen an einer Tankstelle; der Geländewagen hing an einer Zapfsäule, der Fahrer am Telefon. Der Mann hatte Papier und Stift mitgenommen, und Carvalho sah, wie er emsig etwas notierte, vermutlich mit ausgestreckter Zungenspitze, um die Schriftzüge der Worte auch zielsicher zu treffen. Nachdem das Benzin bezahlt und sie wieder unterwegs waren, blickte der Chauffeur abwechselnd auf die Straße und auf den Zettel.

»Mal sehen. Wenn Sie nach Paris wollen, ist es das beste, einen direkten Zug von Madrid zu nehmen.«

»Mir käme es aber besser zupaß, über Katalonien zu fahren. Vielleicht wäre es ja irgendwie möglich, daß ich mich dabei nicht ausweisen müßte? Mit dem Lastwagen oder in einem oder mehreren Linienbussen.«

»Das kann ich nur in Sevilla für Sie herausfinden.«

Sie fuhren nicht ganz bis in die Stadt hinein. Der blonde Mann nahm ihn mit in eine Kneipe am Stadtrand, begab sich zum Telefon und bat jemanden, dem er offenbar vertraute, da er ihn duzte, eingehend um Auskunft. Plötzlich wandte er sich zu Carvalho um und fragte mit leiser Stimme:

»Sind Sie bereit, sechshundert Euro zu bezahlen?«

»Kommt drauf an.«

»Worauf?«

»Ob man mich an dem Ort in Frankreich absetzt, zu dem ich möchte.«

»Welcher Ort?«

»Finden Sie eine Lösung dafür, wie ich über die Grenze komme, zum Beispiel bei La Jonquera, und ich nenne dann demjenigen, der mich hinüberbringt, das Ziel meiner Reise.«

»Es würde mit Linienbussen losgehen und dann weiter mit dem Lastwagen. Ein Linienbus von Sevilla nach Valencia und dann ein Laster nach Frankreich. Den Linienbus bezahlen Sie, der Lastwagen ist im Preis inbegriffen. Den würde ich von Ihnen kassieren.«

»Wann?«

»Jetzt.«

»Zu den Reisebedingungen im Lastwagen: Ich möchte nicht erstickt oder verkohlt in Frankreich ankommen.«

»Sie sind ja keiner von diesen armen afrikanischen Schlukkern. Sie werden mit Papieren als Beifahrer neben dem Trucker sitzen.«

»Abgemacht.«

Er hatte noch Zeit zu frühstücken, bevor er den Linienbus bestieg, zu jener undankbaren Stunde, da in den Kneipen und Cafés noch der bittere Dunst hängt, der aus dem Schlund des schlechtrasierten Besitzers aufsteigt, dessen Frau zwischen Besen und Küche hin- und hereilt und auf dem Tresen Spritz- und Ölgebäck, Donuts, fettriefendes, wenig appetitanregendes Backwerk in Erwartung jenes erhabenen Augenblicks ausharren, wenn sich zur Mittagsstunde die Theken allmählich füllen mit Tapas und Canapés andalusischer Schule, der Konkurrentin der baskischen Schule in den gleichen Disziplinen. Carvalho mußte sich in sein Schicksal fügen und bestellte ein nach der barbarischen Art des spanischen Landesinnern zubereitetes Blutwurstbrötchen, bestehend aus Brot und Wurst und sonst nichts. Hier hatte man keine Ahnung, welche Rolle Tomate und Olivenöl in katalanischen oder schlichtes Olivenöl und Butter in zurückgebliebenen Schnellimbissen spielen, damit das Ganze besser rutscht. Von einem Brötchen ging es zum nächsten, denn kaum hatte sich der Linienbus in Bewegung gesetzt, da bot der Beifahrer jedem Reisenden eins mit Käse und Schinken sowie Orangenlimonade, Kaffee und einen baiserartigen Kuchen an, der offenbar aus mit Gips verdicktem Eischnee hergestellt war. Im Fernsehen liefen jene visuellen Aperitifs – inzwischen bereits eine globalisierte Seuche –, in denen Fußgänger allen möglichen rüden Streichen ausgesetzt und zum Gespött gemacht werden, und dann auch noch lachen sollen, wenn sie feststellen, daß die Vernichtungs- oder gar Mordversuche nur ein gefilmter Scherz für Fernsehvoyeure waren, ein Scherz also, der sie in ihrem Selbst bestätigen und zur Verbreitung ihrer Identität in den Reisebussen und Flugzeugen dieser Welt beitragen sollte. Anschließend begann ein Film über die Flucht zweier offenbar nordamerikanischer und halbwegs durchgeknallter Häftlinge, die sich in einer Eisenbahn ohne Lokführer, dafür aber mit einem hübschen blauäugigen Mädchen wiederfinden und dabei hartnäckig von einem sadistischen Gefängnisdirektor verfolgt werden, über den Carvalho die Todesstrafe noch sehr viel eher verhängt hätte als über Präsident Bush Junior, den großen Terminator. Seine Müdigkeit war immens, und ihr schrieb er auch die saumäßige Laune zu, mit der er Erinnerungen, Menschen und Dinge betrachtete. Bis Valencia gelang es ihm zu schlafen, doch schreckte er bei jedem Halt auf, wobei der längste an einer Tankstelle dazu bestimmt war, daß die Leute ihre Notdurft verrichteten und das aufaßen, was von den mittäglichen Tapas noch übrig war. Carvalho hüllte sich in seine Müdigkeit und schlief wieder ein, sobald sich der Bus in Bewegung setzte und im Fernsehen der Film eines spanischen Komikers aus den fünfziger Jahren, Paco Martínez Soria, angekündigt wurde, ein Film, dem Carvalho insgeheim enthusiastischen Beifall zollte, war er doch von einem Einschläferungsvermögen, das in der gesamten Welt der bereits totgeborenen Filme seinesgleichen suchte. Alles an seinem entspannten Körper drückte Freude und Zufriedenheit aus, als der letzte Halt des Reisebusses ihm anzeigte, daß sie in Valencia, ungefähr auf der Hälfte der Strecke, angekommen waren und daß in der Nähe des zentralen Busbahnhofes bereits der Lastwagen auf ihn warten mußte. Er stand auch tatsächlich dort, mitsamt einem rothaarigen Fahrer, auf dessen Oberkörper ein üppiger Bewuchs sproß, der erst in Höhe des Hosenschlitzes verschwand.

»Und?«

»Nach Carcassone. Zum Haupttor der Stadtmauer.«

»Wenn alles gutgeht und wir die Autobahn nehmen, fünf bis sechs Stunden. Zahlen Sie die Maut?«

»Ich habe schon in Sevilla bezahlt.«

»Aber nicht die Maut.«

»Stimmt. Gut, ich zahle sie.«

Der Lastwagenfahrer fing an zu lachen.

»Sie sind aber naiv. Bei so einem Transport muß man keine Maut bezahlen, das macht die Firma. Wir fahren immer Autobahn, es ist nicht mehr wie früher. Laden Sie mich, wenn wir nach Katalonien kommen, an einer Raststätte zu etwas Handfestem ein. Hier haben Sie die Papiere: José Sarmiento García, Beifahrer. Geboren in Santander. Fünfundfünfzig Jahre alt.«

»Danke.«

»Wofür?«

»Für das Alter.«

»Heute gibt es viele Leute, die aussehen wie fünfundfünfzig. Ich glaube, die meisten sehen so aus. So hat es mir jedenfalls der Geschäftsführer der Firma erklärt.«

»Was haben Sie geladen?«

»Schuhe aus Alicante mit italienischen Namen, aus Angeberei, weil die Italiener als Designer berühmt sind. Und Sie, was haben Sie in Frankreich vor?«

»Mein Französisch auffrischen. Ich habe viel vergessen.«

»Ihr Französisch auffrischen. Daß ich nicht lache.«

Die Hände an der Gangschaltung und die geübten Füße auf dem Pedalwerk ließen den Wagen losrollen und entlockten dem Motor tiefe Seufzer. Der Mann hub zu einem Monolog an, der bis Tarragona dauern sollte, einem Monolog über das elende Leben der Fernfahrer, ständig unter dem Druck, die von der Firma vorgegebenen Zeiten einzuhalten, dazu die Streitereien mit den Verkehrspolizisten, egal, ob von der Guardia Civil oder der regionalen Polizei, die miserable Ernährung, die in jeder Hinsicht hundsmiserable Ernährung, ob man es nun vom Standpunkt einer vernünftigen Ernährung oder vom kulinarischen Standpunkt aus betrachtete. Wenn er Zeit hätte, würde er ihm eine Art Kühlschrank zeigen, für den es nicht immer Strom gab – manchmal mußte er auf Eis zurückgreifen – und in dem er einige Grundnahrungsmittel mitführte wie Käse oder Würste, *Botifarrons* und *Blancos*, vorzugsweise die aus Murcia, weil die am besten mit Anis gewürzt sind. Und etwas zu trinken. Nein, um mit klarem Kopf zu fahren, sei es nicht ratsam, aber wenn man im Lastwagen übernachten müsse, gebe es zum Einschlafen nichts Besseres als drei oder vier *Carajillos*, und dann komme der Moment, in dem man sich daran gewöhne und sein Leben aufs Spiel setze.

»Mehr als vier Fernfahrerfreunde von mir sind an Leberzirrhose gestorben. Und am schlimmsten ist die Kombination von *Carajillos* und Zigaretten. Ich habe mir das Rauchen im vergangenen März abgewöhnt, mit Hilfe von Akupunktur und einem Gelübde, das meine Mutter abgelegt hat. Falls ich aufhöre zu rauchen, wollte sie einen violetten Habit anziehen und der Heiligen Jungfrau der Schutzlosen danken. Nicht daß wir an solchen Firlefanz glauben, aber diesmal hat es geklappt. Ich rauche nicht mehr.«

Carvalho waren schweigsame Fahrer lieber, doch das Gesprächsthema fing an, ihn zu interessieren, vor allem der Habit, den die Fernfahrermutter bei ihrer Wallfahrt zur irdischen Heimstatt der Heiligen Jungfrau der Schutzlosen getragen hatte.

»Wo bekommt man so einen Habit?«

»Sie hat ihren in Valencia in einem Geschäft in der Nähe vom Markt gekauft, in einem Viertel, in dem man alle möglichen Arten von Uniformen finden kann. Es gibt sogar welche vom Orchester El Empastre, das, glaube ich, nicht mehr existiert. Ich habe jedenfalls nie mehr von der Empastre-Kapelle gehört, die ich immer mit El Bombero Torero in Verbindung bringe.«

»Heute sind fast alle Toreros Marokkaner.«

»Marokkaner?«

»Ja, Marokkaner. Es wird nur nicht ausposaunt, damit das Publikum nicht die Lust verliert.«

»Wollen Sie mich auf den Arm nehmen?«

»Haben Sie noch nie von Chiquito de Agadir gehört?«

»Kommt mir irgendwie bekannt vor.«

»Wissen Sie, wo Agadir liegt?«

»Nun, so auf Anhieb ...«

»In Marokko. An der marokkanischen Atlantikküste.«

»Scheiße! Das heißt, die Typen nisten sich überall ein. Wo man auch hinkommt, trifft man auf einen Mauren, der die Arbeit eines Spaniers macht. Das ist ja wohl das letzte. Und jetzt sogar als Toreros.«

»Und das, obwohl ihre Religion ihnen verbietet, Schinken zu essen und scharfe Sachen zu trinken; sie scheren sich nicht darum. Sie essen trotzdem Schinken und trinken Alkohol, damit niemand mit dem Finger auf sie zeigen und schreien kann: Auf die Mauren mit Gebrüll!«

»Ich habe mal einen sehr schlechten, aber sehr beunruhigenden Film gesehen. Darin überfallen Marsmenschen die Erde, und zwar auf eine hundsgemeine, richtig hundsgemeine Art und Weise. Sie bemächtigen sich der Körper der Menschen, mitsamt der Papiere und allem Drum und Dran, auch der Familie, das heißt, zum Beispiel treiben sie es mit der Frau von demjenigen, dessen Stelle sie eingenommen, den sie usurpiert haben, und so ergreifen sie nach und nach Besitz von New York, ich glaube, es war New York.«

»Höchstwahrscheinlich.«

»Nun, mit den Mauren ist es das gleiche. Frankreich haben sie sich schon unter den Nagel gerissen, und jetzt kommt Spanien dran. Nicht zu fassen. Chiquito de Agadir. Dreist und unverfroren muß man sein.«

Carvalho hatte ihm Monologstoff bis Barcelona geliefert, und dort verstummte er, denn von nun an schlief er sporadisch ein. Der Wagen reagierte auf die Lenkunterbrechungen, indem er mal gen rechten Straßengraben, mal auf die Linksspur rollte, von der ihn hupende Fahrzeuge zu vertreiben suchten, die ihn überholen wollten.

»Beim erstbesten Parkplatz müssen wir anhalten.«

Das taten sie; der Fahrer setzte sich im Schneidersitz auf den Boden, ließ die Arme entspannt hängen und fing an, tief ein- und auszuatmen. Dann stand er auf, vollführte langsam etwa zehn Gymnastikübungen, die Carvalho wie eine Parodie erschienen, doch dem Mann »mordsmäßig gut« bekamen, wie er ein ums andere Mal wiederholte. Er stieg in den Laster, fuhr aber nicht los, sondern reckte sich, um zuvor zu prüfen, ob er in der Lage sei zu fahren. Allzu ausdauernd war er letztlich jedoch nicht; er nickte ein paarmal weg und schlief dann mit dem Kopf auf dem Lenkrad endgültig ein, nachdem er erklärt hatte, er sei eine Doppelschicht gefahren, weil er Geld für den Kauf eines Taxis benötige.

»Sobald ich das Geld zusammenhabe, kann mich der Lastwagen mal. Das ist kein Leben. Sollen doch die Mauren damit fahren. Stierkampf und Schweinereien in rauhen Mengen, aber hier möchte ich die mal erleben.«

Er schlief beinahe eine Stunde, wobei er hemmungslos schnarchte und kaum atmete, so als wäre er kurz vor dem Ersticken oder nahe einem Infarkt. Seit er *Lohn der Angst* mit Charles Vanel und Yves Montand gesehen hatte, die eine Ladung Sprengstoff in ein Land in Mittelamerika, vermutlich nach Guatemala, transportieren, erschienen Carvalho Fernfahrer wie literarische Figuren. Wann immer in Filmen ein Lastwagen auftauchte, sorgte er wie ein geheimnisvolles, schlagkräftiges, widernatürliches Objekt für Unruhe und wurde normalerweise von problembeladenen, schlechtrasierten Menschen gelenkt. Er hatte noch nie eine Lastwagenfahrerin gesehen. Wenn die Frauen hinter dem Steuer der Laster säßen, würden sich die Fahrgewohnheiten vielleicht ändern, oder auch nicht; vielleicht würde sich auch Kilometer um Kilometer die Kultur der Selbstzerstörung unserer Persönlichkeit weiter durchsetzen, verkommen zum bloßen Instrument eines Reisewegs, und auch die Frauen würden *Carajillos* trinken, sie würden an Leberzirrhose sterben und über die Straßenränder fahrend auf ewig über ihrem Lenkrad einschlafen.

»Wo sind wir?«

»Hinter Barcelona. Kurz vor der Mautstelle von Granollers.«

Sie trafen so frühzeitig vor der Verabredung in Carcassonne ein, daß Carvalho Zeit hatte, in verschiedenen Kneipen vor allen möglichen Sorten von Getränken zu dösen. Später suchte er nach einem anständigen Restaurant, dessen *Cassoulet* noch nicht von den Touristenhorden verdorben war, von Mauerfreunden aller Couleur, die die Stadtmauern Carcassonnes zu den begehrstesten Europas gemacht hatten. Als die Stunde der Verabredung näherrückte, ging Carvalho, sein gesamtes Gepäck im Schlepptau, die Geschäftsstraße – alle Straßen hatten sich dem Kommerz verschrieben – hinauf, die man ihm bei seiner Suche nach dem Besuchereingang der Burg von Carcassonne auf dem Stadtplan gezeigt hatte. Mitunter verweilte sein Blick auf den Schaufenstern, die verträumte Terrinen oder Dosen mit Leberpastete, *Confit d'oie* und *Cassoulet* darboten, Juwelen, die den einheimischen Metzgern zu verdanken waren, für die der Reisende aber weder Zeit noch Platz hatte, obwohl es ihn danach gelüstete. Es handelte sich um eine in Ruinen gepferchte Stadt, in der bis zum Einbruch der Nacht stets ein Riesengetümmel herrschte. Doch an diesem Tag war es, als spiele sie die Hauptrolle eines besonderen Festes, das nicht dorthin gehörte, so als müsse er auf seiner Weltreise für eine kleine Pause hier innehalten. So erschien es dem Besucher jedenfalls, dem Durcheinander der Reisebusse nach zu urteilen, die ihre Aufenthaltszeiten planten, und der Eile, die Reiseführer und Fahrer hatten, »um nicht zu spät zu kommen«. Er schnappte die Äußerung »Der Ort, den sie ausgewählt haben, ist nicht besonders groß. Wir dürfen nicht zu spät kommen« auf und kümmerte sich nicht weiter darum, denn es konnte sich ebensogut um eine Versammlung des Heiligen Rockerkardinalskollegiums handeln wie um eine Stripteasevorführung der Damen Bush und Blair zwecks Fundraising für den Krieg gegen den Irak. Am Ende der Steigung erblickte er Biscuter, doch war dieser nicht alleine. An seiner Seite posierte Madame Lissieux, die Tänzerinnenbeine in Ruhehaltung, an den Füßen eine Art katalanischer Espadrilles, als kleidsames ethnologisches Zugeständnis an ein mauernumgebenes Panorama aus Steinen, das seinesgleichen suchte.

Nach spärlichen Worten der Begrüßung schlug Biscuter vor, sich in eine der Touristenfallen vor dem Haupttor der Burg zu setzen. Die beiden hatten bereits jeder ein *Demipanaché* vor sich stehen, als Carvalho einen Pernod bestellte, um sich seine Kinderzeit eines Trinkers in Erinnerung zu rufen; trotzdem dauerte es eine Weile, bis sie auf den Grund des Treffens zu sprechen kamen.

»Chef, uns steht ein ganz außergewöhnliches Abenteuer bevor. Eine dieser Erfahrungen, die in das große Buch der Geschichte der Menschheit eingehen werden. Wir beide haben uns schon vor Monaten dazu verpflichtet, dabei mitzumachen, und wir haben während der Zeiten der Trennung häufig telefoniert, um unsere Teilnahme an dem Projekt zu planen, von dem Sie übrigens nie ausgeschlossen waren. Aber Sie sind ein ganz spezieller Fall, Ihnen muß man die Dinge zum rechten Zeitpunkt mitteilen.«

»Zum Beispiel nach einer Weltreise.«

»Zum Beispiel.«

Biscuter schwieg, nicht aus Verlegenheit, sondern der Lust wegen, mit der sein ganzer Körper und seine Seele auf die besten Worte zur Beschreibung des Wunders warteten.

»Wir fliegen ins All.«

Carvalho prüfte kurz, ob das Paar seinem Blick standhielt, und gelangte zu dem Schluß, daß die beiden tatsächlich ins All fliegen würden.

»Wie?«

»Im Moment durchlaufen wir gerade eine Phase der Bewußtwerdung in der Sahara, im Süden Marokkos. Sie haben es in Ouarzazate schon gesehen, das Offenbarungscamp, das wir besucht haben, Sie erinnern sich, in dem die Ziele sich am Ende konkretisieren und unsere subjektiven Fähigkeiten, sie zu erreichen, unter Beweis gestellt werden. Alsdann werden drei Expeditionen zu dem ausgewählten Planeten, vielleicht Mars oder Pluto, aufbrechen, im Moment hört es sich eher nach Mars an, der kulturellen Tradition wegen und weil wir so mit technischen Geräten ausgestattet sind, daß wir ihn halbwegs bewohnbar machen können. Alles beginnt heute nacht. Eine Art symbolisches Raumschiff wird auf dem großen Zentralplatz der Burg Puivert landen, und wir werden mit ungefähr fünfzig Leuten, die speziell für »Die große Erforschung« vorbereitet sind, an Bord gehen. Das ist eine radikal laizistische Philosophie, die versucht, an einem nicht so unwiederbringlich verlorenen Ort wie der Erde neue Abhängigkeits- und Kreativitätsverhältnisse zu schaffen. Uns steht unmittelbar eine Phase bevor, in der wir auf tierische und pflanzliche Nahrung verzichten werden, um die letzte Ursache für die ursprüngliche Gewalt zu vernichten. Wir wären glücklich, rundum glücklich, wenn Sie uns begleiten würden. Sie wären sehr nützlich bei der Erforschung neuer Geschmacksrichtungen und Texturen, um einen Ersatz für die Leichen zu finden, sei es die von Lämmern oder die von Salatköpfen.«

Der Blick der Frau bekräftigte Biscuters Vorschläge. Sie meinten es ernst. Sie sprachen wie völlige Irre, die entschlossen waren, von einem Schauplatz der Katharer aus eine materialistisch-atheistische Flucht nach vorn anzutreten und dabei Glaube und Hoffung als verdächtigerweise nicht gänzlich weltliche Tugenden zu nutzen. Carvalho war versucht, Biscuter zu sagen, das marokkanische Camp, in das sie gingen, sei vermutlich ein Wurmfortsatz des maghrebinischen Hollywoodtrabanten, doch ihm rutschte heraus:

»Und auf welchem Berg Sinai sind euch diese Wahrheiten offenbart worden?«

»Auf dem der Wissenschaft«, fuhr Madame Lissieux schneidend dazwischen. »Aber der Glaube versetzt Berge, wie die Romantiker seit Kant behauptet haben. Die Zukunft kann, oder besser gesagt, muß ›eine Religion sein, die auf der weltlichen Hoffnung fußt‹. So hat es ein postmarxistischer, materialistischer und mithin theologischen Tugenden oder Gewißheiten wenig zugeneigter Philosoph formuliert: Bloch.«

»Es gibt keine Offenbarung, Chef. Keinen Gott. An der Expedition nehmen Wissenschaftler teil, Gelehrte, Techniker, Ernährungsspezialisten, Denker und ein paar Fachleute für Marketing, damit sich das Produkt rentiert und wir die Expedition finanzieren können. Wir haben zum Beispiel *Star System* ein Zugeständnis in Gestalt des falschen Kapitäns Nemo gemacht. Jeder Film braucht einen außergewöhnlichen Darsteller.«

Carvalho wollte sich schon bei so suspekten Begriffen wie »Marketing«, »Produkt« und »rentieren« aufhalten, doch Biscuter verpaßte ihm eine antitheologische kalte Dusche.

»Man muß dem Erdengott entrinnen. Das ist ein Prinzip der Katharer. Sie wissen ja, daß ich mich seit ein paar Monaten sehr für diese Religion interessiere. Sie war so etwas wie ein primitives Christentum, wahrscheinlich bulgarischen Ursprungs, das bis ins dreizehnte Jahrhundert in dieser Gegend überdauert hat.«

Angesichts Carvalhos Verblüffung kam Madame Lissieux ihm zuvor und ergriff das Wort:

»Der Gott dieser Welt ist ein fremder Gott. Die Katharer wußten dies sehr genau und sagten es auch. Welch großartigen Sinn der Ausspruch dieser Spiritualisten nun wieder hat! Sie sind gerade um die Welt gereist, Sie wissen, daß sie einen fremden Gott hat. In welcher Macht Sie ihn auch immer verkörpert sehen mögen, er ist ein Gott, der unseren wahren Bedürfnissen fremd ist, der eine Sprache spricht, die uns verachtet, und der uns mit seinem Schweigen ignoriert. Er braucht Kriege und ist sogar zur absoluten ökologischen Katastrophe entschlossen. Wissen Sie, es ist wie eine Metapher. Der Gott der Erde war und ist böse, und deshalb stand für die Katharer Gott außerhalb dieser Welt. Wir beabsichtigen, ebenfalls fernab von dieser Welt ein neues Ordnungsprinzip für die Beziehungen der Menschen untereinander und mit der Natur zu schaffen. Ich weiß nicht, ob Sie sich an das von Beethoven vertonte Schillergedicht erinnern, dem man vor zwanzig oder dreißig Jahren eine Melodie gegeben hat, die sich halbwegs singen läßt. Es hieß darin sinngemäß, wenn man die Freiheit nicht auf dieser Welt erlangt, dann muß man sie in den Sternen suchen.«

Carvalho schaute die beiden an, als wären sie zwei Fremde, die plötzlich mit einer nicht wiederzuerkennenden Physiognomie an seiner Seite aus dem Boden gesprossen waren. Biscuter tat etwas, das er noch nie gewagt hatte: Er beugte sich zu seinem Chef vor und legte ihm eine Hand auf den Arm.

»Ich sage es nicht Ihretwegen. Ich sage es um meinetwillen. Es ist meine letzte Chance. Wissen Sie, wie alt ich bin?«

Nein, er wußte es nicht. Vielleicht hatte er geglaubt, Biscuter habe seit dem Tag, an dem sie sich kennengelernt hatten, nicht nur sein Denken, sondern auch sein Alter konserviert.

»Ich bin zwei Jahre älter als Sie.«

Biscuter war also ungefähr in seinem Alter. Etwas Ähnliches wie die Angst am Tag der Prüfung, vor einem Schulgericht oder einem Militärtribunal, was beinahe das gleiche ist, ergriff von Carvalho Besitz, in der Mitte seines Körpers, so als hätte dort plötzlich eine Skulptur von Moore Gestalt angenommen, ein riesiger Tumor aus Leere, Intuition oder dem Gefühl von Zeit, Zeit, Zeit, die ihn zu verändern vermochte. Wahrscheinlich hatte sie ihn verändert, was er bemerken würde, wenn er sich die Mühe machte, einen Spiegel zu Rate zu ziehen. Auf einmal war er so alt wie Biscuter, und der war sogar noch älter, trotz seiner Unschuldsmiene eines mit der Zange geholten Neugeborenen, seiner Diskantstimme, und es war klar, daß ihnen nur noch blieb, zum Mars zu fliegen oder mit zwei Jahren mehr auf dem Buckel als Carvalho zur monotonen Realität der allmorgendlichen Eindimensionalität zurückzukehren. Unmöglich, irgend etwas von dem wiederaufleben zu lassen, was sie einmal inspiriert hatte, unmöglich auch zu erwarten, daß je wieder etwas sie inspirieren würde. Biscuter auf dem Mars, er in Vallvidrera.

»Ihr seid verrückt. Ihr werdet niemals bis zum Mars kommen.«

Die beiden zuckten mit den Schultern. »Im Moment haben wir eine Wüste und ein Ziel. Und Sie?« – »Ich?« Er könnte mit der Bank eine bezahlbare Hypothek für sein Haus aushandeln, was zwar bedeutete, es praktisch zu verkaufen, was ihm indes ermöglichen würde, es bis zu seinem Tode zu behalten. Warum also nicht verkaufen und an irgendeinen Ort gehen, von dem er nicht mehr würde zurückkehren wollen? Doch die vermaledeite Kultur setzte ihm zu mit ihrem Filter aus Worten, und da waren die letzten Verse eines Gedichts von Pavese über die Meere des Südens. Die objektive Negation der irdischen Mythen. Der Seemann nimmt dem Jungen, der ihn sehnsüchtig befragt, alle Illusionen über die Paradiese, die er schauen durfte.

»Der Ort, von dem aus wir heute starten werden, die Katharerburg Puivert, ist wunderschön. Was ihre Lage betrifft, ist sie nicht die imposanteste, aber sie verfügt zwischen der ehemaligen Zugbrücke, der Burgtreppe und dem Bergfried über einen riesigen Platz. Zudem liegt sie zwar ein wenig erhöht, aber doch so, daß man von außen durchaus erkennen kann, was zwischen ihren Zinnen passiert. Es handelt sich um einen achtzig mal vierzig Meter großen Innenhof, der vertikales Landen und Starten erlaubt. Früher muß es ein schönes Schloß gewesen sein, eher ein Fest- als Wehrschloß.«

Madame Lissieux setzte Biscuters Erklärungen fort. Tatsächlich hatten sie und der Assistent die ganze Reise über Kontakt gehalten, auch in Zeiten physischer Trennung. Und während dieser Wochen hatte sie alles an ihn weitergegeben, was sie über das Projekt wußte. Als sie Biscuter auf der Fähre von Barcelona nach Genua gesehen hatte, war ihr sofort klargeworden, daß er die ideale Person für die Expedition war, weil er so ungeheuer wenig über sich selbst wußte, daß er zwangsläufig zu einem großartigen Neuschöpfer von Lebensformen werden würde.

»Warum kommen Sie nicht mit, Chef? Später könnten wir Charo dazuholen, und vielleicht würde alles wieder so werden wie am Anfang, der Beginn einer möglichen, großartigen Erfahrung.«

Carvalho dachte ernsthaft über die Frage, die Möglichkeit und die Antwort nach.

»Mir kommt das, was mich in Barcelona erwartet, ebenso langweilig vor wie das, was euch aller Wahrscheinlichkeit nach nicht erwartet. Ihr werdet nie zum Mars gelangen, und wenn, dann werdet ihr euch zerstreiten. Der Fehler liegt im Ursprung. Leben und Geschichte folgen auf ewig dem falschen Entwurf.«

Sie baten ihn, sie wenigstens bis zur Burg zu begleiten, um sich in genau dem Moment von ihnen zu verabschieden, in dem alles losgehen sollte. Beim Besteigen des blauen Reisebusses mit lauter fluoreszierenden Lichtern und geometrischen Zeichen nutzte Biscuter die Gelegenheit und blieb neben Carvalhos Sitz stehen. Er sagte zu ihm:

»Am Anfang werde ich etwas Geld benötigen, aber sobald ich auf dem neuen Planeten angekommen bin, stelle ich Ihnen die mir noch verbleibenden Ersparnisse zur Verfügung. Ich schicke Ihnen demnächst ein Papier. Als Privatermittler können Sie einpacken. Ich sage das wegen der Lust. Sie haben keine Lust mehr.«

Biscuter beschloß, sich während der Fahrt nach Puivert durch das Land der Katharer neben ihn zu setzen. Er rief zahllose Momente ihres gemeinsamen Lebens in Erinnerung und versuchte zu beweisen, daß er in Carvalhos Leben präsent gewesen sei, nicht umgekehrt.

»Aber wir haben große Dinge vollbracht. Große Unternehmen durchgeführt. Großes Unrecht aus der Welt geschafft. Es ist ein Jammer, Chef, daß Sie so müde sind, das macht mir schon länger Kummer. Ich sage Ihnen das in aller Offenheit. Was wird aus mir, wenn Sie nicht mehr sind? Deshalb ermutige ich Sie, schließen Sie sich uns bei unserem Abenteuer an. Alles liegt vor uns, und alles, was wir hinter uns lassen, hat uns sowieso schon verlassen.«

Die Erdenflüchtlinge sangen weder heilige Hymnen noch Buslieder, sie kannten einander nicht besonders gut und sprachen kaum, doch wirkten sie ruhig, ja, zufrieden in ihrer Selbstversunkenheit, die es schwermachte, ihnen ein Alter, einen Beruf, einen Familienstand zuzuordnen, als wären das nicht ihre Gegner. Scheinbar hatten sie weder Alter noch Beruf, und der Familienstand hing davon ab, was jeder einzelne von ihnen unter Stammesidentität verstand. Doch Biscuter erklärte, wer und was sie waren: Physiker, Biologen, Chemiker beiderlei Geschlechts, ehemalige Priester und ehemalige Nonnen, Bergleute, Ärzte, jemand vom Militär, Ingenieure und ein Gärtner aus La Bisbal, der Pere hieß und der einzige Bauer war, den er symbolisch erkennen konnte.

»Schauen Sie, Kapitän Nemo ist der in der zweiten Reihe von hinten.«

Dort saß er, der gutaussehende greise Ex-General, und sinnierte vor sich hin, wie es schien. Doch Carvalho beschäftigte angesichts seiner vorletzt geäußerten rationalen Widerstände Dringlicheres.

»Ihr werdet also an Bord einer fliegenden Untertasse gehen? Wo habt ihr die her? Aus einem Ufo-Lager?«

»Nein. Es ist keine fliegende Untertasse. Es ist ein Fluggerät, das vertikal starten und landen kann. Ein Raumschiff größer als die Harrier, aber nach dem gleichen Prinzip gebaut.«

»Ist es ein Beitrag von Adidas oder von Unilever?«

»Weder noch. Verschiedene an Raumfahrtprojekten beteiligte Industriebetriebe haben daran mitgewirkt. Wir haben ganz ernsthaft in Erwägung gezogen, zum Beginn einer Entmilitarisierung des Weltraums zivile Kunden zu werden. Jetzt wird die Ausrüstung für den Raketenstart erarbeitet, sowohl die Abschußrampe als auch das erste Raumschiff. Die Wissenschaft ist das Komplexeste an der Sache, wir werden ja erst an Ort und Stelle verstehen können, auf welche Weise auf dem ausgewählten Planeten Leben geschaffen oder zumindest erhalten werden kann.«

»Werdet ihr Werbe-T-Shirts tragen wie die Fußballspieler?«

»Darüber ist noch nicht gesprochen worden, aber es gibt Angebote von der Ökoindustrie.«

Es war schon dunkel geworden über dem Katharerland, wenngleich sich hoch über den Felsen noch die eine oder andere Burg erahnen ließ. Biscuter versäumte nicht, erläuternde Details zur Tragödie der Katharer zu erwähnen, deren Philosophie den Versuch eines primitiven, eng verschworenen Christentums darstellte, das sich in dieser Gegend Okzitaniens etabliert hatte und sogar bis über die spanische Grenze nach Katalonien und Aragonien gelangt war. Vor allem hatte es die unteren, systemfeindlichen Volksschichten mobilisiert, aber auch einige Systemträger, Feudalherren, die Bewußtsein erlangt und sich ihrer eigenen Rolle, der Rolle der Macht bewußt geworden waren und sich von ihr distanziert hatten.

»Es gibt eine Straße der Katharerburgen, zu deren Besichtigung ich Ihnen rate, falls Sie sich entschließen hierzubleiben. Ich empfehle Ihnen besonders Quéribus, Puilaurens, Peyrepertuse, wo wir diese Inszenierung ursprünglich machen wollten, weil es dort noch einen Zentralplatz mit festem Boden gibt. Doch ist die Burg zu schwer zu erreichen. Und Sie sollten sich Dörfer wie Lagrasse oder Burgen in einer so magischen Umgebung wie der von Lastours anschauen. Dann den Lac Montbel ganz in der Nähe von Puivert und den gesamten Canal du Midi, der eng mit dem Land der Katharer verbunden ist, das ungefähr zwischen Minerve und dem Mont Noir im Norden, Foix im Westen, Puilaurens im Süden und Narbonne im Osten liegt. Wir haben dieses Land deshalb als Ausgangspunkt gewählt, weil es einem überaus gelehrten, abtrünnigen Christentum diente. Die Katharer strebten ein Christentum ohne Macht und ohne Reich an, und sie waren bekannt als gute Menschen, die in einem privilegierten Land lebten. Ihr Beispiel war unerwünscht, und alle möglichen Machthaber fielen über sie her, um sie auszurotten und in Verruf zu bringen. Exemplarisch dafür ist die traurige Schlußszene der Folterung und Ermordung von Guilhem Belibasta, bekannt als letzter Parfait. Er war nicht unbedingt der beste Katharer. Als Hirte hatte er im Streit sogar einen Mann getötet. Deshalb ließ die

Kirche ihre ganze Wut an ihm aus und versuchte, sich zu rechtfertigen, indem sie das Katharertum diskreditierte. Ihn zu töten bedeutete zudem, das zu durchbrechen, was die Katharer als »die apostolische Kette« bezeichneten, und so die Ernennung eines Nachfolgers des Parfait zu verhindern. Belibasta war aus den Kerkern von Carcassonne geflohen, und um ihn einzufangen, wurde zu Methoden wie aus einem Spionageroman gegriffen. Ein ehemaliger Katharer, der ihn in der Gegend von Teruel und in Katalonien gesehen hatte, gewann sein Vertrauen und verriet ihn an den Erzbischof von Narbonne. Er wurde brutal gefoltert und im Herbst des Jahres 1321 auf dem Scheiterhaufen verbrannt.«

»Das ist eine Verlierergeschichte.«

»Alle Abtrünnigen beginnen als Verlierer. Aber früher oder später gewinnt die Wahrheit die Oberhand – zumindest sollte sie das.«

»Du hast gesagt, du würdest kein Fleisch und kein Gemüse mehr essen. Ich weiß nicht, welchen Ersatz ihr dafür gefunden habt. Als Kind rührten mich die Geschichten von Professor Franz de Copenhague. Damals herrschte Hunger, und in *TBO*, einem Comic für Kinder, erfand dieser Professor sogar ein Verfahren, wie man Sand essen konnte.«

»Ich kann mich an die Geschichten erinnern. Aber wir werden keinen Sand essen, sondern chemische Substanzen, die mit Aromen aus dem Geschmacksarchiv versetzt werden. Können Sie sich vorstellen, wie es sein wird, wenn wir eines Tages Tiere und Salatköpfe ohne Schuldgefühle anschauen?«

»Aber die nichtmenschlichen Tiere fressen sich trotzdem weiterhin gegenseitig auf.«

»In einer langen, langen Anfangsphase ist das unvermeidlich, bis wir imstande sind, ihre Fortpflanzungszyklen zu kontrollieren und mithin die Möglichkeit haben werden, sie mit unblutiger Nahrung zu versorgen. Das wird das Ende der Gewalt, der Grausamkeit sein.«

Im riesigen beleuchteten Reisebus begann eine Musik zu spielen, die man besser von außen als innen hören konnte, irgend etwas aus dem Barock, das mit den Wellen der Aude harmonierte, die seit Carcassonne die Strecke nach Puivert durch die Region von Razès umspielt hatten. Biscuter wußte verblüffend gut Bescheid über die Gegend und ihre wechselvolle Geschichte, überlegte Carvalho, der sich seinen Assistenten nicht wegdenken konnte aus den Grenzen des Büros an den Ramblas, der winzigen Küche unmittelbar neben dem Klo und dem kleinen Zimmer, in dem er dreißig Jahre lang gelebt hatte. Und jetzt spekulierte er über die Frage, wie man ohne Grausamkeit essen und trotzdem die Sinne am Leben halten könnte, die an den Vorgängen des Kochens und des Essens beteiligt sind.

»Durch Sinnestäuschungen. Durch optische, Geruchs- und Geschmacksillusionen.«

»Das würde nicht reichen. Zumindest nicht für ganze Jahrgänge von Menschen, die über eine Erinnerung an den Geschmack und mithin über den Geschmack von Erinnerung verfügen. Und was ist mit der Konsistenz? Und den Formen? Wir dürfen eine so komplexe Zeremonie nicht auf den simplen Akt des Einnehmens einer Tablette oder einer Flüssigkeit reduzieren, auch nicht, wenn sie nach Stockfisch auf Biskaya-Art oder *Oreiller à la Belle Aurore* schmecken. Genau wie die Diätlehre die sensitive Intelligenz jedes Genießers der Kochkunst beleidigt und es nicht gelungen ist, das Wissen über gesunde Ernährung mit dem Wissen über Kochkunst in Einklang zu bringen, sollte auch die Beseitigung der Gewalt als letzte Ursache menschlichen Unglücks nicht die Verstümmelung irgendeines Vergnügens zur Folge haben.«

Die Unterhaltung fing an, Carvalho zu ermüden. Sie erschien ihm so überflüssig, wie in Gesellschaft seiner selbst nach Marokko und anschließend zum Mars oder auf den Pluto zu fliegen. Plötzlich war am Horizont ein eigentümliches Funkeln wie von der Skyline einer Burgruine zu sehen, über die noch immer gebieterische Türme ragten. Im Inneren des Busses entstanden merkwürdige Vibrationen, als würden die Hoffnungen der Reisenden in Wellen zur Burg gesandt, in der Illusion, sie nähere sich dadurch, trotz einer gewissen Beklemmung, die mit der Stunde der Wahrheit einherging. Der betagte, aber kräftige, sonnenverbrannte Nemo stand auf und intonierte eine alte Hymne, in die nur wenige einzustimmen wußten. Carvalho hätte es gekonnt, aber er wollte nicht, wenngleich es eine Zeit gegeben hatte, in der er die Manifestationen dieser Kultur des Widerstands und des Vertrauens in die Auserwählten, die die Geschichte verändern würden, geliebt hatte.

> *Ohé compagnons, dans la nuit, la liberté nous écoute.*
> *C'est nous qui brisons les barreaux des prisons de nos frères.*

Zum ersten Mal hatte er das Lied der Partisanen auf einer Platte bei Juliana zu Hause gehört, in einer tristen alten, aber behaglichen Etagenwohnung in einer Gasse in der Nähe der Plaza de Sant Jaume, der Calle Raurich, wenn er sich nicht irrte. Es waren keine streng politischen Versammlungen, sondern eine sonn- oder samstägliche Kommunion von Jugendlichen, die entschlossen waren, im Kampf gegen Franco, gegen den vordergründigen Widerspruch, und gegen den Kapitalismus, den Grundwiderspruch, den Märtyrertod zu sterben. Die Musik leistete ihnen dabei Gesellschaft und verband sie mit allem, wofür sie gemeinsam kämpfen würden, wenn sich die Gelegenheit böte, und zwar nicht nur jene epische, von Yves Montand gesungene Form aus einer Anthologie französischer Volkslieder, sondern auch die Chöre der Sowjetarmee, die republikanischen Gesänge aus dem Spanischen Bürgerkrieg, die antifaschistischen italienischen Lieder, die aus Puebla für Fidel Castro und die intelligenten Chansons über die unglückliche Liebe von Brassens, Ferré oder Mouloudji. Leicht angetrunken von dem allerbilligsten Wein, aber solidarisch verließen sie diese Zusammenkünfte, und in den Gäßchen des armen oder des alten Barcelonas war ihnen so, als hörten sie das Echo der verschwiegenen Schritte der Partisanen neben den Stiefeln der Nazis, dabei waren es doch ihre eigenen Schritte. Wenige im Bus kannten das Lied, darunter selbstverständlich Madame Lissieux und zwei weitere Frauen mit sehr schönen Stimmen, die zu dem vorzüglichen Organ des starken Alten paßten, einem beachtlichen Baß, der vielleicht von den Organisatoren des Fests engagiert worden war, um den episch-lyrischen Charakter des Ereignisses zu unterstreichen. War dem Reisebus bereits unterwegs außergewöhnlich viel Verkehr vorausgefahren und gefolgt, so nahm dieser in der Nähe der Anhöhe, auf der die Burg thronte, noch weiter zu. Der Fahrer mußte auf Hupe und Lichtsignale zurückgreifen, um sich einen Weg zwischen Menschen und Autos zu bahnen, und bald auch auf die Hilfe eines Ordnungsdienstes, erkennbar an seinen fluoreszierenden Hemden. Biscuter hatte nur noch Augen für die erhellte Silhouette der Burg Puivert vor dem Himmel. Er ließ Carvalho auf seinem Sitz zurück und begab sich zu dem von Madame Lissieux, um ihr mit der einen Hand die Schulter zu drücken und mit der anderen übers Haar zu streicheln, Gesten, die Carvalho dem, was er gerade erlebte, noch stärker entfremdeten, so als feierte Biscuter eher seinen Junggesellenabschied als ein transzendentales Ereignis in der Geschichte der Diaspora der Menschheit. Eine Stimme aus dem Off kündigte ihnen an, der Reisebus werde direkt bis vor das Tor der Burg fahren, sie sollten gemeinsam auf das unmittelbar bevorstehende Eintreffen des Raumschiffs *Clairté* warten, zu dem nur die Genossen Zugang hätten, die den Millennium-Paß besäßen. Alsdann würde das Raumschiff, wie sollte es auch anders sein, *Nautilus* heißen. Carvalho rief Biscuter zu sich, um ihn über den Namen der Expedition, nicht den des Raumschiffs zu befragen.

»Die gesamte Expedition heißt Millennium.«

Biscuter zog aus der Tasche seines Jacketts eine Karte mit seinem Foto, seinen persönlichen Daten und der Angabe seines Berufs, nämlich Koch. Er würde als Koch zum Mars oder Pluto fliegen. Auf der Rückseite der Karte stand das Fragment einer Predigt:

Ihr Geschätzten:
Diese Welt rast ihrem Ende entgegen, und wie gewöhnlich wird die Lage nur um so schlimmer, je länger sie sich hinzieht. Und so

soll es sein, denn ob der Sünden der Menschen gewinnt die Ankunft des Antichrist einen noch perverseren Schein, und so wird alles wahrhaft finster und schrecklich sein auf Erden. Dies ist die Nacht des Heiligabend, und es ist nur natürlich, daß mit ihr eine neue Hoffnung geboren wird.

Leicht veränderter Auszug aus der Predigt des Wulfstan von York aus dem Jahr 1014

Das gleiche Fragment ertönte nun aus den gewissermaßen himmlischen Lautsprechern, die Musik und Losungen über den Berg aussandten, auf daß sie die Abhänge hinunterglitten und Wege und Straßen suchten, denn dort war das Gedränge, in dem Autos und Busse endgültig strandeten. Die Scheinwerfer der Organisation wetteiferten mit denen der Fernsehsender; ein Helikopter, der die auf dem Vorplatz der Burg Versammelten filmte, wurde ausgebuht.

»Möglicherweise ist er eine Gefahr für die *Clairté*«, mutmaßte Biscuter, derweil er Carvalho vorwärtsschob, damit er sie über die Schwelle und den Zugang zum Zentralplatz der Burg begleitete.

Er mußte seinen Paß vorzeigen und die Notwendigkeit begründen, weshalb »sein Bruder« mit ihm kommen müsse, eine Lüge, die Carvalho inkonsequent schien. Wenn Biscuter schon die kleineren Lügen mit zum Mars nähme, würde nichts und niemand verhindern können, daß auch die großen dorthin gelangten. Untergehakt standen die Lissieux und jener da, der einst sein Assistent gewesen war, der beste Mercedes-Dieb von Andorra, der Küchenjunge, den ihm die Vorsehung ins Gefängnis von Aridel geschickt hatte und der seit 1992 Inhaber eines Diploms für Suppen und Saucen der *École de Gastronomie* von Jacques Minceur war. Hinter ihm stand, quasi als Leibwächter, Carvalho, der konzentriert an einer letzten Rede bastelte, um ihn von so viel Torheit abzuhalten. Ihm kam sogar in den Sinn vorzuschlagen: »Biscuter, laß uns Partner werden.« Doch er sagte es nicht, denn er fand nichts, was sie zu Partnern hätte machen können. Und wenn er die Möglichkeit in Betracht zöge, sich einer derart wahnwitzigen Expedition anzuschließen? Wozu? Um auf dem Mars den Privatdetektiv zu spielen? Plötzlich war ihm so, als habe er einen der vom Fernsehen Interviewten wiedererkannt. Sich an Gesicht und Körperbau zu erinnern war leicht, aber der Mann war merkwürdig als Hindu gewandet: Paganel. Paganel! Biscuter bemerkte ihn und grinste scheinheilig.

»Er hat mir gesagt, er verstehe sehr gut, wonach wir suchten, aber Lalita fühle sich sehr wohl, wenn sie mit ihm reise und nach der Beziehung zwischen den Magnetfeldern der Erde und den Heiligtümern mit langer Tradition suche.«

Am Rand des Lichtkegels der Scheinwerfer, gleichsam versteckt im Halbdunkel, stand die im Unterschied zur volkskundlichen Hindutracht ihres Freundes wie eine Skiläuferin aus der Vogue gekleidete Lalita.

»Wollen Sie sie begrüßen?«

»Nein, nein. Wir haben noch das ganze Leben vor uns. Noch irgendeine Überraschung?«

»Ja, Malena kommt mit uns. Sie möchte ein neues Leben in den Sternen beginnen.«

»Malena? Die Mossad-Agentin?«

»Ja, Sie werden sie gleich sehen. Sie ist eine Art Ordnungschefin der Expedition.«

»Aber mit Malena zu den Sternen zu fliegen ist das gleiche wie in die Unendlichkeit auszuwandern, und der Mossad ist schon da.«

Er hörte auf, weitere Gegenargumente vorzubringen, als am Himmel eine sphärische Helligkeit von etwas auftauchte, was vielleicht ein Raumschiff war und was auf dem Platz der ehemaligen Katharerburg Puivert zur Landung ansetzte. Über die Lautsprecher wurde dazu angehalten, den Ort, an dem es niedergehen würde, möglichst großflächig zu räumen, und die Lichter der *Clairté* bemächtigten sich allmählich der Gesichter derer, die sie erwarteten. Biscuters Antlitz war verklärt von dem äußeren und dem inneren Licht, das Carvalho in ihm vermutete. Er mußte daran zurückdenken, wie Biscuter im Gefängnis von Aridel mit frisch gebackenen, riesigen Kartoffeltortillas in die Zellen der politischen Gefangenen gekommen war und es sich hatte angelegen sein lassen, zu bleiben und den Ideen dieser jungen Gelehrten zu lauschen, besonders, wenn sie über die Geschichte und die wirtschaftlichen Desaster redeten, die den Franquismus letztlich zugrunde richten würden. Auch noch dann, als es hieß, ein paar Homos hätten den Jungen in der Küche umringt und seien nun dabei, ihm zu sagen, daß sie ihn bumsen würden. Darauf, ihn zu bumsen, hatten sie auch weiter bestanden, als vier milchbärtige Politische dazugekommen waren, entschlossen, die Angelegenheit friedlich zu regeln. Mit Sicherheit und Ethik zu argumentieren hatte nichts genutzt, weshalb der größte der Zuschauer, der provisorische Küchenchef, sich vor dem Anführer der Homos aufgebaut und mit einer gewissen Verachtung auf den schmächtigen Embryokörper Biscuters gedeutet hatte.

»Hast du dir den Kerl mal richtig angeschaut? Mit diesem Fötus willst du es treiben? Hast du solchen Schwanznotstand, daß du ihn dort reinstecken willst? Vögeln ist eine sehr, sehr ernste Sache, daraus macht man sich keinen Spaß. Was werden die Kumpels morgen über euch sagen? Sie werden lachen und gleichzeitig denken: ›Diese Homos waren so aufgegeilt, daß sie es sogar mit dem Siebenmonatsbalg eines Kochs getrieben haben.‹ Und was, wenn es nach außen dringt? Ihr seid Arschficker, aber doch keine Tunten, und außerdem seid ihr verheiratet und habt Kinder. Könnt ihr euch vorstellen, was eure Familien von euch denken, wenn jemand auf Biscuter zeigt und sagt: ›Schaut nur, das ist der, den dein Vater, dein Mann oder dein Bruder gebumst hat‹?«

Das schien alle Homos zu überzeugen bis auf einen, der die Arme ausstreckte, wie um sein Verlangen nach Biscuter zu bekunden, der sich hinter Antonio *Cachas Negras*, nunmehr Küchenhelfer, versteckt hatte. Auch er war bekannt als Schwuchtel, sah sich jetzt aber gezwungen, sich auf die Seite seines Arbeitskollegen zu schlagen.

»Auch wenn er eine Mißgeburt ist, ich bumse ihn trotzdem. Ich habe keine Familie, die mit mir verkehrt, und deshalb ist mir scheißegal, was die andern sagen.«

Sekundiert von den Studenten, trat der Küchenchef einen Schritt nach vorn und heftete seinen Mund an das Ohr des Homos, in das er Worte fallen ließ, die nur der Schwanzträger und jene hören konnten, die dem Tête-a-tête aus nächster Nähe beiwohnten.

»Steck dir den Schwanz in deinen eigenen Dreckarsch und hör auf, hier herumzunerven, sonst schneide ich ihn dir ab und tue ihn morgen in die Kohlsuppe. Aber vorher wasche ich ihn natürlich, es ist bestimmt der dreckigste Schwanz im ganzen Knast.«

Er unterstrich das Gesagte durch ein kräftiges Zusammendrücken der Gesamtheit von Schwanz und Eiern des aufsässigen Homos und verstärkte den Druck so lange, bis dieser jaulte, weinte und bettelte loszulassen, unfähig, den Angriff zu erwidern, da er Angst hatte, bei einem solchen Unterfangen seines Gemächts verlustig zu gehen. Nachdem ihm seine Geschlechtsmerkmale zurückerstattet worden waren, suchte der Mann den nächst gelegenen Innenhof, und nach und nach löste sich die Zusammenrottung von Vergewaltigern auf. Etwas wie Bewunderung umgab nun den Küchenchef, den Mörder mehrerer Einwohner seines Dorfes, die wiederum seinen Vater im Streit um eine Gemarkungsgrenze zu Tode geprügelt hatten. Der Mann war Philosoph; mitunter kommentierte er Berichte über die grauenerregendsten Verbrechen, die im Gefängnis von Aridel bestraft wurden, mit der Bemerkung:

»Ich kann über den schlimmsten Kriminellen nicht richten, weil nichts darüber bekannt ist, was Gut und Böse voneinander trennt.«

Biscuter legte Carvalho eine Hand auf die Schulter und zwang ihn, aus der Vergangenheit zurückzukehren. Sie wußten nicht, was sie einander sagen sollten, hätten sich wegen des von der Landung verursachten Getöses auch nur wenig sagen können. Das Raumschiff schwebte senkrecht herab, und der Kreis der Versammelten wich vor der aufgewirbelten Luft zurück, mit Ausnahme der Fernseh- und Rundfunkjournalisten, die dem Wunderding mit ihren Geräten entgegenliefen. Neben ihnen ging Kapitän Nemo vorüber, das Mikrophon einer französischen Fernsehsprecherin vor sich, die bereits Paganel interviewt hatte und die dem Kameramann folgte, der schildkrötengleich durch die Menge in Richtung *Clairté* vorrückte.

»Es ist schwierig, eine vollständige Erklärung für das zu geben, was hier gerade passiert, denn niemand will die Verantwortung für die Operation übernehmen. Man beruft sich auf ein Kommando Millennium, dessen Zusammensetzung geheim ist; es soll verantwortlich sein für ein Ereignis, das möglicherweise die Geschichte der Welt, zumindest jedoch die Geschichte derer verändern wird, die daran teilnehmen werden. Möchten Sie nicht etwas dazu sagen, Kapitän Nemo?«

»Ich möchte vieles dazu sagen, aber nicht jetzt.«

Die Sprecherin, die angeleuchtet und gefilmt wurde, versuchte, zusammen mit Nemo an die Gangway heranzukommen, die vom Raumschiff heruntergelassen worden war. Die Gangway kamen drei Personen herunter, ein Mann und zwei Frauen, die das gleiche Erkennungszeichen wie die übrigen Expeditionsteilnehmer trugen. Eine der beiden Frauen war Malena, getarnt in einem Astronautenanzug für Arme, der fast so aussah, als sei er an den Nähten aufgeplatzt und geflickt. Nemo wurde wie ein Anführer begrüßt; er umarmte alle väterlich und erklomm die Gangway, um das Flugzeug zu besteigen. Malena hielt eine Hand über die Augen und nahm die Versammelten prüfend ins Visier, wie es nur ein Profispion zu tun vermochte. Carvalho senkte den Kopf, um unerkannt zu bleiben, vielleicht auch, um sie nicht zu sehen. Vergebens bemühten sich die Journalisten, die drei Argonauten zum Sprechen zu bewegen. Statt dessen erhielten sie ein Dossier, das jedoch lediglich ihr Mißfallen und ihre Enttäuschung erntete. Auf einmal ertönte eine mächtige, tiefe, kosmische Zenitstimme, die Carvalho an die des Kapitän Nemo erinnerte, eine Stimme, die der ähnelte, die das Partisanenlied gesungen hatte und die in der Burg und der gesamten von den Verstärkern beschallten Umgebung absolute Stille bewirkte:

»Dies ist keine Licht- und Tonschau, die auf dem Gelände einer symbolischen Burg Anfang und Ende findet. Vielmehr ist es der Beginn eines hoffnungsvollen Abenteuers, das uns auf unserer Suche nach dem, was wir auf Erden nicht erreichen konnten, zu den Sternen führt! Nichts an unserem Unterfangen ist übernatürlich, und nichts an unserem Vorhaben wird der Logik und der Wissenschaft entgegenstehen. Kein Gott und keine Götterschar wird unser Tun behüten oder segnen. Wir brauchen sie nicht. Wer sie braucht, der pilgere zum Heiligtum von Lourdes, es liegt nicht allzuweit von hier entfernt, und lebe dort in vollendeter Hoffnung auf Gott. Unsere Hoffnung ist weltlich. Von dieser Hoffnung ausgehend, nehmen wir ein Wagnis in Angriff, das sich nicht durch Exklusivität, sondern durch Selbstlosigkeit auszeichnet, das Tore öffnen wird zu einem neuen, langen Marsch, der geprägt sein wird von der beständigen Emanzipation des Menschen. Wohl denn. Folgt uns auf den besten Wegen, die zu den besten Sternen führen.«

Als Beifall, Hochrufe und Gesänge, wie das von einer Gruppe selbstverständlich jungfräulicher Mädchen und Märtyrer der waffenlosen Eroberung des Weltraums angestimmte *Dies Irae*, verstummt waren, erklang die *Ode an die Freude* von Schiller und Beethoven in einer Unterhaltungsversion aus den siebziger Jahren, die empfahl, man solle die Freiheit in den Sternen suchen, da sie auf Erden unmöglich zu finden sei. Die drei Argonauten, die am Fuße der Gangway warteten, gaben durch, daß die Auserwählten nun an Bord gehen durften. Es bildete sich eine immer länger werdende Schlange, und nachdem die Menschen ihren Paß vorgezeigt hatten, stiegen sie einer nach dem anderen die Treppe hinauf ins Innere des Schiffs, eines rosalackierten Superflugzeugs für Militärtransporte mit psychedelischen Blumengraffitis an den Außenwänden. Manch einer von denen, die nun vermutlich für immer den Blicken der Anwesenden entschwinden würden, drehte sich um und grüßte kurz, als habe er es eilig, sich zu seinen neuen Vorhaben zu begeben. Andere mochten ihrer Zukunft weder den Rücken kehren, noch hoben sie auch nur den Arm zum Abschied von irgendwem oder irgend etwas. Trotz der Aufforderungen Madame Lissieuxs blieb Biscuter bei Carvalho stehen.

»Leben Sie wohl, Chef.«

Biscuter weinte, und Carvalho fühlte so große Beklommenheit, daß ihm die Worte fehlten. Er konnte seinen Begleiter lediglich umarmen und ihm alsdann mit der Hand über Stirn, Nase und Wangen streichen wie ein Blinder, der sich ein Gesicht einzuprägen versucht.

»Sie sollen wissen, daß ich dort, wo ich sein werde, auf Sie warte, so lange es geht. Sie haben hier nichts verloren. Keines der verordneten Ziele ist Ihres.«

Doch es war bereits höchste Zeit einzusteigen, und obwohl ihre Hände einander noch für Zehntelsekunden umfaßt hielten, ging Biscuter schließlich zur Gangway vor, stieg hinauf und wandte sich auf dem letzten Absatz noch einmal zurück, um Carvalho zu grüßen, zuerst mit einer geballten Faust, dann mit beiden. Und so betrat er rückwärts als vorletzter der Expeditionsteilnehmer – der letzte war Malena, so als sei sie Kapitän des Raumschiffs – die *Clairté*, nicht mitgerechnet die drei Türwächter, die nach erfüllter Mission wieder mit der Kriegsmaschine in »spielerisch verträumter Verkleidung« verschmolzen, wie Carvalho dachte, halb gerührt, halb wütend angesichts all des Scheiterns, das in dem beschlossen lag, was er soeben mitangesehen hatte. Und am Ende war er nur noch gerührt, als das Raumschiff abhob und sich wieder aufschwang zu seinem Flug gen Süden, wie ein weiterer Stern an einem gebührend wolkenlosen und mit einem der eindrucksvollsten Vollmonde des Jahres ausgestatteten Firmament.

In diesem Augenblick kam es Carvalho in den Sinn, daß er weder einen Ort hatte noch kannte, an den er gehen konnte, und auch nicht wußte, wie er von hier wegkommen sollte. Da er nicht die geringste Lust hatte, von Paganel und Lalita entdeckt oder gar befragt zu werden, folgte er der Menge in Richtung ihrer Wagen. Er zögerte, ob er im Dorf übernachten oder sich woanders etwas suchen sollte, was schwierig war um zwölf Uhr nachts, »um Punkt zwölf Uhr nachts«, wie er sich mit einer gewissen Feierlichkeit sagte. Als der Verkehr sich zu lichten begann, hob er den Arm wie ein gewöhnlicher Tramper, der auf irgendein Auto in egal welche Richtung wartete. Zwanzig Minuten später hielt ein Peugeot mit einem Paar Anfang vierzig und zwei Kindern, die so blond und weißhäutig waren, daß sie farblos wirkten.

»Wohin wollen Sie?«

Der Fahrtrichtung nach war der Peugeot auf dem Weg nach Norden, vielleicht nach Carcassonne.

»Nach Norden. Ich hoffe, einen Ort zu finden, an dem ich übernachten kann.«

Ein paar Kilometer weiter wandte sich die Frau nach hinten, um zu überprüfen, ob die beiden farblosen Kinder schliefen, und teilte ihm mit:

»Wir haben ein Zimmer in einem Landhaus am Canal du Midi in der Nähe von Carcassonne reserviert. Wenn Sie wollen, können wir versuchen, ob es dort vielleicht noch ein Zimmer für Sie gibt.«

Die Frau war von Natur aus blond, blaß und hatte Venen, die sich unter ihrer sehr zarten Haut abzeichneten, feuchte Augen, einen bildschönen Mund. Sie rief von ihrem Mobiltelefon aus an, und als sie es zuklappte, drehte sie sich zufrieden um. In dem Landhaus war noch ein Zimmer frei, und in ihren Augen stand ein Lächeln, das das von Carvalho bekundete Interesse erwiderte. Vielleicht hätten sie gerne noch über das Gesehene gesprochen, wollten aber die Kinder nicht aufwecken. In ihren starr auf die Straße gerichteten Augen lag ein merkwürdig festliches Leuchten, wie von einem inneren Fest. Vergebens versuchte Carvalho auszumachen, welcher Lichtpunkt im All wohl Biscuters Flugzeug sein mochte. Schließlich schlief er ein und schlug die Augen erst wieder auf, als der Wagen vor einem Gittertor mit einem daran befestigten Schild hielt, auf dem der Kopf eines wütenden Hundes abgebildet war und die Warnung stand: *Chien méchant*.

Vielleicht hatte er es nur geträumt, aber sobald sie in das Haus hineingegangen waren, bot man ihnen eine Tasse heiße Schokolade an. Die Mutter der Kinder trank sie, während sie mit der anderen Hand ihr Haar ordnete und den Ausschnitt ihres Pullovers zurechtzog, der aus Angora zu sein schien, jedenfalls aus einer Wolle, die sich auf ihrer eher rosigen als weißen Haut gut anfühlte. Sie erinnerte ihn an Malena. Sie sah aus wie Malena. Sie war genau wie Malena, nur hatte sie einen Ehemann, vermutlich Absolvent der Eliteuniversität *École normale supérieure*, und zwei nahezu farblose Kinder. Sie scherzte mit Carvalho über Einzelheiten der Begegnung und des Abschieds von Puivert, indes sich der Ehemann in technischen Spekulationen über die Infrastruktur der derzeitigen Phase der Operation und die geringe, überaus geringe Wahrscheinlichkeit erging, daß diese Leute je irgendeinen Planeten erreichen würden.

»Aber zu welchen Planeten wollen sie überhaupt gelangen? Vielleicht sind diese Planeten ja hier, und wir sind nur nicht imstande, sie zu finden.«

Der Vater zog sich mit den Kindern zurück, und sie schob Migräne vor, um eine weitere Schokolade trinken und Carvalho ihr Leben schildern zu können, das Leben einer Frau, die unabhängig gewesen war, die mit siebzehn einen Gedichtband mit dem Titel *La chanson d'Aurore* veröffentlicht und die dann die Mutterschaft zu ihrer Poesie gemacht hatte. Doch wie lange dauert eine Mutterschaft? Auf dem Weg zu ihren jeweiligen Zimmer ergriff Carvalho ihre Hand, um sie zu küssen, sie hingegen bot ihm ihre mehrdeutigen Lippen dar. Entweder waren es die Lippen einer Helfershelferin bei galaktischen Abschieden, oder es waren die Lippen einer Frau. Der Detektiv fand, daß nichts dagegensprach, sie anzunehmen und die Frau alsdann dazu einzuladen, für einen Moment mit ihm das Zimmer zu teilen, falls ihr Mann …

»Er hat einen tiefen Schlaf, erst recht nach einer pseudoreligiösen Orgie dieser Art. Es ist eine besondere Nacht. Wir alle befinden uns auf der Reise zu irgendeinem Stern.«

Sie hatte jugendliche Brüste mit hellbraunen Warzen und ein vollständig enthaartes, leicht süßes Geschlecht. Carvalho fragte nicht, wie sie es dazu gebracht hatte. Vielleicht mit zu viel Schokolade. Sie kam schnell, während Carvalho sich einfach nicht gehen lassen konnte, sein Gefühlsüberschwang ließ ihn im Stich. Er schaute der ätherischen Dame zu, wie sie ihre Fassung wiedererlangte, als wäre sie eine Traumerscheinung, und gab ihr, bevor sie entschwand, den Kuß zurück, um danach, als sich die Erregung in ihr übliches Winterquartier zurückgezogen hatte, in den Schlaf zu fallen. »Ist es passiert? Ist es nicht passiert?« fragte er sich, als es hell wurde, und hatte das Gefühl, ein unvollständiger Traum habe ihm Gesellschaft geleistet. Der *chien méchant* bellte, und in seine Nase drang der Duft von Kaffee und warmem Gebäck, vermutlich Croissants, Festtagscroissants. 25. Dezember 2002. Weihnachten. Von seinem knappen Gepäck waren ihm nur eine Garnitur Wechselwäsche in seinem Vuitton-Koffer und das Necessaire geblieben sowie ein Umschlag, in dem die verschriebenen, aber monatelang nicht eingenommenen Pillen erodierten. Er nahm sich vor, eine Tablette auszuwählen, die ihn in den Zustand eines von jeder beliebigen Krankheit bedrohten Kranken zurückversetzte, doch vielleicht war das Verfallsdatum sämtlicher Medikamente bereits überschritten, wenn schon nicht aus pharmazeutischer Sicht, dann aus emotionaler. Die Tabletten boten ihm jedenfalls keinerlei Hoffnung auf Rettung, nun, da nach beinahe zweihundert Tagen seine Reise um die Welt fast vollendet war – am nächsten Tag würden die zweihundert Tage abgelaufen sein, und bei jeder Weltreise ziemte es sich, an den Ort zurückzukehren, von dem aus man aufgebrochen war. Um Jules Verne gerecht zu werden, mußte er also morgen in Barcelona eintreffen. Biscuters aufpolierte Zukunftsabenteuer hatten ihm bereits ermöglicht, Geist und Zweck des *Don Quijote* zu erfüllen, und das Gefühl, die Flucht nach vorn angetreten zu haben, versöhnte ihn mit den Herren Bouvard und Pécuchet aus dem unvollendeten Roman von Flaubert, der ihn in seiner Studienzeit so beunruhigt hatte, als es ihm nicht in den Sinn kommen wollte, daß es in Kunst oder Literatur unvollendete Werke geben könnte. Dort in der Hotelbibliothek stand Flauberts Roman, und Carvalho konnte nicht umhin, ihn abermals in die Hand zu nehmen, als griffe er ein Stück eigener Erfahrung wieder auf. Flaubert hatte seine Pläne, das Buch zu Ende zu schreiben, nicht mehr ausführen können. Es endet in dem Moment, als Bouvard und Pécuchet, von allen verraten, kein Interesse mehr am Leben haben, jedoch insgeheim planen, ihre ursprüngliche Tatkraft wiederzuerlangen und ein doppeltes Büro mit einem doppelten Pult einzurichten, als glückliches Ende für die beiden Urheber interessanter Erfahrungen, eine Synthese aus Dummheit und verträumten Genialitäten vielmehr als genialen Träumen. Geniale Träume waren nicht mehr möglich, und eines Tages würde Biscuter zurückkehren und ihm recht geben, sobald er die letzte Möglichkeit einer vernünftigen, atheistischen, materiellen, wenn auch kosmischen Religiosität verworfen hätte. Dann vielleicht wäre ein doppelter Schreibtisch vonnöten oder eine ebenfalls doppelte Küche oder irgendein anderer Rahmen für ein Wiedersehen, aus dem die Beziehung von Herr und Sklave verschwunden wäre, die, er ahnte es jetzt, ihrer beider Zusammenleben bestimmt hatte. Sein Traum hatte in etwa zu tun mit der Trennung von Biscuter und seiner Suche nach einer Schlafgelegenheit, bis er das Schild *Chien méchant* vor dem von diesem gemeinen Hund bewachten Ferienlandhaus entdeckt hatte. Er erinnerte sich sogar an eine Szene mit einem geteilten Schreibpult. Vielleicht hatten sie sich mit Ellenbogenhieben gestritten, um den eigenen Platz zu verteidigen oder dem anderen den seinen wegzunehmen, eine Klärung der Gebietsansprüche, bevor sie am gemeinsamen Pult jene Gespräche geführt hatten, an die man ein Leben lang zurückdenkt. Wie zum Beispiel, als er sich zum ersten Mal die Frage gestellt hatte, wie alt er im Jahr 2000 sein würde, und sein Schreibtischgenosse ihm vorgeworfen hatte, ein angsterfülltes Leben zu führen und mit dieser Angst die anderen anstecken zu wollen.

Das große alte Haus kündete von dem Respekt, den die Franzosen der Geschichte als Kulisse bezeugen. Stiche, alte Wand- oder Konsolenuhren, eine Rüstung und die Köpfe von auf früheren Jagden enthaupteten Wildschweinen säumten den Weg, folgte man dem Duft der tiefgefrorenen, im Ofen des Hauses aufgebackenen Croissants, die zu fünf Sorten hervorragender Marmelade, Obst und Frischkäse gereicht wurden, dazu Toast und Eier, sofern der Gast diese wünschte. Es gab verschiedene Wurstsorten und andere Beweise der Metzgerkunst jener Region Frankreichs, durch die der Canal du Midi mit seinen gemächlichen Frachtkähnen führte, die so häufig bei den Romanen Maigrets Modell gestanden hatten. Damals trieben Leichen in den Schleusen des Kanals, nun dagegen Wochenendbarkassen, die im Dienste von Therapien zum Entschleunigen der Zeit standen und im allgemeinen von Opfern der Zeit gesteuert wurden.

Die Familie, die dem Haus vorstand, erörterte das Geschehen vom Vorabend auf der Burg Puivert, das sie der Werbung für einen Film zuschrieb, wobei dieser nicht einmal ein französischer war. Ganz sicher ein amerikanischer. Und selbst wenn man die Reklamewirkung einräumte, die das Spektakel für die Region darstellte, mißfiel ihnen das Ganze. Die Mythologie der Katharer wurde womöglich herabgewürdigt, insbesondere die der Burg, einer der am besten erreichbaren und erhabensten Örtlichkeiten. Flankiert von den blonden Kindern, die die Unterhaltungen der Erwachsenen geschniegelt und steifhalsig verfolgten, schaltete sich das Ehepaar, das Carvalho begleitet hatte, in das Gespräch ein.

»Wie soll man, seit die Wirklichkeit die Kunst imitiert, erkennen, wo die eine aufhört und die andere beginnt?« fragte sich der Vater der bis zur Farblosigkeit blonden Kinder, derweil die Mutter unbeteiligt blieb oder Carvalho hilfesuchend ironische Blicke zuwarf.

Der gebildete Gatte hatte keine Antwort für Leute, deren sprachliches Rüstzeug nicht seinem Niveau entsprach, und suchte eine seiner Ansicht nach verständlichere Formulierung:

»Flugzeuge zerschellen an den Hochhäusern von Manhattan, fliegende Untertassen starten von der Burg Puivert, diesmal mit bekanntem Ziel: ein vorläufiges Phalanstère in der Saharawüste. Sind das in sich reale Projekte oder reale Projekte, die virtuell erscheinen wollen?«

Sie hatten ihn noch weniger verstanden, und er entschied sich als Antwort auf die Bemerkungen für ein unartikuliertes Gemurmel. Damit waren sie befaßt, als Carvalho um die Rechnung bat und bezahlte. Dann fragte er, auf welche Weise er am schnellsten und billigsten nach Spanien zurückkäme, genauer gesagt nach Barcelona. Es gab keine andere Möglichkeit, als ein Taxi nach Béziers oder Narbonne und von dort aus den Zug nach Barcelona zu nehmen.

»Wenn Sie auf den Bus warten, verpassen Sie den Zug. Am besten wäre daher ein Taxi.«

Er verabschiedete sich von seinen Gastgebern und dem blonden Ehepaar, indem er auf dem Handrücken der Frau einen feuchten Kuß zurückließ und die Hand des Mannes kurz, aber fest drückte. Anschließend ging er rasch hinaus, obwohl er zugeben mußte, daß es auch nicht darum gehen konnte, so schnell wie möglich nach Hause zu kommen. Die anfangs geplanten achtzig Tage waren sowieso nicht mehr einzuhalten. Trotzdem war Carvalho nicht der Versuchung erlegen, gegen die Verneschen Vorgaben zu verstoßen. »Warum nicht in neunundsiebzig oder einundachtzig, in hundertvier oder tausend Tagen?« Abgemacht ist abgemacht, und eine Reise, die jedes strikt zeitgenössische menschliche Wesen, das es sich erlauben kann, in einer Woche absolvieren würde, verdiente einen besonderen Raum in der Zeit, einen Raum, der nur ein erdichteter, literarischer sein konnte. »Es gibt nun einmal Bücher, die nie geschrieben werden und die mithin nicht verbrannt werden können«, dachte Carvalho, im Unterschied zu dem, das er soeben den Besitzern des Landhauses gestohlen hatte und das zum Abschluß der Reise einzuäschern er entschlossen war: *Bouvard und Pécuchet* von Gustave Flaubert. Eine unberührte, wahrscheinlich nie gelesene Taschenbuchausgabe, die er irgendwohin in die Umgebung des Kaffs mitnahm, wo er dürres Laub und kleine Äste aufhäufte, anzündete und die Blätter des zerrissenen Buches über den kurzlebigen Flammen ausstreute. Während sie verbrannten, murmelte er: »Lebt wohl, ihr unvollendeten Herrn Bouvard und Pécuchet, die ihr es geschafft habt, von der vorbehaltlosesten Neugier zum Nichts zu gelangen. Nicht einmal ihren eigenen Roman konnten sie vollenden.« Das Taxi döste vor der Tür eines Ladens, der Zigaretten, Zeitungen und Plastikspielzeug für blonde, beinahe farblose Kinder verkaufte, Märtyrer, die dem Willen ihrer Eltern geopfert wurden, Zeit und Raum auf einem Frachtkahn zu vergeuden. Der Taxifahrer schlug ihm vor, ihn direkt bis nach Barcelona zu bringen, in die Heimatstadt seiner spanischen Schwiegereltern, die nach dem Bürgerkrieg ins Exil gegangen waren. Carvalho hatte nicht genügend Geld, um sich diesen Luxus leisten zu können, weshalb er ein unumgängliches Treffen in Narbonne mit Freunden vorschob, die aus Paris anreisten.

»Barcelona! Barcelona!« rief der Taxifahrer aus, als wolle er zu einer Lobrede auf die Stadt anheben. Dabei blieb es allerdings zu Carvalhos Enttäuschung, hoffte er doch stets darauf, daß Taxifahrer ihn überraschten.

Er mußte an eine Fahrt mit dem einsamen Manager in San Francisco zurückdenken, der später ermordet worden war. Sie hatten kaum den Bus bestiegen, der zwischen Flughafen und Hotel verkehrte, als der Chauffeur ein Potpourri über San Francisco zu singen anfing, das mit dem Lied von Jeannette Macdonald begann. Aus gutem Grund hatten die Amerikaner es geschafft, die Herren der Erde zu werden, die ohnmächtigen Wächter des Elends der Welt. Als sie an Carcassonne vorüberfuhren, fand der Taxifahrer seine Sprache wieder:

»Wissen Sie eigentlich, wer ein Haus in Carcassonne hat?«

»Nein.«

»Philippe Noiret, der große französische Kino- und Theaterschauspieler. Einmal habe ich ihn von Toulouse nach Carcassonne gefahren, und ein wenig traurig erzählte er mir, daß er ein spanisches Pferd besitze. Er hatte das Tier sehr gerne, aber sein Name gefiel ihm nicht: *Temeroso.* ›Man hat mir gesagt, das bedeutet so viel wie Feigling, *temeroso* bedeutet feige.‹ Und ich habe ihm erklärt, daß ich der Schwiegersohn von Spaniern und daher in der Lage sei, ihm zu antworten, daß *temeroso* auch vorsichtig bedeuten könne.‹ ›Vorsichtig?‹ Das Gesicht von Monsieur Noiret hellte sich auf.«

Ein wackerer Kerl, der Taxifahrer, mit seinen adjektivischen Fähigkeiten hatte er die Würde Noirets und die seines Pferdes gerettet. Schade, daß er nicht genug Geld hatte, um die Fahrt nach Barcelona im Taxi zu bezahlen, aber sie näherten sich bereits Narbonne und damit dem Abschied. Am Bahnhof suchte Carvalho nach einem Telefon und rief bei Charo an. Empörtes Schweigen war die unmittelbare Antwort, als er sich meldete. Dann sagte Charo in dem bissigsten Tonfall, zu dem sie fähig war:

»Pepe. Gott steh mir bei. Ich habe dich tot geglaubt. Schiffbrüchig im Pazifik zum Beispiel oder von den Kannibalen aufgefressen. Nicht ein einziger Anruf von wo auch immer. Zum Glück ist Biscuter kein Schuh, sondern ein Mensch, und er hat mich auf dem laufenden gehalten.«

»Du kennst mich doch. Ich rufe an, um dir zu sagen, daß ich zurückkomme.«

»Nein, tu's nicht. Ab und zu fragt die Polizei immer noch nach dir. Sie schleichen in Vallvidrera herum. Überwachen dein Haus.«

»Tut mir leid für sie, aber ich komme zurück.«

»Warte noch eine Zeitlang.«

»Die Zeit, die ich für meine Weltreise vorgesehen hatte, ist abgelaufen. Egal, was passiert ... Also, bis bald.«

Er besorgte sich Zeitungen. Die gesamte Presse befaßte sich mit den Reisenden, streifte nur oberflächlich den unabwendbaren Krieg der Vereinigten Staaten gegen den Irak und widmete der *mise en scène* in der Burg von Puivert die Nachrichten auf der Titelseite. »Marsmenschen oder Bin Laden?« fragte sich der *France Soir*. Die *Libération* ging noch weiter: »Von der Erde über Marokko zum Mond.« Carvalho kaufte vier Tageszeitungen, in denen er nur die Berichte über die Landung des vermeintlichen Raumschiffs und die Geheimniskrämerei der Behörden um das Ereignis las. Welche Genehmigungen hatten die Präkosmonauten beantragt, wenn man bedachte, daß sie zunächst in ein so vorstellbares Land wie Marokko und später zu einem so unvorstellbaren Planeten wie dem Mars, oder noch unvorstellbarer, dem Pluto fliegen würden? Warum hatten die Amerikaner nicht interveniert, waren sie vielleicht zu sehr von ihrem Krieg gegen den Irak in Aspruch genommen? Er stellte sich vor, wie Biscuter mit seinem schmächtigen Körper einer menschlichen Larve im Astronautendreß begeistert die Schwerelosigkeit erprobte. Er sah ihn auch Sprünge vollführen, Hand in Hand mit einer so gänzlich blondgefärbten Madame Lissieux, daß die Kosmonautenlichter sie wie ein lächelndes, im All versprengtes Glühwürmchen erscheinen ließen. Im Geiste konnte er Biscuters dünnes Gelächter nachahmen, er tat es sogar laut, zum Erstaunen seiner Mitreisenden im Waggon. Auf dem nächsten Bild, er vermutete, bereits auf dem Mars oder Pluto, überraschte er Biscuter und Madame Lissieux dabei, wie sie verkleidet als nordamerikanische Farmer aus dem Wilden

Westen, etwa so wie in *Unsere kleine Farm*, gefolgt von übertrieben blonden, larvenartigen Kindern, auf den Weiden umherliefen.

Sobald der Zug aber in den Bahnhof von Sants einfuhr, wo Barcelona und Spanien mit jähem Lärm, beinahe explosionsartig in ihn eindrangen, wählte er zwischen den Möglichkeiten, Charo zu treffen oder zu seinem Haus nach Vallvidrera hochzufahren und von dort seine Ankunft zu bestätigen, die zweite. Er konnte es kaum erwarten, die Straßen, die Menschen, die Bäume zu zählen, um zu sehen, ob irgend etwas davon fehlte, oder um die Veränderungen eines halben Jahres des Verlassenseins festzustellen, eines halben Jahr ohne den Blick Carvalhos. Das Bewußtsein von Biscuters Abwesenheit war für ihn wie die Vorahnung einer Verstümmelung, ähnlich der, die er erlebt hatte, als ihn zum ersten Mal das Hochsteigen einer Treppe ermüdet hatte oder als ihm der Name seiner ersten und einzigen Frau nicht einfallen wollte. Nicht einmal jetzt fiel er ihm auf Anhieb ein, er mußte sein Gedächtnis bemühen, die so bruchstückhaften Erinnerungen herbeirufen, um zu dem Schluß zu gelangen, daß sie Muriel geheißen hatte. Aber wie hieß seine Tochter? Das Taxi setzte ihn vor seinem Haus ab. Er hatte noch Zeit zu bezahlen, die Tür aufzuschließen und die Räume im Dunkeln eher zu riechen als zu sehen, bevor es klingelte und vor ihm Inspektor Lifante und drei Polizisten erschienen, eine zweifellos übertriebene Anzahl in Ermangelung einer Erwiderung seinerseits. Er verstand, daß er zu einem Gericht gebracht werden sollte, wo entschieden würde, ob er unter der Anklage des Mordes inhaftiert werden würde oder nicht. Er verschwendete kein einziges Wort und nicht den geringsten Zweifel gegenüber Lifante, sondern packte das Nötigste ein, um ins Gefängnis aufzubrechen. Den Vuitton-Koffer wollte er allerdings nicht mitnehmen, er war für andere Zwecke bestimmt, und so ließ er ihn stehen, allein in der Mitte eines nahezu kahlen Zimmers, wie ein Objekt zur Meditation über den Raum, den er in diesem Zimmer und bis auf weiteres in der ganzen Welt leer zurückließ.

Der Polizist schwieg; er schien an irgend etwas zu denken, das nichts mit dem Dienstfahrzeug zu tun hatte, das Carvalho vor dem Schreibtisch einer Richterin absetzte, deren graues Haar schlecht und in dem gleichen Pechschwarz gefärbt war wie das von Yvonne de Carlo in der Serie *Die Munsters.* Die Vernehmung zu dem, was mit Anfrúns in Barcelona an der Hafenmole geschehen war, verlief kurz, bündig und ungereimt. Carvalho mußte ohne Kautionsanspruch ins Gefängnis und die weiteren Ermittlungen abwarten, denn es gab nahezu ein Dutzend Augenzeugen für den Mord.

»Niemals waren dort, wo Sie behaupten, so viele Leute. Da wäre ja der Wellenbrecher gesunken.«

Der Transporter, der vor der Tür des Gerichts auf ihn wartete, sollte ihn zurück ins Modelo-Gefängnis bringen, so wie damals vor über vierzig Jahren, als die Roten mit dem Gefühl in die Gefängnisse gingen, sie seien dem Alptraum der Polizeifolter entronnen und der Franquismus erlahme langsam. Als er schon den Wagen bestieg, trat etwas wie Erleichterung in sein Gesicht, eine so sichtliche Erleichterung, daß Lifante zum zweiten Mal das Wort an ihn richtete und fragte:

»Sie sehen zufrieden aus. Haben Sie Grund dazu?«

»Ich glaube schon.«

Er war versucht, zu ihm zu sagen: »Heute ist Weihnachten, und außerdem, so, wie es um mich und die Welt bestellt ist, diese Welt, die ich soeben auf einer Reise rund um den Globus mit Entrüstung inspiziert habe, ist der einzig logische Ort für mich das Gefängnis. Ich hätte es nie verlassen sollen. Die Welt Lifantes, in der dieser die Funktion innehat, die Unordnung aufrechtzuerhalten, teilt sich auf in Opfer und Henker; manchmal werden sie auch als Gefangene und Gefängniswärter, Bombenopfer und Bombenwerfer, Globalisierte und Globalisierer bezeichnet.« Doch Carvalho behielt seinen inneren Monolog für sich und beschränkte sich darauf, den Inspektor auf die Wirklichkeit um den abfahrenden Transporter herum hinzuweisen.

»Wohl bekomm's.«

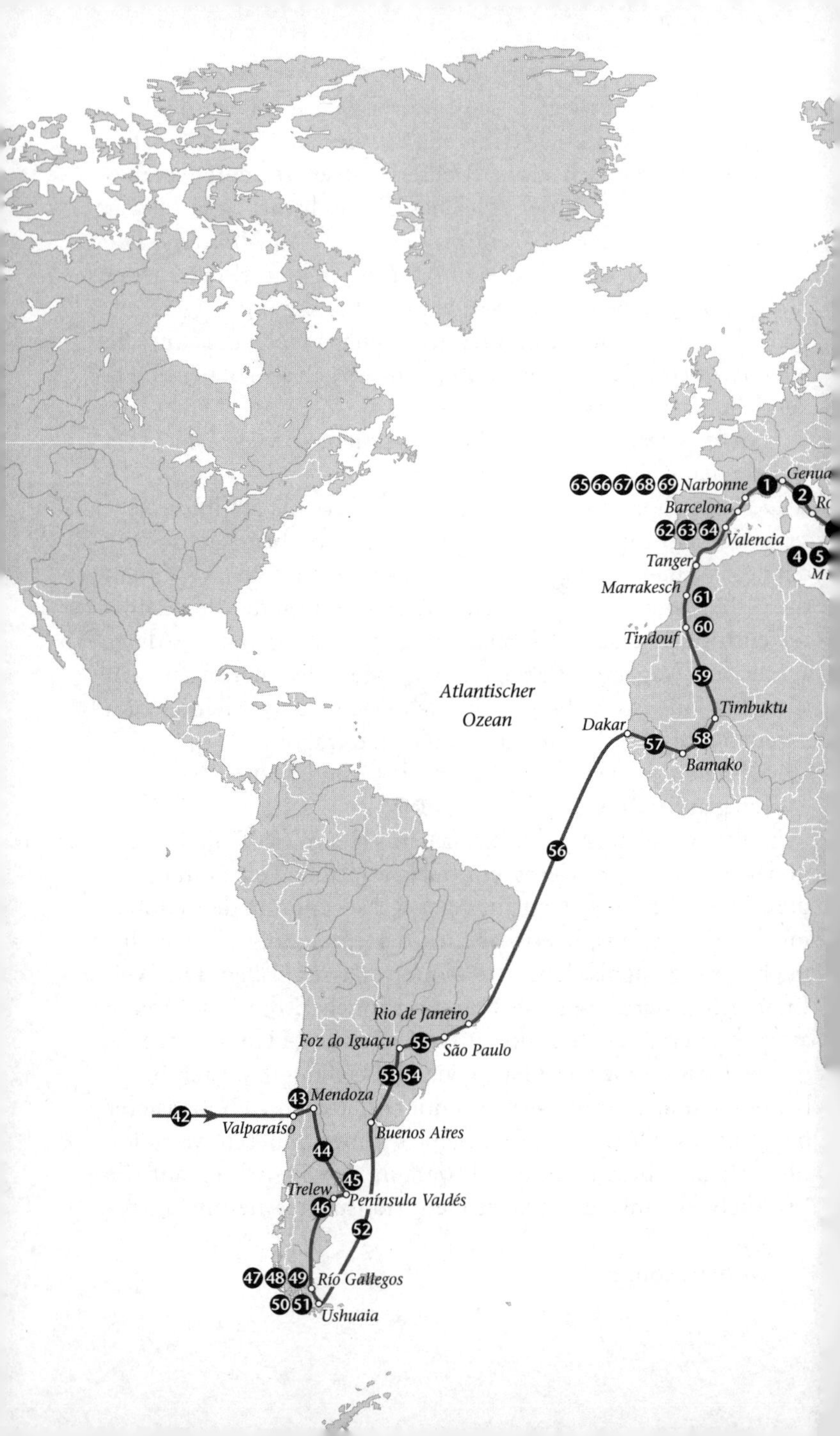

Atlantischer Ozean
65 66 67 68 69 Narbonne
1 Genua
2 Ro
Barcelona
62 63 64 Valencia
4 5
Tanger
Marrakesch
61
60
Tindouf
59
Timbuktu
Dakar
57
58
Bamako
56
Rio de Janeiro
Foz do Iguaçu
55
São Paulo
53 54
43 Mendoza
42
Valparaíso
Buenos Aires
44
45
Trelew
Península Valdés
46
52
47 48 49 Río Gallegos
50 51
Ushuaia

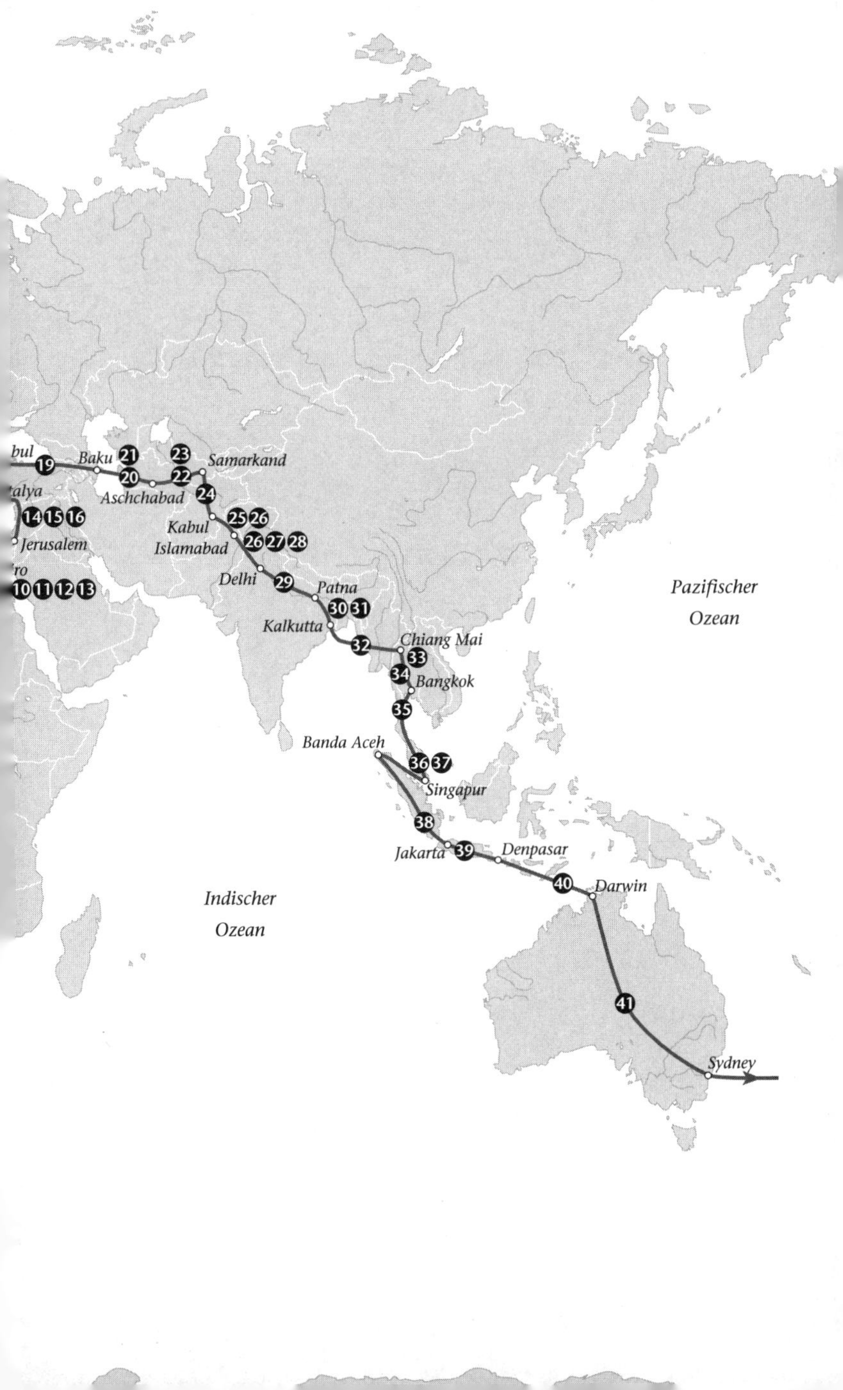

bul
19
Baku
21
20
23
22
Samarkand
Aschchabad
24
talya
14 15 16
Kabul
25 26
Jerusalem
Islamabad
26 27 28
ro
Delhi
29
10 11 12 13
Patna
30 31
Kalkutta
32
Chiang Mai
33
34
Bangkok
35
Banda Aceh
36 37
Singapur
38
Jakarta
39
Denpasar
40
Darwin
Pazifischer Ozean
Indischer Ozean
41
Sydney

PIPER

Manuel Vázquez Montalbán

Der letzte Bolero

Ein Pepe-Carvalho-Roman. Aus dem Spanischen von Theres Moser. 288 Seiten. Serie Piper

Alexandre Mata i Delapeu war Mitglied einer satanischen Sekte – nun ist er tot. Doch wer hat ihn ermordet? Und welche Rolle spielt dabei sein junger Geliebter Pérez? Kaum zurück in seiner Heimatstadt Barcelona führen Privatdetektiv Pepe Carvalho seine Nachforschungen nicht nur immer tiefer in die Kreise der mysteriösen Sekte der »Zeugen Luzifers«, sondern auch in seine eigene Vergangenheit: Carvalhos einzige wahre Liebe Yes kämpft plötzlich ebenso leidenschaftlich um die Gunst des eigenwilligen Detektivs wie seine ehemalige Geliebte Charo. Carvalho erliegt schließlich dem Charme einer dritten, der hübschen Nichte eines satanischen Priesters – bis Yes mit einer Kugel im Kopf aufgefunden wird …
Unkonventionell und mit einem Hauch von Melancholie macht sich Vázquez Montalbáns einnehmender Held Carvalho an die Lösung seines neuen Falls.

01/1512/01/R

SERIE PIPER

Manuel Vázquez Montalbán

Verloren im Labyrinth

Ein Pepe-Carvalho-Roman. Aus dem Spanischen von Bernhard Straub. 155 Seiten. Serie Piper

Das Leben ist für Pepe Carvalho die ewig gleiche Tretmühle: Ständig kommen Klienten und verlangen, daß er etwas Verlorenes wiederfindet. Der Unternehmer Luis Brando möchte, daß er sein siebzehnjähriges Töchterchen Beba überwacht, die ins Drogenmilieu Barcelonas abgleitet. Und die betörende Mademoiselle Claire beauftragt Pepe Carvalho, den Mann ihres Lebens zu finden – einen griechischen Künstler, der offensichtlich auf der Flucht vor der Liebe und dem Tod im Labyrinth Barcelonas umherirrt. Als er die beiden Aufträge erledigt hat, ist der melancholische Privatdetektiv Pepe Carvalho bei der Suche nach dem eigenen Ich angelangt, denn die Frauen machen ihm das Leben nicht gerade leicht …

»Jenseits literarischer Moden ist dieser feinnervige, melancholische Autor sich treu geblieben.«
Süddeutsche Zeitung

05/1682/01/L

Manuel Vázquez Montalbán

Undercover in Madrid

Ein Pepe-Carvalho-Roman. Aus dem Spanischen von Bernhard Straub. 287 Seiten. Serie Piper

Mord im Venice: Während der Literaturpreisverleihung in dem Madrider Luxushotel wird der Stifter, ein zwielichtiger Finanzhai, ins Reich der Toten geschickt. Und das, obwohl er Pepe Carvalho zu seinem Schutz engagiert hat. Der elegische Privatdetektiv und leidenschaftliche Gourmet sieht sich nun nicht nur seiner geliebten Ramblas in Barcelona beraubt, sondern auch mit einer Leiche zum Dessert konfrontiert, die offensichtlich jedem der anwesenden Schöngeister gelegen kommt.

»Jenseits literarischer Moden ist dieser feinnervige, melancholische Autor sich treu geblieben.«
Süddeutsche Zeitung

05/1678/01/R

Manuel Vázquez Montalbán

Quintett in Buenos Aires

Ein Pepe-Carvalho-Roman. Aus dem Spanischen von Theres Moser. 539 Seiten. Serie Piper

Manuel Vázquez Montalbán schickt Spaniens berühmtesten Meisterdetektiv nach Buenos Aires: auf die Suche nach seinem Cousin und dessen während der Militärdiktatur verschwundenen Tochter. Spöttisch, rauh, genießerisch wie immer und mit dem ihm eigenen spröden Charme begibt sich Pepe Carvalho in das Dikkicht der Großstadt und verstrickt sich in kriminelle – und gastronomische Abenteuer.

»Manuel Vázquez Montalbán karikiert, seziert und rüttelt an der Verklärung von Personen zu Mythen, die einen ungeschminkten Blick auf die Realität verhindern.«
Die Welt

05/1679/01/L

Manuel Vázquez Montalbán

Die Rose von Alexandria

Ein Pepe-Carvalho-Roman. Aus dem Spanischen von Bernhard Straub. 252 Seiten. Serie Piper

Wenn ein Verbrechen im Familienkreis geschieht, dann ist das Grund genug, mürrisch zu werden. Für Privatdetektiv Pepe Carvalho heißt das außerdem, sich professionell mit dem Fall zu beschäftigen und den Mörder der Cousine seiner Geliebten zu suchen. Denn die völlig zerstückelte Leiche ist vor drei Monaten gefunden worden, doch die Polizei hat noch immer keinen Hinweis auf den Mörder. Carvalho fragt sich, warum der Ehemann kein Interesse daran hat, daß der Mord an seiner Frau aufgeklärt wird …
Einer der berühmtesten Kriminalromane mit dem Meisterdetektiv aus Barcelona.

05/1680/01/R

SERIE PIPER

PIPER

Andrea Camilleri

Der zerbrochene Himmel

Roman. Aus dem Italienischen von Moshe Kahn.
272 Seiten. Gebunden

Vigàta, 1935. Mussolini hat sich zum Krieg gegen Abessinien entschlossen, und die faschistische Propaganda verfehlt auch in Sizilien ihre Wirkung nicht – kein guter Zeitpunkt, um als neugieriger Junge die Welt zu entdecken. Schon früh steht für den kleinen Michilino fest: Er soll nicht nur Streiter Christi, sondern auch Soldat des Duce werden. Mit sechs Jahren darf er als »Sohn der Wölfin« die erste faschistische Uniform tragen. Kommunion und Firmung lassen ihn in die Miliz des Herrn aufsteigen. Ein explosives Gemisch aus Erziehung und Verführung vermittelt Michilino ein völlig verzerrtes Weltbild. Als er schließlich ausgerechnet dort, wo er Geborgenheit zu finden meint, die schreckliche Wahrheit über seine Familie erfährt, verliert er den Boden unter den Füßen. Und sein bereits glühender Fanatismus verwandelt sich in bittere Zerstörungswut.

01/1483/01/L

PIPER

Antonio Skármeta

Der Dieb und die Tänzerin

Roman. Aus dem chilenischen Spanisch von Willi Zurbrüggen. 400 Seiten. Gebunden

Am 13. Juni, dem Tag des heiligen Antonius von Padua, öffnet Chiles Präsident zwei Männern das Tor zur ersehnten Freiheit: Der romantische Gelegenheitsdieb Ángel Santiago und der legendäre Kunsträuber Nicolás Vergara Grey werden aus dem Gefängnis der Hauptstadt entlassen. Ángel träumt von einer eigenen Farm und der Liebe zu der Tänzerin Victoria, Vergara Grey von der Versöhnung mit seiner Familie. Doch noch sind die beiden so unterschiedlichen Männer durch ein schicksalhaftes Wissen miteinander verbunden: Nur sie kennen den Weg zu dem geheimen Schatz des Diktators im Tresor der ehemaligen Geheimpolizei. Der große gemeinsame Coup soll beiden in wenigen Tagen ein sorgloses Leben im Glück ermöglichen. Dabei ahnen sie nicht, daß ein skrupelloser Mörder nach ihnen sucht.

»›Der Dieb und die Tänzerin‹ ist mit dem gleichen Humor und der gleichen Liebe geschrieben wie ›Mit brennender Geduld‹.«
El Mundo

01/1514/01/R